Gottfried von Böhm
Ludwig II. König von Bayer[n]
Sein Leben und seine Zeit

SEVERUS Verlag

ISBN: 978-3-958-01006-2
Druck: SEVERUS Verlag, 2017

Der SEVERUS Verlag ist ein Imprint der Diplomica Verlag GmbH.
Bibliografische Information der Deutschen Nationalbibliothek:
Die Deutsche Nationalbibliothek verzeichnet diese Publikation in der Deutschen National-
bibliografie; detaillierte bibliografische Daten sind im Internet über http://dnb.d-nb.de
abrufbar.

Gottfried von Böhm

Ludwig II. König von Bayern

Sein Leben und seine Zeit

Ludwig II. König von Bayern

Sein Leben und seine Zeit

Von

Gottfried von Böhm

LUDWIG II. ALS GROSSMEISTER DES GEORGSORDENS
MIT DEN KRONINSIGNIEN VON W. HECHT 1883

Vorrede zu der ersten Auflage.

Aus der großen Zahl von Fürsten, die im vorigen Jahrhundert in die Gruft ihrer Ahnen eingegangen sind, ragt noch immer unvergessen König Ludwig II. von Bayern hervor. Noch hat sich die Teilnahme von seiner liebenswürdigen Persönlichkeit und seinem tragischen Geschick nicht so vollständig abgewandt, wie von dem Leben anderer, und es ist noch immer, als ob sie von der Nachwelt die Lösung der Rätsel forderten, die sie der Mitwelt aufgaben, und die das Verdikt der Irrenärzte auf Grund unvollständig veröffentlichter Beweise nicht lückenlos zu erhellen schien.

Die Generation Ludwigs II. ist fast gänzlich erloschen und nur wenige von denen, die eine mehr oder weniger bedeutende Rolle in jener Tragödie spielten, weilen noch unter den Lebenden. Vieles hat sich seitdem von Grund aus geändert. Manche der Rücksichten, welche für diejenigen maßgebend sein mußten, die kurz nach seinem Hinscheiden über Ludwig II. schrieben, sind in Wegfall gekommen, die Aussicht ist eine weitere, breitere geworden, eine neue Auffassung der Dinge drängt sich vielfach auf.

Vor allem scheint es an der Zeit zu sein, das vorhandene Material, unter Einfügung des im Laufe der Zeit hinzugekommenen, einem Überblick und einer Prüfung zu unterziehen. — Das Leben des einsamen Königs hat wenig intime Zeugen gehabt und von keinem von diesen sind bisher fortlaufende eigene Erinnerungen an's Licht gekommen. Aber aus dem breiten Strom der Veröffentlichungen tauchten da und dort Lichter und Schatten auf, die, an ihrer Stelle eingefügt, das Gesamtbild ergänzen und vervollständigen.

Zum Teil war ich dabei in der Lage, aus eigenen Erinnerungen und Aufzeichnungen zu schöpfen. Meine verschiedenen dienst-

V

lichen Stellungen, meine gesellschaftlichen und literarischen Beziehungen brachten mich im Laufe der Jahre mit fast allen Beteiligten in Berührung; ich empfing persönliche Eindrücke von ihnen, sah sie am Werk und war mit mehreren intim befreundet. Meine Darstellung darf daher immerhin als das Zeugnis eines Zeitgenossen gewertet werden. —

Was mich anfangs abhielt, die unfreiwillige Muße meiner alten Tage zur Ausarbeitung meiner Materialien zu benützen, war das Bedenken, die folgenden Blätter und die darin erstrebte volle Wahrheit könnten zu ungünstigen Schlußfolgerungen auf die Existenzberechtigung der Monarchie herangezogen werden, der ich mehr als fünfzig Jahre in Treue diente. Kein Vorwurf könnte mich schwerer treffen. Das nahe Ende eines langen Lebens ist nicht der Zeitpunkt, in dem man seine innersten Überzeugungen ändert. Von persönlichen Gefühlen der Treue und Dankbarkeit ganz abgesehen, halte ich, nach wie vor, die konstitutionelle Monarchie und zwar ohne Parlamentarismus, nicht nur für die für Bayern und Deutschland geeignetste Staatsform, sondern überhaupt für die beste, welche der menschliche Geist bisher ersonnen und die suchenden Völker erprobt haben. Ich glaube auch nicht, daß die Epoche Ludwigs II. einen Gegenbeweis gegen die Richtigkeit dieser Anschauung bietet, daß die 22 Jahre seiner Regierung störend herausfallen aus dem Jahrhundert, das der bedeutendste der bayerischen Historiographen das glücklichste der bayerischen Geschichte genannt hat. Auch Ludwig II. hat sich um die deutsche Kunst und die Kultur seines Volkes Verdienste erworben, die das Königtum zur Voraussetzung hatten; auch unter ihm bewährten die monarchischen Einrichtungen ihre Lebenskraft und bestanden manche, nicht leichte Probe. — Der Wert der Monarchie beruht ja nicht in der menschlichen Vollkommenheit des jeweiligen Throninhabers. Eine solche Vollkommenheit gibt es bekanntlich nicht, und auch die aus den Zufälligkeiten der Wahl hervorgegangenen Staatsoberhäupter vermöchten einer solchen Forderung nicht Genüge zu tun. Um sie entbehrlich zu machen, hat man die moderne Monarchie mit Schranken umgeben, die zugleich ihre besten Stützen sein sollten. Diese Stützen haben in dem hier gegebenen Fall zuweilen versagt. Dies darf nicht verschwiegen werden und nicht über alle Persönlichkeiten in der Umgebung Ludwigs II. kann ein richtiges Urteil günstig lauten. Ich habe mir jedoch zum Grundsatz gemacht, bei den wenigen Überlebenden nur die Tatsachen sprechen zu lassen, denen gegenüber aber, welche bereits der souveränen Gleichgültigkeit des Todes gegen die wechselnden Erscheinungen des Lebens teilhaftig geworden sind, mich der Milde zu befleißigen, die der wahren Gerechtigkeit am nächsten kommt.

Nördlingen, den 31. Dezember 1921.

Der Verfasser.

Vorrede zu der zweiten Auflage.

Die erste Auflage hat eine überraschend günstige Aufnahme gefunden. Es sind mir aus allen Teilen Deutschlands freundliche Kundgebungen der Sympathie und Zustimmung zugegangen, die Urteile der Tagespresse und Fachliteratur lauteten durchweg sehr anerkennend und es sind dem Werke auch Richter gerecht geworden, die auf anderen politischen Standpunkten stehen.

Die vorliegende zweite Auflage tritt, wie schon die erheblich vermehrte Bogenzahl ersichtlich macht, nicht unverändert vor den Leserkreis. Ich habe darin nicht nur alle inzwischen erschienenen bemerkenswerten Veröffentlichungen dieses Gegenstandes erwähnt und gewürdigt, sondern auch auf frühere zurückgegriffen, insofern sie mir zur Ergänzung des Textes der ersten Auflage dienlich erschienen. Seitens der Archivverwaltung wurde mir in dankenswerter Weise die Benützung des Briefwechsels Ludwigs II. mit seinem Großvater Ludwig I. gestattet.

Auch aus Privatkreisen sind mir wertvolle Beiträge mitgeteilt worden. Mehrere der Freunde, die das Buch sich in kurzer Zeit erwarb, zeigten sich darauf bedacht, ihm nicht nur Berichtigungen, sondern auch Bereicherungen zuzuführen. So erschlossen sich mir auf verschiedenen Wegen neue Quellen und manch' neue Züge, die das Lebensbild ähnlicher und intimer gestalten dürften. Keines der Hauptkapitel ist hierbei ganz leer ausgegangen. Insbesondere haben Zusätze erfahren: Die Vorgänge der Jahre 1866 und 1870/71, die persönliche Anteilnahme Ludwigs II. an der Regierung seiner ersten Jahre, seine Mitwirkung bei seinen Bauten, die Geschichte seiner Verlobung, seiner Freundschaft zu Kaiserin Elisabeth, seiner nicht immer ungetrübten Beziehungen zu Richard Wagner, der Verlauf seiner Krankheit und die Art seines Todes.

Der Herr Verleger hat dieser zweiten Auflage Nachbildungen des prachtvollen Stiches Ludwigs II. von W. Hecht, sowie des einzigen noch vorhandenen Exemplares der von Bildhauer Rümann und Graveur Gube abgenommenen Totenmaske beigegeben, die Professor Dr. Pesl freundlich zur Verfügung gestellt hat.

Ich spreche allen Förderern der ersten Auflage meinen wärmsten Dank aus und bitte, nun auch dieser zweiten vermehrten Auflage die Teilnahme zuzuwenden, die meine wahrheitsgetreue Geschichte des unvergeßlichen Königs zu erwecken strebt.

Nördlingen, im Mai 1924.

Der Verfasser.

Inhalt.

X

XII

Seite

XIV

Inhalt.

XV

Inhalt.

XVI

I.

Königin Marie hatte am 6. Mai 1843 Fehlgeburt gehabt. Um sie nicht aufzuregen, hatte man ihr den Vorfall vierzehn Tage lang verschwiegen, und es war nach einem Briefe des damaligen Kronprinzen Max an seinen Schwiegervater rührend und schmerzlich, wie sie auch nachher noch von dem Kinde sprach, das sie unter dem Herzen trüge.

Erst nach dreijähriger Ehe erfüllte die Kronprinzessin die Hoffnung ihres Gatten und des Landes auf einen Thronfolger. „Diese Zeilen," schreibt der glückliche Vater am 29. August 1845 aus Nymphenburg an seinen Schwager, den Prinzen Adalbert von Preußen, „sollen Dir die frohe Botschaft bringen, daß der Herr unsere theuere Marie mit einem holden, starken Knäblein gesegnet hat und zwar an meines Vaters Geburtstag, worüber er innig erfreut ist. Sei fest überzeugt, daß ich den ernsten, Gott sei Dank! — nun glücklich überstandenen Augenblick mir keineswegs leicht gedacht und ihn zu leicht genommen, sondern auf Alles Bedacht genommen habe. Auch mit Tante Louise wurde rechtzeitig gesprochen; während der Entbindung war sie aber mit Tante Elise in Tegernsee; nur meine beiden Eltern wohnten ihr bei; sie wollten nicht fehlen; meine Mutter stand Marien mit aller Liebe bei; daß ich selbst ihr Schmerzenslager fast nicht verließ, kannst Du Dir denken, so auch, was ich während der langen Zeit litt. Gegen 4 Uhr Morgens begannen zwar nur ganz leise die Wehen, Marie sagte es mir nach 6 Uhr und 12 ½ Nachts waren sie erst beendet, wo der Kleine das Licht der Welt erblickte. Der Augenblick, wo das Kind den ersten Schrei that, war ein herrlicher. Die gute Marie hatte plötzlich alle Schmerzen vergessen; sie litt lange und viel und benahm sich sehr schön, sogar rührend dabei. Sie, wie der Kleine, sind, Gott sei Dank! recht wohl und schlafen viel und lang; es ist doch ein prächtiges Gefühl, Vater zu sein"...

Es ist billig, daß wir über diesen Akt, sowie über die erste Jugend des Sohnes auch der Mutter das Wort erteilen. „Ludwig Friedrich Wilhelm," trägt die schreibselige Königin in eine

Familienchronik ein, „wurde am Montag, den 25. August früh 12 ½ Uhr
zu Nymphenburg geboren, über dem Schlafzimmer, in welchem Max
Josef I. starb. König Ludwig I., der dabei war, war hocherfreut, den
Enkel an seinem Geburtstage und in derselben Stunde, in welcher er
einst geboren ward, geboren werden zu sehen. Außer Max und seinen
Eltern waren Tante von Leuchtenberg, Onkel und Tante Eduard im
Zimmer. König Ludwig I. umarmte einige Personen des Hofes vor
Freude. 101 Kanonenschuß verkündeten in München die Geburt; der
Ort Nymphenburg wurde gᴜᵣᵢᵢⁱᵉᵣt und beleuchtet. Dienstag, den 26. August
war im großen Saal die feierliche Taufe durch den Erzbischof Gebsattel.
König Friedrich Wilhelm IV. von Preußen und Königin Elisabeth waren
schon am 25. Mittags von Tegernsee mit Onkel Karl und Tante herein-
gekommen. Adalbert, Maxens jüngster Bruder, hielt die Taufkerze.
König Ludwig I. hielt das Kind. Der König von Preußen und König
Otto von Griechenland waren Pathen, letzterer abwesend, wie auch Papa.
Das Kind hieß einige Tage lang Otto. Dann bat der Großvater, daß es
Ludwig genannt werde, da es am Ludwigstag, an seinem Geburtstag
geboren ward; nun hieß es Ludwig.“

„1846 im März/April war Ludwig in München todtkrank, während
wir an Mamas Sterbebett geeilt waren. Seine Amme starb am Nerven-
fieber; er mußte entwöhnt werden. König Ludwig gab nicht zu, daß
er uns nach Berlin nachgeschickt werde, da er sehr geschwächt war und
es lange noch blieb.“

„Am 21. März 1848 wurde Ludwig, der bis dahin den Titel „Erb-
prinz“ geführt hatte, Kronprinz bei Maxens Thronbesteigung. Sibylle
Meilhaus war von seiner Geburt an bis 1. Mai 1854 bei ihm als Erzieherin; Kindsmädchen: Anna Riger, dann Rosalie. Sein erster Lehrer
Klaß[1], ein anderer Professor Steininger[2].“

„1851.“ Frühzeitig entwickelte sich bei Ludwig Freude an der Kunst;
er baute gern, besonders Kirchen, Klöster u. dergl.“

Den gleichen Zug erzählt von ihm auch der Großvater dem
Sohne in Griechenland. „Bei der Christbescheerung 1852 bekam Ludwig von mir das Siegesthor aus Baustein-Hölzern; Zu bauen liebt er;
vorzüglich, überraschend, mit gutem Geschmack sah ich Gebäude von
ihm ausgeführt. Ich erkenne auffallende Ähnlichkeit im künftigen Ludwig II. mit dem politisch-todten Ludwig I.; auch in seiner Anhänglichkeit an seine Erzieherin finde ich mich wieder, der ich sehr an meiner
Weyland hing.“

„Ludwig,“ fahren die Aufzeichnungen der Mutter fort, „hörte
mit Freuden zu, wenn ich ihm biblische Geschichte erzählte und Bilder
dazu zeigte. Besonders die Geschichte der Samariterin sprach ihn an

---

[1] Geheimrat Sig. v. Riezler, der ihn kannte, nennt ihn „trefflich“! —
[2] Felix Dahn rühmt ihn auf Grund eigener Erfahrungen als ausgezeichneten Lehrer, während Giesebrecht in ihm eine sterile Natur
erblickte.

2

und die Sonntagsevangelien. Er hatte eine Vorliebe für die Frauenkirche in München, kostümierte sich gern als Klosterfrau, zeigte Freude
am Theaterspielen, liebte Bilder u. dergl., hörte gern vorlesen und Geschichten erzählen und schenkte von Kindheit an gern Anderen von
seinem Eigenthum, Geld und Sachen." —

Sonntags wurden den beiden Prinzen Ludwig und Otto gleich-
alterige Adelige aus der Stadt eingeladen, aber auch der Sohn
des damals noch bürgerlichen Leibarztes, Max von Gietl, der mir
folgende Mitteilungen machte. Das Streben ging dahin, den
beiden Prinzen die ihnen damals innewohnende Schüchternheit
zu benehmen. Es wurde daher besonders das Kriegsspiel und
Soldatenspiel begünstigt. Schon bei den kindlichen Spielen
wollte der Kronprinz immer der erste sein und wenn Fronleichnamsprozession gespielt wurde, schritt er bereits in der stolzen
Art einher, die ihm später eigen war.

Es war den geladenen Knaben verboten, den Prinzen die
Hand zu küssen und sie mit „Königliche Hoheit" anzureden.
Gäste aber, die sich nicht höflich benahmen, wurden bei der
nächsten Einladung übergangen, so einmal Graf Tony Arco,
weil er dem Kronprinzen eine Ohrfeige gegeben hatte.

Züge aus der Kinderzeit der Prinzen Ludwig und Otto enthält
auch das schöne Lebensbild der Königin-Mutter von Marie
Schultze. (München 1892.) „Sie waren," schreibt sie, „die Lieblinge des Volkes und in der That auch die anmuthigsten und schönsten
Kinder, die man sich denken konnte." Es wohnte ein Himmel von
Glückseligkeit in dem Mutterherzen, das da sagen konnte: „sie sind
mein." „So sehr sich die kindlichen Gesichter ähnlich waren, so waltete
darin doch eine ersichtliche Verschiedenheit: der Kronprinz mit dunklem Haar und dunklen Augen, Prinz Otto dagegen blond und zart. Die
Königin liebte es, mit ihnen durch die Straßen Münchens zu gehen;
besonders in der Maximiliansstraße, die damals im Entstehen war, sah
man sie viel, ein reizendes Bild: die jugendliche Königin zwischen den
aufwachsenden Söhnen!" „Schon als Kind hatte Kronprinz Ludwig
ausgesprochene Vorliebe für das Baukastenspiel. Auch beschäftigte er
sich gern damit, ein heiliges Grab aufzustellen, es zu schmücken und mit
Lichtern zu versehen. Des Prinzen Otto Lieblingsspielzeug waren Bleisoldaten; als die Königin einmal meine Mutter und mich in das Zimmer
der Prinzen führte, sah ich dort staunend auf dem Tisch, sehr schön geordnet und aufgestellt, eine ganze Armee von Bleisoldaten"... „An
einem Weihnachten kamen die beiden Prinzen in das königliche Max
Josef-Stift, um mit den dortigen Kindern zu kochen, was immer der

Hauptweihnachtsspaß war. Die Beiden unterhielten sich mit all' den Reibeisen, Mörsern und Modeln der Puppenküchen so vortrefflich, daß die Königin beschloß, den Kindern des Stifts auch eine Freude zu machen. Am Neujahrstag erschien sie mit einer Menge reizender Nippsachen und veranstaltete eine kleine Verloosung. Dabei durften die Prinzen mithelfen und was für ein gutes Herz Kronprinz Ludwig besaß, bewies er, indem er einer Kleinen, die nur einen „Hanswurstl" gezogen hatte, sofort ein niedliches Flacon überreichte."

Einen anderen Zug von Herzensgüte aus der Kinderzeit haben fast alle Biographen Ludwigs II. den „Königs-Historien" I. L. Craemers nacherzählt. Er fällt in den Anfang der fünfziger Jahre (1852?) in Tage, welche die königliche Familie in dem Schloß „Eremitage" zu Bayreuth verbrachte. Wenn keine Hoftafel gegeben wurde, speiste man dort in einem kleinen Gemach zu ebener Erde. Die königlichen Kinder aßen mit den Eltern. Dabei kam es vor, daß der siebenjährige Kronprinz, der kurz zuvor die Wache aus der eine Stunde entfernten Stadt kommen und die Posten sich ablösen sah, den Vater frug, ob der Soldat wohl auch schon zu Mittag gegessen habe? Als der König dies den Umständen nach verneinte, frug der Kronprinz weiter, ob er ihm nicht ein Stück Fleisch zu essen geben dürfe? Der Vater belehrte ihn dann darüber, daß ein Soldat, so lange er Schildwache stehe, von niemand etwas annehmen dürfe; doch der Kronprinz meinte, er könne sich ja leise an den Posten heranschleichen und ihm ein Stück Fleisch in die Patrontasche stecken. Dies wurde, unter geeigneter Verständigung des Flügeladjutanten v. d. Tann, erlaubt, worauf dann auch der vierjährige Prinz Otto seinen ganzen Kuchen in die Patrontasche der Schildwache steckte.

Neben solchen Beweisen der Herzensgüte fehlt es auch nicht an einer Äußerung tyrannischer Härte, die in knabenhaften Rivalitäten wurzelte. Ludwig beanspruchte als der ältere und als Kronprinz den Vortritt und das Vorrecht in allen Dingen; Otto lehnte sich zuweilen dagegen auf, warf wenigstens seine Handschuhe in den Wagen, bevor sein Bruder ihn bestieg und wollte nicht zugeben, daß Ludwig sich sogar ein Recht auf Schneebälle anmaßte, die doch er gefertigt hatte. Im Sommer 1857 kam es einmal zu einem ernsten Streit. Als der „Vasall" Otto ihm wieder den Gehorsam versagte, band Ludwig ihn an Händen und Füßen, steckte ihm einen Knebel in den Mund und wollte ihn „hinrichten". Glücklicherweise kam ein Hofbeamter dazu; der Vater verhängte über den Kronprinzen eine so strenge Strafe, daß diesem der Aufenthalt in Berchtesgaden für immer verleidet wurde. Auch später noch, kurz vor dem Tode des Vaters, hatten die beiden Brüder, die sich im Grunde liebten und eines Sinnes waren, einen Streit, während dessen Otto dem abtretenden Kronprinzen einen Pantoffel nachwarf. Ludwig wandte sich um und sprach gelassen: „Otto, schämst Du Dich nicht, Deinen Feind von rückwärts anzugreifen?" — Wie wenig aber Ludwig der Feind Ottos war, bewies er, indem er ihn ermahnte, fleißiger zu lernen. Otto, der dies nicht gern tat, antwortete: „Du hast gut reden; Du wirst einmal König und mußt etwas lernen; ich aber bringe es höchstens so weit wie Onkel Adalbert, und dazu weiß ich genug." —

Ludwig scheint schon im Alter von 13—14 Jahren an förmlichen Halluzinationen gelitten zu haben. Er wähnte, während er Billard spielte, laute Stimmen sprächen auf ihn ein und sah sich nach den unsichtbaren Sprechern um. Der Leibarzt Gietl, „der es miterlebte, war darüber so ,frappiert', daß er diese Erscheinung schriftlich niederlegte." Auch Prinz Otto litt schon als Knabe an heftigen Zwangsvorstellungen. Die Ärzte versicherten jedoch der Königin, das werde mit der Entwicklung verschwinden.

Am 1. Mai 1854 erhielten die beiden Prinzen als Erzieher den Generalmajor Theodor Basselet de la Rosée (geb. 9. Nov. 1801, gest. 15. April 1864). Die Wahl war nach der Meinung Vieler eine sehr glückliche nicht, denn der Graf bestärkte über Gebühr in den jungen Gemütern die ohnedem vorhandenen Keime zum Hochmut. Seine Haupttheorie war nach Völderndorff, daß ein König nur mit einem Adeligen sprechen dürfe und nach Leinfelder lernte er den Prinzen an, die Lakaien nur ja nicht zu tief zu grüßen. Auch Robert de la Contrie sprach sich immer sehr ungünstig über diesen Erzieher aus und nannte ihn „la rosée du soir de la Bavière", den Abendtau Bayerns. Dem Kronprinzen aber scheint er sympathisch gewesen zu sein, denn als er kurz nach Ludwigs Thronbesteigung schwer erkrankte, eilte der junge König ganz allein zu ihm und ließ sich nicht abweisen, als das Dienstmädchen, das ihn nicht kannte, frug, was ihm denn einfalle, ihr Herr sei ja todkrank. Als sie dann erfuhr, wer vor ihr stand, erschrak sie so, daß sie vor ihm auf die Kniee fiel und um Verzeihung bat. Ludwig II. erschien auch am Totenbett La Rosées und verweilte am anderen Tage eine Stunde lang bei der Familie.

Die Königin konstatiert in ihren Aufzeichnungen, daß Ludwig mit Schmerz von seiner ersten Erzieherin Sibylle Meilhaus (1816—1881) schied, die sich am 17. August 1860 mit dem General der Kavallerie August Freiherrn von Leonrod vermählte.

Schon früher war den beiden Prinzen als Begleiter der Major Emil Freiherr von Wulffen beigegeben worden, der sich jedoch für diese Stelle wenig geeignet erwies. Da er in seiner Jugend an der hinfallenden Krankheit litt, besaß er auch nicht die nötige Schwindelfreiheit, um die Königin auf den oft etwas kühnen Bergbesteigungen zu begleiten, die zu ihren Liebhabereien gehörten. Sie hatte sogar eine Besteigung der Zugspitze in Aussicht genommen und eine solche blieb lange eines ihrer „Lieblingsideale". Frühe nahm sie auf solche Touren ihre Söhne mit, die ihr Bergansichten ins Album zeichneten. Kronprinz Ludwig den Watzmann und ein schmuckes Jagdhaus am Hintersee.

Am 10. September 1859 hatte sie mit zwei Hofdamen, dem Grafen La Rosée, Baron Wulffen und zwei Führern von Berchtesgaden aus, einen Ausflug in die Fischunkel am Obersee unternommen. Vom Obersee aus stiegen sie neben einer hohen Wand zu einem Plateau, auf dem immer viel Edelweiß wuchs, die Lieblingsblume der Königin. Einer der Führer machte sie auf besonders schöne aufmerksam, die an einer anderen Stelle blühten, aber sie wollte die Freude, diese zu pflücken, den Kindern überlassen. „Baron Wulffen," erzählte die Königin später, „und ein Führer stiegen mit ihnen hinauf; sie setzten sich gemütlich pflückend auf den Grasfleck hin. Wir anderen gingen vorwärts." Da plötzlich hörte sie einen Angstschrei ergellen. Baron

6

Wulffen war abgestürzt; blutend lag er unten. Ihr erster Gedanke war, rasch einen Arzt zu holen. „Ich rannte so schnell als möglich hinunter, Ludwig mir nach, da er meinte, er könne noch schneller laufen, und es sei gut, gleich auch den Geistlichen zu holen; ich erlaubte ihm aber nicht, allein vorzulaufen." Baron Wulffen schien verloren; ein Franziskaner spendete ihm die letzte Ölung. „Otto," schreibt die Königin, „weinte und schluchzte, und Ludwig fing auch an zu weinen; mir aber zitterten die Beine." Baron Wulffen genas wieder. Das Merkwürdigste aber war, daß er am Jahrestag des Ereignisses, an dem er sich wieder an die verhängnisvolle Stelle begeben hatte, um seine Energie zu prüfen und das Vorgefallene an seinem Geiste vorüberziehen zu lassen, zum zweiten Male von derselben Stelle abstürzte. Auch von diesem Sturze erholte er sich einigermaßen, allein Begleiter zweier jugendlicher Prinzen konnte er daraufhin nicht mehr bleiben; er wurde im Jahre 1861 durch den Hauptmann Anton Orff ersetzt, der schon im Jahre 1859 ausgeholfen hatte.

Den Religionsunterricht der Prinzen, dem die Königin stets beiwohnte, leitete Pfarrer Reindl. Beichtvater der Prinzen war Abt Haneberg, dessen geistvolle Art die Königin fesselte und in dessen Hände sie am 12. Oktober 1874 das katholische Glaubensbekenntnis ablegte.

„Ludwig," fährt die Königin in ihren Aufzeichnungen fort, „lernte und faßte schnell, er lernte aber nicht so gern, wie Otto." — Auch die ersten Briefe, die der Kronprinz an die Mutter richtete, sind besser geschrieben, als die des Prinzen Otto, wenn sie auch etwas besonders Bemerkenswertes nicht enthalten. —

Die Lebensweise der beiden Prinzen war eine sehr einfache. Es gehörte zu den Torheiten der damaligen vornehmen Erziehung, daß man Kinder sich nicht satt essen ließ, und der künftige König war sehr froh, wenn ihm die treue Wärterin Lisi und Lakaien zuweilen Proviant aus der Stadt mitbrachten, oder etwas von ihrer reichlicheren Kost mitteilten. Wiener Feuilletonisten wußten später sehr rührende Geschichten zu erzählen von Fasttagen, die über den Kronprinzen verhängt wurden, von einer Schildkröte, an der sein Herz hing, und die ihm entzogen wurde, weil sie ihn zerstreute usw. Dabei mögen Übertreibungen untergelaufen sein, aber es ist Tatsache, daß Max II. den phantasievollen Erstgebornen mehr durch Strenge entfremdete, als durch Milde anzog.

Auch die Wohnräume, welche die beiden Prinzen in München und Berchtesgaden innehatten, waren nichts weniger als prunkvoll eingerichtet. Ich sah die der Münchener Residenz im Juli 1896 noch unverändert, das gemeinschaftliche Schlafzimmer, den blauen Salon mit den Louis XVI.- und Empire-Möbeln, mit dem großen Käfig für die Eichhörnchen, einem Schreibtisch, verziert durch zwei Hände, die den einbrechenden Dieb fassen sollten.

Zu der Zeit, als die Prinzen ihn benützten, hätten Diebe Nennenswertes darin nicht gefunden. Man versuchte indessen, den Kronprinzen auch mit den praktischen Seiten des Lebens, mit Geld und Geldeswert, vertraut zu machen. Vor mir lag ein unscheinbares Büchlein, in das seine Einnahmen und Ausgaben einzutragen oder wenigstens eintragen zu lassen, man ihn offenbar anhielt. Es erstreckt sich auf die Zeit vom 1. April 1856 bis in die ersten Wochen von 1864 und läßt erkennen, daß der Kronprinz zuerst ein Monatsgeld von 12 fl. und von Juni 1860 an von 25 fl. bezog. Seine Ausgaben bestehen vor allem in Almosen aller Art, in größeren und kleineren Beträgen, in Geschenken für seinen Bruder, seine Mutter, seine Vettern, seine Freunde, die Damen seiner Mutter, in Buketten, in einer Unmasse verlorener Vielliebchen, in einer ungewöhnlich großen Zahl von Handschuhen, in Naschereien, besonders Bonbons, angeblich „für Otto und zu Almosen,“ allein doch wohl auch zu eigenem Gebrauche, in Maikäfern und Zigarren — von Schokolade, in Brot für die Nymphenburger Hirsche, Schwäne und Fische, in Bleisoldaten „für Otto,“ in Bildern, Photographien, Bilderbögen, Spazierstöcken, Messern usw. usw. Schon am 6. September 1860 kauft er für 3 fl. eine Statuette von Wilhelm Tell und am 8. Mai 1863 für 54 Kr. die „Sage von Tell“. Das Schauspiel von Schiller dürfte er erst am 29. Juni desselben Jahres zum ersten Male

gesehen haben. Bücher scheinen ihm aus anderen Mitteln geliefert worden zu sein, denn es findet sich davon nur (am 20. Dez.
1862) Rüstows „Feldzug von 1859“, Walter Scotts „Quentin
Durward und im Januar 1864 die „Vision von Beethoven“
(15 fl.).

Erst vom Jahr 1863 an wurde ihm der Besuch des Hoftheaters
freigestellt, aber da, wie es scheint, nur volljährige Prinzen die
Hoflogen benutzen durften, muß er die Eintrittskarten für sich
und seinen Begleiter aus seinem Monatsgeld bestreiten (c. 2 fl.
24 Kr.—3 fl.), was ihn aber nicht abhält, von der ihm eingeräumten, so lange vergebens erstrebten Vergünstigung den ausgiebig-
sten Gebrauch zu machen.

Trotz des bescheidenen Betrages seines Monatsgeldes, weist
das Budget von 1856—1862 Jahresüberschüsse auf, deren
kleinster 2 fl. 37 Kr. und deren größter 64 fl. 3 Kr. sind. Nur
zur Weihnachstzeit zeigt sich die Tendenz zu kleinen Überschrei-
tungen, die im Jahre 1862 sogar über 300 fl. betragen. Er hatte
schon im Oktober dieses Jahres eine goldene Kette für 94 fl.
und im November ein Medaillon mit Schwan und Brillantkreuz
für 36 fl., eine goldene Schwanenfeder für 20 fl. und eine Lapis
Lazuli Garnitur gekauft; beim Weihnachtsfeste nach erreichter
Volljährigkeit stiegen die Geschenke für den Bruder allein auf
115 fl. Der Monat Dezember 1863 schließt mit 263 fl. 15 Kr. Ausgaben ab, einem viel höheren Betrag, als alle vorausgegangenen,
aber immerhin war von da noch ein weiter Schritt zu den
300000 Mark, die Ludwig II. später für Weihnachtsgeschenke
ausgab.

Im Knabenalter drängte es, wie andere Knaben, auch den
Kronprinzen, seine Weihnachts- und Geburtstagswünsche schriftlich zu verlautbaren und es kommt hierbei frühe ein künstlerischer und religiöser Zug zum Ausdruck. Der junge Ludwig
wünscht sich neben einem Messer mit vielen Klingen und einer
Pulvertasche Bilder aus der Allerheiligen Kirche, neben dem
Modell einer Lokomotive mit Dampfbetrieb und Bremswagen
ein Gebetbuch, „Die Blüten der Andacht“, in Elfenbein gebunden mit blausammtenem Rücken und einem Kreuz von Lapis

Lazuli auf dem Deckel, neben einem Linienschiff nebst Kajüte „ungefähr 3 Schuh 2 Zoll lang" ein Bild von Jesus auf dem Ölberg, Tassen mit Ansichten der Frauenkirche, Hohenschwangaus, Berchtesgadens u. a., Bilder des Kampfes des Schwanenritters und von dessen Hochzeitszug usw. usw. Bescheiden fügt er bei: „Wenn es nicht zu viel ist", oder „wenn es möglich ist". —

In den zwei letzten Monaten vor der Thronbesteigung wurde das Aufschreibebuch nicht mehr genau geführt. Die Ausgaben des Januars betrugen aber 197 fl., darunter zwei Uhren, eine für 100 fl. und eine für 50 fl. Auf dem letzten Blatt findet sich unter dem 16. (wahrscheinlich Februar) der Eintrag 21 fl. Almosen mit der Motivierung „Wonnezeit" und unterm 27.(?) Schwanenknöpfe 56 fl. —

An seinem siebzehnten Geburtstag (25. August 1862), den die königliche Familie in St. Bartholmä am Königssee feierte, erhielt Ludwig II. den Hausritterorden vom heil. Hubertus, an dessen etwas theatralischen Veranstaltungen er sich später mit einer gewissen Vorliebe beteiligte.

Die Mündigkeitserklärung am 25. August 1863 fand gleichfalls im Kreise der königlichen Familie in Hohenschwangau statt. Das Ludwig II. immer vor anderen liebe Schloß erstrahlte an jenem Tage in bengalischer Beleuchtung, während die Füssener Liedertafel vaterländische Gesänge zum Besten gab.

Im Winter dieses Jahres überstand Ludwig II. den Gelenkrheumatismus und war überhaupt viel krank. Dies dürfte wohl auch der Grund sein, aus dem sein Name in dem Programm des glänzenden Ball- und Kostümfestes in dem neuhergestellten Residenz-Theater am Fastnachtsdienstag 1864 fehlt, in welchem seine Mutter als Kurfürstin Maria Anna ihren letzten Schönheitstriumph am Hofe vor dem Ableben ihres Gatten feierte und Prinz Otto als Edelknabe, wie alle Gäste, in der Tracht von 1753 erschienen.

Ludwig besuchte nach Ablegung des Gymnasialabsolutoriums Vorlesungen an der Universität bei Liebig, Jolly, Huber u. a. Jolly, dessen Kolleg über Physik er hörte, und wie aus mir vorgelegenen losen Blättern ersichtlich war, zum Teil auch nachschrieb, bemerkte, der Kronprinz habe nach seinen Eindrücken dem Vortrag folgen können, sei aber der einzige von den bei ihm hörenden Prinzen gewesen, der im Kolleg einen abgesonderten Platz beanspruchte.

Eine Dame aus Berlin sagte mir kurz nach der Katastrophe von 1886, in Überschätzung des Einflusses der Erziehung: „alles, was Ludwig II. Trauriges begonnen, wäre nicht möglich gewesen, wenn er die Erziehung eines preußischen Prinzen genossen hätte." Viel richtiger und wahrer klingt das Wort, das die Königin-Mutter wie einen mildernden Umstand ihrer Biographie des Sohnes anfügt: „Max starb zu früh." —

Ludwig II. bestieg den Thron in einem Alter, in dem andere kaum die Universität zu beziehen pflegen. Dabei stand ihm nicht, wie seinen beiden französischen Vorbildern auf dem Thron, ein Staatsmann von Autorität und hervorragender Bedeutung zur Seite.

Acht Monate früher, am 9. August 1863, hatte die Königin in dem Fremdenbuch ihres Schweizerhauses den Kronprinzen als „schwärmerisch" und den Prinzen Otto als „lustig" charakterisiert. Wie zur Bestätigung dessen trug Ludwig am 13. August 1864 in dasselbe Fremdenbuch folgende Verse ein:

> Wie freu' ich mich, Dich wieder zu begrüßen,
> Du stilles Haus nach langer, langer Zeit! —
> Vergnügt begrüß' ich dieses Baches friedlich Fließen
> Euch Bäume und euch Berge weit und breit.
> Ich athme hier der Berge frische Lüfte,
> Erfreu' mich an das Himmels klarem Blau,
> Es grüßen mich der Blumen süße Düfte,
> Auf ihren Blättern liegt des Himmels frischer Thau.
> So sag' ich dieser Gegend nun, der hehren,
> Mein Aufenthalt wird lange noch hier währen.
>
> Ludwig.

Manche dürften dem kleinen Gedichtchen vom gleichen Tage des „lustigen" Prinzen Otto den Vorzug geben:

> „Eben trug Fürst Taxis
> Mit Kellner Praxis
> Kaffee und Butter
> Uns zum Futter."

II.

Als König Max II. in der Nacht des 10. März 1864 die Sterbesakramente empfangen hatte, verlangte er nach dem Kronprinzen. Was er ihm damals sagte, ist nicht bekannt geworden; er war schon so schwach, daß er bald wieder allein zu sein wünschte, „um ruhen zu können". Sein letzter Wunsch, daß dem Sohne ein gleich ruhiges Ende beschieden sein möge, wie ihm selbst, ist nicht in Erfüllung gegangen. —

Gegen fünf Uhr morgens ertönte die Trauerglocke von den Türmen der Stadt, die das Volk zusammenrief, daß es Gott vor den Altären um die Rettung des geliebten Königs bitte. Die Gemächer bis zum Vorzimmer des Schlafgemaches des Schwerkranken füllten sich mit Personen aller Stände. Niemand wurde der Zutritt verwehrt. War es doch eine große Familie, die sich an das Sterbebett des geliebten Landesvaters drängte. Dort betete der Erzbischof mit den Mitgliedern des Hauses knieend die Sterbegebete. Als er sich dann erhob und, Tränen im Auge, in die dicht gefüllten Vorräume trat, wurde die leise Frage an ihn gerichtet: „Lebt der König noch?" „Ja!" antwortete er, „er lebt im Himmel! Gott hat uns einen guten König genommen, laßt uns beten, daß er uns wieder einen gleich guten gebe." Da fielen alle auf die Kniee und Weinen und Schluchzen erfüllte den Saal.

Prinzessin Victoria sank in Ohnmacht, als sie vom Fenster des St. James-Palastes aus die ungeheuere Menschenmenge erblickte, in welcher sie Herolde als Königin von England ausriefen. Auch Ludwig II. erblaßte und zeigte sich tief erschüttert, als ihn am Totenbette des Vaters ein Page zuerst mit „Majestät" ansprach. Aber er faßte sich bald; denn nicht, wie Königin Victoria, drückte ihn die zu übernehmende Verantwortung nieder, die hohen und poetischen Vorstellungen, die er an das Königtum knüpfte, erhoben ihn, beglückten ihn und berauschten ihn bald.

Alle, die ihn damals sahen, rühmen den edlen Anstand, die echt königliche Würde, mit der er die ersten zeremoniellen Pflichten erfüllte. Bei der Beeidigung auf die Verfassung sprach er so außerordentlich schön, mit so viel Rührung, Nachdruck und Herzlichkeit, daß die Staatsräte bis zu Tränen ergriffen wurden.

Der Morgen seiner Regierung war hell und verheißungsvoll. Als er den Thron bestieg, erschien er vielen als ein wahrer Götterjüngling. Ein Apoll von Gestalt, schmückten ihn scheinbar alle Vorzüge des Geistes und Gemütes. Nicht nur die Frauenwelt schwärmte für ihn, auch ernste Männer empfanden den Zauber seiner angeborenen, vornehmen Liebenswürdigkeit. Er hatte nichts von der etwas steifen Art, die sein Vater niemals ganz los wurde, noch von der zuweilen etwas indiskreten Ausfälligkeit, durch die sein Großvater manche verletzte. Aber den Geist dieses Großvaters glaubte man in ihm wieder zu finden; er besaß eine glänzende Unterhaltungsgabe und der Cercle bei Hofe nahm unter ihm bald eine ungewöhnliche Zeitdauer in Anspruch.

Ludwig II. war belesen und hatte ein ausgezeichnetes Gedächtnis, das ihn befähigte, Teile von Schillers Dramen sehr gut zu deklamieren. Seine Fertigkeit, mit guter Aussprache französisch zu sprechen, beeinträchtigte später der Mangel an Übung und das Fehlen der Vorderzähne; diese Mängel sollen auch zu den Gründen gehört haben, aus denen er fremde Gesandte nicht mehr gern empfing.

Nicht nur schöne Verse behielt er im Gedächtnis; er erinnerte sich noch nach Jahren an den Gang wenig bedeutender Verhandlungen und Gespräche und konnte genau Stellen in Büchern angeben, die er gelesen hatte. Auch vergaß er nie einen ihm geleisteten Dienst. Als er einst als Kronprinz in der Nähe von Hohenschwangau von einer armen Frau um eine Gabe angesprochen wurde, ergab sich, daß sich in seinen Taschen nichts mehr von den 12 fl. vorfand, die er als Monatsgeld bezog. Schüchtern, wie er damals war, bat er Leinfelder, der eben vorüberging, ihm einen „Sechser" zu leihen. Zehn Jahre waren vergangen, als der König einmal Leinfelder frug, ob er sich nicht erinnere, daß er ihm noch Geld schuldig sei. — Zur Abtragung dieser alten

Schuld überreichte er ihm dann eine Busennadel mit einer edlen Perle in der Größe eines Sechsers. Da Leinfelder sie nicht trug und dem König auf eine Bemerkung darüber das Geständnis machte, daß er Schmucksachen nicht liebe, bat ihn dieser, ihm doch zu sagen, womit man ihm denn eine Freude machen könne. Das tat der König immer gern; er blieb freigebig bis zuletzt; nur zu freigebig.

Leinfelder kannte den Kronprinzen von dessen früher Jugend an. Er spielte mit ihm Engel und Teufel und bat Ludwig, als er König geworden war, im Scherz um Verzeihung wegen der Schläge, die er ihm einst mit dem Plumpsack versetzte, und die jetzt Majestätsbeleidigungen geworden wären. Ludwig II. behielt ihn auch nach dem Tode von König Max noch drei Jahre lang im Kabinett, wo ihm der Vortrag über die Zeitungen und die Literatur oblag; er war stets sehr herablassend gegen ihn, trug eigenhändig einen Stuhl herbei, wenn er kam und begleitete ihn durch drei Gemächer hindurch, wenn er ging; schnitt ihm Orangen auf, schenkte ihm Wein ein, erkundigte sich auf das teilnehmendste nach dem Befinden seiner kranken Mutter und schickte ihr Blumen.

Ungemein günstig über den jungen König sprach sich auch ein anderer Hofbeamter aus, der es noch länger bei Ludwig II. aushielt, als Leinfelder. „Die Auffassung des Königs,“ sagte mir der ehrenwerte Düfflipp, den ich nie eine Lüge sagen hörte, „war eine leichte und schnelle. Es war nicht schwer, mit ihm in Geschäften zu verkehren und ich hätte mir keinen besseren und zu zeiten auch keinen liebenswürdigeren Herrn wünschen können, wenn nicht nach und nach seine unglückseligen Liebhabereien alle Vernunft überwuchert und die Möglichkeit einer geordneten Geschäftsführung ausgeschlossen hätten.“

Auch den Instinkt der Menschenkenntnis besaß Ludwig II. in nicht gewöhnlichem Grade. Er beobachtete scharf die Gesichtszüge während des Vortrags und wußte sein Verhalten darnach einzurichten, indem er allen unangenehmen Erörterungen auswich.

Aus seiner ersten Regierungszeit werden viele Züge von Herzensgüte und Pietät erzählt. Totenblaß wohnte er dem Trauergottesdienst für seinen Vater bei, in dem Döllinger eine staatsmännische Rede hielt. Schon durch sein Aussehen erregte er allgemeine Sympathie, noch mehr aber durch die erste Frage, die er jedem Vorschlag entgegenstellte: „Wie hat dies mein Vater gemacht?"

In der Frühzeit seiner Regierung fehlte ihm auch das Pflichtgefühl nicht, das man später oft so gänzlich an ihm vermißt. Man hatte seinem Vater zur Last gelegt, daß er zu wenig mit seinen Ministern konferiere, da er sie höchstens nach der Tafel anredete, während er alles mit dem Kabinettssekretär Pfistermeister besprach. Ludwig II. äußerte sich nun dahin, er sei noch unerfahren in den Geschäften und bedürfe des Rates erfahrener Männer; täglich mußte daher ein anderer Minister mit ihm arbeiten. „Diese mündlichen Vorträge," lesen wir bei Bomhard, „fanden allwöchentlich an den für die einzelnen bestimmten Wochentagen statt. Man nahm dabei auf dem Sessel neben dem auf dem Sofa sitzenden König Platz, in dessen schönes, bei ihn besonders interessierenden Gesprächen weit geöffnetes Auge man gerne blickte. Des Königs Haltung war, bei einem gewissen Grad jugendlich natürlicher Schüchternheit, die ihn bezaubernd zierte, doch majestätisch imponierend. Die Vorträge hörte er mit großer Aufmerksamkeit an, einem dabei oft forschend in's Auge sehend. Nach deren Beendigung pflegte er sich noch über allgemeine Gegenstände, stets höhere Tagesfragen, nie über Gewöhnliches, Hof- oder Stadtklatsch u. dergl. zu unterhalten." Bomhard empfing den Eindruck, daß er geistig in hohem Grade begabt sei, daß aber die geistigen Anlagen, Denken und Wissen ohne geregelte Ordnung in seinem Kopfe lebten.

Im ersten Feuereifer ließ er öfters am Tage anfragen, ob im Kabinette nicht Anträge der Ministerien zur Unterschrift eingelaufen seien. Schon um 9 Uhr nahm er täglich den Vortrag des Kabinettssekretärs v. Pfistermeister entgegen, nachdem er vorher der Königin-Mutter einen Morgenbesuch abgestattet hatte.

Damals war er auch noch ein „sichtbares" Oberhaupt des Staates. Man sah ihn — zwar sehr selten auf der Straße — aber doch bei den bayerischen Hauptfesten: der Fronleichnamsprozession und dem Oktoberfest, in der Kirche, im Theater, in

Konzerten[1], im Wagen und hoch zu Roß. Er war ein ausgezeichneter Reiter und seine Begleiter seufzten über seine Parforceritte. Bei seinem Regierungsantritt erhielt der Oberststallmeister
den Auftrag, ihm ein Verzeichnis aller Reitpferde des Hofstalles
vorzulegen, da er vorhabe, alle Pferde der Reihe nach zu reiten.
Um jene Zeit ritt er einmal von Seeshaupt nach Kochel, von da
an den Walchensee und wieder zurück nach Kochel, wo er zu
Mittag aß; dann ritt er nach Partenkirchen, wobei ihn der Weg
nach Mittenwald wieder am Walchensee vorbeiführte. In Partenkirchen kam er abends 9 Uhr an. Am folgenden Tage ging er
morgens drei Stunden spazieren und ritt dann um 2 Uhr wieder
über Murnau nach Seeshaupt und Berg, nachdem er schon vorher einmal den See in vier Stunden umritten hatte.

Wir besitzen zwei gute Bilder von Ludwig II. zu Pferd. Das
eine von Feodor Dietz gibt lebenswahr die Windeseile seiner
Ritte wieder, das andere von Behringer stellt ihn dar, wie er im
September 1864, umgeben von seinem Generalstab und den Prinzen des königlichen Hauses, verkündet durch 21 Kanonenschüsse,
sich zu der ersten großen Truppenrevue auf dem Marsfeld begibt. „Der König," schildert ein englischer Biograph die Szene,
„sitzt mit vollkommener Sicherheit (with the most perfect ease) zu
Pferd, er trägt mit einer für einen so jungen Mann außerordentlichen
Würde das Haupt und seine schönen Augen blicken gerade aus. Allein
Niemand, als vielleicht ein schwärmerisches junges Mädchen, wird je behaupten wollen, daß dieser schöne junge Reiter ein militärisches Aussehen
hat, — aus dem einen Grunde, weil er sich das Haar hätte schneiden
lassen sollen."

Das war eine kleine Aussetzung. Aber frühe traten auch schon
ernstere Bedenken hervor und die Zweifelsfrage, ob denn das
Idealbild, das die äußere Erscheinung unterstützte, auch so ganz
der inneren Wirklichkeit entsprach? —

Als Leinfelder, nachdem er zwei Tage lang in Tränen über den

---

[1] Während sein Großvater ein fleißiger Besucher der Odeonskonzerte
war, besuchte sie Ludwig II. nur ein einziges Mal, am 25. Dezember 1864,
obschon er über die spontane Herzlichkeit, mit der das Publikum ihn
dabei begrüßte, freudig bewegt schien und darüber Wagner schrieb:
„Soeben komme ich vom Konzert zurück, in welchem Bülow meisterhaft spielte."

LUDWIG II. ALS KRONPRINZ
MIT SEINEN ELTERN

Tod Maximilians II. verbracht hatte, zum ersten Male wieder die Treppe der Residenz hinauf stieg, begegnete er dem Grafen La Rosée, dem er seinen Schmerz mit dem Beifügen kundgab, der einzige Trost, der uns bliebe, sei der, daß wir einen Engel auf den Thron bekämen. Der Hofmann widersprach nicht direkt, er betonte nur mit eigentümlicher Bestimmtheit, der frühe Tod Maximilians II. sei das größte Unglück gewesen, das Bayern habe treffen können.

Wir wollen an dieser Stelle der Zukunft nicht weiter vorgreifen. Es sei vielmehr gestattet, eine Reihe von Zeugen der ersten Regierungszeit Ludwigs II. hier anzurufen, deren in verschiedenen Werken zerstreute Äußerungen vereinigt es erleichtern dürften, einen Gesamteindruck zu gewinnen.

Freilich liegt in jedem Urteil, das Menschen über einander abgeben, immer ein subjektiver Zug und es ist oft charakteristischer für die, welche es fällen, als für die, über welche es gefällt wird. Im großen und ganzen lauten aber alle der folgenden Würdigungen sehr günstig.

Ein deutsch-österreichischer Schriftsteller. Bei Klara Tschudi:

„Er war der schönste Jüngling, den ich je gesehen habe. Seine hohe, schlanke Gestalt war vollkommen symmetrisch. Sein reiches, leicht gelocktes Haar und der leichte Anflug eines Bartes verliehen seinem Kopfe Ähnlichkeit mit jenen großartigen antiken Kunstwerken, durch welche wir die ersten Vorstellungen von dem Begriffe gewonnen haben, den die Hellenen von männlicher Kraft hatten. Selbst wenn er ein Bettler gewesen wäre, hätte er sich meiner Aufmerksamkeit nicht entziehen können. Kein Mensch, alt oder jung, reich oder arm, konnte von dem Zauber unberührt bleiben, der von seinem Wesen ausging. Seine Stimme hatte einen angenehmen Klang. Die Fragen, die er stellte, waren klar und bestimmt. Seine Gesprächsstoffe waren wohl gewählt und geistreich; er drückte sich leicht und natürlich aus. Die Begeisterung, die er in mir weckte, hat sich niemals vermindert, sie hat mit den Jahren zugenommen.“

Graf Schack. „Ein halbes Jahrhundert.“

„Den Sohn und Nachfolger König Maximilians II. hatte ich schon bei Lebzeiten des Vaters mehrfach gesehen und den angenehmsten Eindruck von dem schönen Knaben empfangen. Er war von seinem Gouverneur sehr streng erzogen worden und dieser scheint nicht die Gabe besessen zu haben, die Zuneigung seines Zöglings zu gewinnen. Als nun der junge Prinz ganz unerwartet mit achtzehn Jahren den Thron bestieg, vermochte er, der bisher fast noch als ein Kind betrachtet worden war, in den plötzlichen Wandel seiner Lage sich kaum zurechtzufinden. Er zeigte eine gewisse Scheu und Bangigkeit und konnte sich nur schwer entschließen, unter Menschen zu gehen. Allerdings veranstaltete er in den ersten Jahren seiner Regierung noch Hoffeste, empfing Staatsbeamte, Gesandte usw., allein er tat dies nur, wo es durchaus nötig erschien und zog sich, sobald es anging, in die Einsamkeit zurück. Je mehr früher sein Hang zur Poesie unterdrückt worden war, desto leidenschaftlicher gab er sich ihm jetzt hin. Vor allem war Schiller sein Lieblingsdichter."

Justizminister v. Bomhard. Über seine erste Begegnung nach seiner Berufung mit dem König in Hohenschwangau am 27. September 1864.

„Der neunzehnjährige Jüngling — übergossen vom Reiz jugendlicher Schöne, Adel in Antlitz und Gestalt, mit üppig dichtem, braunem Haar, wahrhaft prachtvollem Auge voll Geist und Seele, in feierlich schwarzem Anzug mit Ordensstern auf der Brust, empfängt mich huldvoll, öffnet mit den Worten: „nun sehen Sie erst meine Aussicht an" das Fenster und zeigt mir die großartige Umgebung. Er spricht mit mir die Hauptaufgaben des Justizministers durch, offenbar durch seinen Kabinettssekretär darauf vorbereitet, denn er zeigt einen Überblick, der überraschend ist und weiß ganz gut die Äußerung meiner Anschauungen über das eine und andere, insbesondere über einschlägige wichtige politische Tagesfragen zu provozieren." „Auffallend war mir sehr bald, daß er zuweilen, wenn Auge und ganzes Wesen Anmut und Wohlwollen zu zeigen scheint, sich plötzlich in die Höhe richtet und — mit ernstem, selbst strengem Blick umherschauend — ein finsteres Wesen annimmt, völlig im Kontrast mit der anmutsvollen Jünglingserscheinung." „Mein Gedanke war der: „Gott gebe, wenn zwei Naturen in dem Jüngling keimen, wie es mir nach der ersten Unterredung schien, daß die gute den Sieg gewinne . . . "

„Nach der Unterredung, die mich im Andenken an des Königs edlen Vater tief bewegte, stellte ich mich der Königin-Mutter vor, die — noch in tiefer Trauer, auch des Herzens — mich mit gleicher Huld wie der König empfing und durch meine Äußerung des Schmerzes über ihres Gemahls Tod tief ergriffen war."

„Nach der Tafel auf offenem Söller des Schlosses mit herrlichem Blick auf die Umgebung, nahm mich der König auf die Seite und unterhielt sich mit mir in unverkennbarem Wissensdrange über geschichtliche, staatsrechtliche Fragen, neue Geschichtswerke, die staatlichen Zustände, die ihn besonders zu interessieren scheinen und zeigte sich wohlunterrichtet."

„Der König lud mich dann zu einer Spazierfahrt mit ihm ein, an einen Ort, wo wir die Königin finden würden. Ich fahre allein mit ihm in vierspännigem Wagen, der durch die herrliche Gebirgsnatur über Höhen und

Täler dahinsaust. Ich mußte ihm vom Hannöverischen Hof und namentlich vom Kronprinzen erzählen. Auch auf den König von Preußen kam der König zu sprechen; hier nahm ich die Gelegenheit wahr, dem jungen Herrscher gegenüber auf die große Hingabe des betagten Monarchen an seine Pflicht, seine Unermüdlichkeit in deren Erfüllung, seine Leutseligkeit, seine konservative Treue für die Männer, denen er einmal sein Vertrauen geschenkt, hinzuweisen."

„Wir stiegen nach einstündiger Fahrt aus; der König schickt Wagen und Dienerschaft zurück; wir sind allein in der weiten Gebirgswelt..." „Plötzlich erklärt der König, den Weg verfehlt zu haben"... „Ein Bauernmädchen, nach dem Weg befragt, läuft verlegen davon; es wird finstere Nacht; meine Sorge war groß..." „Endlich Hundegebell, wir gehen darauf zu, Fackelschein kommt uns entgegen; die Königin, in großer Angst, hatte uns Leute entgegengeschickt. Wir finden sie mit dem Prinzen Otto, zwei Hofdamen und zwei Flügeladjutanten vor einem Bauernhause an einem Tische im Freien. Ich muß zwischen der Königin und dem Prinzen Otto Platz nehmen; die Königin selbst streicht Butterbrode, die sie zu Kaffee und Bier anbietet; es folgt zwanglose, gemüthliche Unterhaltung. Auf dem Rückwege im Wagen mit König, Königin und dem Prinzen unter dem herrlich gestirnten Himmel, durch mehrere Dörfer, deren Bewohner durch Lichter an den Fenstern den Weg beleuchteten und ihre Freude über des Königs Durchfahrt zu erkennen gaben, mußte ich dem Prinzen Otto Aufschluß über den Sternenhimmel geben und von meinen Universitätsjahren und Korpserlebnissen erzählen. Nach der Rückkehr Abendtafel mit der königlichen Familie, Billardspiel mit König und Königin — kurz ich ward behandelt, wie zur Familie gehörig."

Auch nach näherer Bekanntschaft war Bomhards Meinung über den sittlichen Charakter des Königs in der Zeit, während er ihm nahe stand, die beste: „Er legte großen Wert auf die Wahrnehmung, daß sein Herz rein und unverdorben war, daß er in ihm eine Keuschheit und Reinheit der Seele fand, wie sie der kostbarste Edelstein auf dem Throne sei, mit schwärmerischer Begeisterung für alles Schöne, Große und Edle, für die erhabensten Ideale." —

Ernst von Possart. „Erstrebtes und Erlebtes."

Ernst Possart stand zum ersten Male im Oktober 1864 vor Ludwig II. in der unsympathischen Rolle des intriganten Sekretärs Wurm in „Kabale und Liebe". Lila v. Bulyovsky spielte die Rolle der Lady Milford. Die Briefszene hatte starken Beifall ausgelöst. Der Intendant kam eilig in Possarts Garderobe

mit der Mitteilung, der König habe soeben den Flügeladjutanten
zu ihm geschickt, und ihm zum Engagement Possarts gratulieren
lassen. Das spornte den Künstler an, er ging „feurig in's Zeug".
Der Vorhang fiel. Der König stand in der Loge und applaudierte.
Das Publikum rief Possarts Namen. Der Intendant erschien:
„Sie sollen sich gleich zur Audienz melden; der König will Sie
sprechen."

„Zwei Tage später," erzählt Possart weiter, „stand ich im Vorzimmer des Empfangssaales. Der junge Flügeladjutant v. Sauer sah
wohl meine Beklommenheit. „Seien Sie nur ganz unverzagt," lächelte
er mir zu. — Majestät haben heute noch von dem „Wurm" gesprochen
und freuen Sich schon auf Ihre nächste Rolle. Gedulden Sie sich
nur noch eine kurze Zeit! So bald Exzellenz v. Pfistermeister heraus ist, melde ich Sie." Ich verneigte mich dankend. Eine ängstliche Stille. Ich dachte nach Hause, an meine Mutter..." „Herr v. Sauer
sieht nach der Thür. Vor dem Zimmer links beugt sich der Lakai lau-
schend zum Schlüsselloch und sieht dann kurz zum Adjutanten hinüber;
dann legt er die Hand auf den Türgriff. Ein stattlicher Herr tritt mit
dem Rücken zu uns heraus, sich noch einmal gegen das Innere des
Audienzsaales tief verneigend. Mir wurde nicht gut; die Kniee schlotter-
ten mir. „Jetzt melde ich Sie," flüstert Herr v. Sauer und eilt, dem
Kabinettssekretär im Vorübergehen schnell die Hand drückend, in das
Zimmer des Königs. „Ah, Herr Possart," nickt mir Excellenz v. Pfistermeister freundlich zu, „gratuliere zu den schönen Erfolgen." Er bricht
ab. Der Adjutant ist in die Tür getreten und winkt mir. „Sie sind sehr
gütig," hauchte ich verwirrt, „ah, verzeihen Sie." Ich verbeuge mich,
rücke meinen Frack zusammen — nun, mit Gott! Da stehe ich im
Audienzsaal. Herr v. Sauer wirft mir noch einen ermunternden Blick
zu und verschwindet. Ich sehe mich um; ein breiter dreifenstriger
Raum, mit lichtblauen Tapeten bekleidet, in seiner Mitte ein Rondell
von mächtigen Palmen. Bange Sekunden verstreichen; nichts unterbricht die Stille. Da bewegen sich die Zweige der Palmen; ich schrecke
auf, und eine weit das Menschenmaß überragende schlanke Erscheinung
wendet sich, aus dem Grün tretend, langsam feierlich auf mich zu. Mir
stockt der Atem. Als ich nach tiefer Verbeugung mich aufrichte, steht
die majestätische Gestalt dicht vor mir; ich muß den Kopf in den Nacken
werfen, um ihr ins Antlitz schauen zu können. Aber mein Blick vermag
nichts mehr zu unterscheiden, denn zwei mächtige stahlgraue Augen,
von dunklen Wimpern umrahmt, senken sich forschend in die meinigen
und halten sie gefesselt. Wie erstarrt stehe ich; nichts schaue ich mehr
als dieses Augenpaar. Der König spricht schon mit mir. Der leise Ton
seiner Stimme klingt gütig, allein ich vermag die Worte nicht zu fassen;
immer blicke ich gespannt in diese überirdisch leuchtenden Sterne."

„Endlich fasse ich mich. Der König frägt mich nach meiner Vergangenheit, nach meinen Lieblingsrollen, er wünscht mich seiner Hof-

bühne dauernd zu erhalten und reicht mir zum Abschiede die Hand.
Lange noch zittert der Eindruck dieser Stunde in mir nach.“

Felix Dahn. Erinnerungen. 4. Buch.

„In das Jahr 1864 und 65 fällt der Besuch des gerade 18- oder 19jähri-
gen Königs Ludwig II. auf seiner Rundfahrt durch die bayerischen
Kreise in Würzburg; wir Professoren wurden ihm in der Universität vorgestellt: einen schöneren jungen Fürsten konnte man nicht ersinnen:
ein Märchenprinz, ein Lohengrin. Nie werde ich den Blick, den schwärmerischen Aufschlag dieses blauen Jünglingsauges vergessen! Nur noch
einmal im Leben, im Jahre 1873, sollte ich den König sehen: in höchst
merkwürdiger Zwiesprache. Bei der Vorstellung begegnete eine drollige
Verwechslung. Einer der Professoren hatte sehr viel, ein anderer seit
seiner Habilitierung vor 30 Jahren nichts geschrieben. Der arme junge
König, der sich kurz vorher auf einen Zettel, den er nun manchmal hervor-
zog, die Namen und Verdienste von einem halben Hundert Professoren
hatte aufschreiben lassen, verwechselte den Fruchtbaren und den „Galt-
ling“ (?) und versicherte laut vor uns Allen, er habe schon zahlreiche
Bände von ihm gelesen.“

Paul Heyse. „Jugenderinnerungen.“

„Um für die Wiedergewährung der Pension meinen Dank abzustatten,
hatte ich um eine Audienz nachgesucht. Es war das einzige Mal, daß
ich dem jungen Könige gegenüberstand. Er empfing mich freundlich,
doch mit einer gewissen gesucht hoheitsvollen Haltung, die erkennen
ließ, daß ihm seine königliche Würde noch eine Rolle war, in die er erst
hineinwachsen sollte. Wie ganz anders hatte sein unvergeßlicher Vater
den soviel jüngeren Poeten gleich bei der ersten Begegnung aufgenommen!
Doch war der Blick der schönen großen Augen, in denen ein träumerischer
Glanz leuchtete und seine Rede frei von jeder Befangenheit. Von Dönniges wußte ich auch, daß der junge Herrscher ein ungewöhnlich sicheres
Urteil über jeden besaß, der in seine Nähe kam, eine Menschenkenntnis,
deren Reife bei der weltfremden Erziehung, die er genossen hatte, geradezu wunderbar erschien. Das Gespräch mit mir bewegte sich um
gleichgültige Dinge.“

Fürst Chlodwig v. Hohenlohe berichtet der Königin von England unterm 15. April 1865:

„Was Bayern betrifft, so kann ich die Bemerkung nicht unterdrücken,
daß wir den liebenswürdigsten Monarchen haben, der mir noch je vor
Augen gekommen ist. Er ist eine durchaus edle poetische Natur. Sein
Wesen ist so außerordentlich einnehmend, weil man fühlt, daß seine
Höflichkeit der Ausdruck eines wohlwollenden Herzens ist. Dabei fehlt
es ihm nicht an Verstand und Charakter. Ich hoffe, daß die Aufgaben,
welche ihm während seiner Regierung bevorstehen, seine Kräfte nicht
übersteigen möchten.“

Der Fürst hatte den König schon anfangs Oktober 1864 im Theater gesehen und, nachdem er kurz vorher in Erfahrung gebracht hatte, daß die Bayerische Dynastie keinen Mediatisierten als Minister wolle, kam es ihm vor, als ob auch Ludwig II. schon den mißtrauischen Ausdruck seines Vaters annehme.

Peter Cornelius, der liebenswürdige Komponist des „Cid" u. a. m., der auf Betreiben Richard Wagners von Ludwig II. nach München berufen war, schrieb über die erste Audienz, die er bei dem König hatte, unterm 13. Januar 1865 folgendes in sein Tagebuch:

„Endlich öffnete sich die Audienzthüre auch für mich. Der klare Verlauf des Gespräches ist mir schon zum Traume geworden; ich weiß nicht mehr, wie sich alles entspann, was der König zuerst fragte... Er stand wenige Schritte von der Thüre im bayerischen Militärkleide, den Hut mit Federn auf dem rechten Arm. Zuerst sucht wohl das Auge das Auge, wenn man einen Menschen ansieht. Und so ging mir's bei ihm, nur daß man es schwer wieder verlassen konnte und so alles Übrige nur im Überblick sah, am meisten den redenden Mund, den ein Zug von der reinsten Herzensgüte umschwebt. Seine Stimme ist halblaut und volltönend, sehr wohltuend. Seine Sprache reines, ungeziertes Deutsch. Die stille Furcht, etwas Kränkliches, Überreiztes in dem Wesen des gekrönten Jünglings zu finden, schwand sogleich völlig; er ist gesund, kräftig. Sein Haupt bewegt sich zierlich frei und schön auf dem das gewöhnliche Maß überragenden Körper; kurz, jeder Blick, jedes Wort, dessen ich mich heute entsinne, war nur wohlthuend, nur erfreuend, hatte nicht den entferntesten Beigeschmack von Einengendem oder Bedrückendem. Königswürde mit Schönheit und dem Ausdruck eines durch keinen Hauch getrübten Seelenadels gepaart, das gewährt einen erfreuenden, im Innersten wohlthuenden Anblick."

Luise v. Kobell-Eisenhart, die aus den vorsichtigen und diskreten Mitteilungen ihres Gatten, des Kabinettssekretärs, manchen schätzbaren Beitrag zu der Geschichte Ludwigs II. geliefert hat, erweist sich weniger ergiebig, indem sie ihre gelegentlichen Begegnungen mit ihm schildert. Immerhin geht daraus hervor, daß er der Tochter des Hofpoeten seines Vaters stets mit galanter Artigkeit entgegentrat:

„Da Ludwig II. in den Gängen der Residenz keine Begegnungen wollte, waren die Gendarmen angewiesen, Unberufene fernzuhalten und die Residenzbewohner berücksichtigten selbstverständlich den Allerhöchsten Willen. Als ich eines Abends über den Gang mit den Ahnenbildern schritt, um im Theater Webers Oberon zu hören, traf es sich, daß der König in einer Fensternische auf seinen Wagen wartete. Ich wollte zurückgehen. Da kam der König auf mich zu und sagte in der leutseligsten Weise: Halten Sie sich nicht auf und beeilen Sie sich, die Ouvertüre zu hören, sie ist sehr schön. Er vereinte dabei in seinem Gruß eine majestätische Hoheit und Freundlichkeit. Und noch ein paar Mal begegnete ich ihm auf dem Theatergang und stets sprach er dann gnädigst mit mir und forderte mich auf, vorüber zu gehen, damit ich nichts versäume."

Aus handschriftlichen Aufzeichnungen von Frau Anna von Kühlmann, geb. Freiin v. Redwitz.

„Im Winter 1870 erschien der König auf einem Offiziersball im Odeon, auf dem auch ich zum ersten Mal tanzen durfte. Er engagierte irgend eine Dame, während ich selbst mit dem alten General Stefan das vis-à-vis des Königs machen mußte. Er sprach einen Moment mit mir, fragte nach meinem Vater usw. Doch war seine Art zu reden nicht angenehm; er kniff die Lippen zusammen — man sagte wegen der schadhaften Zähne — und es war schwer zu errathen, was er meinte. Im ganzen war er auf dem Balle wortkarg und wenig leutselig. Hingegen sehr sein Bruder, Prinz Otto, mein Verehrer und eifriger Tänzer. Ein sehr lieber und netter, aber schrecklich nervöser junger Mann, der, als er von meiner Verlobung mit einem Bürgerlichen hörte, sich ganz von mir zurückzog; sonst tanzte er meist den Kotillon mit mir." —

Hartl-Mitius, Philomene, k. Hofschauspielerin (geb. 1852; „Jugenderinnerungen"), war schon im Alter von 20 Jahren berufen worden, ein Stück aus der Zeit Ludwigs XV. für die Separatvorstellungen zu schreiben, das den Beifall des Monarchen fand. Einige Zeit später erteilte er ihr auch Audienz.

Als ich den Vorsaal betrat, sah ich eine Menge befrackter und uniformierter Herren, die gleich mir zur Audienz befohlen waren. Ich wartete seit 5 Uhr und es wurde 6½ Uhr, bis ich an der Reihe kam. Es dämmerte, als ich klopfenden Herzens das Gemach betrat, in dem ich den König vorfinden sollte. Mit gesenktem Kopfe trat ich ein, machte die vorgeschriebenen Verbeugungen, wagte endlich aufzublicken und sah mich zu meiner Überraschung ganz allein. Der große Saal war leer. Ich wurde nun ein bischen dreister, besah mir die Bilder an den Wänden und richtete eben den Blick auf einen goldenen Blumenkorb in der Ecke, der mit einer bis zur Decke reichenden Palme geschmückt war, als der König in Uniform mit Ordensband und Federhut hinter demselben hervorkam. Es war, als hätte er mich erst eine Weile beobachten wollen. Eine gute halbe Stunde unterhielt er sich nun in der leutseligsten Weise mit mir, erkundigte sich nach meinem Erziehungsgange und freute sich sichtlich zu hören, daß ich in einem königlichen Institute (zu Nymphenburg) groß geworden war. Er kannte ja alle meine Lehrer und Lehrerinnen persönlich und hatte als kleiner Prinz mit seiner Mutter manche Stunde in unserem Klostergarten zugebracht. Wir besaßen also gemeinsame Kindererinnerungen und er wurde nicht müde, mit mir darüber zu plaudern. Auch über mein Stück und mein Spiel sagte mir der Hohe Herr so viel Schmeichelhaftes, daß mir das junge Köpfchen ordentlich wirbelicht wurde. So klar und so liebenswürdig der König sich nun auch ausdrückte, so berauscht ich von der ganzen Unterredung war, und obwohl Dämmerung in dem Gemache herrschte, ist mir doch damals schon Eines aufgefallen: die großen, wunderschönen Augen des Königs glitten unstät umher und hafteten nirgends fest. Wenn sie sich aber momentan in die meinen versenkten, sah ich darin einen seltsamen Ausdruck: unheimlich, rätselhaft. Es war, als ob eine innere Unruhe den Monarchen beherrsche, eine Unruhe, die mich schließlich selbst überfiel.'' —

Fürst v. Bismarck. Es dürfen hier auch die oft zitierten Bemerkungen nicht fehlen, welche Bismarck in seinen ,,Gedanken und Erinnerungen'' über die einzige persönliche Begegnung machte, die er mit König Ludwig II. und zwar noch während dessen Kronprinzenzeit hatte.

,,Bei den regelmäßigen Mahlzeiten, die wir während des Aufenthaltes in Nymphenburg. 16. und 17. August 1863 einnahmen, war der Kronprinz, später Ludwig II., der seiner Mutter gegenüber saß, mein Nachbar. Ich hatte den Eindruck, daß er mit seinen Gedanken nicht bei der Tafel war und sich nur ab und zu seiner Absicht erinnerte, mit mir eine Unterhaltung zu führen, die aus dem Gebiete der üblichen Hofgespräche nicht herausging. Gleichwohl glaubte ich in dem, was er sagte, eine begabte Lebhaftigkeit und einen von seiner Zukunft erfüllten Sinn zu erkennen. In den Pausen des Gespräches blickte er über seine Frau Mutter hinweg an die Decke und leerte ab und zu hastig sein Champagnerglas, dessen Füllung, wie ich annahm, auf mütterlichen Befehl verlangsamt wurde, so daß der Prinz mehrmals sein leeres Glas rückwärts über seine Schultern hielt, wo es zögernd wieder gefüllt wurde, und er hat weder damals, noch später die Mäßigkeit im Trinken überschritten. Ich hatte jedoch das Gefühl, daß ihn die Umgebung langweilte und er den von ihr unabhängigen Richtungen seiner Phantasie durch den Champagner zu Hülfe kam. Der Eindruck, den er mir machte, war ein sympathischer, obschon ich mir mit einiger Verdrießlichkeit sagen mußte, daß mein Bestreben, ihn als Tischnachbar angenehm zu unterhalten, unfruchtbar blieb. Es war dies das einzige Mal, daß ich den König Ludwig von Angesicht gesehen habe, ich bin aber mit ihm, seit er bald nachher (10. März 1864) den Thron bestiegen hatte, bis an sein Lebensende in günstigen Beziehungen und in verhältnismäßig regem brieflichem Verkehre gestanden und habe dabei jederzeit von ihm den Eindruck eines geschäftlich klaren Regenten von national-deutscher Gesinnung gehabt, wenn auch mit vorwiegender Sorge für die Erhaltung des föderativen Prinzips der Reichsverfassung und der verfassungsmäßigen Privilegien seines Landes.'' —

Günstig waren auch die Eindrücke, die damals König Wilhelm I. von Preußen selbst über seinen bayerischen Vetter empfing, wie wir den Aufzeichnungen eines anderen seiner Reisebegleiter, des Generaladjutanten Prinzen zu Hohenlohe-Ingelfingen entnehmen:

„Während unserer Anwesenheit in München erregte der bayerische Kronprinz Ludwig die Aufmerksamkeit unseres Königs in hohem Grade. Dieser junge Prinz stand damals in seinem achtzehnten Jahre, und man mußte seinen geweckten Geist, seine körperliche Gewandtheit wie seinen Mut bewundern. Er ritt und fuhr mit seltenem Geschick und hatte Sinn und Talent für Kunst und Wissen. Man erzählte uns, daß er vor kurzem seine Mutter selbst, wie er das oft that, in seinem Ponywagen im Park vom Sattel spazieren gefahren habe. Auf dem Heimweg hatte die Königin sich gewundert, daß er so schnell fuhr, er hatte sie aber beruhigt, es gehe ja ganz schön. Vor dem Schlosse angekommen, bog sich der Prinz vor, faßte beide Pferde bei den Nasen und parierte mit kräftiger Faust auf diese Weise sicher, denn — die Zügel waren zerrissen, und die Pferde waren nach Hause durchgegangen. Man setzte große Hoffnungen in diesen jungen Herrn.“

„Der jüngere Prinz Otto war ein lebendiges Lexikon, so viel hatte er auswendig gelernt. Aber an seiner Logik war schon damals manches auszusetzen.“

Rudolph v. Delbrück.   „Lebenserinnerungen.“

„Wenige Tage nach unserer Ankunft (in München, zwecks Besprechung mit den bayerischen Ministern über die Versailler Verträge, im Jahre 1870) befahl König Ludwig Herrn v. Mittnacht und mich zum Diner nach Berg, in dessen Nähe er sechzehn Jahre später sein tragisches Ende fand. Vor Tisch wurden wir, und zwar getrennt, in Audienz empfangen. Meine über eine Stunde dauernde Audienz hatte einen unerwarteten Verlauf. Über den Zweck meiner Anwesenheit in München fiel kein Wort, der König erwähnte ihn nicht, und ich schwieg, weil ich den Anschein vermeiden mußte, als wäre ich gekommen, um Zugeständnisse von Bayern zu begehren. Den größten Teil der Zeit füllte der König mit kirchenpolitischen Darlegungen. Vor zwei Monaten war das Dogma der päpstlichen Unfehlbarkeit verkündet worden und der König begründete in klarem und elegantem Vortrage und mit einer staunenswerten Kenntnis des Kirchenrechts die Stellung, welche er einzunehmen habe, um den Staat vor den Folgen dieses gefährlichen Dogmas zu schützen, und seine Zweifel an der ferneren Haltbarkeit des Systems, das Preußen der Kurie gegenüber befolge. Personen aus seiner nächsten Umgebung hatten mich gebeten, ihm zuzureden, daß er seine bei Versailles stehenden Truppen besuchen möge; ich fand, daß es der deutschen Sache nur förderlich sein könne, wenn er in die geistige Atmosphäre des Heeres käme, und brach deshalb die Gelegenheit vom Zaune, ihm zu sagen, wie glücklich mein König sein würde, seinen erhabenen Verbündeten in Versailles zu begrüßen, und wie der historische und künstlerische Reiz des prachtvollen Königssitzes durch die patriotischen Gefühle gesteigert werde, welche das Wehen der deutschen Siegesfahnen an der Stelle hervorrufe, von wo vor zweihundert Jahren die Verwüstung der Pfalz befohlen wurde. Einen Augenblick leuchtete das Antlitz des Königs auf, aber nur einen Augenblick; mit einer ausweichenden Redewendung ließ er den Gegenstand fallen.“ „Er hinterließ mir den Eindruck einer ungewöhnlich begabten und überaus gewinnenden Persönlichkeit. Das Rätsel, weshalb ein Herr, der alle Eigenschaften besaß, um durch seine Person eine große Wirkung auszuüben, sich vor der Berührung mit der Außenwelt selbst dann ängstlich zurückzog, wenn sein Hervortreten, wie bei dem Abmarsch seiner Regimenter in den Krieg, geradezu Königspflicht war, dieses Rätsel konnte ich mir damals nur durch die Annahme lösen, daß er an seiner Fähigkeit zweifle, in der Öffentlichkeit so aufzutreten, wie seine hochgesteigerte Auffassung der Königswürde es erheischte.“

Aus den Kreisen der Diplomaten liegt zur Zeit nur eine eingehendere Äußerung über Ludwig II. vor und zwar von seiten eines Mannes, der mehr Gelehrter als Diplomat und Weltmann war und einen Staat vertrat, der damals am Münchener Hofe wenig Anklang fand. Sie floß aus der ergiebigen Feder Robert v. Mohls, geb. 1799, von 1827—1861 Professor der Staatswissenschaften in Tübingen und Heidelberg, von 1861—1866 badischer Gesandter am deutschen Bundestage und von 1867—1871 in München.

Mohl bemerkt einleitend, es sei in München Grundsatz gewesen, daß der König möglichst wenig Verkehr mit den Gesandten haben dürfe. Das diplomatische Korps sei vom Hofe vermieden und ausgeschlossen gewesen. Ein Gesandter sei, wenn er auch noch so lange in München lebte, nur ein einziges Mal, am Tage seiner Abschiedsaudienz, zur Tafel geladen worden, es wäre denn im Gefolge seines eigenen Souveräns, wenn dieser nach München kam. (Erst unter dem Prinz-Regenten verhielt sich der Hof auch dem diplomatischen Korps gegenüber etwas gastfreundlicher und der Minister Graf Podewils setzte es durch, daß der Prinz-Regent dem diplomatischen Korps wenigstens am Neujahrsabend ein großes Diner gab.) Zur Zeit Mohls waren allerdings die Hauptgelegenheiten für das diplomatische Korps, den König, die Königin und die Prinzen des königlichen Hauses — die übrigens auch Feste gaben und bei denen der Hofgesellschaft erschienen, — zu sehen, ein großes Konzert am Neujahrsabend, zwei große Hofbälle und das landwirtschaftliche Oktoberfest, zu welchem Damen nicht geladen wurden. Selbst diese spärlichen Begegnungen wurden von dem jungen König beinahe ganz beseitigt. Die Neujahrskonzerte fielen ganz weg, die Hofbälle wurden auf einen beschränkt und dieser fand zuweilen unter irgendeinem Vorwand nicht statt, und zum Oktoberfeste kam der König in der Regel nicht, oder ließ dem diplomatischen Korps absagen und kam doch. „Selbst einige zur Bestellung von Aufträgen des Großherzogs nachgesuchte Audienzen wurden in höflichem Ton, aber bestimmt abgelehnt und monatelang auf den Hofball verschoben, wo natürlich kein vertrautes Gespräch stattfinden konnte."

Unter diesen Umständen war es kein Wunder, daß der badische Gesandte den König in fast fünf Jahren nur ein halbdutzendmal sprach, nur einige wenige Male an den Hof kam und mit den Prinzen des königlichen Hauses nur sehr teilweise etwas näher bekannt wurde.

Im Widerspruch mit der Prachtliebe und Etikettenstrenge Ludwigs II. stehen die Schilderungen Mohls seiner Antritts- und Abschiedsaudienz. Der Gesandte hatte sich kurz nach seiner Ankunft in München, im September 1867, bei dem Minister des Äußern gemeldet, von Pfordten aber den Bescheid erhalten, die Audienz beim König werde auf sich warten lassen. Mohl könne unbesorgt inzwischen Ausflüge unternehmen. Der Gesandte befolgte diesen Rat, glaubte aber nach drei Wochen auf sein Audienzgesuch zurückkommen zu sollen, da ihm eine weitere Verzögerung verletzend für seinen Herrn erschien. Pfordten erwiderte, er habe erst diesen Morgen an das Kabinett geschrieben und könne keine Antwort geben, wenn er keine erhielte; er selbst sehe den König gar nie, der König könne ihn nicht ausstehen.

Der Gesandte begab sich nach diesem Bescheid auf einen Spaziergang; als er aber nach zwei Uhr nachmittags zufällig an dem Ministerium des Äußeren vorüberging, stürzte ihm der Portier mit der Nachricht entgegen, man suche ihn in der ganzen Stadt, er habe um zwei Uhr Audienz bei S. M. dem König. Zu

Hause fand Mohl dann die Nachricht, schon zweimal sei ein Flügeladjutant dagewesen und habe sich erkundigt, ob er aufgefunden worden sei, wenn nicht, solle man es durch den Portier des Gasthofes in der Residenz wissen lassen, damit der König nicht vergeblich warte. Mohls Diener war ausgegangen, kein Wagen zur Stelle. Der Gesandte mußte selbst Uniform und Orden auspacken, sich in der Geschwindigkeit ankleiden und in dem nächsten besten Fiaker in die Residenz fahren, „was der Gaul laufen konnte". „Dort war alles in voller Pracht. Eine Ehrenwache von Hartschieren, im Vorzimmer Hofbeamte und Generaladjutanten in Gala, einige andere Gesandte, welche in gleicher Weise zusammengetrommelt worden waren." Der Vertreter Badens wurde „gnädigst empfangen," wobei freilich S. M. ihn gelegentlich mit einem seiner drei Brüder verwechselte, die mit ihm um den Nachruhm wetteifern.

Noch formloser gestaltete sich die Abschiedsaudienz im Oktober 1871 in dem einfachen Berg, in welchem nach der Schilderung Hohenlohes schon die auf den Gängen wimmelnden Spülweiber und Mägde, „die allerlei Gefäße trugen," die Vorstellung eines Feenschlosses sehr wesentlich beeinträchtigten. —

Auf die Bitte Mohls um eine Audienz zur Übergabe seines Abberufungsschreibens hatte der König geantwortet, daß er das dringende Verlangen habe, ihn noch einmal zu sehen, aber keinen Tag dazu bestimmt. Nach einer Woche brachte der Gesandte seine Bitte in Erinnerung, erhielt aber die gleiche Antwort und eine Andeutung, der König werde zum Oktoberfest kommen und ihn dann empfangen. Als aber bekannt wurde, daß der König nicht zum Oktoberfest kommen werde, wollte Mohl, der in München die Wohnung zu räumen und in Karlsruhe ein neues Amt anzutreten hatte, sein Abberufungsschreiben dem Minister zustellen. Das lehnte Graf Hegnenberg ab; er überbrachte dem Gesandten das Großkreuz des Ordens der bayerischen Krone und wiederholte ihm den entschiedenen Wunsch des Königs, ihn persönlich zu verabschieden. So blieb denn Mohl nichts anderes übrig, als unter dem Versprechen abzureisen, daß er wieder kommen werde, wenn man ihn für einen bestimmten Tag verlange.

Kaum war er in Karlsruhe angelangt, als er ein Kabinettsschreiben erhielt, nach welchem der König sich bereit erklärte, ihn in Schloß Berg zu empfangen. Bei seiner Rückkehr fand er eine Einladung zur Audienz auf den folgenden Tag um vier Uhr vor. Ein Hofwagen erwartete ihn in Starnberg; Anzug in Zivil. Der König behielt den Gesandten eine Stunde bei sich, ließ ihn sich neben sich setzen, sprach von einer Menge von gleichgültigen Dingen, unter anderem von seinen Büchern; kein Wort aber von Staatssachen, noch auch vom Großherzog, was, wenn auch nicht gerade ein Verstoß gegen die höfischen Sitten, so doch bei einem solchen Anlaß höchst ungewöhnlich und wenig verbindlich war. Gegen Mohl war er artig und sprach die Hoffnung aus, daß er ihn besuchen werde, so oft er nach München komme.

Über das Schloß Berg, das so oft in diesen Blättern erwähnt wird, dessen nächste Umgebung und den weiteren Verlauf seines Aufenthaltes dort, erzählt Robert von Mohl:

„Ich erwartete von Schloß und Garten Wunderdinge, fand mich jedoch hierin sehr getäuscht. Der Garten bestand eigentlich nur aus Wald, an dessen Fuß längs des Sees ein Weg hinzog, und aus einigen wenigen Blumenbeeten, das Schloß war klein, eng und außerordentlich einfach, namentlich auch das Zimmer des Königs selbst, während seine Zimmer in der Münchener Residenz von übertriebener Pracht strotzten. Sehr wunderlich war die ganze Einrichtung des Personals. Ich wußte wohl, daß der König in Berg ganz allein im Schlosse wohne, einige wenige Diener abgerechnet, daß er keinen höheren Hofbeamten bei sich habe, nur einen Adjutanten, der aber in einem Nebengebäude wohne, und den er oft wochenlang gar nicht sehe, und den Kabinettssekretär, ebenfalls in einem Nebenhause. Doch überraschte es mich, zu finden, daß das Schloß so gänzlich unbewacht und ohne alle Ordnung und Aufsicht war. Ein Gendarm hielt sich am Eingang in den Schloßhof auf: es war aber nirgends ein Portier, oder sonst ein Diener. Kein Mensch hatte einen Befehl in Beziehung auf meine Audienz; ich wußte nicht, wie ich zum König gelangen sollte. Ich suchte den Adjutanten auf, der keinen Befehl hatte, mich einzuführen und sich deshalb weigerte, mich zu melden. Endlich entschloß er sich doch, mich wenigstens in das Schloß hinüber zu führen. Hier trafen wir zum Erstaunen des Adjutanten zwei Minister, welche in einem heillos kalten Wartezimmer froren und einer Audienz harrten. Da es uns zu kalt war, nahmen wir den Vorschlag, in den Garten zu gehen und hier den Ruf des Königs abzuwarten, gern an. Nach einiger Zeit wurde ich gerufen. Der Adjutant begleitete mich zur Treppe; weiter dürfe er nicht gehen, da er nicht befohlen sei. So kam ich dann im oberen Stock in ein kleines Vorzimmer, in welchem mir ein gewöhnlicher

Lakai eine Thür öffnete, und ich stand vor dem König in seinem Arbeitszimmer. Er war schwarz und sehr elegant gekleidet, trug den badischen Hausorden und sah sehr gut aus. — Als die Audienz zu Ende war, wurde ich in ein, nun wenigstens warmes Zimmer geführt und gebeten, eine Kollation anzunehmen. Der König lasse sich entschuldigen; er habe heute früher gespeist. Nach einer etwas längeren Audienz der Minister wurden wir in einen Speisesaal geführt, wo an einer reichgedeckten Tafel der Adjutant die Honneurs machte und von Hausoffizianten ein feines Diner serviert wurde. Da wir auf Abfahrt drängten, um den letzten Zug in Starnberg nicht zu versäumen, wurde kurzerhand auf die Station telegraphiert, daß der Zug — wohlbemerkt ein öffentlicher — auf uns zu warten habe. Ich durfte mich nicht zu den Ministern in ihren Wagen setzen; es sei Befehl des Königs, mich in einem nur für mich bestimmten Wagen zu fahren."

„Während des Wartens hatte ich mir, so gut es anging, die Zimmer in dem ersten Stockwerke des Schlosses angesehen. Ich fand sie sehr einfach, keine oder nur unbedeutende und sehr gemischte Kunstgegenstände, altes Mobiliar. In den Gängen und Vorplätzen trieb sich allerlei Hausgesinde, Bediente, Küchenjungen, Zimmermädchen, in sehr wenig gewählter Kleidung umher; das ganze Haus roch sehr unangenehm nach photographischen Agentien. Kurz, die Mischung von königlicher Haltung, von klösterlicher Absperrung und von unordentlicher Junggesellenwirthschaft war höchst merkwürdig. In diesen Umständen aber lebte der junge Herr während wenigstens drei Viertheilen des Jahres. völlig allein, ohne einen Menschen zu sehen, als seinen Kabinettssekretär, mit dem Lesen von Berichten und von Schriften über das Jahrhundert Ludwigs XIV. beschäftigt, in der Regel spät abends in Begleitung von einigen Stallknechten ausreitend bis lange nach Mitternacht oder, wieder allein, auf seinem kleinen Dampfboote den See durchfahrend."

Robert v. Mohl zeigte kein volles Verständnis für die Eigenart und das Wesen Ludwigs II., der alle Annäherungsversuche seines Großherzogs ablehnte und auf so durchaus anderem Standpunkte stand. Sein Gesamturteil fällt demgemäß abfällig, lieblos und nicht ganz zutreffend aus: „König Ludwig II. war durch den frühen Tod seines Vaters unerwartet und völlig unvorbereiterweise, unmittelbar aus der Kinderstube auf den Thron berufen worden. Seine Erziehung war streng, aber wie es scheint, sehr verkehrt gewesen. Gewohnheit und Bedürfnis einer ernsten Beschäftigung und das Gefühl einer Verantwortlichkeit und einer Verbindlichkeit zur Pflichterfüllung war nicht erweckt worden. Er hatte noch gar keine höheren Studien, keinerlei Reisen gemacht und sich noch nicht mit Militärsachen beschäftigt, als er König wurde. Gelesen hat er nur (?) Schillers Werke und eine (?) Schrift über Wagnerische Musik. An leichter Auffassung und an Urteil fehlte es ihm nicht, aber seine Phantasie überwucherte die Verstandeskräfte. Nur zweierlei stand ihm fest: Einmal, daß seine Souveränitätsrechte unantastbar seien; sodann, daß er nicht deshalb

König sei, um seinen Neigungen und Liebhabereien Beschränkungen auf-
zulegen. Seine Neigungen waren zum Glück sehr unschuldiger Art: sie
bestanden in scharfen Ritten, in allerlei phantastischem Treiben, in Verkleidungen, in prächtiger Ausstattung von Theaterstücken, namentlich
Wagnerischer Opern, allmählich in romantischen Bauten im Gebirg.
Umgang mit Frauen suchte er nicht nur nicht, sondern vermied ihn sogar ängstlich. Unglücklicherweise zeigte sich aber auch alsbald eine große
Menschenscheu. Mit seinen Ministern oder sonstigen Räten verkehrte
er so wenig als möglich, Hof hielt er gar nicht, zu Reisen selbst im eigenen
Lande oder zu Besuchen an benachbarte Höfe konnte man ihn nicht
bewegen. Man schrieb dies einer durch Bewußtsein der Jugend und der
Unerfahrenheit erzeugten Schüchternheit zu und hoffte auf allmähliche
Besserung. Es trat aber gerade das Gegenteil ein. Anfänglich hatte er
wenigstens noch mit einigen Flügeladjutanten Umgang gehabt und war
in vertrautem mündlichem Verkehr mit Richard Wagner gestanden;
allein auch dies hörte allmählich auf...." „Der König sah bald niemanden mehr, als den Kabinettssekretär und den Adjutanten Sauer und
auch diese nur wenig genug. Er speiste immer ganz allein (gelegentlich
gesagt, sehr einfach), lebte hauptsächlich in der Nacht, während welcher
er auch seine weiten und oft gefährlichen Ritte machte. Immer mehr
zog er sich auf seine Schlösser an den Seen und im Gebirge zurück, wo
er ganz unzugänglich war, anfänglich während der guten Jahreszeit,
allmählich tief in den Winter hinein. Häufig wußte man mehrere Tage
und selbst Wochen lang nicht, wo er war. In dieser Einsamkeit trieb er
mancherlei wunderliche Spielereien, doch fing er auch an, viel zu lesen.
In der Regel allerdings dichterische Werke, doch auch Geschichtliches
über Ludwig XIV., der merkwürdigerweise für ihn ein Ideal war, so
wenig er ihn in irgendeiner Beziehung nachahmte. Er sprach wohl gelegentlich davon, daß er, wenn er es für nöthig erachte, vortreten werde
wie Ludwig XIV..., aber dabei blieb es auch. Von einer selbständigen
Leitung der Geschäfte war keine Rede. Auch war nicht eine einzige
Seite des ganzen Staatslebens, an welcher der König irgendeinen besonderen Anteil gezeigt, irgendeine Liebhaberei, welche er verfolgt hätte.
Namentlich um das Militär kümmerte er sich gar nicht. Alle Anträge der
Minister gingen durch das Kabinett und wurden in der Regel zustimmend
erledigt. Von eigenen Entschlüssen, welche von den Anträgen abgewichen wären, hörte man kaum je; doch mußte man sich sehr in acht
nehmen, die Eifersucht des Königs auf freie Geltendmachung seines
souveränen Willens nicht zu reizen...."

Die langen Betrachtungen schließen mit den Worten: „Un-
leugbar ist ein solcher Zustand sehr anormal und nicht wenige
fürchten, daß sich allmählich eine förmliche Geisteskrankheit
ausbilden werde." —

Robert v. Mohl, der am 4. November 1875 starb und seine
Lebenserinnerungen (Stuttgart 1902) im Frühjahr 1874 abschloß,

ist damit wohl einer der ersten, welche die traurige Aussicht
schriftlich niedergelegt haben und bekunden. —

III.

Die in dem letzten Kapitel wiedergegebenen Äußerungen
von Zeitgenossen beruhen insbesondere auf Eindrücken, die bei
persönlichen Begegnungen mit Ludwig II. gewonnen wurden.
Von Belang scheinen mir aber auch die Mitteilungen aus zweiter
Hand, die Julius Fröbel in seinen Lebenserinnerungen verzeichnet hat. Der Vielgewanderte war Anfangs August 1864
nach München gekommen und hatte von Philipp Pfister, der zu
Pfistermeister in nahen Beziehungen stand, manches über eine
damals noch nicht beendete Ministerkrisis erfahren. Die Entlassung Zwehls und Mulzers war nur der Anfang weiterer Veränderungen. Alle Minister aber hätten durch grobe Unart den
König gekränkt, den sie zu terrorisieren gedachten. Ganz besonders rücksichtslos und ungeziemend habe sich der geistig
wenig bedeutende Schrenk benommen. Die ganze Genossenschaft
hätte gegen den König förmlich gemeutert, in der Hoffnung,
daß der unerfahrene junge Herr nicht den Mut haben werde, ein
eigenes Urteil und einen eigenen Willen zu zeigen. Es sei der
Versuch einer bureaukratischen Empörung vorgelegen. Die
Herren hätten sich aber vollständig verrechnet. Der König habe
zu nichts weniger Lust, als die Rolle eines politischen Figuranten
zu übernehmen.

Archivdirektor Löher sprach in Ausdrücken überschwäng-
licher Bewunderung von dem jungen Monarchen. Er sei kühn
und hochstrebend wie ein Adler und unschuldig wie eine Lilie;
jeder großen Idee zugänglich. Es sei erstaunlich, wieviel er, ohne
daß es bemerkt wurde, studiert habe.

Ganz anders klangen nach Fröbel die Äußerungen des Grafen
Hegnenberg und des Professors Pözl. Das Verfahren des jungen
Herrn sei zu wenig der konstitutionellen Regel gefolgt, als daß

es nicht ihr Mißfallen erregt hätte. „Wir sind wieder in die Flegel-
jahre gekommen," sagte Hegnenberg und „es wurde auf Seite
der beiden Männer eine Unzufriedenheit laut, die einen recht
boshaften Ausdruck zu finden wußte." Sie erzählten, eine der
ersten Äußerungen des jungen Königs nach der Thronbesteigung
sei die Freude gewesen, nun keine Unterrichtsstunden mehr nehmen zu müssen. —

Fröbel führt diese Freude auf mangelhafte Lehrer zurück.
Aber gibt es einen jungen Mann, wes Standes er auch sei, der nicht
freier aufatmet, wenn er den Schulzwang los wird? Ein gewisser
Zwang, eine strenge Schulung, ein systematischer Studiengang
sind aber zur Erlangung einer höheren und tieferen Bildung nicht
nur heilsam, sondern unerläßlich, und daß Ludwig II. sie entbehrte und zu frühe seinen bloßen Neigungen und Trieben folgen
konnte, erwies sich um so ungünstiger, als diese Neigungen und
Triebe von Anfang an einen nur beschränkten Interessenkreis
umfaßten und mit einer krankhaften Veranlagung zusammenhingen. Es fehlte dem jungen König das Streben nach allgemeiner, scheinbar zweckloser Bildung, die so verschieden ist von dem
neugierigen Wunsch, in die Einzelheiten eines Spezialinteresses
einzudringen. Während sein Großvater noch im Alter Spanisch
lernte und sein Vater sich an einem Abend englisch, französisch,
neugriechisch und italienisch unterhielt, und mit Ausländern
umgab, um in Übung der fremden Sprachen zu bleiben — seinen sogenannten Spazierstöcken — sprach Ludwig II. nur e i n e
fremde Sprache, die er von einer französischen Bonne gelernt
hatte. Seine Kunststudien gingen nie bis auf die Quelle der
modernen Style — die Antike — zurück, er sah nach Walter v.
Rummel die Politik für ein lästiges Anhängsel seines Königtums
an und hatte, wenn nicht speziell bayerische Angelegenheiten,
die gefürchtete Sozialdemokratie und Anarchie in Frage standen,
wenig Interesse daran.

Vor Einseitigkeit schützte ihn nichtsdestoweniger die auf-
gedrungene Beschäftigung mit den Angelegenheiten von 5—7
Millionen Untertanen, mit den Anträgen von 6 Ministerien und
3 Hofstäben, mit den Beziehungen zu verschiedenen Höfen,

dann wohl auch seine bedeutende Intelligenz und die allgemeine Wahrheit, die ein Franzose in die Worte zusammengefaßt hat: „tout est en tout." —

Das Amt eines Königs, mag man es auch noch so lässig betrieben haben, war nie eine Sinekure; nahmen doch schon die erforderlichen Unterschriften, die immer eine gewisse vorherige Entscheidung voraussetzten, täglich eine nicht unbedeutende Zeit in Anspruch.

Graf Hegnenberg und Prof. Pözl wußten Fröbel auch viel von den absolutistischen Gelüsten des jungen Throninhabers zu berichten. In Aschaffenburg habe er sich gegen seinen Großvater König Ludwig I. und den Großherzog von Hessen dahin geäußert, er lasse sich nicht herabdrücken; eine Stellung, wie die des Kaisers von Rußland sei die einzige eines Fürsten würdige; — diese werde er sich zu verschaffen suchen. „Da werden Euere Königliche Majestät, mein allerliebster Neffe, noch öfters tüchtig anpumpsen" — soll ihm der Großherzog von Hessen darauf entgegnet haben. —

In die Pläne der damaligen Regierung, die bayerische Verfassung auf ihre Gestalt vor 1848 zurückzuführen und die volle königliche Macht wieder herzustellen, hatte der Kabinettshilfsarbeiter Lutz auch Richard Wagner bei dessen Besuch in Hohenschwangau im November 1865 eingeweiht und der Hoffnung Ausdruck gegeben, der Tondichter werde als besonderer Freund des Königs gewiß darin gern mit der Regierung einig gehen.

Ob und von wem diese überraschenden Pläne dem König eingegeben wurden, ob sie in seinem eigenen Zaubergarten wuchsen, ist mir nicht bekannt. Fast möchte ich aber das letztere annehmen. „Schlürft er doch," nach Äußerungen vom Jahre 1868, „die Wonne des göttlichen Königstums," empfindet er doch „ein stetes Wachsen des kühnen Königsgefühls," mußten doch aus solchen Vorstellungen auch Wünsche auf Vermehrung der Königsmacht hervorgehen. Möglich ist aber auch, daß man ihm durch Erweckung solcher Hoffnungen die damals betriebene „Übereinkunft mit Bismarck und die neuen preußischen Tendenzen" mundgerecht machen wollte. —

Praktische Gestalt nahmen diese ultrakonservativen Pläne bei der Neubesetzung des Justizministeriums an, bei welcher der Hilfsarbeiter des Kabinetts, Joh. Lutz, offenbar eine bedeutende Rolle gespielt hat. Der verdiente Verfasser des „Lebensbildes" Ed. von Bomhards, hat das Schreiben des Kabinettssekretärs v. Pfistermeister d. d. Schloß Berg, den 17. Mai 1864, veröffentlicht, welches „das Progranm," d. h. die Bedingungen, enthält, unter denen Ludwig II. Bomhard das Justizministerium zu übertragen gedenkt. Die Hauptnummern dieses Programmes sind: Fernhaltung des Parlamentarismus, Erhaltung des Schwerpunktes der Regierungsgewalt in der Hand des Monarchen, Aufrechterhaltung der Grundsätze Max' II., Befolgung einer wahrhaft deutschen Politik mit ungeschmälerter Aufrechterhaltung der Integrität und Selbständigkeit Bayerns, das an der Spitze der Mittelstaaten bleiben und das bisherige Ansehen nach Außen wahren soll, Fernhaltung einer prinzipiellen Umbildung der Kammer der Reichsräte, Beschränkung des Wirkungskreises der Kammer der Abgeordneten auf ihren bisherigen Rechtsbesitzstand, milde Behandlung der Israeliten, jedoch Ausschließung derselben vom Richter- und Verwaltungsdienst, ungeschmälerte Aufrechterhaltung der Militärhoheit usw. usw.

Dem neuen Minister wurde ferner nicht nur eine strengere Handhabung der Disziplin über die Advokaten und Notare, sondern auch eine Änderung des „jetzigen" Zustandes auferlegt, in dem die Staatsregierung sich ihres legitimen Einflusses auf die Kontrolle der politischen Haltung des Richterstandes begeben habe.

In einem Schreiben des damals im Kabinette verwendeten Ministerialassessors Lutz — des späteren Justiz- und Kultusministers — der nicht nur die Verhältnisse des Justizressorts, aus dem er hervorgegangen war, sondern auch die geheimen Wünsche Ludwigs II. kannte, war ferner ausgeführt, es habe den höchstseligen König sehr geschmerzt, daß bei allen von der Fortschrittspartei ausgehenden Vereinen und Versammlungen sich vor allem die Justizbeamten beteiligten, daß so wenige sich laut zu konservativen Grundsätzen bekennen und dem Königtum offen ergeben seien. König Ludwig II. wolle so wenig wie sein Vater eine politische Verfolgung, aber der Regierung dürfe nicht zugemutet werden, was keine republikanische sich gefallen lasse, daß sie ihre Gegner nicht allein nicht verfolge, sondern bevorzuge und ans Licht ziehe. Solchen Tendenzen gegenüber erwarte der König den Minister auf seiner Seite zu sehen und ein offenes Bekenntnis zu royalistischen Grundsätzen ohne Rücksicht darauf, ob extreme Parteien seine Liberalität anzweifeln oder nicht. —

Über ein Nachlassen des monarchischen Gefühls unter den Beamten habe ich während meiner fünfzigjährigen Dienstzeit zuweilen klagen hören. Viele schrieben die Tatsache dem Umstande zu, daß die im übrigen so volkstümliche Monarchie auf dem Wege der Modernisierung den Beamten gegenüber stehen blieb und Adel und Militär als besondere Thronstützen heranziehen zu müssen glaubte, als welche sie sich bei den jüngsten Ereignissen ja nicht erwiesen. Die Bevorzugung kam insbesondere in einer Hofrangordnung zum Ausdruck, die in ihre drei Rangklassen den jüngsten Leutnant und Adelige neuesten Datums mit den lückenhaftesten Stammbäumen unterbrachte, für Staatsbeamte aber nur ganz wenig Platz hatte, — ferner in der fast ausschließlichen Besetzung gewisser hoher und repräsentativer Stellungen durch Adelige. Die letztere entbehrte oft der inneren Berechtigung und auch der Hauptgrund der Bevorzugung des Militärs seitens des Hofes war in Wegfall gekommen, seit infolge der Einführung der allgemeinen Heerpflicht jeder militärtaugliche Beamte — nicht nur, wie Baron Völderndorff betonte, als Staatshämorrhoidarius — sondern auch auf dem Schlachtfeld sein Blut für das Vaterland vergoß.

Ludwig II. verriet eine besondere Vorliebe weder für Adel, noch für Militär, und der Hof trat unter seiner Regierung im gesellschaftlichen Leben immer mehr in den Hintergrund. Eine seiner wenigen Lebensäußerungen war zuletzt nur ein großes Ballfest, das der König der Hofgesellschaft und weiteren Kreisen im Wittelsbacher Palast zur Karnevalszeit gab, und bei dem er sich durch den ältesten Prinzen des königlichen Hauses vertreten ließ.

Max II. hatte den Rittern des von ihm gestifteten Ordens für Kunst und Wissenschaft Hofzutritt zuerkannt, Ludwig II. hatte einem Antrag des Fürsten Hohenlohe vom Jahre 1867 auf Ausdehnung der Hofberechtigung auf weitere Kategorien von Beamten nicht stattgegeben; auch der Prinz-Regent, der so viele Künstler, Beamte und Notabilitäten aller Art an seiner gastlichen Tafel sah, war zu einer Abänderung der Hofrangordnung „aus Platzmangel" nicht zu bewegen gewesen; erst Ludwig III. trug auch darin den veränderten Zeiten Rechnung.

Wir kehren nach dieser Abschweifung zu E. v. Bomhard zurück, der die von seinem künftigen Nachfolger Lutz inspirierten und auch abgefaßten Bedingungen annahm und am 28. Juli 1864 zum Staatsminister der Justiz ernannt wurde. Am 4. Dezember des gleichen Jahres erfolgte die Ernennung zum Minister des Kgl. Hauses und des Äußern des Frh. von der Pfordten, der ihm nicht nur als Glaubens- und Gesinnungsgenosse, sondern auch als Jugendfreund und Kommilitone nahe stand.

IV.

Die Beziehungen zu Ludwig II. waren für Richard Wagner viel wichtiger als die zu Karl August für Goethe. Goethe bedurfte des Herzogs von Sachsen-Weimar nicht, um — neben Schiller — der größte Dichter Deutschlands zu werden, während Richard Wagner ohne Ludwig II. wahrscheinlich Schiffbruch gelitten hätte. Wer weiß, ob ohne diese königliche Hilfe auch nur „Tristan und Isolde" trotz der 77 Wiener Proben jemals zur Aufführung gelangt und nicht nach einem schwachen Versuch in den Versenkungen des angeblich Unmöglichen wieder verschwunden wäre? — Die optimistische Theorie von dem wahren Genie, das sich schließlich immer durchsetzt, ist ja falsch. Wer weiß denn überhaupt, wie viel wahre Genies schon mangels der nötigen Unterstützung zugrunde gegangen sind, ehe ihnen auch nur

Gelegenheit geboten wurde, ein Lebenszeichen von sich zu geben?

In dem gegebenen Fall haben wir mehrfache Zeugnisse Wagners selbst für die Richtigkeit dieser Ansicht. „Trat ich," schrieb er dem König am 11. Januar 1867, „in Ihre Jugend ein, um Ihrem Sehnen den Stempel meines Ideals aufzudrücken, so traten Sie in die Reife meines Mannesalters ein, um mir Alles zu sein, da Welt und Ideal mir unter den Händen schwand." Und vier Jahre später: „Ohne Sie blieb vor allen Dingen mein Nibelungenwerk unvollendet; denn ward ich dem Kampf um die Existenz nicht vollständig entrissen, so konnte ich nie einen solch ausschweifenden Plan wieder aufnehmen...."

Was Wagner bedurfte, war ja nicht wenig. Es genügte nicht eine mehr oder minder ergiebige finanzielle Unterstützung, der Versuch einer Aufführung, ein Orden, ein Titel und was wohl sonst noch einem notleidenden Genie zugewandt zu werden pflegte. Selbst unbeschränkte Mittel allein hätten kaum ausgereicht. Nach manchen Mißerfolgen und bei dem Widerstreben weiterer Kreise sowie der eigenen Zunftgenossen gegen die teilweise Abwendung von der bisherigen Musik-Theorie bedurfte Richard Wagner der eklatanten, kongenialen, ein tieferes, eigenes Verständnis voraussetzenden Parteinahme eines gekrönten Hauptes, das nicht nur frei über ein Hoftheater und alle seine Kräfte verfügte, sondern das auch über Hilfsmittel aller Art gebot und dessen Nimbus weithin seinen Schein spendete. „Der König selbst mußte," wie Wagner sich einmal ausdrückt, „den Dichter sich zur Seite erheben und seinen eigenen wahrhaften Purpur über ihn werfen." Daß Ludwig II. Richard Wagner all das bot und war, daß er dem einzigen deutschen Kunsterzeugnisse von europäischem Wert seiner Zeit zum Sieg verhalf und der Sache Wagners trotz persönlicher Stürme treu blieb bis zuletzt, bildet einen allgemein anerkannten Ruhmestitel seiner Regierung. Das Verdienst Ludwigs II. ist um so größer, je größer und leidenschaftlicher die Widerstände des eingewurzelten Alten gegen das die meisten fremd anmutende Neue waren, denen er und der Meister in Verfolgung ihrer Ziele auf jedem Schritt begegneten.

Während die übrigen indirekten, sehr erheblichen Förderungen der Kunst und des Kunstgewerbes durch die Bauten des Königs ihre Existenz im Grunde nur Privatliebhabereien verdankten, hatte Ludwig in diesem einen, für ihn wichtigsten Punkte in der Morgenröte seiner Regierung die Förderung und Erhebung seines Volkes im Auge.

„Seien Sie überzeugt," schrieb ihm Ludwig II. am 5. Mai 1864, „ich will Alles thun, was irgend in meinen Kräften steht, um Sie für vergangene Leiden zu entschädigen, die niederen Sorgen des Alltagslebens will ich von Ihrem Haupte auf immer verscheuchen, die ersehnte Ruhe will ich Ihnen bereiten, damit Sie im reinen Äther Ihrer wonnevollen Kunst die mächtigen Schwingen Ihres Genius ungestört entfalten können! — Unbewußt waren Sie der einzige Quell meiner Freuden von meinem zarten Jünglingsalter an, ein Freund, der mir wie keiner zum Herzen sprach, mein bester Lehrer und Erzieher."

Und an einer anderen Stelle:
„Die Erfüllung unseres Wunsches soll nun nahen, das Werk, welches in das Leben treten zu sehen, Sie Sich kaum zu hoffen getrauten, soll aufgeführt werden und zwar ganz nach Ihrem Willen." „Was ich meiner Seits zu thun vermag, will ich thun und keine Mühen scheuen; dies wonnevolle Werk wollen wir der deutschen Nation zum Geschenk machen und ihr, sowie den anderen Nationen zeigen, was deutsche Kunst vermag! — Sie, mein theurer Freund, sollen bald nun sehen, daß Ihr Streben nach Wahrheit das echte war, die gräßlichen Mühen und Leiden, die Sie durchzukämpfen hatten, sollen auf kaum geahnte Weise reichlich vergolten und gelohnt sein! Das Ideal, welches wir beide uns ersehnten, soll nicht mehr in der Einbildung schweben, es soll unseren Boden berühren." —

Die erzieherischen und altruistischen Tendenzen, die Ludwig II. damals begeisterten, gehen auch aus anderen Stellen seiner Briefe hervor: „Meine Absicht ist, das Münchener Publicum durch Vorführung ernsterer bedeutenderer Werke, wie des Shakespeares, Calderon, Mozart, Gluck, Weber, in eine gehobene, gesammelte Stimmung zu versetzen, es nach und nach jenen gemeinen, frivolen Tendenzstücken entwöhnen zu helfen und es so vorzubereiten auf die Wunder Ihrer Werke und ihm das Verständniß derselben zu erleichtern, indem ich ihm zuerst die Werke anderer bedeutender Männer vorführe, denn von dem Ernste der Kunst muß Alles erfüllt werden."

Damals dachte Ludwig wohl noch kaum an die Separatvorstellungen; er hoffte seinem Volke ein Führer sein, es an den Erhebungen teilhaftig machen zu können, deren er selbst in so hohem Grade fähig war. —

Was Ludwig II. Richard Wagner war, hat wohl am tiefsten und weitesten Chamberlain erfaßt und dargestellt. „Für die Gestaltung von Wagners Leben," schreibt er, „war König Ludwig von ähnlicher Bedeutung wie Schopenhauer. Schopenhauer hatte dem Meister „die Begriffe zu seinen Anschauungen geliefert". Durch König Ludwig erlangte er die materielle Kraft, sein Kunstideal, wenn auch nicht voll zu verwirklichen, doch deutlich im Beispiel hinzustellen. Der Meister war hinfort dem „wüsten Spiel auf Vorteil und Gefahr" nicht mehr überlassen; ein starker Arm schützte ihn und indem er ihn beschützte, wurde der König in ganz analogem Sinn wie Schopenhauer zu seinem Mitarbeiter, zu einem entscheidenden Bestandteil von Wagners eigenem Leben. Daß der Meister seinen Nibelungenring, seine Meistersinger, seinen Parsival vollenden konnte, das verdanken wir dem König Ludwig; daß er diese Werke zur Aufführung bringen konnte, ebenfalls; das Bayreuther Festspielhaus, in welchem Wagners ganzes künstlerisches Dasein sich in ein Symbol konzentriert hat, ist zugleich ein Denkmal zum Ruhme dieses erhabenen Monarchen. Was der Tat Ludwigs II. ihre volle Bedeutung verleiht, ist, daß es sich bei ihm durchaus nicht um das übliche „Kunstprotegieren" handelte, welches Monarchen als eine Pflicht ihres Standes betrachten. König Ludwig war vielmehr ein durch seine Beanlagung den größten Künstlern nahe verwandter Geist. Der erste Eindruck Wagnerischer Musik hatte ihn sofort veranlaßt, Wagners Schriften gründlich zu studieren, und weit entfernt, das Demokratisch-sozialistische, Umstürzlerische darin zu finden, hatte dieser stolzeste Fürst ein ganz „königliches" Ideal in ihnen entdeckt. Ohne Wagner je gesehen zu haben, faßte er eine tiefe, glühende — und wie die Zukunft bewies — unerschütterliche Liebe zu dem Manne, der Lohengrin geschaffen hatte. Nicht weil er für ihn „schwärmte", sondern weil er seine hervorragende Bedeutung erkannt hatte, berief König Ludwig Wagner nach München. Vielleicht war dieser Fürst überhaupt der allererste Mann, der ganz genau gewußt hat, wer Wagner war, und was er wollte. „Er kennt und weiß alles von mir und versteht mich wie meine eigene Seele... Er ist sich ganz bewußt, wer ich bin, und wessen ich bedarf: nicht ein Wort hatte ich wegen meiner Stellung zu verlieren" — schrieb der Meister im Mai 1864 an Frau Wille." „Wollte man die Bedeutung des Wortes „Freund" auf den beschränken, der einen, „wie die eigene Seele versteht", so ist König Ludwig gewiß der erste und fast der einzige Freund Wagners gewesen...."

*

Wie über die meisten Lebensbeziehungen Richard Wagners fließen auch über die zu Ludwig II. ziemlich reichliche Quellen. Seb. Röckl hat sie in einem dankenswerten zweibändigen Werke (München 1913 u. 1920) zusammengestellt, auf das uns zu stützen wir in dem folgenden häufig in die Lage kommen werden. Röckl

bietet viel neues und hat bei seiner Darstellung mit Recht reichlich briefliche Äußerungen der Hauptbeteiligten herangezogen.
Richard Wagner war ein fleißiger Briefschreiber und seine Briefe
sind sehr inhaltsreich. Um so mehr ist es zu bedauern, daß seine
Korrespondenz mit Ludwig II. bisher nicht vollständig veröffentlicht werden konnte. Von den Briefen des Königs an Wagner erschien im Jahre 1899 eine Anzahl in der Wiener Zeitschrift
„Wage". Die Briefe Wagners an den König (259 an der Zahl)
sind Eigentum der Erben König Ottos von Bayern. Ich selbst
glaubte mich vor zwanzig Jahren in meiner damaligen Eigenschaft als Vorstand des Hausarchivs gegen die von der Witwe
Wagners beantragte Herausgabe derselben gegen die Original-
briefe Ludwigs II. aussprechen zu sollen. Aber die Verhältnisse
haben sich seitdem geändert und die damals gehegten Bedenken
sind nach dem inzwischen erfolgten Ableben aller derer hinfällig
geworden, die sich durch diesbezügliche Veröffentlichungen
hätten beschwert erachten können. Die fraglichen Briefe bilden
eine Rechtfertigung Wagners den Vorwürfen gegenüber, er habe
in politischer Beziehung ungünstigen Einfluß auf den König
ausgeübt. Auch der darin gelegentlich bedauerten Schwäche des
Königs wird kein billig Denkender die mildernden Umstände
der gegeben gewesenen Verhältnisse und der krankhaften Veranlagung versagen. Vielleicht würde sogar .die vollständige Bekanntgabe der im Besitze der Wagnerischen Erben befindlichen
Briefe Ludwigs an den Meister jedem berechtigten Vorwurf den
Raum gänzlich entziehen. Jedenfalls besteht ein berechtigtes all-
gemeines Interesse an der Veröffentlichung dieser Korrespondenz[1].
Nicht ganz den Tatsachen entsprechend, hat Richard Wagner
selbst den Ausgangspunkt der Vorliebe Ludwigs II. für ihn in
dem oft zitierten Brief an seine Freundin Eliza Wille vom
26. Mai 1864 geschildert: „In der Zeit, in der ich in Luzern meinen
„Tristan" beendete, mich unsäglich abmühte, die Möglichkeit einer
Niederlassung auf deutschen Boden mir zu gewinnen, und mich endlich
verzweiflungsvoll nach Paris wandte, um mich dort in Unternehmungen

---

[1] Dieser Anregung wurde inzwischen statt gegeben. Kronprinz Rupprecht
genehmigte, einer Bitte Siegfried Wagners willfahrend, Abschriftnahme
und Veröffentlichung der fraglichen Briefe.

abzumühen, die meiner Natur zuwider waren, — damals wohnte der
15jährige Jüngling zuerst einer Aufführung meines „Lohengrin" bei,
die ihn so tief ergriff, daß er seitdem aus dem Studium meiner Werke
und Schriften seine Selbsterziehung in der Weise bildete, daß er seiner
Umgebung, wie mir jetzt, offen eingesteht, ich sei sein eigentlicher einziger Erzieher und Lehrer gewesen. Er verfolgt meinen Lebenslauf und
nährt nun den einzigen Wunsch, die Macht zu gewinnen, mir seine höchste
Liebe beweisen zu können." —

Auch andere nahmen an, die „Schwärmerei" Ludwigs II. da-
tiere von einer Aufführung des Lohengrin her, der er als Kronprinz in Darmstadt beiwohnte. Allein die Wurzeln dieser Hinneigung führen bis in sein Knabenalter zurück.

Leinfelder erzählte mir, einer der Lehrer, Steininger, habe dem
dreizehnjährigen Kronprinzen zu Weihnachten: „Oper und
Drama" von Richard Wagner geschenkt und das doch nicht so
ganz leicht verständliche Werk habe den tiefsten Eindruck auf
den Geist des phantasievollen Knaben gemacht; er habe sich
durch Lakaien heimlich dann auch die übrigen Bände Wagners
zu verschaffen gewußt, und sie verschlungen.

Der ersten Aufführung des Lohengrin in München am 28. Februar 1858 hatte nach Röckl auch die Aja des Kronprinzen,
Fräulein Meilhaus, beigewohnt; sie erzählte den Inhalt der Oper
ihrem Zögling, dessen Interesse an dem Schwanenritter schon
durch die bildlichen Darstellungen im Schlosse zu Hohenschwangau wachgerufen war. Erst drei Jahre später erfüllte König
Max II. die ungestüme Bitte seines Sohnes, welchen Übermaß
elterlicher Besorgnis bisher von fast allen Jugendfreuden ferngehalten hatte, einer Aufführung des Lohengrin beiwohnen zu
dürfen, der den Beifall Max' II. im hohen Grade gefunden,
seitens der Münchener Presse aber eine verständnislose Ablehnung erfahren hatte.

In der Aufführung vom 16. Juni 1861, welcher Ludwig beiwohnen durfte, sang Ludwig Schnorr von Carolsfeld, der spätere erste
Tristan, den Lohengrin. Der Kronprinz vergoß darüber Tränen
höchsten Entzückens, lernte in der Einsamkeit seines Zimmers
und des Parkes das Textbuch und die übrigen Dramen Wagners
auswendig, und las „mit brennender Begier" auch die Prosa-
schriften Wagners, besonders das Kunstwerk der Zukunft, das

er anläßlich eines Besuches bei Herzog Max auf dem Klavier liegen sah und das besonders durch das Wort der „Zukunft" seine
Aufmerksamkeit auf sich gezogen haben soll.

Die Hofdame der Königin-Mutter, Gräfin Fugger, die ihm
gleichfalls Werke von Wagner schenkte, und andere Persönlichkeiten des Hofes glaubten durch die etwas schwierige Lektüre
dieser Werke die Begeisterung des Kronprinzen für Wagner ab-
zukühlen; allein sie täuschten sich. Der Gedanke an die Helden-
gestalten der Wagnerischen Werke spann fort in seiner regen
Phantasie; er ließ sich nach seinen eigenen Angaben von seinem
Zeichenlehrer, Leopold Rottmann, Kostüme, Szenerien und Gestalten aus jener Sphäre malen und hielt auf seinen Spaziergängen Umschau nach Gestalten vom Typus des Schwanenritters. Da man ihm gesagt hatte, daß der Sänger Albert Niemann
allen Anforderungen am nächsten käme, erwirkte er ein Gastspiel desselben in der Rolle des Lohengrin. Die Vorstellung fand
am 21. Februar 1864 statt und die „fast übermenschliche Gestalt"
dieses Sängers, wie Wagner ihn charakterisiert, machte soviel
Eindruck auf den Kronprinzen, daß er ihm vor der Audienz, die
Niemann bei dem König hatte, in schüchternen Worten sein
Entzücken über seine Darstellung der Rolle bekundete.

Pfistermeister hat mir wiederholt den Verlauf der Sendung an
den Meister erzählt, mit der ihn Ludwig II. schon kurz nach seiner
Thronbesteigung betraute. Schon in den ersten Monaten seiner
Regierung ließ Ludwig sich die Fremdenliste vorlegen und suchte
beständig, man wußte nicht, nach wem und nach was? Als er
das Gesuchte offenbar nicht fand, frug er Pfistermeister eines
Tages, warum denn Wagner nicht in der Liste stehe? Der Kabinettssekretär entgegnete, es gäbe viele Wagner auf der Welt,
worauf der junge König erwiderte, für ihn nur einen: Richard
Wagner. Diesen einen zu suchen, wurde Pfistermeister aus-
gesandt. Er sollte ihm einen Ring mit rotem Stein als Zeichen
seiner Liebe überbringen und ihn einladen, zu dem König zu
kommen.

Wagner zu finden, war durchaus nicht leicht, denn der Meister
befand sich damals auf der Flucht vor seinen Gläubigern, die

ihn mit Schuldhaft bedrohten. Er hatte sich nach erfolgreichen Konzerten in Moskau und Petersburg in Penzing bei Wien niedergelassen und dort eine Wohnung für 1200 fl. gemietet und möbliert, die er nicht lange zahlen konnte, da einige Hoffnungen auf neue Einnahmequellen fehl schlugen und Wechselschulden bekanntlich schnell anwachsen wie abwärts rollende Lawinen. Der Freundin Wille hat er später seine damalige höchst peinliche Lage geschildert: „Im Anfang März des Jahres 1864 ward mir das Mißlingen jedes Versuches, meiner zerrütteten Lage aufzuhelfen, klar: allem dem, was so abscheulich unwürdig eintraf, sah ich offen und hilflos verzweifelnd entgegen." In Penzing suchte Pfistermeister ihn zuerst auf; er fand aber das Nest leer; er konnte, wie Wagner schreibt, „dem liebenden König nur einen Bleistift und eine Feder von ihm mitbringen." Hundert Flaschen Champagner, die sich noch in seinem Keller befanden, hatten die Gläubiger nicht mit Beschlag belegt, da sie es nicht für möglich gehalten hatten, daß sie dem überschuldeten Komponisten gehören könnten.

Von Penzing reiste Pfistermeister nach Mariafeld bei Zürich zu Dr. Wille, den er von München her kannte. Hier erfuhr er dann wenigstens die Adresse des Flüchtlings.

Richard Wagner befand sich im strengsten Inkognito in Stuttgart, um Rat und Hilfe des Kapellmeisters Karl Eckert in Anspruch zu nehmen. „Nichts anderes erwartete ich von ihm, als daß er mir beim Aufsuchen eines stillen Unterkommens, etwa bei Kannstatt, für die Dauer des bevorstehenden Sommers behilflich sein werde." Wagner wollte dort den ersten Akt der Meistersinger vollenden und in größter Zurückgezogenheit die Mittel zu sammeln suchen, sich seiner Wiener Verpflichtungen zu entledigen.

Als er sich am Abend des 2. Mai 1864 im Eckert'schen Hause eben über die Verdächtigungen, welche die sächsischen Gesandten über ihn verbreiteten, sowie über den Vorschlag des württembergischen Intendanten unterhielt, hiergegen die Vermittelung des württembergischen Hofes in Anspruch zu nehmen, wurde ihm die Karte eines Herrn übergeben, der sich Sekretär des Königs von Bayern nannte. Ohne die leiseste Ahnung, daß ihm in diesem Herrn der Retter nicht nur aus der augenblicklichen Not nahte, war er „sehr unangenehm überrascht, daß sein Aufenthalt in Stuttgart schon Durchreisenden bekannt war" und ließ hinaussagen, daß er nicht anwesend sei. Verstimmt zog er sich alsbald in seinen Gasthof zurück, dessen Wirt ihn gleichfalls benachrichtigte, daß ein Herr aus München ihn dringend zu sprechen wünsche. Er beschied diesen Herrn für den anderen Tag um zehn Uhr und verbrachte eine unruhige Nacht[1].

Auf der Flucht in die Schweiz war er auch über München gekommen und hatte sich dort zwei Märztage in dem Hotel „Bayerischer Hof"aufgehalten, „um sichvon den schrecklichen Aufregungen der letzten Zeit zu erholen". „Es war Karfreitag; bei sehr rauhem Wetter schien die Stimmung dieses Tages die ganze Bevölkerung einzunehmen. Vor wenigen Tagen war der den Bayern so lieb gewordene König Maximilian gestorben und hatte seinen Sohn in dem so jugendlichen Alter von 18½ Jahren als Thronerben hinterlassen. An einem Schaufenster sah ich ein Porträt des jungen Königs, welches mich mit der besonderen Rührung ergriff, die uns Schönheit und Jugend in vermutet ungemein schwieriger Lebenslage erweckt."

Daran, daß dieser junge König der Fürst sein könne, nach welchem er in der Vorrede zum Ring des Nibelungen rief, dachte er nicht entfernt, und es war ja auch unwahrscheinlich genug, daß der damals jüngste der Bundesfürsten den Fehdehandschuh, den die Mitwelt dem Dichter-Komponisten hingeworfen hatte, aufheben werde. Hatte Wagner doch auch sonst bisher besondere Freunde in München nicht. Wohl waren dort Tannhäuser und Lohengrin, nicht ohne Widerspruch der Presse, endlich aufgeführt worden, aber schon die Aufführung des Rienzi war auf „religiöse Bedenken" gestoßen. Der tonangebende allgemein hochgeschätzte Musikdirektor Lachner war, wenn auch kein Feind, so doch kein Gesinnungsgenosse.

Um so freudiger war Wagner nach einer unruhig verbrachten

---

[1] Etwas anders als Wagner selbst in seinem „Leben" (München, 1911), schildert die erste Begegnung mit Pfistermeister sein damaliger Reisegefährte Weißheimer „Erlebnisse" (Stuttgart 1898).

Nacht am Morgen des 3. Mai 1864 durch die Mitteilungen überrascht, die ihm der gemeldete Herr zu machen hatte.

Daß er in dem damaligen Abgesandten des Königs, in Staatsrat v. Pfistermeister, in kurzer Zeit einen nicht minder starken
Widersacher finden sollte, als in Pfordten, konnte Wagner an
jenem Morgen noch nicht ahnen und nichts trübte die freudige
Überraschung, die er über die Mitteilungen des Kabinettssekretärs empfand. „Er überbrachte mir ein Billet des jungen Königs
von Bayern zugleich mit einem Porträt, sowie einem Ring als Geschenk
desselben. Mit wenigen, aber bis in das Herz meines Lebens dringenden
Zeilen bekannte mir der junge Monarch seine große Zuneigung für meine
Kunst und seinen festen Willen, mich für immer als Freund an seiner
Seite jeder Unbill des Schicksals zu entziehen. Zugleich meldete mir
Herr v. Pfistermeister, daß er beauftragt sei, mich sofort dem König nach
München zuzuführen, und erbat sich von mir die Erlaubnis, seinem
Herrn telegraphisch meine Ankunft für morgen melden zu dürfen.“
Wagner war bei Eckert zu Tisch geladen mit anderen Freunden,
welche die frohe Kunde von dem glücklichen Wechsel in dem
Schicksal des Meisters in freudevolles Erstaunen versetzte. Als
über Tisch die telegraphische Nachricht von dem in Paris erfolgten Ableben Meyerbeers einlangte, bedauerte einer der Tischgäste, daß der Wagner „so schädliche Opernmeister“ — diese
ihre Freude nicht miterlebte. Auch der Intendant Baron Gall
fand sich ein und überbrachte Wagner das für Lohengrin stipulierte Honorar. Abends fünf Uhr traf dann Wagner mit Pfistermeister auf dem Bahnhof zusammen, um mit ihm gemeinschaftlich nach München zu fahren, wo sein Besuch dem König bereits
für den folgenden Morgen angemeldet war. Pfistermeister hat
es bei Schilderung seiner Expedition stets als einen charakteristischen Zug hervorgehoben, daß Wagner, dem es noch kurz
vorher am nötigsten fehlte, ohne weiteres, fraglos und selbstverständlich die erste Klasse des bereitstehenden Zuges bestieg.

Nach Weißheimer „Erlebnisse“ hatte der königliche Abgesandte bereits in einem Coupé I. Kl. Platz genommen und sah
mit sichtlicher Ungeduld der Ankunft Wagners entgegen. Wagner stieg schnell zu ihm ein, verließ aber das Coupé wieder, als
er erfuhr, daß Pfistermeister ein Billet für ihn nicht gelöst hatte,
und rannte Weißheimer, der sich bereits von ihm verabschiedet

hatte, nach, um ihn zu bitten, so schnell als möglich eines zu holen. Weißheimer eilte im Galopp zur Kasse, sprang dem bereits im Gang befindlichen Zug nach und warf das Billet in das Coupé. Bezahlt hat es offenbar Weißheimer, der annahm, daß Wagner damals vollständig mittellos war, weil er beim Verlassen des Hotels die Hotelrechnung nicht bar bezahlte, sondern dem Oberkellner an Zahlungsstatt eine reiche Dose übergab, die er in Moskau zum Geschenk erhalten hatte.

Röckl ist in der Lage, faksimiliert, die Antwort Richard Wagners auf das ihm von Pfistermeister überbrachte Billet Ludwigs II. wiederzugeben: „Theurer, huldvoller König! Diese Thränen himmlischer Rührung sende ich Ihnen, um Ihnen zu sagen, daß nun das Wunder der Poesie wie eine göttliche Wirklichkeit in mein armes, liebebedürftiges Leben getreten sind! — Und dieses Leben, sein letztes Dichten und Tönen gehört nun Ihnen, mein gnadenreicher junger König: verfügen Sie darüber als über Ihr Eigenthum! Im höchsten Entzücken treu und wahr Ihr Unterthan Richard Wagner. Stuttgart, den 3. Mai 1864.

Noch ein Jahr später, in einem Briefe vom 20. April 1865 gedenkt der König bewegt der Anfänge von Beziehungen, die in der Geschichte nicht ihresgleichen haben. „Innig geliebter Freund! Es drängt mich Ihnen zu schreiben, Ihnen zu sagen, wie überglücklich ich bin, da ich hörte, daß Sie heiter und zufrieden sind und die Proben zu Tristan vollkommen nach Ihrem Wunsche von Statten gehen. — Wer hätte an dieses herrliche Gelingen vor einem Jahre gedacht! — Um diese Zeit sandte ich Pfistermeister nach der Sonne meines Lebens aus, nach dem Urquell meines Heils! — Vergeblich suchte er Sie in Wien und Zürich, alle Schauer der höchsten Wonne durchbebten mich, als er mir sagte: der Ersehnte ist hier, will hier nun bleiben." —

„O, seliger Abend, als ich diese Kunde empfing.
Doch als ich wahrhaft Dich so vor mir sehe,
Erkannt ich gleich, Du kämst auf Gottes Rath."

Und über die erste Audienz, am Nachmittag des 4. Mai 1864, schrieb der König der späteren Braut: „Hättest Du Zeuge sein können, wie sein Dank mich beschämte, als ich ihm mit der Versicherung die Hand reichte, daß sein großes Nibelungenwerk nicht nur seine Vollendung, sondern auch eine Aufführung nach seinem Sinne finden werde, daß ich dafür treu Sorge tragen werde. Da beugte er sich tief auf meine Hand und schien gerührt von dem, was so natürlich war, denn er verblieb längere Zeit in dieser Stellung, ohne ein Wort zu sagen. Ich hatte die Empfindung, als hätten wir die Rollen getauscht. Ich bückte mich zu ihm nieder und zog ihn mit dem Gefühl ans Herz, als spräche ich für mich die Eidesformel: ihm in Treue allzeit verbunden zu bleiben."

Auch Wagner berichtet der fernen Freundin noch am Tage selbst von dieser Audienz und seine, von ihr veröffentlichten 15 Briefe werden wieder und immer wieder von allen denen zitiert werden müssen, welche die Geschichte Ludwigs II. und Richard Wagners schreiben: „Theuerste Freundin! Ich wäre der un-dankbarste Mensch, wollte ich Ihnen nicht sofort mein grenzenloses Glück melden! — Sie wissen, daß mich der junge König von Bayern aufsuchen ließ. Heute wurde ich zu ihm geführt. Er ist leider so schön und geist-voll, seelenvoll und herrlich, daß ich fürchte, sein Leben müsse wie ein flüchtiger Göttertraum in dieser gemeinen Welt zerrinnen. Er liebt mich mit der Innigkeit und Glut der ersten Liebe: er kennt und weiß Alles von mir, und versteht mich wie meine Seele. Er will, ich soll immerdar bei ihm bleiben, arbeiten, ausruhen, meine Werke aufführen; er will mir Alles geben, was ich dazu brauche; ich soll die Nibelungen fertig machen, und er will sie aufführen, wie ich will. Ich soll mein unum-schränkter Herr sein, nicht Kapellmeister, nichts, als ich und sein Freund. Und dieß versteht er Alles ernst und genau, wie wenn wir beide, ich und Sie, miteinander sprachen. Alle Noth soll von mir genommen sein, ich soll haben, was ich brauche — nur bei ihm soll ich bleiben...." „Mein Glück ist so groß, daß ich ganz zerschmettert davon bin; wenn er nur leben bleibt; er ist ein zu unerhörtes Wunder!"

Auch in Briefen an andere Freunde gab Wagner seinem Jubel über eine Schicksalswendung Ausdruck, die ihn mit einem Schlage aus tiefster Bedrängnis befreite und die Erreichung seiner höchsten Ziele erhoffen ließe.

Über die materielle Seite der Sache liegen meines Wissens authentische Belege nicht vor. Die erste Zahlung der Hofkasse, um Wagner auszulösen, betrug, soviel ich mich erinnere, 18,000 fl., denen bald 40,000 fl. folgen mußten. Daran reihte sich später ein Darlehen von 200,000 fl., das nach dem Tode des Königs zurückerstattet worden sein soll.

„Mein junger König spart, stellt väterliche Bauten ein, um Geld für die Aufführung der Nibelungen zusammenzuhalten," berichtet Wagner Frau Wille am 9. September 1864. Gegen einen weiteren Vorschuß von 30,000 fl. tritt dann der Meister dem König alle seine Rechte auf das erst zu schaffende Nibelungen-werk ab.

Ein ähnliches Übereinkommen scheint später auch betreffs des Parsival getroffen worden zu sein. Wenn schon der König auf Grund dessen niemals die Tantièmen aus diesen Werken in

DER JUNGE KÖNIG.

Anspruch nahm, so wäre doch wenigstens dem Münchener Hoftheater das Recht der ersten Aufführung zugestanden. Auch auf dieses aber wurde zugunsten Bayreuths verzichtet.

Der Gehalt, den Ludwig II. Richard Wagner auswarf, wurde auf 6—10,000 fl. angegeben, hat aber nach dem sehr gewissenhaft arbeitenden Röckl nur 4000 fl. betragen.

Dies Pellet'sche, später Bariatinski'sche Landhaus bei Kempfenhausen am Starnberger See dürfte für Wagner nur gemietet gewesen sein, und das für ihn gekaufte Haus an der Briennerstraße in München hat er am 1. September 1866 vollständig geräumt und der Hofkasse wieder zur Verfügung gestellt. —

Im ganzen waren wohl die Aufwendungen der Hofkasse für Wagnerische Bedürfnisse nach den damaligen Verhältnissen nicht unerhebliche, aber gering im Vergleich zu der europäischen Wirkung des Werkes, zu dem Nutzen, den München, Bayreuth und ganz Bayern daraus zogen und — im Vergleich mit den Kosten für die späteren nutz- und zwecklosen Bauten Ludwigs II.

V.

Die der ersten Audienz folgenden Monate sind wohl die glücklichsten im Leben Richard Wagners und die schönsten der Regierung Ludwigs II. gewesen. Das Wesen des Königs strahlte eine Liebenswürdigkeit aus, deren Zauber sich Wagner ganz und voll überläßt. Mit seiner Dienerschaft und seinem treuen Hunde zog er in eine neue Heimat in München ein, — die er für seine letzte hielt — wo er „nun getragen von der göttlichsten Liebe das wundervolle Glück genoß, das" — er erwartet und vorausgeahnt hatte. „Es ist dieß das Glück, welches einzig voll und ganz den Leiden entspricht, die ich bis in das äußerste Elend hin erdulden mußte. Ich fühle, daß, wäre es nie eingetroffen, ich doch seiner wert gewesen wäre, und dieß giebt mir die Sicherheit seiner Dauer." „Ach, endlich ein Liebesverhältnis, das keine Leiden und Qualen mit sich führt!" — „Ein vertrauter Freund des Königs versicherte mir, daß ihm dünke, der Jüngling sei so ernst und streng in den Regierungsgeschäften, nur um Niemand Einfluß und sich die vollste Freiheit zu verschaffen, seiner Macht sicher und gewiß, in höchster Unabhängigkeit seiner Liebe für mich nachleben zu können. Er ist sich ganz bewußt, wer ich bin und wessen ich bedarf: nicht ein Wort hatte ich wegen meiner Stellung zu verlieren. Er fühlt, eine Königsmacht müsse wohl dazu genügen, jedes Gemeine fern von mir zu halten, mich ganz meiner Muse zu übergeben, und jedes Mittel herbeizuschaffen, meine Werke aufzuführen, wann und wie ich es wünsche. Er hält sich jetzt meistens hier in einem kleinen Schloß in meiner Nähe auf (in Berg); in 10 Minuten führt mich der Wagen zu ihm. Täglich schickt er ein oder zweimal. Ich fliege dann immer; wie zur Geliebten. Es ist ein hinreißender Umgang. Diesen Drang nach Belehrung, dieß Erfassen, dieß Erbeben und Erglühen ist mir nie so rückhaltlos schön zu theil geworden. Und dann diese liebliche Sorge um mich, diese reizende Keuschheit des Herzens, jeder Miene, wenn er mir sein Glück versichert, mich zu besitzen: so sitzen wir oft Stunden da, Einer in den Anblick des Andern verloren" (26. Mai 1864).

Auch der König erinnert sich gern dieser Stunden und spendet, bevor er sich Mitte Juni 1864 nach Kissingen zum Besuche österreichischer, württembergischer und russischer Standesgenossen begibt, dem Meister den innigsten gerührtesten Dank für die Liebe und Hingebung, mit denen er ihm damals seine herrlichen Werke vorlas." „Alles, was Sie schaffen, ist mir so nahe, so innig verwandt, geht mir so zu Herzen, daß es für mich ein geradezu paradiesischer Genuß ist..." „Wenn ich mir denken darf, durch Dich ist er glücklich und zufrieden geworden, so bin ich so über und über glücklich, so erhoben durch wonnige Gefühle, daß ich den Himmel auf Erden wähne. Oft sagen Sie mir, daß Sie mir viel verdanken, aber das ist alles ein leeres Nichts, gegen das, was ich Ihnen zu verdanken habe." „Nochmals meinen innigen Dank für alle die herrlichen Stunden, die Sie mir in Berg bereitet haben."

Während der vierzehntägigen Abwesenheit des Königs stellen sich dann bei Wagner Depressionsstadien ein. Schon vorher schrieb er: „Ob ich dem Weiblichen" ganz entsagen werde können?" mit einem tiefen Seufzer sage ich, daß ich es fast wünschen müßte!" Ein Blick auf sein liebes Bild hilft wieder! Ach, dieser liebliche Junge! Nun ist er mir doch Alles, Welt, Weib und Kind." — Aber als auch er fern weilt, fühlt Wagner sich müde und leidet an dem Erlebten, nun da die Aufregung schwand, tritt, „wie bei Wunden, der Schmerz hervor." —

Sein produktiver, immer schaffender Geist fühlt offenbar das Bedürfnis der Mitteilung und Aussprache mit seinesgleichen. Aber „seine Einsamkeit ist furchtbar und nur wie auf höchster

Bergesspitze kann er mit diesem jungen König sich erhalten." In sein Geständnis dieser Stimmungen stiehlt sich das müde Wort: „Ich stürbe jetzt so gern," doch derselbe Brief (vom 30. 6. 64) schließt mit dem Vorbehalt: „Von meinem jungen König nur noch dies Eine, daß, wenn ich wirklich nicht ganz und voll glücklich bin, an ihm es nicht liegt. Von der Herrlichkeit dieses Verhältnisses haben Sie gewiß noch keinen vollen Begriff." „Das männliche Geschlecht hat sich durch diesen Vertreter vollständig bei mir rehabilitiert."

Diese Vorstellung überstrahlt lange alle Anwandlungen des Lebensüberdrusses.

„Nun habe ich einen jungen König, der mich wirklich schwärmerisch liebt: Sie können Sich so etwas nicht vorstellen! Ich entsinne mich aus meinen ersten Jünglingsjahren eines Traumes, wo ich träumte, Shackespeare lebe und ich sähe ihn und spräche mit ihm wirklich, leibhaftig; der Eindruck hiervon ist mir unvergeßlich, und ging in die Sehnsucht über, Beethoven noch zu sehen, der doch auch schon todt war. Etwas Ähnliches muß in diesem lieblichen Menschen vorgehen, wenn er mich hat. Er sagt mir, er glaubte es noch immer kaum, daß er mich wirklich habe! Seine Briefe an mich kann Niemand ohne Staunen und Entzücken lesen...." (9. September 1864).

Am meisten bewegt den Meister begreiflicherweise die Förderung seines großen Werkes. „Gestern, wo wir die Vollendung und Aufführung meiner Nibelungen festsetzten, war ich doch vor Erstaunen über das Wunder dieses himmlischen königlichen Jünglings so ergriffen, daß ich nahe daran war, vor ihm hinzusinken und ihn anzubeten" (8. 8. 64).

Zu seinem 51. Geburtstage, am 22. Mai 1864, schenkte der König Wagner ein schönes Ölporträt, zu dem er eigens für ihn gesessen war. „Dieses wunderbare Bild belehrte mich, nun auch Anderen zur Evidenz zu zeigen, daß ich „Genie" habe: da blickt hin, hier habt ihr mit Augen meinen „Genius" vor Euch!" (26. 5. 64.)

Dem König brachte zu seinem neunzehnten Geburts- und Namensfeste Richard Wagner einen eigenhändig geschriebenen Huldigungsmarsch für Militärorchester dar, den er mit sieben schwungvollen und gedankenreichen Oktaven begleitete, von denen ich hier vier in Erinnerung bringen möchte:

„Dem königlichen Freunde."

„O, König! Holder Schirmherr meines Lebens!
Du, höchster Güte wonnereicher Hort!
Wie ring' ich nun am Ziele meines Strebens,
Nach jenem Deiner Huld gerechten Wort?
In Sprach' und Schrift, wie such' ich es vergebens:
Und doch zu forschen treibt mich's fort und fort,
Das Wort zu finden, das den Sinn Dir sage
Des Dankes, den ich Dir im Herzen trage."

„Was Du mir bist, kann staunend ich nur fassen,
Wenn mir sich zeigt, was ohne Dich ich war.
Mir schien kein Stern, den ich nicht sah erblassen,
Kein letztes Hoffen, dessen ich nicht bar:
Auf gutes Glück der Weltgunst überlassen,
Dem wüsten Spiel auf Vorteil und Gefahr,
Was in mir rang nach freien Künstlertaten,
Sah der Gemeinheit Lose sich verraten."

. . . .

„Was einsam schweigend ich im Innern hegte,
Das lebte noch in eines And'ren Brust;
Was schmerzlich tief des Mannes Geist erregte,
Erfüllt' ein Jünglingsherz mit heil'ger Lust:
Was dies mit Lenzessehnsucht hinbewegte
Zum gleichen Ziel, bewußtlos, unbewußt,
Mit Frühlingswonne mußt es sich ergießen,
Dem Doppelglauben frisches Grün entsprießen."

. . . .

„Du bist der holde Lenz, der neu mich schmückte,
Der mir verjüngt der Zweig' und Äste Saft:
Es war Dein Ruf, der mich der Nacht entrückte,
Die winterlich erstarrt hielt meine Kraft.
Wie mich Dein hehrer Segensgruß entzückte,
Der wonnestürmisch mich dem Leid entrafft,
So wandl' ich stolzbeglückt nun neue Pfade
Im sommerlichen Königreich der Gnade."

. . . .

Auch Ludwig II. bestieg zuweilen den Pegasus, um seinen
Freund zu besuchen, aber er trug ihn weniger weit als Richard
Wagner und er ritt ihn weniger sattelfest als seine an Höhen-
luft und Bergwege gewöhnten Reitpferde.

Röckl druckt drei Oktaven Ludwigs II. „an Meinen Freund"
d. d. Hohenschwangau, 19. September 1864 ab, die ich ihrer
Seltenheit halber gleichfalls hier folgen lassen will!

„In düstrer Nacht lag lang die Kunst befangen,
An ihrem Himmel glänzt' kein einz'ger Stern;
Der Künstler rang mit Zweifelsqual und Bangen,
Das wahre Ziel, ach! stets lag es ihm fern.
Da wollt' das Schicksal, Kunde sollt' gelangen
Von Dir zu mir! — wie hörte ich sie gern! —
Verschwunden ist die Nacht und all' ihr Grauen;
Auf Dich ja dürfen Deine Freunde bauen."

„Es weicht die Nacht mit ihren Zweifelsqualen,
Die Wolken nun zerteilt ein hehres Licht,
Und siegend sendest Du uns gold'ne Strahlen,
Wir seh'n auf Dich und wir verzagen nicht.
Wir schlürfen Wonnen wie aus lichten Schalen; —
Dir treu stets beizusteh'n sei uns're Pflicht! —
Schwer ist der Kampf, doch wolle nicht verzagen,
Es folgt der Sieg den Streitesmüh'n und Plagen!"

„Die spät'ste Nachwelt, stets wird sie Dir danken
Und preisend einst Dich manche Zunge nennt,
Wenn jetzt Du ringst mit Kampfmut sonder Wanken,
Das Feuer nie erlöscht, das Dich entbrennt.
Wenn in Vergessenheit die meisten sanken,
Du setzest Dir ein ewig Monument. —
Dein heil'ger Name nie wird Er verklingen,
Da für das Höchste Du willst mutig ringen."

Diese Strophen, vermutet Röckl, sind als Balsam auf eine
Wunde gedichtet, welche eine in der Augsburger Abendzeitung
vom gleichen Datum reproduzierte Notiz der Berliner National-
zeitung dem Freunde schlug, und es ist in der Tat rührend, wie
der 19jährige König nicht müde wird, den 51jährigen Tondichter
zu beruhigen, zu trösten, zu ermutigen, wie sehr er ihn oft an
Milde, an Mäßigung, ja an Mut und Stärke übertrifft, und wie
er an ihm hält, wenn auch Intrigen und Anfechtungen aller
Art und die Eigenart Wagners selbst seine Treue oft auf harte
Proben stellen.

In der illusionsreichen Frühzeit ihrer Beziehungen, am 26. Mai
1864 hatte Wagner an die Freundin Wille geschrieben: „Er prahlt
nicht mit mir: wir sind ganz für uns. Wollte ich — so sagt man mir —
so stünde mir der ganze Hof offen: Er würde mich nicht begreifen, wenn
ich da nach einer ehrgeizigen Rolle verlangte. So schön und echt ist
Alles. — Wie leicht wird es mir so, nach jeder Seite hin zu beruhigen:
man merkt mich nicht, Niemand beeinträchtige ich; Alles was wir beide

innerlich verachten, geht ruhig seinen Gang fort; wir kümmern uns nicht
darum. Allmählig wird mich Alles lieben; schon die nächste Umgebung
des jungen Königs ist glücklich darüber, mich so zu finden und zu wissen,
weil Jeder sieht, mein ungeheurer Einfluß auf das Gemüth des Fürsten
kann nur zum Heil, Niemand zum Nachteil ausschlagen. So wird täglich in uns und um uns Alles schöner und besser!" —

Das lag nicht im natürlichen Lauf der Dinge und niemals vorher hat ein so seltenes Glück eine so leichte Aufnahme gefunden.
Bald sollte auch Wagner die Kehrseite der außergewöhnlichen
Gunst bewußt werden, die er genoß: das Widerstreben und der
Neid derer, die sie vergebens erstrebten und sie, selbst wenn sie
sie nicht erstrebten, keinem anderen gönnten. Schon sechs Tage
vor dem zitierten Briefe an Frau Wille, am 20. Mai 1864, hatte
Wagner an Weißheimer geschrieben: „Welch ungeheurem Neid ich
zu begegnen habe, können Sie sich denken; mein Einfluß auf den jungen
Monarchen ist so groß, daß alle, die mich kennen, in der größten Sorge
sind. Der große Gehalt, den mir der König ausgesetzt hat, wird deshalb
geflissentlich geringer angegeben, ich selbst aber halte mich, wie es auch
meine Natur und mein Bedürfnis erfordert, gänzlich zurück und beruhige
nach allen Seiten hin, so daß allmählig die Furcht verschwindet. Lachner
ist bereits um den Finger zu wickeln. Der König verachtet mit mir das
Theater. Wir lassen hier alles gehen und behalten uns mit der Zeit vor,
auf geeignete Weise auch hier eine edlere Richtung zu ermöglichen."

Röckl hat in einem eigenen Kapitel seines inhaltsreichen Werkes unter Abdruck aller einschlägigen Schriftstücke die erste
Sonnenfinsternis der königlichen Gnade geschildert. Wagner
und seine Freunde hatten mit dem Feuer gespielt und den Teufel
an die Wand gemalt, indem sie das Gerücht von einer vielen so
erwünschten Ungnade nicht nur unterstützten, sondern geradezu
erfanden, um Wagners Gläubiger abzuschrecken, die ihn noch
immer bedrängten und wähnten, er sei in der Lage, nach Be-
lieben über die königliche Kasse zu verfügen. Dazu kam ein
Vorfall, welcher den König momentan verletzte. Er hatte
Wagner gebeten, dem Maler Bernhardt zu einem Porträt für
ihn zu sitzen[1]; Wagner hatte es aber vorgezogen, sich von dem

---

[1] Er rescribierte o. D. an das Hofsekretariat: „Lassen Sie Maler
Bernhard sogleich hieher kommen und bestimmen Sie Wagner dazu,
sich jetzt malen zu lassen, denn ich weiß, daß er nicht dazu zu bringen
sein wird, wenn die Meistersinger in vollem Zuge sind."

ihm befreundeten Maler Pecht für 500 fl. malen zu lassen und
dieses Bild befand sich eines Morgens in den königlichen Gemächern, ohne daß man erfährt, wie es hineinkam. Der König
war entzückt von dessen Ähnlichkeit und dankte dafür in derselben Stunde. Die Bezahlung des Kunstwerkes stieß aber auf
Meinungsverschiedenheiten. Als Pfistermeister acht Tage später
Wagner darnach frug, erwiderte dieser, daß er sich nicht erlauben
dürfe, dem König damit ein Gegengeschenk zu machen, weil er
sich ihm dadurch gleich stelle. Es war allerdings nach der damaligen „Kourtoisie" nicht üblich, daß Souveräne Geschenke
von Untertanen annahmen, aber es gab immerhin Ausnahmen
und eine Anfrage Wagners, ob er sich nicht gestatten dürfe usw.
usw., wäre wohl um so mehr im bejahenden Sinne beantwortet
worden, als der König auch ohne eine solche vorherige Anfrage
die Sendung als ein Geschenk betrachtete und sich darüber
empörte, als ihm Pfistermeister meldete, Wagner wünsche dafür
1000 Gulden. Wagner hatte Pfistermeister lediglich anheimgestellt, sich mit dem Maler zu einigen, Pfistermeister aber hatte
es für passend gefunden, daß der König Pecht für die schöne Arbeit seine Erkenntlichkeit bezeige und deshalb — statt der ver-
einbarten 500 fl. — eine Remuneration von 1000 fl. beantragt.
Der König war dermaßen empört über die Indiskretion, die er
in diesem Vorgehen erblickte, daß er erklärte, den persönlichen
Verkehr mit Wagner abbrechen zu wollen und seinen Vorleser
Leinfelder ermächtigte, von dieser Äußerung Gebrauch zu
machen.

Allein das aufgeflackerte Feuer erlosch schnell. Sei es, daß
eine Aufklärung über den wahren Sachverhalt seitens Wagners
zu dem König gelangte, sei es, daß er sich erinnerte, daß er ein
Porträt des Komponisten ja bestellt hatte, am 12. Februar 1865
erschien ein längeres Dementi in den Neuesten Nachrichten,
welches die „von verschiedenen Seiten gebrachte Mitteilung,
Richard Wagner sei in Ungnade gefallen, als völlig unbegründet"
bezeichnete. Demgegenüber versicherte die Augsburger Allgem.
Zeitung vom 14. Februar 1865, bestimmt, „daß Richard Wagner
die ihm reich zu teil gewordene Gnade unseres Monarchen völlig

verscherzt hat." Der Monarch selbst schrieb aber am gleichen Tage an Wagner: „Elende, kurzsichtige Menschen, die von Ungnade sprechen können, die von unserer Liebe keine Ahnung haben, keine haben können. — Verzeihe ihnen, sie wissen nicht, was sie tun! — Sie wissen nicht, daß Sie mir Alles sind, waren und sein werden bis in den Tod. Daß ich Sie liebte, ehe ich Sie sah, doch ich weiß, mein Freund kennt mich. Sein Glaube an mich wird nie sinken." „In inniger, ewiger Liebe...."

Auch Wagner glaubte seine auswärtigen Freunde öffentlich beruhigen zu sollen und es knüpfte sich daran eine längere unerquickliche Preßfehde. Am 19 Februar 1865 erschien in der Augsburger Allgem. Zeitung ein längerer Artikel: „Richard Wagner und die öffentliche Meinung," angeblich aus der Feder von Oskar von Redwitz, auf welchen Wagner am 20. Februar 1865 nach vorheriger Beratung mit seinen Freunden sehr ausführlich antwortete. Seine abschwächende Darstellung des Sachverhältnisses entsprach jedoch den Tatsachen nicht ganz, wie aus dem Kommentar und den etwas dunklen Andeutungen ersichtlich ist, die er am 26. Februar 1865 der Freundin Wille darüber gibt. „Meine Erwiderung (in No. 50 der Allgem. Ztg. vom 20. Februar 1865) enthält eine Unaufrichtigkeit: Die Darstellung der Beschränktheit meines Verhältnisses zum Könige. Für mein Bedürfnis der Ruhe wünschte ich sehnlich, es wäre so: Die wunderbar tiefe fatalistische Neigung des Königs zu mir — entsage ich um meiner Ruhe willen den Rechten, die sie mir giebt, so begreife ich noch nicht, wie ich es vor meinem Herzen, meinem Gewissen anfangen soll, mich den Pflichten zu entziehen, die sie mir auferlegt. Sie errathen, daß, was man öffentlich gegen mich hetzt, nur Werkzeuge sind: dieß hat keine Bedeutung, und die Verleumdung spielt bereits ihr letztes verzweifeltes Spiel. Aber die Anlässe? Nun muß ich schaudern, wenn ich nur an meine Ruhe denkend, mich in die hierfür gedeihlichen Schranken zurückziehen will, um ihn seiner Umgebung zu überlassen." „Mir bangt es in tiefster Seele, und ich frage meinen Dämon: warum mir dieser Kelch? — Warum da, wo ich Ruhe und ungestörte Arbeitsmuße suchte, in eine Verantwortlichkeit verwickelt werden, in welcher das Heil eines himmlisch begabten Menschen, vielleicht das Wohl eines Landes in meine Hände gelegt ist? — Wie hier mein Herz retten? Wie dann noch Künstler sein sollen? — Ihm fehlt jeder Mann, der ihm nöthig wäre! — Dies ist meine wahrhafte Beklemmung. Das äußere Spiel der Intrige, rein nur darauf berechnet, mich außer mich zu bringen, um mir eine Indiscretion zu entlocken, zerfällt leicht in sich. Aber welcher, gänzlich meiner Ruhe mich für immer entreißenden Energie bedürfte ich, um meinen jungen Freund für immer seiner Umgebung zu entreißen! Er hält treu, rührend schön zu mir und schließt sich für jetzt gegen Alles ab." „Was sagen Sie zu meinem Schicksal? — Meine Sehnsucht nach der letzten Ruhe ist unsäglich: mein Herz kann diese Schwindel nicht mehr ertragen!" —

Den Konflikt, in den er sich versetzt sieht, spricht er drastischer und präziser in einem Brief vom 7. März 1865 an seinen Freund August Röckl aus, der, weniger glücklich als Wagner, wegen seiner Beteiligung an dem Dresdener Aufstand des Jahres 1849 zum Tode verurteilt, zu lebenslänglichem Gefängnis begnadigt wurde und 13 Jahre im Zuchthaus zu Waldheim zubrachte. „Mir geht es," schreibt ihm Wagner, „ungefähr wie Dir im Zuchthaus. Wie herauskommen? Ich will Ruhe, Sammlung, um meine Aufgabe, die nun einmal kein anderer lösen kann, zu vollenden. Aber — Ruhe? — Da fällt nun ein Jüngling vom Himmel, von den Sternen für mich bestimmt: Er weiß mich und kennt mich, durch Offenbarung, wie kein Mensch: er preist sein Los, das ihn so jung zum König machte, um mich zu beglücken, mein Ideal zu erfüllen. — — So! Nun denke Dir Bayern, München und sage Dir das Weitere. Ich sehne mich nach Ruhe, weil ich's nicht mehr ertragen kann, und der Eckel in mir zu sehr alles andere überwältigt. Was nun thun? Ich sehne mich nur fort, in einen schönen Winkel Italiens, fremd, als Lazzaroni meine armen Nerven zu pflegen; aber wie kann ich wieder diesen jungen König verlassen, in seiner scheußlichen Umgebung, mit seinem Herzen wunderbar an mich gekettet?" —

Eine mündliche Aussprache zerstreute die Nebel der Verstimmung, so daß Wagner Ludwig Schnorr von Karolsfeld, dem Sänger, am 15. März 1865 zujubeln konnte: „Alles ist schön und herrlich und über alle Maßen rührend, tief und innig! — Alles ist klar. — Der König hat mich mit himmlischem Vertrauen in seine Lage eingeweiht. Ich bleibe." —

VI.

Den künstlerischen Höhepunkt des Aufenthaltes Richard Wagners in München bildete die erste Aufführung von Tristan und Isolde auf dem dortigen Hof- und Nationaltheater. Das große Liebesdrama hat seitdem den Weg über viele Bühnen gefunden, das Ehepaar Vogel allein ist achtzigmal in den Titel-rollen aufgetreten, und die Erkenntnis hat sich Bahn gebrochen, daß es das einheitlichste, dramatischste und mächtigste der Werke Wagners ist. Im Jahre 1865 hielt man es nach verschiedenen vergeblichen Versuchen für unaufführbar und Wagner selbst schrieb der Freundin Wille am 26. September 1865: „In der vierten Aufführung erfaßte mich im letzten Akte das Gefühl des Frevels dieser unerhörten Leistung; ich rief: dies ist die letzte Aufführung des Tristan, nie wieder darf er gegeben werden!" Den ersten Münchener Aufführungen hatte Wagner in der gehobensten glücklichsten Stimmung entgegengesehen. „Kommen Sie!" lädt er die Freundin Wille am 31. April 1865 ein, „Die Vorstellungen werden wundervoll, wie nie etwas erlebt wurde. Dazu mußte ich leiden, um das zu erleben! Von der Herrlichkeit der beiden Schnorrs können Sie sich keinen Begriff machen. Alle Kraft ihres Lebens konzentriert sich zu dieser einen Leistung, die sie nun mit voller künstlerischer Würde bewältigen." „Von der Göttlichkeit meines jungen Königs kann kein Hymnus erschöpfend singen! Hier ist Alles wie ein Märchentraum; man kann es nicht glauben, daß solch' Schönes, Tiefes und Erhabenes plötzlich in das Menschenleben treten konnte. Und wie weise ist er, ohne im mindesten es zu wissen. Aber viel Trauer schwebt über uns: die furchtbare Gemeinheit der Umgebung und aller Umstände, — und Alles doch weise, mit ganz nnfehlbarem Instinct von ihm beherrscht. Gott! wenn der gedeiht und geräth! Dann endlich hat die deutsche Nation einmal das Vorbild, dessen sie bedarf — ein anderes, als Friedrich II."

Und noch fünf Monate später im Rückblick schreibt er dessen eingedenk: „Meinen treuen Schutzengel, immer schön und segnend über mir schwebend, voll von kindlichem Jubel über meine Zufriedenheit, meine Freude am wachsenden Gelingen: unsichtbar immer anordnend, was mir dient, entfernend, was mir hinderlich wäre. Wie ein Zaubertraum wuchs das Werk zur ungeahnten Wirklichkeit: die erste Aufführung, ohne Publicum, nur für uns als Generalprobe gegeben, glich der Erfüllung des Unmöglichen." —

Schon die 21 Orchesterproben waren von der liebevollsten Begeisterung aller Mitwirkenden beseelt. Der König wohnte der Generalprobe am 11. Mai 1865 bei und es war wohl eine zarte Aufmerksamkeit für den Flüchtling, dem er Zuflucht gewährt hatte, daß ein Erlaß das gleiche Datum trug, durch welchen er dem Justizminister v. Bomhard befahl, den Widerstand gegen die Amnestie aller an der Revolution von 1849 beteiligten Nicht-

Bayern aufzugeben, und alle Militärpersonen, die im Jahre 1849 aus Festungen der Pfalz flüchtig gegangen waren, begnadigte.

Frau Josephine v. Kaulbach erstattete ihrem Gatten, dem berühmten Maler, hierüber folgenden Bericht: „Gestern, Donnerstag, war im Hoftheater die erste Probe zur Wagnerischen Oper „Tristan und Isolde." Diese Probe kann schon als Aufführung gelten, nur mit dem Unterschied, daß das Publicum eingeladen war — nur „die Auserwählten und die Freunde," wie Wagner in einer Rede, die er vor dem Beginn an uns gehalten, sagte. Die Rede war vorzüglich, bescheiden, schlicht und herzlich. Ich wollte, man könnte das auch von der Oper sagen. Die Parkettsitze waren alle dicht besetzt, und ich sah lauter Freunde und Bekannte. Frau v. Bülow (Cosima) hatte mir zwei Karten gegeben. Bülow als Dirigent streckte seinen Kopf gewaltig in die Höhe und wollte nach Wagner auch noch eine Rede halten. Leider blieb er schon beim ersten Satz gründlich stecken. Endlich fand er den Schluß und es begann die Ouvertüre, die mit wirklicher Meisterschaft ausgeführt wurde und unsere herkömmlichen Begriffe von Musik nicht überschreitet. Den Inhalt der Oper kennst Du ja. Die Steigerung der wütendsten Leidenschaft füllt den ganzen zweiten Akt, der aus einem Duett besteht, welches dreiviertel Stunden dauert, ohne Melodie; die höchst barbarischen, ich möchte sagen, die Leidenschaften eines vorsintflutlichen Geschlechts ausdrückend. Für unsre schwachen Nerven und Ohren ungenießbar. Der Gesang besteht nur in heulenden, schrillen Tönen; sie brüllen, wüten, toben und werden dazu von dem Orchester mit den kunstvollsten Dissonanzen begleitet. Pauken, Trompeten, Zimbeln und noch andere neu erfundene Instrumente steigern sich zu wahrer Raserei. Das Orchester hat diese schwierige, mühsame Arbeit meisterhaft durchgeführt; in keiner anderen Stadt wäre dies möglich gewesen. Aber vor allem gebührt Schnorr und seiner Frau das höchste Lob. Letztere übertraf alles bisher dagewesene, sowohl als Sängerin, wie als Schauspielerin. An Gestalt und Aussehen ist sie eine Grimhilde; ebenso herrlich wirkt Schnorr. Nur diesen beiden großen Künstlern wird Wagner den Erfolg zu danken haben. — Mit diesen drei Aufführungen wird wohl „Tristan und Isolde" sich in's Privatleben zurückziehen müssen. Man ist besorgt, daß Bülow bei der ersten Aufführung (wegen der Schweinehundgeschichte) schlecht empfangen wird, denn die Erbitterung gegen ihn ist sehr groß. Der junge König soll in der Probe bis zu Tränen gerührt gewesen sein."

Die erste Aufführung war für den 15. Mai 1865 angesetzt und der König sah dem Abend mit einer Erregung entgegen, welche die folgenden Zeilen vom gleichen Tage durchbebt: „Ein und All! Inbegriff meiner Seeligkeit! Wonnevoller Tag! — Tristan." Wie freue ich mich auf den Abend! Käme er doch bald! „Wann weicht der Tag der Nacht! Wann löscht die Fackel aus, wann wird es Nacht im Haus?" — heute! Heute, wie zu fassen! Warum mich loben und preisen! Er vollbrachte die That. Er ist das Wunder der Welt, was bin ich ohne Ihn!? Warum, ich beschwöre Sie, warum finden Sie keine Ruhe, warum stets von Qualen gepeinigt? Keine Wonne ohne Weh, o wodurch kann endlich Ruhe, endlich ewiger Friede auf Erden, stete Freude für Ihn erblühen? Warum stets betrübt bei aller Freude? „„„den tief geheimnißvollen Grund, wer macht der Welt ihn kund?"" Meine Liebe für Sie, o ich brauche es ja nicht zu wiederholen, bleibt Ihnen stets. „Treu bis in den Tod." — Mir geht es wieder gut. Tristan wird mich trotz der Ermüdung vollkommen wieder herstellen. Die herrliche Maienluft in Berg, wohin ich bald ziehen werde, wird mich vollends kräftigen. Bald hoffe ich, meinen Einzigen wiederzusehen. — Wie freuen mich Sempers Pläne; hoffentlich lassen die Pläne für den monumentalen Bau nicht zu lange auf sich warten. Alles muß erfüllt werden; ich lasse nicht nach. Der kühnste Traum muß verwirklicht werden. Dir geboren, Dir erkoren! Dieß mein Beruf! Ich grüße Ihre Freunde, sie sind die meinigen. Warum betrübt? Bitte, schreiben Sie! Ihr treuer L. — Tristan Tag."

Von allen Seiten waren Gäste herbeigeströmt, die Erwartung des Publikums war auf das höchste gespannt, da erkrankt Frau Schnorr v. Carolsfeld und die erste Aufführung muß verschoben werden.

Viele wollten nicht an die bekannt gegebene Unpäßlichkeit glauben. Es entstanden Gerüchte aller Art, über einen vollständigen Stimmverlust der Sängerin, über einen Streik der Hofmusiker, über ein Komplott von Feinden, über eine Verhaftung Wagners wegen Wechselschulden. Das letztere Gerücht war leider nicht aus der Luft gegriffen; es lag in der Tat ein solcher Akt niedriger Rache vor. Wagner erstattet dem König Meldung darüber und klagt über die Bosheit und Verderbtheit der Menschen. Der König antwortet in einem rührenden Brief des Trostes und der Ermutigung: „Theuerer Freund! O, ich sehe wohl ein, daß Ihre Leiden tief begründet sind. Sie sagen mir, geliebter Freund, Sie hätten tief in die Herzen der Menschen geblickt, ihre Bosheit und Verdorbenheit darin erschaut; o, ich glaube Ihnen, begreife wohl, daß oft Augenblicke des Unmuths gegen das Menschengeschlecht bei Ihnen eintreten, doch stets wollen wir bedenken (nicht wahr, Geliebter?), daß es doch viele edle und gute Menschen gibt, für welche zu leben und zu schaffen es wahre Freude ist. Und doch sagen Sie, Sie taugen nicht für diese Welt! Verzweifeln Sie nicht, Ihr Treuer beschwört Sie, fassen Sie Muth. Die Liebe hilft Alles tragen und dulden; sie führt endlich zum Sieg!" „Die Liebe erkennt selbst in dem Verdorbensten den Keim des Guten: sie allein überwindet! Leben Sie, Liebling meiner Seele, Vergessen üben ist ein edles Werk, Ihre Worte rufe ich Ihnen zu. Bedecken wir mit Nachsicht die Fehler Anderer, für Alle ja starb und litt der Erlöser. —

Und nun, wie schade, daß „Tristan" heute nicht konnte aufgeführt werden, etwa morgen? Ist Aussicht vorhanden? Bis in den Tod Ihr treuer Freund Ludwig."

Am 22. Mai 1865 feierte Wagner zum zweitenmal seinen Geburtstag in Bayern. Der König hatte ihn nach Berg eingeladen und unterhielt sich drei Stunden mit ihm über die Semper'schen Pläne, das Projekt einer Zeitung zur Förderung ihrer Kunstbestrebungen und politischer Fragen, und manches andere. Als Geburtstagsgeschenk überreichte er ihm eine Prunkschale aus Porzellan mit Szenen aus Lohengrin nach seinen Angaben. Von Berg fuhr Wagner nach Feldafing, wo ihn seine Freunde erwarteten auf dem königlichen Privatdampfer, der seinen früheren Namen „Maximilian" mit dem „Tristan" hatte vertauschen müssen.

Die erste Aufführung von „Tristan und Isolde" fand endlich Samstag, den 10. Juni 1865 statt. Ich war damals Student im zweiten Semester und kann für die Münchener Kommilitonen bestätigen, was Anton Memminger in seinem viel Neues bietenden „Der Bayernkönig Ludwig II.", Würzburg 1918, den Würzburgern nachrühmt. Die akademische Jugend nahm nicht Teil an der Hetze gegen eine deutsche Größe. Man wußte das wohl und hatte auch, wie ich später erfuhr, von den Einlaßkarten, welche Wagner zur Verfügung standen, eine Anzahl an das Sekretariat der Universität gesandt. Ich hatte mir schon vorher einen Platz für die Vorstellung gesichert, und befand mich hiebei in Gesellschaft von Edouard Schuré aus Straßburg, den ich in den Vorlesungen Rebers über antike Kunst in der Glyptothek kennen gelernt hatte und mit dem mich seitdem eine Freundschaft verband, welche die Wechsel der Ereignisse überdauert hat. Unter meinen Jugendfreunden befanden sich zwei Elsässer, von gleicher politischer Richtung, aber von verschiedenem Wesen. Während Edouard Schuré, eine im Grunde echt germanische Natur, sich der französischen Literatur und Dichtung widmete, suchte Ludwig Schneegans, der mehr französische Charaktereigenschaften hatte, vergebens sich in der deutschen dramatischen Literatur einen dauernden Platz zu erkämpfen.

Über „Tristan und Isolde" findet sich folgender Eintrag in meinem damaligen Tagebuch: „Gestern wurde endlich „Tristan und Isolde" aufgeführt. Für das Juche und das Parterre wurden anfangs keine Eintrittskarten abgegeben. Ich hatte einen sehr guten Platz auf der Galerienobel. Tristan ist ein kolossales, geniales Werk, das habe ich gefühlt, wenn ich es auch nicht in allen seinen Teilen verstand. Es wird wohl nie unter uns populär werden. Man muß gestehen, es leidet an ermüdenden Längen und widerspricht unserem verdorbenen Geschmack. Oft fehlt die Harmonie und aus dem Tönemeer dringen nur einzelne Schreie wie Hülferufe. Der zweite Akt ist aber herrlich. Man zischte viel. Beinahe hätte ich Scandal bekommen mit Widersachern. Im Foyer disputierte ich laut dafür im Bunde mit Baron Gruben, der doch Musikkenner ist und vollkommen meiner Ansicht war. Wagner rief ich mit, bis er erschien in heller Weste zwischen dem unvergleichlichen Sängerpaar. Die Öffentlichkeit war ihm das schuldig. Man hat ihn zu sehr geschmäht und er ist doch ein Genie...."

Die ganze Generation stand etwas durchaus Neuem gegenüber und Jahrzehnte mußten darüber hinweggehen, um es dem Verständnis und der liebevollen Bewunderung weiter Kreise näherzubringen und den leidenschaftlichen Widerspruch des Hergebrachten verstummen zu machen.

Nach öfterem Hören des großen Werkes wurde auch ich mehr damit vertraut. Damals war ich, wie der König, noch nicht zwanzig Jahre alt und —bin unmusikalisch. Der Vorwurf, unmusikalisch zu sein und kein Verständnis für Musik zu haben, wurde auch dem König, obwohl er gut Klavier spielte, gemacht und zwar von Wagner selbst. Es lag in der Natur der Sache, daß ein Teil der begeisterten Anhänger des neuen Musikdramas sich aus den Kreisen der Unmusikalischen rekrutierte, denen es leichter war, die bisherige musikalische Schablone, die Wagner zerstörte, zu entbehren, weil sie von Haus aus keine Kenntnis davon hatten und die Wiedereinsetzung des Dramas in seine höheren Rechte, die hinreißende dramatische Kraft, der reiche Stimmungsgehalt und die nationalen Stoffe der Wagnerischen Schöpfungen ihnen einen Ersatz und Genüsse boten, die sie in dem Potpourri der alten Opern niemals gefunden hatten. Das Verständnis des Wesens der Wagnerischen Neuerungen brach sich übrigens auch in den musikalischen Kreisen erst allmählich Bahn; vielen entging es stets, weil sie an das Neue immer wieder den Maßstab des

Alten anlegten. Hat doch z. B. erst Wolzogen die Funktion des Leitmotivs, einer der glücklichsten Bereicherungen des Musikdramas durch Wagner, popularisiert und für das von Wagner geschaffene Wesen den Namen gefunden[1].

Schuré, begeisterungsfähig wie er immer war, empfing von der Vorstellung einen tiefen unauslöschlichen Eindruck, der für ihn zum Ausgangspunkt einer sehr bedeutenden literarischen Tätigkeit für die Sache Wagners in Frankreich wurde. Als er den lebhaften Wunsch äußerte, die persönliche Bekanntschaft des Meisters zu machen, riet ich ihm, Wagner zu schreiben; er tat es und von allen den vielen Briefen, die Wagner nach der ersten Aufführung von Tristan und Isolde erhielt, war der seine der einzige, den er in etwas inkorrektem Französisch beantwortete. Er freute sich so sehr über den Brief Schuré's, daß er ihn dem König mit den Worten zeigte: „Sehen Sie, noch ist nicht alles verloren." Auch zu Tisch lud er Schuré, es entwickelte sich ein für beide Teile fruchtbarer Verkehr, der nur im Jahre 1870 eine Unterbrechung erlitt, als Wagner nach unseren ersten Siegen Schuré schrieb: „Jetzt ist Ihr Platz nicht mehr in Paris, kommen Sie nach Deutschland."

Die Werke Schurés über das Werk Wagners haben eine große Verbreitung in den romanischen Ländern gefunden und den neueren Ausgaben seines „Drame musical, Richard Wagner son œuvre et son idée" sind auch seine Erinnerungen über die erste Aufführung des Tristan beigedruckt, die zuerst 1900 erschienen und nicht nur nach der allgemeinen Meinung eines der, lebenswahrsten Porträte des Meisters enthalten, sondern auch den König sehr treffend und in Übereinstimmung mit meinen eigenen Erinnerungen schildern: „Le jour tant désiré arriva. La salle était bondée. Le Roi, agé de vingt ans, parut seul, en costume civil, dans la grande loge royale surchargée de dorures qui fait face de la scène. A ce moment, il rayonnait d'une beauté merveilleuse. Ses traits fins d'adolescent, son front bombé, encadré de cheveux bruns et bouclés, ses grands yeux bleu foncé dont le regard était toujours dirigé vers le haut, brillaient d'un doux éclat. Toute sa personne respirait une exaltation calme et

---

[1] Christian v. Ehrenfels, Zur Klärung der Wagnerfrage, Wien 1896.
[2] S. l. c. I. 153.

le plus pur enthousiasme. Des fanfares bruyautes, des vivats répétés le saluèrent; mais, les yeux perdus dans son rêve, il semblait ne point voir la foule qui l'acclamait."

Noch unter dem Banne der empfangenen mächtigen Eindrücke schrieb der König aus Berg am 12. Juni 1865: „Erhabener, göttlicher Freund! Kaum kann ich den morgigen Tag erwarten, so sehne ich mich nach der zweiten Vorstellung schon jetzt. Sie schrieben an Pfistermeister, Sie hofften, daß meine Liebe zu Ihrem Werke durch die in der Tat etwas mangelhafte Auffassung der Rolle des Kurwenal von Seite Mitterwurzers nicht nachlassen möge. Geliebter! Wie konnten Sie nur diesen Gedanken in sich aufkommen lassen? Ich bin begeistert, ergriffen, entbrenne in Sehnsucht nach wiederholter Aufführung. „Dies wunderhehre Werk, das uns Dein Geist erschuf," wer dürft' es sehen, wer erkennen, ohne sich selig zu preisen? „Das so herrlich, hold erhaben mir die Seele mußte laben." Heil seinem Schöpfer, Anbetung ihm! — Mein Freund, wollen Sie die Güte haben, dem trefflichen Künstlerpaare zu sagen, daß dessen Leistung mich entzückt und begeistert hat? Meinen herzlichen Dank, werden Sie ihn den beiden künden? Ich bitte, erfreuen Sie mich bald mit einem Briefe. Nicht wahr, mein teurer Freund, der Mut zu neuem Schaffen wird Sie nie verlassen; im Namen jener bitte ich Sie, nicht zu verzagen, jener, die Sie „mit Wonne erfüllen, die sonst nur Gott verleiht." Sie und Gott! Bis in den Tod, bis hinüber nach jenem Reiche der Weltenmacht bleibe ich Ihr treuer Ludwig." —

Diesen Brief des Königs, „Parsivals," wie sie ihn nannten, sandte Wagner dem Künstlerpaar Schnorr, als „das einzig würdige Geschenk, das er ihnen anbieten konnte" und fügte bei: „Guten Morgen, liebe edle Löwen. Wollen wir noch einmal in die Wüste brüllen? Am Ende hören wir doch nur uns selbst. Denn auch Parsival gehört zu uns." —

Dies klingt ja nicht sehr befriedigt und hoffnungsvoll. — In der Tat hatte „Tristan" sich zwar durchgesetzt, nicht aber schon bei der ersten Aufführung einen jener vollen Theatererfolge errungen, die jeden Widerstand brechen und alle und alles mit sich fortreißen; mehr einen solchen, welcher die Opposition reizt, sich auf die Hinterbeine zu stellen und noch einmal all' ihre Hilfstruppen aufzubieten.

Einem vollen und unbestrittenen Erfolg standen dem Werk trotz seiner Größe damals und stehen ihm zum Teil noch heute, bei aller Gewöhnung daran, Elemente im Wege, die Wagner selbst nach seinen Lebenserinnerungen (S. 696) bei den Korrekturen zum Bewußtsein kamen. Seine eigene Schöpfung mutete

ihn „höchst sonderbar und fast unheimlich" an und er erkannte,
daß er „das allergewagteste und fremdartigste, was er je geschrieben hatte, gerade in diese Oper niederlegte, von der er seltsamer-
weise annahm, daß sie ein gutes Geschäft für das Theater sei
und leicht aufgeführt werden könne." — Von diesem verneinen-
den Eindruck befreite ihn auch die günstige Aufnahme der drei
folgenden Münchener Aufführungen nicht, denn er sagte nach
der vierten: „Dies ist die letzte Aufführung des Tristan, nie
wird er wieder gegeben werden." Die erste Bayreuther (1886)
sollte er nicht mehr erleben[1].

Röckl gibt auch einige der Karikaturen wieder, die nach der
ersten Münchener Aufführung erschienen. Außer der von ihm
erwähnten: „Schnorr und Schnörrin nach dem Liebestrank",
erinnere ich mich an eine andere desselben humorvollen Zeich-
ners, des Grafen Franz Pocci, den seine Stellung als Oberstzeremonienmeister nicht abhielt, die Liebhabereien Sr. M. von
seinem Standpunkt aus zu beleuchten. Diese damals in photo-
graphischer Reproduktion kursierende Zeichnung stellte das
„Kgl. Hof- und Nationaltheater bei der vierten Aufführung"
von „Tristan und Isolde", vollkommen leer, dar, nur aus der
Königsloge ragen zwei riesige applaudierende Hände hervor und
auch die beiden Karyatiden zur Seite der Loge haben ihre Leiern
unter die Achseln gesteckt, um sich am Applaus zu beteiligen.
Richard Wagner, geführt von Tristan und Isolde, verneigt sich
vor dem leeren Hause.

Historisch kann man diese Darstellung jedoch nicht nennen.
Schon die zweite Aufführung gestaltete sich nach Röckl zu
einem wahren Triumphe für Wagner. Der dritten wohnte Ludwig II. nicht bei, da er durch die Anwesenheit seines Oheims,
des Königs Otto von Griechenland im Genuß gestört zu werden
fürchtete. Hingegen wohnte der letztere der Vorstellung von
Anfang bis Ende mit dem größten Interesse bei, applaudierte
lebhaft und verließ die Loge auch nicht, als Wagner und die
Sänger viermal gerufen wurden.

[1] Carlos Droste's „Tristan in Bayreuth". Bühne und Welt, August 1906,
enthält eine interessante Statistik der Tristan-Aufführungen.

Nach der zweiten Aufführung ließ der König eine lange Liste von Fragen über die Inszenierung an die Intendanz gelangen, welche bewiesen, welch wachsames Auge er auf Erfüllung der Wagnerischen Intentionen richtete. Da er die dritte Aufführung versäumt hatte, ordnete er eine vierte an und wandte sich behufs Urlaubsverlängerung Schnorrs wiederholt an den König von Sachsen, der sie zwar erteilte, seinem Intendanten aber von dieser Erteilung erst Mitteilung zu machen wagte, als er sich über das Ausbleiben des Sängers „kräftig" beschwerte.

Das Künstlerpaar Schnorr erhielt für die vier Tristanaufführungen 2800 Gulden, der Sänger als Geschenk Photographien sämtlicher Bilder seines Vaters in den Nibelungensälen der Residenz. Die Sängerin ein wundervolles Armband. Beiden schrieb der König eigenhändige Briefe. Der an den Sänger lautete:

„Mein lieber Herr v. Schnorr! Es ist mir ein wahres Bedürfnis, Ihnen vor Ihrem Scheiden aus München eigenhändig meinen wärmsten und aus voller Seele kommenden Dank auszusprechen für die so überaus gelungene Darstellung des „Tristan". Ich kann nur sagen, daß Sie alle meine Erwartungen glänzend übertrafen; ich nenne Ihre Darstellung eine vollkommene in allen Teilen. So ist denn diese wundervolle Schöpfung Wagners, nach deren Aufführung ich mich schon in ganz jungen Jahren gesehnt habe, endlich ermöglicht worden! — Seien Sie, verehrter Herr, überzeugt, daß ich den vollen Wert Ihrer großen, sicher durch keinen anderen zu erreichenden Leistung vollkommen zu würdigen weiß. Sie wird, dies glaube ich Ihnen mit voller Bestimmtheit zurufen zu können, im steten Andenken aller fortleben, nie wird die Erinnerung an diesen Helden, der gelitten, wie keiner, der wie „keiner geliebt und geminnt" erlöschen. — Und schließlich drücke ich Ihnen auch darüber meine Freude aus, daß Bayern das Land ist, in welchem der Stern Tristans aufgegangen und zugleich sein „einziger" Darsteller geboren ist! — Mit freundlichen Grüßen und meinen Herzlichen Dank wiederholend, bin ich immer Ihr sehr wohlgeneigter Ludwig." Schloß Berg, den 9. Juli 1865.

Ludwig ließ sich den Sänger nach der Privataudition von Bruchstücken Wagnerischer Werke im Residenztheater am 3. Juli 1865 vorstellen, in der er „Siegmunds Liebeslied," „Siegfrieds Schmiedelieder" und den Walther Stolzing mit hinreißender Kraft und Schönheit gesungen hatte. „Er fühlte sich," schreibt Wagner in dem ihm gewidmeten Nachruf, „aller Qual des Daseins entrückt, als er von der halbstündigen Unterredung mit dem König zurückkam, umarmte mich stürmisch und rief: „Gott, wie danke ich diesem Abend! Nun weiß ich, was Deinen Glauben stärkt! Zwischen diesem göttlichen König und Dir, da muß ja auch ich noch zu etwas herrlichem gedeihen!"

Wenige Tage später starb er. „Ich werde den Siegfried nicht singen," war seine letzte Totenklage! —

Auch die der ersten Aufführung von „Tristan" folgenden sechs Monate des Jahres 1865 zeigen Höhepunkte der königlichen Gunst und Treue; aber nebenher läuft der Kampf mit den widerstrebenden Elementen, in welchem Wagner unterliegen sollte, nicht infolge einer Schwäche des Königs, sondern weil Wagner sich in Verfolg seiner künstlerischen Ziele zu weit vorwagte und zu wenig Rücksicht auf das Bestehende und Gegebene nahm.

Auf die Tage der Proben zu „Tristan", während deren Wagner sich „zum ersten Male in seinem Leben mit seiner ganzen vollen Kunst wie auf ein Pfuhl von Liebe gebettet fühlte," folgten solche tiefer Trauer. Von da an war für ihn „alles nur noch reines Leiden". Sein herrlicher Sänger hatte ihn jubelnd, froh und selig vor Stolz und Wohlgefühl verlassen; acht Tage darauf jagte Wagner nach Dresden, um seiner Beerdigung beizuwohnen. „Seitdem sieht es traurig mit mir aus. Ich war einsam in den hohen Bergen und nun bin ich einsam hier." (München, 26. September 1865.) Daß der junge König alles tat, ihn aufzurichten, erkennt er dankbar an. „Die wundervolle Liebe des Königs hält mich im Leben: er sorgt für mich, wie noch nie ein Mensch für den anderen sorgte. Ich lebe in ihm auf und will ihm meine Werke noch schaffen. Für mich lebe ich wirklich eigentlich nicht mehr. Doch hält Er eben mir alles fern, was mich an das Leben und die Wirklichkeit erinnert; ich kann nur noch träumen und schaffen."

Kurz nach dem Tode Schnorrs hatte er Schuré zu Tisch geladen, der auch zu den zehn Auserwählten gehörte, die dem Konzert im Residenztheater am 3. Juli hatten beiwohnen dürfen. Beim Dessert brachte man Wagner einen Brief des Königs. „Er verließ uns sofort, um ihn zu lesen. Einige Minuten später sahen wir ihn leuchtenden Auges in dem Helldunkel seines Arbeitszimmers stehen, in der Hand den königlichen Brief und ihn begeistert schwingend. Der König sprach ihm vertraulich von seinen Ministern, „wie ein Schüler, der sich einem Mitschüler gegenüber über Plagegeister von Lehrern beklagt." „Das ist ein König!" rief Wagner aus. „Mit diesem Manne könnte man die Welt umdrehen."

Am 4. August 1865 hatte ihm der König von seinem Berghause Pürschling aus einen seiner liebenswürdigsten Briefe geschrieben: „Einziger, vielgeliebter Freund! Vor allem spreche ich Ihnen meinen herzlichsten Dank aus für zwei mir so werte Briefe, den ersten erhielt ich im schönen Schlosse Hohenschwangau, den zweiten hier in der herrlichen Pürschlinghütte. — Sie drücken mir Ihren Kummer darüber aus, daß, wie Sie meinen, eine jede unserer letzten Zusammenkünfte, mir nur Schmerz und Sorge gemacht habe. — Muß ich meinen Geliebten an Brünhilds Worte erinnern? — Nicht nur in Freude und Lust — auch in Leiden macht die Liebe selig. — Der Herr wird Ihnen Mut und Kraft verleihen, die schwere Prüfung zu tragen. — Er wird den Dulder krönen." — Mein Freund darf ich Sie innig bitten, das vorgelegte Blatt zu unterschreiben, ich bin überzeugt, daß Ihnen die Haltung einer Equipage nur wohlthätig und nützlich sein kann." „Mehr und mehr muß ich einsehen lernen, daß unsere Intentionen, unser Wirken zur Förderung der Kunst von nur wenigen Auserwählten verstanden wird, dies zeigen mir auch die Vorschläge des Kultusministers; ist ein größerer Unsinn je in eines Menschen Hirn ausgebrütet worden? Nein, so kann es nicht gehen, ein anderer Weg zur Erreichung des Zieles muß betreten werden. Das Conservatorium muß vom Ministerium getrennt und die zu bestreitenden Lasten von der Civilliste übernommen werden. Das Werk muß gedeihen und die Tat in das Leben treten."

„Geliebter! Alles wird vollbracht werden! Jedes Sehnen gestillt! Das Feuer der Begeisterung, das mich mit jeder Woche heftiger entflammt, soll nicht umsonst erglühen. Die Frucht muß reifen und gedeihen. Heil Dir! Heil der Kunst! Gott gebe, daß der Aufenthalt auf Bergeshöhen, das Weben in der freien Natur, in unseren deutschen Wäldern dem Einzigen Heil bringend sei, Ihn froh und heiter stimme, zum Schaffen entflamme! — Und wenn wir beide längst nicht mehr sind, wird doch unser Werk noch der späteren Nachwelt als leuchtendes Vorbild dienen, das die Jahrhunderte entzücken soll, und in Begeisterung werden die Herzen erglüh'n für die Kunst, die gottentstammte, die ewig lebende." (Der König hatte ihn eingeladen, eines seiner Gebirgshäuser sich zum Wohnort zu erwählen.) „Wann gedenkt mein Freund, nach dem Hochkopfe zu ziehen, nach des Waldes würzigen Lüften? Sollte ihm der Aufenthalt dort nicht willkommen sein, so bitte ich den Teuern, sich irgend eine meiner anderen Gebirgshütten zum Wohnorte zu erwählen." „Was mein ist, gehört ja Ihm! — Vielleicht begegnen wir uns dann auf dem Wege zwischen Wald und Welt, wie mein Freund sich ausdrückte. Wo wird der Siegfried weilen, wird er Brünhilde erweckt haben? Ach, wann vergeht sie, die hohe Pracht des Götterglanzes? Wann erscheint die

Erlöserin und gibt den der Tiefe entrafften Ring dem Rheine zurück? Verzeihung, mein geliebter Freund! Die Sehnsucht läßt mir nicht Ruhe. Wenn ich an Lohengrin, an meinen Tristan denke, wenn ich erwäge, daß ein Geist, der diese Wonnen in das Leben zauberte, nur durch sich selbst übertroffen werden kann, daß in Jahrtausenden vielleicht keiner, der Ihm gleich ist, die Welt zu beseligen berufen ist, wenn ich dies alles bedenke, so kann ich nicht schweigen, das Drängen der Seele nicht zurückhalten, ich muß flehen, beschwören... Lasse den Mut nicht sinken, Deine Schöpferkraft, sie verläßt Dich nie! Gedenke der Nachwelt! Was an mir liegt, will ich redlich thun.". .

In demselben Briefe spricht der König auch von sich selbst, was er sonst nur selten in Briefen zu tun pflegte: „Vielleicht interessiert es meinen geliebten Freund einiges über meine letzten Erlebnisse zu erfahren. Den Tag, nach welchem ich Sie das letzte Mal in Berg gesehen, besuchte ich mein teures Hohenschwangau, das ich von Kind auf liebe, den Ort, an welchem ich Ihre Gedichte: „Tristan und Isolde" und den „Ring des Nibelungen' zum ersten Male las. Es gefiel mir so, daß ich beschloß, nicht wieder nach Berg zurückzukehren, sondern daselbst auf längere Zeit zu verweilen. Gegenwärtig bin ich wieder hoch in einsam stehender Berghütte, umweht von erfrischenden Alpenlüften, selig in der freien Natur und denke an den Stern, der meinem Leben strahlt, an den Einzigen, möchte Ihn froh und glücklich wissen und beitragen können zu seiner Ruhe, seiner Seligkeit. Heil Ihm! Segne Ihn, mein Herr und Gott, gieb Ihm den Frieden, den Er bedarf, entziehe Ihn den profanen Augen der eitlen, leeren Welt, bekehre sie durch Ihn von dem Wahn, der sie gefangen hält. „Dir bin ich ganz ergeben, nur Dir, nur Dir zu leben! Bis in den Tod Ihr eigen, Ihr getreuer Ludwig."

Der Einladung des Königs Folge leistend, bezog Wagner vom 9.—20. August 1865 das Jagdhaus auf dem Hochkopf am Walchensee. Dort las er den Ramajana, entwarf ein neues Drama, instrumentierte den zweiten Akt des „Siegfried" und verfaßte das gedankentiefe, sprachlich etwas dunkle Gedicht an den König: „Am Abgrund."

Die Reise Wagners nach Hohenschwangau wurde durch einen dortigen Besuch des Königs von Preußen verzögert. Aber der Tondichter sandte dem König zu seinem zwanzigsten Geburtsfest (25. August 1865) zwei hochwillkommene Gaben: den eben vollendeten Klavierauszug der „Walküre" und die Originalpartitur des „Rheingolds". Die letztere hatte er einst seinem großmütigen Freunde Wesendonk als ein Pfand auf „die reichlichen Vorschüsse" hingegeben, welche dieser ihm auf die Herausgabe des Nibelungenwerkes gemacht hatte und verlangte sie nun von Wesendonk unter der Motivierung zurück, daß „diese Werke, welche ihm nie das Mindeste auf dem Wege des Verkehrs mit dem Publikum mehr einbringen könnten," dem Könige von Bayern angehören sollten und müßten. Der edle Wesendonk zögerte keinen Augenblick, dem Meister auch dieses letzte Opfer zu bringen, und wie hoch der König es anschlug, geht aus den Dankesäußerungen hervor, die er an Wagner und Wesendonk sendet: „Ein und All! über Alles geliebter Freund! Es drängt mich Ihnen aus voller Seele meinen wärmsten Dank auszusprechen für Ihren teuern Brief und das herrliche Geschenk: Rheingold! Rheingold, o Entzücken, Jubel meines Herzens! Ich kann Ihnen nicht beschreiben, mit welch jubelnder Freude mich Ihre Gabe erfüllt. Von des Herrlichen eigener Hand geschrieben! Vollkommen weiß ich zu schätzen den Wert des himmlischen Geschenks."...

In dem Briefe an Wesendonk schreibt der König: „Seien Sie überzeugt, daß ich meinerseits nie einen solchen Anspruch erhoben hätte; der Gedanke, mir die kostbare Partitur des herrlichen Werkes zu verschaffen, ging von Wagner selbst aus." „Ich weiß, Sie haben dem mit Not und unsäglichen Schmerzen ringenden Künstler seiner Zeit ein freundliches Asyl geschaffen; dafür spreche ich Ihnen, verehrter Herr, meinen innigsten Dank aus, denn Ihrer lebhaften Teilnahme verdanken wir mit die in der Schweiz geschaffenen unsterblichen Werke Wagners."

In dem Briefe an den Meister vom 27. August 1865 erwähnt der König auch ein „theueres sinnvolles Geschenk, das er von dessen Freundin Frau v. Bülow, erhalten habe und das ihm im Augenblicke jedes von dessen hehren Werken vorzaubere." „Wir, Ihre Freunde, wollen rüstig arbeiten und fördern, während der Geliebte, der göttliche Freund, gänzlich der Erdenwelt entzogen werden soll, um einzig in Seinen wonnigen Reichen zu träumen und zu schaffen."

Aus diesen und anderen Briefstellen geht hervor, daß es dem König trotz aller Liebesbeteuerungen viel weniger um die Person, als um das Werk des Meisters zu tun war. Das unüberwindliche Widerstreben seiner Natur gegen intimen und häufigen Umgang mit den Menschen tritt auch im Verkehr mit Wagner frühzeitig und immer mehr hervor. Es ist daher wohl auch nur eine Ausflucht, wenn er in dem zitierten Briefe weiter schreibt:

„Wie hätte ich mich gefreut, meinen Geliebten auf dem Hochkopf besuchen zu können; ich wäre nach der Riß geritten, etwa
Ende September, um dort einige Tage zu verweilen, von dort
aus hätte ich so gerne den Freund in seiner Bergeswohnung aufgesucht. Doch es sollte nicht sein." — Recht bescheiden klingt es
auch, wenn er in einem anderen Briefe schreibt: „O, könnten
wir doch immer zusammen sein; in München müssen wir uns
in jeder Woche wenigstens einmal sprechen; länger halte ich es
nicht aus, ohne meinen Einzigen zu sein." —

Die Verstimmungen aller Art, die in jenen Monaten die Seele
des Meisters durchwogten, erwiesen sich seiner Produktivität
offenbar mehr zuträglich als abträglich.   Er vollendet am
27. August 1865 den Entwurf zu Parsival, seinem letzten und vielleicht tiefsten Werke, das den König in neue Exaltation versetzt: „Mein Einziger, mein göttlicher Freund! Endlich finde ich einen
freien Augenblick, endlich komme ich dazu, dem Geliebten für den
übersandten Entwurf zum „Parsival" aus tiefster Seele zu danken. Die
Flammen der Begeisterung erfassen mich; mit jedem Tage wird sie
glühender meine Liebe zu dem, den ich einzig liebe auf dieser Welt, der
meine höchste Freude, mein Trost, meine Zuversicht, mein Alles ist.
O Parsival, wann wirst du geboren werden? Ich bete sie an diese höchste
Liebe, das Versenken, das Aufgehen in den qualvollen Leiden der Mitmenschen.   Wie hat mich dieser Stoff ergriffen!   Ja diese Kunst ist
heilig, ist reinste, erhabenste Religion. Wie sehne ich mich nach Ihnen;
selig kann ich nur bei Ihnen sein." „Hier verlebe ich unruhige Tage;
ich werde am Sonntag wieder hinaufflüchten in die heilige Ruhe der
Natur; dort werde ich endlich wieder aufathmen können nach den
Mühen bewegter Tage und lästiger Besuche, dort oben in wonniger Einsamkeit auf Bergeshöhe."... „Wie geht es dem Geliebten? Herrscht
Ruhe um ihn, ist er froh und heiter?" „Geliebter, wir wollen uns treu
stets zur Seite stehen. Das Ideal, welches uns begeistert, wird die Welt
dereinst bekehren. O, wie liebe ich Sie, mein angebeteter, heiliger
Freund." —

Nun folgt eine für den „jungfräulichen König" charakteristische Frage: „Warum wird Parsival erst durch Kundrys Kuß bekehrt,
warum wird ihm dadurch seine göttliche Sendung klar? Erst von diesem Augenblicke an kann er sich in die Seele des Amfortas versetzen,
kann er sein namenloses Elend begreifen, mit ihm fühlen...."

Diese Peripetie des Dramas bedarf allerdings der Erklärung,
die der Text nur erraten läßt, nicht ausspricht: Nachdem Kundry

Parsival „als Muttersegens letzten Gruß ihm der Liebe ersten Kuß gegeben," hat sie ihr Haupt völlig über das Parsivals geneigt und heftet nun ihre Lippen zu einem langen Kusse auf seinen Mund. Parsival fährt plötzlich mit einer Gebärde des höchsten Schreckens auf; seine Haltung drückt eine furchtbare Veränderung aus; er stemmt seine Hände gewaltsam gegen sein Herz, wie um einen zerreißenden Schmerz zu bewältigen; endlich bricht er aus: „Amfortas, die Wunde! Die Wunde! Sie brennt in meinem Herzen." — Schuré hat in seinen vortrefflichen Inhaltsangaben der Werke Wagners das Wesen der Sache in kurzen Worten ausgedrückt: „Les flèches du désir qui l'ont traversé lui révèlent instantanément la profondeur du mal dont souffre le roi déchu du Graal. La volupté mère des douleurs lui révèle toute la douleur humaine." —

Am 13. September 1865 schrieb Ludwig II. von der Kreuzenalp aus: „Mein vielgeliebter Freund! Es drängt mich Ihnen heute noch zu schreiben, Ihnen zu sagen, daß mein Geist sich immer nur mit Ihnen beschäftigt, daß ich nur in der steten Erinnerung an Sie glücklich sein kann! — Heute bezog ich eine andere Hütte in einem stillen trauten Gebirgstale; so herrlich umragen mich die Gipfel der Berge, so anheimelnd umstehen mich die dunklen Fichten und Tannen. — Ich komme eben von einem Spaziergang zurück in meine einsame Wohnung. Siegfriedluft umwehte mich; die Sonne sank herab, es war der Tag vollbracht, ein glühend rother Saum leuchtete auf den Bergen. — Das Bild meines Einzigen umschwebte mich, trat mir näher vor das geistige Auge, ein Bild, das meine Augen zu schauen sich kaum getrauten, sogar im Rauschen des Gebirgsbaches erkannte und hörte ich die Töne und Melodien aus den Werken des heiligen Freundes — stets muß ich an Parsival denken; ach, sind die Menschen würdig dereinst jene Wonnen über sich ergießen zu sehen!? Ich glühe darnach; Tristan ward ja geboren, die Nibelungen werden in's Leben treten, Parsival muß es, muß es auch und kostete es mein Leben!"... „Stark ist der Zauber des Begehrenden, doch größer der des Entsagenden!" — Welch' große, welch' eine erschütternde Wahrheit in diesen Worten! — O, Parsival, Erlöser! Heilige Nacht herrscht draußen im Thale, es leuchten die glitzernden Sterne, der Tag bricht sich durch, auf's neue entflammt mich die Begeisterung! „Dir geweiht dies Haupt, Dir geweiht dies Herz?..."

Am 11. November 1865 traf Wagner in Hohenschwangau ein und nun beginnen Tage, welche die in der Kunstgeschichte einzigartige ideale und doch so fruchtbare Freundschaft zwischen König und Tondichter mit einem leuchtenden Abendrot umgaben.

Es ist eines der Verdienste Röckls, uns diese Tage auf Grund
der reichfließenden Briefquellen geschildert zu haben. Auf Veranlassung Wagners waren zehn Hoboisten eines Infanterie-
regiments in Hohenschwangau eingetroffen, die auf verschiedenen Türmen des Schlosses postiert, dem König an dem folgenden Sonntagsmorgen einen Gruß aus Lohengrin darbrachten.
Zwanzig Musiker des gleichen Regiments spielten jeden Abend
unter Wagners Leitung nicht nur Schöpfungen von ihm, sondern
auch Werke Glucks, Webers, Beethovens, Méhuls u. a. Während
des Tages berieten König und Gast gemeinsame Pläne und, da
Ludwig II. vormittags bis 11 Uhr durch die Erledigung der
Regierungsgeschäfte in Anspruch genommen war und Wagner
vorher nicht sprechen konnte, tauschten die Freunde ihre Mor-
gengrüße gewöhnlich schriftlich aus, wobei Wagner den seinen
häufig eine poetische Form gab. Einen von diesen verdankt
der König mit den Worten: „Nun werden die Menschen erkennen müssen, welche alles besiegende Macht in unserem heiligen Liebesbunde lebt."

Einer treuen Dienerin schrieb Wagner am 14. November 1865:
„Nun sollen auch Sie einen Brief aus dem schönen Königsschloß bekommen, wo ich Wundertage verlebe, wie sie wohl wenigen Sterblichen
beschieden sind. Ich lebe hier in erhabener Einsamkeit mit dem lieb-
wertesten und liebevollsten Jüngling, den sich die Welt vorstellen kann.
Franz (sein Diener) ist in völligem Taumel; er sieht mich mit dem König
vierspännig und mit Vorreitern spazieren fahren und weiß nicht, ob er
träumt."

Der König begleitete den Freund bei seiner Abreise bis zu
der Bahnstation Bießenhofen und Wagner vergoß „Abschieds-
tränen" in Reimen:

> „Vereint, wie mußt uns hell die Sonne scheinen
> Durch bange Schleier, die das Sehnen wob; —
> Der Trennung heut, wie muß der Himmel weinen
> Ob eines Glückes, das so schnell zerstob!
> Wollt' uns des Tages Wonneglanz vereinen,
> Nun werde auch der Himmelsträne Lob! —
> Aus Sehnen, wie aus banger Trennungsklage
> Entblühten Hohenschwangaus Wonnetage." —

VII.

Wie gekrönte Häupter der alten Zeit, fanden stets auch vom Erfolg gekrönte Genies offizielle und offiziöse Panegyriker, die sich nicht damit begnügen, der Höhe ihrer Begabungen, ihren Leistungen und der Reinheit ihrer Charaktere Gerechtigkeit widerfahren zu lassen, sondern welche für alle ihre Lebensäußerungen auch außerhalb ihrer künstlerischen Sphären Unfehlbarkeit in Anspruch nehmen. Auch Richard Wagner hat in Glasenapp und anderen solche Lobredner gefunden. Es fragt sich, ob sie seinem Andenken dadurch einen Dienst erwiesen haben. Große Männer bedürfen der Beschönigungen nicht und ihre Lebensbilder sind nur fesselnd und reizvoll, wenn sie vollkommen ähnlich sind, d. h. wenn ihnen auch die Schattenseiten nicht fehlen. Das Bestreben, Richard Wagner in den folgenden Kämpfen ohne Schuld und Fehle, als ein bloßes harmloses Opferlamm von Intrigen aller Art hinzustellen, kann vor der unparteiischen Geschichtschreibung nicht bestehen. — Es ist zu viel gesagt und zu unliebenswürdig ausgedrückt, wenn sein „Freund" Pecht ihm eine Raubtiernatur zuschreibt. Aber richtig ist, daß ihn immer der sacro egoismo — del genio beseelte und daß er Menschen und Dinge, Staatsverfassungen und politische Einrichtungen, Minister und Souveräne stets lediglich nach dem Maßstab der Verwirklichung seiner künstlerischen Ideen vertrat oder bekämpfte. Das war gewiß sein Recht, aber diesem Recht stand ein anderes gegenüber und die Pflicht derer, die auch noch andere Interessen zu vertreten und zu wahren hatten als künstlerische.

Seiner sehr intelligenten Freundin Wille, die ihn genau kannte, wurde es angst, als sie seinen wachsenden Einfluß auf den jungen König von Bayern erfuhr, und sie konnte nicht das richtige Wort finden, um an Wagner zu schreiben, was ihr auf dem Herzen lag, nämlich, daß er nicht der Mann sei, um dem jungen Monarchen ins Bewußtsein zu bringen, daß Kunst und Poesie nicht das höchste Ziel königlicher Gedanken sein dürfen, sondern daß wer berufen ist, ein Volk im Herzen zu tragen und dessen Rechte sich ins Gewissen zu schreiben, schwerere und ernstere Pflichten auf sich habe. Damit sprach sie die tieferen Gründe der Widerstände aus, die Wagner in München begegneten.

Einen anderen von Wagners Freunden, den wackeren Peter Cornelius, „überlief", wie er seiner Braut schrieb, ein Schauder, als er von Bülow erfuhr, daß Wagner auch in politische Beziehung zum König getreten und eine Art Marquis Posa geworden sei. Der König hätte ihn ersucht, ihm seine Meinung über die deutschen Angelegenheiten zu sagen und Wagner habe ihm seitdem in regelmäßigen Briefen seine Anschauungen auseinandergesetzt. Cornelius erblickte darin den Anfang vom Ende. Wagner teilte damals die Abneigung Ludwigs II. und weiterer Kreise gegen preußisches Wesen und preußische Vorherrschaft. Den Grundgedanken seiner Politik sprach er wohl in einem Briefe an Fröbel vom 16. April 1866 mit den Worten aus: „Mit Deutschlands Wiedergeburt und Gedeihen steht und fällt das Ideal meiner Kunst: nur in jenem kann dieses gedeihen." Er traute Preußen die innere Kraft zur Lösung der deutschen Frage nicht zu und hielt es für möglich, daß sich in Ludwig II. Eigenschaften entwickeln würden, welche ihn für die künftige deutsche Kaiserwürde geeignet erscheinen lassen könnten. Von deren Kompetenzen hegte er freilich sehr bescheidene Vorstellungen.

Seinen freisinnigen Anschauungen gemäß suchte er in seinem Kampfe gegen das Kabinett Beziehungen zu der damaligen Fortschrittspartei und fand die ersten Anknüpfungspunkte mit ihr in dem sogenannten „Affenkasten", einer Gesellschaft von Münchener Politikern, Gelehrten, Schriftstellern und Beamten, die sich auf einem Münchener Bierkeller zu versammeln pflegte. Man wollte das Kabinett und womöglich auch das Ministerium stürzen, an dessen Spitze sich seit dem 4. Dezember 1864 ein ganz besonderer Widersacher Richard Wagners befand: Ludwig Freiherr von der Pfordten (1811—1880).

Den Bayern drohenden Gefahren schien der bisherige Minister des Äußeren Frh. v. Schrenk nicht mehr gewachsen. Robert

v. Mohl, der ihn, wie v. d. Pfordten, als Kollegen am Bundestag näher kennen zu lernen Gelegenheit gehabt hatte, charakterisiert ihn als „einen gutmütigen, aber geistig wenig ausgezeichneten Mann" und knüpft daran die Bemerkung, eine allmählich bedenkliche Stagnation des Staatslebens müsse die Folge solcher Leitungen sein.

Das scheint man nachgerade auch in München eingesehen zu haben. Aber selbst Frh. v. Schrenk war nicht leicht zu ersetzen und in der Verlegenheit, in der man sich befand, berief Ludwig II. am Ende seines ersten Regierungsjahres wieder den Frh. v. d. Pfordten an die Spitze des Ministeriums, der schon unter seinem Vater von 1849—1859 Minister des Äußeren und von da ab bayerischer Gesandter beim Bundestage gewesen war.

„Eine weit bedeutendere Persönlichkeit, als Schrenk,"fährt R. v. Mohl in Schilderung seiner bayerischen Kollegen fort, „war v. d. Pfordten. Niemand hat ihm wohl je scharfes Urteil, gesunde und kräftige Auffassung, eine ungewöhnliche Macht und Gewandtheit der Rede, tüchtige rechtliche und geschäftliche Kenntnisse abgesprochen."

Er hatte im Jahre 1843 einen Ruf nach Leipzig als Professor des römischen Rechts erhalten und spielte dort bald eine politische Rolle, auf Grund deren er im März 1848 von König Friedrich August von Sachsen zum Minister des Innern ernannt wurde. Professor ist er innerlich ja wohl immer geblieben und nie zum Staatsmann geworden, besonders nicht in einer Zeit, in welcher die Theorie: „Macht geht vor Recht" mehr denn je aufkam und Neuorientierungen auferlegte. „Das geringe persönliche Gefallen, das er fand," fährt R. v. Mohl in seiner Schilderung fort, „rührte von der Form des Auftretens der ganzen Erscheinung her. Bei wenig aristokratischem Äußeren trat Herr v. d. Pfordten mit großem Selbstbewußtsein auf; er hatte mehr die Form eines Vorgesetzten, als eines Kollegen. Man fühlte durch, daß er ohne vorgängige Übung in der großen Welt schnell zu einer befehlenden Stellung gekommen war und diese lange inne gehabt hatte."

Von der Pfordten wurde als Minister des Kgl. Hauses und des Äußeren i. J. 1854 „in Anerkennung seiner Verdienste" von Max II. „unter Erneuerung des alten Geschlechtsadels" in

den Freiherrnstand erhoben. Hiebei wurde angenommen, daß
er der alten Sächsischen Familie dieses Namens entstammte,
deren Wappen ihm auch verliehen wurde. Gegen diese Annahme
wurden später Zweifel erhoben und behauptet, daß die Vorfahren des Ministers einem Hamburger Geschlecht angehörten.
Die Familie von der Pfordten hält jedoch daran fest, von der
alten Thüringisch-sächsischen, protestantischen Familie abzu-
stammen und erklärt, dies unter Ergänzung der früher erbrach-
ten Belege urkundlich nachweisen zu können[1].

Was die politischen Grundanschauungen v. d. Pfordtens betrifft, so sprach sich bei ihm, nach R. v. Mohl, ein großes Gefühl
der Macht Bayerns und seiner Berechtigung zu einer herrschenden Stellung in Deutschland aus. Sein Ideal deutscher Zustände
sei unzweifelhaft eine Trias gewesen, deren eines Haupt Bayern
als Führer aller anderen mittleren und kleineren Staaten zu sein
gehabt hätte. Wagner erwähnt v. d. Pfordten in seinen Lebenserinnerungen zweimal. Er überreichte ihm im Jahre 1848 in
seiner Eigenschaft als sächsischem Kultusminister einen Entwurf zur Reorganisation des Dresdener Hoftheaters und sah ihn
„in kummervoller Beteiligung" an der Spitze der Trauerpro-
zession aus Anlaß der Hinrichtung von Robert Blum schreiten.

Daß Pfordten die Antipathie, die er Wagner schon in Dresden
einflößte, ihm in München mit Zinsen zurückgab, geht aus einer
Äußerung hervor, die er dem Schauspieler Devrient gegenüber
über ihn machte (1858). „Bei Pfordten," schrieb Devrient
darüber an seine Frau, „mischt sich persönlicher Widerwille
gegen Wagner in sein Urteil über seine Werke und der Staatsmann mit leidenschaftlich engen Grundsätzen bewaffnete den
Kritiker. Er sagte: Die Überhebung der Persönlichkeit, wie sie
in Richard Wagner auftrete, sei das zerstörende Moment unseres
heutigen Lebens und Staatswesens und wenn die Fürsten nur ein
wenig so zusammenhielten, wie die Demokraten es tun, so dürfte
Wagnerische Musik nirgends aufgeführt werden." Auf Grund
dieser Meinung hatte v. d. Pfordten König Max II. schon von

---

[1] Die urkundlichen Nachweise befinden sich nach dessen Angabe in
Händen des Hr. Justizrats von der Pfordten in Traunstein.

der Aufführung des Tannhäuser abgeraten, und seit Ludwig II. hiervon Kenntnis erhalten hatte, konnte er diesen Minister „nicht mehr ausstehen“ und empfing ihn so selten als möglich. —

In einem Briefe vom 11. April 1866 teilt Richard Wagner Julius Fröbel seine Meinungen über die politische Befähigung Ludwigs II. und seines damaligen Ministers des Äußeren mit:

„Die in politischer Beziehung gänzliche Unmündigkeit des jungen Königs ist mir so klar geworden, daß ich für jetzt jeden Versuch, mich an sein Urteil nach dieser Seite zu wenden, aufgegeben habe. Sie selbst haben an der unverschämten Behandlung seitens des eigentlichen politischen Geschäftsführers Bayerns erfahren, wie kindlich es in dieser Beziehung um den immerhin von mir noch als höchst hoffnungsvoll angesehenen Mann zur Zeit noch steht. Die höhere Staatskunst ist in die Domäne des gemeinsten Bureaukratischen Metiers verfallen. Vor dieser widerlichen Maschine erschrickt der phantasievolle Jüngling und sein Schrecken äußert sich vor der Hand noch als ein scheuer Respekt.“ . . . „Meinen Entschluß, mich gänzlich von München zu wenden, erschütterte die ergreifendste Kundgebung der großen Liebe des Königs zu mir und seines Wunsches, ich möge an keine andere dauernde Niederlassung als an die Begonnene denken. Der Schreck über die Wünsche des Königs scheint bei den Herren in München groß gewesen zu sein. Meister Pfordten wurde von ihnen wieder vorgeritten und mußte dem König von neuem drohen, bei meiner Rückkehr sein Portefeuille niederzulegen, was bei den jetzigen acuten Zeitverhältnissen großes Unglück über Bayern bringen müsse.“ . . . „Es kostete mich große mühevolle Not, bei meinem Entschluß zu verharren und dem herrlichen jungen Mann dies anzukündigen.“ . . . . „So schwer und unberechenbar die Entwicklung dieses letzten hochbegabten deutschen Fürsten zur vollen, dem deutschen Volke zum Heil bestimmten Reife fallen möge, bleibt doch mein Glaube an ihn — aber einzig an ihn — unerschütterlich fest. Den Schlüssel zu dem, was ihn bewegt, bildet und zu Großem bestimmen wird, — besitzt Herr v. d. Pfordten nicht. Dies versichere ich Ihnen! Da ich nun aber glaube, ihm unendlich näher zu stehen als sein Außenminister, können Sie sich leicht denken, daß ich, um einen höchsten und erhabensten Zwecke zu dienen — dem einzigen, dessen Erreichung mich zu irgendwelchem Compromisse bestimmen dürfte, an einen Compromiß mit Herrn v. d. Pfordten am allerwenigsten denke.“

Ein ganz besonderer Grund zur Gegnerschaft mit R. Wagner erwuchs aus dem Umstand, daß v. d. Pfordten, der schon durch die Beteiligung an dem sächsischen Märzministerium seine Loslösung vom Liberalismus angebahnt hatte, in jenen kritischen Tagen besonders reaktionäre Pläne hegte und der Sirenenstimme

Bismarcks Gehör geschenkt zu haben scheint, der Anerbietungen einer Hegemonie über die süddeutsche Staatengruppe und einer Erbschaft der österreichischen Machtstellung als Preis des Anschlusses an die preußische Politik nach München gelangen ließ. K. A. v. Müller knüpft in seiner ausgezeichneten Doktorschrift über das Jahr 1866 an die Erwähnung dieser Tatsache die Zweifelsfragen: „War es wirklich eine Möglichkeit, welche der große Staatsmann damit Bayern eröffnete? Traute er dem bayerischen Staatswesen die Kraft zu, eine führende Stellung in Süddeutschland zu erwerben, und hielt er sich für stark genug, diesen neuen Rivalen um Deutschland, den er sich damit groß gezogen hätte, immer noch unter die eigene Oberherrschaft zu beugen — oder war es nur eine berechnete Täuschung, bestimmt, Napoleon und dem Ausland seine weitergehenden Pläne zu verbergen und die deutschen Gegner untereinander mißtrauisch und uneins zu machen?"...

Angesichts der dauernden und immer wachsenden Gunst Wagners sah sich das Kabinett veranlaßt, ehe es es zum Bruche kommen ließ, Wagner ein Bündnis anzubieten. Es geschah während der trotz des Spätherbstes innerlich so sonnigen Hohenschwangauer Tage 1865, daß der erste Hilfsarbeiter des Kabinetts, Appellrat Lutz, Wagner die damaligen Tendenzen des Ministeriums in der unverholenen Absicht mitteilte, seine Mitwirkung dazu zu erlangen. Auf Österreich, sagte er ihm, könne man sich nicht verlassen, noch weniger wolle man mit einem deutschen Parlament zu tun haben. Eine Übereinkunft mit Bismarck und der neuen preußischen Tendenz sei im Gange. Man beabsichtige, die bayerische Verfassung auf ihre Gestalt von 1848 zurückzuführen und die volle königliche Gewalt wieder herzustellen. Man erwarte von ihm, als dem besonderen Freund des Königs, daß er mit dem allen einig gehen werde. —

Wagner verhielt sich gänzlich ablehnend. Er antwortete lediglich, daß er nichts mit Politik zu tun habe und sich auf die Interessen des bayerischen Staates nicht verstände. — Man möchte annehmen, daß er hinter diesen Äußerungen eigene und höhere Gesichtspunkte verbarg. Aber es scheint nicht

der Fall gewesen zu sein, so wenig wie damals, als er seine Fürsprache zu Gunsten Lassalles und eines zum Tode Verurteilten
ablehnte. Das war gewiß sehr korrekt, allein der sacro egoismo
hat kluge Günstlinge stets abgehalten, ihren Einfluß außerhalb
der eigenen Interessensphäre zu verbrauchen.

Diese stellte Wagner auch in dem gegebenen Falle in den
Vordergrund, indem er Lutz gegenüber den Wunsch äußerte, es
möge dem König mit der Zeit wenigstens so viel Macht zugesprochen werden, um die Gehälter seiner armen Hoforchester-
Musiker aufbessern zu können. Da er hiegegen Schwierigkeiten
vorfand, riet er dem König, sich zur Ausführung seiner Verordnungen in Kunstangelegenheiten nach einem besonderen
Sekretär umzusehen und brachte hiefür den ihm persönlich
unbekannten Ministerialsekretär Riedel in Vorschlag.

„Über diese meine vermeintliche Einmischung in den Bestand
des Kabinetts,“ schreibt Wagner später an Dr. v. Schanzenbach,
„geriet man in eine wütende Bestürzung, welche sich sofort in
den bekannten Agitationen des Volksboten offenbarte, in denen
der König dem Gespött und der Lächerlichkeit preisgegeben
wurde.“

Um diese „wütende Bestürzung“ einigermaßen zu erklären,
müssen wir Rückschau auf die Belastungsproben halten, die
Wagner dem königlichen Kabinett und Hofsekretariat in dem
Jahre seit seiner Anwesenheit in Bayern zugemutet hatte. —

Seine Vorschläge zur Gründung einer deutschen Musikschule
waren abgelehnt worden. Am 31. Juli 1865 wurde das Konser-
vatorium aufgehoben. Nun sollte die künftige Musikschule von
dem Ministerium getrennt und deren Kosten nach dem Willen
des Königs von der Zivilliste übernommen werden[1].

Noch bevor sich Wagner mit Riedel als Sekretär begnügt

---

[1] Seb. Röckl hat in den N. N. vom 2. September 1923 den von tiefem
Eindringen in die Sache Zeugnis ablegenden Brief vom 15. Oktober 1865
veröffentlicht, durch den Ludwig II. Wagner mitteilt, daß er H. v. Bülow
zum Direktor der Musikschule ernannt habe, in der Annahme, daß ihr damit Wagners innigste Teilnahme an einem Institute gesichert bleibe, das
einzig in seinem Geiste und zur Verwirklichung seiner Kunsttendenzen
geleitet werden solle.

hätte, hatte er eine Generalintendanz der Zivilliste für die oberste Leitung sämtlicher vom Hofe abhängigen Kunstinstitute vorgeschlagen, der auch die Kontrolle über den „banausischen" Hofkassier obliegen sollte. Als Chef derselben war der spätere Oberstzeremonienmeister Graf Moy in Aussicht genommen.

Anfangs September 1865 war auch Semper wieder nach München gekommen, um Studien wegen eines geeigneten Platzes für sein Theater zu machen, dessen Kostenvoranschlag 2,568,299 fl. betrug. Am Tage vor der Abreise Sempers teilte ihm Wagner mit, der König wünsche sehnlichst das provisorische Theater im Glaspalast recht bald wenigstens im kleinen verkörpert zu sehen und bitte daher, ein Gipsmodell desselben herzustellen.

Auch die Gründung eines eigenen Organs zur Verbreitung seiner künstlerischen Ideen und einer politischen Zeitung erachtete Wagner für geboten. Als Redakteur der letzteren wurde nach kurzem Widerstand des Ministeriums und des Königs selbst, dem die Idee von einem deutschen Parlament mißfiel, Fröbel berufen, mit dem sich Wagner bald überwarf.

Als der König am 2. Oktober 1865 zum Oktoberfest auf einen Tag nach München kam, trat Wagner mit dem Gesuch um ein weiteres Darlehen von 40,000 fl. hervor. Pfistermeister warnte dringend vor Erfüllung dieser Bitte. Der König bewilligte sie gleichwohl, aber die Art ihrer Ausbezahlung erregte neue Entrüstung. Sie wurde nämlich Frau v. Bülow, die sie abholen mußte, in Säcken voll lauter Silbergeld behändigt, das damals viel weniger beliebt war, als heutzutage.

All' diese weitgehenden, kostspieligen Pläne und Forderungen standen in einem etwas starken Widerspruch mit der anonymen Erklärung, die Wagner am 29. November 1865 in den „Neuesten" veröffentlichte, nach welcher er dem „König offen mitgeteilt hätte, daß mit einem ruhigen Häuschen mit Garten und den nötigen Mitteln, die ihn vom Arbeiten für's Geld dispensierten, allen seinen Wünschen gedient sei." —

Den Ministern, dem Kabinettssekretär und Hofsekretär wurde es wohl etwas schwül dabei und sie mochten sich pflichtgemäß die Frage vorgelegt haben, wann und wo dies alles denn seine Ufer, seine Grenzen und sein Ende finden werde? In Wahrheit hat es dieses Ende bis zum Tode Wagners nicht gefunden. Es kam aber eine Zeit, in welcher die Ebbe in der eigenen Kasse dem König selber Beschränkungen in Erfüllung der Gesuche Wagners auferlegte. Die Frage war um so berechtigter, als Wagner, wie auch aus seiner Selbstbiographie ersichtlich ist, immer ein schlechter Rechner gewesen ist. Er lebte, wie gewisse russische Fürsten des alten Regimes, von einmaligen Einkünften, wie wenn es dauernde Renten wären und hatte, wie Schuré schreibt, pas la moindre idée de la valeur de l'argent et n'avait eu le temps de s'en occuper. Sein Grundsatz, den er einmal Frau Wille gegenüber aussprach, war: „Die Welt ist mir schuldig, was ich brauche." — Das Schlimmste an der Sache war, daß Ludwig II., in diesem Punkte seinem Großvater und Vater sehr unähnlich, ganz auf dem gleichen Standpunkt stand.

Während die vorerwähnten Tatsachen und Erwägungen auf die „Räte der Krone" einstürmten, sahen sie sich um jene Zeit auch noch einem Vorstoß der Fortschrittspartei ausgesetzt, dem die Freunde Wagners nicht fernstanden. Um diesen Vorstoß dem Verständnis näher zu bringen, muß ich mir gestatten, etwas weiter auszuholen.

Nur kurze Zeit hielt der Feuereifer Ludwigs II. in Erledigung der Staatsgeschäfte an. Der regelmäßige persönliche Verkehr mit den Staatsministern wurde bald eingestellt; der König sah sie immer seltener und seine Abwesenheiten von der Haupt- und Residenzstadt wurden immer länger.

Die alten Klagen über den mangelnden Zusammenhang zwischen dem Monarchen und der Regierung und über das Überwiegen des Einflusses der Kabinettssekretäre tauchten wieder auf. Diese Klagen gehen in Bayern weit zurück. Während die Sekretäre seiner Regierungsvorgänger nur Hofsekretäre für deren persönliche Angelegenheiten gewesen waren, hatte König Ludwig I. in dem Drange, tätigen Anteil an den Regierungsgeschäften zu nehmen, das Bedürfnis empfunden, ein eigenes Kabinettssekretariat zu errichten, dessen Kosten er, stets auf Ersparungen bedacht, aber nicht der Hofkasse, sondern der Staatskasse aufbürden wollte. Da jedoch die anfangs nur wenigen Stellen hiefür im Staatsbudget nicht vorgesehen waren, entnahm er die benötigten Personen dem Beamtenstande à conto der Ministerien, in denen sie bezahlt wurden und avancierten, ohne fernerhin in ihnen und für sie zu arbeiten. Dieses dem Finanzgesetz widersprechende Verfahren wurde bald bemängelt und zur Zeit der Pariser Julirevolution des Jahres 1830 in der bayerischen Abgeordnetenkammer als mit dem Wesen einer konstitutionellen Regierung unvereinbar erklärt. Als auf die kurze revolutionäre Erregung Reaktion erfolgte, ging man über die Sache hinweg und erst im Jahre 1848 setzte die Opposition gegen die Institution so energisch ein, daß König Max II., als er nach Abdankung seines Vaters den Thron bestiegen hatte, am 15. November 1848 eine Verordnung erließ, welche das Kabinettssekretariat „für alle Angelegenheiten, die nicht unmittelbar zur Privatdisposition des Königs belangen," für aufgehoben erklärte.

So stand in allen Lehrbüchern des Staatsrechts. Faktisch aber blieb die Institution bestehen nach wie vor, ja sie erstarkte trotz aller gelegentlicher Scheinkonzessionen immer mehr und mehr und, obschon Ludwig III. die Minister häufig zu Vorträgen empfing, blieb bis zum Sturz der Monarchie das Kabinett die eigentliche Spitze und letzte Instanz der Staatsregierung. Die Forderung, daß das Staatsoberhaupt im modernen Staate alle Regierungsgeschäfte mit sechs Staatsministern direkt und mündlich erledigen solle, involvierte eine praktische Unmöglichkeit. Es wäre dies nur denkbar gewesen, wenn das Staatsoberhaupt sich entweder zu einer Unterschreibungsmaschine hätte herabdrücken lassen, oder eine Frohnarbeit auf sich genommen haben würde, welche die Kraft eines einzelnen immer weit überstiegen hätte, selbst wenn ihm Repräsentations- und andere Pflichten in großer Zahl nicht obgelegen wären. Bei der ungemeinen Vielseitigkeit und Kompliziertheit des modernen Staatslebens ließe sich das Regieren im bloß mündlichen Verkehr mit den Ministern überhaupt nicht wohl denken. Der Zeitaufwand, der erforderlich gewesen wäre, um dem Monarchen mündlich alle die oft viele Bogen umfassenden Anträge in Materien der verschiedensten Art vorzutragen und sich auf solche Vorträge vorzubereiten, wäre für die Minister unaufbringlich gewesen. Sind doch diese hohen Herren der Natur der Sache nach keineswegs in der Lage, die Einzelheiten ihrer Ressorts immer gegenwärtig zu haben; jede einschlägige Anfrage zu beantworten und jeden auftauchenden Zweifel zu lösen, müssen sie sich doch hiebei auf die Vorarbeiten einer großen Anzahl von Referenten stützen und — verlassen. In richtiger Erkennung dieses Umstandes hatte denn auch einer der späteren Kabinettssekretäre, Baron Wiedenmann, dem Prinz-Regenten anheimgestellt, in Angelegenheiten, die ihn besonders interessierten, die damit betrauten Ministerialreferenten einzuvernehmen. Ich selbst erinnere mich mehrerer Gespräche dieser Art, die der Regent bei Audienzen und Tafeleinladungen mit mir pflog und werde auch den Vortrag nie vergessen, zu dem ich besonders befohlen worden war. Noch immer sehe ich den ehrwürdigen und immer gütigen Regenten neben seinem schwarzen Pudel an seinem Frühstückstisch zwischen zwei Karaffen — einer mit Wasser, die andere mit Weißwein — vor mir sitzen und mit unvergleichlicher Liebenswürdigkeit und sachlichem Interesse meine Ausführungen anhören und debattieren.

Dieser Vortrag war jedoch — ganz abgesehen von seinem ihm gleichgültigen Inhalt — durchaus nicht im Sinne meines damaligen Chefs. Er mochte sich fragen, wohin es führen solle, wenn über seinen Kopf hinweg Referenten ihre Ansichten, die ja nicht immer ganz identisch mit den seinen waren, dem Staatsoberhaupt zum besten gaben, und was dabei aus der Einheit weniger seines Ministeriums, als seines Willens werden solle. Der „Unfug" wurde bald abgestellt und ich kann ihm einen Vorwurf daraus nicht machen. Was aber ein Minister mit Recht fordern durfte, konnte man auch dem Staatsoberhaupt nicht verweigern.

Ludwig II. hatte unter die Bedingungen, welche Ed. v. Bomhard vor Übernahme des Justizministeriums auferlegt worden waren, unter N. 9 den Satz aufnehmen lassen: „Fortbestehen der Kanzlei Sr. M., als einer mit dem kontinentalen Konstitutionalismus erfahrungsgemäß durchaus nicht im Widerspruch stehenden

Einrichtung." Und Bomhard erklärte dem früheren Minister des Innern und Staatsrat v. Neumayr, als er am 5. Oktober 1866 zu ihm kam, um sich als Nachfolger Pfistermeisters in der Eigenschaft als Kabinettssekretär vorzustellen: „daß nach seiner Meinung S. M. trotz aller gegenteiligen Angriffe in der Presse vollständig berechtigt sei, sich einen Kabinettssekretär zu halten, soferne er dessen Gehalt auf die Zivilliste übernehme. Auch sei der König völlig ungebunden in der Wahl der Person."

Das Kabinett bot die Möglichkeit einer gewissen Zentralisierung und Übersichtlichkeit der Staatsgeschäfte in einer vorbereitenden Hand und durch eine Vertrauensperson, an die man Fragen aller Art stellen, der gegenüber man Bedenken und Zweifel äußern konnte, ohne sie und sich bloßzustellen, die man mit Erhebungen aller Art betrauen durfte und bei der man nie riskierte, daß Meinungsverschiedenheiten zu leidigen Kabinettsfragen führen könnten. Eine solche vermittelnde Instanz zwischen Staatsoberhaupt und Ministerium wird sich in jedem monarchischen und wohl auch in den meisten republikanischen Staaten als ein Bedürfnis erweisen. Recht aber hatten die liberalen Parteien darin, daß eine solche untergeordnete Zwischeninstanz nicht den direkten Verkehr zwischen Staatsoberhaupt und Ministern gänzlich unterbinden dürfe, daß den letzteren immer der Weg zum Herrscher offenstehen und daß er sie einvernehmen müsse, bevor er irgendwelche mit ihren Ansichten nicht übereinstimmende Entschließungen treffe. Recht hatten sie auch darin, daß die Beamtenstellen für das Kabinett im Budget hätten vorgesehen sein sollen, und daß die schnellen Beförderungen und hohen Auszeichnungen der Kabinetts- und Hofsekretäre eine Anomalie und eine nicht einmal im Interesse der Institution gelegene Bevorzugung vor den übrigen Beamten bedeuteten und sie dem Verdacht aussetzten, sie hätten wegen Privatvorteilen ihre Beamtenpflichten verletzt. Recht hatten endlich die liberalen Parteien auch darin — und das ist wohl der Schwerpunkt — daß diese Sekretäre als Staatsbeamte den Pflichten solcher unterlagen und an deren Verantwortlichkeit Teil hatten. Auch die Hofsekretäre waren als Staatsbeamte nicht bloße

Privatbediente, welche Befehle zu erfüllen haben, auch wenn sie überzeugt sind, daß sie ihre Herren ins Unheil führen. Den ersten, nicht sehr glücklichen Vorstoß gegen das Kabinett leiteten am 15. Juli 1865 die „Neuesten Nachrichten" ein. Er konnte durch Pfistermeister und Hofmann in Form der Erhebung einer Ehrenkränkungsklage gegen den Bildhauer Ruf abgewiesen werden.

Mit schwerem Geschütz erschien am 13. November 1865 der „Nürnberger Anzeiger" wieder auf dem Plan, der schon seit Jahren das Kabinett und insbesondere seinen Chef Pfistermeister aufs Korn nahm. Unter dem Titel: „Ein freies Wort an Bayerns König und Volk über das Kabinettssekretariat" war ausgeführt, daß der König übel beraten sei, wenn er sieben Monate fern von seinen Ministern weile, nur umgeben von dem gänzlich unkonstitutionellen Institut des Kabinettssekretariats und daß dadurch im Volk gerechte Besorgnisse erwachten.

Dieser Artikel fand ein Echo in den fortschrittlichen Blättern und man verlangte wieder einmal die Beseitigung des Kabinettssekretariats.

Natürlich hatte auch der angegriffene Pfistermeister Blätter und eine Partei für sich, die sich insbesondere in ultramontanen und konservativen Kreisen rekrutierte. „Was den übermäßigen Einfluß des Staatsrats von Pfistermeister und des Oberappellrats v. Lutz auf die Person des Königs betrifft," hieß es in einem Briefe aus München in dem „Korrespondenten von und für Deutschland," so scheint dieselbe denn doch nicht so gewaltig zu sein, wenn man z. B. bedenkt, wie wenig es ihnen gelingt, den ganz anderen Einfluß einer anderen vielgenannten Persönlichkeit zu beseitigen. Allerdings hat diese Persönlichkeit die „Neuesten Nachrichten" und Genossen in jeder Frage auf ihrer Seite." —

Diesen ja nicht ganz unrichtigen Gedanken griff „der Volksbote" auf, ein ultramontanes Skandalblatt, das damals viel Einfluß genoß und seitdem an Maßlosigkeit nur von dem „Vaterland" übertroffen wurde. „Der Kampf," schrieb er, „gilt nicht dem Institut des Kabinettssekretariats, sondern den Hauptpersonen desselben, Pfistermeister und Hofmann. Diese beiden

Männer sollen beseitigt werden, damit gewisse Gelüste auf Aus-
beutung der königlichen Kabinettskasse leichte Befriedigung erlangen." Es folgen nun übertriebene Angaben über die Beträge,
die Wagner binnen eines Jahres aus dieser Kasse empfangen
habe, und es wird die ja auch den Tatsachen nicht ganz widersprechende Vermutung aufgestellt, daß der Sturmartikel des
Nürnberger Anzeigers, der erschien, als Wagner noch in Hohenschwangau weilte, von dessen Freunden herrühre. Die Vermutung läge nahe, daß man die Persönlichkeiten des gegenwärtigen
Kabinettssekretariats und dieses selbst nicht wegschaffen möchte,
damit die Minister bei dem unerfahrenen jugendlichen Monarchen
ganz „konstitutionell" freie Hand hätten, sondern damit Günstlinge sich im stillen einen völligen Einfluß sichern und denselben
einesteils finanziell, andernteils für die Demokratie verwerten
könnten." —

Nun war es an Wagner, in „wütende Bestürzung" zu verfallen. Er zweifelte keinen Augenblick, daß der Artikel aus dem
Kabinett herstamme und sandte ihn am 26. November 1865 an
den König. „Ich ersah," schreibt er zwei Jahre später in dem
oben begonnenen Briefe an Dr. v. Schanzenbach, „gegen diese, in
keinem Staate und in keiner Geschichte mir noch vorgekommene unglaub-
liche Unverschämtheit keine andere Rettung, als dem König sofort eine
gänzliche Erneuerung seines Kabinettssekretariates anzuraten. (!) Da ich
keinen Menschen kannte, den ich ihm vorschlagen konnte, auch ersah,
daß der junge Monarch gänzlich ohne die nötige Personalkenntnis war,
geriet ich darauf, ihm den Versuch gerade mit demselben Neumayr[1]
anzuempfehlen, welchen jene Herren ebenso angelegentlich aus dem
königlichen Vertrauen zu entfernen gewußt hatten, worauf mir jedoch
der König erwiderte, daß Neumayr ihn beleidigt habe und seine Berufung unmöglich sei."

Von allen Beteiligten verlor der König den Kopf am wenigsten
„Reiflich habe ich Ihren Rat erwogen," schreibt er am 27. November 1865, „seien Sie fest überzeugt, mein Geliebter; was ich Ihnen
jetzt antworte, stammt nicht aus einem rasch auflodernden, oberflächlichen Gefühle, das mich, wie Sie glauben könnten, gleich nach Empfang
Ihres Briefes erfaßt hat, nein, ich antworte ruhig und besonnen."
„Ich hatte vollen Grund Neumayr zu entlassen und ihm das eine

---

[1] Er war als Minister des Innern zurückgetreten, da er eine reaktionäre
Politik nicht hatte mitmachen wollen.

Zeit lang geschenkte Vertrauen und meine Königliche Gnade zu entziehen, wie inkonsequent wäre es nun von mir, wenn ich denselben Mann, dem gegenüber ich (ich wiederhole es) „vollen Grund zur Unzufriedenheit" hatte, mit der Neubildung eines Kabinetts beauftragte! Pfistermeister ist ein unbedeutender und geistloser Mensch, dies ist kein Zweifel; lange werde ich ihn nicht im Kabinett lassen, doch jetzt ihn und die übrigen Herren des Kabinetts zu entlassen, scheint mir nicht angezeigt, der Zeitpunkt ist noch nicht gekommen. Ich erkläre dies mit Bestimmtheit; ich habe meine guten Gründe, glauben Sie mir. Schändlich ist der Artikel geschrieben, den Sie mir schickten. O böse verdorbene Welt! Sie werden staunen, wenn ich Ihnen sage, der Artikel kommt nicht aus dem Kabinett, so sehr auch der Schein dafür ist. Kehren wir uns nicht an das Gewäsch der Presse; es ist doch seinem Wesen nach ohnmächtig. Sie werden jenen elenden Aussprüchen des „Volksboten" kein zu großes Gewicht beilegen, nicht wahr, mein geliebter Freund? Wir kennen, wir verstehen, wir lieben uns; die Macht der Finsternis prallt ab an Unserem festen Panzer." „Suchen Sie meine Gedanken in Siegfrieds seliger Welt! Im wonnigen Weben des Waldes! Entrückt der tückischen Tagessonne, sie hat ja in der Tat keine Gewalt über uns."

Damit hätte Wagner es bewenden lassen sollen. Aber er glaubte, dem König Gewalt antun zu können und spannte den Bogen, bis — er brach.

Gegen den Rat seiner besonneneren Freunde, aber angeblich beraten von Frau v. Bülow, welche man das unglückselige Schriftstück auf die Redaktion der „Neuesten" bringen sah, ließ Wagner in diesem Blatte am 29. November 1865 eine Erklärung erscheinen, die er einem Freunde in den Mund legt. Diese Erklärung ist voll schwerer Beleidigungen der Räte seines Protektors ohne die leiseste Ahnung, daß ihnen auch noch andere Pflichten obliegen könnten, als seine künstlerischen Ideale zu verwirklichen. Es handle sich nicht um Prinzipien, wird ausgeführt, sondern um reine Persönlichkeiten. Der Neid gegen die ihm zuteil gewordenen Vergünstigungen sei absichtlich in das Spiel geführt worden, als es sich im persönlichen Interesse der Glieder des Kabinetts gelegen zeigte, Wagner schnell und gewaltsam von München zu entfernen. Den Wendepunkt hätten die Semper erteilten Aufträge zu Plänen für ein großes Mustertheater gebildet. Als man die Interessen der Zivilliste durch die ernste Neigung des von seiner Umgebung gänzlich unbegriffenen Monarchen gefährdet glaubte, habe man es darauf angelegt,

durch ein freches Lügengewebe seine schnelle Entfernung herbeizuführen, und als dies nicht gelang, bei dem König, wie bei
Wagner allerhand Besorgnisse erweckt, um das zwischen beiden
bestehende Verhältnis auf einen möglichst nichtssagenden Verkehr zu beschränken. Es hätten sich Merkmale einer weit verbreiteten Verschwörung gezeigt, deren Ziel es offenbar gewesen
sei, Wagner das Verbleiben in München gänzlich zu verleiden.
Selbst für den Hang des Königs zur Zurückgezogenheit werde
von den Adeligen und dem Klerus, welche sich am meisten dadurch betroffen fühlen, Wagner die Schuld gegeben. Von irgend
welchem Prinzip, von irgend welcher Parteistellung, gegen welche
Wagner im Kampfe begriffen wäre, sei nicht die Rede, sondern
es sei lediglich ein Spiel der gemeinsten persönlichen Interessen,
welches sich noch dazu auf eine ungemein kleine Anzahl von
Individuen zurückführen lasse; der „Freund" wage zu versichern, daß mit der Entfernung zweier oder dreier Personen,
welche nicht die mindeste Achtung im bayerischen Volk genössen,
der König und das bayerische Volk mit einem Male von diesen
lästigen Beunruhigungen befreit wären. —

Um heutzutage den Sturm der Entrüstung zu verstehen,
den diese Erklärung hervorrief, muß man sich die Hetze vergegen-
wärtigen, welche damals von den verschiedensten Seiten, insbesondere von seiten fast der ganzen Presse und der Zunftgenossen gegen die Person Wagners und seine Ideen entbrannt
war. Glasenapp und andere Panegyriker Wagners wollen freilich dafür die Rückständigkeit des bayerischen Volkes verantwortlich machen und zitieren zum Beleg die sehr geistreichen
Verse Herweghs:

„Die Philister, scheelen Blickes, spucken in den reinsten Quell;
Keine Schönheit rührt ihr dickes, undurchdringlich dickes Fell;
Ihres Hofbräuhorizontes Grenzen überfliegst Du keck,
Und Du bist, wie Lola Montez, dieser Biedermänner Schreck,
Solche Summen zu verplempern, nimmt der Fremdling sich heraus,
Er bestellte sich bei Sempern gar ein neu Komödienhaus." usw. usw.

Nach Glasenapp war es insbesondere „die stupide Bevölkerung"
Münchens und der „bornierte bayerische Nativismus", welche
den Meister vertrieben. Erst fast vierzig Jahre später ist dem

so schwer beschuldigten Isar-Athen ein Verteidiger entstanden. Der im Jahre 1916 in den ewigen Frieden eingegangene Justizrat Dr. Karl Dürck versuchte im Jahre 1904 eine Rettung seiner Mitbürger in der „Allgemeinen Zeitung", welche auch als Broschüre erschien. Sie ist sehr gut mit juristischem Scharfsinn geschrieben und gelangt zu dem Ergebnis, daß es in letzter Linie kein anderer war, als Wagner selbst, der den Ast absägte, auf dem er saß. Die „Neuesten Nachrichten" bekämpften die Anschauungen Dürcks, es erfolgte eine Duplik und Replik, die manch neue Tatsachen, manch neuen Gesichtspunkt zu Tage förderten, auf die einzugehen aber zu weit führen würde.

Die Propheten Wagners verlangten etwas zu viel von der Münchener Bevölkerung und setzten sie etwas zu harten Proben aus. Die vollständige Änderung des Geschmackes und der Tradition, welche die Aufnahmefähigkeit für Wagnerische Neuerungen voraussetzte, konnte erst allmählich eintreten. Anderswo war die Sache wahrlich nicht besser. Ich brachte das Wintersemester 1865 und das Sommersemester 1866 in Berlin zu und überzeugte mich, daß es dort um die Sache Wagners durchaus nicht besser stand, als in München. Ich war erstaunt über die kühle Aufnahme, die dort am 8. Juni 1866 eine Aufführung des Tannhäuser fand und hörte damals Urteile über das Werk fällen, die mich befremdeten. Noch zehn Jahre später, am 20. September 1876, begegnete „Tristan und Isolde" dort, trotz der Anwesenheit des Kaisers, der Kaiserin und des ganzen Hofes, viel mehr Neugierde, als Verständnis. München war die erste Stadt, in welcher die Werke Wagners Wurzel schlugen und volkstümlich wurden und wo bisher allein auch ein Festhaus im Charakter des Bayreuther erstand, in dem bis auf die neueste Zeit die großen Traditionen gepflegt und einem europäischen Publikum Mustervorstellungen Wagnerischer Werke dargeboten wurden.

Auch Pecht, ein Augenzeuge aller jener Vorgänge, läßt in seinen Lebenserinnerungen der Münchener Bevölkerung Gerechtigkeit widerfahren, indem er schreibt: „Das Merkwürdigste an dem Münchener Aufenthalt Wagners war und blieb, daß die Münchener

90

selbst zur Zeit ihrer größten Empörung gegen den Meister doch seine Musik immer gleich gerne hörten und seine Opern das Theater jedesmal bis zum letzten Platz füllten. Sie bewiesen also, daß sie den großen Künstler sehr gut vom Menschen zu trennen wußten, der ihnen allein antipathisch war und blieb, weil er nun einmal so wenig zu ihrer phlegmatischen und schlichten Art paßte, als der Vesuv auf den Gasteig passen würde."

Mit dem allem soll nicht gesagt sein, daß nicht auch der Münchener Philister, wie jeder andere, leicht zu verhetzen war; und was die bayerische Presse an Gehässigkeit, an Unverständnis, an Inferiorität des Standpunktes in jener Zeit geleistet hat, davon gaben die „Neuesten Nachrichten" noch 1893 eine interessante Blumenlese. Es traf dieser Vorwurf nicht allenfalls bloß ultramontane Winkelblätter, sondern Organe wie die Augsburger Allgem. Zeitung und die weit verbreitete „Augsburger Abendzeitung".

Fast einstimmig — die fortschrittlichen Bundesgenossen ausgenommen — fiel denn auch wieder die Presse über die unglückselige Erklärung Wagners vom 29. November her, vertiefte den Graben und machte jeden Ausgleich unmöglich.

Der Münchener Punsch stimmt unter Nachbildung des einstigen Vaterunsers der Lola Montez „das Morgengebet eines bescheidenen Mannes" an, der bayerische Kurier nennt die Namen der drei Beamten, die Wagner im Wege stehen, ein Chor der Rache fällt über den anrüchigen Revolutionär und Demagogen, den Ausbeuter der Hofkasse, den bösen Dämon, die zweite Ausgabe der Lola her; auch liberale Blätter finden das Maß erlaubter Abwehr überschritten und die Hilfe der fortschrittlichen kommt zu spät. Pecht lehnt den Verdacht der Autorschaft des beanstandeten Artikels mit den Worten ab: „ein entsetzlicher Schwulst und wirklich byzantinische Schmeicheleien gegen den König verdecken nur mühsam die Prätension, einen ganz unerträglichen Einfluß auf den bayerischen Staat zu gewinnen." Pfistermeister dementiert und nimmt eine Zustimmungsadresse von 810 Bürgern entgegen, unter denen sich nicht wenige Hoflieferanten befunden haben dürften.

Auch der König mißbilligte das Elaborat seines Freundes.

Wenigstens versetzt Röckl in jene Zeit einen von der Wage veröffentlichten undatierten Brief Ludwigs: „Mein theuerer Freund! Heute ist der letzte Tag meines hiesigen Aufenthaltes; ich begebe mich morgen nach Partenkirchen und werde am Dienstag spät Abend in München eintreffen. O, mein geliebter Freund, der letzten Tage Qual war groß, auch die ersten Tage in München werden sehr anstrengend und trübe für mich sein; es wird lange währen, bis ich zu der mir nöthigen Ruhe gelangen kann. Jener Artikel in den Neuesten Nachrichten trug nicht wenig dazu bei, mir den Schluß des hiesigen Aufenthaltes zu verbittern; er ist ohne Zweifel von einem Ihrer Freunde geschrieben, der Ihnen mit demselben einen Dienst erweisen wollte, leider aber hat er Ihnen geschadet, statt genützt. O, mein Freund, wie fürchterlich schwer macht man es uns! — Doch ich will nicht klagen, ich habe ja Ihn, den Freund, den Einzigen. Klagen Wir nicht, trotzen wir den Launen des tückischen Tages dadurch, daß wir uns nicht beirren lassen, ziehen wir uns zurück von der Außenwelt, sie versteht uns nicht. Wie entzückt mich, zu hören, daß Sie bei Siegfried sind. Ich bitte Sie, nennen Sie mir die Verleumdung, die gegen mich im Werke ist; nichts ist ihr heilig, doch der Gedanke an Sie richtet mich stets wieder auf, nie lasse ich von dem Einzigen; ist das Wüthen des Tages noch so folternd, Wir bleiben uns treu. Der Himmel liegt in diesem Gedanken." — „Ich will nun mit Ihnen in Siegfrieds Wald sein, mich geistig an der Vöglein Sang erquicken, vergessen Sie die rauhe Umgebung, die mit Nacht und Blindheit geschlagen ist, unsere Liebe leuchte hell und lauter. Wie freut es mich zu hören, daß Semper ruhig und guten Muthes arbeitet... Getreu bis in den Tod. L." —

Der König kannte damals offenbar noch nicht den Ernst der Lage. Diesen sprach nachträglich die „Bayerische Zeitung" aus: „der König hatte den Artikel in Nr. 333 der „Neuesten Nachrichten" gelesen und selbst dessen Tragweite ganz wohl erkannt." „Die Sprache, welche Herr Wagner öffentlich gegen die Männer des königlichen Vertrauens geführt, ließ keinen Zweifel, daß denselben eine energische Genugtuung werden mußte, wenn sie an ihrem Posten beharren sollten."

Ludwig war am 6. Dezember 1865 in die Residenz zurückgekehrt. Am gleichen Tage hatte ein Ministerrat stattgefunden, über welchen sich ein Bericht in dem Tagebuche des damaligen Justizministers v. Bomhard findet.

Er leitet ihn mit der Bemerkung ein, daß, nachdem die der Nr. 333 der M. N. N. folgenden Angaben die Urheberschaft Wagners entpuppt hatten, dessen Nähe und Einwirkung auf den jungen Monarchen von den Ministern nicht länger geduldet werden durfte, wenn ihnen nicht der schwere Vorwurf zur Last fallen sollte, den jungen, unerfahrenen Monarchen fader (!) Schwärmerei und einem träumerischen Nichtstun preisgegeben und dadurch der Gefahr aller Laster ausgesetzt zu haben. „So war der Ministerrat vom 6. Dezember von ernstester Bedeutung. Alle waren einig, daß die Gefahr für den jungen Monarchen höchst bedeutend sei. Pfordten hatte ihm schriftlich in einer „klassischen" Darlegung die Gefahren für seine Person (Entsittlichung, Träumerei, Nichtstun, Vernachlässigung der Regentenpflichten), für die Krone (Isolierung), Demokratisierung des Volkes für das Land geschildert und damit geschlossen: „Ew. Maj. haben zu wählen zwischen der Liebe und dem Glück Ihres Volkes und der Freundschaft des von allen Guten verachteten Wagner." Alle Minister waren einig, daß drastische Mittel gewählt werden müssen, den jungen König auf den rechten Weg zu bringen, zum Bruch mit Wagner, daß im Notfalle das ganze Ministerium einmütig seinen Rücktritt erklären müsse."

Über die Aufnahme, welche die Tugendpredigt Pfordtens bei Ludwig fand, fehlen Angaben. Aus dem Umstand, daß sie sich nicht in den Archiven vorfindet, kann aber nicht geschlossen werden, daß sie ihr Ziel nicht erreichte. Der König kann sie auch in den Papierkorb geworfen haben.

„S. M.," berichtet die „Bayerische Zeitung" am 7. Dezember 1865, „hat den heutigen ersten Tag nach Seiner Rückkehr aus Hohenschwangau dazu verwandt, sich möglichst genau über die einem in jüngster Zeit viel besprochenen Konflikt zugrunde liegenden tatsächlichen Verhältnisse zu informieren. S. M. hat zu diesem Behufe mehrere gänzlich unbeteiligte Personen, deren Treue und Anhänglichkeit außer Zweifel steht, um ihre Meinung befragt...."

Die Königin-Mutter, Großoheim Prinz Karl, der Erzbischof von München-Freising machten dem König die Hölle heiß. Selbst der besonnene Döllinger war voll schwarzer Befürchtungen und klagte Kollegen gegenüber, daß sich eine Kluft zwischen dem jungen König und seinem Volke auftue. Der königliche Großvater, Ludwig I., hatte sich, da sein Rat in früheren Fällen nicht gehört worden war, schmollend zurückgezogen und seine Intervention mit dem schmerzlichen Hinweis abgelehnt, die Münchener würden schon selbst tun, was sie seinerzeit mit Lola getan hätten[1]. Wagner hieß im Volksmund „Lolus" und die Polizei erklärte, nicht mehr für seine Sicherheit einstehen zu können. Man fürchtete täglich einen Ausbruch der Volkserbitterung. Nicht nur die Lakaien sprachen von Krawallen und Revolution, auch Großoheim Prinz Karl meinte, daß sich ihr selbst das Militär anschließen würde. Um zwei Uhr empfing der König den Leibarzt v. Gietl, der gleichfalls schilderte, wie bedenklich man in ganz Bayern den Einfluß Wagners halte und fürchte, daß er auch auf andere Gebiete übergreifen könne. „Ja, Übergriffe hat er sich erlaubt," sagte der König. All' diese Vorstellungen mußten schließlich Eindruck machen. „Fühlen Sie mir den Puls, so sehr bin ich erschüttert," sagte er zu Gietl.

Der Entschluß wurde ihm schwer, aber um 3 Uhr ließ er Lutz rufen und beauftragte ihn, am Abend zu Wagner zu gehen und ihm den Wunsch zu äußern, er möge Bayern auf sechs Monate verlassen. —

Diesen Wunsch bekräftigte er durch ein kurzes Billet vom folgenden Tage, zu dem ihm wohl eine am Vorabend gemachte Erfahrung Anlaß gegeben hatte. Sei es, daß er der Zerstreuung bedurfte, sei es, daß ihn das Gastspiel der berühmten Tragödin Janauscheck in der Rolle der Iphigenie besonders anzog, er war am 7. abends im Theater erschienen, hatte dasselbe auffallend leer angetroffen, und statt des üblichen Bewillkommnungsapplauses Zischlaute vernehmen müssen.

---

[1] Übrigens war Ludwig I. noch vor der Entscheidung am 29. November nach Nizza abgereist und hatte von dort aus seinen Neujahrswunsch vom 1. Januar 1866 mit den Worten geschlossen: „Fast hätte ich unterlassen, Dir zu sagen, wie rühmlich ich es von Dir finde, Richard Wagner entfernt zu haben." Der Name des Tondichters kommt in dem Briefwechsel zwischen den beiden Königen sonst nur noch einmal vor und zwar gleichfalls in dem Schluß eines Briefes — vom 4. November 1866 —: „Möchte Richard Wagner sich nicht mit Bayerischen Staatssachen abgeben, sondern bei seinen Noten bleiben; dieses ist allgemeiner Wunsch, innigster; wie der Deines an sein Herz Dich drückenden Großvaters Ludwig."

Am folgenden Morgen schrieb er an Wagner:

„Mein teurer Freund! So leid es mir ist, so muß ich Sie doch ersuchen, meinem Wunsche Folge zu leisten, den ich Ihnen gestern durch meinen Sekretär aussprechen ließ. Glauben Sie mir, ich mußte so handeln. Meine Liebe zu Ihnen währt ewig, auch ich bitte, bewahren Sie mir immer Ihre Freundschaft; mit gutem Gewissen darf ich sagen, ich bin Ihrer würdig. Wer darf uns scheiden?—" „Ich weiß, Sie fühlen mit mir, können meinen tiefen Schmerz ermessen; ich konnte nicht anders; seien Sie davon überzeugt, zweifeln Sie nie an der Treue Ihres besten Freundes. Es ist ja nicht für immer, bis in den Tod Ihr treuer Ludwig." —

Das Schreiben, das Wagner auf den ablehnenden Bescheid vom 27. November 1865 am gleichen Tage an den König gerichtet hatte, beginnt nach einem Fragment mit den Worten: „Mein König! Mich schmerzt, daß Sie leiden, wo der einfache Gebrauch Ihrer königlichen Macht Ihnen Ruhe verschaffen würde. Die mir unbekannten Gründe, die Sie hiervon abhalten, ehre ich; für den schönen ernsten Brief, in welchem Sie sich mir darüber vernehmen ließen, danke ich Ihnen innigst; ein größerer Beweis von Liebe, als dieser gefühlvolle Abweis meines Rates konnte mir nie dargebracht werden."

Das waren schöne Worte, aber verständnislos stand der geniale Meister noch immer der Notlage und den Pflichten des Monarchen gegenüber, welche durch einen bloßen Wechsel in der Person von Beamten nicht aus der Welt geschafft werden konnten.

In dem gleichen Briefe stellt Wagner denn auch die Forderung von einigen Preßberichtigungen und Rechtfertigungen, deren geziemende Adresse mehr die Zeitungsredaktionen und das Kabinett, als das Staatsoberhaupt gewesen wäre.

Als ihm Lutz die Botschaft der Verbannung überbrachte, sank er zusammen, dann schnellte er empor und ergoß sich in so wütenden Schimpfereien auf Pfistermeister, den er den scheußlichsten Intriganten nannte, daß Lutz ihm sagte: „Mäßigen Sie sich, ich bin als Beamter hier." —

Dem König wurde dies nicht hinterbracht, oder er nahm keine Notiz davon, denn er schrieb ihm am 8. Dezember 1865 folgenden Abschiedsbrief: „Mein teuerer inniggeliebter Freund! Worte können den Schmerz nicht schildern, der mir das Innere zerwühlt. Was nur irgend möglich, soll geschehen, um jene elenden neuesten Zeitungsberichte zu widerlegen. Daß es bis dahin kommen mußte! Unsere Ideale sollen treu gepflegt werden; dies brauche ich Ihnen kaum erst zu versichern. Schrei-

ben Wir uns oft und viel; ich bitte darum. Wir kennen uns ja; wir wollen
von der Freundschaft nie lassen, die Uns verbindet. Um Ihrer Ruhe
willen mußte ich so handeln. Verkennen Sie mich nicht, selbst nicht auf
einen Augenblick, es wäre Höllenqual für mich. Heil dem geliebten
Freunde! Mögen Seine Schöpfungen gedeihen! Herzlichen Gruß aus
ganzer Seele von Ihrem treuen Ludwig."

In der Morgenfrühe des 10. Dezember sah man Wagner mit
„bleichen, verworrenen Zügen, das lange schlaffe Haar ganz grau
schimmernd" auf dem Bahnhof. Nur Frau v. Bülow, Peter Cornelius und das Ehepaar Porges hatten sich zu seinem Abschied
eingefunden. Er fuhr mit seinem böhmischen Diener Franz und
seinem alten Hunde Pohl an die Ufer des Genfersees. Auch die
„Allgemeine Zeitung" brachte die Mitteilung der Bayerischen,
daß der König Wagner den Wunsch hatte ausdrücken lassen,
„auf einige Monate" aus Bayern zu verreisen und setzte bei:
Sie dürfen mir aufs Wort glauben, daß dies gleichbedeutend ist
mit: „für immer." —

VIII.

Ludwig II. hatte sich die Verbannung Wagners nur als eine
vorübergehende gedacht. Wagner war nicht ohne Groll aus
München geschieden. „Der Frevel, der an mir begangen worden,"
schrieb er aus Genf am 23. Dezember 1865 an Bülow, „fordert
meine Rache! Der König sei getröstet und ermutigt: aber er
lerne den Ernst des Lebens kennen." Wagner stellt ihm gegenüber ein förmliches Programm auf, und will ihm durch ein Jahr
vollständiger Abstinenz Zeit geben: „sich als Regent zu bewähren,
Herr zu werden, die Wege vom Gesindel zu befreien." Zur Beschleunigung der ihm nötig erscheinenden Personaländerungen
selbst zu drängen, trägt er höchste Scheu, weil es übermäßig
schwer und der König zu „unkenntnißvoll" sei, weil Niemand
ihm jetzt helfen könne, weil, was jetzt und mit Eklat ge-
schähe, nur ihm (Wagner) beigemessen und furchtbares Aufsehen machen würde. Der König „muß sich selbst, langsam,
allein, durch günstige Umstände gestützt, herausarbeiten und die

rechten Leute finden." Man müsse ihm kräftig vorstellen, wie
unmöglich dies ohne radikale Personalreform des Kabinetts,
Hofsekretariats, der Intendanz usw. sei. Wagner, Bülow und
Cosima müßten sich ganz fern halten und dürften nicht mit
einer solchen Katastrophe verflochten werden. Man könne
dem König nur 1—2 Konzerte gewähren, aber nichts Ernstes.
Daran müsse man streng festhalten. Die Pause von einem Jahre
werde Wagner ungemein wohl tun, seinem Werke helfen und
Bülows Ruf nützen. Der Meister sehnt sich, zur Arbeit zu
kommen, er will Altes abschütteln, „was seine Kräfte aufsaugt,
seine Stimmung zerstört, sein produktives Gedächtnis lähmt
und mit all diesen Opfern zu nichts von ihm führt". Es sei
bei ihm die allerhöchste Zeit hiezu. Noch ein so zersplitterndes
Jahr wie das vorausgegangene, und nie würden seine Werke
vollendet. — „O, könnte ich Allen tot sein," ruft er aus
(1. Januar 1866). Betrachtet es so! Sieh, wie würdest Du und
der König sich benehmen, wenn ich plötzlich gestorben wäre?"

Dem Gedanken, als wirkender Mensch tot zu sein und nur
als Schaffender fortzuleben, hängt er nach und in ihn verliert
„die in Rede stehende Rückkehr nach München fast das Be-
ängstigende". „Diese Rückkehr," schreibt er weiter an Bülow
aus Genf am 20. Februar 1866, „heißt für mich, Euere Nähe
— mein Haus: es ist nicht zu verwundern, wenn ich Beides
lieber anderswo, als eben in München genösse. Aufrichtig gesagt,
ich glaube nicht, daß es dazu kommen wird und befinde mich
in fortgesetzter Pein, weil ich keinen festen Entschluß fassen
kann. Daß ich dem König nicht das Leid anthun könnte, auf
der Zurückgabe meines Hauses an die Civilliste und auf der Genehmigung meiner definitiven sofortigen Übersiedelung anders-
wohin zu bestehen, war — nach seinen leidenschaftlichen Äußerungen hierüber — für mich klar. Nun sehe ich aber, daß er
auch mit dem besten Willen mich nicht wird zurückkommen
lassen können. Ich bin geneigt mir seine Situation wirklich
zum Verzweifeln schwierig zu denken. Es mag wirklich keine
Kleinigkeit sein, Staat und Kirche und Gott weiß was noch —
Familie und Sippe usw. täglich unmittelbar auf dem Hals zu

haben. Und diese Alle handeln nicht dumm: sie wissen, was
es zu bedeuten hat, ob in gegenwärtiger Zeit der König von
Bayern ihnen gehört oder nicht. Von mir möge man so abgeschmackt denken, als man in jenen Kreisen immer nur kann:
das aber treffen sie, daß es mit des Königs Liebe zu mir eine
Bewandniß hat, die ihnen sehr übel taugt. Und dazu so jung,
so gänzlich unerfahren zu sein, so daß ein eigenes Urteil über
die wahre Lage der Dinge eine reine Unmöglichkeit ist und Alles,
was er selbst aus sich urteilen könnte, den Gegnern immer doch
nur als von mir veranlaßt erscheint. Ich glaube, die natürliche
und künstliche Beschaffenheit der Verhältnisse und Personen
in Bayern, in München ist so, daß an ein Überwinden oder Ausgleichen gar nicht zu denken ist, und ich möchte nur, Er sähe
dies ohne Verzweiflung ein und gestattete mir, — definitiv wo
anders zu bleiben.‘‘

Die öffentliche Meinung über die Münchener Vorfälle des
Jahres 1865 beruhigte sich allmählich, aber Nachwehen blieben
zurück und machten sich da und dort geltend. Pfordten erklärte
Wagners Rückkehr noch Anfangs März 1866 für bedenklich
und das Ministerium drohte lange, daraus eine Kabinettsfrage
machen zu wollen.

Der König litt dermaßen unter der Lücke, welche die Abwesen-
heit seines Freundes in sein Leben riß, daß damals zuerst die
Abdankungsgedanken hervortraten, die nach dem unglücklichen
Ausgang des Krieges von 1866 und im Jahre 1871 bestimmtere
Gestalt annahmen. Ludwig wollte dem Thron entsagen, um
Wagner in dessen Nähe sein Leben zu weihen. Nach Röckl
(Bd. 2, S. 6) wäre es Frau v. Bülow gewesen, deren diplomati-
schem Talent es gelang, den König, der mit ihr in regem Briefwechsel stand, davon abzubringen. Wagner selbst verhielt
sich dilatorisch und in seinem eigenen Interesse natürlich ablehnend gegen diese Idee des romantischen Monarchen, in dessen
politische Kapazität er noch immer große Hoffnungen setzte:
,,Lieber entsagen Sie der Krone‘‘, schreibt er ihm vorwurfsvoll,
,,als Sich für diese Jammermänner ein paar anständige Männer
zu nehmen.‘‘ Unter diesen Jammermännern verstand er in

98

erster Linie Pfistermeister, den er in einem anderen Briefe „den Urheber Unseres Unglücks" nennt.

Nachdem der Wunsch Ludwigs, den dreiundfünfzigsten Geburtstag Wagners und dessen Rückkehr nach München durch eine Aufführung des Lohengrin zu feiern infolge der Nichtabkömmlichkeit Niemanns[1] nicht erfüllt werden konnte, beschloß der König, den Freund in Triebschen zu überraschen. Diese Überraschung war für ganz Bayern eine sehr große, denn sie fiel in die denkbar ungünstigste Zeit und hatte trotz der angewandten Vorsichtsmaßregeln nicht geheim gehalten werden können.

Es war dem König schon verdacht worden, daß er unter den drohenden Zeitläuften München verlassen und sein Hoflager in Berg aufgeschlagen hatte, am 11. Mai 1866, gerade an dem Tage, an welchem die „Bayerische Zeitung" die Nachricht brachte: „Die Kgl. Regierung habe die sofortige Mobilmachung der bayerischen Armee und die Einberufung des Landtags auf den 22. Juni beschlossen."

Wie wuchs nun aber das Befremden, als sich S. M. in diesen kritischen Tagen nicht nur, wie so oft, unsichtbar, sondern unauffindbar erwies! Pfordten kam mit wichtigen Depeschen nach Berg und man konnte ihm nur sagen, S. M. sei mit einem Reitknecht verreist, ohne daß man wisse: wohin? Es wurde nach allen Enden telegraphiert, wohin der König sich begeben haben konnte. Das Telegramm von Lindau kam mit dem Bemerken zurück, der König sei im strengsten Inkognito von Lindau aus

---

[1] Ludwig II. hatte unterm 16. Februar 1866 eigenhändig an Niemann geschrieben, er sehne sich darnach, „Tannhäuser" und „Lohengrin" ganz nach den Intentionen ihres Schöpfers zur Aufführung gebracht zu sehen und daß es ihm eine in Wahrheit unbeschreibliche Freude bereiten würde, wenn Niemann die beiden Heldenpartien in jenen Stücken übernähme. „Wie entzückend für Geist und Herz würde es sein, den ersten der Sänger und Darsteller, welche leben, in jenen göttlichen Schöpfungen des genialsten Tondichters glänzen zu sehen."
In dem gleichen (bei W. Altmann abgedruckten) Briefe spricht der König dem Sänger auch „seinen warmen Dank, seine jubelnde Freude und tiefe Rührung über dessen überaus freundliches und liebevolles Anerbieten aus, sich der großen Mühe und Arbeit des Einstudierens der so überaus schwierigen Rolle des „Tristan" unterziehen zu wollen". —

mit dem Dampfschiff über den See nach Rorschach gereist. Der findige „Volksbote" wies darauf hin, daß der 22. Mai der Geburtstag Wagners und der König wohl zu ihm gefahren sei, um ihm zu gratulieren.

Glasenapp und Röckl erzählen die Einzelheiten dieser Reise im allerstrengsten Inkognito: Da der König außer Paul Taxis und dem Reitknecht Völk jeder Person seiner Umgebung in Angelegenheiten Wagners mißtraute, glaubte er besondere List anwenden zu müssen. Er sandte, um seine Absicht zu verbergen, den Adjutanten Fürsten Paul Taxis einige Tage zuvor nach Triebschen und ließ am frühen Morgen des Geburtstags ein Glückwunschtelegramm nach Luzern ergehen. Dann hörte er, wie gewöhnlich, den Vortrag des Oberappellrates Lutz, bestieg hierauf, wie zu einem Spazierritt, ein Pferd und ritt, nur von Völk begleitet, im schnellsten Galopp von Berg nach Biessenhofen. Dort bestieg er den Schnellzug und in Lindau das Schiff. Die Freude des Wiedersehens der beiden Freunde war groß. „Ludwig fühlte den Frieden des trauten Heims, sah die treueste Sorge um den Freund walten und erkannte, daß dieser nur in der einsamen großartigen Natur seine Werke vollenden könne." Zwei Nächte weilte der König unter dem Dache seines Freundes und kehrte dann über Augsburg, Pasing nach Berg zurück.

Über den Eindruck, den diese „Eskapade" in der Hauptstadt machte und ihre Folgen lassen wir zwei Tagebucheinträge des Fürsten Hohenlohe folgen:

München, den 31. Mai 1866.

„Der König hat sich unter den Münchener Bürgern durch seine Reise nach der Schweiz sehr geschadet. Man soll ihm öffentlich auf der Straße Schimpfworte nachgerufen haben; bei der Fahrt nach der Kirche am Eröffnungstag des Landtags ist er vom Publicum nicht behurrat worden und man hat ihn kaum gegrüßt. Nun hat er den Polizeidirektor Pfeufer, wie man sagt, deshalb nach Augsburg als Regierungsdirektor versetzt (als wenn die Polizei die Stimmung machen könnte!)."[1]

---

[1] Nach v. Borscht (M. N. N. vom 24. Februar 1924) hatte Pfeufer berichtet, es sei dringend wünschenswert, daß der König sich mehr in München aufhalte und größeres Interesse an den Regierungsgeschäften bekunde.

Diesen Eintrag ergänzt der Fürst unterm 3. Juni 1866:

„Die Entlassung Pfeufers ist verursacht durch einen offenen Bericht desselben an den König über die notorisch schlechte Stimmung der Hauptstadt. Man hat ihn, ohne ihn davon zu benachrichtigen, seines Amtes entsetzt." (Unter Beförderung.) „Der Minister des Innern, statt dagegen zu remonstrieren, hat sich diesen sultanischen Eingriff seitens des Kabinetts als echt bureaukratische Schlafmütze gefallen lassen. So lange der König durch die Erbärmlichkeit des Beamten- und Hofadels in seinen Einfällen unterstützt wird, so lange wird er fortfahren, sich als einen Halbgott anzusehen, der sich alles erlauben kann und für den die übrige, wenigstens die bayerische Welt geschaffen ist."

Unter dem früheren Datum (11. April 1866) findet sich noch folgender Eintrag: „Man erzählt, der König habe die Kammern nicht persönlich eröffnen wollen; da seien denn der alte König Ludwig und der Prinz Karl nach Berg gefahren und hätten ihm la leçon gemacht."

Es hieß auch, die Minister und das Kabinett hätten ihre Entlassung erbeten, allein alle begnügten sich mit den Konzessionen, die Großvater und Großoheim, sowie die in Aussicht gestellten Adressen der Münchener Gemeindekollegien erzielten. Der König eröffnete am 27. Mai 1866 den Landtag und begab sich am 25. Juni 1866 in das Hauptquartier nach Bamberg. Seinen dortigen Aufenthalt fand man freilich zu kurz und allgemein wurde bedauert, daß er nicht von Berg hereinkam, um seinen in den Krieg ziehenden Truppen Lebewohl zu sagen. Richard Wagner hatte ihm den Rat gegeben, sich am Feldzug zu beteiligen, aber er konnte in diesem Punkte dem Beispiel seiner Vorbilder Ludwigs XIV. und XV. nicht folgen, denn es fehlten ihm alle militärischen Eigenschaften.

IX.

Es war ein tragisches Geschick für Bayern, daß in der Zeit der zwei schwersten deutschen Krisen und der zwei folgenreichsten Kriege ein jugendlicher Monarch auf dem Thron saß, der bei aller Intelligenz, aller Phantasie, allem Hochsinn, angeborene Keime geistiger Krankheit in sich trug, die frühe schon die störendsten Hemmungen bewirkten. Zur Zeit des Ausbruchs des

Krieges von 1866 war Ludwig II. noch nicht 21 Jahre alt. Seine Bildung war unvollendet geblieben und sein Interesse hatte sich ganz anderen Gegenständen zugewandt, als der Politik und dem praktischen Leben. Wagner erkannte seine Weltfremdheit und klagt schon am 26. Februar 1865: „Es fehlt ihm jeder Mann, der ihm nötig wäre." — In der Tat hat Bayern seit Montgelas einen Staatsmann von Bedeutung nicht mehr gehabt.

Übrigens war die politische Lage Bayerns im Jahre 1866 eine so schwierige, die Zusammensetzung der damaligen Parteien, wie K. A. v. Müller sie uns schildert, eine so chaotische, die Zukunft eine so unsichere, daß viel weniger eine bedeutende staatsmännische Intelligenz, als ein glücklicher Zugriff Bayern das Vorteilhafteste hätte zuwenden können. Heute, nach mehr als einem halben Jahrhundert, wo alle Folgen offen vor uns liegen, ist es leicht zu sagen, für Bayern wäre es damals besser gewesen, neutral zu bleiben, oder mit Preußen zu gehen. Aber beides erschien untunlich. Die Existenzberechtigung der Schwachen beruht auf dem Recht; sie können davon nur abweichen und sich dem Mächtigeren von zwei Streitenden nur anschließen, wenn sie ganz sicher sind, welcher dieser mächtigere ist. —

Röckl behauptet, Wagner habe Ludwig II. geraten, neutral zu bleiben. Diese Angabe steht nicht ganz im Einklang mit einer anderen der Frau Wille. Ihr Gatte, erzählt diese, habe Wagner mit Semper „in der Höhe des Sommers" in Luzern getroffen und den ersteren zu bewegen gesucht, den König von Bayern durch seinen Einfluß dahin zu bringen, daß er neutral bleibe und seine Vermittelung zwischen Österreich und Preußen anbiete. Wagner, „damals voll Widerwillen gegen Bismarck und Preußen," habe sich jedoch geweigert und gesagt, er habe in politischen Dingen gar keinen Einfluß; wenn er von dergleichen anfange, blicke der König in die Höhe und pfeife. —

Über die Grenze des Wagnerischen Einflusses auf Ludwig finden sich auch richtige Bemerkungen in Pechts Lebenserinnerungen: „Eine Günstlingsherrschaft existierte in Wahrheit gar nie. Es zeigte sich sehr bald, daß der König zwar wohl Wagners Umgang gelegentlich liebte, aber nicht im geringsten geneigt war, sich durch ihn oder

irgend jemand anderen übermäßig beeinflussen zu lassen. Der König
ward oft ärgerlich über Wagner und entwickelte überhaupt frühe einen
Charakter ohne jede Hingebung. Kurz, ich erhielt bald Beweise dafür,
wie wenig die poetische Phrase, daß der Künstler mit dem König Hand in
Hand gehen solle, oder jemals gehen könne, der Wirklichkeit irgend entspreche." —

Es liegt in der Natur der Sache, daß das Staatsoberhaupt,
wenn es sich in Staatsgeschäften nicht auf das uferlose Meer
der Privatmeinungen und in ein Labyrinth von Zweifeln begeben will, sich an das Urteil der ihm beigegebenen und in
der Regel vollständig orientierten Räte halten muß. Ludwig II.
tat aber schon frühe auch das nicht, wenn ihn eine der Hemmungen seiner krankhaften Veranlagung daran verhinderte.
Man hat dafür mehrere Beispiele schon aus der Zeit vor dem
1866er Kriege. Am 6. Mai dieses Jahres war das fünfzigjährige
Jubiläum der Wiedervereinigung der Pfalz mit Bayern gefeiert
worden und die Pfälzer erwarteten mit Recht den jungen
Monarchen bei diesem Anlaß zum ersten Mal in ihrer Mitte.
Man wußte damals noch nicht, daß Napoleon III. die Bayerische
Pfalz als Ersatz für die preußischerseits beabsichtigten Annexionen bezeichnen werde. Aber vage Befürchtungen, die Pfalz zu
verlieren, bestanden stets, und nicht nur der Wunsch, die Bande
mit ihr neu zu besiegeln, sondern die Erwägung hätte den König
veranlassen sollen, der an ihn ergangenen Einladung Folge zu
leisten, daß er selbst der kleinen, aber ruhmvollen Seitenlinie
entsprossen war, die Dank ihres Protestantismus alle die vielen anderen Linien des Bayerisch-pfälzischen Hauses überdauerte, weil ihre nicht thronberechtigten Agnaten nicht ohne
Nachkommenschaft auf Bischofssitzen und in Stiften verblühten.

Das Ministerium war denn auch ganz dieser Ansicht. „Wir
Minister," schrieb der Justizminister E. v. Bomhard in sein
Tagebuch, „und seine ganze Umgebung beschwören den König,
diesen jugendlichen Adonis, voll Anstand, Schönheit, Geist
und Würde, eine Rundreise im Lande zu machen, zum Feste
der Wiedervereinigung seines Stammlandes, der Pfalz mit
Bayern, zu reisen, wo er ersehnt wird und alle Herzen gewinnen
würde, wenn er nur wollte; er will nicht, er lebt lieber seinen

Träumereien, der Wagnerei; die weißgewaschenen Festjung-
frauen mag er nicht. Er nennt die, welche ihn zu bereden suchen,
seine Dränger und Keiler. Die Minister sind es, die ihn abhalten,
damit er die Wünsche seines Volkes nicht höre, die sich zwischen
ihn und die Liebe seines Volkes stellen.‟

Vielleicht vertraten diese Minister die Wünsche des Volkes
nicht mit dem gehörigen Nachdruck.

Der Eintritt Ludwigs II. in die Politik hatte mit einem Mißerfolg begonnen. Er war als Erbe seines Vaters Max' II. für die
Rechte des Erbprinzen von Schleswig-Holstein-Sonderburg eingetreten und hatte am 27. März 1865 beim Bundestag den Antrag eingebracht, es möge den Regierungen von Österreich und
Preußen gefallen, diesem Prinzen nunmehr das Herzogtum
Holstein in eigene Verwaltung zu übergeben. Allein dies gefiel
diesen Mächten durchaus nicht, auch eine Vermittelung, welche
Pfordten auf Wunsch Bismarcks nach dem Gasteiner Vertrag
bei dem Augustenburger versuchte, hatte nur vorübergehenden
Erfolg. Bayern erntete aus allen einschlägigen Verhandlungen
nur den Eindruck — daß Preußen und sein leitender Staatsmann vor allem auf Vermehrung und Erweiterung der eigenen
Machtsphäre bedacht waren.

Daß es hierbei auch Bayern in seinem Bestande und in seiner
Selbständigkeit bedrohen könne und werde, hatte schon König
Max II. befürchtet. Ludwig II. war in dieser Furcht groß geworden; die Äußerung, die König Wilhelm im Jahre 1865 in
München tat: seine Nichte werde die letzte Königin von Bayern
sein, ist jedenfalls auch ihm zu Ohren gekommen, noch bevor
Kronprinz Fritz im Jahre 1871 auf eine Vergewaltigung der
Südstaaten zum Dank für ihre Bundestreue drängte. Ludwig II. war zu hochsinnig und bedeutend, als daß nicht auch
er für die Ehre, die Machtentfaltung und Größe Deutschlands
begeistert gewesen wäre; allein er hielt sie nicht unvereinbar
mit einem würdigen Fortbestehen seiner achthundertjährigen
Dynastie und mit der Erhaltung einer lebensfähigen Existenz
seines Landes. Er widerstrebte nicht prinzipiell und engherzig
jedem Opfer für die Großmachtstellung des Ganzen, wohl aber

einer dem deutschen Geist und der deutschen Geschichte widersprechenden geisttötenden und kulturfeindlichen Zentralisation. Daß gerade diese Strömung immer weiter um sich griff
und immer weitere Gebiete mit sich fortriß, daß er mitansehen
und es mit dulden mußte, daß die Selbständigkeit und Wirksamkeit Bayerns immer tiefer sank, wie Wasser in einem durch-
löcherten Faß, gehörte zu den vielen geheimen Gründen der
tiefen Lebensverstimmung seiner späteren Jahre.

Gegen den „Bruderkrieg“ von 1866 sträubte sich sein innerstes
Wesen. Noch in der Thronrede, die er am 27. Mai 1866 bei der
ersten Eröffnung des Landtags seit seiner Thronbesteigung
hielt, finden sich die Sätze: „Ich war eifrig bemüht, auf die Erhaltung des Friedens im Bunde hinzuwirken, dessen Wahrung
ebenso Pflicht jedes einzelnen Bundesgliedes, als der Gesamtheit ist. Noch will Ich die Hoffnung nicht aufgeben, daß das
Verderben eines Bürgerkrieges von Deutschland abgewendet
werde, daß eine Lösung der schleswig-holsteinischen Frage auf
dem Wege des Rechts und eine zeitgemäße Reform des deutschen
Bundes unter Mitwirkung einer nationalen Vertretung unserem
großen Vaterlande neuerdings dauernden Frieden gebe.“

Auch später noch betonte der König Pfordten gegenüber, er
wolle Frieden haben, worauf der Minister erwiderte, es käme
nicht mehr auf das Wollen an.

Wenn der König hier seinen Willen nicht durchsetzen konnte,
so lag das wohl weniger in einer gewissen Schwäche des königlichen Willens und in der großen Jugend des Monarchen, als in
dem Umstand, daß eigentlich alle Parteien des damaligen
Bayerischen Landtags die Politik Pfordtens billigten.

Diese Politik ging aber nicht von Anfang an bestimmt und
gerüstet aus dem Kopfe des Ministers hervor, wie Athene aus
dem Haupte Jupiters. Sie erfuhr mannigfache Schwankungen.
Ihren Grundgedanken sprach er wohl in einer Depesche vom
8. März 1866 Sachsen, Württemberg, Baden, Hessen-Darmstadt und Nassau gegenüber aus. Er legte darin den Bundes-
standpunkt dar und erklärte, daß die übrigen Staaten sich jeder
Teilnahme enthalten müßten, wenn Österreich und Preußen ihre

Streitigkeiten unter Umgehung des Bundes ausmachen wollten, daß aber kein Bundesglied zurückbleiben dürfe, wenn der Bund von einem der streitenden Teile angerufen würde.

Da er in der gleichen Depesche den anderen empfahl, jedes Separatbündnis abzulehnen, konnte er nicht gut selbst das annehmen, das Bismarck seinem Ehrgeiz anbot. Man stellte Bayern den Oberbefehl über die süddeutschen Truppen und den zweiten Platz nach Preußen in dem neuen Reiche nach Ausscheiden Österreichs in Aussicht und Bismarck glaubte um so mehr, daß diese Lockungen geneigtes Gehör finden würden, als sich auch die Aussicht auf den späteren Erwerb der deutsch-österreichischen Provinzen daran knüpfte.

Benedetti schrieb im März 1866 dem Herzog von Gramont, seinem damaligen Wiener Kollegen, man scheine sich in Wien Illusionen hinzugeben, indem man glaube, daß Bayern im Kriegsfall 80000 Mann liefern werde. Ihm scheine v. d. Pfordten die Rolle des Pendels an der Uhr zu spielen; auf welcher Seite er stehen bleibe, wisse er wohl selbst noch nicht.

In einem späteren Berichte vom 8. Juni 1866 äußert Benedetti Zweifel, ob Bayern sich durch die ihm eröffneten Aussichten verführen lassen werde, findet es aber immerhin bemerkenswert, daß von allen deutschen Gesandten in Berlin der bayerische die meisten Besprechungen mit dem Ministerpräsidenten habe und daß seine Haltung und seine Sprache betreffs Österreichs, seinen Kollegen immer Anlaß zum Nachdenken boten.

Im Grunde kamen die Anschauungen Bismarcks und v. d. Pfordtens anfänglich darin überein, daß sie sich den neuen deutschen Staatenbund aus drei Gruppen bestehend dachten: aus Österreich, aus Norddeutschland unter preußischem und aus Süddeutschland unter bayerischem Heerbefehle. Pfordten wich von Bismarck nur in dem Punkte ab, daß er den Verbleib Österreichs im deutschen Bund als eine Lebensfrage für Bayern ansah. Gegen ein deutsches Parlament mit direkter Wahl hatte er weniger Bedenken; damit war aber Ludwig II. nicht einverstanden.

Im Hinblick auf ihre teilweise Übereinstimmung schrieb

Bismarck noch unterm 9. Juni 1866 an den Herzog Ernst von Coburg-Gotha über Pfordten, „ich sehe immer in ihm einen der ehrlichsten und vorurteilsfreisten Förderer deutscher Interessen" und v. d. Pfordten schließt am 11. Juni 1866 einen vertraulichen Brief an Bismarck, in dem er die Unmöglichkeit für Bayern behauptet, in einen Bund mit nur einer der beiden Großmächte einzutreten, mit den Worten: „Die Entscheidung über Krieg und Frieden steht unmittelbar bevor. Sie liegt, meiner festen Überzeugung nach, in Ihrer Hand, denn sie liegt in dem Entschlusse Preußens über die Herzogtümer. Wollen Sie die Annexion um jeden Preis, auch um den des Krieges, dann ist der Krieg unvermeidlich. Entschließt sich Preußen, auf die Annexion zu verzichten, so ist der Krieg unmöglich. Wollte Österreich aus irgendeinem anderen Grunde Krieg beginnen, so bliebe es gewiß ganz isoliert, kommt es zum Kriege um der Herzogtümer willen, so, glaube ich wenigstens, wird Preußen isoliert bleiben. Gott ist mein Zeuge, daß mich weder Abneigung gegen Preußen, noch Sympathie mit Österreich leitet. Als Deutscher bitte und beschwöre ich Sie, gehen Sie nochmals ernstlich mit Ihrer starken Seele zu Rate, ehe das entscheidende Wort gesprochen wird, dessen Folgen unberechenbar sind." — An dem Tage, an dem Pfordten diesen Brief schrieb, klagte Österreich am Bunde wegen des gewaltsamen Vorgehens Preußens in Holstein und trug auf Mobilmachung sämtlicher Bundesarmeekorps an. Am 14. d. Mts. nahm die Bundesversammlung den Antrag Österreichs vom 11. Juni mit 9 gegen 6 Stimmen an. —

In der Ministerratssitzung vom 9. Mai 1866 war beschlossen worden, den Landtag behufs Bewilligung der Mittel zur Ausrüstung des Heeres einzuberufen. Man wollte mit einer Armee von 140 000 Mann in die Aktion eintreten.

Die Frage der bewaffneten Neutralität wurde von allen gegen eine Stimme verneint. Die Ansicht des Justizministers v. Bomhard ging dahin, Österreich habe zwar durch seine reaktionäre päpstliche Politik seinen Feinden trefflich in die Hände gearbeitet und Preußen, als Repräsentant einer höheren Intelligenz — des Protestantismus — sei prächtig gerüstet und setze alles daran, die Suprematie in Deutschland zu erringen. Die Neutralität sei der bequemere Standpunkt, aber sie sei nicht ehrenhaft und auch nicht praktisch, weil der Neutrale über sich ergehen lassen müsse, was andere über ihn beschließen. Man wisse nicht, was Frankreich tun werde, unsere Rheinprovinz stehe auf dem Spiele.

Eine ebenso ablehnende Haltung gegen die Neutralität nahm eine Adresse ein, welche die bayerische Kammer der Abgeordneten am 9. Juni an den König richtete. Sie sprach sich entschieden für den Krieg aus, erklärte die Sache Schleswig-Holsteins für „Deutschlands Sache" und fuhr fort: „wer für das Recht nicht mitkämpfen wolle, begünstige das Unrecht und verletze die heiligsten Pflichten gegen den Bund und das Vaterland. Bayern im Bewußtsein des Wertes seiner Selbsterhaltung sei zur Tat entschlossen." Der Adresse stimmten 96 Stimmen gegen 45 von der Linken der Kammer bei, welch' letztere, weit entfernt, auf die Seite Preußens zu treten, die Nichtachtung des Rechtes der Schleswig-Holsteiner von Seite Preußens für unverantwortlich und die Politik der preußischen Regierung für frivol erklärte.

Die Abneigung gegen den Friedensbrecher, an dessen Sieg man nicht glaubte, war eine tiefe und allgemeine. Man vergaß darüber, was man Österreich vorzuwerfen hatte, all' die Warnungen, an denen die Geschichte der Beziehungen Österreichs zu Bayern so reich ist, und die auch in dem gegebenen Falle manche Vermehrung erfahren sollten. — Der Ministerrat beschloß einstimmig, auf die Seite Österreichs zu treten, weil es für das Bundesrecht in Schleswig-Holstein eingetreten sei, während Preußen den Frieden gefährdete. Diesen Standpunkt hielt Bomhard auch dann noch aufrecht, als ungünstige Nachrichten vom Kriegsschauplatz einliefen und in ihm immer mehr die Überzeugung erstarkte, „Preußen müsse als Repräsentant höherer Intelligenz und protestantischer Aufklärung den Sieg über Österreich, den Vorkämpfer eines finsteren Ultramontanismus, gewinnen." „Dennoch," schrieb er, „selbst mit der sicheren Aussicht des Unterliegens kann der rechtlich denkende und fühlende

Mann, wie auch eine redlich denkende und fühlende Regierung die Partei in diesem Kampfe nur gegen Preußen ergreifen, weil dort der Rechtsbruch mit den Mitteln der Vergewaltigung gegen das eigene Volk gegen die Schleswig-holsteinischen Herzogthümer, gegen Hannover, Kurhessen, Nassau ins Werk gesetzt wurde, ja sogar mit Hülfe des Auslandes gegen deutsche Brüderstämme."

Auch noch eine spätere Tagebuchaufzeichnung des Justizministers sucht das damalige Votum des Ministerrates zu rechtfertigen: „Wenn wir damals beschlossen hätten, mit Preußen zu gehen, würden wir mit Kot beworfen worden sein." „Ist's wahr, habt ihr beschlossen, mit Preußen zu gehen?" wurde ich zornerregt von dem und jenem angegangen: „nur um Gotteswillen nicht mit Preußen!" riefen andere. Wären wir nicht ohnehin alle von dem Gefühl durchdrungen gewesen, daß wir auf der Seite des Bundesrechts gegen den Angreifer stehen müssen — die unzweideutig kundgegebene öffentliche Meinung würde uns auf diese Seite gezwungen und gedrängt haben. Als alles vorüber und Österreich elend niedergeworfen war, da hätten alle es besser gewußt und uns voraussagen können, daß es so kommen werde. Kurz: als Preußen den Erfolg hatte, da hatte es auch das „Recht" und wer, seiner früheren Rechtsansicht treu, den Erfolg nicht anbetete, der war ein „Feind Deutschlands", ein „Ultramontaner".

Zu denen, die den Erfolg anbeteten, gehörte auch Richard Wagner. Er hatte seiner Zeit dem König den Rat erteilt, die Beschlüsse der Landesvertretung zur Richtschnur seines Verhaltens zu nehmen und machte nun in einem späteren Brief an Schanzenbach vom Jahre 1867 andere für diesen unheilvollen Rat verantwortlich: „ich hatte erfahren, daß die Kammern durch Vorspiegelung einer mit 150,000 Mann echellonnierten Armee sich von Herrn v. d. Pfordten zu akklamierenden Voten für denselben hatten bestimmen lassen und mußte zusehen, wie der junge Monarch diesem Menschen, dessen Bismarckische Tendenz mir durch Lutz ein halbes Jahr zuvor enthüllt worden war, und der nun aus reiner?... Bayern in einen Krieg verwickelte, der dem Lande 60 Millionen und Gebiets- und Ehrenverlust bringen sollte, ein überströmendes Lobschreiben zustellte, weil — er eben von allen Seiten verrathen und betrogen war." —

Ganz unbegründet war dieser gegen v. d. Pfordten und seine Kollegen erhobene Vorwurf ja nicht. Sie hätten ihren Zweifeln an der Tüchtigkeit ihrer Armee und den Armeen ihrer Bundesgenossen mehr auf den Grund sehen sollen. Es geht nicht an, daß Staatsmänner, von deren Entscheidung das Loos der Völker abhängt, ihre Verantwortlichkeit auf militärische Fachmänner abwälzen. Sie müssen auch selbst prüfen und wissen. Aber die bayerischen Minister verhielten sich im Jahre 1866, wie die französischen im Jahre 1870; sie nahmen die Ebenbürtigkeit ihrer Armeen mit der so sehr überlegenen preußischen als eine selbstverständliche Voraussetzung an und waren wohl alle in der Lage des vielgeschmähten Herzogs von Gramont, der, obschon er als junger Artillerieleutnant in die Diplomatie übergetreten war (1840), wenn von Krieg und Kriegsbereitschaft gesprochen wurde, sich für „profondément incompétent sur des questions" erklärte, „qui étaient étrangères aux travaux de toute sa vie."

v. d. Pfordten hatte zwar schon im Sommer 1865 und im März 1866 ein militärisches Gutachten darüber eingefordert, binnen welcher Zeit das bayerische Kontingent schlagfertig an den Landesgrenzen stehen könne; der von dem Oberbefehlshaber Prinzen Karl von Bayern unterm 2. April 1866 erstattete Bericht (abgedruckt bei Döberl, Bayern und Deutschland im 19. Jahrh. Festrede 1917. Akadem. d. Wissensch.) lautete aber keineswegs zuversichtlich und bedenkenfrei. Er schließt mit den Sätzen: „Mir wenigstens scheint festzustehen, daß 1. ohne Garantie unseres territorialen Besitzstandes, 2. ohne völlige Sicherheit, daß Österreich mindestens 300000 Mann und in kurzer Zeit gegen Preußen ins Feld zu stellen und in dieser Stärke zu erhalten vermag und 3. ohne Garantie, daß wenigstens die südwestdeutschen Mittelstaaten ganz unerschütterlich zusammenstehen, der beabsichtigte Erfolg gefährdet und der Beginn des präsumierten Krieges, auch abgesehen von allen sonstigen Rücksichten und Bedenken, nicht rätlich erscheint.

Seine „tiefe Inkompetenz" in militärischer Beziehung hinderte übrigens v. d. Pfordten nicht, einen Einfluß auf die Kriegsführung zu nehmen, der von Anfang an größere Erfolge ausschloß. Die Regierungsvorgänger Ludwigs II. hatten, wie Sybel mit Recht hervorhebt, persönlich dem Heerwesen viel weniger Interesse zugewandt, als anderen Zweigen des Staatslebens, und die Landesvertretung hatte ihre Hauptaufgabe ihm gegenüber darin erblickt, das Militärbudget tunlichst zu beschneiden. Die bayerische Armee befand sich daher damals keineswegs in einer dem Ernst der Lage entsprechenden Verfassung. Aber nicht einmal so wollte man sie in den Dienst einer gemeinsamen Kriegführung stellen und v. d. Pfordten stand den Punkta-

tionen nicht fern, die der Chef des bayerischen Generalstabs
v. d. Tann am 14. Juni 1866 in Olmütz mit dem k. u. k. Feld-
marschalleutnant und Chef des Generalstabs Frh. v. Henikstein
abschloß. In politischer Beziehung war darin das Hauptgewicht
auf die ausdrückliche Feststellung gelegt worden, daß Österreich
auf Bayern nicht zählen könne, wenn es selbst angreife. Die
Bayerische Armee in der Stärke von 40—50000 Mann sollte
unter ihrem eigenen Oberbefehlshaber, dem Feldmarschall Prinzen
Karl von Bayern, dem auch die Kontingente von Württemberg,
Baden, Hessen und Nassau unterstellt wurden, fortwährend selbständig bleiben. Die beiderseitigen Generalstabschefs einigten
sich noch über einen gemeinschaftlichen Operationsplan, wonach
die Streitkräfte unter dem Oberbefehl des Prinzen Karl in mög-
lichster Stärke und möglichst bald mit der k. k. Nordarmee in
Böhmen in unmittelbaren Anschluß hätten treten sollen. Damit
war v. d. Pfordten durchaus nicht einverstanden. Er befürchtete davon eine Bloßstellung des eigenen Landes und es gelang
ihm, nicht ohne Verstimmung Österreichs, für eine der Haupt-
bestimmungen der Punktation folgende Fassung zu erzielen:
„Der bayerische Oberbefehlshaber wird die Operationen der unter ihm
stehenden vereinigten Armee nach einem gemeinschaftlichen und einheitlichen Operationsplan, sowie nach den hierauf gegründeten Direktiven
anordnen und leiten, welche ihm hierfür von dem k. k. österreichischen
Oberkommando mitgeteilt werden. Bei der Feststellung dieses Operations-
planes wird in gleicher Weise darauf Rücksicht zu nehmen sein, daß die
Operationen stets im Einklange mit den Landesinteressen der Staaten der
vereinigten Armeen bleiben und daß ebenso auf Deckung der eigenen Gebiete ihrer Kriegsherrn Rücksicht genommen werde, als auf Erreichung der
Hauptzwecke des Krieges durch möglichste Vereinigung der Streitkräfte."
     v. d. Tann machte zwar noch ein kleines Zugeständnis, v. d.
Pfordten erklärte aber nach Sybel dem sächsischen Gesandten
gegenüber, Bayern denke daran, in der allgemeinen Krisis seine
Machtstellung zu erweitern und den bleibenden Oberbefehl über die
süddeutschen Staaten zu erlangen. Es könne schon darum sein
Kriegsheer nicht in unbedingte Abhängigkeit von Österreichs ellen[1].

---

[1] „Man wollte das eigene Land nicht degarnieren und verspielte
damit die gemeinsame Sache, denn die Bayern hätten bei Königgrätz
den linken Flügel gestellt, an dessen Schwäche die Schlacht verloren
ging." Beust, Erinnerungen I. 434.

Professor Doeberl glaubt in seiner interessanten Festschrift die letzten Ziele und Hintergedanken v. d. Pfordtens, wie folgt, enthüllen zu können: Der Minister habe immer den Grundsatz vertreten, so lange als möglich am Bundesvertrag festhalten zu wollen. Komme es aber trotzdem zur Auflösung des Bundes und vereinige Preußen den ganzen Norden Deutschlands mit sich und unter sich, dann sei auch für Süddeutschland und insbesondere für Bayern die Stunde gekommen, einen unabhängigen Südbund aufzurichten und mit Preußen und Österreich in ein Allianzverhältnis oder in einen weiteren Bund zu treten. Bayern müsse alsdann kräftig handeln und die Trias verwirklichen. Was Bismarck mit der preußischen Hegemonie und im Widerstreit mit dem Bundesrecht anbot, das habe v. d. Pfordten ohne die preußische Hegemonie und in Verteidigung des Bundesrechts erreichen wollen. Es hätte ihm also nur ein Zurückgreifen auf seine alte Hauptidee vorgeschwebt, die auch einen Lieblingswunsch König Max II. umschloß. Aber die süddeutschen Fürsten teilten nicht die Anschauungen über die Trias als Bund des reinen konstitutionellen Deutschlands, die König Wilhelm I. von Württemberg i. J. 1820 in dem „Manuskript aus Süddeutschland" vertreten ließ, und wenn Bismarck i. J. 1866 mit Rücksicht auf das Ausland eine Kunstpause in der Vereinheitlichung für geboten hielt, so war er doch weit entfernt, den Taktstock über Süddeutschland dauernd aus der Hand geben zu wollen.

Nachdem Ludwig II. mit seinen friedlichen Meinungen und Absichten allein geblieben war, wandte er sein Interesse eine Zeitlang von den Ereignissen ab und überließ sich in Berg und auf der Roseninsel Zerstreuungen, die mit dem Ernst der Zeitlage nicht im Einklange standen. Bei dem Mangel an Nachrichten über sein Verhalten bis zum Friedensschluß lassen wir hier einige einschlägige Auszüge aus den Tagebüchern des Fürsten Hohenlohe folgen.

München, den 11 April 1866.

Heute Diner beim König. Nach der Tafel, im Wintergarten fing der König an, mit mir über Politik zu sprechen und äußerte sich besorgt wegen der von Preußen aufgestellten Parlamentsidee. Ich sagte, die Parlamentsidee würde immer wieder auftauchen; jetzt sei der Moment für Bayern günstiger, als zu irgend einer anderen Zeit. Preußen erstrebe jetzt nur die Suprematie in Norddeutschland. Hier unterbrach mich der König und sagte: „Jetzt," aber später werden sie auch noch mehr verlangen." Ich bezweifelte dies und fügte bei, daß ich glaube, Bayern werde sich jetzt mit Preußen verständigen können, und Preußen werde nichts dagegen haben, wenn wir uns eine ansehnliche Stellung in Süddeutschland bilden wollten. Darauf sprach er dann von dem Einfluß, den Bismarck auf den König habe und der unbeschränkt sei. Die Königin und der Kronprinz seien gegen Bismarck.''

München, den 7. Juni 1866.

„Heute war Berchtold (ein fortschrittlicher Abgeordneter) lange bei mir und erzählte mir von den Unterhaltungen der Abgeordneten im Adreßausschuß. Pfordten hat seine Politik offen dargelegt und die Zustimmung aller Parteien erhalten. Man hat ihm gesagt, gegen ihn habe man nichts, wohl aber gegen seine unfähigen Kollegen. Bayern hält am Standpunkt des Bundes fest und darin wird Pfordten von allen Parteien unterstützt. Die Linke der Kammer stimmt ungern mit, aber sie kann kein anderes Programm finden. Die Trias ist dabei nicht ausgeschlossen und wird ebenfalls vorbereitet. Berchtold erzählte mir, es gehe das Gerücht, ich hätte mich mit der Fortschrittspartei verständigt und diese wolle den König zu sich herüberziehen, Wagner zurückrufen lassen und mich dann zu ihrem Ministerkandidaten machen. Ich komme sehr unschuldig zu dieser Ehre...''

9. Juni.

„Heute ist die Adreßdebatte in der Kammer der Abgeordneten zu Ende geführt worden. Sie hat zwei Tage gedauert. Im allgemeinen hat man das Ministerium Pfordten wenig angegriffen.'' „Pfordten sprach klar wie immer und stellte sich ganz auf den Standpunkt des Bundesrechts. Damit wird er freilich nicht weit kommen, wenn der Bund durch die beiden Großmächte zerrissen sein wird. Für die engere Verbindung der deutschen Mittel- und Kleinstaaten, die sogenannte Trias, scheint die Stimmung jetzt sehr günstig...'' „Der Krieg scheint jetzt unvermeidlich ...''

München, den 16. Juni 1866.

„Die bayerische Armee ist in keinem genügenden Zustand. Der Prinz Karl als Oberbefehlshaber ist zu alt. Die Offiziere haben kein rechtes Vertrauen in die eigene Kraft. Ich glaube nicht, daß wir große Lorbeeren ernten werden bei der noch so guten Gesinnung der Mannschaft und trotz der angeborenen Rauflust der Bayern.'' „Der König sieht jetzt niemand. Er wohnt mit (seinem Ordonnanzoffizier) Paul Taxis und dem Reitknecht Völk auf der Roseninsel und läßt Feuerwerke abbrennen. Auch die Reichsräte, welche ihm die Adresse überbringen wollten, sind nicht empfangen worden, ein Fall, der im konstitutionellen Leben Bayerns unerhört ist.'' „Die eigentlichen Münchener räsonnieren wieder recht. Andere Leute kümmern sich nicht um die Kindereien des Königs, da er ja die Minister mit den Kammern ganz ungestört regieren läßt. Sein Benehmen ist aber unklug, weil es Gelegenheit bietet, ihn verhaßt zu machen.''

München, den 19. Juni 1866.

„In Folge des Antrags auf Mobilisierung des Bundesarmeekorps hat Preußen seinen Austritt aus dem Bund angekündigt und hat Sachsen, Hannover und Hessen angegriffen. Die bayerische Regierung, die bis jetzt in einem Zwischenzustand angeblicher Unparteilichkeit war, ist plötzlich aus ihrem Traum aufgeweckt und genötigt worden, sich auf die österreichische Seite zu stellen. Sie hat dem preußischen Gesandten angekündigt, daß sie die diplomatischen Verbindungen abbreche und Fürst Reuß ist heute abend um 6 Uhr abgereist." „Die Rheinpfälzer haben eine Deputation hierher geschickt, um sich zu beklagen, daß man sie den Franzosen preisgebe. Der Kaiser Napoleon lasse schon herumfragen, ob die Bevölkerung französisch werden wolle..."

München, den 3. Juli 1866.

„Die neuesten Nachrichten vom böhmischen Kriegsschauplatz bringen hier eine Stimmung hervor, die nicht eben für die Charakterfestigkeit der Bevölkerung spricht. Jetzt finden auf einmal die Leute, es wäre doch besser gewesen, neutral zu bleiben, gegen die preußischen Zündnadelgewehre könne man doch nichts machen usw. Dazu kommt, daß unsere Armee, welche die Hannoveraner sehr gut hätte befreien können, Wochen verloren hat." „Man hörte im bayerischen Hauptquartier den Kanonendonner von Langensalza und hat sich nicht gerührt. Wenn man freilich den Krieg von München aus dirigiert, wenn sich das Hauptquartier der Leitung eines ehemaligen Professors (v. d. Pfordten) unterordnet und die Befehle erst aus dem Ministerium des Äußern erhält, dann kann man keinen Krieg führen. Die Indignation der bayerischen Offiziere soll darüber groß gewesen sein..."

München, den 5. Juli 1866.

„Die Nachrichten aus Böhmen bringen hier eine sehr niedergeschlagene Stimmung hervor. Dazu kommt, daß die bayerische Armee aus purer Unfähigkeit ihrer Führer den Hannoveranern nicht zu Hilfe gekommen ist. Die „Bayerische Zeitung" entschuldigt sich damit, „daß man im Hauptquartier nicht gewußt habe, wo die Hannoveraner seien." Kann man sich etwas Absurderes denken?! In unserem Kriegsministerium geht es nach altem bureaukratischem Schlendrian her. Selbstzufriedenheit und Langsamkeit überall. Der Kriegsminister v. Lutz ist, soviel ich in den Ausschußsitzungen der Kammer der Reichsräte beurteilen konnte, ein Mann von sehr geringen geistigen Fähigkeiten."

München, den 7. Juli 1866.

„Das Gefecht der Bayern bei Diedorf und Roßdorf (am 4. Juli) war sehr anständig. General Zoller hat sich gut bewährt. Man hat sogar Gefangene gemacht und keinen Gefangenen verloren..."

München, den 13. Juli 1866.

„Die letzten Tage hier waren Tage großer Aufregung über die Gefechte in und bei Kissingen (am 10 Juli). Das Publicum machte seiner Aufregung durch Schimpfen Luft." „Heute hatte ich Gelegenheit mit Dürig zu Mittag zu essen, der Ordonnanzoffizier des Generals Zoller war und dessen Leiche hierher brachte. Dürig hatte alle Gefechte mitgemacht und erzählte uns vieles. Die Soldaten haben sich überall sehr tüchtig geschlagen." „Zoller wurde von einer Granate getötet, die auch Dürigs Pferd tötete. Beide stürzten gleichzeitig." „Dürig brachte die Leiche aus dem Gefecht und hat sie dann mit großem Glück durch die preußische Gefechtslinie nach Schweinfurt gefahren..." „Das Leichenbegängnis des Generals Zoller gestern war imposant. Ich hatte mich dem Zug angeschlossen und ging neben dem Kriegsminister, hinter dem Prinzen Adalbert..." „Der König hat Dürig nicht empfangen, obgleich er ihm auf Veranlassung Holnsteins ein Pferd geschenkt hat. Aber ein „oberster Kriegsherr," der einen vom Schlachtfeld rückkehrenden Offizier nicht empfängt. Ist so etwas nicht zum Schimpfen?" —

Einigermaßen befremdend wirkt die Leichtgläubigkeit, mit welcher Fürst Hohenlohe unterm 11. Oktober 1866 nach Mitteilungen des Wagnerfreundes Dr. v. Schanzenbach die unwahrscheinliche fable convenue der Wagnerpartei verzeichnet, Pfistermeister und Lutz isolierten den König absichtlich, um in Gemeinschaft mit Pfordten und Bomhard ungestört ihr Protektionswesen zu treiben; so sei es gekommen, daß der König nichts von dem Trauergottesdienst für die Armee gewußt habe, und Pfistermeister habe ihn abgehalten, der Beerdigung des Generals Zoller beizuwohnen, die Spitäler zu besuchen usw.

Der Vorwurf, den der Nürnberger Anzeiger seiner Zeit gegen Pfistermeister erhob, er protegiere seine oberpfälzischen Landsleute, wurde unter Ludwig II. nicht mehr gehört, und es ist nicht abzusehen, welches Interesse er daran gehabt haben könnte, den König von dem Besuch von Spitälern, Leichenbegängnissen und Trauergottesdiensten abzuhalten, auf die ihn aufmerksam zu machen übrigens ja auch gar nicht in seiner Kompetenz lag, sondern in der des Kriegsministers oder des Oberstzeremonienmeisters.

X.

Nach der Niederlage Österreichs erschien die Fortsetzung des Krieges seitens der Südstaaten aussichtslos und gefahrvoll. Bayern und seine Bundesgenossen hatten sich dem von altersher kriegstüchtigen, zielbewußten, von einem Staatsmann erster Güte geleiteten Preußen in keiner Weise gewachsen erwiesen. Wohl hatte Bayern den Preußen die meisten Verluste beigebracht, mehr als andere aber sah es sich bald von geschwächten Bundesgenossen verlassen und von den härtesten Friedensbedingungen bedroht.

Nach einem Berichte des bayerischen Gesandten v. Wendland in Paris vom 10. Juli 1866 ließ Preußen durch den Grafen Goltz noch damals die Vorschläge betreffs Bundesreform und präponderanter Stellung in Süddeutschland erneuern, die es Bayern vor Ausbruch des Krieges gemacht hatte. Auf die Einwendung Wendlands, Bayern werde Österreich nach der Niederlage und im Unglück nicht verlassen wollen, entgegnete der preußische Botschafter, Österreich habe sich ohne Wissen und Willen Bayerns an Frankreich gewandt und Bayern sei daher nach seiner Ansicht von seinen Verpflichtungen gegen Österreich entbunden. v. d. Pfordten telegraphierte jedoch am 13. Juli 1866 „nach Beratung im Ministerrate und Entscheidung des Königs": Le droit fédéral et l'honneur nous défendent de traiter sur la paix sans nos alliés. Dites cela à Goltz. Noch am gleichen Tage ließ der Minister seinem Telegramme einen Kommentar nachfolgen:

„Wir haben den Streit mit Preußen nicht gesucht, sondern nach Kräften zu vermeiden gesucht und werden den Tag mit Freuden begrüßen, welcher diesem verderblichen Kriege ein Ende setzt. Unsere Truppen haben ihre militärische Ehre glänzend gewahrt, zumal in dem zehnstündigen Kampfe bei Kissingen, wo zuerst eine kleine Abteilung stundenlang einer dreifachen Übermacht Widerstand leistete und der dann ausgedehntere Kampf nur durch die Nacht beendet wurde, während welcher unsere Truppen auf dem Schlachtfelde bivouakierten und von wo sie am anderen Morgen ungehindert nach Schweinfurt zogen. Es steht also auch vom militärischen Standpunkt aus uns ein Hindernis gegen den Friedensschluß nicht entgegen; aber wir können nicht vergessen, daß unser Kampf auf einem Bundesbeschluß ruht, daß wir daher unseren Bundesgenossen gegenüber verpflichtet sind, nicht einseitig Frieden zu schließen und daß wir die Verpflichtung hierzu ausdrücklich in unserer Konvention mit Österreich vom 14. v. Mts. anerkannt haben. . . . Wenn also Preußen geneigt ist, Frieden zu schließen, so erkläre es dieses an alle unsere Bundesgenossen und fordere zu Verhandlungen auf. Wir werden uns dem gewiß nicht entziehen, aber ebenso gewiß werden die glänzenden Erfolge der preußischen Waffen uns nicht dazu bestimmen, Pflicht und Ehre zu verletzen."

So lange es Kriege gibt, wird man von Kriegsbeute und Annexionen reden. König Wilhelm zeigte sich aber als ganz besonders annexionslustig. Es bedurfte eines Weinkrampfes Bismarcks, der sogar an Selbstmord dachte, der Intervention des Kronprinzen und des Ausbruchs der Cholera in der Armee, um ihm das „Allerhöchste Signat" zu erpressen: „Nachdem mein Ministerpräsident mich vor dem Feinde im Stich läßt, und ich hier außer

Stande bin, ihn zu ersetzen, habe ich die Frage mit meinem Sohne er⸗
örtert, und da sich derselbe der Auffassung des Ministerpräsidenten an⸗
geschlossen hat, sehe ich mich zu meinem Schmerze gezwungen, nach so
glänzenden Siegen in diesen sauern Apfel zu beißen und einen so schmach⸗
vollen Frieden anzunehmen."

Mit staatsmännischem Weitblick trat Bismarck damals und
später der rein militärischen und militaristischen Auffassung
der Dinge entgegen. Der König wollte Teile von Sachsen, Han⸗
nover, Hessen annektieren, besonders aber Ansbach und Bay⸗
reuth wieder an sein Haus bringen. Hessen sollte in Bayern ent⸗
schädigt werden und Baden verlangte die bayerische Pfalz.
Während der königliche Hauptvertreter des monarchischen Prin⸗
zips Völker, wie Herden, von ihren „angestammten" Herrschern
losreißen wollte, äußerte Bismarck Bedenken, ob sie in etwaigen
Kriegen dem König von Preußen treu bleiben würden, und als
der siegberauschte Monarch betonte, der Hauptschuldige dürfe
nicht ungestraft ausgehen, erwiderte Bismarck, „Österreichs Ri⸗
valitätskampf gegen Preußen sei nicht strafbarer, als der preu⸗
ßische gegen Österreich." —
In Ludwig II. dämmerte das Bewußtsein von dem Ernst der
Lage auf. Er äußerte seine Sorge unter anderem in einem Brief
vom 18. Juli an R. Wagner und sucht die Rettung, wie meistens
bei den wichtigsten Entscheidungen, nicht in starken Ent⸗
schlüssen, sondern in Abwendung und Flucht: „Gott gebe, daß
Bayerns Selbständigkeit gewahrt werden kann. Wenn nicht,
wenn die Vertretung nach außen verloren geht, wenn Wir unter
Preußens Hegemonie zu stehen kommen — dann fort, ein
Schattenkönig ohne Macht will ich nicht sein." —
Bei Beginn der Friedenspräliminarien in Nikolsburg (23. Juli
1866) erklärte Karolyi, daß Österreich durch Vertrag vom
14. Juli verpflichtet sei, keinen Frieden ohne Zuziehung Bayerns
einzugehen[1]. Frh. v. d. Pfordten sei in Wien eingetroffen, um

---

[1] Die einschlägigen Artikel der Olmützer Punktation vom 14. Juni 1866
hatten folgende Fassung: 6. Da die militärischen Operationen auf Grund
des Bundesrechts stattfinden, wird auch der Friedensschluß in bundesge⸗
mäßer Weise erfolgen und die k. k. österreichische Regierung verpflichtet
sich insbesondere keine einseitigen Friedensverhandlungen mit Preußen
zu führen, vielmehr solche Verhandlungen nur unter Teilnahme eines Be⸗

hieran zu erinnern und Österreich sei also nicht in der Lage, ohne Bayerns Teilnahme abzuschließen.

Bismarck wollte aber nach dem Grundsatz: „divide et impera!" mit den einzelnen deutschen Staaten Sonder-Friedensverhandlungen pflegen. „Es war schon," schreibt Sybel, „ein bedeutendes" — und muß man hinzufügen schmachvolles — „Zugeständnis der Wiener Regierung, daß sie sich für Sachsen nur auf die eingetretene Waffenbrüderschaft und für Bayern nur auf ihr spezielles Vertragsverhältnis berief, die übrigen deutschen Staaten aber trotz aller Vorschriften des alten deutschen Bundesrechts vollständig preisgab."

Bismarck hielt es anfangs für zweckmäßig, in der bayerischen Sache ein gewisses Entgegenkommen zu zeigen, „zumal da sich dabei dem Kaiser Napoleon ein neuer Beweis von Hochachtung geben ließ". Er schlug daher einen sechsten Artikel vor, welcher den König von Bayern in den Frieden aufnahm, wenn er sich verpflichtete, zehn Millionen Taler zu den Kriegskosten zu zahlen und den Großherzog von Hessen für die nördlich des Mains gelegenen Gebietsteile zu entschädigen.

Dieser Artikel wurde jedoch „gestrichen". Über die „wenig freundliche Aufnahme", die v. d. Pfordten, der von Wien nach Nikolsburg geeilt war, am 27. Juli bei Bismarck fand, weiß Sybel, was folgt: „Nach dem letzten Pariser Telegrammwechsel hatte Bismarck in den Berliner Zeitungen die Ansicht entwickeln lassen, daß Bayern es vorziehe, mit Tschechen und Kroaten im Bunde gegen Preußen zu kämpfen, anstatt gemeinsam mit Preußen die fremde Einmischung von Deutschland fernzuhalten.

---

vollmächtigten der k. bayer. Regierung einzuleiten, und im Einverständnis mit dieser zu schließen. 7. Für den Fall, daß die nicht vorherzusehenden Wechselfälle des Krieges es unvermeidlich machen sollten, daß bei dem Friedensschlusse Territorialveränderungen in Frage kämen, verpflichtet sich die k. k. österreichische Regierung aus allen Kräften dahin zu wirken, daß Bayern vor Verlusten bewahrt werde, jedenfalls aber mit solchen nur im gleichen Verhältnisse zu allen verbündeten Staaten belastet und für etwaige Abänderungen demgemäß entschädigt werde."

Einer Anregung des österreichischen Staatsministers Grafen Mensdorf entsprechend wurde die Gegenseitigkeit dieser Verpflichtungen auch noch besonders verlautbart.

Jetzt empfing er den Minister, der unangemeldet und ohne preußischen Paß durch die Vorposten gedrungen war, mit den Worten: „Wissen Sie, daß ich Sie als Kriegsgefangenen verhaften lassen könnte?" und machte ihn dann mit den Bedingungen bekannt, unter welchen Bayern die Aufnahme in den Friedensvertrag freistände. Pfordten, im höchsten Grade erschüttert und erzürnt, beeilte sich, den österreichischen Freunden sein Leid zu klagen, fand aber dort nur schwachen Trost."

Etwas milder schildert Bismarck selbst den Vorgang in seinen „Erinnerungen". „Es gelang mir in Nikolsburg noch nicht, dem König (von Preußen) meine Ansichten über den zu schließenden Frieden annehmbar zu machen. Ich mußte H. v. d. Pfordten, der am 27. Juli dorthin gekommen war, daher unverrichteter Sache abreisen lassen und mich mit einer Kritik seines Verhaltens vor dem Kriege begnügen." — Die Kritik Bismarcks des Wesens seines bayerischen Kollegen lautet auf: „ein ehrlicher und gelehrter, aber politisch nicht geschickter deutscher Professor" und er räumt ein, daß Rheinbunds-Velleitäten bei ihm nicht vorhanden waren.

Wohl um die gleiche Zeit erinnerte sich Ludwig II. daran, daß er in seiner drangvollen Lage aus einer Eigenschaft seiner Mutter Nutzen ziehen könne, die er ihr zuweilen vorwarf: aus ihrer ursprünglichen Zugehörigkeit zu dem preußischen Königshause. Er veranlaßte sie — daß sie es aus eigenem Antrieb und ohne sein Wissen tat ist kaum anzunehmen — bei dem geliebten Oheim, dem sie nahe stand, um Schonung, Milde und Rücksicht zu bitten. König Wilhelm beantwortete diesen Brief erst am 23. August, einen Tag nachdem der Friede unterzeichnet worden war. —

Die Verhandlungen über den Frieden mit Bayern wurden in Berlin geführt. Wir besitzen darüber die Aufzeichnungen eines der Unterhändler, des Grafen Otto von Bray-Steinburg, welche von der Darstellung Sybels in einigen Punkten abweichen. Die Verhandlungen begannen wenig verheißungsvoll. Bismarck beobachtete ein Verfahren, das er später Bayern gegenüber häufig zur Anwendung gebracht hat. Er bot erheblich vor und ließ dann mit sich handeln, so daß Bayern bei allen Opfern, die es brachte und bei allen Konzessionen, die es machte, sich immer noch einbilden konnte, Erfolge erzielt zu haben, selbst wenn es in der Hauptsache, auf die es Bismarck ankam, nachgegeben hatte. Noch am Abend des 9. August verlangte Preußen 20 Millionen Thaler Kriegsentschädigung; Entschädigung an Hessen-Darmstadt für Oberhessen durch einen gleichen Teil der Pfalz, Abtretung von Kulmbach, Hof und Lichtenfels, von Kissingen, Brückenau, Hammelburg, im ganzen eine Bevölkerung von 700,000 Seelen.

Bismarck schien sich dabei mehr den Anschauungen König Wilhelms hinzuneigen, der sich seit Nikolsburg militärischen und anderen Einflüssen zugänglich gezeigt hatte. Nach einem Kriege, führte der Ministerpräsident aus, der so große Opfer gefordert und die Existenz des Staates bedroht habe, könne von Recht und Billigkeit nicht die Rede sein. Preußen habe ein Recht auf Verwertung der errungenen militärischen Erfolge. Österreich sei durch Frankreich, Sachsen durch beide genannte Mächte gedeckt. Für Baden legten die nahen dynastischen Beziehungen, für Württemberg und Hessen-Darmstadt die eifrige Verwendung Rußlands besondere Rücksichten auf. Betreffs Bayerns fielen solche Gründe der Schonung hinweg, nachdem selbst Österreich es vollständig preisgegeben und sogar Gelüste gezeigt habe, bayerische Landesteile an sich zu bringen[1]. Preußen sei daher darauf angewiesen, sich an Bayern zu halten.

v. d. Pfordten beantwortete diesen etwas schroffen Auftakt mit der Erklärung, daß Bayern nationale Politik treiben wolle und daß die seine stets ehrlich gewesen sei, wobei Bismarck das Wort entschlüpfte: „zu ehrlich!" —

---

[1] „Worauf dies zielte, ist aus einem Akt im Ministerium des Äußeren zu ersehen. Von österreichischer Seite war Preußen ein Teil von Österreichisch-Schlesien angeboten worden, wenn Österreich von Bayern das Land zwischen Inn und Salzach erhielte. Das Ansinnen wurde vom bayerischen Ministerrate am 12. August 1866 mit Entrüstung zurückgewiesen." S. Sig. v. Riezler in seiner Besprechung der I. Auflage dieses Werkes in der „Historischen Zeitschrift" der ganzen Reihe 128. Band, 3. Folge — 32. Band — 2. Heft, Verlag R. Oldenbourg, München und Berlin.

Indessen fielen die Worte Pfordtens von dem Betrieb einer nationalen Politik nicht auf unfruchtbaren Boden. Es war wenige Tage vorher ein Ereignis eingetreten, welches den großen Staatsmann milder gegen den kleineren stimmte und zu einer Annäherung bereit finden ließ.

Napoleon III. hatte am 27. Juli vor seiner Abreise nach Vichy den preußischen Gesandten Grafen Goltz auf den Zahn gefühlt, ob Preußen nicht geneigt wäre, Frankreich die Grenzen von 1814, Landau und Saarlouis, wiederzugeben und die Folgen von Waterloo zu beseitigen, sowie im Haag die Abtretung Luxemburgs an Frankreich zu unterstützen. Als der preußische Gesandte die Achseln dazu zuckte, meinte Napoleon III. noch, man könne ja mit den übrigen Teilen der Pfalz den Großherzog von Hessen entschädigen.

Kaiserin Eugenie erklärte sich für eine Feindin halber Maßregeln und der Minister des Äußern Drouyn de Lhuys zeigte sich als Freund von Abrundungen. So kam der Entwurf eines Vertrags zustande, nach welchem Preußen sich verpflichtet hätte, die ihm von Frankreich 1815 abgetretenen Landesteile zurückzugeben, Bayern und Hessen-Darmstadt durch angemessene Entschädigung zur Abtretung ihrer linksrheinischen Besitzungen an Frankreich zu bestimmen und alle Satzungen über die Verbindung Luxemburgs und Limburgs mit dem Deutschen Bund, sowie das preußische Besatzungsrecht in Luxemburg aufzuheben.

Napoleon III. unterzeichnete am 29. Juli 1866 widerstrebend diesen Entwurf, der in einem auffallenden Widerspruch mit seiner bisherigen Haltung stand; Graf Benedetti erhielt den Auftrag, ihn „fest und entschieden" in Berlin zu vertreten.

Ebenso fest und entschieden lehnte ihn Bismarck ab und unter den Ablehnungsgründen befand sich auch der folgende: „Wir hätten geglaubt, daß Napoleon III. mehr Wert auf die Freundschaft Preußens, als auf einen solchen Territorialerwerb lege; zeige sich diese Voraussetzung als irrig, so würde jeder Grund wegfallen, unser Begehren auf den deutschen Norden zu beschränken und die deutsche Einheit nicht durch Hereinziehung der Südstaaten zu vollenden."

Wohl im Zusammenhang mit diesen Erwägungen trat Bismarck am 10. August den bayerischen Bevollmächtigten gegenüber zum ersten Male „im letzten Augenblick mit dem Antrag eines geheimen Bündnisses zwischen Preußen und Bayern hervor". Daß es sich um eine Allianz gegen Frankreich handle, ging aus einer Andeutung des Ministerpräsidenten betreffs einer französischen Besetzung von Mainz hervor.

Erst am folgenden Tage, am 11. August 1866, erklärte Napoleon III. Goltz gegenüber, der ihm die Gründe gegen Abtretung rheinischen Landes vortrug, den ganzen Antrag für ein Mißverständnis, in das er während seiner Krankheit durch Drouyn de Lhuys verwickelt worden sei und Graf Benedetti machte nach seiner Rückkehr von Paris (am 14. August) dem Grafen Bismarck die gleiche erfreuliche Mitteilung.

v. d. Pfordten hatte die Anregung wegen eines geheimen Bündnisses zwischen Bayern und Preußen, die Bismarck am 11. August machte, dahin beantwortet, daß Bayern eine nationale Allianz nur wünschen könne, daß hiefür aber die Friedensbedingungen maßgebend sein würden. Am folgenden Tage (12. August) hatte er um Instruktionserteilung gebeten: „La France n'a rien fait pour nous; mais elle demande le Rhin; M. le Ministre de la (sic!) Prusse est en conséquence plus conciliant; il a parlé d'une alliance intime avec (la) Bavière. Doit-on cultiver cette idée? Je le conseille, parceque la France est perfide et une alliance nationale satisferait toutes les parties." —

Der bayerische Ministerrat empfahl dem König einstimmig die Bejahung dieser Anfrage. Die Sache hatte jedoch zunächst keine weiteren Folgen.

Der bayerische Ministerrat hatte einstimmig abgelehnt, Frankreich um Hilfe anzurufen. Aber als Pfordten unverrichteter Sache von Nikolsburg mit der Nachricht zurückgekehrt war, Preußen verlange eine Kriegskontribution von 20 Millionen Talern und Abtretung einer Gebietsstrecke von mindestens 500,000 Seelen im Norden der Rheinpfalz und in Ober- und Unterfranken, da schreckte auch der bayerische Ministerrat nicht mehr zurück, dem Beispiel der übrigen süddeutschen Kabinette (mit Ausnahme des badischen) zu folgen, und, wie Vicomte de Méloizes, der französische Gesandte in München, am 2. August 1866 nach Paris berichtete: „in gerechter Aufregung über seine Lage, die französische Intervention anzurufen." Traurig genug, daß ein deutscher Bundesfürst sich genötigt sah, gegen die Überforderung eines anderen solche Schritte einzuleiten! Aber man darf den Besiegten das befremdende Anrufen des Auslandes nicht mehr zum Vorwurf machen, als dem Sieger. Er tat es, um seine Machterweiterungspläne zu verwirklichen, sie, um ihren Ländern die Selbständigkeit und ihren Dynastien die Existenz zu erhalten.

Der französische Minister des Äußern rescribierte an Benedetti am 14. August 1866: „Sie kennen die Gesinnungen, die wir für diese Staaten hegen. Das Berliner Kabinett hat uns seinerzeit wiederholt seines Wunsches versichert, diese Staaten neben dem Nordbund eine wirklich lebenskräftige (vraiment sérieuse) Existenz einnehmen zu sehen. Wir nehmen keinen Anstand zu denken, daß Preußen sich in den auf die Wiederherstellung des Friedens mit diesen Staaten bezüglichen Fragen versöhnlich und gemäßigt zeigen werde. Sie haben nicht direkt in den Unterhandlungen einzuschreiten; Sie werden aber dem Grafen Bismarck nicht vorenthalten, welche die persönlichen Gefühle des Kaisers für die Höfe sind, die sich an sein freundschaftliches Wohlwollen gewandt haben."

Die bayerische Regierung hätte wohl diesen Schritt nicht veranlaßt, wenn sie Kenntnis von den geheimen Plänen und Wünschen Napoleons III. besessen hätte. Schon am 22. Juli 1866 hatte er mit dem Hintergedanken einer französischen „Grenzberichtigung" dem preußischen Gesandten den Vorschlag gemacht, Preußen möchte doch für das Darmstädtische Oberhessen, das es zu annektieren gedenke, den Großherzog von Hessen mit Rheinbayern entschädigen. Er selbst hätte gern Landau, das vor 1866 150 Jahre lang französisch gewesen war, Teile der Pfalz und am liebsten diese ganz wiedergehabt, um der Machtgier seines Volkes ein Zugeständnis machen zu können, und dessen Einmischungslust zu dämpfen.

v. d. Pfordten, der das alles nicht wußte, wandte sich nach seiner am 8. August 1866 erfolgten Ankunft in Berlin auch an den in Abwesenheit des Botschafters die Geschäfte Frankreichs führenden Lefèbvre de Béhaine, und teilte ihm mit, Preußen verlange die sofortige Übergabe von Mainz, das unter dem Be-

fehl eines bayerischen Generals stand. Der bayerische Unterhändler ahnte nicht, daß die gleiche Forderung auch von Frankreich erhoben worden war. Der vorsichtige interimistische Ge-
schäftsträger, der es wahrscheinlich auch nicht wußte, berichtete
am 10. und 11.August nach Paris, er habe es beständig vermieden,
auf die Argumente einzugehen, die Pfordten vorgebracht habe,
um einerseits die Gefahren, die für Frankreich aus dem Sturz
und der Quasimediatisierung der Südstaaten erwüchsen und
andererseits die Vorteile zu schildern, die es ihm böte, eine
schützende Hand über die zur Zeit der preußischen Willkür
preisgegebenen Dynastien zu halten. Von den vier Staaten südlich des Mains sehe Bayern sich den schlimmsten Forderungen
ausgesetzt, und der Gedanke, so enorme Opfer bringen zu sollen,
versetze den bayerischen Minister in Verzweiflung. Bismarck
bestreite nicht, daß diese Forderungen maßlos seien, aber er
weise darauf hin, daß Bayern nicht die gleichen Fürsprecher habe
wie Hessen, Württemberg und Baden und daß es daher auch für
die anderen zahlen müsse. Ein Wort des Kaisers, meinte v. d.
Pfordten, würde Bayern aus den Gefahren dieser verhängnisvollen Isolierung retten. —

Napoleon III. sprach dieses Wort. Drouyn de Lhuys richtete
am 14. August die vorzitierte Depesche an den nach Berlin
zurückgekehrten Botschafter Benedetti, um Preußen, nach Sybel
„in ziemlich grobem Ton (?) zu einem gemäßigten Verfahren
gegen die Mittelstaaten zu ermahnen."

„Das barsche (?) Eingreifen der französischen Regierung,"
berichtet Sybel, „wäre sehr geeignet gewesen, das Gegenteil
der beabsichtigten Wirkung zu erzielen, und Bismarck zu stren-
gerem Auftreten gegen die Schützlinge derselben zu veranlassen.
Pfordten, wohlbekannt mit dem Temperament des preußischen
Staatsmanns, eilte nach der ersten Mitteilung Benedettis sofort
zu Bismarck, sprach sein großes Bedauern über Drouyn's Depesche
aus und legte seine ganze Pariser Korrespondenz der letzten
Woche vor, welche Bismarck als „ziemlich unverfänglich" anerkannte, Pfordten selbst aber als Erzeugnis einer überwundenen
Phase der Verhandlung bezeichnete."

So ganz überwunden war diese Phase damals wohl noch nicht. Der von Rußland warm unterstützte Großherzog von Hessen hatte zwar eine Entschädigung auf Kosten des bayerischen Bundesgenossen abgelehnt und Preußen auf Oberhessen verzichtet. Damit war das Verlangen nach der Rheinpfalz als Ersatz für Oberhessen aus den Forderungen an Bayern ausgeschieden. Das preußische Begehren, es solle halb Oberfranken abtreten und eine Kontribution von 30 Millionen Gulden bezahlen, konnte dem bayerischen Minister des Äußeren aber noch immer drückend genug erscheinen, um die erneute Anrufung Drouyn de Lhuys' vom 19. August nach außen hin zu rechtfertigen.

Der französische Minister des Äußeren erinnerte mit Bezugnahme darauf am 21. August 1866 Benedetti an das Interesse, welches der französische Kaiser für den bayerischen Hof hege und benachrichtigte seinen Gesandten in München unterm 23. August, daß seine ersten Bemühungen in Berlin nicht erfolglos geblieben seien. Er sei erfreut, daß auch seine letzten Schritte Einfluß auf das endgültige Ergebnis einer Unterhandlung gehabt hätten, die in einer befriedigenderen Weise abschließe, als das Münchener Kabinett gehofft habe.

Der Herr Minister gab sich dabei einer Täuschung über die Wirkung seiner Fürsprache hin, wie sich die bayerische Regierung einer solchen hingegeben hätte, wenn sie das bekundete Interesse des französischen Kaisers ernst genommen haben würde.

Wie gering dies einzuschätzen war, geht aus dem Vertragsentwurf hervor, den Benedetti zwei Tage später (23. Aug. 1866) im Einverständnis mit Napoleon III. fertig stellte, und in dem die Ausdehnung der Suprematie Preußens über Süddeutschland gegen Zulassung und Förderung der Annexion Belgiens stipuliert war.

Pfordten hatte glücklicherweise vorher den Skat aufgehoben, den Bismarck ihm gelegt hatte und in dem der bayerische Minister den Trumpf fand, mit dem er das Spiel zwar nicht gewann, aber auch nicht gänzlich verlor.

Nachdem die Differenzen mit Frankreich eine friedliche Wendung genommen hatten, schien der Vorschlag eines geheimen bayerisch-preußischen Allianzvertrages Wert und Bedeutung verloren zu haben. Bismarck hielt zwar im stillen noch daran fest, aber es galt, den zähen Widerstand des annexionslustigen Königs zu überwinden und der preußische Ministerpräsident sagte seinem Gebieter damals im Ministerrate „Dinge wie nie im Beisein anderer".

Vorerst mußten die Verhandlungen noch fortgesetzt werden. Abermals wurden Landkarten ausgearbeitet und das Feilschen um Länder und Seelen begann aufs neue und dauerte mehrere Tage. Dutzende von Bezirksämtern wurden verlangt, König Wilhelm hielt noch immer an den Familienerinnerungen fest, die sich für das Haus Hohenzollern an die Kulmbach-Brandenburgischen Lande knüpften, und schließlich stand einer preußischen Forderung von mehr als 300,000 Seelen ein eventuelles bayerisches Zugeständnis von 198,000 gegenüber.

Am 18. August hatten die bayerischen Unterhändler in Sanssouci Audienz bei der Schwägerin Wilhelms I., der Königin-Witwe.

Königin Elisabeth (geb. 1801), Zwillingsschwester der Königin von Sachsen, war eine Tochter Max Josephs, des ersten Königs von Bayern. Obschon sie 1½ Jahre nach ihrer im Jahre 1823 erfolgten Vermählung mit Friedrich Wilhelm IV. protestantisch geworden war, wurde sie ultramontaner Hinneigungen beschuldigt und war eigentlich nie populär. Aber sie gehörte nach dem übereinstimmenden Urteil des Historikers Archivrats v. Petersdorff und des Generaladjutanten Prinzen Hohenlohe-Ingelfingen zu den edelsten Frauenerscheinungen, die einen Fürstenthron geziert haben. Die Meinungen über ihren politischen Einfluß auf ihren Gemahl sind geteilt. Als Witwe hielt sie sich nach den Aufzeichnungen des Prinzen Hohenlohe ganz zurück und mischte sich in nichts. Nichtsdestoweniger wurde sie von allen um Rat gefragt und die Frage: „was sagt die Königin Elisabeth dazu?" war „bei allen Gelegenheiten die erste im Munde sämtlicher Mitglieder der königlichen Familie, und zwar viel dringender, als zu der Zeit, da ihr Gemahl noch lebte. Man hätte sie das lebendige Gewissen sämtlicher Mitglieder des königlichen Hauses nennen können."

Königin Elisabeth empfing ihre bayerischen Landsleute mit der größten Güte und Teilnahme und sprach tränenden Auges von der bevorstehenden Neugestaltung der Dinge in Deutschland.

An dem gleichen Tage wurde v. d. Pfordten von unbekannter Hand ein mit Bleistift geschriebenes Billet folgenden Inhalts behändigt: „Empfehlung, statt aller Gebietsabtretung die volle Kontribution von 25 Millionen fl. und Bündnis gegen das Ausland anzubieten. Dieses Billet zu vernichten, bittet ein Freund."

Dieser gute Rat kam wohl nur einem von Pfordten selbst gefaßten Plane zuvor. Als der preußische Ministerpräsident am Mittag des 20. August den Herren aus Bayern Zigarren mit den Worten anbot: „Ich offeriere Ihnen eine Friedenspfeife," warf v. d. Pfordten die Frage auf, ob denn nicht im Hinblick auf eine abzuschließende Allianz von Gebietsabtretung abgesehen werden wolle, wenn nötig unter Erhöhung der Kriegskostenentschädigung? Darauf nahm Bismarck die Maske ab und legte seine Karten offen auf den Tisch. „Er würde eine solche Lösung für gute Politik halten," erklärte er, und dem König gegenüber diese Idee vertreten. Vor zwei Tagen glaubte er ihn dafür gewonnen zu haben, allein infolge einer Intrige des Ministers Schleinitz sei S. M. plötzlich wieder auf die Forderung der Gebietsabtretung von Kulmbach zurückgekommen. Er, Bismarck, aber habe nicht persönlichen Gefühlen und Familienreminiszenzen Rechnung zu tragen, er müsse Politik treiben und könne nicht die Rolle der Nemesis für gegen Preußen begangene Sünden spielen. Er werde daher folgende Projekte nötigenfalls zur Kabinettsfrage machen: „Bayern bezahlt eine Kriegskostenentschädigung von 30 Millionen fl. und tritt in der Form einer Grenzregulierung die Distrikte Gersfeld und Orb an Preußen ab; der Ertrag der Orber Walddomänen wird mit 5 % kapitalisiert und an der Kriegskostenentschädigung in Abzug gebracht."

Die bayerischen Bevollmächtigten erklärten sich sofort für Annahme dieses Antrags, sowie eines geheimen Allianzvertrags zwischen Preußen und Bayern, durch den der Besitzstand beider gegenseitig garantiert und der Oberbefehl für den Kriegsfall dem König von Preußen übertragen werden sollte.

Am gleichen Tage noch telegraphierte Pfordten an das Ministerium: „Pouvons nous signer une alliance avec la Prusse qui nous garantit notre intégrité de territoire. Même si nous devons céder de territoire?" — Der Ministerrat bejahte einstimmig diese Frage und Bomhard wurde beauftragt, in Schloß Berg die Zustimmung des Königs einzuholen. Ludwig befand sich in großer Erregung und Verwunderung über die Härte König Wilhelms. Bomhard glaubte, sie auf eine Empfindlichkeit König Wilhelms zurückführen zu dürfen, die deshalb entstand, weil Ludwig ihn einst nicht in Hohenschwangau empfangen habe. Es wurde die schon im Ministerrate erörterte Frage der Heranziehung französischer Hilfe erwähnt, welche Bomhard mit Nachdruck und unter der Erklärung verwarf, daß weder er, noch ein anderer bayerischer Minister sich zur Unterschrift unter eine solche Forderung hergeben werde. Der Verlust der Pfalz wäre nach seiner Meinung der Preis einer solchen Hilfe.

Ludwig II. gab nach mehrstündiger Audienz seine Zustimmung zu der von dem Ministerrat beantragten Antwort nach Berlin, „nicht ohne Bomhard ausdrücklich gefragt zu haben, ob er auch für sich persönlich der Ansicht des Ministerrates und nicht als Protestant doch etwas preußenfreundlich sei, worauf dieser erwiderte, daß er bei aller Gegnerschaft gegen Preußens Gewalt- und Annexionspolitik keinen anderen Weg kenne, als diesen, der auch der einzige in deutschem Interesse sei." —

Im preußischen Ministerrat wurde die Angelegenheit am 21. August unter dem Vorsitz des Königs beraten und der Vorschlag Bismarcks nach zweistündigem Kampfe mit dem erschwerenden Zusatz genehmigt, daß ein Abzug für die Domänen an der Kriegskontribution nicht stattfinden dürfe.

Etwas anders, als der Mitunterhändler Graf Bray stellt Sybel den Verlauf der Sache dar: „Bismarck war von Anfang an Gegner der königlichen Wünsche auf Landerwerb gewesen, weil er davon, zum Schaden von Deutschlands Zukunft, eine bleibende Verbitterung in München gegen Preußen befürchtete. Er hatte diesen Gesichtspunkt mehrmals, bisher jedoch ohne Erfolg, bei dem Könige zur Sprache gebracht. Als jetzt aber die Unterhandlung mit Österreich stockte, und damit der politische Horizont sich aufs Neue verfinsterte, gelang es ihm, beim Könige den Verzicht auf Oberfranken durchzusetzen und so in einer für Bayern erfreulichen Weise den Abschluß zu erreichen. Bis dahin hatte er die französischen Anträge gegen keinen der mittelstaatlichen Minister erwähnt. Jetzt lud er Pfordten zu sich und erörterte ihm nochmals Preußens Berechtigung zu den bisherigen Ansprüchen, wechselte dann aber plötzlich den Ton, und erklärte dem schon verzweifelnden Minister, es gebe noch einen anderen Weg zur Versöhnung. Er teilte ihm, Benedettis Begehren vom 5. August und Preußens Antwort darauf mit und fragte, ob Bayern bereit sein würde, im Kampfe gegen den auswärtigen Gegner fest und treu mit Preußen zusammen zu stehen. Die Antwort läßt sich denken: die beiden Männer umarmten sich und so erwarb Bayern durch die Unterzeichnung des Schutz- und Trutzbündnisses Erhaltung seines Landbesitzes und Deckung der Rheinpfalz gegen etwa sich wiederholende Gelüste Frankreichs."

Graf Bray weiß nichts von dieser rührenden Szene, die ja auch wenig wahrscheinlich ist. Denn wie verschieden die beiden Staatsmänner voneinander waren, in einem Punkte waren sie gleich: sie waren beide nicht sentimental.

Auch Graf Bray fügte seinen Aufzeichnungen vom 21. August 1866 bei:,,daß wir dem Bündnisse die beträchtliche Milderung der Friedensbedingungen größtenteilsverdanken,steht außerZweifel."

Die französische Fürsprache fiel dabei sicher sehr wenig in die Wagschale. Bismarck suchte aber auch daraus Kapital zu schlagen, wie aus dem Zusatz hervorgeht, den Benedetti seiner Meldung vom 21. August über den Friedensschluß mit Bayern beifügt: ,,M. de Bismarck a tenu à me faire croire que l'intervention du gouvernement de l'empereur n'avait pas été étrangère au succès de la mission de M. de Pfordten. Le Baron de Pfordten m'en a paru également convaincu et il se propose de vous en faire témoigner sa gratitude."

Noch am 11. September 1866 brach Bismarck dem Grafen Lefèbvre de Béhaine einen Streit vom Zaun, dessen Heftigkeit den an ,,de pareils abandons de paroles et de pensées" nicht gewohnten Diplomaten höchlich verwunderte. Der Ministerpräsident erging sich in Vorwürfen über die französische Intervention zugunsten Bayerns und Hessens; er sprach von der ,,modestie excessive", auf welche sich Preußen genötigt sah, infolge der französischen Vermittelung seine Ansprüche an die Höfe von München und Darmstadt zurückzuführen.

Lefébvre de Béhaine schloß seinen Bericht über diesen Vorfall mit den Worten: „j'ai rompu sans regret un entretien aussi stérile." Die Befriedigung Napoleons III. über die in diesem fingierten Zornausbruch gelegene Anerkennung seines — angeblichen Einflusses dauerte nur bis ihm durch eine Depesche Rothans d. d. Frankfurt den 20. November 1866, die Nachricht von den Schutz- und Trutzbündnissen mit den Südstaaten zuging.

Man nahm jetzt bestimmt an, daß der Hilferuf des bayerischen Ministers vom 19. August v. d. Pfordten von Bismarck nahegelegt worden sei, „afin d'ajouter au secret de leurs arrangements et de laisser à l'amour propre du cabinet des Tuileries, la satisfaction d'avoir obtenu de la Prusse le salut de la Bavière." Rothan schildert entrüstet den Vorgang: „M. de Pfordten au moment où il aliénait l'indépendance de la Bavière, poussait la duplicité jusqu'à implorer notre intervention et deux jours après la signature de la paix, il nous remerciait avec effusion de l'assistance efficace que nous lui avions prêtée. Nous étions les dupes d'une comédie imaginée et mise en scène pour mieux détourner nos soupçons et déjouer la vigilance de notre diplomatie. Non seulement le ministre Prussien avait inspiré les protestations mensongères du ministre bavarois, mais il s'etait appliqué à nous en confirmer sa sincérité: „Sans votre intervention, nous avait-il dit, les cours du Midi ne s'en seraient pas tirées à si bon compte."

So haben diplomatische Lügen oft kurze Beine. Die Vertreter der Theorie von der doppelseitigen Moral, einer privaten und einer öffentlichen, bewundern dergleichen Schachzüge; man muß jedoch wohl von dem kleinen Nutzen, den man momentan daraus zieht, stets die große Einbuße an Treu und Glauben abziehen, die man bei den späteren unausbleiblichen Entdeckungen dauernd erleidet. —

XI.

Graf Beust hat in seinen „Erinnerungen" seine Auffassung der süddeutschen Militärverträge niedergelegt: „Will und soll man," schreibt der österreichische Reichskanzler, „die Sache beim rechten Namen nennen, so waren sie ein Meisterstück deloyaler Handlungsweise. Der Fall ist in der Geschichte nicht selten, daß Verträge nicht gehalten werden, aber daß ein Vertrag anticipando verletzt wird, das war eine Neuerung, die dem Genie des Fürsten Bismarck vorbehalten blieb. Verträge mit den süddeutschen Staaten zeichnen, welche diese in ein dauerndes Abhängigkeitsverhältnis zu Preußen brachten und wenige Tage darauf einen Vertrag mit Österreich unterzeichnen, welcher für den Verein dieser Staaten eine unabhängige internationale Existenz stipuliert, das war wohl das Äußerste, was an Macchiavellismus geleistet werden konnte."

In einer Instruktion des österr. Gesandten in Berlin Grafen Wimpffen vom 29. März 1867 wird der Widerspruch des Artikel 4 des Prager Friedensvertrags mit den fraglichen Schutz- und Trutzbündnissen des weiteren zu begründen gesucht: „Eine nicht auf bestimmte Zwecke beschränkte, sondern permanent für jeden Kriegsfall abgeschlossene Allianz zweier Staaten, namentlich eines schwächeren Staates mit einem stärkeren, hebt ohne Zweifel zum Nachteil des ersteren den Begriff einer unabhängigen internationalen Existenz fast völlig auf und in dem Prager Traktate konnte daher, nachdem ihm die Berliner Bündnisse vorausgegangen waren, die Bestimmung, daß ein süddeutscher Staatenverein in völkerrechtlicher Unabhängigkeit bestehen werde, nicht mehr mit Fug eine Stelle finden." „Preußen habe sich der Bundesgenossen, welche ehemals die der beiden Mächte waren, förmlich für sich allein versichert, noch ehe es seine Aussöhnung mit Österreich besiegelte."

Im französischen Parlament hatte Thiers am 16. März 1867, „au milieu de l'agitation frémissante de la Chambre" ausgesprochen, der wahre Urheber der Deutschen Einheit sei die Kaiserliche Regierung gewesen, indem sie das Nationalitätenprinzip an Stelle des europäischen Gleichgewichts setzte. Weiter dürfe man nicht gehen. Ollivier schlug vor, die deutsche Neuordnung anzuerkennen und Rouher begrüßte sie sogar. „Zwei Tage nach dieser denkwürdigen Discussion," klagt Rothan, „veröffentlichte die Berliner Staatszeitung an ihrer Spitze in der provocierendsten Weise das Schutz- und Trutzbündnis mit Bayern vom 21. August 1866. Man glaubte Preußen in Norddeutschland verschanzt (cantonnée) und es hatte sich bereits in München und Stuttgart installiert. Man nahm keine Rücksicht mehr auf die Empfindlichkeiten Frankreichs, man gab ihm öffentlich bekannt. daß der Prager Friede verletzt sei, und daß die Grenzen, die man den deutschen Einheitsbestrebungen gesetzt habe, längst überschritten seien. Das, sagte man, sei die Antwort auf Thiers' Rede."

„Angesichts der Bewegung, die diese Veröffentlichung hervorrief, suchte man ihren Charakter und ihre Bedeutung in den Berliner officiellen Kreisen abzuschwächen. Man sagte, sie sei zu dem Zwecke erfolgt, um Hohenlohes Stellung in Bayern zu retten, die man in Preußen für eine Frage der Sicherheit hielt, und es sei daher nötig gewesen, den bayerischen Kammern bekannt zu geben, daß die gegebene Lage nicht sein Werk, sondern schon das des Baron Pfordten war. Man sagte ferner, Bismarck habe diese Tatsache Benedetti schon am 9. März vor seiner Abreise nach Paris zu der Weltausstellung mitgeteilt und in der Weise dargestellt, daß die süddeutschen Höfe angesichts der französischen Ansprüche auf die Pfalz, bayerische und hessische Gebiete, Preußen dringend gebeten hätten (avaient supplié la Prusse) ihre Gebiete zu gewährleisten."

Diese Erklärungen seien aber nicht mit der Rede Rouhers in Einklang zu bringen, der noch am 16. März die Theorie von der Dreiteilung Deutschlands (des trois tronçons) vertreten habe.

Im weiteren Ausland schloß man aus der Veröffentlichung der Schutzbündnisse, daß die Beziehungen Preußens zu Frankreich nicht die besten seien und der König von Holland verlangte im Hinblick auf den drohenden Krieg für die Cession Luxemburgs die Zustimmung der Unterzeichner des Vertrags von 1839, was die französischen Pläne darauf vereitelte.

Graf Bray schließt seine Schilderung der Friedensunterhandlungen mit optimistischen Betrachtungen: „Wir schieden mit der Beruhigung, daß, wenn unserem Lande auch schwere Opfer nicht erspart werden konnten, doch seine Integrität, seine Unabhängigkeit und seine Machtstellung ungeschmälert aus der großen Gefahr dieses Krieges und des abgeschlossenen Friedens hervorgegangen ind." —

Ganz günstig stellt auch König Wilhelm die Sache in seinem Antwortschreiben an die Königin-Mutter von Bayern dar, in welchem er die Hauptsache vollständig mit Stillschweigen übergeht und des doch auch ihm nahe blutsverwandten königlichen Vetters von Bayern mit keinem Worte Erwähnung tut.

Berlin, den 23. August 1866.

„Liebe Cousine! Nachdem der Friede gezeichnet ist, schreibe ich zur Beantwortung Deines lieben Briefes. Ich hoffe, Du wirst einsehen, daß ich Bayern mit einer Nachsicht behandelt habe, die mein Volk und meine Armee mir wenig Dank wissen werden! An Land ist so gut wie nichts abgetreten, da die 5—6 □Meilen nichts sind, als eine Grenz-Regulierung, die ich ungern im Frieden aufgenommen sehe, da dies sich hätte anderweitig verhandeln lassen und niemals als eine Eroberung paradieren darf. Die Contribution klingt hoch, ist es aber insoferne nicht, da dergleichen Summen nicht dem Volke auferlegt werden, sondern den Banquiers, die so allmählich befriedigt werden in langen Jahren, daß das Volk gar nichts

davon in seiner Tasche spürt. Somit ist also in einer Art gegen Bayern
verfahren worden, wie man es in Preußen nicht erwartet und nicht billigen
wird. Denn, wie ich es heute beiden Bevollmächtigten sagte, wäre Bayern
neutral geblieben, wie es sich bis in den letzten Wochen vor Ausbruch des
Krieges den Schein gab, so hätte ganz Deutschland sich diesem Beispiel
angeschlossen und der Krieg war unmöglich, da Österreich ihn ohne die
deutsche Allianz niemals beginnen konnte. Nachdem Bayern aber dem
übrigen Deutschland das Zeichen der Kriegsrüstung gegen uns gab, war
der Krieg unvermeidlich und wurde es nun erst ein Bruderkrieg!"
„Der Himmel hat so sichtlich wie noch niemals meine Waffen gesegnet
und sich somit für mein Unternehmen, in das man mich hineinzog, mit
Gewalt, entschieden." „Wenn man so die ganzen Angelegenheiten, die
in wenig Wochen sich vollzogen, überblickt, wird man die Friedensschlüsse
Preußens eher zu milde, als zu hart taxieren. Wir werden hoffentlich
nun Freundes-Staaten werden und nur noch den gemeinschaftlichen
äußeren Feind kennen. Dein treuer Vetter Wilhelm."

Auch Ludwig II. schrieb wenigstens an die Königin-Mutter
am 31. August 1866: „Gottlob, daß Friede ist; glücklicher Weise
sind die Bedingungen besser, als zu erwarten stand."

Den zwangzigjährigen König verlangte es nach Zerstreuung
und Abschüttelung der drückenden Sorgenlast. „Da Pfordten,"
hatte er der Mutter am 23. August mitgeteilt, „auf der Rückreise
von Berlin begriffen ist, dringende Geschäfte jetzt also nicht vorkommen,
so will ich diese kurze Frist benützen, um einen Ausflug in's Gebirg, aber
nicht nach Hohenschwangau zu machen, vielleicht nach Halbauern, oder
andere Berghütten. Es würde mich betrüben, wenn Ihnen dies unangenehm wäre, aber ich war diesen Sommer so sehr in die Stadt und an's
Zimmer gebannt, daß ich eine wahre Sehnsucht habe, wieder einmal
einen Reitausflug ins Gebirg machen zu können. Leider erübrigt mir
jetzt keine andere Zeit zu besagtem Ausflug, als die Reisezeit Pfordtens."

An den Großvater schrieb er eine Woche später: Berg, den
30. August 1866.

„Aus ganzem Herzen danke ich Ihnen für Ihren liebevollen Brief
und die darin enthaltenen guten Wünsche zu meinem Doppelfeste
(Geburts- und Namenstag); ich feierte dasselbe im herrlichen Gebirge
am Walchensee; wohl that mir dies, da ich den ganzen Juli fast, wegen
dringender Geschäfte in München und im Zimmer verweilen mußte.
Morgen, als am 31. muß der Friedensvertrag geregelt sein und schon
am 1. September nach Berlin abgesendet werden. Der König von
Preußen verlangt den Mitbesitz der Burg von Nürnberg. Das ist ein
sehr einschneidendes Verlangen, das mich sehr beunruhigt. Hoffentlich
wird es meinen Bemühungen noch gelingen, diese herrliche Burg, dieses
Denkmal des Mittelalters, ganz für uns zu erhalten."

Das gelang nicht; er mußte sich schließlich bereit finden

lassen, dem König von Preußen „eine ganz besondere Freude"
dadurch zu machen, daß er ihm dieses Mitbesitzrecht einräumte.
Wie Savigny und Bismarck Bray versicherten, „legte König
Wilhelm darauf den größten Wert und die Sache lag ihm unendlich am Herzen." Er mochte darin eine Art von idealer
Entschädigung für die ihm entgangene Wiedergewinnung von
Ansbach und Bayreuth erblickt haben. Richard Wagner sprach
sich dagegen aus, als die Sache schon längst entschieden war,
und riet, ohne Zweifel im Hinblick auf die schlechten Erfahrungen, die er selbst in München gemacht hatte, dem König,
„seine Residenz nach Nürnberg zu verlegen".

Graf Bray war in der Lage, nach Unterzeichnung des Friedens
ein Handschreiben Ludwigs II. an König Wilhelm zu übergeben,
in dem es hieß: „Nachdem der Friede zwischen uns geschlossen
und eine feste und dauernde Freundschaft zwischen Unseren
Häusern und Staaten begründet ist, drängt es mich, dieser auch
einen äußeren symbolischen Ausdruck zu geben, indem Ich
E. K. M. anbiete, die ehrwürdige Burg Ihrer Ahnen zu Nürnberg
gemeinschaftlich mit Mir zu besitzen. Wenn von den Zinnen
dieser gemeinschaftlichen Ahnenburg die Banner von Hohenzollern und Wittelsbach vereinigt wehen, möge darin ein Symbol
erkannt werden, daß Preußen und Bayern über Deutschlands
Zukunft wachen, welche die Vorsehung durch E. K. M. in neue
Bahnen gelenkt hat." — König Wilhelm las dieses Handschreiben,
kurz ehe er Berlin zur Besichtigung der heimkehrenden Truppen
verließ, und es erregte seine „lebhafte Rührung und Befriedigung."

Die Gemütsverfassung, in welcher sich Ludwig II. infolge der
erlittenen Niederlage und der ihm auferlegten Opfer dauernd
befand, war aber eine so gestörte und niedergedrückte, daß er
kurz nach dem Friedensabschlusse Wagner durch den Tele-
graphen seinen Entschluß mitteilte, die Krone niederzulegen
und zu ihm kommen zu wollen. Wagner erschrak. Er gab dem
König den Rat, sich dem Fürsten Hohenlohe anzuvertrauen,
den er selbst übrigens gar nicht kannte, der ihm aber „in Ermangelung eines intelligenten, moralischen Genies, in seiner
Eigenschaft als echter Aristokrat in unabhängiger Stellung als der

Mann der Situation vorschwebte."[1]) Ludwig mißfiel dieser Rat; er mißtraute damals dem Fürsten, der für preußisch gesinnt galt.

Kurze Zeit darauf wurde Wagner durch Porges ein Artikel der „Neuen freien Presse" vom 21. September zugesandt, inhaltlich dessen ein königlicher Familienrat Ludwig II., der nicht zu bewegen gewesen war, das heimkehrende Heer zu begrüßen, einer ärztlichen Untersuchung unterstellt hätte, ob er überhaupt regierungsfähig sei und ob es nicht geboten erscheine, ihn zu vermögen, sich ins Privatleben zurückzuziehen, wo er seiner Neigung zu Wagner ungestört und ohne Gefahr für das Land leben könne.

Wagner erblickte darin einen persönlichen Vorwurf gegen sich selbst. „Er konnte es nicht mehr ertragen, geflissentlich oder ungeflissentlich in der Neigung des Königs zu ihm und seiner Kunst, von der öffentlichen Meinung Europas als der Grund der Schwäche der Regierung Ludwigs II. bezeichnet zu werden und erklärte seinem königlichen Freunde, daß er für immer von ihm scheiden, jeder seiner Wohltaten entsagen und gänzlich vor ihm verschwinden müsse, wenn er sich nicht zu Entschlüssen aufraffe, die seinem Lande zum Heil gereichten." —

Das wirkte. Was die königlichen Verwandten, was die Minister, was das Volk vergebens erbaten, dem Zuspruch des Dichterkomponisten gelang es. Der König raffte sich auf und entschloß sich auf den, freilich allseitig unterstützten Wunsch Wagners zu einer Reise in die vom Kriege heimgesuchten fränkischen Provinzen, der einzigen Rund- und Inspektionsreise in seinem Lande, die er während seiner zweiundzwanzigjährigen Regierung unternahm. „Ich will," schrieb er Wagner am 6. November 1866, „mit einem Mal den Dunstkreis der Gehässigkeit, die Wolken der Bosheit und falschen Kunde, welche die Leute

---

[1]) Wahrscheinlich hatte Wagner auf Hohenlohe Frau von Bülow aufmerksam gemacht, deren Vater Liszt nach seinem Bruch mit der Gräfin Agoult in langjährigen nahen Beziehungen zu der Fürstin Karoline v. Sayn-Wittgenstein-Berleburg (1819—1887) stand, der Schwiegermutter eines Bruders des bayerischen Ministerkandidaten. Ein anderer Bruder von ihm, der spätere Kardinal, verhinderte im Jahre 1861 die schon anberaumte Trauung der Fürstin mit Liszt.

geschäftig um meine Person zu verbreiten suchten, auseinander-
jagen, daß mein Volk erfährt, wer ich bin." Die Reise dauerte
vom 10. November bis 10. Dezember 1866 und führte den König
über Bayreuth, Bamberg, Hof, Schweinfurt, Kissingen, Aschaffenburg, Würzburg und Nürnberg. Allen Klassen der Bevölkerung
trat der jugendlich schöne Monarch mit einer Grazie, einer Güte,
einer Liebenswürdigkeit gegenüber, die ihm die Herzen im Sturm
eroberten. Es war ein wahrer Triumphzug und hätte Ludwig II.
so fortgefahren, wie er damals begann, er wäre der populärste
der Herrscher geworden, die über Bayern regierten, das nie
einen Tyrannen über sich sah, noch geduldet hätte.

Daß Richard Wagner an dieser glücklichen Wendung der
Dinge ein gewisses Verdienst zukam, räumt der König selbst
ein, indem er ihm in einem Briefe aus Nürnberg vom 6. Dezember 1866 schreibt: „Nicht die Beweise von Liebe und Treue
meines Volkes allein sind es, die mich so glücklich machen;
mich beseligt der Gedanke, Sein Werk zu fördern, Seinen
Willen zu erfüllen."

Über diese Königsreise finden sich nicht nur eingehende
Berichte in der damaligen Lokalpresse, sondern eine gute Zusammenstellung in Lamperts Buch über Ludwig II. und ein
Abdruck hiervon in Kronseders „Lesebuch zur Geschichte
Bayerns, München 1906." Den gleichen Gegenstand behandelt
auch die Broschüre von G. L Scharrer-Schauenberg: „Unbe-
kanntes und wenig Bekanntes aus den ersten drei Regierungsjahren König Ludwigs II., 1864 bis 1866." „Der Abgott seines
Volkes. Der König und die Frauen. Goldene Tage in Nürnberg.'

XII.

Am 18. August 1866 war der bisherige Hofsekretär Hofmann
zurückgetreten und im Oktober desselben Jahres wich auch
Staatsrat v. Pfistermeister den Anstürmen Richard Wagners
und seiner Partei.

Pfistermeister nahm seine Entlassung aus dem Hofdienst, obschon er dabei 9000 fl. von seinen Bezügen verlor, weil ihm, wie er mir sagte, die Einmischungen Wagners in Regierungsangelegenheiten unerträglich geworden waren. Wagner bekämpfte ihn auf das leidenschaftlichste bei dem jungen König und beschuldigte ihn, „das große Gaukelspiel in Szene gesetzt zu haben, das ihn als eine Gefahr für den Thron und das Land in Verbannung brachte[1]." Ohne Zweifel hat Pfistermeister hierzu erheblich beigetragen, da er nicht nur unter den anfänglichen Einmischungen Wagners in Regierungsangelegenheiten litt, sondern dessen Einfluß auf den König für unheilvoll hielt. Der konservative, gut katholisch gesinnte Mann fürchtete das Schlimmste schon von der Lektüre, welche Wagner dem König empfahl. In der Tat fand Ludwig später, daß die wagnerische Musik auch die Religion ersetze und beobachtete die Gebräuche und Satzungen der Kirche nur mehr rein äußerlich.

Ich habe viele Jahre unter Pfistermeister gearbeitet, als er im Ministerium des Äußern die sogenannte kleine Unterschrift führte und, wie alle meine Kollegen, nie etwas anderes, als Güte und Wohlwollen von ihm erfahren. Er war kein bedeutender Mann, aber ein pflichttreuer, fähiger und angenehmer Staatsdiener. Dies muß wohl auch die Ansicht Ludwigs II. gewesen sein, sonst hätte er sich nicht so schwer von ihm getrennt und ihm später das Kabinettssekretariat nicht weniger als zwölfmal wieder angeboten.

Der Hauptvorwurf, den die Wagnerpartei ihm nachträglich gemacht hat, ist, daß er die Ausführung des nun im Nationalmuseum stehenden Modells Sempers zu einem Festtheater verhinderte, das als Abschluß einer von der Residenz zu der

---

[1] Noch viel leidenschaftlicher sprach sich Hans v. Bülow in einem Brief an Emil Bock vom 15. Oktober 1866 über den Rücktritt Pfistermeisters aus: „S. M. hat zum Segen für sich selbst eine der abscheulichsten Bestien seiner Umgebung fortgejagt, deren ganzes Treiben darauf zielte, die Person des Monarchen unpopulär, verhaßt, ja verachtet zu machen und zur Abdication zu zwingen (???). Aber mit dieser einen Maßregel ist durchaus noch nicht dasjenige geschehen, was nötig, um München nur bewohnbar für mich zu machen."

Isar führenden Straße und Bekrönung der gegenüber liegenden Uferhöhe ein herrlicher Schmuck der Kunststadt München geworden wäre. — Hierbei muß vor allem hervorgehoben werden, daß diese Angelegenheit erst zwei bis drei Jahre nach seinem Rücktritt zum Austrag kam, und daß daher sein Nachfolger Lutz und die Hofsekretäre Hofmann und Düfflipp ebenso, ja noch mehr dafür verantwortlich gemacht werden könnten.

Ludwig II. hatte schon am 26. November 1864 an Wagner geschrieben: „Ich habe den Entschluß gefaßt, ein großes steinernes Theater erbauen zu lassen, damit die Aufführung des „Ringes der Nibelungen" eine vollkommene werde. Dieses nnvergängliche Werk muß einen würdigen Raum für seine Darstellung erhalten."

Zur Ausführung des großen Planes hätte man eine hervorragendere Kraft nicht finden können, als Gottfried Semper, den Dresdener Kampfgenossen Wagners, der damals am Züricher Polytechnikum wirkte und im Winterthurer Stadthaus das schönste moderne Gebäude griechischen Stiles schuf.

Am 13. Dezember 1864 übermittelt ihm Wagner diesen ehrenvollen Auftrag: „Der König von Bayern wünscht, daß Du in seinem Auftrag in München ein großes Theater, zu dem besonderen Zwecke bauen solltst, den ich Dir sofort andeuten will." Auf fünf Seiten führt er dann die Idee in ihren Einzelheiten näher aus und schließt mit einer Charakteristik des Königs und seiner Ideale.

Semper kam am 27. Dezember 1864 nach München, wo er bis zum 3. Januar 1865 blieb und am 29. Dezember 1864 von Ludwig in Audienz empfangen wurde. Der König ließ sich von ihm ausführlichen Vortrag erstatten und erteilte ihm den Auftrag, sofort den Entwurf eines Monumentalbaues aus Stein und edlem Material in Angriff zu nehmen. Am 12. Januar 1865 muntert Wagner ihn auf, sich mit diesen Plänen zu beeilen und sich durch nichts von der Freude an dem Werk abbringen zu lassen. „Das Theater soll als Zierde Münchens sofort in Angriff genommen werden." „Das Geld wird sich finden, das merke ich schon und Niemand wird Dir hineinreden, dessen sei versichert. Glaube mir, daß Du hier eben auf ganz einfache Verhältnisse stößest; der König ist König und kennt noch keine Art von Beeinflussung durch Personen oder Umstände;

138

er hält sich mit bewunderungswürdiger jugendlicher Energie Alles vom Halse, was auf ihn hineinreden könnte oder möchte, schenkt mir ein unbedingtes Vertrauen und — will.‘‘

Die günstige Beurteilung des Königs seitens Wagners hält an und wird von ihm in allen Tonarten wiederholt: ,,Ich bitte Dich,‘‘ schreibt Wagner einen Monat später, ,,auf nichts zu hören und zu achten, was Dir von sonst her zukommt. Meine Erfahrungen gehen dahin, diesen hochbegabten jungen Monarchen als tief, hochherzig und fest zu erkennen. In einem Punkte ist er sehr empfindlich, für zu jung und nicht voll gehalten zu werden. Es würde ihn sehr verstimmen, wenn ich seinen mir gegebenen Aufträgen andere, geschäftlich offizielle zur Seite gegeben verlangte....‘‘ ,,Ich habe in letzter Zeit tiefe Blicke in diese seltene Natur getan. Vertraue und — arbeite für uns! — es wird Dir Freude machen....‘‘

Und in der Tat, der König blieb von Anfang bis zu Ende die treibende Kraft der ganzen Angelegenheit; er hielt daran fest in jugendlicher Begeisterung gegen den Widerstand seiner Räte, seiner Mutter, seines Großvaters, der öffentlichen Meinung und der Presse, selbst dann noch, als Wagner das persönliche Interesse daran verloren hatte, und die Sache nur mehr lau und mit Rücksicht auf Semper betrieb.

Mit einem vorgeschlagenen Einbau in den Glaspalast wollte der König sich nicht begnügen und kam immer wieder auf den Plan des Monumentaltheaters zurück. ,,S. M.‘‘ schreibt der Kabinettssekretär an Semper vom 12. Oktober 1865, ,,sind von der Überzeugung durchdrungen, daß Sie der einzige Architekt sind, dem ein so großartiger Bau wie der eines Festtheaters vollständig gelingen kann.‘‘ Und der König bestätigt diese Anschauung eigenhändig in einem Briefe an Semper vom 6. November 1865: ,,Ich brenne vor Begierde nach dem plastischen Modelle des von Ihnen zu schaffenden Festbaues. Wagner sprach mir jüngst ausführlich über die von Ihnen in Betreff des Baues gehegten Pläne. — Wie genial gedacht und entworfen! — Sie sind der Einzige auf Erden, dies weiß ich bestimmt, dies sehe ich klar, welcher ein so bedeutungsvolles Werk zu erschaffen weiß. So vereinigen sich nun der größte der Architecten und der größte der Dichter und Tonkünstler ihres Jahrhunderts, um ein Werk zu vollführen, welches dauern soll bis in die spätesten Zeiten, zum

Ruhm der Menschheit; so rufe ich Ihnen nun Heil zu aus ganzer Seele, Gedeihen Ihrem Werke!" —

In den ersten Januartagen 1867 unterbreitete der große Architekt dem König das Modell des Festbaues, das ihm so sehr gefiel, daß er sofort den Beschluß faßte, darnach bauen zu lassen, Semper mit Wort und Handschlag zum ausführenden Architekten des sofort in Angriff zu nehmenden Werkes ernannte und ihm sogar für seine Bereitwilligkeit dankte, diesen Auftrag zu übernehmen.

Allein die Königsmacht Ludwigs II. reichte nicht so weit. „Der Wille des jungen Monarchen zerschellte an dem Widerstand und an der Unaufrichtigkeit desjenigen (derjenigen?) seiner Beamten, welchen er mit der Durchführung seines Willens, der Einlösung seines königlichen Wortes Semper gegenüber beauftragt hatte." Es gelang sogar einer geschickten Entstellung der Tatsachen, Semper die tiefste Ungnade zuzuziehen, so daß der König es ruhig geschehen ließ, daß „Sein wiederholt gegebenes königliches Wort sang- und klanglos durch seine Beamten eingescharrt wurde".

Die angeführten Sätze sind der gut geschriebenen und mit Urkunden belegten Schrift Manfred Sempers „Das Münchener Festspielhaus," Hamburg 1906. entnommen.

Heutzutage bedauert jeder gute Münchener, daß der herrliche Plan Sempers und Ludwigs II. nicht zur Ausführung gelangte, und die Presse läßt keine Gelegenheit vorübergehen, darob in Wehklagen auszubrechen, während sie in der kritischen Zeit der Strömung nicht entgegentrat, welche die Errichtung eines Festtheaters für noch gar nicht vollendete Werke, für das Mittel nicht vorlagen, für Wahnsinn erklärte.

Je größer aber die Verantwortlichkeit derer ist, welche die Ausführung des Semperschen Projekts verhindert haben, um so vorsichtiger müssen wir sein, ehe wir sie schuldig sprechen. Pfistermeister hat mir und anderen die Gründe wiederholt auseinandergesetzt, die ihn bestimmten, diesem Plan seine Mithilfe zu versagen. Die Sache war einfach die, daß der König, da er kein Privatvermögen besaß, auf seine Zivilliste angewiesen war.

Von dieser aber hatte er seinem Großvater Ludwig I. nach
Hausvertrag 500,000 fl. jährlich zu bezahlen, während die Hofstäbe 1,200,000 fl. in Anspruch nahmen. Es verblieben ihm daher
nur 300,000 fl. welche auf die Hälfte reduziert worden wären,
wenn er die Zinsen eines Schuldkapitals von 3 Millionen zu bezahlen gehabt hätte. Pfistermeister schätzte damit den Prachtbau und
die erforderlichen Terrainerwerbungen für die projektierte Straße
gewiß nicht zu hoch ein. Betrug doch schon „die nur halb-
wegs anständige Entschädigung Sempers für das Modell" und
die Pläne des Festtheaters, wie Pecht sich ausdrückt, die
Summe von 32,592 fl. Niemand weiß auch, ob ein Münchener
Wagner-Theater den gleichen Erfolg gehabt hätte wie das Bayreuther, dessen finanzielles Ergebnis übrigens ja auch zu wünschen übrig ließ.

Mit Recht hebt Justizrat Karl Dürck in seiner oben erwähnten
Broschüre hervor, daß das Jahr nach dem Abgang Wagners
von München, das Unglücksjahr 1866, Bayern schwere Wunden
schlug und wohl auch bei dem König von Bayern Eindrücke
hinterließ, welche die Stimmung für Aufrichtung eines Pracht-
baues nicht begünstigten. „Die Idee, ein Theater aufzutun,
welches in erster Linie zur Aufführung Wagnerischer Werke,
insbesondere der damals erst im Entwurf vorhandenen Nibelungen bestimmt war, mußte ihrer Natur nach die ständige
Anwesenheit des schaffenden Meisters zur Voraussetzung haben.
Mit dem Wegfall dieser Voraussetzung war der ganze Gedanke
in Frage gestellt."

Es hätte allerdings einen Ausweg gegeben. Die bayerische
Volksvertretung oder die Stadt München hätten die fehlenden
drei Millionen bewilligen können, die aufzunehmen für den
König gar nicht so leicht gewesen wäre. Aber glaubt jemand,
daß diese Körperschaften für die Ideen und Forderungen
Wagners mehr Verständnis und Sympathien bekundet hätten
als Pfistermeister, in einer Zeit, in der eines der gelesensten
Blätter Bayerns „Tristan und Isolde" wegen „der höchst übertriebenen und fast eine Stunde dauernden Liebeleien" für unaufführbar erklärte?

Angesichts dessen erregt es Bedenken, wenn die Neuesten Nachrichten noch am 8. Dezember 1904 in einem Beisatz zu einer Erklärung des Justizrats Dürck schrieben: „O wären doch jene klugen, haushälterischen Sparer von 1865 damals nicht durchgedrungen! Hätten Sie jene Schulden nicht verhindert, die, wie Dürck selbst sagt, (er fügt aber bei: „unter dem Druck steigender geistiger Umnachtung!") doch gemacht worden sind! Hätten sie den König seinen großartigen Plan ausführen lassen! Wie segensreich hätte er sich nun seit Dezennien für unsere gute Stadt München erwiesen, anstatt daß jene Millionen nun, wie Heigel sehr richtig sagt, späterhin in einsamen Gebirgstälern verausgabt worden sind. Es war, wenn auch gute Absicht, so doch keine gute Tat, jene hochfliegenden Pläne dem König zu verleiden, „denn man warf ihm kein Kartenhaus ein, sondern man zerstörte ihm eine Zukunft." —

Wenn wir den Boden der Wirklichkeit verlassen und uns in das Reich der Phantasie begeben wollen, können wir diesem optimistischen Zukunftsbild mit demselben, ja vielleicht mit besserem Rechte ein pessimistisches gegenüber stellen. Wir können uns denken, wie Ludwig II., gleich mehreren seiner Vorgänger, durch eine immer steigende Bauleidenschaft ruiniert, sich zuletzt nicht mehr imstande gesehen hätte, auch nur die Sache Wagners ausgiebig zu unterstützen. — —

Als Ludwig II. schließlich förmlich auf die Gant kam, und der Zivilliste Auspfändungen drohten, äußerte der damalige Finanzminister v. Riedel, schon durch diesen Umstand allein sei der König regierungsunfähig geworden, wie ein Geschäftsmann, der seine Zahlungen einstellen müsse; man bedürfe den Nachweis der Geisteskrankheit gar nicht mehr. Alle diejenigen aber, die ihm dienstfertig halfen, die ersten Schulden zu machen, das von Max II. gegründete Fideikommiß aufzulösen und zu stiftungswidrigen Zwecken zu verwenden, und Millionen an zwecklose Bauten zu vergeuden, traf der berechtigte Vorwurf der wahren Freunde des Landes und der Dynastie. Und dieser Vorwurf wäre sicher noch viel schwerer ausgefallen, wenn Pfistermeister, der alte langjährige Berater des Vaters, den damals erst zwanzigjährigen Thronfolger auf die schiefe Bahn des Schuldenmachens hingeführt hätte.

Bei Richard Wagner, der nach einem entsagungsvollen, kampfreichen Leben nur mehr sein großes Ziel im Auge hatte,

und Menschen und Dinge danach maß, dürfen wir freilich solche
Erwägungen nicht suchen. Bayern aber, welche die Geschichte
ihres Landes schreiben, dürfen bei aller Bewunderung für sein
Genie, bei allem Bedauern darüber, des Semperschen Baues
beraubt geblieben zu sein, denjenigen ihrer Landsleute nicht die
volle Gerechtigkeit versagen, welche pflichtgemäß das Schwer-
gewicht der Notlage zu verkörpern hatten, das so oft den Flug
in die Höhe hemmt.

Übrigens standen ja nicht nur finanzielle Bedenken der Ausführung des großen Planes entgegen. Die Klagen über dessen
Scheitern müssen verstummen angesichts des Mißerfolgs, den
das Wagnertheater in Bayreuth noch zwölf Jahre später erlitt,
seines schlechten Besuches, der damaligen Teilnahmslosigkeit
der meisten deutschen Bundesfürsten, der Volksvertretungen
und weiter Volkskreise, angesichts der feindseligen Haltung der
Fachgenossen, der Presse und so vieler durch die neue Richtung
verletzter Privatinteressen. Die Kunst Wagners bedurfte noch
einer jahrelangen allmählichen Einführung, gewisser Änderungen
des Kunstgeschmacks und der Theatersitten, des Martyriums
des Meisters und seiner wenigen Getreuen, der nie versagenden
Hilfe Ludwigs II., um alle Widerstände zu besiegen und endlich
durchzudringen. Bei der im Jahre 1865 in ganz Deutschland
und anderswo herrschenden Kunstrichtung hätte höchstwahrscheinlich auch in München ein Wagnertheater neben dem Hoftheater, erbaut von wem immer, ein Fiasko erfahren, das nicht
nur den Finanzen Ludwigs II., sondern der Sache Wagners
hätte verhängnisvoll werden können.

Man kann Pfistermeister und Düfflipp keinen Vorwurf
daraus machen, daß sie die ablehnende Haltung ihrer Zeitgenossen gegen das Sempersche Festtheater teilten. Beide haben
auch durch die Tat bewiesen, daß sie nicht zu denen gehörten,
die ihren Stellungen ihre Überzeugungen in jedem Falle zum
Opfer bringen. Pfistermeister ging, weil er den Wagner-
schen Einfluß für verderblich hielt, Düfflipp, weil er die Verantwortung für die Kosten des Schlosses Chiemsee nicht übernehmen wollte.

Aber beide trifft der schwere Vorwurf, daß sie in der Frage des Festtheaters ihren hohen Herrn durch Ausflüchte und Hinterhälte täuschten und den großen Architekten Jahre lang belogen und narrten. Ihr Verhalten war der Räte eines Königs nicht würdig und die Schrift von Manfred Semper enthält wahrlich keinen Ruhmestitel für Kabinett und Hofsekretariat.

Zu der künstlerischen Beeinträchtigung, welche Semper aus der Verschleppung eines großen Werkes erwuchs, auf das er so viele Mühe und Zeit verwandte, sollte sich auch noch eine tiefe „Allerhöchste Ungnade" fügen. v. Hefner-Alteneck erzählt in seinen Lebenserinnerungen, der König habe ihn in einer Audienz im Februar 1868 gefragt: wen er für den besten Baumeister halte? Als Hefner darauf erwiderte: „ich glaube, daß E. M. ihn bereits gefunden haben," sagte der König: „Ich weiß, wen Sie meinen; ich schätze sehr seine Kunst; allein ich habe mich näher nach ihm erkundigt, nennen Sie mir seinen Namen nicht mehr." Hefner knüpft daran auf Grund von Äußerungen Sempers die Vermutung, Wagner hätte Semper bei dem König „in die Tinte gesetzt, da er besorgte, S. M. werde die Architektur der Musik vorziehen"

Das besorgte Wagner gewiß nicht; auch hat er den alten Freund nicht „in die Tinte gesetzt," aber nach der Darstellung Manfred Sempers darin sitzen lassen, als der König ihm sagte: daß er unmöglich einem Manne vertrauen könne, der Wagner bei dieser Gelegenheit mit solchem Mißtrauen behandelt habe (???). Wagner gesteht das in einem Briefe an Semper vom 29. Januar 1869 selbst zu: „Ich schwieg und erkannte wohl, daß man endlich auch diese Wendung im Urteil des Königs benutzt hatte, um ihn gegen Dich einzunehmen."

Semper hatte nie Mißtrauen gegen Wagner gezeigt; es war der reine Hohn, daß das Kabinett ihn eines solchen bezichtigte, nachdem es ihm drei Jahre lang so übel mitgespielt hatte. Besonderes Kapital scheint das Kabinett aus „der advokatorischen Bedrohung des Königs" gezogen zu haben, d. h. dem Umstand, daß Semper sich nach vierjährigen fruchtlosen Verhandlungen endlich veranlaßt sah, der Kabinettskasse, im Einverständnis mit Wagner, durch einen Rechtsanwalt am 27. März 1868 eine Honorarliquidation zu unterbreiten, deren reichliche Höhe den künstlerischen Sympathien „Allerhöchsten Orts" vielleicht auch einigen Eintrag tat.

Die Ungnade des Königs hielt an. Zum Verständnis eines anderen Beweises von ihr muß ich etwas weiter ausholen. Ludwig II. äußerte wiederholt, Richard Wagner stehe zu hoch, als daß man ihm Ordensauszeichnungen verleihen könne. Das Kapitel des Maximilians-Ordens für Wissenschaft und Kunst teilte diese Meinung nicht und glaubte sich wohl dem König entgegenkommend zu zeigen, indem es in der Sitzung vom 5. November 1864 für den mit Tod abgegangenen Leo v. Klenze, Gottfried Semper als „den gegenwärtig vorzüglichsten Architekten Deutschlands" und für den kürzlich verstorbenen Meyerbeer den „berühmten Compositeur" Richard Wagner in Vorschlag brachte. Der letztere Vorschlag erwuchs aus einer Anregung seines Widersachers, des Generaldirektors Franz Lachner und hob hervor, daß, wie verschieden man auch Wagners musikalische Richtung beurteile, ihm der in der Geschichte der Musik bereits erworbene Platz nicht verweigert und der in der Welt erlangte Ruf nicht bestritten werden könne. „Sein Hervorragen unter allen jetzt lebenden „Compositeuren" sei unzweifelhaft."

Der König fand sich nach Signat vom 24. November 1864 „dermalen" nicht bewogen, Semper und Wagner den Maximiliansorden zu verleihen und verlieh ihn, an Stelle des gleichfalls durch Tod ausgeschiedenen Dichters Hebbel dem Dichter Oskar Freiherrn v. Redwitz. Wagner schrieb darüber Semper am Schluß seines langen Briefes vom 13. Dezember 1864: „Nach diesen Mitteilungen habe ich gewiß nicht nöthig, Dich auf die Schönheit und unvergleichliche Ernsthaftigkeit des Verhältnisses und der Person hinzuweisen, zu welchen Du jetzt herangezogen werden sollst. Nur erlaube ich mir auf etwas zu deuten, was Dir kürzlich befremdlich erschienen sein mag. Daß die Weigerung des jungen Königs Dir, wie mir den vom Kapitel vorgeschlagenen Maximiliansorden zu verleihen, nicht auf Geringschätzung Deiner Person bezogen werden kann, ist Dir wohl schon daraus klar geworden, daß die Weigerung auch mich, seinen ausgesprochenen Freund, betraf. Die Erklärung dieses sonderbaren Vorganges muß ich mir für eine spätere Zeit vorbehalten. Für jetzt lasse Dir versichert sein, daß nichts der Innigkeit, Tiefe, Energie und Idealität gleichen kann, mit welcher dieser junge wunderbar begabte König sich dem Edelsten und Erhabensten weiht."

Die Gründe der nach außen überraschenden Ablehnung waren nach der Darstellung Wagners folgende: Der Kabinettssekretär hatte den Komponisten gefragt, ob ihm die Verleihung des Ordens „recht sei," ohne ihn wissen zu lassen, daß der Antrag von dem Ordenskapitel ausgegangen war. Wagner nahm an, er beruhe lediglich auf der Initiative des Königs und bat, jetzt, wo sein Verhältnis zu ihm ohnedem beunruhigendes Aufsehen errege, von dieser neuen Kundgebung absehen zu wollen. —

Da das die Ablehnung der Auszeichnung Wagners und Sempers enthaltende Signat vom 24. November 1864 das Wörtchen „dermalen" beschränkt hatte, erschienen dem Ordenskapitel diese Auszeichnungen nur einstweilig zurückgestellt und es benutzte neun Jahre später, am 15. November 1873, eine Gelegenheit, „einhellig" auf seine früheren Anträge zurückzukommen.

Ludwig II. vollzog darauf am 7. Dezember 1873 die Verleihung des Maximiliansordens an Richard Wagner und fünf andere gleichzeitig vorgeschlagene Persönlichkeiten. Der Gottfried Semper betreffende Vorschlag fand aber nicht die beantragte „Huldvolle Willfährde." —

XIII.

Nicht nur auf den Entschluß zur Reise in die fränkischen Provinzen, sondern auch auf die Auswahl der Reisebegleiter nahm die Wagnerpartei insofern Einfluß, als sie die Zusammensetzung des dabei beteiligten Kabinetts des Königs mitbestimmte. Die Partei bestand damals aus einigen wenigen Herren des Hofes und aus den Liberalen, deren sehr verschiedene Wünsche hierbei eine kurzzeitige Erfüllung fanden.

Während der liberalen Partei ein „verantwortliches" Zivilkabinett vorschwebte, wollten die Freunde des Königs noch mehr, als bisher eine Hofstelle daraus machen, indem sie es mit einer

Anzahl von Baronen zu besetzen suchten. Zu den Freunden des Königs gehörten insbesondere der Adjutant Fürst Paul Taxis, der von allem Anfang an überzeugter Wagnerianer war und der Oberststallmeister Graf Holnstein, dem künstlerische Fragen fern lagen, der aber ein Parteigänger des Fürsten Hohenlohe war und dessen Bestrebungen förderte. Es war ein Mann von echt bayerischem Typus und bajuwarischen Formen, gewalttätig und intelligent genug, um so ziemlich alles durchzusetzen, was er wollte und förderte. Auch in dem großen Gefolge von 119 Personen, welches den König auf die Reise begleitete, spielte er eine tonangebende Rolle.

Die Barone, die er und Taxis als Hilfsarbeiter für das Kabinett des Königs an Stelle von Lutz und Leinfelder vorschlugen, waren: der Sekretär im Ministerium des Innern Frhr. v. Feilitzsch und der Stadtrichter Graf Tauffkirchen, welcher ablehnte und den Bezirksgerichtsrat Eisenhart an seiner Stelle benannte. Auch für das Hofsekretariat machten sie einen sehr geeigneten Baron vom Finanzfache, in der Person des späteren Staatsrats Frhr. v. Raesfeldt ausfindig.

Der erfolgreiche Kandidat Wagners und der Liberalen für die Stelle des Kabinettssekretärs war der frühere Minister des Innern, Staatsrat v. Neumayr. Sie dachten für ihn an die Stellung eines aktiven Ministers ohne Portefeuille. Gegen die Schaffung einer solchen Einrichtung sprach sich aber der Ministerrat einstimmig aus, da sie ihm mit den Grundsätzen der Verfassung nicht im Einklang zu stehen schien. Die Aussicht darauf läßt es einigermaßen begreiflich erscheinen, daß der auf seinem Tusculum zu Miesbach lebende frühere Minister die bescheidenere Stellung eines Kabinettssekretärs annahm, was den Justizminister Bomhard zu wundern schien, als er sich ihm am 5. Oktober 1866 als den „neuen Pfistermeister" vorstellte. Wie wir oben gesehen haben, hatte Wagner Neumayr dem König schon am 26. November 1865 als Kabinettssekretär empfohlen, Ludwig II. ihn aber abgelehnt.

Um so größer war das Zugeständnis, das er Wagner jetzt machte, um so größer aber auch die Gefahr, daß das einmal ab-

gerissene und mühsam wieder zusammengefügte Band keine
zweite Probe bestehen werde. Ludwig I. schrieb über ihn dem
jungen König am 1. November 1866: „Wenn Neumayer auf seinem
neuen Posten sich anders benimmt, denn als Minister, wenn er konservativ an den leider gewaltig verringerten Kronrechten festhält, dann
wird er ein willkommener Man sein.‘‘

Staatsrat v. Neumayr war nach Frau v. Kobell ein geist-
voller Mann; er hatte eine angenehme Art, auch trockenen
Gegenständen einen heiteren Anstrich zu geben. „Seine Meinungen hatten einen großen Zuschnitt.‘‘

Er hatte die besten Absichten, und wollte den König nicht
nur unterhalten und von seinen Liebhabereien abziehen, sondern
auch an ernstere Tätigkeit gewöhnen. Als aber der neue Kabinettssekretär in Nürnberg als Vertreter der liberalen Partei mit den
Hochrufen der Bevölkerung empfangen wurde, brachen die
kaum verharschten Wunden des Königs wieder auf und es —
war um Neumayr geschehen.

Das neue Kabinett arbeitete auch mit wenig Geschick. Es
griff in fremde Ressorts über und Düfflipp sah sich genötigt,
einige von ihm veranlaßte Handschreiben mit der Erklärung
zurückzuweisen, daß er die Verantwortung dafür nicht übernehmen könne.

Der König hatte es satt, als er von der Reise zurückkam
und begab sich ohne Neumayr, Feilitzsch, Eisenhart und
Raesfeldt ins Gebirge. Es war damals ein äußerst kaltes, schlimmes Winterwetter. Schnee und Eis versperrten den Weg, der
Wagen des Königs fuhr auf einen Steinhaufen. S. M. mußten
umkehren und den glücklicher Weise noch in Peisenberg bereitstehenden Extrazug wieder besteigen, um in die Residenz
zurückzukehren.

Des anderen Morgens ließ er Düfflipp zu sich bescheiden
und empfing ihn mit einem eigentümlichen schadenfrohen
Lachen. „Ich habe kurzen Prozeß mit meinem neuen Kabinett
gemacht,‘‘ sagte er, „nicht wahr.‘‘ „Das wären mir die
rechten!‘‘

Düfflipp erlaubte sich daran zu erinnern, daß auch er

148

einigermaßen an der Affaire beteiligt sei, indem auch er in der Person des Baron Raesfeldt einen Nachfolger erhalten habe.

„Machen Sie mit ihm, was Sie wollen!" sagte der König. „Ich gebe Ihnen Vollmacht, arrangieren Sie die Sache; legen Sie mir ein Handbillet vor."

Raesfeldt hatte sich bereits im Hofsekretariat eingefunden und ein Handbillet S. M. präsentiert, nach welchem er zum Regierungsrat unter Verwendung bei der Hofkasse ernannt war. Düfflipp machte ihn darauf aufmerksam, daß in diesem Handbillet nichts von dem Hofsekretariat stehe, daß aber die Hofkasse, bei der bereits ein Hofkassierer und ein Kontrolleur angestellt seien, für einen Regierungsrat keine Verwendung habe. Raesfeldt meinte anfangs, Düfflipp werde sich ihm unterstellen, oder wenigstens die Vorstandschaft mit ihm teilen, da Düfflipp aber beides ablehnte, stellte er ihm die weitere Behandlung der Sache anheim und zog sich schließlich als neugebackener Regierungsrat an die Kreisregierung von Oberbayern, Kammer der Finanzen, zurück, von wo aus er bald zu einem der Bevollmächtigen Bayerns im Bundesrat ernannt wurde.

Neumayr trat zurück. Feilitzsch frug der König, ob er bleiben wolle, obschon ihn Lutz nicht liebe, und Lutz ließ er sagen, daß er in Feilitzsch einen Feind habe. Das tat er nur, wie er sagte, „damit sie nicht vereint über ihn herfielen".

Eisenhart wurde als „harmlos" beibehalten, obschon er anfangs fast nichts zu tun hatte. Einige Mühe kostete es, Lutz, der inzwischen die Stelle eines Oberappellrates angetreten hatte, zur Wiederannahme des Kabinetts zu bewegen. Er fühlte sich verletzt durch die gelinde gesagt — mysteriöse Weise, auf die der König das neue Kabinett inszeniert hatte und Düfflipp mußte ihm eine halbe Nacht lang zureden, um seinen Widerstand zu brechen. Feilitzsch trat wieder in das Ministerium des Innern zurück, dessen langjähriger Vorstand er, nach einer Zwischenstation als Präsident der Regierung von Oberbayern, werden sollte. —

Noch ein anderes Opfer verlangte Wagner vor seiner Rückkehr, das zu bringen dem König nicht schwer fiel, obschon der Betroffene seinen politischen Anschauungen vielleicht am nächsten stand. Hatte er doch am 1. Februar 1865 an den Königlichen Großvater geschrieben: Er freue sich in Pfordten einen hervorragenden Minister zu besitzen und noch am 14. Dezember 1866: „Es steht noch im weiten Felde, ob mit Pfordten eine Änderung eintritt und wer ihn zu ersetzen hätte, obgleich ich mich der Einsicht nicht verschließen darf, daß seine Stellung in Folge der täglich sich mehrenden Angriffe gegen ihn immer schwerer haltbar wird." —

Der Komponist hatte die Namen seiner Hauptgegner in der unmittelbaren Umgebung Ludwigs II. in eine seiner beliebten „Alliterationen" zusammengefügt: in „Pfipfo", das an „Pfui" erinnerte. Pfistermeister war ihm gewichen, aber Pfordten war noch immer Minister. Wagner hörte nicht auf, ihn zu bekämpfen und schrieb noch am 6. Oktober 1866 an den König: „Durch die Politik Ihres unseligen Ministers, in welchem Verrath, Unfähigkeit und Eitelkeit einzig wirken, ist Bayern auf den Punkt gerathen, seine Rettung in einem Aufgehen in Preußen zu suchen."

Wagner war nicht der einzige, der nach allen Mißerfolgen einen anderen Mann an der Spitze der Regierung verlangte. Der Haß gegen Preußen war abgeflaut wie eine Flamme, die nicht mehr geschürt wird und gab anderen Gefühlen Raum. „Es machte sich," bestätigt der Justizminister des Ministeriums, „nach den schweren Niederlagen das Verlangen nach einer anderen Leitung der Politik, nach Betretung neuer Bahnen im Sinnedeutschnationaler Richtung, unter entschiedener Anlehnung an Preußen geltend und Hand in Hand damit, in den ausgesprochen fortschrittlichen Kreisen, nach einem Wechsel der Personen zu Gunsten einer inneren Politik in entschieden demokratischem Sinne."

Ludwig II. behauptete, daß Pfordten mit dem Prinzen Karl von Bayern Schuld an dem Kriege 1866 gewesen sei und empfand seit längerer Zeit eine tiefe Abneigung gegen seinen Minister des Äußern, welche teils erlittenen persönlichen Kränkungen, teils der plumpen verständnislosen Anfeindung Wagners seitens Pfordtens entsprang. Der König konnte ihm seine tugendprotzigen Anträge, seine prinzipielle Ablehnung des großen Komponisten, seine vordringliche Mitwirkung bei dessen

Verbannung, sein zum Teil respektwidriges Auftreten nicht vergessen.

Daß er sich eines solchen zuweilen schuldig machte, bestätigt sein Freund und Gesinnungsgenosse Bomhard, der damit nicht einverstanden war und es ihm öfters vorhielt; er bezeichnet es zu schroff, zu unnachsichtlich und schonungslos, manchen jugendlichen Fehlern des Monarchen gegenüber. „Gewiß," bezeugt Bomhard ferner, „hat auch Pfordtens energisches Vorgehen gegen Richard Wagner dazu beigetragen, des Königs Unwillen gegen ihn auf das höchste zu steigern und in dem Monarchen den dringenden Wunsch zu erwecken, an seiner Stelle einen Minister zu sehen, der sich geneigt zeigte, seiner Passion für Richard Wagner nicht entgegenzutreten.

Es war schließlich soweit gekommen, daß der König Pfordten gar nicht mehr empfing und es ihm Spaß machte, seinem Minister einen Schabernack zu spielen.

Als die liberale Partei im Jahre 1865 wieder einmal Sturm gegen die Institution des Kabinetts lief und dessen Vorstand Pfistermeister verschiedener Übergriffe beschuldigte, gestattete Pfordten dem König nicht, eine Deputation zu empfangen, ja auch nur eine Adresse entgegenzunehmen, durch welche die Beschwerdepunkte an den Stufen des Thrones niedergelegt werden sollten.

Für diese Deputation war auch der Bürgermeister Fischer in Augsburg in Aussicht genommen gewesen, der kurz darauf um Audienz nachsuchte, um seinen Dank für die königliche Wiederbestätigung seiner Wahl zum Bürgermeister auszudrücken. Der König empfing ihn mit Ungeduld und seine erste Frage war, ob er die Adresse bei sich habe. Fischer zog sie aus der Tasche und sie wurde eine Stunde lang lebhaft diskutiert, wobei der König große Kenntnis aller einschlägigen Verhältnisse verriet.

Die letzte starke Stütze Pfordtens war noch der Königliche Großvater gewesen, der auch nach dem Friedensschluß von 1866 mit Nachdruck für den „Hochverdienten" Minister einstand.

Ludwig II. beantwortete die großväterliche Fürsprache in einem langen Schreiben, das sich durch Sachlichkeit und Milde des Urteils auszeichnet, nach welchem aber wohl das letzte Motiv, das persönliche, auch das entscheidende war: „Lieber Großvater! Von Hohenschwangau aus habe ich Ihnen geschrieben, daß die Entlassung Pfordtens und die Ernennung des Fürsten Hohenlohe noch im weiten Felde stehe. Inzwischen ist beides erfolgt, weshalb ich nicht unterlassen will, Ihnen die Beweggründe in Folgendem mitzutheilen. — Die Politik Pfordtens im verflossenen Jahre hat zwar nicht bloß meine volle Zustimmung gehabt, sondern auch die des Landes. — Allein er hatte eben nicht den erwarteten Erfolg. Das Land hatte die Lasten des Krieges zu tragen und mußte sich einen ungünstigen Frieden gefallen lassen; die natürliche Folge war, daß diejenigen Personen, in deren Händen die Geschicke Bayerns lagen, Onkel Karl und Pfordten, für die eingetretenen Mißerfolge verantwortlich gemacht wurden. Das geschah nicht blos von Seiten der unteren Schichten der Bevölkerung, sondern in allen Ständen. So unverständlich dieß sein mag, so läßt sich die Thatsache doch nicht wegleugnen, ebensowenig als die Thatsache, daß Pfordten allerorts mit wenigen Ausnahmen das Vertrauen im Land verloren hatte. Wäre dies nur von den Organen der Fortschrittspartei ausgesprochen worden, so hätte ich gewiß nichts darauf gegeben. Allein die Mißtrauensäußerungen kamen aus allen politischen Lagern. Jeder Schritt, den Pfordten unternahm, wurde von Anfang an auf das Herbste kritisiert und als verfehlt bezeichnet. — Mit einem solchen Minister zu regieren, ist eine Sache der Unmöglichkeit, selbst wenn er von den besten Gesinnungen beseelt und mit den reichsten Kenntnissen ausgerüstet ist. Pfordten ist auf diese Weise das unschuldige Opfer der Katastrophe vom vorigen Jahr geworden. Am lebhaftesten hat dieß Pfordten selbst gefühlt und er war es, der es am entschiedensten ausgesprochen hat.“ —

„In Folge dessen hatte sich desselben eine große Gereiztheit und Bitterkeit bemächtigt, welche ihn nur allzu früh veranlaßte, seine Entlassung zu verlangen, womit er mich am Tage meiner Rückkehr überraschte. — In Hohenschwangau hegte ich noch die Hoffnung, ihn beschwichtigen zu können. Pfordten wollte fort! Dazu kam noch, daß er seine Gereitzheit und Bitterkeit auch auf das Verhältnis zu mir übertrug. — In einer hinlänglich bekannten persönlichen Angelegenheit hat derselbe Verlangen an mich gerichtet und gewissermaßen als Bedingung seines Verbleibens gestellt, welche mich förmlich gedemüthigt und die Würde des Königthums beeinträchtigt hätten. Ich habe in diesem Punkte gewiß keine unberechtigte Empfindlichkeit walten lassen, sondern von den unbefangensten Personen einstimmig das Urteil gehört, daß Pfordten zu weit gehe. — So mußte ich ihn ziehen lassen, damals aber bot sich Niemand als Hohenlohe dar. Die Befürchtungen, die man von ihm hegte, haben sich aber nach Aufstellung und sorgfältigster Besprechung seines Programms als unbegründet erwiesen. Bomhard

werde ich als Justizminister behalten.“ „Indem ich Ihnen, theurer
Großvater für Ihren liebevollen Brief meinen herzlichsten Dank sage,
küsse ich Ihnen die Hand und bin in inniger Liebe Ihr dankbarer
Enkel Ludwig.“   München, 13. Januar 1867.“

Auf der Rückfahrt von der Reise in die fränkischen Provinzen
am 10. Dezember 1866, beschied der König Bürgermeister
Fischer in Augsburg zu sich in den Eisenbahnwagen, um ihm
die Mitteilung zu machen, daß am 1. Januar 1867 Hohenlohe
Minister des Äußern werde.

In der Hauptstadt, wo der Monarch dieses Mal besonders
festlich und freudig begrüßt wurde, fand er das Entlassungsgesuch des Aufgegebenen vor. Pfordten zog sich in das Privatleben zurück und verschwand gänzlich von der Bildfläche.
Weder er, noch die Seinen empfanden das Bedürfnis, der Nachwelt die intimere Geschichte seines Mißerfolges zu erzählen und
die mildernden Umstände hervorzuheben, die auch ihm nicht
fehlen.

<h2 style="text-align:center">XIV.</h2>

Richard Wagner hatte nicht aufgehört, die alte Kandidatur
des Fürsten Hohenlohe um einen bayerischen Ministerposten
zu vertreten, deren Erfolg größtenteils auf seinen Einfluß zurückzuführen ist.

Von Seiten der königlichen Familie, namentlich des Königs
Ludwigs I., wurde sehr dagegen gearbeitet. Diese Kreise hielten
Hohenlohe für einen Verräter, der Bayern an Preußen bringen
wolle Wie lang und nachdrücklich insbesondere Ludwig I. sich
gegen die Ernennung des Fürsten zum Bayerischen Ministerpräsidenten aussprach, ist folgenden Auszügen aus seinen Briefen
an den Enkel zu entnehmen:

„Es ist ein löbliches Unternehmen von Dir, Dich in die durch den
Krieg am meisten gelitten habenden Orte zu begeben. Aus Deutschland
kam die Nachricht, die u n g l a u b l i c h e, der Hochverdiente v. d. Pfordten
würde aufhören Minister zu sein, und seine Stelle bekomme Fürst
Hohenlohe, der im Reichsrathe für Eintritt Bayerns in den Norddeut-

schen Bund stimmte, also daß Bayern halb mediatisiert werde. Seine
Gesinnung ist preußisch, nicht bayerisch, auch hat er seine meisten
Besitzungen in Preußen. Ich beschwöre Dich, es zu unterlassen."
Rom, den 9. November 1866.

„In unseren Tagen sind monarchisch gesinnte Minister kostbar, ent-
ferne sie nicht von ihren Stellen. Ohne ihr Wissen schreibe ich dieses,
lege Dir's an's Herz, auf's angelegenste. Laß Dich durch Schmeichelei
nicht einnehmen. Verwirf nicht die vielen Erfahrungen Deines Großvaters, der Dein Bestes will. Verhüte, daß es nicht in der Geschichte
heiße: Ludwig II. grub das Grab der Bayerischen Monarchie. Mit
dieser mich durchdringenden Gesinnung Dein Dich liebender Großvater
Ludwig."   Rom, den 7. Dezember 1866.

„In der Zeitung las ich, Frh. v. d. Pfordten sei um seine Entlassung
als Minister eingekommen; inständig gehe ich Dich aber an, sie nicht
anzunehmen und als Justizminister Bomhard zu belassen. Gerade weil
die Fortschrittspartei ihn weghaben will, beweist, wie gut es ist, daß
Du mit ihm diese Stelle verliehen hast. Beschwöre Dich wiederholt,
den Fürsten Hohenlohe nicht zum Minister zu ernennen, nicht seine
Reichsrathsrede zu vergessen" . . . „Auf die Demagogen, Forschritts-
leute, Umwälzer zurückzukommen — sie können auch Höflinge sein,
wenn sie hoffen, ihren Zweck zu erreichen" . . . „Gegen alle, die es
mit ihrem König redlich meinen und ihren Absichten im Wege stehen,
eifern die Feinde des Königthums. Wer sich nach ihnen richtet, ist
verloren."   Rom, den 21. Dezember 1866.

„Wenn meine Briefe Dir lästig fielen, wundern würde es mich nicht;
aber wenn Dein Großvater nicht offen zu Dir spräche und Dir schriebe,
wer sollte es thun? Lasse v. d. Pfordten nicht ziehen, behalte ihn
als Minister, desgleichen Bomhard. Daß eine Menge Tagblätter v. d.
Pfordten entfernt wissen wollen, zeigt, wie wichtig dessen Bleiben.
Es würde absurd sein, wenn Scribler entscheiden sollten, ob ein Minister
seine Stelle zu verlieren habe. Dich beschwörend, wiederhole ich, er-
nenne in keinem Fall Hohenlohe zum Minister! Im Reichsrathe hat
er sich für Bayerns Anschluß an den Norddeutschen Bund ausgesprochen.
somit für Bayerns halbe Mediatisierung." Rom, 4. Jänner (?) 1867.

„Erfreulich, was Du mir in Deinem gestern erhaltenen Brief vom
13. schriebst, daß Fürst Hohenlohe sich nicht bemühe, Bayern in den
norddeuschen Bund zu bringen. Ich konnte natürlich nur nach seiner
im Reichsrath gehaltenen Rede diese Ansicht bekommen" . . . „Ein
Minister soll gar kein Programm haben, sondern der Weisung seines
Königs folgen. Wäre er der Ansicht, daß sie verfassungswidrig ist, so
hat er seine Ministerstelle aufzugeben." Rom, den 22. Januar 1867.

Der Enkel hatte am 18. Februar 1867 geantwortet, er hoffe,
daß das Ministerium Hohenlohe sich so verhalten werde, daß
auch die Besorgnisse des Großvaters nach und nach ganz
schwinden werden und er seinerseits werde es gewiß nicht an

der nöthigen Vorsicht und Überwachung fehlen lassen. Allein die Bedenken des welterfahrenen Großvaters schwanden damit nicht gänzlich und er kommt darauf, wenigstens indirekt in einem Briefe Neapel, den 25. Februar 1867 zurück: „Vor einer Stunde habe ich Deinen mir recht werthen Brief vom 18. empfangen. Ich hoffe, die süße Braut hat meinen Auftrag ausgerichtet und Dir einen Kuß (oder Küsse) gegeben. Soeben las ich den Entwurf der Verfassung des norddeutschen Bundes. Es ist schwer zu sagen, was er den Fürsten und Ständen übrig läßt. Möchtest Du Dich hüten, selbst im geringsten Teil Bayern mediatisieren zu lassen. Mitgliedern mediatisierter Häuser, dürfte es nicht unangenehm sein, würden es königliche (Häuser) gleichfalls."

Ludwig I. sprach damit ein Mißtrauen aus, das nach Hohenlohe auch Max II. hegte (S. 21), das er auch bei Ludwig II. befürchtete und das damals ziemlich verbreitet war. Die Standesherren hatten ihre Mediatisierung als ein Unrecht empfunden und sahen nun vielfach der allmählichen ihrer neuen Landesherren mit dem Gleichmut entgegen, den die Ausdehnung selbst erlittener Beeinträchtigungen auf frühere Standesgenossen zu gewähren pflegt.

Die Zugeständnisse, die Fürst Hohenlohe machte, um sein nächstes Ziel zu erreichen, seine Äußerungen und sein Programm, das sich durch Klarheit und Mäßigung auszeichnete, erleichterten es Ludwig II., dem Wunsche Richard Wagners zu willfahren.

Hohenlohe selbst hatte noch zwei Monate vorher Bedenken gegen Übernahme des Ministeriums gehabt, die er seit längerer Zeit erstrebte. Noch unterm 3. November 1866 hatte er in sein Tagebuch eingetragen: „Die Parteien haben sich noch nicht organisiert und die antipreußische Stimmung hat sich noch nicht genügend beruhigt. Zudem kann ich mir nicht verhehlen, daß allen Mitteilungen Holnsteins zufolge der Wunsch des Königs, mich zum Minister zu haben, aus seiner Passion für Wagner hervorgeht. Der König erinnert sich, daß ich einmal die Entfernung Wagners als etwas Unnötiges bezeichnet habe und hofft, daß ich ihm die Rückkehr Wagners ermöglichen würde. Ein Wagner-Ministerium zu bilden, habe ich aber keine Lust, wenn ich auch die Rückkehr Wagners später für kein besonderes Unglück halte."

Sympathien für das Werk Wagners hat Hohenlohe nirgends bekundet, wie denn wohl überhaupt bei ihm das Interesse für Politik dem für Kunst und Literatur bedeutend vorging. Ich verwahre indessen selbst einen liebenswürdigen feinsinnigen Brief, den der Fürst mir über mein Lustspiel: „Das Porträt der Pompadour" schrieb, das während seiner Statthalterschaft in Straßburg aufgeführt wurde.

Nach verschiedenen vorhergegangenen Ankündigungen der Sache durch Holnstein erschien am 28. Dezember 1866 Ministerialrat v. Lutz, der damals an der Spitze des Kabinetts stand, bei Hohenlohe, um ihm die Absicht des Königs mitzuteilen, ihn an Stelle Pfordtens zum Minister des königlichen Hauses und des Äußern zu ernennen. Unter anderen Punkten wurde bei dieser Gelegenheit auch die Stellung des Kabinetts zum Ministerium berührt. „Lutz hält eine Einwirkung des Königs auf die Geschäfte für nöthig, will nicht, daß der König bloß die Unterschreibmaschine in Händen seiner verantwortlichen Minister sei und will dem König diese Stellung wahren. Im übrigen versprach er, loyal und offen mit mir zu verkehren."

Am 31. Dezember 1866 ließ der König Hohenlohe durch Lutz sagen, daß er ihn um 1 Uhr zu sehen wünsche. „Ich hatte gerade Zeit, mich in Frack und weiße Kravatte zu ‚werfen‘ und da kein Wagen da war, mit einer Droschke in die Residenz zu fahren. Der Adjutant führte mich in die Zimmer des Königs, die eigentlichen Wohnzimmer. Hier fand ich den König im schwarzen Frack mit Stern. Er empfing mich sehr freundlich, dann setzte er sich auf das Kanapee und lud mich ein, mich auf einen Fauteuil zu setzen. Ich dankte ihm für das Vertrauen, das er in mich gesetzt habe. Er sagte dann, ich hätte nicht Ministerpräsident werden wollen. Ich erwiderte, daß ich dies deshalb abgelehnt habe, weil diese Stelle hier nicht existiere, doch würde ich ihm für die Verleihung des Vorsitzes im Ministerrat sehr dankbar sein. Er sprach dann über die Minister, meinte, es wäre doch besser, wenn ich Ministerpräsident geworden wäre, denn ‚dann könnte ich die anderen Minister besser in Ordnung halten,‘ klagte über die Minister, sprach ungünstig über Pfretzschner, der schwankend sei, sehr günstig über Schlör, ziemlich gut über Pechmann und indifferent über Bomhard. Dann erinnert er sich beifällig eines Gesprächs, das wir am 7. April gehabt hatten, und wo ich ihm gerathen hatte, sich mehr an Preußen zu halten. Darauf kamen wir auf den Krieg zu sprechen, auf den Prinzen Alexander von Hessen, auf verschiedene andere Gegenstände. Er fragte mich nach meiner Korrespondenz mit der Königin Viktoria, nach dem Prinzen von Wales, nach Prinz Albert usw. Auch von der Presse wurde gesprochen. Ich sagte, wenn doch schon in den Wirtshäusern räsonniert werde, so sei es gleichgültig, ob das gesprochene Wort auch noch in den kleineren Blättern veröffentlicht werde. Dies führte auf die Frage des Biertrinkens, auf das Münchener Klima, auf das Münchener Volksleben und vieles andere.

Hegnenberg empfahl ich ihm in den Reichsrat, sprach auch über die Erweiterung der Kammer der Reichsräte und sagte dann, daß ich noch nicht in der Ministeruniform kommen würde. Er meinte, das sei ganz unnötig. Ich erwiderte, daß ich mich als Beamter betrachten würde, wenn ich einmal den Dienst übernommen hätte, und daß ich auch auf meinen (standesherrlichen) Rang verzichte. Dies wollte er nicht zugeben und versicherte, er werde deshalb die nötigen Befehle an das Oberstkämmereramt ergehen lassen. Ich nahm dies dankend an. Dann sagte er, er hoffe mich später noch länger zu sprechen und entließ mich.' Ich habe seitdem gehört, daß er sehr entzückt war über unsere interessante Konversation. Noch muß ich nachtragen, daß auch darauf die Rede kam, daß sein Großvater und seine Onkels gegen mich seien, daß er sich aber nicht habe irre machen lassen. Ich sprach ihm meine Bewunderung über seine Charakterfestigkeit aus. Auch erklärte ich ihm, warum sein Vater so mißtrauisch gegen mich gewesen sei." —

Wie wir oben seinen Aufzeichnungen entnommen haben, widersprach es dem Selbstgefühl des Fürsten Hohenlohe, seinen Einzug in das Ministerium offenkundig unter der Ägide Richard Wagners zu bewerkstelligen. Er wollte es daher vermieden wissen, daß er mit der Wiederkehr des Komponisten aus der Verbannung zusammenfalle. Für die Angabe Röckls, daß er Ende Januar 1866 Dr. Schanzenbach nach Triebschen entsandt habe, um Wagner „seine politischen Pläne darzulegen und sich dessen mächtiger Unterstützung zu versichern," findet sich in den Aufzeichnungen Hohenlohes keine Bestätigung.

„Fürst Hohenlohe," schreibt aber der König an Wagner unterm 6. Januar 1867, „bat mich dringend, Sie, teuerer Freund, zu ersuchen, Ihre Abreise um einige Tage zu verschieben. Eine große Partei bringt Hohenlohes Ernennung mit Ihrer Hierherkunft auf das engste zusammen." Wagner, den zarte Bande an Triebschen fesselten, und der den Gedanken einer dauernden Rückkehr nach München bereits aufgegeben hatte, kostete dieser Aufschub kein Opfer. Er schlug dem König vor, seinen Besuch in München, erst nach Schluß der Kammersession ausführen zu dürfen. Demgemäß traf er am 9. März 1867 in München ein und wurde am folgenden Tage von dem König in der Residenz empfangen. Am 12. März 1867 stattete er auch dem Fürsten Hohenlohe Besuch ab, der darüber in seinem Journal ausführlich berichtete. Die anfängliche leise Befangenheit Wagners überwand der Fürst durch den Hinweis auf ihre zwei Vereinigungspunkte: daß sie beide von einer Partei gehaßt und einig in der gleichen Verehrung für den König seien. Wagner sprach von der Aufgabe Bayerns als eines deutschen Staates, dessen Bevölkerung die Gewandtheit der Franken mit der Phantasie der Schwaben und der Naturkraft der Bayern vereinige und von dem König, der ganz der Mann sei, diesen deutschen Staat zu regieren und das Ideal des Deutschtums zu verwirklichen. Als Wagner den Wunsch äußerte, Hohenlohe möge im Ministerium bleiben, erwiderte dieser, daß es nicht von ihm abhinge, daß er nicht dafür einstehen könne, ob man nicht das Vertrauen des Königs in ihn untergrabe, was um so leichter geschehen könne, als der König nach der Tradition des königlichen Hauses nicht direkt, sondern nur durch das Kabinett mit ihm verkehre. Wagner meinte, daß dies nicht so bleiben könne, worauf Hohenlohe daran erinnerte, daß es gefährlich sei, sich mit dem Kabinett in einen Kampf einzulassen, wie Wagner am besten selbst wisse. Dann sprachen sie von Hohenlohes Programm und der Fürst ging auf einige Einzelheiten desselben ein.

Mit dem König und der Hoftheaterintendanz vereinbarte Wagner, daß unter seiner Leitung am 10. Juni eine Aufführung des Lohengrin und am 12. Oktober, der als der Tag der Vermählung des Königs in Aussicht genommen war, die erste Aufführung der „Meistersinger" stattfinden solle. Am 13. März 1867 traf auch Hans v. Bülow wieder in München ein, der Mitte April als kgl. bayerischer Hofkapellmeister und Direktor der Musikschule nach München übersiedeln sollte. Mit ihm verließ Wagner München am 18. März 1867 wieder. Die Eindrücke, die er empfangen hatte, waren offenbar sehr günstige gewesen, denn er schrieb an Bülow am 21. März 1867: „Ich bin jetzt von dem Gefühle eingenommen, daß wir es dem König nicht mehr schwer zu machen haben. So weit dieser sehr junge Kopf die Dinge begreift, glaubt er wahrhaftigst alles getan zu haben, um uns seines Ernstes und unerschütterlichen Willens zu versichern, auch ich glaube selbst mit Sicherheit, daß in seiner Nähe Niemand mehr daran denkt, uns durch Schikanen fernzuhalten oder wieder zu entfernen."

Über dem nächsten Aufenthalt Wagners in Bayern im Mai desselben Jahres leuchtete ein weniger guter Stern und die ersten Verstimmungen zwischen dem Tondichter und seinem königlichen Freunde stellten sich ein.   Wagner hatte am 21. Mai 1867 Triebschen verlassen, war aber wegen Unwohlsein acht Tage in Bülows Wohnung aufgehalten worden, ehe er die für ihn gemietete Villa Prestele am Starnberger See beziehen konnte. Aus Anlaß seines Geburtstages am 22. Mai 1867 fand unter großem Zudrang in der Westendhalle zu München eine musikalische Feier statt, und auch Geschenke des Königs blieben an diesem Tage nicht aus.   Am 11. Juni 1867 hatte vor dem König und einem zahlreichen geladenen Publikum die Generalprobe des Lohengrin stattgefunden.   Aber schon am folgenden Tage schreibt Wagner dem König, er empfinde sein Verharren in dessen Nähe, „wohin er ihn so traulich zu sich beschied," als eine Pein und eine wachsende Demütigung.   In der Tat reiste er dann kurz nach jener Generalprobe und noch vor der Aufführung des Lohengrin nach Triebschen zurück.   „In den drei Wochen seit meinem Geburtstage," schreibt er später dem königlichen Freund, „hätten wir uns nicht einmal gesehen, wenn Ihr schöner Enthusiasmus Sie mir nicht bei Nacht und Sturm einmal zu meinem unvergeßlichen Entzücken an das einsame Gestade herübergeführt hätte. Ja, das war wohl schön! Da schwelgten wir in Vertrautheit, in liebevoller Zuneigung. Im Sturm besprachen wir da Vieles, fast Alles, es war uns so leicht, uns über Jedes schnell zu verständigen." —

Einer der Gründe der zwischen beiden eingetretenen Verstimmung scheint in der Wahl Wagners des 63jährigen Sängers und Kampfgenossen Tichatschek für die Rolle des Lohengrin gelegen zu sein.   Pietätvoll erinnerte sich Wagner nach mehr als zwanzig Jahren nur an die Vorzüge dieses Sängers, nicht an dessen erhebliche künstlerische Mängel, denen er doch selbst in seiner Autobiographie den anfänglichen Mißerfolg seines Tannhäuser zuschreibt.   „Es erfüllte ihn bei der Generalprobe vom 11. Juni 1867 mit Freude, von dem gealterten Dresdener Freunde denselben energischen Silberklang der Stimme, den er bei Abfassung des Werkes im Gehör gehabt habe, ganz so glanzvoll jugendlich wieder zu vernehmen, wie er ihm in der Erinnerung vorschwebte und in seinen Erinnerungen an Schnorr v. Carolsfeld schreibt er: wer noch kürzlich im Lohengrin die Erzählung vom Gral von Tichatschek in edelst klangvoller, erhabener Ergriffenheit vorgetragen hörte, der war wie von einem wirklich erlebten Wunder tief ergriffen und gerührt. — Dies war nicht der Eindruck des Königs. Er fand daß T. ausgesungen sei und beim Singen Grimassen schneide. Nach Berg zurückgekehrt, wettert er über Wagners Unvernunft, wettert über Tichatschek diesen „Ritter von der traurigen Gestalt". Das nächste Jahr könne er zur Fußwaschung kommen, aber auf der Bühne wolle er ihn nicht mehr sehen. Dazu noch eine Ortrud (aus Hamburg), die wie eine Furie über die Bühne gefegt sei."

Wagner nahm die Sache persönlich. Tichatschek, — soll er dem König gesagt haben — sei sein bester Freund, er könne nicht mitansehen, daß dieser zurückgesetzt werde. Wenn ihm die Rolle entzogen würde, reise auch er ab, — worauf der König ärgerlich erwidert hätte: „Nun, so reisen Sie zu!" — Und er reiste in der Tat.

Die Aufführung des Lohengrin wurde verschoben und fand mit teilweise anderer Besetzung am 16. Juni 1867 statt. Nach Schluß derselben sandte Ludwig ein huldvolles Telegramm nach Triebschen und lud Wagner ein, zu der Aufführung des Tannhäuser wieder zu kommen. Aber Richard Wagner war so leicht nicht zu versöhnen; er gab sich von Anfang an keiner Illusion über die Kluft hin, die zwischen seinen Anschauungen und denen des Königs bestand und scheute sich nicht, auch ihm die Wahrheit zu sagen, oder wenigstens das, was er dafür hielt: „Längst hätte ich einsehen sollen, daß es selbst bei Ihnen sich um etwas Anderes handelt, als um das Richtige in meinem Sinne zur Geltung gebracht zu wissen. Und nun wollen Sie, Theuerster, ich solle zum Tannhäuser kommen! O, wüßten Sie, wie bitter mich das dünkt!" — „Düfflipp sagt, daß ich Unrecht thäte, den König zu Dingen und Personen bestimmen zu wollen, die er nicht möchte. Man muß Sie glauben gemacht haben, ich dringe Ihnen z. B. diesen unglücklichen Tichatschek auf... Ich frage mich, wie kommt mein ganzes, edles, unerhört schönes und erhabenes Verhältnis zu Ihnen, meinem holden Schutzherrn, dazu, in so erbärmliche, nichtswürdige Geleise gezogen zu werden? Um Gottes Willen retten wir die

Erhabenheit unserer Beziehungen! — Hiezu giebt es nur zwei Wege: der freieste persönliche und mündliche Verkehr, in welchem dann alle diese Truggewebe mit einem Hauche zerstäubt werden, oder — da Ihnen dieses so unmöglich, so beschämend schwer fällt, gänzliches Zurückziehen meinerseits auf das, was einzig soll und sein kann...“ „ziehe ich endlich den Schluß aus meinen so leidenvollen Erfahrungen, so muß ich mir klar sagen, Sie wünschen mich fern und verlangen nichts, als meine Arbeiten von mir. Und — dabei lassen Sie mich nun bleiben!...“

Indessen gelang es Ludwig, ihn zu versöhnen, denn unterm 14. Juli 1867 räumt Wagner weiter ein: „Der König hat mir heute geschrieben und soviel steht doch fest: mit Ihm und durch Ihn ist doch, soweit sich der Himmel über die Erde spannt, die einzige Möglichkeit gegeben unser edles Werk zu retten.“

Die Aufführung des Tannhäuser mit zum Teil neuen Dekorationen und Kostümen nach einer durchgreifenden Umarbeitung, welche des Beifalls der Kritik entbehrte, fand am 22. September 1867 statt. Wagner war nicht anwesend, aber er schrieb an diesem Tage dem König: „Die Klänge des Tannhäuser ziehen in dieser Stunde durch Ihre Seele... Bedürfen Sie des Freundes nicht? Wem gaben Sie unerhört verpflichtende Beteuerungen, wem sprachen Sie einzig die Eigenschaft zu, Sie zu erkennen und zu verstehen... Öffnen Sie mir Ihr Herz!“...

XV.

Ernst von Bomhard hat ein Kapitel seines wertvollen Buches über seinen Vetter, den Justizminister, dessen Ministerialtätigkeit gewidmet. Wir ersehen daraus, wie vielseitig und bedeutend sie war und wie viel Eduard v. Bomhard in den kurzen drei Jahren seines Ministeriums, gefördert, verbessert und geschaffen hat. Wir sehen daraus aber auch, mit welchen Schwierigkeiten und Widerständen er zu kämpfen hatte. Während die in der Justizverwaltung eingerissenen Übelstände sich Verbesserungen entgegenstemmten, suchte die damals aufkommende Fortschrittspartei Bayern auf abschüssige Bahnen zu drängen. Bomhard war ein Mann von hoher fachmännischer Begabung, von festem

Charakter und einer Pflicht- und Prinzipientreue, auf welche persönliche Motive und unbekennbare Parteiabsichten keinen Einfluß hatten. Schon aus diesem Grunde war er auch einigen seiner Ministerkollegen nicht sympathisch und statt ihn den Kammern gegenüber zu halten, rückten sie durch Hinterbringungen und in anderer Weise von ihm ab und suchten sich seiner zu entledigen.

Am meisten in dieser Richtung arbeitete Fürst Hohenlohe und das Verfahren, das er hiebei einschlug, war mehr das des kleinen Intriganten, der er manchmal schien, als das des großen Staatsmanns, der er niemals war. Der Wortlaut des offiziellen politischen Programms Hohenlohes zeigte keinerlei Verschiedenheiten mit den politischen Überzeugungen Bomhards. Der Fürst erkannte aber, daß Bomhard zu den Ministern gehörte, die am gewissenhaftesten die Selbständigkeit der Dynastie und des Landes aufrecht erhielten und am wenigsten geneigt waren, Zugeständnisse an Parteien zu machen, auf die man sich stützen mußte, um weitergehende Pläne der Verwirklichung entgegenzuführen. Schon als Graf Holnstein Hohenlohe am 1. November 1866 im Namen des Königs die Ministerpräsidentschaft anbot, war er mit ihm darin übereingekommen, daß Bomhard ausscheiden müsse, die übrigen Minister aber bleiben könnten.

Mit Pfistermeister, der am 5. Oktober 1866, und mit v. d. Pfordten, der am 29. Dezember des gleichen Jahres zurücktreten mußte, hatte Bomhard seine letzten konservativen Stützen verloren, und seine Ministertage waren gezählt. Immerhin bedurfte es aber eines Anlasses und eines Helfers, den Hohenlohe in der Person des neuen Kabinettssekretärs Lutz erblickte und sich dadurch sicherte und warm hielt, daß er ihm die Nachfolge Bomhards anbot. „Der König,“ trägt er am 3. November 1866 in sein Journal ein, „geht nach Hohenschwangau und nimmt Lutz mit. Dieser ist nicht gegen mich und wird nun dadurch noch gewonnen werden, daß man ihm das Justizministerium in Aussicht stellt.“ Ob und wie weit Lutz diese Hilfe leisten konnte und geleistet hat, ist nicht deutlich erkennbar. Wir sind in dieser Richtung auf zwei Zweifelsfragen der

Hauptbeteiligten, Bomhards und des Königs, sowie auf die alte Wahrheit angewiesen, daß jeder sich selbst der nächste ist. —

Appellationsgerichtsrat Lutz war am 5. Oktober 1866 als Hilfsarbeiter mit Pfistermeister aus dem Kabinett des Königs ausgeschieden. Es stand damals seine Versetzung an ein Appellationsgericht in der Provinz in Frage. Bomhard hatte ihn aber als Referenten in sein Ministerium übernommen, weil er den tüchtigen Arbeiter nicht auf die Seite geschoben sehen wollte. Lutz versicherte Bomhard, sein Dank hiefür werde niemals erlöschen. Als er aber im gleichen Jahre, am 11. Dezember 1866, und zwar als Kabinettssekretär nach Hohenschwangau berufen worden war, setzte Bomhard der Notiz über Lutz's Dankesäußerungen in seinem Tagebuch die Frage bei: „Ob er dies gehalten hat?" — Der König selbst aber frug Bomhard am 26. März 1867, mitten in der Krisis: „Wie gefällt Ihnen Lutz in der Sache? Er ist ein bißchen ängstlich, mir gefällt er nicht." „Der König schien mir andeuten zu wollen, als wenn ihm Lutz nicht ganz aufrichtig gegen mich vorkomme" (Bomhard).

Leichtes Spiel, Bomhard zu beseitigen, hatte Hohenlohe nicht. Ludwig II. war von der Treue und dem moralischen Wert seines Justizministers überzeugt und wurde in dieser Überzeugung von seinem Großvater nachdrücklich bestärkt. Bei einer Audienz, die Bomhard zu Anfang des Jahres 1867 bei Ludwig I. hatte, sprach ihm der greise König von dem verstorbenen Minister Koch. „Der hat Energie gehabt, Sie haben sie auch, darum werden Sie so viel angegriffen; ich habe mit Ihnen zu sprechen, viel, viel!"

Tags darauf ließ er ihn zur Tafel laden und bedeuten, er möge eine halbe Stunde früher kommen. Während dieser klagte er über die Wagner-Schwärmerei seines Enkels und bezeichnete sie als das, als was er einst seine eigene Lolaschwärmerei bezeichnet hatte, — als die Folge eines Zaubertranks. „Sie," sagte er zu Bomhard, „haben Energie, bleiben Sie ja Minister, wenn solche Männer gehen, wie solls dann werden?" —

„Recht so!" schrieb er ihm dann unterm 26. März 1867 noch von Rom aus, „daß Sie sich nicht haben verdrängen lassen, Herr Justizminister, das gefällt mir sehr. Den Fortschrittsmännern (Umstürzlern) ist ein jeder monarchische Minister, der tatkräftig, zuwider, aber darum tuts not, daß solche bleiben. Habe Meinem Enkel Ludwig II. geschrieben, wie sehr es mich freut, daß er Sie festgehalten, Sie nicht hat wegbeißen lassen. Drücken Sie dem Kriegsminister Frhr. v. Pranckh aus, wie sehr es mir gefällt, daß er seinen Kollegen Bomhard festhält. Mit diesen Versicherungen Ihr Ihnen recht gewogener Ludwig I."

Der versprochene Brief an den jungen König ist vom gleichen Tage und lautet in den auf die Angelegenheit bezüglichen Sätzen wie folgt: „Lieber Ludwig, habe vernommen, daß Du den Landtag vertagt hast, es freut mich sehr und ebenfalls freut mich sehr, daß Du den Justizminister Bomhard nicht hast wegbeißen lassen. Es ist weit gekommen in Bayern, schon ehe Du den Thron bestiegest. Ein Dorn im Auge ist den Fortschreitern in der Abgeordnetenkammer jeder monarchische thatkräftige Minister. Wenn diesen Umwälzern nachgegeben würde, bekäme der König fest anhängliche Minister nicht mehr. Nicht der König, die die Abgeordnetenkammer leitenden hätten zu bestimmen, ob ein Minister seine Stelle zu behalten habe, oder nicht. Nein! das darf nicht geschehen!"

Auch Ludwig II. hielt lange fest an Bomhard; er hätte ihm sogar Hohenlohe zum Opfer gebracht, und nicht eine Folge einer Willenschwäche seinerseits war es, daß Bomhard schließlich der Strömung wich. Wir wollen die Hauptmomente der Vorgänge und insbesondere die Äußerungen Ludwigs II. hier wiedergeben.

Schon bei dem Eintritt Hohenlohes in das Ministerium war mit wenig Rücksicht auf Bomhard verfahren worden. Lutz teilte ihm — ohne vorherige Verständigung — die Tatsache eines Abends im Theater mit. Der Fürst beging dann kleine Kompetenzüberschreitungen gegen ihn und legte am 13. Februar 1867 dem Ministerrat den Entwurf eines Rundschreibens an die bayerischen Gesandtschaften zur Zustimmung vor, in welchem er ein mit Norddeutschland anzubahnendes Verfassungsbündnis unter den Hauptpunkten seines Programms aufführte. Der König hatte schon ein ihm früher vorgelegtes Projekt zu einem solchen Rundschreiben gleichen Betreffs, als zu weitgehend zurückgewiesen und die Ansicht des Ministerrats über den neuen Entwurf verlangt. Bomhard las dem Fürsten dessen ursprüngliches Programm vor und wies ihn auf die Widersprüche mit dem neuen Rundschreiben hin, worauf „Hohenlohe erblassend" schwieg und das letztere als zu weitgehend einstimmig abgelehnt wurde.

Am 19. Februar 1867 trat Hohenlohe mit dem dritten Entwurf eines Rundschreibens hervor, das den Satz enthielt, es sei ein Verfassungsbündnis mit Preußen anzubahnen. Bomhard machte abermals geltend, es müsse zwar einmal eine engere, das deutsche Gefühl befriedigende Verbindung kommen, aber der Zeitpunkt, sich jetzt Preußen im Hochgefühl, ja im Überrausch seines Machtgefühls geradezu in die Arme zu werfen, sei schlecht gewählt. Doch der Widerstand der übrigen Minister war erlahmt; sie verhielten sich unbestimmt und gleichgültig, Bomhard blieb in der Minderheit, nur der Kriegsminister v. Pranckh hielt „edel und gesinnungstreu" zu ihm, und wollte angesichts der aufgetauchten Luxemburger Frage eine Ministerkrisis vermieden wissen. Man faßte den Beschluß, dem König den Entwurf mit dem Beifügen vorzulegen, daß der Ausdruck „Verfassungsbündnis" Bedenken erregt habe, die aber bei der Mehrheit beschwichtigt worden seien.

Zu einem förmlichen Konflikt kam es über die Frage der Schaffung eines Verwaltungsgerichtshofes. Bomhard war nicht prinzipiell gegen einen Verwaltungsgerichtshof, warnte aber vor Überstürzung. Pechmann fand den König „finster und ernst," als er ihm erklärte, daß er dem Verlangen der Kammer in diesem Punkte nicht nachgeben werde. Die Ministerkollegen berührte es unangenehm, daß die Anschauung des „Königs Bomhard," wie sie ihn nannten, durchgedrungen war, und sie ermangelten nicht, Andeutungen darüber an die Kammer gelangen zu lassen, die natürlich Bomhards Popularität nicht erhöhten.

Am 20. Februar 1867 trägt Bomhard in sein Tagebuch ein: „Eine der interessantesten Stunden mit dem jungen König. Er zieht — in höchst scharfen Worten — förmlich los gegen die Minister, über die Gesamtheit und die einzelnen. Er glaubt, die Gerüchte über eine eingetretene Ministerkrisis und die vom Publicum besprochene Ursache, daß ich Gegner eines Verwaltungsgerichtshofes sei, müßten von den Ministern absichtlich verbreitet worden sein und tadelt sie in den heftigsten Ausdrücken. Ich schweige. Der König frägt verletzt: „Sind Sie unwohl? Sie sind doch sonst so lebhaft in der Unterhaltung.“... Es geht mir gegen das Gefühl, mich über meine Kollegen tadelnd hinter ihrem Rücken auszusprechen,“ antworte ich. „Nun,“ sagt der König darauf, „so sollen Sie durch Ihren König erfahren, daß Ihre Kollegen gegen Sie nicht so rücksichtsvoll sind. Die äußern sich öfter nachteilig über Sie.“... „Kurz darauf klingelt er und übergiebt mir sein von dem Lakaien hereingebrachtes Bild mit seiner Braut als Beweis seiner Anerkennung.“

Am 16. März 1867 erfuhr der ausgebrochene Konflikt eine sehr erhebliche Steigerung. Hohenlohe trägt darüber am 17. März 1867 in sein Journal ein, Bomhard habe „unnötigerweise“ das Wort ergriffen und in einer Weise gesprochen, die es offenkundig machte, daß über den Verwaltungsgerichtshof eine Meinungsverschiedenheit unter den Ministern bestand. Bomhard hatte es für nötig gehalten, das Wort zu ergreifen, weil der Abgeordnete Edel auf Bedenken gegen das Projekt angespielt hatte, die er auf sich beziehen zu müssen glaubte. In dem „gerechten Unmut darüber, daß das Geheimnis des Ministerrats ausgeplaudert und damit noch das Gerücht verbreitet worden war, er wolle Hohenlohe und die übrigen Minister verdrängen,“ ging Bomhard wie er selbst einräumt, etwas zu sehr in Einzelheiten ein. Er sprach nach Schluß der Debatte und hatte durchaus nicht die Absicht gehabt, sie wieder zu eröffnen. Einer seiner „wohlwollenden“ Kollegen macht jedoch den Kammerpräsidenten Pözl darauf aufmerksam, daß Bomhard nicht als Fachminister (das war der Minister des Innern) sondern nur als „Abgeordneter Bomhard“ gesprochen haben könne, worauf Pözl die Verhandlungen wieder aufnahm und dem Abgeordneten Völk die Gelegenheit darbot, eine überaus heftige Philippika gegen die „Steuerlosigkeit“ der „unter sich uneinigen“ Regierung zu halten.

Auf Antrag des Bomhard besonders abgeneigten Ministers Schlör rief Hohenlohe am 18. März 1867 den Ministerrat zusammen, in dem, wie er schreibt, „Bomhard sein Unrecht vorgeworfen und ihm deutlich zu verstehen gegeben wurde, daß er seinen Abschied nehmen möchte.“ Das lehnte Bomhard ab. Er sei nicht der Minister der Kammer und weiche nicht, weil

sie es verlange, so lange er das Vertrauen des Königs genieße,
der ein kräftiges Regiment wolle, wie er. Die Mehrzahl der Kollegen war gegen ihn, Pechmann „mit Bedauern", Pfretzschner
„unter schmeichlerischen Reden". Nur der tapfere Kriegsminister hielt wieder zu ihm und teilte ganz seine Meinung.

Damit der König nicht allein von Bomhard Nachricht erhielte, schlug Hohenlohe vor, ihn zu ermächtigen, zum König
zu gehen und ihm vorläufig mündlich den Stand der Sache darzulegen. Er wandte sich zu diesen Behufe an Lutz. Der König
wünschte zwar erst zu wissen, um was es sich handle, erteilte
jedoch Hohenlohe am 20. März um ½1 Uhr eine Audienz, deren
Verlauf das sonst so aufrichtige Journal des Fürsten verschweigt.

Zu einer Audienz an demselben Tage um ½11 Uhr, also zwei
Stunden früher, hatte der König Bomhard befohlen, der vorher
noch eine längere Denkschrift vom 19. März 1867 einreichte,
welche die Erregung verrät, in die er sich versetzt sah.

Der König überhäufte den Minister in dieser Stunde mit Versicherungen des Vertrauens. „Was haben Sie denn geglaubt,"
frug er ihn, „was ich von Ihnen wolle, als Sie zu mir beschieden
wurden?" „Es ist jetzt schwer zu regieren," fügt er mit einem
Seufzer bei; „diese Sache ist unerhört; sie geht mit mir zu Bett,
in die Kirche, ich muß überall daran denken." Er zieht gegen die
anderen Minister los und will Bomhard nicht loslassen; er soll
ihm ein neues Ministerium bilden und Männer hierzu bezeichnen.
Bomhard schlägt den Präsidenten des Reichsrats Baron Thüngen
vor, der anfangs zur Annahme bereit ist und sein höchstes
Bedauern über den eventuellen Abgang Bomhards ausdrückt,
dann aber dem König gegenüber Zweifel darüber äußert, ob
es gut sein würde, der Kammer ‚mit Bomhard' gleich feind-
lich entgegenzutreten."

Bomhard selbst verhehlt dem König die Bedenken nicht,
Hohenlohe so bald nach dem Friedensschluß zu entlassen, was
als ein Akt der Feindseligkeit von Preußen aufgefaßt werden
könne, wo er persona gratissima sei.

Auch am 26. März 1867 muß Bomhard dem König wieder
Männer benennen, die allenfalls mit ihm ein Ministerium bilden

könnten. „Ich bin noch fest,“ sagt der König, der zu wanken beginnt, „obwohl Lutz meint, es gehe nicht.“ Es folgte nun die oben bereits zitierte Zweifelsfrage.

Abermals sagte der König „Übles über die Kollegen“; den Pfretzschner benannte er „ein wahres Jammerbild von einem Minister,“ den Hohenlohe der „Filou, der ihn (d. h. Bomhard) als falsch bezeichnet hat.“ „Kurz jeder wurde stark getadelt; ich ging niemals darauf ein. Ich setzte ihm wiederholt auseinander, daß er mich nicht werde festhalten können und daß Lutz, wenn er ihm rate, mich zu entlassen, die Sache wohl richtig ansehe. Ich bat ihn um ein paar Tage Urlaub zu meiner Erholung. „Ja,“ sagte er, „gehen Sie ein paar Tage fort aus dieser Atmosphäre; man wird zwar dann sagen, jetzt wird er in Urlaub geschickt, dann ganz weg; aber man irrt sich, denn es würde mir sehr schwer, Sie gehen zu lassen.“

Er ging bis zum 5. April in Urlaub und hatte erst am 9. April wieder Vortrag. Am 27. März wurde er noch nach dem Namen gefragt, den er für das Ministerium des Innern eventuell genannt und den der König vergessen hatte. Ludwig II. dachte also damals noch an einen Ministerwechsel zugunsten Bomhards.

Inzwischen gewannen die Bomhard feindlichen Einflüsse die Oberhand und, als er aus dem Urlaub zurückkam, hatte sich „das Blatt schon etwas gewendet“. Obschon der König bereits mit Baron Thüngen als Nachfolger Hohenlohes in Unterhandlung getreten war, sprach Lutz mit Bomhard über einen allenfallsigen Nachfolger für ihn; der König sah die Schwierigkeit, Hohenlohe gehen zu lassen, jetzt als größer an und, was das schlimmste war, Bomhard selbst hatte die Kraft des Widerstands und die Lust, den Kampf aufzunehmen, verloren. Er bestärkte den König sogar in seinen Bedenken. Der König zog wieder über die anderen Minister los: „Pfretzschner ist der glatte... Polonius,“ „Gresser versteht nichts!“ „Dem Schlör trau ich jetzt auch nicht mehr, er ist gescheit, aber falsch,“ — auch den Professor Pözl nennt er... der ihm verhaßt sei. Er bedauerte, wenn er mich doch gehen lassen müsse, er werde mir aber sein Vertrauen immer erhalten.“

Vorläufig lud er ihn wiederholt zur Tafel, einmal mit der Königin-Mutter und Pranckh zusammen; nach der Tafel sagte er
ihm: „Ich habe Sie mit meiner Mutter zur Tafel geladen, sie soll
Sie bewegen, zu bleiben und mit Pranckh, weil ich weiß, daß
Sie mit ihm sehr befreundet sind." Pranckh meinte, der König
dürfe ihn nicht gehen lassen, weil es eine Niederlage für ihn sei,
wenn man ihm einen Minister abtrotze und der König selbst
war der Ansicht, daß es eine Ohrfeige für ihn wäre, wenn er ihn
gehen lasse.

Endlich mußte eine Entscheidung getroffen werden. Am
15. April 1867 sandte der König Lutz zu Bomhard, um ihn zu
fragen, was denn e r tun würde, wenn er König wäre? — So
hoch hatte der Minister sich nie verstiegen; er war von dem edlen,
etwas weichen Holze, aus dem man Heilige und durchaus ehrenwerte Männer schnitzt, nicht aus dem härteren, das man zu
Staatsmännern in schwierigen Lagen braucht. Sein klarer Verstand zeigte ihm den naheliegenden Weg, den man hätte gehen
müssen, aber weniger klare Vorstellungen ließen ihn fühlen, daß
weder er, noch der König die Kraft besaßen, ihn zu betreten.

Den Grundsatz stellte er sehr richtig auf: der Zeitpunkt sei
gekommen, die durch das Kammerregiment entwundenen Zügel
wieder fester in die Hand zu nehmen. Der König müsse das Verlangen der Minister abweisen, einen Kollegen deshalb zu beseitigen, weil er der Kammer auf seinen Befehl und in seinem Interesse Widerstand geleistet habe. Die Regierung müsse zeigen,
daß sie eine Regierung sei und mit einem anderen entschieden
kraftvollen Ministerium nötigenfalls zur Auflösung der Kammer
schreiten. Das war sehr einfach und bestimmt. Bei Anwendung
dieser Grundsätze auf den gegebenen Fall schritt er aber auf der
abwärts führenden Stufenleiter von Zweifeln und Bedenken bis
hinunter zur vollständigen Selbstaufgabe.

Der Hauptfrage des Königs wich er aus. Er beantwortet sie
nur indirekt mit den Sätzen, man müsse sich selbst zutrauen,
daß man „es" durchführen werde „bis zum letzten Stadium";
raten könne Niemand dazu, weil keiner sich in des anderen Stelle
hineinversetzen könne. — Schließlich bat er den Kabinetts-

sekretär, dem König zu wiederholen, daß man so entscheidende Schritte wohl zur Erhaltung eines großen Staatsmannes tun könne, daß es sich aber nicht der Mühe lohne, seinetwegen, der leicht zu ersetzen sei.

Damit war natürlich dem König nicht gedient. Ein Monarch, der eines Rates bedarf, kann sich nicht mit der verblümten Erwiderung begnügen, er müsse selbst wissen, was er zu tun habe. Nun wußte er es wenigstens. Am folgenden Tage, den 16. April 1867, erstattete der junge König dem Großvater einen Bericht über die Angelegenheit, dessen eingehenden Ausführungen der stark persönlich beteiligte Kabinettssekretär Lutz nicht fern gestanden sein dürfte: „Lieber Großvater! Vor Allem bitte ich Sie, mich für entschuldigt zu halten, wenn ich längere Zeit geschwiegen habe. Der Grund liegt darin, daß ich erst in den schwebenden Angelegenheiten klar sehen wollte, um ein definitives Resultat mittheilen zu können. — Nunmehr haben sich die Verhältnisse klarer entwickelt und ich glaube darüber nicht mehr im Zweifel sein zu dürfen, wie ich handeln muß. Leider wird mir nichts übrig bleiben, als mich von Bomhard zu trennen, so sehr ich dieß auch tief beklage. Ich befinde mich in diesem Entschluß gerade mit Bomhard in Übereinstimmung, mit dem ich die Angelegenheit mehrmals eingehend besprochen habe. Würde es sich bloß um allgemeine Unbeliebtheit, um Angriffe in der Presse und selbst in der Kammer handeln, so hätte ich mich sicher nicht bewegen lassen, nachzugeben. Es ist aber etwas hinzugekommen, was mich zu einer positiven Handlungsweise nöthigt. Die Mehrzahl der Minister hat nämlich eine motivierte Erklärung eingereicht, in welcher sie die Unmöglichkeit eines längeren gedeihlichen Zusammenwirkens mit Bomhard behaupten. Diese Erklärung und die vorausgegangenen mündlichen Scenen zwischen Bomhard und seinen Kollegen lassen es als unerläßlich erscheinen, entweder die eine oder die andere Partei aus dem Ministerium zu entfernen. Gar zu gern ließ ich die Gegner Bomhards ziehen, aber dazu bedürfte ich tüchtiger Männer, welche mit ihm gehen wollen und solche habe ich trotz allen Suchens nicht finden können. Sein Verbleiben würde zu neuen Kämpfen mit den Kammern führen, aus welchen selbst im besten Falle Nachtheile für die Regierung entspringen, wie die Abstimmung über die Todesstrafe zeigt. Ich würde ein schlechtes Budget bekommen, voraussichtlich zur Kammerauflösung schreiten müssen und Bomhard am Ende doch nicht halten können; aber ich werde es den Ministern gedenken, daß sie mich in diese Lage brachten."

Ludwig I. fand diese Nachrichten nach einem Briefe d. d. Rom, den 23. April 1867 „nicht erfreulich". Er meint, wie man für erkrankte Minister Stellvertreter bestimmen müsse, so könne man dies jetzt für diejenigen, die durch ihre Drohung, ihre Stellen niederzulegen, den König zwingen wollen, den monarchisch gesinnten Bomhard zu entfernen. Übrigens lasse sich doch gewiß mit dem einen oder anderen reden, und ihn dahin bringen zu bleiben. „Du wirst des Ministeriums Diener sein, so lange Du nicht eines dem monarchischen Princip der Verfassung Huldigendes hast", schließt der Großvater seine Ausführungen. —

Sie kamen zu spät. Hohenlohe und Lutz, der damals sehr in Gnade stand, hatten gesiegt. Am 26. April erschien der letztere abermals bei Bomhard, um ihm im Auftrag des Königs seine Entlassung anzukündigen. „Bisher habe es ihn (den König!) immer gefreut, wenn ein Minister weggekommen sei, diesmal werde es ihm aber unbeschreiblich schwer; er wolle ihn als Staatsrat i. o. D. in seiner Nähe behalten, ihm das Großkreuz des Michaelsordens verleihen und ihn zum lebenslänglichen Mitglied der Kammer der Reichsräte ernennen."

Auch Lutz besprengte die peinliche Mitteilung — reichlich mit Hofweihwasser; er drückte seine aufrichtige Teilnahme aus und dankte Bomhard bereits etwas großartig, für die Ehre, die er seiner eigenen und Pfistermeisters seinerzeitigen Befürwortung zum Justizminister gemacht habe.

Am 30. April 1867 erfolgte ein außerordentlich warm und anerkennend gehaltenes Allerhöchstes Handschreiben und bei der letzten Audienz am 3. Mai 1867 sagte ihm der König: „Sie waren der einzige, der mir immer die Wahrheit gesagt hat." —

Dem Großvater gegenüber sucht Ludwig II. sein Verhalten durch einen Brief vom 1. Mai 1867 zu rechtfertigen: „Leider habe ich mich genöthigt gesehen, dem Justizminister Bomhard die Entlassung zu geben. Die übrigen Minister zu entlassen und Bomhard zu halten, ist mir inzwischen nicht mehr möglich geworden, als zur Zeit meines letzten Briefes; im Gegentheil sind die Verhältnisse verwickelter geworden und in meine Verwaltung muß ich mehr, als je Stabilität zu bringen suchen. Das ist auch der Grund, weßhalb ich unmöglich für längere Zeit mit Ministerverwesern mich begnügen könnte, abgesehen davon, daß das Ministerverantwortlichkeitsgesetz, an das ich leider einmal gebunden bin, längere Verwesungen der Ministerposten für unzulässig erklärt; ich hoffe aber auf baldige Zeit der Abrechnung mit denjenigen, welche mich in die dermalige Lage gebracht haben. Wehe ihnen!" —

XVI.

Hohenlohe hatte im Bunde mit Lutz — nicht ohne eigenes Versagen des Hauptbeteiligten — erreicht, was er von Anfang an gewünscht hatte. Aber wie es so oft im Leben mit einem lieben Wunsche zu gehen pflegt, seine Erfüllung war nicht ganz zur rechten Zeit — in dem gegebenen Falle — zu frühe eingetroffen.

Joh. Lutz wurde blaß vor innerer Aufregung, als Hohenlohe am 29. März 1867 anfing, von ihm als dem ja schon so lange in Aussicht genommenen Kandidaten für das Justizministerium zu sprechen. Hohenlohe wußte damals nicht, wie nahe Bomhards Rücktritt bevorstand; er sprach von den günstigen Einflüssen, die sich für den Weggewünschten geltend gemacht hätten und sagte, daß er den König in dieser Beziehung nicht mehr in der Hand habe und für nichts einstehen könne. Er setzte Lutz auseinander, daß er nun nicht allein an Bomhards Stelle in das Ministerium eintreten könne, und daß dies ohne „ein vollständiges Revirement" nicht möglich sei; er könne jetzt eine Änderung des Ministeriums nicht in Vorschlag bringen, da er mit den übrigen Ministern in keinem Zwiespalt stehe und namentlich für Gresser und Pechmann wahre Achtung hege. Der etwas konfuse und nicht recht verständliche Journaleintrag vom 29. März 1867 wiederholt diesen Gedanken noch mit den Worten, er könne „jetzt" keine Intrige (!) gegen seine Kollegen beginnen, ein Anlaß hiezu könne sich aber später ergeben.

Lutz dankte für das ihm geschenkte Vertrauen; aus Gründen, die wir später anführen werden, empfand er keine Eile, die ihm schnell lieb gewordene Stellung eines einflußreichen Kabinettssekretärs zu verlassen und glaubte auch nicht, daß ihn der König aus dem Kabinett scheiden lassen werde, nachdem s. Z. schon seine Ernennung zum Kultusminister an Stelle Kochs aus diesem Grunde an dem Widerspruch Ludwigs II. gescheitert war. Auch könne er sich doch nicht selbst vorschlagen, ob es denn nicht möglich sei, sich mit Bomhard noch „hinzuschleppen". Hohenlohe meinte, daß man sich damit „blamieren" würde, erklärte sich aber schließlich einverstanden, daß dem König gesagt werde, er halte es für wünschenswert, daß die Wiederbesetzung des Justizministeriums nach dem Rücktritt Bomhards in suspenso bleibe.

Schon am 18. Juli 1867 ging er aber wieder zu Lutz, um ihm zu sagen, daß es mit der Vakatur des Justizministeriums nicht mehr länger gehe, und daß er sich entschlossen hätte, ihn in Vorschlag zu bringen. Lutz war davon angenehm berührt, riet aber, die Sache noch bis zu der Rückkehr des Königs von seiner Pariser Reise zur Weltausstellung (20.—29. Juli 1867) zu verschieben, um, wie Hohenlohe meinte, nicht um das Vergnügen zu kommen, mitreisen zu dürfen.

Nach der Rückkehr des Königs von Paris wurde Hohenlohe am 5. August 1867 nach Berg berufen. Noch vor dieser Audienz zeigte Lutz dem Fürsten eine Liste von über einem halben Dutzend von Kandidaten für das Justizministerium, die er mit dem König besprochen hatte. Hohenlohe blieb bei der Ansicht, Lutz sei der einzige, der ihm passe; er sei ein gescheiter, energischer Mann, stimme in den politischen Ansichten mit ihm überein und werde ihn im Ministerrate unterstützen. Nachdem er seinen politischen Vortrag bei dem König erstattet hatte, zog er daher seinen schriftlichen Antrag betreffs des Justizministers aus der Mappe, und frug, ob er ihn S. M. unterbreiten dürfe, da es sich wohl nicht passe, ihn durch Lutz selbst übergeben zu lassen. Der König nahm den Antrag entgegen, erklärte aber, daß er Lutz nicht entbehren könne, worauf Hohenlohe erwiderte, daß er den Antrag als acquit de conscience geschrieben habe, und der König ihn überlegen möge. Der Antrag vom 5. August 1867 war ziemlich lang und enthielt die auf Ludwig II. berechneten Sätze, daß in Lutz ein Minister gefunden wäre, „dem die Wahrung der Selbständigkeit Bayerns am Herzen liege und der die nötige Willensstärke besitze, die im Justizwesen gebotenen Reformen durchzuführen."

Die Ernennung von Lutz zum Justizminister erfolgte am 18. September 1867. Schon sehr bald aber scheint Hohenlohe eine gewisse Reue über seine Wahl empfunden zu haben, denn er erblickte in Lutz anfangs einen Rivalen und nach seinem Rücktritt ein Hindernis des lebhaften Wunsches, wieder an die Spitze des bayerischen Staatsministeriums zurückzukehren, den er so lange hegte, bis Bismarck seine treue Gefolgschaft durch Übertragung der deutschen Botschaft in Paris anerkannte

Mit dem neuen Justizminister war Ludwig II. vorerst sehr zufrieden, wie er in dem Briefe an den Großvater vom 14. Oktober 1867 bekundet: „Ich erinnere mich, daß Sie stets mit Wohlwollen und Anerkennung über meinen bisherigen Kabinettssekretär v. Lutz sich geäußert haben. Ich komme mehr und mehr zur Überzeugung, daß ich keinen besseren zum Justizminister hätte ernennen können; er wird ein zweiter Bomhard werden; er ist fest und entschieden, durch und durch monarchisch gesinnt, steht fest ein für das, was er als recht erkennt und läßt sich durch kein Drängen der Kammer irre machen; auch im Ministerrate dient er mir ausgezeichnet, bringt einen einheitlichen Geist hinein, was dort so noth thut und spornt hier zur Thatkraft an, so daß ihnen die unseligen Gedanken an Nachgiebigkeit der Kammer gegenüber vergehen. — Auch über meinen jetzigen Kabinettssekretär Lipowski kann ich Ihnen nur Gutes mitteilen; er ist monarchisch gesinnt, was sich übrigens von selbst verstehen sollte und besitzt außer festem Charakter auch große Geschäftsgewandtheit und einen bedeutenden Schatz von Erfahrungen, die ihm an seinem jetzigen so schwierigen Posten sehr zu statten kommen.“

XVI

Zu den wenigen fremden Souveränen, denen Ludwig II. während seiner Regierung persönlich begegnete, gehörte Napoleon III. Dem letzteren (geb. 1808) lagen natürlich die Erinnerungen an die einst zwischen dem bayerischen Königshaus und den Napoleoniden bestandenen familiären Beziehungen näher, als dem jungen König von Bayern, der wohl kaum daran dachte und niemals irgendwelche Vorteile daraus zu ziehen suchte. Der geliebte Bruder der Mutter Napoleons III., Eugène Beauharnais, war mit einer Schwester des Großvaters Ludwigs II. verheiratet gewesen.

Es war für die Prinzessin Auguste (1788—1851), Tochter Max Josephs, des ersten Königs von Bayern und Schwester der Königinnen von Preußen, Württemberg und Sachsen, ein schweres Opfer gewesen, dem gebieterischen Wunsche Napoleons I. entsprechend, die Hand Eugène Beauharnais (1781—1824) zu reichen, weil sie darin eine Mißheirat erblickte und ihre Verlobung mit dem Erbprinzen Georg von Mecklenburg-Strelitz rückgängig machen mußte. Allein sie fand das volle Glück an der Seite des späteren Vizekönigs von Italien und Herzogs von Leuchtenberg, entschieden des liebenswürdigsten der Paladine Napoleons I., der seine Devise: „Honneur et fidélité" niemals außer Augen verlor. Als die Napoleoniden aus Frankreich ausgewiesen wurden und der Vorort Bern im März 1817 gegen die Erwerbung von Arenenberg durch die Königin Hortense, Herzogin von St. Leu, Einsprache erhob, fand sie eine Zuflucht in dem Vaterland ihrer Schwägerin, der Herzogin von Leuchtenberg, einstigen Vizekönigin von Italien, und König Max Joseph von Bayern erwies sich als, wie sie in ihren Memoiren schreibt, „le dernier protecteur qui lui restait". — Sie traf anfangs Mai 1817 in Augsburg ein und verblieb bis zum Tode ihres Bruders und Max Josephs in Bayern. In Augsburg kaufte sie ein schönes großes Haus mit Garten, das bis 1828 ihr Eigentum blieb. Zunächst genoß der jugendliche Prinz Louis vier Jahre lang Privatunterricht, dann besuchte er das Gymnasium von St. Anna, in welchem er unter anderem Deutsch lernte, das er geläufig, aber stets mit schwäbischer Betonung sprach. Er nahm in dem Klassenzimmer einen eigenen mit den bayerischen Farben drapierten Tisch ein, was ihn aber nicht verhinderte, mit seinen Mitschülern einmal in den Karzer zu wandern, als sie vor einem Regenguß Zuflucht in einem Wirtshaus gesucht und sich auch selbst mit einem Glas Bier angefeuchtet hatten.

Um diese Jugenderinnerungen wieder aufzufrischen und seiner Gemahlin die Stätten seiner Jugendstreiche zu zeigen, machte Napoleon III. auf seiner Fahrt zu der Salzburger Zusammenkunft mit dem Kaiser von Österreich am 17. August 1867 in Augsburg halt. Eine ziemliche Menschenmenge hatte ihn auf dem Bahnhof erwartet, wo er mit Hochrufen, aber auch mit Zischlauten empfangen wurde. Solche hörte ich selbst, als er am folgenden Morgen durch die Stadt fuhr. Er war mit zahlreichem Gefolge in dem palastartigen Gasthaus zu den „Drei Mohren" abgestiegen, und wohnte am folgenden Morgen in einer dazugehörigen Hauskapelle einer Messe bei, die ein früherer Mitschüler von ihm las. Dann begaben sich Kaiser und Kaiserin in das damals dem Grafen Fugger Kirchberg gehörige einst von Hortense bewohnte Haus, in dessen Garten der Kaiser einen Zweig brach, den er der Kaiserin überreichte. Im Gymnasium zu St. Anna empfing sie der Rektor Dr. Metzger und eine Votivtafel in lateinischer Sprache auf den einstigen Zögling, der es bisher von allen wohl am weitesten gebracht hat. Am meisten aber erfreuten Kaiser und Kaiserin die Besichtigung der Schulzimmer, in denen Napoleon der Gattin die Plätze bezeichnete, die er eingenommen hatte und eine noch erhaltene eigenhändige Namensinschrift des jungen Louis Napoleon aus dem Jahre 1823 auf einem der Fenster.

Während man noch all' diese Sehenswürdigkeiten besah, langte die Meldung ein, daß der König von Bayern auf dem Bahnhof eingetroffen sei. Napoleon III. hatte kurz vorher Ludwig II. bei dessen Besuch der Weltausstellung in Paris, Aufmerksamkeiten erwiesen und der König sah sich jetzt veranlaßt, sie wenigstens zum Teil zu erwidern. Da die Zeit drängte, bat Kaiser Napoleon, der König möge sich nicht in die Stadt bemühen, da er selbst und seine Gemahlin alsbald im Bahnhof erscheinen würden. Dort fand sodann eine sehr herzliche Begrüßung zwischen den Majestäten statt, bei welcher König Ludwig II. der Kaiserin Eugenie die Hand, sie aber den jugendlichen Monarchen auf die Wange küßte. Der König schloß sich der Fahrt nach München an und der Zug flog dahin. Was sie während der kurzen Zeit sprachen, ist nicht bekannt geworden. Auf dem Bahnhof zu München erwarteten sie Prinz und Prinzessin Adalbert, die Herzogin Max mit ihrer Tochter (der Prinzessin Braut) und ihrem Sohn, dem Herzog Karl Theodor, ferner die französische Gesandtschaft, drei Staatsminister, der Stadtkommandant u. a. m. Der König stellte seine Braut den französischen Majestäten vor. Auf dem Wege in den Königssalon reichte ihr Kaiser Napoleon den Arm, während Ludwig II. die Kaiserin Eugénie führte. Nach kurzem Verweilen wurde die Fahrt nach Salzburg fortgesetzt, auf der König Ludwig mit v. d. Tann und Sauer den französischen Majestäten das Geleite bis Rosenheim gab, während der Oberstzeremonienmeister v. Moy bis Salzburg mitfuhr.

Die persönliche Beteiligung Ludwigs II. an der Salzburger Zusammenkunft hat damit so ziemlich ihr Ende erreicht. Nach einer Äußerung hatte er bei Napoleon III. das Herrschertum von Gottesgnaden vermißt, ihn aber doch interessant gefunden und Eugenie „liebenswürdig wie wenige"[1]. Es war im Publikum erwartet worden, daß er sich auch nach Salzburg begeben werde, wo König Ludwig I. auf seiner Besitzung Leopoldskron den Besuch Napoleons III. empfing und wohin sich auch sein Großoheim Prinz Karl begeben hatte. Allein ein Communiqué wies darauf hin, daß er hiezu gar nicht eingeladen gewesen sei.

Prinz Kraft zu Hohenlohe-Ingelfingen will freilich nach seinen Aufzeichnungen (Berlin 1906, Bd. III, S. 365) wissen, Ludwig II. habe eine offizielle Einladung erhalten und er gibt ihr sogar einen hochpolitischen Hintergrund[2].

Allein seine Angaben sind den Tatsachen widersprechende, schlecht erfundene Kombinationen, welche dem Prinzen von Ingelfingen sicher nicht von seinem Vetter Chlodwig, sondern aus Jägerkreisen zugetragen wurden.

---

[1] „Die Kaiserin Eugenie, die ich in Paris leider nicht zu sehen bekam," schreibt er dem Großvater, „da ich genötigt war, zu schnell abzureisen, habe ich nun doch kennen gelernt und mich dessen sehr gefreut. Sie hat mich durch ihre überaus große Liebenswürdigkeit sehr entzückt. Gott sei Dank, daß, wie es den Anschein hat, im allgemeinen friedliche Aussichten bestehen; vielleicht gelingt es doch, eine erträgliche Lage in Europa ohne die befürchteten Katastrophen herbeizuführen." Berg, den 22. August 1867.

[2] Den die ganze Zusammenkunft nicht hatte. Prinz Napoléon schrieb darüber: Elle n'a abouti qu'à l'échange d'un procès verbal non signé de conversations assez insignifiantes rédigées par M. de Beust dans un français douteux où il est surtout question d'une entente vague et d'une conduite commune en Orient.

Der Kaiser von Österreich konnte aus naheliegenden politischen Gründen eine förmliche Einladung zu dem Kondolenzbesuch des Kaisers Napoleon an den König von Bayern nicht wohl richten, ganz abgesehen davon, daß ihm Ludwig II. seit seiner Thronbesteigung einen Besuch noch nicht abgestattet hatte. Immerhin hätte sich aber wohl leicht ein Besuch des königlichen Vetters und Nachbars in das Festprogramm einfügen lassen, wenn Ludwig II. daran gelegen gewesen wäre.

Jedenfalls kam Ludwig II. dabei um ein Schauspiel, das ihn, den Verehrer der Kaiserin Elisabeth, besonders hätte fesseln müssen: das Schauspiel des Wettstreits an Schönheit und Grazie der beiden Kaiserinnen, den Beust und Gramont schildern.

Wer von allen denen, welche die beiden fürstlichen Frauen im Glanze sahen, hätte damals gedacht, daß sie beide ein fast gleich trauriges Schicksal erwarte? Daß sie beide ihre einzigen Söhne durch einen gewaltsamen Tod verlieren würden, daß die eine drei Jahre später in's Exil wandern müsse, und die andere dem vollen Zusammensturz ihres geliebten Adoptivvaterlandes nur durch ein früheres, gleichfalls gewaltsames Ende entgehen werde?

Aber etwas wie eine Ahnung des bevorstehenden Unheils gab sich in der Rührung des Abschieds kund. „Die Entente cordiale der Kabinette," berichtete am 22. August die Allg. Zeitung, „drückte sich auch dem Uneingeweihten unverkennbar in dem herzlichen, geradezu rührenden Abschied der Souveräne und ihrer Gemahlinnen aus[1]. Die beiden Kaiserpaare schieden als Freunde von einander. Das war unverkennbar. Wiederholte Umarmungen, Händeschütteln, Thränen in den Augen der fürstlichen Frauen, welche schwarze Kleider trugen. Sichtlich nur mit Mühe bemeisterte Napoleon sein Ergriffensein, als er neben seiner Gemahlin, die der kaiserlichen Freundin fortwährend mit der Hand zuwinkte, am Rande des offenen Salonwagens stand. Das Sprechen verbot der rauschende Vortrag des „partant pour la Syrie," den die Kaiserjägermusik im Momente des Einsteigens begann und erst zu Ende führte, als der kaiserliche Hofzug schon den Bahnhof verlassen hatte."

---

[1] Erst nach vielen Jahren, kurz nach dem Tode des Kronprinzen Rudolf, sahen sich die beiden Kaiserinnen in Corfu wieder. Bei dieser Gelegenheit erzählte die österreichische Kaiserin Eugenie den ganzen Hergang der Tragödie in einer von der herrschenden Meinung abweichenden Version. Graf Fleury Memoiren der Kaiserin Eugenie, Leipzig 1921, S. 429f.

Seitens der bayerischen Hofhaltung waren verschiedene Vorbereitungen für einen eventuellen Aufenthalt der französischen Majestäten in Bayern in Aussicht genommen gewesen. Zuerst hieß es, es würden für sie Appartements im Schlosse zu Nymphenburg in Bereitschaft gesetzt, in dem einst Max I. Napoleon I. empfing, dann sprach man von den nach Karl VII. benannten „Kaiserzimmern“ in der Residenz, welche Napoleon I. bewohnt hatte. Auch ein Diner im Schlosse zu Berchtesgaden oder bei schönem Wetter unter einem Zelte am Königssee wurde in Aussicht genommen, das Ludwig II. den beiden Kaiserpaaren für den Fall anbieten ließ, daß sie nach Berchtesgaden kommen sollten. Man wollte damit am 20. August das Schauspiel eines Holzsturzes unter Musikbegleitung verbinden.

Für den 23. August wollte Ludwig II. die französischen Gäste zu einem Diner auf der Roseninsel einladen, wohin er sie nach der Begrüßung auf dem Münchener Bahnhof geleitet hätte. Er sah jedoch davon ab, da der Oberzeremonienmeister v. Moy telegraphierte, daß I. I. M. M. in dem Wunsche, das strengste Inkognito zu bewahren und ohne weiteren Aufenthalt nach Frankreich zurückzukehren, für alles verbindlichst dankten.

Es bleibt immerhin verwunderlich, daß Napoleon III. zweimal an München vorüberfuhr, ohne — das schöne Grabmal seines Oheims, des Prinzen Eugen, von Thorwaldsen in der dortigen Michaelskirche zu besuchen.

Der König betraute mit seiner Vertretung auf dem Münchener Bahnhof bei der Rückfahrt des französischen Kaiserpaares den Minister des Äußeren, Fürsten Hohenlohe, der darüber in seinem Journal unterm 23. August 1867 sehr eingehend berichtet: „Nachdem der Kaiser mich begrüßt und seine Dankbarkeit für S. M. den König über den Empfang, den er in Bayern gefunden hatte, ausgesprochen, erwähnte er, daß er für Bayern noch lebhaftes Interesse fühle, da er hier seine Jugend zugebracht habe. Dann nahm er mich beiseite an eines der Waggonfenster und begann die politische Konversation mit den Worten: „Vous trouvez beaucoup de difficultés?“ Ich erwiderte, daß allerdings die Lage der Mittelstaaten eine schwierige sei. Dazu komme, fuhr der Kaiser fort, noch die Presse, worauf ich erwiderte: „La presse chez nous est encore très peu civilisée.“ Lachend antwortete er: „Oui, chez nous aussi, elle n'est pas très civilisée.“ Dann fuhr er ernsthaft fort, er hoffe, daß der Friede erhalten werde. Er sei immer für den Frieden, die Menschheit bedürfe des Friedens, und der Gedanke, daß die Vergrößerung und Kräftigung eines Landes eine Drohung für einen Nachbarstaat sei, „est passée de mode." Viel hänge freilich von Preußen ab. Die öffentliche Meinung in Frankreich sei leicht irritiert, und es komme darauf an, ob Preußen den Norddeutschen Bund noch weiter ausdehnen wolle. Ich erinnerte nun daran, daß Bismarck selbst erklärt habe, er könne uns nicht brauchen. „Oui, M. de Bismarck," antwortete der Kaiser, „m'a aussi parlé avec beaucoup de modération, mais," fügte er lächelnd bei, „il prétend que ce sont les Etats du midi qui le forcent à aller plus loin." Ich erwiderte, daß dieses Drängen nur von einer Partei ausgehe, und daß man sich im allgemeinen in betreff des Eintritts in den Norddeutschen Bund abgekühlt habe. Dann sagte er, indem er mich halb fragend ansah: „Je regrette que vous n'avez pu former la confédération des Etats du midi de l'Allemagne. Mais c'était impossible?" Ohne auf die Frage näher einzugehen, verwies ich auf die materiellen Interessen, die uns mit dem Norden Deutschlands verbinden und bemerkte, daß die Abneigung gegen einen Süddeutschen Bund zum Teil ihren Grund in der Befürchtung habe, daß dadurch diese materiellen Interessen geschädigt werden könnten. Er wiederholte dann nochmals die Friedensversicherungen, und ich benutzte die Gelegenheit, zu sagen, daß eine Einigung von Österreich, Preußen und dem übrigen Deutschland und eine Allianz dieser Konföderation mit Frankreich jedenfalls das beste Mittel zur Erhaltung des Friedens und zum Schutze der Zivilisation sei, was der Kaiser beifällig aufzunehmen schien, indem er sagte: „Oui, la civilisation est bien menacée." Er sprach noch von den Gefahren der sozialen Bewegung und brach dann das Gespräch ab."

Vom Wagenfenster aus richtete der Kaiser noch das Wort in deutscher Sprache an den anwesenden Freih. v. Liebig, sowie an den General Freih. v. Hohenhausen, der schon unter Napoleon I. in den Schlachten von Abensberg und Eckmühl mitgefochten hatte.

XVIII.

Man wird Napoleon III., Beust, Goltz und all den vielen, welche die gleiche Meinung hegten, in der Theorie darin Recht geben dürfen, daß bei einer weniger zentralistischen Neugestaltung Deutschlands Frankreich sich allmählich beruhigt hätte und nicht nur der Krieg von 1870/71, sondern auch seine Folge und Fortsetzung, der Krieg von 1914/19, zu vermeiden gewesen wäre. Aber auch diejenigen haben Recht behalten, welche eine solche Lösung der deutschen Frage unter Ludwig II. für praktisch ebensowenig durchführbar erklärten, als sie es unter Max II. gewesen war.

Der jugendliche, weltabgewandte Monarch, dessen einziger politischer Gedanke nach einer Äußerung Roberts v. Mohl in der Heilighaltung seiner Souveränitätsrechte bestand, war schon im Hinblick auf seine krankhafte Veranlagung außerstande, eine führende Rolle zu spielen und sich an die Spitze einer Vereinigung von süddeutschen Fürsten zu stellen, denen er sich nicht einmal persönlich zugänglich erwies. Die Südstaaten übten auch sehr wenig Anziehungskraft aufeinander aus, und das Wenige, das sie von Selbstgefühl noch besaßen, richtete sich viel mehr gegen irgendeine Unterordnung unter das katholische Bayern, als gegen die Vorherrschaft des protestantischen Preußens.

Dies alles war denn auch hindernd in den Verhandlungen hervorgetreten, die Fürst Hohenlohe längst vor der Salzburger Zusammenkunft, zu Anfang des Jahres 1867, wegen Konstituierung einer Art von Südbund eingeleitet hatte. Er war, wie der soeben zitierte badische Gesandte am bayerischen Hofe berichtet, „gegen seine innerste Ansicht, aber, um den König in leidlicher Geneigtheit zu erhalten, zur Anstrebung eines Süddeutschen Bundes genötigt.‘‘

Seine „Denkwürdigkeiten‘‘ gewähren Einblick in alle Einzelheiten dieser Versuche. Er hatte unterm 20. März 1867 um die königliche Ermächtigung nachgesucht, in Stuttgart, Karlsruhe und Darmstadt Unterhandlungen zu eröffnen und in Berlin und Wien Anknüpfungspunkte zu suchen. Ludwig II. hatte einem vorgelegten Entwurfe von Punktationen unter gewissen Vorbehalten seine Zustimmung erteilt. Er wünschte insbesondere, daß die Ablehnung des Eintritts der süddeutschen Staaten in den Norddeutschen Bund noch entschiedener ausgesprochen und in der Folge strengstens festgehalten werde, sowie daß die Anerkennung der Notwendigkeit eines Parlamentes vermieden werden möge. Schon der erstere Punkt begegnete dem lebhaften

Widerspruch Badens, das trotz Abmahnung Bismarcks in den Norddeutschen Bund förmlich hineindrängte.

Die vorgeschlagenen Punktationen (Ministerialerklärungen) vom 6. Mai 1867 wurden daher zunächst nur von Württemberg unterzeichnet. Sie enthalten nicht sowohl Vorschläge zu einem Südbund, als zu einem Sonderbund zwischen den Südstaaten und dem Norddeutschen Bund, der erst auf Anregung von Preußen hin in die Erscheinung treten sollte. Ludwig II. hatte auf die letztere Einschränkung Gewicht gelegt und unter dem 30. Mai 1867 an seinen Minister des Äußern reskribiert, „daß ihm jetzt doppelte Vorsicht vonnöten zu sein scheine, da es sich nicht bloß um Wahrung der Selbständigkeit Bayerns, sondern auch um Fernhaltung der Gefährdung des europäischen Friedens handele." —

Eine weitere Bedingung des Abschlusses der vorgeschlagenen Vereinbarung zwischen den Südstaaten sollte nach einem von Hohenlohe im Benehmen mit Bismarck aufgegriffenen Gedanken der gleichzeitige Abschluß einer Allianz des gesamten Deutschlands mit Österreich bilden. Man glaubte, durch diesen Allianzvorschlag die Zustimmung Österreichs zum Eintritt Süddeutschlands in den Norddeutschen Bund zu erlangen. Allein der Vorschlag einer Allianz mit Österreich kam damals zu früh. Noch hatte sich die österreichische Verstimmung über die Schutz- und Trutzbündnisse nicht verflüchtigt; Beust wollte sich nicht mit Frankreich verfeinden und fand es beleidigend, daß man ihm als Äquivalent hiefür nichts anderes anzubieten hatte, als die Garantie der deutschen Besitzungen Österreichs. An diesen Erwägungen scheiterte auch die von Hohenlohe, gleichfalls im Benehmen mit Bismarck, verfügte Mission des Grafen Tauffkirchen nach Wien, die, wie der französische Gesandte in Stuttgart erklärte, Bayern teuer angerechnet worden wäre, wenn es kurz darauf zum Kriege gekommen und Frankreich siegreich daraus hervorgegangen wäre. Beust bestritt Fröbel gegenüber sogar die Legitimation dieses Unterhändlers, da ja Bayern durch die eingegangenen Verträge die zu einer Vermittlerrolle nötige Selbständigkeit verloren habe.

Die Verhandlungen über den Südbund wurden durch einige Inzidenzpunkte unterbrochen. Am 1. April 1867 hatte der preußische Gesandte in München den telegraphischen Auftrag erhalten, zu berichten, welchen Eindruck dem dortigen Kabinett der Verkauf von Luxemburg an Frankreich mache. Auch wünschte Graf Bismarck durch Vermittelung Bayerns zu erfahren, welche Haltung er im Falle eines Krieges mit Frankreich von Österreich zu erwarten habe? Trotz seines gelegentlich geäußerten Widerstrebens gegen Präventivkriege schien er nicht übel Lust zu verspüren, den unvermeidlich erscheinenden Waffengang mit Frankreich schon damals anzutreten.

Hohenlohe erstattete dem König persönlich Bericht über die Angelegenheit und wurde von ihm zu der Zusage ermächtigt, daß Bayern im Falle eines Krieges in Gemäßheit des Schutz- und Trutzbündnisses an der Seite Preußens stehe, daß es aber die süddeutschen Verhältnisse dringend wünschenswert erscheinen ließen, daß Bismarck das Ergebnis der Anfrage nach Wien abwarte, ehe zu äußersten Entschlüssen geschritten werde.

Dieses Ergebnis war kein ungünstiges. Baron Beust verhielt sich etwas kühl, erklärte aber Fröbel, den Hohenlohe an ihn gesandt hatte, am 4. April 1867, er sei in keiner Weise mit Frankreich engagiert, wohlwollende Neutralität liege in der Natur der Sache und sogar mehr sei nicht ausgeschlossen, wenn Preußen sich zu entsprechenden Gegenleistungen werde bereit finden lassen.

Man kam mit harter Mühe noch einmal am Kriege vorbei; daß die Sache aber einen befriedigenden Ausgang nahm, kann man nicht behaupten. Der französische Diplomat G. Rothan hat über die Luxemburger Affäre, die er das Vorspiel des Krieges von 1870 nennt, ein dickes Buch geschrieben (1883), das manches Richtige enthält und zu dem Ergebnis gelangt, die Lage mit ihren Problemen und Gefahren sei die gleiche geblieben. „L'affaire du Luxembourg laissait derrière elle une profonde irritation; la France avait forcé la Prusse de sortir de sa forteresse, mais la Prusse l'avait empêchée d'y entrer."

Auch Napoleon III. äußerte nach Fleury (Bd. 2, S. 161 f.)

Bedauern darüber, daß die preußische Regierung sich nicht zu entschließen vermochte, in die von ihm gewünschte Vereinigung Luxemburgs mit Frankreich zu willigen. Wäre es dazu gekommen, so würde Frankreich nicht stärker und Deutschland nicht schwächer geworden sein; dieses geringfügige Zugeständnis hätte aber nach seiner Meinung genügt, um die Forderungen des französischen Volkes zu befriedigen.

XIX.

Hohenlohe hatte inzwischen den badischen Abänderungsvorschlägen zu den Mai-Punktationen Rechnung getragen und das so modifizierte Übereinkommen schien eine geeignete Grundlage für gemeinsame Verhandlungen der süddeutschen Staaten mit dem Norddeutschen Bunde abzugeben. Der Großherzog von Baden hatte unterm 27. Mai 1867 sein Ministerium ermächtigt, „hiernach mit den drei anderen Regierungen in Verhandlungen über die Gründung eines weiteren Bundes der süddeutschen Staaten mit dem Norddeutschen Bunde einzutreten." Er tat aber unterm 29. August 1867 einen weiteren Schritt zur Förderung der Sache, indem er den König von Bayern einlud, bei ihm auf Schloß Mainau mit den Königen von Preußen und Württemberg zusammenzutreffen. Als Grund dieses Zusammentritts bezeichnete er die Bedeutung, welche die Haltung der süddeutschen Regierungen für die Entwicklung der französisch-österreichischen Absichten hätte. Er habe sich persönlich überzeugt, daß die Verhinderung eines Bündnisses zwischen Südwest- und Norddeutschland einen fortwährenden Gegenstand der Sorge in Paris bilde. Die deutsche Lage habe zwar durch Erneuerung und Umgestaltung des Zollvereins eine Verbesserung erfahren, aber die Aussicht einer weiteren Entwicklung in dieser Richtung scheine nunmehr auch einen wesentlichen Antrieb zu der Salzburger Zusammenkunft gegeben zu haben (?). Während im Monat August eine Versammlung süddeutscher Abgeordneter in Stuttgart beschloß, die deutsche Einheit nicht mit einem Sprung, sondern auf dem Wege eines militärischen und Zollbündnisses zu erreichen, schien dies alles dem Schwiegersohn des Königs Wilhelm I. nicht genug, und er verkündete in einer Thronrede vom 5. September 1867 den festen Entschluß, der nationalen Einigung mit dem Norddeutschen Bund unausgesetzt nachzustreben. Sein Minister des Innern, Jolly, der wie der Großherzog mit einer Preußin verheiratet war, teilte nicht nur die zentralistischen Tendenzen seines hohen Herrn, sondern übertrieb sie dermaßen, daß der Großherzog zuletzt Reue darüber empfand. Jolly erwarb sich auch, wie dessen Neffe in seiner Biographie des Ministers hervorhebt, „Verdienste um entschiedene Bekämpfung des Südbundes, da Freydorff trotz seiner aufrichtig „nationalen“ Gesinnung diesem Plane nicht so abgeneigt war, wie er.“

Diese Tendenzen und Gesinnungen standen in einem absoluten Gegensatz zu denen Ludwigs II. und, da es näher lag, daß der Großherzog von Baden auch den König von Bayern für dieselben gewinnen, als sich davon abbringen lassen wolle, ist es begreiflich, daß Ludwig II. wenig Lust verspürte, dem an ihn ergangenen Rufe Folge zu leisten. Nichtsdestoweniger hätte er die Einladung annehmen sollen. Man kann keine Führerrolle spielen, ja auch nur Einfluß auf seine Standesgenossen gewinnen, ohne seine Persönlichkeit einzusetzen. Der persönliche Verkehr und der mündliche Gedankenaustausch bieten Möglichkeiten der Annäherung und des Ausgleichs von Gegensätzen, die nichts ersetzt. Ludwig II. nahm den höchsten Rang unter den süddeutschen Fürsten ein; aber er war der jüngste unter ihnen. An ihm lag es also, sich ihnen zu nähern, ihre Freundschaft zu suchen, ihr Vertrauen zu wecken und durch persönliche Liebenswürdigkeit zu ersetzen, was ihm an Erfahrung fehlte. Das war auch die Meinung des Fürsten Hohenlohe; allein er glaubte auf die unüberwindliche Menschenscheu seines Gebieters Rücksicht nehmen zu müssen und beginnt seinen Bericht über die badische Einladung mit dem im Munde eines Rates der Krone wenig angebrachten Satze, der König werde am besten selbst zu ermessen vermögen, inwiefern ein solcher Vorschlag seinen Interessen entspreche; er erlaubt sich nur ehrfurchtsvollst anzufügen, daß die Zusammenkunft mit dem Könige von Preußen und der Besuch auf der Insel Mainau gemeinschaftlich mit dem König von Württemberg manche Vorteile darbiete. Behufs mündlicher Berichterstattung bei dem König versah der Fürst außerdem den Kabinettssekretär Lutz mit einer Reihe von Gründen, unter denen auch die Rührigkeit des Herrn v. Varnbüler figurierte. Lutz tat nach seiner Versicherung sein bestes. Die Debatte dauerte ein paar Tage und Gründe für und wider wurden in Erwägung gezogen. Wann aber hätten je Gründe obgesiegt, wo ihnen Triebe im Wege standen? Die Schwierigkeit für den König war nur die, eine gute Ausrede zu finden, was ja bekanntlich Einladungen gegenüber auch im Privatleben nicht immer leicht ist. Aber es gelang, Ludwig II. übertraf sich selbst und fand einen hochpolitischen Grund zur Ablehnung. „Es gehe aus der Zeit der Einladung und aus den Motiven des Großherzogs unzweideutig hervor," befahl er Lutz, Hohenlohe zu sagen, „daß mit der Zusammenkunft in Mainau eine politische Demonstration gegen die Salzburger Zusammenkunft beabsichtigt werde. Die jüngste badische Thronrede gebe genügenden Aufschluß darüber, in welchem Sinne eine solche „Trutzerklärung" von dem Großherzog aufgefaßt werde. Bayern sei zwar nicht gewillt, französisch-österreichische Bündnisse zu suchen und werde treu an dem abgeschlossenen festhalten, aber auf den Standpunkt des Großherzogs könne sich S. M. deshalb doch nicht stellen und zu einer Trutzerklärung gegen die anderen Mächte, die Bayern mehr als nötig an Preußen knüpfe und letzteres noch zu weiteren Übergriffen ermutigen werde, scheine die Salzburger Zusammenkunft keinen genügenden Anlaß zu bieten."

Schließlich schlich sich auch noch ein kleines Mißverständnis ein. Hohenlohe hatte Lutz geschrieben: „Wenn S.M. mich ‚allein' hinschicken, so genügt das nicht." Hohenlohe hatte natürlich gemeint, ‚ohne daß der König mitgehe'; aber Ludwig verstand es anders und ließ ihm sagen, er habe nichts dagegen, daß er den Ministerialrat Baron Völderndorff mitnehme.

Damit schien die Sache für den König erledigt. Wie aber in
einem spannenden Lustspiel ein guter Schachzug durch einen
besseren gesteigert zu werden pflegt, so entzog der Großherzog
von Baden den Einwendungen Ludwigs II. durch die Nachricht
den Boden, daß der König von Württemberg die Begegnung mit
dem König von Preußen auf spätere Zeit verschoben habe, und
erschwerte die Ablehnung seiner Einladung noch durch die Mitteilung, daß es den König von Preußen sehr freuen werde, wenn
ihn der König von Bayern während seines Aufenthaltes in Mainau
besuchen wolle.

Hohenlohe wies darauf hin, daß auf diese Weise die Frage
politische Bedeutung gewonnen habe, und daß bei der Stellung,
welche Preußen in Deutschland einnehme, eine Verstimmung
des preußischen Monarchen für den König von Bayern die nach-
teiligsten Folgen haben könne. Der Fürst nahm die Sache ernst
und lehnte die Verantwortung für alle Folgen ab, welche die
Unterlassung des angeregten Besuches mit sich führen werde.
Den Großherzog bat er, sich auf den Ausdruck seines Bedauerns
beschränken zu dürfen und ihn von der weiteren Ausführung
der Gründe des Entschlusses zu dispensieren. Man schlug dann
Ludwig II. als Ort des Besuches statt Mainau Sigmaringen vor;
aber alles, was man erreichen konnte, war, daß er den König
von Preußen auf dessen Rückreise von Sigmaringen am 6. Oktober 1867 auf dem Bahnhof zu Augsburg von 4—6 Uhr begrüßte. — Abeken hatte König Wilhelm am 14. Oktober 1867
einen Bericht des preußischen Gesandten in München vorzulesen,
der sich über den guten Eindruck verbreitete, den die damalige
Reise seines Herrn in Bayern gemacht hatte, insbesondere auch
bei dem „kindlichen König Ludwig selbst, der von der Freundlichkeit und Herzlichkeit Wilhelms ganz überrascht gewesen
sei." Der königliche Oheim hatte ihn ja im Vorjahre nicht gerade
verwöhnt.

Am 8. Oktober 1867 erstattete Fürst Hohenlohe in der Kammer
der Abgeordneten Bericht über die politische Lage Bayerns.
Er zählte auf, was Bayern nicht wolle und bezeichnete als das,
was es wolle: die Einigung des zur Zeit getrennten Deutschlands

in der Form eines Staatenbundes. Die Vorlage über den neuen Zollverein begegnete in der Kammer der Reichsräte Beanstandungen. Hohenlohe begab sich am 27. Oktober 1867 mit Baron Thüngen, dem Führer der Opposition, nach Berlin, um die Aufrechterhaltung des Bayern bisher zugestandenen Vetorechtes zu erwirken. Nachdem aber Bismarck und Kaiser Wilhelm jedes Zugeständnis in dieser Richtung ablehnten, stimmte schließlich auch die Kammer der Reichsräte dem neuen Zollverein zu.

Am 6. November empfing Hohenlohe den Besuch des Baron Beust und trug über die Anregung eines Südbundes folgendes in sein Journal ein: „Der Gedanke Beusts und des Kaisers Napoleon würde wohl in einer Union der süddeutschen Staaten in militärischer und diplomatischer Beziehung seine Realisierung finden. Auf meine Frage, ob denn das bloße Abwarten diesen Zweck nicht ebenso erreiche, meinte Beust sehr eifrig, damit werde der Krieg nicht vermieden. Es scheint, daß die entschiedene Absicht besteht, uns, wenn wir nicht gutwillig auf den Gedanken eingehen, bei der ersten Gelegenheit dazu zu zwingen." „Bayern kann sich am Ende eine solche Union gefallen lassen, wenn damit kein wirklicher Bundesstaat gebildet werden soll."

Auch König Ludwig II. wurde unruhig und widerstrebte dem „bloßen Abwarten". Wenn er auch zu persönlichen Schritten nicht zu bewegen gewesen war, so wollte er doch darum die Verhandlungen über den Südbund nicht aufgegeben wissen und ließ Hohenlohe zur Berichterstattung über den Stand der Angelegenheit auffordern.

Die von Bayern eingeleiteten Abmachungen über diesen Gegenstand waren über dem Zollverein so gut wie vollständig in die Brüche gegangen. Hohenlohe muß demgemäß unterm 23. November 1867 dem König berichten, daß die Unterhandlungen „vorläufig" als beruhend anzusehen seien. Indessen räumt er ein, daß mit einem rein negativen Verhalten den Interessen Bayerns nicht gedient sei. Die Strömung der öffentlichen Meinung sei so gewaltig, daß, wenn die Regierung die Initiative aus der Hand gebe, andere Elemente über sie hinweg Ereignisse hervorrufen könnten, welche die Selbständigkeit Bayerns bedrohen.

Die Schlußfolgerungen, welche Fürst Hohenlohe aus diesen Erwägungen zieht, sind so verklausuliert, daß sie den Stempel des Mißerfolgs von Anfang an an der Stirne tragen. Ein Zusammenschluß der süddeutschen Staaten nach Analogie des Norddeutschen Bundes scheine ihm nicht ratsam, aber der Zeitpunkt sei gekommen, — er war längst verpaßt! — in dem diese Staaten sich die Hand zu einer Vereinigung reichen sollten, welche wenigstens gemeinsame militärische Einrichtungen und eine gemeinsame Beratung über gleichmäßige politische Haltung zur Folge haben könnte. Ob hieraus ein süddeutscher Staatenverein zu gestalten sei, hänge von der Haltung der preußischen Regierung ab, ohne deren Zustimmung weder Baden, noch Hessen und „selbst kaum" Württemberg auf einen solchen Gedanken eingehen würden.

Ludwig II. beantwortete den Bericht Hohenlohes mit einem „Marginalreskript" vom 26. November 1867, das von dem neuen Kabinettssekretär v. Lipowski abgefaßt worden sein dürfte, mit dessen Haltung der Fürst bald sehr unzufrieden war: Es lautet: „Ich bin wegen der Unabhängigkeit Meiner Krone und wegen der Selbständigkeit des Landes sehr besorgt. Deshalb habe Ich Sie zu einer Darstellung der politischen Lage veranlaßt. Es gibt Mir nun Ihr Bericht doch einige Beruhigung, da Ich hieraus wahrnehme, daß es Ihnen gelingen werde, die drohenden Gefahren durch Bildung eines süddeutschen Staatenvereins abzuwehren. Ich spreche Ihnen für Ihre Tätigkeit gerne Meinen Dank und Meine Anerkennung aus und bin auch mit den von Ihnen vorgeschlagenen Schritten einverstanden. Da diese Angelegenheit Meine Aufmerksamkeit unausgesetzt in Anspruch nimmt, so sind Mir Ihre Berichte ganz genehm.

Hohenschwangau, den 26. November 1867.   Ludwig."

Solche Berichte hat jedoch Fürst Hohenlohe aus eigenem Antrieb nicht mehr erstattet. Alles, was er in der Sache noch tat, war, daß er seinen Freund und Hilfsarbeiter, den Ministerialrat Baron Völderndorff, veranlaßte, einen Vertragsentwurf auszuarbeiten, und diesen „als einfache Privatarbeit", „nicht als Minister des Äußern," sondern „als Freund" dem Freiherrn v. Varnbüler zusandte.

Völderndorff ist niemals politisch hervorgetreten, war aber ein ausgezeichneter Jurist. Sein gut gearbeiteter Entwurf hätte daher wohl als Grundlage zu weiteren positiven Vorschlägen benützt werden lönnen. Allein vielleicht schon im Hinblick auf die rein akademische Behandlung, nahm Varnbüler, dessen „höchst staatsmännisches Talent" in dem Begleitschreiben ausdrücklich anerkannt wird, die Sache nicht ernst und beantwortete das Schreiben des Fürsten Hohenlohe vom 30. November 1867 erst um Neujahr 1868 dahin, daß die gemeinsame Durchführung der militärischen Einrichtungen notwendig sei, daß er aber daran zweifle, daß die übrigen Punkte zu einer organischen Einigung der süddeutschen Staaten Stoff liefern und die Tätigkeit eines Bundesorgans ohne gemeinsame Volksvertretung die öffentliche Meinung befriedigen werde. Ein süddeutsches Parlament aber wollte er nicht; es war ein solches in dem Völderndorff'schen Entwurfe auch nicht vorgeschlagen gewesen.

Damit fiel die so lange behandelte Frage eines Südbundes definitiv unter den grünen Tisch und Hohenlohe ließ es zu einer neuen Mahnung des Königs (vom 5. April 1868) kommen, bis er am 10. April die von S. M. verlangte „Aufklärung" darüber abgibt, „aus welchen Gründen der Versuch der Bildung eines süddeutschen Staatenvereins gescheitert ist."

Der Rechtfertigungsbericht verrät eine gewisse Hilflosigkeit. Fürst Hohenlohe war ein guter Diplomat, aber kein Staatsmann von eigenen, produktiven Ideen. Er wußte immer Auswege und Seitengassen, aber er war nicht fähig, festen Schrittes einen geraden Weg zu gehen. Auch in dem gegebenen Falle verschleiert er die Gründe des Mißerfolges, der ihm am wenigsten zur Last fällt. Er beschwört die Gespenster eines süddeutschen Parlaments und einer republikanischen Föderativverfassung, von welchen er wußte, daß Ludwig II. sie fürchtete. Er zieht aus dem Bündnis, das die klerikalen und demokratischen Elemente inzwischen im Zollparlament eingingen, den Schluß, daß die Gewährung eines süddeutschen Parlaments die äußerste Gefahr böte, die Autorität der süddeutschen Regierungen zu Grunde zu richten und damit jene Pläne zu fördern, deren Endziel die republikanische Föderativverfassung Süddeutschlands mit Anschluß an die Schweiz sei. Die Voraussetzungen, unter denen allein die Durchführung des ursprünglichen Planes möglich gewesen wäre, seien inzwischen in Wegfall gekommen: ein intimeres Verhältnis zwischen Österreich und Frankreich und die Geneigtheit Preußens, zur Erhaltung des Friedens dadurch beizutragen, daß es einen gelinden Druck auf Württemberg, Baden und Hessen ausübe, um sie zu der Erfüllung der Prager Stipulationen zu veranlassen.

Diese Geneigtheit bestand wohl niemals und da den Südstaaten der Wille und die Fähigkeit fehlte, sich aus eigener Kraft zum Schutz ihrer Eigenart und zur Erhaltung des Friedens untereinander zu verbinden, gehört die Idee der Trias und der „Vereinigten süddeutschen Staaten" zu den bloßen Phantasiegebilden, an denen das Leben der Einzelnen und die Weltgeschichte so reich sind.

XX.

Es war ein charakteristisches Anzeichen des Niedergangs einer selbständigen Politik Bayerns, daß das Ministerium um jene Zeit sogar sein eigenes Preßorgan aufgab, das die übrigen Südstaaten beibehielten. Ende August 1867 wurde bekannt gemacht, „daß S. M. der König zu genehmigen geruhten, daß mit dem 30. September die ‚Bayerische Zeitung' zu erscheinen aufhöre." Sie sollte zwar zunächst durch ein von der Regierung materiell unterstütztes offiziöses Organ „Die Süddeutsche Presse", ersetzt werden, allein der Vertrag mit dieser dauerte nur vom 1. Oktober 1867 bis zum 31. Dezember 1868 und von da ab bis zum Ministerium Hertling erachtete es die bayerische Regierung bequemer, sich nicht durch ein eigenes Organ genötigt zu sehen, Farbe zu bekennen und Meinungen zu äußern, die sie entweder gar nicht hatte oder lieber geheim hielt.

Der Gedanke, die bisherige Staatszeitung durch ein großangelegtes Organ zu ersetzen, war von Richard Wagner ausgegangen, der ein solches von entschieden nationalem Charakter zur Verbreitung seiner künstlerischen und politischen Ideen für nötig erachtete. Einigen Bedenken begegnete der weitere Vorschlag Richard Wagners, mit der Leitung dieses neuen Unternehmens Julius Fröbel zu betrauen, den er im Jahre 1848 in Dresden kennen gelernt hatte. Fröbel war im Oktober 1848 in die deutsche Nationalversammlung gewählt worden und trat am 13. Oktober mit Robert Blum die Schicksalsreise nach Wien an, von welcher der letztere nicht zurückkehrte und von der auch er beinahe nicht zurückgekehrt wäre, denn auch er war wegen Beteiligung an dem dortigen Aufstand zum Tode verurteilt worden. Nach seiner Begnadigung wanderte er in die Vereinigten Staaten aus und gewann dort die Vorliebe für den Föderalismus, den er dann lange auch auf die deutschen Staatsverhältnisse angewandt sehen wollte. „Ich hielt,“ schreibt er in seinen reichhaltigen „Lebenserinnerungen“ (Stuttgart 1891) „die deutsche Trias für die einzige Gestaltung des deutschen Nationaldaseins, welche auf friedlichem Wege möglich sei, und da die weitere Entwicklung der Dinge nicht auf friedlichem Wege vor sich ging, wurde wenigstens negativ meine Ansicht bestätigt.“ Da Fröbel der erste war, der die alte Triasidee publizistisch wieder aufnahm und vertrat, hatte schon Max II. Interesse für ihn bekundet, und Ludwig II. ließ die Druckkosten der zwei Bände seiner „Kleinen politischen Schriften“ bezahlen. Die Herren des Kabinetts besprachen mit Fröbel im Sommer 1864 in Hohenschwangau die deutschen Angelegenheiten. Ludwig II., der von seiner Anwesenheit unterrichtet war, sah sich ihn im Vorübergehen genau an. Der König hielt dabei, die Grüße freundlich erwidernd, einen soeben selbst im See gefangenen Fisch in der Hand, den er sodann Pfistermeister für das Mittagmahl mit Fröbel übersandte. Am nächsten Morgen wünschte er Fröbel auch zu sprechen, der jedoch bereits abgereist war. Ein Jahr später, am 29. November 1865, schrieb ihm Wagner, der König hätte sich für die Ruhe Bayerns besorgt geäußert, wenn er in ihm einen Mann beriefe, dessen wohlbekannter Name als identisch mit der Idee eines deutschen Parlamentes gelten müsse. Indessen ließ der König ihn grüßen und auffordern, ihm schriftlich seine Ansichten über Stellung und Aufgabe Bayerns in der deutschen Frage zu entwickeln.

Die damaligen Minister und Kabinettssekretäre waren entsetzt über den Plan der Berufung Fröbels, die letzteren wohl schon darum, weil Wagner an Fröbel sogar als an den künftigen Kabinettssekretär gedacht hatte. Fürst Hohenlohe teilte dieses Entsetzen so wenig, daß er Fröbel zweimal mit diplomatischen Missionen nach Wien, zu Beust, betraute und auch seine Zustimmung zu dessen Wahl zum Leiter der „Süddeutschen Presse" gab unter der Auflage, daß er vorher ein Programm einreiche.

Das Programm von Fröbels „Süddeutscher Presse" erschien Ende August 1867 in den Blättern und erregte ungewöhnliches Aufsehen. Das neue Preßorgan, wird darin verkündet, beabsichtige, vom süddeutschen Standpunkt aus auf den Gang der öffentlichen Angelegenheiten einzuwirken. Bei der Wichtigkeit, welche die Verhältnisse Süddeutschlands durch ihre problematische Natur erlangt hätten, sei ein Organ für diesen Zweck als Bedürfnis erschienen. Die Gründung eines süddeutschen Bundes sei nicht gelungen und habe auch ferner wenig Aussicht auf Erfolg. Die Auflösung des deutschen Gesamtsystems habe eine süddeutsche Staatengruppe übrig gelassen, welche, so spröde auch ihre einzelnen Glieder sich dagegen verhalten mögen, doch ein Ganzes bilde. An der Spitze dieser Gruppe stehe Bayern, dessen politische Bedeutung durch das Scheitern des süddeutschen Bundesplanes erhöht worden sei. Die deutsche Frage habe sich in eine süddeutsche zusammengezogen. An ihre Lösung knüpfe sich die Hoffnung Deutschlands wie das Schicksal Österreichs, ja die Entscheidung über Krieg und Frieden; sie sei der Knotenpunkt, in dem entschieden werde, ob das europäische Staatensystem einer Erneuerung fähig sei, oder der Zersetzung anheimfallen solle. Für Bayern gehe daraus eine hohe Aufgabe hervor, deren Erkenntnis geeignet sei, gebrochenes Selbstgefühl wieder aufzurichten. Sei eine wahrhaft föderative Einigung der süddeutschen Staaten nicht möglich, dann müsse der europäische Beruf Süddeutschlands sich in der bayerischen Politik zusammendrängen. Wie Italien jetzt zur Verhütung eines Bruches zwischen Frankreich und Preußen, so könne Bayern zur Verhütung eines abermaligen Bruches zwischen Preußen und Österreich beitragen. Das deutsche Nationalinteresse habe für jetzt nichts Höheres zu erwarten, als daß Österreich sich im europäischen Gesamtsystem wieder mit Norddeutschland und Süddeutschland zusammenfinde, und daß die drei deutschen Glieder der europäischen Familie sich zur Erhaltung des dem deutschen Geiste gebührenden Einflusses treu unterstützen. Dieser Satz bildet den Übergang zu der Aufzählung der mannigfachen Aufgaben der Presse, wobei hervorgehoben wird, daß insbesondere ideale Leistungen in neuerer Zeit den Ruhm Bayerns bildeten.

Dem Programme entgleitet in seinem zweiten Teil der Faden der Logik, und es ergeht sich in Allgemeinheiten ohne realpolitischen Wert. Die stolzen Sätze des ersten Teiles lassen es aber begreiflich finden, daß es den Beifall des Königs, Hohenlohes und Wagners fand. Die französische Presse las daraus, was gar nicht darin stand und geriet darüber in Entzücken. Der Korrespondent der Allgem. Zeitung berichtet unterm 30. August 1867 aus Paris: „Selten wird wohl dem Programm einer neuen Zeitung die Ehre zu Theil geworden sein, in den tonangebenden politischen Kreisen des Auslands einen solchen Widerhall zu finden, wie das Programm von Fröbels „Süddeutscher Presse", welches durch die Havas'schen Depeschen in einem compendiösen Auszug hier gemeldet wurde. Der französischen Regierung würde eine Lösung der deutschen Frage in dem von Fröbel angestrebten Sinn natürlich hoch erwünscht sein, einstweilen ist aber auch die bloße Tatsache sehr willkommen, daß das Thema einer Verewigung der Mainlinie und die Begründung von Bayerns Hegemonie südlich von dieser in Deutschland selbst zur Erörterung aufgestellt wird…" „Finde das Fröbel'sche Programm in Deutschland Anklang und lege Preußen seiner Ausführung keine Hindernisse in den Weg, so falle, nach hierländischer Argumentation, für Frankreich jeder Anlaß weg, sich fernerhin in die deutschen Angelegenheiten zu mischen." Und wenige Tage später, unterm 3. September 1867, meldet derselbe Berichterstatter aus Paris: „In den Gesprächen und Zeitungsartikeln nehmen Fröbel und München ebenso viel Platz ein, als Salzburg und Lille. Man klammert sich an die Fröbel'sche Politik, welche mit dem französischen Staatsgedanken genau zusammentrifft, und nicht minder genau den Punkt oder die Grenzlinie zeichnet, wo selbst für den friedfertigsten Franzosen der casus belli besteht. Fröbel hatte vielleicht niemals in seinem bewegten Leben einen so großen Erfolg als in Paris seit wenigen Tagen und zwar ausdrücklich bei den Franzosen, welche gegen ein freies großes Deutschland nicht die geringste Eifersucht hegen."

Ganz anders säuselte es in dem deutschen Blätterwald über Fröbels Programm.

Von allen Seiten brach ein heftiger Widerspruch los, an dem sich auch die österreichische Presse beteiligte. Die „Norddeutsche Allgemeine" fand das Programm, nicht ganz mit Unrecht, dunkel und andere Blätter verpönten die anachronistische Triasidee und die bayerische Großmachtpolitik, welche sie daraus herauslesen zu dürfen glaubten. Gegen den einzig positiven, keineswegs neuen Vorschlag des Programms wurde eingewandt, daß eine Vermittlerrolle doch nur der spielen könne, der darum angegangen werde und die „Augsburger Allgemeine" führte weiter aus: „Hat denn Bayern den vorigjährigen Kampf zwischen Preußen und Österreich zu verhüten vermocht? Ist der noch ein gewichtiger Vermittler, welcher ein Stück seiner Selbständigkeit schon zu Gunsten des einen Teils abgegeben hat? Zum Überfluß hätte die gescheiterte Sendung des Grafen Tauffkirchen nach Berlin und Wien als Wink dienen dürfen. Auf der Londoner Konferenz sprachen die deutschen Mittelstaaten zum letzten Mal mit: künftig werden die Entscheidungen über deutsche Angelegenheiten nur noch in Berlin und Wien liegen. Darum hat auch gerade dieser Satz des Programms in den Blättern Wiens und Berlins scharfe Zurückweisung gefunden, weil man dort so bald kein moralisches Gewicht ohne militärischen Rückhalt gelten lassen wird." —

Zuletzt erfolgte auch noch in der „Augsburger Allgemeinen" ein — zum mindesten überflüssiges Dementi, welches die bayerische Regierung gegen den von Niemand erhobenen Vorwurf in Schutz nahm, daß sie eine europäische Machtstellung anstrebe. Seit Fürst Hohenlohe an der Spitze der Geschäfte stehe, könne der bayerischen Regierung weder eine Handlung, noch eine Äußerung nachgewiesen werden, welche die entfernteste Neigung hiezu verriet. Bayerns Aufgabe sei vielmehr, durch Entwicklung der bürgerlichen Freiheiten sich eine achtunggebietende Stellung zu erringen und „durch seine innere Politik zu glänzen". Zum Beweis wird eine damals in Angriff genommene Reform der Institution des Adels und der Kammer der Reichsräte angeführt, die jedoch ebenso — in's Wasser fiel, wie der Südbund.

Die größte Enttäuschung sollte Richard Wagner erleben: Der von ihm auserwählte Apostel zeigte sich durchaus nicht geneigt, das Opfer seines eigenen Urteils zu bringen, in dem neuen Organ das Evangelium des Meisters einwandlos zu verkünden und dessen zu weitgehende Forderungen durchzuführen. Die bestehenden Meinungsverschiedenheiten führten schon frühe zum vollständigen Bruch zwischen Richard Wagner und Julius Fröbel.

Die Staatsregierung hatte sich verpflichtet, zur ökonomischen Sicherstellung des Blattes und Deckung eines allenfallsigen Defizits für den Zeitraum vom 1. Oktober 1867 bis zum 1. Januar 1869 20,000 Gulden beizusteuern. Zu Honoraren für Kunstkritik im Wagnerischen Geiste hatte außerdem der König für den gleichen Zeitraum 10,000 Gulden aus der Kabinettskasse zugesagt. Da aber Wagner, der diesen Zuschuß vermittelt hatte, daraus, nach der Darstellung Fröbels, einen zu weitgehenden Einfluß auf die Kunstkritik des Blattes und auf die Wahl der Kritiker ableitete, verzichtete Fröbel auf die königliche Unterstützung. Wagner lieferte sehr umfangreiche Beiträge, so die lange Abhandlung über „Deutsche Kunst und deutsche Politik", deren weiterer Abdruck aber mit N. XIV auf ausdrücklichen Befehl des Königs unterblieb. Am 19. Dezember 1867 war ein Ministerialrat auf dem Redaktionsbureau erschienen, welcher Fröbel einen Erlaß des Ministeriums des Innern vorlas, des Inhalts, daß der König die augenblickliche Einstellung der Fortsetzung der Artikel Wagners über „deutsche Kunst und deutsche Politik" befehle. Es kamen in diesem Erlaß die Worte vor: „S. M. bezeichnen diese Artikel als selbstmörderisch."

Glasenapp (Leben Wagners, Bd. III, 1) benennt diese Weisung „rätselhaft" und das Begebnis „bis auf den heutigen Tag unaufgeklärt". — Ludwig hatte am 21. November 1867 Wagner geschrieben, er sei wahrhaft hingerissen von diesen Ausführungen. „Bei Gott, wer da nicht entzückt ist durch den Zauber der Rede, wen die Tiefe des darin sich kundgebenden Geistes nicht überzeugt und bekehrt, der verdient nicht, daß er lebe. Ja, Geliebter, ich schwöre es Ihnen, ich will beitragen, soviel als nur irgend in meinen Kräften steht, die unverzeihlichen Fehler der deutschen Fürsten wieder gutzumachen." —

Was die Sinnesänderung bewirkte, muß man wohl fremden Einflüssen oder eigenen Eindrücken von den Fortsetzungen der Abhandlung zuschreiben. Sie enthält so manches über die höfische

Theaterleitung, über Fürsten- und Königtum, über die Verdienste und Mißerfolge der Regierungsvorgänger u. a., was die Empfindlichkeiten Ludwigs II. in einem von ihm subventionierten Blatt berühren konnte und es Andersgesinnten leicht machte, sie zu erregen.

Auch sonst fehlte es in der letzten Zeit nicht so ganz an Beschwerdepunkten. Dem König war es lästig gefallen, daß Wagner ihn in einer rein persönlichen, etwas peinlichen Angelegenheit angegangen hatte. Die Witwe des Tristansängers Schnorr von Karolsfeld war schwer hysterisch geworden und hatte sich in den Kopf gesetzt, daß Wagner verpflichtet sei, sie zu heiraten, um ihr den verlorenen Gatten zu ersetzen. Wagner glaubte nun, sich ihrer Behelligungen dadurch entziehen zu können, daß er den König anrief und anregte, er möge sie mit Suspendierung der ihr verliehenen Pension bedrohen.

Ludwig schrieb darüber unter dem 9. Dezember 1867 an den Hofsekretär: „Jüngst erhielt ich einen Brief von Richard Wagner, der mich bittet, Frau v. Schnorr zu strafen; in welcher Weise lehrt der Teil des Briefes, den ich hier beilege; senden Sie ihn mir bald zurück; auch sehe ich Ihren Vorschlägen in betreff dieser Angelegenheit entgegen. Mir sind die ewigen Streitigkeiten und Klagen von Seiten Wagners, Bülows, Porges, Fröbels und Anhang in Grund und Boden zuwider geworden. Ich habe so viel Nachsicht und Geduld mit diesen Leuten gehabt, ihnen wirklich viele Wohltaten erwiesen, so daß sie allen Grund haben, endlich zufrieden und dankbar zu sein; mein Geduldfaden beginnt endlich zu reißen."

Ein Blick auf den Grundzug des Verhaltens dieses Kreises gegen seinen Protektor erklärt leicht eine Anwandlung von Unmut. Sie verlangten beständig Förderungen ihrer künstlerischen und persönlichen Interessen, um sich in dem Augenblicke von ihm abzuwenden und ihn im Stich zu lassen, in dem er ihnen darin irgendwie versagte[1]. Nie brachten sie ihm un-

---

[1] Nicht nur Bülow verließ ihn trotz aller Bitten zu bleiben, auch Cornelius reichte seine Entlassung bei der Musikschule ein und Wagner war nach Klindworth „äußerst decidiert, daß er nie und nimmer seinen Fuß nach München setzen werde." „Er ist bös und schwört, lieber alles fahren zu lassen, sich mit dem König gänzlich zu verfeinden, Triebschen aufzugeben, eher, denn je sich wieder mit dem Münchener Theater zu befassen." (31. Juli 1870) Bülow Briefe IV, S. 428.

erzwungene Opfer, er war ihnen nur Mittel zum Zweck, nur selten Gegenstand dankbarer Rücksichtnahme. Allmählich immer fremder wie dem König standen sie auch dem Lande gegenüber, über dessen Bevölkerung sie harte Urteile fällten, denen die Tatsachen und mehr, als sie, die viel ablehnendere Haltung widerspricht, welche die damalige übrige Welt zu der Sache Wagners einnahm.

Die Mißstimmung, die eingetreten war, sollte bald einen weiteren Anlaß finden. Am 13. Dezember 1867 schrieb der König an Düfflipp aus Hohenschwangau: „Diesen Abend erhielt ich Ihren Brief. Ich bin wie aus den Wolken gefallen. — Diese feine, geistvolle Frau v. Bülow widmet sich der Preßschmiererei! schreibt diese heillosen Artikel, fürwahr, eines solchen Bubenstreiches hätte ich die gebildete Cosima nicht für fähig gehalten! — Noch mehr aber wundert es mich, daß Sie meinen, die Angelegenheit zwischen Wagner, Fr. v. Bülow, Fr. v. Schnorr sei nicht koscher — sollte das traurige Gerücht also doch wahr sein, welchem Glauben zu schenken, ich mich nie entschließen konnte, sollte also wirklich Ehebruch mit im Spiele sein! — dann wehe!" . . .

Hatte man dem König vorgelogen, daß die von ihm anfänglich hochbelobten und später verpönten Feuilletons über „Deutsche Kunst und deutsche Politik" von Frau v. Bülow verfaßt oder inspiriert worden seien? Sie hatte einen Teil der Korrespondenz darüber mit Fröbel geführt, aber was auch immer in dieser Angelegenheit oder in einer anderen der Feder der geistvollen Frau entflossen sein mag, es verdiente sicher nie die wenig huldvolle Bezeichnung von Schmierereien, die nur auf die allgemeine Antipathie zurückzuführen ist, welche Ludwig II. gegen die Zeitungen und Zeitungsschreiber empfand, da er immer befürchtete, daß über ihn geschrieben werde, was ihm sehr unlieb und lästig war. —

Die teilweise Mißbilligung der gleichen Artikel seitens Fröbels, sowie die nach Wagner zu wenig strenge Beurteilung gewisser Schauspieler in der „Süddeutschen Presse" führte zum Bruch zwischen den einstigen Gesinnungsgenossen, der in Fröbels Korrespondenz mit Frau v. Bülow in die Erscheinung trat. Volles Verständnis für Wagner scheint Fröbel wohl nicht besessen zu haben, sonst hätte er kaum in seinem „Lebenslauf" geschrieben: „Wagner erreichte um jene Zeit mit seinem schlechtesten Werke, den geist- und witzlosen (!) Meistersingern, mit welchem Werke der Dichterkomponist sich auf das für ihn gänzlich unfruchtbare Feld des Humors und der Satire begeben, den Gipfelpunkt seiner dramatischen Ehrenstellung."

Die bayerische Regierung kündigte schon am 27. August 1868 den mit Fröbel abgeschlossenen Vertrag, wobei sich der Staatszuschuß von 20,000 Gulden um 4000 Gulden zu nieder erwies, was Fröbel den durch die Beiträge Wagners und seiner Anhänger vermehrten Kosten zuschrieb. Die „Süddeutsche Presse" ging nun in das Privateigentum Fröbels über, der ihre Haltung den inzwischen eingetretenen Verhältnissen anpaßte. „Meine Überzeugung," schreibt er darüber, „war immer die gewesen, daß die isolierte Stellung der süddeutschen Staaten auf die Dauer unhaltbar, ihr Anschluß an Österreich unmöglich, zur Bildung eines Süddeutschen Bundes das Material ungenügend, zur Verwirklichung des großbayerischen Gedankens keine Kraft vorhanden, —nach allem dem also die allmähliche Vorbereitung des Anschlusses an den Norddeutschen Bund und dessen Erweiterung zu einem deutschen Bundesreiche der einzige vernünftige Zweck der süddeutschen Politik sei. — Er näherte sich demgemäß immer mehr der preußischen Gesandtschaft an, und nachdem es ihm im April 1873 gelungen war, die „Süddeutsche Presse" an ein Münchener Bankinstitut zu verkaufen, trat er in den deutschen Reichskonsulatsdienst über. Er hätte wohl vorgezogen, im diplomatischen Dienst Verwendung zu finden, für welchen er bei den verschiedenen Missionen für Österreich, Bayern und Württemberg Geschick bewiesen hatte, aber nicht einmal die Konsulatsprüfung wurde ihm trotz seiner 68 Lebensjahre erlassen und er mußte sich mit den beiden reizlosen und mühevollen Konsulatsposten in Smyrna und Algier begnügen.

Nach dem im Jahre 1888 erfolgten Tode seiner Gattin, einer Tochter des bayerischen Ministers und nachherigen Erzkanzlers von Griechenland Grafen v. Armansperg, nahm er seinen Abschied und zog zu einem Bruder nach Zürich, wo er in seinem hohen Alter noch die zwei starken Bände seines „Lebenslaufes" fertigstellte, welche ein wertvolles Dokument der Zeitgeschichte sind.

XXI.

Über die erste Aufführung der von Fröbel so nieder eingeschätzten „Meistersinger" in München am 22. Juni 1868 findet sich folgender Eintrag in meinem damaligen Tagebuch: „Es war ein großer Erfolg, weniger ein spontaner, hervorgerufen durch das Hingerissensein des Augenblicks, als ein überlegter, demonstrativer. Man wollte mehr bekunden, daß man anfange, die Größe der Wagnerischen Musik zu begreifen und zu lieben, als daß man gerade unter dem Zauber dieser Oper stehe. Es waren zahllose Freunde Wagners anwesend. Das Werk ist großartig, heiter und geistreich und gibt ein poetisch verklärtes Bild des damaligen deutschen Volkslebens. Die ihm unterschobene Auslegung erhöht noch das Interesse: der minnesingende Ritter sei Richard Wagner selbst, der um die holde Braut der deutschen Kunst freie, die Meistersinger aber, die Musiker der alten Schule, deren verschiedene Vertreter darin karikiert sein sollen. Die Aufführung war eine wunderbar gelungene, von seltener Einheit. Wagner saß während der ganzen Vorstellung in der Königsloge hinter dem König und als er gerufen wurde, trat er an die Rampe und verneigte sich von dort aus vor dem Publicum. Dies fand man etwas stark und es wurde viel darüber geredet."

Etwas deutlicher tritt das beanstandete Verhalten des Königs bei diesem Anlaß aus der Schilderung der N. Z. f. M. S. 239 hervor: „Wagner, welcher trotz der stürmischen Rufe nach dem ersten Akt noch nicht erschien, wohnte dem größten Teil der Aufführung zur linken Seite des Königs bei, der sich nach jedem Aktschlusse schnell entfernte, während sich Wagner von der Brüstung der königlichen Loge aus vor dem jubelnden Volke verbeugte. Dies erregte ganz ungewöhnliche Sensation, die sich rasch in dem geflügelten, wie es hieß, von Bülow stammenden Wort Bahn brach: Horaz neben August." — Da es sich um ein Lustspiel handelte, hätte man auch sagen können: Molière neben Ludwig XIV.

Daß Personen, deren Horizont der Hofrang beschränkte, daran Anstoß nahmen, mag begreiflich sein, daß aber auch die wackere Schweizerin Frau Wille diese „Formlosigkeit erschreckte und sie ihr weh tat", muß überraschen.

„Damit infolge der unerhört schönen Auszeichnung keine neuen Ärgernisse entstünden", verließ Wagner schon zwei Tage darauf München wieder und die Wenigsten von denen, die ihm damals zujubelten, ahnten wohl, daß sich die Haupthoffnung, die er an die Vorführung dieses nicht vergänglichen Werkes geknüpft hatte, nicht erfüllte, daß von ihr ab nicht nur sein Bruch mit der Münchener Hofbühne datierte, sondern, daß hiebei auch eine Kluft zwischen Protektor und Schützling in die Erscheinung trat, die sich schwer überbrückbar erwies. — Acht lange Jahre sollten nach jenem Höhenpunkte Ludwig II. und Richard Wagner sich nicht mehr von Angesicht zu Angesicht wieder sehen. Behufs Erklärung dieser Tatsache müssen wir in die erste Zeit der Niederlassung Wagners in Triebschen zurückkehren.

Drei Frauen spielten im Leben Richard Wagners eine tiefeingreifende Rolle: die Schauspielerin Minna Planer, die Gefährtin seiner sorgenvollsten Jahre, die Pecht, der sie 1839 in Paris kennen lernte, als eine wunderschöne Frau am Arm ihres trotz seiner viel zu kurzen Beine auffallend elegant, ja vornehm erscheinenden jungen Mannes schildert, Mathilde Wesendonk, die ihn zu Tristan begeisterte, und welche die Weltliteratur durch Herausgabe von Wagners Liebesbriefen mit einem ihrer wertvollsten biographischen Denkmäler bereicherte, und Cosima Liszt, weitaus die geistig bedeutendste von den dreien, die Wagner und seinem Werke die vollste Hingabe und das vollkommenste Verständnis entgegenbrachte. Schuré hat sie in seine Gallerie der „femmes inspiratrices" aufgenommen. „Les personnalit és indispensables," beginnt er sein literarisches Porträt, „qui ont fait éclore, vivre et prospérer le rêve du génie sont l'apôtre, le protecteur royal et une femme." (Liszt, Ludwig II. und Cosima.) Dieses literarische Porträt aber scheint mir ihr nicht ganz gerecht zu werden. Frau Cosima war Schuré persönlich wenig sympathisch, weil sie zuweilen sein Unabhängigkeitsbedürfnis beeinträchtigte. „J'ai passé 3 jours à Triebschen," schrieb er mir am 3. November 1869, „avec Richard Wagner et Mme de Bulow. Mes impressions ont été étranges et de nature diverse. Cela tient en grande partie à ce que Mme de Bulow est une nature étrange des plus fortes, impénétrable et insondable dans ses desseins, mais par la même inquiétante. Lui aussi, le démon terrible, intelligence effrayante et incalculable dont vous ne pouvez pas vous faire une idée, est insondable et redoutable. Aucun autre homme ne me fait cet effet. Il me paralyse et me reduit à néant. Il est rempli de projets, plus vert, plus rigoureux que jamais. L'union avec Mme de Bulow est des plus intimes et des plus profondes; je la crois durable et definitive. Mais si vous me demandiez: Mme de

Bulow est-elle une intrigante ou une héroine? eh bien, je ne saurais que répondre... Peut-être les deux, dirais je entre nous, le cœur humain est assez complexe pour le permettre. Ces doutes, mille étranges pensées qui m'ont assaillie pendant ces trois jours, m'ont causé par moments une sorte de martyre intérieur et muet. Ne pas voir clair dans les hommes, ne pas voir jusqu'au fond est une souffrance pour moi. Mais que ces journées étaient intéressantes, que Wagner était inépuisable d'esprit et d'imagination! Il m'a joué presque tout Siegfried. Je n'ai pas tout saisi musicalement, mais ce que j'ai compris est éblouissant de fraicheur, grandiose de conception à l'égal de la Walkyrie. — Le soir Wagner fesait la lecture; il lisait soit du Schopenhauer, soit de ses œuvres inédites, soit un Mährchen de Grimm, soit du Faust de Gœthe." — Au milieu du silence de la villa solitaire donnant sur le lac plus solitaire encore, dans ce salon somptueux, peuplé de statuettes en marbre blanc représentant les créations favorites du maître: Siegfried, Tristan, Lohengrin, on se songait dans un autre monde." „Eh bien malgré l'extrême bonté de Wagner j'ai éprouvé comme un soulagement en sortant de cette atmosphère orageux du génie pour redevenir moi-même, retrouver mon pauvre moi, mais ce moi avec lequel je suis bien forcé de vivre."

Möglich, daß bei der im Laufe der Jahre sich steigernden vollen Hingabe Frau Cosimas an das von ihr erkannte Genie und alle seine Interessen Ehrgeiz mitsprach. Aber es war dann der edle Ehrgeiz, der mit der Begeisterung für eine hohe Aufgabe auf gleicher Stufe steht.

Schuré selbst fühlte später, daß sein Urteil über Frau Cosima etwas zu hart ausgefallen war, denn er schrieb mir (am 19. November 1901): Je croyais avoir été sévère pour la sphinge de Bayreuth. Et voilà que toutes les Parisiennes me disent: Ah! comme je voudrais être cette femme, là! Faire peur, comme c'est beau! — Oh les snobinettes!" —

Man kann auch kaum sagen, daß Frau Cosima ein Lebensglück zerstörte, indem sie das Sehnen des einsamen Meisters nach eigener Häuslichkeit erfüllte, die ihm allein die nötige Schaffensruhe verbürgte, denn ein Lebensglück mit einem Manne wie Hans v. Bülow war doch wohl immer die problematischste Sache von der Welt. Er hatte kein Talent zum Glück. Er trug denn auch sein Schicksal, soweit es bei seiner Naturanlage nur immer möglich war, mit Fassung. Auch Vater Liszt ergab sich schließlich ins Unvermeidliche. „Cosima est ma fille terrible," schrieb er von ihr, „une femme extraordinaire de haut mérite, fort au-

dessus des jugements vulgaires et parfaitement digne des senti-
ments admiratifs qu'elle inspire à ceux qui la connaissent, à com-
mencer par son premier mari Bulow. Elle s'est dévoué d'un
enthousiasme absolu à Wagner comme Senta au fliegenden Hol-
laender — et ce sera son salut car il l'écoute et la sentit avec
clairvoyance."

Viel tragischer als Gatte und Vater nahm Ludwig II. die
Sache auf, den sie doch im Grunde nichts anging. Er, der es kurz
nach seiner Thronbesteigung für unmöglich erklärte, daß man
ein Kind haben könne, ohne verheiratet zu sein, der in Sittlich-
keitsvergehen, als den schwersten, die Begnadigung verweigerte,
dem Frauenliebe Zeit Lebens — terra incognita geblieben ist,
faßte die Treue rein äußerlich und formell auf und wußte nichts
von einem höheren Recht der Leidenschaft. Das Idealbild, das
er sich von Wagner gemacht hatte, schien ihm auf einmal
verdunkelt und ferner gerückt. Er wandte sich davon ab. „Das
ist mein Schicksal," schreibt Wagner an Constantin Frantz,
„das mich seit meiner ersten Verheiratung, wenngleich nur auf
die mir nötige Ruhe ausgehend, immer in Lebenswirren wirft,
wie kein auf Abenteuer und Skandal Ausgehender sich besser
wünschen könnte!" In der Tat gewann es anfangs den Anschein,
als solle das Glück der Ehe, das sich Wagner zum ersten Male,
trotz aller Schwierigkeiten, in idealer Gestalt erschloß, ihn um
die Stütze, Hilfe und Freundschaft des Königs bringen. Aber,
wie Röckl sehr richtig bemerkt, „einem Künstler, dessen Werke
stets seine flammende Begeisterung geweckt, die materielle
Unterstützung zu entziehen, wäre die edle Gesinnung Ludwigs II.
unter keinen Umständen fähig gewesen" —

Indem ich nach allgemeinen Betrachtungen auf die näheren
Umstände der fraglichen Eheirrung übergehe, verhehle ich mir
nicht, daß es sich hier um Privatangelegenheiten intimster
Natur handelt, welche ganz gerecht nur von denen behandelt
werden könnten, die sich im Besitze aller einschlägigen Doku-
mente und Lebensäußerungen befänden.

Auf Grund von solchen hat Wagner seinen Freunden in
einem Briefe an Peter Cornelius vom 6. September 1869 die

Vorgeschichte des Falles erzählt. Er verweist dabei die Angriffe gegen Frau v. Bülow in der Presse unter die „gefürchteten Folgen" der außergewöhnlichen Auszeichnung, die ihm bei der ersten Aufführung der „Meistersinger" durch die Berufung in die Königsloge widerfahren war.

„Man griff," schreibt er, „bei S. M. von neuem die Ehe der Frau v. Bülow an, welche bei diesen Anzeichen für immer mit München zu brechen und nur noch ihre Scheidung von demjenigen zu betreiben hatte, dessen Namen und Ehre sie nicht länger durch den ihr zugedachten Haß befleckt wissen wollte. Mit Recht konnte sie dem Zögernden eine Scheidung von ihr auch als günstig für sein ferneres Verbleiben in seiner Münchener Stellung anempfehlen, da der Vorwurf, daß er diese Stellung seinen Gefälligkeiten als Ehemann verdanke, dadurch unmöglich wurde." . . . . . „Bülow dankte ihr und gab ihr Recht, erklärte aber, daß ihm seine Stellung an sich durch die Nichtswürdigkeit aller Münchener Verhältnisse und seinen steten Ärger darüber im höchsten Grade verleidet sei und er sie unter allen Umständen aufgeben wolle."

Es war nicht zum ersten Mal in der Kunstgeschichte, daß eine hochstehende Frau einen ungeliebten Mann verließ, um eine edle Aufgabe an der Seite eines geliebten zu übernehmen, selten aber wurden ausnahmsweise Beziehungen des Gefühlslebens von plumperen und roheren Händen an die Öffentlichkeit gezerrt und der Maßstab der landläufigen Moral von solchen an sie angelegt, die in keiner Weise berufen waren, den ersten Stein zu werfen. Und nicht etwa bloß Winkelblätter, wie der Münchener Volksbote, auch Organe wie die Allgemeine Zeitung, beteiligten sich an der Hetze.

Als der König erfuhr, daß Wagner am 1. April 1866, zunächst auf ein Jahr das Landhaus in Triebschen (für 3000 fr.) gemietet hatte, äußerte er sich darüber bestürzt und beschwor den Freund „in schönster und wahrhaft begeisternder Hingebung", sogleich eines seiner Jagdschlösser in Oberbayern zu beziehen, um sodann in einigen Monaten in sein Münchener Haus zurückzukehren. Aber München hatte den Reiz in Wagners Augen verloren und er benutzte den nächsten Anlaß, das dortige Haus an die Kabinettskasse zurückzustellen, die ihm hiefür eine Entschädigung von 18,000 fl. erwirkte.

In der Autobiographie Wagners (1911) taucht da und dort immer hilfsbereit und freundlich, der Name Cosimas auf, und

während seines Münchener Aufenthaltes hat sie ihm besonders
ersprießliche Dienste geleistet. Kaum hatte Wagner von Triebschen Besitz ergriffen, so kam auch Frau Cosima dort an (12. Mai)
„um dem armen Einsamen Gesellschaft zu leisten" und sie war
also auch bei dem Königsbesuch vom 22. Mai 1866 dort anwesend.

Wie so häufig bei dergleichen Verwickelungen, verriet ein
Brief Wagners an sie ihrem Gatten, der ihn in einer nicht
zutreffenden Annahme öffnete, die wahre Natur ihrer Beziehungen. Sie hatte, wie die Franzosen scherzten, „Allah seinem
Propheten vorgezogen". Der Volksbote brachte die Sache an
die Öffentlichkeit und Bülow folgte ihm auf diesem viel betretenen, nicht immer reinlichen Wege, nachdem der Redakteur
Dr. Zanders eine Duellforderung von ihm abgelehnt hatte. Ja,
er ging noch einen Schritt weiter, der allgemeine Mißbilligung
fand. Während er sich dem König gegenüber sonst stets korrekt
und respektvoll verhielt, folgte er dem Beispiel, das Wagner
in einem weniger krassen Falle gegeben, und verwickelte den
Monarchen in eine wenig erfreuliche Polemik mit der Lokalpresse, indem er ein Handschreiben vom 11. Juni 1866 erwirkte
und veröffentlichte, durch das Ludwig Frau v. Bülow ein
förmliches Moralitätszeugnis ausstellte. Der König erklärte
Bülow darin, daß er sich die genaueste Kenntnis des edlen und
hochherzigen Charakters seiner geehrten Gemahlin verschaffen
konnte, welche dem Freunde ihres Vaters und dem Vorbilde ihres
Gatten mit teilnahmsvollster Sorge tröstend zur Seite stehe,
und durch sein Schreiben von seiner wahrhaften Hochachtung
für dieselbe Zeugnis geben wolle[1]. In der Tat hatte Ludwig II.
immer große Stücke auf Frau v. Bülow gehalten und nicht
nur durch Mittelspersonen eifrig mit ihr korrespondiert, sondern ihr auch 44 eigenhändige Briefe geschrieben.

Hans v. Bülow schrieb am 11. Juni 66 an Michalovich aus
Triebschen, der Brief des Königs, welcher ihm theoretische
Satisfaktion gäbe, habe für ihn nur den Wert, ihm ein ehren-

---

[1] Der Brief des Königs ist vollständig abgedruckt in Hans v. Bülow,
Briefe IV, S. 119.

volles Scheiden von München zu ermöglichen. An einem Orte, an dem er so Unsägliches für sich und für Wagner gelitten habe, könne er auch bei der allergeringsten Lebenslust nicht länger verweilen. An eine radikale Erfüllung der „Versprechungen", sein Bleiben möglich zu machen („mit schonungslosester Strenge gegen die Übeltäter Gerechtigkeit üben zu lassen") glaube er nicht. — Die Schuld lag zum größten Teil an ihm selbst. Er hatte sich durch sein maßlos überhebliches Benehmen in München unbeliebt gemacht, und die Bevölkerung, die er unter dem Gesamtbegriff „Schweinehunde" zusammenfaßte, gab ihm doch wahrlich einen Beweis seltener Unvoreingenommenheit, indem sie seine künstlerischen Leistungen nach wie vor mit Beifallsalven anerkannte, als er i. J. 1872 in München zum Besten des Bayreuther Unternehmens Konzerte gab und für den König „Tristan" und die „Meistersinger" neu einstudierte und dirigierte. Viel weniger versöhnlich verlangt Bülow die „Bestrafung der Verbrecher und erklärte „nur nach vollständiger Genugthuung und gleichzeitig „mit dem erhabenen Meister" nach München zurückkehren zu wollen (15. Dez. 1866).

Der Roman erhielt eine weitere Verwickelung durch das Eingreifen einer gewissen Isidore v. R., einer hysterischen Närrin, welche sich durch Geisterweisung für den König bestimmt wähnte und in Triebschen erschien, um Wagner zu bitten, die Sache zu arrangieren. Als Wagner dieses Ansinnen mit Entrüstung zurückwies, erblickte die Närrin in Cosima eine Nebenbuhlerin und drohte, sie zu „zermalmen". In der Tat sandte sie eine Denunziation über die Beziehungen Wagners zu Cosima an den König. Der König wies das ab. „Ich kann und will es nicht glauben," äußerte er, „daß Wagners Beziehungen zu Frau v. Bülow die Grenzen der Freundschaft überschreiten. Das wäre furchtbar." — Indessen ließ er Wagners Diener rufen, der erklärte, nichts von der Sache zu wissen." —

Hans v. Bülow hatte unter der Bedingung in die Scheidung gewilligt, daß die Wiederverehelichung seiner Gattin erst nach Ablauf von zwei Jahren stattfinden dürfe und daß sie sich inzwischen zu ihrem Vater nach Rom begebe. Auf diese harten

Bedingungen waren die Hauptbeteiligten nicht eingegangen. Wagner hatte sich am 20. Mai 1866 „schweren Herzens von seinem Töchterlein Evchen getrennt, die sein armes einsames Haus mit ihrem ersten Lebensjahr wunderbar und lieblich segnete", um an den Proben der „Meistersinger" Teil zu nehmen. Es belebte ihn damals die Hoffnung, sein neues Werk werde den König mit solcher Anerkennung seines Genius erfüllen, daß er die Verstimmung über seinen Schritt vom Wege des Herkömmlichen überwinden werde. Dem war aber keineswegs so, und es liegt nahe, anzunehmen, daß hiebei auch das Moralitätszeugnis erschwerend in die Wagschale fiel, das man dem Monarchen s. Z. aufzuerlegen gewußt hatte, und das ihn jetzt fast der Lächerlichkeit preisgab. Ludwig würdigte das Rechtfertigungsschreiben Richard Wagners keiner Erwiderung und gewährte ihm auch die anfangs November erbetene Audienz nicht. Selbst die 4 Bände der Originalpartitur des Lohengrin, welche Wagner Düfflipp bat, dem König auf den Weihnachtstisch von 1868 zu legen, erzielten nicht die erhoffte Wirkung.

„Über Triebschen lachte die Sonne des Glücks: beseligt durch die treue Sorge einer zärtlich liebenden Frau, durch das frohe Spiel frischer Kinder, durch den Zauber der herrlichsten Natur kehrt in Wagner voller Seelenfriede ein und damit heitere Schaffensfreude wieder" — schreibt Röckl, aber wenige Zeilen weiter unten muß er die schwarze Wolke erwähnen, welche diese lachende Sonne des Glücks verdunkelt, indem er folgende Stelle aus einem Briefe Wagners an Nohl vom 11. Januar 1869 zitiert: „Ich sage Ihnen aufrichtig, daß ich auf mein ferneres Wirken in München und zwar durch die Gunst des Königs nicht die mindeste Hoffnung mehr setze, ja daß ich mich selbst sehr ernstlich darauf gefaßt mache, mich eines Tages jedes Schutzes und jeder Wohltat von dort beraubt zu sehen." —

Die Abwendung war eine gegenseitige. Schon als Wagner im Sommer 1868 von den „Meistersingern" wieder nach Triebschen kam, wußte er, woran er war und beschloß, nie wieder nach München, „seiner Hölle", zurückzukehren und daraus nur zu retten, was ohne ihn zu Grunde gegangen wäre. Im gleichen

Sinne schrieb er Porges am 16. Oktober 1868: „Ich bin seit meinem letzten Fortgang von München fest entschlossen, den dortigen Zuständen fortan gänzlich fern zu bleiben. Die Gründe hierzu liegen tief: was mich bestimmt, ist das Ergebnis unermüdlichster Versuche, deren Mißlingen ich vor allem in der tiefsten Unübereinstimmung der dort in Thätigkeit stehenden Elemente mit mir und meinen Absichten zu erkennen hatte. Es genüge Ihnen, wenn ich erkläre, daß ich weder mit Düfflipp, noch Perfall, noch selbst auch Bülow etwas verhandeln kann und mag."

Entfremdete der Eindruck einer moralischen Niederlage Wagners dem König dessen Persönlichkeit, seine Werke übten die alte Anziehungskraft auf ihn aus, er begehrt die vorhandenen wieder und immer wieder aufgeführt und die begonnenen vollendet zu sehen. Drei Monate vor Aufführung der Meistersinger hatte er Bülow geschrieben: „Ein wahrer Trost ist es mir, daß Sie mir das Versprechen geben, täglich Unseren geliebten Freund erinnern zu wollen, an die Vollendung des „Siegfried" zu gehen; denn in der Tat, es wäre entsetzlich, blieben die „Nibelungen" Fragment. In meinem frühesten Knabenalter stand ich, als ich mir sagte, die Nibelungen von Wagner zu erleben, dann sterben." Der gleiche Wunsch drückt ihm auch am 25. Februar 1869 die Feder wieder in die Hand und er schreibt an denselben Vermittler: „Ich ersuche Sie, lieber Herr v. Bülow unter Adresse, von Ihrer Hand geschrieben, beiliegenden Brief an den teuren Freund abzusenden, sobald als möglich. O, bieten Sie alles auf, um die Aufführung des „Tristan" für den Frühling, die des „Rheingold" für den Sommer zu ermöglichen! Wüßten Sie, wie mächtig meine Sehnsucht nach diesen Werken ist, Sie würden, ich bin dessen gewiß, mit allen Kräften dieses mein inniges Verlangen erfüllen." — „Sie allein vermögen es."

Kaum fing der König an, die „Eheirrung" Wagners zu vergessen, so wurde sie ihm in ihren Folgen durch Beteiligte, oder durch die Presse ins Gedächtnis zurückgerufen. Ludwig legte das höchste Gewicht auf den Verbleib Bülows in München, da er allein fähig erschien, Wagnerische Werke entsprechend zu dirigieren. Weit entfernt aber, der dringenden Bitte des Königs zu willfahren, hebt Bülow in einer Immediateingabe vom 25. Juni 1869 den wahren Grund seines Abgangs ganz besonders

hervor: „Ich übergehe die Hinweisung auf die Freudlosigkeit
meiner Privatexistenz, welche durch die definitive Trennung
von meiner Frau einen harten Schlag erlitten hat, da dieselbe
vorzieht, ihr Leben der höheren Rücksicht auf den Schöpfer
unsterblicher Meisterwerke im Dienste Er. M. zu widmen." Am
19. August 1869 erneuerte er dann „einer inneren moralischen
Notwendigkeit folgend", sein Entlassungsgesuch und verläßt
München wenige Tage vor der Generalprobe des „Rheingold", für
welches es an einem vollständig entsprechenden Dirigenten fehlte.

Wagner hatte nur sehr ungern seine Zustimmung zu Se-
parataufführungen von Teilen des Nibelungenrings in München
gegeben, und seine häufigen Widerstände gegen die königlichen
Wünsche bei fortgesetzten sehr erheblichen Ansprüchen an die
Kabinettskasse verletzten zuweilen das rege Rechtsgefühl des
Königs.

Ich erinnere mich sehr gut an die erste Aufführung des Rheingold vom 22. September 1869, welche eine Anzahl französischer
Schriftsteller nach München gelockt hatte, mit denen ich viel
verkehrte. Ich lernte besonders Villiers de l'Isle Adam, Catulle Mendès und dessen sympathischere Frau, eine Tochter Théo-
phile Gautiers, kennen, deren Livre de Jade ich später (1873)
in deutsche Verse übertrug. Sie hatte es aus dem Munde von
zwei Chinesen geschöpft, die ihr Vater in seinem Hause aufgenommen hatte. In demselben Kreise verkehrte auch Liszt,
der uns zuweilen wunderbar vorspielte und gegen alle von seltener Liebenswürdigkeit war. — Auch über das, was hinter den
Kulissen vorging, gelangte manches zu unserer Kenntnis. Die
rechtgläubigen Wagnerianer fanden, daß die Dekorationen nicht
allen Anforderungen entsprachen, die der Meister an sie stellte.
Diese waren freilich ganz besonders schwierige: Das Theater
stellt bekanntlich in der ersten Szene den Untergrund des meer tief
gedachten Rheines und in der letzten den Regenbogen dar, auf
welchem die Götter in feierlichem Zuge zur Burg Walhall schreiten.
Das erste Bild gelang vorzüglich, obschon der Punch einer der
Nixen, die auf Rollwagen, wie auf Wellen schwammen, den
Wehruf in den Mund legte:

Wigala, wogala, weia,
Bleib' i auf der Schaukel, so muaß i speia;
Wigala, wogala, wack,
Fall i abi, so brich i's Gnack." —

Viel weniger gelungen fiel der Regenbogen aus; er gefiel besonders dem Kapellmeister Hans Richter, den diese Seite der Sache gar nichts anging, so wenig, daß er erklärte, unter diesen Umständen die Oper nicht dirigieren zu können. Er kenne nur einen Chef, dem er gehorche: Richard Wagner, sonst niemand. Darauf hin enthob ihn Perfall seines Amtes. In den ersten Tagen des Septembers kam der „Chef", dem Richter gehorchte, selbst nach München und bat den König telegraphisch, den unbotmäßigen Dirigenten, in Ermangelung eines besseren, doch dirigieren zu lassen. Der König ließ dieses Telegramm unbeantwortet. Wagner kehrte am folgenden Tage nach Triebschen zurück und schrieb von dort am 25. September 1869 an Porges: „Herzlich bedauere ich, München in so elenden Zuständen wieder angetroffen zu haben. Die unerhörten Niederträchtigkeiten, die mir dort wieder bei Gelegenheit des „Rheingoldes" begegnet sind, haben mich natürlich für alle erdenklichen Zeiten auf das Gründlichste von dort entfernt."

Diesen Nachruf ergänzen folgende Stellen aus einem Briefe an Peter Cornelius vom 2. Oktober 1869: „In meinem Betreff kann ich von München nur sagen, daß ich schon seit 2 Jahren jede Hoffnung aufgegeben habe, was meinen Einfluß auf die Entwicklung der Lage betrifft." . . . „Es bleibt ein ganz persönliches Verhältnis von mir zum König, welcher meine Musik liebt; wie sie ihm vorgeführt wird, ist ihm gleich."

Daß in diesem Punkte gewisse Meinungsverschiedenheiten bestanden, lag wohl in der Natur der Dinge. In den Septembertagen 1869 hegte Wagner sogar die Befürchtung, sein Ehrengehalt werde ihm entzogen werden. In der Tat war der König ungehalten über ihn und lehnte jeden Aufschub der Vorstellung als Schwäche ab. Wagner, äußerte er, sei die Ursache, daß Bülow sich in die Notwendigkeit versetzt sah, seine Entlassung zu nehmen, Wagner habe durch seine Leidenschaftlichkeit Richter zu Ungehörigkeiten getrieben und dessen Scheiden aus dem Dienst unvermeidlich gemacht.

— Öl ins Feuer goß dann noch der der Intendanz näherstehende Dichter Julius Grosse in der Allgemeinen Zeitung durch einen Hetzartikel perfidester Art, in den er auch ohne jede Veranlassung die Beziehungen Wagners zu Frau v. Bülow hereinzerrte. „Daß es Wagners Absicht war, durch sein persönliches Erscheinen auf der Arena die ihm so lästige Intendanz selbst zu beseitigen, unterliegt keinem Zweifel. Glücklicher Weise kam er vergeblich. Sein königlicher Beschützer hat ihn nicht vor sich gelassen (Wagner war gar nicht um Audienz eingekommen) und im Publicum betrachtet man diese Ablehnung nur mit allgemeiner Befriedigung, als ein Symptom, daß die Erkenntnis des wahren Charakters dieses musikalischen Autocraten durchgedrungen sei, der mit ungenierter Genialität seine poetische Moral in das wirkliche Leben übertrug und die Rolle Tristans mit Cosima-Isolde in realer Weise gegen Bülow-Marke in Szene setzte. Jene Zeiten der Romantik, wo es zum notwendigen Nimbus eines Genies gehörte, zugleich ein Libertin zu sein, sind hoffentlich für immer vorüber, und darin eine Reaktion anzubahnen, gehört allenfalls in einen kulturhistorischen Roman à la Casanova, nicht aber in die Annalen der Gegenwart.‘‘ Heuchlerisch setzt der „Dichter“ noch bei, „er hasse allen persönlichen Klatsch“ — nachdem er die obige Probe davon abgelegt hatte.

Auch bei der ersten Münchener Aufführung der Walküre ergaben sich Anstände gleicher Gattung. Der König hatte sie für Januar 1870 angeordnet, sie konnte aber erst am 26. Juni dieses Jahres stattfinden. Wagner, welcher die Proben persönlich leiten sollte, hatte verlangt, daß man ihn mit der nötigen Vollmacht ausrüste und inzwischen den Intendanten Perfall beurlaube. Wahrscheinlich um das letztere hintanzuhalten, suggerierte man dem König, daß es für ihn unmöglich sei, in eine förmliche Berufung Wagners einzuwilligen, ehe Frau v. Bülow gesetzlich geschieden und mit R. Wagner verheiratet sei. Die analoge Anwendung der Bestimmungen über Zulassung junger Damen zum Hofball auf einen Operndirigenten war jedenfalls neu. Bisher waren von all den Primadonnen, welche auf der Hofbühne ihre Liebeslieder erschallen ließen, von all den ersten und zweiten Liebhabern, welche das Herz junger und alter Damen schneller schlagen machten, von all den Orchestermitgliedern, welche die Battuta schwangen und die erste Geige spielten, niemals Nachweise über die absolute Regularität ihrer oft sehr komplizierten und nicht minder notorischen Liebes- und Scheidungsverhältnisse verlangt worden. Wagners freundschaftliche Beziehungen zu Frau Cosima waren Dank der Indiskretionen der Presse stadtbekannt; sie hatten kein Hindernis dafür gebildet, daß Wagner der Aufführung seiner Meistersinger in der Königsloge an der Seite des Königs beiwohnte und wohl niemand hätte in dem Genuß der Walküre der Gedanke gestört, daß die Frau, welche dem Meister, der sie dirigierte, im Ausland das Leben verschönerte, augenblicklich von ihrem ersten Gatten noch nicht rechtskräftig geschieden war. — Herr v. Perfall konnte sich später rühmen, daß während seiner Amtsführung in München über 700 Aufführungen Wagnerischer Werke in München stattfanden. Natürlich mußte er der Schwärmerei des Königs möglichst Rechnung tragen. Aber es waren immer nur Zugeständnisse, die er machte, ein überzeugter Freund Wagners und seines Werkes ist Perfall nie gewesen, wie schon seine — eigenen Kompositionen beweisen.

Da Ludwig einen Aufschub der Aufführung der Walküre ablehnte, mußte im Hinblick auf das vorgebrachte Bedenken der Etiquette statt Wagner Wüllner das Werk dirigieren, nachdem Bülow und Levi die Aushilfe abgelehnt hatten. —

In offenkundiger Opposition gegen Wagner reskribierte der König am 24. Juli 1870 an den Hofsekretär: „Sprechen Sie Perfall in warmen Worten meine Freude und Anerkennung aus über die trefflich gelungene Vorstellung von „Rheingold“ und der „Walküre“; er soll dieselbe in meinem Namen allen Beteiligten, Sängerpersonal, Kapelle, Maschinisten, Malern ausdrücken.“

Am 8. März 1871 sandte er dem gleichen Hofbeamten einen Brief Wagners mit den Worten: „Setzen Sie für mich die Aufführung des „Siegfried“ für den Herbst durch, o, tun Sie es mir zu Liebe.“ Das war unmöglich. Wagner wollte unter keiner Bedingung den „Siegfried“, losgelöst vom Ring-Ganzen, zum ersten Mal aufgeführt wissen. Eine andere Unmöglichkeit deutet der König unterm 19. April 1871 an: „Der Wagner'sche Plan mißfällt mir sehr; die Aufführung des ganzen Nibelungenzyklus nächstes Jahr in Bayreuth zu bewerkstelligen, ist glatterdings unmöglich, das gebe ich Ihnen schriftlich.“ Es war so! Das heiße Verlangen Ludwigs II. nach dem

„Siegfried" blieb noch fünf Jahre lang unbefriedigt und vielleicht, daß die unerbittliche Weigerung Wagners in diesem Punkte ihn noch mehr verstimmte als die — Eheirrung. Es stand ihm das wohlerworbene Vorrecht der ersten Aufführung aller Werke Wagners zu; er verzichtete darauf i. J. 1876 zu Gunsten Bayreuths, verlangte aber, daß keine andere deutsche Stadt München in der Gesamtaufführung des Ringes zuvorkommen dürfe. Nach Bayreuth ordnete er zunächst Einzelaufführungen von „Siegfried" und „Götterdämmerung" an, die am 10. Juni und am 15. September 1878 mit großartigem unerhörten Erfolge stattfanden und denen vom 17.—23. November des gleichen Jahres die erste Gesamtaufführung des Ringes in München folgte, welcher der König jedoch erst bei einer Wiederholung im April des folgenden Jahres beiwohnte, nicht ohne allen Beteiligten seine volle Anerkennung ihrer hervorragenden Leistungen aussprechen zu lassen.

XXII.

Die Denkwürdigkeiten Hohenlohes bieten auch für die folgenden Jahre Ausbeute zu der Charakteristik Ludwigs II. Eine Rede, die der Fürst am 26. Mai 1868 aus Anlaß des Verfassungsfestes hielt, schloß nach einer kurzen Schilderung der Vorzüge der drei ersten bayerischen Könige mit den Worten: „Auch Ludwig II. ward eine reiche Fülle geistiger Gaben zuteil, in höherem Maße vielleicht als irgend einem seiner Vorgänger. Wir sehen darin um so mehr eine sichere Gewähr für die Zukunft, als es dem Könige in der kurzen Zeit seiner Regierung gelungen ist, die Fortbildung unserer inneren Zustände in einer Weise zu fördern, die zu den schönsten Hoffnungen berechtigt."

Der König äußerte sich sehr zufrieden über diese Rede und hob besonders deren schwungvolle Sprache hervor. „Als ein Zeichen seines Vertrauens" erteilte er dem Minister am Fronleichnamstage Audienz, um einen Vortrag über dessen jüngste Berliner Reise, sowie über ein Gespräch mit dem Prinzen Napoleon entgegenzunehmen, den in München zu empfangen, er selbst wieder abgelehnt hatte.

Hohenlohe fand den König bei dieser Gelegenheit auffallend heiter und liebenswürdig. Er erkundigte sich, ob die Bukette, die er dem Minister von Hohenschwangau aus gesandt hatte, gut angekommen seien und sprach sodann mit ihm über den Berliner Aufenthalt, von dem Hohenlohe bessere Eindrücke mitnahm, als er anfangs gefürchtet hatte zu erhalten. Auch in der nationalliberalen Partei erkannte man dort die staatliche Berechtigung Bayerns an und sah ein, daß Bayern zu groß sei, um in ein Verhältnis zum Norddeutschen Bunde zu treten, wie Sachsen oder Mecklenburg, „jedenfalls sei zur Zeit nichts von Preußen zu befürchten.“ Die Rede kam sodann auf die ultramontane Partei, über die sich der König sehr ungehalten zeigte. Hohenlohe hob hervor, daß man sie im Interesse der Dynastie gebrauchen, sich aber stets vom Leibe halten müsse. Sie hätten die Absicht, Bayern an Österreich zu bringen (?), man könne ihnen also nicht trauen. „Das sah der König ein.“ Als Hohenlohe bemerkte, daß diese Partei auch auf seinen Sturz hinarbeite, und ein neues Ministerium schon fertig habe, entgegnete der König, daß die Ernennung der Minister von ihm abhinge; er meinte, daß Hohenlohe die anderen Minister beherrschen müsse, sie müßten tun, was er wolle, da er Ministerpräsident sei. Darauf erwiderte Hohenlohe, daß dazu das Vertrauen des Königs und der Beweis nötig sei, daß er es besitze, dieser Beweis werde am besten dadurch geliefert, daß der König ihn öfters persönlich sähe und ihm direkt Aufträge an den Ministerrat erteile.

Die Ablehnung des Empfangs des Prinzen Napoleon schien Ludwig zu bereuen und davon eine üble Laune des französischen Kaisers zu befürchten. Um eine solche zu verscheuchen, schlug Hohenlohe einen kurzen Besuch in Paris vor, da seiner Meinung nach ein vom König angeregter Beschwichtigungsbrief die Sache nur verschlimmern konnte.

In dem gleichen Jahre (1868) erschien Ludwig II., von dem Hurra des Volkes empfangen, auch bei dem Oktoberfest und hielt im Königszelt den üblichen „Cercle" mit dem diplomatischen Korps und den Würdenträgern ab. Auch hiebei war er auffallend liebenswürdig gegen Hohenlohe, sprach absichtlich sehr lange mit ihm, über die Kaiserin, über politische Dinge, über die Intrigen, die gegen Hohenlohe gemacht würden und von denen er nichts wissen wolle. Der Cercle dauerte ungewöhnlich lange. Der König besah sich auch die ausgestellten Tiere und nahm sodann die Preisverteilung vor.

Am 15. Januar 1869 berichtete der bayerische Gesandte in Karlsruhe, Freiherr v. Riederer, der Großherzog habe ihm bei mehreren Gelegenheiten den Wunsch ausgedrückt, mit König Ludwig über die politische Lage Deutschlands in einen persönlichen Gedankenaustausch zu treten. Hohenlohe, der zu einer gutachtlichen Äußerung über diesen Wunsch aufgefordert worden war, bezeichnete die gewünschte Begegnung um so mehr als im Interesse des Königs gelegen, als er von der Begründung persönlicher freundschaftlicher Beziehungen zwischen dem König und dem Großherzog eine Unterstützung seiner Bemühungen erhoffte, Baden von einer einseitigen Politik abzuhalten und zu einer mit den übrigen süddeutschen Staaten mehr harmonierenden Stellung zu veranlassen. Der Umschwung, der sich in dieser Beziehung in der Stimmung des badischen Volkes bemerkbar mache, scheine eine solche Änderung der badischen Politik fördern zu wollen und ein Zusammentreffen mit dem König von Bayern werde dem Großherzog von Baden Vertrauen und Mut geben, sich mehr demjenigen Teile seiner Untertanen zu nähern, welche das Aufgeben der badischen Selbständigkeit als ein Unglück für das Land betrachtet. Die Tätigkeit des Ministers reiche in gewissen Situationen nicht aus, das persönliche Hervortreten des Königs und dessen Zusammentreffen mit den übrigen deutschen Monarchen könne z u r Z e i t n o c h auf die Gestaltung der Dinge in Deutschland bedeutenden Einfluß ausüben und die Stellung Bayerns zu der machen, auf welche das Königreich durch seine Geschichte und die ihm innewohnende Kraft Anspruch erheben dürfe.

Da der Großherzog dem König bereits beim Regierungsantritt einen Besuch gemacht habe, stünde einem solchen Ludwigs II. in Karlsruhe auch vom Standpunkt der Etikette aus ein Hindernis nicht im Wege. Das Hindernis, das im Wege stand, war das alte, unüberwindliche der krankhaften Hemmung.

In den ersten Tagen des Juli 1869, nach Hohenlohes Rückkehr aus Berlin, wo er sehr wichtige Unterredungen mit Bismarck gehabt hatte, gab der König den Wunsch kund, den Fürsten mit dem Minister Schlör in Berg zu sehen und ließ beide im Wagen abholen. „Der König,“ notiert Hohenlohe, „empfing mich zuerst. Er gab mir, was er selten tut, die Hand und war sehr liebenswürdig. Ich sprach mit ihm zuerst von meinem Bericht über das Gespräch mit Bismarck und führte die Gründe weiter aus, weshalb jetzt an eine weitere Bedrohung Bayerns durch Preußen nicht zu denken sei. Der König ist immer voll Mißtrauen, was in seinem äußerst skeptischen Wesen begründet ist. Den Allianzvertrag behauptete er, könnten wir jeden Augenblick lösen, es sei darin ein Passus, der uns dies ermögliche, was ich natürlich bestreiten mußte, wogegen ich zugab, daß man jeden Vertrag kündigen kann, wenn man es in seinem Interesse findet. Dies aber sei hier nicht der Fall. Besser sei es, ein Bündnis nach Art des Deutschen Bundes mit Preußen abzuschließen. Dagegen seien aber die Minister, die behaupteten, daß ein solches Bündnis den Fortschrittlern zu wenig und den Ultramontanen zu viel sei. Der König erwiderte sehr treffend, das sei gleichgültig; auf die öffentliche Meinung dürfe man nicht zu viel geben. Auch begreife er nicht, was die Minister damit zu thun hätten: „Sie sind Minister des Äußern, die anderen geht das gar nichts an.“ — Ich erwiderte, daß die auswärtige Politik auf die Lage des ganzen Ministeriums so viel Einfluß habe, daß man es den Ministern nicht übel nehmen könne, wenn sie wissen wollen, was ich thue. Dazu kommt, daß der König den anderen Ministern sein Erstaunen ausspricht, wenn sie nichts von dem wissen, was im Ministerium des Äußern geschieht, wodurch diese Herren natürlich gegen mich aufgehetzt werden. Das ist so die Natur des Königs, die Leute hintereinander zu hetzen.“

„In Bezug auf das Konzil machte ich einen kurzen Vortrag über die gegenwärtige Lage. Der König fand wieder sehr richtig den Kern der Sache, indem er bemerkte, daß das Recht der Staaten der Kirche gegenüber auf den Konkordaten beruhe und diese durch einseitiges Vorgehen der Kirche verletzt würden.“

Die Kammer der Abgeordneten hatte am 22. März 1867 einen Antrag auf Vorlage eines Gesetzentwurfes über die Abschaffung der Todesstrafe angenommen. Der Justizminister v. Bomhard war dagegen und der Antrag wurde abgelehnt. In der Audienz von 1869 wurde die vielumstrittene Frage auch weitläufig zwischen Ludwig II. und Hohenlohe besprochen. Der König erwähnte, es habe ihn vielfach beschäftigt, daß Hohenlohe ihm in der letzten Unterredung gesagt hätte, er sei ein Gegner der Todesstrafe. Er selbst war das eigentlich nicht, obschon er während seiner Regierung nur ganz wenig Todesurteile bestätigte. Am 24. Februar 1865 schrieb er der Mutter: „Neulich sah ich Bomhard hier, welcher mir einen langen Vortrag über ein zu vollstreckendes Todesurteil hielt; glücklicher Weise stellte sich später heraus, daß die Absicht zu morden bei dem Verbrecher doch nicht ganz unzweifelhaft war und so war ich Gott sei Dank! der schweren Pflicht enthoben, das Urteil vollziehen zu lassen." —

Schwere Kriminalfälle interessierten Ludwig II. sehr und sie mußten ihm bis in alle Einzelheiten vorgetragen werden. Bomhard erklärte diese Erscheinung mit der erfahrungsgemäßen Vorliebe der Jugend für das Schauerliche, die „nicht gerade auf Mangel an feinerem Gefühl zurückzuführen sei". —

Am 28. September 1869 wurde der Minister des Äußern wieder und zwar dieses Mal telegraphisch zur Audienz befohlen. Es hatten am 20. Mai des gleichen Jahres Neuwahlen zu einem Budgetlandtage stattgefunden. Hohenlohe hatte durch sein etwas voreiliges und aggressives Vorgehen gegen die vatikanischen Beschlüsse das Widerstreben nicht wenig erhöht, welches klerikale und andere Kreise schon wegen seiner teils stillen, teils offenen Parteinahme für die preußische Vorherrschaft gegen ihn empfanden. Es hatte sich eine eigene Partei gebildet, die sich die patriotische nannte und das Mißtrauen gegen den Minister des Äußern auf ihren Schild geschrieben hatte. Diese Partei hatte die Hälfte der abgegebenen Stimmen erzielt. Es handelte sich nun darum, sich über die Thronrede und die Eröffnung des Landtags durch den König schlüssig zu machen, welch' letztere Ludwig II. ein „Greuel" war. Er hoffte offenbar darum „herumzukommen," indem er am 28. September Hohenlohe „die Hand drückte und ihn mit ganz besonderer Liebenswürdigkeit empfing". Aber Hohenlohe, weit entfernt, das erlösende Wort zu sprechen, sagte, Thronrede und Adreßdebatte seien ihm zuwider, allein er könne dem König nicht verschweigen, daß man über ihn „schimpfen" werde, wenn er nicht selbst zur Eröffnung käme.

‚Darüber wurde hin und her geredet, immer versuchte der König wieder mich zu der Äußerung zu bewegen, es sei nicht nötig, bis er sich endlich überzeugte, daß es ihm nichts helfe. Er runzelte die Stirne (nach allen Richtungen), es half ihm aber nichts, und schließlich erklärte er, er werde sich die Sache überlegen. Wir sprachen dann von allem möglichen, und die Unterhaltung dauerte über zwei Stunden. Nach mir kam Hörmann (der Minister des Innern) an die Reihe, der dann die üble Laune schlucken mußte, in die sich der König meinetwegen hineingearbeitet hatte.‘‘ —

Die neugewählte Kammer konnte sich schon über die Präsidentenwahl nicht einigen und wurde wieder aufgelöst. In die politische Pause bis zum Zusammentritt einer neuen fällt ein Besuch des Königs von Württemberg am bayerischen Hofe, der keine Schwierigkeiten veranlaßte, da der König diesmal von besonderer Liebenswürdigkeit beseelt und bereit war, seinem königlichen Nachbarn alle möglichen Aufmerksamkeiten zu erweisen. Der König von Württemberg kam aber im strengsten Inkognito nach München und nahm das Anerbieten der Wohnung in der Residenz und andere Höflichkeiten nicht an. Ludwig II. fuhr ihm bis Augsburg entgegen und mit den Württembergischen Herrschaften nach München, wo das Souper auf dem Bahnhof eingenommen wurde.

Die Neuwahlen vom November fielen noch mehr zu ungunsten des Ministeriums aus, als die vom Mai. Der Rücktritt des ganzen Ministeriums schien unvermeidlich, wenn auch ein Minister fester klebte als der andere und sich erhalten zu können glaubte. Hohenlohe hatte den Eindruck, daß Lutz mit Schlör konspirierte, um ihn und andere Minister hinauszudrücken und selbst Minister des Äußern oder wenigstens Vorsitzender des Ministerrats zu werden. Aber Hohenlohe konspirierte auch selbst, wie aus seinen eigenen Geständnissen ersichtlich ist. Er hatte von Döllinger erfahren, daß der Flügeladjutant Sauer dessen Rat darüber erbeten hatte, was er in der gegenwärtigen schwierigen Lage dem König vorschlagen solle und den Prälaten instruiert, seine Ratschläge dahin zusammenzufassen, daß der König Hohenlohe mit der Bildung eines neuen Ministeriums betrauen möge. Diesen Rat hat denn der König auch befolgt; allein Hohenlohe war inzwischen anderen Sinnes geworden.

Zunächst fand am 26. November 1869 eine sehr stürmische

Sitzung des Ministerrats statt, in der „Ihre Exzellenzen" hintereinander gerieten. Hohenlohe räumte ein, daß die Abneigung
der patriotischen Partei besonders gegen ihn gerichtet sei und
erklärte sich bereit, „das Ministerium zu verlassen". Er glaubte,
wenn er jetzt gehe, werde er „regrettiert" und bleibe später
immer möglich. Hörmann und Gresser schlossen sich ihm an.
Die übrigen fanden ihre Ministerstühle zu bequem, um sie leichten Kaufes aufzugeben. Der geschmeidige Pfretschner gestand
„mit aller kollegialen Offenheit", daß sich allerdings die Ani-
mosität der Parteien gegen die genannten drei Kollegen richte
und „ließ die Frage unentschieden, ob nicht durch eine par-
tielle Modifikation des Ministeriums der Verlegenheit am besten
abgeholfen werden könne".

Zu der letzteren, von dem Selbsterhaltungstrieb unterstützten
Meinung neigte anfangs auch Lutz hin, indem er es für bedenklich erklärte, dem System des Parlamentarismus und der Ma-
joritätsregierung Opfer zu bringen. Als aber der Kriegsminister
Pranckh mit militärischer Bestimmtheit bemerkte, wenn man
sich die Achtung der Welt erhalten wolle, müsse man jetzt um
seine Entlassung einkommen, gehorchte auch Lutz diesem
deutlichen Winke.

Schlör erinnerte Hohenlohe daran, daß er seinerzeit auch
Bomhard allein ausgeschifft habe und schrieb ihm unverblümt
die Schuld an dem herrschenden Mangel an Solidarität des Ministeriums, ja an der ganzen mißlichen Lage zu. Hohenlohe
wies die gegen ihn erhobenen Vorwürfe, verbeistandet von Hörmann, geschickt zurück. Man kam schließlich dahin überein,
daß man Lutz den Entwurf einer Eingabe an den König übertrug
und im übrigen jedem überließ, was er tun wolle.

Hohenlohe reichte am 29. November 1869 ein würdig und
maßvoll gehaltenes Entlassungsgesuch ein, welches Ludwig II.
dahin beantwortete, daß dem Fürsten sein Vertrauen auch jetzt
noch zur Seite stehe, und daß er ungeachtet des Ausfalls der
Wahlen die Geschäfte fortführen möge. Die auf Grund dieser
Entschließung vorgelegten, sehr sach- und zeitgemäßen Vorschläge
Hohenlohes fanden nicht durchweg die Billigung Ludwigs II.

Der König war insbesondere nicht damit einverstanden, die
Änderung des Ministeriums bis nach der Kammereröffnung und
den ersten Debatten zu vertagen. Er entschied sich für die sofortige Entlassung der Minister Hörmann und Gresser, da er darin
eine Konzession erblicken zu dürfen glaubte, welche den aus-
gebrochenen Sturm beschwören könne.

Die Ausfindigmachung geeigneter Nachfolger bot Schwierigkeiten dar, da die Vorgeschlagenen teils ablehnten, teils dem
König nicht genehm waren.

Am 17. Januar 1870 fand die Eröffnung des neuen Landtags
statt. Umgeben von den Prinzen des königlichen Hauses, dem
großen Cortège und dem gesamten Staatsministerium verlas
Ludwig II. in dem Thronsaale der Residenz, zum erstenmal
in eigener Person, mit lauter, sonorer Stimme die lange Thronrede. Es fand sich darin folgendes politisch bedeutungsvolles
Glaubensbekenntnis: „Ich weiß, daß manche Gemüther die Sorge
erfüllt, es sei die wohlberechtigte Selbständigkeit Bayerns bedroht. Diese
Befürchtung ist unbegründet. Alle Verträge, welche Ich mit Preußen
und dem Norddeutschen Bunde geschlossen habe, sind dem Lande bekannt. Treu dem Allianzvertrage, für welchen Ich Mein Königliches Wort
verpfändet habe, werde Ich mit Meinem mächtigen Bundesgenossen für
die Ehre Deutschlands und damit für die Ehre Bayerns einstehen, wenn
es unsere Pflicht gebietet.‘‘ „So sehr ich die Wiederherstellung einer nationalen Verbindung der deutschen Staaten wünsche und hoffe, so werde
ich doch nur in eine solche Gestaltung Deutschlands willigen, welche die
Selbständigkeit Bayerns nicht gefährdet.‘‘ „Indem Ich der Krone und
dem Lande die freie Selbstbestimmung wahre, erfülle Ich eine Pflicht
nicht allein gegen Bayern, sondern auch gegen Deutschland. Nur wenn
die deutschen Stämme sich nicht selbst aufgeben, sichern sie die Möglichkeit einer gedeihlichen Entwicklung Gesamt-Deutschlands auf dem
Boden des Rechtes.‘‘

Den ersten Gegenstand der Verhandlungen beider Häuser
bildete die Beantwortung der Thronrede. Der Adreßentwurf
der Majorität rührte von dem Archivar Dr. Edmund Jörg her,
dem scharfsinnigsten, aber wohl auch leidenschaftlichsten Anhänger der Patriotenpartei. „Die Verträge mit Preußen,‘‘ hieß
es darin, „sind erfahrungsgemäß der Deutung fähig, und die
möglichen Deutungen verbreiten Beängstigung im Volk. Daraus
entspringt unwillkürlich das Verlangen nach einem Leiter un-

serer auswärtigen Angelegenheiten, dem das Vertrauen des Volkes entgegengebracht werde."

Der Gegenentwurf der Fortschrittspartei sprach aus, daß mit der Ausbildung des völkerrechtlich anerkannten Norddeutschen Bundes zu einem deutschen Bundesstaate die Wahrung der Grundlagen unseres Staatshaushaltes und die Selbständigkeit im Innern, insbesondere die freiheitliche Entwicklung Bayerns sehr wohl vereinbar sei."

Über diese Punkte, deren Brennpunkt der Verbleib oder die Entlassung Hohenlohes war, wurde zwölf Sitzungen lang verhandelt. Beide Parteien schickten ihre besten Kräfte ins Feld und beide stritten mit der gleichen Erregung. Hohenlohe war ja kein geborener Redner, aber ein feiner Stilist und gelesen wirken seine Ausführungen eindringlich und überzeugend. Mit Recht konnte ihm Ludwig II. am 6. Februar 1870 seine „Freude und seine vollste Anerkennung über die meisterhafte in der Tat unwiderlegliche Rede", die er am vorausgegangenen Tage in der zweiten Kammer gehalten hatte, „aus ganzem Herzen" aussprechen. „Möge es Ihren bestimmten und beredten Worten gelingen, die letzten Nebel des leider immer noch nicht gänzlich verscheuchten Mißtrauens zu bannen!" „Mögen Sie ausharren in Ihrem ehrenvollen Amte, getragen von dem Bewußtsein meines unerschütterlichen Vertrauens und mich nicht durch Ihr Ausscheiden in die Gefahren eines etwaigen Systemwechsels mit seinen unausbleiblich unheilbringenden Folgen stürzen."

Die Nebel des Mißtrauens waren darum nicht zu verscheuchen, weil sie nicht aus der Intelligenz, sondern aus der dunklen Tiefe verletzter Gefühle, allgemeiner Eindrücke und unbestimmter Befürchtungen aufstiegen. Der Fürst hatte in einer früheren Rede während der gleichen Verhandlungen, ohne Widerspruch zu finden, hervorheben können, daß ihm keine Tatsache nachzuweisen sei, durch welche er das persönliche Mißtrauen in seine Pflichttreue gegen Dynastie und Land verdient hätte. Es ist wahr, er gehört nicht zu den ja nicht wenigen Ministern jener Epoche, die von der Einheitsströmung der Zeit erfaßt, aus Parteigeist oder anderen Nebenabsichten ihre Souveräne ver-

rieten und deren Rechte veräußerten, ohne sie auch nur auf dem
Laufenden zu halten. Aber er war nicht Bayer von Geburt, und
man fühlte, daß er es niemals von Herzen geworden ist. Der
König täuschte sich, wenn er damals einem Abgeordneten der
Opposition gegenüber äußerte, Hohenlohe sei freilich früher
preußisch gesinnt gewesen, aber er sei es jetzt nicht mehr. Der
tiefe Zwiespalt der Grundanschauungen Ludwigs II. mit denen
des Fürsten Hohenlohe bestand immer fort. Während die
möglichst unversehrte Erhaltung der bayerischen Selbständigkeit in den innersten Wünschen Ludwigs II. lag, erstrebte und
befürwortete der Fürst deren möglichste Hingabe zu Gunsten
der Vereinheitlichung und der Vorherrschaft Preußens. Seine
Gesinnungsgenossen rechnen ihm das damals, wie heute noch,
zum Verdienst an, aber es war kein solches in den Augen derer,
welche die Aufrechterhaltung der staatlichen Selbständigkeit
Bayerns für möglich und ersprießlich erachteten und Zweifel
darüber hegten, ob die Führerschaft Preußens, die sich so glänzend auf militärischem Gebiete erwies, sich auch im Innern und
im zwischenstaatlichen Verkehr unter den Völkern bewähren
werde. Diese glaubten nicht, daß ein Staatsmann, dessen Persönlichkeit der Selbständigkeit entbehrte, die staatliche genügend
gewährleiste. Schon damals empfing man den Eindruck, den
seitdem fast jede Seite der „Denkwürdigkeiten" bestätigt hat,
daß Hohenlohe nur einer der vielen Schatten Bismarcks war,
daß dessen starke und immer geschickte Hand ihn an einem
unsichtbaren Faden hielt und leitete, daß der Fürst ihm nie
länger widerstand, als bis er wußte, was Bismarck eigentlich
wollte, was er nicht immer sogleich und nicht jedem zu erkennen
gab. Auf diese Weise erhielt sich der Kleinere in der Gunst
des Großen und nur ganz zuletzt scheint eine Umwölkung der
bisher ungetrübten Beziehungen eingetreten zu sein, als beide
Männer, die auch irdische Güter zu schätzen wußten, mit der
Möglichkeit spielten, Erbfürsten von Elsaß-Lothringen zu werden, was ja gewiß nicht die schlechteste Lösung der unheilvollen
Frage gewesen wäre.

Das Mißtrauensvotum, d. h. der Mehrheitsentwurf der Adresse

an den König wurde mit 78 Stimmen gegen 62 angenommen. Auch die Standesgenossen der Kammer der Reichsräte rückten bei diesem Anlaß von Hohenlohe ab. Der Präsident des protestantischen Oberkonsistoriums v. Harleß hatte einen Adreßentwurf verfaßt, in welchem gleichfalls dem Ministerium ein entschiedenes Mißtrauensvotum erteilt wurde. Nur zwölf Mitglieder der hohen Kammer stimmten nicht bei. Diese lud der König mit den Ministern zur Tafel und verweigerte die Annahme der Adresse der übrigen.

Unter den Opponenten der Reichsratskammer befanden sich mit dem späteren Prinzregenten sechs Prinzen des königlichen Hauses. Nur der Bruder der Exbraut, Herzog Karl Theodor, stimmte mit der Regierung. Der König hatte den Prinzen den Wunsch zu erkennen geben lassen, sie möchten sich der Abstimmung enthalten und verhängte nun über die Ungehorsamen nach altfranzösischem Brauch die zeitweilige Verbannung vom Hofe, eine bei seiner Art der Hofhaltung außerordentlich wenig empfindliche Maßregel. Nichtsdestoweniger wurden seine beiden Schritte als unkonstitutionell gerügt, und das Kabinett sah sich veranlaßt, wie in anderen Fällen, behufs Vertretung des königlichen Standpunktes in der Presse die Vermittlung des Universitätsprofessors Joh. Huber in Anspruch zu nehmen, der als Lehrer der Philosophie des Königs einen Ehrensold bezog. Huber verfaßte ein feingedrechseltes „Entrefilet", das die Allgemeine Zeitung zwar abdruckte, aber nicht veröffentlichte, weil ihr kurz darauf die Mitteilung zuging, S. M. wünsche keine weitere Erörterung der Angelegenheit in der Presse. Der Philosoph hatte ausgeführt, daß, wenn es die Meinung des Königs gewesen wäre, den Prinzen stünde als Reichsräten nach dem Familienstatut das Recht selbständiger Überzeugung nicht zu, er gewiß nicht an sie den Wunsch hätte ergehen lassen, sich der Abstimmung zu enthalten; denn er hätte dann erwarten müssen, daß sie ohne jeden weiteren Wink auf Seite der Krone getreten wären. Daß sie seinem Wunsche keine Rechnung trugen, habe ihn um so schmerzlicher berühren müssen, als er „naturgemäß" von vornherein den ganzen Unwert der gegen das Ministerium gerichteten Verdächtigungen klar zu beurteilen vermochte und in einer ungewöhnlich schwierigen Lage der äußeren und inneren Politik an den ihm zunächst stehenden Persönlichkeiten eine feste Stütze zu erwarten sich voll berechtigt glaubte. Die Prinzen hätten ja vor der Abstimmung sich mündlich oder schriftlich an den Monarchen wenden und auf solche Weise einer Verständigung Raum geben können. Der König habe durch Entlassung der so viel angefeindeten Minister v. Hörmann und v. Gresser gezeigt, wie sehr er bestrebt sei, dem Geist der Versöhnlichkeit in unserem so unglücklich zerrütteten Lande die Wege zu bahnen. Dieser Geist der Versöhnung hätte zuerst von den Mitgliedern der königlichen Familie gewürdigt werden sollen, damit er von ihnen aus in die „tieferen" Kreise der Gesellschaft herabdringe. Daß dies nicht geschehen, daß sogar die Prinzen durch ihre politische Haltung der Entzweiung im Lande neue Nahrung gaben, werde jeder wirkliche „Patriot" bedauern. Der Akt, den S. M. an die Handlungsweise der Prinzen knüpfte (— das Hofverbot —) sei nichts anderes, als die Konstatierung der bereits bestehenden Tatsache der Entfremdung, in die sich die Prinzen zu der Person des Königs begeben hätten.

Der Ministerrat vom 13. Februar 1870 war nur in dem einen Punkte einig, daß Hohenlohe nun aber sicher gehen müsse. Die anderen klebten. Der Fürst richtete am 14. Februar 1870 ein erneutes Entlassungsgesuch an den König, das an edler, würdiger Haltung das erste noch übertrifft. Er nennt sich dem König aus tiefstem Herzen dankbar für die Festigkeit, mit der er ihn bisher unterstützte. Aber eben diese Dankbarkeit lege ihm die Pflicht auf, keinen Anspruch auf eine weitere Unterstützung zu erheben, welche den Monarchen den ernstesten Gefahren preisgeben könne. Niemals, solange die bayerische Verfassung bestehe, hätten sich die Herrscher Bayerns von dem konstitutionellen Wege entfernt. Selbst nach den stürmischen Ereignissen des Jahres 1848, nach denen fast überall Oktroyierungen und Staatsstreiche stattfanden, habe Bayern sich nicht auf solche Wege drängen lassen. Eine Bewegung wegen Zuwiderhandlung gegen die konstitutionellen Rechte werde sich in Zeiten gewaltsamer Umwälzungen in Frankreich oder anderswo nicht mehr gegen das Ministerium, sondern gegen die Person des Königs wenden und schließlich Gefahren zeitigen, die man besser vermeide.

Ludwig II. teilte durchaus nicht die Ansicht seines Ministers. Er „protestierte" dagegen, daß er unkonstitutionell verfahre, indem er an seinem Rechte festhielt, die Minister zu ernennen und zu verabschieden. Er erklärte die Entlassung Hohenlohes

für Schwäche und Nachgiebigkeit. Über die Verhandlungen in
der Kammer der Abgeordneten war er sehr wohl unterrichtet,
zitierte Stellen aus Hohenlohes Reden und äußerte seine Entrüstung über die „Patrioten". Ultramontane Minister und insbesondere Thüngen wollte er um keinen Preis. —

Bismarck sprach sich ungefähr in dem gleichen Sinne aus.
Allein die Kundgabe seiner Meinung gelangte durch den preußischen Gesandten in München, Baron Werthern, erst zur
Kenntnis Hohenlohes, als die Sache schon entschieden war.
Bismarck hatte es bis auf die neueste Zeit zweckmäßig ge-
schienen, daß Hohenlohe abgehe, da er sich sonst nur in kleinen
Streitigkeiten aufreibe und nicht mehr fähig sei, bei großen Ak-
tionen mitzuwirken. Da sich aber der König mit solcher Entschiedenheit in den Vordergrund gestellt habe, bedürfe es nicht
mehr des Experimentes, das Hohenlohes Rücktritt zur Folge
habe, um Ludwig II. zu überzeugen, daß er mit der ultramontanen Partei nicht regieren könne. Diese Überzeugung habe der
König ja ohnedem. Der Kampfplatz sei geöffnet, Hohenlohe
brauche nur anzufangen, und es liege in seiner Hand zu entscheiden, inwieweit und auf welche Art der König ihn unterstützen solle. Als Mittel des Kampfes bezeichnete Bismarck
die Auflösung der Kammer der Abgeordneten und einen Pairs-
schub. —

Selbst wenn dieser, übrigens nicht auf genauer Kenntnis der
bayerischen Verhältnisse und Persönlichkeiten beruhende Rat
rechtzeitig eingetroffen wäre, hätte ihn Hohenlohe nur befolgen
können, wenn er selbst ein halber Bismarck gewesen wäre.
Aber er war weit davon entfernt — ein Mann der Tat zu sein!
So blieb dem König nichts anderes übrig, als seinem Entlassungs-
gesuche „in Würdigung der von ihm vorgebrachten „persönlichen" Motive Folge zu geben. Hiebei fühlte er sich gedrungen,
dem Fürsten für die opferwillige Hingebung und bewährte Treue,
wodurch seine Amtsführung ausgezeichnet war, mit vollstem
Herzen seine Anerkennung auszusprechen und verlieh ihr dadurch „tatsächlichen Ausdruck", daß er ihn unter die Kapi-
tulare seines Ritterordens vom heil. Hubertus aufnahm.

XXIII.

Ludwig II. trennte sich auch persönlich ungern von dem Fürsten Hohenlohe, an den er sich gewöhnt hatte, und dessen feine, abgetönte und fast möchte man sagen, bescheidene Art des Auftretens ihm sympathischer sein mußte, als die bureaukratische Unterwürfigkeit seiner Kollegen. Graf Bray, den Hohenlohe dem König zum Ersatz empfohlen hatte, ließ die eingetretene persönliche Lücke wohl am wenigsten empfinden. Hohenlohe erwähnt in seinen Denkwürdigkeiten am 11. Oktober 1866, als die von ihm selbst angestrebte Ernennung zum Minister des Äußern noch nicht feststand, unter seinen Mitbewerbern „den guten Bray oder eine andere Nullität aus der bayerischen Diplomatie". Graf Bray (1807—1899) war ein Diplomat der alten Schule, aber durchaus keine Nullität. Er besaß Eigenschaften, die ihn nicht nur in den Augen der Kammermajorität Hohenlohe gleich-, ja in manchen Beziehungen über ihn stellten. Als Sohn eines französischen Emigranten vom normannischen Uradel, der unter Montgelas in bayerische Dienste trat, und einer livländischen Dame in Berlin geboren, hatte er seine erste Jugend auf den livländischen Gütern seines mütterlichen Großvaters, und in St. Petersburg, wo sein Vater bayerischer Gesandter war, zugebracht, und auf verschiedenen diplomatischen Posten immer in der großen Welt gelebt. In seinem Äußern und in seinem Auftreten lag mehr von der eckigen Steifheit des Livländers als von der Grazie des Franzosen; er wußte sich aber überall beliebt zu machen und war in der Unterhaltung ergiebiger als der schweigsame Hohenlohe, der eigentlich nur mit sich selbst intim stand und seine beststilisierten Gedanken nur seinem, nach der Ansicht vieler Zeitgenossen nicht lange genug verschwiegenen Tagebuch anvertraute.

Obschon kein Tropfen bayerischen Blutes in seinen Adern rann, erwies Graf Bray sich stets gut und treu bayerisch gesinnt und, was die „Patrioten" wohl am meisten schätzten, besaß er auch seiner Kirche gegenüber nicht den ungewöhnlichen Grad von Objektivität, den Fürst Hohenlohe während des vatikanischen Konzils entwickelte. Minister des Äußern war er schon in den Jahren 1846 und 1848 gewesen und, indem er in dem letzteren Jahre die von Ludwig I. für Lola Montez beanspruchten Galanterien ablehnte, bewies er, daß er nicht sowohl ein Höfling der alten Zeit, sondern ein Ehrenmann im Sinne der neuen war.

Das Programm, das er am 30. März 1870 in der Kammer darlegte, unterschied sich äußerlich nur wenig von dem des Fürsten Hohenlohe. Er erklärte, daß die Regierung nicht über, aber außerhalb den Parteien stehe, daß die eingegangenen Verträge, die einen offensiven Charakter nicht hätten, gehalten werden müßten und daß man auch die berechtigte Unabhängigkeit des Landes nicht aufgeben dürfe. Indem er aber der Behauptung widersprach, daß die jetzige Lage Bayerns nicht haltbar sei, setzte er sich dem baldigen Dementi der Tatsachen aus. —

XXIV.

Aus dem Umstand, daß der Kriegsgrund von 1870 anfänglich lediglich in dynastischen Interessen zu liegen schien, erklärt es sich, daß innerhalb und außerhalb der süddeutschen Landesvertretungen Stimmen für die Neutralität laut wurden. Bei den süddeutschen Regierungen fanden solche nur vorübergehend oder gar kein Gehör.

Der französische Gesandte in Stuttgart Graf St. Vallier berichtete am 19. Juli 1870 nach Paris, die Schutz- und Trutzbündnisse des Jahres 1866 enthielten keine Bestimmung, welche Preußen das Recht gebe, die Frage des casus foederis in einer den Interessen Deutschlands so fremden Angelegenheit zu stellen und der württembergische Minister des Äußern werde mit der Energie des guten Rechts eine Auslegung verteidigen, welche sich auf Wort und Geist dieser Abmachungen stütze, und ohne welche die Verträge von 1866 keine Bündnis-, sondern Vasallen-Verträge wären.

Frhr. v. Varnbüler widersprach dieser Auffassung mit Nachdruck; sie ist vielleicht zum Teil auf Äußerungen zurückzuführen, die Varnbüler auf die äußeren Vorgänge hin machte, ohne, wie die meisten Zeitgenossen, eine Ahnung von dem Gedankengang und den letzten Zielen des leitenden Staatsmanns zu haben. Er räumte dem französischen Gesandten gegenüber ohne weiteres ein, daß er die Thronkandidatur des Prinzen von Hohenzollern mißbillige, daß er sie für ein Unrecht Europa gegenüber ansehe, dessen Ruhe dadurch gestört werde, wie die Urheber der Idee hätten vorhersehen können; aber über eine Neutralität Württembergs erklärt er, mit dem französischen Gesandten überhaupt nicht gesprochen zu haben. Wir werden darauf zurückkommen.

Der bayerische Minister des Äußern Graf Bray hatte sich am 10. Juli 1870 die Ansicht über die Lage eines „alten Göttinger Duzbruders", des Grafen Beust, erbeten. Beust hatte am 14. Juli, nicht „als österreichischer Reichskanzler, sondern als alter Freund" erwidert: „Bayern hat eine große Karte in der Hand, um in Berlin gleichwie in Paris ein für die Erhaltung des Friedens entscheidendes Wort in die Wagschale zu werfen. Die Verträge von 1866 sind defensiv. Erklärt Bayern in Berlin, daß es, falls Preußen einer spanischen Thronkandidatur wegen einen Krieg gegen Frankreich unternimmt, nicht verpflichtet sei, Heeresfolge zu leisten und erklärt es in Paris, daß ein Angriff Frankreichs auf deutsches Gebiet Bayern zur Heeresfolge verpflichte, so wird die Wirkung hier, wie dort nicht ausbleiben."

Dieser gute Rat, der im Grunde ja nur ein nicht schlechter Witz war[1], kam zu spät, da die französische Kriegserklärung bereits am 15. Juli erfolgte.

In der entscheidenden Sitzung der II. Kammer vom 19. Juli 1870 hatte das Ausschußmitglied Jörg von der Patriotenpartei vorgebracht, Graf Bray selbst habe zugestanden, daß, wenn die

---

[1] de la Gorce, der Geschichtschreiber des zweiten Kaiserreichs meint freilich: „Cette suggestion, si elle avait prévalu, eût rendu en effet la guerre presque impossible." T. 6. p. 338.

Neutralität sich erlangen ließe, dies das beste für Bayern wäre, sie müßte aber von beiden kriegführenden Mächten anerkannt sein. Nun habe Frankreich sich erboten, die bayerische Neutralität zu respektieren und der Herzog von Gramont erklärt, der Krieg solle keinen Fußbreit deutschen Bodens erwerben (Gelächter im Hause) und man wolle Bayern die Pfalz französischerseits ausdrücklich garantieren. Die Anschauung Preußens sei noch nicht bekannt, aber die süddeutsche Neutralität böte für die preußische Aufstellung große Vorteile dar, da sie dann in ihrer linken Flanke nicht angegriffen werden könne.

Graf Bray räumte ein, daß er gesagt habe, die Neutralität sei unter der Bedingung wünschenswert für Bayern, daß es möglich wäre, sie auf ganz Süddeutschland zu erstrecken, und daß beide kriegführenden Mächte damit einverstanden wären. Über die Gründe, aus denen diese Möglichkeiten nicht gegeben waren, ging der Minister damals aus naheliegenden Erwägungen nicht näher ein, wir finden sie aber da, wo wir sie am wenigsten suchen würden, in dem im Jahre 1872 erschienenen Buche: La France et la Prusse avant la guerre, durch welches der Herzog von Gramont sich bemühte, den Vorwurf von sich abzuwälzen, daß er einer der Hauptschuldigen an dem Kriege von 1870 war.

Nachdem der Herzog sich unter Berufung auf einen Militärberichterstatter der Kölner Zeitung in Nebelbildern ergangen hat, wie schön man die Sache hätte machen können, wenn man zu Anfang des Krieges mit 100,000 Mann in Baden, Württemberg und in den preußischen Rheinlanden eingefallen wäre, fährt er fort: „Man sprach viel von der Möglichkeit der Neutralität der süddeutschen Staaten und warf der Regierung vor, daß sie nicht das Nötige getan habe, sie sich zu sichern. Dieser Vorwurf ist nicht ernst zu nehmen. Die Neutralität war für die süddeutschen Staaten unmöglich. Graf Bray, der bayerische Minister des Äußern, hatte es schon vor dem Krieg erklärt, indem er sich gleichzeitig sehr um die Aufrechterhaltung des Friedens bemühte. Die badische Regierung hätte es freiwillig niemals zugegeben und wenn man sie auf dem Wege der Besetzung durch die französische Armee dazu gezwungen hätte, wäre es keine Neutralität mehr gewesen. Nach Besetzung des badischen Gebietes hätten notwendiger Weise auch die Pfalz und Württemberg durch eine oder die andere Armee besetzt werden müssen. Nun gehört aber die Pfalz zu Bayern." „Es war unmöglich, daß in einem Kriege zwischen Frankreich und Preußen die genannten Gebiete nicht in der Gewalt eines der beiden Kriegführenden standen. Sie waren sogar der klassische Kampfplatz und unter normalen Verhältnissen hätte man gerade auf dieser Linie die erste große Schlacht liefern müssen. Wenn aber in München ein Neutralitätsübereinkommen zu erreichen gewesen wäre, hätten wir deutsches Gebiet schonen und die Freiheit unserer Angriffsbewegungen auf die angrenzenden Landesteile beschränken müssen. Doch selbst unter dieser Bedingung wäre die Neutralität nicht möglich gewesen, weil Norddeutschland sie nicht zugelassen hätte. Die süddeutschen Staaten konnten nur durch Besetzung gewonnen werden; wenn wir nicht in sie eindrangen, mußten sie mit Preußen gehen, ob sie wollten oder nicht."

Zur Erhaltung des Friedens geschahen von seiten der Neutralen nur drei Schritte. Ein englischer, ein russischer und — ein bayerischer. Der, den Graf Bray im Sinne seines friedfertigen Souveräns einleitete, und auf welchen Gramont in seinen Ausführungen über die Unmöglichkeit der Neutralität der Südstaaten anspielte, geschah in Form eines Vorschlags, den Bray im Benehmen mit dem preußischen Gesandten dem König von Preußen unterbreitete, dahingehend, er möge dem Grundsatz beipflichten, den Frankreich bei der Wahl des Herzogs von Nemours zum König von Belgien, England bei der Wahl des Prinzen Alfred zum König von Griechenland u. a. m. anerkannten, dahingehend, daß Familienmitglieder der Großmächte bei Neubesetzung erledigter Throne außer Bewerb bleiben müssen. —

In der vor drei Jahren zuerst in englischer Sprache, unter dem nicht zutreffenden Titel: „Memoiren der Kaiserin Eugenie" erschienenen Sammlung von Aufzeichnungen und Erinnerungen verschiedener Art des Grafen Fleury (Leipzig 1921), findet sich folgende darauf bezügliche Stelle: „Während die Unterhandlungen in Ems ihren Fortgang nahmen, war die französische Diplomatie an den fremden Höfen emsig an der Arbeit. „Wir dürfen kein Mittel unversucht lassen, um die drohende Katastrophe womöglich noch zu beschwören," sagte der Kaiser. Rußland, England, Österreich und Italien, alle thaten etwas zur Erreichung des ersehnten Zieles. Aber das Bedeutungsvollste war vielleicht Bayerns Handlungsweise. Obwohl Bayern seit 1866 ein Trabant Preußens gewesen war, nahm der bayerische Minister des Auswärtigen, Graf Bray keinen Anstand, in Berlin die Wahrheit zu sagen. Er teilte dem König von Preußen mit, daß man in Bayern der Ansicht sei, S. M. solle in dieser spanischen Thronangelegenheit so handeln, wie Frankreich es getan habe, als die belgische Krone dem Herzog von Nemours angeboten wurde und wie England es tat, als die griechische Krone dem Prinzen Alfred angeboten wurde. Dies war wirklich, wenn auch in anderer Form, dieselbe Bitte, auf deren Erfüllung Graf Benedetti seit acht Tagen so eifrig gedrungen hatte. Frankreich gab in Bayern zu verstehen, daß die Erfüllung dieses Vorschlags von Berlin aus uns befriedigen würde. Der Kaiser sprach sich sehr bestimmt darüber aus und dachte einen Augenblick, daß diese bayerische Intervention die Lage vielleicht noch retten könne. Aber das Berliner Kabinett schob den Vorschlag ganz einfach beiseite, ,,mit einer Geringschätzung, die an Verachtung grenzte,'' wie ein Diplomat zu der Kaiserin sagte.'' —

In der Tat verhielt sich der Bundeskanzler auch gegen diesen Schritt vollkommen ablehnend. Der bayerische Vorschlag gelangte erst am 17. Juli zur Kenntnis des Herzogs von Gramont und hat nur in dem englischen Blaubuch eine Spur zurückgelassen.

Die Aussichten auf Erhaltung des Friedens schwanden und der Gedanke an Neutralität, sofern er überhaupt je ernstlich aufgetaucht war, machte im Süden bald Erwägungen darüber Platz, wie die Befürchtungen zu zerstreuen seien, welche König Ludwig II. und manche seiner Untertanen vor weiteren Beeinträchtigungen der Selbständigkeit während und infolge eines Krieges hegten.

Graf Bray äußerte dem württembergischen Gesandten in München, Baron Soden, gegenüber die Meinung, es könne auf eine Aufforderung Preußens zur Beteiligung am Kriege hin, die Bedingung gestellt werden, daß Preußen im Falle eines Sieges die Souveränität der Südstaaten in ihrem bisherigen Stande anerkenne und aufrecht erhalte. Der württembergische Minister des Äußern brachte daraufhin in Anregung, den württembergischen Gesandten in Berlin durch ein vertrauliches Schreiben zu beauftragen, bei Preußen zu erwirken, daß es selbst eine solche Zusicherung abgebe. Der württembergische Justizminister Frhr. v. Mittnacht machte aber geltend, es könne darüber kostbare Zeit vergehen und man werde es der Regierung nie vergessen, wenn sie in einem solchen Augenblicke zögere, zu falschen Auffassungen im Ausland Anlaß böte, und Wünsche vorbringe, deren Ablehnung die Lage verschlimmern würde. Es traten darauf sämtliche Minister, auch Varnbüler, dieser Anschauung bei (am 13. Juli) und der König von Württemberg genehmigte ihren Antrag. Man ließ auch in Bayern den Gedanken an eine Garantieforderung fallen, allein der Brief, den König Ludwig dem preußischen Kronprinzen bei seiner Abreise von München am 28. Juli zustellen ließ, beweist, daß die Befürchtung wegen Bedrohung der Selbständigkeit durch den Krieg fortbestand.

Da der württembergische Gesandte in München die Lage in Bayern als zweifelhaft und die Haltung der Landesvertretung als bedenklich geschildert hatte, entschloß sich Varnbüler dorthin zu reisen. „Ich hatte," erzählt er, „in der Nacht des 17. eine längere Unterredung mit dem Grafen Bray, namentlich über die den Kammern gegenüber einzunehmende Stellung. Es gelang mir, eine vollständige Übereinstimmung mit dem Grafen Bray herbeizuführen; er nahm in der Sitzung der Kammer der Abgeordneten vom 18. Juli eine sehr bestimmte, feste Stellung ein und die letztere bewilligte, bekanntlich nur mit 4 Stimmen Mehrheit, den verlangten Kredit bedingungslos. Damit war jeder Widerspruch auch in der württembergischen Kammer beseitigt und es konnte nunmehr die württembergische Regierung einer sehr großen Mehrheit für ihre Vorlagen ganz sicher sein. Glaubte sie auch ohne das Votum der bayerischen Kammer auf eine Mehrheit rechnen zu können, so wäre sie doch ohne dieses auf ernsten Widerstand gestoßen."

Die württembergische II. Kammer bewilligte am 22. Juli den geforderten Militärkredit mit 85 gegen 1 Stimme. Wie wichtig sich dabei das bayerische Vorbild erwies, geht auch aus dem Umstande hervor, daß nicht nur das Haupt der „Beobachter"-Partei sich darauf berief; sondern auch der leidenschaftlichste Feind Preußens in Süddeutschland, Moritz Mohl (Bruder des badischen Gesandten in München), sich im Hinblick auf die durch die bayerische Abstimmung eingetretene Zwangslage „in die schmerzliche Notwendigkeit versetzt sah, dem Gesetzentwurf zuzustimmen."

XXV.

Nach seinen oben wiedergegebenen Äußerungen über die Unmöglichkeit der Neutralität Süddeutschlands, müssen die Ansichten des Herzogs von Gramont in diesem Punkte von denen seines Kaisers erheblich abgewichen sein, wenn anders die folgende Stelle in den Erinnerungen des Grafen von Beust den Tatsachen entspricht: ,,Gleichwie der Kaiser Napoleon eine Art von Köhlerglauben an die Unterstützung Rußlands bis zum letzten Augenblick bewahrte, so konnte ihn auch nichts von der Überzeugung zurückbringen, daß das südliche Deutschland sich am Kriege nicht beteiligen werde.'' Beust beruft sich auf das englische Blaubuch und den Historiker Henri Martin als Zeugen dafür, wie sehr er bestrebt war, Napoleon III. diese Illusion zu benehmen und auch die Berichterstattung der französischen Vertreter in Deutschland unterstützt, insoweit wir Einblick in sie haben, mit einer einzigen Ausnahme, nicht die Vorwürfe, die in der Zeit der Niederlage in der französischen Presse und im Parlament gegen sie erhoben worden sind. Wenn sie sich aber vielleicht auch zuweilen durch vorübergehende Strömungen und Parteileidenschaften über den wahrscheinlichen Ausfall der Entscheidung täuschen ließen, die Erklärungen der zuständigen süddeutschen Minister konnten sie in dieser Richtung nur insoweit in die Irre führen, als sie kurz vor Ausbruch des Krieges zu dem Zwecke abgegeben wurden, ihnen den Stand der Rüstungen zu verschleiern.

Insbesondere muß der persönliche Rechtfertigungsversuch des Botschafters Grafen Benedetti als gelungen bezeichnet werden. Er hat seine Regierung stets über die in Deutschland herrschende Grundstimmung auf dem Laufenden gehalten und es wahrlich nicht an Warnungen fehlen lassen. Wenn seine Berichte nicht der verdienten Beachtung im Ministerium begegneten, so hatte dies vielleicht seinen Grund darin, daß sie etwas — zu lang ausfielen. So besteht der Bericht vom 5. Januar 1868, den er in seinem Werke ,,Ma Mission en Prusse,'' 1871 vollständig abdruckt, und in der Vorrede seiner Essais diplomatiques (1895) wieder zitiert, aus zwanzig großen Druckseiten. Es wird darin unter anderem ausgeführt, das öffentliche Gefühl dränge Preußen vorwärts auf dem Wege, den es eingeschlagen habe, und die liberalen Parteien aller Schattierungen würden mit Ausbrüchen der Begeisterung und des Hasses den König von Preußen in einem Kriege gegen Frankreich unterstützen, um die vollständige Einigung Deutschlands herbeizuführen. „Die Deutschen betrachten den Kampf, unter welchen Umständen er auch ausbrechen mag, als einen Angriffskrieg Frankreichs gegen ihr Vaterland. Ist das Los der Waffen ihnen günstig, so werden ihre Forderungen keine Grenzen kennen. Es ist also ein furchtbarer Krieg, in dem anfangs ein ganzes Volk gegen uns Partei ergreifen wird und den wir aushalten müssen. Die Regierung des Kaisers kann daher nicht genug Sorgfalt anwenden, dessen Wechselfälle und Aussichten zu erwägen."

Über den französischen Gesandten in Stuttgart Grafen v. St. Vallier gibt Varnbüler folgendes Endurteil ab: „Graf St. Vallier war mir in dem längeren Verkehr, den ich mit ihm zu pflegen hatte, als einer der seltenen Franzosen erschienen, die ein gewisses Verständnis für deutsche Zustände hatten; er spricht deutsch und machte sich zur Aufgabe, mit Leuten aus den verschiedensten Kreisen des Lebens persönlich zu verkehren. Er hatte dadurch Gelegenheit, mannigfach Antipathien gegen Preußen, ein sehr intensives württembergisches Selbstgefühl, ausgesprochenen Widerwillen gegen eine Unterordnung unter den Norden und dessen militärische Einrichtungen und dergleichen wahrzunehmen. Daß er sich nicht überzeugen ließ und nicht durchschaute, wie ein Konflikt mit Frankreich sofort alle diese Stimmungen ausgleichen, das deutsche Nationalgefühl und die Erinnerung an Jahrhunderte lang fortgesetzte Mißhandlungen erwecken und Deutschland sofort einigen werde, das beweist, daß ihm die Intuition fremder Zustände fehlt, wie den Franzosen überhaupt, daß er sich den Wunsch zur wirklichen Tatsache gestaltete und seine Regierung mit Illusionen genährt habe."

Die Broschüre, die St. Vallier im April 1871 über den Bruch Frankreichs mit Württemberg in Form eines Sendschreibens an die „Revue des deux mondes" veröffentlichte[1], gewährt weiteren Einblick in sein Verhalten und seine Auffassungen. Er war am 28. Mai 1870 von seinem Souverän in Audienz empfangen worden und hatte ihm bei dieser Gelegenheit über die Gesinnungen des Königs von Württemberg und seines Ministerpräsidenten Frhrn. v. Varnbüler Bericht erstattet. Beide, hatte er vorgetragen, hielten an der Selbständigkeit ihres Landes fest und das württembergische Volk hege das Vertrauen, daß sie allen Gegenbewegungen Stand halten werden. Ihre Aufgabe erleichtere die Zurückhaltung, welche die französische Politik sich auferlege; sie beglückwünschten den Kaiser zu dem Erfolg des Plebiszits und erblickten darin ein Unterpfand des Friedens und der europäischen Sicherheit. Napoleon III. beauftragte seinen Gesandten,

---

[1] La guerre de 1870. La rupture avec le Württemberg.

den König von Württemberg in seinen Hoffnungen auf Frieden zu bestärken und ihm zu bekunden, daß Frankreich, ohne sich seiner vorsichtigen Haltung in den deutschen Angelegenheiten zu begeben, sich im Bedürfnisfalle als umsichtiger Wächter von in ihrer Existenz bedrohten Staaten erweisen werde. Ein einziges Mal im Verlauf des Gesprächs streifte Napoleon III. die Eventualität eines Krieges zwischen Frankreich und Preußen und frug den Gesandten, ob sein Land in diesem Falle auf die Allianz, die Neutralität oder die Feindschaft der deutschen Südstaaten zu rechnen habe. St. Vallier beeilte sich zu erwidern, daß man bei einem Kriege mit Preußen in keinem Falle auf die Allianz mit einem deutschen Staate hoffen dürfe, daß aber die Neutralität Bayerns und Württembergs unter gewissen Bedingungen zu erzielen sei, wenn es gelinge, das Gehässige der Herausforderung und des Kriegsbeginns ganz Preußen zuzuschieben und wenn man den Degen nur gezwungen und unter der feierlichen Erklärung ziehe, daß man keinen Krieg der Einflußnahme, geschweige der Eroberung führen wolle, noch beabsichtige, irgendein Stück deutscher Erde zu erwerben.

Mit den friedlichen Äußerungen des Kaisers, die der neu ernannte Minister des Äußern Herzog von Gramont bestätigte, schienen die sechs Wochen später bekannt werdenden Vorfälle in einem unlösbaren Widerspruch zu stehen. Der Gesandte gibt seinem Mißfallen darüber berichtlich den schärfsten Ausdruck. Deutlich erkennt er die Fehler, die Frankreich in dem Vorspiel beging und die es Bismarck erleichterten, den Dingen schließlich die kriegerische Wendung zu geben, die er als im Interesse der Herbeiführung der deutschen Einheit gelegen erachtete. St. Valliers Berichte tadeln den schroffen Auftakt des französischen Ministerrats vom 6. Juli; die maßlose Hetze der französischen Presse, die törichte Garantieforderung, die der schwer leidende und vor anderen des Friedens bedürftige Napoleon III. sich von der Kriegspartei hatte abringen lassen, „nicht ohne Visionen von Gebietserweiterungen", wie er in den von dem Grafen Fleury veröffentlichten „Memoiren" (II. S. 247) selbst eingesteht.

Eine bei einem Franzosen so seltene Objektivität in Beurteilung der Geschehnisse mochte St. Vallier bei seiner späteren erfolgreichen Bewerbung um den Berliner Botschafterposten zu statten gekommen sein; zunächst setzte sie ihn in Widerspruch mit der öffentlichen Meinung seines Landes, die bald anfing, die Hohenzollernsche Thronkandidatur für eine Falle zu erklären, die Bismarck der französischen Kriegslust gestellt hatte. Der Graf fand es geraten, seine Broschüre zurückzuziehen und es gelang ihm dies so vollständig, daß sich nicht bloß in deutschen, sondern auch in französischen Bibliotheken kein Exemplar mehr davon vorfindet. Auch ich sehe mich auf die Auszüge angewiesen, die Frhr. v. Varnbüler zu dem Zwecke angefertigt hat, in einer als Manuskript gedruckten Schrift in durchaus glaubhafter und überzeugender Weise einige unrichtige Angaben und unzutreffende Auffassungen St. Valliers zu widerlegen.

Der Graf gehörte derjenigen Sorte von Diplomaten an, der die bescheidene Reporterstellung nicht genügt, der es schwer fällt, widerspruchslos Maßregeln ihrer Regierung zuzulassen, deren Motive sie vom Ausland aus nicht immer zu erkennen vermag. Er fühlte sich berufen, Ratschläge zu erteilen, und, um ihnen mehr Gewicht zu geben und nicht zu sehr aus der Rolle des Untergebenen zu fallen, legte er sie dem württembergischen Ministerpräsidenten in den Mund. So schreibt er ihm sogar den Friedensvorschlag zu, den er unter Wiederholung eines in der Audienz vom 28. Mai geäußerten Gedankens (die Proklamation des désintéressement territorial) am 16. Juli dem Herzog von Gramont unterbreitete. Die französische Regierung erblickte in dieser Anregung wohl nur eine Naivität ihres Gesandten, die sie keiner Antwort würdigte, und Varnbüler erklärt in seiner Gegenschrift, „er möchte nicht so geschmacklos erscheinen, einer solchen Maßregel Wert beigelegt zu haben."

Bei der großen Unzuverlässigkeit dieses diplomatischen Vertreters weiß man nicht, ob man auch nur der von ihm unterm 13. Juli, auf Grund einer Mitteilung der Königin Olga, telegraphisch einberichteten Nachricht Glauben schenken darf. König Wilhelm habe dem Fürsten Anton von Hohenzollern geraten, seinen Sohn unter Hinweis auf das Beispiel des Kaisers Max von Mexiko von dem spanischen Abenteuer abzulenken.

Unter den vielen Meinungsverschiedenheiten, die zwischen Varnbüler und St. Vallier obwalteten, befand sich auch die über die Möglichkeit der Neutralität der deutschen Südstaaten im Falle eines Krieges zwischen Norddeutschland und Frankreich. St. Vallier hielt zäh an dem Glauben daran fest und war allerdings in der Lage, sich hiebei bis zu einem gewissen Grade auf die Haltung der Landesvertretungen bei der Beratung über die Kriegskredite zu berufen. Es liegt aber nicht der mindeste Anhaltspunkt dafür vor, daß Varnbüler je eine solche Möglichkeit ins Auge gefaßt habe und ihm, der sich rühmte, die Schutz- und Trutzbündnisse angeregt zu haben, mußte es doppelt widerstreben, bei der ersten Probe zu versagen, die sie abzulegen hatten.

Graf St. Vallier aber hielt auch nach Ausbruch des Krieges an seinem Wahne fest, wie wir den „Souvenirs de la Cour des Tuiléries der Mme. Carette" (Paris 1890) entnehmen. „Sie gehen zu der Kaiserin," sagte er kurz nach seiner Rückkehr nach Frankreich dieser Palastdame Eugeniens. „Sie können der Kaiserin die ausdrückliche Versicherung einer Allianz von ganz Süddeutschland gegen Preußen überbringen, die nur unsere ersten Erfolge erwartet, um hervorzutreten; sie besteht im Geheimen im Geiste der deutschen Bundesfürsten. Die kleinen Staaten blicken mit Unruhe auf den Eroberungsgeist des Hauses Hohenzollern; sie fühlen, daß das siegreiche Preußen sie der Reihe nach absorbieren wird. Die Bevölkerungen, wie die Souveräne fürchten diese Herrschaft sehr und erwarten nur eine Niederlage Preußens, um sich uns anzuschließen."

Madame Carette, mit der Bismarck im Jahre 1867 auf einem Ball in den Tuilerien „seinen letzten Walzer" tanzte, verzeichnet kopfschüttelnd und zweifelnd diese mit den Tatsachen so sehr im Widerspruch stehenden Äußerungen eines Diplomaten, den bisher alle für ernst genommen hatten, der aber alsbald auch in Frankreich als doppelzüngig und lügnerisch entlarvt werden sollte. Wie Varnbüler, so sah sich auch Gramont genötigt, seine

Broschüre zu dementieren und es kam darüber zu einer Auseinandersetzung in der Presse, die keineswegs zu Gunsten St. Valliers ausfiel[1].

Allein es wuchs auch Gras über diesen Vorfall und als Bismarck mit dem französischen Botschafter Vicomte de Gontaut Biron den Verkehr abbrach, „weil er sich zu viel mit der Kaiserin eingelassen hatte", wurde als dessen Nachfolger Graf St. Vallier vorgeschlagen. Bismarck war er recht, obschon Thiers ihn „trop nerveux" befand. Seine Ernennung zum französischen Botschafter in Berlin erfolgte jedoch erst am 18. Dezember 1878. Er wußte sich dort eine gute Stellung zu machen und wurde bedauert, als er im November 1881 nach Bildung eines Ministeriums Gambetta zurücktrat. —

Am bayerischen Hofe war vom Friedensschlusse 1866 bis zum Ausbruch des Krieges 1870 der Marquis de Cadore französischer Gesandter. Der Auswärtige Dienst bildete in jener Zeit in Frankreich eine in sich abgeschlossene Abteilung des Staatsdienstes, in welcher Beförderungen langsam und nach dem Dienstalter vor sich gingen, und die sich Eindringlingen aus dem Parlament und aus der Armee gegenüber ablehnend verhielt. Napoleon III. ließ in diesem Punkte nur selten Gunst walten und verweigerte dem einflußreichen Grafen Walewski lange den erbetenen kleinen Gesandtschaftsposten für dessen Ordonnanzoffizier, den Fregattenkapitän Marquis de Cadore, obschon er Enkel eines Ministers des Äußern Napoleons I. war und in dem Ruf eines intelligenten Mannes stand. Der Marquis mußte die Unterstufen als Sekretär in Rom, London und Berlin durchlaufen, bis ihm die Gesandtschaft in Karlsruhe und dann die in München anvertraut wurde, der als Beobachtungsposten je nach der Persönlichkeit ihres Inhabers zuweilen von dem französischen Minister des Äußern mehr Wert beigemessen wurde, als selbst der Berliner Mission.

Seine Beglaubigung in München Ende des Jahres 1866 fiel beinahe mit der Ernennung des Fürsten Hohenlohe zum

---

[1] Ollivier, L'Empire libéral, Bd. VI.

bayerischen Ministerpräsidenten zusammen. „Der Fürst," weiß
Rothan, der französische Geschichtschreiber jener kritischen
Jahre, „machte sich keine Illusionen über das Loos Bayerns; er
zweifelte nicht daran, daß es eines Tages ‚aufgesaugt‘ werde,
meinte aber, daß seine Existenz immerhin noch lange aufrecht
zu erhalten sei, wenn es, statt isoliert zu bleiben, seinen Stütz-
punkt entschieden in Preußen suche." „Diesem so bestimmt
gefaßten Gedanken sich zu beugen", fiel der französischen Diplomatie schwer, und auch der Marquis de Cadore hielt dafür, daß ein Volk von 5 Millionen Seelen nicht so schwach
sei, um nicht mittels eines „männlich ersonnenen Systems von
Allianzen" seine Selbständigkeit erhalten zu können; er dachte,
daß es eine bedenkliche Sache sei, einen Weg zu betreten, der
unvermeidlich zur Mediatisierung führen müsse, und daß dieser
Frage angesichts eines anormalen (mal équilibré) zwanzigjährigen
Königs und einer solchen Tendenzen offensichtlich feindlichen
öffentlichen Meinung ein ganz besonderer Ernst innewohne.
Fürst Hohenlohe erwies sich solchen Bedenken gegenüber
unzugänglich. Wie aus den Berichten Cadores hervorgeht, die
man im Jahre 1870 in Cercey, der Besitzung Rouhers, beschlag-
nahmte, hielt er seinen Standpunkt stets aufrecht und erklärte
kurz nach seinem Amtsantritt dem französischen Gesandten,
„nach anfänglicher Zurückhaltung," daß Bayern unter allen
Umständen auf die Seite Preußens treten werde, ohne Rücksicht auf die Ursache und das Programm eines Krieges Frankreichs gegen Deutschland. Der Gesamteindruck des Gesandten
ging dahin, daß sein Land entweder auf die Möglichkeit, Bayern
im Falle eines Krieges an seiner Seite zu sehen, Verzicht leisten,
oder den König von Bayern bewegen müsse, einen anderen Ministerpräsidenten zu wählen. Der unternehmungslustige Marquis hatte schon vorher, in seiner ersten Audienz bei Ludwig II.
selbst das Gespräch „mit mehr seemännischer Geradheit als
diplomatischer Zurückhaltung" auf das heikle Thema des für
Bayern unglücklichen Krieges von 1866 gelenkt und sich gestattet,
an S. M. die Frage zu richten, wie Bayern sich im Falle eines
Krieges zwischen Frankreich und Preußen stellen werde? Er

fand den König, der seine tiefe Verstimmung über die jüngsten Ereignisse damals noch nicht überwunden hatte, „mehr niedergeschlagen als resigniert" und es schien ihm, als ob Ludwig II. keineswegs fest entschlossen sei, bei einem neuen Kriege zu Preußen zu stehen.

„Um eine selbständige Politik führen zu können," bemerkt Rothan an einer anderen Stelle seines Bandes über die französische Politik des Jahres 1867, „hätten die Könige von Bayern und Württemberg der Unterstützung einer fremden Macht bedurft, aber weder Frankreich noch Österreich war in der Lage, dem preußischen Ehrgeiz die Beachtung des Prager Friedens in Erinnerung zu bringen. Die Programme der demokratischen Partei und die Angriffe der fortschrittlichen Presse ließen sie noch mehr, als die Ratschläge und Drohungen des Berliner Kabinetts, die Notwendigkeit begreifen, sich unter die mächtige Ägide Preußens zu stellen." „Der König von Bayern wandte sich von dem Kampfe ab, er fand, daß die Wirklichkeit schlecht zu seinen Träumen passe. Melancholisch ließ er die Zügel der Regierung nach den Antrieben seiner krankhaften Phantasie schießen, manchmal nahm er sie fieberhaft auf, um sie sofort wieder, tiefer Entmutigung preisgegeben, fallen zu lassen. Er litt unter den Eingriffen, welche die preußischen Siege seiner Krone gebracht hatten. „Herr v. Bismarck," sagte er eines Tages im Tone tiefer Bitterkeit zu dem Marquis de Cadore, „will aus meinem Königreich eine preußische Provinz machen; es wird leider nach und nach soweit kommen, ohne daß ich es verhindern kann."

Die Entmutigung des Königs, berichtete der Gesandte, entspringt seinem Charakter; er sei intelligent, begreife und würdige, so gut wie irgendeiner, die Lage der Dinge, aber er fühle, daß er, um seine Krone zu verteidigen, einer Willenskraft und einer Tätigkeit bedürfe, die weder in seinem Geschmack noch in seinen Gewohnheiten lägen. Auf die Rolle eines Vasallen angewiesen, verschanze er sich in einer Traumwelt, um sich dort eine Macht ohne Grenzen und Überwachung zu schaffen. Der Sonnenkönig sei sein Ideal, er scheine den geheimnisvollen Gesetzen des Atavismus zu unterliegen, indem er die Sucht früherer deutscher Herrscher, sich den Hof von Versailles servil zum Muster zu nehmen, bis zum Wahnsinn treibe.

Auch Rothan erwähnt in den Berichten, die er als französischer Generalkonsul in Frankfurt a. M. schreibt, zuweilen den König von Bayern. Eine seiner Äußerungen über ihn schließt er mit den Worten: „Ludwig II. legt mehr Wert auf

LUDWIG II.

die Äußerlichkeiten des Königtums, als auf die Pflichten, die
es auferlegt."

Es ist ausgeschlossen, daß der Nachfolger Hohenlohes im
Ministerium, der vorsichtige Graf Bray, dem französischen
Gesandten mehr Hoffnung auf die Haltung Bayerns im Falle
eines Krieges gemacht habe, als der Fürst. Der französische
Minister des Äußern, Herzog v. Gramont, war übrigens in dieser
Richtung nicht allein auf die Berichte des Gesandten in München angewiesen. Er war mehrere Jahre lang Bray's Kollege
am Wiener Hofe gewesen, er kannte ihn und seine Anschauungen
und stellt ihm ohne Nötigung in dem Buche, das er zu seiner
eigenen Verteidigung geschrieben hat, ein Zeugnis aus: ,,La
neutralité était impossible pour les Etats méridionaux de l'Allemagne. M. le comte de Bray, alors ministre des affaires étrangères de Bavière, l'avait déclaré déjà avant la guerre tout en
faisant de grands efforts pour le maintien de la paix."

Auch die Allgemeine Zeitung (Nr. 320 vom 20. November 1870)
bestätigte, Marquis de Cadore habe stets nach Paris berichtet,
Bayern müsse und werde mit Preußen gehen. Vielleicht daher,
daß die Angabe Beusts von dem Köhlerglauben Napoleons III.
an die Neutralität Süddeutschlands auf einem Irrtum beruhte,
vielleicht auch, daß man diesem Punkte eine besondere Bedeutung
gar nicht beilegte. Jedenfalls darf man als erwiesen ansehen,
daß weder die süddeutschen Minister, noch die eigenen Gesandten
Frankreichs einen solchen Wahn bestätigten oder bestärkten.

Eine Ausnahme in dieser Richtung scheint nur bei Hessen
gegeben gewesen zu sein. Wir gestatten uns in diesem Betreff
auf das gut geschriebene Buch von Georg Küntzel ,,Bismarck
und Bayern in der Zeit der Reichsgründung," Frankfurt a. M.
1910, hinzuweisen, das auch die bekanntgewordenen Äußerungen
des Grafen Bray einer tiefer gründenden Prüfung unterstellt
und dem bayerischen Minister im großen und ganzen gerecht
wird.

XXVI.

Über die Vorgänge unmittelbar vor Erlassung des königlichen Mobilisierungsbefehls liegen wenige authentische Angaben vor. Die von ihm ja nicht selbst verfaßten Denkwürdigkeiten des Grafen Bray übergehen diesen Punkt mit Stillschweigen, und Frau v. Kobell läßt in ihrem Bestreben, hiebei ihrem etwas zaghaften Gatten eine patriotische Rolle zu vindizieren, die Haltung des Ministeriums in einem widerspruchsvollen Dunkel.

Der König befand sich auf dem Linderhof, als die Aussichten anfingen, kriegerisch zu werden. Düfflipp gestattete sich nach einem Vortrag am 14. Juli auf die Verfinsterung des politischen Horizonts hinzuweisen. Er traf den König ohne alle Kenntnis der augenblicklichen Weltlage. Ludwig II. erachtete den Zwischenfall durch den Verzicht des Prinzen von Hohenzollern auf den spanischen Thron für beendet und Napoleon III. zufriedengestellt. Und so sicher glaubte er sich seiner Sache, daß er beabsichtigte, sich von dem Linderhof aus auf eines seiner Jagdhäuser zu begeben. Düfflipp riet hievon auf das eindringlichste ab und war in der Lage, seine Abmahnungen durch die neueste Nummer der Allgemeinen Zeitung zu unterstützen.

Nichtsdestoweniger entließ Ludwig II. den Hofsekretär, ohne ihm eine bestimmte Zusage gemacht zu haben. Düfflipp nahm daher Anlaß, die damals einflußreichen Personen: Stallmeister Hornig und Oberküchenmeister Zanders für seine Anschauung zu gewinnen, wogegen der letztere betonte, daß er bereits für drei weitere Tage Proviant beigeschafft habe.

Dem pflichttreuen Düfflipp fiel es — so erzählte er mir — wie ein Stein vom Herzen, als er auf dem Heimweg durch die Straße des Marktes Murnau den Wagen des Königs hindurchgaloppieren hörte und erst dann setzte er sich mit dem Baurat Dollmann beruhigten Gemütes an den Wirtstisch, um die bestellten Hühner zu verzehren.

Der Kabinettssekretär Eisenhart war in Berg zurückgeblieben, wo der König den Befehl hinterlassen hatte, nur in den dringendsten Fällen eine Stafette an ihn abzusenden. Eisenhart war in großer Aufregung über die Abwesenheit des Monarchen in so ernster Zeit und, als der amtliche Einlauf aus München anwuchs, wollte er am 15. Juli, morgens 9 Uhr, eben einen reitenden Boten an S. M. abordnen, als Düflipp bei ihm vorfuhr, um ihm die Nachricht zu überbringen, daß der König am gleichen Abend in Schloß Berg eintreffen werde.

Ludwig II. kam um 8 Uhr abends dort an, wo er die Meldung des Grafen Bray vorfand, daß in der Frühe des folgenden Tages, des 16. Juli, der Ministerialsekretär im Ministerium des Äußern, Graf Berchem, mit dringenden Schreiben nach Berg entsendet werde.

Den Kabinettssekretär beschied der König noch am Tage seiner Ankunft, nachts 11 Uhr zu sich und behielt ihn bis 3½ Uhr morgens. Er empfing ihn in dem mit Statuetten und Gemälden nach Wagnerischen Motiven geschmückten Balkonzimmer des Schlosses. Wie gewöhnlich, ging er während des Vortrages auf und ab und setzte sich nur dann und wann einen Augenblick. Der Kabinettssekretär stand am Arbeitstisch; er durfte sich niemals setzen. Stunden vergingen über die Auseinandersetzung der Sachlage, über die Abwägung der Verhältnisse, die Haltung der Kammer. Der König bekundete auch hiebei wieder das ihm eigene scharfe Auffassungsvermögen. Sehnlich wünschte er eine friedliche Lösung und immer wieder kam er auf die Frage zurück: „Ist denn kein Mittel, keine Möglichkeit vorhanden, den Krieg zu vermeiden?"

Auch die Frage des casus foederis wurde eingehend erörtert. Eisenhart sprach dafür und auch der König erachtete ihn gegeben. Indessen wollte er noch die von Berchem zu überbringende Botschaft abwarten und befahl, ihn am anderen Morgen, sofort nach dessen Eintreffen zu wecken.

Berchem überbrachte einen tags zuvor gefaßten Ministerratsbeschluß und ein Schreiben des Grafen Bray, der bat, am Nachmittags des 15. Juli die Befehle S. M. in der schwebenden Frage einholen zu dürfen.

Der Bote Bray's war ohne weitere Instruktion, stand aber wohl mit seinem Chef nicht in Widerspruch, indem er die erregte

Stimmung Münchens und die Gefahr von Schwankungen schilderte. Der Kriegsminister Frh. v. Pranckh hatte sich geäußert: wenn er bis morgen die Mobilmachungsordre nicht erhalte, lehne er alle Verantwortung ab, und der neuernannte Reichsrat und spätere Minister des Äußern, Graf v. Hegnenberg-Dux, hatte davor gewarnt, Preußen Bedingungen zu stellen, die im Falle des Sieges überflüssig, im Falle der Niederlage wertlos seien, in beiden Fällen aber einen Schatten auf die Allianztreue Bayerns werfen würden.

Den König traf der Kabinettssekretär an jenem frühen Morgen noch in seinem Schlafzimmer. „Er lag in seinem blauseidenen Himmelbett und begrüßte Eisenhart mit einer Freundlichkeit, die den idealen Ausdruck seines Gesichtes noch erhöhte. Er ließ sich das Schreiben Bray's vorlesen, berührte noch einmal die Hauptpunkte, sagte: „Bis dat, qui cito dat" und ordnete die Entwerfung des Mobilisationsbefehles an."

Wir erfahren nicht, ob bei dem Morgenvortrag, oder bei dem nächtlichen auch die nächste Veranlassung des Krieges Gegenstand der Verhandlung bildete. Bekanntlich spielten dabei eine große Rolle angebliche Beleidigungen, welche die Hauptbeteiligten, Kaiser Wilhelm und Benedetti, später in Abrede stellten. Wie den Kammerberichten zu entnehmen ist, wurde aus der großen allgemeinen Beleidigung auch eine ganz besondere des immer so regen Majestätsgefühls Ludwigs II. abgeleitet. Ein Ausschußmitglied machte in der Sitzung vom 19. Juli 1870 auf eine Note in den Akten aufmerksam, in der Bismarck dem preußischen Gesandten in München nach Erzählung der Emser Vorgänge bemerkte, der König von Bayern werde ein Gefühl dafür haben, daß Graf Benedetti den König von Preußen auf der Promenade „provoziert" habe. Ich habe immer sagen hören, daß Ludwig II. sich allerdings damals in der Person König Wilhelms mitbeleidigt fühlte, und es ist nicht ausgeschlossen, daß dieses Gefühl auf seine rasche, den Beschlüssen der Kammern zuvorkommende Entschließung der Mobilisierung Einfluß hatte.

Der Minister des Äußern Graf Bray und der Kriegsminister Frh. v. Pranckh wurden auf 4 Uhr nachmittags zur Audienz bestellt.

Über den Inhalt des von dem Ministerialsekretär Grafen Berchem überbrachten Ministerratsbeschlusses vom 15. Juli enthalten die Erinnerungen der Frau v. Kobell kein Sterbenswort[1]. Wenn ich den Erzählungen des Geh. Kriegsrats Schrettinger Glauben schenken darf, die er mir auf Grund von Mitteilungen seines Chefs, des Kriegsministers, machte, wäre anfangs nur Frh. v. Pranckh für die Mobilisierung gewesen. Als er im Ministerrat überstimmt wurde, habe er mit seiner Demission gedroht, worauf Lutz und Schlör sich ihm angeschlossen hätten und das Ministerium einen diesbezüglichen Antrag gestellt habe. Aber aus dem Kabinett sei keine Erwiderung erfolgt; man habe nicht gewußt, wo der König sich befinde. Der preußische Gesandte habe sich nun bei dem Kriegsminister eingefunden und betont, daß er eine bestimmte Erklärung haben müsse; Pranckh sei mit ihm zu Bray gegangen, man habe darauf hin Ministerrat abgehalten und beschlossen, nach Berg zu fahren, um dem König mündlichen Vortrag zu erstatten. Graf Bray hätte nur um so viel Zeit gebeten, um sich umkleiden zu können, sich dann zurückgezogen und die Harrenden wissen lassen, er fühle sich unwohl und könne nicht mit.

Dies alles müßte sich am Vormittag des 16. Juli oder früher, zu einer Zeit zugetragen haben, in welcher Preußen selbst noch nicht mobilisiert hatte. Im ersteren Falle müßte man annehmen,

---

[1] Professor Doeberl stellt in den Anmerkungen zu seiner zitierten Festrede fest, daß Graf Bray den entscheidenden Antrag auf Mobilisation schon am 15. Juli dem König unterbreitete, nachdem Preußen in der Nacht vorher die bayrische Regierung durch den norddeutschen Gesandten in München hatte ersuchen lassen, die bayrischen Streitkräfte mit tunlichster Beschleunigung zur Verteidigung Deutschlands auszurüsten. Daraus erklärt sich auch, daß die Mobilisationsordre an den Grafen Bray gerichtet, und in französischer Sprache abgefaßt war: „J'ordonne la mobilisation, informez en le ministre de la Guerre." — Der Kriegsminister hatte übrigens gleichfalls schon am 15. Juli den Generalquartiermeister beauftragt, den Hauptmann Giehrl, zur vermittelnden Tätigkeit zwischen dem preußischen und bayrischen Generalstab für Fragen der Mobilisation der bayrischen Armee und deren Kooperation mit der preußischen, nach Berlin abzusenden. Frau v. Kobell übergeht diese wichtigen Punkte mit Stillschweigen und stellt die Sache so dar, als ob die Entscheidung ohne vorherige Einvernahme der zuständigen Stelle erfolgt wäre.

daß Graf Bray sein Audienzgesuch vom 15. Juli den nicht beteiligten Ministern vorenthielt und deren Teilnahme an der Audienz vermieden wissen wollte. Der Ministerratsbeschluß vom 15. Juli kann kaum anderes enthalten haben, als die Wiedergabe der im Schoße dieser Körperschaft bestandenen Meinungsverschiedenheiten. Die Entscheidung lag beim König. „Er scheint aus vollem Herzen bei der nationalen Sache zu sein," trug Kronprinz Friedrich noch am 27. Juli in sein Tagebuch ein; „allgemein wird sein rascher Entschluß gelobt; er hat ohne Brays Wissen die ihm von Pranckh vorgelegte Mobilmachungsordre gezeichnet."

Mit Recht wird dieser letztere Satz von Frau v. Kobell beanstandet. Der Kriegsminister konnte seine Entlassung nehmen, aber auch er war an den Beschluß des Ministerrats, dem er angehörte, gebunden und konnte daher keine Mobilmachungsordre vorlegen. Nur der König konnte eine von den Beschlüssen des Ministerrats abweichende Entscheidung treffen. Gleichfalls mit vollem Recht fährt daher Frau v. Kobell fort, daß der entscheidende Befehl zur Mobilmachung, durch den nach Lage der Dinge, weit über die Bedeutung der militärischen Anordnung hinaus, auch die politische Haltung Bayerns festgelegt wurde, am Morgen des 16. Juli von König Ludwig II. ausging. — Mit dieser Tatsache steht auch die Äußerung in dem Buche Kaiser Wilhelms II. „Ereignisse und Gestalten" (S. 52) im Widerspruch, Hohenlohe habe beim Ausbruch des Krieges 1870 als bayerischer Minister durchgesetzt, daß Bayern an Preußens Seite trat, und seitdem sei er wegen seiner Reichstreue von dem Fürsten Bismarck hochgeschätzt worden. Kaiser Wilhelm übersah dabei, daß Fürst Hohenlohe bei Ausbruch des Krieges 1870 nicht mehr bayerischer Minister war und auf die Beteiligung Bayerns daran daher entscheidenden Einfluß nicht nehmen konnte.

Die Minister Graf Bray und Frh. v. Pranckh, die um 4 Uhr erschienen, hatten nur die Entscheidung des Königs entgegenzunehmen, und als die Beratungen über ihre nächsten Folgen zu Ende waren, sprach der Kriegsminister: „Majestät, jetzt hätte ich noch eine Bitte."

„Nämlich?"

„Daß Majestät in dieser kritischen Zeit in die Hauptstadt zurückkehren."

Die Züge des Königs verfinsterten sich. „Das tue ich nicht!" sagte er.

Aber er tat es doch und als die Herren Minister noch beim Imbiß saßen, hörten sie den königlichen Wagen abfahren und kaum war Pranckh in die Residenz zurückgekehrt, als sich ein Lakai bei ihm melden ließ, um ihm im Allerhöchsten Auftrag „einen guten Abend zu wünschen".

Auch bei Düfflipp erschien Sonntag Morgen, den 17. Juli, der Jäger des Königs, um ihm auf dessen Befehl die soeben erfolgte Ankunft S. M. in der Residenz anzukündigen. Es war dies eine Antwort auf einen Brief, den Düfflipp an Eisenhart geschrieben und den der letztere mit einem kurzen Signat dem König vorgelegt hatte. Düfflipp hatte in diesem Briefe die Erregung geschildert, in der er nach seiner Rückkehr die Hauptstadt fand, und den allgemeinen Wunsch hervorgehoben, der laut werde, der König möge in die Residenz zurückkehren.

Anderen Tages ließ der König Düfflipp durch Eisenhart einen Verweis entbieten, weil er sich in Dinge gemischt habe, die ihn nichts angingen. Aber dieser Verweis wurde lachenden Mundes übermittelt und ebenso entgegengenommen.

Am Nachmittag des 17. Juli wurde dem König vor seinen Fenstern eine große Ovation dargebracht. Der Jubel des Volkes machte dem König Freude. So oft auch die Hochrufe wiederholt wurden, erschien er an dem hochgelegenen Fenster, verneigte sich und frug seine Umgebung, ob er es noch einmal tun solle.

Am Abend des gleichen Tages wohnte er, begrüßt von den Huldigungen des Volkes, einer Vorstellung der Walküre bei. „Es war," schreibt Frau v. Kobell, „die letzte für einige Zeit, denn die im Orchester verwendeten Militärmusiker mußten nun bald auf dem Schlachtfeld zum Totentanz aufspielen."

In der Residenz wurden die Kleinodien der reichen Kapelle und des Hausschatzes verpackt und der vorsichtige Hofsekretär schlug Beschränkungen der Privatausgaben des Königs vor.

Der monatlich 15,000 fl. erfordernde Bau des Wintergartens wurde eingestellt und die für Pferde, Gemälde und Stickereien angesetzten Summen wurden zurückgelegt.

Noch galt es eine größere Schwierigkeit zu überwinden. Die Zustimmung der Volksvertretung zu den zur Kriegsführung erforderlichen Krediten mußte erholt werden.

Die Stimmung in Bayern war damals noch Preußen abgeneigt und wenig militärfreundlich. Die Kammerverhandlungen hatten sich monatelang schleppend hingezogen; Patrioten und Liberale hatten sich unverblümt gesagt, was sie auf dem Herzen hatten und in ihrer Schwärmerei für das Milizsystem beinahe einen Einigungspunkt gefunden. Man war in die Beratung der von der Regierung verlangten Militärkredite von 6½ Millionen Gulden eingetreten, von denen der Militärreferent des Finanzausschusses Dr. Kolb nicht ganz zwei Millionen genehmigt wissen wollte. Sein Referat hatte im Klub der patriotischen Partei „wahrhaft begeisterten Beifall" gefunden.

Vom 13.—15. Juli 1870 dauerte die Generaldebatte über den Militäretat in der Kammer der Abgeordneten und an einem dieser Tage blies der Ministerpräsident Graf Bray zum erstenmal, vorerst noch leise, in die Kriegstrompete. „Er habe neulich gesagt," führte er aus, „die zentrale Lage Bayerns im Herzen Europas sei eine Garantie seiner Sicherheit und Unangreifbarkeit. Eben diese zentrale Lage bedinge aber für Bayern die Unmöglichkeit, sich von einem europäischen Konflikt fernzuhalten. Ebendeshalb sei auch für Bayern eine gute und starke Armeeorganisation absolut erforderlich." Er wies schließlich auf den Ernst der damaligen Lage hin, auf die Verhandlungen über Krieg und Frieden, die stattfänden, und angesichts deren Bayern unmöglich Neuordnungen treffen könne, die es der Gefahr aussetzten, im Falle der Not schließlich ein brauchbares Heer überhaupt nicht zu haben.

Dieser Fanfare hätte die bayerische Kammer noch gerne das Ohr verschlossen. Der Abgeordnete Sepp meinte, wir hätten keine Gefahr zu besorgen, denn es werde keinem deutschen Fürsten einfallen, die ihm angebotenen spanischen Luftschlösser anzunehmen; wir brauchten weder den casus foederis, noch den casus belli anerkennen, wenn es sich nur um dynastische Interessen handele.

Sein damaliger Parteigenosse Jörg blies in dasselbe Horn. „Daß ein deutscher Fürst aus der blutig-schmutzigen Hand eines Meuterer-Generals ein Kronangebot annehme," sagte dieser, „und daß der Herr des Norddeutschen Bundes seinen Segen dazu gab, — das seien die traurigen Folgen von 1866. Seit 3½ Jahren sei es das dritte Mal, daß die europäische Ruhe gestört werde durch einen Alarm zwischen Preußen und Frankreich."

Unmittelbar nach Schluß der Sitzung traf die Nachricht von der französischen Kriegserklärung ein. Die Anerkennung des Bündnisfalles seitens des Königs wird am 16. Juli offiziös bekannt gegeben und am 18. offiziös widerrufen, und ultramontane und demokratische Blätter, die sich auf das heftigste gegen einen Krieg an der Seite Preußens aussprechen, werden mit Beschlag belegt.

Die Regierung verlangt am 18. Juli von der Landesvertretung einen Militärkredit von 26,700,000 fl. Die II. Kammer wählt einen Sonderausschuß, der aus 7 Mitgliedern der patriotischen und aus 2 der liberalen Partei besteht und die Bewilligung der beantragten Mittel zwecks Aufrechterhaltung bewaffneter Neutralität vorschlägt. —

Am späten Nachmittag des gleichen Tages, dem 19. Juli, fand die Verhandlung der schicksalschweren Angelegenheit im Plenum der II. Kammer statt. Der Referent Jörg führt unter Zischen aus, daß der Ausschuß den casus foederis nicht als gegeben anerkenne. Die Ursache des Krieges sei aus preußischer Hauspolitik hervorgegangen, die in der spanischen Thronfrage heimlich aufgetreten sei, während man doch hätte wissen können, was das in den Augen Frankreichs bedeute. Preußen hätte es nur ein Wort gekostet, um das Vergießen von Strömen Blutes zu verhindern. Von einer Beleidigung des Königs von Preußen sei nirgends eine Spur. Aus den Mitteilungen, welche Graf Bismarck an den preußischen Gesandten in München zwecks Verständigung des Königs von Bayern über die Emser Vorgänge gerichtet habe, sei dem Referenten der Eindruck geblieben, daß der Krieg seinen Ursprung aus einem wirklichen oder eingebildeten Verstoß gegen die Etikette nehme. Es liege nicht eine deutsche Frage vor, sondern nur ein Streit zwischen zwei Großmächten. Wenn wir uns hier zur Heeresfolge verpflichteten, müßten wir es in allen Fällen; dann seien die Allianzverträge ein tiefer Eingriff in die Souveränität der bayerischen Krone und das Steuerbewilligungsrecht des Landtags gewesen, dann hätte er ohne Änderung der Verfassung niemals Geltung erlangen können." „Welchen Schutz denn Preußen Bayern im Falle einer französischen Invasion bieten könne?"

Graf Bray ging auf die Widerlegung all' dieser Punkte im einzelnen nicht ein. Frankreich, sagte er, erkläre einer Großmacht den Krieg, weil deren König eine diktatorisch verlangte Sommation über eine gegenstandslose Sache ablehne. Das sei in der Geschichte noch nicht dagewesen. Er, Bray, sei Mitunterzeichner des Schutz- und Trutzbündnisses gewesen. Es sei ein Defensivvertrag; wir seien nicht zur Mitwirkung verbunden, wenn Preußen einen Krieg anfange, aber wir seien dazu verpflichtet, wenn ein Angriff auf deutsches Gebiet erfolge. Dieser Fall habe stattgefunden. Für ihn gebe es keine andere Auslegung des Vertrages. Er habe nicht bis jetzt gelebt, um heute seine Überzeugung und seine Unterschrift zu verleugnen. Der ganze Gesetzentwurf wurde endlich mit 101 gegen 47 Stimmen angenommen.

Ich wohnte den denkwürdigen Kammerverhandlungen bei und lasse aus den Aufzeichnungen, die ich darüber machte, die nachstehenden folgen: „Es war vorher das Gerücht verbreitet worden, Frankreich habe ein Ultimatum an Bayern gerichtet, in dem es gegen Neutralität keinen Fuß breit deutscher Erde zu beanspruchen verspricht; Österreich, hieß es, mache die eigene Neutralität von der Süddeutschlands abhängig. Der Referent des Ausschusses, Jörg, suchte auf Fälschungen hinzuweisen, die angeblich zur Aufreizung der öffentlichen Meinung gemacht worden sind. Sein Vortrag hatte etwas abgehacktes, aber doch pointiertes, was einerseits die leidenschaftlichsten Kundgebungen zurückhielt, andererseits schlagende Repliken, die er einzelnen Rednern gab, deutlicher hervortreten ließ. Ihm antwortete zuerst Bürgermeister Fischer von Augsburg, ein Mann mit dickem roten Gesicht

und rotem Haar, der die Fäuste ballte und schrie wie ein temperament-
voller Zecher, kurz bevor der Ruf erschallt: ,,werft ihn hinaus!" Überhaupt machte sich die Kriegsbegeisterung einiger Redner in sehr leidenschaftlichen Ausbrüchen Luft.

,,Einige der vielen Geistlichen sprachen mit rührender Beredtsamkeit.
Mag ihr Einfluß auf die Landbevölkerung oft ein ungünstiger sein, man
muß gestehen, daß sie deren Gefühle und Interessen am besten vertreten.
Sie waren es auch insbesondere, denen es widerstrebte, leichten Herzens
einem Kriege zuzustimmen, den man nicht selbst mitmacht und in dem
sehr viele nicht ihr eigenes Gut und Blut, sondern nur das derer opfern,
die sie vertreten. Ihre Kundgebungen wurden von dem Gezisch der
Gallerie empfangen, die sonst jeden Phrasentrumpf mit lautem Bravo
begrüßte und sich überhaupt in diesen Verhandlungen auffallend in den
Vordergrund drängte. Einen ganz besonderen Sturm der Entrüstung erregte der Satz des Pfarrers Westermayer: ,,wenn mein eigenes Haus
brennt und das meines Nachbars, so werde ich zuerst mein eigenes
löschen." Darüber brach die ganze Kammer in ein lautes ,,Pfui!" aus."

,,Graf Bray sprach in einem etwas kläglichen, weinerlichen Ton und
berief sich auf die Gnade Gottes. ,,Patriotische" Abgeordnete, die in der
letzten Stunde für den Krieg mitstimmten, erzählten ihren damit unzu-
friedenen Wählern, der Minister habe den Kammerpräsidenten vor der
Sitzung zu sich kommen lassen und ihn beschworen, seinen Einfluß dahin geltend zu machen, daß man gegen die Neutralität stimme. Der
König habe bereits den casus foederis als gegeben anerkannt und man
könne jetzt nicht mehr zurück."

,,Der Kriegsminister Frhr. v. Pranckh sprach ,,leger" an die Redner-
bühne gelehnt, wie ein Dandy, der einen Kreis junger Damen unterhält.
Was er sagte, klang mir etwas verworren, allein es liest sich gut und der
König beglückwünschte ihn dazu. Er sprach, wie er sagte, ,,als Parti-
cularist" und hob hervor, daß das männliche Eingreifen Ludwigs II. für
die Sache Deutschlands die Lage klargestellt habe. Wie ich höre, ist
der Kriegsminister zur Zeit der einzige der Minister, der Einfluß auf den
König hat und den Mut, ihm entgegenzutreten."

,,Endlich wurde zur Abstimmung geschritten. Vorher trat eine Pause
ein. Man hatte die Kronleuchter angezündet, um die zu erleuchten, die
unten ,,nächtigten", denn es war spät geworden. Durch die Tribünen
wehte der Hauch banger Erwartung und zitterten die Schauer tiefster
Erregung. Unfern von mir saß der preußische Militär-Attaché in Uniform.
Ich sah mehrere Reichsräte und andere Herren; alle sprachen sich für
die Teilnahme am Kriege aus."

,,Man hatte die Fenster geöffnet; die laue Nacht dämmerte herein.
Aus der Ferne erklangen Hochrufe. Der Hof des Gebäudes war mit
Menschen angefüllt. Es hieß, mißliebige Abgeordnete sollten gelyncht
werden. Ob dies Alles nicht eine gewisse Pression auf die Abstimmenden
übte? Es trat eine Spaltung in der Partei der ,,Patrioten" ein. Die
Sinnesänderung des Prof. Sepp machte großen Eindruck. Er sagte,
zwischen heute und gestern lägen zehn Jahre und sprach mit dem übertriebenen Pathos, der mir seine Geschichtsvorträge unerträglich machte.

Der Antrag des „übergeschlichenen" Schleich, die Mittel einfach für
den Fall der Unvermeidlichkeit des Krieges zu bewilligen, wurde von der
Regierung angenommen und mit Beifallskundgebungen begrüßt. Der
Antrag Huttlers, den Kredit „für bewaffnete Neutralität oder für den
Fall der Unvermeidlichkeit des Krieges zur Erhaltung der Integrität des
Königreichs" zu genehmigen, war nur mit 76 gegen 72 Stimmen abge-
lehnt worden."

„Der Hof des Kammergebäudes war inzwischen von 24 Mann In-
fanterie geräumt worden. Einige Abgeordnete suchten auf Umwegen
nach Hause zu gelangen, andere ließen sich von der „Garde" junger
Patrioten geleiten."

Durch die Straßen bis zur Residenz zogen singende Menschen
und brachten dem König Hochrufe dar. — Ich verbrachte den
kurzen Rest des Abends in Gesellschaft befreundeter Offiziere
und schloß in dem Gedanken, daß es vielleicht das letztemal
war, daß ich sie sah, meinen Tagebucheintrag mit den Worten:
„Der Tod löst kein Band, er zerreißt es nur."

XXVII.

Es war Ludwig II. nicht schwer gefallen, den Befehl zur
Mobilisierung der Armee zu erteilen. Aber dem schnell gefaßten
Entschluß sollten Bedenken, Zweifel und Verstimmungen folgen, je mehr in die Erscheinung trat, wie viel er selbst von seiner
Königsmacht hatte hingeben müssen. Er nahm das alles nicht
leicht. „Besorgen Sie meine Angelegenheiten gut," bittet er unterm
19. Juli 1870 den treuen Düfflipp, „bedenken Sie, daß Sie mir dadurch
Freude machen, der ich sonst so viel Schweres und Ernstes zu erleben
habe."

Am Nachmittag des 27. Juli 1870 traf Kronprinz Friedrich
als Befehlshaber der süddeutschen Truppen in München ein.
Der Bahnhof war festlich geschmückt und man sah bei dieser
Gelegenheit in München zum erstenmal Flaggen in den norddeutschen Farben.

Der König war dem Kronprinzen entgegengefahren und saß
mit freundlich lächelndem Gesicht neben seinem Gaste in dem
offenen Staatswagen, der sie, begleitet von einer Schwadron

Kürassiere und gefolgt von den Prinzen des Hauses und einer glänzenden Suite, begrüßt und bewillkommt von den Hochrufen der Menge, in die Residenz fuhr.

Um 5 Uhr fand große Familientafel in dem Königsbau statt und zu der Festvorstellung im Hoftheater hatte man „Wallensteins Lager" gewählt. Dazu brauchte man aber einen Prolog und, da die Berufsdichter Heyse, Lingg, Greif und Hermann Schmid ausnahmsweise versagt hatten, wandte sich Perfall an Ernst v. Possart, dem die gebietende Stunde glückliche Gedanken und schöne Worte eingab. Natürlich sprach er den Prolog auch selbst und schildert uns den Verlauf des ersten Teiles jener denkwürdigen Vorstellung mit dramatischen Steigerungen. Das Hoftheater war zum Erdrücken besetzt. Über 2000 Menschen aller Stände, in Uniform und ohne solche füllen das hohe, festlich beleuchtete Haus. Alle Blicke sind auf die große Königsloge gerichtet. Die Türen öffnen sich; der König führt seinen erlauchten Gast an die Brüstung der Loge und das Beifalljauchzen bricht los, in das das Orchester mit langgezogenem Tusch einfällt. Immer wieder und wieder fordert der ritterliche König den Führer seiner Armee auf, stürmische Huldigungen entgegenzunehmen. Die Königin-Mutter vergießt Tränen der Rührung. „Endlich," erzählt Possart, „unterbricht Karl Maria v. Webers Jubelouvertüre die nicht endenwollende Begeisterung. Mir klopft das Herz; mit steigender Erregung erwarte ich die Schlußhymne; endlich setzt sie ein, ich höre, wie das Haus sich erhebt, der Vorhang teilt sich, Stille tritt ein und ich beginne:

> „Der Würfel fiel, gewitterschwer am Himmel
> Stieg tiefes Weh herauf dem deutschen Land,
> Der segensvolle Friede ward zerrissen,
> Zerstört im Übermut von Frevlerhand.
> Da drang ein Königswort hinab zum Volke,
> Auch nach dem Norden flog es blitzesschnell,
> Wie vor der Sonne Strahl zerrann die Wetterwolke,
> Und in dem deutschen Herzen ward es hell!
> Der König rief: „Mag denn das Schicksal walten,
> Ich will dem Bundgenossen Treue halten!"

Bei den letzten Worten wandte sich das Haus unter stürmischem, immer steigendem Jubel dem König zu; er erhebt sich dankend und zieht den Kronprinzen an seine Brust. „Als die beiden märchenhaften Gestalten," schreibt Possart, „der hochgewachsene, hellbärtige, nordische Königssohn mit den leuchtenden blauen Augen und der ihn um Haupteslänge noch überragende, dunkelgelockte Bayernherrscher sich umarmten, toste der Beifall, immer wieder sich erneuernd, daß ich minutenlang nicht wieder zum Worte kommen konnte."

Doch es gelang. Der breite Strom der poetischen Beredtsamkeit Possarts ergoß sich weiter über die lauschende Menge. Er sagte, daß, ehe am Rhein noch die Fanfaren klingen, Deutschland in sich selbst den größten Sieg erfocht, indem die Brudervölker sich aufs Neue verbanden, um die Wacht am Rhein zu halten, „geführt von einem königlichen Paar: von Bayerns Löwe und von Preußens Aar." Als er dann den deutschen Fahnen den Sieg verkündete, sprangen die Offiziere im Parkett auf die Sitze, zogen Säbel und Degen und schwangen sie jubelnd der Königsloge zu.

Ähnliche Ausbrüche der Begeisterung entfesselte das Reiterlied in „Wallensteins Lager".

Possarts Prolog schloß mit den Versen:

> „Denn was im Drange der Gefahr aufs neue
> Ein edles Fürstenpaar zum Kampf vereint,
> Das Königswort es lautet: Treu um Treue!
> Mit diesem Feldgeschrei verjagt den Feind!
> Heil dreifach Heil dem Hohen Fürstenpaar,
> Dem Deutschlands alte Treue heilig war!" —

Der König sandte Possart am anderen Morgen sein lebensgroßes Brustbild in der Uniform des bayerischen Chevauxlegerregiments und der preußische Kronprinz sagte ein paar Tage später in Speyer, „Possart habe sich sehr anständig herausgebissen," zu dessen Bruder.

Die wiederholten symbolischen Umarmungen der beiden Fürsten verdeckten mehr die wahre Natur ihrer Beziehungen, als daß sie sie verrieten. Die Wesensverschiedenheit zwischen beiden war eine viel zu große, um verwandtschaftlichen und freundschaftlichen Gefühlen Raum zu lassen. Ludwig II. hegte ein ja nicht unbegründetes Mißtrauen gegen den preußischen

Vetter, das auch in dem Briefe zum Ausdruck kam, den er ihm bei seiner Abreise zustellen ließ und der den Wunsch enthielt, die Selbständigkeit Bayerns möge beim Frieden gewahrt werden[1].

Der Kronprinz hatte noch am 28. Juli in Stuttgart in sein Tagebuch eingetragen, „es wäre klug, kleine Eigentümlichkeiten der Mittelstaaten zu respektieren, z. B. ihre Gesandten"; allein nach den ersten Siegen vergaß er immer mehr und mehr, ja vollständig, daß er die bayerischen Truppen zur Überwindung des äußeren Feindes, nicht aber zur tunlichsten Beseitigung der Rechte ihres Landesherrn ins Feld geführt hatte.

Nicht sehr liebenswürdig, weil einen leisen Vorwurf enthaltend, war auch die Äußerung, die Ludwig II. während der Festvorstellung ihm gegenüber gemacht hatte: Schiller habe viel demokratische Tendenzen und das sei wohl der Grund, aus dem man in Berlin nicht gern ein Denkmal von ihm aufstellen lassen wolle.

Schon bei einem früheren Besuche des preußischen Kronprinzen in München, am 17. und 18. April 1868, war Ludwig II.

---

[1] Doeberl (l. c.) hat den Wortlaut dieses Handschreibens bekannt gegeben: „Lieber Vetter! Es drängt mich, Dir vor Deinem Scheiden noch ein Lebewohl zuzurufen und aufs Neue für Deinen freundlichen Besuch zu danken, der stets in meiner Erinnerung fortleben wird. Mein treues Volk ist dem Rufe zur Fahne voll Opfermut und Begeisterung gefolgt und wird unter Deiner erprobten Führung die unberechtigten Angriffe des Gegners mit Gotteshilfe siegreich zurückweisen. Ich glaube unter diesen Verhältnissen die sichere Hoffnung hegen zu dürfen, da Dein Vater, der König, die Bundestreue und energische Haltung des größten der süddeutschen Staaten dadurch zu würdigen die Güte haben wird, daß Bayern sowohl beim Friedensschluß, als auch nach diesem seine Stellung als selbständiger Staat — gestützt auf seine langjährige Geschichte — einnehme. Ich glaube von der erleuchteten Einsicht Deines erhabenen Vaters, des von mir so verehrten Königs, annehmen zu dürfen, daß es auch sein Wille ist, daß Bayerns staatliche Integrität — gegenüber der Deutschnationalen Richtung — aus jenem Kampfe unversehrt hervorgehe und fortan erhalten bleibe. Ich habe es für meine Regentenpflicht gehalten, diese wichtige Sache in Anregung zu bringen, und bitte Dich, es mir nicht zu verübeln, vielmehr dem König und Seinen Räthen hiervon Kenntniß geben zu wollen. Indem ich Dir wiederholt meine besten Grüße sende und ein frohes Wiedersehen erhoffe, bin ich mit bekannten freundschaftlichen Gesinnungen,
Dein aufrichtig ergebener Vetter Ludwig."

jedem politischen Gespräch mit ihm ausgewichen. Die Veranlassung des damaligen Besuches war die Reise nach Turin gewesen, die der Kronprinz zu der am 20. April 1868 stattgehabten Vermählung des italienischen Kronprinzen unternahm. Hohenlohe hatte durch den preußischen Gesandten Kunde davon erhalten und dem König nahegelegt, den Kronprinzen einzuladen, auf der Durchreise in München bei ihm einzukehren, was sonst nicht wohl möglich sein würde, da der König von Preußen und andere Mitglieder des preußischen Königshauses schon verschiedene Besuche am bayerischen Hofe gemacht hätten, „die zu erwidern S. M. bisher noch nicht in der Lage war."

Der König gab dieser Anregung statt und der preußische Gesandte, Baron Werthern, fuhr dem Kronprinzen mit dem Militär-Attaché, Major Grolmann, bis Augsburg entgegen. Dem General v. Stosch, der sich unter den Begleitern des Kronprinzen befand, schien die Stellung des ersteren „nicht derart zu sein, wie sie dem preußischen Gesandten gebühre". Es ist wahr, sein Auftreten war zuweilen etwas formlos und man nannte ihn den „Hofbräuhausdiplomaten". Allein, wenn nicht im gesellschaftlichen, so doch im Parteileben Münchens spielten damals das Hofbräuhaus und andere Lokalitäten gleicher Gattung eine größere Rolle als der Hof und die Hofgesellschaft, und Baron Werthern leistete seiner Regierung sehr ersprießliche Dienste, indem er die Kreise aufsuchte, welche den politischen Ton angaben.

„Auf dem Münchener Bahnhof," erzählt General von Stosch, „erwartete uns der ganze Pomp des fürstlichen Empfanges. An der Spitze stand Prinz Otto, der Bruder des Königs, ein junger Herr mit intelligenten und angenehmen Zügen: er hat den weichen Ausdruck seiner Mutter. Der König war leidend. Das Rückgrat der königlichen Familie bildet Prinz Luitpold, eine einfache und innerlich tüchtige Natur." „Man war von allen Seiten äußerst höflich und freundlich, aber ebenso zurückhaltend und jedes politische Gespräch fiel auf den Boden. Der einzige Mann bei Hofe, der sich beflissen und für Preußen interessiert zeigte, war der Oberststallmeister Graf Holnstein." „Es gab Visiten, Galadiner und schließlich den „Lohengrin." „Die Oper dauerte 5 Stunden; ich meine, es ist viel schönes darin; als Ganzes aber blieb es mir unklar." —

Am zweiten Tage hatte General v. Stosch eine lange Unterhaltung mit Hohenlohe, der „viel preußische Gesinnung, aber noch keine Sicherheit darüber zeigte, wie sich diese im entscheidenden Falle äußern könne." Über den König sagte der Fürst, er stelle die merkwürdigste Mischung dar von vollster Unkenntnis des wirklichen Lebens bei sehr großer geistiger Befähigung.

Der Kronprinz hatte Hohenlohe gebeten, mit ihm am 17. April 1868 zu frühstücken und lenkte das Gespräch auf die hohe Politik, ohne sich an die Instruktion zu halten, die ihm Bismarck, wohl nur für Italien, mit auf den Weg gegeben hatte. Hohenlohe warnte, Preußen möge nicht zu übergreifend gegen den Süden vorgehen und wies auf die republikanisch-ultramontanen Tendenzen in Württemberg, sowie auf die Stimmung in Bayern und vor allem in Frankreich hin. Der Kronprinz verhielt sich sehr zurückhaltend. Als die Rede auf die preußischen Intrigen in Österreich kam, schien er sie zu mißbilligen, wie denn überhaupt in seinen Reden eine gewisse Opposition gegen Bismarck ersichtlich war. Über den Krieg mit Frankreich sagte er, die Allianz der süddeutschen Staaten mit Preußen bedinge selbstverständlich das gemeinsame Vorgehen mit diesem; er fragte schon, wer der Oberbefehlshaber der bayerischen Truppen sein werde, erging sich über die Kriegstüchtigkeit der preußischen Armee, die der französischen mindestens gleich sei und hob auch die Tapferkeit der bayerischen Armee hervor. Im allgemeinen aber sprach er sich sehr friedlich aus und sagte, daß der Krieg, den er verabscheue, zwar zuweilen unvermeidlich, aber nie als Mittel zum Zweck zu empfehlen sei.

„Er scheint," schließt Hohenlohe seine Vormerkung, „die Einigung Deutschlands unter preußischer Führung als selbstverständlich vorauszusetzen; dagegen schien mir, daß er die moralischen Mittel den gewaltsamen vorzieht." —

Den kranken König besuchte der Kronprinz wiederholt am Bette und sprach mit ihm alles in allem wohl fünf Stunden lang. Sie hätten, erzählte der Kronprinz, in Gedanken die ganze Welt durchstreift, aber von Bayern, Preußen und Deutschland sei kein leises Wort gefallen. Noch waren eben die Wunden von 1866 nicht verharrscht und Ludwig II. wollte nicht daran rühren. —

Nichtsdestoweniger ging der Eindruck des Generals v. Stosch dahin, daß der Besuch im ganzen würdig verlief und der Zweck einer ersten Anknüpfung nach dem Kriege 1 8 6 6 ,,durch die Liebenswürdigkeit des Kronprinzen'' wohl erreicht wurde. —

Am 27. Juli 1870 war der preußische Kronprinz von München abgereist und am 15./16. Juli 1871 kehrte er als Kronprinz des Deutschen Reiches an der Spitze der bayerischen Truppen zurück, die er von Sieg zu Sieg geführt hatte. Wahrlich, es war ein ereignisreiches Jahr gewesen! An dem erkämpften Ruhm hatte Bayern einen unveräußerlichen Anteil. Aber während dieser große Sieg das Haus Hohenzollern an die Spitze Deutschlands stellte und Preußen zur Großmacht emporhob, hatte er dem Haus Wittelsbach nicht leichte Opfer auferlegt und Bayern in eine bescheidenere Stellung herabgedrängt. Das muß zum Verständnis des folgenden, insbesondere des Verhaltens Ludwigs II. hiebei, festgehalten werden. Schon die Zeitgenossen vergaßen es zuweilen.

Die Erfolge bewirkten bald ein solches Sinken des moralischen Gefühls, daß sogenannte Rechtslehrer verlangten, man solle die Mitsieger behandeln wie Besiegte, und sogar der preußische Kronprinz den Gedanken äußerte, man möge die deutschen Könige zu Herzögen degradieren, und den Königsrang dem Haus Hohenzollern vorbehalten.

Es liegt im Wesen mächtiger Strömungen, daß sie die Ufer ihrer inneren Berechtigung überfluten. Die treibenden Parteien sagten sich bald nicht mehr, daß die möglichste Vereinheitlichung doch nicht als ein Gut an sich zu erstreben sei, wie Freiheit und Wohlstand, daß sie eine entkräftigende Selbstaufgabe, eine entgeistigende Aufopferung des eigenen Urteils, eine übergriffige Majorisierung bedeute, die mit Recht nur da Platz greifen sollte, wo sie notwendig ist, um Verkehrshindernisse zu beseitigen und die Kraft der Verteidigung nach außen zusammenzufassen.

Die Zeitgenossen setzten bei Ludwig II. vielfach die Stimmung eines Novizen voraus, der freudig auf die Güter der Welt verzichtet, ehe er in ein Karthäuserkloster eintritt. Sie begriffen nicht, daß ein Übermaß von Ovationen ihn schmerzlich berühren mußte, die denen dargebracht wurden, die berufen waren, fortan den Vorrang vor ihm einzunehmen. Aber in Machtfragen ist Geben noch niemals seliger als Nehmen empfunden worden. Wir wollen dies an dem Beispiel des Fürsten Hohenlohe erhärten, der doch gewiß ein überzeugter Vertreter der Einheitsidee war.

Als im Februar 1887 Besprechungen wegen einer Verordnung betreffend die Erklärung des Kriegszustandes stattfanden, richtete der Fürst in seiner Eigenschaft als Statthalter von Elsaß-Lothringen die Frage an Bismarck, welche denn in diesem Falle seine Stellung sein werde? Nach einem Gesetz vom Jahre 1851 gehe mit der Erklärung des Belagerungszustandes die vollziehende Gewalt an den Militärbefehlshaber über, und die Behörden hätten dessen Anordnungen Folge zu leisten. Es frage sich nun, ob die Stellung des Kaiserlichen Statthalters mit einer solchen Unterordnung denn vereinbar sei? Im Falle der Verneinung dieser Frage werde er gerade im Augenblicke der Gefahr zur Untätigkeit verurteilt, was ihm äußerst peinlich wäre. Man möge daher dem Statthalter für die Dauer eines eventuellen Krieges die Funktionen eines Generalgouverneurs von Elsaß-Lothringen übertragen, oder ihn in das Hauptquartier berufen. Dazu, gibt er zu verstehen, würde er aber eine Militäruniform, d. h. einen Militärrang, brauchen.

Der Reichskanzler antwortet darauf am 18. Februar 1887 mit einem jener Erlasse, welche, wie gewisse Steine, die Nacht durchleuchten. Die Stellung des Statthalters, führte er aus, würde bei etwaiger Proklamierung des Kriegszustandes derjenigen der meisten Bundesfürsten analog sein, welche ihre Militärhoheit auf den König von Preußen übertragen haben. Die Verhältnisse des Statthalters zu dem Militärkommando im Reichslande würden dieselben sein, wie die jeder obersten Regierungsbehörde in den einzelnen Bundesstaaten. Die Handhabung

der Militärbefugnisse würde ebensowenig in seine Hände übergehen, wie das bei regierenden Fürsten, Ministern oder Ober-
präsidenten der Fall sei. Ein militärischer Titel oder Rang würde
daran nichts ändern. Das letztere war dem Fürsten Hohenlohe
wohl besonders schmerzlich; denn, wie in jedem Menschen-
herzen ein Wunsch immer unerfüllt bleibt, so glimmte auch in
dem seinen das Verlangen nach Verleihung eines Regimentes
fort, um die sich seine Freunde vergebens für ihn bemühten.

Empfand schon der Statthalter von Elsaß-Lothringen die
Konsequenzen des Kriegszustandes als eine capitis diminutio,
so zeigte sich die Übertragung des Oberbefehls seiner Truppen
an Preußen dem König von Bayern von Folgen und Erscheinungen begleitet, die er sich bei Abschluß der Schutz- und
Trutzbündnisse wohl nicht vergegenwärtigt hatte.

Noch begleitete er in der Nacht des 27. Juli 1870 den preußischen Kronprinzen auf die Bahn, dann floh er in die Einsamkeit.
Es trat eine Nervenabspannung bei ihm ein und die Ereignisse,
die sich in den nächsten Monaten an ihn herandrängten, die
schweren Entscheidungen, die er zu treffen hatte, die Enttäuschungen, die er erfuhr, überstiegen zuweilen das Maß seiner
seelischen Leistungsfähigkeit und brachten sein Gemüt aus dem
Gleichgewicht. „Die kalten Fluten des Alpsees ziehen mich
an,“ schrieb er in einem Briefe aus jenen Tagen. —

XXVIII.

Die Stimmung des Königs wollte keine bessere werden. Er
war am 1. September nach München gekommen, um eine russische Großfürstin und sämtliche Minister zu empfangen, aber
trotz der Vorstellungen seines Adjutanten und Kabinettssekretärs nicht zu bewegen gewesen, der Sedanfeier am 3. ds. Mts.
beizuwohnen; er hatte sich vorher nach Berg zurückbegeben.
Die Königin-Mutter stand, lebhaft begrüßt, allein am Fenster,
als die frohlockende Menge an der Residenz vorüberzog.

Der König aber reskribierte anläßlich einer Anfrage wegen Beflaggung der Staatsgebäude: „Da es kein deutsches Kaisertum, keine deutsche Republik, keinen deutschen Bund bis jetzt giebt, die sogenannten deutschen Farben mithin Farben eines geographischen Begriffes in Wahrheit sind, so will Ich, daß nur bayerische oder wenn es besser ist, gar keine Fahnen auf den Regierungsgebäuden ausgesteckt werden.“ „Ich glaube sicher, daß es morgen regnen wird, Alles ist schwarz überzogen, der Wind saust, ich komme also nicht, vielleicht aber, wenn wirklich einmal Frieden ist. Lassen Sie dies verbreiten.
Ludwig.“
Indessen hatte er doch die Glückwünsche der Münchener Bürgerschaft zu den Siegen der deutschen Waffen am 2. September 1870 durch Eisenhart mit dem Beifügen verdanken lassen, er hege die feste Zuversicht, daß Bayern und Deutschland aus diesem Riesenkampfe eine glückliche Zukunft erblühen werde.

Die allgemeine Begeisterung und die starke Einheitsströmung, die damals durch ganz Deutschland ging, konnten ihn nicht unbeteiligt lassen, und er selbst ergriff sogar die Initiative, ihr Rechnung zu tragen. Das Interesse für die einschlägigen politischen Fragen hielt länger bei ihm an als das für die meisten anderen, die zur Zeit seiner Regierung auftauchten, und erlosch erst, als er gewahrte, daß seine Hoffnungen sich nicht verwirklichen ließen, und er den kürzeren gezogen hatte. Sein Sinn dabei war vom Anfang bis zum Ende weniger darauf gerichtet, möglichst viel bisherige Rechte aufzugeben, als darauf, möglichst viele zu erhalten. Was Ruville von dem König von Württemberg schreibt, paßt auch auf den König von Bayern: „daß ihm das Interesse seines Staates und seiner Krone, nicht das eines künftigen Reiches die Hauptsache bleiben mußte, war einfach die höchste Pflicht seines königlichen Amtes. Darauf war er eingeschworen.“ —

Er verlangte keine Belohnung für seine schnelle und wichtige Entscheidung bei der Mobilisation, aber er glaubte doch auch sich durch seine erfolgreiche Beteiligung an einem siegreichen Kriege keiner Bestrafung in Form einer capitis diminutio schuldig gemacht zu haben und erstrebte vor allem eine Territorialerweiterung als Gegengewicht der neuen Opfer, die man von ihm forderte. Vielleicht auch noch mehr. —

Dafür war von allem Anfang an wenig Aussicht vorhanden. Die erste Kunde von den Anschauungen des maßgebenden Staatsmannes über die Neugestaltung Deutschlands ging der bayerischen Regierung durch den Grafen Tauffkirchen zu, der zum Zivilkommissär der okkupierten westlichen französischen Landesteile ernannt worden war. Bismarck hatte ihn am 8. September 1870 in Rheims zu sich beschieden und darüber befragt, welches die Ansichten Bayerns betreffs eines Territorialanteils an den zu annektierenden Provinzen, dann betreffs seiner künftigen Stellung in Deutschland seien? Ob es geneigt sei, in der deutschen Sache die Initiative zu ergreifen? — Schon damals bezeichnete er es für das geratenste, die zu annektierenden Gebiete in das gemeinschaftliche Eigentum eines etwaigen Bundes zu nehmen und schnitt die Haupthoffnung Ludwigs II. auf seine pfälzischen Stammlande mit den Worten ab: Dem in Bayern aufgetauchten Gedanken der Sponheimer Erbschaft werde nicht stattgegeben, so lange er Kanzler sei, denn der Großherzog von Baden würde lieber abdanken, als einem solchen Tausch zuzustimmen. Er überfloß von Entgegenkommen gegen Bayern und Beteuerungen von dessen vollkommener Freiheit, in Verhandlungen einzutreten, oder nicht. Das Wort seines Königs, sein eigener Wille, die Verpflichtung des Dankes gegen Bayern böten Gewähr hiefür. Allein durch die Mollakkorde hindurch klang doch die Melodie: „Folgst du nicht willig, so brauch' ich Gewalt", und es fehlten auch einige Drohungen nicht. Wolle Bayern die Auflösung des Norddeutschen Bundes, so müsse die deutsche Frage ohne es gelöst werden, wenn es aber vereinzelt bleibe, könne der Zollverein nicht erneuert werden und das Interesse der Sicherheit werde über kurz oder lang die Einbeziehung der bayerischen Pfalz in den Nordbund erfordern. Auch vor der Preßagitation warnte er. Graf Tauffkirchen erstattete in München Bericht über diese Unterredung und Ludwig II. empfing ihn am 13. September 1870 in Audienz. Der Eindruck, den er und seine Mitteilungen machten, war ein befriedigender wohl nicht. Graf Karl Tauffkirchen (1826—1895) ist trotz seines alten Adels und seiner diplomatischen Stellung immer Bureaukrat altbayerischen Stiles geblieben und war Ludwig so wenig sympathisch, daß er ihn schon früher (1867) einmal im doppelten Sinne des Wortes kaltgestellt hatte, indem er ihn nach St. Petersburg versetzte.

Schon einige Tage vor dieser Audienz hatte der König seine Minister beauftragt, ein Programm für den Anschluß Bayerns an den Norddeutschen Bund auszuarbeiten und bereits am 12. September 1870 erstattete Graf Bray eingehenden Bericht über die Zugeständnisse, die Bayern zwecks einer staatlichen Umgestaltung Deutschlands zu machen habe und über die Vorbehalte an Kron- und Landesrechten, an denen es festhalten solle. Auf den Ministerialantrag vom 12. September 1870 verfügte der König unterm 17. ds. Mts. „Ich verordne, daß auf Grund dieses Antrags ein erschöpfendes Gutachten ausgearbeitet, Mir überreicht und in Verhandlungen getreten werde." Die Vorlage der Skizze eines Bundesvertrages vom 20. September 1870 verbeschied er am 21. d. Mts. mit dem Signate: „die ebenso klare als gründliche Skizze des Bundesvertrags entspricht Meiner Intention mit Ausnahme des dem Bundesoberhaupte persönlich eingeräumten Inspektionsrechtes, welches Ich unter keinen Umständen zuzugestehen gewillt bin."

Eine Denkschrift der sächsischen Regierung, mit welcher der Vorstand des Norddeutschen Bundeskanzleramtes, Rudolf v. Delbrück, Anfang September, in Dresden konferiert hatte und weiteres Drängen des Königs veranlaßten inzwischen das bayerische Ministerium, der preußischen Regierung den Wunsch zu bekunden, mit ihr betreffs eines Verfassungsbündnisses mit dem Norddeutschen Bund in Verhandlungen einzutreten.

Infolgedessen kam Delbrück am 21. September 1870 nach München, um die bayerischen Eröffnungen entgegenzunehmen und es fanden vom 22.—26. September 1870 zwischen ihm und den bayerischen Ministern grundlegende Besprechungen statt, denen auch der württembergische Minister Frhr. v. Mittnacht beiwohnte.

Delbrück hat diesen einen Nachtrag zu seinen Lebenserinnerungen (Leipzig 1905) gewidmet. „Unverkennbar waren die Minister einer Meinung über die Notwendigkeit des Anschlusses an den Norddeutschen Bund; ebenso unverkennbar waren sie verschiedener Meinung darüber, ob diese Notwendigkeit eine traurige, eine erträgliche oder eine erfreuliche sei. Unwillkürlich brachen diese Verschiedenheiten der Auffassung in den Konferenzen hervor; sie führten in meiner Gegenwart zu Diskussionen zwischen den Ministern nicht bloß über die Sache, sondern auch über die Stellung des Königs zu dieser oder jener Frage."

Die Bundesverfassung wurde artikelweise durchberaten und die im Norddeutschen Bunde ergangenen Gesetze wurden auf ihre Anwendbarkeit in Bayern geprüft. Delbrück faßte die Lage optimistisch auf und nahm nach achttägigem Aufenthalt in München von dort die Überzeugung mit, daß der deutsche Bund gesichert sei.

Einige Tage nach ihrer Ankunft erteilte König Ludwig dem preußischen Vertreter und dem württembergischen Minister gesondert Audienz. Es ist befremdlich, daß er in der ersteren des Zwecks der Anwesenheit gar keine und in der letzteren nur mit ein paar Worten Erwähnung tat, während er sich in beiden in langen kirchenpolitischen Darlegungen erging.

Das lebhafte Interesse, welches Ludwig II. in den Audienzen Delbrücks und Mittnachts, sowie bei anderen Gelegenheiten für das Dogma der Unfehlbarkeit bekundete, entsprang offenbar seinem Bestreben, die königliche Machtvollkommenheit auch der Kirche gegenüber unversehrt zu erhalten. Auch unter den vielen Aufschlüssen, die er besonders zur Osterzeit von Döllinger verlangte, befanden sich oft Fragen nach biblischen Stellen über das Königtum.   Der Stiftspropst erkannte die Grundmotive des Königs sehr wohl und bediente sich ihrer bei seinem Eintreten für das Ministerium Hohenlohe.   „Nur keine diktierten Minister!" schrieb er im Januar 1870 an Eisenhart. „Das ganze Land muß sehen, daß der König nicht gesonnen ist, sein souveränes Recht der freien Wahl sich entwinden zu lassen. Was Bayern vor allem bedarf, ist ein starkes über den Parteien stehendes Königtum."

Bayern hatte sich mit dem Norddeutschen Bund und anderen Staaten dem Memorandum des französischen Ministers des Äußern Grafen Daru, gegen das vielumstrittene Dogma angeschlossen. Der liberale Ministerpräsident Emil Ollivier erblickte darin eine unberufene Einmischung in innere Kirchenangelegenheiten, und die Kurie sah sich nicht veranlaßt, das Memorandum auch nur dem Konzil vorzulegen. Die Gegenbewegung verlief im Sand. Scherr, der Erzbischof von München-Freysing, erklärte sie für kirchenfeindlich und rief die Hilfe Ludwigs II. an. Ludwig hatte in den ersten Apriltagen 1870 den Grafen Holnstein nach Berlin gesandt, um den Rat Bismarcks einzuholen. Bismarck meinte, „er dürfe sich als König nicht in die erste Reihe stellen, müsse aber mit Samthandschuhen den eisernen Griff handhaben." Ludwig lud am 16. April den Erzbischof zur Tafel, um ihn von der Exkommunikation Döllingers abzuhalten. Als der Erzbischof aber erklärte, „er könne nicht anders", versicherte der König ihm schließlich, er werde stets ein treuer Sohn der Kirche bleiben.

Am folgenden Tage (17. April) vollzog das Domkapitel mit allen gegen drei Stimmen die „excommunicatio major" Döllingers und Sonntag, den 23. April wurde sie im Dom und in der Ludwigskirche von der Kanzel verkündet. Auf die Meldung Döllingers darüber sprach der König ihm am 22. April sein lebhaftes Bedauern aus und versicherte ihn „der Fortdauer seiner besonderen Huld und Gnade". Ludwig meinte, Döllinger solle nicht bloß in seiner Stellung als Stiftspropst verbleiben, sondern auch seine kirchlichen Funktionen fortsetzen. Döllinger äußerte, er sei dadurch stark in Versuchung geführt worden, sagte aber dem König, er dürfe es auch seinethalben nicht tun, da eine derartige Auflehung gegen Papst und Kirche zu ernsten Konflikten führen müsse.

Wie nachdrucksvoll Ludwig II. anfangs Döllinger in seinem Widerstand gegen das Dogma bekräftigte, geht aus zwei Glückwunschschreiben zu dessen Geburtstag vom 28. Februar 1870 und 1871 hervor. In dem ersteren wünscht er ihm noch viele Jahre ungetrübter Frische des Geistes und Körpers, „auf daß er den zu Ehren der Religion und Wissenschaft übernommenen Kampf zu wahrer Wohlthat der Kirche und des Staates glorreich zu Ende führen könne." „Ermüden Sie nicht in diesem so ernsten und folgenschweren Kampfe und mögen Sie stets von dem Bewußtsein getragen werden, daß Millionen vertrauensvoll zu Ihnen als Vorkämpfer und Hort der Wahrheit emporschauen und der sicheren Hoffnung sich hingeben, es werde Ihnen

und Ihren unerschrockenen Mitstreitern gelingen, die jesuitischen Um-
triebe zu Schanden zu machen und dadurch den Sieg des Lichtes über
die menschliche Bosheit und Finsternis zu erringen."

In noch gehobenerem Tone ist, nach der Annahme des Dogmas,
der zweite Brief des Königs geschrieben: „Gleich dem Lande, bin ich
stolz, Sie den Unsrigen nennen zu können, und hege die frohe Zuversicht,
daß Sie, wie bisher, als Zierde der Wissenschaft und in erprobter Anhänglichkeit des Thrones noch lange Ihr ruhmreiches Wirken zum Besten des
Staates und der Kirche bethätigen werden. Kaum habe ich nöthig, hervorzuheben, wie hoch mich Ihre so entschiedene Haltung in der Unfehl-
barkeitsfrage erfreut. Sehr peinlich berührt mich dagegen, daß Abt
Haneberg seiner inneren richtigen Überzeugung zum Trotz, sich blindlings unterworfen hat. Er thut es, wie ich vermuthen darf, aus „Demuth".
Dies ist meiner Ansicht nach eine sehr falsch verstandene Demuth; es
ist eine niedrige Heuchelei, officiell sich zu unterwerfen und nach außen
eine andere Überzeugung zur Schau tragen, als jene, von welcher das
Innere erfüllt ist. Ich freue mich, daß ich mich in Ihnen nicht getäuscht
habe und ich habe es immer gesagt, daß Sie mein Bossuet, er dagegen
mein Fenelon ist. Jammervoll und mitleiderregend ist die Haltung des
Erzbischofs (Scherr), der so bald schon in seinem Elan nachließ; sein
Fleisch ist eben stark und sein Geist ist schwach, wie er aus Versehen einst
selber in einem Hirtenbriefe verkündet hat. Sonderbare Ironie des Zu-
falls! Stolz bin ich dagegen auf Sie, wahrer Fels der Kirche, nach welchem
die im Sinne des Stifters unserer heiligen Religion lebenden Katholiken
in unerschütterlichem Vertrauen und hoher Verehrung blicken dürfen."—

Nach Friedrich hätte der exkommunizierte Stiftspropst die
Trauerrede auf Ludwig II. — wenigstens verfaßt, weil nach
Ansicht des Ministers v. Lutz nur er die der Lage entsprechenden
Worte finden konnte. — Man müßte demnach Döllingersche Gedanken in der Trauerrede suchen, die beim ersten Gottesdienst
für Ludwig II. Stiftsdekan v. Türk in der St. Michaelshofkirche
hielt. Türk bestätigt das allgemeine Urteil des Volkes, daß der
Kern des Wesens des Geschiedenen, sein eigenstes Selbst gut und
groß war, daß ihm edle, hohe, wahrhaft seltene und verehrungs-
würdige Züge eigneten, die nur das Verhängnis durch Steigerung
ins Maßlose zu abnormen Erscheinungen werden ließ. Die recht
gute Rede endet mit den Worten: „Wo Menschen Mitleid haben,
wird da der Allbarmherzige seine Barmherzigkeit versagen?" —

Den Bericht Delbrücks über den Verlauf seiner Audienz haben
wir oben mitgeteilt. Minister Frhr. v. Mittnacht erzählt über die
seine: „Als ich nach längerem Warten bei dem König eintrat, rief er

mir entgegen: „Aber nicht wahr, in den Norddeutschen Bund treten wir
nicht ein!" — Ich antwortete, daß es sich jetzt um Herstellung eines
gesamtdeutschen Bundes handle und daß auch Württemberg den Anschluß nur unter gewissen Vorbehalten im Sinne größerer Selbständigkeit,
als welche die norddeutsche Bundesverfassung den Einzelstaaten ge-
währe, zu suchen sich entschlossen habe. Der König erwiderte nicht,
sondern stellte über das Dogma der Unfehlbarkeit längere kirchenrecht-
liche Betrachtungen an, welche bewiesen, wie sehr der Gegenstand ihn
beschäftigte, und wie vertraut er mit allen einschlägigen Verhältnissen
war. Ohne seine Reise nach Frankreich, oder einen anderen Gesprächs-
gegenstand zu berühren, entließ er mich auf das gnädigste." „Auch auf
mich machte er den Eindruck einer ungewöhnlich begabten, unterrichteten, gewinnenden und imponierenden Persönlichkeit." „Ein Diner mit
dem König fand nicht statt, vielmehr lud uns der dienstthuende Flügeladjutant zu einem Essen in der Orangerie mit der Empfehlung ein, wegen
der kühlen Temperatur auch den Überzieher mitzubringen. Wir speisten
zu dreien; zum Kaffee kam auch der Kabinettssekretär v. Eisenhart.
Es war uns mitgetheilt worden, daß der König an der Orangerie vorbeireiten und uns grüßen werde. So geschah es auch; und als wir uns beim
Vorbeireiten des Königs an der Glaswand des Gebäudes von unseren
Sitzen erhoben, grüßte der König huldvoll."

Es hieß, Delbrück habe den Auftrag gehabt, Ludwig auf die
bevorstehende Einladung zu einer Fürstenzusammenkunft vorzubereiten, und da dem König die Aussicht, daran teilnehmen
zu müssen, sehr unsympathisch war, fürchtete er, gegen Delbrück
in der Audienz etwas zu schroff gewesen zu sein, während er doch
den Wunsch hegte, daß jeder, den er empfing, den Eindruck
königlicher Leutseligkeit mit sich nehme. Er beauftragte daher
Eisenhart, Delbrück in dieser Richtung auszuholen, der sich
natürlich nur im günstigsten Sinn über seinen Gastgeber äußerte.

Die erste der beiden gefürchteten Einladungen aus Frankreich hatte dahin gelautet, König Ludwig möge mit König Wilhelm in Fontainebleau zusammenkommen, um sich mit ihm über
die deutsche Frage zu verständigen, noch ehe die offiziellen Verhandlungen begannen und die beabsichtigte Fürstenzusammenkunft stattfand. Es war eine besondere Aufmerksamkeit, die
man Ludwig erwies; man wollte dadurch seiner Stellung und der
seines Landes Rechnung tragen.

Ich habe es oft bedauern hören, daß Ludwig II. nicht in irgendeiner Weise am Feldzug teilnahm, sondern im Bette liegen blieb,
als seine Truppen unter seinen Fenstern in den Kampf zogen.

Allein es muß wohl zugegeben werden, daß die Stellung eines Monarchen, der auf den Oberbefehl im Kriege zugunsten einer anderen Macht Verzicht geleistet hat, bei der Armee kaum mehr als eine dekorative ist. Hingegen ist es allerdings eine schmerzliche Lücke seiner Geschichte, daß er sich außer stande fühlte, den an ihn ergangenen Einladungen zu folgen, persönlich über die Neugestaltung Deutschlands mitzuberaten und am 18. Januar 1871 in dem ihm so wohlbekannten Königsschlosse zu Versailles der greisen Heldengestalt des neuen Kaisers seine eigene Persönlichkeit im Glanze der Jugendschönheit und Selbstüberwindung zur Seite zu stellen.

Düfflipp erzählte mir, er habe dem König in der längsten Audienz, die er jemals bei ihm hatte — sie dauerte von 1 bis 6 Uhr — auf das Eindringlichste vorgestellt, er möge es sich nicht verdrießen lassen, für das Seine einzustehen und seine Rechte persönlich zu vertreten. Der König habe darauf zu dem Minister des Äußern geschickt, um seine Ansicht zu erfahren und dieser habe sich dahin ausgesprochen, er finde es nicht geeignet, daß ein König von Bayern in der Suite eines Königs von Preußen reite.

Damit konnte der König höchstens eine Äußerung des Fürsten von Hohenlohe gemeint haben, der unterm 29. September 1870 in seinem Tagebuche notiert: „Der König soll eingeladen sein, ins Hauptquartier zu kommen, um dort mit in Paris einzuziehen; er will aber natürlich nicht. Man soll im Hauptquartier wünschen, er möge kommen, um dem König Wilhelm an der Spitze der deutschen Fürsten die Kaiserkrone anzubieten. Ich würde ihm abraten, es zu thun und habe es auch Eisenhart sagen lassen. Er würde sich vor Europa lächerlich machen.“ —

Ludwig II. sah voraus, daß seine Minister die Annahme dieser Einladung warm befürworten würden, denn er schrieb in einem undatierten Billett an Eisenhart: „Graf Bray theilte mir mit, daß es die Minister für ihre Pflicht erachten, einen Antrag bezüglich der Reise nach Frankreich zu unterbreiten; ich sagte ihm, er solle zuerst durch Tauffkirchen bei Bismarck anfragen lassen, ob, wenn ich selbst komme, und die bekannten für Bayern nöthigen Forderungen (auch der Gebietserweiterung) stelle, darauf eingegangen werde; ich will dafür bestimmte Garantien haben; wollen Sie noch einmal daher mit Bray darüber sprechen; diese Antwort können auch die Minister erhalten; wollen Sie also sogleich dafür sorgen. Gebunden will ich damit in keiner Weise sein. Wahrscheinlich giebt man doch die gewünschten Garantien nicht; die Reise hätte dann auch nicht den geringsten Sinn.   Ludwig."

Noch ehe diese Garantien gegeben waren — sie wurden es nie — reichte das Gesamtministerium unterm 13. Oktober 1870 einen Antrag ein. „Als Zweck der Zusammenkunft," heißt es darin, „wird von seiten Preußens eine freundschaftliche Besprechung über das Ob und Wie der Gründung eines Deutschen Reiches mit vollständiger Wahrung und Aufrechterhaltung der Rechte Bayerns bezeichnet." „Es liegt am Tage, daß durch diesen Antrag Ew. M. und Bayern eine ganz hervorragende, beider Machtstellung volle Rechnung tragende Rolle angeboten wird." „Es ist dadurch zugleich eine wohl nicht wiederkehrende Gelegenheit gegeben, für Bayern jene besonderen Rechte und Bevorzugungen in Anspruch zu nehmen, die ihm gebühren und die, einmal durch Preußen zugestanden, gesichert sind."

Einen empfehlenden Grund für eine Reise des Königs nach Frankreich erblickten die Minister auch in dem dadurch ermöglichten Besuche des Heeres. Gerade jetzt, wo die Armee nach unerhörten Erfolgen die Beschwerden einer langwierigen Belagerung und die Entbehrungen des Winters zu tragen habe, werde das Erscheinen des geliebten Königs in allen Herzen Trost, Freude und Dank verbreiten und neu die Liebe und Treue zu dem angestammten Herrscher entflammen. Die Minister begreifen das Peinliche der Reise unter den gegebenen Verhältnissen; sie wissen aber auch, daß dem König das Wohl Bayerns mehr gilt als jede andere Rücksicht und stellen daher die dringendste Bitte, der König möchte die sofortige Kundgabe der Annahme der beabsichtigten Einladung an das preußische Hauptquartier genehmigen.

Ludwig zögerte und kämpfte mit sich, aber am 18. Oktober 1870 ließ er Düfflipp folgenden Auftrag zugehen: „Mit jedem Tag bekommen Majestät mehr die Überzeugung, wie unmöglich es Ihm ist, die in Aussicht stehende Reise nach Frankreich anzutreten. Majestät glauben daher, daß es notwendig ist, irgendeine Krankheit vorzuschützen z. B. Sehnendehnung und möchten

Herr Hofrat Sorge tragen, daß dieses unter dem Publikum und den Soldaten bekannt werde." —

Vierzehn Tage später, unterm 31. Oktober 1870, klagt er der Mutter: „Seit dem 27. bin ich hier, im unseligen München, wo ich mich einige Tage aufhalten muß, da es jetzt viel Wichtiges, Ernstes und Trauriges zu besprechen geben wird. Ich sehne mich zurück nach den geliebten Bergen, wo es so wohlthuend ist, wenn auch nur auf kurze Zeit, die Leiden der politischen Lage, die oft unerträglich sind, vergessen oder doch gemilderter fühlen zu können."

XXIX.

Am 20. Oktober 1870 begaben sich die bayerischen Minister Graf Bray, v. Lutz und Frhr. v. Pranckh im Auftrag des Königs nach Versailles.

Fürst Hohenlohe stellte den dortigen Unterhandlungen zwei Tage früher folgendes Prognostikon: „Der König tut alles, wenn man ihn nur in Berg ruhig läßt. Die Minister tun alles, nur um ihre Stellen zu behalten. Eine politische Überzeugung und klare Pläne finde ich nirgends. Man wird die Dynastie im Stich lassen von seiten der Bureaukratie, um sich mit Preußen gut zu stellen, von seiten der Armee, um eine gute Stellung zu den norddeutschen Kameraden zu haben und von seiten des Volkes, das den König wegen seiner Unthätigkeit nicht achtet. So wird Bayern ganz leise in das künftige Deutsche Reich eingefügt, was unter den obwaltenden Umständen nicht zu beklagen ist."

Daß Bray alles tat, um Minister zu bleiben, konnte man nicht sagen, eher, daß er alles tat, um auf den angenehmeren Wiener Gesandtschaftsposten zurückkehren zu können; auch nicht, daß er keine politische Überzeugung hatte, wenn auch die Überzeugung eines Diplomaten niemals die Starre des Todes hat.

Der Kriegsminister v. Pranckh wußte sich auch in Versailles Ansehen und Sympathien zu erwerben und fand selbst Gnade in den Augen des Kronprinzen von Preußen.

Von Bray und Lutz hat Moritz Busch zwei Porträte gezeichnet, die nicht geschmeichelt, aber auch nicht ganz unähnlich sind. „Bray," schreibt er in seinen Tagebuchblättern, „ein großer hagerer Herr mit langen, glattanliegenden, an den Schläfen hinter die

Ohren gestrichenen Haaren, bis auf einen kurzen dürftigen Backenbart rasiert, mit dünnen Lippen, sehr mageren Händen und ungewöhnlich langen Fingern. Spricht wenig, verbreitet Kälte um sich, fühlt sich hier wohl nicht zu Hause. Könnte anderswo leicht für einen Englishman gehalten werden. Der Jesuit unserer Witzblätter sieht auch gewöhnlich ungefähr so aus." „Lutz ist das Gegenstück von ihm, mittelgroß, rund, roth, schwarzer Schnurrbart, dunkles Haar, Brille, lebhaft und gesprächig."

Das Tischgespräch drehte sich um Bierfragen, „an deren Erörterung sich Lutz belehrend beteiligte". — Seine Fähigkeiten setzten ihn in die Lage, sich beiden vertragschließenden Teilen nützlich zu machen. Später machte ihm Bismarck den Vorwurf, er habe ihn im Stich gelassen, „nachdem er und Hohenlohe ihm, dem Protestanten, der sich um die Flüche Roms nicht kümmerte, die Gefahr des Unfehlbarkeitsdogmas vorgestellt und ihn gegen Rom scharf gemacht hätten." — Einen Sündenbock braucht ja oft der größte Mann. —

Dem Grafen Bray kam eine große Erfahrung und die langjährige Übung zu statten, mit Fürsten und Diplomaten zu verkehren. Er beschränkte sich bei den Verhandlungen tunlichst auf sein eigentlichstes Gebiet: die auswärtige Politik und, was er in dieser Beziehung Bayern gewahrt hat, wurde von seinem König und vielen seiner Landsleute dankbar anerkannt.

In seinem Bericht ad Majestatem vom 22. November 1870 hebt er in erster Linie „die unbedingte Erhaltung des bayerischen Gesandtschaftsrechtes, insofern nur bayerische Interessen in Betracht kommen," hervor.

Dieses Reservat erregte das besondere Mißfallen der unitarischen Parteien und der Regierungen der kleineren Staaten, deren Sympathien die bayerische zuweilen auf zu harte Proben stellte, indem sie ihre christliche Demut vor der Vormacht durch einen unchristlichen Hochmut kleineren Mächten gegenüber wettzumachen suchte. Die letzteren verbargen leise Regungen des Neides hinter einer geringschätzigen Bewertung des angeblichen bloßen Ehrenrechtes eigener Gesandtschaften und all' die vielen Journalisten und Parlamentarier, die ihre Vorstellungen vom diplomatischen Verkehr vorzugsweise aus Scribe'schen Intrigenstücken schöpften, stimmten ihnen bei. Sie irrten aber.

Die Aufrechterhaltung des Gesandtschaftsrechtes hatte für
Bayern sehr reellen praktischen Wert. Liegt es doch in der Natur
der Dinge, daß ein Gesandter die Interessen von 7 Millionen
Staatsangehörigen intensiver vertreten kann, als von 60 Millionen,
und daß daher die Reichsgesandten diesen Zweig des Auslands-
dienstes der weniger wirksamen Tätigkeit der Konsulate überlassen müssen. Schon aus dem größeren Umfang seines Gebietes
und seiner Bevölkerung, aus einigen seiner Spezialitäten, z. B.
der Kunstpflege, des Ausstellungswesens u. a. ergaben sich für
Bayern internationale Beziehungen außerhalb der großen Politik und mußten ihm eigene, immer offene Informationsquellen
wünschenswert erscheinen lassen, die es auch später besser in
die Lage setzten, den verfassungsmäßigen Vorsitz im Auswärtigen
Ausschuß zu führen.

Die bayerischen Gesandtschaften bildeten ferner — was nach
außen weniger hervortrat und auch besser hätte ausgebeutet
werden können, — eine wertvolle Unterstützung und Ergänzung
der Reichsmissionen, die auf irgendeine andere Weise, insbesondere durch bloße Verwendung von Bayern im Reichsdienst,
niemals erzielt werden kann. ,,Was hätten andere Staaten aus
zwei selbständigen Vertretungen bei ein und derselben Regierung
zu machen gewußt!" — pflegte Fürst Bülow zu sagen.

Die Erhaltung eigener Gesandtschaften schien aber dem
Grafen Bray nach seinem Bericht an den König vom 22. November 1870 nicht zu genügen, um Bayern einen gewissen berechtigten Einfluß auf die Bundespolitik zu vindizieren. Eine
vertragsmäßige Gewährleistung erblickte er in der Bestimmung
über ständige Vertretung der Bundesgesandten im Verhin-
derungsfalle durch die bayerischen und in der Einsetzung eines
ständigen diplomatischen Ausschusses im Bundesrate durch
Vertreter der drei Königreiche unter dem Vorsitze Bayerns.
In dem Drang nach blinder Unterwerfung unter eine höhere
Intelligenz hat man Bray auch diese Einrichtung zum Vorwurf
machen wollen, allein er konnte dem Badischen Gesandten zur
Beruhigung sagen, daß der Vorschlag nicht von ihm, sondern
von Bismarck ausgegangen sei und dem Großherzog von Baden,

solange Bismarck im Amte sei, könne von einer Mitwirkung an der äußeren Politik keine Rede sein, „nach ihm freilich könne es anders werden". —

Diese Eventualität ins Auge zu fassen, war ja wohl nicht ganz überflüssig; man hat nicht immer Bismarcke zur Hand, darum sollten politische Körperschaften in ihre Aufnahmebestimmungen nicht die des Jesuitenordens: das „sacrificium intellectus," aufnehmen. Das fand auch der Justizminister Lutz, indem er bei Vertretung der Verträge mit dem Norddeutschen Bund vor der II. bayerischen Kammer am 14. Dezember 1870 die „Anfechtungen", welche der diplomatische Ausschuß gefunden hatte, mit der Frage beantwortete: „Ist es wirklich etwas Unberechtigtes, daß die deutschen Staaten, die in einem Bunde zusammengefaßt sind, mindestens Kenntnis davon haben wollen, wie sich die Politik gestaltet, welche sie schließlich in ihren Konsequenzen mittragen müssen, die Politik, die zu Kriegen führen kann, welche wir mit unserem Gut und Blut mitzuführen berufen sind?"

Die Zugeständnisse, welche der König von Bayern und sein Land damals der Einheit machten, waren groß, einschneidend und folgenschwer. Graf Bray schrieb in diesem Sinne an seine Gattin am 25. November 1870: „Gestern um zehn Uhr haben wir alle einzelnen Documente unseres mit Graf Bismarck getroffenen Abkommens unterzeichnet. Dies ist der Anfang des neuen Deutschlands und, wenn unsere Entwürfe genehmigt werden, das Ende Altbayerns. Es wäre nutzlos, sich darüber täuschen zu wollen." „Alles dieses hat mehr als einmal meine Nachtruhe gestört. Aber mein Gewissen ist ruhig..."

Die Krönung und Bestätigung aller Opfer, die dem König von Bayern bei der Neugestaltung Deutschlands im Jahre 1870/71 auferlegt wurden, war das Angebot der Kaiserkrone an den König von Preußen. Sehr richtig bemerkt hiezu Baron Völderndorff: „Daß es nicht eine bloße Namensänderung sei, wenn der „Bund" ein „Reich" werde, wenn statt eines „Präsidenten" ein „Kaiser" als Reichsoberhaupt an die Spitze der Fürsten trete, das erkannte der scharfe Verstand König Ludwigs II. sehr wohl. Von ihm ging die Initiative zu dieser Änderung nicht aus, von einem originären „Anerbieten" der Kaiserkrone durch den bayerischen Monarchen — wie hergebrachtermaßen die Sache dargestellt wird — kann nicht wohl die Rede sein und das wird dem Könige nicht zum Vorwurf gemacht werden dürfen. Denn man mag darüber denken, wie man will, man mag es im deutschen Interesse noch so freudig begrüßen, daß wir wieder ein Kaiserreich besitzen: das bleibt doch sicher, daß damit eine zweite und höhere Souveränität in Deutschland geschaffen wurde. Und daß der König von Bayern freiwillig eine solche höhere Souveränität über seine eigene stellt, das kann er vielleicht als ein patriotisches Opfer, wenn er darum angegangen wird, bringen — aber für ihn ist und bleibt es eine Art Abdikation, und es kann von einem Herrscher nicht verlangt werden, daß er diese auch noch anbietet. König Ludwig II. hat dies auch nicht gethan und das gereicht ihm, in meinen Augen wenigstens, zur Ehre."

Ludwig II. zögerte und suchte einen Ausweg. Ursprünglich schwebte ihm ein Wahlkaisertum oder ein Alternieren der höchsten Würde in den beiden Häusern von Wittelsbach und Hohenzollern vor. „Als außerhalb des Gebietes politischer Möglichkeit," schreibt Bismarck in seinen „Erinnerungen," „ist mir der in den Versailler Verhandlungen auftauchende Gedanke König Ludwigs von Bayern erinnerlich, daß das deutsche Kaiserthum, bzw. Bundespräsidium zwischen dem preußischen und bayerischen Hause erblich alternieren solle."

Der Staatsrechtslehrer Bluntschli schlug im Mai 1868 dem Fürsten Hohenlohe vor, er möge für Bayern eine Ehrenstellung, ähnlich der des früheren Reichsvikariats erstreben. Schade, daß auf diesen Gedanken im Jahre 1870/71 nicht zurückgegriffen wurde! — Wäre in der Reichsverfassung eine solche Institution vorgesehen gewesen, sie hätte im Jahre 1918 vielleicht nicht nur die um Kultur und Ordnung so hoch verdienten Monarchien von Bayern und Preußen gerettet, sondern auch Deutschland vor dem Zusammenbruch bewahren können. Denn dann hätte König Ludwig III. von Bayern sich ohne Treubruch kraft einer Verfassungsbestimmung im Benehmen mit Kaiser Wilhelm, kurz bevor das Unvermeidliche eintrat, an die Spitze des Reiches, als dessen Vertreter, stellen können und die Entente, die um keinen Preis mehr mit den Hohenzollern unterhandeln wollte, hätte Ludwig III. und Deutschland die gemäßigtsten Friedensbedingungen gestellt, wie sie ihm durch mich in einem Zeitpunkt sagen ließ, in dem die Note Wilsons vom 23. Oktober 1918 noch nicht die Abdankung des Kaisers und Kronprinzen nahegelegt hatte.

Eine Teilung der Präsidialmacht und Würde mit Bayern erschien auch dem bayerischen Ministerpräsidenten kein zu hoher Preis für das Angebot der Kaiserkrone und er machte — angeblich auf eigene Faust — einen Versuch in dieser Richtung. Am 30. Oktober 1870 gegen 10 Uhr abends erschien Bismarck in der Wohnung des württembergischen Staatsministers Frhr. v. Mittnacht in Versailles, um ihm die Mitteilung zu machen, daß Graf Bray ihm unter gleichzeitigem Anerbieten der Kaiserwürde die bayerischen Propositionen, in 12 Ziffern zusammengestellt, übergeben habe. Den Kommentar hiezu liefert Bray selbst nachträglich in einem Bericht an den König, d. d. den 3. November 1870: „Um für die Verbindung Bayerns," heißt es darin, „mit einem alle übrigen deutschen Staaten umfassenden Bunde die rechte Form zu finden, schien es mir unerläßlich, die Idee von Kaiser und Reich, auf welche hier Gewicht gelegt wird, in der Weise zu benützen, daß jene Gesamtverbindung mit dem Namen „das Deutsche Reich" belegt wird. Das allein würde es rechtfertigen, für Bayern eine Reihe wichtiger Zugeständnisse in Anspruch zu nehmen, und neben dem deutschen Kaiser, den König von Bayern als Repräsentanten des Deutschen Reiches erscheinen zu lassen, nachdem jeder dieser Souveräne einen Theil Deutschlands selbständig, beide gemeinsam dagegen das Ganze, repräsentieren würden. Hieraus würde sich in natürlicher Folgerung die Teilnahme Bayerns an der Vertretung des Reiches nach außen nebst Beibehaltung der eigenen Repräsentanz ableiten lassen."

Während Preußen die Oberherrschaft in Deutschland erstrebte, wollte Bray demnach eine gewisse Mitherrschaft des zweitgrößten Bundesstaates. Der Gedanke mußte einem Herrscher schmeicheln, der, wie Ludwig II., so sehr von dem Majestätsgefühl erfüllt war, und das lebhafte Interesse, das er im Beginn den Verhandlungen über die Neugestaltung Deutschlands entgegenbrachte, entsprang vielleicht solchen Vorstellungen. Dergleichen wäre ja wohl nicht außerhalb des Bereichs der Möglichkeit gelegen gewesen, und wenigstens die verlangte Territorialerweiterung hätte sich erreichen lassen, — wenn Bismarck bayerischer Minister des Äußern gewesen wäre und Ludwig II. mit dem Flug der Gedanken die Festigkeit des Willens und die Triebkraft der Handlungsfähigkeit verbunden hätte. —

Die Forderung der gemeinschaftlichen Instruktion der Gesandten ließ Bray fallen, da Bismarck darin eine Beschränkung seiner eigenen freien politischen Beschlußnahme erblickte, aber es blieb noch einiges übrig, was den Geschäftsgang des Auswärtigen Amtes sehr schwerfällig gemacht hätte, z. B. die Forderungen der gemeinschaftlichen Vertretung des Reiches nach außen, des gemeinschaftlichen Abschlusses der Verträge für das Reich, die Beiziehung bayerischer Bevollmächtigter bei Friedensverhandlungen u. a.

Bismarck erklärte diese Vorschläge für unannehmbar und Mittnacht „konnte diese Ansicht nur teilen‘‘; Bismarck jene 12 Artikel in die Hand gegeben zu haben, erschien ihm eine Torheit; auf Württemberg hätten sie den Eindruck gemacht, daß Bayern das Kaisertum gegen ein bayerisches Vizekaisertum ablassen wolle, das zu befürworten Württemberg keinen Beruf habe. Bray hatte bei Besprechung der Sache mit Bismarck und Delbrück übrigens ausdrücklich hervorgehoben, daß er sich bezüglich des Kaisertitels und der Bezeichnung „Deutsches Reich‘‘ ohne jede Vollmacht oder Ermächtigung befände, daß also weder ein Vorschlag der Regierung, noch weniger aber ein Anerbieten Sr M. vorläge.

Der Sinn des romantischen Königs wandte sich nach Abweisung der Forderungen auf ideale Anteile mehr der praktischen Seite der Sache zu und auch er trieb in diesem Fall Realpolitik, wenn auch mit wenig Erfolg. Die Gattin seines langjährigen Kabinettssekretärs stellt ihm das Zeugnis aus, er habe zu den Menschen gehört, die stets Gegenleistungen gewähren oder fordern. Solche verlangte er nun auch für sein Angebot der Kaiserkrone und suchte sie nicht nur in Zugeständnissen, sondern auch in Gebietserweiterungen.

XXX.

Frau v. Kobell erfuhr „von einem wohlunterrichteten Bekannten‘‘, der Bundeskanzler habe im Namen des Königs von Preußen dem König von Bayern eine Gebietsentschädigung für den im Jahre 1866 erlittenen Territorialverlust, jedoch mit dem Beifügen zugesagt, die Angelegenheit könne erst bei den dereinstigen Friedensverhandlungen erledigt werden.

Professor Doeberl war in der Lage, den Spuren dieser Verhandlungen nachzugehen und Aktenmäßiges darüber mitzuteilen. Hiernach hätte die Sache sehr günstig für Bayern begonnen. Staatssekretär Thile, dessen Kundgebungen an maß-
gebender Stelle ja nicht immer honoriert wurden, sprach am
28. Juli 1870 dem bayrischen Gesandten in Berlin Baron Perglas
gegenüber den Wunsch aus, daß die deutschen Waffen das
Elsaß zurückerobern, daß es mit der Pfalz vereinigt werde und
Bayern dort die Vormacht Deutschlands bilde. Kurz darauf
meldete auch der bayerische Berichterstatter im deutschen
Hauptquartier, Graf Berchem, Persönlichkeiten aus der Umgebung von König Wilhelm hätten ihm von Abtretungen von
Gebietsteilen an Bayern gesprochen, um die man Frankreich
verkleinern wollte. Noch verheißungsvoller klangen die Äußerungen Bismarcks, welche der militärische Bevollmächtigte Graf
Bothmer einzuberichten in der Lage war. Der Bundeskanzler
verbreitete sich diesem gegenüber über den Umfang der beabsichtigten Annexionen und fügte bei: „Wer in den Besitz der
neuen Bundesgebiete trete, sei für ihn Nebensache. Bayern könne
das an die Pfalz stoßende, Baden das angrenzende Land erhalten." „Preußen bedürfe keine Gebietsvergrößerung, werde
sich aber nicht weigern, zur gemeinschaftlichen Verteidigung
Deutschlands einen Teil des eroberten Landes zu übernehmen."
Merkwürdigerweise hatten die eröffneten Aussichten für den
damaligen bayerischen Minister des Äußern nichts Verlockendes.
Graf Bray stellte sich auf einen ganz idealen Standpunkt, auf
dem man immer sicher ist, im allgemeinen Kampf um materielle
Interessen allein zu stehen. „La guerre," schrieb er am 13. August
1870 an den bayerischen Gesandten v. Dönniges in Florenz,
„La guerre," (à laquelle le gouvernement et le Roi se sont vus contraints
de prendre part, est pour l'Allemangne une guerre défensive qu'elle n'a
point cherchée et qu'elle aurait été heureuse d'éviter si sa sécurité et son
honneur le lui avaient permis. Rien n'est donc plus étranger au gouvernement Bavarois que des idées de conquêtes. Le but qu'il poursuit c'est
une paix sûre et durable et s'il désire un désarmément de la France c'est
ni pour l'humilier ni pour l'affaiblir, mais pour pouvoir réduire lui même
ses charges militaires et arriver à un désarmément général que réclame
l'interêt de l'Europa toute entière. Dem bayerischen Gesandten,

Baron Perglas in Berlin gegenüber äußerte er unterm 15. August 1870 einen Gedanken, dem man angesichts der inzwischen eingetretenen Ereignisse die Berechtigung nicht wohl absprechen kann: „Die Lostrennung französischer Gebiete und die erzwungene Vereinigung widerstrebender französisch gesinnter Bevölkerung mit Deutschland wäre mir gleichbedeutend mit der Perpetuierung des Krieges und des Nationalhasses zwischen den beiden großen Völkern.“

Der König war in diesem Punkte anderer Meinung, und da sein Minister des Äußeren in diesem Punkte zu versagen schien, betraute er den Kabinettssekretär mit dieser Angelegenheit, die ihm sehr am Herzen lag. Vielleicht um beiden, dem König wie dem Minister gerecht zu werden, lenkte Eisenhart den Blick von Frankreich ab auf Mannheim und Heidelberg. Damit war natürlich Ludwig II. sehr einverstanden. In den Traditionen seiner Linie lebte die Sehnsucht nach den Stammlanden fort, deren in naher Aussicht gestandenen Rückerwerb seitens Bayerns die schönen Augen zweier badischer Prinzessinnen verhindert hatten. Im Jahre 1808 bei dem Kongreß von Aachen die tränenreichen der Gemahlin des Kaisers Alexander von Rußland, Elisabeth von Baden und im Jahre 1815 die strahlenden der zweiten Gemahlin des Königs Max Joseph von Bayern, Karoline von Baden. Ludwig II. hielt es für möglich, daß man Baden zu der Abtretung der ihm von Napoleon I. zuerkannten Landesteile durch Erhebung zum Königreich und Entschädigungen mit Teilen des Elsasses bewegen könne. Bismarck erklärte jedoch eine badische Gebietsabtretung von Anfang an für ein noli me tangere, und versicherte, daß weder der König von Preußen, noch der Großherzog von Baden je darauf eingehen würden.

Hohenlohe, der schlecht auf Bray zu sprechen war, da er damals selbst wieder gern bayerischer Ministerpräsident geworden wäre, macht am 14. Dezember 1870, offenbar auf Grund von Mitteilungen Völderndorffs folgenden Tagebucheintrag: „Bray hat sich in Versailles gründlich blamiert. Noch vor seiner Abreise hatte er sich von Völderndorff ein Memoire geben lassen, in welchem ihm klar gemacht wurde, daß man beim Großherzog von Baden die Frage der Abtretung von Heidelberg und Mannheim nicht anregen dürfe, da die Ansprüche Bayerns nur dann gerechtfertigt sind, wenn die jetzt regierende

Familie Baden-Hochberg als unebenbürtig betrachtet wird" (was sie ohne Zweifel war, wie ein Blick auf den Stammbaum des Großherzogs Friedrich ersichtlich macht, der sehr erhebliche Lücken aufweist). „Das scheint Bray vergessen zu haben und hat mit dem Großherzog darüber gesprochen, der natürlich sehr unangenehm wurde, worauf dann Bray wie ein begossener Pudel abzog. Es ist dies um so dümmer, als schon vorher Bismarck ihm die Unterhandlung über diese Frage abschlug."

Die fragliche Unterredung fand Freitag, den 25. November 1870 in Versailles statt und Ottokar Lorenz ist in der Lage, der Nachwelt deren Einzelheiten zu erzählen. Graf Bray hatte sich bei dem Großherzog von Baden melden lassen, um Abschied von ihm zu nehmen und seinen Dank für die Unterstützung auszusprechen, die Bayern betreffs Annahme seiner Anschlußbedingungen an den neuen Bund bei Baden gefunden hatte. Er war davon unterrichtet, daß der Großherzog mit dem König von Bayern in einen Briefwechsel wegen der Kaiserfrage zu treten gesucht hatte, und bedauerte, daß dieser Versuch ohne Erfolg geblieben war. Er erklärte dies aus dem Hang des Königs nach Zurückgezogenheit, die ihn wohl auch von einer persönlichen Anwesenheit bei dem Friedensschlusse abhalte. Hiebei, meinte er, werde die Einverleibung von Elsaß-Lothringen zu den verschiedensten Kombinationen Anlaß geben, und er möchte sich gestatten, dem Großherzog in dieser Richtung eine Frage vorzulegen, für die er im voraus dessen Nachsicht in Anspruch nehmen müsse. Es sei vielfach der Gedanke aufgetaucht, und mit Wärme aufgenommen worden, Elsaß mit Baden zu einem Königreich zu vereinigen, und dieser Fall, der ja ebenso wünschenswert, als wahrscheinlich sei, dränge ihn zu der Erkundigung, ob der Großherzog geneigt sein werde, hiebei auch eine Gebietsabtretung an Bayern zu genehmigen. Er denke dabei an eine Verbindung der beiden getrennten bayerischen Gebiete durch einen Streifen Landes am Main und Tauberkreise bis an den Rhein. Heidelberg und Mannheim brauchten nicht notwendig berührt zu werden. Der Minister versicherte im übrigen, daß Bayern weit entfernt sei, seine alten Ansprüche zu erneuern, obgleich gewisse Rechtsfragen vermöge des Rieder Vertrages noch heute Geltung hätten, wie denn Österreich seit dieser Zeit eine jährliche Leistung von 100,000 fl für die damals vertagten Ansprüche an Bayern zu machen habe. Es sei ihm von hohem Wert, die Anschauungen des Großherzogs über eine etwaige Teilung der französischen Abtretung kennen zu lernen.

Der Großherzog frug darauf, ob der Graf bevollmächtigt sei, die Sache offiziell in Anregung zu bringen und, da er dies nicht bestimmt ablehnte, so sagte der Großherzog, seiner Überzeugung nach könne ein kleiner Staat den neuen Provinzen keine entsprechende Entschädigung für ihre Stellung in Frankreich geben und, was das Anerbieten von Elsaß mit der Königskrone als Belohnung für eine nationale Pflichterfüllung betreffe, so würde er dies als eine Beleidigung betrachten, die er mit Entrüstung zurückweisen müßte. Die Zeiten, in denen man Land und Leute verschenkte, lägen weit hinter uns und, was den Vertrag von Ried betreffe, so möchte es geraten sein, diese Sache fallen zu lassen, da der Großherzog „jeder Zeit für Land und Leute und die Sache seines Staates eintreten würde".

Angesichts der offenbaren Aussichtslosigkeit der vorgeschlagenen Lösung nahm Graf Bray Umgang von einer weiteren Diskussion, welche die große Verschiedenheit der politischen Auffassung seines Souveräns von der des Großherzogs in das hellste Licht gesetzt hätte. Aber er hätte ihm sagen können, daß es sich für Bayern nicht um eine Belohnung für nationale Pflichterfüllung handelte, sondern darum, einem Lande von seinem Umfang und seiner Bedeutung und einer Dynastie von den Verdiensten der Wittelsbacher bei der beabsichtigten Neugestaltung einen gewissen Ausgleich und ein gewisses Gegengewicht gegen die von Preußen beanspruchte Vormachtstellung und Machterweiterung zu sichern, nach einem Kriege, an dessen Siegen Bayern einen so hervorragenden Anteil nahm.

Deutschland ist inzwischen an der Großmachtstellung Preußens in ihren Überspannungen gescheitert; ein langsameres Vorgehen auf dieser Bahn und eine stärkere Betonung des altdeutschen föderalistischen Prinzips hätte es vielleicht davor bewahrt. Der von Bray vorgeschlagene Plan lag in dieser Richtung. Der Großherzog von Baden in „seines nichts durchbohrendem Gefühl" wies ihn weit ab von sich in der allzu bescheidenen Annahme, daß sein Land auch im Königsschmuck dem Häuflein einer Million stammverwandter Elsässer nicht bieten könne — was sie zwei Jahrhunderte lang in Frankreich — vergebens gesucht hatten.

Der Großstaat, der nach seiner Meinung den Elsässern allein Frankreich ersetzen konnte, war natürlich Preußen, dessen Machtsphäre es ja dann auch in der Form eines „Reichslandes" unterstellt wurde, während eine rührige Partei unter Aufwand großer Mittel bis gegen Ende des letzten Krieges für die vollständige Einverleibung Propaganda machte.

Die Annexion des Elsasses nach dem siegreichen Krieg wurde von der deutschen öffentlichen Meinung gefordert und war in den damaligen Anschauungen begründet. Weniger einstimmig lautete das Urteil über die Annexion der 528,413 Lothringer. Auch sie, wenn sie auch zum Teil französisch sprachen, gehörten einem deutschen Stammlande an, das erst seit einem Jahrhundert Frankreich wieder einverleibt war. Es tauchte damals der Gedanke auf, Preußen möge es annektieren und dafür Hohenzollern an Württemberg abtreten, was aber König Wilhelm höchlich ablehnte. Es wäre im Interesse des Friedens gelegen gewesen, von der Annexion Lothringens abzusehen. Allein Bismarck hielt den Besitz der beiden großen Festungen im Südwesten für absolut notwendig und glaubte, die süddeutschen Staaten würden ohne sie niemals das Gefühl verlieren, unter den Kanonen von Straßburg und Metz zu liegen[1].

Besser aber als Kanonen und Festungen schützen die Völker Ausgleich und Aussöhnung; dies hätte man auch bei Ausführung der Annexion des Elsasses nicht außer Augen verlieren sollen. Niemand ahnte damals, daß die Entscheidung über diesen scheinbar nebensächlichen Punkt eines Tages das Schicksal Deutschlands bestimmen werde. Heutzutage liegt es klar am Tage, daß

---

[1] Erich Brandenburg, Die Reichsgründung 1896, II, S. 408.

das „Reichsland" der wahre Grund der endlosen Verlängerung des Krieges und damit unserer schweren Niederlage gewesen ist.

Im Jahre 1870/71 war man förmlich in Verlegenheit, was man damit anfangen solle. Es wäre besser gewesen, den Übergang möglichst harmlos, anstandslos und unauffällig zu vollziehen, und die Erinnerung daran so bald und so vollständig als möglich zu verwischen. Dazu gab es nur einen sicheren und einfachen Weg: die Einverleibung unter Zuerkennung der Vollberechtigung in einen deutschen Bundesstaat, oder noch besser: die Verteilung unter mehrere. Preußen konnte und durfte dieser Bundesstaat nicht wohl sein, nicht nur weil sich das Widerstreben der bisher französischen Bevölkerung ganz besonders gegen die Vormacht richtete, sondern auch, weil es nicht recht anständig gewesen wäre, wenn Preußen, dem so viele und große freiwillige Opfer gebracht wurden, nun das gemeinsam eroberte Land auch äußerlich allein für sich in Anspruch genommen hätte.

Dies sah man ein; zog aber nicht die Konsequenzen daraus; der Verzicht Preußens war kein vollständiger; es wollte die eroberten Landesteile tatsächlich nicht aus der Hand geben und wählte dazu einen Umweg, an dessen Ende der Abgrund von 1918 lag.

Rudolph v. Delbrück wurde im September 1870 nach Dresden entsandt, um die Angelegenheit mit der dortigen Regierung zu besprechen. Sowohl König Johann, als Herr v. Friesen waren der Meinung, daß man „die eroberten Landesteile nicht mit einem einzelnen deutschen Staate, sondern mit der Gesamtheit der deutschen Staaten vereinigen müsse, als ein eigenes, in Gesetzgebung und Verwaltung von dieser Gesamtheit abhängiges Staatswesen." Es war das etwas nie Dagewesenes, eine wahre Gedankenmißgeburt, deren Voraussetzungen erst geschaffen werden mußten. „Wenn wir Elsaß und Lothringen nicht nehmen wollen," frug Graf Eulenburg, „und Baden es nicht nehmen kann, was sollen sie dann werden?" „Reichsland," erwiderte Rudolph v. Delbrück. „Ein Reichsland ohne Reich?" war die Antwort. „Vielleicht," meinte Delbrück, „erwächst aus dem Reichslande das Reich."

Auf diese Weise schuf man ein interessantes Novum, man machte Elsaß aus einem bescheidenen Departement zu einem trotz aller Unselbständigkeit selbständigen Lande, man gliederte ihm Lothringen an, das vorher nie zu ihm gehört hatte, man stellte einen kaiserlichen Statthalter aus den Kreisen der Feldherren und Reichsfürsten an seine Spitze, man übersäte es mit Kasernen, man erbaute ihm einen Kaiserpalast und bauschte es förmlich auf, gleich als ob es sich darum handle, die Aufmerksamkeit der Welt wach zu erhalten, und ihm ein Publikum zu schaffen, um die Rolle des Märtyrers zu spielen, die Wunde in dem französischen Körper immer offen zu halten und der stets glimmende Herd der Deutschenhetze zu bleiben, der seine zweisprachigen Apostel immer wieder nach Paris entsandte. —

So wurde das „Reichsland" zu einer beständigen Anklage seitens Frankreichs, zu einem besonders auffälligen Streitobjekt und Reizmittel zwischen den beiden Ländern, dessen steten Gärungsprozeß Widerstände aller Art niemals zur Lösung gelangen ließen.

Das preußische Beamtentum, nicht gerade immer in seinen besten Vertretern, überflutete das neue Reichsland, ohne die Gabe, sich beliebt zu machen und die Fähigkeit, fremde Eigenart der eigenen zu assimilieren. Es trug wohl einen Teil der Schuld an der in der Geschichte einzig dastehenden Tatsache, daß ein Volk unter Wahrung seiner Sprache und seines Charakters nach einer vierzigjährigen Regierung der eigenen Nationalität die Wiederkehr der wesensverschiedenen Fremdherrschaft als Erlösung begrüßte.

Das alles wäre anders gekommen, wenn man das wiedergewonnene Elsaß unter einem milden, volkstümlichen Zepter mit süddeutschen Volksgenossen in nahe innerstaatliche Gemeinschaft gebracht und gleichberechtigt an deren Wohl und Wehe hätte Teil nehmen lassen. Das hätte den Klagen über Unterdrückung und Ausnahmestellung, die in Frankreich stets so lauten Widerhall fanden, von Anfang an den Boden entzogen, die Elsässer hätten sich mitten unter ihresgleichen bald heimisch gefühlt und im Laufe von zwei Generationen ihre unnatürliche

Verbindung mit Frankreich so gänzlich vergessen, daß der Gedanke, sie befreien und erlösen zu wollen, zur Lächerlichkeit geworden wäre.

Besonders leicht wäre eine solche Aufnahme und Aufsaugung des Elsasses Bayern geworden, dessen regierendes Haus noch im achtzehnten Jahrhundert über mehrere dortige Landesteile herrschte. Und wenn ihm die Bundesgenossen das Ganze nicht vergönnten, so hätte doch wahrscheinlich der badische Herrscher wie in allem, so auch darin einem Wunsche seines Schwiegervaters willfahrt. Er war ja nicht immer so altruistisch, wie in dieser Frage und hatte im Jahre 1866 die bayerische Pfalz verlangt, was ihm sein damaliger Bundesgenosse Ludwig II. mit Recht nachtrug. Auch der König von Württemberg wäre wohl nicht abgeneigt gewesen, „anknüpfend an den vormals linksrheinischen Besitz seines Hauses eine ‚Zuwendung‘ entgegenzunehmen.‘‘

Bismarck hatte Bayern in dieser Richtung bestimmte Versprechungen gemacht und, wie mir Graf Bray sagte, für den im Jahre 1866 abgetrennten bayerischen Landesteil ein bedeutendes Stück des Elsasses mit Weißenburg in sichere Aussicht gestellt. Ludwig II. wartete auf die Erfüllung dieses Versprechens und manche Verzögerung seiner Entschließungen hing mit dieser Erwartung zusammen. Er verfehlte nicht, die Sache geeigneten Ortes in Erinnerung zu bringen.

Am 31. Oktober 1870 schrieb Eisenhart an Bray: „Ich bin von meinem allergnädigsten Herrn angewiesen, E. E. wiederholt die Frage einer mäßigen Territorialvergrößerung recht nachdrücklich ans Herz zu legen. Sie möchten diese Angelegenheit recht bald mit dem Grafen Bismarck zur Besprechung bringen.‘‘ Und kurz darauf, unterm 1. November 1870: „Ein Thema, das S. M. sehr häufig berühren, ist die Gebietserweiterung. Und ich glaube in der Tat, daß hierdurch sehr viele die politische Einbuße, die wir denn doch erleiden, leichter verschmerzen würden. Damit, daß nur Opfer gebracht werden und nichts in Austausch kommt, damit sind — mit Ausnahme der Nationalliberalen — wohl wenige zufrieden und mit dem Gebietszuwachs kommt unzertrennlich ein gewisser Machtzuwachs, der unserer Stellung im Bunde nur nützen kann." Unterm 16. November 1870 telegraphiert dann Eisenhart an Bray: „S. M. wünscht, daß E. E. unsere Gebietsvergrößerung wirksam vertreten."

Bismarck behandelte den Grafen Bray, wie früher den Grafen Benedetti, dilatorisch und ließ beiden nur Hoffnungen auf Ländergewinn, so lange, bis sie seine eigenen erfüllt hatten. Dieses Verfahren war einer der Gründe des Krieges 1870 gewesen und verstimmte auch Ludwig II. so tief, daß er immer mehr das Interesse an der für ihn erfolglosen Politik verlor.

Ludwig II. kam auch noch vor der zweiten Abreise des Grafen Bray nach Versailles auf seinen Wunsch zurück und erteilte dem Minister mit Handschreiben vom 20. Februar 1871 den Auftrag, dahin zu wirken, daß eine Rückzession der im Jahre 1866 an die Krone Preußen abgetretenen bayerischen Lande, eventuell eine Gebietserweiterung im Süden der Pfalz, erfolge. Der Bundeskanzler ging nach anfänglicher Weigerung auf desen Wunsch ein und sprach gleichzeitig die Geneigtheit des Kaisers aus, ihm seine Unterstützung zu leihen.

Allein das war offenbar nicht ernst gemeint. Es wurde gleichzeitig eine Preßhetze, wenn nicht inszeniert, so doch widerspruchslos zugelassen, an der die Sache scheiterte.

Ludwig mußte sein Signat vom 22. März 1871: „Ich gewärtige, daß Meine Regierung die Erlangung der in Frage stehenden Gebietserweiterung nach Kräften anstreben werde, da Ich die von Ihnen ausgesprochenen Befürchtungen nicht zu teilen vermag" am 8. April ds. Js. förmlich zurücknehmen und auch der letzte beschneidene und berechtigte Wunsch des Königs von Bayern in dieser Richtung blieb, trotz aller Opfer, die er gebracht hatte, unerfüllt.

Nachdem Bismarck die Sache solange hinausschob und zu drehen wußte, daß sie vor den Reichstag hätte kommen müssen, bestand für Bayern keine Aussicht auf Erfolg mehr. Die Meinungen, welche dabei schließlich die Oberhand gewannen und inzwischen auch in die einschlägige Literatur übergegangen sind, halten die Rechnungsprobe der Tatsachen nicht aus. Man sah in der Zuteilung des eroberten Landes nur den Ländergewinn, auf den angeblich alle ohne Unterschied der Größe, der Bedeutung und der Opfer den gleichen Anspruch hätten. Man verkannte, daß es sich hiebei vielmehr um Übernahme einer wichtigen und auch opferreichen Aufgabe zum Besten des Reiches handelte, die man dem übertragen mußte, welcher der Geeignetste war. Die Gesamtheit konnte einen dabei nicht ersetzen. Das Unheil erwuchs Deutschland nicht aus der Tatsache der Annexion, sondern aus der Art und Weise, auf die sie ins Werk gesetzt worden ist.

Darum hätte der Großherzog von Baden durch eine würdigere Betonung seiner Herrscherstellung seinem Lande und Deutschland einen besseren Dienst geleistet, als durch seine übertriebene Selbstaufgabe. Bismarck schrieb seine etwas vordringliche Politik einer gewissen Wichtigtuerei zu, und der Großherzog vergaß sich schließlich so weit, daß er den Schöpfer des Deutschen Reiches einem Franzosen gegenüber „nichts als einen vieux radoteur" nannte.

Die leider unvollständigen und etwas einseitig ausgewählten Auszüge aus den Aufzeichnungen des Grafen Bray enthalten nur in einer kleinen Anmerkung die Angabe, der Graf spreche in einer persönlichen Notiz von dem Mißlingen seiner Versuche in dieser Richtung mit um so größerer Bitterkeit, als er aus Bemerkungen Bismarcks den Eindruck gewonnen habe, daß der bayerische Wunsch sich leicht werde erfüllen lassen. —

Noch 18 Jahre später, am 8. März 1898, als ich bei ihm aß, erzählte mir der damals 91 jährige Gesandte den ganzen Vorgang mit innerer Erregung. Er habe, schloß er seine Darstellung, Bismarck diese „Perfidie" niemals verziehen und sei daher auch nicht, ich weiß nicht mehr, zu welchem Diner gegangen, das zu Ehren des Kanzlers gegeben wurde, was ihm das Ministerium sehr verübelt habe.

Während des letzten Krieges wollte man das damals Versäumte nachholen. In der Zeit, in der Preußen mehrere Länder zu annektieren gedachte, konnte man zwecks Aufrechterhaltung des Gleichgewichts auch Bayern nicht ganz leer ausgehen lassen. Es sollte Elsaß erhalten, während Preußen neben manchem anderen auswärts sich Lothringen einverleibt hätte. Zuerst dachte man an einen ganz besonders begabten und liebenswürdigen bayerischen Prinzen als Herzog des Landes. Da aber die Elsässer einen eigenen Monarchen nicht wollten und aus anderen Gründen gab man diesen Gedanken auf und erwog die einfache Einverleibung. Leider zu lange. Darüber verging der rechte Augenblick. Wenn aber Bethmann-Hollweg behauptete, es sei durch diesen Anspruch der Krieg verlängert worden, so ist dies im hohen Grade ungerecht. Offene oder geheime Annexionspläne trugen freilich zur Verlängerung des Krieges bei, nicht aber dieser bayerische Wunsch, der höchstens als ein Anhang anderweitiger Annexionspläne auftrat und in Wahrheit nur auf eine innerdeutsche Verfassungsänderung abzielte, die man in der einen oder anderen Form längst vor dem Kriege zur Erhaltung des Friedens hätte in die Wege leiten sollen.

Viel berechtigter wäre der Vorwurf, daß Bethmann-Hollweg einen überraschenden Mangel an Verantwortlichkeitsgefühl verriet, indem er zu Gunsten eines morschen Verbündeten der Lebensgefahr Deutschlands, einer großen Koalition — nicht aus dem Wege ging.

Fast bis ganz an das Ende seines Lebens blieb die hohe Intelligenz Ludwigs II. von den Überwucherungen der langsam weiterschreitenden geistigen Erkrankung verschont. Diese Intelligenz mochte ihm zuweilen sagen, daß ein Fürst, der unter den gegebenen Umständen persönlich versagte, nicht mehr regierungsfähig sei und, da noch außerdem die Dinge eine Wendung nahmen, die mit seinen Grundanschauungen und Hoffnungen in einem tiefen Widerspruch standen, tauchten in seinem Geiste die Abdankungsgedanken des Jahres 1866 wieder auf. Erregt verlangte er die schleunige Abreise seines Bruders vom Kriegsschauplatz und erwartete ungeduldig dessen Ankunft in Hohenschwangau. „Bray," schrieb er in einem undatierten Briefe an Eisenhart, „erhielt den Auftrag von Mir, dem Prinzen Otto die Wahrscheinlichkeit meines Entschlusses mitzuteilen. Finden Sie sich in das Unvermeidliche, machen Sie sich mit dem Gedanken meiner Abdankung vertraut. Es wird gut sein, das Dekret baldigst zu entwerfen; wenn es geschehen soll, muß es rasch sein, ohne viele gänzlich nutzlose pour parler. Ludwig.‘‘

Und einige Tage später: ,,Erkundigen Sie sich genau, ob mein Bruder abgereist ist. Ich hoffe es zuversichtlich. Ich sehe ihn als den König an; nur an einem einzigen dünnen Faden hängt noch die Sache, dann wird es heißen: ,,Le Roi Louis II. est mort, vive le Roi Othon! Ich erwarte baldige Nachricht über sein Kommen. Ludwig.‘‘

Prinz Otto reiste nicht ohne Lebensgefahr Tag und Nacht, um den so dringenden Wunsch seines Bruders zu erfüllen und traf am 5. November 1870 in Hohenschwangau ein.

Der König sprach viel und heftig über seine Abdankung mit ihm. Der Prinz setzte seinem Plane einen liebenswürdigen Widerspruch entgegen und verlangte, nach dem Kriegsschauplatz zurückkehren zu dürfen. In welchem Geisteszustand sich aber Prinz Otto schon damals befand, geht am besten aus einem Tagebucheintrag des preußischen Kronprinzen vom 30. Oktober hervor: ,,Prinz Otto von Bayern, der behufs Mitteilung wichtiger Aufträge plötzlich nach München berufen ist, besuchte mich zum Abschied; bleich, elend, wie im Fieber schauernd, saß er vor mir, während ich ihm die Notwendigkeit der Einheit von Militär, Diplomatie und des Oberhauses darlegte. Ob er diese Dinge begreift, konnte ich nicht von ihm herausbekommen, nicht einmal, ob er wirklich zuhörte.‘‘ —

Ähnliche Eindrücke mag auch Ludwig II. empfangen haben. Seinem Scharfblick dürfte nicht entgangen sein, daß der Bruder noch näher, als er selber, dem Rande des dunklen Abgrundes stand, in den sie beide stürzen sollten. Er ließ ab von ihm. Prinz Otto durfte im Januar 1871 nach Frankreich zurückreisen und befand sich unter den Prinzen, die am 18. Januar 1871 den Kaiser in Versailles umgaben.

Ludwig II. überwand das Depressionsstadium, das nur zu bald in noch düsterer Gestalt wieder eintreten sollte. Er gab strengsten Befehl, alles aufzubieten, auf daß jenes Abdankungsgerücht endlich aufhöre, das sich wie ein Lauffeuer verbreitet hatte.

Er wandte sein Interesse wieder den Versailler Verhandlungen zu. Als er erfuhr, daß dort am 6. November eine Besprechung Delbrücks mit den Bevollmächtigten von Württemberg, Baden und Hessen stattgefunden hatte, schrieb er erzürnt am 9. November 1870, nachts 1 Uhr, an Eisenhart: „Warum wird mit Württemberg, Baden und Hessen zuerst abgeschlossen und dann erst mit meiner Regierung?" — Der Lakai wartete auf Antwort und Eisenhart sandte dem König die Berichte der Minister Bray, Lutz und Pranckh. An den folgenden Tagen drehte sich bei dem Vortrag des Kabinettssekretärs das Gespräch in der erregtesten Weise um die Versailler Verhandlungen.

Der Entschluß Württembergs, mit Bayern zu gehen (13. November), besänftigte etwas den Sturm des Unmuts des Königs, aber ein unaufhörliches Thema bei Tag und Nacht, so oft der Kabinettssekretär zu dem König gerufen wurde, bildete die Gebietserweiterung Bayerns. —

Als Ende November 1870 Fürst Lynar nach München kam, um ihn im Auftrage des Königs von Preußen zu einer Fürstenzusammenkunft in Versailles einzuladen, lehnte Ludwig II. „wegen Zahnrheumatismus" ab, ihn zu empfangen. Diese Einladung ging nach Bismarck aus dem Wunsche des Königs von Preußen hervor, in dem wichtigen Augenblick des Friedensschlusses nach dem Kriege nicht allein zu stehen. König Wilhelm wollte vielmehr, daß ein so ruhmreicher Friede in Gegenwart und mit Zutun aller deutschen Fürsten, deren Heere ihn erfochten, geschlossen werden möge. Bismarck legte besonderes Gewicht darauf, daß auch der König von Bayern dieser Fürstenzusammenkunft beiwohne und glaubte den Anreiz hiezu dadurch zu erhöhen, daß er das Schloß von Trianon für Ludwig II. vorbereiten ließ. „Das hätte ich auch nicht gedacht, daß ich einmal Haushofmeister von Trianon spielen würde!" — sagte er. Und noch dazu vergebens! — „Ich weiß recht gut," sagte Ludwig II. aus Anlaß der Sendung des badischen Staatsrats Dr. Gelzer, der diese Einladung vertrat, am 18. oder 19. November 1870 zu Eisenhart, „daß in mancher Hinsicht eine Reise von mir in's Hauptquartier ratsam wäre und politische Vorteile brächte; das versteht sich von selbst, aber ich fühle mich

leidend und angegriffen; auch hängt meine Reise von den gewünschten Garantien ab; sonst gehe ich nicht nach Versailles,
dabei bleibt es, das ist mein Wille.“ —

XXXI.

Die Gattin des Kabinettssekretärs, Louise v. Eisenhart-Kobell
hat in der Januarnummer 1899 der Deutschen Revue eine Abhandlung über das Anerbieten der Kaiserkrone im Jahre 1870
veröffentlicht, die im gleichen Jahre mit einem Faksimile des
Begleitschreibens Bismarcks vom 27. November 1870 und einigen Abänderungen gesondert erschien.

Ich bin weit entfernt, den Wert der Mitteilungen über intimere
Lebensäußerungen Ludwigs II. zu verkennen, welche durch
Frau v. Kobell der Nachwelt erhalten blieben, aber ich war
immer der Meinung, daß diese Mitteilungen mit einer gewissen
Vorsicht aufzunehmen sind, im Hinblick auf die Eigenart dieser
Dame und auf die Rücksichten, die sie der Stellung ihres Gatten
schuldig war und der Beleuchtung von dessen Verdiensten
zollen wollte.

Baron Völderndorff, ihr intimer Freund und Verehrer, bemerkt
in seiner Besprechung ihres hübschen Buches „Unter den vier
ersten Königen Bayerns“: „Luise v. Kobell sagt in dem Vorwort, sie
gebe getreulich die Wahrheit, und ist offenbar davon fest überzeugt, und
zwar deshalb, weil nichts von dem, was sie erzählt, unwahr ist. Echte
und rechte Frauenlogik! Der zweite Teil eines jeden Zeugeneides ist dem
weiblichen Herzen stets etwas Unverständliches. Ihm genügt es zur
Wahrheit, wenn man wissentlich nichts Falsches aussagt. Aber zu verschweigen, was man weiß, hält jede echte und richtige Frau unter Umständen für erlaubt, und deshalb wollen wir auch mit der Verfasserin
nicht rechten, wenn sie dieses Verschweigen in einer vielleicht allzu umfangreichen Weise übt.“

Indessen beschränkt sich Frau v. Kobell nicht immer darauf,
manches zu verschweigen, was sie weiß; sie fühlt zuweilen das
Bedürfnis, die Lücken dessen auszufüllen, was sie nicht weiß,
und über Widersprüche Brücken in die Luft zu schlagen, in Form

von Vermutungen, die sie für Tatsachen ausgibt. Sie arrangiert ihr Material und zeigt sich dabei von dem Streben geleitet, alles harmlos — als was sie sich immer selbst gerne ausgab — harmonisch und mit der herrschenden Meinung in Übereinstimmung darzustellen. Sie will allen gerecht werden, alles erklären, alles beschönigen und ist dabei gewiß von den allseitigsten besten Absichten geleitet gewesen, nur nicht von der, den Dingen auf den Grund zu sehen.

Wir müssen ihr dankbar sein, daß sie das Muster einer Staatsschrift, den Brief Bismarcks vom 27. November 1870 mit der großzügigen Schrift, der klugen Motivierung, den frappierenden Gedanken der Nation zugänglich gemacht hat, allein schon die Rechtfertigung seiner Veröffentlichung gibt zu Zweifeln über ihre unbeschränkte Glaubwürdigkeit einigen Anlaß.

Frau Louise hatte den interessanten Brief schon in ihrem im Jahre 1894 erschienenen Buch veröffentlichen wollen. Dabei war es nötig, vor allem die Tatsache zu erklären, wie das Schriftstück in die Hände des Kabinettssekretärs gelangt und darin verblieben war. Der König, behauptete Frau v. Kobell damals, habe die Gewohnheit gehabt, Briefe, die er erhielt, in kleine Fetzchen zu zerreißen und in den Papierkorb zu werfen; so habe er es auch nach Abschrift des Bismarckischen Entwurfes zu dem Kaiserbriefe halten wollen, aber Eisenhart habe gesprochen, es sei doch schade um das schöne Autograph; da habe es ihm der König geschenkt und er habe es seiner Frau unter den Weihnachtsbaum gelegt.

Ich hatte als langjähriger Beamter des Ministeriums des Äußern niemals gehört, daß Ludwig II. die Übung hatte, Staatsschriften in Stücke zu zerreißen und konnte mich in meiner Eigenschaft als Vorstand der Archive wiederholt davon überzeugen, daß die Kabinettsregistratur sich in bester Ordnung befand. Schriftstücke, die der König aber vernichtet wissen wollte, hat er sicher niemals seinen Sekretären für ihre Autographensammlungen oder für die nicht verschwiegeneren ihrer Gattinnen zum Geschenk gemacht. Nie hätte einer eine so indiskrete Bitte auch nur zu äußern gewagt, denn alle wußten, wie schroff Ludwig II. Familiaritäten dieser Art zurückwies. Der Kabinettssekretär v. Ziegler schloß sich dieser meiner Auffassung der Sachlage mit Nachdruck an.

Luwdig II. hätte schon damals wahnsinniger sein müssen, als er es je geworden ist, wenn er die höchste Huldigung und Anerkennung „seiner hochherzigen Entschließungen bei dem Beginn und bei dem bevorstehenden Ende des großen Nationalkrieges" aus autoritativem Munde, die in diesem Dokument von seltenem, historischem Werte lag, der Vernichtung hätte preisgeben wollen. Er wollte und tat es auch nicht.

Auf die im Ministerium ferner geltend gemachte Bemerkung hin, daß sich Eisenhart ja gar nicht in Hohenschwangau, sondern in München befand, als Graf Holnstein das Schreiben Bismarcks dem König überbrachte, nahm Frau v. Kobell in ihrer Broschüre später eine andere Lesart an. Der König habe einmal, es war Ende November, zu ihrem Gatten gesagt: „Sie haben den Brief Bismarcks an mich noch nicht gelesen, lesen Sie ihn." (Eisenhart mußte ihn doch zu lesen bekommen haben, als der König seinen Rat und Eisenhart den Lutzens erholte.) Eisenhart habe voll Spannung (also erst nachträglich!) das dargereichte Schreiben gelesen und als er es zurückgab, habe der König (also, erst damals!) — einen Riß in das Kuvert gemacht und sei im Begriffe gewesen, den Brief als erledigte Sache zu vernichten. Da habe ihr Mann mit dem Ausdrucke des innigsten Bedauerns gerufen: „Wie schade, Majestät, ein solcher Brief!" — Da habe der König innegehalten und gesprochen: „Nehmen Sie ihn, ich schenke Ihnen denselben, tun Sie damit was Sie wollen, aber ich will nichts mehr davon hören." — (?)

Auch bei dieser neuen Darstellung dürfte die geschätzte Geschichtschreiberin entweder ihr Gedächtnis, oder ihre Phantasie im Stich gelassen haben. Im Jahre 1893 wandte sie sich auf Rat ihres Freundes Völderndorff an Bismarck, ob er die Veröffentlichung dieses Briefes gestatten wolle. Bismarck erwiderte, er habe nichts dagegen, wenn die bayerische Regierung damit einverstanden sei, er bitte nur um Abschrift seines Briefes, da er kein Konzept davon zurückbehalten habe. Zum großen Leidwesen des Verlegers war die bayerische Regierung mit der Veröffentlichung des Briefes nicht einverstanden.

Unter Verschweigung dieses Umstandes besagt Frau v. Kobell in ihrer Abhandlung von 1899, sie habe die Wiedergabe des Briefes in ihrem Werke „Unter den vier ersten Königen Bayerns" hauptsächlich wegen der starken Strömung gegen die Institution des Kabinettssekretärs unterlassen, die damals (1893) bestanden und auf die ein hoher Staatsbeamter sie aufmerksam gemacht habe.

Im Jahre 1899 war Bismarck selbst Frau v. Kobell in der Veröffentlichung seines Briefes zuvorgekommen.

Gibt schon die Vorgeschichte der Veröffentlichung des Bismarckbriefes durch Frau v. Kobell zu einigen Bedenken Anlaß, so ist das noch mehr der Fall ihren Angaben über die Reisen des Grafen v. Holnstein nach Versailles gegenüber. Ihre Darstellung in diesem Punkt ist nicht frei von Anachronismen und Widersprüchen. Es ist nicht richtig, daß mit dem Abschluß des bayerischen Vertrages mit dem Norddeutschen Bunde „die Kaiserwürde eine ausgemachte Sache war".

„Die Erwählung König Wilhelms zum deutschen Kaiser durch die Fürsten der kleineren Staaten mag bevorgestanden sein, wenn der König von Bayern versagte," aber bei dem Widerstreben, welches König Wilhelm gegen den Kaisertitel empfand, würde er ihn sicher, wie sein Bruder Friedrich Wilhelm IV., weder aus den Händen der Volksvertretung, noch auf den nicht ausnahmslosen Antrag der deutschen Fürsten hin angenommen haben. Genügte doch schon dieser einstimmige Antrag kaum, mußte doch schon dieser durch ein von Bismarck glücklich gefundenes Motiv unterstützt werden, das besonders auf den König von Preußen berechnet war und allem Anschein nach mehr auf ihn wirkte, als auf den König von Bayern. Das von Bismarck konzipierte und von Ludwig II. unterzeichnete Titel- und Rangangebot vom 30. November 1870 findet sich viel seltener abgedruckt, als das Begleitschreiben an Ludwig II. Bismarcks vom 27. ds. Mts. Wir wollen es daher hier wiederholen: „Nach dem Beitritt Süddeutschlands zu dem deutschen Verfassungsbündnis werden die Ew. M. übertragenen Präsidialrechte über alle deutschen Staaten sich erstrecken. Ich habe mich zu deren Vereinigung in einer Hand in der Überzeugung bereit erklärt, daß dadurch den Gesamtinteressen des deutschen Vaterlandes und seiner verbündeten Fürsten entsprochen werde, zugleich aber in dem Vertrauen, daß die dem Bundespräsidium nach der Verfassung zustehenden Rechte durch Wiederherstellung eines deutschen Reiches und der deutschen Kaiserwürde als Rechte bezeichnet werden, welche Ew. M. im Namen des gesamten deutschen Vaterlandes auf Grund der Einigung der Fürsten ausüben. Ich habe mich daher an die deutschen Fürsten mit dem Vorschlage gewendet, gemeinschaftlich mit mir bei E. M. in Anregung zu bringen, daß die Ausübung der Präsidialrechte des Bundes mit Führung des Titels eines deutschen Kaisers verbunden werde. Sobald mir E. M. und die verbündeten Fürsten Ihre Willensmeinung kundgegeben haben, würde ich meine Regierung beauftragen, das Weitere zur Erzielung der entsprechenden Vereinbarungen einzuleiten."

Über die Frage, ob man Präsidial- und andere Rechte lieber einem im Range gleich, oder höher gestellten einräumen will, kann man verschieden denken. Wie Bismarck Paul Heyse am 4. Juni 1892 im Hause Lenbachs erzählte, hatte Ludwig II. zuerst an König Wilhelm geschrieben, daß es ihm schwer sein würde, sich in die Neuordnung der Dinge zu finden, wenn der König von Preußen nicht der primus inter pares bliebe; jedenfalls war dem König von Bayern anfangs November, als Graf Holnstein seine Reise nach Versailles antrat, das neue Motiv noch nicht unterbreitet worden. Der König befand sich in einer ablehnenden Stimmung. Er hatte den „ganz wundervollen Brief", wie der preußische Kronprinz ihn nennt, des Großherzogs von Baden eigenhändig beantwortet, wollte aber dessen Abgesandten Gelzer „nicht an sein entferntes Hoflager nach Hohenschwangau bemühen" und erstrebte Äquivalente für die Zugeständnisse, die er in dem Vertrage machte. Dessen erinnert sich auch Frau v. Kobell. Sie spricht von der begeisterten Aufnahme, welche die Kaiseridee in der Presse und bei einem Teil des Volkes fand und fügt bei: „der persönliche Wille des Königs stand diesmal in keiner Verbindung mit dem Anerbieten der Kaiserkrone. Innerlich widerstrebte es ihm, als dem Sprossen eines „uralten schon vor 1000 Jahren ruhmvollen Geschlechtes", der drei Kaiser unter seinen Ahnen zählte, den Antrag zu stellen. „Auch das ehrgeizige Motiv lag ihm fern, umjauchzt zu werden oder eine Rolle zu spielen." „Er zweifelte, schrieb an die Mitglieder des königlichen Hauses und bat sie, ihm ihre Meinungen in dieser hochwichtigen Frage unverzüglich kundzugeben."

Was aber löste die Zweifel und bewirkte die Wandlung? — Frau v. Kobell, die Verkünderin von Halbwahrheiten, die so sehr zur Verbreitung von Geschichtslügen beitragen, gibt auch hier eine halbwahre Sachdarstellung, die sie mit Kindergeschichten und Lappalien unterbricht und die offenbar ihr selbst nicht genügte, denn sie hat sie in den vier Auflagen ihrer Erzählung (dem Buche von 1894, dessen Druckbogen, dem Artikel in der Deutschen Revue und ihrer Broschüre) dreimal abgeändert.

Richtig ist wohl, daß die bevorstehende Einberufung des Reichstags die Angelegenheit in Fluß brachte. Der preußische Kronprinz notiert unterm 25. November 1870 in seinem Tagebuch: „Bismarck hat wissen lassen, daß, wenn von seiten der Fürsten das Anerbieten der Kaiserwürde nicht bald erfolgen würde, man den Reichstag nicht länger als bis höchstens Mitte nächster Woche hindern könne, den Antrag zu stellen." — Wie aber gelangte die Kunde dieses Schachzuges in offizieller Form und mit dem nötigen Nachdruck zu der Kenntnis des schwer zugänglichen Königs von Bayern? Die Wünsche des Großherzogs von Baden, das Zureden Eisenharts und Sauers u. a., die sich die größte Zurückhaltung auferlegen mußten, hätten allein kaum genügt, Ludwig II. zu bewegen, seine ablehnende Haltung aufzugeben, ohne daß ihm die erstrebte Gebietserweiterung zugesichert und garantiert worden war.

Frau v. Kobell spricht von „glaubwürdigen Meldungen aus Versailles", aber solche hätten wohl ebensowenig für den König von Bayern bestimmend sein können. Den Grafen Bray wollte Bismarck aus naheliegenden Erwägungen „éconduiren", wie es in der Diplomatensprache heißt, die harte deutsche Ausdrücke durch Übersetzung ins Französische zu mildern pflegt. Es blieb also nur der sehr rührige preußische Gesandte in München, Baron Werthern. Aber wessen Vermittelung nahm dieser in Anspruch? Gegen den Münchener Vertreter des Grafen Bray sprachen ungefähr die gleichen Gründe, wie gegen Bray selbst. — Den Kabinettssekretären war der dienstliche Verkehr mit fremden Gesandten untersagt; es liegt daher nahe, anzunehmen, daß Graf Holnstein schon hiebei in Tätigkeit trat, bevor ihn der König nach Versailles entsandte, oder — nur gehen ließ.

Welchen Auftrag er ihm hiebei erteilte, wird nirgends gesagt. Jedenfalls nicht den, wie vielfach naiver Weise angenommen wird, ihm bei Bismarck ein Konzept zum Angebot der Kaiserkrone zu erholen. Ludwig II., weit entfernt, die Kaiserkrone ohne weiteres anbieten zu wollen, wartete damals noch auf das definitive Angebot einer vorherigen Gegenleistung in Landbesitz. Dies hatte kurz vorher (am 18. November) Eisenhart dem badischen Agenten Gelzer bekanntgegeben. Wie das spätere Verhalten Ludwigs II. erweist, war eine Gesinnungsänderung in dieser Richtung nicht eingetreten.

Ottokar Lorenz schreibt: „Holnstein sei allem Anschein nach ohne alle Instruktion angelangt" — also wohl nur, um sich über die Sachlage zu informieren. — Das würde die Tatsache weniger ungewöhnlich und kränkend für Bray erscheinen lassen, daß der König seinen Oberststallmeister über den Kopf seines mit der schwierigen Angelegenheit bisher befaßten Ministers des Äußern hinweg mit der Erledigung eines damit zusammenhängenden Hauptpunktes betraute, über den er mit diesem Minister durchaus eines Sinnes war. —

Bray sagte einem Gesandten beschönigend, sein König habe die Kaiserfrage als eine „Hofangelegenheit" behandelt und daher „durch eine Hofcharge" vermitteln lassen. Allein auch von diesem Gesichtspunkte aus wäre der Oberststallmeister nicht als zuständig anzusehen gewesen, der zwar seinen Hofstall in bester Ordnung hielt, aber mit dem Zeremonialwesen nichts zu tun hatte.

Nach den in den verschiedenen Abdrücken etwas schwankenden Lesarten der Reise bei Frau v. Kobell, wäre Graf Bray von dem König sogar beauftragt worden, Bismarck seinen inkompetenten Ersatzmann als Retter in der Not anzumelden. In dem Buche steht zwar nur: er beauftragte Graf Bray, mit

Graf Bismarck zu sprechen und sandte den Oberststallmeister Grafen Holnstein zu demselben Zweck nach Versailles; in den Druckbogen aber: „er befahl meinem Mann, den Grafen Bray zu beauftragen, mit Graf Bismarck zu sprechen und ihm zu sagen, daß in längstens drei Tagen Graf Holnstein in Versailles eintreffen werde; erst dann sei der König imstande, seinen Entschluß zu fassen." — In der Broschüre und dem Artikel Frau v. Kobells in der Deutschen Revue findet sich dann noch die kleine Änderung, daß der König den erwähnten Auftrag an Bray mittelst chiffrierten Telegramms habe ergehen lassen.

Frau v. Kobell läßt jede nähere Zeitbestimmung über die Reisen des Grafen Holnstein vermissen. Nach einem bei Bray abgedruckten Briefe ihres Gatten vom 1. November 1870 hätte sich Holnstein schon in den ersten Tagen dieses Monats in das Hauptquartier begeben. Damit würde auch die Mitteilung übereinstimmen, die er dem Großherzog von Baden machte, der König habe die Reise mehr geduldet, als aufgetragen, und er habe sie unter dem Vorwand gemacht, dem König Mittel und Wege zu verschaffen, die lästige Einladung loszuwerden. Da Ludwig II. diese Einladung am 13. November abgelehnt hatte, hätte Holnstein die Befreiung davon am 23. November nicht mehr als Vorwand benutzen können. Man muß annehmen, daß der Graf zwei bzw. drei Reisen nach Versailles gemacht hat, und nicht etwa den ganzen Monat November im Hauptquartier verbrachte, da außerdem die Darstellung der Frau v. Kobell, die Notiz über seine Ankunft in Versailles im Tagebuch des Kronprinzen, sowie die Aussagen Brays und die an das alles geknüpften obigen Vermutungen mehr oder minder hinfällig wären. —

*

In noch tieferes Schweigen, als Frau v. Kobell hüllt sich der Hauptbeteiligte: Graf Holnstein über Auftraggeber und Zweck seiner Reise nach Versailles und das Motiv, durch das er den König „beredete", wie er sich ausdrückte, seinen Namen unter das bedeutungsvolle Schriftstück des Kaisertitelangebots zu setzen

An die Öffentlichkeit drang nur, daß der *Graf* jeweils *bei* Antritt seiner Versailler Reisen und bei Rückkehr von ihnen auf der preußischen Gesandtschaft in München vorsprach. Hingegen fand er es nicht der Mühe wert, mit den Ministern seines engeren Vaterlandes in Versailles in Beziehungen zu treten und benachrichtigte sie über das von ihm eingeleitete erst, als er zufällig mit ihnen auf der Rückreise nach München zusammentraf.

„Holnstein ist angekommen," trägt der preußische Kronprinz unterm 25. November 1870 in sein Tagebuch ein, „und sieht sich Wohnung und Stallung für den König in den Trianons an, spricht ungünstig über die bayerischen Minister, die mehr für die deutsche Sache hätten tun müssen." Auch dem Großherzog von Baden gegenüber ließ der bayerische Hofmann, der er doch eigentlich war, bzw. hätte sein sollen, sich Indiskretionen zu Schulden kommen, die nicht einmal immer mit den Tatsachen übereinstimmten. Denn, wenn er z. B. dem Großherzog berichtete, Bray habe selber die Sache des Besuches in Versailles beim König durch die Mitteilung verdorben, man lege keinen allzu großen Wert darauf und die Einladung sei mehr eine Form gewesen, so widerspricht dies der Aktenlage, und abgesehen davon kannte der Graf am besten die unüberwindlichen Hemmungen, an denen sein Gebieter litt.

Wie unerfahren aber der Oberststallmeister in diplomatischen und staatsrechtlichen Fragen war, geht aus der naiven Frage hervor, die er an den Großherzog von Baden stellte, ob der König die Kaiserfrage auch brieflich anregen könne, sowie aus seinem ängstlichem Verlangen nach einem Konzept, für das man nur die Unterschrift des Königs zu erwirken brauche und dessen Herstellung doch auch dem Grafen Bray und seinen Hilfsarbeitern keine Schwierigkeiten gemacht hätte. — Aber Holnstein wollte eben den zuständigen Minister gänzlich umgehen, um — aus nicht ganz klaren Motiven, — die Sache allein machen und an dem König — frei von jedem fremden Einfluß — den eigenen erproben zu können.

Ottokar Lorenz glaubt, Bismarck „gegen die Annahme nicht

eingeweihter Personen" in Schutz nehmen zu sollen, er sei durch das Erscheinen Holnsteins in Versailles überrascht worden. Es sei dies nur ein Beweis dafür, daß er den angekündigten Besuch zunächst geheim gehalten wissen wollte. Diese Geheimhaltung erstreckte Bismarck sogar auf seinen Souverän. König Wilhelm wußte nicht, daß im Kampfe mit seinem hartnäckigen, fast möchte man sagen, ahnungsvollen Widerstreben gegen die deutsche Kaiserkrone, die nach ihm nur zwei vom Glück verlassene Sprossen seines Hauses tragen sollten, sein Kanzler die Hilfe eines königlichen Neffen in Anspruch nahm, den er schon im Jahre 1866 nicht großmütig behandelt hatte, und dem man auch jetzt die erhoffte Gegengabe — schuldig blieb. —

Er war sehr überrascht, als er durch den Geheimrat Abeken, der sich verschnappt hatte, erfuhr, daß „Holnstein das Terrain noch über andere Dinge zu sondieren gehabt hatte, als über die Möglichkeit, die Pferde und eventuell die höchsteigene Person des Königs Ludwig in Versailles unterzubringen." Diese Überraschung wuchs, als er bald darauf ein Billett des Großherzogs von Baden erhielt, inhaltlich dessen Holnstein, nach einem Telegramm Gelzers mit dem Kaiserangebot auf dem Rückweg begriffen war. „Daß der Minister," schreibt dessen treuer Hilfsarbeiter Abeken, „dem Könige im voraus davon nichts gesagt hatte, war ganz recht, der König war auch nicht böse, weder auf den Minister, mit dem er sich lachend darüber expliziert hat, noch auf mich, dem er vielmehr gleich am ersten Abend freundlichst dankte, daß ich ihm Zeit gegeben habe, sich auf den Gedanken vorzubereiten."

Über die entscheidende Unterredung Holnsteins mit Bismarck besitzen wir zwei Darstellungen sehr verschiedener Art. Frau v. Kobells Kabinettsstückchen von dem Obersthofstallmeister als diplomatischen Naturburschen, und Bismarcks „Erinnerungen".

Bismarcks Darstellung ließe die Annahme zu, daß Graf Holnstein seinen Besuch in Versailles ohne Auftrag des Königs und aus eigenem oder aus einem anderen Antrieb machte, denn er sagt nicht, daß König Ludwig den Grafen Holnstein an ihn nach

Versailles sandte, sondern nur, daß der Graf sich dort „befand", nicht, daß Holnstein seine Vermittelung in Anspruch genommen habe, sondern er (Bismarck) die seine. — Nach Bismarcks Erzählung hätte sich die Angelegenheit, die anfangs so viele Schwierigkeiten darbot, merkwürdig glatt abgespielt: —

„Graf Holnstein übernahm auf meine Bitte in dem Augenblick, wo die Kaiserfrage kritisch war und an dem Schweigen Bayerns und der Abneigung König Wilhelms zu scheitern drohte, die Überbringung eines Schreibens von mir an seinen Herrn, das ich, um die Beförderung nicht zu verzögern, sofort an einem abgedeckten Eßtische auf durchschlagendem Papier und mit widerstrebender Tinte schrieb." „Der Graf trat seine Reise nach Hohenschwangau binnen zwei Stunden, am 27. November 1870 an und legte sie unter großen Schwierigkeiten und mit häufiger Unterbrechung in vier Tagen zurück. Der König war wegen Zahnleidens bettlägerig, lehnte zuerst ab, ihn zu empfangen, nahm ihn aber an, nachdem er vernommen hatte, daß der Graf in meinem Auftrage und mit einem Briefe von mir komme." „Mit einem geheimen Auftrage," sagte Holnstein, „um die Neugierde des Königs rege zu machen," wie er dem Großherzog von Baden erzählte.

„Der König hat darauf," fährt Bismarck fort, „im Bette mein Schreiben in Gegenwart des Grafen zweimal sorgfältig durchgelesen, Schreibzeug gefordert und das von mir erbetene und im Concept entworfene Schreiben an den König Wilhelm zu Papier gebracht. Darin war das Hauptargument für den Kaisertitel mit der coercitiven Andeutung wiedergegeben, daß Bayern die zugesagten, aber noch nicht ratificierten Concessionen nur dem deutschen Kaiser, aber nicht dem König von Preußen machen könne. Ich hatte diese Wendung ausdrücklich gewählt, um einen Druck auf die Abneigung meines Hohen Herrn gegen den Kaisertitel auszuüben." —

„Das Schlimmste war," fügt Ottokar Lorenz bei, „daß Holnstein bei der Ankunft in Hohenschwangau fast verzweifelte, ob es ihm gelingen werde, zum König zu gelangen, da derselbe leidend war und niemand vorzulassen befohlen hatte." Diese Schwierigkeit scheint auch dafür zu sprechen, daß Holnstein ohne einen besonderen Auftrag des Königs reiste. Denn hätte Ludwig einen solchen gegeben, so hätte er doch wohl auch ein lebhafteres Interesse an dessen Vollzug genommen.

Vergebens suchen wir in den in diesem Betreff spärlichen Quellen nach einer ganz befriedigenden psychologischen Erklärung der Umkehr und Sinnesänderung des Monarchen.

Über die Unterredung Holnsteins mit Ludwig II. in Hohenschwangau fehlen authentische Angaben und es ist anzunehmen, daß der Oberststallmeister solche schriftlich niemals gemacht hat. Ein Dichter, Walter Bloem, hat versucht, diese Lücke in seinem Roman „Die Schmiede der Zukunft" auszufüllen. Er schildert die Szene in dem Tassoschlafzimmer zu Hohenschwangau und betont dabei besonders „die Vasallentreue" des Grafen Holnstein.

„Ein Strom von Liebe und Hingebung quoll auf in des Grafen treuem Vasallenherzen. „Majestät," stammelte er und neigte sich fast wie im Kuß über die schmale, leise bebende Krankenhand, die sich ihm entgegenstreckte." — In diesem Bilde dürften die, welche ihn persönlich kannten, kaum den Grafen Holnstein wiedererkennen, und daß er durch sein damaliges Eingreifen einen Beweis besonderer Vasallentreue lieferte, habe ich schon vor Max Koch bezweifeln hören.

Etwas wahrscheinlicher ist der König dargestellt: „Er stieß einen kurzen Ton aus, ein leises Knurren, halb und halb ein Stöhnen und der getreue Mann, der am Bette seines Königs stand, empfand bis ins Mark den schneidenden Schmerz, den er der hochgeschwellten, krankhaft empfindenden Seele seines Herrn in diesem Augenblick anthun half." „Aus freier Übertragung — — ha — ha," knirschte der König plötzlich heraus. „Und das schreibt man mir im gleichen Augenblick, in dem man mir den Entwurf zu meiner „freien" Entschließung fix und fertig unter die Nase hält . . . Holnstein! Holnstein! und dabei haben Sie mitthun können" . . . „Um seinen Mund war das weltentrückte Lächeln eines Märtyrers. Fern, auf Frankreichs Schneegefilden opferte und verblutete die Jugend und Mannheit seines Landes — hier oben in dem stillen Tassozimmer opferte und verblutete des jungen Bayernherrschers stolzes krankes Herz." —

Auch die Phantasie des Dichters wußte außerdem kein anderes Motiv für die königliche Entscheidung in jener Stunde zu erfinden, als das von Bismarck gefundene und — etwas überschätzte; denn daß Bismarcks Brief und das darin enthaltene Motiv dieses Wunder wirkte, scheint mir kaum glaubhaft. Mit der Einberufung des Reichstags war jede Aussicht auf Ländererwerb für Bayern dahin. Welche Hoffnung gab es noch, die Holnstein aufflackern lassen konnte, welche Befürchtung, die Eindruck auf den König machte? —

Völerndorff behauptete, Holnstein habe ihm weiß gemacht, daß es sich nur um eine persönliche Würde handle und ihm vorgestellt, König Wilhelm sei über seine Ablehnung, nach Versailles zu kommen, dermaßen beleidigt, daß er, um die Sache wieder gutzumachen, nichts Geringeres tun könne, als ihm die Kaiserkrone anzubieten. Allein Ludwig II. war so leichtgläubig und ängstlich nicht und auch die Erwägung, daß, wenn er es nicht täte, andere Fürsten es tun würden, waren für ihn nicht bestimmend, selbst wenn er von der ablehnenden Haltung König Wilhelms in dieser Richtung keine Kenntnis gehabt haben sollte.

Andere behaupteten, Holnstein habe ihm die Alternierung in der Kaiserwürde in Aussicht gestellt. An diesem Punkt hielt er allerdings lange fest und der Oheim Prinz Luitpold mußte in der Audienz bei dem neuen Kaiser vom 10. Januar 1871, wie wir weiter unten sehen werden, darauf zurückkommen.

Später kursierten Gerüchte über eine größere Dotation, die Ludwig II. statt der Gebietserweiterung als Teil der Rückzahlung der Kriegskontribution von 1866 erhalten habe. Sie tauchten im Juli 1892 wieder auf und wurden mit der Beurlaubung des schwer erkrankten Oberststallmeisters († 1895) in Zusammenhang gebracht. Caprivi, dem neuen Reichskanzler, sei bei Revision eines gewissen Fonds ein Betrag von 300,000 Mk. aufgestoßen, der in rätselhafter Weise jahrelang nach München floß, ohne daß man mehr wußte, für wen und für was. Caprivi habe den bayerischen Gesandten darüber einvernommen, der gleichfalls nichts von der Sache wußte und nach München gereist sei, um den Minister des Äußern um Aufschlüsse anzugehen, der sie anfangs aber auch nicht hätte geben können. Man habe gesucht und geforscht und endlich entdeckt, daß der Bezug mit den Vorgängen des Jahres 1870 zusammenhing. Kein Hofsekretär sei in die Sache eingeweiht gewesen; Holnstein habe alljährlich den Betrag gegen eine Provision von 30,000 Mk. in Berlin abgeholt. Aber gerade ein Hofsekretär wurde mir später als die Urquelle dieses Gerüchtes bezeichnet. Gresser, welcher behauptete, daß Holnstein ihn aus seiner Stelle verdrängt habe, weil er sich weigerte, ihm die üblichen 10 % Provision aus der fraglichen

Abfindungssumme weiter zu bezahlen, soll die Sache dem Kanzler der französischen Gesandtschaft hinterbracht haben.

Ich habe stets schon darum an der Tatsächlichkeit dieser Erzählungen gezweifelt, weil Ludwig II. sich damals noch nicht in
Geldnot befand und ihm ein verhältnismäßig so geringer Betrag
als ein schlechter Ersatz für teilweise Aufgabe von Souveräni-
tätsrechten, an denen er so sehr hielt, hätte erscheinen müssen-
Hätte Holnstein ihm die Erfüllung eines seiner Wünsche nach
Hohenschwangau überbracht, so hätte er seine Zustimmung
wohl auch nicht mehr von dem Rate Eisenharts abhängig gemacht [1].

---

[1] Geh. Rat Prof. Dr. Max Koch bemerkt in seiner Besprechung der
ersten Auflage des vorliegenden Werkes (Lit. Centr. Bl. Nr. 47, 1922),
nach Versicherung von gut unterrichteter preußischer Seite sei die fragliche Summe die Entlohnung Holnsteins für seine in der Kaisertitelfrage
unter Umgehung der vom König selbst instruierten Minister geleisteten
Dienste gewesen.

Einen Aufsatz über die gleiche Angelegenheit brachte die ,,Augs-
burger Post-Zeitung'' vom 27. und 28. Juli v. Js., dessen Verfasser sich
des Pseudonyms Wolfgang Aschenbrenner bedient. Er übersieht unter
Nichtbeachtung des von ihm zitierten Wortlauts der einschlägigen,
sowie anderer Stellen dieses Buches, daß es zwei Beamte des Namens
Gresser gab, bzw. daß der Kultusminister einen Sohn hinterließ, der
unter Ludwig II. Hofsekretär war und glaubt einen ganzen Absatz seiner
Abhandlung seiner doch an sich höchst unwahrscheinlichen Annahme
widmen zu sollen, ich habe dem Kultusminister Gresser († 1883) die
Urheberschaft eines Gerüchtes zugeschrieben, das erst 9 Jahre nach
dessen Tod auftauchte und mit dem er sinngemäß zu seinen Lebzeiten
nichts zu tun hatte. Eine solche Sachbehandlung muß einiges Mißtrauen gegen die Zuverlässigkeit der sonstigen Angaben des Korrespondenten erwecken. Diese gipfeln im Widerspruch mit den Mitteilungen
Kochs und Gressers darin, daß Ludwig II. schon seit dem Jahre 1867,
ohne daß er deren Herkunft kannte, alljährlich 300000 Mk. unter Abzug
von 10% für Holnstein aus dem Welfenfonds bezogen habe. Als Quelle
dieser überraschenden und unwahrscheinlichen Vorbringung bezeichnet
Wolfgang Aschenbrenner einen bayerischen Abgeordneten, der mit
Windthorst in Beziehungen stand, als er mit dem Welfenfonds in eine
Angelegenheit befaßt war, die im Jahre 1891 zu dessen Beseitigung
Anlaß gab.

Ich halte es nicht für zulässig, aus solchen Angaben irgend welche
Schlußfolgerungen zu ziehen, ehe die Tatsache dieser angeblichen Zuwendungen, ihr Zeitpunkt, ihr Titel und ihre Motive dokumentarisch
festgestellt sind. W. Aschenbrenner nimmt keinen Anstand, schon jetzt

Übrigens hat Ludwig II. eine definitive Entscheidung damals ja gar nicht getroffen. Holnsteins Präpotenz überrumpelte ihn, Bismarcks Huldigung trieb ihn in die Enge, er lag krank zu Bette und entzog sich der Qual der Zweifel und des definitiven Entschlusses, indem er sie auf inkompetente Schultern abwälzte. Sein Schreiben an Eisenhart d. d. Hohenschwangau, den 30. November 1870 hatte folgende Fassung: „Lieber Ministerialrat Eisenhart! In aller Eile diese Zeilen: lesen Sie beiliegenden Brief an den König Preußens. Mittlerweile werden Sie Näheres über die deutsche Verfassungsfrage durch meine Minister gehört haben und aus diesem Grunde werden Sie imstande sein, die Sachlage richtig beurteilen zu können. Sollte ein anders gefaßter Brief daher als besser und angemessener sich herausstellen, sollten die Opfer, die man im Verfassungsentwurfe von mir verlangt, zu groß sein, gut, so zerschlägt sich die Sache, und ich ermächtige Sie, den Brief an den König von Preußen zu zerreißen. — Ihnen meine besten Grüße sendend, bleibe ich stets Ihr wohlgewogener König Ludwig." „Ich lege die Angelegenheit in Ihre Hände." —

Die Antwort des Königs auf den Brief Bismarcks wurde erst zwei Tage später und wahrscheinlich von Eisenhart abgefaßt. Sie enthält den Satz: „Ich hoffe aber auch mit Bestimmtheit, daß Bayern seine Stellung fortan erhalten bleibt, da sie mit einer treuen rückhaltlosen Bundespolitik wohl vereinbarlich ist und verderblicher Zentralisation am sichersten steuert." —

---

daraus ein machiavellistisches System Preußens zu konstruieren, Ludwig II. zum Objekt seiner Propaganda zu machen und die Nrn. 1 und 39 der „Allgemeinen Rundschau" vom 2. Aug. und 27. Sept. 1923 gehen darin noch weiter. Die von mir in diesem Betreff gepflogenen Erhebungen haben keinerlei Bestätigung dieser Vorbringungen ergeben. Im Geh. Hausarchiv zu München wurde überhaupt nichts Einschlägiges vorgefunden und der Präsident der Verwaltung des ehemaligen Krongutes H. v. Höglauer hat mir darüber unterm 15. Mai 1924 folgende Aufschlüsse zugehen lassen: „Ich habe sofort den früheren, mit der Registratur des vormaligen kgl. Hofsekretariats befaßt gewesenen Oberstabsinspektor Spatze mit den erforderlichen Nachforschungen beauftragt. Nach eingehenden Studien der einschlägigen Akten und Rechnungen (sowohl des k. Hofsekretariats, wie auch der vormaligen k. Kabinettskasse) konnte er feststellen, daß für die Bestätigung der behaupteten Tatsachen nicht die geringsten Anhaltspunkte vorliegen." Auch Geheimrat Prof. Dr. Max Koch hält den Behauptungen Gressers und Aschenbrenners gegenüber seine Angaben aufrecht und bezeichnet als seinen Gewährsmann den Generalleutnant Grafen Kuno v. Moltke (1847—1923), der eine Zeitlang zu der preußischen Gesandtschaft in München kommandiert und in die Verhältnisse eingeweiht war.

Bald stellen sich quälende Zweifel bei Ludwig ein, ob er recht getan habe, das Schreiben abgehen zu lassen und bittere Reue befällt ihn. Es ist mir von glaubhafter Seite versichert worden, er habe bald darauf dem Kabinettssekretär aufgetragen, sein Schreiben an König Wilhelm zurückzufordern. Er möge dem König vorstellen, unter welchen Pressionen er gehandelt habe, und an seine Loyalität das Ansinnen stellen, die Folgen seines Schrittes nicht auszubeuten. „Sagen Sie dies alles dem nichtsnutzigen Lutz,“ heißt es in jenem Briefe. Niemals, schrieb der König weiter, hätten ihn die Fluten des Alpsees mehr angezogen, um darin seinem elenden Dasein ein Ende zu machen. Abermals will er zu Gunsten seines Bruders dem Thron entsagen, in dem Wahn, daß dieser nicht an sein Angebot gebunden sei.

Man möchte fast meinen, daß König Wilhelm dem höchst befremdlichen Ansinnen seines königlichen Neffen gerne stattgegeben hätte. Fand er doch das Schreiben, als es ihm Prinz Luitpold am 3. Dezember 1870 auf besonderen Befehl Ludwigs II. überreichte, und Bismarck es ihm nach Tisch vorlas „so zur Unzeit wie möglich“, verdarb es ihm doch einige Tage lang sogar die Freude an den erfochtenen Siegen, mußte man doch fast glauben, er wäre lieber König von Preußen geblieben und hätte gerne auf eine Rangkrone Verzicht geleistet, die schon seinem Enkel vom Haupt fallen sollte.

Aber das waren nur Stimmungen, die bald anderen Platz machten. Erich Brandenburg erzählt nach Busch und Lorenz, König Ludwig habe angesichts der Bedenken, die in der bayerischen Landesvertretung gegen die Versailler Verträge geltend gemacht wurden, eine andere Auffassung von der Tragweite seiner Zugeständnisse erhalten, verlangt, daß der Fahneneid für den Kaiser in Wegfall komme und behauptet, er habe niemals an Übertragung der erblichen Kaiserwürde an die Hohenzollern gedacht, sondern sein Angebot nur als eine persönliche Ehrung des greisen Kaisers Wilhelm aufgefaßt; er finde es daher angemessen, daß die Kaiserwürde zwischen Preußen und Bayern abwechsle. Prinz Luitpold sei beauftragt gewesen, diese Wünsche seines Neffen dem König von Preußen in einer Audienz vom 10. Januar mitzuteilen. Daß er dabei „auf eine schroffe Ablehnung stieß", kann wohl niemand wundernehmen.

Wenn in dem erwähnten Briefe Ludwig II. besonderen Unmut gegen den Minister Lutz äußert, so hat dies seinen Grund wohl darin, daß dieser eigentlich das entscheidende Wort in der Frage des Angebots der Kaiserkrone gesprochen hatte.

Graf Holnstein war von Hohenschwangau nach München geeilt und hatte am Abend des 30. November 1870 dem Kabinettssekretär Eisenhart im Residenztheater ein an ihn adressiertes Kuvert übergeben, das den Brief des Königs Ludwig an König Wilhelm, den oben wiedergegebenen Brief des ersteren an Eisenhart und doch höchstwahrscheinlich auch den Brief Bismarcks enthielt.

Eisenhart hätte nach den Angaben seiner Gattin nichts an dem Briefe an den König von Preußen auszusetzen gehabt (er fand ihn nur etwas zu geschäftsmäßig) und war entschlossen, ihn in der gegebenen Fassung abgehen zu lassen; um jedoch im Einklang mit dem Ministerium zu bleiben, teilte er tags darauf in früher Morgenstunde seine Ansicht dem Minister Lutz mit, der sich vollständig damit einverstanden erklärte.

Den letzteren Schritt will Baron Völderndorff nach seiner oben erwähnten Buchbesprechung, die ja manches Zweifelhafte enthält, Eisenhart angeraten haben, als er sich ihm als „Kanzler Davison aus Maria Stuart" vorstellte. Völderndorff will ihn, als Eisenhart erklärte, daß nach seiner Meinung der Brief unzweifelhaft abgehen müsse, daran erinnert haben, daß er als persönlicher Diener dem König nicht ohne Einverständnis mit dem Minister diesen Schritt anraten dürfe, „denn daß der König von Bayern damit, daß in Deutschland ein Kaiser geschaffen werde, viel aufgebe, könne doch nicht bestritten werden."

Frau v. Kobell war empört über die angeblich „troddelhafte Haltung", die Völderndorff ihrem Gatten zuschrieb, und kündigte ihm daraufhin — wenigstens für einige Zeit — die Jugendfreundschaft auf.

Die Erholung der Ansicht Lutzens war vielleicht darum überflüssig, weil der König sie schon dessen Berichten und den Mitteilungen Holnsteins hatte entnehmen können, der mit den drei bayerischen Ministern die Hälfte des Weges von Versailles nach München in dem gleichen Coupée zurückgelegt und also Gelegenheit gehabt hatte, die Angelegenheit mit ihnen zu besprechen. Lutz legte der Sache nur geringe Bedeutung bei und erblickte darin eine leere Form. Er hob auch — wohl irrtümlich — hervor, daß, wenn Bayern nicht vorangehe, König Wilhelm die Kaiserkrone aus den Händen des Großherzogs von Baden entgegennehmen würde. Der König grollte Lutz darob und behauptete noch später zuweilen, Lutz habe ihn bei den Vertragsverhandlungen „düpiert".

Der Kaiserbrief wurde gesiegelt, Holnstein fuhr noch schnell zum preußischen Gesandten und setzte am frühen Morgen seine Reise nach Versailles fort. Um einen abfahrenden Zug zu erreichen, mußte er eine Lokomotive besteigen, deren Führer er sich behufs späterer Belohnung — auf die Manschette schrieb.

„Graf Holnstein," bestätigt Bismarck, „hat sich durch diese in einer schlaflosen Woche zurückgelegte doppelte Reise und durch die geschickte Durchführung seines Auftrags in Hohenschwangau ein erhebliches Verdienst um den Abschluß unserer nationalen Einigung durch Beseitigung der äußeren Hindernisse der Kaiserfrage erworben[1]."

*

Aus dem Eintrag vom 30. November 1870 in dem Tagebuch des preußischen Kronprinzen: „Ein Konzept Bismarcks für den Brief des Königs wegen der Kaiserwürde an S. M. ist nach München gegangen; der Großherzog (von Baden) sagt mir, man habe dort nicht die richtige Fassung zu finden vermocht und sich dieselbe von hier erbeten; der König von Bayern hat den

---

[1] Der Befehl, den Ludwig II. unterm 10. April 1871 an den Hofsekretär ergehen ließ: „Sprechen Sie dem Grafen Holnstein mein ganz besonderes Mißfallen aus, daß er seine Reise mit so viel Ostentation machte und somit direkt gegen meinen Willen handelte," kann sich schon dem Datum nach auf dessen Versailler Reise kaum beziehen; immerhin aber beweist er, daß der Graf damals viel von der einstigen Gunst des Königs eingebüßt haben mußte. Der König soll später auch zuweilen geäußert haben: ich habe mich von Holnstein im Jahre 1871 täuschen lassen.

Brief wahrhaftig abgeschrieben und Holnstein bringt ihn..." haben viele den irrigen Schluß gezogen, Holnstein sei zu dem Zwecke nach Versailles entsendet worden, ein entsprechendes Konzept für das Angebot der Kaiserkrone zu erholen, was ja auf dem Wege der dort weilenden bayerischen Minister viel leichter und unauffälliger zu erlangen gewesen wäre. Andere nehmen an, daß schon ein früheres bayerisches Angebot vorgelegen sei, das nicht brauchbar befunden wurde. Auch Bismarck soll von einem „ersten", romantischen Vorstellungen entsprossenen Kaiserangebot Ludwigs II., gesprochen haben, als er im Juni 1892 in München Lenbachs Gast war. Nach Hohenlohe hätte auch Bray ein Handschreiben Ludwigs II. mit nach Versailles genommen, in welchem dem König von Preußen der Kaisertitel angeboten war. Mit dem ersten Verfassungsentwurf Brays konnte dies kaum zusammenhängen, denn Bray hat darüber dem König erst nachträglich, unterm 3. November 1870 Bericht erstattet und später schrieb er dem Grafen Fritz Fugger in Wien, er sei froh, nichts mit der Kaiserfrage zu tun zu haben. Erich Brandenburg meint, er habe das Interesse daran nur verloren, seit er einsehen hatte müssen, daß Bayern für ein derartiges Angebot keine besonderen Gegenleistungen erhalten werde.

In welcher Versenkung dieser erste, unbrauchbar befundene Kaiserbrief Ludwigs II., wenn er überhaupt über den Entwurf hinaus gedieh, verschwand, ist mir nicht bekannt geworden[1].

*

Im Frühjahr 1879 war in Nürnberg, der einstigen Aufbewahrungsstätte der alten Reichskleinodien, der Gedanke aufgetaucht, sie in neuer Fassung dem deutschen Kaiserpaar anläßlich von

---

[1] Die bei Brandenburg (Briefe und Aktenstücke) erwähnten beiden Briefe Ludwigs II. an König Wilhelm vom 27. Juli und vom 4. August 1870 können es nicht gewesen sein. In dem ersten sprach Ludwig II. den Wunsch aus, die Selbständigkeit Bayerns möge beim Frieden gewahrt bleiben und seine politische Stellung nicht affiziert werden; in dem letzteren deutete er die Hoffnung an, nicht mediatisiert zu werden. König Wilhelm wollte nach Busch keine unbedingte Zusage geben, Bismarck antwortete aber beruhigend.

dessen Goldener Hochzeit zu überreichen. Das Heer sollte das Schwert, die deutschen Städte den Krönungsmantel, die landwirtschaftlichen Vereine den Reichsapfel usw. stiften, Ludwig II. aber als Mitbegründer des Reiches die neuen Reichsinsignien feierlich überreichen. Man wandte sich an den Kabinettssekretär v. Ziegler, der nach Walter Rummel dringend davon abriet. Ludwig II. erfuhr kein Wort von dem ganzen Plan, „der ihm die allergrößte Aufregung verursacht hätte". —

XXXII.

Von den Übertreibungen der Unifizierung und Nivellierung — man darf hier Fremdwörter gebrauchen, denn sie bezeichnen eine undeutsche Sinnesrichtung — hat sich Bismarck immer ferngehalten. Schon im Jahre 1866 gebot er einem Übermaß in dieser Richtung Halt! und im Jahre 1868 sprach er zu Bluntschli, als von dem Eintritt Badens in den Norddeutschen Bund die Rede war: „Wir müssen Bayern schonen. Wäre Baden im Norddeutschen Bunde, so müßte Württemberg nachfolgen. Nun, das hätte so viel nicht auf sich. Aber Bayern würde diese Umarmung als eine Bedrohung empfinden und sich vielleicht dadurch zu falschen Schritten treiben lassen. Am Ende müßten wir dann Bayern mit den Waffen zwingen. Das wünsche ich zu vermeiden. Es soll mit meinem Willen kein deutsches Blut mehr im Kampf von Deutschen mit Deutschen vergossen werden. Wir wollen den Bayern Zeit lassen, daß sie sich besinnen können."

Dies war sein Standpunkt auch noch im Jahre 1870. Er wollte, wenn immer möglich, keinen Zwang auf Bayern ausgeübt sehen, trotz aller Widersprüche, die er dabei fand. In der Unterredung, die er nach seinem Rücktritt in Kissingen dem Redakteur Anton Memminger gewährte, waren sie auch auf die Ausfälle der ultramontanen und demokratischen Presse gegen die Versailler Verträge zu sprechen gekommen. „Die einen," sagte Bismarck, „hätten dem König von Bayern zugemutet, in einem Einspänner hinter dem Reichsomnibus herzufahren. Die Vorwürfe, die in Preußen gegen König Ludwig erhoben wurden, weil er seine Stellung als souveräner Fürst nicht aufgeben, noch wesentliche Rechte an die Reichsgewalt abtreten wollte, seien aber noch unsinniger gewesen. Könnte man denn glauben, daß ein Hohenzoller auf dem bayerischen Thron gleich mit beiden Füßen in die neue Reichsordnung hineingesprungen wäre? Er sei mit dem zufrieden gewesen, was König Ludwig zugestanden habe, und daher an der Verstimmung des Königs und Kronprinzen von Preußen vorbeigegangen. Hätte sie doch auf Gegenseitigkeit beruht. Das dicke Blut der Stuarts und Braunschweiger, das in die beiden Stammbäume der Wittelsbacher und Hohenzollern geflossen sei, schiene sich trotz der verwandten Eigenschaften gegenseitig abzustoßen. Seine Aufgabe habe darin bestanden, gut mit König Ludwig auszukommen, und er sei so wohl mit ihm zurecht gekommen, daß er ihm beim 700 jährigen Jubiläum seines Hauses mit Bezugnahme auf die Herrschaft des Kaisers Ludwig des Bayern über die Mark Brandenburg, wie ein Vasall seinem Lehensherrn, eine Erbhuldigung darbrachte.

Auf diese Weise hat er nicht nur das Nötige und Dauernde erreicht, sondern auch den Weg zu Ludwig II. gefunden und ein Verhältnis mit ihm hergestellt, das einzig in dessen Geschichte dasteht. „Ich bin mit König Ludwig," verzeichnet er auch in den „Erinnerungen", „bis an sein Lebensende in günstigen Beziehungen und in verhältnismäßig regem brieflichen Verkehr geblieben und habe dabei jederzeit den Eindruck eines geschäftlich klaren Regenten von national deutscher Gesinnung gehabt, wenn auch mit vorwiegender Sorge für die Erhaltung des föderativen Prinzips der Reichsverfassung und der verfassungsmäßigen Privilegien seines Landes."

Es liegt im Wesen der echten Intelligenz, mag sie eine Krone tragen oder nicht, daß sie sich der höheren beugt. Das tat König Wilhelm und das tat auch König Ludwig II. Bismarck gehörte zu den ganz wenigen Männern, die ihm imponierten und auf die er, wie er ihm zuweilen schrieb, „felsenfestes" Vertrauen setzte, mehr als auf irgendeinen seiner eigenen Minister. Ihm machte er nie Vorwürfe, selbst wenn er ihn zu Schritten veranlaßt hatte, die ihn später reuten, schrieb ihm zuweilen eigenhändige Briefe, stellte ihm alljährlich zu seinen Kissinger Aufenthalten königliche Equipagen zur Verfügung, ließ ihm Aufmerksamkeiten aller Art erweisen, hegte nie Mißtrauen gegen ihn und schloß ihn nicht in die Preußenabneigung ein, die ihn erfüllte, obschon er ja selbst ein halber Preuße war, und von der er seine eigene Mutter als „preußische Prinzeß" nicht immer ausnahm.

Zuweilen gab er den Auftrag, Bismarck „einzuseifen", und merkwürdigerweise! — es gelang.   Nicht als ob nicht auch Bismarcks Verhalten gegen Ludwig II. von bewunderungswürdiger Richtigkeit gewesen wäre, aber man empfängt bei näherer Betrachtung den Eindruck, daß Ludwig II. Bismarck besser erkannte, als er ihn. Nicht nur, weil er sein argumentum ad hominem –– das Lehensverhältnis der Bismarcke zu Kaiser Ludwig dem Bayern in der Mark Brandenburg — und sein Motiv zu dem Angebot der Kaiserkrone vielleicht ein bißchen überschätzte, sondern auch das Interesse und Verständnis Ludwigs II. für die große Politik, das bei ihm weniger entwickelt war. „Sein königliches Bewußtsein," sagte er zu Memminger, „war nicht bloße Eitelkeit, sein mehrseitiges Wissen nicht blendende Allwisserei, sein staatsmännisches Tun keine Torheit."

Die gleich hohe Meinung äußerte er auch in einem Gespräch, das er am 21. August 1883 in Kissingen mit dem Fürsten Philipp zu Eulenburg, damals Legationssekretär der preußischen Gesandtschaft in München, hatte, wie dieser in seinen posthumen „Erinnerungen" berichtet: „Meine Erzählungen von den Schloßbauten des Königs interessierten den Fürsten. ‚Es ist schade, daß er Schrullen hat‘, sagte er, ‚es steckt viel in ihm. Er versteht das Regieren heute noch besser wie alle seine Minister‘... ‚Wir verdanken ihm allein das deutsche Kaisertum‘."

Bismarck nahm ihn ernst bis fast an das Ende seines Lebens und zögerte, an seine Geisteskrankheit zu glauben. Ludwig hatte es ihm angetan. Er ist der einzige Souverän, außer seinem eigenen, dem er in seinen Erinnerungen ein Kapitel widmet und dessen Briefe er veröffentlicht. Leider sind es nur die, welche Eisenhart zusammengestoppelt hat; die eigenhändigen und weitere Briefe Bismarcks an Ludwig II. harren noch der Herausgabe.

Dieses Kapitel seiner Erinnerungen hatte Bismarck schon in der erwähnten Unterredung dem Redakteur Memminger voraus angekündigt. Die Welt werde, meinte er, ihr Urteil über Ludwig II. bedeutend ändern, wenn man nicht bloß seine Kunstschöpfungen bewundere, sondern auch Einsicht in seine staatsmännische Korrespondenz nehmen könne. Aus den Zetteln, welche die Bedienten dem Papierkorb und Klosett entnahmen, und welche die Minister als Anklagematerial benutzten, könne man kein Todesurteil über Ludwig II. bestätigen. Aus seinen Schreiben an ihn werde er den Beweis erbringen, daß der König sich ihm gegenüber keine Blöße gab. Er, Bismarck, habe ihn immer mit dem Respekt behandelt, der dem vornehmen Könige gebührt habe und gesucht, hierdurch seine Noblesse zu verpflichten und sein Vertrauen zu gewinnen, was ihm auch gelungen sei. Er habe sich nicht über ihn zu beklagen gehabt, im Gegenteil! Darum werde er auch sein Andenken in seinen „Erinnerungen“ besonders ehren.

Der vielbeschäftigte Reichskanzler beschränkte sich nicht darauf, dem König alljährlich für die ausgezeichneten Pferde seines Marstalls zu danken, die ihn in Kissingen instand setzen, die gute Luft der nahen Wälder zu genießen und die schönen Umgebungen Kissingens zu erreichen, er, dem es widerstrebt, dem Auswärtigen Ausschuß Rechenschaft über seine Politik zu geben, weiht den König durch lange Schreiben in großen Zügen in seine Auffassung der Weltlage ein. Er wird nie müde, dessen beständige Befürchtungen weiterer Beeinträchtigungen seiner Selbständigkeit zu zerstreuen, Verstimmungen zwischen ihm und Kaiser Wilhelm auszugleichen und ihm Gefälligkeiten zu erweisen, wo immer er kann, handle es sich um den Verbleib einer russischen Gesandtschaft in München, um die endliche Berichtigung einer alten griechischen Schuld oder — um die vielumstrittene bayerische Briefmarke u. a.

Und nicht nur in weniger wichtigen Angelegenheiten stand Bismarck Ludwig II. treu zur Seite, er erwies sich ihm auch als ein Freund in der Not, der schwersten und letzten seines Lebens. Als die Verhältnisse Ludwig II. über den Kopf wuchsen, als er sich einer Schuldenlast von 13 Millionen gegenüber sah, da erinnerte er sich Bismarcks als eines bewährten Helfers, als eines erfindungsreichen Ratgebers. Schon im Winter 1885 hatte er Graf Dürckheim zu ihm gesandt und Bismarck hatte diesem seine Meinung nicht vorenthalten. Als dann das Gefürchtete hereinzubrechen drohte, leuchtete wie ein lichter Augenblick in der vorwärtsschreitenden Geistesumnachtung der Hilferuf auf: „Einen verlässigen Mann zu Bismarck!" Zweimal, dreimal wiederholte der König diesen Befehl und bringt ihn am 3. April 1886 in fahriger Schrift zu Papier.

Walter v. Rummel gibt das Faksimile dieses Billetts und druckt zum ersten Male den ausgezeichneten, sachlichen und doch rücksichtsvollen Brief Bismarcks vom 14. April 1886 in seinem für die Geschichte Ludwigs II. so wichtigen Buche ab. Sogar der ganz unvernünftig gewordene König findet diesen Brief „vernünftig" und ist hocherfreut und beglückt darüber. Bismarck hatte auch in diesem Falle den einzig gangbaren Weg — die Anrufung der Landesvertretung — vorgeschlagen, aber er konnte mit Erfolg nur von einem „Vernünftigen" betreten werden.

Es ist verwunderlich, daß Ludwig II. in all' den Jahren, in denen Bismarck Bayern besuchte, niemals den Wunsch äußerte, ihn bei sich zu sehen und den schriftlichen Verkehr durch den so viel fruchtbareren persönlichen zu ergänzen. Es war wohl nicht allein das allgemeine Verkehrshindernis, das in seinem Wesen lag, sondern eine gewisse Scheu vor dem Übergewicht der Persönlichkeit Bismarcks, die ihm ja auch den Verkehr mit Wagner bald nicht mehr wünschenswert erscheinen ließ. Die Fürstin Bismarck äußerte Mittnacht gegenüber, König Ludwig halte ihren Gatten für Siegfried und fürchte, daß sich dies bei persönlicher Begegnung nicht bewahrheiten könne.

Nach München führte aber den Altreichskanzler seine Freundschaft für Franz Lenbach, der nicht nur ein großer Künstler, sondern auch einer der geistreichsten und originellsten Männer der damaligen bayerischen Residenz war. Hiebei gedachte er wohl auch seiner früheren dienstlichen Beziehungen. Ich befand mich am 25. Juni 1892 zufällig im Bureau des Ministers des Äußern, als Hochrufe auf der Straße den Besuch Bismarcks ankündeten, der vorgefahren war. Der Minister ging ihm entgegen und ich begegnete dem Altreichskanzler im Vorzimmer. Ich hatte ihn zum letztenmal im Jahre 1866 in einer Zeit gesehen, in der er noch unpopulär war, bei dem Blind'schen Attentat, dann nach den ersten Siegen, als die Stimmung zu seinen Gunsten umschlug, am Fenster des Auswärtigen Amtes, von dem aus er die Ovationen verdankte, die ihm dargebracht wurden. Die letzten 26 Jahre waren wahrlich nicht spurlos an ihm vorübergegangen; er war sehr alt geworden und sah aus, wie ein strammer, etwas vierschrötiger, echt germanischer Wachtmeister. Ein finsterer, beinahe bösartiger Zug in seinem Gesicht schien mit dem Gerücht im Widerspruch zu stehen, er habe seinen Rücktritt mit milder Überlegenheit aufgenommen.

Zwei Jahre später wäre es mir beinahe vergönnt gewesen, einem Lichtstrahl den Weg in sein verdüstertes Greisenalter zu bahnen. Einer seiner Freunde hatte mir geschrieben, der alte Titane in Friedrichsruh sei von einer Frische des Geistes und habe sich körperlich so erholt, daß man die eminente Leistung seines ebenso selbstlosen, wie hingebenden Arztes anstaunen müsse. Man könne dem alten Bismarck an seinem Lebensabend zu seinem Geburtstag am 1. April keine größere Freude bereiten, als indem man dem Arzt, dem er schon über 10 Jahre neues Leben verdanke, eine Anerkennung zuteil werden lasse. Auch die Seele des großen deutschen Volkes, meinte der Briefschreiber, würde ob solcher Huld freudige Genugtuung empfinden.

Ich tat, was ich konnte, aber es wurden Bedenken dagegen geltend gemacht, welche die Rücksicht auf den großen Staatsmann, die zu Zeiten seiner Wirksamkeit so vieles bewirkte, nun in seinem Ruhestand nicht mehr beseitigen konnte. Er, der im Laufe seines Lebens zahllose Auszeichnungen erhielt, mußte um die letzte auf Umwegen vergebens — bitten lassen.

XXXIII.

Am 15. Juli 1871 war der Kronprinz des Deutschen Reiches, von Hof her kommend, allerorten jubelnd begrüßt, in München eingetroffen. König Ludwig hatte ihn in Röhrmoos empfangen und durch eine tausendköpfige Menge zu seiner Residenz geleitet.

Der Truppeneinzug vom folgenden Tage ist durch Bild und Wort verherrlicht worden. Die Kunststadt München hatte sich in Festschmuck wieder einmal selbst übertroffen. Noch sehe ich Ludwig II. hoch zu Roß neben der Reiterstatue seines Großvaters halten, selbst eine schöne Statue auf edlem Pferd, dem man, um es ganz ruhig zu halten, eine Morphiuminjektion versetzt hatte. Zur rechten den Kronprinzen des Deutschen Reiches. Ganz München schwamm in Freude und Feststimmung.

Um 3 Uhr fand im Schlachtensaal der Residenz eine Militärtafel für 200 Geladene statt, bei welcher der König auf das Wohl der Armee und ihres erlauchten, ruhmgekrönten Führers trank und der Kronprinz einen Trinkspruch auf den König von Bayern hielt. Daran schloß sich eine Galavorstellung im Hoftheater mit dem Festspiel: „Der Friede" von Paul Heyse an, nach welcher die Hauptstadt in bengalischem Feuer erstrahlte.

Auch zu jener Galavorstellung verfaßte Possart den Prolog, der jedoch nicht ganz auf der Höhe des von ihm zum Auszug des Heeres gedichteten stand. Der Dichter war freilich besonders stolz auf den darin angebrachten Vergleich des deutschen Kronprinzen mit dem Drachentöter Jungfried. Dieser Gedanke gefiel ganz besonders auch dem preußischen Gesandten Baron Werthern; er fand den Prolog „prächtig", und stellte Possart den Roten Adlerorden in sichere Aussicht. Leider verdarb ihm der Intendant Baron Perfall diese Aussicht, indem er ihn darauf hinwies, daß die Rolle von Jungfried anderweitig besetzt, und von Richard Wagner Ludwig II. zugedichtet worden sei. — Possart mußte die Stelle bei dem Vortrag des Prologs und bei dessen Abdruck (Sammler Nr. 77) abändern. Fast unglaubhaft klingt, was der also zensierte Dichter über die Folgen dieser

Abänderung berichtet[1]. „Die Münchener jubelten dem von den bayerischen Truppen vergötterten Fürsten trotzdem zu und das dichtgedrängte Haus huldigte den beiden Fürsten mit brausender Begeisterung. Durch diesen Erfolg einigermaßen über den Siegfried-Verlust getröstet, ging ich in meine Garderobe, um mich für die Rolle des Poeten in dem Heyse'schen Festspiele umzukleiden, als die Türe aufgerissen wurde und der preußische Gesandte in roter Galauniform und mit noch röterem Gesicht hereinstürmte: „Ja, zum Donnerwetter, Mensch, was haben Sie denn da gemacht? Sie können doch sonst Ihre Rollen gut auswendig! Hier habe ich schwarz auf weiß zu stehen: „Jung Deutschland Siegfried" und Sie reden da was von des „Reiches erstem Ritter?" Ich bin ja blamiert; ich habe dem Kronprinzen den gedruckten Prolog schon ins Schloß geschickt, und das Exemplar in Golddruck für den Kaiser ist auch nach Berlin unterwegs — und jetzt wollen Sie „Jung-Deutschlands-Siegfried" zu einem einfachen deutschen Ritter degradieren? — Nein, lieber Freund, dann ist es mit dem Roten Adlerorden nichts. Das haben Sie sich aber selber zuzuschreiben!" Und ohne mir Zeit zur Erklärung zu lassen, stürzte er von dannen."

Auf der gleichen Seite gibt Possart eine Äußerung wieder, die Ludwig II. angeblich gemacht hat, als er vormittags seinen Rappen bestieg, um die Parade über seine eigenen Truppen unter der Führung des Kronprinzen abzunehmen: „Heute tue ich meinen ersten Vasallenritt." — Ein Gewitter war im Anzug. —

Am folgenden 17. Juli fuhr die königliche Familie mit dem deutschen Kronprinzen und dem Prinzen von Hessen zum Diner auf die in voller Blüte stehende Roseninsel. Bei dieser Gelegenheit und auf einem Spaziergang, der sich an das Diner anschloß, scheint sich die schwarze Wolke verdichtet zu haben, die sich noch am gleichen Tage entlud, denn nach seiner Rückkehr von dieser Insel ließ der König dem Kabinettssekretär sagen, er werde auf keinen Fall zu dem Bankett im Glaspalast gehen.

Dieses Militärbankett, zu dem 900 Einladungen ergangen waren, bildete aber den Glanzpunkt der Feier. Es bedeutete eine Ehrung des siegreichen Gastes in Mitte seiner Paladine. Alle zählten sicher auf die Beteiligung des Königs und sie war ja auch geradezu selbstverständlich. Der Kabinettssekretär erlaubte sich Vorstellungen zu machen, der Kriegsminister stellte seinen Rücktritt in Aussicht, der König aber erklärte, er brauche

---

[1] v. Possart. Erstrebtes und Erlebtes. Berlin 1916, 6. Aufl., S. 251.

Ruhe und kam nicht. — Das bayerische Königshaus war nur durch die Prinzen des königlichen Hauses vertreten; die Abwesenheit des Königs brachte eine allgemeine Verstimmung hervor und, wenn ich recht berichtet bin, tat der Kronprinz seiner in seinem Trinkspruch keine Erwähnung.

Aber nicht genug! — Am anderen Tage, frühmorgens 4 Uhr, hörte Frau v. Kobell von ihrer Wohnung aus in dem sonst so stillen Kaiserhof Pferdegetrappel; sie sprang ans Fenster und sah den königlichen Wagen mit Vorreiter. Der König stieg ein, um im schnellsten Tempo nach Berg zu fahren.

Ob und wie er von seinem hohen Gaste Abschied genommen hatte, verrät Frau v. Kobell nicht. „Am gleichen Vormittag verließ der Kronprinz, unter herzlichem Abschiede von den königlichen Prinzen, die sich auf dem Bahnhof eingefunden hatten, München.‟ — Was aber war vorgefallen, um ein solches die Pflichten der Gastfreundschaft und andere so sehr verletzendes Verhalten auch nur zu erklären? „Reute es König Ludwig,‟ fragt Friedrich Lampert, „was er getan, als er den Hohenzollern die Krone bot? Neidete er deren aufsteigendes Gestirn? Kränkte ihn der Jubel, mit dem man auch im Bayerland des neuen Kaisertums sich freute?‟ —

Es ist wohl möglich, daß der Landesherr sich durch die begeisterten Ovationen, die dem Führer seiner Truppen überall im Lande dargebracht worden waren, in Schatten gesetzt fühlte; aber auch der Kronprinz scheint im Verkehr mit ihm den richtigen Ton nicht immer angeschlagen zu haben.

Am 6. September 1870 ist er in der Lage, in sein Tagebuch einzutragen: „ich erhalte vom König von Bayern den Max-Joseph-Orden, der nur für gewonnene Schlachten erteilt wird; in Bayern besitzt ihn niemand.‟ Nach dem Diner auf der Roseninsel teilte ihm der König mit, daß er ihm in Anerkennung seiner ausgezeichneten Führung der bayerischen Truppen eines seiner Ulanenregimenter verliehen habe. Der Kronprinz erwiderte, „daß dessen Annahme von der Genehmigung des Kaisers abhänge‟ — die ja wohl nicht zweifelhaft war — und fügte bei, „er wisse nicht, ob seine Beleibtheit für die schlanke Ulanenuniform passe." Das war nicht die richtige Art, in der man für eine so hohe Auszeichnung auch einem verwandten Souverän zu danken pflegte, und auf den besondere Rücksicht zu nehmen der Kronprinz um so mehr Anlaß hatte, als der König auf ein Stück seiner Souveränität zu Gunsten seines Hauses Verzicht geleistet hatte. Er brauchte nun nur noch einiges über die vollständige Ablehnung der erhofften Gebietserweiterung und über seine Auffassung von der Neugestaltung Deutschlands fallen zu lassen, um die Stimmung Ludwigs II. auf der Roseninsel zu einer so außerordentlich wenig rosigen zu machen.

Der König grollte dem Kronprinzen lange und eigentlich immer. Er mißtraute ihm und fürchtete, es wäre um den Rest der bayerischen Selbständigkeit geschehen, wenn der Kronprinz zur Regierung gelange.

Im Jahre 1872 ist er trotz aller Bemühungen nicht zu bewegen, dem Kronprinzenpaar die königliche Villa in Berchtesgaden zum Aufenthalt anzubieten und „recht wenig davon erbaut, daß der Gast aus dem Norden überall in herzlichster Weise, besonders auch von der ländlichen Bevölkerung bewillkommt wird." Bei den häufigen Inspektionsreisen des Kronprinzen verhält der König sich ganz ablehnend.

„Schließlich," berichtet Frh. v. Rummel, „haben es die Berater des Königs doch mit vieler Mühe und vieler Vorsicht fertiggebracht, daß wenigstens zwischen den beiden Fürsten, wenn auch nicht herzliche, so doch leidliche Beziehungen bestanden." Er ist in der Lage, zum Belege dessen einen liebenswürdigen Brief des Kronprinzen aus Kissingen vom 29. Mai 1879 und zwei des Königs von 1879 und 1882 zum Abdruck zu bringen: Es ist wohl nicht Ironie, wenn der Kronprinz dafür dankt, „daß in so entgegenkommender Weise auf seine Bitte: ganz in Ruhe gelassen zu sein, eingegangen ward."

Die beiden kurzen Schreiben des Königs waren kaum von ihm entworfen und es fanden daher liebenswürdige, ja schmeichelhafte Äußerungen leichter den Weg in sie. „Deine Zeilen vom 4. l. Mts.," schreibt der König im September 1882, „haben mich sowohl durch den liebenswürdigen Ausdruck deiner Zufriedenheit mit den Leistungen des 2. Armeekorps und mit Deinem Aufenthalt in Bayern, als auch durch gute Nachrichten über das Befinden Deiner von mir hochverehrten Mutter erfreut....“ „Dein günstiges Urteil über das Kunstgewerbe, wie es sich in Nürnberg darstellte, ist mir um so angenehmer, als Du ja ein Kenner bist. Die Sorge für Veredlung des Gewerbes liegt mir besonders am Herzen.“

Aber die Abneigung wucherte fort und steigerte sich im Stadium des Wahnsinns bis zu den schrecklichsten Äußerungen.

Kurz darauf verlangte Kaiser Wilhelm, der eine seiner Reisen nach Gastein unternahm, den Aufenthalt König Ludwigs vom 10.—11. August 1871 in Erfahrung zu bringen. Wohl um die bei der Einzugsfeier hervorgetreteneVerstimmung wieder etwas auszugleichen, ließ König Ludwig sich zu einer Begegnung mit ihm bereitfinden. Er begrüßte den „von ihm gekürten Kaiser“ am 10. August 1871 in Schwandorf und fuhr mit ihm unter freudiger Begrüßung des Volkes durch das festlich geschmückte Regensburg, in dessen alter Kaiserherberge „zum goldenen Kreuz“ das Mahl eingenommen wurde. Spät abends kehrte Ludwig II. nach Berg zurück, während der Kaiser die Nacht im Hotel verbrachte und am folgenden Morgen die Reise nach Gastein fortsetzte.

Bei seiner Rückkehr von dort wurde der Kaiser am 8. September im Auftrage des Königs von dem Prinzen Luitpold feierlich in Rosenheim empfangen und nach München begleitet, von wo aus er einer Einladung der Königin-Mutter nach Hohenschwangau folgte. Die Königin-Mutter war glückselig über diesen Besuch, zu welchem sie den Oheim ohne Vorwissen ihres Sohnes eingeladen hatte, und rief schon auf der Fahrt zum Empfang im Wagen beständig: „Mein Onkel!“ „Mein Onkel!“

Hans Steinberger bringt in seinem gut geschriebenen Buch „Ludwig II. der Romantiker auf dem Königsthron“ (1906) ein hübsches Bild von der Auffahrt des kaiserlichen Gastes im Schloßhofe und erzählt uns, der alte Edelsitz sei am Abend in die lodernde Glut bengalischer Flammen getaucht gewesen und ringsum auf den himmelanstrebenden Riesenbergen hätten Bergfeuer geglüht.

Einer der beteiligten Adjutanten hat mir seine im Inneren des Schlosses empfangenen, weniger erfreulichen Eindrücke mitgeteilt. König Ludwig verhielt sich äußerst zurückhaltend und die beiden Monarchen saßen sich fast stets schweigend gegenüber. Während der Kaiser bei der Tafel die ungezwungenste lebhafteste Unterhaltung führte, sprach der König fast nur mit der Oberhofmeisterin seiner Mutter — über Geisteskranke. „Er schaut niemanden in's Gesicht," konstatierte mein militärischer Berichterstatter, „sein Blick schweift über die Angesprochenen hinweg, gleich als fürchte er durch sie an seine mangelnde Natürlichkeit erinnert zu werden." „Aug in Aug" hält Affektation nicht aus. Nach der Tafel begab Ludwig II. sich längere Zeit ganz allein auf den Balkon, um den Mond zu betrachten, bis einer von den kaiserlichen Adjutanten zu ihm trat. Sehr vorteilhaft habe die Natürlichkeit und Liebenswürdigkeit des Kaisers gegen seine Umgebung von dem etwas gespreizten Benehmen des Königs abgestochen, dessen Hofschranzen kriechend seien und schlecht von ihm behandelt würden. In Salzburg, in österreichischer Uniform habe der Kaiser „etwas komisch" ausgesehen.

Den Charakter verwandtschaftlicher Herzlichkeit und vertrauensvoller Zuneigung haben die Beziehungen Ludwigs II. zu Kaiser Wilhelm niemals auf die Dauer angenommen. „Der König," schreibt Frh. v. Rummel, „hörte nicht auf, Betrachtungen anzustellen, ob er nun, nach Abschluß der Versailler Verträge, noch vollsouverän sei, und grübelte darüber nach, ob nicht vielleicht Preußen und der Kaiser in Zukunft die noch erhaltenen bayerischen Hoheitsrechte weiter beschneiden würden." „Kaiser Wilhelm selbst übernimmt es, ihn zu beruhigen, mündlich und schriftlich. Im Jahre 1872 freilich reist er nur inkognito und ohne den König zu Gesicht zu bekommen, durch Bayern nach Gastein, aber 1874 treffen sich die beiden Fürsten auf dem Bahnhof zu München. Und bei dieser Zusammenkunft hat der Kaiser dem König versichert, daß er nie und nimmer das Geringste für die Selbständigkeit und die Zukunft Bayerns zu befürchten habe."

Es war dies die letzte Begegnung zwischen den beiden Monarchen. Rummel druckt den wichtigen Geburtstagsbrief vom 25. August 1874 ab, in welchem der Kaiser die mündlich gemachte Zusage schriftlich bestätigt. Er dankt dem König für die Freundschaft, mit welcher er ihm im vergangenen Sommer begegnete; die Offenheit und das Vertrauen, das er ihm bei ihren eingehenden Unterredungen erwies, werde ihm unvergeßlich bleiben. Er hoffe, dem König für immer die vorgefaßte Meinung benommen zu haben, seine, seines Sohnes und seiner Regierung politische Richtung ziele auf Mediatisierung der deutschen Fürsten ab. Er wiederhole das Wort, das er, allerdings betroffen über die obige Ansicht, aussprach: daß er sich die Einheit Deutschlands nur zugleich in der Vielseitigkeit seiner Fürsten denken könne und erwartet, daß der König von nun an allen Zutragungen, die ihm etwas anderes glauben machen wollen, sein Ohr verschließen werde.

Man wird annehmen dürfen, daß Bismarck der Abfassung dieses Briefes nicht fernstand und überhaupt erheblich dazu beitrug, daß an Ludwig II. am Berliner Hofe ein anderer Maßstab angelegt wurde, als an die übrigen Fürsten, und man von ihm nicht mehr verlangte, als er geben konnte und gegeben hatte.

Wie König Ludwig über die politische Neugestaltung Deutschlands nach dem Kriege dachte, hat er in einem Briefe vom 17. September 1871 an die Königin-Mutter ausgesprochen, deren preußisches Herz viel wärmer für Kaiser und Reich schlug, und der er über die zu präzise Kundgabe ihrer Gefühle hatte Vorstellungen machen lassen: „Es drängt mich, Dir für Deinen liebevollen Brief, der mich sehr erfreute und mir große Beruhigung gewährte, aus ganzem Herzen meinen innigsten Dank auszusprechen. Gewiß ist ein festes inniges Zusammenhalten der deutschen Fürsten und Stämme bis zu einem gewissen Grade auch im Interesse der einzelnen Königreiche und Länder. Die Opfer aber, die von Preußen gefordert und aufgedrungen wurden, sind viel zu bedeutend. Gerade Bayern, welches vermöge seiner Größe auch mehr zu leisten und dem Gesamtdeutschland zu nützen imstande war, hätte besser behandelt werden sollen. Doch daß Du, wie Du mir schreibst, es nicht so meintest, wie ich es aus manchen Deiner Äußerungen glaubte entnehmen zu müssen, erfüllt mich mit Freude und sehr dankbar bin ich daher für Deine Mitteilungen.‟

Düfflipp erzählte mir oft, daß die Ereignisse der Jahre 1870/71 und die dadurch herbeigeführte Beeinträchtigung der bayerischen Selbständigkeit dem König alle Lust zur Regierung geraubt hätten und daß er lange mit dem Gedanken umgegangen sei, abzudanken und auszuwandern. Nach Memminger wäre diese Idee einem poetischen Zwiegespräch mit Elisabeth von Österreich entsprungen, in welchem König und Kaiserin sich weltentrückt auf ein paradiesisches Eiland versetzt gedacht hätten.

Ludwig II. war zu Ohren gekommen, daß man dem König von Hannover kurz nach 1866 für eine eventuelle Abdankung 20 Millionen in Aussicht gestellt habe; Ludwig II. hoffte nun für eine eventuelle Abdankung, und zwar zugunsten Preußens oder des Reiches, eine noch etwas erklecklichere Summe von etwa 30 Millionen zu erzielen und gedachte, mit diesem Betrage auswärts seiner Leidenschaft für Bauten fröhnen zu können.

Dem König war zuerst das märchenhafte Land Indien vorgeschwebt. Im Oktober 1871 empfing er den Vorstand des Reichsarchivs Franz v. Löher und im Februar 1872 erteilte er ihm den Auftrag, „ferne Landschaften von stiller, erhabener Schönheit" zu bezeichnen, wo der König sich ein Schloß bauen und kürzere oder längere Zeit wohnen könne. Als Löher seine Abhandlung vorgelegt hatte, wurde er angewiesen, den griechischen und kanarischen Archipel, sowie die Inseln Bourbon und Santa Catherina, jedes in einem besonderen Hefte, ausführlich zu schildern und, im Jahre 1873, dort einen passenden Ansiedelungsplatz zu ermitteln. Nachdem er die kanarischen und griechischen Inseln 3½ Monate lang bereist hatte, mußte er erörtern, ob dort irgendwo auf Lebenszeit des Königs die ganze oder halbe Souveränität oder doch Unabhängigkeit von den dortigen Behörden zu erreichen sei, oder ob sie entbehrt werden könne. Nach Darlegung der Schwierigkeiten wurde er im Jahre 1875 nach Cypern und Kreta abgesandt, um — während 2½ Monaten — zu erforschen, ob der Ankauf einer der Inseln, oder eines großen freien Grundbesitzes dort möglich sei. Auch betreffs der Krim mußte er Erkundigungen einziehen.

Der praktische Hofsekretär Düfflipp machte den König

darauf aufmerksam, daß eine Abdankung zugunsten Preußens oder des Reiches nach der bayerischen Staatsverfassung nicht angängig sei, und daß er im Falle der Abdankung von seinem rechtmäßigen Regierungsnachfolger kaum die 500,000 fl. erlangen werde, die Max II. an seinen zurückgetretenen Vater Ludwig I. entrichtete, geschweige 30 Millionen. Die Reiseberichte des ausgesandten Kolumbus, die zum Teil in der Augsb. Allgem. Zeitung und in der Kölnischen Zeitung, sowie als Bände erschienen und in umfangreichen handschriftlichen Heften noch vorhanden sein dürften, lauteten nicht günstig und die Baulust des Königs fand bald im eigenen Lande nur zu viel geeignet scheinende Bauplätze.

Nicht ganz vollständig und richtig wurden diese damals schon fünfzehn Jahre zurückliegenden Luftschlösser im Jahre 1886 in dem Ausschußberichte des Abgeordneten Bonn über die Geisteskrankheit Ludwigs II. mit den Worten erwähnt: „Der König, der, wie von dem Zeugen Hornig bekundet wird, es liebte, im Kostüm Ludwigs XIV. mit Krone und Szepter nächtlicher Weile auszufahren, erteilte den Auftrag an einen Gelehrten, Geheimrat Löher, ein Land zu suchen, in welchem eine absolute Regierung möglich wäre und das sich gegen Bayern vertauschen lasse. Und dieser Auftrag wurde unglaublicher Weise, natürlich erfolglos, vollzogen.“

Geheimrat v. Löher ließ unterm 28. Juni 1886 in der Allgem. Zeitung eine Bekanntmachung erscheinen, in der er die Aussagen des Stallmeisters Hornig und des Abgeordneten Stamminger, „er habe den Auftrag erhalten, auf Kosten der Kabinettskasse ein Land ausfindig zu machen, in welchem eine absolute Regierung möglich wäre und das sich gegen Bayern austauschen ließe, ‚gerade herausgesagt für Unsinn‘ erklärt und hervorhebt, daß seine Reiseschilderungen seiner inneren Überzeugung gemäß nichts anderes im Auge gehabt hätten, als die Auswanderungsideen des Königs ‚auf geschickte Weise‘ zu bekämpfen, wenn auch nur schriftlich. Möglicher Weise habe dabei auch die Absicht des Königs mitgespielt, sich von einem Vielgereisten anregend unterhalten zu lassen. Für ihn sei kein Grund vorhanden gewesen, warum er einem ebenso innig geliebten, als ehrfurchtsvoll verehrten König, von dessen Sonderbarkeiten man damals erst zu sprechen anfing, die reiche und interessante, oder vielleicht auch in einer ernsten Lebensfrage dringend nötige Belehrung nicht verschaffen sollte.‘‘

Trotz alledem ist auf Löher ein Makel haften geblieben, obschon er im Grunde auch nicht schlimmer war, als viele von denen, deren Reden und Schweigen, deren Tun und Lassen die so lange Fortdauer der Regierung eines geisteskranken Monarchen ermöglichten, und die nichtsdestoweniger auch nach der Katastrophe in Amt und Würde verharrten.

XXXIV.

Am 17. Juni 1871 bat Graf Bray um Enthebung von der Stelle des Ministers des Äußern. Er sehnte sich schon lange nach seinem früheren Wiener Posten zurück, aber der König wollte ihn nicht ziehen lassen, „nicht aus Neigung für ihn‘‘, wie Hohenlohe behauptete, „sondern aus Bequemlichkeit und Furcht, einen Entschluß zu fassen.‘‘ Nun aber gab Bray die Kirchenpolitik Lutzens einen unwiderleglichen Grund des Rücktritts an die Hand.

Hohenlohe wäre sehr gerne wieder an seine Stelle getreten, allein der König konnte bei seiner damaligen politischen Richtung in dem Fürsten unmöglich den ihm nottuenden Ersatz erblicken.

Hohenlohe schrieb seinen Mißerfolg den angeblichen Bestrebungen Lutzens zu, die Stellung Pfordtens zu erlangen und selbst der mächtige Ministerpräsident Bayerns zu werden. Der Kabinettssekretär Eisenhart sei ganz unter seinem Einfluß, notiert er schon im Juli 1870 und am 20. März 1871: „Meine glänzende Wahl und mein Redesukzeß machen Lutz sorgenvoll.‘‘

Als ihm Völderndorff, der phantasievolle Freund, der sich unter allen folgenden Ministerien nach diesem Chef zurücksehnte, anfangs Mai 1871 wiederholt schrieb, es bestehe die Absicht,

Bray zu entlassen und ein Ministerium Hohenlohe-Lutz zu „combinieren", erklärte er mit Vergnügen seine Bereitwilligkeit zum Wiedereintritt unter der Bedingung, das Ministerium selbst bilden zu dürfen. Er machte mit Völderndorff die schönsten Pläne über dessen Neubildung. Schlör müsse gehen, Lutz, Pfretzschner und Pranckh könnten bleiben, Pfeufer sollte Minister des Innern werden und für das Justizministerium nahm Hohenlohe dabei seinen Freund Völderndorff in Aussicht, der immer schlecht mit Lutz stand und von ihm nicht ganz ernst genommen wurde.

Daß der König nichts mehr von ihm wissen wolle, konnte Hohenlohe nicht glauben, und er meinte, „Lutz verstecke sich nur dahinter, und wenn Lutz wolle, werde Eisenhart den König schon umstimmen." Auch Holnstein gab zu, daß Lutz gegen den Wiedereintritt ins Ministerium Hohenlohes gewirkt habe; der Fürst fand den Grafen „sehr verlegen und konfus und man sah deutlich, daß auch er unter dem Einfluß Lutzens stehe. Dieser Einfluß von Lutz ist überall zu sehen und ekelt mich so an, daß ich nichts mehr von der Sache wissen will." —

Der gute Fürst verlor offenbar über der Enttäuschung, die er erlebte, den Kopf und erblickte überall Rivalen und Widersacher. Schon am 19. August 1870 hatte er eingetragen: „Schlör sah mich mit Schrecken am Horizont auftauchen, da er wohl weiß, daß mein Eintritt sein Austritt sein würde. Ebenso sieht Holnstein meine Anwesenheit ungern, da er sich selbst als künftigen Ministerpräsidenten betrachtet." (?)

Als Graf Hegnenberg-Dux am 21. August 1871 an Stelle Brays zum Ministerprädidenten und Minister des Äußern ernannt wurde, vertraut der Fürst dem Tagebuch den ganzen Ärger an, den ihm dieser Ausgang der Sache verursachte. „Ich hätte den Besuch gern vermieden, aber es war nicht möglich. Er setzte mir die Gründe auseinander, warum er sich genötigt gesehen habe, anzunehmen und behauptet, dies in meinem Interesse getan zu haben, da meine Zeit noch nicht gekommen sei und ich zu viele Schwierigkeiten gehabt haben würde. Rührende Fürsorge! Er steht finanziell schlecht und die Ministerbesoldung ist ihm erwünscht. Er sah dick und fett aus und von dem angeblichen Herzfehler schwieg er still." —

Hohenlohe hatte den Grafen v. Hegnenberg-Dux bisher als Gesinnungsgenossen angesehen und behandelt, indem er ihn dem König als Reichsrat der Krone und als Gesandten in Berlin vorschlug. Der Graf war von 1845—1865 Mitglied der Kammer der Abgeordneten gewesen, und bezeichnete sich als einen politischen Landwehrmann, der, obschon den Jahren nach vom Dienste befreit, sich dem Rufe des Vaterlands nicht entziehen will. Seine Berufung sollte versöhnend wirken, seine Stellungnahme in Fragen des Altkatholizismus, dem er persönlich Entwicklungsfähigkeit nicht zutraute, brachte ihn aber mit der Kammermehrheit in mehrfache Konflikte. So hatte der Bischof von Augsburg bei dem Landtag Beschwerde wegen Verletzung verfassungsmäßiger Rechte durch den seitens der Staatsregierung dem altkatholischen Pfarrer Renftle in Mehring gewährten Schutz erhoben und man stritt darüber drei Tage lang bis zur Abstimmung, welche Gleichheit der Stimmen von 76 zu 76 ergab. Unter den Ministerialbeamten ließ Graf Hegnenberg ein gutes Andenken zurück, als er schon am 2. Juni 1872 dem Herzleiden erlag, an das bei seinem Antrittsbesuch Hohenlohe nicht hatte glauben wollen.

Während Ludwig II. geneigt war, bei dieser Erledigung einem längst gehegten Wunsche der Kammermehrheit stattzugeben auch einmal einem Ministerium aus ihrer Mitte Gelegenheit zu geben, ihr Können und Nichtkönnen zu erweisen, schenkte Hohenlohe abermals falschen Lockungen Gehör. Marquardsen sagte ihm in Berlin, der Justizminister Fäustle wünsche sehr seinen Eintritt ins Ministerium und es frage sich nur, ob der Fürst geneigt sei, mit Lutz zusammenzugehen, was Hohenlohe für den Fall bejahte, daß die Fortschrittspartei Lutz nicht fallen lasse. Hohenlohe meinte, Marquardsen sei von den Ministern beauftragt gewesen, ihn auszuholen. Auch Bennigsen hob hervor, wie notwendig es sei, daß Hohenlohe in Bayern wieder Minister werde und das gleiche wurde ihm „von den Führern aller anderen Parteien" versichert. Sogar der deutsche Kaiser äußerte diesen Wunsch auf einem Spaziergang in Ems.

Er ging nach München, um dem Jubiläum der Universität

beizuwohnen. Dort fielen ihm „die sorgenvollen Gesichter der Minister“ auf, die er aus dem Umstand erklärt, daß der König hinter dem Rücken Eisenharts Baron Gasser beauftragt hatte, ein neues Ministerium zu bilden.

Bei dem Festessen im Rathaussaale wurde Hohenlohe „von angetrunkenen Leuten begrüßt und ihm von der Hoffnung gesprochen, daß er wieder Minister werde.“ „Lutz hält sich fern, ich glaube mehr und mehr, daß der Vorschlag, den Lutz und die übrigen Minister bezüglich meiner dem König gemacht haben, nicht ernst gemeint war, und daß Lutz doch hofft, noch selbst Ministerpräsident zu werden.“

Um die Erfüllung der Hoffnungen Lutzens stand es nicht besser, als um die Hohenlohes. Das Ministerium Gasser kam nicht zustande; zum Ministerpräsidenten und Minister des Äußern wurde am 1. September Pfretzschner ernannt, „der Finanzadonis“, wie ihn wegen seines Äußern Kaiserin Auguste und die Berliner Hofdamen nannten.

Lutz war später einige Zeitlang Ministerpräsident; zum Minister des Äußern hätten ihm die erforderlichen Sprachkenntnisse und gesellschaftliche Übung gefehlt.

Ich hatte nur wenige persönliche Begegnungen mit diesem Minister, bei denen ich ihn stets als einen weltklugen, nicht engherzigen Mann erfand. Auch bei einem kleinen Zusammenstoß, den ich mit ihm im Jahre 1886 hatte, konnte ich mich nicht besonders über ihn beklagen. Er war als Sohn eines Schullehrers (in Münnerstadt geb. 1826, gest. 1890) aus kleinen Verhältnissen hervorgegangen und hatte nicht Zeit und Lust gefunden, sich neben gründlichen juristischen Kenntnissen jene tiefere allgemeine Bildung zu erwerben, deren er als Kultusminister eines Kunststaates bedurft hätte, um auf diesem Gebiete schöpferisch zu wirken. Diese Lücke trat nicht selten zutage.

Ich hatte mich in meinen ersten Universitätsjahren unter anderen Allotrien viel mit antiker Kunst beschäftigt und war diesem Zweige der Kunstpflege und Sammlung besonders auch während meiner Verwendung bei der Gesandtschaft am italienischen Hofe nachgegangen.

Die wenige Jahre vorher erfolgte Aufhebung der Fideikommisse in Italien schien mir für Bayern eine letzte Gelegenheit zu eröffnen, Bereicherungen und Ergänzungen auch den Münchener Antikensammlungen zuzuführen, die zwar dank der Universalität Ludwigs I. Herrliches enthielten, aber doch nicht für ein auf alle Zeiten unveränderliches Ganzes angesehen werden durften.

Da meine berichtlichen Anregungen keine Berücksichtigung fanden, lenkte ich die Aufmerksamkeit der beteiligten Kreise in der Beilage der Allgemeinen Zeitung (Nr. 357 u. 360 vom 25. und 29. Dezember 1885) auf die Sache. Meine Ausführungen fanden Beachtung und trugen dem Herrn Minister unerwünschte Interpellationen und Anfragen ein. Der erste Aufsatz hatte den Satz enthalten: „Die Etats des Kultusministeriums ließen erkennen, daß die Staatsregierung der Anregung des Abgeordneten Schels (auf Einsetzung von Budgetpositionen für die Kunstsammlungen) nachgekommen sei, ohne über das von Dr. Rittler gewünschte, der Kunst bekanntlich nicht immer zuträgliche ‚Maß der vollen Nüchternheit‘ hinauszugehen.“ —

Diese Stelle berührte die Empfindlichkeiten Seiner Exzellenz. Es wurden Erhebungen über den Verfasser der Abhandlung angestellt und derselbe nach den Anfangsbuchstaben meines Namens in mir, einem Beamten des Ministeriums des Äußern, erraten. Der Minister des Innern für Kirchen- und Schulangelegenheiten richtete unterm 6. Januar 1886 eine Note an den Minister des Äußern, in der er aussprach, daß er „es im allgemeinen Interesse der Disziplin für nötig erachte, daß einem so unzulässigen Vorgehen eines Staatsdieners entgegengetreten werde.“ Ich mußte ein Rechtfertigungsschreiben an den Herrn Kultusminister richten, hatte aber die Freude, daß meine Anregungen in der Öffentlichkeit weitere Kreise zogen und schließlich auch zu einer besseren Berücksichtigung der Antikensammlungen des bayerischen Staates beitrugen.

Unter den Münchener Bierbrauern befand sich ja damals keiner wie der Kopenhagener Bierbrauer Jacobsen, der 22 Millionen für den Ankauf von damals noch zugänglichen Antiken stiftete und seine Vaterstadt mit einer Antikensammlung bereicherte, deren Schätze Prof. Dr. Paul Arndt im Laufe weniger Jahre zusammenbrachte und in einem wertvollen Werke beschrieb. Die Sach- und Fachkenntnis dieses ausgezeichneten Archäologen kam später auch den bayerischen Antikensammlungen mannigfach zu statten und er fand dabei die tatkräftige Unterstützung des Prinzen Rupprecht von Bayern, eines ganz ungewöhnlich kunstbegabten Fürsten, unter dessen Regierung die bayerischen Sammlungen sicher einen Aufschwung genommen hätten, dem ähnlich, den sie unter der Regierung seines Urgroßvaters erfuhren.

Bei dem Rücktritt des Fürsten Hohenlohe im März 1870 hatte Ludwig II. die Bildung eines „ultramontanen" Ministeriums mit Nachdruck abgelehnt. Er wollte sich bei der Auswahl seiner Minister keinerlei Zwang antun lassen. Aber 2½ Jahre später war seine Stimmung eine andere geworden; nun schienen ihm alle Mittel gut genug, die Reste seiner staatlichen Selbständigkeit zu behaupten. Wie er dabei auf den bayerischen Gesandten in Stuttgart bezw. Dresden, Baron Gasser verfiel, ist mir nicht bekannt. Der Gesandte war seit 1866 mit einer früheren Hofdame der Königin-Mutter, Therese Freiin von Redwitz, verheiratet und vielleicht hatte diese Beziehung die Brücke gebildet.

Baron Rudolf Gasser entstammte einer der vielen deutschen Familien, die in Rußland zu Besitz gelangten. Im Jahre 1829 als Sohn eines Bankiers in St. Petersburg geboren, war sein Adel nur vier Jahre älter als er und er wurde erst 1866 in den Freiherrnstand erhoben. Äußerlich erinnerte er mich etwas an den Grafen Bray; wie dieser hielt er sich etwas steif und sprach das Deutsche mit livländischer Betonung. Seine vollkommene Beherrschung der russischen Sprache und sein für damalige Verhältnisse nicht unbeträchtliches Vermögen mögen nicht wenig zu der außergewöhnlich guten „Position" beigetragen haben, deren er sich später viele Jahre lang als bayerischer Gesandter am russischen Hof erfreute. —

Die Tatsache seiner Betrauung mit Neubildung eines Ministeriums erwähnt Hohenlohe zuerst unterm 1. August 1872. Gasser, notiert er, den Ludwig II. unter Umgehung des Kabinettssekretärs Eisenhart beauftragt habe, ein neues Ministerium zu bilden, habe mit Pranckh und Pfretzschner konferiert und sämtliche Minister hätten ihre Entlassung eingereicht. Das neue Ministerium sei ein wesentlich partikularistisches. „Diejenigen der angeblich liberalen Minister, welche bleiben werden sich gründlich blamieren.“ „Ich wäre sehr froh, wenn das Ministerium Gasser zustande käme, damit die nationalliberale Partei endlich hier eine natürliche Stellung bekommt.“

Nach der Erzählung der Gattin des Kabinettssekretärs, war der letztere am 2. August 1872 beauftragt worden, mit Herrn von Gasser die Angelegenheit zu besprechen und dann dem König darüber zu berichten.

Die Unterredung Eisenharts mit Gasser fand in dem Hotel zum Bayerischen Hof statt. Es war spät geworden, die Lichter an den Girandols waren tief herabgebrannt und beide Herren setzten sich etwas ermüdet in die Fauteuils, um die dringende Ministerfrage zu besprechen. Es war der „bestimmte Wille des Königs, daß Gasser Minister des Äußern werde und sein Wunsch, Pranckh und Fäustle womöglich beizubehalten.“ „Gasser äußerte sich eifrigst bemüht, S. M. zufriedenzustellen.“

Am gleichen Tage sah Hohenlohe den Justizminister Fäustle, der ihm sagte, er werde nicht bleiben, wenn Gasser eintrete. „Ich habe ihn darin bestärkt,“ setzt der Fürst bei; „wir wollen sehen, ob er tun wird, wie er jetzt sagt.“ — Er scheint so getan zu haben, denn der König ließ Gasser bedeuten, Bomhard als Justizminister zu gewinnen. Aber Bomhard lehnte aus Gesundheitsrücksichten ab und weil er an der Dauerhaftigkeit eines konservativ gemäßigten Ministeriums mangels Rückhaltes und genügender Stütze am König zweifelte.

Gassers Mission scheiterte an einer Reihe anderer Ablehnungen. Völderndorff meinte auch daran, daß der landfremde Mann nicht gewußt habe, wie man „es“ mache. Frau v. Kobell berichtet, die Affäre Gasser habe sich im September zugespitzt, da sie als Demonstration gegen das Reich angesehen und von der Presse hin- und hergezerrt worden sei, so daß zuletzt Herr v. Gasser selbst auf die Neubildung eines Ministeriums verzichtet habe und auf seinen Gesandtschaftsposten nach Dresden zurückgekehrt sei. Pfretzschner wurde Minister des Äußern und an seiner Stelle Berr Finanzminister. Die übrigen Minister blieben.

Viele, wenn sie auch die Persönlichkeit Gassers infolge des Mißerfolges als ausgeschaltet ansahen, glaubten, daß die Bildung eines Ministeriums nach dem Herzen der Majorität und im Sinne des Königs zur Klärung der Lage beitragen würde. Eine Wolke hing beständig an dem weißblauen politischen Himmel und sie war der Natur der Sache nach schwarz, da nur die ultramontane Partei die Erhaltung der politischen Selbständigkeit Bayerns grundsätzlich und konsequent vertrat.

Fürst Hohenlohe fühlte sich auch nach seiner Ernennung zum deutschen Botschafter in Paris als Vertreter Bismarcks in München und trug dem Reichskanzler auch von der Seine aus gerne zu, was ihm an belangreicheren Nachrichten von der Isar aus bekannt wurde. Als ihm der Justizminister Fäustle am 6. Februar 1875 schrieb, daß er darauf gefaßt sei, in Bayern in nicht langer Zeit ein Ministerium Frankenstein am Ruder zu sehen, beeilte sich der Fürst, in einem langen Schreiben vom 10. Februar 1875 an Bismarck die Anfrage zu stellen, ob er geneigt wäre, der bayerischen Reaktion jetzt oder später die Gelegenheit zu einer demonstratio ad absurdum zu gewähren, gleich als ob es im Ermessen Bismarcks gestanden hätte, bayerische Ministerien zuzulassen oder abzulehnen.

Der Ministerkandidat, der damals und später auf der Bildfläche erschien, war der erbliche Reichsrat Georg Freiherr von und zu Frankenstein (1825—1890). Windthorst hätte nach Hohenlohe die bayerischen Ultramontanen auf diesen Kandidaten hingewiesen und werde natürlich auch in Zukunft als Souffleur hinter ihm stehen.

Bismarck verdankt „den interessanten Brief" Hohenlohes am 18. Februar 1875 und legt die Schwächen der etwas vordringlichen Denunziation bloß, die eine faßbare Handhabe ja nicht darbot. Er zeigt dabei eine Rücksichtnahme auf Ludwig II., die dem „Bayern" Hohenlohe vollständig abhanden ge-

kommen war. Prinzipiell teilte er die Ansicht Hohenlohes, daß
der frühere Aufbruch des Geschwüres weniger gefährlich wäre,
als der spätere, „nicht nur der Ausländer, sondern auch der zwei Augen
wegen, auf die es ankommt. Gott erhalte sie! Aber sie sind eben isoliert,
und der Fall wird tiefer und ernster, wenn sie sich schlössen. In das Rad
der Geschicke einzugreifen würde ich aber nur wagen, wenn ich sicher
wäre, daß der König mit uns bewußter Weise dasselbe Ziel erstrebe und
die herbeizuführende Episode als solche auffasse. Haben Sie darüber
eine Meinung? Ist es möglich, ein Verständnis darüber herbeizuführen?
Ohne solches ist die Gefahr zu groß, daß das ganze bayerische Gefühl,
mit dem König an der Spitze, in Konflikt mit dem Reich gesetzt würde.
Das Einschreiten des Reiches würde notwendig erfolgen, sobald dessen
Autorität in Frage gestellt würde. Diese Frage zu stellen, würde die Ge-
schicklichkeit der Gegner in der Hand haben. Wäre dann die Episode
abgeschlossen, sobald die letzten verfassungsmäßigen Konsequenzen angekündigt werden? Oder würde das königliche Selbstgefühl sich verpflichtet
halten, sie wirklich eintreten zu lassen und sich dagegen mit allen Macht-
mitteln zu wehren? Die letztere Alternative ist so verhängnisvoll und
würde so dauernde Nachwirkungen haben, daß ich nicht wage, sie freiwillig zu fördern, so unverzagt ich ihr auch entgegentreten würde, wenn
sie sich uns aufdrängte. Der Herr in Frage ist mir immer gnädig gewesen
und ich möchte gegen ihn persönlich zu nichts die Hand bieten, was ich
ihm nicht vorher sagen und was ich auch nicht für seines Dienstes halten
könnte. Es kommt mir daher alles darauf an, ob er das Unternehmen
wenigstens innerlich billigt und sich das Ziel vergegenwärtigt. Tut er das,
so ist es vergleichsweise gefahrlos, jedenfalls ratsam, tut er es nicht, so
ist das Spiel höher, als wir freiwillig verantworten können. Da Sie ihm
persönlich ergeben sind, so nehme ich an, daß unsere Ansichten identisch
sind. In dem Falle würde ich sehr dankbar sein, wenn wir die Frage
mündlich besprechen könnten...“

Dieser Lektion gegenüber beeilte Fürst Hohenlohe sich, den
Rückzug anzutreten. Die Frage Bismarcks nach den Grundanschauungen Ludwigs II. setzt den Fürsten Hohenlohe in
sichtliche Verlegenheit. Nach seiner Kenntnis der Individualität
Ludwigs II. könne er nicht unbedingt bejahen, daß der König
von Bayern dasselbe Ziel verfolge, wie Bismarck und er selbst;
er könne nur sagen, daß S. M. klug genug sei, um die Gefahr zu
ermessen, die ihm die klerikale Politik in Bayern bereiten könne.

Es folgen nun einige sehr bedenkliche Behauptungen. Der
Fürst „glaubt zu wissen,“ daß die Führer der ultramontanen
Partei mehrfach der Frage näher getreten seien, ob nicht Lud-
wig II. am Steuer des Staates durch die Prinzen Luitpold oder

Ludwig ersetzt werden könne; möglicherweise habe man dabei an das Recht des Papstes gedacht, Fürsten zu entsetzen. (?!) Die Zurückhaltung, welche Ludwig II., obschon manche Teile des ultramontanen Programms ihm zusagten, dieser Partei gegenüber beobachtete, könne den Gedanken nahelegen, daß dem König jene „Pläne" bekannt geworden seien.

Ludwig II. war zu intelligent, als daß er solchen angeblichen „Plänen" irgendwelche Bedeutung hätte beimessen können, und der verblendetste Ultramontane glaubte sicher nicht, daß der Papst einen König von Bayern absetzen könne, weil er kein Ministerium seiner Richtung bildete. Auch in dem von Hohenlohe weiter angeführten „angeborenen allgemeinen Mißtrauen" und in den „objektiven Schwierigkeiten" darf man wohl die Gründe der früheren Zurückhaltung Ludwigs II. gegen ein ultramontanes Ministerium weniger suchen, als in dem alles beherrschenden Souveränitätsgefühl des Monarchen, das ebenso sehr Eingriffen der Kirche als der Parlamente widerstrebte.

„Immerhin," fährt das Schreiben Hohenlohes fort, „lassen sich die Entschließungen des Königs nicht voraussehen und deshalb erkenne ich vollkommen die Schwere der Verantwortung, die ein Eingreifen in die Entwicklung der bayerischen Krisis mit sich führt." —

Das von Hohenlohe wiederholte und von Fäustle kolportierte Gerücht, der Papst beabsichtige, den König von Bayern wegen einer so läßlichen Sünde, wie der Belassung eines nicht ganz einwandfreien Ministers, des Thrones zu entsetzen, wurde von Bismarck selbst dementiert, indem er später Hohenlohe, wohl im Scherze, mitteilte, der Papst habe sich das Mißfallen des Baron Frankenstein zugezogen, weil er ihm die „Chance", Minister zu werden, durch ein gutes Führungsattest verdarb, das er Lutz ausstellte.

Diese „Chance" trat an Baron Frankenstein, wie wir später sehen werden, in einer nicht annehmbaren Gestalt wiederholt in den letzten Regierungstagen Ludwigs II. heran.

XXXV.

In den Jahren 1869—1874 erlitt die direkte Korrespondenz
Ludwigs II. mit Richard Wagner eine Unterbrechung und die
weniger intime offizielle mußte sie ersetzen. Indessen hörte der
König nicht auf, Wagner Zuwendungen verschiedener Art zu
machen, die besonders auch dem Bayreuther Unternehmen zu
gute kamen, für welches Ludwig besondere Sympathien niemals hegte. Der zweite Band von Röckls verdienstvollem Werke
läßt am besten die erhebliche Höhe erkennen, welche diese Zuwendungen im Laufe der Jahre erreichten. Als im April 1871
der Aufruf über die Aufführung des Bühnenfestspiels in Bayreuth
erging, zeichnete Ludwig 25,000 Thaler, sandte die Pläne Sempers und überließ die Münchener Dekorationen und Kostüme
für Rheingold und Walküre. Auch die Mittel zum Erwerb eines
Grundstücks zu Wahnfried stellte Ludwig II. zur Verfügung.
Dabei stand die Ankündigung des Bühnenfestspiels mit den Bestimmungen eines Vertrages vom 18. Oktober 1864 im Widerspruch, inhaltlich dessen Ludwig II. Eigentümer des Rings des
Nibelungen geworden war und ihm das Recht der ersten Aufführung aller seiner Teile zustand. Es entstand darüber eine
neue Verstimmung, in der Wagner schon nahe daran war, „allen
seinen Plänen für Bayreuth zu entsagen". Allein zwei „herrliche
Briefe" Feustels und Munkers geben ihm neuen Mut; er reiste
am 22. April 1872 von dem „lieben" Triebschen ab und gelangte
am 24. in Bayreuth an. Dort erfolgte an seinem 59. Geburtstage unter den Klängen des Huldigungsmarsches auf Ludwig II.,
welchen die Militärmusik spielte, die Legung des Grundsteines
des Festspielhauses. In diesen Grundstein wurde auch der Wortlaut des Weihegrußes eingefügt, den Ludwig II. am 22. Mai
von Kochel aus sandte: „Aus tiefstem Grunde der Seele spreche
ich Ihnen, teuerster Freund, zu dem für ganz Deutschland so bedeutungs-
vollen Tage meinen wärmsten und aufrichtigsten Glückwunsch aus.
Heil und Segen zu dem großen Unternehmen im nächsten Jahre! Ich
bin heute mehr denn je im Geiste mit Ihnen vereint. Ludwig."
Der erste Toast, den Wagner bei dem an die Grundsteinlegung
sich anschließenden Festmahl auf „Bayerns herrlichen König"

hielt, war ein Bekenntnis dessen, was er ihm verdankte. Dem Landesfürsten für alle Wohltaten zu danken, sagte er, sei Pflicht derer, die sich unter seiner Regierung eines aufblühenden Wohlstandes erfreuen. Für ihn aber sei der König unendlich viel mehr gewesen, als für jeden einzelnen in diesem Lande. Es ginge weit über sein Dasein hinaus und greife in das Gebiet der hohen geistigen Kultur über. —

In der gehobenen Stimmung jener Tage vollendete Wagner den dritten Akt der Götterdämmerung und sandte ihn dem König mit Versen, die diesen, wie er schrieb, in seiner Bergeinsamkeit „mit Wonneschauern durchbebten". —

Die Kosten für den Bayreuther Theaterbau und die dortigen Aufführungen waren auf 900,000 Mk. veranschlagt worden. Am 2. August 1872 konnte der Dachstuhl auf das Bühnenhaus gesetzt werden. Bald aber drohte eine Stockung der Arbeiten wegen Geldmangels. Ein Aufruf an die Patrone blieb ohne Ergebnis. Wagner bedurfte einer Garantieleistung und wandte sich zu diesem Zweck an den König. Seine Bitte blieb unbeantwortet. Auch eine Reise mit Feustel nach München hatte kein besseres Ergebnis. „Durch Ungewißheit gepeinigt," bat er Düfflipp am 6. Januar 1874 wenigstens um Entscheidung. Sie fiel ablehnend aus. Der König grollte, wie man früher annahm, weil Wagner einem Wunsche von ihm auf Komposition der Hymne von Felix Dahn „macte senex imperator" nicht gewillfahrt hatte. Max Koch[1] weist mit Recht auf die Unwahrscheinlichkeit dieses Grundes hin und stellt die Sache anders dar. Dahn hatte geplant, Ludwig II. „eine kleine Freude dadurch zu bereiten," daß er einen von ihm verfaßten Operntext durch Richard Wagner in Musik setzen ließ. Als Wagner diese unbescheidene Zumutung ablehnte, wußte man aus dieser Ablehnung eine kleine — wenn nicht Majestätsbeleidigung, so doch königliche Verstimmung zu konstruieren[2].

---

[1] Richard Wagner, Berlin 1918. 3. Teil, S. 464 f.

[2] Der Dahn'sche Text: „Der Fremdling" wurde von dem Sänger Heinrich Vogl vertont und der geringe Erfolg dieser Komposition soll nach v. Mensi-Klarbach zu dem frühen Tode (17. April 1900) des Sängers beigetragen haben.

Wagner wandte sich nun an den Großherzog von Baden mit der Bitte, ihm eine Unterstützung des Deutschen Kaisers zu erwirken. Aber Kaiser Wilhelm war nicht Wagnerianer und ist es nie geworden. Wagner konnte sich, noch bevor er die abschlägige Antwort des Großherzogs erhielt, von dem gegen ihn erhobenen Vorwurf reinigen, worauf Ludwig ihm am 25. Januar 1874, schrieb: „Nein! Nein und wieder nein! So soll es nicht enden; es muß geholfen werden!" — Bald darauf, am 24. Februar 1874 kam zwischen dem Verwaltungsrat des Bayreuther Theaters und dem Hofsekretariat ein Vertrag zu Stande, dem zufolge das letztere — gegen die Einnahme aus den Patronatsscheinen — den Betrag von 100,000 Thalern vorschoß. Man ließ bei diesem Anlaß den König vorsorglich eine Erklärung vom 20. April 1874 unterzeichnen, nach welcher dies „sein letztes Eingreifen zugunsten der Bayreuther Aufführungen bilden sollte und das Hofsekretariat ermächtigt wurde, alle weiteren Anforderungen, von welcher Seite sie kommen mögen, abzulehnen oder entschieden zurückzuweisen."

Aber ach! — Hat je ein erfahrener und geübter Schuldenmacher — sich mit dem ihm dargebotenen kleinen, ja großen Finger begnügt? Alsbald begann eine sehr langwierige Korrepondenz über den Modus der Rückzahlung des geleisteten Vorschusses. Wagner entdeckte, daß er in einem großen Irrtum befangen gewesen sei, und daß es für seine Ruhe vorteilhafter wäre, der Ausführung des Begonnenen zu entsagen. Die Sache zog sich in die Länge und wurde schließlich durch ein neues Zugeständnis des Hofsekretariats bereinigt, das dem Verwaltungsrat des Theaters mit einem abermaligen eigenhändig unterzeichneten Bemerken bekanntgegeben wurde des Inhalts, „daß der König zu weiteren Zugeständnissen in vorwürfiger Sache nicht mehr geneigt sei und demgemäß damit auch nicht mehr behelligt werden wolle" (27. September 1875).

Das für Wagner so ereignisreiche Jahr 1876 begann für ihn wenig verheißungsvoll. „Sorgen über Sorgen nehmen mich und die treuen Herren meines Verwaltungsrats ein," schrieb er Düfflipp zum neuen Jahre und der treue gewissenhafte Berater des Königs kann sie ihm nicht abnehmen. Nicht nur die hohen Kosten für Aufführung Wagnerischer Werke in München, deren Beträge Röckl anführt, sondern die damals beginnende Bauleidenschaft des Königs sollten ihn bald auf Wege führen, die er als zu abschüssig erkannte, um dem König weiter darauf zu folgen. „Leider wird der Abgrund, vor dem wir stehen," schrieb der bedrängte Hofsekretär schon damals (12. Januar 1876) „mit jedem Tag größer und zuletzt alles verschlingen." „Die letzte Anforderung Ihres Verwaltungsrates mußte ich vier Wochen unberücksichtigt lassen, weil kein Geld in der Kasse war. Erst durch mit Schaden vollzogenem Verkauf vorhandener Wertpapiere konnte ich Mittel schaffen, die Zahlung nach Bayreuth endlich zu effektuieren…"

Das Bayreuther Unternehmen bedurfte eines neuen Kredits von 25—50,000 Thalern. „Da wir die große Finanz nicht zu unserer Freundin hatten, blieb uns nichts übrig, als uns an die Gnade des Königs von Preußen als Deutschen Kaiser zu wenden." Bismarck riet dem Kaiser ab, Wagners Unternehmen aus seinem Dispositionsfonds zu unterstützen und entschuldigte diesen Schritt Poschinger gegenüber mit den Worten: „ich weiß wahrlich nicht, ob der König von Bayern nicht gefunden hätte, daß wir in seine Jagdgründe einbrechen wollen, wenn wir von Berlin aus Wagners Bestrebungen fördern." Das war natürlich nur eine sogenannte gute Ausrede. Der König von Bayern hätte sicherlich einen Eingriff in sein Reservatrecht der Kunstpflege nicht darin erblickt, wenn der Deutsche Kaiser den deutschen Bundesfürsten ein Beispiel der Förderung eines keineswegs spezifisch bayerischen, sondern deutschen, ja europäischen Kunstunternehmens gegeben hätte. Die letzteren folgten darin mehr dem Beispiel des Kaisers, als dem König Ludwigs, und selbst unter den Patronen befanden sich außer dem Kaiser und dem Prinzen Georg von Preußen nur die Großherzöge von Baden, Mecklenburg und Sachsen-Weimar, sowie die Herzöge von Dessau, Altenburg und Meiningen. Während der Sultan und der Khedive angemeldet waren, fehlte der König von Württemberg und auch der Herrscher von Sachsen ließ die Gelegenheit unbenützt vorübergehen, den Beweis zu liefern, daß er seinem Untertan seine, ja nur beschauliche Beteiligung an der Revolution von 1849 um seiner Verdienste um die deutsche Kunst willen verziehen und vergessen hatte. — Der Kaiser hatte das Unterstützungsgesuch des Verwaltungsrates wohlwollend dem Reichskanzler empfohlen. „Dieser glaubte jedoch," wie Wagner schreibt, „als gänzlich unkenntnisvoll im Betreff der Angelegenheit es an den Reichstag zur Diskussion verweisen zu sollen." Damit war Wagner nicht einverstanden. Er sah voraus, „daß die öffentliche Besprechung manches Ärgerliche bieten werde" und es ist kaum anzunehmen, daß sie ein besseres Ergebnis gehabt haben würde, als das Gesuch von Wagners Witwe im Jahre 1901, den „Parsival" vor der üblichen Opernkarriere zu schützen.

Wagners Unternehmen war damals nicht populär genug und es war daher besser, daß die Petition an den Reichstag unterblieb. —

Die seit dem 23. Mai 1874 von Ludwig II. für Bayreuth geleisteten Zahlungen betrugen im Juni 1876: 216,152 Mk.; der König genehmigte Ende Juni die Stundung der Rückzahlung dieser Summe, „bis 800 Patronatsscheine verkauft sein würden." —

König Ludwig hatte die Eremitage und das Residenzschloß in Bayreuth zur gastlichen Aufnahme der fürstlichen Gäste der Festspiele angeboten. Die Pflichten der Gastfreundschaft mit seiner Person zu zahlen, fühlte er sich, wie ja fast immer, außerstande, selbst dem deutschen Kaiser gegenüber, welcher den ersten beiden Teilen des Rings der Nibelungen beiwohnte. Der Kaiser wurde von einer nach Tausenden zählenden Menge auf dem festlich geschmückten Bahnhofe empfangen und von einem Hofkavalier des Königs und von Richard Wagner begrüßt. Als er mit gewohnter Pünktlichkeit im Festspielhause erschien, erhob sich das Publikum, unter wiederholten begeisterten Hochrufen, von den Plätzen. Nach der Vorstellung wurde dem Kaiser von mehr als zweitausend Flammenträgern unter den Klängen des Kaisermarsches ein glänzender Fackelzug gebracht. Die üppigen Wasserwerke rauschten in magischer Beleuchtung empor und die so lange verlassenen Räume des fürstlichen Schlosses schienen aus ihrem tiefen Schlaf zu neuem Glanz zu erwachen.

Als sich die Volksmasse zerstreute, rollte noch eine andere vier-
spännige Hofequipage durch die alte Lindenallee zu der Eremitage, von freudigen Zurufen begrüßt, welche der soeben ange-
kommenen Tochter des Kaisers, der Großherzogin Louise von
Baden, und ihrem Gemahl galten.

Man erzählt, als Kaiser Wilhelm am zweiten Abend gefragt
wurde, wie ihm das neue Werk gefiele, habe er sich zuerst
scherzhaft nach allen Seiten umgesehen, ob Frau von Schleinitz, die ihn zum Besuch der Festspiele gedrängt hatte,
nicht um den Weg sei — und als er sich überzeugt hatte, daß
dies nicht der Fall war, habe er geflüstert: „ich finde es abscheulich." Seinem Intendanten v. Hülsen gegenüber aber soll
er geäußert haben: „Der Ring der Nibelungen eignet sich doch
wohl nicht zur Aufführung in Berlin."

König Ludwig II. war im Jahre 1876 zweimal in Bayreuth.
Zuerst zum Besuch der Generalprobe (6.—9. August), dann vom
27.—30. August 1876 zum Besuch des dritten Zyklus. Schon
einige Tage vor dem 6. August hatte sich die Nachricht verbreitet, daß der König kommen werde. Allenthalben zeigten
sich Vorbereitungen zu seinem Empfang. Von allen Dächern,
von allen Fenstern hingen Fahnen herab, überall sah man Veranstaltungen zu einer glänzenden Illumination der Stadt. Das
Volk erwartete ihn auf den Straßen, die vom Bahnhof nach der
Eremitage führen. Er kam in der Nacht vom 5. auf den 6. August
um ½1 Uhr an und verließ etwa dreiviertel Stunden vor der
Stadt mitten auf freiem Felde den Zug. Er war nur von dem
Oberststallmeister Grafen Holnstein und dem Flügeladjutanten
Major v. Stauffenberg begleitet. Wagner hatte tags zuvor genaue Nachricht über die Ankunft des Königs erhalten und das
Geheimnis ebenso getreulich bewahrt, wie der Eisenbahn-
beamte. Von den vielen Bayreuthern und Fremden, die neugierig harrten, von all den Korrespondenten deutscher und aus-
ländischer Zeitungen wurde nur der Redakteur eines Berliner
Blattes Zeuge der Ankunft Ludwigs und der Begegnung der so
lange getrennten Freunde. Der als Haltestelle bestimmte Platz
befand sich unfern des Rollwenzelschen Hauses, in dem einst

Jean Paul gelebt und gedichtet hat. Bei dem Eisenbahngeleise wartete der königliche Wagen, vor ihm ein Diener mit Windlicht, um den dunklen Weg zu erleuchten. Wagner war schon vor Mitternacht eingetroffen und ging in weißer Weste und schwarzem Frack, über den er einen hellen Sommerüberzieher geworfen hatte, von seinem Diener Georg gefolgt, wartend auf und ab. Es war eine herrliche Sommernacht. Punkt ¼1 Uhr gaben die Bahnbediensteten die üblichen Hornsignale. Der aus fünf Wagen bestehende Zug nahte. Ein Kammerdiener sprang heraus und öffnete die Wagentüre. Der König, in einfachem schwarzen Anzug erwiderte den schweigenden Gruß der Anwesenden. Wagner, Tränen der Rührung im Auge, streckte dem Freunde die Hand entgegen, welche dieser ohne ein Wort zu sprechen, drückte. Es war das erste Wiedersehen nach acht Jahren. Der König stieg in den harrenden Wagen, der Reitknecht mit dem Windlicht sprengte voraus. Wagner hatte sich zu dem König gesetzt und blieb noch bis 3 Uhr morgens auf der Eremitage.

Ziegler hat später oft erzählt und auch sein Schwiegersohn berichtet, es habe den König verletzt, daß Wagner sich ohne jede Aufforderung von seiner Seite, neben ihm niedergelassen habe; obschon er Wagner sein Befremden hierüber niemals zum Ausdruck brachte, habe er ihm doch diesen Verstoß gegen die höfische Sitte längere Zeit nachgetragen. Dies ist aber erst bei dem zweiten Besuch des Königs in Bayreuth vorgefallen; den ersten hat Ziegler nicht mitgemacht.

Der 6. August 1876 fiel auf einen Sonntag. Die Straßen Bayreuths waren ungemein belebt, auch von Landbewohnern der Nachbarschaft, die ihren König begrüßen wollten. Aber er fürchtete Ovationen noch mehr als Attentate. Gegen 6½ Uhr wurde Wagner durch eine Staffette nach der Eremitage befohlen, um den König von da aus auf unwirtlichen Seitenwegen in das Festspielhaus zu verbringen, wo er in der Fürstenloge neben Wagner Platz nahm. Die Probe des Rheingold begann vor fast menschenleerem, dunklem Haus. Als der König um ½10 Uhr das Festspielhaus verließ, war eine zahllose Volksmenge vor dem Ausgange versammelt, die den jungen Herrscher mit den feurigsten Heilrufen empfing und seinen Wagen jauchzend begleitete. Alle Gebäude der Stadt, das alte Opernhaus, sogar die Türme und nicht zum wenigsten das eigene Haus des Meisters erstrahlten im reichsten Festschmucke. Wo immer der königliche Wagen sich zeigte, erschollen begeisterte Hochrufe. Es herrschte echte Feststimmung; es drängte die Bayreuther, ihrem König zu bekunden, daß sie treu zu ihm hielten und das Edle seiner hohen Bestrebungen zu erfassen wußten.

Am folgenden Tage, bei der Hauptprobe der Walküre bot der Zuschauerraum des Festspielhauses einen erfreulicheren Anblick. Der König hatte den Wunsch ausgesprochen, das Theater gefüllt zu sehen. Der Zudrang war ungeheuer und wuchs womöglich noch während der folgenden Teile des Rings. Die Darstellung der Walküre, besonders Niemanns Siegmund, ergriff den König besonders. Nach der Rückkehr in die Eremitage lustwandelte er noch lange mit den Herren seiner Begleitung im Park, äußerte sich begeistert über die Vorstellung, sang und ließ die Wasserwerke unter bengalischer Beleuchtung spielen.

Nach der Siegfriedprobe brachten Betz, Hill, Mottl und die drei Rheintöchter dem König in einem Boskett der Eremitage versteckt ein Ständchen. „Der König,“ erzählt Lili Lehmann, „ging nicht weit von uns entfernt auf und ab.“ „Sonst herrschte tiefes Schweigen in dem wundervollen Garten, den der Mond hell bestrahlte.“ „Geräuschlos, wie wir gekommen waren, schlichen wir uns wieder fort.“ — Der König ließ den Künstlern herzlich danken für die Freude, die sie ihm durch ihren schönen Gesang gemacht hatten und übersandte ihnen sein Bild mit eigener Unterschrift. — Als in der Generalprobe der Götterdämmerung Siegfried sein letztes Lied anstimmte:

> „Brünnhilde —
> Heilige Braut —
> Wach auf! öffne Dein Auge!“...

wandte der König sich an den Meister und flüsterte ihm zu: „Das hat Schnorr schon gesungen, ehe Sie es komponiert haben.“

Wagner verstand nicht sogleich, was der König meinte. Erst später erinnerte er sich wieder an das, was Frau Schnorr erzählt hatte, und was dem König unvergeßlich geblieben war, daß die letzten Worte Siegfrieds an Brünnhilde auch die letzten waren, die über die für immer verstummenden Lippen ihres Gatten gingen.

Eine Stunde nach Beendigung der Götterdämmerung, um 12 Uhr nachts, fuhr der König nach Hohenschwangau zurück, von wo aus er dem Meister seinen Dank für die empfangenen in ihm nachlebenden Eindrücke wiederholte und einen zweiten Besuch für den dritten Aufführungszyklus ankündigte. —

Am 26. August 1876, abends 6 Uhr, reiste der König, diesmal mit etwas größerem Gefolge von Berg ab und verließ wiederum in der Nähe des Rollwenzelschen Hauses den Extrazug, um „auf dem kürzesten Wege" in die Eremitage zu gelangen. „Hier begrüßte ihn Wagner und verweilte bei ihm bis zum grauenden Morgen."

Die verschiedenen Berichte über die drei folgenden Tage sind schwer in Einklang zu bringen, da nähere Zeitangaben fehlen und offenbar die beiden Besuche zum Teil verwechselt werden. Nach Rummel, der auf Grund Zieglerischer Familientraditionen schreibt, war die Eremitage den ganzen Tag über (welchen Tag?, den ersten?) mit dichten Menschenmassen belagert, die sich aber scheu in der Entfernung hielten. Am Nachmittag des 27. August vor Aufführung des Rheingold ließ sich der König noch vorlesen, war sehr guter Dinge, nur die Furcht vor etwaigen Ovationen drang immer wieder von Zeit zu Zeit bei ihm durch. Im letzten Augenblick mußte auch Wagner aus dem Theater geholt werden, um Ludwig auf der Fahrt zu begleiten. „Der Kabinettssekretär v. Ziegler und der Flügeladjutant Frhr. v. Stauffenberg hatten den wiederholten Befehl erhalten, jegliche Ovation zu verhüten und auf dem Weg zum Theater den Wagen nicht durch die inneren Stadtteile gehen zu lassen, sondern sie zu umfahren." Glasenapp, aber, dessen zweiter Band ein Jahr später erschien, schreibt: „Der Monarch nahm seinen Weg heute mitten durch die Stadt und die jubelnde Menge begleitete seinen Wagen bis

zum Festplatze." Damit steht aber eine zeitgenössische Zeitungs-
notiz im Widerspruch, nach welcher der König, wie bei seinem
ersten Besuch, auch bei dem zweiten, nicht direkt vor dem
Festhaus vorgefahren wäre. „Der König hatte Befehl gegeben, ihn
auf dem Seitenwege nach dem Schauplatze zu verbringen, der oberhalb
der Stadt nach dem Weiler Bürgerreuth führt. Es war ein elender,
schmalspuriger Fahrweg, und um ihn nur einigermaßen mit einer ele-
ganten Equipage befahren zu können, hatte man die Lücken und Untiefen
eiligst mit allerlei Material ausgefüllt. Auf diesem Weg war der König
an die Hinterseite des Festhauses gekommen und von da in dieses
eingetreten. An der Vorderseite aber warteten in Gala auf seine Ankunft: der Regierungspräsident, der Stadtkommandant und der Bürgermeister."
Der König war ihnen entkommen. Nicht aber sollte an den
folgenden Tagen er im Innern des Festspielhauses zwei Ovationen
entgehen. Schon war vor der Aufführung des „Siegfried" am 29. August 1876 der Zuschauerraum verdunkelt und die ersten leisen Töne
des Vorspiels hatten begonnen, als sich Bankier Feustel, als Mitglied des Verwaltungsrates, erhob und durch die rings entstandene
Stille rief: „S. M. dem König Ludwig II. von Bayern, dem großmütigen
Förderer und Beschützer der Kunst, aus vollem Herzen ein donnerndes
Hoch!" Von den freudigsten Gefühlen bewegt, fiel die Versammlung begeistert in den Ruf ein und das Orchester stimmte lauten Tusch an. Aus
dem Hintergrunde der Fürstenloge erhob sich die hohe Gestalt des
jungen Monarchen, und die wieder hervortretende Beleuchtung fiel auf
seine edlen, von dunklem Haar umrahmten Gesichtszüge, als er unter
erneutem Hochrufen und Tücherschwenken von der Brüstung aus nach
allen Seiten mit freundlichem Dank sich neigte." (Glasenapp.)
Nach dem Schlusse der Götterdämmerung aber überstiegen
nach dem gleichen Gewährsmann, die Kundgebungen der Versammelten alles Maß des Hergebrachten. Freudige Hochrufe
auf König Ludwig mischten sich in das laute Verlangen nach
Wagner. Ludwig II. selbst erschien an der Brüstung der Loge
und applaudierte anhaltend. Endlich trat Richard Wagner
hinter dem Vorhang hervor und sprach bewegt Worte des Dankes.
Sein Werk sei entworfen im Vertrauen auf den deutschen Geist
und vollendet zum Ruhme seines erhabenen Wohltäters S. M.
des Königs von Bayern, der ihm nicht allein ein Gönner und Beschützer, sondern ein Mitschöpfer des Werkes gewesen sei. —
Er sprach damit nicht leere Worte, er gab nur einem Ruhmes-

titel präzisen Ausdruck, der bestehen wird, wenn auch das Festspielhaus in Bayreuth in der Not der Zeit in Trümmer fällt und die Zukunftsmusik, von den Philistern überwunden, zu Klängen der Vergangenheit geworden ist. —

Auch am ersten Abend wurde ein Zugeständnis erzwungen.

„Es war," fährt der oben zitierte Zeitungsartikel fort, „eine allgemeine Illumination vorbereitet und so die Hoffnung erweckt, den Landesherrn bei der Rundfahrt zu sehen. Aber auch diese Hoffnung blieb unerfüllt und schon griff die Befürchtung Platz, es werde aus der geplanten Illumination nichts werden. Zwei Mal schon hatte der königliche Adjutant dem harrenden Bürgermeister kundgetan, daß der König die Anfrage, ob die Illumination stattfinden dürfe, unbeantwortet gelassen habe."

Es ist das Verdienst des Kabinettssekretärs v. Ziegler, durch eine glückliche Eigenmächtigkeit die Situation gerettet zu haben.

„Entgegen dem ausdrücklichen Wunsch und Befehl Ludwigs," berichtet dessen Schwiegersohn Frhr. v. Rummel, „gab der Kabinettsekretär den Wagen die Weisung, bei der Rückfahrt den Weg durch die Stadt zu nehmen. Nach der Aufführung des Rheingolds fuhren daher die Wagen, noch dazu auf allen möglichen Umwegen, durch die verschiedensten Straßen, wohl eine halbe Stunde lang und immer nur im Schritt. Ganz Bayreuth war in hellste Festbeleuchtung getaucht und der Jubel der Tausende, welche den Wagen des Königs umdrängten und ihm folgten, war unbeschreiblich. So laut und lebhaft, so begeistert ging es her, daß die Umgebung des Königs darüber fast unruhig werden wollte."

Der Zeitungsartikel macht freilich eine kleine Einschränkung: „Im Nu flammte die Beleuchtung in allen Straßen auf, Menschenmengen bildeten Spalier, Schulkinder waren bereit, das erste Hoch auszubringen. Der Wagen des Bürgermeisters ward sichtbar und hinter ihm der des Monarchen. Aber — er war geschlossen. Der König lehnte in der Ecke, die Pferde zogen an und in schlankem Trabe ging es durch die Stadt, der Eremitage zu. Nur die Nächststehenden oder Laufenden konnten den Herrscher sehen, wenn er sich bei einem gar zu brausenden Hochrufen der Menge und der Kinder mit einem kurzen Kopfnicken durch das geschlossene Fenster verneigte..."

Aber die Hauptsache war doch erreicht, das Volk von Bayreuth hatte mit Gewalt den verrammelten Weg zu dem Herzen des Königs gefunden. „Ludwig," berichtet Frhr. v. Rummel weiter, „der sich so sehr vor diesen Ovationen gefürchtet hatte, kam in der allerbesten Laune der Welt wieder in der Eremitage an und Ziegler, der wegen Nichtvollzugs des Befehles Unannehmlichkeiten erwartete, wurde huldreich von dem Monarchen eingeladen, die im Garten springenden Wasserwerke anzusehen. Mit keinem Worte kam der König auf die Sache zurück. Die Bayreuther Tage blieben weiter ungetrübt. Der Eindruck des Rings war großartig und tief." „Nur eine von Richard Wagner ausgehende Einladung zu einem Abendempfang machte dem König noch viel Kopfzerbrechen. Es graute ihm davor, unter all diesen Menschen „mit langen Haaren" zu erscheinen und der Gedanke, die vom Meister gegebene Gesellschaft besuchen zu müssen, lastete so schwer auf ihm, daß schließlich seine Umgebung die Absage an Richard Wagner mit einem schönen und warm gehaltenen Schreiben ins Werk setzte."

Was man in den Berichten vermißt, ist die Erwähnung eines Besuches, den der König Frau Cosima gemacht, oder einer Aufmerksamkeit die er ihr aus Anlaß des Gelingens eines großen Werkes erwiesen hätte, an dem sie mittelbar so hervorragenden Anteil nahm. Ludwig verließ während der Dauer seiner Anwesenheit die Eremitage nicht, in deren hellerleuchteten Wegen und Laubgängen er sich bis in die frühen Morgenstunden erging. „Nach den Vorstellungen, mit deren Lob er nicht kargte, verbrachte er jedesmal Stunden im Gespräch mit dem Meister, der erst gegen 4 Uhr morgens von der Eremitage nach Wahnfried heimkehrte" (Max Koch l. c.).

Als die Abschiedsstunde am 30. August 1876 um 11½ Uhr nachts schlug, brachte die Bürgerschaft dem Herrscher noch eine letzte Huldigung dar. Von der Eremitage bis zum Rollwenzelschen Hause waren hunderte von Fackel- und Lampionträgern aufgestellt. An der Einsteigestelle erwarteten den König der Bürgermeister, die Mitglieder der städtischen Kollegien und Richard Wagner, der noch eine Rede an die Bürgerschaft hielt, um eine Verzögerung der Zugabfahrt auszufüllen. Der König blickte dabei „huldvoll aus dem Wagenfenster heraus"; seine gute Laune hielt an, bis sich der Zug unter brausenden Hochrufen in Bewegung setzte. —

Am 1. September 1876 schrieb Wagner an Ziegler: „Nie, nie wird der erhabene, so tiefbeglückende Eindruck der überschwänglichen Gnade und Huld Seiner Majestät, welche Allerhöchstdieselben auch bei diesem letzten Besuch meiner Bühnenfestspiele bezeigten, von mir weichen. In diesem Gewinne bin ich überglücklich und überbelohnt...."

XXXVI.

Unter den verschiedenen Streitschriften gegen die Festspiele
im Jahre 1876 taten sich besonders zwei hervor, die an das Werk
Wagners nicht nur den zu kurzen Maßstab der alten Schulen,
sondern ihren noch kürzeren eigenen anlegten. Paul Lindau, der
Verfasser der nüchternen Briefe aus Bayreuth, entstammte dem
Norden, Kapellmeister Schletterer, der Berichterstatter der
Wiener Abendpost und der „Allgemeinen Zeitung," der einstigen
Kunststadt Ansbach; beide aber schienen sich damals um das
Heimatrecht in Banausien bewerben zu wollen und übertrafen
sich gegenseitig in Mangel an Verständnis und Heruntersetzung
von Werken, die über ihren Horizont hinausgingen. Kapellmeister Schletterer ergeht sich am Schlusse seiner Berichte, die
auch als Broschüre erschienen (1877) in folgenden melancholi-
schen Betrachtungen: „Ein eigenes Haus für die Festspiele zu bauen,
war eine Tat unsinniger Verschwendung und maßlosen Übermutes;
den Schauplatz nach dem kleinen Bayreuth zu verlegen, eine, gelinde gesagt, unüberlegte Handlungsweise. Ungemein erheiternd ist es, daß in
einem hirnverbrannten Kopfe nachträglich noch die Idee auftauchen
konnte, dieses an und für sich ganz nutzlose Haus auf Kosten der deutschen Nation zu erwerben und so für alle Zukunft dem mit Wagner ge-
triebenen Götzendienst einen Tempel zu reservieren. Der heute noch so
stolze Bau wird, nachdem er den Zwecken sinnlosester Selbstsucht vorübergehend gedient, spurlos vergehen, wie so manche sinnlose Betätigungen fürstlichen Übermuthes in nächster Nähe Bayreuths von der Erde
schon spurlos verschwunden sind. Keine andere Gegend Deutschlands
predigt überzeugender die Hinfälligkeit irdischen Größenwahnsinns, als
die des fränkischen Versailles." —

Gewiß! Ewig dauert nichts; aber gerade, weil alle und alles
dem Gesetz der Vergänglichkeit unterliegen, kann die Dauer
nicht der wahre Wertmesser sein, weder für das Leben des einzelnen, noch für menschliche Hervorbringungen überhaupt. Die
pessimistischen Gesichtspunkte des Herrn Schletterer, die heutzutage, angesichts unseres Zusammenbruchs besondere Aktualität zu haben scheinen, waren schon, als er sie als letzten Trumpf
gegen die Festspiele ausspielte, nicht ganz ohne materielle
Grundlage. Wagner hatte nach den übermenschlichen An-

strengungen der letzten Monate am 14. September 1876 eine Erholungsreise nach Italien angetreten. In Venedig erreichte ihn ein begeisterter Brief König Ludwigs, der ihn zur Ausdauer und Fortsetzung seines Unternehmens ermunterte. Gleichzeitig aber meldete ihm ein Schreiben Feustels ein Defizit von 120,000 Mark, das er später auf 150,000 Mark angeben mußte.

Oft genug in seinem ja wohl niemals ganz sorgenfreien Leben war Richard Wagner Defiziten gegenüber gestanden und hatte heute nicht gewußt, wie er sie morgen decken solle und könne. Aber das gegenwärtige stand in einem besonders auffallenden Widerspruch mit den jüngst erzielten Erfolgen, mit dem berechtigten Selbstgefühl, die Augen der gebildeten Welt auf ein Unternehmen hingelenkt zu haben, das viele über den Alltag erhob und in höhere Kunstregionen versetzte. Auch war dieses Defizit nicht nur besonders groß, sondern es zeigten sich besonders wenig Möglichkeiten, es zu decken. Man dachte an die Patrone, den deutschen Bundesrat, den deutschen Reichstag, den bayerischen Staat, an Privatunternehmer, an eine Subskription — alles erwies sich als aussichtslos. Selbst der königliche Schirmherr von Bayern schien anfangs diesmal zu versagen.

„Ich habe,‟ schrieb Düfflipp unterm 20. April 1877 an Wagner, „seit Jahren kein Hehl daraus gemacht, daß durch die Bauten S. M. des Königs die Aktivbestände der k. Kabinettskasse in einer Weise in Anspruch genommen werden, welche eine Verwendung von Geldern für andere Zwecke vollkommen ausschließt, es ist daher auch mit den Zahlungen nach Bayreuth immer sehr hinderlich gegangen, und wenn nicht doch auf einen allmählichen Rückersatz der geleisteten Vorschüsse gerechnet werden darf, so wird das auf Jahre hinaus schwer empfunden werden müssen.‟ „Wie es aber auch kommen möge, ich werde stets offen und ehrlich gegen Sie zu Werke gehen, und es wird sich wohl auch jetzt ein Modus finden lassen, der über die gegenwärtige Kalamität hinweghilft.‟ — Dies schien lange schwer zu halten und noch in einem Bericht vom 21. August 1877 schilderte derselbe Düfflipp dem König die Sachlage, wie folgt: „Das Bayreuther Unternehmen hatte nicht den gehofften pekuniären Erfolg, indem eine erhebliche Anzahl von Patronatsscheinen nicht verwertet werden konnte, während dem gegenüber die Ausgaben für das Gebäude, für dessen Ausstattung und für die Aufführungen weit mehr betragen, als hiefür veranschlagt worden war. Nach Abschluß der Rechnung bleiben Forderungen von Lieferanten und Handwerksleuten im Betrag von 149,000 Mark ungedeckt und außerdem hat die k. Kabinettskasse an geleisteten Vorschüssen cirka 216,000 Mark anzusprechen. Der Gewinn des Londoner Konzertunternehmens betrug nur 15000 Mark; hiezu eine Erbschaft der Frau Wagner mit 132,000 Mark gerechnet, so verbleiben am obigen Defizit noch 102,000 Mark im Reste; einige Gläubiger haben bereits mit gerichtlicher Klage gedroht, wenn ihnen nicht Zahlung in Aussicht gestellt wird.''

Gerade während dieser kritischen Tage, am 21. Juli 1877, machte ich die persönliche Bekanntschaft von Richard Wagner. Er hatte den König gebeten, das Theater in Bayreuth zu übernehmen und die Wiederholung des „Rings des Nibelungen'' durch Kräfte der Münchener Bühne anzuordnen und war nun nach München gekommen, um mit Düfflipp die Angelegenheit zu besprechen. Düfflipp hatte meinen juristischen Rat tags zuvor darüber eingeholt. Es handelte sich dabei, so viel ich mich noch erinnere, um die Rechtskraft eines von Wagner vor 13 Jahren (1864) mit dem Hofsekretär abgeschlossenen Kaufvertrages, nach welchem alle Partituren des „Rings'' in das Eigentum des Königs übergegangen waren.

Wagner wollte diesen Vertrag als nur eine Form angesehen wissen, in welche ein königliches Gnadengeschenk gekleidet war, während König und Kabinett wenigstens an dem Recht der ersten Aufführung der fraglichen Werke auf dem Münchener Hoftheater, nach der Bayreuther, festhielten.

Nicht durch Düfflipp, sondern durch den Bruder eines meiner intimsten Freunde, des Grafen Karl Du Moulin, den Grafen Eduard Du Moulin, einen der begeistertsten Wagnerianer, lernte ich Wagner kennen, der am Vorabend mit Gattin, vier Kindern, Gouvernante und Bedienten eingetroffen und im Hotel Marienbad abgestiegen war. Ich hatte dort mit den Du Moulins zu Mittag gegessen und die Familie Wagner in Gesellschaft Lenbachs gesehen. Frau Cosima war ganz grau geworden, seit ich sie zum letzten Mal gesehen hatte. Sie konnte nicht schön genannt werden, aber ihre ganze Erscheinung hatte etwas Außergewöhnliches und kam dem seltenen Typus der grande dame sehr nahe. Ihr Deutsch klang korrekt, hatte aber einen unverkennbaren französischen Akzent.

Die Vorstellung fand in den Zimmern Wagners statt. Wir
warteten kurze Zeit in einem Vorzimmer, worauf Wagner erschien, der seine Gattin am Arm führte, und den wir mit „Hoher
Meister" ansprachen. Er begrüßte uns sehr freundlich und wir
gingen dann mit der Familie zum Abendtisch, zu dem sich auch
Lenbach wieder einfand. Wagner war sehr gut gelaunt und sprach
fast ununterbrochen. Da er dies auch schon Mittags getan hatte,
kam ich unwillkürlich auf den Gedanken, sein Eckermann müsse
Stenograph sein, um später Gespräche mit ihm herausgeben zu
können.

Er erzählte Anekdoten, machte Witze und meinte, ich werde
mich über ihn wundern, da ich voraussichtlich erwartet hätte,
etwas Ernstes von ihm zu hören. Ich antwortete, ich hätte schon
so viel Ernstes von ihm gehört, daß ich nun erfreut sei, ihn auch
von der heiteren Seite kennen zu lernen. Man sprach dann von
allem Möglichen, von der italienischen Literatur, von der Wagner
den Nero von Cossa rühmte, der ihm als Text zu einer Oper empfohlen worden war, von Porträten, die er als das einzige noch
vollgültige Kunstgenre in der Malerei bezeichnete, von dem Herzog von Meiningen, den er als mit dem Ausdruck erhabener Bor-
niertheit, aber unverwüstlicher Vornehmheit begabt, schilderte,
von seiner Mutter, von der er im Tone liebevollster Erinnerung
sprach, aber erzählte, daß sie sich einmal in der Zerstreutheit
in eine Serviette geschneuzt habe, von dem Buche Glasenapps
über ihn, das er als mit der höchsten Diskretion und dem größten
Fleiß zusammengetragen erklärte, und das er selbst mit dem lebhaftesten Interesse gelesen habe. Niemals sei mit größerer Rücksicht über ihn geschrieben worden und noch dazu von einem
Autor, den er nicht einmal persönlich kannte und der ihn nicht
ein einziges Mal mit der Bitte um Notizen behelligt habe. Auch
auf die Bayreuther Aufführungen kam er zu sprechen. Man habe,
sagte er, die Sache falsch aufgefaßt, er sei kein Theaterdirektor,
und man könne daher in dieser Richtung von ihm nichts
Vollendetes verlangen. Bezüglich der materiellen Verpflegung
sei der Deutsche Kaiser das Unglück Bayreuths gewesen, indem er 40,000 hungrige Mägen in die Feststadt gelockt habe.

— Sein (d. h. Wagners) Ideal von der Sache wäre gewesen, daß reiche Private, oder die deutsche Nation, deren Existenz er übrigens leugnete, ihm Mittel zur Verfügung stellen, um Einladungen ergehen lassen zu können, auf daß nicht widerwillige Kunstkritiker mit falschen Maßstäben das Publikum beeinflussen. Auf die Presse war er sehr schlecht zu sprechen; sie hätte seiner Sache ungemein geschadet, indem sie unrichtige Gerüchte verbreitet habe. Im Zusammenhang damit machte er einen scherzhaften Ausfall gegen mich, indem er mich als einen Vertreter der Münchener Presse hinstellte. Als ich einwandte, daß ich das nie gewesen sei, noch Aussicht habe, es je zu werden, frug er mich: „Was für ein Landsmann sind Sie denn eigentlich?" „Ein Schwabe." „Dazu sind Sie ja viel zu elegant." Er griff dann scherzweise Schwaben an und spottete über die schwäbische Presse. Ich verteidigte diese Provinz mit dem Hinweis darauf, daß sie der Nation den größten Dramatiker vor ihm geschenkt habe. Damit war er ganz einverstanden und überhaupt während des ganzen Abends sehr liebenswürdig gegen mich. „Zum ersten Mal," schrieb ich damals in mein Tagebuch, „sah ich diesen bedeutenden Kopf, den keine der existierenden Büsten und Bilder ganz richtig wiedergibt, in seiner feinen und doch scharf markierten Linie in unmittelbarer Nähe. Er muß besonders einem Maler gefallen: das graue, fast schon weiße Haar, die gleichmäßige, gedämpfte Gesichtsfarbe. Seine Hände sind klein und kurz, aber nicht schön. In seiner Aussprache und in seiner ganzen Erscheinung trat mir der sächsische Grundzug entgegen. Mein Gesamteindruck ging dahin, daß er ganz von seinem Werke erfüllt ist, alles darnach beurteilt und damit in Beziehung bringt. Es wogt in ihm und die Phantasie zerreißt zuweilen das Gängelband der Logik." —

„Eduard Du Moulin saß als verzückter Schwärmer neben dem „hohen Meister" und blickte zu ihm empor, wie ein weltfremder Jüngling zu seiner ersten Liebe. Er wagte nur selten ein Wort anzubringen und sagte mir später, der Gedanke, „mit der Spitze der Welt" zu verkehren, sei doch großartig und das Fluidum, das Wagner ausströme, sei so stark, daß er zwei

Nächte nicht habe schlafen können. Sehr erschrak er, als ich auf ein Werk über Größenwahn zu sprechen kam und Wagner mich frug: „meinen Sie die Broschüre über mich?“ (es war eine solche kurz vorher erschienen). Du Moulin fürchtete eine Entgleisung meinerseits. Ich faßte mich aber schnell und erwiderte: „Nein; ich meine ein wissenschaftliches Werk über Cäsarenwahnsinn von“ — ich weiß nicht mehr, wem?

Frau Cosima unterhielt sich besonders mit Lenbach und Graf Karl Du Moulin. Gegen 11 Uhr reichte der Meister der drängenden Gemahlin, die ihn mit „Richard“ ansprach und zuweilen, wenn er zu lebhaft wurde, bei der Hand nahm, den Arm und sie zogen sich zurück.

Der König erklärte sich mit den von Düfflipp und Perfall unterstützten Anträgen Wagners dieses Mal nicht einverstanden und bestand auf der schon früher in Aussicht genommenen Aufführung des Rings der Nibelungen in München im Jahre 1878.

Es war für Wagner eine neue Enttäuschung, die sich den vorausgegangenen anfügte. Schon am 12. Dezember 1876 hatte er an Düfflipp aus Florenz geschrieben, daß ihm das fernere Befassen mit dem finanziellen Teil der Angelegenheit zu einer alle fernere Schaffenskraft zerstörenden Pein geworden sei, und daß ihn deren Fortdauer leicht bestimmen könne, all’ seinen Besitz und seine Einkünfte dahin zu geben und Deutschland für immer den Rücken zu kehren. Nach dem finanziellen Mißerfolg der Londoner Konzerte und dem Versagen der übrigen Pläne nahm dieser Gedanke bestimmtere Gestalt an und er äußerte ihn auch in der Unterredung, die er am Morgen des 21. Juli 1877 mit Düfflipp hatte. „Als ich,“ berichtet der letztere darüber dem König „ihm antworten mußte, daß mir von einer Allerhöchsten Entschließung nichts bekannt sei, machte Wagner ein sehr erstauntes und erschrockenes Gesicht, lehnte sich im Sessel zurück, fuhr mit der Hand an die Stirne und sagte im Tone tiefster Ergriffenheit: „Ach! Nun weiß ich, woran ich bin. — Ich habe also nichts mehr zu hoffen! Und doch waren die letzten Briefe des Königs so herzlich, so wohlwollend, daß ich glaubte, frühere Zeiten wiederkehren zu sehen.“

Zwei Monate später faßte er die Sache mehr von der prakti-

schen Seite auf und schrieb an Düfflipp: „Offen gestanden, liegt
mir jetzt unendlich weniger an der etwa nach außen zu erlangenden
Satisfaktion einer nochmaligen Bayreuther Aufführung, als an der Entlastung von dem unglückseligen Defizit, wodurch ich erst wieder freien
Geist zu gewinnen hoffen kann." Er erklärte sich daher auch mit
der beabsichtigten Aufführung des Rings in München einverstanden und bat nur, es möge ein Teil der anfallenden Einnahmen
hieraus zur Minderung oder Abtragung des in Bayreuth bestehenden namhaften Defizits verwendet werden. Hiergegen äußerte
Düfflipp in einem Bericht an den König vom 3. September 1877
das Bedenken, ob diese Münchener Aufführungen ein so glänzen-
des finanzielles Resultat erwarten lassen, um nach Abzug aller
Kosten noch einen namhaften Überschuß nach Bayreuth ab-
liefern zu können. Er glaubt diese Frage verneinen zu müssen,
wenn nicht die Dekorationen, Kostüme usw. von Bayreuth verwendet werden dürften, da die Neuausstattung nicht unter
120,000 Mark kosten würde.

Düfflipp erschien die Sache also sehr zweifelhaft und er hätte
sich bei dem Fortbestand des alten Budgets wohl kaum dafür
aussprechen können, der Bitte Wagners zu willfahren. Wie an
anderen Wendepunkten im Leben Richard Wagners trat aber
auch in diesem Zeitpunkt ein unvorhergesehener Fall ein, der
das Schlimmste abwandte und Wagner der schwersten Sorge
überhob.

Bankier Feustel in Bayreuth hatte an die Intendanz des Hoftheaters die Bitte gerichtet, zur endlichen Deckung des Defizits
hilfreiche Hand zu bieten. Frhr. v. Perfall berichtete darüber
unterm 25. Januar 1878 dem König, er sei der Ansicht, daß sich
die Intendanz diesem Gesuche gegenüber nicht völlig passiv
verhalten dürfe, nachdem sie seit Jahrzehnten den Wagnerischen
Werken die Gelegenheit zur reichsten Entfaltung künstlerischer
Tätigkeit verdanke und durch deren Darstellung bedeutende
Summen erworben habe, ohne den Tondichter jemals mit einer
Gegengabe bedacht zu haben. Sein Vorschlag gehe daher dahin,
Wagner eine Tantième von 10% aus der Bruttoeinnahme der
Aufführung seiner Werke so lange auszubezahlen, bis das Bay-

reuther Defizit (98,634 Mark) gedeckt sei. Der König war damit
einverstanden und am 31. März 1878 kam zwischen der Hoftheaterintendanz und dem Hofsekretariat einerseits und Richard
Wagner und seinem Verwaltungsrate andererseits ein Vertrag
zustande, der die näheren Umstände der fraglichen Leistung feststellt und Richard Wagner einige weitere Vorteile einräumt.

Es kann keinem Zweifel unterliegen, daß alle diese Zugeständnisse nur nach vorgängigem Benehmen und unter Zustimmung des Hofsekretariats gemacht werden konnten. In
der Person desselben war anfangs des Jahres 1878 ein Wechsel
eingetreten. Der wackere, gewissenhafte Düfflipp hatte es abgelehnt, die abschüssige Bahn des Schuldenmachens zu betreten und darum sein Amt niedergelegt. An seine Stelle war der
Regierungsassessor bei der Polizeidirektion München Bürkel getreten, der nicht die gleichen Skrupel hegte und weder vor der
Aufnahme von Schulden, noch vor der Auflösung des Fideikommisses Max' II. zurückschreckte, um damit für kurze Zeit
neue Finanzquellen zu eröffnen, nach deren Versiegen er sich,
reichlich bedacht mit Titeln und Orden zurückzog, während die
Hofkasse mit Riesenschritten dem Bankrott entgegenging.

Die eröffneten Quellen erleichterten natürlich auch die ergiebigere Unterstützung des Bayreuther Unternehmens, ohne
daß man billiger Weise auf Wagner die Vorwürfe ausdehnen darf,
welche Düfflipp, ein Teil der liberalen Presse und alle treuen
Freunde des Königs und der Monarchie gegen den neuen Ratgeber der Krone zur Zeit des Zusammenbruchs und schon früher
erhoben. —

XXXVII.

In einem von dem König zur Verfügung gestellten Salonwagen
trat die Familie Wagner am 31. Dezember 1879 eine Reise nach
Neapel an, wo sie auf dem Posilipo für 1040 Lire monatlich die
schön gelegene Villa Angri gemietet hatte. Ludwig II. bewilligte
später für die Monate Juni mit Oktober einen Mietbeitrag von

5200 Lire und ließ der Mitteilung hierüber an Frau Wagner beifügen, daß der bezeichnete Endtermin keine Pression zur Rückkehr in das frostige Deutschland ausüben wolle.

Frau Cosima hatte vor der Abreise nach dem Süden die Übernahme des Protektorats über das Bayreuther Unternehmen durch Ludwig II. angeregt. Da dieses aber den Herren Hans v. Wolzogen und Fried. Schön keine genügende materielle Unterstützung zu gewährleisten schien, hatten sie mit Vertretungen der Patronatsvereine ohne Einvernahme des Verwaltungsrates den Plan eines Protektorats deutscher Fürsten aufs Tapet gebracht und wollten in diesem Sinne Schritte bei dem Deutschen Kaiser einleiten. Ludwig II. war über diese Zurücksetzung ungehalten und Bürkel schrieb unterm 21. April 1880 an Frau Wagner: „S. M. erklärten in bestimmter Weise, daß Allerhöchstdieselben die Übernahme des Protectorates durch den Deutschen Kaiser mit den anderen Fürsten nicht wünschen. S. M. schienen dabei von dem Gefühl geleitet zu sein, daß ein in Bayern gegründetes und segensvoll wirkendes Unternehmen an erster Stelle den Landesfürsten als Protector haben solle.“

Darauf hin ließ man den Plan der Anrufung des Deutschen Kaisers fallen und unterm 7. Februar 1881 übernahm Ludwig II. das Protektorat der Aufführung Richard Wagnerischer Werke in Bayreuth. Unter den neuen Gnadenbeweisen, welche der König aus diesem Anlaß dem Tondichter zuwandte, befand sich auch der Verzicht auf das durch den Vertrag vom 31. März 1878 stipulierte Recht der Aufführung des Parsival auf der Münchener Hofbühne.

Am 31. Oktober 1880 traf Wagner in München ein, wo ihn eine Reihe von Ehrungen erwarteten. Man führte ihm den „Fliegenden Holländer“, „Tristan“ und „Lohengrin“ auf und er wohnte der letzteren Aufführung an der Seite des Königs bei. Lenbach gab ihm eines seiner glänzenden Feste im Stil der Renaissance, die im gesellschaftlichen Leben Münchens Epoche machten. Ein von dem König dargebotenes Fest in dem damals noch mysteriösen Wintergarten nachts 12 Uhr nach der Aufführung des Lohengrin unterblieb „auf Wunsch des Gastes,“ und das Parsival-Vorspiel, das unter Wagners

Leitung vom Hoforchester am Nachmittag des 12. November 1880 dargeboten wurde, hätte nach Heinrich v. Poschinger zu einer Verstimmung Wagners Anlaß geboten. Der König sei hierzu mit sehr erheblicher Verspätung erschienen, habe das Vorspiel nicht nur da capo, sondern zum Vergleich damit die Ouvertüre zu Lohengrin verlangt, worauf der Meister den Taktstock dem Kapellmeister übergeben und das Orchester verlassen habe[1]. Bei dem Diner, das er im Anschluß daran Lenbach und einigen Getreuen gab, sei er anfangs gar nicht erschienen und habe dann seiner Entrüstung über den Egoismus der Großen und Mächtigen der Erde Ausdruck gegeben. „Ob König oder Kaiser, oder Bismarck, sie sind alle gleich." — Als Lenbach die Partei des Letzteren ergriff, sei Wagner auch über ihn hergefallen. „Lassen Sie mich doch mit Ihrem Bismarck in Ruh'! Zeigt er auch nur das geringste Verständnis für das, was außerhalb seines Berufes liegt ? Auch auf politischem Gebiete kann ich ihn nicht von Fehlern freisprechen. Nach Sedan hätte er unbedingt mit den Franzosen Frieden schließen sollen. Durch die Fortsetzung des Krieges hat er die beiden Nationen auf ein Jahrhundert getrennt." Die beiden Künstler seien dermaßen hintereinander gekommen, daß Wagner mit geröteten Wangen die Tischgesellschaft verlassen und Lenbach nach Hut und Stock gegriffen habe. Mit Mühe gelang es Frau Cosima sie wieder auszusöhnen.

Am folgenden Tage leistete Wagner der Einladung des Königs zu einer Separatvorstellung von Aida keine Folge und zog es vor, sich mit seiner Familie an „Staberls Reiseabenteuer" im Gärtnertheater zu ergötzen. Am 17. November 1880 kehrte er nach Bayreuth zurück und hat in der kurzen Spanne Zeit, die zu leben ihm noch vergönnt war, seinen königlichen Freund und Protektor von Angesicht zu Angesicht nicht wieder gesehen.

Zu seinem 68sten Geburtstage am 22. Mai 1881 sandte Lud-

---

[1] Das alles ist sehr unwahrscheinlich. Die Quelle Poschingers scheint Pecht (Bd. II, S. 157) gewesen zu sein, den Glasenapp (Bd. III, S. 43) mit den Worten dementiert: „Ein dieser Schilderung entsprechendes Ereignis ist niemals vorgekommen."

wig II. Wagner indische Seidendecken, ließ ihm durch Levi ein Elfenbeinrelief überreichen und sein Bedauern darüber ausdrücken, daß die zwei weiter für ihn bestimmten Dekorationsskizzen zu Parsival nicht fertig geworden seien.

Im Spätherbst 1881 trat Wagner in einem ihm wieder von Ludwig II. zur Verfügung gestellten Salonwagen abermals eine Reise nach Neapel an und begab sich von da nach Palermo, wo er „umgeben von wundervollen Pflanzen", an der Partitur des „Parsival" arbeitete, die am 13. Januar 1882 vollendet war. Erst am 1. Mai 1882 kam er wieder in Bayreuth an, und der König ließ auch seinen letzten Geburtstag dort nicht vorübergehen, ohne ihm sinnvolle Geschenke zu übersenden: seidene Gewebe aus unserer asiatischen Urheimat und ein schwarzes Schwanenpaar, das Wagner „Parsival" und „Kundry" benannte.

Zu den zwischen dem 26. Juli und 29. August 1882 stattfindenden Bayreuther Aufführungen des Parsival stellte der König Orchester und Chor der Hofbühne zur Verfügung und genehmigte Aversalentschädigungen im Betrage von 50,930 Mark, sowie Reisekostenentschädigungen von je 50 Mark für 44 Sänger und 73 Orchestermitglieder und 3 Dirigenten.

Leider aber wohnte der König keiner dieser sechzehn Aufführungen bei[1]. Seinem Schmerz über dieses Ausbleiben gab Wagner an dem Geburtsfest des Königs (25. August 1882) in den Versen Ausdruck:

> „Verschmähtest Du des Grales Labe,
> sie war mein Alles Dir zur Gabe.
> Sei nun der Arme nicht verachtet,
> der Dir nur gönnen, nicht geben mehr kann."

Diese Verse verletzten den König. Er hatte Wagner geschrieben, daß er sich unwohl fühle, und erblickte daher darin einen Zweifel in seine Wahrhaftigkeit. Der Kabinettssekretär v. Ziegler wurde beauftragt, ihm das „Erstaunen" des Königs darüber zu

---

[1] Trotz der anfänglichen Einwendungen Perfalls ließ er sich aber das Werk acht Mal separat aufführen.

bekunden. Ziegler nahm hierzu die Vermittelung der Frau Cosima in Anspruch, die unterm 4. September 1882 etwas gewunden antwortete, daß vor allen Vorstellungen, die ihren Gatten geschmerzt hätten, und ein freudiges Gefühl an seinem Geburtsfeste nicht aufkommen ließen, es die eines Leidens des allergnädigsten Herrn gewesen sei, und er eher eine Verschmähung, als eine Erkrankung hatte hinnehmen wollen.

Verständlicher spricht Wagner selbst seine Stimmung in einem Briefe vom 1. Oktober 1882 an Bürkel aus. „Mir ist bang und sorgenvoll zu Muthe. Das Fernbleiben meines erhabenen Wohlthäters an den Aufführungen des Parsival sowie die Absicht einer Separataufführung unter den von mir durchaus nicht hoffnungsvoll betrachteten Umständen verstimmen mich in tiefster Seele. Es ist unmöglich, daß mein höchster Beschützer unter solchem Bewenden den Eindruck von meinem Werke erhält, den ich mit den Bayreuther Aufführungen Ihm bereitet zu haben glaubte. Sollte unser Allergnädigster Herr aber dennoch dadurch befriedigt werden, so dürfte mir leicht alles Interesse dafür ersterben, den Parsival selbst für Bayreuth wieder aufzunehmen und weiter zu führen. Zu was diese Mühe, wenn alles so leicht ohne mich privatim abgehen kann?..."

Wagner befand sich, als er dieses schrieb, seit Mitte September in Venedig. Es war ihm nicht möglich gewesen, eine Abschiedsaudienz bei dem König zu erlangen. Ludwig hatte angeordnet, daß wegen Bayreuths keine Anfrage an ihn gestellt werden dürfe und hielt daran fest, im folgenden Frühjahr den Parsival in München sehen zu wollen, zu dessen Aufführung er die Poesie des Frühlings, den Zauber der wiedererwachenden Natur, die zeitliche Nähe des Karfreitags für nötig hielt. Begegnungen mit Wagner fielen ihm seit einiger Zeit lästig. Er fürchtete dessen Vorschläge, die er ebensowenig genehmigen, wie ablehnen wollte. Zuweilen schrieb er Wagner Briefe nach Bayreuth mit Versprechungen aller Art, die durchaus nicht immer ernst gemeint waren. „Ich will ihm nichts Unangenehmes sagen," bedeutete er Düfflipp, der mir dies erzählte; „wenn es nicht geht, müssen eben Sie es auf sich nehmen, die Sache abzuschlagen."

Kainz gegenüber äußerte Ludwig, der Verkehr mit Wagner sei schwierig, da er in der Hitze des Gefechtes zuweilen mit der Faust auf den Tisch schlage. Nach Memminger (S. 90) hätte der

König sogar seinem Kabinettssekretär (welchem und wann?) gesagt: „Ich lade Wagner nie mehr zu Gast. Das letzte Mal ist mir der Mann mit den Händen vor dem Gesicht herumgefuchtelt, daß ich für meine Augen fürchtete; dabei hat er die Weinflaschen umgeworfen und sich nicht einmal entschuldigt." Ob hier nicht bloße Selbstbeschönigungen des Königs oder Entstellungen von Lakaien vorliegen, vermag ich nicht zu entscheiden, bin aber geneigt, es anzunehmen. Denn daß Wagner, der zu allen Zeiten seines Lebens mit Personen aller Stände, insbesondere auch mit Fürstlichkeiten, verkehrte, so schlechte Manieren gehabt haben soll, daß er die Zornausbrüche, an denen er zuweilen litt, auch in Gegenwart seines Protektors nicht zu mäßigen verstanden hätte, ist wenig wahrscheinlich. Es stünde auch im Widerspruch mit den Äußerungen Pechts, der Wagner doch näher kannte und in seiner Münchener Zeit mit ihm verkehrte: „Das außerordentlich einschmeichelnde und verführerische Wesen, das Wagner in so hohem Grade zu Gebote stand, gefiel offenbar dem jungen Fürsten sehr, ohne daß er indes jemals auch nur einen Augenblick den ungeheuren Abstand vergessen hätte, der einen Fürsten nicht nur seiner Meinung nach von allen übrigen Sterblichen trennt." Und an einer anderen Stelle derselben „Lebenserinnerungen": „Wagner blieb immer ungebeugt, weil er das volle Bewußtsein seiner Überlegenheit und des daraus entstammenden Rechtes hatte. Ebenso ward er, in so großer Aufregung und Leidenschaft ich ihn auch gesehen habe, doch niemals gemein oder roh, wie viele andere begabte Männer."

Ich war zur Zeit des Ablebens Richard Wagners Legationssekretär der Bayerischen Gesandtschaft am italienischen Hofe, welche anläßlich seiner Reise nach Palermo im Spätherbst 1881 infolge eines Handschreibens des Königs beauftragt worden war, Schritte zur Wahrung seiner persönlichen Sicherheit zu veranlassen. Diese Schritte hatten den Erfolg, daß der Präfekt von Palermo einen eigenen Sicherheitsdienst für die Person Wagners organisierte. Natürlich telegraphierten wir die Nachricht seines Ablebens sofort nach München, die aber schon am Abend des 13. Februar 1883 von anderer Seite im

Kabinett des Königs eingetroffen zu sein scheint. Nach Röckl fiel Bürkel die Aufgabe zu, den König zu benachrichtigen. „Entsetzlich, fürchterlich!" habe dieser in höchster Erregung gerufen. „Lassen Sie mich allein!" — Nach einigen Stunden einsamen Schmerzes habe er Bürkel wieder zu sich befohlen und ihm gesagt: „Wagners Leiche gehört mir; ohne meine Anordnung soll wegen deren Überführung nichts geschehen."

Nach Memminger (S. 97) hätte der König bei der Todesnachricht des Freundes auf den Boden gestampft, daß eine Parkettplatte in Trümmer ging und dem Hoffourier Hesselschwerdt befohlen, nach Venedig zu telegraphieren, um die Leiche zu reklamieren.

Ich kam kurze Zeit nach dem Tode des Meisters nach Venedig, als die Erinnerungen an ihn dort noch lebendig waren. Seine natürliche Liebenswürdigkeit, seine unerschöpfliche Mildtätigkeit hatten ihm hohes Ansehen und allgemeine Sympathien in der Lagunenstadt erworben, in der er so oft verweilte und eines seiner herrlichsten Werke vollendete — den zweiten Akt des Tristan. — Damals wohnte er in dem Palazzo Giustiniani (Hôtel de l'Europe), nun nahm er mit seiner Familie und ziemlich zahlreicher Dienerschaft die dreißig, reich mit Kunstschätzen ausgestatteten Gemächer des Palazzo Vendramin-Calergi ein, den im Jahre 1842 die Herzogin von Berri erworben hatte. Anfangs lebte er sehr zurückgezogen. Es hieß, er arbeite an einem Werke indischen Stoffes „Die Büßer". Wenn er am Arm seiner ihn überragenden Gattin, gefolgt von seinem Sohn und seinen hübschen blonden Töchtern auf der Piazza lustwandelte oder die Auslagen besichtigte, hörte man ihn beständig eigentümliche Melodien summen. Im Monat September fuhr er fast täglich mit dem „vaporetto" an das Lido und in der liquoreria Lavena blieb ihm stets sein Stammplatz vorbehalten. Die banda cittadina spielte auf seinen Wunsch eine Sinfonie von Rossini und einmal ihm zu Ehren Stücke aus Lohengrin, deren zu rasches Tempo er beanstandete.

Anfangs Dezember kam auf einen Monat zu Gast der liebenswürdige, gesellig angelegte Schwiegervater Liszt, was zu einer

Erweiterung des Bekanntenkreises führte. Man spielte im Salon der Mutter der großen Wagnerfreundin Schleinitz, Fürstin Hatzfeld, die „Geschwister" von Goethe, die Wagner bis zu Tränen rührten und eine Szene aus Liszts „Elisabeth," in welcher der damals dreizehnjährige Siegfried mitwirkte, der frühe schon überraschende Proben seiner musikalischen Begabung ablegte.

Zum Geburtsfeste seiner Gattin ließ Wagner in dem von dem Grafen Contin 1877 gegründeten Liceo Benedetto Marcello eine Jugendsinfonie von sich aufführen, die er selbst dirigierte. Es schloß sich daran eine kleine Familienfeier, an der auch Graf Contin und die Musiker teilnahmen und die Wagner damit abschloß, daß er sich ans Klavier setzte und: „Buonasera, signori" aus dem „Barbiere" intonierte.

Das Ende Wagners, erzählte mir sein Arzt Dr. Keppler, sei nach einer Mahlzeit im Anschluß an eine starke Erregung eingetreten; Wagner starb in den Armen seiner Frau, also einen schönen Tod, wenn der Tod überhaupt schön sein kann. Die trostlose Gattin wollte sich einen Tag und eine Nacht nicht von ihm trennen; „Novella Isolda non voleva distacarsi del cadavere del suo Tristano," schreibt Norlenghi, dem wir ein hübsches Buch über den letzten Venezianischen Aufenthalt Wagners verdanken (Venezia Ongania 1884)[1]. Als letzte Liebesgabe legte sie dem Geschiedenen ihre langen schönen Haare in den Sarg.

Dr. Keppler traf Wagner nicht mehr lebend an. Er hatte von einer Operation hinweg zu ihm gerufen werden müssen. Eine Reihe schwerer Herzkrämpfe war dem letzten vorausgegangen; man hatte wiederholt geglaubt, daß Wagners letzte Stunde gekommen sei, und es ist daher anzunehmen, daß er sich am Todestage einer starken Erregung nicht mehr aussetzte.

Die letzten Lebenstage Wagners waren in die Fastnachtszeit gefallen. Zum ersten Mal sah er den einst so berühmten venezianischen Karneval, für den er sich lebhaft interessierte, wenn auch von dem einstigen Glanze dieses Volksfestes sich nur blutwenig mehr erhalten hatte. Er hatte am Fastnachtsdienstag

---

[1] i. J. 1923 erschien in zweiter Auflage, um einen Band vermehrt: Mario Panizzardi: Wagner in Italia. Mailand, Garsich.

(7. Februar) ein Zimmer gemietet, um dem Maskentreiben auf dem Markusplatz zuzusehen und stimmte auf dem Heimweg in das traditionelle „El va, El va, El va!" ein, welches eine Schar Knaben aus dem Volke, eine Kerze in der Hand, aus vollem Halse, dem verendenden Karneval als Exequien nachsangen. Die Venezianer pflegen sich am Aschermittwoch auf die Zattere zu begeben. Wagners treuer Gondoliere Luigi[1] war daher überrascht, als der Herr ihm an diesem Tage als Ziel seiner üblichen Gondelfahrt die Toteninsel San Michele angab. Noch bevor sie an dieser schönen Begräbnisstätte landeten, befiel Wagner ein so heftiger Herzkrampf, daß er einen Augenblick leblos schien. Frau Cosima und der Gondoliere trugen ihn in die kleine Kirche des Friedhofs, wo er das Bewußtsein wieder erlangte. Aber er hatte nur noch vier Tage zu leben. Ganz Venedig nahm an seinem Hingang herzlichen Anteil. Die Zeitungen erschienen mit schwarzumränderten Nachrufen. Der schönste der prachtvollen Kränze, welche den Metallsarg bedeckten, trug die Inschrift: „Venezia a Riccardo Wagner." Auf dem Bahnhof fanden sich außer dem Vertreter des Königs von Bayern, Vertreter der hauptsächlichen Musik- und Kunstgesellschaften, der Stadtpräfekt, der königliche Kommissär, Künstler, Musiker, Freunde und Verehrer ein. „Avevamo tutti gli occhi bagnati di lagrime, quando col cappello in mano salutammo per l'ultima volta la salma da quel grande... che già velocemente, colla mesta, desolata scorta, veniva portata verso Germania che aspettava ansiosa e riverente il suo grande patriota, il suo musicista, l'artista che la onorò e illustrò il suo secolo."

*

Die Lagunenstadt hat ihrem Freunde ein treues Andenken bewahrt. Sie stellte in ihrem giardino pubblico angesichts des Meeres eine Bildsäule des deutschen Meisters als Gegenstück zu ihrem nationalen Maestro Verdi auf und nicht ohne tiefe Bewegung hörte ich in den lauen Nächten auf dem Markusplatz immer wieder Wagnerische Weisen erklingen, als ich im Juni/Juli 1921 die unvergleichliche Stadt wieder besuchte und

---

[1] Luigi Ganasetta, † 1924.

dort, wie überall in Ober- und Mittelitalien, statt des befürchteten Völkerhasses, rührenden Beweisen von Sympathie für Deutschland begegnete.

Auch in dem Programm der feste estive Venedigs von 1921 fand sich zwischen der Serata musicale Verdiana vom 7. Juli und der Serata musicale Pucciniana vom 4. August eine Serata musicale Wagneriana vom 21. Juli.

Auf dem Bahnhof zu München erwarteten die Hülle des Meisters großartige, stimmungsvolle Ehrungen, denen nur der dringende Wunsch der Witwe Einschränkungen auferlegen konnte. Beethovens Trauermarsch drang mit erschütternder Macht durch die Halle, schon bevor die umflorten Fahnen und Fackeln sich vor dem ankommenden Zuge senkten und die Klänge des Trauermarsches aus der Götterdämmerung begleiteten ihn bei seinem Abgang. Der Flügeladjutant des Königs Graf Lerchenfeld tritt an den Salonwagen, einen Palmenkranz von wunderbarer Pracht zu überreichen, welcher die Inschrift trug: „Dem Dichter in Wort und Ton, dem Meister Richard Wagner von König Ludwig II. von Bayern." Als dessen Vertreter schloß sich Graf Pappenheim beim Abgang des Zuges den Leidtragenden an.

Auf dem Wege zu der selbstgewählten Gruft in Wahnfried folgten dem Sarg auch Wagners treue Hunde Marke und Froh.

Chamberlain erzählt, man habe nach dem Tode des Meisters dessen Gondoliere bitterlich weinend auf den Stufen des Palastes Vendramin-Calergi gefunden, und er habe jeden Trost mit den Worten zurückgewiesen: „Er war ein so guter Herr! einen so guten finde ich nicht wieder."

Ludwig II. ließ sich über die Leichenfeiern und ehrenden Nachrufe des Meisters Bericht erstatten. „Den Künstler, um welchen jetzt die ganze Welt trauert," sprach er dann, „habe ich zuerst erkannt und der Welt gerettet." — Diesen Ruhm macht ihm niemand streitig und in dem neuen Deutschland dürfte in Zukunft kaum eines der vorübergehenden Staatsoberhäupter mehr in der Lage sein, sich ein gleiches Verdienst um die deutsche Kunst zu erwerben.

XXXVIII.

Graf Schack macht in seinen Erinnerungen die Bemerkung, es sei auffallend, daß Ludwig II. nie Neigung gezeigt habe, die Länder, in denen die Poesie besonders ins Leben getreten sei, namentlich Italien, zu besuchen. Die wenigen kurzen Reisen, welche er machte, hätten nur den Zweck gehabt, Örtlichkeiten zu besichtigen, welche in Schillers Dramen vorkommen, so namentlich den Vierwaldstätter See und die Kathedrale von Reims. In der Tat fehlte Ludwig II. das allgemeine Interesse an fremden Ländern und Völkern, oder war wenigstens nicht stark genug, die krankhaften Hemmungen seines Naturells und die äußeren Schwierigkeiten zu überwinden, die für Souveräne bestehen, zeitweilig von ihren Thronen abzukommen. Nach Italien äußerte er in Briefen an den Großvater vom Jahre 1867 Sehnsucht, fürchtete dort aber immer die „Banditen" und als er mit Kainz nach Spanien reisen wollte, wurde ihm dies von seiner Umgebung aus einer Reihe von Vorwänden als ganz undurchführbar dargestellt. Es darf nicht Wunder nehmen, daß ein Fürst, der nie nach Berlin oder Wien kam, der den deutschen Bundesfürsten nicht einmal die üblichen Antrittsbesuche abstattete, der eine einzige Rundreise in seinem eigenen Lande unternahm, so wenig Auslandsfahrten unternommen hat.

Der Verzicht auf Reisen jeder Art bildet einen Teil der Lücken, an denen seine Ausbildung infolge der zu frühen Thronbesteigung litt. Er besaß in ungewöhnlichem Grade atavistischen Kunstsinn und Stilgefühl, allein es fehlte die Ausbildung und Verfeinerung dieser Fähigkeiten, welche nur die Anschauung und der Vergleich mit den Originalen und Vorbildern zu bewirken vermag. Man hat nie gehört, daß Ludwig II. auch nur die reichen Kunstsammlungen Münchens öfters besucht habe.

Graf Schack hat mit Recht hervorgehoben, daß die Reisen Ludwigs II. in die Schweiz und nach Frankreich mit den ihn beherrschenden Ideen zusammenhingen: seiner Vorliebe für Schiller, das absolutistische Frankreich, und — Richard Wagner.

Zu der ersten Auslandsreise als König, im strengsten Inkognito, hatte ihn eine sehr gelungene unverkürzte Aufführung des Wilhelm Tell am 18. Oktober 1865 begeistert. Am 20. Oktober 1865 kam er in Luzern an und stieg in dem Hotel Schweizerhof ab, in dem nur mehr drei Zimmer frei waren. Da er vollkommen unbekannt war, wurde ihm als dem zuerst eingetretenen ein Zimmer im vierten Stock gegeben, während man seinen Begleiter im zweiten Stock unterbrachte. Das spätere Anerbieten der freigewordenen Fürstenzimmer im ersten Stock lehnte er dankend ab. Am 23. Oktober 1865 fuhr er nach Brunnen weiter, wo er in dem ländlichen Gasthaus zum „Rößli" Wohnung nahm. Hier blieb er zwei Tage und besuchte von dort aus das Rütli, die Tellsplatte, die Stauffacher-Kapelle bei Steinen, die hohle Gasse bei Küßnacht und besonders das alte Städtchen Schwyz zu Füßen der Mythen. Die Schwyzer Zeitung erstattete unterm 24. Oktober über den letzteren Besuch ausführlichen Bericht: „Gestern Abend, als die Nacht bereits angebrochen, meldete sich ein fremder Tourist mit einem Begleiter auf dem Rathaus zur Besichtigung der Säle. Er betrachtet mit Interesse die Bilder der alten Landammänner, frägt mit regem Eifer über Land und Leute, und verweilt mit sichtlicher Vorliebe bei einem alten Gemälde, das die Tell- und Rütlisage darstellt. Denselben Touristen treffen wir in gleicher Abendstunde in einer hiesigen Buchhandlung. Er läßt sich Bücher und Bilder geben, welche auf die Schweiz und insbesondere auf die Helden und klassischen Stellen der Urschweiz Bezug haben; was er spricht, bekundet warmes Interesse und aufrichtige Zuneigung für dieselben. Die äußere Erscheinung, ein ganz junger Mann von hoher schlanker und edler Gestalt, das vornehme und dennoch leutselige Benehmen und die Haltung seiner Begleitung lassen einen ungewöhnlichen Touristen erkennen. Heute vernimmt man, es sei der junge König Ludwig von Bayern gewesen, der von seinem Großvater Liebe und Sinn für Kunst und klassische Werke als glückliches Angebinde geerbt hat." „Das Land des Wilhelm Tell sendet dem jungen königlichen Freund einen warmen Gruß."

Ludwig II., welchem diese Begrüßung vorgelegt wurde, verdankt sie mit folgendem Handschreiben aus Hohenschwangau vom 2. November 1865: „Herr Redakteur! Mit inniger Freude las Ich heute den herzlichen Gruß des Landes Wilhelm Tells und erwidre denselben aus ganzem Herzen. Ich grüße ebenfalls Meine lieben Freunde aus den Urkantonen, für welche Ich schon als Kind eine Vorliebe hatte. Die Erinnerung an Meinen Besuch der herrlichen Inner-Schweiz und das biedere freie Volk, welches Gott segnen wolle, wird Mir immer teuer sein. Mit wohlwollenden Gesinnungen bin ich Ihr wohlgewogener Ludwig."

Von Schwalbach aus, wo die Kaiserin von Rußland weilte, hatte Ludwig im Juli 1864 auch den Herzog von Nassau in Biebrich besucht, dessen berühmte Gärten ihm Anregungen zu seinem späteren Wintergarten boten, er war den Rhein hinauf bis Köln gefahren und hatte auf dem Rückweg in Frankfurt a. M. das Goethehaus besichtigt. Dem Großvater berichtet er am 22. August 1864 aus Hohenschwangau über diese Reise: „Von Schwalbach aus, wo ich die Kaiserin von Rußland besuchte, machte ich einen für mich sehr genußreichen Ausflug an den herrlichen Rhein und das ehrwürdige Köln. Sie können sich vorstellen, lieber Großvater, welch' einen tiefen Eindruck in mir der dortige Dom zurückließ, da Sie ja wissen, welche große Liebe ich zu derartigen, so erhabenen Kunstschöpfungen habe. Wie erhoben und wie ernst wird der Mensch durch diesen wundervollen Bau gestimmt, ein Musterbild des gotischen Stils. Entzückt hat mich die Pracht der Glasgemälde, besonders schön fand ich die von Ihnen dem Dom geschenkten, welche ich im Kleinen für einen Erker des hiesigen Schlosses malen lassen will."

Auf Anregung Wagners reiste er ferner am 31. Mai 1867 mit seinem Bruder Otto und dem Adjutanten Sauer, wie immer, im strengsten Inkognito, nach Eisenach, um den Schauplatz des Sängerkrieges kennen zu lernen und auf Grund dessen Weisungen für eine wahrheitsgetreue Inszenierung des Tannhäusers geben zu können. Die drei Fremden ließen sich in den Räumen der Burg umherführen und zeichneten ihre Namen in das Stammbuch ein. Auf die Nachricht von dem überraschenden fürstlichen Besuche eilte der Burghauptmann herbei, um dem hohen Gast Ehren zu erweisen. Ludwig II. bat ihn aber, ganz allein und durch Verschluß der Türen vor jeder Störung gesichert in den erinnerungsreichen Räumen verweilen zu dürfen. Er brachte längere Zeit, völlig sich selbst überlassen in dem Sängersaal und den anstoßenden Gemächern zu." „Am folgenden Morgen bestiegen die Gäste den Hörselberg und besichtigten die in Wagners Tannhäuser als Aufenthaltsort der Venus verherrlichte Grotte. (Röckl II, S. 33.)

Diesem Ausflug verdanken wir wohl nicht nur die Dekorationen des Hoftheaters, sondern auch die prächtige Nachbildung des Sängersaales der Thüringer Burg in Neuschwanstein.

Im Jahre 1867, in dessen Spätherbst seine Vermählung stattfinden sollte, deren Programm er vorher genehmigte, führte Ludwig II. auch seine erste Pariser Reise aus. Die dortige Weltausstellung bot ihm Anlaß und Vorwand dazu. „Hauptsächlich aus politischen Gründen,“ reskribierte er unterm 18. Juli 1867 an das Ministerium des Äußern, „und um nichts zu versäumen, was der Stellung Bayerns förderlich sein könnte, beabsichtige Ich Paris zu besuchen.“

Tags zuvor hatte er den Wunsch zu erkennen gegeben, „ohne daß es in der Stadt Aufsehen errege“, seinen früheren französischen Sprachlehrer Trautmann in der Residenz zu sehen, um sich in der französischen Sprache zu üben, die er übrigens, wie er bei einem anderen Anlaß schreibt, „haßte“.

Er hatte am 20. Juli abends noch einen Spazierritt von Berg über Fürstenried nach Gauting gemacht, dort den Extrazug nach Pasing bestiegen und von da aus die Abreise nach Paris angetreten. Sein Gefolge bildeten: der Generaladjutant Divisionsgeneral Frhr. v. d. Tann, der Adjutant Hauptmann Sauer, der Kabinettssekretär Lutz, der Geheimsekretär Brochier, der Kabinettskassierer Grünwald, drei Diener und der unvermeidliche Friseur.

Unter den 12 Kaisern und Königen, 6 regierenden Fürsten und 9 Thronfolgern, die ihm im Besuch der Weltausstellung zuvorkamen oder nachfolgten, befand sich auch sein Großvater König Ludwig I., der damals seine Abneigung dagegen überwand und zum erstenmal wieder nach 51 Jahren Frankreich und sein Geburtshaus in Straßburg betrat. Unter dem Inkognito eines Grafen von Spessart hatte er die Fahrt von Salzburg nach Paris mit seinem Hofmarschall Baron Laroche in 27 Stunden zurückgelegt, war am 12. Juli in Paris angekommen und wurde am folgenden Tage von dem Kaiser und der Kaiserin empfangen. Trotz seiner 81 Jahre besuchte er nicht nur sehr fleißig die Kunstabteilung der Weltausstellung, sondern auch die fünf neuen Theaterstücke, die damals in Paris gegeben wurden. Einer der Berichterstatter führte wohl als patriotischen Zug von ihm an, daß er in der Ausstellungsrestauration Sedelmayer eine Portion Knödel zum Gabelfrühstück verzehrte.

Ein ganzes Kapitel widmet den damaligen zwei Pariser Aufenthalten des Großvaters Ludwigs II. Fürstin Pauline Metternich in ihren kulturhistorischen wertvollen Schilderungen „My Years in Paris", London 1922, wobei freilich der greise Bayernkönig eine weniger liebenswürdige Behandlung erfährt, als die meisten der anderen mit Geist und Scharfblick geschilderten Persönlichkeiten. Ludwig I. hatte sich infolge seiner beinahe vollständigen Taubheit angewöhnt, so laut zu sprechen, daß auch weniger verbindliche Äußerungen, die er machte, die Ohren von solchen erreichten, für die sie nicht bestimmt waren. Als Napoleon III. ihm in St. Cloud, umgeben von dem großen Gefolge und seinen Ministern, mit der Frage entgegentrat: „Darf ich E. M. diese Herren vorstellen?", rief der König laut: „Das würde mich tödtlich langweilen." Ludwig I. sprach tadellos französisch, als er aber mit der Kaiserin in ihrer Muttersprache zu reden begann, kam dies Eugenie so spanisch vor, daß sie laut auflachte. Er habe die spanischen Frauen immer verehrt, versicherte der König, und als darauf das allgemeine Schweigen eintrat, das kleinen Entgleisungen zu folgen pflegt, setzte er noch den Punkt auf das schrille i mit den Worten: „eine hat mich sogar den Thron gekostet." Die Fürstin muß einräumen, daß der damals 81 jährige Monarch ihr selbst sehr huldvoll entgegentrat. Mit besonderer Verehrung gedachte er ihres Schwiegervaters, des österr. Reichskanzlers, des Feindes Napoleons I. und Schöpfers der heil. Allianz. Bei Nennung des Namens Murat konnte er dann freilich die Erinnerung an die Zeit nicht unterdrücken, in der „the tall Prince von Metternich was the lover of Queen Caroline" von Neapel, eine Tatsache, bei deren Erwähnung ihr Gatte, der Botschafter, in einer Anwandlung von Bescheidenheit die Augen niederschlug."
Die freundschaftliche Gesinnung für das Haus Metternich ging vom Großvater auf den Enkel über, und als Fürstin Pauline später in München den Wunsch äußerte, den allen Sterblichen unzugänglichen Wintergarten zu besichtigen, erteilte Ludwig II. sofort den Auftrag, ihr seine verborgenen Herrlichkeiten zu zeigen.

Mit besonderem Glanze war einige Tage vor Ludwig I. der den Napoleoniden näher verwandte König von Württemberg in Paris empfangen worden. Ihm wurde ein Ehrendienst beigegeben und er wurde mit seinem Gefolge in vier Staatskarossen, umgeben von einer Eskorte von „lanciers de la garde impériale" nach den Tuilerien geleitet.

Soviel Aufsehen wäre nicht im Geschmack Ludwigs II. gelegen gewesen. Was er in dieser Hinsicht erstrebte, hat er in einem Erlaß aus dem Herzogenstand vom 13. Juli 1867 bekundet: „Wenn ich wirklich mein Reiseprojekt nach Paris ausführen sollte, möchte ich zuvor Näheres über einige Punkte erfahren. Wie ich erfuhr, wurden Prinz und Prinzessin Adalbert vom Kaiser und der Kaiserin ohne alle Etiquette und in Morgentoilette empfangen, ich möchte nun wissen, ob doch der Hofstaat anwesend war? Sie könnten dieß leicht durch den Sekretär des Prinzen erfahren." „Sollte ich wirklich den Reiseplan ausführen, so will ich entschieden im strengsten Incognito reisen und ich verlange von Perglas (dem dam. bayer. Gesandten in Paris), daß er dafür Sorge trage, daß dasselbe respectiert werde, sonst unternehme ich die Reise auf keinen Fall. Ich finde überhaupt, der dortige Hof braucht jetzt von meinem Kommen noch keine Kunde zu erhalten."

Ludwig II. kam am 22. Juli, abends 8¾ Uhr, in Paris an. Auf dem Straßburger Bahnhof hatte sich die bayerische Ausstellungskommission und eine ziemliche Anzahl in Paris anwesender Bayern eingefunden, um ihren Landesherrn zu begrüßen. Der König fuhr alsbald nach dem Hôtel du Rhin, wo er abstieg, und von seinem Großvater Ludwig I. erwartet wurde, der am folgenden Morgen abreiste.

An der Spitze des Moniteur vom 20. Juli 1867 fand sich die Kundgebung, daß der König von Bayern am folgenden Tage unter dem Inkognito eines Grafen von Berg von München abreisen und Sonntags abends in Paris erwartet werde; und unterm 22. Juli meldete dasselbe Blatt, der Kaiser habe gestern S. M. den König von Bayern empfangen, der von dem Generaladjutanten Frhr. v. d. Tann und dem Adjutanten Sauer begleitet gewesen sei; dem Empfang habe der Gesandte des Königs bei dem Kaiser, Frhr. Pergler v. Perglas beigewohnt.

Kaiserin Eugenie war acht Tage vor Ankunft Ludwigs II. zu einem Besuch der Königin von England nach der Insel

368

Wight abgereist. Auch in Abwesenheit seiner Gemahlin erwies Napoleon III. dem jungen König von Bayern verschiedene Aufmerksamkeiten. Er lud ihn zu einer Spazierfahrt auf der Seine in seiner Yacht nach Billancourt ein, wo die landwirtschaftliche Abteilung der Ausstellung Platz gefunden hatte. Die Fürstlichkeiten, denen sich der König von Portugal angeschlossen hatte, kehrten erst am Abend zurück, worauf König Ludwig noch einer Vorstellung des „Don Carlos" von Verdi in der großen Oper beiwohnte. Dort hörte er, am 24. Juli, auch die „Afrikanerin", am 25. Juli in der Opéra comique „Mignon" und am 23. Juli im Théâtre lyrique Gounods „Romeo und Julia", lauter damals neue Schöpfungen.

Der Verkehr der beiden jugendlichen Souveräne von Bayern und Portugal nahm den Charakter ungewöhnlicher Herzlichkeit an. Ludwig II. hatte dem König von Portugal den St. Hubertusorden überreicht und von ihm das königliche Band der drei militärischen Orden Portugals entgegengenommen. Der König und die Königin von Portugal besuchten den König von Bayern und beide Souveräne folgten am 24. Juli wieder einer Einladung Napoleons III. nach Compiègne, einem der Lieblingssitze der französischen Herrscher, wo, wie in alter Zeit eine Militärparade abgehalten wurde. Eine besondere Aufmerksamkeit glaubte Napoleon III. seinem bayerischen Gaste auch dadurch zu bereiten, daß er ihn, „dessen Gemüt romantischen Stimmungen leicht zugänglich war", von Compiègne aus nach dem mittelalterlichen Schlosse von Pierrefonds geleitete, das er 1858 erworben und durch Viollet-le Duc hatte restaurieren lassen. An dem Diner in Compiègne nahmen außer dem König von Portugal auch der Fürst Anton von Hohenzollern-Sigmaringen und dessen Sohn Leopold teil, wegen dessen spanischer Thronkandidatur Napoleon III. drei Jahre später Krone und Thron auf das Spiel setzte und verlor.

Der Kaiser entfaltete während dieses Ausflugs eine ungemeine Liebenswürdigkeit und war sehr gesprächig. Über den Inhalt seiner Gespräche hat Ludwig II. dem Fürsten Hohenlohe später Mitteilungen gemacht. Hohenlohe hat aber davon nur aufgezeichnet, daß der Kaiser den König gewarnt habe, sich nicht zu tief mit Preußen einzulassen.

Obschon die Rückkehr von Compiègne nach Paris sich bis 9 Uhr abends verzögerte, besuchte Ludwig II. doch noch die Große Oper, in der „Die Afrikanerin" gegeben wurde.

Über den höfischen Veranstaltungen verabsäumte Ludwig II. nicht den Hauptzweck seiner Reise: das Studium der Ausstellung. Auch ich weilte damals in Paris und sah ihn stundenlang unter Führung des Ministerialrats Braun und des bayerischen Konsuls Schwab Besichtigungen obliegen. Der König von Bayern brauchte sich der damaligen Darbietungen seines eigenen Landes wahrlich nicht zu schämen. Bayern hatte insbesondere eine auserlesene Sammlung von Kunstwerken ausgestellt, deren größter Teil in einem von der bayerischen Regierung im Parke erbauten Pavillon untergebracht war. Künstler von altem wohlerworbenem Ruf wetteiferten mit den in jenen Tagen aufgegangenen Sternen, den Vorrang der Münchener Schule zu behaupten. Man sah sich, das räumt auch Pecht ein, von einem Reichtum an kühn aufstrebenden jungen Männern umgeben, wie ihn keine andere Schule zu bieten hatte, und denen nur große Aufgaben fehlten, um das Höchste zu leisten. Es fehlte kaum einer der berühmten und beliebten Namen. Waren doch und zwar meistens sehr glücklich vertreten: Franz Adam, Arnold Boecklin, Joseph Brandt, Heinrich Bürkel, Wilhelm Dietz, Anselm Feuerbach, Bernhard Fries, Bonaventura Genelli, Theodor Horschelt, Adam Klein, Franz Lenbach, Adolph Lier, Alexander Liezenmayer, Hans Makart, Gabriel Max, Karl Piloty, Arthur v. Ramberg, Karl Rottmann, Eduard Schleich, Johann v. Schraudolph, Moritz v. Schwind, Karl Spitzweg, Ludwig und Friedrich Volz, Alexander Wagner, Wilhelm v. Kaulbach u. a. m. Besonders heimatlich wehten mich auch Karl v. Enhubers reizende Illustrationen zu den unverwelklichen Novellen meines engeren Landsmanns Melchior Meyr an, sowie der Fischbrunnen mit dem Metzgersprung für München von Konrad Knoll. Knoll war einer der wenigen auf der Ausstellung vertretenen bayerischen Plastiker und hatte außerdem seinen Tannhäuserschild zur Aufstellung gebracht. Das Werk war bereits 1856 vollendet worden und harrte seitdem vergebens auf einen Käufer. Ob Ludwig II. dieser Käufer war, ist mir nicht erinnerlich; Ludwig II. bestellte aber im Jahre 1870 bei Knoll die Ausführung einer gleichfalls schon 10 Jahre früher entstandenen Sappho.

Ankäufe von Kunstwerken auf Ausstellungen seitens des Staatsoberhauptes und der Regierung in größerem Maßstab wurden erst unter dem Regenten üblich und ich weiß nicht, ob Ludwig II. damals solche gemacht hat. Der Katalog der Pariser Weltausstellung führt ihn aber als Besitzer einiger für das Maximilianeum bestimmter Gemälde von Philipp Foltz, Karl Piloty, Andreas Müller und Arthur v. Ramberg auf.

Einen weiteren Erfolg hatte Bayern auf der Pariser Weltausstellung von 1867 auch bei dem musikalischen Wettbewerb, bei welchem das Musikkorps des 1. bayerischen Infanterie-Regiments Wagnerische Kompositionen vortrug und einen zweiten Preis erhielt.

Hingegen hatte der spätere Siegeszug des bayerischen Kunstgewerbes damals noch kaum begonnen, und es war nicht zum mindesten eine Folge der reichen Bestellungen Ludwigs II., daß es einen Aufschwung nehmen konnte, der es im Jahre 1912 befähigte, Paris eine Ausstellung künstlerischer Zimmereinrichtungen modernsten Stiles vorzuführen. Die etwas stationäre und sich so lange in der bloßen Wiederholung früherer Stile gefallende französische Möbelindustrie sah sich davon überrascht; es fehlte nicht an Anerkennungen, aber der Präsident der französischen Republik wagte nicht, sie zu besuchen. Selbst der Existenzneid und die Konkurrenzfurcht, die das Unternehmen auslöste, konnten als Begleiterscheinungen eines Erfolges gedeutet werden.

Ein Gegenstand, dem König Ludwig II. im Jahre 1867 seine besondere Aufmerksamkeit zuwandte, war auch das Schulwesen. Er besuchte des öfteren die verschiedenen Schulannexa und widmete auch dem preußischen Schulhaus und der Ausstellung der württembergischen Fortbildungsschulen eine eingehende Besichtigung.

In seine intimeren Reiseeindrücke gewährt ein Brief von ihm aus Linderhof vom 1. August 1867 einigen Einblick: „Ich las gestern Richard Wagners Brief und beauftrage Sie hiermit, Alles Nöthige zu besorgen, damit Wagners Wünsche baldigst in Erfüllung gehen können; ferner wünsche ich, daß Sie ihm schreiben, daß ich es mir zur heiligen Pflicht mache, seine in dem letzten Briefe an Sie ausgesprochenen Wünsche treulichst zu erfüllen. Sagen Sie ihm, daß meine Begeisterung für unser Ideal stets glühender wird, und daß ich voll Muth und Hoffnung bin, theilen Sie ihm ferner mit, daß sein letzter Brief, den ich unmittelbar vor meiner Abreise nach Paris erhielt, mich mit größter Freude erfüllte, daß meine Reise für mich von großem Nutzen war und daß ich nun mehr denn je einsehe, wie dringend nöthig es ist, als Gegengewicht zu jenem wüsten, unkünstlerischen Gebahren, wie es in Paris auf so schreckenerregende Art sich kundgiebt, in Deutschland das Banner der heiligen reinen Kunst aufzupflanzen, daß es auf hoher Zinne weithin wehe in die Gaue und die deutsche Jugend auffordere, sich kampfbereit um sie zu schaaren."

Die Bayerische Zeitung meldete, „daß der König sowohl was das Zusammensein mit dem Tuilerienhofe, als was die Ausstellung angeht, mit sehr guten Eindrücken und sehr befriedigt von Paris zurückgekehrt sei."

Napoleon hatte ihm den Großcordon der Ehrenlegion übersandt und Ludwig II. verlieh dem Kaiserlichen Kronprinzen den Hubertusorden.

Ludwig II. hatte beabsichtigt, die Rückkehr der Kaiserin Eugenie aus England in Paris abzuwarten; aber die Nachricht, daß der jüngere Bruder seines Vaters, König Otto von Griechenland, in Bamberg am 26. Juli 1867 mit Tod abgegangen war, veranlaßte ihn zu einem früheren Aufbruch. Er kehrte am 29. Juli 1867 abends nach Schloß Berg zurück, um am folgenden Nachmittag der Beisetzung seines Oheims anzuwohnen.

König Otto war sein Pate gewesen; er war immer in guten Beziehungen zu ihm gestanden und ihm erst vor wenigen Monaten in seinem Exil wieder näher getreten. Ludwig II. war auf seiner Rundreise durch die fränkischen Provinzen am 14. November 1866 in Bamberg eingetroffen; König Otto hatte ihn auf dem Bahnhof erwartet und unter dem Jubel der Bevölkerung in die prächtige ehemalige fürstbischöfliche Residenz geleitet, die ihm nach seiner Entthronung als Zuflucht dargeboten worden war. Nach der Familientafel am griechischen Hofe fuhr Ludwig II. in Begleitung der hellenischen Majestäten durch die glänzend erleuchtete Stadt. Dann fand ein imposanter Fackelzug des Landwehr-Regiments statt und Ludwig erteilte einige Audienzen. Am 15. November besuchte er in Begleitung des griechischen Königspaares den Ball der Bürgergesellschaft „Concordia", die ihren Sitz in einem künstlerisch ausgezeichneten Barockgebäude hat. Dort unterhielt er sich in herzgewinnender Weise mit einer großen Anzahl von Damen und Herren, tanzte sechs Quadrillen und sprach wiederholt seine Freude darüber aus, so froh und heiter unter seinen treuen und anhänglichen Bürgern verweilen zu können. Erst nach Mitternacht schied er unter Hochrufen der ganzen Gesellschaft. Am folgenden Tage betrat er den ehrwürdigen Dom und stattete sodann dem erkrankten Erzbischof Deinlein, sowie dem Schmidtschen Institut für Porzellanmalerei Besuche ab. Nachmittags hielt er mit glänzender Suite und im Beisein des Königs Otto eine Revue über die Garnison ab, nach deren Beendigung er noch die verwundeten Soldaten im Militärspital aufsuchte. Am Abend fand er sich mit großem Gefolge, an der Seite der griechischen Majestäten, in der Festvorstellung des Stadttheaters ein, wobei der „Troubadour" gegeben wurde. Den Schluß der Festlichkeiten bildete am 17. November eine Hoftafel und abends ein Hofball, zu dem 180 Einladungen ergingen und der um 2 Uhr nachts endete. Vor demselben zeichnete der König den Bürgermeister der Stadt mit dem Michaelsorden aus. Am 18. erfolgte nach einer Messe im Dom die Weiterreise über Schweinfurt nach Kissingen.

Wohl in dankbarer Erinnerung der damals entfalteten Liebenswürdigkeit und anderer landesväterlicher Verdienste setzte die Stadt Ludwig II. in ihrem herrlichen Naturpark im Jahre 1910 ein Denkmal, das „nach Entwürfen von Fritz Christ von Philipp Kittler in Nürnberg geschickt ausgeführt ist."[1]

Der Name König Ottos von Griechenland steht neben dem seines Vaters Ludwig I. auf einem ruhmvollen Blatt bayerischer

---

[1] Fr. Leitschuh. Bamberg, Leipzig 1914.

Geschichte. Seine Nationalität, seine Konfession, seine Kinder-losigkeit, der Neid der Großmächte und der Parteigeist des grie-chischen Volkes hinderten ihn, dauernde Wurzeln in dem fremden Boden zu schlagen. Auch seine Eigenart und die seiner ehr-geizigen Gemahlin erwiesen sich hierbei hinderlich. Edmond About hat in seinem etwas boshaften, aber geistreichen Buche: „La Grèce contemporaine", Paris 1854, wohl das Wesen der Sache auf den Kopf getroffen und die Überschriften seines achten Kapitels sagen mehr, als lange Abhandlungen: „Le roi n'a pas de santé; la reine en a trop. Le roi est toujours indécis; la reine toujours décidée; le roi examine les lois sans les signer; la reine les signe sans les examiner. Bonté du roi; rancunes de la reine."
In der Tat noch mehr, als bei seinem Bruder Max II., wurde die Gewissenhaftigkeit Ottos oft zur Zweifelsucht, welche die Handlungsfähigkeit vermindert. Aber die Verdienste, die er sich während einer dreißigjährigen Regierung um die Kultur und Auf-richtung eines einst so hochstehenden und so tief gesunkenen Volkes erwarb, sind nichtsdestoweniger große und unvergäng-liche. Das erkannten immer einige Griechen an und unter der Regierung des Prinz-Regenten erschien eine kleine griechische Deputation in München, die um ein Andenken an ihn für dortige Sammlungen bat. Von dem Minister beauftragt, mich nach solchen umzusehen, wußte ich wohl, daß König Ottos Bibliothek unter seine Neffen verteilt worden war, daß sein großes Privat-archiv unbenützt und unbenützbar im Geheimen Hausarchiv hinterlag, daß das bayerische Nationalmuseum seinen Zepter, sein Schwert, seinen Krönungsmantel, das Pferd, ausgestopft, auf dem er seinen Einzug in Nauplia hielt, die Hoftracht der Königin und anderes enthielt. Davon war nichts abzugeben, aber bei weiteren Nachforschungen führte mich der Hofsekretär Klug vor eine große schwarze Kiste im dunklen Hintergrund seines Bureaus. Wir öffneten sie und fanden sie angefüllt mit Orden aller Länder und ganz unten, auf rotem Samt, eine schöne goldene Krone mit einer zerbrochenen Spange. Diese Krone, meinte ich, sollten wir den Griechen als Erinnerung an ihren

ersten König geben. Aber den Prinz-Regenten erzürnte dieser Vorschlag. „Den Griechen," entschied er, „die so undankbar gegen meinen Bruder waren, gebe ich nichts." — Es hatte freilich der Intervention Bismarcks bedurft, um sie zur Tilgung einer alten bei König Ludwig I. eingegangenen Privatschuld für Erbauung ihres Königspalastes zu veranlassen, sie hatten die Bitte um Überlassung der auf Kosten des Prinz-Regenten ausgegrabenen, zu dem Aeginetenfries gehörigen und ohne dieses wertlosen Stücke mit Rückforderung des ganzen Frieses beantwortet und dem Sarge König Ottos war ein einziger Grieche gefolgt. — Von Völkern darf man keinen Dank verlangen; das Bewußtsein, ihnen genützt zu haben, ist Lohnes genug.

König Otto von Griechenland wurde am 30. Juli 1867 in der königlichen Familiengruft von St. Cajetan zu München beigesetzt.

Sieben ereignisreiche Jahre vergingen, bis Ludwig II. seine zweite Pariser Reise antrat. Er war insofern viel besser vorbereitet, als auf die erste, als er sich inzwischen die ausgebreitetesten Kenntnisse über diejenigen Seiten der französischen Kunst und Geschichte erworben hatte, die ihn am meisten, ja eigentlich allein anzogen. Um so größer waren aber auch die Schwierigkeiten, die sich diesem Reiseplane entgegentürmten. Waren doch die Wunden, die der Krieg 1870/71 Frankreich geschlagen, damals noch kaum verharscht, konnte doch auch das tiefste Inkognito den König von Bayern nicht vor peinlichen Zwischenfällen aller Art und vor dem Verdacht politischer Nebenabsichten schützen, so durchaus fern sie ihm auch lagen.

Allein Ludwig II. entfaltete in diesem Falle eine ganz ungewöhnliche, man möchte fast sagen: triebartige Energie und lieferte schließlich den Beweis, daß ein König von Bayern damals noch seinen Willen gegen die Meinung seiner Minister, seines Gesandten, ja selbst des Reichskanzlers durchzusetzen vermochte.

Schon am 25. August 1873 war Herr v. Rudhart, der damalige bayerische Gesandte in Paris, in einer Schweizer Villeggiatur durch den Besuch des Hofrats Düfflipp „aufgeschreckt" worden, der ihm „im Allerhöchsten Auftrag" eröffnete, S. M. beabsichtigten, in der zweiten Hälfte des Monats September in strengstem Inkognito, wahrscheinlich nur von General v. d. Tann begleitet, nach Versailles zu reisen, um dort während 4—5 Tagen das Schloß und die beiden Trianons zu besichtigen. Durch Rudhart, der sofort die ernstesten Bedenken äußerte, erhielten auch die Minister Wind von der Sache. Sie entsetzten sich darüber, erklärten den Plan für politisch unmöglich und drohten — wie ach! so oft! — mit ihrem Rücktritt. Herr v. Pfretzschner, der ängstliche und bedenkenreiche Minister des Äußern, verfaßte in seiner schönen Handschrift unterm 18. September 1873 eine lange Immediateingabe, die, wie die späteren Geschehnisse erwiesen, entschieden an Übertreibungen litt. „Der Haß der Franzosen gegen Deutschland," führte der Minister „durchdrungen von dem Gefühle seiner heiligsten Pflichten" aus, „habe sich noch nicht besänftigt; Vorkommnisse der jüngsten Zeit gäben dafür Zeugnis. Wer vermöchte dafür zu bürgen, daß ein Fürst dessen Truppen, die Siege gegen die stolze Nation miterfochten haben, in einem so aufgeregten Lande nicht in Lagen geraten könne, die mit der Würde eines gekrönten Hauptes unverträglich wären und wo würden in einem solchen Falle die Mittel der Sühne zu finden sein? Sein Erscheinen, das kein Geheimnis bleiben könne, werde in ganz Frankreich großes Aufsehen erregen und vielleicht zu Hoffnungen Anlaß geben, so wenig sie Anklang in dem Herzen S. M. finden mögen. Noch schwerer würde der Eindruck wiegen, den die Sache in Bayern und in Deutschland hervorbrächte. Die Parteigänger würden am Vorabend eines bevorstehenden Landtags hieraus einen Stoff zu Aufregung und Hader schöpfen. Die deutschen Bundesgenossen kämen in Gefahr, irre an ihm zu werden und bald werde es die herrschende Meinung (?!) sein, daß es sich um Anknüpfung politischer Verbindungen gehandelt habe, was die Lage der Regierung unhaltbar machen könne." Schließlich wird noch das Gespenst der Cholera heraufbeschworen, die in Paris epidemisch aufgetreten und in sichtlichem Wachsen begriffen sei.

Der Ansicht seines Kollegen vom Äußern trat auch der Kriegsminister Frhr. v. Pranckh bei, allein er sah voraus, daß Einwendungen ohne Erfolg bleiben würden, da die Reise im Prinzip beschlossen und seit Jahren bei dem König zur fixen Idee geworden sei. Wahrscheinlich hing sie mit seinen Schloßbauten im Stil Ludwigs XV. zusammen.

Ludwig hatte seinen Reiseplan seinem Kabinettssekretär
Eisenhart verschwiegen, der ihm ganz andere Reisen, wie in die
Pfalz, nach Berlin, Stuttgart usw. zu suggerieren pflegte. Um
so mehr erregte ihn die Indiskretion Rudharts, allein er gab
deshalb seinen Plan nicht auf, sondern wandte sich nur zu dessen
Verwirklichung an eine andere Adresse. Was sein Gesandter
und seine Minister ihm versagten, versuchte er — durchaus
nicht partikularistisch in diesem Punkt — durch Vermittelung
des Fürsten Hohenlohe zu erreichen, der damals deutscher Botschafter in Paris war. Diesen beauftragte er ganz einfach, die
erforderlichen Schritte bei dem Präsidenten Mac Mahon einzuleiten.

Hohenlohe teilte im Grunde die Ansicht der bayerischen
Minister über die Sache, rief aber, ohne den König mit deren
Wiedergabe zu langweilen, die Entscheidung des Reichskanzlers
an. Bismarck, der alle Dinge des Lebens und der Politik groß
und frei auffaßte und stets besonders viel für Ludwig II. übrig
hatte, wollte ihm offenbar auch in diesem Fall den Spaß nicht
verderben und erteilte die erbetene Ermächtigung zur Einleitung von Schritten bei der französischen Regierung, ,,da ja
doch keine Aussicht dafür bestehe, S. M. von dem höchstbe-
dauerlichen Reiseplan abzubringen.‘‘ In Ermangelung eines
ganz geeigneten Hotels wurde die deutsche Botschaft in Paris
zum Absteigequartier des Königs ausersehen. Am schlechtesten
kam der bayerische Gesandte bei der Sache weg, er mußte in
halber Ungnade seines Souveräns während dessen Aufenthalt
in Paris einen unfreiwilligen Urlaub aus Gesundheitsrücksichten
nehmen und sah sich bei der Rückkehr auf seinen Posten manch
spöttischer Frage nach seinem Befinden seitens der Kollegen
ausgesetzt.

Ludwig II. fuhr am 20. August 1874 unter dem Inkognito
eines Grafen von Berg in Begleitung des Oberststallmeisters
Grafen v. Holnstein und des Generaldirektors Schamberger
mit vier Dienern nach Paris ab. Wir lassen die Aufzeichnungen
des Hohenloheschen Journals über seinen dortigen Aufenthalt
hier folgen:

Paris, 22. August 1874.

Gestern Abend gegen 9 Uhr begab ich mich, gefolgt von zwei Landauern nach dem Straßburger Bahnhof, um den König von Bayern zu empfangen. Der König kam mit Holnstein und Lindau, den ich entgegen geschickt hatte. Ich führte ihn zum Wagen und fuhr mit ihm in die Botschaft. Dort war alles in vollem Lichtglanz und Blumenschmuck. Der König war sehr erstaunt über die Pracht der ihm eingeräumten Gemächer. Er soupierte dann allein. Heute früh hat er sich ein Bad bestellt und als besonderen Spaß das Frühstück in dem kleinen türkischen Kabinett neben dem Bad. Heute Mittag Empfang der Herren der Botschaft Der Empfang fand in der Weise statt, daß sämtliche Herren im Frack und weißer Krawatte sich in dem großen Saal versammelten und daß ich einen nach dem anderen zum König hineinführte. Nachher fuhr der König allein mit Holnstein nach Versailles. Mit Lindau hat der König gestern sehr lange gesprochen. Unter anderem sagte er, daß er mit dem Kaiser und mit Bismarck auf dem besten Fuße stehe. Weniger gut sprach er von dem Kronprinzen, von dem er sagte, er werde eine andere Politik einschlagen und den einzelnen Staaten ihre Selbständigkeit zu nehmen trachten. Ich fragte Holnstein, worin eigentlich diese Abneigung gegen den Kronprinzen ihren Grund haben möge. Er sagte, Prinz Karl von Bayern habe dem König erzählt, der Kronprinz habe in Augsburg Offizieren gegenüber die Äußerung getan, in zehn Jahren werde alles ganz anders sein, was er natürlich nur auf die Haltung der Truppen bezog.

Paris, 24. August 1874.

„Gestern, Sonntag, sollte um 11 Uhr in die Messe gegangen werden. Da jedoch der König mit Ankleiden und Frühstück erst um ½1 Uhr fertig wurde, mußte auf den Kirchgang verzichtet werden. Um 2 Uhr wurde endlich aufgebrochen."

Man besuchte die hervorragendsten Monumente von Paris: die Conciergerie mit der Zelle der Maria Antoinette und dem großen Saal der Girondins, die gothische Ste Chapelle, den Saal der „Pas perdus", den Pont neuf mit der Statue Heinrichs IV., die Kirche Notre Dame mit dem darin aufbewahrten Schatze, die Ruinen des Hôtel de Ville, den Turm St. Jacques, das Panthéon mit den Grabmälern von Voltaire und Rousseau, den Palast von Luxemburg, die Große Oper in ihrem damaligen noch unvollendeten Zustande, den Place des victoires mit der Statue Ludwigs XIV., die Hauptstraßen von Paris. Alles wurde im Fluge in Augenschein genommen.

„Es war unterdessen," fährt das Journal Hohenlohes fort, „½6 Uhr geworden. Als wir an den Invalidendom kamen, wollten wir eben aussteigen, als der König erfuhr, daß der Kommandant, nicht der Gouverneur ihn erwarte. Da er nun gegen Empfangsfeierlichkeiten einen ganz besonderen Abscheu hat, so ließ er umkehren und fuhr in scharfem Trabe nach Hause. Er aß dann allein in seinem Zimmer und ging mit Holnstein und mir in das Théâtre Français, wo er bis zum Ende blieb. Es wurden Molières „Avare" und „le gendre de M. Poirier" von Augier gegeben, was den König sehr zu interessieren schien. Montag fuhr der König mit Holnstein nach Versailles. Unterwegs schlug ihm dieser vor, am anderen Tag ein Diner in der Botschaft zu gestatten, bei welchem die Mitglieder der Botschaft zugezogen werden sollten. Der König ging aber darauf nicht ein, sondern erklärte, dann wolle er lieber ganz in Versailles bleiben und gar nicht nach Paris zurückkehren, worauf Holnstein den Gegenstand nicht weiter berührte."

„Dienstag, den 25. August fuhr ich Morgens nach Trianon, um Decazes zu sagen, daß der König ihn um 2 Uhr empfangen würde. Der König war unterdessen im Park von Versailles, wo die Wasser sprangen. Er hatte sie um 11 Uhr bestellt. Das Publikum war anständig, nur einige Versailler Jungen wurden arretiert, die sich damit unterhielten, hinter dem König dessen Gang nachzumachen. Abends kam der König in das Théâtre du Gymnase, wo der „Vater der Debütantin" gegeben wurde. Abends Brouille mit Holnstein." „Den 26. fuhr der König nach Fontainebleau mit Lindau, da Holnstein den ganzen Tag im Bette blieb."

Der deutsche Botschafter hätte dem König keinen besseren Reisebegleiter entgegensenden und beigeben können, als den Geheimen Legationsrat Rudolph Lindau, den vielgereisten Ethnographen und feinsinnigen Novellisten. Leider hat er Lebenserinnerungen nicht hinterlassen, aber es unterliegt keinem Zweifel, daß der im Jahre 1874 in der von seinem Bruder Paul redigierten Wochenschrift „Die Gegenwart" erschienene Artikel von ihm herrührt, in welchem der Standpunkt der deutschen Botschaft zu der Pariser Königsreise mit diplomatischer Rücksichtnahme zum Ausdruck gebracht wurde. Wir wollen das Wesentliche daraus mit einigen kleinen Einschaltungen zum Ausdruck bringen: „Die französische Regierung hatte alles getan, um die Reise von den gewöhnlichen kleinen Schwierigkeiten zu befreien. „Der König von Bayern hatte den Entschluß zur Reise so schnell gefaßt (?), daß sein Inkognito am ersten Abend wenigstens ein vollständiges war. Niemand, außer seinem Gefolge bekümmerte sich um ihn, als er in den Wagen stieg und er langte ohne jeden Zwischenfall im deutschen Botschaftshôtel an." „Ludwig II. hegt eine große, allgemein bekannte und von ihm keineswegs verheimlichte Vorliebe für das monarchische Staatssystem. Er ist der Meinung, daß dasselbe am vollkommensten in der Regierung Ludwigs XIV. personifiziert ist, daher sein großes Interesse für diesen Herrscher und für seine unmittelbaren Vorgänger und Nachfolger. Die Franzosen der Jetztzeit scheinen dem Könige von Bayern ziemlich gleichgültig zu sein, die Franzosen des 16., 17. und 18. Jahrhunderts dagegen flößen ihm das lebhafteste Interesse ein. Der Hauptzweck der Reise des Königs nach Paris war deshalb auch, die Monumente zu besuchen und kennen zu lernen, an welche sich die großen Erinnerungen der Regierungen von Heinrich IV., Ludwig XIII., Ludwig XIV. und Ludwig XV. knüpfen. Aus diesem Grunde begab sich der König bereits am Montag wieder nach Versailles, dessen Schloß er schon am ersten Tage einer oberflächlichen Besichtigung unterworfen hatte und verbrachte dort zwei Tage und eine Nacht. Der Zufall wollte, daß er auf diese Weise seinen neunundzwanzigsten Geburtstag in der Residenz des von ihm verehrten Ludwigs XIV. verleben konnte. Es ist wohl anzunehmen, daß das poetische Herz des in großer Einsamkeit lebenden jungen deutschen Fürsten diesem Zufall einige Stunden seltenen Genusses zu verdanken hatte.''

,,Während seines Aufenthaltes in Versailles besuchte Ludwig II. das große Schloß sowie die beiden Trianons. Die französischen Beamten, die ihm bei dieser Gelegenheit als Führer dienten, konnten mit einiger Überraschung bemerken, daß der deutsche Fürst Versailles mindestens ebenso gut wie sie, wenn nicht sogar besser kenne. Sie unterließen es deshalb auch bald, ihn auf hervorragende Gemächer, Bilder und Möbel aufmerksam zu machen und gestatteten ihm, ungestört durch die großen Säle des ,,großen'' Königs zu schweifen und sich selbst diejenigen Gegenstände auszusuchen, denen er eine besondere Aufmerksamkeit widmen wollte.''

,,Am Dienstag, dem 25. August, seinem Geburts- und Namensfeste, sprangen die ,,Großen Wasser'' von Versailles zu Ehren des Königs von Bayern. Die französische Regierung erwies dem deutschen Fürsten dadurch eine Höflichkeit, die wohl verdient, anerkannt zu werden. Zu bemerken ist auch, daß das Publikum, welches sich ziemlich zahlreich eingefunden hatte und dem König in respektvoller Entfernung, aber auf Schritt und Tritt folgte, in jeder Beziehung eine korrekte und ehrerbietige Haltung zeigte. Die Befürchtung, daß man den Schrei: ,,à bas l'Allemand!'' ,,à bas le roi des hommes de Bazeilles'' hören würde, war wohl berechtigt. Glücklicher Weise hat sich dieselbe nicht bestätigt und es wäre ungerecht, dem Takte der Versailler Bevölkerung dafür nicht die gebührende Anerkennung zu zollen.'' —

Nicht ganz die gleiche Zurückhaltung legte sich freilich die Pariser Presse auf und das Spiel der großen Wasserkünste, das ja allerdings die französische Staatskasse 50,000 frs. kosten soll, wurde von verschiedener Seite beanstandet. Das ,,Evènement'' vom 26. August schrieb: ,,Nous sommes décidément un peuple de bien bons enfants. Le roi Louis de Bavière vient nous rendre visite pour examiner nos curiosités historiques et artistiques. Nous les lui livrons… Mais, pardon, Sire, je croyais que vous aviez touché votre part des cinq milliards dont M. de Bismarck nous a si lestement débarassés. V. M. pourrait prendre quelques billets de mille sur cette forte somme pour faire jouer les grandes eaux à Ses frais; ce serait juste, il me semble. Mais non! — nous n'avons rien à refuser à nos ennemis. Le Roi Louis aura ses grandes eaux sur notre pauvre cassette..."

Weniger harmlos behandelte Ed. About die Sache im „XIXme siècle". „La France ne doit rien à un prince dont les sujets l'ont bombardée et pillée en 1870 sans provocation ni grief légitime car depuis la fondation du royaume de Bavière par Napoléon I. nous n'avons fait aucun mal aux Bavarois (?). La France n'attend rien du roi Louis, il ne peut rien pour notre service, car il s'est livré, pieds et poings liés, à la Prusse et il n'est plus qu'un satellite de l'astre qui brille à Berlin. Sans doute, il est en paix avec nous, mais qu'une autorité française lui fasse les honneurs du pays et qu'à la politesse obligée on ajoute des bonnes grâces et des faveurs exceptionnelles, voilà ce que l'esprit national ne saurait voir sans étonnement."

Mehrere Blätter behandelten den Königsbesuch von anderen Gesichtspunkten aus. Der Figaro widmete Ludwig II. einen Leitartikel, in dem es nicht an „Tissotisen" fehlt. . . . . „Il n'est point un méchant prince; . . . Il n'a jamais accompagné ses soldats que sur le piano... On dirait que la Bavière l'a emprunté à un conte de fée..."

Doch kehren wir zu der Darstellung von Rudolph Lindau zurück. „Dienstag Abend fuhr König Ludwig im Wagen des Fürsten Hohenlohe nach Paris zurück, nachdem er vorher eine längere Unterredung mit dem Herzog von Decazes (dem Minister des Äußern) gehabt hatte. Am Mittwoch begab er sich mit der Eisenbahn nach Fontainebleau, wo er das Schloß aufmerksam besichtigte. Am Abend kehrte er nach Paris zurück, um zum dritten Male einer Vorstellung im Théâtre français beizuwohnen. Das Glück wollte, daß die besten Schauspieler der unvergleichlich vorzüglichen Truppe spielten: Got, Coquelin, Thorin, Mmes Brohan, Tholer, Reichenberg usw. Der König, welcher der Vorstellung mit dem größten Interesse folgte, verließ das Theater erst, als der Vorhang nach dem letzten Akte gefallen war. Die Schauspieler, die so lange stolz darauf waren, den Titel „Comédiens ordinaires du Roi" zu führen, können sich rühmen, niemals vor einem aufmerksameren König gespielt zu haben, als vor dem König Ludwig II. von Bayern."

„Der Aufenthalt des Königs in Paris nahte nun seinem Ende. Der König benutzte den letzten Tag, um das Grabmal Napoleon I. und die Gallerie des Louvre zu besichtigen. Dann nahm er eine letzte Mahlzeit in Gesellschaft seines Wirtes, des Fürsten von Hohenlohe, ein und am Abend um 8 Uhr verließ er Paris wieder, im höchsten Grade befriedigt, wie er sich äußerte, mit der Gastfreundschaft, die er dort seitens der deutschen Botschaft genossen und mit der Zuvorkommenheit, deren er sich von Seiten der französischen Behörden zu erfreuen gehabt habe."

Auch nach seiner Rückkehr nach München äußerte sich Ludwig dankbar für „die schönen Stunden", die er in Gesellschaft des Fürsten Hohenlohe zugebracht habe und Dank dessen Umsicht und dem Entgegenkommen der französischen Regierung er sein Inkognito bewahren konnte, ohne von politischen Demonstrationen behelligt zu werden.

Rudolph Lindau fügt an die Darstellung des Tatsächlichen einige politische Betrachtungen allgemeiner Natur. „Kaiser und Könige können sich nicht wie gewöhnliche Sterbliche bewegen. Ein jeder ihrer Schritte gewinnt dadurch an Bedeutung, daß es der Schritt eines Königs ist und so hat auch die Reise Ludwigs II. nach Paris eine gewisse politische Bedeutung." „Ludwig II. ist der erste deutsche Fürst, der nach dem Kriege Paris wieder betritt; er ist von der französischen Regierung mit der größten Aufmerksamkeit, von dem französischen Publikum mit gebührendem Respekt empfangen worden, und er hat sechs Tage lang in Paris wie in Freundes Land leben können. Es ist hier zu bemerken, daß er den Marschall Mac Mahon nicht gesehen hat. Der gastfreundliche Empfang, der dem deutschen Fürsten seitens Frankreichs geworden ist, verdient jedenfalls Anerkennung; jedoch darf die Tragweite dieses Ereignisses nicht überschätzt werden. Man würde sich irren, wenn man daraus folgern wollte, daß der Deutschenhaß in Frankreich erloschen ist. Nein! — Die Deutschen werden noch immer von den Franzosen gehaßt oder gefürchtet, und wenn dem Könige von Bayern der äußere Ausdruck dieser Gefühle verborgen bleiben konnte, so hatte dies seinen Grund darin, daß man in Frankreich wußte, und daß die französische Presse sich beeilte, die Nachricht zu verbreiten, Ludwig II. sei derjenige deutsche Fürst gewesen, welcher allein unter seinen königlichen Vettern und Onkeln fern von den Schlachtfeldern geblieben sei, auf denen der französische Stolz gedemütigt wurde. Andere deutsche Fürsten würden in Paris sicherlich nicht die gleiche Aufnahme gefunden haben. Selbst Ludwig II. war während seines Aufenthaltes in Paris ohne jeden Zweifel der Möglichkeit einer Beleidigung ausgesetzt. Er hat den Mut gehabt, dieser sehr reellen Gefahr zu trotzen." (Daß Ludwig II. während seines Aufenthaltes in Paris auf deutschem Reichsgebiete, in der deutschen Botschaft, gewohnt hat, glaubt Rud. Lindau als einen Beweis dafür deuten zu dürfen, daß er bei Gelegenheit einer Reise, welche von gewissen Sympathien für Frankreich zeugte, gleichzeitig seine deutschfreundlichen Gefühle an den Tag legen wollte.) „Die Tatsache, daß der König von Bayern dem Präsidenten der Republik keinen Besuch gemacht hat, ist vielfach zu deuten und wird am leichtesten falsch gedeutet werden. Wir sind der Meinung — und unsere Meinung beruht auf guten zuverlässigen Mitteilungen — daß der König von Bayern die politische Tragweite eines Besuches oder des Unterlassens eines solchen bei dem Marschall Mac Mahon gar nicht in Erwägung gezogen."

Das ist nicht ganz richtig. Wohl war Ludwig nichts ferner gelegen, als der Wunsch, von Mac Mahon empfangen zu werden. Allein man erachtete in München einen solchen Besuch nach

den Grundsätzen der internationalen Courtoisie für unumgäng-
lich, und die Betonung dieses Umstandes bildete eines der Mittel,
durch welche man den König von seinem Reiseplan abzubringen
suchte. Dem entzog sich jedoch Ludwig II., indem er eine Reisezeit auswählte, zu der Mac Mahon nicht am Sitze der Regierung
anwesend war.

Zutreffend fährt Rudolph Lindau fort: „Der König von Bayern,
ohne geradezu Misanthrop zu sein, hegt einen natürlichen Abscheu gegen
den Umgang mit fremden Menschen." „Den Gesetzen der Höflichkeiten
war von Seiten des Königs vollständig genügt worden, indem er sich
dem Herzog von Decazes, dem höchsten in Paris anwesenden Staatsmann,
durch den Fürsten Hohenlohe hatte vorstellen lassen und sich mit ihm
längere Zeit und auf das freundlichste unterhalten hatte. Er hat in dem
Marschall Mac Mahon nicht etwa den Präsidenten der Republik, sondern
nur einen Fremden vermieden. Eine bekannte Tatsache ist ja, daß der
jetzige König von Bayern weder in Berlin noch in Wien oder Petersburg
Besuche bei den dort regierenden gekrönten Häuptern abgestattet hat
und es ist deshalb nicht zu verwundern und leicht zu erklären, daß er
von Paris abgereist ist, ohne dem Präsidenten der Republik eine Visite
zu machen. Die Franzosen haben kein Recht, ihm das übel zu nehmen
und wir Deutsche wollen uns noch weniger darüber beklagen."

Mit Recht oder Unrecht wurden die französischen Empfindlichkeiten durch die außerordentliche Zurückhaltung Ludwigs II.
in seinen Ansprüchen auf die Bekanntschaft mit Spitzen des
Staates und der Behörden berührt. Der Minister des Äußern,
Duc de Decazes bedauerte bei der ersten Wiederbegegnung
mit dem bayerischen Gesandten am 3. Oktober 1874 „la pré-
cipitation du départ de S. M." — „Le Maréchal a abrégé son
voyage espérant pouvoir encore payer ses respects à S. M.;
il a été sensiblement désappointé en apprenant à son arrivée
à Paris que S. M. venait de quitter la ville." Eine noch bitterere
Pille gab der Marschall selbst dem armen Rudhart zu schlucken,
dem es später bestimmt sein sollte, auch in Berlin einen Anfall
von Unmut Bismarcks über sich ergehen zu lassen. Nachdem
Mac Mahon sich nach dem Befinden S. M. erkundigt hatte,
setzte er „in etwas polterndem Ton" bei: „J'aurais bien voulu
rentrer plutôt à Paris afin d'y trouver encore votre Roi; mais
je connaissais d'avance les motifs politiques qui feraient préférer
au Roi de ne pas me voir." Der Marschall irrte; es waren rein

persönliche Hemmungen, nicht „motifs politiques,“ die hier einen der Vertreter der siegreichen Nation abhielten, die Höflichkeiten im vollen Maße zu erwidern, welche die besiegte ihm erwiesen hatte.

„Am 28. August (1874) nach 8 Uhr abends,“ schließt Frau v. Kobell ihre kurze Erwähnung der Pariser Reise, „traf der König wieder in Berg ein.“ „Sein Phantasieleben nahm seinen Fortgang, aber die Staatsgeschäfte litten nicht, denn er hielt strenge Wacht, daß an bayerischen Rechten nichts gerüttelt werde.“ —

Die zweite Pariser Reise Ludwigs II. war so glatt verlaufen, daß er noch im gleichen Jahre mit Velleitäten hervortrat, einen anderen gleichfalls längst gefaßten Reiseplan nach Frankreich auszuführen. Er konnte zwar zunächst davon abgebracht werden, allein der Gedanke, auch seinen dreißigsten Geburtstag an einer der Stätten seiner historischen Sympathien zuzubringen, hatte zu viel verlockendes für ihn, als daß er ihn hätte gänzlich aufgeben mögen. Reims, mit der ehrwürdigen Kathedrale, in der die französischen Könige gekrönt und gesalbt wurden, und in welche auch die Jungfrau von Orléans auf ihrem Siegeszuge Karl VII. geführt hatte, um, ihr Banner in der Rechten, ihn krönen zu sehen, beschäftigte seit lange seine Phantasie und war ein Ziel seiner Wünsche. Gleich als wolle er der öffentlichen Meinung vorher eine Konzession machen, um sich ihre stillschweigende Zustimmung zu dieser neuen, ihr so sehr widersprechenden Fahrt zu sichern, hatte er am 22. August 1875 eine Königsparade abgehalten und nach derselben den neuernannten Erzbischof Schreiber von Bamberg zur Eidesleistung empfangen. Am 24. August reiste er dann, ohne seine Umgebung ins Vertrauen gesetzt zu haben, mit dem Oberststallmeister Grafen v. Holnstein und dem Generaldirektionsrat Schamberger in die französische Krönungsstadt ab. Mittags 12 Uhr traf er in Avricourt ein, wo ihm Rudolph Lindau die Grüße der Botschaft überbrachte und sich ihm wieder als Cicerone zur Verfügung stellte. Die französische Regierung hatte drei Wagen zur Weiterreise zur Verfügung gestellt. Die bayerische Gesandtschaft in

Paris blieb zum schmerzlichen Bedauern des Herrn v. Rudhart auch dieses Mal vollkommen ausgeschaltet.

Der König kam abends 7 Uhr in Reims an und hielt noch eine kurze Rundschau in der Stadt ab, nachdem er die im ersten Stockwerk des Hôtels zum goldenen Löwen für ihn bestellten Zimmer bezogen hatte. Tags darauf besah er die Kathedrale, eines der reichsten Bauwerke aus der Blütezeit der französischen Gothik, mit ihrer zur Zeit der Revolution um die echte Ste Ampoule und anderes beraubten Schatzkammer. Leider war schon am nächsten Tage seine Anwesenheit trotz des Inkognitos ein öffentliches Geheimnis. Reims war gerade in jenen Tagen überfüllt von Pilgern, die nach Lourdes wallfahrten wollten. Als der König sich in den erzbischöflichen Palast, der den großen Saal enthält, in dem das Krönungsmahl abgehalten zu werden pflegte, und in die uralte Kirche von St. Remi begab, sah er sich durch Menschenansammlungen gestört, die auch in ihm eine Sehenswürdigkeit erblickten. Er kehrte darauf in das Hotel zum goldenen Löwen, das gleichfalls Neugierige umstanden, zurück, machte noch eine Ausfahrt und reiste dann ab.

Trotzdem war er sehr befriedigt über die empfangenen Eindrücke nach Berg zurückgekehrt, wie aus einem Briefe an die Königin-Mutter vom 28. August 1875 hervorgeht: „Gestern Morgens traf ich, in hohem Grade von meiner Reise nach dem altehrwürdigen geliebten Reims befriedigt wieder in den Bergen ein. Alles, was auf die Erinnerungen an das Königthum Bezug hat, suchte ich dort auf. Leider ist so Manches zur Zeit der großen französischen Revolution zerstört worden. Mein Absteigequartier war dicht neben einem Hause, das einst die Jungfrau von Orléans bewohnt hat. Dicht vor Augen hatte ich die wundervolle Kathedrale, an der ich mich nicht satt sehen konnte.“

Ludwig II. hat während der noch folgenden 11 Jahre seines Lebens eine weitere Reise nach Frankreich nicht unternommen. Die Boulevards und die Freuden der modernen Großstadt lockten ihn nicht; er hatte gesehen, was er sehen wollte; er nahm die empfangenen Eindrücke in seine Traumwelt hinüber und hielt sie in den Nachahmungen seiner Schlösser fest.

XXXIX.

Sah sich die bayerische Gesandtschaft in Paris während der zwei letzten Pariser Reisen Ludwigs II. gänzlich ausgeschaltet, so wurde sie -- wie Stöße von Akten beweisen — um so mehr zu dem Zwecke herangezogen, die Studien des Königs über französische Geschichte zu fördern. Man wird nicht irre gehen in der Annahme, daß das lebhafte Interesse Ludwigs II. für die französische Geschichte des 17. und 18. Jahrhunderts, seinem von allem Anfang an sehr regen monarchischen Selbstgefühl und der Vorstellung entsprang, daß das Königtum in jenem Zeitalter in Frankreich seine höchste Blüte erreichte. Dieses Interesse nahm allmählich die Dimensionen einer vorherrschenden Liebhaberei an, die ihre Fühler nach allen Richtungen hin ausstreckte und nicht nur beziehungslos neben der Schwärmerei für Wagner herlief, sondern der letzteren sogar schließlich infolge der kostspieligen Bauten einigen Eintrag tat. Die ersten Regierungsjahre Ludwigs II. fielen in die Zeit, in welcher die französische Geschichtsliteratur anfing, die gehässigen Tendenzen des Revolutionszeitalters zu verlassen und Persönlichkeiten, Vorkommnissen und Erscheinungen gerecht zu werden, die man so lange für selbst begangene Fehler verantwortlich gemacht hatte, die aber die Lichtseiten des französischen Wesens: Grazie, Geist und gesellschaftliche Talente jeder Art in einem nie mehr erreichten Grade aufwiesen. Damals wurde eine große Menge teils vergessener, teils bisher ganz unbekannter Memoirenwerke, Briefsammlungen und Dokumente aller Art ans Licht gebracht, welche Meister des Stils und der Erzählungskunst zu Zeit- und Lebensbildern verarbeiteten, die das lesende Publikum immer mehr und mehr selbst spannenden Romanen vorzog.

Ludwig II. wollte Kenntnis von allem erhalten, was aufzutreiben war. Das Alte interessierte ihn wie das Neue, das Geschriebene wie das Bildliche. Die Gesandtschaft mußte sich an den Kupferstichauktionen beteiligen und, wenn Originale nicht zu haben, oder zu teuer waren, begnügte sich der König merkwürdig leicht mit Photographien und Abbildungen aller Art[1]. Zur Abnahme von Kopien für seine Schlösser bediente er sich vielfach französischer Künstler oder sandte bayerische nach Frankreich. Die Gesandtschaft mußte auch mit einer Anzahl französischer Schriftsteller in Verkehr treten, um besondere Aufschlüsse von ihnen zu erhalten und sie zur Vollendung der von ihnen begonnenen Werke anzufeuern. Feuilletons, die ihn besonders interessierten, ließ der König sich in Buchform abdrucken; so „Les femmes de la Cour de Louis XV. und Louis XVI.", des Barons de St. Amand und die Mémoires du Duc d'Antin (1875).

Die Schriftsteller wurden nicht nur mit Orden ausgezeichnet, sondern auch durch Übermittelung von Abbildungen von Kunstwerken aus den bayerischen Sammlungen gefördert. Alle erwiesen sich dankbar und geschmeichelt. Capefigue, welcher der früheren Generation angehörte und viele einschlägige Werke verfaßte, nahm, wie sein Sekretär H. Guerinot bestätigte, „avec un grand et légitime orgueil la distinction honorifique" an, „que S. M. le Roi de Bavière daigne lui offrir, hommage flatteur rendu à ses œuvres littéraires. M. Capefigue espère mériter cette grande faveur en accomplissant les vœux exprimés par S. M. pour la publication de son Histoire de France par grandes époques le but de sa vie." Er wurde jedoch durch seinen am 28. Dezember 1872 erfolgten Tod daran verhindert.

Edmond de Goncourt, welcher das 18. Jahrhundert von neuen Seiten aus beleuchtete und förmlich in Aufnahme brachte, beantwortete zwölf an ihn gerichtete Fragen über Abbildungen aller Art, die sich zum Teil in seinem Besitze befanden, in der liebenswürdigsten Weise aus Auteuil, 29. November 1874: „Je m'empresse de répondre à la demande que vous me faites l' honneur de m'adresser au nom de votre Souverain S. M. le Roi de Bavière. Le goût de S. M. pour notre art français, goût qui avait été plusieurs fois attesté par mon cousin M. le comte

---

[1] Die pekuniären Aufwendungen auf diese Liebhaberei waren daher auch nicht sehr bedeutend und betrugen z. B. vom November 1871 bis Oktober 1872 nur 2370 Frs.

de Behaine, chargé d'affaires de France en Bavière, fait de moi
une personne toute disposée à être agréable autant qu'il est en
mon pouvoir à un Souverain amoureux de nos grands et élégants
siècles." —

Nicht minderes Entgegenkommen, als die Autoren erwies
den häufigen Ansinnen der bayerischen Gesandtschaft gegenüber auf Gestattung der Abnahme von Kopien, Maßen u.
dergl. durch Baumeister, Künstler und Abgesandte verschiedener Art, die französische Regierung selbst. In keinem einzigen
Falle erfolgte eine Ablehnung und als z. B. im Dezember 1873
Ludwig II. eine Kommission ernannt hatte, die ihm einen Plan
des Schlosses von Compiègne ausarbeiten sollte, „de tout point
semblable à celui de Versailles", wurde alles mit der größten
Bereitwilligkeit zugestanden und hierfür, sowie für die Kopie
des Theaters von Trianon seitens des Ministeriums für öffentliche Arbeiten jede „rémunération" abgelehnt.

Bei allem Eindringen in die französische Geschichte des
18. Jahrhunderts erfuhr Ludwig II. wohl niemals, wie nahe die
wenig ansehnliche Linie von Zweibrücken, der er selbst entsprossen war, einst dem französischen Königshause stand. Er
ließ für den Linderhof in Paris ein Porträt der Marquise von
Pompadour anfertigen und ahnte nicht, daß ein solches, und
zwar ein authentisches, sich in der von ihm bewohnten Residenz
befand. Erst nach dem Tode des Königs kam ich einmal in die
Lage, den Prinz-Regenten darauf aufmerksam zu machen, daß
eines der „sur porte" seines Rauchzimmers eine alte, wahrscheinlich von dem Meister selbst gefertigte Kopie des Porträts
der Marquise als Sultanin sei, das Vanloo anfertigte und das die
Kritiker des „Salon" von 1755 für das ähnlichste der schönen
Frau erklärten. Der Beweis war durch den Stich von Beauvarlet
leicht zu erbringen. Das Bild kam ohne Zweifel durch Christian
IV. von Pfalz-Zweibrücken in den Besitz des königlichen Hauses.
War er doch ein intimer Freund der Marquise von Pompadour,
half sie ihm doch getreulich seine Ansprüche auf die Kurfürstentümer der Pfalz und von Bayern vertreten — unter einer Bedingung freilich, die ihn in einen schweren Konflikt mit seiner

strenggläubigen protestantischen Mutter brachte — der nämlich, sein dem König Ludwig XV. gegebenes Versprechen zu halten und zum Katholizismus überzutreten[1].

XL.

Während die Frauen in der Geschichte der von Ludwig II. verehrten drei französischen Ludwige einen so bedeutenden Platz einnehmen, haben sie in seinem Leben nur eine sehr bescheidene Rolle gespielt. Nur zögernd fügten sie sich in diese für sie betrübende Tatsache und erst spät streckten sie die Waffen. Als ich im Jahre 1864 als Student nach München kam, wurden mir verschiedene Vertreterinnen der Halbwelt gezeigt, welche sich angeblich dem König hatten direkt antragen lassen, und auch von einigen Damen der Gesellschaft hieß es, daß sie ihm viel liebevolles Entgegenkommen erwiesen hätten. Mehrere fielen ihm durch hysterische Schwärmereien lästig, bis er ihren Männern, wenn sie solche hatten, Vorstellungen darüber machen ließ. Viele schrieben ihm auch Liebesbriefe, die er meistens lachend las und in den Papierkorb warf. Lange bombardierte ihn mit solchen auch die Staatsrätin v. L., indem sie sich zu gleicher Zeit herausnahm, ihm Ratschläge zu erteilen und Bemerkungen über seine Regierungshandlungen einzuflechten. Dies dauerte so lange, bis Düfflipp den Staatsrat zu sich kommen ließ und ihn um Abhilfe bat.

Ludwig II. war im übrigen aus zu gutem Hause, zu wohl erzogen, zu phantasiereich, als daß er nicht der einen oder anderen Dame der Gesellschaft gelegentlich besondere Huldigungen und Galanterien erwiesen hätte. Man nannte in dieser Richtung die Hofdamen seiner Mutter Gräfin Fugger und Baronin Redwitz; auch die Obersthofmeisterin Gräfin v. d. Mühle, die so gern große Zigarren rauchte, und dem Alter nach seine Mutter hätte

---

[1] Näheres hierüber in meinen Aufsätzen im „Bayerland" und in einem fertigen Werke über diesen interessanten Fürsten.

sein können, die Prinzessin Gisela, von der sich eine gute Büste in den königlichen Gemächern befand, und vor allen anderen deren Mutter, die Kaiserin Elisabeth von Österreich. Diesen Damen überbrachte der König an ihren Festtagen besonders schöne Buketts und besonders wertvolle Geschenke, erwies ihnen Aufmerksamkeiten aller Art und lud sie wohl sogar zu einer Kahnfahrt auf dem See im Wintergarten ein. Es waren vorübergehende Schwärmereien, kleine Flirts, vielleicht sogar zuweilen nur ein Komödienspiel. Kehren wir auf den in dieser Hinsicht sterilen Boden der Wirklichkeit zurück, so müssen wir bei den ersten Jahren der Regierung bleiben, um einige Beziehungen zu entdecken, die sich bei näherem Hinsehen als nichts erweisen, als Versuche eines sich selbst unklaren Triebes, — es anderen gleich zu tun.

Der junge schöne König von Bayern war eine ausgezeichnete Partie und wie immer in solchen Fällen, brachten Prinzessinnen und Hofdamen den Gothaer Hofkalender nicht aus der Hand, um nach einer würdigen ebenbürtigen Lebensgefährtin für ihn zu suchen. Der Gedanke lag zu nahe, als daß er sich dem König nicht selbst aufgedrängt hätte. Er dachte nicht sehr hoch von den Frauen. „Ach die Weiber! auch die Gescheiteste disputiert ohne Logik!" sagte er, wie Döllinger am 16. Juni 1864 einer jungen Freundin schrieb. „Lange vor seiner Verlobung," wird in den Lebenserinnerungen des Justizministers Ed. v. Bomhard erzählt, „brachte der König die Sprache auf eine dereinstige Vermählung. Er frug: Halten Sie es denn auch für so dringend, daß ich heirate?" Antwort: „daß es im Interesse des Königshauses und des Landes liege, die Verheiratung nicht zu lange hinauszuschieben, doch brauche sich der König keinen Zwang anzutun und könne sich Zeit lassen, mit Ruhe und Umsicht eine, sein eigenes und des Vaterlandes Glück gewährleistende Wahl zu treffen. Auf die Frage, ob es gerade eine Protestantin sein müsse, erwiderte der gut protestantische Minister: Seine unvergeßlichen Vorfahren auf dem Königsthron hätten sich protestantische Gemahlinnen erwählt, nicht ohne landesväterliche Rücksichtnahme auf die große Zahl ihrer protestantischen

Landeskinder; nicht nur die protestantischen, sondern auch viele edeldenkende katholische Untertanen würden im Interesse des konfessionellen Friedens eine solche Verbindung wünschen. Dies werde aber kein, die Freiheit seiner Wahl beschränkender Gesichtspunkt sein." Des Königs letzte Worte waren dann, „zum Heiraten habe ich überhaupt keine Zeit, dies kann der Otto besorgen."

Indessen unterliegen Entscheidungen so intimer Natur bekanntlich Stimmungen und im März 1867 bekundet Ludwig II. „die Sehnsucht nach Vermählung". Bald drängte sich ein äußerer Anlaß auf, diese Sehnsucht zu verwirklichen.

Dr. A. Dreyer hat dem Vater der Königs-Braut, dem Herzog Maximilian in Bayern, zu seinem hundertsten Geburtstag (1908) ein sehr hübsches Lebensbild gewidmet, in dem er ihn als Förderer der volkstümlichen Dichtkunst und als Komponisten und Freund des Zitherspiels feiert und nicht nur den an sein Palais angebauten Zirkus, sondern auch die Tafelrunde geistreicher Männer schildert, welche der Herzog um sich versammelte. Herzog Max war das einzige Mitglied des königlichen Hauses gewesen, welches der ersten Aufführung des Tannhäuser in München Sympathie und Verständnis entgegengebracht hatte, und auf seinem Flügel fand Ludwig II. später zufällig Richard Wagners „Kunstwerk der Zukunft," das ihn so sehr fesselte. Fast alle seine Töchter waren blendende Schönheiten und nicht nur kühne Reiterinnen, sondern auch vorzügliche Zitherspielerinnen. Herzogin Sophie hatte auf dem Hofball in einem Pariser Kleid von Silberstoff in dem kostbaren Schmuck ihrer Mutter den Preis der Schönheit davongetragen. Damals hatte der König sie nicht besonders ausgezeichnet, aber acht Tage später äußerte er beim Weggang vom Offiziersball: „Es waren heute viele schöne Damen da, aber keine war doch so schön wie meine Kusine Sophie." „En sortant d'un bal," erzählt G. Valbert in seinem nicht bedeutenden Nachruf Ludwigs II. in der Revue des deux Mondes vom 1. Juli 1886 „où il s'était déclaré, il était monté à cheval et jusqu'à l'aube il avait galopé dans les bois et raconté son aventure aux étoiles." Ludwig hatte die Herzogin

Sophie schon als Knabe verehrt und ihr die Rolle des „Gretchen" in dem Faust übertragen, den er geschrieben hatte und spielte. Was ihn neuerdings noch mehr anzog, das war die Gabe der Herzogin, ihm Stücke aus Wagner vorzuspielen und mit ihm für den Meister zu schwärmen.

Frhr. Mensi von Klarbach war in der Lage, in der Januarnummer von 1923 der Deutschen Rundschau ein einschlägiges Fragment aus einem undatierten Briefe Ludwigs II. an seinen Bruder Otto mitzuteilen: „Elsa (Sophie) will mir gar nicht aus dem Sinn und ich glaube nun fast, daß es nicht mehr lange dauern wird, bis aus dem Gefühle treuer und aufrichtiger Freundschaft, das ich für sie im Herzen trage, wahre Liebe wird und mir der Gedanke kommt, sie als meine Gattin zu sehen. Für unmöglich halte ich es nicht!" — „Tröste und beruhige sie vollkommen und sage ihr, daß du glaubst, meine Zuneigung wandle sich in Liebe. Sollte es zur Heirath kommen, so werde ich ihr jedenfalls die Bedingung stellen müssen, daß die ihr geschworene Treue durch den Tod meines Theuersten! meines Alles! aufgehoben wird. — Sollte es überhaupt möglich sein, daß eine Frau mich glücklich machen könnte, so wäre sie die Einzige und keine Andere."

Wir entnehmen Bomhards Tagebuch vom 20. Februar 1867 die Fortsetzung des traurigen Romans. „Der König hatte seiner schönen Cousine Herzogin Sophie in Bayern (geb. 1847) öfter kleine Artigkeiten durch Sendung von Blumen und Briefchen, namentlich von Schloß Berg aus, nach dem gegenüber liegenden Schlosse Possenhofen erwiesen; Aufmerksamkeiten, wie sie unter nahen Verwandten natürlich und bei dem ritterlichen Sinne des Vetters ganz unauffällig waren. Da mußte dieser erfahren, daß jene tieferen Eindruck gemacht hätten, daß die Herzogin unglücklich sei, weil der Vetter sich nicht entschieden erkläre. Der harmlose, unerfahrene Jüngling erklärte nun seiner Mutter, er habe ja nicht geahnt, daß Sophie ihn liebe und sich unglücklich fühle, weil er sie nicht heirathe; da wolle er sie doch lieber heirathen. — Der Herzogin wird des Königs „Werbung" eröffnet und die Verlobung hat statt. Als man dem König nun vorträgt, daß das für das Land freudige Ereignis den Landtagskammern mitgeteilt, Deputationen empfangen, Festlichkeiten aller Art veranstaltet werden müßten, meinte der König überrascht „jetzt schon, ich dächte, das hätte noch Zeit." — Als er mir kurz nach der Verlobung in einer Audienz sein Bild mit der Braut am Arm schenkte, fühlte ich an der ganzen Art und Weise, daß diese nicht die eines in Liebe glühenden Bräutigams sei." —

Etwas anders schilderte mir den Hergang Düfflipp, der mehr damit befaßt war als Bomhard. Die ganze Sache beruhte nach ihm auf keiner gesunden Grundlage und war teils ein Akt der

Unüberlegtheit, teils eine Äußerung jugendlicher Schwärmerei. Die damaligen Freunde des Königs, Fürst Taxis und Graf Holnstein, hätten eines Abends beschlossen zu heiraten und „aus lauter Gesellschaft" habe der König sich ihnen anschließen wollen.

Ludwig habe zu gleicher Zeit einen Briefwechsel mit seiner Kusine Sophie über Wagner unterhalten, der so lebhaft geworden sei, daß die Herzogin-Mutter sich veranlaßt gesehen habe, Konsequenzen daraus zu ziehen; sie habe sich zu der Königin begeben und dieser erklärt, ihr Kind sei ihr zu gut zum bloßen Spiel und was dergleichen Reden mehr sind, die auch im bürgerlichen Leben angewandt werden, um den oft schleppenden Gang von Verlobungsunterhandlungen zu beschleunigen[1]. Sie wirkten auch in dem gegebenen Fall; der König sah keinen Ausweg und erklärte bei einer Hoftafel, zu der auch die Familie des Herzogs Max geladen war, unerwartet für alle Anwesenden, seine Verlobung mit der Herzogin Sophie. Darauf sei er in eine große Erregung geraten. Am Abend des Verlobungstages wohnten der König und die Königin-Mutter einer Vorstellung im Hoftheater bei und begaben sich in die Herzogliche Loge, um dort die Herzogin Sophie in die Kaiserloge abzuholen, wo sie dann zwischen beiden Platz nahm.

Dem diplomatischen Korps wurde angezeigt, daß der König keine Einzelbeglückwünschungen annehme, sondern dazu einen Hofball bestimme. Robert v. Mohl, der als badischer Gesandter diesem Ball beiwohnte, verzeichnet in seinen „Lebenserinnerungen" die von ihm empfangenen Eindrücke: „Es war ein schönes Brautpaar: der König, ein sehr großer, schlanker junger Mann mit schwärmerischen dunklen Augen, nahm sich in der Uniform seines Chevauxlegerregiments sehr gut aus; die Braut, ebenfalls eine hohe schlanke Gestalt, war in ihrem weiß und blauen Ballkleid reizend anzuschauen. Doch lag auf dem Feste eine unbehagliche Atmosphäre; es war kein bräutliches und fröhliches. Bei genauer Beobachtung konnte man sich der Bemerkung nicht

---

[1] Nach Familientraditionen war die Herzogin-Mutter gegen die Ehe ihrer Tochter mit dem König.

entziehen" — Robert v. Mohl steht damit einzig da — „daß die Prinzessin keinen liebenswürdigen und hingebenden Charakter zu haben scheine. Das schöne Gesicht hatte einen Zug von Härte und Kälte (?), der sich selbst dann nicht verlor, wenn der König freundlich auf sie zutrat und sie anredete."

Die Verlobung Ludwigs II. mit der Herzogin Sophie in Bayern begegnete einer geteilten Aufnahme. Die Freunde der bayerischen Machtstellung hätten dem russischen Heiratsprojekt den Vorzug gegeben, das sich verflüchtigte, ehe es bestimmte Gestalt annahm, und die Protestanten erblickten in der Verbindung mit einer Katholikin beinahe eine Verletzung der Parität. Die Hofämter sahen sich einigen Zweifelfragen darüber gegenüber gestellt, wie man die Verlobung bekannt geben und wie man die Hochzeit feiern solle, denn Ludwig II. war der erste bayerische Fürst, der als König heiraten wollte; seine Vorgänger hatten es schon als Kronprinzen getan.

Man gab den beiden Kammern die Verlobung bekannt und sie antworteten mit einer Glückwunschadresse. Die Münchener Auslagen der Läden waren voll Porträts des hohen Paares und in der Provinz boten Hausierer den schönen Kupferstich zum Kaufe aus, der es darstellt: die liebliche Braut in der etwas entstellenden Krinoline und den schlanken Bräutigam, wie immer in schlecht sitzenden Kleidern. Arm in Arm, aber doch schon in der ganzen Haltung voneinander abgewandt und nicht zusammengehörig. Nicht ohne Bewegung kann man auch heutigen Tages dieses Bild betrachten, des schrecklichen Endes gedenkend, das die Herzogin in den Flammen eines Bazars und der König in den Fluten eines Sees finden sollte. Damals erregte das Paar, wo immer es sich zeigte, Bewunderung. Freilich zeigte es sich nur selten auf der Straße, im Theater, bei Festen. Einmal auch auf einem Ball, in dem Max Josefstifte. Frau Anna von Kühlmann-Redwitz, ein damaliger Zögling dieses adligen Erziehungsinstitutes, der selbst zu einer der schönsten Frauen der Zeit erblühen sollte, schreibt mir darüber: „Der König, herrlich schön, eine Märchengestalt, die Prinzessin engelhaft anzuschauen, in einem blaßblauen Kleide ganz mit silbernen Sternen übersät, die aschblonden Haare, die wie eine Krone gebildet waren, gleichfalls mit Diamantsternen übersät. Ein Paar, wie man es wohl fast niemals in der Welt gesehen hat, einfach himmlisch schön und vornehm; beide von der Natur besonders ausgezeichnet. Sie können sich vorstellen, wie wir Mädels einfach vor Begeisterung fast verrückt wurden."

Auch in der königlichen Münze wurde eine Erinnerungsmedaille mit den Brustbildern des Königs und der künftigen Königin geprägt[1]. Ein prachtvoller Hochzeitswagen, der eine Million Gulden kostete, wurde in Arbeit gegeben und die dazu gehörigen acht Rappen eingefahren. Für die künftige Königin wurden die sogenannten Hofgartenzimmer in Stand gesetzt, in denen Max Josef I. gewohnt hatte, während Ludwig II. — charakteristischer Weise — seine bisherigen Gemächer beibehalten wollte.

Überhaupt fand sich der König nur sehr schwer in der Rolle eines Bräutigams und künftigen Ehegatten zurecht. Sehr bezeichnend dafür ist schon sein Verhalten auf dem Balle, den Fürst Hohenlohe als Minister des Kgl. Hauses zu Ehren der Verlobung gab. „Gegen 10 Uhr," erzählt darüber Bomhard, „schritt mitten im Gewühl der Gäste der König auf mich zu und frug mich nach der Uhr und weiter, ob er wohl noch vor Ende des Stückes — ein Drama Schillers — ins Theater kommen werde. Ich machte den König aufmerksam, wie aller Augen auf ihn gerichtet seien und was man von mir denke, wenn ich vor ihm stehend, auf die Uhr sähe: „Er würde sich dicht vor mich stellen." Er tat so, ich konnte unvermerkt die Uhr ziehen und ihm sagen, daß er wohl noch einen Teil des Stückes sehen könne, aber ob es wohl der hohen Braut wegen angehe, daß er jetzt schon das Fest verlasse?" Er grüßte mich und kurz darauf heißt es, der König ist fort." „Ob er sich von der Braut wirklich

---

[1] Auf einer Medaille mit dem Brustbild des Königs und der Herzogin-Braut von J. Ries ist als Vermählungstag der 28. November 1867 angegeben; auf einer anderen, gleichfalls mit den beiden Brustbildern, von Sebald, umgeben auf der Reversseite die Hochzeitsfackel die Worte: „Das Band der Liebe umschlinge ihre und unsere Herzen."

nicht verabschiedet hat, wie von den erstaunten Gästen behauptet wurde, weiß ich nicht. Nach solchen Vorgängen mußte ich mich der Überzeugung hingeben, daß der König die Braut nicht liebe...“

In der Tat kursierte bald der Ausspruch, den er tat: „ich habe mich übereilt“ (Mai 1867). Er nahm keinen Anstand, während seiner kurzen Verlobungszeit eine Reise mit seinem Bruder nach Eisenach und eine längere nach Paris zum Besuch der Ausstellung zu machen und besuchte die Braut nur alle vierzehn Tage in Possenhofen von dem gegenüberliegenden Berg aus. Seine Besuche fanden in späten Abendstunden statt. Er wollte die Braut allein sehen und sprechen. Da man dies nicht angemessen fand, saß ungesehen eine der Hofdamen hinter einer Efeulaube im Zimmer, „die Königswache“, wie man es nannte. — Der königliche Bräutigam pflegte die liebliche Braut nur auf die Stirne zu küssen. Oft blieb er lange in ihren Anblick versunken und wußte ihr nichts zu sagen, als: „Du hast so schöne Augen,“ was sie ja wohl schon wußte, aber gewiß immer wieder gern hörte. Lange gab sich die Herzogin der Hoffnung hin „dem König etwas sein zu können“. Aber sie sah sich zuweilen außer Stande, seinen Schwärmereien zu folgen, denn seine Ansprüche waren oft sehr merkwürdige — wie sie später sagte. Sie nannten sich Elsa und Heinrich und der König hatte zur Aussteuer Brokate mit dem „Lohengrinmuster“ angeordnet. Eines Abends erschien er von einem Herrn begleitet, der die Krone der Königin aus der Schatzkammer mitgebracht hatte. Der König setzte sie ihr auf. Nach seinem Weggehen fiel die Prinzessin ihrer Hofdame, der Baronin Sternbach weinend um den Hals und brach in die Worte aus: „er liebt mich nicht; er spielt nur mit mir!“ Auch anderen gegenüber äußerte die nicht glückliche Braut Zweifel und Bedenken, die der König mit wenig Nachdruck zerstreute.

Frhr. Mensi v. Klarbach veröffentlichte in der zit. Nummer der Rundschau einen Brief des Königs vom 19. Januar 1867, den man für eine förmliche Absage halten müßte, wenn nicht drei spätere vorlägen, die nichts vom Abbruch der Verlobung

wissen, und sogar noch einen wärmeren Ton anschlagen. Wenn
ich mich recht erinnere, veranlaßte den ersten dieser Briefe ein
Wunsch der Eltern, das Brautpaar möge angesichts der langen
Verzögerung der Vermählung den Briefwechsel einstellen.   Er
lautet: „Liebe Sophie! Schwer kommt es mir an, diese Zeilen an Dich
zu richten, aber ich halte es für meine Pflicht, gerade jetzt Dir zu
schreiben. — Schmerzlich ist es mir, sollten Wir wirklich von nun
an Unseren schriftlichen Freundschaftsverkehr auf immer unterbrechen,
denn (wie ich es Dir zu wiederholten Malen in meinen Briefen versicherte) nie wirst Du aufhören, mir theuer zu sein, zeitlebens werde ich
Dir die aufrichtigen und innigen Gefühle einer treuen Freundschaft bewahren. O, habe keinen Groll im Herzen, liebe Sophie, höre meine Bitte,
und bewahre mir ein gutes Andenken in Deinem Herzen, entziehe mir
Deine Freundschaft nicht, o, sie thut mir so wohl. — Du kennst das
Wesen meines Geschickes; über meine Sendung schrieb ich Dir einst von
Berg aus, Du weißt, daß ich nicht viele Jahre mehr zu leben habe, daß
ich diese Erde verlasse, wenn das Entsetzliche eintritt, wenn mein Stern
nicht mehr strahlt, wenn Er dahin ist, der treu geliebte Freund; ja
dann ist auch meine Zeit aus, denn dann, dann darf ich nicht länger
mehr leben. — Du nahmst so herzlichen, so wahren und aufrichtigen
Anteil an meinem Geschicke, liebe Sophie, daß ich Dir dafür innig dankbar sein werde mein Leben lang. Der Hauptinhalt unseres Verkehrs war
stets, Du wirst es mir bezeugen, R. Wagners merkwürdiges ergreifendes
Geschick. O, zürne mir nicht, sende mir einige freundliche Zeilen, die
mir beweisen, daß Du mir gut bleibst. Bedenke, Dein Freund hat vielleicht nur mehr wenige Jahre zu leben; soll seine karg bemessene Lebenszeit ihm durch den qualvollen Gedanken verbittert werden, daß eines
von den wenigen Wesen, die ihn verstanden, denen er theuer war, ihn
nunmehr im Stillen haßt? O, das verdiene ich nicht, ich darf kühn es
sagen. — Lebe wohl, meine liebe Sophie; willst Du es, so schreibe ich
nie wieder, lebe glücklich und gedenke mein. In inniger Freundschaft
Dein treuer aufrichtiger Vetter Ludwig."

Das scheint die Herzogin nicht gewollt zu haben, denn Ludwig
schrieb ihr schon am 27. Januar 1867 wieder. „Meine geliebte
Sophie!" „kaum waren wir nach dem Theater in die Zimmer zurückgekehrt, als meine Mutter mir sagte, sie hätte durch Deine Mama gehört, daß
Du Dich einer Dame gegenüber geäußert haben sollst (sie meinte, gegen
Tante) als glaubtest Du, ich liebte Dich nicht wahrhaft, als könnte
etwas dazwischen kommen. — Aber, liebe Sophie zweifelst Du also an
meiner innigen treuen Liebe zu Dir, das thut mir leid, wirklich von
Herzen leid. — Ich hoffe, die Sache beruht nur auf einem Mißverständnis von Seiten Deiner Mutter. — Was soll ich glauben!? Nun,
von Herzen gute Nacht, meine liebe Sophie, mit tausend herzlichen
Grüßen Dein treuer Ludwig." —

Ergänzend setzen hier noch zwei weitere der von A. Mensi

v. Klarbach in dankenswerter Weise veröffentlichten Briefe ein:

„Meine theure Sophie! Eben schlug es 1 Uhr; doch es drängt mich, dir zu sagen, daß ich mich durch das gegenseitige Getratsch unserer Mütter niemals werde irre machen lassen; unser Glück ist viel zu fest gegründet, als daß es durch solches Gerede könnte getrübt werden. Aber warum auch dieses ewige Einmischen und Schwätzen unserer Mütter? — Wie lästig und unangenehm; doch weg damit; die Hauptsache ist, Wir lieben Uns wahrhaft und innig und diese Liebe ist fest in unsern Herzen gewurzelt. — Nun gute Nacht. Hoffentlich schläfst du besser, als du vermuthest. Wie freue ich mich, dich bald wieder zu sehen. — Schlaf süß, theuerer Engel, gedenke in Liebe Deines treuen Ludwigs. 28. Januar 1867."

„Meine liebe Elsa! Meinen wärmsten Dank für dein gestriges liebes Briefchen, vollkommen kann ich dich beruhigen über deinen am Schlusse Deines Billets ausgesprochenen Zweifel. Von allen Frauen, welche leben bist Du mir die theuerste, von den Verwandten Wilhelm[1], von meinen Unterthanen ist mir Künsberg[2] einer der liebsten, der Gott meines Lebens aber ist, wie du weißt, R. Wagner. — Bitte schreibe mir bald, ob Deine Mama mit Dir etwa gerne heute ½5 Uhr zu Tische kommt. Wintergarten, Tausend herzliche Grüße von deinem treuen Heinrich, den 17. Februar 1867."

Solch' liebenswürdige Briefe mag Ludwig noch manche an die Herzogin geschrieben haben. Er stellte sie auch noch am 18. August 1867 auf dem Bahnhof zu München dem französischen Kaiserpaar als seine Braut vor, bestellte noch einen Monat später einen Hermelinmantel für seine Königin, besuchte die Prinzessin in immer längeren Zwischenräumen zuweilen in Possenhofen, widersetzte sich nie der Anberaumung möglichst ferner Vermählungstermine, stets aber deren Einhaltung. Es kam ihm eben offenbar mehr und mehr zum Bewußtsein, daß es ihm unmöglich sei, überhaupt zu heiraten. „Er weinte" in dem Gedanken an seine bevorstehende Vermählung, die doch wenigstens zum Teil seiner eigenen Initiative entsprungen war „schrecklich" bei seiner Mutter und gab seinem Widerstreben Düfflipp gegenüber den drastischen Ausdruck: daß er „lieber in den Alpsee springe".

Als Vermählungstag war der 12. Oktober in Aussicht genommen gewesen, als der Tag, an welchem auch Großvater und

---

[1] Prinz von Hessen (1845—1900).
[2] Frhr. v. Fronberg, Major u. k. Kämmerer (1839—1919).

Vater des Bräutigams, die Könige Ludwig I. und Max II. den Ehebund geschlossen hatten (1810 und 1842). Der Hofstaat der künftigen Königin war ausgewählt, das Programm der Vermählungsfeierlichkeiten von den Hofämtern dem König zur Genehmigung vorgelegt. Die Eltern der Braut drängten. „Du wirst begreifen," schrieb die Herzogin-Mutter an die Königin-Mutter am 27. September 1867, „daß mich das Verschieben der Hochzeit über die Liebe des Königs für Sophie etwas ängstlich und zweifelhaft machte, um so mehr, da seine Herren Äußerungen gemacht haben, die mich in dieser Sorge noch bestärken. Sie sagten, er König würde lieber erst in einigen Jahren heirathen, er fände, er sei noch zu jung, er möchte noch seine Freiheit genießen, ja sogar, daß es besser wäre, Sophie zu veranlassen, selbst zurückzutreten. Das hat sie nun vor einigen Tagen gethan und ihm schriftlich sein Wort zurückgegeben; er hat es aber nicht angenommen und ist darauf eingegangen, den Hochzeitstag statt auf den 1. Dezember (1867), wie er anfangs wollte, auf die letzten Tage Novembers festzusetzen." Wenige Tage später (am 4. Oktober 1867) läßt die Herzogin-Mutter ihrem ersten Briefe folgende Mitteilungen nachfolgen: „Das öfter wiederholte Hinausschieben der Hochzeit hat eine für uns ungünstige Stimmung hervorgerufen, und zu so unangenehmen Gereden Anlaß gegeben, daß Max sich genöthigt glaubte, dem König zu schreiben, daß, da es sich nicht länger mit Sophiens Ehre vertrüge, er den König unterthänig bitten müsse, entweder den Termin in den letzten Tagen Novembers einzuhalten, oder das vor mehr als 8 Monaten an uns gerichtete Verlangen um Sophiens Hand als ungeschehen betrachten zu wollen, wobei er ihn durchaus nicht drängen wolle, diese Verbindung einzugehen, denn es sei nie unsere Absicht gewesen, ihm unsere Tochter aufzudrängen."

Noch bevor der König den angekündigten Brief des Herzogs Max erhielt, hatte er Düfflipp auf das bestimmteste erklärt, daß er seine Verlobung rückgängig zu machen gedenke. Der Hofsekretär war beauftragt worden, zu ihm in Pasing in den Zug zu steigen, als er am 6. Oktober von Hohenschwangau nach Augsburg fuhr, wo er die seit 1866 erste (zweistündige) Begegnung mit König Wilhelm und Königin Augusta hatte.

Der später empfangene Brief des Herzogs Max versetzte den König in große Wut. Er fand, daß der Herzog Untertan sei, wie ein anderer, und daß es ihm nicht zukomme, eine solche Schreibweise dem Landesherrn gegenüber zu führen. Düfflipp wandte ein, daß Maximilian den Brief nicht als Herzog, sondern als Vater geschrieben habe, und sie gerieten darüber in eine so lebhafte Diskussion, daß Düfflipp endlich erklärte, wenn der König seinen Rat nicht annehmen wolle, so sei es besser, daß er sich zurückziehe.

Obgleich die betreffende Audienz bis 12 Uhr nachts gedauert hatte, schickte sich Düfflipp an, noch ein Antwortschreiben an den Herzog zu entwerfen und sandte dem König diesen Entwurf sofort. Als er dann am folgenden Tage, dem 15. Oktober 1867 kam, um die Königin-Mutter zu ihrem Geburtsfeste zu beglück-wünschen, wurde er auch zum König beschieden. S. M. waren an jenem Tage sehr gnädig, sagten, sie hätten den Brief ganz nach dem Entwurfe geschrieben und seien überhaupt sehr zu-rieden mit den Diensten ihres Hofsekretärs. Der König war eben froh, die lästige Sache vom Hals zu bekommen. Immerhin benützte er den Streit mit dem Herzog dazu, dem letzteren die Schuld an der Auflösung der Verlobung zuzuschieben. Fürst Hohenlohe scheint beauftragt gewesen zu sein, dem Herzog Max die Entscheidung des Königs zu überbringen. Auch der Prin-zessin Sophie wurde abends beim Familientee in Possenhofen ein Brief des Königs überbracht, den sie las und schweigend bei-seite legte. Später fand man sie ohnmächtig in ihrem Zimmer Der Brief soll gelautet haben: „Geliebte Elsa! Dein grausamer Vater reißt uns auseinander. Ewig Dein Heinrich.‟

Wie wir auch bei anderen Anlässen gesehen haben, schob Ludwig II. wie so viele Sterbliche, gerne die eigene Schuld ande-ren zu. Nicht nur der verlassenen Braut, auch Wagner gegenüber suchte er sich auf diese Weise zu entlasten. Diesem schrieb er am 19. Oktober 1867, seine Verlobte habe sein Wesen nur ober-flächlich zu beurteilen verstanden, sie besitze nicht die Tiefe, die er von seiner zukünftigen Gattin verlange und danke Gott, daß er rechtzeitig zu dieser Erkenntnis gekommen sei.

An Düfflipp hatte er am 11. Oktober 1867 aus Hohenschwan-gau geschrieben: „Sie werden mittlerweile den Brief des Haupt-manns Sauer erhalten haben, der Ihnen die Auflösung der ganzen Ver-lobungsgeschichte mittheilt; sorgen Sie dafür, daß der Hauptspektakel vermieden werde; man soll erfahren, daß mit Einverständnis beider

Theile die Sache rückgängig gemacht wurde; in der That, es war so
besser; großes Unheil, das sicher nicht ausgeblieben wäre, ist nun abgewendet[1]."

Demgemäß verkündete das Regierungsblatt vom gleichen
Datum, die „Verlobung S. M. des Königs mit der Prinzessin
Sophie sei rückgängig geworden und zwar im gegenseitigen Ein-
verständnisse, nachdem man zur Erkenntnis gekommen sei,
daß nicht jene wahre Neigung der Herzen bestehe, welche eine
glückliche Ehe gewährleiste." —

Die Tatsache wurde im Publikum ziemlich leicht aufgenommen, teils weil man durch die langen Verzögerungen der Vermählung bereits auf einen bevorstehenden Bruch vorbereitet war,
teils weil die Verlobung des Königs mit einer so nahen Blutsverwandten nie recht populär geworden war. Bedauerlich ist,
daß die verschmähte Braut nicht wenigstens vor übler Nachrede
verschont blieb. Man erzählte, die Verlobung sei darum zurück-
gegangen, weil der König sie überraschte, als sie ihrer Kammer-
jungfer eine Ohrfeige gab und ein Waschbecken nachwarf, nach
einer anderen Version, als sie dem Hofphotographen ein Stelldichein bewilligte. Die sogenannte schöne Literatur trug besonders
dazu bei, dergleichen verleumderische Gerüchte zu verbreiten.
Fast alle die langweiligen Romane, welche Ludwig II. zum

---

[1] Die Fortsetzung dieses Briefes lautet: „Ich rechne darauf, daß
bald die Photographien nach den Bildern von Ille und Spieß und Pixis
vollendet werden, daß ich bald die Abbildungen der Staatswagen Ludwigs XIV. erhalte; ich möchte so bald als möglich eine Zeichnung meines
neuen Salons in München erhalten, da die frühere ungenügend ist." „Ich
hoffe, daß das gothische Kästchen bis Ende ds. Mts. vollendet werde,
desgleichen das Bild von Hausschild und der Königsmantel bis November. Unmöglich ist es mir leider, in diesen Tagen Liszt zu empfangen,
denn Ruhe herrscht hier nicht, solange die Königin hier ist; ich hoffe
aber, ihn einmal in München kennen zu lernen in Augenblicken der Ruhe
und Sammlung; setzen Sie Fr. v. Bülow dieß Alles auseinander, so daß
sie es nicht irrig auffaßt und nicht schmerzlich berührt. Ich möchte
bald die Skizze zu den „Meistersingern" vorgelegt erhalten. Seitz kann
um so eher daran gehen, da er für die Vermählungsfestlichkeiten nichts
mehr zu thun hat. Kommen Sie am Montag hieher und bringen Sie
womöglich das Album für den Prinzen Karl mit. Sie grüßend, bleibe
ich mit Ihnen wohlbekannten Gesinnungen Ihr wohlgeneigter König
Ludwig."

Hintergrund haben, variieren das Thema von dem verratenen und in seinen heiligsten Gefühlen verletzten Jüngling, der aus der Welt in die Einsamkeit flieht. Auch die Geschichte, ja selbst die Psychiatrie hielten sich mehr an die Legende, als an die Tatsachen. Pastor Lampert bricht in seinem Buche über Ludwig II., das neben einer guten Zusammenstellung des Tatsächlichen manche Albernheit enthält, in folgende Wehklage aus:

"König Ludwig war frei, aber seinem Herzen blieb ein Stachel eingedrückt. Er war um eine bittere Erfahrung reicher geworden. Seine Ideale hatten abermals eine Enttäuschung erlitten. Er glaubte sich fortan dazu verurteilt, einsam durchs Leben zu gehen; aber damit hatte auch das stolze Bewußtsein, sich selbst zu genügen, die Menschen entbehren zu können, ja sie verachten zu dürfen, neue krankhafte Nahrung gesogen. Er zog sich dorthin zurück, "wo keine Menschen treiben," in die stillen majestätischen Berge, die er als Knabe lieben gelernt hatte..."

Nein, Herr Pastor, so verhielten sich die Dinge nicht; das alles sind Geschichtslügen, an denen die Geschichte Ludwigs II. ja ohnedem besonders reich ist. — Das Bündnis scheiterte nicht an einem Treubruch oder einem Mangel an Verständnis seitens der liebenswürdigen Braut, sondern an dem Mangel des natürlichen Triebes zur Eheschließung seitens des anormalen Bräutigams. "Sophie abgeschrieben," notierte Ludwig II. am 7. Oktober. "Das düstere Bild verweht, nach Freiheit verlangte ich, nach Freiheit dürstet mich, nach Aufleben von qualvollem Alp." — Und am 29. November 1867 notiert er weiter: "Gott sei gedankt, nicht ging das Entsetzliche in Erfüllung! (mein Hochzeitstag sollte heute sein)."

Frau v. Bulyowsky schrieb er, daß er sich glücklich über seine Entlobung fühle und mit welcher Freiheit des Geistes und vollkommener Abwesenheit eines sentimentalen Bedauerns der Fürst, der nie eine zweite Verlobung ins Auge faßte, von der ersten dachte, hat er nach Jahren einmal ausgesprochen, als er Hirschberg die Gemächer in der Residenz zeigte, welche für die junge Königin eingerichtet worden waren und das einzige Hochzeitsgeschenk, das er vorzeitig erhalten hatte, einen bronzierten Blumentisch. Er pries sich glücklich, wieder losgekommen zu sein, "da er sich ja doch nie in einen anderen und in das eheliche

Leben hätte fügen können; es hätte sich nie mit seiner Art zu leben vertragen[1]." —

Lampert hält sich bei seiner Darstellung wenigstens noch innerhalb der Grenzen eines Marlittromans und auch Georg Jacob Wolf beschränkt sich in dem jüngsten seiner so beliebten Prachtwerke kleineren Formats und bayerischen Inhalts auf eine Zweifelsfrage, die er an oft wiederholte, aber nirgends beglaubigte Vorgänge knüpft, deren Kunde vielleicht auch nur einer etwas trüben Urquelle entfloß. „Bedenkt man," schreibt er, „daß den König eine solche Zorneswallung überkam, daß er die Büste seiner Braut wutentbrannt aus einem Fenster in den inneren Residenzhof schleuderte, daß er über die Kupferplatte mit dem Bildnis Sophiens als bräutlich geschmückte Königin eine ätzende Flüssigkeit ausgoß, daß er sofortige Einziehung der Doppelbildnisplakette und Einstampfung der Gedenkblätter anbefahl, so läßt dies doch wohl den Schluß zu, daß sein Gemüth aufgewühlt war, daß die Lösung der Verlobung nicht das Ergebnis einer langen Überlegung war, und daß die Beziehungen nicht wie von selbst einschliefen, sondern daß heftige Konflikte, akute Tatsachen vorausgegangen sein mußten."

Daß dem nicht so war, geht wohl schon aus den an anderer Stelle angeführten Briefen an den Großvater vom 14. Oktober 1867 und an die Exbraut von Mitte Januar des gleichen Jahres hervor. Das „Gemüt Ludwigs II. aufzuwühlen" genügte schon das Verhalten des Vaters der Braut und selbst wenn auch dem König der fragliche Klatsch nachträglich zugetragen worden wäre (was jedoch von kundiger Seite entschieden verneint wird), und er daran geglaubt hätte, so wäre das noch lange kein Beweis für seine Wahrheit.

Viel weiter als Lampert und Wolf geht Max Koch. Er spricht in seiner sonst sorgfältig und „aktenmäßig" gearbeiteten Wagnerbiographie, deren drei Bände manchen Vorzug haben vor den sechs Bänden gleichen Inhalts Glasenapps, von der „so wenig würdigen Braut" und bekräftigt diese Äußerungen in seiner Besprechung der ersten Auflage des gegenwärtigen Werkes mit

---

[1] Schon am 17. Nov. 1867 verfügte der König: „Ich wünsche, daß Sie in meinem Namen Frl. Mallinger (Opernsängerin) das Clavier, welches ich einst der Herzogin Sophie schenkte, zustellen lassen" und zehn Tage später schreibt er: „Gern hätte ich eine kleine Gipsbüste von Frl. Mallinger durch Zumbusch gefertigt."

privaten Vorgängen, die Jahrzehnte später liegen und sich der intimeren Kenntnis der Allgemeinheit entziehen. Es leitet ihn dabei eine gute Absicht: „Die Wage,“ meint er, „neigt sich ganz wesentlich zu Ludwigs II. Gunsten, wenn er die fürchterliche Enttäuschung der Untreue seiner Braut erleiden mußte und dann doch ritterlich den Anschein der Schuld der Auflösung der Verlobung auf sich nahm.“ — Das mag ja vielleicht für einen Roman zutreffen, aber die Geschichte darf auch dem Andenken eines geliebten Königs nicht ohne vollgültigen Beweis das Opfer der jungfräulichen Ehre einer zwanzigjährigen Prinzessin bringen und ist es denn überhaupt veranlaßt, in Äußerungen der Klatschsucht nach Erklärungen eines Bruches zu suchen, dessen wahrer Grund ja längst notorisch feststeht? — Max Koch schreibt: „Durch meine“ moralischen Rettungsversuche der Herzogin Sophie wurde die doch zu bestimmt auftretende Beschuldigung ihrer anstößigen (!) Beziehungen zu dem schönen Photographen H. nicht aus der Welt geschafft. Die jungfräuliche Ehre der Herzogin Sophie bedurfte keines „Rettungsversuches“; es handelte sich nur um Abwehr einer Behauptung, die schon bei ihrem ersten Auftreten die intimen Lebenszeugen der Prinzessin mit Nachdruck zurückwiesen und gegen die sie bei ihrer Aufwärmung in dem Bonn'schen Drama entrüstet Protest erhoben. Schon die von Niemand bezweifelte vollkommene Ehrenhaftigkeit der beiden damaligen Hofdamen des herzoglichen Hauses spricht laut dagegen; nur wer gar keine Kenntnis von den bei Hofe streng beobachteten Schranken hat, wird es für möglich erachten, daß eine jungfräuliche Prinzessin, die nicht einmal den königlichen Bräutigam ohne „Königswache“ empfangen durfte, sich in einen Flirt mit einem Photographen hätte einlassen können, dessen Atelier sie sicher nie ohne Zeugen betreten hat. Ist es denn auch glaubhaft, daß der edle Herzog von Alençon, der sich selbst und dem schweren Nervenleiden seiner Gemahlin die ganze Schuld an der späteren Eheirrung zuschrieb, einer Prinzessin die Hand gereicht hätte, auf deren Ehre der leiseste Makel haftete? —

Zur Zeit der geschilderten Vorgänge war in „Über Land und

Meer" ein Roman „Maria Mancini" von Julius Grosse erschienen, dem der Dichter sehr merkwürdige Folgen zuschreiben zu dürfen glaubte. „Durch den Umstand," berichtet er, „daß in diesem Roman die Verlobung Ludwigs XIV. mit der schönen und geistreichen Maria Mancini hintertrieben wird und ebenfalls mit Auflösung endet, gewann meine Arbeit plötzlich eine verblüffende Aktualität. Der König selbst ließ sich alle vorhandenen Quellen kommen, um die historische Wahrheit jener Darstellung zu prüfen. Infolge dieser Studien aber entwickelte sich jene unselige Begeisterung für den „Roi Soleil," der seitdem König Ludwigs Götze und Lebensideal geworden ist, dem er Alles opferte (?), bis der Abgrund des Wahnsinns ihn verschlang. Selten oder nie hat eine historische Novelle ohne Wollen des Verfassers so verhängnisvolle Wirkung geübt..." Grosse irrt; das Interesse Ludwigs II. für den „Sonnenkönig" hatte einen ganz anderen Ursprung.

Ein Jahr später, am 28. September 1868 vermählte sich die Herzogin Sophie in Bayern mit dem Herzog Ferdinand von Alençon (geb. 1844), Sohn des Herzogs von Nemours († 1896) und Enkel des Königs Louis Philipp von Frankreich († 1860). Hohenlohe war als Minister des Königlichen Hauses vom König beauftragt worden, der Trauung beizuwohnen und hat darüber in seinem „Journal" sehr eingehende Aufzeichnungen gemacht, denen wir folgendes entnehmen. „Zu Trauungszeugen waren Prinz Adalbert und Minister Pfretzschner bestimmt." „Am Morgen ging ich auf den Bahnhof, um die Kaiserin von Rußland abreisen zu sehen. Der König begleitete die Kaiserin und fuhr auch mit ihr auf der Eisenbahn gegen München mit." „Um 10 Uhr fuhren wir in meinem Wagen nach Possenhofen. Bald kam die Zeit der Trauung, die in einem Saale des Schlosses, der zur Kapelle umgewandelt war, stattfand. Der Duc de Nemours sieht aus wie ein eleganter Franzose du cercle de l'union. Er trug den Hubertusorden, ebenso sein Sohn, der Bräutigam. Der Duc de Nemours erinnert an die Bilder Heinrichs IV., doch hat er einen eigenthümlichen Ausdruck, der auf Pedanterie schließen läßt. Der junge Duc d'Alençon ist ein hübscher junger Mensch von frischem Aussehen. Interessant war mir, die Prinzessin Klementine von Koburg, eine gescheite, lebhafte Dame kennen zu lernen. „Alles war en robe montante. Die Braut in weißer Seide, mit Orangenblüten garniert, mit Coiffüre von Orangeblüten und Tüllschleier. Auf den Ärmeln Atlaslitzen, nach Analogie des Leibregiments. Eine Hofdame der Nemours war in feuerfarbener Seide mit strohgelbem Besatz. Als Alles beisammen war, ging man in die Kapelle. Das Brautpaar kniete vor dem Altar. Links dahinter Prinz Adalbert, hinter diesem wir beiden Minister und dann hinter uns die Herren des Hauses Orléans. Auf der anderen Seite der Duc de Nemours und die Herzogin, sowie alle Prinzessinnen. Haneberg begann die Zeremonie mit einer passenden Anrede. Niemand weinte, nur der Herzog Max hatte einige Male ein sehr weinerliches Aussehen. Die Braut sah sehr gleichmütig aus. Vor dem Jawort machte der Bräutigam erst seinem Vater ein Kompliment und ebenso die Braut ihren Eltern. Das „Ja" der Herzogin klang, als wollte sie sagen: „von mir aus, ja," oder „meinetwegen." Doch will ich damit nichts Böses sagen, mir klang es so. Nach der Trauung küßte ich der Herzogin die Hand und beglückwünschte sie. Sie schien recht zufrieden und vergnügt." „Das Diner fand unten in zwei Sälen statt. Bei Tisch wurde (von einer Militärmusik im Freien), der Brautchor aus Lohengrin gespielt. Es muß dabei der Exbraut des Königs sonderbar zu Mute gewesen sein. Eigentümlich war auch das Zusammentreffen, daß gerade am Vorabend der See und Berg (für die Kaiserin von Rußland) beleuchtet waren und daß auf diese Weise der König seiner ehemaligen Braut den „Polterabend" verherrlichen mußte.

In dem Streben, seinen verehrten Chef überall die Hauptrolle spielen zu lassen, schreibt Baron Völderndorff in seinen „Erinnerungen an den Reichskanzler" dem Fürsten Hohenlohe bei der Entlobung des Königs eine Tätigkeit zu, für welche die obigen Angaben Düfflipps und die mitgeteilten Briefe keinen Raum lassen, deren Hohenlohe in seinen Denkwürdigkeiten keine Erwähnung tut, und welche nur dem ergiebigen Boden der Phantasie des „harmlosen Plauderers" entkeimt ist.

Der lange Absatz schließt mit folgendem kleinem Knalleffekt: „Am 26. September 1868 war in Possenhofen — so viel ich mich erinnere — das Verlobungsfest. Plötzlich erscheint Seine Majestät in Begleitung der Kaiserin von Rußland und bleibt eine volle Stunde da, ohne im mindesten zu fühlen, daß seine Anwesenheit höchst peinlich empfunden werde."

Klara Tschudi („Ludwig II.") verlegt diesen Besuch sogar auf den Hochzeitstag selbst und fast wäre es glaubhafter, da es doch unwahrscheinlich erscheint, daß das Verlobungsfest nur zwei Tage vor dem Hochzeitstag gefeiert wurde. Da aber in beiden Fällen nicht nur eine große Taktlosigkeit, sondern beinahe ein Symptom geistiger Abnormität vorgelegen wäre, benützte ich eine sich mir darbietende Gelegenheit, das Zeugnis einer noch lebenden hohen Dame anzurufen, welche dem fraglichen Besuch beiwohnte. „Es war einige Tage vor der Hochzeit," schrieb mir deren Hofdame, „als die Kaiserin Maria Alexandrowna von Rußland, geborene Prinzessin von Hessen-Darmstadt, welche damals auf Besuch in Berg weilte, ihrer Kousine der Frau Herzogin Max in Possenhofen einen Besuch abstattete. Der König kam mit der Kaiserin per Schiff nach Possenhofen; sie blieben über eine Stunde. Die Herzogin Sophie war ebenfalls anwesend, nicht aber der Herzog von Alençon, noch sein Vater der Herzog von Nemours. I. K. H. erinnern sich nicht mehr, ob die Situation peinlich war, glauben aber, daß alles sich glatt und im verwandtschaftlichen Rahmen abspielte." —

Während der König seinem kaiserlichen Gast nur schwer die Begleitung nach Possenhofen hätte verweigern können, wäre die Herzogin Sophie doch leicht in der Lage gewesen, der Begegnung mit dem König auszuweichen.

Baron Völderndorff nahm dergleichen Ungenauigkeiten sehr leicht und es machte ihm zuweilen Spaß, seine Leser hinters Licht zu führen. In denselben Erinnerungen an den Reichskanzler, die zuerst in den „Neuesten Nachrichten" erschienen, hatte sich auch der Zug befunden, daß der Papst dem Fürsten Hohenlohe nach der ersten Audienz, die er bei ihm hatte, eine große Zukunft vorhergesagt habe. Als ich den Baron frug, woher er denn das in Erfahrung gebracht habe, sagte er leichthin: „Ach, das hab' ich erfunden!" — Solche Erfindungen sind gewiß zuweilen sehr pikant, aber künftige Geschichtschreiber müssen vor denen gewarnt werden, die sie gerne machen.

Erst dreiundzwanzig Jahre später lernte ich das Herzogspaar von Alençon persönlich kennen und zwar in einer ziemlich schwierigen Situation. Prinz Alfons hatte den Wunsch zu erkennen gegeben, sich mit deren Tochter, Prinzessin Luise (geb. 1869) zu verloben. Bei der Abhängigkeit von Berlin, in der man sich schon damals befand, hielt man es für veranlaßt, auch ohne vorherige Ermächtigung des Regenten bei Bismarck anzufragen, ob er keine Bedenken dagegen zu erheben habe, daß ein bayerischer Prinz eine Prinzessin aus dem Hause Bourbon-Orléans heirate. Bismarck bejahte wider Erwarten diese Anfrage, wobei der Umstand etwas mitgespielt haben mag, daß man dem Prinzen eine preußische Lebensgefährtin zugedacht hatte. Der Prinz-Regent zeigte jedoch dieses Mal eigenen Willen. Er fand, daß es Bismarck nichts angehe, wenn ein bayerischer Prinz sich mit der Tochter einer bayerischen Prinzessin vermähle und erteilte die von dem Prinzen Alfons erbetene Genehmigung zur Verlobung.

Indessen ergaben sich bei der Aufstellung der Ehepakten, mit der ich als Referent für die Angelegenheiten des königlichen Hauses betraut war, Schwierigkeiten, da der Herzog von Alençon streng am Code civil festhielt und die Bedingungen als maßgebend erachtet wissen wollte, welche in Frankreich reiche Erbtöchter aufzustellen pflegen, wenn sie sich auf dem Wege der Ehe des Titels verarmter Kavaliere teilhaftig machen und deren verblaßte Wappenschilder neu vergolden.

Es war mir angesichts der Bismarckischen Einsprache bedeutet worden, daß ich mir ein Verdienst erwerben würde, wenn ich diese Verbindung zum Scheitern brächte. Dem Prinz-Regenten lagen solche Erwägungen fern. Er hatte nie etwas anderes im Auge, als die Ehre und das Glück der Seinen. Bei einer Audienz, die ich am 9. November 1890 hatte, zog er mich vorsichtig in die Mitte des Zimmers, um die Möglichkeit auszuschließen, von den vielen Ohren gehört zu werden, welche Hofwände haben, und frug mich besorgt nach dem Stande der Dinge, ob der Herzog von Nemours denn die Verbindung wünsche, ob die Mitgift nicht zu gering sei für die Nachkommenschaft, wie lange es besten Falles noch dauern könne, bis die Angelegenheit bereinigt sei usw. Ich sagte ihm alles. Es sei weniger eine question d'argent, als eine question de dignité auf dem Spiel; ein bayerischer Prinz könne eine Prinzessin mit bescheidener Mitgift, nicht aber mit den von dem Herzog von Alençon vorgeschlagenen Ehepakten heiraten. Der Regent stimmte allem bei und entließ mich endlich mit den Worten, die er im Laufe der Zeit oft und vielen gesagt haben mag: „Ich sehe, die Sache ist in guten Händen." — Prinz Alfons betonte mit Nachdruck, daß er seine Ehre engagiert erachte und sein gegebenes Wort zu halten wünsche.

Die Verhandlungen zogen sich in die Länge. Auf schriftlichem Weg war nichts mehr zu machen; ich sollte daher nach Paris oder Mendel entsendet werden.

Inzwischen aber kam das Herzogliche Paar selbst nach München und ich hatte am 5. Dezember 1890 im Palais des Prinzen

Ludwig Ferdinand eine Unterredung mit dem Herzog von Alençon. Die Herzogin Sophie war miterschienen und setzte sich mir gegenüber. Ihre einstige Schönheit war damals fast verblüht; aber es war ihr eine graziöse Liebenswürdigkeit geblieben, die auch der besorgten Mutter wohl anstand. Sie erinnerte mich wiederholt daran, daß sie doch eine bayerische Prinzessin sei, daß Alfons und Louise sich liebten, und daß man sie nicht trennen dürfe. Ihr Benehmen hatte etwas Rührendes. Dann begann der Herzog. Wir umkreisten auf den Gummirädern der französischen Sprache die Schwierigkeiten, der Herzog würdigte meine Einwände und je mehr ich mit ihm sprach, um so mehr empfing ich den Eindruck des vornehmen Franzosen vom alten Regime und vollkommenen Gentleman, dem gegenüber es mir unmöglich war, mir das angedeutete Verdienst zu erwerben. Es stellte sich heraus, daß die Schwierigkeiten auf Mißverständnisse zurückzuführen waren, französischerseits wurden Zugeständnisse gemacht und endlich am 15. April 1891 im Schlosse zu Nymphenburg die Ehe geschlossen. Außer dem Prinz-Regenten waren an gekrönten Häuptern auch der König von Neapel und die Königin Isabella von Spanien erschienen. Nach der Trauung fand Cercle statt, während dessen Schokolade und süßer Wein serviert wurden, was einige als etwas frugal für eine Hochzeit fanden.

In der Person der Prinzessin Luise wurde dem bayerischen Königshause eines seiner liebenswürdigsten, distinguiertesten und verständigsten Mitglieder zugeführt. Nach außen trat die Prinzessin wenig hervor; sie suchte und fand ihr Glück im engeren Kreise der Familie, an der Seite eines Gatten, den der Volksmund mit Recht „Alfons den Menschenfreund" beibenannte.

Weniger glücklich gestaltete sich in den späteren Jahren, wie es scheint, die Ehe der Eltern der Prinzessin. Wenn aber auch vielleicht Wolken und Stürme die letzte Zeit des Lebens der Herzogin Sophie von Alençon verdunkelten, ihr heroischer Tod zeigt sie wieder als die würdige Braut eines Königs, als die ebenbürtige Gemahlin eines direkten Nachkommen Heinrichs IV. Es war an einem Maitag des Jahres 1897. Schon züngelte das Feuer an den Stoffen und dünnen Mauern des Bazar de la Charité empor und drohte alles in ein Flammenmeer zu verwandeln. Die Gardénias, wie man die jungen Herren nach den Blumen nannte, die sie im Knopfloch trugen, versperrten den einzigen Ausgang, den es noch gab, die Fenster, und stießen unbarmherzig das schwache Geschlecht davon zurück. Aber einige nahmen doch Rücksicht auf ein Mitglied ihres Königshauses und boten der Prinzessin den Vortritt an. Sie schlug ihn aus. „Sauvez d'abord les jeunes filles" sprach sie und ging dem Tod in den Flammen entgegen.

XLI.

Die Kaiserin Maria Alexandrowna von Rußland (geb. 1824), der Ludwig II. am Hochzeitstage seiner Exbraut das Geleite bis Innsbruck gab, war eine Tochter des Großherzogs Ludwig II. von Hessen (1830—1848). Der König hatte vier Jahre vorher ihre persönliche Bekanntschaft in Kissingen gemacht, wohin er sich am 18. Juni 1864 begeben hatte, um einen Besuch des österreichischen Kaiserpaars zu erwidern und wo er außer diesem und den russischen Majestäten auch den württembergischen Thronfolger nebst Gemahlin angetroffen hatte. Er war in Kissingen mit begeistertem Jubel empfangen worden und hatte sich so gut dort gefallen, daß er, statt wie er beabsichtigt hatte, wenige Tage, vier Wochen verblieb. Und schon am 30. Juli besuchte er wieder in Bad Schwalbach die dort zur Nachkur verweilende russische Kaiserin. Karl v. Heigel und andere meinen, es sei wegen der Zarentochter Maria Alexandrowna geschehen, die „seine erste Liebesneigung gewesen sei. Memminger weiß sogar, daß er Pläne für ein Schloß im moskowitischen Stile anfertigen ließ, das wahrscheinlich als Hochzeitsgabe bestimmt gewesen sei, und in der Nähe von Linderhof hätte erstehen sollen." Allein man übersah dabei, daß die einzige Tochter des Zaren Alexander II., die Großfürstin Maria Alexandrowna, geb. den 17. Oktober 1853, damals noch nicht elf Jahre alt war. Es können also nur persönliche

Eigenschaften gewesen sein, die Ludwig II. bei der Zarin anzogen. Die Kaiserin war in der Tat nach Kleinschmidt eine durch
Liebenswürdigkeit, Edelsinn und Schönheit ausgezeichnete Prinzessin und ihre kinderreiche Ehe mit Alexander II. sehr glücklich, bis andere Frauen den für Schönheit allzu empfänglichen
Monarchen fesselten. Die Nachricht von dem schrecklichen
Attentat, dem der Zar-Befreier am 13. März 1881 in einem Augenblicke zum Opfer fiel, in dem er im Begriffe stand, dem Volk
eine Konstitution zu geben, machte einen furchtbaren Eindruck
auf den schon damals schwer leidenden König von Bayern und
er erblickte darin eine neue Bestätigung seiner steten Befürchtungen.

Ganz außer sich schimpfte er über das „Sauvolk". Die Untat
sei nur möglich gewesen, weil der Kaiser sich nach Petersburg
begeben habe, statt in der Krim zu bleiben. Den Einwand, daß
der Kaiser in der letzten Zeit seiner Regierung durch Willkürakte
die Sympathien verscherzte, ließ er durchaus nicht gelten, weil
nach seinen Vorstellungen ein Souverän ja zu allem berechtigt
war.

Die zweite Begegnung Ludwigs II. mit der Kaiserin Maria
Alexandrowna im Jahre 1868 beruhte wohl nicht auf einer
Initiative Ludwigs II. Fürst Hohenlohe hatte sich als Minister
des Äußern veranlaßt gesehen, einen Antrag zu stellen, wie deren
in rein bayerischem Sinne ja nicht viele aus seiner gewandten
Feder geflossen sind und bei welchem wohl auch die Rücksichten
auf die russischen Besitzungen seiner Gemahlin mitgesprochen
haben dürften. „E. M.," motiviert er diesen Antrag, „kennen
die bedenkliche Lage, in welcher sich die Mittelstaaten Deutschlands und
insbesondere Bayern seit dem Kriege von 1866 befinden. Mit der Auflösung des Deutschen Bundes ist Bayern in eine Lage versetzt, die große
Vorsicht und Klugheit erheischt, wenn das Königreich bei eintretenden
größeren Erschütterungen seine Selbständigkeit erhalten soll. Kann nun
auch das Königreich in der gegenwärtigen Lage keine Bündnisse mit
fremden Mächten eingehen, so liegt doch in den freundschaftlichen Beziehungen E. K. M. zu fremden Souveränen, insbesondere zu solchen,
deren Stimmen im Rate der europäischen Mächte gehört und beachtet
werden, eine nicht zu unterschätzende Garantie. Zu solchen Mächten
gehört ohne Zweifel Rußland. Die persönlichen Beziehungen E. K. M.
zu dem russischen Hofe sind zur Zeit die besten und freundschaftlichsten.

Der t. g. U. hat dies im Interesse E. K. M. stets mit Freude und Beruhigung wahrgenommen. Er kann deshalb nur wünschen, daß dieses Verhältnis ungestört erhalten bleiben möchte. Hierzu bietet wohl die Anwesenheit der kaiserlichen Familie in Kissingen den erwünschten Anlaß. E. K. M. haben dies dem t. g. U. gegenüber anzuerkennen und A. h. ihre Absicht, dem Kaiser und der Kaiserin von Rußland dort einen Besuch zu machen, auszusprechen geruht. Der t. g. U. würde also nicht wagen, nochmals auf diesen Gegenstand zurückzukommen, wenn er nicht Grund hätte zu befürchten, daß E. K. M. von anderer Seite entgegengesetzter Rat gegeben werden könnte." Nach der Ansicht des t. g. U. hat ein, wenn auch kurzer Besuch in Kissingen, vielleicht bei Gelegenheit des Geburtsfestes der Kaiserin, eine sehr große und weitgreifende Bedeutung..."

Der König begab sich am 2. August 1868 mit dem Prinzen Otto nach Kissingen und verblieb daselbst „in lebhaftem Verkehr" mit dem russischen Kaiserpaar bis zum 10. August. Da die Kaiserin auf ihrer Weiterreise den Weg über München nehmen mußte, lud Ludwig sie ein, ihn in Berg zu besuchen und sie nahm diese Einladung an. Er fuhr ihr bis Pasing entgegen, um sie sodann von Starnberg auf seinem Schiff Tristan nach Berg zu geleiten, das Gartenkunst und Pyrotechnik in ein Feenschloß umgewandelt hatten. Sänger des Hoftheaters und die Kapelle eines Infanterie-Regimentes fanden sich zur abendlichen Serenade ein. Der See war magisch beleuchtet, zahllose Ballons in allen Farben bewegte der Wind darüber hin. Ein Diner, das auf der von balsamischem Blumenduft umwobenen Roseninsel eingenommen wurde, erklärte die Kaiserin für das poetischste ihres Lebens. Als besondere Aufmerksamkeit waren die Gemächer, welche die Kaiserin in Berg bewohnte, genau so eingerichtet, wie die ihres russischen Lieblingssitzes. Auch auf ihrer Heimkehr aus Italien begrüßte Ludwig II. die russische Kaiserin am 14. November 1868 an der bayerischen Grenze zu Kufstein. In München wohnte sie in der Residenz bei der Königin-Mutter, nahm am folgenden Tage teil an einer Familientafel und an einer Vorstellung der „Meistersinger" im Hoftheater. Am 16. November geleitete Ludwig sie bis zur Landesgrenze bei Nördlingen.

Lampert hebt hervor, daß die Tochter der Kaiserin nicht mit ihrer Mutter nach Berg gekommen sei; aber man habe davon gesprochen, daß es die Großfürstin gewesen sei, um derentwillen

die Zarin das freundliche Entgegenkommen des Königs angenommen habe. Allein der Gedanke, daß Ludwig II., der so froh
war, eine erste Verlobung los geworden zu sein, so schnell eine
zweite beabsichtigen könne, lag doch sehr fern, ganz abgesehen
davon, daß die Großfürstin seit der ersten Begegnung mit dem
König auch nicht älter, als nicht ganz 15 Jahre geworden war.
An der kleinen Anzahl russischer Prinzessinnen im heiratsfähigen
Alter scheiterten auch später die zuweilen in dieser Richtung
aufgetauchten Heiratsgedanken bayerischer Prinzen und es hat
sich davon nichts erhalten, als der vollkommen perfekte, kalligraphisch ausgeführte Ehevertrag Ludwigs I. mit der Großfürstin
Katharina vom Jahre 1808, dessen Ratifikation durch den König
von Bayern an der ablehnenden Haltung Napoleons I. scheiterte.

Wenn schon über das Wesen der freundschaftlichen Beziehungen Ludwigs II. zu der um 21 Jahre älteren Zarin Maria
Alexandrowna bisher ebensowenig Urkunden bekannt geworden
sind, als über die zu der nur um acht Jahre älteren Kaiserin
Elisabeth von Österreich, so lag es doch schon in den Verhältnissen, daß die letzteren viel intimere waren als die ersteren.
Die Französin de la Faye bezeichnet das Gefühl Elisabeths für
Ludwig II. als „une affection de sœur ainée", ohne es damit
vollständig zu erschöpfen; es war wohl mehr als das: eine auf
naher Blutsverwandtschaft und Wesensähnlichkeit beruhende
Sympathie. Die Blutsverwandtschaft zwischen beiden war eine
sehr nahe. König Max Joseph I. war der Urgroßvater Ludwigs II.
und der Großvater Elisabeths aus seiner zweiten Ehe mit Karoline
von Baden. Auch der Stammbaum Elisabeths weist viele erbliche Belastungen auf, wenn in ihm auch die von preußischer
Seite in Wegfall kamen, auf welche Prof. Strohmayer bei Ludwig II. besonderes Gewicht legt. Auch das Leben der Kaiserin
ist reich an Widersprüchen, für welche es keine andere Erklärung
gibt, als eine krankhafte Veranlagung, die sich gegen das Ende
ihres Lebens in Symptomen geistiger Gestörtheit äußerte. Man
kann Elisabeth eine gewisse Größe nicht absprechen; sie zeigte
zuweilen heroischen Mut, aber dann auch wieder eine egozen

trische Gleichgültigkeit gegen die edlen Rosse, die sie zu Schanden ritt und gegen Untergebene, die sich aufopferten. Es widerstrebte auch ihr, die Schuld ihrer bevorzugten Stellung mit ihrer Person zu bezahlen, und es kostete sie ebenso viel Überwindung, eine Audienz zu erteilen, wie Ludwig II. Ihr Ausspruch: „sie wünsche ja nichts von den Menschen, als daß sie sie in Ruhe lassen," zeigt ihren ganzen Mangel an Pflichtgefühl und Anpassungsfähigkeit und der andere: „sie glaube, daß die Menschen, die man für wahnsinnig hält, die wirklich Klugen seien," ihre ganze Verschrobenheit. —

Eine ähnliche Äußerung — pro domo? — machte sie auch im Januar 1892 ihrem Lehrer im Neugriechischen Konstantin Christomanos gegenüber, dem Sohne eines Griechen und einer Deutschen, der in poetischer Sprache Tagebuchblätter vom Mai 1891 bis April 1892 veröffentlicht hat, die tiefere Einblicke in das Wesen und die eigentümliche Denkungsart der schönen Kaiserin gewähren: „Haben Sie nicht bemerkt, daß bei Shakespeare die Wahnsinnigen die einzigen Vernünftigen sind? So weiß man im Leben nicht, wo die Vernunft und wo der Wahnsinn sich findet, sowie man auch nicht weiß, ob die Realität der Traum, oder der Traum die Wirklichkeit ist. Ich neige dahin, jene Leute für vernünftig zu halten, die man wahnsinnig nennt. Die eigentliche Vernunft hält man für gefährliche Verrücktheit."

Einig sind ihre Zeitgenossen nur in der Anerkennung der blendenden Schönheit Elisabeths. „Sie war," schreibt darüber Gräfin Marie Kleinmichel, die sie im Jahre 1870 auf einem ihrer Ritte begleiten durfte, „eine der strahlendsten Schönheiten, die je gelebt haben. Ein Wald von dunklen Haaren beschattete ihre Stirne und saß wie ein Diadem auf ihrem Haupte. Ihre Augen hatten einen außerordentlichen Glanz und die banale Phrase: sie leuchteten wie die Sterne, giebt am besten den Eindruck wieder, den sie machten."

Das Verhalten Ludwigs II. gegen die schöne kaiserliche Kusine hatte, insofern es nach außen trat, den Charakter einer steten, galanten Huldigung. Der König war, wie mir Kainz erzählte, immer erregt, wenn die Kaiserin kam, spielte den Schwerenöter und behauptete, der Kaiser von Österreich habe ihm sagen lassen, er solle doch seiner Frau nicht so die Cour machen. Aber der Kaiser und die Kaiserin waren wohl nie eifersüchtig aufeinander. Stellte doch Elisabeth ihrem Arzt in Kissingen die Schauspielerin Schratt vor, worüber sich Memminger besonders skandalisiert, ohne zu bedenken, daß auch ein Kaiser das Bedürfnis nach einem „gemütlichen Plausch" empfinden kann, ohne dadurch bei seinem vorgerückten Alter dem Feingefühl der Moralisten einen berechtigten Anlaß zu Beschwerden zu geben.

Der schwärmerischen Frühzeit Ludwigs II. gehörte wohl die Verabredung zwischen Ludwig und Elisabeth an, von der J. L. Craemer zu erzählen weiß, zu einem bestimmten Glockenschlage auf der Insel mit den sechzehntausend Rosensorten im Starnberger See zu erscheinen. Im Falle der Verhinderung mußte das eine dem anderen einen Brief in einem Schreibtisch hinterlassen, zu dem Jedes einen Schlüssel hatte. Man fand nach dem Tode des Königs einen dieser Briefe mit der Aufschrift „von der Taube an den Adler".

Um ihrer Mutter in Possenhofen nahe zu sein, pflegte die Kaiserin alljährlich einen Aufenthalt von vierzehn Tagen in dem benachbarten Feldafing zu nehmen, der, obschon ihr Gefolge aus 50 Personen bestand, doch einen einfachen Charakter trug. Wie ihr königlicher Vetter liebte sie vor allem kühne Ritte, große Bauten und — die Einsamkeit. Des Nachmittags sah man sie, nur von einem Bereiter gefolgt, auf ihrem Lieblingspferde, einem ungarischen Schimmel ausreiten, und im Abenddunkel, nur von ihrem großen Bernhardinerhund begleitet, die schönen Wege der Umgebung begehen. Hoch zu Roß trotz des Regens erwiderte sie im Jahre 1880 auch einen Besuch, den Ludwig II. ihr in Possenhofen abgestattet hatte, und im folgenden Jahre machte sie ihm ihren Gegenbesuch in dem Kahne des Gasthofs mit einem Ruderer und ihrem Mohren, dem Geschenk eines ägyptischen Paschas. Ludwig II. begleitete sie auf dem einfachen Kahn zurück und beschenkte den Mohren, der auf der Heimfahrt fremde Volkslieder zur Guitarre sang, mit einem goldenen Ring für seinen schwarzen Finger.

Wenn auch seine persönlichen Begegnungen mit der schönen kaiserlichen Kusine immer seltener wurden, so ließ er doch keine Gelegenheit vorübergehen, ihr durch prachtvolle Buketts von Rosen und Alpenblumen seine unveränderten Gefühle der Wesenssympathie und liebevollen Verehrung zu bekunden, denen er zuweilen auch in Versen Ausdruck gab.

„Könige, Kaiser und berühmte Staatsmänner," schreibt Klara Tschudi in ihrem hübschen Buch über die Kaiserin Elisabeth, „besuchten sein Land, ohne daß Ludwig sich vor ihnen zeigte, aber wenn Elisabeth von Österreich-Ungarn nach Feldafing kam, traf er mit ihr zusammen. Selbst zu Zeiten, in denen er fast keinen Menschen in seiner Nähe duldete, war er immer bereit, sie zu empfangen. Die Erklärung dessen ist ja nicht so schwer. Alle, die er sonst sah, verlangten von ihm das Unmögliche: daß er anders sein solle, als er war; Elisabeth nahm ihn ganz wie er war, sie erkannte ihm die Vorrechte zu, die er beanspruchte, sie teilte seine Neigungen, seine Liebhabereien, seine Anschauungen, zum Teil wohl auch seine Wahnideen.

Einzelne Züge von ihm muten wie Familienähnlichkeit mit ihr an. Vor allem teilte sie in hohem Grade seinen Hang nach Einsamkeit. „Sie ist die Einsamste aller Einsamen," schreibt Christomanos. „Es ist eine Nothwendigkeit, fast eine Lebensfunktion für sie, sich von Zeit zu Zeit auch äußerlich zu vereinsamen. Sie hat den fast schmerzlichen Wunsch, allein zu sein und angesichts ihrer Geheimnisse zu träumen. Dann begibt sie sich in Oasen des Alleinseins, zu denen Niemand Zutritt hat. Um fünf Uhr morgens durchstreift sie schon die Gärten des Achillesschlosses — alle Welt schläft, nur sie wacht und wandelt in der Stille herum." — Als der junge Grieche ihr einst bei grauendem Morgen auf einer Schloßterrasse begegnete, näherte sie sich ihm rasch, „wie ein schwarzer Engel, der ein Paradies zu verteidigen hat", und sagte: „Ich bin immer hier bevor die Sonne aufgeht, um zu sehen, wie alles erwacht. Sie müssen niemals mehr in dieser Zeit heraufkommen. Es ist die einzige Stunde, in der ich ganz allein bin." Wenige Seiten später kommt Christomanos auf dieses Bedürfnis nach Einsamkeit zurück und belegt es mit Äußerungen der Kaiserin. Sie ist die Einsamste der Einsamen, denn sie gehört sich ganz." „Die Leute wissen nicht, was sie mit mir beginnen sollen," sagte sie gestern, weil ich in keine ihrer Traditionen und Begriffe hineinpasse. Auf meinen Spaziergängen laufe ich auch wenig Gefahr, „civilisierten" Menschen zu begegnen; denn sie ziehen mir nicht nach in die Einöden — sie haben

Besseres zu thun. — Das sind meine langen Einsamkeiten, aus denen ich erkenne, daß man die Schwere seiner Existenz am meisten fühlt, wenn man in Contact mit den Menschen steht. Das Meer und die Bäume nehmen uns alles Irdische ab: wir werden selbst einer von den Zahllosen. Jeder Verkehr in der menschlichen Gesellschaft ist eine Ablenkung von diesem Aufgehen, er verschärft die Empfindung unserer eigenen Individualität, die immer wehe thut. Es giebt aber Menschen, die mir ebenso angenehm sind, wie die Bäume und das Meer, weil sie ebenso sind, wie die Bäume und das Meer. Das sind die Fischer, die Landleute, und die Dorfnarren, Leute die sich wenig unter den vielen Menschen bewegen und viel mit den ewigen Dingen verkehren: sie geben mir mehr, als ich ihnen je als Kaiserin geben könnte, deswegen verlasse ich sie immer mit großer Dankbarkeit; sie befreien mich von etwas Fremdem und Beengendem, das an mir haftet und mich bedrückt."

Audienzen zu erteilen und mit der offiziellen Welt zu verkehren, war Kaiserin Elisabeth kaum weniger ein Greuel, als ihrem königlichen Vetter. „Der Hofstaat und die damit verbundenen Äußerlichkeiten stachen von ihrer inneren Wesenheit immer nüchtern ab und es ist kein Wunder, daß sie in jenen Kreisen wenig beliebt war, wenn sie sich nach den folgenden Grundsätzen benahm, zu denen sie sich gelegentlich bekannte: „Das Leben unter den Menschen uniformiert uns alle zu einem schwarzen Haufen, dem nur das Gemeine gemeinsam ist. Wenn ich mich unter den Leuten bewege, so gebrauche ich dazu nur jenen Teil von mir, der mir mit ihnen gemeinsam ist. Die Menschen sind erstaunt, mich dann ihnen so ähnlich zu finden, weil ich sie über das Wetter befrage oder über den Preis der Bäckerei. Ich verliere nichts dadurch. Es ist wie ein altes Kleid, das man von Zeit zu Zeit aus dem Schrank herausnimmt und auf einen Tag anzieht." — Aber umschloß der weite Hofkreis denn nur Alltagsmenschen? Und wenn sie nichts durch ihre ablehnende Haltung verlor, entging ihr nicht der Gewinn, den sie aus dem Umgang von solchen hätte ziehen können, die, wenn auch nicht höher, so doch ihr gleich gestanden wären?

Weder Ludwig II. noch Kaiserin Elisabeth teilten die Meinung, daß geteilte Freude eine doppelte sei. Sie wollten, was ihnen lieb und wertvoll war, auch allein besitzen und genießen. — Elisabeth selbst vergleicht sich in dieser Hinsicht mit König Ludwig in der einzigen Stelle der neugriechischen Tagebuchblätter, in der sein Name genannt wird; in der sie erklärt, daß „Regen mit nassem Schnee, Wind und Sturm ihr das liebste Wetter sei. Denn es ist nicht für die anderen Menschen; ich darf es ganz allein genießen. Es ist eigentlich nur für mich da, wie die Theaterstücke, die sich der arme König Ludwig allein vorspielen ließ." Man weiß, wie streng Ludwig II. die Besichtigung seiner Schlösser durch Fremde verbot. Das gleiche Verbot verhängte auch die Kaiserin über ihr Schloß auf Korfu. Die Engländer, die sich stundenlang auf dem gegenüberliegenden Hügel postierten, waren, wie sie sagte, verzweifelt, weil sie nichts sehen konnten, da sie es durch eine hohe Gartenmauer und die Laubschleier von Ölbäumen den Blicken entzogen hatte. Später begründete sie diese Maßregel mit den Worten: „Es ist merkwürdig, wo Menschen hinkommen, muß alles zerstört sein. Sie thun den Dingen immer Unbill an; nur, wo die Dinge allein sind, behalten sie ihre ewige Schönheit. Deswegen zeige ich auch den Leuten mein Schloß nicht; in einigen Monaten würde kein Stein mehr aufrecht stehen."

Unter den Beweisen für die Geisteskrankheit Ludwigs II. wurde auch der Umstand aufgeführt, daß er auf dem Linderhof gewissen Bäumen Ehrerbietung erwies und durch seine Diener erweisen ließ. Ähnliches erzählte Kaiserin Elisabeth auch von sich: „In Gödöllö ist ein Baum, der mein bester Freund in dieser Welt ist. Jedesmal, wenn ich hinkomme und bevor ich abreise, gehe ich zu ihm und wir blicken uns einige Minuten schweigend an. Er ist der Vertraute meines Lebens, er weiß alles, was in mir ist und was in der Zwischenzeit geschieht, solange wir voneinander entfernt sind; er wird es auch Niemand sagen."

Einen tieferen Zug der Gemeinsamkeit zwischen beiden bildet die melancholische Grundstimmung, die durch ihre Lebensstimmung ging. Kranke Seelen sind der höchsten Äußerung geistiger Gesundheit — der Heiterkeit nicht zugänglich. Der schwere Schicksalsschlag, der die Kaiserin durch den tragischen Tod des einzigen Sohnes traf, bietet keine genügende Erklärung dieser Gemütsverfassung. „Ich bin wie eine Klippe," sagte sie von sich, „der Lichtstrom des Lebensglückes wagt sich nicht an mich heran. Und wenn er auch käme, es giebt Finsternisse, an denen alle Lichtstrahlen zerfließen, die alles Licht aufsaugen und nie wieder zurückgeben." Christomanos hatte ihr zum Geburtstag den 24. Dezember 1891 ein antikes Tränenkrüglein mit dem Wunsche mitgebracht, „es möge für sie nur Freudentränen verwahren". „Da wird es immer leer bleiben," erwiderte sie „und für die anderen ist es zu klein."

„Sie lacht fast nie,“ berichtet der Grieche weiter, „wenn sie ihr wahres Leben lebt, nur wenn das gemeine Leben der Leute oder was wir Realität nennen, ihrem inneren Walten sich entgegenstellt, wenn die Beziehungen von Menschen zu Menschen an sie herantreten und sie berühren, — dann lacht sie, leise girrend und convulsivisch bis zu Tränen, als ob sie etwas sehr Komisches erblicke, fast wie unter einer schmerzhaften Empfindung“ . . .   „Und jenes andere Lächeln, das oft ihren Augen entstrahlt, das oft auch die geheimnisvolle Blüte ihrer Lippen öffnet! O, das ist etwas anderes, als ein bloßes Lächeln; es bedeutet ein Aufblühen von Kelchen der Traurigkeit ohne Namen unter einem Strahle der schwarzen Sonne des Schicksals.“

Die Kaiserin trug sich, soviel ich weiß, niemals wie Ludwig II. mit Selbstmordplänen. Allein auch sie dachte oft und viel an ihr Ende. „Der Todesgedanke,“ sagte sie, „reinigt wie ein Gärtner, der das Unkraut jätet, wenn er in seinem Garten ist. Doch dieser Gärtner will immer allein sein und ärgert sich, wenn Neugierige in seinen Garten schauen. Deswegen halte ich den Schirm und den Fächer vor mein Gesicht, damit er ungestört arbeiten kann.“ — Stets befand sie sich auf der „Suche nach ihrem Schicksal“ und meinte, daß das von ihr geliebte Meer sie wolle und daß sie ihm gehöre. „Bei jeder Reise fliegen Möwen hinter meinem Schiffe her und jedes Mal ist eine dunkle, fast schwarze darunter.“ „Einige Male hat mich meine schwarze Möwe während einer ganzen Woche begleitet, von einem Continent zum anderen. Ich glaube, sie ist mein Schicksal.“ . . .

Zuweilen empfängt man fast den Eindruck, als habe die Kaiserin die Natur und die Tiere mehr geliebt, als die Menschen. — Im Februar 1892 führte sie Christomanos in ein kleines Zimmer, dessen Wände mit Bildern von Pferden buchstäblich bedeckt waren. Es waren herrliche Bilder von herrlichen Tieren. „Sehen Sie,“ sagte sie, „so viele Freunde habe ich schon verloren“ (zum Teil nicht ohne eigene Schuld!) „und keinen einzigen gewonnen. Viele davon sind für mich in den Tod gegangen, was kein Mensch je gethan haben würde, eher würden sie mich ermorden.“

Jede Liebe erheischt eben auf die Dauer Gegenliebe und daran ließ es die Kaiserin zuweilen fehlen. Sie widerstrebte den Kehrseiten ihrer Ausnahmsstellung und besaß nicht genug Anpassungsfähigkeit, die ja freilich oft nur einen Verzicht auf höhere Eigenschaften bedeutet. Solcher Eigenschaften war sie keineswegs bar. Es geht in ihrer Frühzeit ein idealer Zug durch ihr Wesen und sie entbehrte weder des Opfermutes, noch einer gewissen

Größe. Wenn sie später immer mehr den Hoffesten auswich, sie entzog sich nie den Gefahren, die den Kaiser bedrohten und bestand darauf, ihn an Orte zu begleiten, an denen man Attentate befürchtete, zu Cholerakranken in den Spitälern, zu allen Veranstaltungen, bei denen es galt, verlorene Sympathien wiederzugewinnen. Sie blieb auch stets mitleidig und mildtätig im großen Stil. Man erzählt Züge von ihr, die an die Heilige erinnern, deren Namen sie trug. Im Kriege 1866 pflegte sie Schwerverwundete. Eines Tages wurde ein Soldat mit einer schweren Kopfwunde in die Ambulanz getragen. Es bestand keine Hoffnung, ihn am Leben zu erhalten. Elisabeth beugte sich, Tränen im Auge, über den Todgeweihten und frug ihn: „was ist Dein liebster Wunsch; ich will ihn erfüllen.“ — „Das Glück, die Kaiserin an meinem Sterbebett zu haben,“ antwortete er. Sie kniete an sein Lager nieder, legte seinen blutigen Kopf an ihre Schulter und hielt seine Hände in den ihren, bis er entschlief.

Solche Liebestaten wiegen manch' weibliche Eitelkeiten auf, die auch ihr nicht fremd waren und so manche Lebensäußerung, die sie den exklusiven Kreisen entfremdete, brachte sie dem Verständnis weniger Hochgemuter näher. Ungarn verehrte in ihr seinen Schutzengel und auch das österreichische Volk ist ihr immer treu geblieben, von dem Tage an, an dem sie strahlend in Schönheit, die Krone auf dem Haupt, der Fronleichnamsprozession folgte bis zu ihrer Heimkehr — in die Kapuzinergruft. Wie Ludwig II. verdankte sie ihre Popularität zum Teil wohl ihrer Schönheit, die sie pflegte wie einen Schatz und dank dessen auch länger bewahrte als der königliche Vetter von Bayern. Österreich war immer stolz auf seine schöne Kaiserin und die österreichische Presse ließ auch die Gelegenheit des Erscheinens der griechischen Tagebuchblätter nicht vorübergehen, ihrer liebend zu gedenken und sie in den höchsten Tönen zu preisen, als den bisher von keiner Frau erreichten Gipfel menschlicher Durchbildung und Seele und Geist gewordener Materie.

Daß sie einen günstigen Einfluß auf Ludwig II. ausübte, wird man nichtsdestoweniger nicht annehmen dürfen. Memminger behauptet sogar, daß der Auftrag, den er dem Geheimrat

Löher gab, für ihn fern von der Welt ein „stilles, erhabenes“ Eiland als Wohnort zu suchen, aus einem poetischen Zwiegespräch mit der Kaiserin erwachsen sei, die sich ja selbst in Korfu einen Marmorpalast erbauen ließ. Sie nannte ihn Achilleion und weihte ihn dem sterbenden Achilles, dessen Statue sie dort aufstellen ließ, weil er, sagte sie: „für mich die griechische Seele personificiert und die Schönheit der Landschaft und der Menschen. Ich liebe ihn auch, weil er so schnellfüßig war. Er war stark und trotzig und hat alle Könige und Traditionen verachtet und die Menschenmassen für nichtig gehalten, gut genug, um wie Halme vom Tode abgemäht zu werden. Er hat nur seinen eigenen Willen heilig gehalten und nur seinen Träumen gelebt und seine Trauer war ihm wertvoller, als das ganze Leben.“

Der Auftrag Ludwigs II. an Löher entsprang den Enttäuschungen des Jahres 1871 und unüberwindlichen Schwierigkeiten, aus denen es nur einen Ausweg und nur eine Flucht gab, die durch die dunkelste Pforte. Als der König diese Pforte überschritten hatte, eilte, als eine der ersten der nächsten, Elisabeth von Österreich herbei. Der tragische Tod des Freundes, an dessen Geisteskrankheit sie nicht glauben wollte, erschütterte sie auf das Tiefste.

Im ersten Augenblick schien angesichts des Schrecklichen ihr Geist umnachtet. „Laßt ihn aus der Grabkapelle,“ rief sie wie wahnsinnig. „Er ist nicht tot, er stellt sich nur, als ob er tot wäre, um in Frieden gelassen und nicht gequält zu werden.“ Sie befahl dem Gefolge, sie allein bei der Bahre zu lassen. Als man dann nach längerer Zeit wieder in das Totengemach trat, lag sie ohnmächtig auf dem Boden. „Viele Wochen,“ fährt Klara Tschudi fort, „betrauerte Elisabeth in Einsamkeit den Tod ihres Vetters, sie schwankte zwischen der Hoffnung, daß er nicht geisteskrank gewesen sei, und der Furcht, daß seine Krankheit auch sie selbst bald ergreifen könne.“ —

Es mögen hier Übertreibungen und Ausschmückungen der Phantasie mit unterlaufen; aber wohl niemand hat den frühen Tod des Königs so leidenschaftlich beklagt, wie Kaiserin Elisabeth. Sie gab daraufhin ihren alljährlichen Aufenthalt in Feldafing auf, und verweilte, so oft sie nach München kam, im stillen Gebete am Sarge Ludwigs II., bis sie selbst, als dritte im Bunde mit Schwester und Vetter, in Genf eines gewaltsamen Todes starb. —

XLII.

Es wäre zu verwundern, wenn in dem Leben eines Monarchen, zu dessen Hauptinteressen immer das Theater gehörte, Damen aus diesem Kreise gar keine Rolle gespielt hätten. Es sind jedoch bisher nur drei — von durchaus verschiedenem Wesen — über deren Beziehungen zu Ludwig II. einiges bekannt geworden ist. Am nächsten von allen kam ihm nach den von mir empfangenen Eindrücken in den ersten Jahren seiner Regierung, nicht allein als Künstlerin, sondern auch als Frau: Lila v. Bulyowsky.

Die graziöse, reichbegabte Ungarin hatte, wie anderswo, auch in München eine Glanzzeit gehabt. Wie mehrere andere deutsche Fürsten hatte schon Max II. lebhaftere Gefühle für sie empfunden und sie dem sächsischen Hofe für 3000 fl. jährlich abspenstig gemacht. Als sie aber in München ankam, war Max II. eben gestorben. Die Dichter seiner Symposien fanden einen besonderen Reiz in ihrer immer etwas ungenügenden Beherrschung der deutschen Sprache. Diesem und anderen ihrer Reize unterlag auch der Sohn des Königs. Er hatte sie als Maria Stuart zuerst gesehen und wie das so seine Art war, die Künstlerin mit der Persönlichkeit identifiziert. Wie weit er dies trieb, geht aus den Tagebucheinträgen des Hofmalers F. Heigel vom Mai bis Juli 1866 hervor, welche Frau v. Kobell zum Abdruck gebracht hat. Der König verlangte zuerst „ein Aquarell der Maria Stuart von Frau v. Bulyowsky dargestellt," dann ein Bild in ganzer Figur in der Größe seines eigenen, das er von demselben Maler für den Minister v. d. Pfordten hatte malen lassen, und entschied sich endlich für ein Bild mittlerer Größe. Pfistermeister betonte ausdrücklich, daß S. M. ein Bildnis der Maria Stuart, nicht das der Frau v. Bulyowsky wünsche und der König

drang darauf, daß es nach Kostümsitzungen im Theater aufgenommen werde. Man beleuchtete morgens zehn Uhr das Residenz-Theater; der Maler betrachtete die Szene von der Königsloge aus und fuhr dann in sein Atelier, mit Frau v. Bulyowsky,
die nach seiner Aussage es vorgezogen hätte, daß die Angelegenheit kein Geheimnis bliebe.

Auch als der König einst, mitten in der Nacht nach einer Vorstellung der Maria Stuart, die Allerheiligenhofkirche aufsperren
ließ, um für das Seelenheil der Schottenkönigin zu beten, hatte
Lila die Titelrolle gespielt.

Zu der Zeit, da ich sie kennen lernte, hatte sie ihren Zenith
bereits überschritten. Sie war noch immer eine recht hübsche
Frau, aber sie gefiel wenig mehr auf der Bühne, und ich hatte
mit anderen ihrer Freunde unsägliche Mühe, von Zeit zu Zeit
noch einen Hervorruf zu erzielen bei den sechs Abschiedsvorstellungen in München, auf denen sie in begreiflicher Verken-
nung der eingetretenen Geschmacksänderung bestanden war.

Was sie vor den meisten Schauspielerinnen, die ich kannte,
auszeichnete, war, daß sie immer eine wirkliche Weltdame
blieb. Sie war nicht ohne kleine Mängel, etwas geizig, etwas
snob, etwas kleinlich, aber amüsant, geistreich sogar und eine
gute anhängliche Freundin. Da sie eine sehr hübsche Frau war
und viele Verehrer hatte und zuweilen einen etwas freieren Ton
anschlug, wollte niemand so recht an ihre Tugend glauben; aber
ich bin bereit, die Hand für sie ins Feuer zu legen, wie vielen sie
auch immer die Sehenswürdigkeiten ihres reizenden blauen
Schlafzimmers in der Maximiliansstraße gezeigt haben mag, in
dem gegenüber von ihrem Himmelbett eine große Photographie
des jungen Königs im Georgiritterkostüm hing.

Nach den Mitteilungen, die sie mir im Dezember 1870 und
später machte und die allmählich immer intimer und vollständiger
wurden, scheint sie zu den Begeisterungen des Jünglingsalters
Ludwigs II. gehört zu haben. Es entspann sich allmählich ein
Verhältnis zwischen ihnen, dem Ebbe und Flut nicht fehlten.
Bald wurde die Künstlerin mitten im Winter nach Hohenschwangau berufen, ohne daß der König es seiner Umgebung ein-

gestehen wollte, bald wurde ihr der Auftrag erteilt, München binnen 24 Stunden zu verlassen, worauf sie erwiderte: sie kenne ihre Rechte. Bald lag der König auf das höchste erregt zu ihren Füßen, bald verbot er ihr aufzutreten. Bald erwies er ihr die Gnade, ihren Vorlesungen zu lauschen und sie selbst an den Tagen nach Starnberg zu bescheiden, an denen er Zusammen-künfte mit seiner Braut hatte, bald glaubte sie Lebensmittel, die der König ihr sandte, aus Furcht, sie möchten vergiftet sein, nicht berühren zu dürfen.

„Gestern," schrieb ich unterm 15. März 1871, „sind mir Doku-mente über die Beziehungen Ludwigs II. zu Lila v. Bulyowsky vorgelegen, eine ganze Masse förmlicher Liebesbriefe, gerichtet „an die geliebte Freundin", gezeichnet „von Herzens Grund", gespickt mit Zitaten aus Romeo und Julia, Maria Stuart u. a., vollkommen edel und maßvoll gehalten und kaum Spuren von Größenwahn verratend. Daran schloß sich eine fortlaufende er-gänzende Erzählung aus dem Munde der Hauptbeteiligten, ein Kommentar zu den Hauptmomenten dieses seltsamen Verhält-nisses." — „Der König," fügte ich bei, „hat dadurch viel in meinen Sympathien gewonnen. Er scheint für Frau von Bul-yowsky jene schwärmerische, sich in ihren letzten Zielen selbst noch unbewußte Zuneigung empfunden zu haben, deren Jüng-linge fähig sind, welche die Jahre der keimenden Reife auf den Höhen des Lebens, abgesperrt von dem aufklärenden Umgang mit Altersgenossen, verbringen. Es sind Äußerungen schwärme-rischer und poetischer Huldigung, wenn er sie mitten im Winter in ein einsames Schweizerhaus führt und ihr die von Bergfeuern festlich erleuchtete Landschaft zu ihren Füßen zeigt."

Und was bot sie ihm dagegen? Sie versichert, daß dergleichen Spazierfahrten sie nicht befriedigen können, weil das Wetter zu kalt sei; ihr Zweck sei, bedeutende Rollen zu spielen; sie wolle vor allem Künstlerin sein.

Begreiflicher Weise hatte der König gewünscht, daß ihre Be-suche in Hohenschwangau und anderswo geheim geblieben wären. Es galt, Mittel und Wege hiefür zu finden und dabei ein bißchen Komödie zu spielen. Darauf aber ging die Schauspielerin

nicht ein. Sie machte keine Konzessionen und benahm sich wie
eine grande dame — — sich in dieser Lage vielleicht nicht benommen haben würde, mehr wie eine spröde Schöne, die er-
obert sein will und einer Ehe zur linken Hand vielleicht nicht
abgeneigt gewesen wäre. Frau v. Bulyowsky, welche selbst sehr
viel auf die öffentliche Meinung gab, glaubte dem jungen unerfahrenen König die Berechtigung absprechen zu dürfen, sich
nach einem verschwiegenen Glück zu sehnen. „Was könnte mir
das sein?" äußerte sie, die ein anderes Mal behauptete, ihn
schwärmerisch geliebt zu haben. „Jeder Kommis hätte mir
dasselbe geboten!" — So ging ein Zug von Kleinlichkeit und Berechnung durch den Charakter dieser sonst liebenswürdigen und
gutmütigen Frau. Der Gedanke, es könne dabei eines ihrer neuen
Kleider zerknittert werden, hat zur Aufrechterhaltung ihrer Tugend ebensoviel beigetragen, als der Umstand, daß dafür ihrer
Schätzung nach nicht der entsprechende Preis entrichtet werden
wollte. Übrigens hatte sie auch, trotz der vier Kinder, die sie
ihrem Manne schenkte, von dem fast nie die Rede war, wenig
Temperament.

Nichts kann für ihre Art charakteristischer sein, als folgende
Erzählung, die sie ihrer Freundin Frl. Sendelbeck kurz nach dem
Vorfall machte. Sie war wieder einmal auf die Roseninsel eingeladen worden, wo der König sie sogar während der Zeit seiner
Verlobung zuweilen sehen wollte. Nach dem Diner bot der ga-
lante Monarch „seiner Gastin" — um Theaterjargon zu reden —
den Arm zu einem kleinen Spaziergang durch das blühende Eiland. Aber — o Schrecken! — es hatte geregnet, die Kieswege
waren naß, die feinen Schuhe kamen in Gefahr, beschmutzt zu
werden und, was ihr noch unheilvoller erschien, sie durfte an der
Seite des Königs der Etikette gemäß die Schleppe ihres Seiden-
kleides nicht hinaufnehmen. Dieser Gedanke verwirrte sie nach
ihrer eigenen Aussage dermaßen, daß sie mit Mühe der Unterhaltung folgen konnte und fortwährend verkehrte Antworten
gab. Ludwig hatte Blumen gepflückt und ihr überreicht. Besorgt, damit nun auch noch ihre Handschuhe zu ruinieren,
wußte sie nicht, wie sie sie halten und tragen sollte. Der König

bemerkte es und sagte: „Geben Sie sie mir wieder; ich will sie Ihnen in anderer Form zurückerstatten." — Kein Vorschlag konnte Frau v. Bulyowsky willkommener sein; sie träumte von Diamanten und Perlen. Frl. Sendelbeck war anwesend, als die Blumen „in anderer Form" ankamen. Sie waren einfach gepreßt und in Samt eingerahmt. Der Zorn der Künstlerin war groß. „Sehen Sie nur!" rief sie, „dieser Dreck!" „Und," setzte sie empört hinzu, „kein Mensch hat mich gefragt, was mich die Fahrt gekostet hat." —

Bei einer so erheblichen Verschiedenheit der Grundauffassungen, wie sie in dieser Einschätzung einer Liebesgabe zu Tage trat, war nicht zu erwarten, daß das Verhältnis den Stürmen der Leidenschaft trotzen und die Klippen der Zweifel umschiffen könne. Es erreichte offenbar seinen Höhepunkt während eines dreitägigen Aufenthaltes Lilas in Hohenschwangau. Ludwig hatte seine Freundin nach Besichtigung der übrigen Sehenswürdigkeiten dieser Burg, schließlich auch noch in sein Schlafgemach geführt. Es war angeblich mit erotischen Gemälden geschmückt, über welche Frau v. Bulyowsky, die sonst durchaus nicht zimperlich war, sich entsetzte. „Ich habe ein Präservativ dagegen," sagte der König, indem er einem kleinen Altar **ein** Bild entnahm, das Lila v. Bulyowsky als Maria Stuart darstellte.

Beide ließen sich auf den Rand des Bettes nieder und begannen „Egmont" zu rezitieren. Bei der Kußszene — ich vermute derjenigen, bei der auch Egmont dem Klärchen spanisch kam — wurde Lila spröde und man trennte sich endlich unverrichteter Sache.

Ich weiß nicht, war es damals, früher oder später, daß er ihr gestand, er habe nie ein Weib besessen und bedecke oft des nachts ihrer gedenkend seinen Pfühl mit Küssen. Als nach diesem Geständnis sein Haupt halb ohnmächtig an ihren schwellenden Busen sank, legte sie es, statt aller Antwort, ruhig auf die Seite.

Wenn sie damals nicht weiter gegangen sei, beteuerte sie, so sei dies aus Abscheu vor dem Gedanken geschehen, als Frau einen jungen Mann zu verführen, sich der Verachtung der Königin-Mutter, dem Haß des ganzen Landes, dem Spott der Minister preiszugeben, die bereits in einer Extrasitzung die Chancen einer so wunderbaren Wendung besprochen hätten.

Allein bei längerem Verweilen auf diesem Punkte, traf die psychologische Sonde doch auch noch auf andere Motive: „Wenn ich ihn damals verführt hätte, willenlos, wie er war, hätte er nicht Ekel vor mir bekommen, hätte dann nicht bald eine andere Frau die Stelle eingenommen, deren Zutritt ich eröffnete?" — Ein gewisses Bedauern blieb jedoch bestehen; sie schien lange etwas wie Reue zu empfinden und sagte schließlich zu ihrer eigenen Beruhigung: „was hätte ich denn weiter tun sollen, ich konnte ihm doch nicht..." Ich zuckte |die Achseln und sprach von der Antwort, welche die Gräfin Montijo der Hofdame gab, die Napoleon III. angeblich beauftragt hätte, ihr ein weniger legitimes Bündnis anzubieten, als die Ehe, und welche darauf Skrupel des Gewissens und Bedenken der Religion geltend gemacht hatte: „Oh, Madame, il vaut mieux un remords qu'un regret." —

Ich erfuhr damals noch nicht, daß Frau v. Bulyowsky den Widerstand so weit getrieben hatte, daß sie dem König durch mehrere Zimmer im Schlosse entfloh. Schon was geschehen war, reichte hin, die nur ganz realistisch orientierte Phantasie der Dienerschaft zu Gerüchten aller Art anzuregen. In Lakaienkreisen wurden die fraglichen Vorgänge ganz anders erzählt, als ich sie aus dem Munde Lilas gehört hatte und ihr eine Initiative zugeschrieben, die nicht in ihrer Art und Übung lag. Diese Herren kannten ja sehr wohl die Hemmungen, denen Ludwig II. unterlag, aber sie wußten nicht, daß auch bei der Beschuldigten solche nicht fehlten und hätten auch kaum Verständnis dafür gehabt.

Nicht nur die Lakaien, auch andere Persönlichkeiten bei Hofe betraten das in dieser Hinsicht schlüpfrige Gebiet der Vermutungen. Sogar zu einem Gedicht gab der angebliche „Fall" — im doppelten Sinne des Wortes Anlaß:

> „Nachdem ihm Richard lange vorgeleiert,
> Ist der Bulyowsky endlich es gelungen,
> Daß sie das rechte Lied ihm hat gesungen…
> Der Keusche ist nun andern gleich gefallen usw."

. Andere legten der Bulyowsky bei ihrer Rückkehr von Hohenschwangau das Wort in den Mund: „Er ist kalt wie ein Fisch" — was sich mit ihren eigenen Schilderungen in einigem Widerspruch befunden hätte.

Unter der Feder französischer Feuilletonisten wurden aus dem Vorgang vollends Skandalszenen im Nationalstil der Faublas und Zola, die jeder historischen Wahrheit entbehren.

Wenn die Wage der öffentlichen Meinung sich zu Ungunsten Lilas v. Bulyowsky neigt, so trug hiezu nicht wenig die Haltung des Königs bei, der dem Roman weder eine Fortsetzung geben, noch daran erinnert sein wollte. Er soll sich in einem Briefe an den Kabinettssekretär Lipowski unzufrieden mit dem Verhalten der Frau v. Bulyowsky ausgesprochen haben, sagte später Leinfelder, sie habe ihn so bedrängt, daß er sich in eine Ecke des Zimmers habe flüchten müssen, bezeichnete sie Hirschberg als „eine kokette Frau" und erzählte Kainz, sie sei ihm einmal im Schlitten zu Füßen gefallen; er habe gar nicht gewußt, was sie gewollt habe.

Auf die Vorstellungen der Königin-Mutter und des Kabinettssekretärs über die üblen Folgen so langer Abendbesuche auf die öffentliche Meinung hin, stellte der König die Einladungen zu solchen ein, während ein eifriger Briefwechsel fortgesetzt wurde. Er handelte von Kunst und Rollen; der König schrieb an „Julia" und „Maria Stuart" und zeichnete „Romeo" und „Mortimer".

Frau v. Bulyowsky war darüber wenig erbaut; sie wußte nicht, ob das alles an die Frau oder an die Künstlerin gerichtet sei und war zu bescheiden, sich daran zu erinnern, daß sie beides in ihrer Person vereinigte. Sie hielt sich für das Opfer einer Hofintrige, insbesondere des Grafen Holnstein, dessen Allianzanträge sie abgelehnt haben will. Das Verhalten des Königs fand sie unwürdig und feig und beabsichtigte, ihn durch Veröffentlichung seiner Briefe dafür zu strafen. Dem Gedanken, aus den Allerhöchsten Autographen Kapital zu schlagen, ist sie lange nachgehangen, aber die spätere Gewißheit von der Geisteskrankheit des Monarchen fiel wie ein Reif auf einstige Huldigungen und zärtliche Erinnerungen und ich weiß nicht, welches Schicksal diese immerhin interessanten Dokumente gehabt haben mögen.

Die ersten schwärmerischen Briefchen, wenn sie auch billets doux im eigentlichen Sinne des Wortes nicht waren, weichen doch sehr erheblich von schriftlichen Äußerungen ab, die der König später in Augenblicken der Verstimmung über den einstigen Gegenstand einer flüchtigen Neigung machte. Noch unterm 17. November 1867 verfügt er zwar: „Ich wünsche, daß Sie recht bald Frau v. Bulyowsky schreiben und ihr sagen, daß mich ihr letzter Brief hoch erfreute und daß, wenn jene Schauspielerin aus Schwerin auch in München auftreten wird, dieß Frau v. Bulyowsky nicht zum Nachtheil gerathen kann, denn Niemand auf Erden ist im Stande, sie bei mir auszustechen.“

Aber sie selbst vermochte das, denn schon drei Tage später schreibt Ludwig II.: „Von Fr. v. Bulyowsky erhielt ich beiliegenden Brief, den ich sehr abgeschmackt finde. Es ist sehr häßlich und kleinlich von ihr, daß sie allein glänzen und Niemanden Beifall und Lohn gönnen will; auf diese Weise wird sie bald meine Gnade verlieren und die Zuneigung, von der ich ihr so oft Beweise gab.“

Das ging allerdings sehr schnell, denn schon ein folgender Brief vom 27. November 1867 schlägt einen außerordentlich rauhen Ton mit den Worten an: „Das in neuerer Zeit so unverschämt werdende Bulyowsky-Luder soll sich zum Teufel scheeren.“ Ein Schreiben vom 11. Mai 1868 zieht dann wieder mildere Saiten auf: „Viel liegt mir daran, daß Sie baldigst mit Frau v. Bulyowsky sprechen und ihr sagen, daß es mir sehr leid wäre, wenn sie München auf immer verlassen würde; ich wünsche nur ihre Entfernung auf verhältnismäßig kurze Zeit, nicht auf immer; gern will ich sie wieder wie früher behandeln, vorausgesetzt, daß sie nicht wieder die Ehrfurcht verletzt, die sie dem König schuldig ist; suchen Sie, sie gut zu stimmen und vollkommen zu besänftigen, denn Weiber, welche wegen verschmähter Liebe grollen, sind wie Hyänen.“ — Aber nach dem folgenden Postskriptum eines Briefes vom 16. Dezember 1868 hätte ein Knalleffekt das ganze Verhältnis beendet: „Fr. v. Bulyowsky ist ein elendes Weib, nie mehr will ich sie sehen, nie auf der Bühne, sie ist ein für alle Mal in Ungnade gefallen und wird sich nie mehr erheben aus diesem tiefen, tiefen Fall." — Hatte sie sich einer neuen Respektwidrigkeit schuldig gemacht? War sie, wie in vorausgegangenen Fällen, das Opfer einer Verleumdung geworden? Ich weiß es nicht, und sie hat es vielleicht selbst nie erfahren, denn das harte Urteil wurde nicht vollzogen und sie konnte noch vier Jahre an der Münchener Hofbühne verbleiben, nicht ohne neue Gnadenbeweise zu erhalten.

Im Salon der Frau v. Bulyowsky war noch oft von dem König die Rede. Die Hausfrau wußte, daß sie trotz ihrer Ungnade eine Nachfolgerin nicht erhalten hatte, und da sie an der Idealität der Beziehungen Ludwigs zur Männerwelt keinen Zweifel hegte, sprach sie mit großer Sachkenntnis die Vermutung aus, daß S. M. sich wahrscheinlich mit „jenem dritten" behelfe, das in Aufzeichnungen von ihm zuweilen erwähnt wird und dem in Neuschwanstein auf dem Schreibtisch eine eigene Warnungssäule mit der Inschrift „plus jamais" gewidmet war. —

Nach ihrem Abgang von München gingen mir nur selten mehr Lebenszeichen von Frau v. Bulyowsky zu. Ich erfuhr aber, daß sie auf dem ungarischen Nationaltheater einen ergiebigen Nachsommer feierte. Im Januar 1905, vier Jahre vor ihrem am 17. Dezember 1909 in Graz erfolgten Tode sah ich sie zum letzten Male. Sie war inzwischen 71 Jahre alt geworden, noch immer im Besitz der alten Liebenswürdigkeit und von Spuren früherer Schönheit. Nun sprach sie ganz frei von der fernen Vergangenheit. Nach jenem dreitägigen Aufenthalt in Hohenschwangau, wo sie mit dem König Egmont rezitierte und vor ihm durch die Gemächer des Schlosses floh, befahl die Königin-Mutter sie zur Audienz. Sie sagte ihr, daß der König niemals heiraten werde, so lange sie in Bayern bleibe und nahm ihr das Wort ab, daß sie ihren Kontrakt nach anderthalb Jahren nicht mehr erneuere. Lila gab es und hielt es. Als sie aber im Jahre 1872 Abschied vom König nahm, stampfte er auf die Erde und rief: „daran ist nur diese dumme Gans schuld." —

Seine Entlobung hatte er Lila seiner Zeit mit der Versicherung der höchsten Freude mitgeteilt, von dieser — — Familie losgekommen zu sein. Schon früher hatte er sich ihr gegenüber über den mangelnden Kunstsinn seiner Braut beklagt, die nie ins Theater ging, wenn die Mallinger sang und die Bulyowsky spielte.

Unter den Sängerinnen des Hoftheaters, deren Organ Ludwig II. am besten gefiel und die er am öftesten zu Privatvorträgen zu sich beschied, nahm Josefine Scheffsky lange den ersten Platz ein. Sie hatte noch außerdem den Vorzug in etwas derb volkstümlicher Weise das Bedürfnis nach einem gelegentlichen Klatsch zu befriedigen, das Ludwig II. mit anderen hohen Herren teilte, und das im Widerspruch mit seinem Hang zur Einsamkeit stand. Sie sprach in wenig gewählten Ausdrücken von S. M. und die Mitteilungen, die sie ihm über andere machte, scheinen durchaus nicht immer sehr harmlos gewesen zu sein und nicht wenig zu dem radikalen Sturze beigetragen zu haben, den sie erlitt und der also mehr oder minder ein Racheakt war. Ich machte darüber im März 1879 folgende Aufzeichnung: „Die Affaire B. (Adjutant eines Prinzen, der wegen „Indelikatessen‟ seine Entlassung hatte nehmen müssen) hat ein Gegenstück erhalten. Es tauchte plötzlich in Theaterkreisen das Gerücht auf, Frl. Scheffsky sei in Ungnade gefallen, dieses Gerücht gewann immer mehr an Bestand und eines Tages las man, es sei ihr der Titel einer Kammersängerin genommen und unter Vorausbezahlung einer anderthalbjährigen Gage bedeutet worden, daß sie nicht mehr auf der Münchener Hofbühne auftreten dürfe. Man hatte das gesamte Opernpersonal zusammenberufen, um ihr dies bekannt zu geben und es hatte eine Adresse unterzeichnet, in der das Verhalten der einstigen Kollegin auf das höchste mißbilligt wurde.‟

Angesichts einer so ungewöhnlichen und drakonischen Strafe erscheinen die Beschuldigungen, die gegen sie erhoben wurden, kaum ausreichend und man vermißt dabei etwas die Rücksicht auf die bei Hofe eingerissenen laxen Gebräuche, sowie auf den Umstand, daß sie nicht nur die Ehre hatte, lange im unmittelbaren Dienste des Königs zu stehen, sondern auch als Wagnersängerin sich in Bayreuth auszuzeichnen. Man warf ihr vor, dem König das „Geschenk‟ eines Teppichs gemacht zu haben, für den sie aus der Kabinettskasse den Betrag von 1500 Mark entgegennahm, während sie ausweislich der erholten Originalrechnung nur 300 Mark dafür bezahlt hatte. Allein die Sängerin hatte den Teppich, um den höheren Preis zu rechtfertigen, mit Straußenfedern verziert und dem König versichert, ein indischer Fürst habe darauf seine Siesta abgehalten. Auch in Aufrechnung ihrer Diäten bei Reisen an den Hof soll sie zuweilen über das Maß des Erlaubten weit hinausgegriffen haben. Dies alles würde ihr aber wohl den Hals nicht gebrochen haben, wenn sie sich nicht außerdem herausgenommen hätte, den Intendanten Baron Perfall und den Hofsekretär Bürkel bei S. M. anzuschwärzen. Besonders der letztere verstand in diesem Punkte keinen Spaß. Er sammelte die Überführungsdokumente, was ihm um so leichter war, als der Teppich aus dem Geschäfte seines Schwagers Rosipal stammte, verlangte eine Audienz und entlarvte die Übeltäterin. Wie wir oben schon bei dem Pechtischen Porträt Richard Wagners gesehen haben, empörten dergleichen „Geschenke" mit eigennützigen Hintergedanken den Rechtssinn des Königs um so mehr, als er selbst die Freigebigkeit orientalischer Fürsten besaß und man angesichts der reichen Gaben, mit denen er besonders dramatische Künstler beiderlei Geschlechts überschüttete, häufig die Verse Schillers zitiert fand:

> „Ich will nicht heimlich thun mit meinem Wohlgefallen;
> „Das Siegel meiner königlichen Gunst
> „Soll hell und weit auf Euerer Stirne leuchten;
> „Ich will den Mann, den ich zum Freund gewählt,
> „Beneidet sehen..."

Frau v. Kobell entwarf Schilderungen von den außerordentlich reichen Weihnachtsbescherungen, die Ludwig alljährlich veranstaltete und welche die seiner Vorgänger bei weitem übertrafen. In dem Vorzimmer eines seiner Schlösser befand sich eine Kassette, immer voll von einem Vorrat von Schmucksachen zu Geschenken. Man darf wohl annehmen, daß hiebei auch die beliebte Vorsängerin Scheffsky nicht zu kurz gekommen ist. Sie soll übrigens schon längst auch Holnstein und Ziegler ein Dorn im Auge gewesen sein und sogar zum Sturze Eisenharts beigetragen haben (?), indem sie dem König berichtete, er verbreite das Gerücht, sie sei in gesegneten Umständen von ihm. Aus diesem Gerücht machte sich der König nichts; er erzählte es Nachbaur lachenden Mundes.

Einige behaupteten, Frl. Scheffsky sei im Grunde gutmütig gewesen, aber ihre Züge hatten nichts liebenswürdiges und ließen es begreiflich erscheinen, daß der König ihre schöne Stimme auch nur aus dem dichtesten Gesträuch heraus ertönen hören wollte. Bei ihrem ungewöhnlichen Körperumfang, welcher dem des Königs wenig nachgab, war es auch kein Wunder, daß eine Kahnfahrt auf dem kleinen seichten See im Wintergarten, zu der S. M. sie eingeladen hatte, mit einem erfrischenden Bade endete. ,,Der König floh und überließ die Sorge für die Leidens-gefährtin ihr selbst und der Dienerschaft. So gern er lachte, so peinlich war ihm eine lächerliche Lage.'' (Karl v. Heigel.)

Die ,,Neue freie Volkszeitung'' vom 1. April 1879 brachte ein Porträt der in Ungnade gefallenen Walküre und begleitete es mit folgender Elegie: ,,Die schönen Tage in Aranjuez sind nun zu Ende,'' vorbei ist die Zeit, da sie eine der wenigen Auserwählten war, denen gestattet war, die fabelhafte (?) Pracht des neuen Wintergartens zu schauen; jenes Wintergartens, der allein in München ein Rätsel ist, der seine eigene Sonne, seinen eigenen Mond besitzt, deren süßes däm-meriges Licht, wie es der Regenbogen spendet, einen kleinen See be-leuchtet, an dessen Ufer der Schwan des Nordens träumend sein Gefieder putzt, während unter ihm im Grün versteckt, die Goldfische aus dem fernen Morgenlande sich scherzend verfolgen und die Vögel aller Länder auf den Bäumen zwitschern. Denn da schlingt sich der Epheu um des Vaterlandes Bäume und unter Sträuchern seltsamer Art steigen Palme, Lorbeer und Cypressen stolz empor, in deren Wipfeln Papageien und die schönsten Farbenträger der heißen Zone sich verstecken. In diesem Haine verborgen, sang sie Meister Wagners Melodien.'' ,,Und da droben am Würmsee, wo des Königs Tusculum sich den leise gekräuselten Wellen vermählt, wo des Monarchen Geist den Meistersingern lauscht — wie bitter mag sie es schmerzen, nicht mehr vom leichtgebauten Schifflein aus, dem sinnig horchenden Fürsten in Bravour-Arien ihre Kunst zu zeigen! Vorbei! Vorbei!...''

Josefine Scheffsky verschwand bald gänzlich vom Schauplatz und starb am 30. November 1912. —

Den Wintergarten, den ich so oft spät nachts noch beleuchtet sah, wenn ich daran vorüber nach Hause ging, besichtigte ich kurz nach der Katastrophe des Jahres 1886. Er imponierte wenig und konnte natürlich den Vergleich mit dem Palmengarten von Frankfurt a. M. und anderer Städte nicht aushalten. Freilich mag inzwischen schon manches beseitigt gewesen sein. Der Gesang der Vögel war verstummt und die Papageien verschwunden, die mit ihrem feinen Gehör das laute Lachen des einsamen Königs so täuschend nachzuahmen wußten. Auch Vierfüßler scheinen die Einsamkeit dieses Raumes belebt zu haben, der ein Stück Indien darstellen sollte. Der König fand nicht nur Bananen und Dattelpalmen darin „absolut notwendig" (21. Februar 1871), sondern reskribierte in dem gleichen Monat: „Verschaffen Sie mir baldigst ein paar Gazellen und erkundigen Sie sich nach einem jungen Elephanten." Ein Befehl, der freilich wohl kaum ausführbar war.

Ich regte an, man möge aus den seltenen Gewächsen, auch in München, wie anderswo, einen Palmengarten herstellen. Aber Stabsrat Essel meinte dagegen, die Münchener würden sich nicht durch solche Einrichtungen „ihr Bier verteuern lassen wollen". Später bereute man bei Hofe, daß man so vieles aus dem Nachlaß Ludwigs II. zerstörte und verkaufte. Man glaubte mit den sachlichen Überresten auch die peinlichen Erinnerungen verwischen und beseitigen zu können. So hat man mit dem wuchernden Unkraut sich auch manch' edler Knospe und Blüte beraubt.

Einer anderen, höheren und reineren Ordnung der Gefühle gehören die Beziehungen an, welche Ludwig II. zu der Schauspielerin Marie Dahn-Hausmann unterhielt, die als Ehrenmitglied der Münchener Hofbühne am 21. März 1909 starb. Dr. M. G. Conrad hat in den „Propyläen" vom 9. Juli 1920 drei Briefe Ludwigs II. aus den Jahren 1875, 1876 und 1878 an sie veröffentlicht, welche zu den interessantesten und sympathischsten eigenhändigen Kundgebungen des Königs gehören, die allgemein zugänglich gemacht worden sind. Sie bilden offenbar nur Glieder einer längeren Kette freundschaftlicher Beziehungen, über die bisher keine Kunde an die Öffentlichkeit gedrungen war. Ich wenigstens habe nie etwas davon erfahren, obschon ich Frau Dahn-Hausmann aus Anlaß der Aufführung meiner Stücke

„Frühlingsschauer" und „Herodias" auf dem Residenztheater
kennen gelernt hatte, in denen sie als Fürstin Staneck und
Marschallin von Mirepoix zwei ihrer zahlreichen Meisterleistungen bot.

Ihre Beziehungen zu Ludwig II. waren vielleicht familiären
Ursprungs. Weilte doch schon „der alte König Ludwig" nach den
Erinnerungen von Felix Dahn „beinahe jede Woche ein paar
Abendstunden bei dessen Eltern" und deren Schwestern, war
er doch ein Verehrer seiner Mutter, der berühmten Konstanze
Dahn - Le Gaye, deren siegreiche Kunst die Lieblichkeit von
Marie Hausmann nicht nur an der Seite ihres Gatten, sondern
auch auf der Bühne aus dem Felde schlug. Das Zusammenspiel
von Friedrich Dahn mit zwei Gemahlinnen, gab tagtäglich auf
den Proben und vor dem Publikum zu Schwierigkeiten Anlaß.
Die ältere Frau mußte schließlich der jüngeren, die große Künstlerin der weniger großen weichen; Ludwig II. genehmigte, daß
die geniale Konstanze nach 32jähriger Dienstzeit am 1. Oktober
1865 in den Ruhestand versetzt werde, nachdem ihre Darstellung
der Elisabeth in „Maria Stuart" auf ihn ohne sonderlichen Eindruck geblieben war.

Marie Hausmann hatte der König zum ersten Mal als Kronprinz in der Rolle der Thekla (Wallenstein) gesehen und sie hatte
ihm schon damals, wie er schreibt, aufrichtige und wahre Zuneigung eingeflößt. Um ihr und ihrem Gatten „für die große
Freude, die sie ihm durch ihr meisterhaftes, geradezu unübertreffliches Spiel in Vorstellungen vom vergangenen Mai zu danken" und auch ihnen „einmal eine rechte Freude zu bereiten"
bot er ihnen 1875 Aufenthalt auf dem kurz vorher erworbenen
Besitze von Herrenchiemsee an, „aus eigener Erfahrung den Genuß des Aufenthaltes in großartiger Natur, geschieden von der
Masse gemeiner, poesieloser Menschen, kennend." —

Wie nah er ihr gestanden haben muß, geht aus dem Umstand
hervor, daß er ihr in einer Gewissensfrage beistand. „Ich riet
Ihnen," schreibt er unterm 1. August 1875, „von dem Vorsatze
ab, zur evangelischen Kirche überzutreten, weil, wie ich durch
Sie erfuhr, Sie dem König, meinem Großvater, das Versprechen

gaben, die Religion nicht zu wechseln, und ich der Meinung bin, daß Versprechen, die man einem Toten gab, doppelt heilig zu halten sind." Daß Ludwig bei Erteilung dieses Rates konfessionelle Erwägungen fernlagen, geht wohl schon aus dem Umstand hervor, daß er mit dem Übertritt seiner Mutter zur katholischen Religion nicht einverstanden war. „Sie sagten mir damals," fährt der Brief fort, „daß mein in Gott ruhender Großvater in Einem Falle selbst damit einverstanden gewesen wäre, wenn Sie dennoch Ihr ihm anfangs gegebenes Versprechen nicht halten würden. Sie sagten mir damals nichts Näheres über den Fall, in welchem er dennoch mit diesem wichtigen Schritte einverstanden gewesen wäre. Ich ersuche Sie nun, hochverehrte Frau, das Nähere hierüber mir schriftlich mitzuteilen."

Auch für eine andere, ihn selbst betreffende Äußerung seines Großvaters verrät der König in dem gleichen Briefe ein lebhaftes Interesse. Soviel aus den etwas dunklen Briefstellen zu entnehmen ist, hatte Ludwig I. seine Freude darüber ausgesprochen, daß sein Enkel soviel auf Frau Dahn-Hausmann halte und daran den Wunsch gereiht, er möge die Stimme des Gewissens und den Zug des Herzens in wichtigen Fragen als für allein maßgebend erachten.

Ein sonst Ludwig II. nicht eigener altruistischer Zug geht auch sonst durch diese Briefe und äußert sich in seiner herzlichen Anteilnahme an dem schweren Schicksalsschlage, der das Ehepaar Dahn dadurch traf, daß dessen einzige Tochter auf ihrer Hochzeitsreise von unheilbarem Wahnsinn befallen wurde. „Daß Sie," schreibt der König am 10. April 1878 an die schwer getroffene Mutter, „in Ihrem großen Kummer an mich sich gewendet haben, vertrauensvoll Ihr tiefstes Leid mir klagen, hat mich mit wahrer Rührung erfüllt. Ihr Herz hat Sie nicht betrogen, Sie wußten es, daß das meine in Freuden, wie im Leid mit Ihnen fühlt. Stets in allen Lagen des Lebens können Sie sich auf mich verlassen. Wenn nur Ihrem Gemahl die schmerzliche Botschaft nicht gefährlich ist, ihm, der selbst noch nicht lange von seinem Leiden hergestellt ist." „Was ich nicht begreife, ist, daß gerade in den Tagen des Glücks und der Freude das entsetzliche Unglück über Ihr Kind hereingebrochen ist, da sonst eher Momente des Schmerzes und der Verzweiflung eine Umnachtung des Geistes zur Folge haben." „Einen oder zwei Tage nach der Hochzeit erhielt ich einen Dankesbrief von Ihrer

436

Tochter aus Innsbruck, der mich sehr erfreute; er war mit tiefer Gefühls-
innigkeit geschrieben, von wahrer Poesie durchweht..."

Nach einer leisen Klage über sein Verhältnis zu der Königin-
Mutter macht er Frau Dahn am 25. April 1876 folgende Erklärung: „Daß mein Herz nicht allen Gefühlen abgestorben ist, empfinde ich stets, wenn ich Sie, verehrte Frau, sehe, mit Ihnen spreche und
Ihre Briefe lese, aus denen mir wohlthuende Wärme, ein nur Ihnen eigener
Zauber weht. Seien Sie fest, für immer unerschütterlich fest davon überzeugt, daß, wenn ich auch selten schreibe, nie und nimmer meine treuen
Gesinnungen Ihnen gegenüber wandelbar seien. Aufrichtig werde ich
mich immerdar mit Ihnen freuen, sowie ich auch stets betrübt bin,
wenn Kummer und Sorge Sie drücken." „Unsere Seelen sind, ich glaube
es durchzufühlen, in einem Punkte, dem Hasse gegen das Niedrige, Unrechte verwandt und das freut mich."

Eine solche Gleichheit und Seelenverwandtschaft hat Ludwig II. auch Nachbaur und fast allen denen gegenüber vorausgesetzt und ausgesprochen, zu denen er in freundschaftliche Beziehungen trat. Aber die Enttäuschung blieb niemals aus, denn
unter all den Frauen und Freunden, unter den Ministern und
Sekretären, unter den Künstlern und Dichtern war keiner, der
ihn um seiner selbst willen liebte und — krank, wie er war —
hätte lieben können, der auch geistig bedeutend und ihm überlegen genug gewesen wäre, um Einfluß auf ihn in einer Zeit zu
nehmen, in der dies überhaupt noch möglich gewesen wäre.

Der zuletzt zitierte Brief vom 25. April 1876, nachts 2 Uhr —
enthält ferner, getrennt durch die oben wiedergegebene Freund-
schaftserklärung — zwei sich widersprechende Selbstbekennt-
nisse: „Sie schienen gestern zu glauben, ich wäre überhaupt unglücklich. Dem ist nicht so. Im großen Ganzen bin ich froh und zufrieden,
nämlich auf dem Lande, im herrlichen Gebirge — elend und betrübt, oft
im höchsten Grade melancholisch, bin ich einzig und allein in der unseligen Stadt! Ich kann nicht leben in dem Hauch der Grüfte, mein
Atem ist die Freiheit! Wie die Alpenrose bleicht und verkümmert in
der Sumpfluft, so ist für mich kein Leben, als im Licht der Sonne, in
dem Balsamstrom der Lüfte. Lange hier, in der Stadt, zu sein, wäre mein
Tod!" —

Diesen Gedanken hat er oft, auch anderen gegenüber, ausgesprochen. Aber nicht der Natursinn war der wahre Grund dieser
steten Flucht aus der Stadt; es war die Unfähigkeit, mit Menschen zu verkehren, die sich zuletzt bis zum Paroxysmus stei-

gerte, ein Symptom geistiger Erkrankung, für das selbst die Psychiatrie keine befriedigende Erklärung bietet.

Nachdem er sich wenige Zeilen weiter oben „im großen Ganzen froh und zufrieden" nennt, tauchen in dem gleichen Briefe vom 27. April 1876 und in seinem Gemüte schon die dunkelsten Wolken auf und er fügt der Konstatierung der Übereinstimmung mit Frau Dahn im Hasse gegen das Niedrige die Worte bei: „Daß ich oft von einem wahren Fieber des Zornes und des Hasses erfaßt und befallen werde, mich voll des Ingrimmes abwende von der heillosen Außenwelt, die mir so wenig bietet, ist begreiflich; vielleicht mache ich einstens meinen Frieden mit der Erdenwelt, wenn alle Ideale, deren heiliges Feuer ich sorgsam nähre, zerstört sein werden. Doch — wünschen Sie das nie! — Ein ewiges Räthsel will ich bleiben mir und anderen..."

Dr. M. G. Conrad bemerkt mit Bezugnahme auf den Umstand, daß der Brief nachts 2 Uhr geschrieben wurde, „jeder Mensch sei in schlafloser Nacht tiefer und sich selbst unheimlicher, als er am hellen Tage gedacht." Er überläßt es dem Scharfsinn berufener und unberufener Seelenforscher, diese Bekenntnisse einer Königsseele „zum Einrennen offener Türen auszunützen". In der Tat ist die Erklärung ja wohl nicht schwer. Wie die meisten von denen, die schließlich ihren Qualen selbst ein Ziel setzen, spielte auch Ludwig II. schon frühe mit Selbstmordgedanken.

XLIII.

In dem Briefe Ludwigs II. an Frau Dahn-Hausmann vom 25. April 1876 findet sich die Stelle: „Meine Mutter, die Königin, verehre ich, liebe sie, wie es sein muß. Daß ein intimes Verhältnis absolut unmöglich ist, bei einer solchen Natur, wie die ihrige ist, dafür kann ich nichts." —

Manche finden im Kreis der Familie, was die Welt ihnen versagt. Aber Ludwig II. stand auch keinem der Mitglieder seiner Familie dauernd nahe. Sein Bruder wurde bald von der schrecklichen Krankheit befallen, die auch ihn bedrohte und selbst die

Mutter bot ihm nicht die Stütze, welche sie im Leben der meisten Menschen zu sein pflegt.

Es wäre ungerecht, der Königin Marie von Bayern, geb. 1825 als Tochter des Prinzen Wilhelm von Preußen, des Bruders König Friedrich Wilhelms, eine Reihe vorzüglicher, seltener Eigenschaften abzusprechen. Sie war in ihrer Jugend von blendender Schönheit, ihr Ruf immer makellos, ihr Charakter ohne Fehler, ihre Religiosität in beiden Konfessionen eine tiefgehende; Hofklatsch und Verleumdung verstummten vor dieser deutschen Fürstin; selbst der schmähsüchtige Reisende durch das „Milliardenland" vermochte ihr keine — Tissottisen zu sagen, ja entwirft eine rührende Schilderung von ihrem Dasein: „La belle et sympathique figure de la reine Marie peut servir de pendant à celle de l'impératrice Augusta. J'ai visité à Hohenschwangau l'appartement qu'elle habite une partie de l'année: rien de plus patriarcal, de plus modeste et de plus simple. De vieux fauteuils, une couchette de religieuse, quelques tableaux, pieux, voilà tout. — Mais cela sent bon. Il y a là comme un parfum d'honnêteté qui fait du bien au cœur. Quand la reine est à Munich elle se rend ordinairement à la cathédrale à pied avec une seule suivante et deux domestiques. Tout le monde se range respectueusement sur son passage et elle répond par le salut le plus gracieux, même au salut d'un simple portefaix. C'est la bonne fée de ce pays fantastique."

Leider vermochten die Gefühle der vollsten und treuesten Hingabe an den Gatten und die beiden Söhne die Nachteile der Beschränktheit des geistigen Horizonts nicht gänzlich zu beseitigen. Voll königlicher Würde im Ertragen der schwersten Schicksalsschläge, war sie spießbürgerlich in ihrem Geschmack, ihren Beschäftigungen und Liebhabereien. Die Zeit, welche die Vorstandschaft einer „Armee der Barmherzigkeit", des Frauenvereins mit 25,000 Mitgliedern, das Hofleben und häufige Gebirgstouren ihr übrig ließen, verwandte sie auf ihre umfangreiche Korrespondenz und die systematische Ordnung zahlloser Albums und Autographenbücher für Fürsten, Künstler, Gelehrte usw. Ohne Sinn für Kunst und Literatur, langweilte sie sich im Theater und wandte ihre Aufmerksamkeit mehr dem Publikum als der Bühne zu. Während der intimen Vorlesungen, die sie auf Wunsch des Königs zuweilen bei sich abhalten mußte, begann sie gern kleine Zwiegespräche à parte mit den neben ihr sitzenden

Damen, was ihr Pausen des Protestes der Geibel und Heyse und
strenge Blicke ihres Herrn und Gebieters eintrug.

König Max II. litt viel unter diesem Mangel an Verständnis
seiner Gemahlin und leise Klagen darüber klingen auch in seinen
Briefen an, deren er im Laufe seines kurzen Lebens 243 an sie
richtete. Die meisten sind kurz, weil ihn das lange Schreiben
bei dem beständigen Kopfweh, an dem er litt, angriff. Auch er
war ja ein bedenkenreicher Mann, der schon in seinen ersten
Liebesbriefen voll Feuer und Zärtlichkeit an die Braut von den
Skrupeln spricht, die sie ihm erleichtern und beseitigen helfen
soll. Wir wollen einige Proben dieser Briefe aus verschiedenen
Jahren hier folgen lassen:

München, den 6. März 1848.

„Liebe Marie! In Eile die Nachricht, daß ich gestern bei guter Zeit,
abends glücklich hier angekommen bin. Die Aufregung war ungeheuer.
Abends noch stellte ich dem Vater Alles vor, verschwieg nichts, bat ihn
wiederholt, die Wünsche, oder besser Forderungen der Münchener zu erfüllen. Heute Morgen geschah ein Familien-Ministerrat. Die Adresse
hatte große freudige Aufregung gemacht. Ich bin müde, muß schließen..."

München, den 9. März 1848.

„— — wie tröstlich ist mir Dein Gebet, Deine Fassung! Inhaltsreich,
bedeutungsvoll waren die letzten Tage. — Gerade zur rechten Zeit traf
ich hier ein; es galt vielleicht die Krone, die Dynastie zu retten; man
mußte das Schlimmste erwarten: Gewalt, Auflösung aller Bande der
Ordnung. Gleich nach meiner Ankunft fand ich Gietl, den treuen, am
Bahnhof und Hartmann, die mich in Eile über die Sachlage in Kenntnis
setzten. Zu Hause sprach ich einige unterrichtete Männer; mußte dann
rasch mir klar werden über das nothwendig zu Geschehende; ging dann
zur Mutter, wo ich dem Vater Alles sagte, ihn bat, in das Unvermeidliche
zu willigen; es waren keine leichten Momente; auch über Lola sprach ich.
Nachts noch sprach ich wieder Personen und morgens frühe. Um 9 Uhr
den 6. war Minister-Familienrath. Während dieser Sitzung kam Meldung:
wenn um 12 Uhr nicht Alles entschieden, wäre Alles zu fürchten. Endlich
folgte die beiliegende Entschließung[1]. Die ganze Stadt war wie umgewandelt, überall Enthusiasmus; auch mir wurde lautes Vivat! Jedermann, auch Poldl und ich trugen weiß und blaue Bänder..."

Neapel, den 3. März 1853.

... „Du schreibst mir nicht zu selten. Du thust besser, die Zeit zu
ernster Beschäftigung zu verwenden; wie freuten mich die Worte, daß
mir Freude zu machen, das Ziel Deiner Wünsche ist; bei solch' lieber Ge-

---

[1] Eine Proklamation, welche dem Volkswillen Rechnung trug und die
Ludwig I. später bereute. Am 19. März erfolgte seine Thronentsagung.

sinnung kann's nicht fehlen. Da Du doch mein inneres Leben, meine Gedanken und Gefühle kennst, so muß ich Dir offen gestehen, daß anfangs,
wenn ich nach Hause zurückdachte, ich mich wegen so Manchem, zum
Glück nur wenigem, was ich bei Dir mir anders wünschte, und was Dir
bekannt ist, beunruhigt fühlte, was z. B. ein mir wohlthätiges, heiteres,
frisches Wesen betrifft, dann mehr Sprechen, geistige ressource, größeren
Antheil an dem, was das tägliche Leben mit sich bringt. Je mehr ich aber
den reinen und nun auch mehr bethätigten guten und ernsten Willen
deshalb bei Dir gewahre, desto mehr beruhige ich mich; ich habe jetzt
feste Zuversicht, daß Du bald so werden wirst, wie ich so sehr wünschen
muß. Daher betrübe Dich obige Offenheit nicht; sie ist ein Beweis meines
der Gattin schuldigen Vertrauens. Da Dein ernstes Streben auf religiösen
Grund gebaut, so hilft der Herr und da kann es nicht fehlen. Auch ich
will stets mehr auf ihn bauen, gleich Dir; so hilfst auch Du mir durch
Dein Beispiel. Auch ich will Dich glücklich machen. Stets mehr fühle
ich das Bedürfnis, den Herrn im Herzen zu tragen, er sei mein bester
Freund, Erzieher, Ratgeber und Helfer in jeder Noth!" —

Hohenschwangau, den 14. November 1856.

„Viele Gedanken strömten hier auf mich ein. Wie lange weilten wir
doch hier in so langen Jahren, ohne uns so recht zu verstehen, diese Seligkeit zu genießen, zu der uns der Herr gewiß bestimmt. Doch nun soll es
anders werden: Ich ganz Dein, Du ganz mein. Dein treuer Max."

Rom, den 6. März 1857.

„...Viele schöne Damen habe ich wieder kennen gelernt, viel Schönes
gesehen, immer mehr aber fühle ich, daß nur in einer lieben, glücklichen
Häuslichkeit wahre dauernde Befriedigung zu finden. Diese wirst Du
mir immer mehr bereiten, liebes Herz, das hoffe ich von Dir zuversichtlich. Du weißt, was ich bedarf, was ich vermißt habe; keinen Wider-
spruchsgeist, freundliches, meinen Wünschen entgegenkommendes Wesen! Wahrlich, ich bedarf solches, nach Allem, was ich schon in meinem
Leben gelitten! Keinen trüben Rückblicken will ich mich hingeben, dem
Herrn und Dir vertrauen. Meine Nerven suche ich möglichst zu schonen,
sogar Lieblingslektüre versage ich mir, habe hier eigentlich noch gar
nichts gelesen. Leider fühle ich es, wie sehr meine Gesundheit diese und
zwar die größte Schonung bedarf; ich will den Muth und das Vertrauen
auf den Herrn nicht verlieren. Wie schön muß es sein, wenn die Kinder
Dir vorlesen, wenn Du mir einmal wirst vorlesen können! Harre aus in
Deinen Lektüren, zu wichtig für unser, Dein und mein Glück..."

„Noch eins! Bitte, iß nicht zu viel, daß Du Deine schöne Taille nicht
verlierst; es wäre mir gar leid..."

Vevey, 1. März 1860.

„Vor allem muß ich suchen, gesund zu werden, sonst kann ich meinen
Beruf nicht erfüllen..."

Genf, 26. März 1860.

...„Nach Kräften bemühe ich mich, nicht melancholisch zu werden.
Bete recht für mich!"

Genf, 5. April 1860. (Gründonnerstag).

„Liebstes Herz! Heute am heil. Tage, schreibe ich Dir diese Zeilen und danke Dir für Deinen gestern erhaltenen lieben Brief und die Blumen. An mein Herz hätte ich Dich drücken mögen, als ich ihn las. Wie gerne vergab ich meiner treuen Alten, was sie glaubt, nicht recht gemacht zu haben. Thu auch Du das Gleiche bezüglich meiner. Der Herr wird mir helfen, immer mehr alle trüben Eindrücke der Vergangenheit zu verwischen. Deine erneuten guten Vorsätze und vor Allem die feste Zuversicht zum Herrn, sie auszuführen, thaten mir sehr wohl. Mit seiner Hülfe werden wir sicher immer glücklicher; glaube mir, ich bedarf ein liebendes Herz, das mir beisteht, die mir auferlegte, oft schwere Last zu tragen. Gottes Segen werde ich in der Kirche, in die ich in Bälde gehen werde, für Dein heutiges Abendmahl erflehen, so auch für die Kinder, die ich innig küsse. Sage es ihnen. Beiliegend von mir gepflückte Primeln. Auch ich will frischen Muth wegen meines oft so peinlichen Leidens und Glauben fassen, daß der Herr mein Gebet erhören wird, da er uns ja Hilfe verheißen hat. Du kannst ihn auch haben, liebe Marie; große Fortschritte hast Du gemacht gegen früher. Glaube mir, auch mein Streben ist es und wird es stets sein, Dich glücklich zu machen. Nun lebe wohl, liebste Marie, und Gottes Segen mit Dir! Grüße Burger[1], unsere Herren und Damen. Bete für Deinen treu Dich an sein Herz drückenden Max." —

Diese Briefe bedürfen wohl keines Kommentars. Auch in der Ehe wird des Lebens ungemischte Freude keinem Sterblichen zu teil; auch König Max und Königin Marie mußten sich zuweilen tragen und ertragen. Aber die Hauptsache war gegeben: sie liebten und schätzten einander. Darum traf Marie des Königs früher Tod so schwer. Als sie am 10. März 1864 „in dem geliebten Antlitz zuerst den Todeszug erschaut hatte, wich sie nicht mehr von dem Sterbebett des Königs, der, ihre Hand festhaltend, den brechenden Blick voll Dank auf sie gerichtet, seine edle Seele aushauchte, damit noch im Sterben bezeugend, was Königin Marie im Leben ihm gewesen[2]."

Dafür besitzen wir auch das Zeugnis eines der bedeutendsten Historiker jener Zeit, Leopold v. Rankes, der Max II. seit seinen Universitätsjahren nahe stand. Er gab es in der Beileidskundgebung ab, die er am 11. März 1864 an die Königin-Witwe richtete: „E. K. M. vergeben mir, wenn ich bei dem trostlosen Er-

---

[1] Oberkonsistorialrat D. Chr. K. August v. Burger in München (geb. 1805, gest. 1884), der Beichtvater der Königin, der sowohl von der Königin als besonders auch vom König hochgeschätzt war.

[2] v. Türk, Gedächtnisansprache auf Königin Marie, München 1899.

eignis, das uns traf, wie ein Blitzstrahl aus heiterem Himmel, meine Gedanken auf E. M. hinwende, die holde und vertraute Gefährtin Seines Lebens, die ihn glücklich machte, wie er in vertrauten Momenten, deren er mich würdigte, mir gesagt hat. Noch lebe ich in der Erinnerung an Partenkirchen, wo die Bevölkerung der Umgegend Seinen Namenstag mit abendlichem Festgesang begrüßte und E. M. mit Ihm auf den Balkon heraustraten, dem ländlichen lichthellen Aufzug gegenüber und dann an jenen unfern des Staffelsees, an dem zur Feier des 18. Oktobers 1862 ein Zelt mit symbolischen Farben errichtet war. Jedermann freute sich der Beweise zärtlicher Freundschaft und Liebe, die zwischen E. E. M. M. gewechselt wurden, bis E. M. mir die Hand zum Abschied reichten und die Hoffnung auf ein ähnliches Zusammentreffen ein anderes Mal aussprachen. Aber es sollte das letzte Geburtsfest sein, das E. M. mit Ihm feierten: Sein letzter Namenstag. Ich bin glücklich, daß ich Zeuge davon war, so wie früher von dem Landleben in Berchtesgaden mit all den herrlichen Excursionen auf die Berge und nach dem See. Da war Sein Geist im edlen Schwung, ein durchaus reiner, auf das Große und Gute von Natur gerichteter Geist, immer strebend, lebendig und bei der Sache, nur mit dem Besten seines Landes und der Förderung deutscher Wissenschaft beschäftigt. Ich hatte das Glück, Ihn zu kennen, zu verehren, zu lieben; es wird eine Lücke in meinem Leben sein, Ihn zu entbehren; in Wahrheit, ich wäre untröstlich, wenn ich nicht hoffte, Ihn dort wiederzusehen, wo die ewigen Anschauungen allem Zweifel ein Ende machen. Empfinde ich das so stark, was werden E. M. empfinden? Von jenseits wird Sein Segen über E. M. und Ihren Söhnen, von denen der Eine nun in das volle schwere Leben tritt, walten. In tiefster Hingebung und Ehrfurcht E. M. unterthänigster Leopold Ranke." —

Die Eigenart der Königin Marie, die schon dem Gatten manche Schwierigkeit bereitet hatte, machte dem älteren Sohne das Zusammenleben mit ihr im Laufe der Zeit gänzlich unmöglich. War sie schon den hohen Bestrebungen des Gemahls auf geistige Erhebung seines Volkes fremd gegenübergestanden, so erschien ihr das phantastische Tun und Treiben des Sohnes vollends ganz unverständlich und es erging ihr, wie der hausbackenen Henne der Fabel, die kopfschüttelnd und Protest gackernd dem Fluge des ausgebrüteten Schwans ins Blaue nachsehen muß. Bei dem Sohne kommen auch noch die verschiedenen Gemeinsamkeiten in Wegfall, welche die Ehegatten verbunden hatten, insbesondere der gläubige Sinn, der im Zeitalter Max II. noch allgemein war, und den die Generation nach ihm allmählich abstreifte. Fast alles, was Ludwig II. unternahm und plante, stand im Widerspruch mit den Anschauungen, den Traditionen und Lebensgewohnheiten der Königin Marie. Es sind viele Züge bekannt geworden, welche bekunden, daß Ludwig als Knabe und Jüngling seine Mutter zärtlich liebte. Das ganze erste Taschengeld, das er erhielt, gab er hin, um ein Medaillon für sie zu kaufen, eine seiner ersten Regierungshandlungen nach der Thronbesteigung war, ihr, statt des Titels einer Königin-Witwe den „Königin-Mutter" zuzuerkennen; an einem der ersten Weihnachtsfeste nach dem Tode Max II. erstrahlte vor ihren Fenstern in Hohenschwangau eine dort befindliche riesige Tanne im Lichterglanz; er tat, was er ihr an den Augen absehen konnte und überhäufte sie mit Aufmerksamkeiten. Allein das Zusammen- leben in dem nicht übergroßen Schlosse zu Hohenschwangau, in dem die Königin ihre Flitterwochen verlebt hatte, führte trotz getrennter Hofhaltungen zu mancherlei Meinungsverschieden- heiten, die wahrscheinlich nicht wenig dazu beitrugen, den Plan der Erbauung einer zweiten Burg zur Reife zu bringen. Wie so vielen Müttern wurde es auch der Königin Marie schwer, in ihrem Verhalten gleichen Schritt mit den eilenden Jahren zu halten und dem einstigen Kinde nicht nur die Mannes-, son- dern, was Ludwig verlangte, — die Königswürde zuzuerkennen. Memminger gibt uns ein Beispiel hiervon. In den „ersten Jah- ren seiner Regierung," erzählt er, „fuhr Ludwig II. in Hohen- schwangau mit der Königin noch aus und leistete ihr abends Ge- sellschaft. Das dauerte aber nicht lange. Später machte er, nachdem er sich abends von ihr verabschiedet hatte, seine nächt- lichen Spazierfahrten und schlief bis in den Tag hinein. Dies geschah auch einmal am Tage ihrer Abreise. Der König war erst am frühen Morgen heimgekommen und hatte nicht befohlen, ihn zu wecken. Der Wagen für die Königin stand seit länger als einer Stunde im Schloßhofe bereit; sie selbst schritt wartend in der unteren Halle auf und ab, bis sich ihre nervöse Ungeduld in einen kräftigen Unwillen verwandelt hatte, der sich über dem Haupte des endlich erscheinenden Sohnes entlud. Sie schalt ihn aus, als ob er noch der kleine Ludwig wäre, der sich an ihrem Rockefest- hielt und so, daß es alle Bediensteten hörten. Kein Fremder täte ihr an, was ihr eigenes Kind ihr zufüge und — so fort. Der König

444

verlor die Fassung nicht. Er küßte der erregten Mutter wiederholt die Hand, bat um Verzeihung wegen der Verspätung und geleitete sie an den Wagen, in dem er neben ihr Platz nahm, um sie
zur Station zu begleiten. Aber er lud sie so bald nicht wieder ein." —

Szenen, wie die geschilderte, mögen denn auch Anlaß zu dem
Briefe gegeben haben, welchen Ludwig, wahrscheinlich Ende
der sechziger Jahre an eine der Damen der Königin, vermutlich
ihre Oberhofmeisterin Gräfin v. d. Mühlen, diktierte und den
ich nach einer Abschrift hier folgen lasse: „Meine liebe Gräfin! In Folge einer leichten Erkältung fühle ich mich nicht ganz wohl,
sonst hätte ich diese Zeilen eigenhändig geschrieben. Sie sind eine liebenswürdige, begabte und mir sehr sympathische Dame; alles Eigenschaften,
welche ich der Königin nicht zuerkennen kann. Ich versichere Sie, daß
Sie wirklich ein gutes Werk thun, wenn Sie Folgendes der Königin bei-
bringen; denn würden Sie es nicht thun, so erhielte entweder ein Herr
den Auftrag hiezu, oder ich würde, wie im vorigen Jahre, ein Handschreiben lancieren, was beides der Königin nicht angenehm sein dürfte.
Ich denke keineswegs mit Freuden an meinen letzten, glücklicher Weise,
nur kurzen Aufenthalt (in Hohenschwangau?). Die Königin hat eine mir
gegenüber sich äußernde, nur Ihr allein eigene höchst unsympathische
Art zu sprechen. In Ihrem ganzen Wesen, Ihren Blicken und Worten
legt Sie nicht selten ein gewisses Mißtrauen, einen hie und da sich zeigen-
den lauernden Argwohn an den Tag. Ganz der Wahrheit gemäß heißt
es in einem antiken Trauerspiel: „mit Qual gebiert das Weib und quält
sich für's Geborene." Ich kann mit gutem Gewissen sagen, daß mein
Lebenswandel ein musterhafter ist. Bringen Sie Ihr das bei. Quälen möge
Sie Sich um Ihren zweitgeborenen Sohn; um diesen sich zu sorgen, ist
ganz am Platze, hauptsächlich in Anbetracht seines leidenden Zustandes.
Ich bin keine Natur, mit der ein Kompromiß möglich ist. Man hat zu
sein, wie ich will, daß man ist; ist es nicht der Fall, so hat man auf den
Umgang mit mir zu verzichten. Fährt Sie fort, mir unangenehm zu sein,
wie es den Anschein hat, so ist Sie allein dabei zu bedauern, weil es mir
dann womöglich noch weniger gefallen wird mit Ihr zu verkehren, als es
bisher der Fall war. Sie darf sich beklagen oder nicht, zu ändern ist es
nicht. Will Sie klug sein, so füge Sie Sich mir in allen Stücken. Je ne
cesserai jamais de la vénérer puisqu'Elle a l'honneur d'être la mère du
Roi. Es giebt Momente, wo Sie die Mutter als solche etwas zu sehr
herauskehrt, und der König in Ihren Augen zeitweise zu sehr in den Hintergrund zu treten scheint. Sie möge ein für alle Mal wissen, daß Ihr das
nichts hilft. Je suis le Souverain et Elle n'est que la mère, en même
temps sujette. Ich hoffe, Sie läßt ein für alle Mal das so oft wiederkehrende
nörgelnde Wesen und Ihre, Ihr doch nichts helfende Art, fallen. Sie
scheint immer noch zu wünschen, ich möge längere Zeit in Hohenschwangau verweilen. Das wird nie und nimmermehr der Fall sein, denn nie in
meinem Leben werde Ich es vergessen, wie Ihr im allerhöchsten Grade

unangenehmes, um nicht viel ärgere Ausdrücke zu gebrauchen, Benehmen gegen mich im Sommer 1864, 1865 und 1867 war..."

Darf man in diesen rauhen, übrigens ja nicht direkt an sie gerichteten Zeilen wohl schon Vorboten der aufdämmernden geistigen Umnachtung erkennen, so kam ein anderes dauerndes Moment der Entfremdung hinzu, das im Wesen der Königin lag. Ludwig II., wie sein Bruder Prinz Otto dehnten das Widerstreben, das sie gegen die preußische Vorherrschaft empfanden, und die Abneigung, die ihnen spezifisch preußische Art einflößte, zuweilen sogar auf die Mutter aus, die es niemals verleugnete und oft durch einen herrischen Ton bekundete. Als die Königin ihm einst während einer Unterhandlung über eine neue Beeinträchtigung seiner Hoheitsrechte angemeldet wurde, entschied er: „Ich bin jetzt nicht in der Stimmung, eine Preußin zu empfangen." Der „Generalanzeiger" vom 22. Oktober 1897 veröffentlichte ein auf Befehl Ludwigs II. abgefaßtes Schreiben d. d. Hohenschwangau, 15. Januar 1873, durch das ein Hofrat (Düfflipp?) beauftragt wurde, dem Oberstleutnant v. Sauer zu sagen, es sei Wille des Königs, daß er sich sogleich zu Ihrer Majestät der Königin begebe und Allerhöchst derselben auf schonende Art beibringe, daß Ihre Majestät in Gegenwart des Königs nie mehr über Politik sprechen, gar nicht aber Sich lobend über Preußen äußern möge.

Er dehnte das allgemeine unüberwindliche Widerstreben gegen den persönlichen Verkehr immer mehr auch auf die Mutter aus und suchte die Begegnungen mit ihr unter Vorwänden aller Art einzuschränken. Fast alle Bediensteten der unmittelbaren Umgebung wurden herangezogen, ihm hierbei behilflich zu sein und erhielten Weisungen in dieser Richtung, deren Grundgedanken ein Befehl an Düfflipp vom 1. Februar 1869 ausspricht: „Machen Sie um Gotteswillen, daß die Einladung nach Darmstadt oder eine anderweitige Einladung erfolge; die Königin tötet mich durch ihre Geistlosigkeit und Langweile."

Bei schlechter Laune bezeichnete Ludwig II. seine Mutter zuweilen nur als „die Frau seines Vorgängers" oder „den Oberst des 3. Artillerieregiments" und später unter noch viel ungnädigeren Ausdrücken. In Aufzeichnungen aber spricht er nur Segenswünsche für sie aus.

Bei dem Oktoberfest 1874 gab Ludwig II. während des üblichen großen Empfangs im Königszelte der Festwiese, den Übertritt seiner Mutter zur katholischen Religion bekannt. Er erfolgte am 12. Oktober in aller Stille in der Kirche zu Waltenhofen unweit Hohenschwangau. Einige meinten, die Königin habe sich bei diesem Schritte von der Absicht leiten lassen, ihren Söhnen näher zu kommen. Besonders Prinz Otto sei der Mutter in dieser Richtung angelegen, da er hoffte, dadurch Ruhe und Frieden zu finden. Von Personen aus der Umgebung der Königin ist mir dies nicht bestätigt worden. Ludwig II., der nicht konfessionell veranlagt war und damals mit seiner Konfession nur mehr rein äußerliche Beziehungen unterhielt, stand dem Schritte durchaus fern und war weit entfernt, ihn zu billigen. Eher ist es möglich, daß die mystische Vorstellung zu Grunde lag, dadurch ihre Vereinigung im Jenseits mit dem geschiedenen Gatten zu fördern. Tauchte doch der erste Gedanke an diesen Schritt kurz nach dessen Tode auf. König Max II. beschäftigte sich zu seinen Lebzeiten sehr viel mit dem Wiedersehen nach dem Tode und hatte darüber offenbar sehr eigentümliche Anschauungen. Er frug einst bei einem Symposion den berühmten Physiker Philipp Jolly, ob die Physik keinerlei Tatsachen an die Hand gebe, aus denen sich mit Sicherheit die Unsterblichkeit der Seele ableiten lasse? Als Jolly diese Frage verneinen mußte, frug der König weiter, ob kein Gesetz vorhanden sei, welches denen eine exzeptionelle Stellung auch im Jenseits einräume, welche berufen seien, über Völker zu herrschen? Vom physikalischen Gesichtspunkt aus mußte der kluge Gelehrte auch diese Frage verneinen, räumte aber artiger Weise ein, daß es ja nicht ganz ausgeschlossen sei. —

Trotz aller Gläubigkeit war aber Max II. ganz frei von Intoleranz und Proselytismus und man hat nie gehört, daß er auf die religiösen Überzeugungen der Königin Einfluß zu nehmen suchte, in einer Zeit, in der ja überhaupt die Übertreibungen des späteren „Kulturkampfes" den Frieden der Mischehen noch nicht störten.

Der Entschluß der Königin war ein selbsteigener. „Selten ging eine Konvertierung aus so lauterem innerem Triebe hervor, wie diese," schreibt sehr richtig Frau v. Kobell und Stiftsdekan v. Türk schildert, in der Gedächtnisrede, die er ihr nach ihrem Tode hielt, wie folgt, ihre Motive: „Das religiöse Leben des Volkes in den Alpen, mit dem sie so häufig und so gerne persönlichen Umgang hatte, machte auf ihr Gemüth einen tiefen Eindruck. Der Glaube der katholischen Kirche, dessen Autoritätsgrundlage ihrem Seelenbedürfnisse entsprach, das Leben und der Kultus derselben zog sie mehr und mehr und zuletzt unwiderstehlich an. Dasjenige, wovon sie innerlich durchdrungen war, auch äußerlich zu bekennen, war ihr ein Gebot des Gewissens, welchem gegenüber jede andere Rücksicht zu schweigen hatte." —

Die Aufnahme, welche die Tatsache dieser Religionsänderung im Publikum fand, war eine ruhige. Wußte man doch, daß sie keinerlei politischen Hintergrund hatte. Den streng protestantischen Standpunkt vertrat dem Ereignis gegenüber aber mit großer Schärfe — Kaiser Wilhelm[1].

„Du wirst begreifen," schrieb er der Nichte, d. d. Baden-Baden, den 3. Oktober 1874, „daß es mir unmöglich ist, Dir den Schmerz zu schildern, den Dein Brief vom 1. d. M. in mir erregt hat. Aus meinem Briefe an Deine Schwester hast Du ersehen, daß ich noch hoffen konnte, im Verein mit ihr, Dich von einem Schritte abzuhalten, den nun Deine Mittheilungen als völlig bestimmt gefaßt darstellten. Wenn Du 7 Jahre lang, wie Du schreibst, gebraucht hast, diesen Beschluß zur Reife zu bringen, so begreife ich, daß alle Überredung und Abmahnung nun überflüssig sind! Außerdem versicherst Du, daß es Dir zur Gewissenssache geworden sei, den Schritt zu thun. Eine solche Gewissenssache muß man als schwer wiegend auffassen und kann es das Einzige sein, was anders Denkenden einen solchen Entschluß einigermaßen begreiflich macht. Aber gerade, daß ein religiöses Gewissen so weit kommen kann,

---

[1] Der franz. Botschafter de Gontaut-Biron schrieb darüber: „Quant aux questions religieuses, les préjugés de l'Empereur ne me paraissent guère diminués. Lui et toute sa famille ont été font attristés de la conversion de la reine-mère de Bavière, laquelle à écrit à l'Empereur pour la lui annoncer. En s'entretenant de cet évènement et des conversions remarquables qui ont eu lieu récemment en Angleterre, il disait ne pouvoir plus comprendre les conversions au catholicisme, lorsqu'il était devenu si clair que cette religion n'avait qu'un but: envahir tous les droits civils." —

MARIE, KÖNIGIN VON BAYERN

in der Religion, in der man aufgewachsen, erzogen und confirmiert worden ist, zu der die Familie, zu der man gehörte, das Vaterland, in dem man geboren ist, sich zum größten Theil bekennt — ich sage in der Religion nicht mehr seine Gewissensruhe findet, das ist, was Alle die tief erschüttern und schmerzlich erfassen muß, die ihrem Glauben treu bleiben, weil sie gerade in demselben Trost, Ergebung, Hoffnung finden!!! In Deinem elterlichen Hause hast Du die schönsten und erhabensten Vorbilder gesehen, was der evangelische Glauben für eine Macht geübt, die Schicksale dieser Welt zu tragen! Würdest Du beim noch Leben Deiner Eltern je den Schritt gethan haben? Hast Du auch bedacht, was das Preußische Königshaus, aus dem noch nie ein Mitglied zur katholischen Kirche übergetreten ist, was Dein erstes Vaterland, dessen größtes Evangelisches Volk zu dem Schritt sagen, denken und fühlen wird?? Du willst Deinen Glauben in einem Moment aufgeben, in welchem bei mir eine Spannung zwischen der Evangelischen und Katholischen Kirche ausgebrochen ist, also in einem höchst ungünstigen Moment unter allen Umständen! Wenn auch dieser Kampf in keinerlei Art gegen den Katholischen Glauben geht, sondern gegen die ungehorsame Klerisei, die sich bestehenden Landesgesetzen nicht unterwerfen will und dieserhalb strengere Gesetze haben erlassen werden müssen, so beweist gerade dieser Umstand, daß die Katholische Kirche wiederum einmal den Satz aufstellt, daß ihr Alles unterthan sein soll, also alle Weltliche Macht auch. Der Brief des Papstes an mich spricht es deutlich aus; ich habe ebenso deutlich geantwortet. Die Infallibilität des Papstes ist nur erfunden, um die Suprematie über Alles Weltliche unfehlbar zu erreichen. Einer solchen Tendenz kann sich kein Monarch, er sei wes Glaubens er will, unterwerfen. Das beweisen jetzt alle Regierungen. Und nun sollen wir Dich unter die unmittelbare Gewalt und den Einfluß einer Geistlichkeit gestellt sehen, die viel mehr Politik treibt und treiben soll, als religiöse Pflichten?" „Dies sind schwer zu ertragende Gedanken für mein evangelisches und preußisches Herz, denn über diesen Punkt werden wir uns nun künftig nie mehr verstehen." „Dennoch werde ich Dir meine Verwandtschaftlichen und Persönlichen Gefühle erhalten, aber Dich — bedauern." „Du fragst, ob ich Dir ferner erlaube, nach Preußen zu kommen? Aus Allem, was ich Dir aus Liebe und Überzeugung geschrieben habe, mußt Du von selbst fühlen — denn das geht auch aus Deiner Frage hervor — daß vor der Hand Dein Erscheinen bei uns nicht wünschenswerth sein kann. Wenn Zeit über das Ereignis hingegangen sein wird, dann wird Dir Dein Verstand und Dein Takt den Zeitpunkt angeben, wenn es gerathen sein kann, Dein erstes Vaterland wieder zu betreten." „So nehme denn von der alten Zeit, in welcher keine Divergenz über die höchsten Güter dieser Erde zwischen uns bestand, Abschied, hoffend, daß Du in dem neuen Glauben diese Güter ungetrübt wieder finden mögest, die Du so lange in unserem Glauben gefunden hattest. Dein tief betrübter, Dir dennoch treu ergebener Vetter Wilhelm."

Dieses Schreiben war ein schwerer Schlag für die arme Königin. Sie hing zwar ihrem ersten Vaterland und allen ihren dortigen

Verwandten in Treue an, besondere Liebe und Verehrung aber hegte sie für Kaiser Wilhelm, der am 5. Oktober 1842 bei ihrer Vermählung die Stelle des abwesenden Bräutigams vertreten hatte, und dessen seltene Besuche am Münchener Hofe immer Festtage in ihrem Dasein bildeten.

Sie schrieb wiederholt an ihn und bat um eine mildere und tolerantere Auffassung der Sache. Was sie aber erreichte, war nach dem folgenden Neujahrsbrief vom 5. Januar 1875 wohl nicht, was sie gewünscht und erhofft hatte: „Empfange meinen besten Dank für Deine Wünsche beim Jahreswechsel. Ich spreche Dir zugleich die meinigen aus, die nur auf dasjenige Wohl gerichtet sein können und auf denjenigen Frieden, den wir in uns selbst zu schaffen berufen sind! Daß Du das in Deiner angestammten Religion nicht mehr glaubtest finden zu können, das ist es, was mich, wie ich Dir damals schrieb, — schmerzt! Daß mein Schreiben Dir den begonnenen Kampf noch schwerer machte, freut mich wahrlich! Aber ich sah leider, daß er noch nicht überzeugend genug geschrieben war, um den Sieg bei Dir nach unserer Seite herbeizuführen!" „Die uns verbindenden Gefühle der Blutsverwandtschaft werden Dir immer bleiben, aber freilich unsere Wege, jenen Frieden zu erlangen, gehen auseinander und ist daher über diesen Punkt ein Verständnis nicht mehr möglich!! Dein ergebener Vetter Wilhelm."

Auf König Wilhelm von Preußen Einfluß zu nehmen, hat Königin Marie ein einziges Mal versucht und zwar ohne Erfolg. Es geschah in den Augusttagen 1863, als sie den königlichen Oheim in Nymphenburg empfing, während ihr Gemahl bei dem Fürstenkongreß in Frankfurt a. M. verweilte. Sie sollte den König von Preußen bereden, gleichfalls nach Frankfurt zu kommen, oder wenigstens so lange in Nymphenburg zu verweilen, bis König Max II. mit anderen Fürsten nach München eilen konnte, um ihn von dort „mit Überredung und List in den Sitz des Bundestags zu entführen". So erzählt wenigstens der Generaladjutant Prinz Hohenlohe-Ingelfingen. „Helfen Sie mir," sagte sie zu dem Prinzen, meinen Onkel zu bewegen, noch einen Tag bei mir zu bleiben; ich habe früher nie Gelegenheit gehabt, so traulich mit ihm zusammen zu sein, finde ihn unendlich liebenswürdig und möchte mich gern noch einen Tag seiner Gesellschaft erfreuen."

Aber König Wilhelm stand unter dem Banne Bismarcks;

er schützte einen unaufschiebbaren Besuch bei der Königin-Witwe Elisabeth vor und brachte so die Königin Marie um den ihr zugemuteten diplomatischen Schachzug.

Mehr Erfolg hatte Königin Marie bei dem Regierungsvorgänger König Wilhelms, als er im September 1858 bei seinem Schwager, dem Prinzen Karl von Bayern, in Tegernsee, schon schwer krank, auf Besuch weilte. Sie verstand es, wie der gleiche sympathische Memoirenschreiber erzählt, am besten, mit dem kranken König zu verkehren und er begriff sie immer, wenn sie ihm von allen möglichen kleinen Dingen erzählte. Wenn er nervös und ungeduldig wurde, packte sie ihn, statt ihn mit Worten zu besänftigen unter den Arm und lief mit ihm spazieren. Bald fühlte sich der König (Friedrich Wilhelm IV.) sehr wohl in ihrer Gesellschaft, und die Königin Elisabeth, seine Gemahlin, konnte ihn manchmal auf Stunden getrost mit ihr allein lassen und sich von der nervösen Abspannung erholen, die ihr der stete Umgang mit dem Kranken verursachte. Zuweilen konnte die Königin Elisabeth eine gewisse Betrübnis nicht unterdrücken, daß es der Königin Marie besser gelang, mit dem Kranken umzugehen, als ihr selbst und als Königin Marie Tegernsee verließ, war die ganze Begleitung Friedrich Wilhelms IV. sehr betrübt."

Was auch Außenstehende darüber denken mochten, der Königin Marie bot der neue Glaube und die gewissenhafte Übung seiner Gebräuche und Vorschriften Beruhigung und Ablenkung in ihren schweren Sorgen und Zerstreuung in ihrem einförmigen Dasein. Von ihrem Landhaus Elbigenalp aus unterhielt sie regen Verkehr mit der Geistlichkeit der Umgebung, der ihren bescheidenen Ansprüchen entsprach. Charakteristisch für die Einfachheit ihrer Lebensweise und ihres Sinnes ist ein Brief von ihr, d. d. Elbigenalp, den 1. August 1876 an ihren zweitgeborenen Sohn. „Lieber Otto! Soeben schickt mir die Königin von Spanien diese ihre Photographie für Dich und umarmt Dich beim Abschied von Paris; sie reiste den 18. Juli nach Spanien ab; ich beeile mich, sie Dir gleich zu schicken und werde ihr in Deinem Namen danken, wenn ich ihr antworte, Ludwig und mir schickte sie auch welche. Ludwig ist noch in Hohenschwangau; ich gedenke, wie gewöhnlich, hier zu bleiben bis 16. oder 18. d. Mts. Wir hatten herrliches Sommerwetter und Hitze. Heute Regen.

Herr Dekan besuchte uns hier den 8. und 9. Juli und war sehr vergnügt.''
,,Unser Leben ist wie sonst hier, still und gemüthlich; wir gehen, fahren,
denken viel, viel an Dich, sitzen im lieben Gärtchen arbeitend und H.
Benefiziat liest uns vor, oder auch H. Pfarrer. Heute Nachmittag ist
Kaffee bei H. Pfarrer, meist mit Musik, wobei Dein Lieblingsmarsch und
Dr. Brattlers Lieder gesungen wurden und Euerer viel gedacht wird.
Hier etwas vom Lärchenwald! (es lag ein gepreßter Zweig bei). Gräfin
Du Moulin, H. Pfarrer, H. Benefiziat empfehlen sich Dir. Sonntags und
täglich denke ich Dein im Gebete bei der heil. Messe. Vorgestern predigte
Herr Benefiziat. Nächsten Sonntag werde ich wohl communicieren; beim
Kommen that ich es auch bald. Gott sei mir Dir! Hoffentlich gefällt es
Dir dort und Du bist wohl. Grüße Dr. Brattler. Edelweiß fand ich neu-
lich wieder bei Grünau im Lech. In treuer Mutterliebe umarmt Dich Deine
Mutter Marie.'' —

Prinz Otto befand sich im Schlosse zu Nymphenburg, als er
diesen Brief erhielt. Er war damals schon vollkommen geisteskrank und litt an Wahnvorstellungen und Halluzinationen aller
Art. Seine Hauptqual bildete der Wahn, ewig verdammt zu sein,
weil er einmal unwürdig kommuniziert zu haben glaubte. Er
ließ sich diese Zwangsvorstellung ausreden, sie kehrte aber immer
wieder. Damit hing es denn auch zusammen, daß er am Fronleichnamstag 1873 in der Frauenkirche zu München vor allem
Volke eine öffentliche Generalbeichte ablegen wollte. Der Erzbischof mußte das Hochamt unterbrechen, während zwei Kanonici
sich des Prinzen bemächtigten. Er hatte dies schon einmal ins
Werk zu setzen begonnen und hatte um jene Zeit erst kürzlich
mit Gewalt aus dem Wagen herausgebracht werden müssen, der
ihn zu dem gleichen Zwecke nach München hätte bringen sollen.
Außerdem hielt er sich zu Zeiten vom Teufel besessen, hörte geheime Stimmen, sah lustige und traurige Gestalten um sich, hielt
sich indezenten Beziehungen zu dem Jesuskindlein ausgesetzt
und wagte nicht, seine natürlichen Bedürfnisse zu befriedigen,
aus Respekt vor sämtlichen europäischen Potentaten und deren
Gemahlinnen, die er im Kreise um sich herumsitzen sah. Seine
Lebensweise war die unregelmäßigste von der Welt. Bald stand
er tagelang nicht auf, bald verweigerte er jede Nahrung. Zu
einer regelmäßigen Lebensweise war er überhaupt nicht zu
bewegen und man sagte mir, daß er schließlich förmlich Hun-
gers gestorben sei, weil er sich nicht an die fleischarme Kriegs-

kost gewöhnen konnte. So lange er in Nymphenburg weilte, gab es aber auch noch Stunden, in denen er vollständig bei Verstand zu sein schien und wieder die ganze ursprüngliche Liebenswürdigkeit seines Wesens entfaltete. Er besaß vielseitige Kenntnisse und las viel. Seine politischen Ansichten entbehrten der Reife; er haßte Preußen über alles und war, wie ja auch sein Bruder im Beginn seiner Regierung, für ein patriarchalisches Regiment ohne die lästigen Kammern. In seiner ganzen Entwicklung gestört, hatte sein Benehmen etwas Weiches, Mädchenhaftes. Ich kam früher zuweilen mit ihm in den Hörsälen der Universität zusammen, die er meistens nur mit erheblichen Verspätungen besuchte. Die Behandlungsart, der er in Nymphenburg nach den Anordnungen seines Bruders unterzogen wurde, ging von dem Bestreben aus „de sauver les apparences“, d. h. jeden Eklat zu vermeiden und den Prinzen tunlichst den Augen der Menge zu entziehen. Er durfte das Weichbild von Nymphenburg nicht verlassen und mußte auch im Jahre 1876 statt Partenkirchen und das bayerische Gebirg, in das er sich sehnte, die Oberpfalz als Landaufenthalt wählen. Die Adjutanten und Lakaien hatten ihn zu behandeln, als ob er durchaus zurechnungsfähig wäre; nur den Ärzten war das Vorrecht eingeräumt worden, die Etikette hintanzusetzen, welche auch die Königin-Mutter in dem Grade beobachtete, daß sie oft stundenlang in seinem Vorzimmer wartete, bis es dem Kranken genehm war, sie zu empfangen. Es erwies sich überhaupt niemals möglich, der Königin eine klare Vorstellung von dem beizubringen, was eine Geisteskrankheit eigentlich sei, und sie schlug die harmlosesten Mittel vor, den Kranken zu zerstreuen und abzulenken.

Seinen früheren Adjutanten, den Grafen Dürckheim-Montmartin hatte der Prinz sehr gefürchtet, weil er an ihm einen Teufelskopf und Pferdefuß wahrgenommen zu haben glaubte, ein anderer, der ihn zu täuschen verstanden hatte und von dem er als „ce noble Baron de...“ sprach, hatte schließlich wegen Unregelmäßigkeiten gehen müssen, die er sich zu schulden kommen ließ, obschon ihn der König hielt, um, wie er sagte,

auch einen Intriganten an seinem Hof zu haben. Ein gemeinschaftliches Interesse für Adelsgeschichte brachte dem Prinzen
bald seinen zweiten Begleiter, den Oberleutnant Karl Reisner
Freiherrn v. Lichtenstern, näher, der sich in zwei Feldzügen auszeichnete, auch als Militärschriftsteller einen geachteten Namen
erwarb und als General starb. Übrigens wurden die Unterredungen mit dem Prinzen im Laufe der Zeit immer seltener und
einsilbiger. Der Prinz verstummte allmählich ganz und unterhielt sich nur mehr mit Halluzinationen. Als ein lucidum intervallum wurde es daher angeführt, daß er, als Baron * (welcher
Lichtenstern nach vierjähriger Dienstzeit ersetzte und nicht als
sehr intelligent galt,) ihn frug, ob er in seiner Gegenwart rauchen
dürfe und sich eine Zigarre angezündet hatte, obschon seine
Frage unbeantwortet geblieben war, plötzlich die Worte sprach:
„Jetzt raucht das Vieh doch!" —

Während die Königin-Mutter den Prinzen Otto in Nymphenburg und Fürstenried regelmäßig besuchte, wurden ihre Begegnungen mit Ludwig II. immer seltener. Die letzte erzählen Lampert, Steinberger, Memminger u. a. mit verschiedenen Einzelheiten: Es war am 14. Oktober 1885, am Vorabend des 60. Geburtstages der Königin Marie. Es war schon zehn Uhr. Schon
herrschte die Stille der Nacht im Schlosse zu Hohenschwangau.
Die Königin stand im Begriffe, sich zur Ruhe zu begeben. Da
ertönte Hufschlag und das Rollen eines Wagens. Laut und gebieterisch erschallte die Glocke. Der König selber zog sie. „Daß
sein plötzliches Erscheinen das ganze Schloßpersonal wie einen
aufgestörten Ameisenhaufen untereinanderbrachte, schien ihm
höchliches Vergnügen zu bereiten. Er beglückwünschte die Mutter, die ihm freudestrahlend entgegentrat. Am nächsten Tage
führte er sie in sein Schloß Neuschwanstein und zeigte ihr die
prächtigen Innenräume seines Hochsitzes. Niemand durfte sie
begleiten; der König selbst übernahm die Rolle des Cicerone
und erklärte der Mutter die Darstellungen der Bilder. So war
sie einer der wenigen Gäste der prangenden Burg, die nie ein
frohes Fest schauen sollte. Am 16. Oktober gab die Königin
dem König noch das Geleite eine Strecke weit. Dann nahmen sie

454

Abschied und es war ein Abschied für immer, als sie auseinander-
gingen[1].

Länger, als der persönliche Verkehr, dauerte der schriftliche.

Die Königin erhielt während ihres Lebens von ihrem Sohn an
zweihundert Briefe; gegen das Ende seines Lebens nahmen sie
wieder einen wärmeren, ja zärtlichen Charakter an und gerade
die allerletzten enthalten für beide ein ehrenvolles Denkmal.

Marie von Preußen besaß nicht die hohen Fähigkeiten der
Mutter des geisteskranken Sultans Murad V., von welcher der
behandelnde Arzt, Prof. Leydesdorf, berichtet, sie hätte den
Instinkt der Gefahr und den Scharfsinn der Abwendung gehabt
und nur auf diese Weise sei es möglich gewesen, den gleichfalls
oft von Selbstmordgedanken gepeinigten Sultan mit Sicherheit und schonungsvoll an der Ausführung seines Vorhabens
zu hindern. Aber auch Königin Marie war Mutter, und als sie
den Sohn von Gläubigern bedrängt, nahe dem Zusammenbruch
sah, da sann auch sie auf Rettung für ihn. Königinnen sind
selten reich gewesen; die Agnaten pflegten in den hohen Häusern den ganzen Familienbesitz für sich in Anspruch zu nehmen.
Was den Frauen verblieb, war nicht, was am meisten „der
Menschen Begehr": Geld; es waren Diamanten und Perlen,
Familienschmuck, Hochzeitsgeschenke hoher Verwandter und
dankbarer Städte in Diademen und Perlenschnüren. Dergleichen besaß auch Marie und führte sorgfältig Buch darüber.
Einst in jungen Jahren mag, wie das anderer Frauen, auch ihr,
Herz daran gehangen sein, aber was gilt noch Schmuck deneen
die nur Trauerkleider mehr tragen? Immerhin handelte es sich

---

[1] Lampert schreibt der Broschüre des Dr. Franz Carl *** dessen aus
der Luft gegriffene Vermutung nach: der König habe vor dem Besuche der
Mutter, wahrscheinlich eben eine ähnliche Anekdote von Ludwig XIV.
gelesen, die ihm so sehr gefiel, daß er sich beeilte, sie sofort nachzuahmen.
Beide übersehen dabei, daß der 15. Oktober der Geburtstag der Königin-
Mutter war, und daher kein Grund vorlag, ein anderes Motiv weit her-
zuholen. — Den gleichen Irrtum begeht die Abhandlung des schottischen
Irrenarztes Ireland, über Ludwig II. (Herrschermacht und Geisteskrank-
heit. Stuttgart 1887), die auch sonst unter ungenügender Kenntnis des
Tatsächlichen leidet.

um einen Wert von mehreren Millionen. Sie bot ihm alles dar. Mehr hatte sie nicht. Vielleicht wußte sie nicht, daß der Sohn einer Schuldenlast von 21 Millionen gegenüberstand und konnte hoffen, ihm damit über eine Krisis hinwegzuhelfen. Allein selbst die krankhafte heiße Baugier, die den König verzehrte, machte vor diesem Angebot halt. Er hatte ihr am 10. März 1886 geschrieben: „Infolge trauriger Erfahrungen bin ich seit einigen Monaten unglücklich und verstimmt und warte, bis der Grund hievon (je eher, je besser!) wegfällt. Es ist peinlich mehr hierüber zu schreiben und zu sagen und ich ersuche Dich, niemanden gegenüber auch nur von diesen wenigen Andeutungen zu sprechen.“ Daraufhin muß das Angebot der Hilfe erfolgt sein, denn dreizehn Tage später schreibt er wieder: „Du meinst, daß das, (wovon ich neulich schrieb, daß es peinlich ist, darüber zu schreiben und zu sprechen) mit den traurigen zerfahrenen Zuständen der Kabinettskasse zusammenhängt, an denen die Hofsekretäre, vor allem jener unfähige Gresser, schuld sind!? — es ist so. — Es drängt mich, Dir vor allem für Dein so liebenswürdiges Anerbieten, das zu gütig von Dir ist, meinen wärmsten Dank auszusprechen; aber ich bitte Dich, doch lieber alles zu behalten. Durch irgendeine Manipulation muß es dem Leiter des Sekretariats gelingen, die Sache allmählich wieder in das richtige Geleise zu bringen.“ —

Die Rührung klingt nach und öffnet sein Herz wieder der Mutter; er klagt ihr sein Leid und teilt ihr seine letzte Hoffnung mit. 21. April 1886. „Mein Zahnweh, nach welchem Du Dich gütig erkundigst, ist vorüber. Der Grund der Melancholie, des Unglücklich-seins leider nicht, da die Sache statt besser immer schlimmer und trauriger wurde. — Ganz wundervoll sind jetzt die Mondnächte...“

„Den 26. April 1886, sehr früh morgens 5 Uhr. „Was Du über die Liebe der Münchener schreibst, hat mich sehr gefreut und mich sehr verwundert; daß viele Gute darunter sind, zweifle ich nicht, aber leider sehr vermischt mit einer Unzahl von Anderen. Es kann Alles geregelt werden, aber in ausstehlicher Weise...“

Den letzten Brief an die Mutter schrieb der König in Linderhof, zwölf Tage vor seinem Tode, am 1. Juni 1886. Auch er enthält keine Spur seiner Geisteskrankheit.

An die ferne Mutter erinnerte sich Ludwig auch noch in Neuschwanstein, als er im Begriffe stand, den letzten Gang anzutreten. „Ich hoffe, daß Gott mir diesen Schritt gnädig verzeihen wird." „Meiner Mutter kann ich den Schmerz nicht er-
sparen, den ich ihr bereite. Sie haben mich ja dazu getrieben;
mein Blut komme über alle, die mich verrieten!" —

Der Oberstkämmerer Baron Malsen war beauftragt gewesen,
der Königin-Mutter die Nachricht von der Sequestrierung ihres
Sohnes nach Elbigenalp zu überbringen; die Kunde seines
Todes bedurfte eines — anderen Boten. Man hätte keinen besseren finden können, als Prinzessin Therese, eine der bedeutendsten
Wittelsbacherinnen, die je gelebt haben, die seltene Gelehrsamkeit
mit hohem Geist und gütigem Wesen verbindet. Der Beichtvater
der Königin hatte es übernommen, sie auf die erschütternde
Nachricht vorzubereiten. Beim Vorlesen aus der Bibel wiederholte er dreimal eine beziehungsreiche Stelle. Das fiel der Königin auf; sie frug, von bangen Ahnungen erfaßt, ob ihrem Sohne
etwas zugestoßen sei? Eine der Hofdamen erwiderte, der König
sei schwer krank. Doch die Mienen der Umgebung kündeten
Schlimmeres an. „Ist er tot?" frug die Königin. Prinzessin
Therese nickte stumm. Marie brach in Tränen aus und bat ihr
alles zu sagen. „Mit herbem Schmerz vernahm sie die Einzelheiten; was sie längst geahnt, befürchtet und gesucht hatte, in
heißem Gebete abzuwenden, war zur erschütternden Tatsache
geworden..."

Marie erlebte am 9. März 1888 noch den Tod ihres verehrten, aber strengen Brautführers, des Kaisers Wilhelm, und am
13. März des gleichen Jahres ein letztes Wiedersehen mit dessen
Nachfolger auf seiner Durchreise von San Remo nach Berlin.
Trotz der frühen Morgenstunde begrüßte sie auf dem Bahnhof
zu München den schwerkranken kaiserlichen Vetter, der über
diese Aufmerksamkeit sichtlich erfreut war.

Der letzte Sonnenblick im Leben der schwergeprüften Königin war im Herbste desselben Jahres ein Besuch des Kaisers Wilhelm II. am bayerischen Hofe. Der Kaiser saß an der Tafel neben ihr und unterhielt sich mit ihr in heiterer, verwandtschaftlicher Weise. „Die liebe Muhme," sagte er der Hofdame, Baronin Kreußer, „hat mir immer ein süßes Andenken hinterlassen; schon als ich noch ein kleiner Junge war, hat sie mir alle Taschen mit Schokolade angefüllt."

Die letzte Station ihres langen Kreuzweges erreichte Königin Marie in den Maitagen 1889. Es hatte sie ein Krebsleiden befallen, an dem sie dahinsiechte. Offiziell hieß es: Die Herzwassersucht. Anfang März 1889 unternahm sie auf den Rat der Ärzte noch eine Reise über Bregenz und Zürich nach Lugano. Aber sie fror auch dort und klagte, daß sie nicht in ihre liebe Kirche dürfe und keine Messe hören. Am 30. März traf sie bei massenhaftem Schnee wieder in Hohenschwangau ein. Dort ordnete sie und verbrannte sie Briefe und bereitete sich auf ihre letzte Reise vor. Je tiefer ihr Glück sank, je schwerer das Leid sie traf, um so mehr erhob sich ihr Wesen zu wahrhaft königlicher Würde. Vor all' den Geschehnissen war ein Stachel in ihrer Seele zurückgeblieben. Die Mutter konnte nicht glauben, daß es so ganz mit rechten Dingen zugegangen, und daß dem geliebten Sohne so gar kein Unrecht zugefügt worden sei. Aber nie kam eine Klage über ihre Lippen. Sie wünschte den Prinzregenten an ihrem Krankenlager zu sehen und er wurde telegraphisch herbeigerufen. „Luitpold," trägt sie darüber in ihr Buch am 15. Mai ein, „kam überraschend an und blieb bis nach Tisch. Ich aß allein. Regen... Testamentsgespräch..." Dies war ihr letzter Eintrag. Gewiß vergab sie ihm damals in Gedanken, was er wahrlich nicht verbrochen, aber doch hatte anordnen und dulden müssen.

Nicht wenig trug zu diesem versönlichen Ausgang die Tochter des Regenten, Prinzessin Therese, bei, welche der Königin damals vergalt, was sie an Liebe und Treue einst ihrer verstorbenen Mutter am Krankenlager erwies. Noch am 8. Mai 1889 verzeichnet die Königin „ein angreifendes Gespräch mit Thereschen" und die Prinzessin erzählte darüber Marie Schultze: „mit voller Seelenruhe und Sicherheit besprach die Königin mit mir ihre letzten Wünsche, ihr Testament und was sie noch geordnet haben wollte. Klar und friedlich sprach sie über das Sterben, nahm schon damals ergreifenden Abschied von mir, und als sie mich furchtbar ergriffen sah, suchte sie mich zu trösten."

„Das Sterben der heimgegangenen Majestät," sprach Stiftsprobst v. Türck in seiner Gedächtnisrede auf sie, „war die würdige Krönung ihres gottgeweihten und von innigem Wohlwollen gegen die Menschen erfüllten Lebens. Im Tode offenbarten sich noch einmal die edlen Grundzüge ihres Wesens und Charakters im hellsten Lichte: Geduld, Selbstbeherrschung, Herzensgüte, Versöhnlichkeit, Liebe zu Land und Volk, volle Ergebung in den Willen Gottes." „Es war ein schöner, weihevoller Tod, den sie starb. Der Tod hatte keine Schrecken für sie; sie hatte keine Furcht vor ihm; schon Wochen hindurch hatte sie sich mit ihrem Ende beschäftigt und mit bewunderungswürdiger Seelenruhe davon gesprochen. Ja, mit dem Herannahen desselben steigerte sich diese Ruhe zu einer Sterbensfreudigkeit, die sich in Worten und in dem verklärten Gesichtsausdruck kundgab." —

In der Tat, wenn je eine Frau als Christin starb, war es Königin Marie; ihr half der Glaube, das Schwerste zu tragen, Schwereres, als den Tod und den Abschied aus einem freudlosen Leben.

Am 17. Mai 1889 früh 6 Uhr, begann die Agonie. Alle Bewohner des Schlosses versammelten sich um ihr Sterbelager: Prinzessin Therese, ihre Damen, ihre Dienerinnen, die barmherzigen Schwestern, die Herren des Hofes, die Diener. Die sterbende Königin wünschte, daß man die Türen des Zimmers weit öffnen möge, damit alle hereinkommen könnten. Als alle ihr die Hand geküßt und Abschied von ihr genommen hatten, sprach sie zweimal laut und vernehmbar: „Ich bitte alle um Vergebung. denen ich weh getan habe." Dann fügte sie in rührender Weise bei: „Ich danke allen, die mir Liebes erwiesen." Ganz zuletzt richtete sie den Blick noch einmal auf die prachtvolle Natur vor ihrem Fenster. „Ich gehe aus einem schönen Lande in ein noch schöneres," sagte sie und mit feierlich erhobener Stimme: „Gott segne Bayern, Preußen und mein liebes Tirol..."

XLIV.

Als König Max I. am 13. Oktober 1825 starb, sagte der dankbare Sohn in der Proklamation seines Regierungsantrittes: „Schwer ist es, nach einem Könige, wie der uns entrissen wurde, zu herrschen — ihn zu erreichen, unmöglich." Aber auch Ludwig I. selbst und sein Sohn Max II. waren ausgezeichnete Vorbilder. Durchdrungen und erfüllt von den Pflichten und Aufgaben des Monarchen, leisteten sie Großes und Bleibendes für Wohlfahrt und Hebung ihres Volkes.

Ludwig II. verlor schon im Alter von 19 Jahren den Vater; der Großvater blieb ihm 4 Jahre länger erhalten. Ludwig I. versüßten, wie er kurz nach seiner im Jahre 1848 erfolgten Thronentsagung schreibt, seine Enkel das Leben. Er war ein sehr zärtlicher Großvater und sah es gern, „daß seine Enkel ihm zuliefen, sich an ihn schmiegten und ihm selbst den Vorzug vor ihren Vätern gaben." Den neugeborenen Ludwig II. hatte er am 25. August 1845 „mit Freudentränen getauft" und sechs Tage nach seiner Geburt im Pompejanischen Haus bei Aschaffenburg Distichen auf ihn verfaßt, die er ihm zum achtzehnten Geburtstag, an welchem er nach dem königlichen Familienstatut das Alter der Volljährigkeit erreichte, übersandte:

An den Erstgeborenen meines Sohnes Max.

„Sei mir willkommen, mein Enkel, Du dessen Name der meine,
Tag' und Stund' der Geburt, sie hast mit mir Du gemein.
Sei mir willkommen! ich rufe es laut aus der Tiefe des Herzens,
Wird von dem teutschen Sinn wirksam das Deine erfüllt,
Von dem Glauben der Väter, dem heiligen, welcher verbindet
Unzertrennlich das Volk mit dem beschützenden Thron.

> Bist hingewiesen auf mich von dem Himmel, der Andere Ludwig,
> Lebe in Dir noch fort, lebend schon lange nicht mehr.
> Sink' ich in's Meer der Ewigkeit hin, erheb' Dich ein Herrschen;
> Aber es herrscht nur der, welcher sich selbsten beherrscht.
> Dessen sei immer gedenk. Sei beglückend beglückt! Es umfaß'
> Wie der Aether die Welt, so deine Liebe das Volk!"

In der Charakteristik seiner Enkel, die der Großvater in einem Briefe an seinen Sohn König Otto von Griechenland vom 3. Juni 1850 entwirft, nennt er Ludwig II. den schönsten und hebt dessen ausgezeichnete Schönheit hervor. Diesen Umstand betont er wiederholt. „Ich sah," schreibt er ihm am 1. März 1867, „in Pompeji das Gemälde eines Jünglings mit dem Ausdruck Deiner Augen und Deiner Gestalt." Dieses Gemälde begeisterte ihn dann aus Anlaß der Verlobung Ludsigs II. zu einem Sonett, das oft abgedruckt worden ist. „Zu gütig und überaus freundlich," schreibt ihm der Enkel darüber am 15. April 1867, „war es von Ihnen meiner und Sophiens in Pompeji zu gedenken; Ihr wirklich schmeichelhaftes Gedicht hat allenthalben lebhafte Freude erregt, uns aber beschämt."

Im gleichen Jahre ließ Ludwig I. es geschehen, daß Ludwig II. (wie er selbst) in ganzer Gestalt als Sänger in einem der Nibelungensäle der Residenz dargestellt werde (von Xaver Barth im „Saal der Klage").

Eine äußere Ähnlichkeit zwischen den beiden Ludwigen hat wohl niemals bestanden, obschon auch von Ludwig I. aus seinen jüngeren Jahren vorteilhafte Bilder genug auf uns gekommen sind. An ähnlichen Zügen im Wesen der beiden Fürsten fehlt es ja nicht. „Ich erkenne auffallende Ähnlichkeit im künftigen Ludwig II. mit dem politisch todten Ludwig I.," schrieb der letztere im Jahre 1852 und meinte damit zunächst den Sinn für Bauten und die Anhänglichkeit an die erste Erzieherin. Dazu darf man noch manch anderes rechnen: den Sinn für Kunst überhaupt, für das Theater, die Literatur, die Vorliebe für Schiller u. a.

Über die intimeren Beziehungen zwischen Beiden war bisher viel Glaubhaftes nicht an die Öffentlichkeit gedrungen. Dem Testamente des großen Königs gemäß mußten seine wohl-

geordneten Privatpapiere fünfzig Jahre lang nach seinem Tode
in sieben Koffern verschlossen bleiben.   Die Öffnung dieser
Koffer wird helles Licht ausströmen und viele noch heute
wissenswerte Gebiete neu beleuchten.   Ich schätze mich glücklich, dieser Erschließung die Einsichtnahme des Briefwechsels
der beiden Ludwige zu verdanken und daraus in dieser zweiten
Auflage des gegenwärtigen Werkes das Wesentliche zum ersten
Male mitteilen zu dürfen.   Gehören diese Briefe doch mit zu
den erfreulichsten bisher veröffentlichten Lebensäußerungen der
beiden unvergeßlichen und unvergessenen Monarchen, geben
sie doch manch' neues Zeugnis für ihre hohe Intelligenz und
die Liebenswürdigkeit ihres Wesens.

Auszüge aus diesem Briefwechsel sind in anderen Kapiteln
dieses Buches gehörigen Ortes eingefügt worden; es empfiehlt
sich aber auch ein Überblick über das Ganze und ein Eingehen
auf Einzelheiten.

Zu einem Briefwechsel zwischen Großvater und Enkel gaben
schon frühe die üblichen Glückwünsche zum neuen Jahre und
zu dem gemeinschaftlichen Geburts- und Namenstage am
25. August Anlaß. Man erzählt, Ludwig II. habe sich als Knabe
einst gesträubt, eines der Gedichte seines Großvaters auswendig
zu lernen, um es ihm am Geburtstag aufzusagen, da es so viele
schöne Gedichte von Schiller und anderen gebe, die mehr verdienten, auswendig gelernt zu werden.   „Weil Großvater ein
König war, ist er noch lange kein Dichter, der mir gefällt." —
An zwei kleinen Gedichten, die Ludwig II. selbst in seinem
siebenten und in seinem elften Jahre an den Großvater richtete, darf man einen so kritischen Maßstab nicht anlegen. Der
Neujahrswunsch vom Jahre 1853 ist voll schlechter Reime und
die Gedanken sowohl des ersteren, als die eines folgenden in
Reimen vom Jahre 1856 entbehren der Originalität.   Dem
letzteren Erfordernis entsprechen mehr die Erwiderungen des
Großvaters, aber auch sie können wegen dessen Vorliebe für
Participia praesentia als Stilmuster nicht wohl empfohlen
werden.   Doch alle sind sehr herzlich und dem jugendlichen
Alter des Empfängers angepaßt.   So schreibt der greise König

unterm 31. Juli 1851 an die beiden Brüder Ludwig und Otto:
„Euere Briefchen haben mir viel Vergnügen gemacht, und es war mir
recht angenehm zu lesen, was Ihr alles thut. Hier giebt es noch höhere
Berge, als bei Hohenschwangau." „Was Euch aber noch mehr gefallen
wird, ist, daß hier eine Menge Spielsachen verfertigt werden."

Bald erhält der Kronprinz eigene Briefe. „Meinen Dank für Deine
Glückwünsche, lieber Ludwig, zu meinem Doppelfeste und die besten zu
dem Deinen. Auf dem Königssee bei Berchtesgaden las ich Dein Briefchen und im Bartholmäschlößchen tranken wir bei der Tafel auf Deine
Gesundheit. Ich weiß, daß Du mich recht lieb hast, zweifle auch Du nicht
an meiner Liebe. Insbesondere danke ich sehr für Deine herzlichen
Verse, die mir viel Freude machen." Leopoldskron, 27. August 1853.

Frühe erwähnt der Großvater den kongenialen Zug der Kunstliebe seines Enkels: „Die Frescogemälde im Speyerer Dom würden
Dir, mein kunstfreundlicher Enkel, recht gefallen, und lange würdest
Du Dich in diesem ehrwürdigen Dom aufhalten." Aschaffenburg,
25. August 1854. „Dir, der Du viel Sinn für Kirchenbauten hast, würde
des hiesigen Domes marmorene Vorderseite gewiß gefallen." Leopoldskron, 25. August 1855. „Dir, Freude an der Kunst habenden, theile
ich mit, daß in der Bibliothek des hiesigen Schlosses Kopien antiker
Wandgemälde sich befinden, die in Rom entdeckt wurden und nicht
mehr bestehen. Der letzte Erthal, Bruder des letzten Kurfürsten von
Mainz, ließ sie abmalen." „Die Bibliothek enthält auch ein Exemplar
der ersten Bibel, die gedruckt wurde." Aschaffenburg, 29. August 1860.

Der Großvater erzählt dem Kronprinzen zuweilen auch kleine
Züge seines täglichen Tun und Treibens, so am 25. August 1858:
„Nachdem ich seit vier Jahren keine Flinte in die Hand bekommen,
erlegte ich gestern mit den zwei ersten Schüssen zwei Hasen."

Ebenso fügt der Enkel seinen späteren Briefen kleine Berichte
über seine Erlebnisse bei: „Vorigen Montag kamen wir hier an,
nachdem wir 8 Tage in Nymphenburg gewohnt hatten. Anfangs war
die Witterung zu größeren Partien nicht günstig; nachdem es aber
gestern schön geworden war, durften wir zu unserer großen Freude
den Sailing besteigen. Wir verließen mit der Mutter Hohenschwangau um ½9 Uhr und gelangten gegen 1 Uhr auf die Spitze desselben,
die eine sehr schöne Aussicht bietet; unter anderem sieht man
München und die Ortlerspitze. Um 4 Uhr machten wir uns auf den
Rückweg und waren um 7 Uhr wieder in der Ebene, ohne daß selbst
Otto sich übermüdet fühlte." Hohenschwangau, 23. August 1857.
„Hier unterhalten wir uns sehr gut, indem wir viel spazieren gehen und
zuweilen Vögel — besonders Neuntödter — schießen. Wir machten auch
schon einige hübsche Ausflüge an den Obersee, die Eiskapelle und nach
Wimbach. Außerdem bestiegen wir die Scharitzkehl und Königsthal-
alpe, von welcher man eine sehr schöne Aussicht hat." Berchtesgaden,

21. August 1858. „Recht schöne Sachen bekam ich zu meinem Geburtstage: Bilder, eine große Tasse mit Berliner Ansichten, Bücher, einen
Operngucker, Büsten von Schiller und Goethe, ein Kruzifix mit einem
schönen gotischen Tempel etc. Jetzt werden wir mit Mutter die Großherzogin von Mecklenburg besuchen und dann in die Scharitzkehl gehen.''
Berchtesgaden, d. 26. August 1860. „Wir bringen hier unsere Vacanz
recht angenehm zu und benützten die schönen Tage theils zu Ausflügen,
theils zum Fischen im Alpsee, dessen klares, mildes Wasser uns auch
zum Schwimmen sehr angenehm ist.'' „Neulich fing ich einen 8pfün-
digen Hecht, was mich so freute, daß ich ihn durch Albert, der sich
gerade hier befand, photographieren ließ.'' Hohenschwangau,
22. August 1861.

Hier waren wir bisher im Ganzen vom Wetter begünstigt, was wir
zum Baden und Spazierritten benützten. Wir machten auch schon
einige Partieen an den Königssee, Obersee und in das Wimbachthal.
Vorgestern sahen wir in Bartholmä eine 52½ Pfund schwere Lachs-
forelle, welche Tags vorher im See gefangen worden war. Die größte,
die man bisher gefangen hat, wog bloß 52 Pfund. Seit 143 Jahren fing
man keinen so großen Fisch mehr. Er wird auch gleich den früheren gemalt werden.'' Berchtesgaden, 23. August 1862. „Vielleicht interessiert es Sie, einige meiner Weihnachtsgeschenke zu erfahren. Ich erhielt unter Anderem einen Kupferstich des letzten Gerichts nach dem
Gemälde von Cornelius, ein Bild aus der Allerheiligen Kirche, eine Tasse,
worauf das hiesige Theater gemalt ist, eine goldene Uhrkette.'' München, den 27. Dezember 1862. „Wir machen viele schöne Partieen,
reiten und baden im Alpsee, dessen klares Wasser sehr erfrischend ist,
und fischen. Ich fing schon über einen Zentner Hechte. Auf zwei Tage
waren wir in München, um den König von Preußen zu sehen, welchen
wir noch gar nicht kannten Die Mutter und wir (d. h. Ludwig und Otto)
zeigten ihm die Residenz; besonders schienen ihn der Schatz und der
prachtvolle Saalbau zu interessieren. — Auch Minister Bismarck befand
sich in des Königs Gefolge.'' Hohenschwangau, 22. Aug. 1863.

Den Festbericht über den Tag der erreichten Volljährigkeit
wollen wir vollständig wiedergeben: Lieber Großvater! Für Ihren
lieben Brief und die guten Wünsche, sowie für das schöne Gedicht, wodurch Sie mir eine große Freude bereitet haben, spreche ich aus dem
Grunde meines Herzens meinen innigsten Dank aus. Am Festtage selbst
war das Wetter herrlich; ich stand schon um ½5 Uhr auf und fischte.
Sogleich fing ich einen herrlichen Hecht von neun und einem halben
Pfund. Später erhielt ich viele Beglückwünschungen und Geschenke:
ein Bild aus der Allerheiligen Kirche, Bilder nach den Nibelungen von
Schnorr, eine Nadel mit einem Schwan, ein Buch über Faust und über
die Werke von Shakespeare und andere. — Es kam eine Deputation aus
München, welche auch zur Tafel geladen wurde. Nachmittags fuhren
wir zum Schweizerhause, Abends war Beleuchtung. Die Mutter dankt
herzlich für Ihren Brief und küßt die Hand; sowie Otto. — Wie freue ich
mich, Sie, lieber Großvater, recht bald in bestem Wohlsein wiederzu-

sehen! Indem ich Ihnen die Hand küsse, verbleibe ich mit inniger Liebe Ihr dankbarer Enkel Ludwig." Hohenschwangau, den 29. August 1863.

„Lieber Großvater," schreibt der Kronprinz in einem späteren Brief, „ich bitte Sie um Verzeihung, daß ich so spät zum Schreiben komme; aber es ist wirklich nicht meine Schuld, denn ich lag einige Tage lang mit Fieber zu Bette und darf noch nicht den ganzen Tag auf sein; auch die Weihnachtsbescheerung haben die Eltern deshalb verlegt. Wir hatten bisher einen merkwürdig milden Winter, den ich zu einigen schönen Ritten benützte. Ich besuche diesen Winter die Universität noch hier; ich höre Physik bei Professor Jolly, auch Liebigs Laboratorium besuche ich."   München, den 28. Dezember 1863.

Es fällt auf, daß sich in all diesen Jugendbriefen neben Glückwünschen nicht eine einzige Dankesäußerung für erhaltene Weihnachts- oder Geburtstagsgeschenke findet. Man muß daher annehmen, daß der zärtliche, aber haushälterische Großvater sich einem Brauche entzog, der in den Kreisen der Enkel aller Stände damals und wohl auch noch heute große Beliebtheit genoß und genießt.

Auch was Ludwig II. später aus dem Nachlaß seines Großvaters erbte, war so wenig erheblich, daß er, verstimmt darüber, verfügte, man möge den „Schund" für 30.000 fl. verkaufen.

XLV.

Schon seine ersten Briefe nach der Thronbesteigung — wie alle folgenden — zeigen den jungen König erfüllt von dem Bestreben, dem Großvater Aufmerksamkeiten zu erweisen und Wünsche von ihm zu erfüllen. „Aus einem Briefe Hofmanns," schreibt Ludwig I. am 15. Juni 1864, „sehe ich, daß Du alles, was Dein Vater im Giardino di Malta angeschafft hast, mir giebst. Es ist gar so lieb von Dir, empfange dafür meinen innigen Dank, den ich in der nemlichen Stunde, in der mir diese Kunde wurde, Dir auszusprechen mich beeile. Als er anfangs des nächsten Jahres die ihm so teuere Villa Malta in Rom wieder bezog, erneuerte er diese Dankesäußerung mit dem Beifügen: „Die Mobilien, von Dir mir überlassen, sind sehr schön." Einer der ersten Gnadenakte des jungen Königs war ein von dem Großvater erbetener. „Große Freude macht es mir, daß ich Ihrem Wunsche, Frl. v. Polet zur St. Anna Dame zu ernennen, sofort erfüllen konnte. „Stets wird es mir lieb sein, Ihnen Freude zu machen."

Die mächtige Fürsprache des Großvaters zwecks Erlangung von Auszeichnungen dürfte ja wohl nicht selten angerufen worden sein, in einer Zeit, in der Herren fast aller Stände Orden für so notwendige Bestandteile ihrer Ausstattung ansahen, wie Frauen ihren Schmuck. Ludwig I. legte sich aber in diesem Punkte große Zurückhaltung auf. Er dankt für die ja nicht außergewöhnliche Verleihung des Hubertusorden an seinen Neffen, den Erzherzog Ludwig Victor, bittet um die üblichen Orden für die drei österreichischen Offiziere, die ihn zu der fünfzigjährigen Inhaberschaft eines Dragoner- bzw. Kürassierregiments beglückwünschen und erwirkt einen kleinen Orden für den Cavaliere Visconti in Rom, während ihm die schlechtmotivierte Erhebung eines Legationsrates in den erblichen Adelsstand mißlingt, zu deren Empfehlung er sich hatte bereitfinden lassen, obschon er selbst während seiner Regierung von diesem Kronrecht weniger Gebrauch gemacht hatte als die meisten seiner Vorgänger. „Jemand aus Bologna," der ihm seit 43 Jahren bekannt ist, geht ihn ferner an, einen in jeder Weise hiezu geeigneten Conte Albergatte zum bayerischen Konsul zu empfehlen und, indem er sich über die Wahl Kochs zum Minister des Innern „innigst erfreut" erklärt, schlägt er, falls der regierende König einen neuen Kriegsminister zu ernennen beabsichtigen sollte, hiefür den General Frhr. v. Zoller vor, mit dem er zwar in keiner Verbindung stehe, von dem er aber wisse, daß er monarchisch gesinnt und zuverlässig sei.

Am 30. Juli 1865 übermittelt er ein nicht näher bezeichnetes „großes Anliegen" des österreichischen Feldzeugmeisters Herm. Jos. Frhr. v. Heß (1788—1870) „einstigen Generalquartiermeisters Radetzkys in dem ruhmvollen italienischen Krieg von 1848/49" und am 6. März d. J. nimmt er sich besonders warm des bayerischen Landsmanns Joh. Mannhart (1798—1878) des „ersten Uhrmachers der Welt," an, eines mechanischen

Genies von Weltruf, das er selbst schon im Jahre 1837 mit der Zivilverdienstmedaille ausgezeichnet hatte, und das, wie die meisten Genies, schließlich in Schulden geraten war.

Das sind so ziemlich alle Fürbitten und Empfehlungen, die sich in dem Briefwechsel vorfinden. —

Ludwig I. hatte während seiner Regierung gegen elf Millionen aus seiner Kabinettskasse für Bauten und sieben Millionen für Unterstützungen und milde Stiftungen verausgabt und, da er immer einen geordneten Haushalt führte, konnte er auch nach seiner Thronentsagung angefangene Kunstunternehmungen fortführen und sogar neue beginnen.

Am 29. April 1864 dankt ihm der Enkel für die Mitteilung über die Vollendung der Nibelungen- und Odysseesäle in der Residenz und am 28. Oktober 1866 dankt der alte König dem jungen für dessen „so freundlichen Beschluß, die etwa bei dem Hintritt des Großvaters noch nicht beendeten Anordnungen im Schlosse zu Schleißheim seinerseits beenden lassen zu wollen.“

Ludwig I. hatte sich nämlich, nachdem er München mit so vielen Prachtbauten beschenkt hatte, entschlossen, in seinen alten Tagen den Ausbau eines der prachtvollsten Schlösser seines Hauses in Angriff zu nehmen. Vor seiner Abreise nach Rom am 3. November 1866 hatte er bekanntgegeben, daß er Schleißheim nach den ursprünglichen Plänen seines Erbauers, des Kurfürsten Max Emanuel, durch Anfügung einer Galerie ausbauen und die herrlichen Gartenanlagen mit Kaskaden und Fontänen schmücken lassen wolle. Der Enkel erstattete ihm am 23. November 1867 über den Fortgang der Arbeiten Bericht:
„Vor etwa 14 Tagen war ich in München, wo ich wichtiger Geschäfte halber einige Tage mich aufhielt. Bei dieser Gelegenheit machte ich einen Ausflug nach Schleißheim, welches Dank Ihnen, lieber Großvater, nun seiner endlichen Vollendung naherückt; sehr gelungen wird die Ausführung des so schön durchdachten Planes; es machte mir eine wahre Freude, mich von den raschen Fortschritten, den die Bauten und Anlagen des Gartens nehmen, überzeugen zu können.“

Die allumfassende Kunstliebe Ludwigs I. erstreckte sich nicht bloß auf Neuschöpfungen; seine Vaterlandsliebe war mit einer steten Sorge um Erhaltung der Denkmäler vergangener Zeiten verbunden. Er hob lobend hervor, daß der Enkel dem Germanischen Museum als dessen Protektor jährlich 600 fl. zuwandte (Nizza 17. Nov. 1867) und hatte unter anderen Erhaltungsmaßregeln in frühen Jahren eine Verordnung erlassen, die auch kleineren Städten untersagte, ihre Mauern niederzulegen, da sie dadurch Dörfern ähnlich würden. Als er in der Allgem. Zeitung las, daß sogar in Nürnberg eine Partei damit umging, schrieb er aus Nizza am 1. Januar 1866: „Weder Dein Vater, noch Dein Großvater würden dies je zugegeben haben. Nürnberg ist einzig, aber ohne seine Mauern verliert es das Gepräge, das es dazu macht; sie sind ein nothwendiger Bestandteil davon. Es ist eine Partei, die alles gleich machen will, für welche ein geringer physischer Nutzen mehr Wert hat, als das Hohe und Herrliche, die nichts Herrliches will, nur Gemeines und Triviales."

Was aber dem greisen König in seinen alten Tagen am meisten am Herzen lag, war der Wunsch, seinen vielen Klostergründungen eine letzte hinzuzufügen. „Lieber Ludwig," schreibt er aus Leopoldskron vor Salzburg am 27. Juli 1865, „viel, äußerst viel liegt mir daran, daß mir vergönnt werde, aus meinen Mitteln Schäftlarn wieder zu einer Benediktiner-Abtei zu machen und daß ihr Vereinsrechte verliehen werden. Schäftlarn befindet sich bereits in geistlichen Händen; Klosterfrauen besitzen es, die es aber veräußern wollen. Der fromme Ludwig wird es mir nicht verweigern. Die Nichtgewährung schlüge mir eine nie heilende Wunde. Dieses Gesuch legt Dir ans Herz Dein Dich an seines drückender Großvater Ludwig." —

Ludwig II. konnte damals wohl mit demselben Recht wie Ludwig I. noch „der Fromme" genannt werden. Lag ihm doch eine gewisse Abwendung von seiner Konfession, die später sein Entwicklungsgang und das Dogma der Unfehlbarkeit bewirkten, noch ferne. Er beeilte sich, dem königlichen Gesuchsteller schon am folgenden Tage mitzuteilen, „daß er noch heute an das Kultusministerium den Befehl ertheilte, ihm Bericht darüber zu erstatten, ob irgend ein Staatsinteresse der Erfüllung des großväterlichen Wunsches entgegenstehe." „Wenn dies, wie ich hoffe und wünsche, nicht der Fall ist, werde ich mit Freuden zur Verwirklichung Ihres Planes das Meine beitragen."

Das Kultusministerium war mit Rücksicht auf die liberalen Parteien allen Klosterneugründungen abgeneigt. Es zögerte und mußte Erhebungen pflegen. Ludwig II. monierte, und da es sich nur um harmlose Benediktiner handelte, konnte Ludwig dem Großvater am Vorabend seines Geburtsfestes seine „gewährende, sein lebhaftes Anliegen betreffende Entschließung," mitteilen, wie Ludwig I. sie bei Abstattung seines „freudigen Dankes" nennt.

Er hatte das idyllische Klostergebäude mit schöner Kirche für 92.000 fl. gekauft und mit 50.000 fl. dotiert. Die Benediktiner machten daraus eine gedeihlich wirkende Knabenerziehungsanstalt und Prinzregent Luitpold erhob im Jahre 1910 das Priorat zur Abtei.

Bald erwuchsen dem Gründer so vieler Klöster infolge eines neuen Militärgesetzes neue und schwerere Sorgen. „Eine der tiefsten und schmerzlichsten Wunden," klagt er am 2. Dezember 1867 aus Nizza, „wäre uns geschlagen, wenn durch ein Gesetz der Fortbestand der Abteien und Klöster gefährdet würde. Dadurch, daß die Novizen Soldaten werden müssen. Durch diese wenigen ist der Fortbestand der keineswegs in großer Anzahl vorhandenen Klöster gesichert, während sie die Kraft des Heeres nicht vermehren." „Aus eigenen Mitteln habe ich die Abteien, Priorate, auch Klöster gestiftet, sie, die für Gottesdienst, Unterricht und Erziehung sehr nützlich."... „Es wäre dem ins 82. Jahr gehenden Großvater zu peinlich, erließe sein Enkel ein den Fortbestand seiner religiösen Stiftungen untergrabendes Gesetz. Innigst wünscht günstige Entschließung Dein Dich liebender Großvater Ludwig." —

Der Enkel ist dieses Mal in der Lage, den Großvater durch den Hinweis darauf zu beruhigen, daß die Novizen ihre Einberufung zum Militär bis zum 24. Lebensjahr verschieben dürfen, inzwischen aber die höheren Weihen empfangen oder ein lebenslängliches Gelübde ablegen können, was an sich vom Militärdienst damals befreite.

Mit dem Papste stand Ludwig II. bis an das Ende seines Lebens in kaum getrübten Beziehungen. Am 24. Januar 1864 berichtet ihm der Großvater aus der Villa Malta: „Gestern kam der Papst zu mir, der Dir seinen Segen ertheilt, was er mit Liebe und Innigkeit aussprach. Er ist heiter und sein Befinden gut. Herrliches Wetter, das den ganzen Tag anhielt, begünstigte den Besuch." —

Ludwig II. dankt bereits unterm 1. Februar 1865 für diesen Segen, der ihn „sehr gerührt hat" und fügt bei: „Darf ich Sie bitten, dem heiligen Vater auf dem Ihnen geeignet scheinenden Wege meinen innigsten Dank wissen zu lassen?"

Ein Jahr später, nach seiner Rundreise, am 14. Dezember 1866, schreibt er wieder dem Großvater nach Rom: „Sogleich nach meiner Rückkehr nach München, wo ich in 'erhebender Weise empfangen wurde, habe ich mich beeilt, den neuen Nuntius Cardinal Meglia zu sehen. Über seine Gesinnungen waren ihm mancherlei Gerüchte vorausgegangen. Um so mehr erfreut war ich, von dem ersten Begegnen einen angenehmen Eindruck gehabt zu haben, so daß ich mich der Hoffnung hingebe, daß mit ihm ein ganz angenehmes Verhältnis gepflogen werden kann; darf ich Sie bitten, bei Gelegenheit dem Papste meine innigsten Wünsche für Sein Wohl zu Füßen zu legen ?" —

XLVI.

Ludwig II. war zu intelligent, als daß es ihm nicht willkommen gewesen wäre, Ratschläge in all' den vielen Fragen zu empfangen, die sich im Beginn seiner Regierung an ihn herandrängten. Seine Minister genügten ihm hiezu nicht vollständig; er bedurfte eines unbeteiligten, selbstlosen Ratgebers, dem er volles Vertrauen entgegenbringen durfte. Hiezu konnte niemand geeigneter erscheinen, als der vielerfahrene Großvater. „Dein Großvater," schreibt dieser selbst ihm am 30. April 1865, „redet nicht für sein Interesse; er ist vom Thron herunter; aber für die Monarchie, für Bayerns Wohl schlägt ihm das Herz."

Ludwig I. war „vom Throne herabgestiegen," weil er der Zeitströmung des Jahres 1848 nicht nachgeben wollte. Er war ein katholisch-konservativer Monarch und die seitdem verflossenen 16 Jahre hatten in seinen alten Tagen eine Änderung seiner Grundanschauungen nicht bewirkt. Er erblickte nach wie vor das Heil der Dynastie in einer starken, selbsttätigen Monarchie, die sich ganz dem Volkswohl widmet, aber auch keine Zugeständnisse macht, sondern an ihren verbrieften und für ihren Bestand nötigen Rechten festhält. „Gieb keine Kronrechte auf," rät er dem jungen König: „Eine kurze Zeitlang wird man darob gelobt, aber der Verlust bleibt. Wie veränderlich ist die aura populáris, die Volksgunst! Dein Großvater hat die Erfahrung davon gemacht." Rom, 5. Januar 1865.

Indessen schwärmte Ludwig I., was später sein Enkel tat,

niemals für die absolute Monarchie. Gab er doch schon als Kronprinz den ersten Anstoß zu einer liberalen Staatsverfassung, wurde er doch deren Retter im Jahre 1819[1].

In jenen Tagen gehörte der Parlamentarismus zu den Idealen der liberalen Parteien. In einem Briefe vom 7. April 1867, in, dem Ludwig I. vorschlägt, den Fürsten Hohenlohe zunächst durch einen Verweser zu ersetzen und einen Ministerpräsidenten überhaupt nicht mehr zu ernennen, kommt er wiederholt auf seine Meinung über Parlamentarismus zurück. Die Richtung ginge dahin, daß Bayerns König das werde, was die Königin von England sei, wo das vom Parlament abhängige Ministerium herrsche. Die Königin sei dort nur eine Unterschreibmaschine, wobei noch bemerkt werden müsse, daß in England viel konservativere Grundlagen bestehen, als in Bayern. — Nach den überall damit gemachten Erfahrungen hat der Parlamentarismus seinen früheren Nimbus eingebüßt und man hat aufgehört, in dieser englischen Institution das Heil der Völker und den Schutz der wahren Freiheit zu erblicken. Immer mehr bricht sich das Bewußtsein Bahn, daß er die konstitutionelle Monarchie zu einem bloßen Ornament und Vollzugsorgan wechselnder Majoritätsherrschaften macht. Im Widerspruch damit erblickte die bayerische Monarchie eine ihrer Hauptaufgaben darin, eine Art Oberinstanz über die verschiedenen Parteien zu bilden, deren Gleichberechtigung sie, soweit möglich, anerkannte und deren Forderungen sie nur insoweit der Verwirklichung entgegenführte, als sie ihr mit dem allgemeinen Volkswohl und der Erhaltung der bestehenden Ordnung vereinbar erschienen. In diesem Punkte waren der alte und der junge König eines Sinnes; auch Ludwig II. hat an seinem konstitutionellen Rechte, seine Minister nach seiner Wahl zu ernennen und zu entlassen, stets konsequent festgehalten und parlamentarischen Bestrebungen immer widerstrebt. Wie er über den landläufigen Liberalismus seines Zeitalters dachte, hat er in einem Brief vom 18. Februar 1867 angedeutet: „Für Ihre Bemerkung über das neue Heerergänzungs-

---

[1] K. Th. Heigel: Quellen und Abhandlungen. München 1884.

gesetz danke ich Ihnen herzlichst; es steht sehr dahin, ob es zu einer Vereinbarung über dieses Gesetz zwischen Regierung und Volksvertretung kommt, denn, was jetzt über die Stimmung in der Kammer verlautet, ist ein neuer Beleg dafür, daß das Geschrei der sogenannten Liberalen verstummt, sobald die Durchführung der verlangten Reformen Opfer vom Volke erheischt."

Es tauchten in jenen Jahren eine Anzahl anderer mehr oder minder berechtigter liberaler Forderungen auf, die Ludwig I. ausnahmslos abgelehnt wissen wollte, und die auch Ludwig II. nicht sympathisch waren, denen gegenüber er sich aber schon darum nicht ganz ablehnend verhalten konnte, weil seine Minister ihm, weniger aus prinzipiellen Erwägungen, als aus Rücksicht auf die Volksvertretung und aus Opportunitätsgründen, hiebei passiven oder offenen Widerstand entgegensetzten.

Wenn daher auch Ludwig I. nur in wenigen Angelegenheiten mit seinen Ratschlägen durchzudringen vermochte, so hatten doch alle den großen Wert, daß sie den jungen König veranlaßten, sich schon zu dem Zwecke eingehend über die streitigen Punkte zu unterrichten, um seine Entschließungen dem Großvater gegenüber rechtfertigen zu können.

Eine lange bestehende Meinungsverschiedenheit zwischen Regierung und Volksvertretung betraf die Dauer der Finanzperioden. Die verehrten Landboten konnten bald gar nicht oft genug in die damals noch so gemütliche Hauptstadt mit ihrem Hofbräuhaus und ihren Kunstschätzen kommen und nicht lange genug dort verweilen, seitdem auch noch erhöhte Diäten den dortigen Aufenthalt versüßt hatten.

Die Minister klagten, daß sie über diesen langen Besuchen gar nicht mehr zu eigenen Staatsarbeiten kämen, aber sie hatten sich die häufigen und langen Störungen ihrer königlich-bayerischen Ruhe zum Teil selbst zuzuschreiben, indem sie den Warnungen des weisen Königs Ludwigs I. kein Gehör schenkten. „In der Zeitung las ich," schreibt dieser aus Ludwigshöhe am 30. August 1864, „daß das durch die Verfassung auf 6 Jahre festgesetzte Budget auf drei Jahre herabgesetzt werden soll. Damit begäbe sich der König der Fähigkeit, nach seinem Gutdünken auch nur einen der beiden Landtage einer Periode schließen zu können; seine Länge würde von der Willkür der Kammer der Abgeordneten abhängen. Selbsttäuschung wäre es, zu meinen, ein Budgetlandtag für drei Jahre würde weniger lang sein, als der für 6 Jahre. Es werden die nemlichen Debatten stattfinden und die Verzögerung nicht geringer sein. Auch Dein Vater war entschieden gegen Verkürzung der Budgetzeit. Schon ist die Macht des Königs gar sehr vermindert worden durch Veränderungen der Verfassung, soll es denn damit fortgehen? Die Absicht der Fortschrittspartei ist, daß ein Schattenkönig werde."

Ludwig II. dankt herzlich für alles, worauf der Großvater ihn in so wichtigen Fragen aufmerksam machen will. Er ordnet Berichterstattung an, leider sei aber wenig Hoffnung vorhanden, die sechsjährige Periode aufrecht zu erhalten, da selbst die Konservativen für deren Abkürzung sprechen und sogar in der Reichsratskammer die Majorität nicht mehr zureichen werde. „Da ich stets dafür besorgt sein will, zu erhalten, was nur immer möglich ist, so werde ich, davon können Sie fest überzeugt sein, lieber Großvater, gewiß nichts versäumen, um jenes wichtige Recht zu retten." (2. Sept. 1864.) Der Großvater verharrt auf seiner Meinung: „Es wäre denn doch der Versuch zu machen, ob nicht in der Kammer der Reichsräthe die Mehrheit für Erhaltung dieses Bestandteiles der Verfassung zu erlangen ist, und wenn auch diese dagegen, so ist der König nicht verbunden, sich zu unterwerfen. Je mehr nachgegeben wird, desto mehr wird verlangt, dieses lehrt die Erfahrung." 4. September 1864.

Ludwig II. erwiderte unter herzlichem Dank „für den neuen Beweis der gütigen Teilnahme an all' dem, was ihn betrifft" aus Hohenschwangau, den 10. September 1864: „Ich habe Baron Stauffenberg auffordern lassen, mir seine Ansicht darüber kund zu geben, wie die Reichsratskammer die Frage der Abkürzung der Finanzperioden bei ihrem nächsten Zusammentritt wohl ansehen wird. — So viel mir ernstlich daran liegt, jenes hochwichtige Recht zu erhalten, so zweifle ich doch an der Möglichkeit, wenn auch die erste Kammer es aufgiebt." —

Sie gab es auf und am 10. Juli 1865 unterzeichnete Ludwig II. ein Verfassungsgesetz, welches die Finanzperioden nicht auf drei, sondern sogar auf zwei Jahre festsetzte.

Mehr Erfolg hatten die Einwendungen Ludwigs I. gegen die fast ein halbes Jahrhundert nicht mit Unrecht erstrebte Reform der Kammer der Reichsräte. Er sprach sich dagegen mit Nachdruck aus: „Lieber Ludwig, es ist mir leid, Dich wieder belästigen zu müssen, aber Völks Antrag, die Kammer der Reichsräthe zu ändern, zwingt mich dazu. Ich beschwöre Dich, ertheile ihm Deine Genehmigung nicht.

Der Reichsrath ist ein Damm, Überfluthungen zu verhindern, er ist erhaltender, conservativer Natur." „Dein Urgroßvater, Geber der Verfassung, und Dein Vater drehten sich im Grabe um, wenn die der Monarchie feindlichen Veränderungen durchgingen und tief betrübt würde Dein Großvater sein, wenn das, was seit Beginn der Verfassung während drei Regierungen bestand, im Anfang der vierten vernichtet würde, in seinen Grundfesten den Thron erschütternd. Wie ich bereits geäußert, Parlamentsregierung ist der Zweck; dahin führen die Anträge. Nicht gerne befasse ich mich mit den Staat betreffenden Gegenständen, aber bei solchen Anträgen schweigen kann nicht Dein Dich liebender Großvater Ludwig. — Ascagnano, 8. Mai 1865.

Aus Rom kommt er noch am 4. Januar 1866 auf diese Angelegenheit zurück: „Es soll die Rede sein, den Reichsrath zu verändern, o! lasse ihn ja, wie er ist, der einzige Damm gegen die Umwälzung!" —

Man ließ ihn ungefähr so, aber leider als Damm gegen die Umwälzung konnte auch er sich in stürmischen Tagen nicht erweisen! —

Als nicht begründet erwies sich auch eine andere Besorgnis, die der königliche Großvater am 24. August 1867 äußert: „Auf dem nächsten Landtag dürfte wahrscheinlich angeregt werden, Dich anzugehen, auf einen Theil Deiner Civilliste zu verzichten. Obgleich er in Darmstadt Fiasko machen wird, so ist es doch sehr wünschenswert, daß einem solchen Ansinnen vorgebeugt werde." — Ludwig I. war an dieser Frage bis zu einem gewissen Grade persönlich beteiligt, da sein Enkel ihm von seiner Zivilliste alljährlich einen beträchtlichen Teil abzulassen hatte. Allein es wurde nicht nur der befürchtete Antrag nicht gestellt, sondern den Zeitumständen entsprechend die durch Gesetz vom 1. Juli 1834 auf 2.350.580 Gulden festgesetzte Zivilliste durch Gesetz vom 29. Juli 1876 auf 4.230.044 Mark erhöht.

In den ersten Regierungsjahren Ludwigs II. erhob sich ferner auch ein Streit wegen eines neuen Schulgesetzes. Auch dazu äußert sich Ludwig I. „Es ist mir leid, Dich wieder angehen zu müssen, aber mit Schrecken las ich in der Zeitung, daß von einem Schulgesetz die Rede wäre. Nicht Gegenstand für ein Gesetz, sondern für eine Verordnung ist das Schulwesen, welche der König allein erläßt und abändert, wenn er's für gut findet, da hingegen in einem Gesetz die kleinste Änderung nur mit Zustimmung beider Kammern vorgenommen werden darf. Vergrößere man doch den bereits so ausgedehnten Wirkungskreis der Stände nicht." Rom, 1. März 1867.

Die Entgegnung des Enkels vom 7. März 1867 befaßt sich sehr ausführlich mit diesem Gegenstand: „Für Ihre beiden so liebevollen Briefe vom 26. Febr. und 1. März spreche ich Ihnen meinen innigsten Dank aus. Die darin niedergelegten interessanten und wohlmeinenden Bemerkungen über die Gegenstände, welche der Berathung der Kammern unterliegen, werde ich in reiflichste Erwägung ziehen und bei den zutreffenden Entscheidungen gewiß nicht außer Acht lassen; weiß ich doch, daß sie von dem besten und erfahrenen Großvater stammen. Was insbesondere das Schulgesetz betrifft, so ist auch mir nicht entgangen, daß in der Regel die Angelegenheiten der Schulen im Wege der Verordnungen und nicht durch Gesetze geregelt werden sollen. Aber einzelne Gesichtspunkte, wie z. B. die Frage der Aufbringung der Kosten für die Schulen werden doch der gesetzlichen Regelung bedürfen und nur in Bezug auf solche Gesichtspunkte habe ich meinem Kultusminister die Erlaubnis zur Ausarbeitung eines Schulgesetzes gegeben. Ich werde nicht unterlassen, darüber zu wachen, daß der Minister sich mit seiner Arbeit in den Schranken hält."

Aus Anlaß des Schulgesetzes warnt der Großvater den Enkel auch ganz besonders vor einer Trennung der Schule von der Kirche und fügt bei: „Aus der Zeitung kenne ich, was Bayerns Erzbischöfe und Bischöfe an Dich gerichtet, finde es sehr wahr. Im Falle, daß es nicht bereits stattgefunden, wünsche ich angelegentlichst, daß Du es mit Aufmerksamkeit lesen möchtest und, wenn gelesen, daß Du es wiederholest. Würde auch das Gesamtministerium dafür sein, verweigere Deine Zustimmung. Nie werde Gesetz, was sich als Verordnung eignet! Wenn es so fortgeht, hat der König am Ende nichts mehr zu sagen." München, 11. Oktober 1867.

In der von dem Großvater zur Lektüre empfohlenen Vorstellung vom 28. September 1867 beschweren sich die zwei Erzbischöfe und sechs Bischöfe des Königreiches darüber, daß ihr Gutachten über diesen Gesetzentwurf nicht vorher eingeholt wurde, obgleich ihnen die Pflege und Überwachung der Volksschule zustehe und sie doch berufen seien, mit ihren Erfahrungen und Wünschen gehört zu werden. Sie legen Verwahrung gegen einen Gesetzentwurf ein, dessen Grundsätze die völlige Trennung der Schule von der Kirche, die Verkümmerung der religiösen Erziehung, die Beseitigung des Einflusses der Seelsorger, mit einem Worte, die Entchristlichung der Schule sei! —

Ludwig I. beantwortete die Anregung des Großvaters am 14. Oktober 1867: „Gründlich habe ich die Adresse der Erzbischöfe und Bischöfe des Königreiches gelesen und geprüft und habe überdies das betreffende Ministerium zur Berichterstattung aufgefordert. Ich finde die darin ausgesprochenen Wünsche des Clerus im ganzen gerecht und billig und werde, wenn es irgend thunlich erscheint, denselben Rechnung tragen."

Ludwig I. ging soweit im Konservatismus, daß er sich sogar gegen die Unabsetzbarkeit der Richter aussprach, was sich aus der damaligen Haltung der Justizbeamten zum Teil erklärt: „Aus der Zeitung erfahre ich, daß Völk, Antibayer, Feind der Krone, den Antrag stellte zur Inamobilität der Richter, also daß sie (die Krone) wieder ein Recht verlöre. Hinlänglich, daß ein solcher Antrag an die Abgeordnetenkammer komme, daß er deren Zustimmung erhalte. Es wäre sehr zu wünschen, daß Du bei der Reichsrathskammer die Verwerfung bewirkest, wenn aber auch sie wieder der anderen beistimmt, daß Du von Deiner Befugnis Gebrauch machen möchtest, veto aussprechend. Das Recht, von dem nie Gebrauch gemacht wird, geht verloren. Man wähne nicht, durch Nachgeben zu gewinnen, je mehr nachgegeben wird, desto mehr wird verlangt." (Nizza, 17. November 1867.)

Nachgegeben wurde, wie ja meistens, auch dieses Mal; und zwar durch den neuen Justizminister Lutz, den Ludwig II. mit der direkten Antwort an den Großvater beauftragte, von der er annahm, daß sie ihn „nach Maßgabe der Verhältnisse zufrieden stellen dürfte". „Ich habe," trägt er selbst nach, „diesen Gegenstand noch in meiner Hand und gedenke nicht, ohne daß ein strenges Disciplinar-Gesetz zustande käme, dem Antrage der Kammer nachzugeben. Lutz ist in dieser Sache verlässig und hat triftige Gründe angegeben, in der Ihnen berichteten Weise zu handeln."

In all den mitgeteilten oder erwähnten 113 Briefen, die so viele verschiedene Angelegenheiten betreffen, begegnen wir nirgends einem Mißklang, ja auch nur einer erheblicheren Meinungsverschiedenheit. Der junge König ist immer ehrerbietig, Ratschlägen zugänglich und dankbar. Der alte Herr setzt sich nie auf das hohe Roß, er spricht nie von oben herab und schont sorgsam das Majestätsgefühl des Enkels, dessen frühe Übertreibungen übrigens damals nach außen noch nicht in Erscheinung traten. Den treuen Ratgeber verdrießt es nicht, wenn seine Ansicht nicht durchdringt, er bleibt immer der zuverlässige selbstlose Freund, der liebende Großvater, der aus den Dämmerungen des Alters mit Stolz und Hoffnung in die aufgehende Sonne blickt.

XLVII.

J. N. Sepp verzeichnet in seinem Werke „Ludwig Augustus"
(zweite Aufl. Regensburg 1903) einige Züge, welche die Beziehungen zwischen Großvater und Enkel in einem weniger
günstigen Lichte erscheinen ließen, als der Briefwechsel. So
schildert er eine Szene, gleich nach der Thronbesteigung Ludwigs II., die höchst unwahrscheinlich klingt, obschon er sich
dabei auf das Zeugnis der königlichen Adjutanten und des Kabinettssekretärs v. Schönwerth beruft. „Es ist," schreibt er,
„als ob der greise Monarch für den Augenblick auf das Staatsgrundge-
setz der agnatisch linearen Nachfolge vergessen hätte; er war ungehalten,
daß unter dem Ministerium v. Schrenk sogleich die Wiederbesetzung
des Thrones in seiner Abwesenheit erfolgt war und rief aus: „Ich habe
nur zu Gunsten meines Sohnes abgedankt, nicht meines Enkels." Ludwig II. versetzte darauf: Vergessen Sie nicht, Großpapa, Sie waren König
und nun bin ich König." —

Dieser Erzählung widerspricht der Briefwechsel. Ludwig II.
schrieb am 4. April 1864 an den Großvater, der sich damals in
Algier befand: „Nachdem nun die erste schwere Zeit der Trauer um den
dahingeschiedenen theuern Vater vorübergegangen ist, komme ich, lieber
Großvater, um Ihnen mein innigstes Beileid auszudrücken an dem
herben Verluste, der sich nun noch gesteigert hat durch den Tod einer
geliebten Tochter, unserer guten Tante Hildegarde! — Möge der Himmel
Ihnen diesen schweren Schicksalsschlag ertragen helfen, möge er Ihre
uns Allen so theuere Gesundheit noch recht viele Jahre, wie bisher,
erhalten. Ich freue mich jetzt schon darauf, Sie in der guten Jahreszeit
neu gekräftigt wiederzusehen. Mich Ihrer ferneren Liebe empfehlend
verbleibe ich, theuerster und geliebter Großvater, von ganzem Herzen
Ihr dankbarer Enkel Ludwig." —

Der Großvater antwortet darauf am 14. April 1864 noch aus
Algier: „Lieber Ludwig, ich danke Dir recht für Deine Theilnahme
an dem, was mich betroffen. Wir haben viel erlitten. Du weißt, was
Du mir immer warst und so kannst Du Dir vorstellen, daß es mich
freuen muß, nur Löbliches von Dir zu vernehmen. Die Beförderung
Deines Erziehers ehrt Dich. Einen lieben Brief hast Du mir geschrieben,
der Du Dich immer so gegen mich benahmst. In einer schweren Zeit
bist Du gar frühe auf den Thron gelangt. Möge Gott Dich immer leiten,
Religion Dich beständig durchdringen!"... An sein Herz drückt den
geliebten Enkel, den zweiten Ludwig, der erste Ludwig."

Daß der erste Ludwig die vollendete Tatsache widerspruchslos anerkannte, geht ferner aus einem folgenden Briefe vom 14. April 1864 hervor, durch den er dem neuen König eine Tochter des Marquis de Saint Polet zur Verleihung des St. Anna-Ordens empfiehlt.

Ludwig I. war am Fenster gestanden und hatte in den wolkenbedeckten Himmel, den eben ein Blitz durchzuckte, geblickt, als ihm die Trauerkunde mitgeteilt wurde. „Mein Sohn, wie dieser Blitz, so schwand dein Leben," sagte er. Zwei Monate später trat er die Heimreise an. Als er am 7. Mai 1864 in den Hafen von Lindau einfuhr und das dortige schöne Bronzestandbild des so frühe geschiedenen Sohnes wieder erblickte, übermannte ihn die Rührung und er suchte seine Tränen zu verbergen. Prinz Adalbert fand sich auf dem Bahnhof in München ein und die ganze königliche Familie hatte sich zum Empfang des Familienhauptes in dem Wittelsbacher Palast versammelt. „Vater, heute komme ich ohne Max," sagte die Witwe. Ludwig schloß die Schluchzende in seine Arme und begrüßte mit einem stolzen Aufblick den jungen Herrscher: „Mein Enkel und König!" — Wie und wo hätte hier eine Mitbewerbung um den schon besetzten Thron Platz finden können? — Es kann sich nur um ein Scherzwort, um eine nicht bedachte Äußerung ohne Konsequenz handeln. —

Einen weiteren Beleg hierfür bildet wohl auch der nächste Geburtstagswunsch: „Lieber Ludwig, Gottes besten Segen, Dir an Deinem Doppelfeste, welches Du zum ersten Male auf dem Thron zubringst. In der Kirche will ich heute beten, daß er Dir zu Theil werde. Mit Sonnenschein beginnt der Tag; möge er Dir von guter Vorbedeutung sein! Doch nicht wolkenlos ist der Himmel, wie denn auch das Leben es nie bleibt. Wie ich Dich habe kennen lernen, seit Du die Krone trägst, bist Du mir noch theuerer geworden. Mögest der Hoffnung, die Du giebst, immer Du entsprechen! Das Beste Dir wünschend, Dein Dich an sein Herz drückender Großvater Ludwig." Ludwigshöhe, den 25. Aug. 1864.

Der Beanstandung unterliegen ferner die Sätze des Sepp'schen Werkes: „Später wuchs die Abneigung des königlichen Ahnherrn wegen der Entlobung des zweiten Ludwig von der Prinzessin Sophie und er sprach: „Du bist kein Wittelsbacher, Du magst die Frauen nicht. Ich möchte einen Nachfolger, der Kinder bekommt." —

Daß Ludwig II. die Frauen nicht liebte, war eine Tatsache, die bis zu dem am 29. Februar 1868 erfolgten Tode seines Großvaters noch lange nicht feststand, und angesichts seiner so frühe erfolgten Verlobung sogar unwahrscheinlich erscheinen mußte.

Wohl sprach der Großvater in Erwiderung eines Glückwunsches des Enkels zu anderweitigen Urgroßvaterfreuden am 1. Januar 1866 den unbefristeten Wunsch aus: „Möchte es mir vergönnt sein, einen Urenkel in München auf meinen Armen zu tragen," aber, weit entfernt ,ihn in diesem Punkte zu drängen, riet er ihm weise Zurückhaltung an. „Wie herzlich ich es mit Dir meine," schrieb er ihm aus Aschaffenburg am 8. Juli 1864, „ist Dir bekannt. Darum kann ich nicht unterdrücken, meinen innigen Wunsch auszusprechen, daß Du Dich durch ein Heirathsversprechen nicht binden möchtest. Ist man in Deinen Jahren noch viel zu jung, eine Ehe einzugehen, so wäre es bei Deinem ausnehmend schnellen Wachsthum nur um so mehr für Deine Gesundheit bedenklich. Ein Heirathsversprechen aber erteilend, benehme die Freiheit, eine Wahl treffen zu können, wenn Du mehrere Prinzessinnen gesehen haben wirst. Später erscheint vieles anders, als in dem ersten Augenblick. Es handelt sich um Dein häusliches Glück für die Dauer Deines ganzen Lebens, darum nicht schnell, erhalte Dir freie Hand! Hievon durchdrungen, geliebter Enkel, ist Dein, Dein Bestes wünschender, Dir recht anhänglicher Großvater Ludwig."

Der junge König ist in der Lage, seinen Großvater in diesem Punkte vollkommen zu beruhigen. „Ich kann Sie versichern," schreibt er ihm aus Kissingen am 9. Juli 1864, „daß weder ich selbst auch nur im Entferntesten an ein Heirathsversprechen gedacht habe, noch daß ein solcher Gedanke von irgend welcher Seite angeregt worden ist. Wenn derartige Gerüchte zu Ihrer Kenntnis gekommen, so bitte ich Sie, überzeugt zu sein, daß dieselben vollständig unbegründet sind." —

Erst 2½ Jahr später gibt der junge König dem Großvater Nachricht von seiner Verlobung: „Es drängt mich, vor Allem Ihnen ein freudiges Ereignis mitzuteilen, das für mein ganzes Leben und unser Haus von entscheidender Wichtigkeit ist: ich habe mich nämlich gestern verlobt mit meiner Cousine Sophie, Tochter des Herzogs Max in Bayern. Auf das innigste würde es mich freuen, wenn meine Wahl Ihren Beifall hätte. Ich bitte Sie, theuerster Großvater, für mich und meine liebe Braut um Ihren Segen und um Ihr Gebet, damit diese Verbindung mir und meinem Volke zum Heile gereicht. Ich bitte Sie, mir und Sophien die Liebe zu bewahren, die Sie uns stets bewiesen haben, küsse Ihre Hand und verbleibe in inniger Liebe ihr dankbarer Enkel Ludwig." München, den 23. Januar 1867.

Der Segenswunsch des Großvaters hat folgende Fassung: „Gottes Segen, lieber Ludwig, ruhe auf Deiner Ehe! Schon lange las ich in den Blicken, welche die schöne Sophie auf Dich heftete, daß Du in ihrem Herzen wurzeltest. Das häusliche Glück ist des irdischen größtes. Wie hoch erfreut würde ich sein, wenn ich Deinen Erstgeborenen, meinen Urenkel, auf meinen Armen halten kann! Dein, seinen besten Segen Dir lieber Ludwig erteilender Großvater Ludwig." Rom, den 29. Januar 1867.

Der königliche Bräutigam verdankt diesen Glückwunsch unterm 18. Februar 1867: „Mit innigster Freude erfüllte mich Ihr so liebevoller Brief, in welchem Sie mir in herzlichster Weise Glück zu meiner Verlobung mit Sophie wünschen. Es hat mir zu besonderer Befriedigung gereicht, zu sehen, wie sehr meine Wahl sich Ihres Beifalls erfreut; um so mehr vertraue ich, daß der Segen, den Sie über mein Ehebündnis ausgesprochen haben, vom Himmel mit den reichsten Früchten ausgestattet werden wird; ich hoffe mit Ihnen, theuerster Großvater, auf ein schönes häusliches Glück und hätte eine unsägliche Freude, wenn Ihr liebenswürdiger Wunsch bezüglich eines Urenkels in Erfüllung ginge. Meine liebe Braut schließt sich meinem Dank für Ihre Glückwünsche an und küßt Ihnen mit kindlicher Liebe die Hand."

Der Großvater sollte auch noch die Lösung dieses Verlöbnisses erleben, die ihn nicht unvorbereitet traf, da er dem Enkel wenige Tage vorher, am 11. Oktober 1867, geschrieben hatte: „Da Du die Überzeugung hattest, in bewußter Angelegenheit unglücklich zu werden, so freut mich, daß Du Dein Versprechen zurückbekommen hast." —

Die Entscheidung mit Motivierung vermeldet Ludwig II. dem Großvater unterm 14. Oktober 1867: „Aus ganzem Herzen danke ich Ihnen für Ihren lieben Brief vom 11. ds. M. Ich habe es für meine heilige Pflicht gehalten, in jener von Ihnen erwähnten Angelegenheit so zu handeln, da ich zu der bestimmten Überzeugung kommen mußte, mit Sophie, die mir übrigens als Cousine immer lieb und werth bleiben wird, nicht glücklich werden zu können, auch muß ich gestehen, daß das immerwährende Drängen und Treiben der Eltern Sophiens mir zuletzt ganz zuwider wurde."

Daß, wie Sepp behauptet, aus der Entlobung eine Abneigung des Großvaters gegen den Enkel erwuchs, kann nach dem Vorstehenden gewiß nicht angenommen werden.

Eine Meinungsverschiedenheit zwischen den beiden Ludwigen nimmt Prof. Sepp auch für die Krisis von 1866 an. Er berichtet (S. 837): „Beim Ausbruch des Krieges von 1866 ertheilte Ludwig seinem gleichnamigen, aber ja nicht gleichartigen Enkel Ratschläge, worauf dieser wie beleidigt, heftig mit dem Fuße stampfte und rief: „Ich bin der König!" „Was bin dann ich ?" sprach der greise Monarch. „Sie sind König gewesen," entgegnete der junge Fürst. „Nicht doch, was bin ich jetzt noch ?" frug der vom Thron gestiegene. „Sie sind mein Großvater," sprach der Enkel. „Was noch, was noch ?" fuhr Ludwig I. fort: „Ich bin jetzt Privatmann, sieh zu, daß es Dir nicht auch so geht."

Ein so albernes Zwiegespräch hat zwischen den beiden Königen sicher niemals stattgefunden, und es ist nur zu bedauern, daß Sepp uns nicht anvertraut hat, worin denn diese Ratschläge Ludwigs I. bestanden, um so mehr, als der Briefwechsel eine Lücke vom 1. Januar bis 28. Oktober 1866 aufweist. Sepp behauptet etwas kühn, wenn Ludwig I. noch König gewesen wäre, hätte sich der Krieg von 1866 vermeiden lassen. Da aber Ludwig I. noch nach dem Kriege mit Nachdruck für den Minister v. d. Pfordten eintrat, muß man doch wohl annehmen, daß auch er mit dessen bundestreuer Politik einverstanden war, die den Krieg unvermeidlich machte. Nach Heigel rief er, als er im Juli 1866 vor den Kriegsstürmen von Aschaffenburg nach der Pfalz flüchten mußte: „Ich habe umsonst gelebt!" und nach Sepp, als die Preußen seinen Marstall überfielen: „Räuber sind sie! mein Silber wollten sie mir auch nehmen." — Es war vorher in Sicherheit gebracht worden.

Richtig ist, daß Ludwig I. das Ausscheiden Österreichs aus der Verbindung mit Deutschland bedauerte, und frühe den Wiederanschluß befürwortete, den Bismarck dann herbeiführte. Er meint, daß sein Enkel sich durch dessen Beförderung ein Verdienst um Deutschland erwerben würde und kommt in seinen Briefen an ihn wiederholt darauf zurück: „Annäherung Österreichs an Preußen ist sehr wünschenswerth zur Fortdauer des Friedens, zur Erhaltung des linken Rheinufers. Es droht dessen Verlust, wenn Frankreich Krieg beginnt, was aber wohl unterbleiben wird, wenn Österreich nicht zu ihm steht. Im vorigen Jahrhundert gerieth Bayern zwei Mal in Verderben, wähnend sich auf dessen Kosten zu bereichern. Des großen Friedrichs Siege schützten es nicht davor. Im gegenwärtigen Jahrhundert wäre der nämliche Fall eingetreten, hätte es sich nicht vor der Schlacht bei Leipzig gegen Frankreich gewendet." München, 1. November 1866. „Wiederhole es und lege es dringend an das Herz, daß Du zu trachten hast, daß Annäherung zwischen Österreich und Preußen bewirkt werde, das Beste zu Erhaltung des Friedens, zu Erhaltung des linken Rheinufers. Innsbruck, 4. November 1866.

Wir haben an anderer Stelle bereits Stimmungsberichte Ludwigs II. aus dem Jahre 1868 wiedergegeben. In dieses Gebiet gehört auch sein Geburtstagswunsch für den Großvater d. d. Berg, den 21. August 1866. „Theuerster Großvater! Empfangen Sie meinen wärmsten und herzlichsten Glück- und Segenswunsch zu Ihrem nahen Doppelfeste. Inniger als je steigen meine Gebete an diesem Ihrem achtzigsten Geburtstage zu Gottes Thron empor. Er möge Ihnen, geliebret Großvater, noch viele heitere Lebensjahre in ungebeugter Kraft wie bisher und steter Gesundheit schenken. Eines noch ist mein sehnlicher und aufrichtiger Wunsch, den ich für Sie im Herzen trage, nämlich: die kommenden Jahre möchten für Sie, vielgeliebter Großvater, besser und nicht so von Trauer und unglücklichen Ereignissen erfüllt sein, als das gegenwärtige für mich ist. Doch hoffentlich wird es noch gelingen, von Preußen bessere Bedingungen zu erreichen, als es anfänglich schien, da wir zwar nach der letzten Meldung Pfordtens mehr zahlen, doch wenig Land verlieren sollen. Auf den 26. d. Mts. habe ich die Kammern einberufen." „Darf ich Sie ersuchen, den nun bei Ihnen weilenden Onkel Otto (König von Griechenland) und die Tante herzlich von mir zu grüßen? Meine innigen Wünsche für Ihr Wohl aus Herzensgrund wiederholend, bleibe ich stets, theuerer Großvater, Ihnen die Hand küssend, Ihr dankbarer Enkel Ludwig." —

Die erste volle Freude und Befriedigung nach jenem Mißerfolg bildete für Großvater und Enkel der glänzende Verlauf der Rundreise vom 10. November bis 10. Dezember 1866. Der Großvater hatte sich beeilt, einem Wunsche des Enkels entsprechend, für dessen Empfang und gute Unterkunft in Aschaffenburg und Bruckenau vorsorgliche Anordnungen zu treffen und spricht ihm am 7. Dezember von Rom aus „vor allem lebhafte Teilnahme an dem überall ihm gewordenen fürtrefflichen Empfang auf seiner Reise" aus. Auch der junge König empfand darüber jene innere und beglückende Befriedigung, welche die Erfüllung einer, wenn auch nicht leicht erschienenen, so doch edlen Pflicht gewährt und dankt dem Großvater für seine Teilnahme mit dem leider nicht zur Ausführung gelangten Beisatz: „Ich beabsichtige, im nächsten Jahre diese Reisen fortzusetzen."

Was das Verhältnis Bayerns zu Preußen anbelangt, so sprach sich zwar Ludwig I. nicht gegen die Schutz- und Trutzbündnisse aus, er meinte aber, daß es nun des Guten genug sei. Nach Sepp „zerknitterte er wohl trübsinnig die Feder, mit der er während der Landtagsverhandlungen im Herbst 1867 das Urteil aufzeichnete, daß der Zollverein (ohne Österreich) zur Kette geworden sei, das Land politisch an Preußen zu fesseln." Er erblickte darin einen weiteren Schritt zur Mediatisierung Bayerns und schrieb dem Präsidenten des Reichsrats: „Mir blutet mein bayerisches Herz."

In den letzten Briefen an den Enkel finden sich nur wenige kurze Sätze dieses Betreffs z. B.: „Lieber Ludwig, keinen weiteren Vertrag mit Preußen! Die defensiv-Allianz besteht bereits, was mehr, sei es mit Preußen, oder mit dem nordteutschen Bund, ist von Übel." München, 31. März 1867.

XLVIII.

In dem Briefwechsel zwischen Großvater und Enkel finden sich natürlich zuweilen auch Mitteilungen über das tägliche Leben beider. Ludwig I. war viel geselliger angelegt als Ludwig II. Trotz seiner Taubheit empfand er immer das Bedürfnis, mit Verwandten, Leuten der Gesellschaft, Künstlern u. a. zu verkehren. Sowohl in München, wie in den Schlössern zu Aschaffenburg und Leopoldskron, in dem pfälzischen Sommersitz Ludwigshöhe und in der geliebten Villa Malta in Rom sah er Gäste bei sich und sogar in Nizza besuchte er Gesellschaften. Es klingt wie der Stoßseufzer eines Vaters ballfähiger Töchter, wenn er am 24. Januar 1865 aus Rom schreibt: „Der Fremden sind viele, der Bälle aber wenige. Noch kein Römer gab einen, auch hört man nicht, daß einer bei sich tanzen lasen wird." Die römische Aristokratie war wenig gastfreundlich und auch noch 20 Jahre später klagte das diplomatische Korps in Rom, daß die prachtvollen Paläste mit ihren Kunstschätzen so selten ihren ursprünglichen Zweck erfüllten, würdige Rahmen glänzender Feste zu sein.

Als Senior der Familie versammelte der greise König die Mitglieder des königlichen Hauses und seine österreichischen Verwandten gern um seine gastliche Tafel. In Leopoldskron waren es einmal 22 Gedecke und von der Familientafel in München vom 28. November 1865 schreibt er: „Wir waren nur zu sechs." In Leopoldskron erhielt er sehr häufig Besuche von seinen österreichischen Verwandten und „in Salzburg ging es zuweilen sehr bewegt zu." „Letzten Sonntag machte ich acht Mal den nemlichen Weg und kleidete mich sechs Mal um." (24. August 1865.) Auch an den Salzburger Empfängen des Jahres 1867 zu Ehren des französischen Kaiserpaares beteiligten sich Ludwig I. und sein Bruder Prinz Karl. Napoleon III. erstattete damals Ludwig I. den Besuch zurück, den er ihm kurz vorher in Paris abgestattet hatte und Ludwig I. nahm mit seinem Schwiegersohn dem Großherzog von Hessen zweimal an den Tafeln zu Ehren der französischen Majestäten Teil und dann an der Familientafel bei seinem Neffen dem Erzherzog Ludwig Victor in Klesheim, an der nur fünf nahe Verwandte saßen.

Die Briefe Ludwigs I. aus Rom, Algier und Nizza erzählen selten von interessanten Begegnungen, entbehren aber fast nie kurzer Wetterberichte, die ja für das hohe Alter zuletzt zu Lebensfragen werden:

Rom, 5. Jan. 1865.

„Das Wetter ist abwechselnd; gegenwärtig wieder prachtvoll. Bis jetzt gabs nur einmal Reif. Rosen und andere Blumen blühen noch. Die Orangen meines Gartens im Sonnenlicht wie Gold schimmernd zeugen für das Klima, in dem ich nun lebe."

Rom, 30. März 1865.

Die Witterung, vergleichend mit der anderer Städte Italiens und gar mit der in Teutschland, ist sich's glücklich zu schätzen, in Rom zu sein. Hoffentlich übt sie keinen schlimmen Einfluß auf Deine Gesundheit aus; schone sie recht; sie ist kostbar."

Rom, 9. November 1866.

„Vorgestern Nachts 11 Uhr langte ich hier ein; vom Brenner aus vom Sonnenschein und milder Luft begünstigt. Gestern Nachmittag las ich bei offener auf die Terrasse gehender Thüre."

Rom, den 26. März 1867.

„Bevor ich die Feder ergriff, war ich von einer Fahrt auf die Via Appia, Otto sie zeigend, zurückgekommen, die vier Stunden gedauert. Otto läßt Dich grüßen, der recht wohl ist und sich sehr gut benimmt. Ihm gefällt Rom. Wir genießen prachtvolles Frühlingswetter. Blühende Bäume, schon längst Blumen die Hülle und Fülle."

Rom, 7. April 1867.

„Otto, auch v. d. Pfordten befinden sich noch in Neapel. Hier eine Menge Fremde. Die Witterung ist wieder prachtvoll, aber die Milde der Luft noch nicht zurückgekehrt, wenn gleich es heiß in der Sonne. Es giebt viel Reben und Feigenblätter und die Orangenbäume blühen."

Rom, 23. April 1867.

„In Ottos Alter befand ich mich, als ich zum ersten Male hier war. Er benimmt sich fortwährend sehr gut. Wir wohnten gestern der Beleuchtung der Peterskirche bei. Abends vorher der mit bengalischem Feuer des Innern des Kolosseums; letztverwichenen Abend dem Feuerwerk auf dem Pincio. Die Vorderseite der Peterskirche war, wie sie Karl der Große bauen ließ, dargestellt."

Nizza, 17. Nov. 1867.

„Hier blüht und grünt es; es ist so mild, daß ich gestern ohne Paletot spazieren ging."

Aus diesen Blättern wehte Ludwig II. der milde Hauch des Südens an, der in jedem Deutschen, wie eine erste Liebe einmal die Sehnsucht nach Italien erweckt. — „Interessant," schreibt er dem Großvater am 7. März 1867, „war mir Ihre Mittheilung über das Gemälde in Pompeji. Ich möchte wohl auch bald einmal das herrliche Italien sehen und kann meinen Bruder förmlich beneiden, weil ihm diese Freude und ein Zusammentreffen mit Ihnen, lieber Großvater, jetzt schon beschieden ist." —

Ludwig II. empfand schon in jungen Jahren das Bedürfnis nach Umgang nur wie ein kranker Magen das nach Speise, die er dann nicht vertragen kann. Er fühlte sich nur wohl in Hohenschwangau „bei der Mutter," im engsten Kreise, und bald flieht er auch diesen und ergibt sich der vollständigen Einsamkeit. Wenn er in die Lage kommt, von seinem seltenen Erscheinen an der Öffentlichkeit zu erzählen, so klingt dies fast wie ein Rühmen mit einer vollbrachten Großtat und ein Aufatmen darüber, daß sie überstanden ist.

Hohenschwangau, 22. Aug. 1865.

„Seit einigen Wochen bin ich hier mit der Mutter und Otto vereinigt, wo wir recht schöne Tage verleben. Vielleicht, nur mit kurzen Unterbrechungen gedenke ich, bis in den November hier zu bleiben." — „Wie erfreut bin ich, daß die politische Lage sich wieder so weit gebessert hat, daß wir die Gefahr eines ausbrechenden Krieges, welche schon drohend schien, als beseitigt annehmen dürfen."

München, den 7. März 1867.

„Ich habe in der letzten Zeit viele Leute gesehen, war auf dem Ball bei Hohenlohe, auf dem Ball des Max-Joseph-Stiftes und des Kaufmannscasinos und habe auch dem Metzgersprung in dem neuen Fischbrunnen beigewohnt.‟

München, den 1. Mai 1867.

„Inzwischen habe ich das Georgi-Ritterfest abgehalten; es war eine erhebende Feier. Heute habe ich die Blumenausstellung im Glaspalast besucht, die in diesem Jahre außerordentlich schön ist.‟ „Der Frühling ist endlich auch bei uns eingekehrt, so daß Sie bei Ihrer Rückkehr, auf die ich mich sehr freue, Italien nicht allzu sehr vermissen werden.‟

Dies sind fast die einzigen Großtaten dieser Art, die dem Großvater berichtet werden können, und selbst ihm gegenüber besteht die Schranke der Menschenscheu und auch die persönlichen Begegnungen mit ihm sind nur seltene, und werden meistens unter Gründen vermieden, die eine große Familienähnlichkeit mit Ausreden haben. So gleich die erste Einladung des Großvaters nach der Thronbesteigung Ludwigs II. zu einer Familientafel am 2. November 1864: Der Enkel hatte sie sehr freundlich angenommen und gewiß wäre es eine Freude und Ehrung für die ganze königliche Familie gewesen, den jungen König bei diesem Anlaß in ihrer Mitte erscheinen zu sehen: Er hatte am 24. Oktober 1864 aus Hohenschwangau dem Großvater geantwortet: „Meinen innigsten Dank für Ihren lieben Brief und Ihre freundliche Einladung zur Tafel am 2. Nov. Wie freue ich mich, Sie, lieber Großvater, vor Ihrer Abreise noch zu sehen und Ihnen alles Glück für Ihren Aufenthalt in Rom zu wünschen. Gestern kehrte ich von Partenkirchen zurück, wo ich mit der Mutter und Otto, die von Ettal kamen, zusammentraf. Gestern ist auch der Großfürst-Thronfolger von Rußland auf Besuch hierher gekommen und wird morgen wieder abreisen und zwar nach München.‟ —

Allein von der Annahme einer Tafeleinladung bis zum Erscheinen bei einer solchen ist es ja zuweilen noch weiter, als von der Lippe zum Becherrand, und es erfolgte eine der mit Recht so unbeliebten telegraphischen Absagen am Tage der Tafel selbst: „Bedauere sehr, nicht kommen zu können. Der Arzt hat mir strengstens verboten zu reisen wegen eines Rheumatismus der linken Armgelenke, dessen schlimme Folgen er befürchtet. Es hätte mich so gefreut‟ usw. usw.

Ich bin nicht Fachmann genug, um zu entscheiden, ob hier

doch nicht vielleicht die Strenge des Arztes die Schwere des Leidens etwas überschätzte. Doch kommt dabei mildernd in Betracht, daß der junge König erst vier Monate vorher eine schüchtern und bedingt vorgebrachte Einladung des Großvaters nicht nur angenommen, sondern sogar davon auch Gebrauch gemacht hatte.

Ludwig I. hatte am 15. Juni 1864 aus Aschaffenburg geschrieben: „ich lade Dich nicht ein, wenn Du aber hierher kommst, werden Dich meine Arme empfangen und der Jubel wird allgemein sein." Der Enkel nahm die Einladung mit Freude „auf einen Tag" an, wünschte aber „von Herzen," „wegen der Trauer" nicht festlich empfangen zu werden. So sah er das schön gelegene, massive Schloß von Aschaffenburg, den einstigen Lieblingsaufenthalt der Mainzer Kurfürsten, mit seiner hübschen Bildergalerie und das von Gärtner erbaute reizende Pompejanum am Ufer des Maines. Es ist ihm dann ein wahres Herzensbedürfnis, dem Großvater von Kissingen aus am 2. Juli 1864 „innig zu danken für die liebevolle Aufnahme in Aschaffenburg und die vielen Freuden, die er ihm dort bereitete."

Am 4. Juni 1865 überraschte der alte König den jungen mit seinem Besuch in Berg und der letztere dankt ihm dafür am gleichen Tage: „Unmöglich ist es mir, den heutigen Tag vorübergehen zu lassen, ohne Ihnen, theuerer Großvater, nochmals recht herzlich zu danken für den Besuch, mit dem Sie mich heute hier zu erfreuen die Güte hatten. Sie wissen, wie innig es mich stets freut, Sie zu begrüßen und können darnach bemessen, daß es mir ein wahres Bedürfnis ist, Ihnen Obiges auszusprechen. Möchte Sie bei Ihrem heutigen Ausfluge das Gewitter nicht zu hart betroffen haben! Ich kam gerade noch vor dem Ausbruche des heftigen Regens von einem kleinen Ritte nach Haus."

Von persönlichen Begegnungen zwischen Großvater und Enkel findet sich sonst nur wenig in ihrer Korrespondenz. Um so mehr aber von Entschuldigungen und Ausführungen von Gründen, aus denen sie nicht stattfinden konnten. Deren ist eine ganze Musterkarte voll vorhanden. So dürfte sich auf eine Einladung oder eine vereinbarte Begegnung wohl auch der folgende Brief Ludwigs II. d. d. Hohenschwangau, d. 29. September 1865 beziehen: „Am ersten Oktober werde ich erst unmittelbar vor der Abfahrt auf die Festwiese (zum Oktoberfest) in München eintreffen, da ich den ganzen Vormittag zur Reise nöthig habe; ich kann nämlich nicht schon Tags vorher abreisen, da auf diesen Tag Ottos Namenstag fällt, den wir noch zusammen hier mit der Mutter feiern wollen. Ich bitte Sie daher, lieber Großvater, mir nicht übel zu nehmen, wenn ich erst nach dem Feste, etwa vor dem Theater werde dazu kommen können, Ihnen meinen Besuch zu machen, ich gedenke nur kurz in München zu bleiben und bald wieder nach Hohenschwangau zurückzueilen, weil die Mutter schon seit einiger Zeit an einem kranken Finger leidet, der ihr Schmerzen verursacht."

Schriftlichen Abschied vor der Winterreise des Großvaters, statt des wohl erwarteten persönlichen, nimmt ein Brief vom 21. November d. J.: „Durch Hüther habe ich erfahren, daß Sie am 29ten 65. Ihre Reise nach Nizza antreten. Ich habe vor, noch einige Tage hier (in Hohenschwangau) zu bleiben, da ich im nächsten Winter wieder sehr angestrengt sein werde, so ist es mir erwünscht, ja sogar nothwendig, noch einige Zeit mich hier auszuruhen. — Wenn ich nun eben jetzt nach München gehe, so wird es mir unmöglich sein, wieder zurückzukehren. Ich habe daher darauf gerechnet, daß Sie, theurer Großvater, in gewohnter Güte auf obigen Umstand liebevoll Rücksicht nehmend, mir gestatten werden, in diesem Falle schriftlich mich von Ihnen zu verabschieden."

Im folgenden Jahre 1866 erwies jedoch der Enkel dem scheidenden Großvater eine ganz besondere Aufmerksamkeit. Denn da Ludwig I. am 1. November 1866 einen Brief aus München mit den Worten begann: „Das Vergnügen nicht habend, Dich vor meiner übermorgen stattfindenden Abreise nach Rom zu sehen" und am 4. November d. J. aus Innsbruck schrieb: „Daß Du bis hierher zu mir kamst, war recht kindlich und freut mich sehr," darf man annehmen, daß Ludwig II. ihm damals sogar nachreiste, um Abschied von ihm zu nehmen.

Sehr häufig ist als Grund der Abhaltung Geschäftsüberhäufung aller Art angeführt und man muß zugeben, daß Ludwig II., wie ja auch aus seinen wohlerwogenen, verständigen und ausführlichen Briefen an den Großvater hervorgeht, sein Königsamt in den ersten Jahren seiner Regierung ernst nahm und gewissenhaft versah.

Wann er den Großvater, an dem er so viel verlor, zum letzten Male von Angesicht zu Angesicht sah, ist aus dem vorliegenden Briefwechsel nicht ersichtlich. Sein letzter Brief an ihn ist vom

28. Dezember 1867 datiert und spricht ihm Neujahrswünsche aus: „Gestatten Sie mir, theuerster Großvater, Ihnen zum neuen Jahre aus dem tiefsten Grunde meines Herzens meine wärmsten und aufrichtigsten Glückwünsche darzubringen. Möge der Himmel Ihnen noch recht viele Jahre ungetrübter Gesundheit schenken zur innigsten Freude der Familie und des Landes, welche nie aufhören werden, in Liebe Ihnen treu zu bleiben."

Der letzte Brief des Großvaters an den Enkel ist vom 2. Dezember 1867 und enthält kein Wort, das zu Besorgnissen hätte Anlaß geben können. Der große König starb in Nizza am Morgen des 29. Februar 1868 eines nicht leichten Todes. Am 9. März zog er wieder in seine einstige Haupt- und Residenzstadt ein. Man sah Menschenmassen, dann Kürassiere in weißen Mänteln, endlich, von sechs schwarzen Pferden gezogen, den Leichenwagen. Der Sturm heulte, fegte durch die Straßen und löschte die Fackeln zu beiden Seiten des Weges aus. Der Zug glitt stumm dahin, nicht mehr zum Wittelsbacher Palast, dessen neugotische Räume der Geschiedene seit seiner Thronentsagung so gerne bewohnte, sondern in die Hofkapelle, wo die Bahre mit den Insignien der königlichen Würde seiner harrte. Die Kapelle blieb abgeschlossen, nur Geistliche und Georgiritter wachten und beteten dort. Am folgenden Tage wurde die Leiche in feierlichem Begängnis in die Basilika überführt, wo der große Sarkophag aus grauem Marmor ägyptischen Stiles schon lange bereit stand, an dem er zu Lebzeiten nie vorübergegangen war, ohne das „memento mori" zu sprechen. Abt Haneberg und Döllinger hielten seiner würdige Trauerreden, und es war, als ob jetzt auf einmal auch denen die Schuppen von den Augen fielen, die ihn nicht voll erkannt und geliebt hatten. Das Bewußtsein von dem, was man an ihm besaß und in ihm verlor, erwachte und schlug immer tiefere Wurzeln.

Als die Nachricht von seiner schweren Erkrankung in Nizza in München eingetroffen war, eilte sein Sohn Luitpold an sein Sterbebett, und am 26. Februar 1868 als Abgesandter Ludwigs II. Prinz Adalbert.

Der königliche Enkel brachte es nicht über sich, dem Leichenbegängnis des geliebten Großvaters beizuwohnen, aber er hat sein Andenken immer hochgehalten. Max Koch erzählt, es sei einer seiner ersten Befehle beim Regierungsantritt gewesen, das Bild Lolas aus der Schönheitsgalerie zu entfernen, weil er jede Erinnerung an diesen Zwischenfall peinlich empfand. Demnach wäre es während der ganzen Regierungzeit Max' II. unter all' den vornehmen Damen und Münchener Bürgerstöchtern in jener Seitengalerie hängen geblieben, die nicht einem Wettbewerb von Rang und Tugend, sondern von Schönheit und Liebreiz gewidmet war. Vielleicht brachte er den Großvater durch diesen Befehl um die beste, ja einzige Erklärung des Zaubers[1], dem er unterlag und den eine erregte Zeitströmung viel zu sehr aufgebauscht und ausgenützt hat. Einen besseren Dienst hat Ludwig II. dem Andenken seines Großvaters geleistet, indem er, da die erste Auflage des Werkes „Ludwig I. Augustus" von Sepp ihn verdroß, auf den Rat Döllingers K. Th. Heigel den Auftrag gab, ein anderes Lebensbild seines genialen Vorgängers zu verfassen und ihm hierzu unbeschränkte Einsicht in dessen gesamten damals zugänglichen schriftlichen Nachlaß gewährte.

Das gediegene Erstlingswerk des geistreichen Historikers (Leipzig 1872) hat noch heute Wert und auch die äußerlich und innerlich etwas ungeschlachte zweite Auflage der Sepp'schen

---

[1] Das Bild Lolas war eine Sensation für München und wurde für das beste der Schönheits-Galerie erklärt. Josephine von Kaulbach schrieb darüber an ihren Mann unterm 30. Juni 1847: „Stieler hat in diesen Tagen die Lola ausgestellt und alle Welt läuft hin, um dieses achte Wunder der Natur zu sehen." Und drei Tage später: „Die Menschen sind jetzt wie toll. Viele haben sich durch dies Bild wieder mit ihr versöhnt." — So erzielte einst Phryne ihre Freisprechung von den Richtern Athens, indem sie ihre Schönheit unverhüllt an das Licht stellte. Alle Welt war entzückt von dem Bilde; nur den Besteller befriedigte es nicht. Er fand, daß es weit hinter der Wahrheit zurückgeblieben sei. „Stieler, Ihr Pinsel wird alt, urteilte der zu jung gebliebene König. Stumm nahm der Meister das Bild zurück und ging. Nach vierzehn Tagen brachte er es wieder, ohne einen Strich daran geändert zu haben. Der König, dem es inzwischen leid geworden war, seinen alten Hofmaler gekränkt zu haben, fand es jetzt schön. „Wenigstens schön genug für einen alten Pinsel," antwortete Stieler trocken. A. v. Oertzen: Die Schönheitsgallerie usw. München 1923.

Biographie wird den hohen und vielseitigen Verdiensten Ludwigs I. gerecht. Aber ein vollständig befriedigendes Lebensbild existiert weder von ihm noch von seinem Vater Max Joseph, noch von seinem Sohne Max II., noch von anderen bayerischen Fürsten. Die Dynastie der Wittelsbacher, die so freigebig historische Forschungen unterstützte, hat es viel weniger als andere verstanden, aus dem edlen Metall Kapital zu schlagen, das ihre Herrscher der Geschichtschreibung darbieten. --

XLIX.

Dr. med. Albert Moll führt unter seinen „Berühmten Homosexuellen" (Wiesbaden 1910) neben anderen Souveränen aus alter und neuer Zeit auch Ludwig II. auf. Er geht dabei entschieden zu weit, indem er auch die Begeisterung Ludwigs für Richard Wagner auf dieses Gebiet verweist.

Es heißt dies die wahre Natur dieser Beziehungen vollständig verkennen. Wir haben schon an verschiedenen Stellen dieses Werkes hervorzuheben gehabt, daß die schwärmerische Hingabe Ludwigs II. offenbar nicht der Person Richard Wagners galt, zu der er sich nie besonders hingezogen fühlte, der er bald auswich und die er zuletzt förmlich floh, daß sie für ihn nur das Mittel und der Weg war, um das Kunstwerk entstehen zu sehen, das die Sehnsucht seines Phantasielebens bildete.[1]

Der Annahme Molls gegenüber braucht wohl nur daran erinnert zu werden, daß Wagner um 32 Jahre älter war als der König, und daß Ludwig schon für ihn schwärmte, bevor er ihn von Angesicht zu Angesicht gesehen hatte.

---

[1] „Ein Urteil, zu dem wohl manche Leser des Buches den Kopf schütteln werden. Ich kann ihm bestätigend und verstärkend aus zuverlässiger Quelle hinzufügen, daß der erste Eindruck der Persönlichkeit Wagners auf den König bei seiner Audienz am 4. Mai 1864 nach dessen explosivem eigenem Geständnis nicht günstig war." Sig. v. Riezler in seiner Besprechung der I. Auflage des gegenwärtigen Werkes.

Allerdings überschreiten die von Dr. Moll zum Beleg für seine Ansicht angeführten Briefstellen jedes Maß des Gewöhnlichen. Allein man darf nicht vergessen, daß die Begeisterung für den „hohen Meister" gerne auf dem Kothurn einherschritt. Ganz besonders fällt auch ins Gewicht, daß die von Dr. Moll zitierten Stellen aus dem Zusammenhang herausgerissen sind, aus Briefen, die als Ganzes keineswegs den Eindruck von Liebesbriefen machen. Auch der Adressat selbst empfing diesen Eindruck nicht; er sagte davon: „Seine (d. h. des Königs) Briefe an mich kann niemand ohne Staunen und Entzücken lesen. Liszt meinte, er stehe darin an Rezeptivität mit meiner Produktivität auf gleicher Höhe. Es ist ein Wunder!" —

Die fraglichen Königsbriefe erschienen zuerst im zweiten Jahrgang (1899) der Wiener Wochenschrift „Die Wage". Wir setzen zwei derselben, denen Dr. Moll Auszüge entnommen hat, hierher, um den Leser in die Lage zu setzen, sich selbst ein Urteil zu bilden:

Hohenschwangau, den 8. November 1864.

„Mein einzig geliebter Freund! Wie die majestätische Sonne, wenn sie die trüben, beängstigenden Nebel verscheucht und Licht und Wärme, labende Wonne rings verbreitet, so erschien mir heute Ihr theurer Brief, aus welchem ich vernahm, daß Sie, geliebter Freund, von den folternden Schmerzen verlassen sind und der Besserung rasch entgegen schreiten. — Der Gedanke an Sie erleichtert mir das Schwere in meinem Berufe; so lange Sie leben, ist auch für mich das Leben herrlich und beglückend. O, mein Geliebter, mein Wotan soll nicht sterben müssen; Er soll leben, um sich lange noch an seinen Helden zu erfreuen!"[1]   „Vollkommen einverstanden bin ich mit Ihrem Plane, jenen Gesangslehrer (Fried. Schmitt 1812—1884) zu beauftragen und zu ersuchen, ein paar Sänger in strenge Lehre zu nehmen, und den Unterricht vor Ihren Augen leiten zu lassen. Ich denke, der Versuch wird von ersehntem Erfolg gekrönt werden. Ich glaube fest, vollkommen befriedigende Darsteller für das Nibelungenwerk zu erhalten! — Ich bitte Sie, Herrn Friedrich Schmitt zu ersuchen, er möge ein paar talentvolle, stimmbegabte Menschen ausfindig machen, um sofort den Unterricht zu beginnen. — Sehr erfreut wäre ich, wenn wir jenen Frankfurter Sänger für unsere Bühne gewinnen könnten; vielleicht würde er sich für geeignet zeigen, außer den von Ihnen genannten Rollen: des Wolfram und Kurwenal auch die des Grafen Telramund und des fliegenden Holländers zu übernehmen; denn unser Kindermann ist von der Natur leider nur mit Stimme begabt und wird den höheren Anforderungen Ihrer Werke schwerlich genügen können. Meiner Ansicht nach wäre auch der Gewinn eines jüngeren Tenoristen sehr wünschenswert, welcher seiner Zeit H. Schnorr zu ersetzen im Stande wäre, denn ich fürchte, die Blüthezeit dieses so reichbegabten Sängers wird nicht lange mehr währen; er soll an einem bedenklichen Übel leiden." (In der Tat starb er im folgenden Jahre in Dresden.)

„Mit lebhaftem Interesse las ich Ihre schriftlichen Anleitungen zu dem fliegenden Holländer (Ges. Werke Bd. V.). Doppelt groß wird mir der Genuß der Aufführung sein, da ich im Stande sein werde, das etwa Mangelnde in Gedanken zu ergänzen. — Haben Sie auch dergleichen schriftliche Anleitungen für die Hauptdarsteller in Ihren übrigen Werken? Dürfte ich Sie ersuchen, mir auch jene zu übersenden, falls Sie solche besitzen — es würde für mich von großem Interesse sein, wie Alles, was Sie und Ihre Werke betrifft. Wie innig freue ich mich über die nun heranrückende Zeit, in welcher mein geliebter Freund mich einweihen wird in die Geheimnisse und Wunder Seiner Kunst, welche mich stärken und beseligen werden[1]. — Hier in meinem lieben Hohenschwangau bringe ich meine Zeit still, aber freudig zu. Eine wohltuende Ruhe herrscht hier; ich finde mehr Zeit für die Lektüre. Ich lese gegenwärtig über Shakespeare und den Goetheschen Faust. — Auch die stärkende Gebirgsluft übt einen wohltätigen Einfluß auf mich. — Fast täglich mache ich einen Ausflug zu Pferd. Wie ich höre, wird die erste Aufführung des fliegenden Holländers am 27. d. Mts. stattfinden können, ich werde derselben nicht beiwohnen, da leicht bei der ersten Aufführung sich Mängel einschleichen, und stets eine wiederholte Aufführung den Darstellern größere Sicherheit gibt, durch welche dem Zuhörer der Kunstgenuß jedenfalls ein erhöhter sein wird. — Meine Absicht ist, das Münchener Publikum durch Vorführung ernsterer bedeutenderer Werke, wie des Shakespeare, Calderon, Mozart, Gluck, Weber in eine gehobene, gesammelte Stimmung zu versetzen, nach und nach dasselbe jener gemeinen frivolen Tendenzstücke entwöhnen zu helfen und es so vorzubereiten auf die Wunder Ihrer Werke und ihm das Verständnis derselben zu erleichtern, indem ich ihm zuerst die Werke anderer bedeutender Männer vorführe, denn von dem Ernste der Kunst muß Alles erfüllt werden. — Hier sende ich meinem theuern Freunde eine gemalte Photographie von mir, welche, wie ich glaube und höre, das gelungenste Bildnis ist, welches von mir besteht. Ich sende es Ihnen, weil ich der festen Überzeugung bin, daß Sie mich am meisten lieben von allen Menschen, welche mich kennen, ich glaube mich hierin nicht zu irren. — Mögen Sie bei Seinem Anblick immer gedenken, daß der Übersender Ihnen in einer Liebe zugethan ist, welche ewig dauern wird, ja daß er Sie mit Feuer liebt, so stark als nur irgend ein Mensch zu lieben vermag. Ewig Ihr Ludwig."

Hohenschwangau, den 26. November 1864.

„Vielgeliebter Freund! Obwohl ich in einigen Tagen wieder nach München zurückzukehren gedenke, und ich hoffe möglichst bald, nach

---

[1] Die gesperrten Stellen werden von Dr. Moll zitiert.

Erledigung des ersten starken Andranges von Geschäften, Aufwartungen meinen Theuern und Einzigen! wieder aus vollem Herzen (wie ja immer) begrüßen zu können und viel mit Ihm zu sein, so kann ich doch dem Drange meines Innern nicht widerstehen, einige Zeilen an Ihn zu richten." — „Wie Sie, geliebter Freund, durch Staatsrat Pfistermeister bereits erfahren haben, werde ich und zwar mit der größten Freude der Aufführung des „Fliegenden Holländer" beiwohnen; — seien Sie überzeugt, daß ich meinen Geliebten verstehe und fühle, daß Er nur mehr für mich leben und schaffen will; wie ja mein eigentliches, wahres Leben in Ihm und durch Ihn einzig und allein besteht. Kein Schmerz, keine Wolke kann mir das Dasein trüben, wenn dieser Stern mir am Himmel strahlt; mein Alles hängt an Ihm"[1].

Hier läßt Dr. Moll eine Stelle folgen, welche in der „Wage" fehlte: „Sie sind mir der Teuerste auf Erden; kaum sind Sie von anderen so geliebt, wie von mir. O, Wonne des Gedankens, das Drama in seiner vollendetsten Form zu sehen."

„Heute schrieb ich dem Könige von Sachsen und ersuchte ihn, er möge dem Sänger Schnorr in der ersten Hälfte kommenden Monats einen Urlaub von 10—12 Tagen bewilligen. — Wie freue ich mich auf das Konzert, in welchem ich Bruchstücke Ihrer anderen Werke hören soll, wie freue ich mich auf die Darstellung des Erik durch ihn! — Hoffentlich wird es mir später noch gelingen, Schnorr ganz für München zu gewinnen. Wie sehne ich mich nach „Tannhäuser," „Lohengrin" und „Tristan". —

„Ich habe den Entschluß gefaßt, ein großes steinernes Theater erbauen zu lassen, damit die Aufführung des „Ringes der Nibelungen" eine vollkommene werde. Dieses unvergleichliche Werk muß einen würdigen Raum für seine Darstellung erhalten, mögen Ihre Bemühungen in Betreff tüchtiger dramatischer Sänger von schönem Erfolg gekrönt werden! — Das Nähere über dieses Theater gedenke ich mündlich mit Ihnen zu besprechen; kurz, der Satz, welchen Sie in der Vorrede zum Gedichte (dem Ring der Nibelungen) anführen, soll in das Leben treten: ich rufe aus: „Im Anfange sei die That!" —

„Sind Sie wieder völlig hergestellt, theuerer Freund? Ist Herr v. Bülow, ist Cornelius bei Ihnen; wie steht es um seinen Cid? — Neulich erhielt ich durch Herrn Franz Müller in Weimar nebst einem mir theuern Schreiben drei seiner Schriften über Sie und Ihre Werke. — Die Abhandlung über „Tannhäuser" (Ges. W. Bd. V), welche mir noch unbekannt war, gewährte mir einen wahren Genuß. Doch nun muß ich schließen. Auf baldiges Wiedersehen, mein innig Geliebter. In ewiger Liebe und Begeisterung Ihr treuer Freund Ludwig."

Ich frage nun, ob diese beiden Briefe als Ganzes nicht mehr den Eindruck von Geschäftsbriefen, als von Liebesbriefen

---

[1] Siehe Anm. Seite 421.

machen? Jedenfalls haben die darin vorkommenden Beteuerungen der liebevollen Hingabe des 19 jährigen kunstbegeisterten Monarchen an das Werk und die Person des genialen 51 jährigen Dichter-Komponisten mit der Geschlechtsliebe ebensowenig zu tun, als die zuweilen nicht minder maßlose Anbetung des „Meisters" seitens anderer seiner Anhänger. Auch sie brachten ihm Opfer, ohne daß es bisher jemand eingefallen ist, ihren gleichfalls sehr überschwänglichen Äußerungen einen erotischen Sinn zu unterlegen[1].

Es mag sein, daß in anderen Fällen bei Ludwig II., wie Moll

---

[1] Ludwig II. hat in keinem der mir bekannt gewordenen Briefe Richard Wagner, wie andere seiner Freunde, jemals mit „Du" angesprochen, noch Wagner den König: „Die mündliche Überlieferung" beruht sicher auf Irrtum, indem sie annimmt, daß der folgende, in der Neuen Zürcher Zeitung vom 12. September 1923 N. 1237 abgedruckte Brief Ludwigs II. an R. Wagner gerichtet gewesen sei. „Mein lieber Freund! Mit innigem Bedauern höre ich, daß Sie stets noch unwohl sind, ich mache mir wirklich Vorwürfe, da ich glauben muß, durch meine vielen Aufträge, die ich Ihnen so oft in der letzten Zeit gab, Veranlassung zu Ihrem leidenden Zustande gegeben zu haben. Ich weiß, wie pflichtgetreu Sie sind und wie wahrhaft gut Sie es mit mir meinen, vom Herzen bin ich Ihnen aber auch dankbar für den liebevollen Eifer, den Sie so oft mir bewiesen. Eines versichere ich Sie: Niemandem wird es gelingen, Sie aus meinem Herzen zu verdrängen; denn treu und fest bewahre ich meine Freundschaft für Sie. — Wenn Wir uns schreiben, so wollen wir uns „Du" nennen, was Wir dereinst zu thun Uns vornehmen; so mache ich denn den Anfang. — Wenn Du mir eine wahre Freude machen willst, so nenne mich in Deinem Briefe, den ich morgen erwarte, schon gleich Anfangs Du, es würde mich schmerzen, wenn Du es nicht thätest. — Du bist ein Freund, ein treuer und aufrichtiger, dieß habe ich klar erkannt, 2 volle Jahre kenne ich Dich nun, oft haben Dich die Leute bei mir anzuschwärzen gesucht, es gelingt ihnen nicht, vollkommen erkenne ich Deinen hohen Werth und danke dem Himmel, mir einen solchen Freund gegeben zu haben, nun siehst Du, wie treu ich Dir meine innige Zuneigung bewahre. — Wenn Du mir einen Beweis geben willst, daß Du dieselbe von Herzen erwiederst, so erfülle meinen Wunsch, indem Du mir bald schreibst und mich in Deinem Briefe „Du" nennst, das Gegenteil würde mir sehr wehe thun. — Nun lebe wohl, theurer Freund, aus Herzensgrund grüßt Dich Dein Treuer Freund Ludwig." Auch Ton und Inhalt dieses Briefes lassen auf einen viel jüngeren und weniger bedeutenden Adressanten schließen, als R. Wagner. Übrigens weilte R. W. damals in der Schweiz und L. II. konnte daher unmöglich von ihm, wie er schreibt: „morgen einen Brief erwarten".

sich ausdrückt: „Das Objekt der Kunstbegeisterung zum Objekt der Liebe wurde" und es ist möglich, daß die schwärmerischen Freundschaften, welche der König im Laufe seines Lebens Personen aus verschiedenen Lebenskreisen zuwandte, zum Teil mit der fraglichen Anomalie zusammenhingen.

Ich will einige dieser Freundschaften, insofern mir Näheres darüber bekannt geworden ist, in den folgenden Kapiteln etwas ausführlicher behandeln.

L.

Dem Alter und Stande nach stand dem König von seinen Jugendfreunden am nächsten: Fürst Paul Taxis, geboren am 27. Mai 1843 als der vierte Sohn des Kronoberpostmeisters Fürsten Max Taxis. Ludwig II. legte weniger Gewicht auf den Adel, als seine Regierungsvorgänger und Nachfolger. Was ihm den jungen Fürsten wert machte, war der Umstand, daß er seine Begeisterung für Wagner und seine Liebhaberei für das Theater von Haus aus teilte.

Er war am 1. Mai 1863, im Alter von 20 Jahren, gleichzeitig mit Sauer zum Ordonnanzoffizier des damaligen Kronprinzen Ludwig ernannt worden, wurde am 18. Januar 1865 zum Oberleutenant und Flügeladjutanten befördert und am 7. November 1866 „unter allergnädigster Anerkennung seiner Dienstleistung" der Funktion als Flügeladjutant enthoben und zum 3. Artillerie-Regiment versetzt. Ich begegnete ihm einmal in seiner späteren Zeit, konnte aber nicht finden, daß er, wie behauptet wurde, dem König äußerlich ähnlich sah. Damals erzählte man, er habe, auf dem Pferde stehend, mit dem König die Roseninsel umritten und erfreue sich ganz besonderer Gunst. Vacano hat ihm eine Skizze gewidmet und Mehreres über ihn enthalten Craemer's „Königs-Historien" Teil II (München 1895).

Wagner studierte ihm die Partie aus Lohengrin ein, die er bei dem Nachtfest sang, das der König aus Anlaß seines zwanzigsten Geburtstages, am 25. August 1865, auf dem Alpsee bei Hohenschwangau veranstaltete. Man hatte ihm auch eine Lohengrinrüstung angeschafft, welche „bis in's kleinste von dem König angeordnet worden war", und ein Schwan war hergestellt und erprobt worden, der durch ein Drahtseil an die Stelle gezogen wurde, wo der König ihn mit Richard Wagner erwartete[1]. Als er näher kam, intonierte das unter Fichten verborgene Orchester; der fürstliche Sänger ließ seine hübsche Stimme ertönen, trat an's Land, verabschiedete sich von seinem Schwan und sang seinen Part zu Ende.

Der König umarmte den in schimmerndes Silber gekleideten Sänger mit den Worten: „Lieber Paul, Du hast Gottvolles geleistet; das Andenken an diese Nacht wird mir und Dir teuer bleiben." Auch Wagner sprach er tausend Dank für diese wonnige Festgabe aus.

Nach Craemer hätte der König schon damals den Gedanken gehegt, auch sich selbst einmal im Lohengrinkostüm von einem lebenden Schwan ziehen zu lassen, und obschon sich Wagner dagegen aussprach, daß sein Lohengrin lediglich zu einer Maske verwendet werde, habe der König zwölf Jahre später diesen Gedanken zu verwirklichen gesucht und auf dem kleinen See in der Grotte zu Linderhof eine Gondel bestiegen; leider besaßen die Flügel des vorgespannten Schwanes aber nicht die Zugkraft der königlichen Phantasie. —

Paul Taxis durfte als einziger den König auch auf der Sühnefahrt begleiten, die er am 22. Mai 1866 zu Wagner nach Triebschen unternahm.

Der Kronoberpostmeister war mit der Richtung seines Sohnes durchaus nicht einverstanden. Er beschwor ihn, statt der stete Vermittler und Fürsprecher Wagners bei dem Könige zu sein, sich von dem früheren Demokraten abzuwenden, da er sonst aufhören werde, sich an seine Vaterpflichten zu erinnern. Paul

---

[1] Nach Max Koch fand die Lohengrinfahrt des Fürsten Paul Taxis auf dem Alpsee am 21. November 1865 statt, erst nach der Abreise R. Wagners.

Taxis beharrte jedoch auf dem eingeschlagenen Wege, der — ihn freilich nicht aufwärts führen sollte. Er verliebte sich in eine Soubrette des Münchener Volkstheaters, Elise Kreuzer aus München, eine Nichte des Komponisten des „Nachtlagers von Granada", und war nach einer Mitteilung des Vaters an den König trotz aller Bemühungen nicht zu bewegen, „ein Verhältnis mit jener Person aufzugeben, welches leider in jeder Beziehung der Ehre seines Namens und Hauses widerstreite". Am 18. Januar 1867 nahm er seine Entlassung aus der Armee und verzichtete gegen eine Rente von 6000 fl. auf seinen Fürstentitel. Der König erhob ihn unterm 19. Juni 1868 unter dem Namen „von Fels" in den persönlichen Adelstand. Sein späteres Gesuch um Verleihung des erblichen Adels wurde unterm 10. Dezember 1869 auf Antrag des Ministeriums abgewiesen. Paul v. Fels führte einige Theaterdirektionen in der Schweiz und starb schon nach wenigen Jahren in Cannes an der Schwindsucht.

Die Anhänger Wagners haben Ursache, freundlich des künstlerisch begabten Fürsten zu gedenken, der, als der einzige seines Standes, in der Frühzeit dafür wirkte und litt. —

Wie es ja auch bei vielen durchaus normal angelegten jungen Leuten vorkommt, erregten einige Mitglieder des Theaters das lebhafte Interesse Ludwigs II. und wie sie verfiel er in den Irrtum, die Darsteller mit den Dargestellten zu verwechseln. Im Laufe der Jahre mögen ihn viele angezogen haben; in längere persönliche Beziehungen ist er aber, soviel ich weiß, nur zu Rohde, Nachbaur und Kainz getreten.

Ich wohnte in meinem zweiten Semester am 24. März 1865 der unverkürzten Aufführung des Don Carlos bei, welche der König angeordnet hatte und welche von 6 Uhr bis 12½ Uhr dauerte. Man hatte S. M. vorgestellt, daß das niemand aushalte und daß niemand bis zum Schluß bleiben werde. Er hatte darauf lediglich geantwortet: „Ich werde bleiben." —

Diese Antwort wurde ihm verübelt, wie ihn denn überhaupt der Adel zu hochmütig und zu schnippisch für einen so jungen Mann fand. Das Militär klagte, daß er noch keine Kaserne, kein Spital, „nicht einmal das Kadettenkorps" besucht habe.

Man äußerte Zweifel an seiner Herzensgüte und es ging das Gerücht, daß sich in den finsteren Gängen der Residenz die schwarze Frau gezeigt habe, vor der es den tapferen Hartschieren so sehr gruselte.

Den Don Carlos spielte damals sehr feurig „der kerngesunde, burschikose Emil Rohde", wie Possart seinen einstigen Breslauer und späteren Münchener Kollegen in seinen „Lebenserinnerungen" nennt. Vielleicht, daß die Idealfreundschaft, welche er in dieser Rolle darzustellen hatte, dem König damals und später als Vorbild vorschwebte. Rohde begeisterte ihn aber auch als Melchthal und machte den Wunsch in ihm rege, den Schauplatz der Dichtung mit eigenen Augen zu schauen. Der Darsteller der Rolle wurde wiederholt zu Vorlesungen in die Residenz befohlen und einmal überraschte ihn der König damit, daß er das Lied von der Glocke, das er von ihm gesprochen zu hören wünschte, und das Rohde nicht auswendig wußte, selbst von Anfang bis zum Ende ihm frei vordeklamierte.

Auch die Schweizer Reise, die der König später mit Kainz ausführte, wurde schon mit Rohde geplant. Es war vereinbart worden, daß dieser Ausflug im strengsten Inkognito zu Fuß „das Ränzel auf dem Rücken" ausgeführt werden solle. In Reutte sollten sich die Reisegefährten treffen. Der König wollte sich von Hohenschwangau aus dorthin begeben. — Während es Rohde, wie er mir später erzählte, angst und bang bei diesem Plane wurde, hielt der König es für sehr wohl möglich, sich ohne weiteres auf ein paar Tage von seinem Throne zu absentieren. Allein sei es, daß ihm selbst dann Bedenken aufstiegen, sei es, daß die Sache ruchbar wurde, Rohde wurde eines Tages auf die Intendanz beschieden und ihm eröffnet, daß die beabsichtigte Reise unterbleiben werde[1].

Von Stunde an ist er dann nie mehr zu Privataudienzen befohlen worden. Ein solch plötzlicher und vollständiger Abbruch

---

[1] Die Angabe von Frances Gerard, The romance of Ludwig II., London 1899, die damals geplante Schweizer Reise des Königs habe im November 1865 stattgehabt, dürfte nicht richtig sein.

näherer Beziehungen nach besonderen Steigerungen ist für den Verkehr des Königs typisch.

Länger, als Emil Rohde, erfreute sich der Sänger Franz Nachbaur (geb. den 25. März 1830 in Gießen bei Tettnang) der königlichen Gunst.

Ludwig II. hatte Nachbaur schon in den 60er Jahren in der Afrikanerin zu Darmstadt gehört, wo der Sänger damals wirkte. Er hatte ihm gefallen und der König hatte den Auftrag gegeben ihn, wenn möglich, für München zu gewinnen. Im Jahre 1868 lud ihn dann Hans Richter ein, bei der ersten Aufführung der „Meistersinger" in München den Walther Stolzing zu singen. Nachbaur leistete dieser ehrenvollen Einladung mit Freuden Folge, studierte die Partie in vierzehn Tagen und sang sie am 11. Juni 1868 in München mit solcher Bravour, daß ihm sogar Wagner sagte, er habe seine Erwartungen übertroffen und ihn nach der Generalprobe der Meistersinger umarmte. Daraufhin wurde er mit einer Gage von 26,000 Mk. für die Münchener Hofbühne verpflichtet. Es ist hier nicht der Ort, seine künstlerischen Leistungen zu würdigen; als Mensch war er gut und liebenswürdig und das Urteil, das die Welt über ihn fällte, ließ seinen Eigenschaften nicht immer genügend Gerechtigkeit widerfahren. Man warf ihm seine Vorliebe für Schmuck und Edelsteine vor und die meisten hielten ihn zu sehr von sich selbst eingenommen. Er hatte aber ein richtiges Urteil über Menschen und Dinge und mehr Lebensklugheit und Takt, als manche von denen, die ihn abfällig beurteilten. Ins Gewicht fällt auch, daß ihn Ludwig II., welcher den Instinkt der Menschenkenntnis in seltenem Grade besaß, ernst nahm, und daß er den schwierigen Seiltanz in der schwindeligen Nähe des Königs so lange ohne Absturz und Anstoß auszuführen verstand. Großen Einfluß auf ihn besaß seine Gattin Albina (geb. 1845, gest. 1895) und ich bin überzeugt, daß er ihr trotz aller Anfechtungen vonseiten des schönen Geschlechts und trotz aller Liebesbriefe, die er häufig aus dem Kreis der Theaterbesucherinnen erhielt, niemals untreu gewesen ist. Albina war eine wohlhabende Pragerin (Tochter des Großkaufmanns Löbl), die ihrem Gatten viele Kinder schenkte und ein schönes, auch gastfreundliches Heim schuf.

Franz Nachbaur wirkte vier Jahre an der Münchener Hofbühne, ohne die persönliche Bekanntschaft des Landesherrn zu machen. Da wurde ihm wieder einmal ein Sohn geboren, und er kam auf den Gedanken, den König zu bitten, Patenstelle bei seinem jüngsten zu vertreten. Ludwig willfahrte dieser Bitte und sprach Nachbaur zum erstenmal in der Audienz, die er ihm gewährte, um seinen Dank entgegenzunehmen. „Ich bin ein leidenschaftlicher Musikfreund und der Gesang übt auf mich eine mächtige zauberhafte Wirkung," sagte er ihm damals. Nachbaur gefiel ihm so gut, daß er ihn gleich für denselben Abend und seitdem häufig zu sich berief.

Sein erstes Souper bei Hofe hat der Sänger seinen Freunden wiederholt geschildert. Er war ganz verzweifelt, da er nicht wußte, wie er sich dabei benehmen sollte und erholte darüber den Rat von Hans Richter, der es offenbar ebenso wenig wußte. „Ich höre," sagte dieser ihm, „daß König Ludwig besondere Eigenheiten hat, ein Blick, eine unrechte Bewegung kann sogleich seine Ungnade nach sich ziehen." „Essen Sie wenig, trinken Sie gar nicht und hören Sie dem König aufmerksam zu, indem Sie ihn fest ansehen. Vermeiden Sie ja, den Blick vom König abzuwenden, denn S. M. könnte dadurch irritiert werden." Mit Zittern und Zagen machte sich der Sänger auf den Weg zur Hoftafel und um dort wenigstens nicht Hunger zu leiden, hatte er sich in weiser Vorsicht vorher zu Hause „überaus gesättigt". Der König begann sich lebhaft mit ihm über Kunst und Künstler zu unterhalten; beim dritten Gange hielt er plötzlich inne und sagte: „Ich bemerke, mein lieber Nachbaur, daß ich Sie störe. Bis jetzt haben Sie ja noch kaum einen Bissen gegessen." Nachbaur stotterte einige Worte und versuchte zu essen, allein er konnte kaum einen Bissen hinunterbringen, teils weil er schon vorher gegessen hatte, teils weil er bemerkte, daß der König ihn genau beobachtete. Nach der Tafel sagte der König, der viel aß, aber wenig trank, scherzend: „Wovon leben Sie eigentlich, wenn Sie immer so wenig essen?" Als Nachbaur

dann in seine Wohnung zurückgekehrt war, überbrachten ihm zwei
Diener in einem Wagen im Auftrag des Königs die auserlesensten
Gerichte, Früchte und Wein mit der Bemerkung: „Als Nachtrag
der heutigen Tafel, der Sie so wenig Ehre angetan haben."

So kam Nachbaur dank seiner eigenen Vorsicht und der Mu-
nifizenz Ludwigs II. besser weg, als manche andere, die hungrig
von Hoftafeln aufstehen mußten, weil sie sich in ihren Gesprächen nicht kurz genug zu fassen wußten und darüber das schnelle
Tempo der hinter ihnen lauernden Lakaien verpaßten.

Am ersten Abend ging Nachbaur, unbekannt mit den königlichen Wünschen und Vorschriften, auch im gleichen Schritt mit
S. M. Der König ließ ihn nichts merken, allein beim Verlassen
der Residenz machte ihm der Leibkammerdiener eine Andeutung, der zufolge er in Zukunft bei Promenaden stets einen
Schritt hinter dem Monarchen zurückblieb.

Auf Wunsch des Königs gab der Sänger seine Gastspiele auf
und in der ersten Zeit der Gnade verging fast kein Tag, an dem
nicht ein Lakai mit irgendeiner Botschaft zu ihm kam. Ludwig
wünschte, daß die Zusammenkünfte möglichst geheim gehalten würden, und trug Nachbaur dringend auf, darüber zu
schweigen, um sich, wie er sagte, nicht dem Neid und den Intrigen
seiner Kollegen auszusetzen.

Ich lasse hier einige Aufzeichnungen aus den Tagen folgen,
in denen ich mit Nachbaurs verkehrte:

Den 7. Oktober 1878.

Kammersänger Nachbaur war in der vergangenen Woche einmal von
Nachts 10 Uhr bis Morgens 3 Uhr bei dem König. Sie soupierten in dem
Pavillon und fuhren dann spazieren. Nachbaur erzählte dem König viel
von seiner italienischen Reise und suchte in ihm die Sehnsucht zu wecken,
das Land, wo die Zitronen blühen, mit eigenen Augen zu sehen. Ludwig
äußerte Furcht vor den dortigen Räubern. Dann sprachen sie von anderen
Dingen und Personen, auch von mir... Hierauf sang Nachbaur. Noch
während ich bei ihm war, brachte ein Hoflakai die italienischen Photographien zurück, welche Nachbaur dem König unterbreitet hatte. Es
befand sich darunter zur Abwechslung auch eine neue Photographie des
Sängers selbst und der König ließ wohl in der Absicht, sie behalten zu
dürfen, anfragen ob sie Frau Nachbaur gehöre? Die Photographien begleitete ein Brief Hornigs, durch welchen der König Nachbaur für den
schönen, unvergeßlichen Abend danken ließ, den er in seiner Gesellschaft
verbracht hatte, und ihn auf den nächsten Donnerstag wieder zu sich

beschied. Nachbaur äußerte im Hinblick darauf den Wunsch, es möge nur schöner Mondschein sein, da der König diesen bei dergleichen nächtlichen Spazierfahrten so sehr liebe. — Sein Eindruck vom König ging dahin, daß er zur Zeit sehr gut gelaunt, sehr blühend und sehr gesund sei. Von einer Geisteskrankheit hat er nichts bemerkt.

Der König kann es durchaus nicht leiden, daß man Jemand protegieren will. Er liebt es, den Sachen auf den Grund zu sehen und wiederholt sehr oft die Frage: von wem wissen Sie das? Wird Jemand verlegen, so stellt er seine Fragen nur noch eindringlicher. Kriechende Menschen soll er nach dem Ausspruch Hornigs und Nachbaurs absolut nicht lieben.

Den 10. Oktober 1878

Der König sagte, mit Bezug auf sein jüngstes Zusammensein mit Nachbaur zu Bürkel, Nachbaur sei der liebenswürdigste, amüsanteste Mensch, den er kenne.

Bürkel sprach sich bei dieser Gelegenheit auch über die ungemeine Schwierigkeit aus, mit S. M. zu verkehren. Es sei nicht nur eine Kunst, sondern ein Verdienst.

Frau Albine Nachbaur bewahrt in einer schönen Kassette die Blumen, welche der König eigenhändig gepflückt und ihr durch ihren Gatten übersandte. Der Sänger schätzte sich auch glücklich über den Besitz von 9 eigenhändigen Briefen Ludwigs, von denen er sagte, daß er sie noch keines Menschen Auge sehen ließ. Indessen — es gibt bekanntlich keine Regel ohne Ausnahme.

Den 6. Januar 1879.

Heute zeigte mir Nachbaur zwei von den 12 Briefen, — der Sohn sprach nach dessen Tode nur mehr von 7 — die er von dem König erhielt und wie ein Palladium bewahrt. Als er vor der Cholera nach Stuttgart floh, kam ein Emissär des Königs zu ihm, um ihn zu fragen, ob er sie auch gut aufbewahrt habe, ohne sie jedoch zurückzufordern.

Die mir gezeigten Briefe aus den Jahren 1872 und 1874 waren in einem äußerst begeisterten Stile geschrieben. Der König nannte Nachbaur darin seinen einzigen oder besten Freund; er findet, daß sie dieselben Charaktere hätten, indem sie beide für das Erhabene und Reine begeistert seien. Der König dankt dem Sänger für die genußreichen Stunden, die er in seiner Gesellschaft verbrachte, für seinen entzückenden Gesang und erklärt sich ganz melancholisch, da er nicht mehr da sei.

Diese Ergießungen unterbricht dann die Erwähnung der Frau Albina, welche dem König ein Porträt ihres Gatten abgetreten hatte. „Hier übersende ich Ihnen," schreibt Ludwig in diesem Betreff, „das bewußte Medaillon mit meinem Bilde mit dem Ersuchen, beides Ihrer Frau Gemahlin von mir zu überweisen; leider steht es nicht in meiner Macht, Ihnen eine so große Freude zu bereiten, wie diejenige ist, welche Ihre Frau mir bereitet hat. Sie sendete mir das Bildnis meines besten Freundes, ich kann ihr als Zeichen meiner Dankbarkeit nur das Bild eines ihr Unbekannten, der ich für sie bin, zum Geschenk machen. Mit inniger Freude gedenke ich der gestern mit Ihnen verlebten Stunden. Unsere Gesinnungen und Charaktere haben eine Ähnlichkeit, was mich immer freut. Wir

beide sind Feinde alles Gemeinen und Schlechten und erglühen in heiligen
gottentflammten Feuer für alles Hohe, Reine und Ideale. Deshalb
wollen wir auch unser Leben lang treue und aufrichtige Freunde bleiben.“ —

Dieser letzte Brief gehört schon zu denen, welche die Kinder
Nachbaurs nach dessen Tode veröffentlicht haben. „Recht innig,“
heißt es in einem anderen der im Jahre 1902 veröffentlichten
Königsbriefe vom 5. Mai 1872, „habe ich bedauert, Sie vor Ihrer
Abreise nicht mehr sehen zu können. Gestern und vorgestern war ich
nämlich von sehr heftigem Kopfweh geplagt und heute wollte ich Sie auch
nicht mehr zu mir bemühen, da Sie von der Oper gewiß müde zurückgekommen sein werden, und es überdies der letzte Abend ist, den Sie vor
Ihrer Abreise mit Ihrer Familie vereint sein können. Als „Tannhäuser“,
sowie als „Masaniello“ haben Sie mich durch Ihren wundervollen Gesang
und durch Ihr herrliches Spiel entzückt. Herzlichen Dank für die ewig
unvergeßlichen Freuden, die Sie mir dadurch bereitet haben. Viel und
oft werde ich Ihrer gedenken, mein lieber Nachbaur, seien Sie dessen versichert. Ihnen meine innigsten Grüße aus ganzer Seele sendend, bleibe
ich in aufrichtiger Freundschaft jederzeit Ihr sehr gewogener König
Ludwig.“

Nach dem Tode des Sängers wurden die Briefe des Königs
unter dessen Kindern verteilt; ich bin in der Lage, noch zwei
derselben vom 25. und 28. März 1872 hier folgen zu lassen: „Mein
lieber Nachbaur! Es drängt mich, die Ihnen mündlich ausgesprochenen
Glück- und Segenswünsche zu Ihrem heutigen Geburtstag auf schriftlichem Wege zu wiederholen. — Möge die Vorsehung Sie noch recht viele,
viele Jahre erleben lassen, zur Freude und zum Glück Ihrer Familie und
Ihrer zahlreichen Anhänger und Freunde, zu denen ich mich zähle und
von denen ich der wahrhaft treueste und aufrichtigste bin, seien Sie versichert.“ „Die von Ihnen so wundervoll gesungenen Melodien umschwe-
ben mich ständig, lassen mich die oft rauhe Wirklichkeit des Lebens vergessen und heben mich in eine selige wonnevolle Welt des Traumes; daß
ch Ihnen mein lieber Nachbaur dies zu verdanken habe, werde ich nie,
nie vergessen, dies schwöre ich Ihnen.“ Indem ich die Hoffnung aus-
spreche, Sie vor Ihrer Abreise noch einmal zu sehen, sende Ich Ihnen meine
herzlichsten Grüße und bleibe in aufrichtiger treuer Freundschaft Ihr
sehr gewogener König Ludwig.“

Drei Tage später schreibt der König: „Mein lieber Nachbaur. Ich
kann Ihnen nicht beschreiben, wie sehr die Nachricht, daß Sie leidend sind,
mich betrübte! Ich beschwöre Sie! — „reisen Sie nicht eher ab, als
bis Sie sich wieder völlig hergestellt fühlen! Es liegt etwas tückisches in
der Münchener Luft, durch Vernachlässigung wird ein leichtes Unwohlsein schnell zur ernsten gefährlichen Krankheit. — Denken Sie an die
schwere letzte Krankheit! Auch diese hätte sich vielleicht im Keime
ersticken lassen, hätten Sie sich geschont und wären Sie hier geblieben.

504

Schonen Sie sich! Tun Sie es Ihrer Familie, der Erhaltung Ihrer prachtvollen Stimme, tun Sie es mir zu lieb, ich bitte Sie darum! — ich, der
König, der sonst zu bitten nicht gewöhnt ist. — Sicher hoffe ich Sie vor
Ihrer Abreise noch einmal zu sehen. — Ich bin sehr melancholisch über
Ihre Abreise, so wie über Ihr Unwohlsein. Morgen, Freitag, den 29. sind
es 8 Tage, seit jener Audienz und seit dem ersten Abend, an welchem
Sie bei mir sangen. Zu den schönsten Tagen meines Lebens werde ich
die jüngst verflossenen zählen." „Auf einer Insel in des Äthers Höhen
habe ich gelebt in diesen Tagen! — Herzlichen Dank für Ihren lieben
Brief und die vortrefflich gelungene Photographie, die mich sehr erfreute. — Noch einmal rufe ich Ihnen zu, schonen Sie sich und reisen Sie
nicht so bald! — Ich sende Ihnen meine herzlichsten Grüße und bleibe
in fest gewurzelter, durch nichts zu erschütternder Freundschaft und
Treue bis zum Tod Ihr stets geneigter König Ludwig." —

Die Auszüge aus den übrigen Briefen in der Münchener Zeitung vom 23. März 1902 sind etwas konfus und machen den
Eindruck von Wiedergaben nach mündlichen Angaben aus der
Erinnerung, wobei das Gedächtnis den Berichterstatter etwas
im Stiche ließ. Hiernach hätte der König unter anderem
geschrieben: „Was sind Schätze der Erde, was der irdischen
Menschen Lust und Freude gegen Augenblicke des göttlichen
Genusses, die uns Poesie und Musik bereiten!" und in einem
anderen Briefe hätte er darüber geklagt, „nicht mit dem Göttlichsten begabt zu sein, um die Ähnlichkeit des Göttlichen
erreichen zu können und „mit glühenden Ketten an das All-
tägliche geschmiedet, entsagen zu müssen, Himmelswonnen zu
kosten und hienieden in die Sphären des Paradieses einzudringen."

Die Dankbriefe des Sängers sind bestrebt, nicht hinter diesem teilweisen Überschwang der Gefühle zurückzubleiben; noch
unterm 26. Mai 1885 schreibt er dem König: „Jenem gesegneten
Tage, an welchem ich E. K. M. meinen ehrfurchtsvollsten Dank für Übernahme der Pathenstelle zu Füßen legte, folgte eine Zeit so göttlich hohen,
reinen Glückes, daß die Erinnerung daran, als mein höchster, kostbarster
Schatz in der innersten Tiefe meines Herzens verschlossen ruht und deren
Strahlen nicht nur mein ganzes Leben erleuchten und ihm Wert verleihen,
auch meine Kinder und Kindeskinder werden mit stolzer heiliger Freude
das Andenken an jene gottbegnadigte Zeit als ein unschätzbares Ver-
mächtnis bewahren."

Nach dem Tode Nachbaurs erschienen in der Presse auch
einige seiner mündlichen Erinnerungen an Ludwig II. „Wieder

berührte der Herrscher," heißt es in einer derselben ohne Angabe
des Zeitpunktes, „sein Lieblingsthema: die Musik. Ludwig II.
erklärte mir, daß er aus Richard Wagners Werken stets die größte
Begeisterung geschöpft habe, jedoch auch italienische Musik,
namentlich Verdi, sehr hoch schätze. Rigoletto habe ihn z. B.
stets ergriffen und die Arie des Herzogs im letzten Akt könne er
auswendig. Er trällerte die ersten Takte: „Ach, wie trügerisch
sind Frauenherzen..." vor sich hin und ersuchte mich, die ganze
Arie zu singen." Nach Beendigung des Gesangs bestiegen wir
einen am Ufer des Sees befestigten goldenen Nachen, dessen Vorderseite ein mächtiger Schwan zierte und fuhren hinaus in die
künstliche Flut. Die märchenhafte Fahrt schien Ludwigs Sehnsucht nach Italien wieder zu wecken und schwärmerisch rief er
aus: „Wie herrlich wäre es, wenn wir jetzt im Golf von Neapel
wären, oder uns an den Weisen venezianischer Gondoliere erfreuen könnten."

Eine andere Geschichte ist hübsch erzählt, trägt aber den
Stempel der Ausschmückung an der Stirne. Als er sich von der
Unpäßlichkeit erholt hatte, auf die der oben zitierte Brief vom
28. März 1872 sich bezieht, wurde er sofort zum König gerufen.
„Ich fand," soll er erzählt haben, „den Audienz-Wartesaal überfüllt; die höchsten Staatsbeamten und Generale warteten auf
die Ehre, vorgelassen zu werden. Ich, als der Zuletztgekommene,
wurde sofort zu S. M. hinaufbefohlen. So empfängt kein Vater
seinen Sohn nach überstandener Krankheit, wie mich S. M.
So oft ich laut sprach, legte der König seine Hand auf meinen
Arm und sagte liebevoll: „Schonen Sie sich, Teuerer!" Als ich
erklärte, mich bereits ganz wohl zu fühlen, drückte mir der König
die Hand und lud mich, wie so oft, zu einem Gang in dem berühmten Wintergarten mit dem See. Wir bestiegen einen goldenen
Nachen, den ein Diener schnell losband, um sofort hinter Busch-
werk zu verschwinden, und zogen hin über die blauschimmernde
Flut..." „Der König stand im Nachen hoch aufgerichtet und
war wunderbar anzuschauen; die Augen leuchtend, die Lippen
fest aufeinandergepreßt, die Wangen bald leichenblaß, bald
flammenrot..."

Es darf daran erinnert werden, daß der „Audienz-Wartesaal" Ludwigs II. wohl schon um jene Zeit nie überfüllt war, indem der König Audienzen fast nie mehr erteilte. Wenn es aber ganz ausnahmsweise geschah, so hat er gewiß dabei an der strengen Hofrangordnung festgehalten und niemals zwischen zwei Audienzen eine Spazierfahrt auf dem kleinen See im Wintergarten eingeschoben. Richtig ist freilich, daß der König sich um das Befinden seiner Freunde stets sehr besorgt zeigte, aber in dem gegebenen Falle müßte es nicht heißen: wie ein Vater um seinen Sohn, sondern umgekehrt, denn Nachbaur war um 15 Jahre älter als der König. —

Schöne Stimmorgane übten stets einen ganz besonderen Reiz auf Ludwig. Er lauschte gern dem Gesang des Freundes und unterhielt sich mit ihm über Stadt- und Theaterklatsch, er blickte ihm zuweilen tief in die Augen, so tief, daß sich beinahe die Nasenspitzen berührten und einmal in einer wunderbaren Mondnacht drückte er einen Kuß auf die Stirne des Sängers. Dieses letztere Vorkommnis erzählte mir Nachbaur lediglich zum Beleg dafür, daß Ludwig gerade um einen halben Kopf größer war, als er.

Die Presse widmete dem beliebten Sänger nach seinem Hingang im März 1902 sehr warme Nachrufe und nannte ihn nicht mit Unrecht „eine der populärsten und sympathischsten Erscheinungen des Kunstlebens in München". Er war während der 22 Jahre seiner Münchener Wirksamkeit in 62 verschiedenen Rollen 1001 Mal aufgetreten.

Ludwig II. legte auf das Äußere der Personen seiner Umgebung besonderen Wert und beachtete es mehr als dies sonst wohl üblich ist. Leinfelder frug er einmal, ob er nicht finde, daß sein damaliger Minister des Äußern, Fürst Hohenlohe, schöne Augen habe, und sogar vor der Wahl eines Kabinettssekretärs mußten Photographien der in Betracht kommenden Kandidaten vorgelegt werden, wie dies im Privatleben nur bei Dienern zu geschehen pflegt, deren Äußeres mit den geforderten Dienstleistungen in einem gewissen Zusammenhang steht.

Freundschaftliche Gefühle scheinen Ludwig II. nur zwei Persönlichkeiten des Beamtenstandes eingeflößt zu haben: der langjährige Kabinettssekretär **v. Ziegler,** und der damalige Staatsanwaltssubstitut Anton Freiherr v. Hirschberg (geb. 3. August 1853).

Während der lange dauernden Erhebungen und Versuche, einen Nachfolger für Ziegler ausfindig zu machen, war auch eine Photographie Hirschbergs in den „Allerhöchsten Einlauf" gelangt und hatte den Wunsch des Königs wachgerufen, die persönliche Bekanntschaft des Originals zu machen. Es wurde mir versichert, daß diese Vorlage durch Bürkel erfolgt sei, um meine, von anderer Seite vertretene Kandidatur um den fraglichen Posten zu beseitigen, von welcher Bürkel wegen meiner nahen Beziehungen zu seinem Vorgänger Düfflipp persönliche Nachteile befürchtete. Auch ohne diesen Hintergedanken bot der Vorschlag eines weiteren Justizbeamten für das königliche Kabinett nichts Ungewöhnliches dar, waren doch auch Lutz, Eisenhart, Ziegler u. a. aus der Justiz in das Kabinett einberufen worden.

Die Kandidatur Hirschbergs für das Kabinett wurde alsbald aufgegeben, nicht weil er dem König mißfiel, sondern weil er ihm zu sehr gefiel, als daß er ihm ein Amt übertragen wollte, in dessen Ausführung er sich „wahrscheinlich über ihn ärgern müsse". Er nannte ihn bald „son ami idéal" und das bayerische „Vaterland" schrieb am 20. August 1880: „Vom Hofe werden demnächst wieder allerlei Veränderungen zu hören sein. Ein neuer Stern scheint dort plötzlich aufgegangen zu sein: Frhr. v. Hirschberg, 3. Staatsanwalt und Landwehr-Unterleutenant. Er durfte die Jubiläumstage bei S. M. dem Könige auf dem Schachen zubringen und sich bereits 14 Tage über seinen Urlaub in der königlichen Gnade sonnen. Sein junges Söhnchen soll einen veritablen lebendigen Hirsch nebst Stall, er selbst außer anderem ein prächtiges Reitpferd zum Geschenk erhalten haben. Höfische Sterndeuter ersehen in H. v. Hirschberg bereits den künftigen königlichen Flügeladjutanten unter Beförderung zum Rittmeister an Stelle des H. v. Varicourt, welcher im Hannöver'schen mit dem Halse in ein Rasiermesser gefallen und noch nicht her-

gestellt ist, oder gar den Nachfolger des königlichen Kabinettssekretärs v. Ziegler." —

Drei Dinge, hieß es ferner, seien Hirschberg in der ersten Zeit
seiner Gnade angeboten worden: der Grafentitel, ein Lehen und
eine Villa. Er schlug sie aus, bat aber um Versetzung in das
Ministerium des Äußern. Dieser Bitte wurde stattgegeben und
Hirschberg unter Beförderung zum Legationssekretär in das
Ministerium des königlichen Hauses und des Äußern einberufen. Während mich seine Ernennung zum Kabinettssekretär
nur um eine entfernte Aussicht gebracht hätte, erhielt ich auf
diese Weise in ihm einen acht Jahre jüngeren Vormann mit
höherem Rang. Man fühlte im Ministerium des Äußern sehr
wohl, daß die Einberufung eines Beamten, welcher der Verwaltung nicht angehörte und Proben seiner Eignung für die
Besonderheiten des äußeren Ministeriums nicht abgelegt
hatte, einen Regierungsakt von zweifelhafter Korrektheit bedeutete und der damalige Personalreferent v. Bever glaubte,
mich auf den Schlag vorbereiten zu sollen, indem er mir das betreffende Allerhöchste Handschreiben zur Einsicht überbrachte,
das nach dem Schema abgefaßt war: „car tel est notre plaisir."
Eine viel weitgehendere Rücksicht erwies der adelsfreundliche
Minister Frh. v. Crailsheim dem gleichfalls durch die Einberufung Hirschbergs einigermaßen betroffenen Baron Podewils,
der gleichfalls kurz vorher in das Ministerium einberufen und
der Gesandtschaft in Bern attachiert worden war. Der Minister
ließ ihm schreiben, er solle sich beruhigen; es werde ihm keinerlei Nachteil aus der Sache erwachsen; als er dann zurückkam,
ließ er ihn zwischen den Gesandtschaften Berlin, Wien und
dem Ministerium des Äußern wählen; hätte er das letztere gewählt, so wäre ich nach Berlin gekommen. Podewils wählte aber
hiefür die schönen und langen Umwege über Berlin, Rom und
Wien und nahm nach einem Seitensprung an die Spitze des Kultusministeriums dem Grafen Crailsheim, der sich ihm damals
und immer so wohl gesinnt erwies, die Bürde des Ministeriums
des Äußern ab, die er so gerne, länger als fast alle seine Vorgänger, getragen hatte.

Unter den Kondolenzbesuchen, die ich damals seitens meiner Kollegen im Bureau empfing, befand sich auch einer des Staatsrechtslehrers Seydel, der sich scherzend dahin äußerte, wir müßten noch froh sein, daß nicht eine Allerhöchste Verordnung erschienen sei, die uns allen die göttliche Verehrung des Antinous Ludwigs II. zur Pflicht mache. So viel beanspruchte Baron Hirschberg durchaus nicht. Es muß ihm zur Ehre nachgesagt werden, daß er sich niemals angesichts der ihm zu teil gewordenen Gnade überhob, sondern immer eifrig bestrebt zeigte, sie durch persönliche Leistungen zu ratifizieren. In diesem Streben wurde er freilich anfangs durch häufige Abkommandierungen auf drei bis vier Tage an das Lager S. M. etwas behindert. Ich war schon vor einigen Jahren durch meinen Freund Graf Karl Du Moulin, der ein Korpsbruder von ihm war, auf Baron Hirschberg aufmerksam gemacht worden und war später einen Winter lang allwöchentlich mit ihm zusammengekommen. Er war ein auffallend hübscher junger Mann, der sich nicht der Gunst, aber dem Wettbewerb der Damen frühe durch eine Neigungsheirat entzog, die er mit 24 Jahren eingegangen war. Ein paar in Heidelberg verbrachte Semester zeigten ihm neue Seiten des Korpsstudentenlebens, das er schon in München im Korps Suevia kennen gelernt hatte. Sein Eintritt in den Justizdienst vollzog sich unter günstigen Auspizien. Der Hofgesellschaft, wie der literarischen Welt war er bisher ferne gestanden.

Der Antrittsbesuch bei mir im Ministerium mag nicht zu seinen angenehmsten Gängen gehört haben. Obgleich ich ihn persönlich kannte, führte Ministerialrat Prestele ihn bei mir ein, und eine leichte Befangenheit in seinem sonst sicheren Wesen verriet, daß in seinem Unterbewußtsein die Vorstellung von der Beeinträchtigung, die ich durch ihn erfuhr, nicht gänzlich fehlte.

Bei dem ersten Diner, welches der Minister des Äußern im November 1880 den Beamten des Ministeriums gab, erschien „Baronissimus" — so nannte ihn unser Kollege Graf Fugger, der frühere bayerische Gesandte in Petersburg — angetan mit dem Schmuck, den der König ihm geschenkt hatte. Diamantene

Hemdknöpfe funkelten an seiner Brust und auch die weiß und blauen Rauten in Edelsteinen der großen Manschettenknöpfe verrieten ihre hohe Herkunft. Der Besitzer all dieser Pracht verhielt sich, wie immer, bescheiden und korrekt. Auch Hofrat Bürkel war zu jenem Diner geladen und die Ironie des Schicksals wollte es, daß Baron Hirschberg, mein siegreicher Rivale, mich mit Herrn Bürkel, meinem siegreichen Widersacher, bekannt machte.

Siebenundzwanzig Jahre lang arbeitete ich im Ministerium des Äußern Tür an Tür mit Hirschberg. Fast beständig standen wir uns bei Beförderungen und Auszeichnungen hindernd im Wege. Wir wurden bei der Verschiedenheit unseres Wesens und unserer Richtung nie zu intimen Freunden; nie aber auch trübte ein Streit oder eine Rivalität unsere Beziehungen. Wir unterstützten und förderten uns gegenseitig, so viel wir konnten, und blieben immer treue und zuverlässige Kollegen. Keiner von uns hätte dies allein vermocht, wenn nicht der andere die gleiche Gesinnung gehabt hätte. — Ich ging neben Hirschberg in dem Leichenbegängnis des Königs, dem er so nahe stand, und wir erreichten schließlich beide im Staatsdienst den gleich hohen Rang.

Obschon ich Baron Hirschberg von den Freunden des Königs am längsten und besten kannte, weiß ich doch von seinen Beziehungen zu Ludwig II. am wenigsten. Er sprach selten davon und legte sich in diesem Punkte immer eine gewisse Zurückhaltung auf. Ich habe die Briefe nicht gelesen, die er vom Könige erhielt, noch diejenigen, die er ihm schrieb, obschon die letzteren längere Zeit unter meiner Verwahrung standen. Als einige Briefe des Königs an Kainz nach dem Tode des ersteren veröffentlicht wurden, bemerkte Hirschberg, daß die Redewendungen und der Gedankengang derselben eine merkwürdige Ähnlichkeit mit denen hätte, die er selbst erhielt.

Ich bin daher für das Folgende zum größten Teil auf Mitteilungen anderer angewiesen. Die Freundschaftsverhältnisse des Königs nahmen einen typischen Verlauf. Ihr Barometer steigt schnell zu den höchsten Graden, zeigt aber dann Sturm und ihr Thermometer fällt endlich unter Null. Beständig haben sie sich bei keinem erwiesen.

Als der König Hirschberg zum ersten Mal sah, klagte er über seine Einsamkeit.   Sein Bruder sei krank, er habe niemand, mit dem er wahrhaft intim verkehren könne.   In einem späteren Briefe sucht er selbst eine Erklärung seines Wesens. Seine Stellung und seine Erziehung hätten ihn isoliert; die Gegenwart habe keinen Reiz für ihn, darum habe er sich in der Lektüre eine eigene Welt aufgebaut, in der ihn jede Berührung mit der Außenwelt störe.   Seine Gesprächsstoffe waren mannigfache; nicht selten gaben die Ereignisse von 1866 und 1870 und ihre Folgen zu langen politischen Erörterungen Anlaß und mit Vorliebe kam der König auf die Sozialisten zurück, die in Schwabing wohnten und auf den Royalismus, von dem er sagte, entweder das Volk habe ihn, dann brauche er nicht gepflegt zu werden; oder es habe ihn nicht, dann könne er auch nicht gepflegt werden.   Mit solchen Äußerungen suchte er insbesondere das allgemeine Drängen abzuweisen, er möge öfter an die Öffentlichkeit treten.

Die Empfänge Hirschbergs dehnten sich oft bis gegen Morgen aus und der König entließ seinen Gast auch dann nicht, wenn er schließlich offen gestehen mußte, daß der Schlaf ihn übermanne. Der König vertröstete ihn dann nur damit, daß er am folgenden Morgen den versäumten Schlaf hereinbringen könne, was ja bekanntlich auch andere Lebensgewohnheiten voraussetzt. Mit dem Pferde, das der König ihm zum Geschenk gemacht hatte, erlitt er einen schweren Sturz, der dauernde Lähmung eines Augenmuskels bewirkte.   Überhaupt waren weder die nächtlichen Ritte durch die schweigenden Wälder gefahrlos, noch die Fahrten bei Mondenschein auf hochgelegenen Alpenseen in leichten, schwanken Booten, die unter der schweren Last des in drei Mäntel gehüllten Monarchen zuweilen umzukippen oder zu versinken drohten.

Hirschberg war einmal acht Tage auf dem Schachen und oft zwölf Stunden ununterbrochen bei dem König, der jede Art freundschaftlicher Annäherung an ihn versuchte.   „Glisser au tutoiement est la pente des amitiés jeunes,'' sagt Victor Hugo irgendwo in den „Misérables'' und auch Ludwig II. empfand wieder das Bedürfnis, diesen Abhang hinabzugleiten. Schon bald wurde, nach dem Vorgang anderer, auch Hirschberg diese Ehrung zuteil, die, vonseiten des Königs dargeboten, am alten spanischen Hofe die Würde des Pairs verlieh. Einmal, mitten in einem Briefe, schlug der König Hirschberg vor, ihm die Freude zu machen, ihn „Du'' zu nennen, nachdem er schon früher sein Bedauern darüber ausgesprochen hatte, daß der Baron nicht auf der gleichen Stufe mit ihm geboren sei.

Von Natur aus jeder Art von Sentimentalität abhold, widerstrebte es Hirschberg, einen Ton anzuschlagen, der ihm nicht von Herzen ging. Indessen konnte er sich doch nicht, ohne unfreundlich und undankbar zu erscheinen, dem auch mündlich wiederholten Wunsche entziehen, den königlichen Freund im Verkehr ohne Zeugen zu duzen und später wurde einmal auch bei Champagner, den man an der königlichen Tafel täglich servierte, der Freundschaftsbund zwischen dem gekrönten Haupte und dem neuernannten Legationssekretär in der üblichen Weise bekundet.

Die intimere Bekanntschaft zweier Menschen muß zu einer Entfremdung, statt zu einer Annäherung führen, wenn sich ihnen bei jedem Schritt vorwärts das Bewußtsein ihrer Wesensverschiedenheit aufdrängt und vertieft. Es konnte aber nicht immer leicht zwei wesensverschiedenere Persönlichkeiten geben, als den immer realistischen Staatsanwalt Anton Frh. v. Hirschberg, und den idealistischen König Ludwig II. Nichts war ihnen gemeinsam, weder Liebhabereien, noch Interessen, weder Gefühle noch Überzeugungen. Hirschberg war intelligent und hatte ein gesundes, meistens richtiges Urteil über Menschen und Dinge; aber er verließ niemals den Boden der Wirklichkeit und es fehlten ihm die Flügel der Phantasie, um mit Ludwig II. Ausflüge in das Reich der Ideale zu unternehmen. Die Hauptinteressen des Königs waren bisher nicht auch die seinen gewesen und er konnte nicht immer aus dem Vollen und Eigenen schöpfen, wenn die Sprache darauf kam. Er besaß ohne Zweifel eine gründlichere Bildung, ein weiteres Wissen, ein höheres gesellschaftliches Niveau, als die Freunde des Königs aus Theaterkreisen; allein es fehlte ihm auch die Ressource eines schönen Organs zum Singen oder Deklamieren, das auf Ludwig II. stets neuen Reiz ausübte, selbst wenn das Wohlgefallen am Äußeren versagte.

Hirschberg hatte, wie man damals in der Hofgesellschaft zu sagen pflegte, „viel Konversation“, deren Hauptkosten übrigens der König selbst zu tragen pflegte. Am wenigsten gefährlich für den jungen Beamten war das weite Gebiet der Stadtneuigkeiten und Personalien, welch letztere bei aller Idealität das besondere Interesse Ludwigs erregten, der selbst sehr frei und nicht ohne Schärfe von seinen Verwandten und den ihm bekannten Persönlichkeiten sprach. Hirschberg mußte ihm auch jeden seiner Ministerialkollegen schildern, wobei zuweilen ein gewisses Mißtrauen des Königs hervortrat, es sei ihm dieses oder jenes „angelernt worden“. Als ihm Hirschberg unter anderem erzählte, ich habe eine Reise nach Paris angetreten, äußerte der König, daß er mich darum beneide und wollte den Einwand nicht gelten lassen, daß der König dies ja auch könne.

Eine Klippe langer Unterredungen über ernstere Gegenstände bildeten die unvermeidlichen Meinungsverschiedenheiten. Hirschberg wollte nie die Rolle des Marquis Posa spielen und legte sich natürlich bei Kundgabe seiner eigenen Anschauungen vor dem Staatsoberhaupt Zurückhaltung auf, aber in den langen Stunden des Zusammenseins entschlüpften ihm zuweilen Äußerungen, die ungünstig aufgenommen und ihm lange nachgetragen wurden. Er war, wie wir alle, monarchisch gesinnt, aber er konnte unmöglich beistimmen, wenn Ludwig II. die Theorie vertrat, daß es einem Monarchen gegenüber kein Privatrecht gebe, und daß er auch über das Eigentum seiner Untertanen frei verfügen könne. Auch die freien Ansichten des jungen Ehemanns über die unveräußerlichen Rechte der Ledigen im Geschlechtsverkehr verletzten das Ohr des jungfräulichen Königs, der allmählich die Schranken seiner Macht erkannte und einsah, daß seine schwärmerischen Gefühle bei dem, wie er zuweilen klagte, „prosaischen Baron“ keinen Widerhall fanden. Ging er doch eines Tages in Verteidigung des Satzes, man müsse, um nicht einseitig zu werden, mit vielen verkehren, so weit, daß er eine Frage S. M. dahin beantwortete, es wäre ihm durchaus nicht störend, wenn außer ihm noch drei Flügeladjutanten an dem Souper S. M. teilnähmen, da er Eifersucht nicht kenne.

Jeder, der die Schwierigkeiten der Unterhaltung an intimen Hoftafeln kennt, wird dieser Äußerung beistimmen und jeder billig denkende wird eine sehr schätzbare Leistung schon darin erblicken, daß Hirschberg sie an 45 langen Abenden bestand. Den König aber verletzte diese Äußerung und er schrieb wahrscheinlich mit bezug darauf „von Keulenschlägen", die Hirschberg gegen ihn geführt habe. Der Thermometer der Gunst fiel auf den Nullpunkt und sogar den sonst so regen Briefwechsel stellte der König mit der Erklärung ein, daß er sich wieder ausschließlich der Lektüre widmen müsse, die ihm so oft schon eine Zuflucht gegen die Enttäuschungen des Lebens geboten hatte. Als er dann später noch einmal auf Hirschberg zurückkam, ließ er die Einladung an das Hoflager unter dem Vorbehalt ergehen, „wenn es Hirschberg angenehm wäre, was ja durchaus nicht immer der Fall zu sein scheine".

Zu den trennenden Momenten kam um jene Zeit auch das lebhafte Interesse, welches der junge Schauspieler Joseph Kainz dem König abgewonnen hatte. Der Bruch mit Hirschberg war durchaus kein schroffer. Hirschberg nahm im August 1881 Urlaub nach Starnberg, an dessen Ufern damals auch Nachbaur, eines allerhöchsten Winkes gewärtig, badete und sang. Hirschberg erhielt noch von der Schweizer Reise des Königs mit Kainz ein Geschenk und zu Neujahr 1882 ein eigenes allerhöchstes Glückwunschschreiben, aber Einladungen an das Hoflager erfolgten nicht mehr, und er hat auch, soviel ich weiß, den König in den letzten fünf Jahren seines Lebens nicht mehr gesprochen.

LI.

Rhode und Nachbaur waren nicht eigentlich schön zu nennen.
Auffallend hübsch hingegen war in seinen jungen Jahren und bei
seinem Erscheinen in München Joseph Kainz[1], wie aus mehreren
Bildern, insbesondere einer Lithographie aus jener Zeit zu ersehen ist. Aber es war nicht eine Schönheit der Linien, lediglich
eine „beauté du diable", die bald gänzlich verschwand und von
welcher das Porträt keine Spur mehr zeigt, das Eugen Isolani seinem vortrefflichen Lebensbild des dramatischen Künstlers beigegeben hat. „Schön im alten Sinne," sprach der Direktor des
Hofburgtheaters Baron Berger an Kainzens Grabe, „war nichts
an ihm bis auf das Auge, aber fesselnd, bannend, lebendig war
alles an ihm, seine Magerkeit, seine Beweglichkeit, sein Antlitz,
dem nicht nur das Pathos höchster Begeisterung, dem auch
Nestroy'scher Zynismus zu Gesicht gestanden hätte." Ganghofer, der sogenannte „Wadenjodler", der Kainz in seiner
frühesten Zeit als Bourgognino im Fiesko sah, schreibt von ihm
in seinem „Lebenslauf": „Die schlechte Nase und die mangel-
haften Waden des jungen Mimen seien damals von Publikum
und Kritik viel deutlicher erkannt worden, als sein umschleiertes
Genie. Schon aus den ersten Briefen Kainzens aus Marburg
an die Eltern ertönt der Notschrei nach Wattons, die er nicht nur
auf der Bühne und bei Photographien, sondern einige Zeitlang
sogar auf der Straße anlegte; auch die Haare trug er nicht, wie
sie ihm wuchsen, sondern ließ sich einen Lockenschwall daraus
brennen, der ihm im 25. Lebensjahr das Aussehen eines Gentleman mosaischer Konfession — der er durchaus nicht angehörte
— und auf einem Meininger Bild das eines Friseurgehilfen gab,
der sein Meisterstück an sich selbst gemacht hat."

Nach München war Kainz im August 1880 gekommen, nachdem ein Engagement an das Wiener Stadttheater infolge des

---

[1] Geb. zu Wieselberg in Ungarn den 2. Januar 1858, gest. zu Wien am
20. September 1910.

Rücktritts Laubes von der Direktion nicht zustande gekommen war. Günstige Besprechungen seiner Darstellung des „Philotas" und anderer Rollen hatten die Aufmerksamkeit des Königs auf ihn gelenkt, und Bürkel hatte sich beeilt, sehr vorteilhafte Photographien des damals 22 jährigen Künstlers in Vorlage zu bringen. Der erste Empfang bei Possart und Perfall war jedoch nicht besonders freundlich. „Ich kenne hier keine Seele," schreibt er dem „herzallerliebsten Mütterchen" am 26. August 1880, „und kann der Stadt auch kein Interesse abgewinnen, so langweilig ist sie. Große schöne lange gerade breite Straßen, aber lauter einfache Häuser. An jeder Ecke ein Monument und ein Museum, was 1 Mark Entrée kostet."[1]

Schon nach der ersten Probe war Possart fest entschlossen, ihn zu engagieren. Er wurde in den Rollen Mortimer und Romeo lebhaft applaudiert und mit 5000 Mk. auf drei Jahre verpflichtet. „München ist sehr billig!" schrieb er der Mutter. „Eine Wohnung im neuesten Stadtteil von 4 Zimmern, Küche und Vorzimmer kriegen wir um 600 Mark. Das Pfund Rindfleisch kostet 58—60 Pfennige. Holz ist auch nicht teuer, denn auf der Isar wird genug aus Oberbayern herunter geschwemmt. Du mußt Dir München überhaupt nicht als großstädtisch denken. Es macht mir vielmehr den Eindruck einer kleinen spießbürgerlichen Landstadt, so wie Düsseldorf. Ich glaube wir können mit 5000 Mark hier ganz gut leben." Was aber besonders die Stimmung des aufstrebenden Talentes hob, war der Kreis, den er auf der Bühne antraf. „Ich wußte nicht, wie mir geschah, als ich den Romeoproben beiwohnte. Das Stück war 4 Jahre nicht gegeben worden und wurde neu einstudiert. Das Gefühl kam über mich, lauter routinierte Künstler und zum Teil berühmte Kräfte um mich zu haben, die mich alle schon als ihres gleichen achteten, und ein solches Stück mit einer Pietät einstudieren, von der man in Meiningen keinen Dunst hat." „Alle drückten mir mit aufrichtiger Teilnahme die Hand und wünschten mir Glück. Ich fühlte mich zum ersten Male als Künstler unter Künstlern und spielte die Hauptrolle in einem der schwierigsten Kunstwerke Shakespeares. Das Publicum jubelte mir zu und gab aus tausend Kehlen seine Zustimmung zu meinem Engagement."[1]

Im folgenden Frühjahr durfte Kainz auch in einer Separatvorstellung mitwirken. Ludwig interessierte sich damals für Victor Hugo, den Hauptvertreter der französischen Romantik der dreißiger Jahre. Man hatte ihm am 27. April 1880 Ruy Blas

---

[1] Eloesser, „Der junge Kainz" S. 249f.

aufführen müssen, dem alle übrigen Dramen V. Hugo's folgten.
Der König gab sogar Karl v. Heigel den Auftrag, die zwei starken Bände des monstruosen „Cromwell" von V. Hugo in gereimte Alexandriner zu übersetzen.

Kainz spielte am 30. April 1881 den „Didier" in „Marion de
Lorme", deren Übersetzung in deutsche Jamben Ludwig Schneegans (gegen ein Honorar von 900 Mk.) übernommen hatte. Fresenius setzt seiner Aufzählung der Separatvorstellungen hier
die Notiz bei: „an jenem Abend sah Ludwig II. zum erstenmal
in der Rolle des Didier den Schauspieler Joseph Kainz, der durch
sein melodisches Organ und sein temperamentvolles feuriges
Spiel die Gunst des Königs im Sturm eroberte." In der Tat
war Kainzens Erfolg ein vollständiger. Der König fand sein
Spiel ergreifend und unvergleichlich und besonders bezauberte
ihn dessen Organ. „Marion de Lorme" mußte am 4. und 10. Mai
wiederholt werden und diese Aufführungen wurden für Ludwig
zu förmlichen Gedenktagen. Nach der ersten erhielt der glückliche junge Mann einen mit Saphiren und Diamanten gefaßten
Ring, nach der zweiten eine goldene Kette mit dem Sinnbild
der Romantik, dem Schwan, und nach der dritten eine Uhr
mit Diamanten. Auch widerfuhr ihm die Ehre, zu den folgenden
zwei Separatvorstellungen geladen zu werden: dem „Kardinal
Alberoni" von Karl v. Heigel und „Narziß". Der Verfasser des
ersterwähnten Stückes berichtet: „In der Gastloge erschien bei
der ersten Aufführung ein junger Mann, zwar im Feierkleid,
dennoch offenbar nicht vom Hofe — Herr Joseph Kainz, der
einige Abende vorher als Didier den König entzückt hatte. Noch
während des ersten Auftritts erschien ein Kammerdiener und
überreichte dem Künstler den Theaterzettel und ein elfen-
beinernes Opernglas." Es hatten also an jenem Abende drei
Personen den Genuß, dieser Aufführung beizuwohnen, um den
wir sie aber, im Hinblick auf die Inhaltsangabe des Stückes
auf Seite 308 des Buches[1] des Dichters nicht beneiden wollen.

Auf die erwähnten Beweise allerhöchster Gnade folgte bald

---

[1] Karl v. Heigel, Ludwig II. Stuttgart 1893, Bonz. S. 308.

ein brieflicher und ein persönlicher Verkehr, über dem einiges
Dunkel lag, bis nach dem Tode des Königs Kainzens Gattin,
Frau Sara Hutzler, die schon früher als Schriftstellerin tätig
war und hübsche amerikanische Novellen geschrieben hat, zuerst
in Nr. 27 der Gartenlaube von 1886 10 Briefe des Königs mit
Kommentar und dann im Berliner Tageblatt vom 1., 2. und
3. Juli 1886 fünf weitere veröffentlicht hat, nachdem, was mich
am meisten wunderte, mir aber bestimmt versichert wurde, Kainz
sie vorher vergebens dem Ministerium zum Kaufe angeboten hatte.

Diese vorschnelle Veröffentlichung verletzte damals, und die
Münchener Schauspieler sagten sich aus diesem Anlaß in einer
öffentlichen Erklärung von ihrem früheren Kollegen los. Heutzutage wird man wohl milder darüber urteilen. Man wird sich
sagen, daß in der Seele Kainzens doch immerhin ein Stachel
über die Kränkung zurückblieb, die er durch seine Nichtwieder-
Engagierung erfuhr, und daß er ein berechtigtes Interesse daran
hatte, seine Beziehungen zu dem König, über die so viel vermutet worden war, offen vor aller Welt dargestellt zu sehen.
Die Hauptsache ist aber wohl die, daß diese Briefe, weit entfernt,
dem Andenken des unglücklichen Monarchen zu schaden, nur
edle und ideale Züge in sein Lebensbild einfügen und Kainz
selbst — nach einem glücklichen Wort seiner Gattin — „durch
eine echt königliche Freundschaft gleichsam geadelt erscheinen
lassen".

Zwei Jahre nach dem frühen Tode des beliebten Schauspielers (1912) ist die bereits zitierte höchst anziehende Sammlung
von Jugendbriefen von ihm erschienen[1], welche den Beweis liefert,
daß er nicht nur ein ausgezeichneter Menschendarsteller war, sondern auch ungemein einfach, natürlich und reizvoll zu schreiben
verstand. Von dieser Einfachheit und Natürlichkeit fand sich in
seinen ersten Briefen an den König kaum eine Spur. Auch er,
der ja im mündlichen Verkehr selbst dem König gegenüber zu-

---

[1] Der junge Kainz; Briefe an seine Eltern. Herausgegeben von Arth.
Eloesser, Berlin 1912. Fischer. Auch die von Hermann Bahr (1921,
Rikola-Verlag) herausgegebenen 146 Briefe aus dem späteren Leben sind
sehr gut geschrieben und lassen Kainz im günstigsten Lichte erscheinen. —

weilen etwas kurz angebunden war, glaubte, wohl auf eingeholten
Rat, im schriftlichen die Hyperbeln und Superlative nicht entbehren zu können, deren sich alle seines Kreises befleißigten
und in denen die größten unter ihnen sich oft am kleinsten erwiesen. Sie konnten sich darauf berufen, daß es dem König
so gefalle, und daß es nicht ihre Sache sei, krankhafte Triebe
zu bekämpfen, wenn sie für erhaltene Gunstbezeigungen dankten
und sich neue erbaten. Pflegten doch auch die Herren Minister
an — Untertänigkeit ihnen nicht nachzustehen und so viele
„Allerdurchlauchtigst“, „Allergnädigst“, „Alleruntertänigst“,
„Allerhuldvollst“, in die Konzepte ihrer Untergebenen hinein-
zuflicken, daß sie ungenießbar wurden, wie ein zu stark mit
Speck gespickter Braten. Wahrlich, der Servilismus, der sich
nach den „Kriegserinnerungen“ des Grafen Czernin so verhängnisvoll für den deutschen Kaiser erwies, hat damals auch
in Bayern geblüht, und viele trugen dazu bei, — Ludwig II.
„eine Welt vorzutäuschen, die niemals bestanden hat“.

Wie sehr der Majestät das im üblichen Stile abgefaßte Dankschreiben Kainzens gefiel, geht aus deren Antwortschreiben
vom 11. Mai 1881 hervor: „Lieber Herr Kainz! Noch ganz unter dem
mächtigen Eindrucke Ihres ergreifenden, unvergleichlichen Spieles und
des heute von Ihnen erhaltenen, mich innig erfreuenden Briefes, folge
ich dem Drange meines Herzens, um Ihnen auszusprechen, wie tief ich
fühle, daß ich es bin, der Ihnen Dank schuldig ist. — Dem Ihrigen haben
Sie in so ergreifender, zu Herzen dringender Weise Ausdruck verliehen,
daß ich nicht anders kann, als in diesen Zeilen eigenhändig und persönlich aus tiefster Seele Ihnen meinen Dank und meine Freude zu erkennen
zu geben. Die Abende des 30. April, des 4. und 10. Mai sind mit goldenen
Lettern meinem Gedächtnis eingeprägt. — Fahren Sie fort in Ihrem so
schweren, aber schönen und ehrenvollen Beruf, wie Sie herrlich begonnen
haben usw.“

Sara Hutzler charakterisiert diesen ersten Brief sehr zutreffend: „Aus dem schlichten Herzenston, den er atmet, gibt
sich die volle hinreißende Liebenswürdigkeit des Königs zu erkennen, die auch später in seinem Verkehr mit dem jungen
Künstler standhielt.“ Ludwig II. besaß in der Tat bis zuletzt
im hohen Grade die Gabe, liebenswürdige Briefe zu schreiben,
und es ist durchaus nicht richtig, daß er, wie F. Philippi be-

hauptet, „einen schlechten und unbeholfenen" Stil hatte. Soviel ich mich erinnere, hat auch keiner seiner Briefe unter die Beweise für die geistige Umnachtung aufgenommen werden können, es müßte denn sein, daß man gleich den zweiten der an Kainz gerichteten mit dem Verfolgungswahn in Zusammenhang bringt, an dem er litt, indem er darin einem Mißtrauen Ausdruck gab, das er ganz in ähnlicher Weise betreffs der Ministerialkollegen Hirschbergs ausgesprochen hatte. „Es ist mir bekannt," schreibt er unterm 17. Mai 1881, „wie boshaft, ränkevoll und mißgünstig die meisten Mitglieder des Künstler-Personals am Theater sind; falls Sie Feinde haben, die Ihnen zu schaden suchen, so will ich sie kennen, um Sie zu schützen und Ihnen die Bahn zu ebnen; denn Kummer und Sorgen jeglicher Art müssen Ihnen, so viel als nur irgend thunlich erspart bleiben."

Frau Hutzler erzählt, Kainz hätte sich mit warmen Worten seiner Kollegen angenommen und zwar, wie sich dies aus späteren Briefen ergibt, auch mit Erfolg. In Wahrheit schrieb er dem König hierüber unterm 19. Mai 1881, wie folgt: „Was die Bosheit, Ränkesucht und Mißgunst meiner Kollegen betrifft, vor denen E. A. D. M. mich zu warnen geruhten, so kann ich ja mit leichtem Sinn und fröhlichem Herzen darüber hinwegsehen, solange mir E. A. D. M. Ihren Allerh. Schutz allergnädigst angedeihen lassen. Kummer und Sorge habe ich mir über das Gerede solcher Leute nie gemacht. Die Lüge triumphiert immer nur auf kurze Zeit, dann wird sie doch wieder von der ewig siegenden Wahrheit überwunden."

Vollständig aus der Luft gegriffen scheinen daher die Besorgnisse des Königs nicht gewesen zu sein, wenn sie aber lediglich auf Wahn beruhten, so wurde dieser Wahn offenbar von der Mutter des Künstlers selbst genährt, an welche Kainz von Linderhof aus am 5. Juni 1881 noch nachts 11 Uhr 30 Min. schreiben muß: „Der König will wissen, worin sich die Wut der Leute und Kollegen äußert, von der Du schreibst. Habe die Güte und berichte so ausführlich als möglich über die Vorkommnisse während meiner Abwesenheit! Aber Wahrheit! Wer ist wüthend?? Schreibe recht ausführlich über Alles!!! Welche Rollen wurden geholt??? Was wird gesprochen? Wie wird gesprochen? In welcher Art und Weise?..." (Eloesser l. c., S. 261.)

Frau Kainz und ihr Sohn fanden es wohl geraten, den König in diesem Punkte zu beruhigen, denn in einem fünften Briefe vom 18. Juni 1881 erkundigt sich der König bei Kainz, ob seine

Kollegen „in ihrer ausgesuchten Liebenswürdigkeit" ihm gegenüber fortfahren? —

Dies wird ja wohl der Fall gewesen sein, denn nicht, solange
man bei hohen Herren in Gunst steht, pflegt man zu erfahren, —
wie viele Widersacher man hat.

Kurz nach Empfang des zweiten königlichen Briefes wurde
Kainz eines Morgens plötzlich während einer Probe von Richard II.
von Hesselschwerdt abgerufen, der ihm den Allerhöchsten Befehl überbrachte, er möge sofort auf drei Tage nach dem Linderhof kommen, aber ohne irgend jemand ein Sterbenswort davon
zu sagen. Kainz machte darauf aufmerksam, daß dies unmöglich sei, daß er nicht ohne weiteres seine Rolle im Stich lassen
könne usw. Er erlangte endlich von Bürkel, daß wenigstens
der Generalintendant v. Perfall in's Vertrauen gezogen werden
dürfe. —

Die Wechselfälle seiner Hinfahrt waren sehr komisch. Er erzählte mir später, wie er dabei mit Levi zusammentraf und
um den Verdacht abzulenken, wieder nach München umkehren
mußte, wie er endlich um 7 Uhr abends in Murnau anlangte,
wo ihn der Hofwagen seit 10 Uhr morgens erwartete. —

Kurz nach seiner Ankunft in Linderhof am 8. Juni 1881, um
2 Uhr nachts, empfing ihn der König in der blau erleuchteten
Grotte des Schlosses. Der erste Eindruck, den er von ihm empfing, war der der Enttäuschung. Was ihn hauptsächlich auch
an Kainz angezogen hatte, war dessen Organ gewesen. Er hoffte,
von dessen „rauschender Fanfarenstimme in Linderhof recht viel
von Schiller zu hören" und war nicht auf die Abdämpfungen
gefaßt, welche die Anstrengungen der langen Fahrt und die be-
greifliche Beklommenheit der ersten Augenblicke auf den Wohlklang der Stimme bewirkten. „Er spricht ja ganz anders, als
auf der Bühne," sagte er am folgenden Tage, nach Philippi[1], zu
dem Hofsekretär. „Ein höflicher, sehr netter junger Mann
über dessen Staunen (über die Wunder des Linderhofs) ich recht
gelacht habe. Aber sein Organ hat mich völlig enttäuscht; er

---

[1] Münchener Bilderbogen. Berlin 1912, S. 58.

interessiert mich nicht; Sie müssen ihn noch heute wieder nach München mitnehmen." Es hätte sehr eindringlicher Vorstellungen des Hofsekretärs bedurft, doch Nachsicht zu üben, bis der König recht ungnädig einwilligte: „Nun meinetwegen kann er ein paar Tage hierbleiben."

Um das Organ des Künstlers zu größeren Kraftanstrengungen zu veranlassen, ließ sich der König bei Deklamationen möglichst weit entfernt von ihm nieder und beobachtete überhaupt anfangs eine gewisse prüfende Zurückhaltung. Nach mehrtägigem Verkehr kamen sie sich scheinbar näher und die zwölf Tage in Linderhof bildeten die Flitterwochen ihrer kurzen Freundschaft.

Indessen verliefen auch sie nicht ohne gelegentliche Verstimmungen. Des Trennenden zwischen beiden, das im intimen Verkehr stündlich hervortrat, war zu viel, als daß die Neigung und das Wohlgefallen des Königs an der Kunst, dem Organ und der Person des Schauspielers es hätte ausgleichen können. Karl v. Heigel bemerkt sehr richtig: „Daß ein solches Verhältnis nicht dauern werde, war vorauszusehen. Temperament kann auf der Bühne alles, im Leben nicht Erfahrung ersetzen — noch weniger, hätte er hinzusetzen können: Takt und Liebenswürdigkeit. Kainz war aber durchaus im Leben nicht immer so liebenswürdig, wie er uns in seinen Briefen entgegentritt, es lag oft etwas Sprödes in seinem Wesen und sein Temperament spielte ihm an entscheidenden Wendepunkten seines Lebens Streiche. Er hat Beyer für sein Buch mehrere seiner kleinen Entgleisungen zum besten gegeben, welche das empfindliche Selbstgefühl des Monarchen verletzten und später auch mir so manches mitgeteilt, was die so bald eingetretene Entfremdung erklärte.

Der Meinungsverschiedenheiten gab es viele; große und kleine. Hier einige Beispiele: Das Berghaus Pürschling, das sie in kleinen Bergwagen besuchten, erinnerte den König an das Haus der Marion de Lorme in Blois und er äußerte scherzend, daß es hier Didier und dem Marquis nicht so leicht geworden wäre, hinaufzuklettern. Kainz meinte, es sei ein Fehler des Dichters, daß er die beiden so mühelos an dem Balkon auf- und abklettern lasse, worauf der König sinnend erwiderte: „Ich hüte mir meine Ideale ängstlich und bemerke nur ungern kleine Schwächen, um die Harmonie des Ganzen nicht zu stören." „Bei dem Schauspieler geht es mir ebenso; Ich erblicke im Darsteller nur den Menschen, es erscheint mir daher der Darsteller einer edlen Rolle als ein edler Mensch. Ich möchte die anmutige Hermine Bland († 19. November 19) nicht einen häßlichen Charakter darstellen sehen[1]." Als Kainz einwarf, er halte sich für keinen Bösewicht, wünsche aber doch den Franz Moor zu spielen, wehrte der König lebhaft ab. „Niemals," rief er, „dürfen Sie einen so verabscheuungswürdigen Charakter darstellen."

Dann tadelte der König, daß Kainz in der Rolle des armen, heimatlosen Didier den ihm von dem König geschenkten Saphir am Finger trug und ließ die Entschuldigung nicht gelten, er habe gehört, der König liebe es, seine Andenken hochgehalten zu sehen.

Der König sprach auch von seinem Plan einer gemeinschaftlichen Reise mit Kainz nach Spanien, für das er weit mehr schwärme, als für Italien. Es sei jammerschade, daß er ihn auf Vorstellungen des Hofsekretärs Bürkel wegen der zu weit vorgeschrittenen Jahreszeit habe aufgeben müssen. „Aber Bürkel," meinte Kainz, „ist ja doch nur Ratgeber; Majestät sind doch Herr und König!" — Ludwig seufzte. „Jawohl," sagte er, „aber König sein, ist nicht immer so leicht, als es aussieht." — Darauf entwischte Kainz „in erwachender Weinlaune!" eine Äußerung, welche Ludwig verstimmte. Wenn es ihm lästig sei zu regieren," sagte er, „könne er den Zepter ja anderen Händen überlassen!" Darauf erhob sich der König und verwies Kainz zu vorsichtigerer Ausdrucksweise. „Dieser bat am anderen Tage reumütig um Nachsicht, indem er dem Wein die Schuld seiner unbedachten Worte gab."

Eine ähnliche Szene hat Kainz auch mir später erzählt. Er

---

[1] Ludwig II. hegte eine besondere Vorliebe für diese nach jeder Richtung hin ideal angelegte Künstlerin. Die Geschenke, die sie anläßlich der Separatvorstellungen von ihm erhielt, vermachte sie in ihrem Testament armen Münchener Kindern und eine holländische Gesellschaft löste daraus 2144000 Mk. (1919).

fand den König launisch und sagte es ihm. Das verdroß ihn natürlich. Kainz hatte das Recht, unangemeldet bei ihm einzutreten und obschon er sich einmal hatte melden lassen, sprach der König plötzlich, wie im Selbstgespräch: „Wie unangenehm!" „ich wollte heute lieber allein bleiben..." „Aber, ich habe mich ja doch melden lassen," wandte der Gast ein. „Es wäre unliebenswürdig gewesen, Sie nicht zu empfangen." Und dann wieder: „Nicht wahr, wir wollen uns keine Vorwürfe machen; Sie sind nicht launisch und ich bin es auch nicht...."

Einer der Gründe seiner Auflehnung floß, wie mir Kainz versicherte, aus seiner Empörung über die Art und Weise, in welcher der König seine Lakaien behandelte. Stundenlang mußten sie in gebückter Stellung dastehen, jedes Räuspern, Husten und Schnäuzen war ihnen untersagt und wehe dem, der einschlief! — Für das letztere Vergehen empfand Kainz ganz besonderes Mitgefühl. „Alles," klagte er mir, hätte ich noch ertragen können, wenn er mir nur den Schlaf gelassen hätte." Ungewohnt der Stunden und der Lebensweise des Königs, wie er war — passierte es ihm häufig, an der Seite seines Allerdurchlauchtigsten Gastgebers einzuschlummern. Dem Liebling verzieh der König diesen immerhin nicht schmeichelhaften Mangel an Aufmerksamkeit, seine Lakaien aber bediente er mit Ohrfeigen und spie ihnen ins Gesicht. Sehr komisch soll es auch gewesen sein, wenn, wie Hirschberg mir erzählte, ein solcher Diener unter tiefen Verbeugungen in's Zimmer trat, um, wie man einen hohen Besuch anmeldet, zu verkünden, daß der Mond soeben aufgegangen sei.

Kainz nahm sich der Bedrängten mit Lebhaftigkeit an; er sagte dem König, daß er es nicht edel finde, in seiner Stellung nicht wohlwollend und gut zu sein. Der König bedeutete ihm daraufhin, das gehe ihn nichts an und fand ihn grob.

Vielleicht verdienten ja diese Herren nicht immer das Mitleid, das Kainz ihnen zollte, denn sie waren es meist, welche den König mit einem Lügengewebe umwoben. Ein komisches Beispiel hiefür trug sich gerade auf der späteren Schweizer Reise zu. Als der König an Sissicon vorüberfuhr, entstand in ihm der Wunsch, dort zu wohnen. Der Wegmacher sollte hingeschickt werden, um das Erforderliche zu vereinbaren. Dieser erklärte aber, es falle ihm gar nicht ein, sich schon wieder zu inkommodieren, man solle nur dem König in zwei Stunden melden, daß er wieder zurück sei. Er meldete dann Sr. Majestät, daß die Villen in Sissicon voll Preußen und Ungeziefer seien. So oft nachher der König an diesem Orte vorüberfuhr, sprach er bedauernd: „Wie hübsch! Wie hübsch! Schade, die vielen Preußen und das viele Ungeziefer!" --

Aus den von Eloesser veröffentlichten zwei Briefen Kainzens an sein „herzallerliebstes Mütterchen" aus dem Linderhof vom 3 und 5. Juni füge ich noch folgendes bei: „Mir geht es über alle Beschreibung gut! Eine herrliche Gegend rings von hohen Alpen eingeschlossen und darin ein Paradies. Der König hat gestern auf Dein Wohl mit mir angestoßen und mich ersucht, es Dir zu sagen. Dankschreiben nicht nöthig! Rede nicht zu viel in der Stadt über mein Hiersein. Sage, ich bin in Wien! Auch meinen Kollegen gegenüber! Heute war ich in Oberammergau. Der Bürgermeister hat mir alles gezeigt. Schicke Dir von da einen Christus und Alpenblumen. Habe vom König schon 3 Uhren und eine prachtvolle Elfenbeincigarrentasche mit einer Scene aus Parsival."

Am 5. nachts $11^{1}/_{2}$ Uhr schreibt er noch:

„Der König hat mich eben wieder reich beschenkt. 4 große brillantene französische Lilien[1]. Wir machen in einer Viertelstunde noch eine Spazierfahrt, dann gehts in die Schwanengrotte!"

Nach seiner Rückkehr nach München nannte Kainz die Tage vom 31. Mai bis 11. Juni 1881 in einem Dankschreiben die schönsten seines Lebens und wenn ihm etwas die Freude an all den Auszeichnungen, mit denen der König ihn überhäufte, zu trüben imstande wäre, so sei es nur der Gedanke, daß sein Glück, nicht sein Verdienst ihm dazu verholfen habe.

---

[1] Die Tagesblätter waren in der Lage, das Verzeichnis der Geschenke zu veröffentlichen, die Kainz von seinem zwölftägigen Aufenthalte in Linderhof mitbrachte: 1. Zwei brillantenbesetzte Lapislazulitaschenuhren, 2. einen Reisewecker aus Lapislazuli, 3. einen Becher von getriebenem Gold, 4. eine Meerschaumspitze von großen Dimensionen, die in kunstvoller Schnitzerei den von sechs Hengsten gezogenen Galawagen des Königs darstellte, in dessen Hintergrund porträtähnlich Ludwig XV. saß. 5. Ein Nürnberger Ei mit reizender Malerei, 6. Brillantknöpfe in Form einer Lyra, 7. Zwei Prachtwerke, 8. zwölf für den König gefertigte Kreidezeichnungen der Tellsage.

Der König schreibt am 16. Juni. „Diese Nacht wieder hier (in Berg) eingetroffen, will ich mich nicht zur Ruhe begeben, ohne Ihnen zuvor recht herzlich für Ihren lieben, mich sehr erfreuenden Brief zu danken…" Es freut mich sehr, daß Sie gern an Ihren Aufenthalt im Linderhofe zurückdenken. Auch mir erschienen die unvergeßlich schönen, dort mit Ihnen verlebten, so rasch dahin geschwundenen Tage wie ein Traum…"

Wie spät der König sich zur Ruhe begab, geht aus dem Schluß des Briefes vom 16. Juni 1881 hervor: „Die Vögel beginnen zu singen, es dämmert stark, ich muß nun schließen… Indem ich Ihnen, lieber Herr Kainz, tausend herzliche Grüße sende, reiche ich Ihnen die brüderliche Hand und bin Ihr Sie bewundernder, Sie sehr hoch schätzender, freundlich gesinnter Ludwig."

Es lag in der Eigenart Ludwigs II., daß — zu seinem Nachteil — nur ganz wenige Einfluß auf ihn gehabt haben. Er verschenkte viel, aber persönlicher Opfer war er auch denen gegenüber nicht fähig, die er liebte, wenn seine Hemmungen oder Triebe entgegenstanden. Man hatte Kainz bestürmt, ihn zu überreden, am 23. Juni 1881 der Festvorstellung aus Anlaß des zweihundertjährigen Jubiläums des ersten bayerischen Infanterie-Regiments „König" beizuwohnen, was ja wohl ohnedem zu seinen Repräsentationspflichten gehört hätte. Kainz hatte auch ein persönliches Interesse an der königlichen Beteiligung, da er eine Rolle in dem Festspiel übernommen hatte Der König erkundigt sich, welche es sei, und ob das zur Aufführung gelangende Stück ihm schön und interessant erscheine. Daran der Kainzischen Fürsprache stattzugeben, hinderte ihn nur seine unüberwindliche Menschenscheu, er sucht aber nach Gründen, welche diese Ablehnung für Kainz beinahe schmeichelhaft machen, indem er unterm 22. Juni 1881 schreibt: „Nun, über jene Jubiläums-Vorstellung vom 23. d. Mts. Würde ich derselben anwohnen, so wäre dies für mich eine kalte, steife, das Gegenteil von Genuß bietende Repräsentations-Angelegenheit, wenn Ihr Spiel, woran ich nicht zweifle, noch so ausgezeichnet, das Stück noch so interessant sein wird. Der mächtige Eindruck, den das Drama „Marion Delorme" und vor Allem Ihre hinreißende Darstellung als Didier auf mich ausgeübt haben, würde natürlich nicht ausgelöscht werden, wohl aber würde ein dichter, störender Schleier sich für mich darüber lagern und nicht darf jener gewaltige, poesiedurchwehte Zauber (der mir, wenn unentweiht, wie bisher, den ganzen Sommer und Herbst verklären wird), zerstört und entheiligt werden. Nachdem ich Ihnen, theuerer Didier, dies, wie ich mußte, geschildert habe, glaube ich, werden Sie Selbst wohl schwerlich mehr den Wunsch hegen, daß ich mich als Ovationsopfer an jenem Abend preisgebe, der herrliche, poetische Eindruck von damals würde dadurch zu sehr zerrissen werden."

Hingegen fuhr er fort, Reisepläne zu spinnen. Er hatte den Gedanken an eine Reise nach Spanien, nach Granada, in die Alhambra, in all' die Orte, welche die Romantiker so gern besangen, nicht aufgegeben und Kainz hatte den Auftrag erhalten, seine ganze glühende Beredsamkeit aufzubieten, um die Bedenken des Hofsekretärs, der natürlich auch an die bedeutenden Reisekosten denken mußte, zum Schweigen zu bringen.

Als Frau v. Bülow ihm geschrieben hatte, daß die Anhänglichkeit und Verehrung für den König im spanischen Volke besonders tief wurzle, hatte er Bücher hierüber verlangt (1867). Kurz darauf bat er seine spanische Tante, Prinzessin Adalbert um Ansichten des Madrider Palastes und am 21. März 1869 schrieb er an Düfflipp: „Ich las heute die herrliche Beschreibung Schacks über die Alhambra und sende Ihnen morgen das Buch. Lesen Sie recht genau das darin über die Alhambra gesagte durch; ich merke die Hauptstelle an. Aus Allem geht hervor, daß dieses gottvolle Denkmal der Blüthezeit des maurischen Baustyls zu dem Vollkommensten gehört, was Menschen je zu schaffen vermochten."

Auch Kainz sandte er ein Buch über Spanien und schrieb ihm, die Reise dorthin könne vielleicht wegen der Hitze besser im Oktober ausgeführt werden. Aber reisen will er mit Kainz und möglicherweise beruht diese Reiselust auf einer Erwägung, der er in dem Briefe vom 16. Juni Ausdruck gegeben hatte: „Hätte ein gütiges Geschick die so schön in Gedanken ausgemalte Reise Uns früher oder wenigstens in diesen Tagen antreten lassen, so wäre dies recht gut für uns beide gewesen, da die Gefahr des sich Überwerfens (das Gottlob bis jetzt nicht eintrat) wohl durch die Reise-Eindrücke ferne gerückt worden wäre." —

Das letztere war ja wohl freilich ein Irrtum. Es gibt bekanntlich keine schwierigere Probe freundschaftlicher Beziehungen, als eine gemeinschaftliche Reise und Reisen mit hohen und allerhöchsten Herren sind meistens besonders ermüdend, weil sie nicht gelernt haben, auf die Leistungsfähigkeit Sterblicher Rücksicht zu nehmen.

Ludwig II. hatte im Jahre 1865 eine kurze Reise in die Schweiz gemacht und die Sehnsucht des Wiedersehens dieses von ihm geliebten Landes, besonders des Rütli, der Geburtsstätte der Schweizer Freiheit und des Mittelpunktes seines Tellkultus, war ihm geblieben. Kainz hatte als Melchthal im Tell bei den Meiningern großen Erfolg gehabt. Der König plante eine Tellaufführung mit neuen Dekorationen und wollte seinem jungen Freunde im Interesse seiner Vollausbildung die Stätten zeigen, die er als Melchthal im 2. Akt des Tell schildert.

Der spanische Reiseplan wurde aufgeschoben und ein Ausflug in die Schweiz in's Auge gefaßt. Am 22. Juni 1881 schrieb der König aus Berg an Kainz: „Das Vorhaben, welches ich Ihnen zu schildern im Begriffe stehe, hat für mich nur dann Wert und Sinn, wird nur dann mich freuen, im Fall es Ihnen Freude gewährt. — Ich möchte nämlich in ein paar Tagen, wahrscheinlich Montag, den 27. d. Mts., eine kleine Reise in die klassischen, wunderschönen Urkantone der Schweiz, an die Ufer des herrlichen Vierwaldstädtersees unternehmen; aber nur dann, wenn Sie Lust hätten mitzureisen." — „Diese Reise, von der ich glaube, daß Sie dieselbe in Zukunft kaum bereuen würden, wäre ein kleines Praeambulum zu Unserer Reise nach Spanien, welche aufzugeben ich mich noch nicht entschließen konnte. Falls Sie morgen, den 23., wegen der Vorstellung (was sehr begreiflich ist), keine Muße zum Schreiben haben, sind Sie vielleicht so gut, am 24. mir die Antwort zukommen zu lassen und morgen mir mündlich durch Hesselschwerdt Ihren Willen zu erkennen zu geben."

Kainz antwortete natürlich, daß es für ihn nur erwünscht und ehrenvoll sein könne, mitreisen zu dürfen und daß er sich sehr darauf freue.

Der König schrieb wieder am 25. Juni: „Recht große Freude bereitete mir Ihr letzter lieber Brief, aus welchem ich ersah, wie sehr Sie Sich auf Unsere Schweizer Reise freuen. Dies erhöht noch um ein Bedeutendes meine eigene Freude, auf die in jenem herrlichen Lande mit Ihnen zu genießenden Tage. Je näher der Reisetermin rückt, um so mehr Ängsten scheint der gute Bürkel bekommen zu haben. Mit den sonderbarsten Meldungen und Vorschlägen wurde ich heute bombardiert. Durchaus wollte er mir heute die Mitnahme eines adeligen Kavaliers aufschwätzen. Ginge es ohne einen solchen nicht, was aber unmöglich der Fall sein kann, würde ich eher auf die ganze Reise verzichten." —

Es ging. Der König ließ auf dem Münchener Paßbureau zwei Pässe ausstellen, einen auf den Namen des Marquis de Saverny lautenden für sich und einen zweiten auf den Namen Didier für Kainz. Er wurde außerdem von sechs Hofbeamten, drei Kammer-

dienern und zwei Mundköchen begleitet. Am 27. Juni, abends
10 Uhr, wurde die Reise in Mühlthal angetreten und bis zum
14. Juli fortgesetzt.

LII.

Professor Dr. C. Beyer hat sich die Mühe gegeben, die Mehrzahl der Beteiligten über die Schweizer Reise des Königs einzuvernehmen und auf Grund authentischer Mitteilungen ein
ziemlich vollständiges Bild jener Tage entworfen[1]. Der Plan des
Königs, in einen abgeschiedenen Winkel zu flüchten, um uner-
kannt in Zurückgezogenheit leben zu können, war in der Schweiz
während der Hochsaison fast undurchführbar. Die ersten Tage
bestanden daher in einer Flucht zu Fuß, zu Wagen und zu Schiff
vor jedem offiziellen Empfang, jeder Ovation, jeder sich heran-
drängenden Schaar, Dinge, die ja immer einen gewissen Zwang
auferlegen und deren störende Wirkungen auch ganz normal
angelegte Personen empfunden haben werden, die dergleichen
mitgemacht haben.

Enttäuscht war der König der Kellnerschaar und dem Läuten
der Tischglocken eines der größten und am schönsten gelegenen
Grand Hotels der Welt, dem Axenstein, entflohen, den man ihm
für ein Schloß ausgegeben hatte und glücklich in der herrlich
gelegenen Villa Gutenberg am Vierwaldstätter See gelandet, die
ein angesehener Schwyzer Bürger, Buchhändler Benziger, ihm
gastfrei zur Verfügung gestellt hatte. „Vorgestern haben wir
die Villa bezogen,“ schreibt Kainz der Mutter, d. d. Brunnen,
den 2. Juli 1881. „Gott sei dank! Hier gefällt es ihm endlich! Es ist
aber auch himmlisch. Ich bewohne drei prachtvoll eingerichtete
Zimmer.“ Von dort aus machte der König tagtäglich in einem
von ihm gemieteten Schiff und in zwei Mietwagen mit Kainz
Ausflüge in die Umgebung, bei deren Auswahl Beziehungen zu
Schillers „Tell“ eine große Rolle spielten. Fast täglich besuchte

---

[1] Ludwig II., Ein Charakterbild, Leipzig o. J., 3. Aufl.

er das Rütli, diesen Mittelpunkt seines Tellkultus, und unterhielt sich gerne mit dem wackeren Förster Aschwanden, wie
denn überhaupt Beyer viele Züge echter Güte und Menschen-
freundlichkeit des Königs von dieser Reise zu berichten weiß.

Überall verglich der König die Natur mit den Schilderungen
des Dichters. Er beanstandete in Andermatt, daß Schiller ein
heiteres Tal der Freude südlichen Charakters dorthin verlegt
habe. „Keine Berge!" rief er, „keine Vegetation, ich finde dieses
Plateau ganz anders als es Schiller beschreibt; man sieht, daß
Schiller nicht in der Schweiz gewesen ist."

Wie von seinen Schlössern aus, unternahm der König mit
Vorliebe Ausflüge in der Nacht. „In schönen Mondnächten, wie
solche in den Alpenseen so magisch das Gemüt umfahen, hat
er manch liebes Mal sein Schiff bestiegen, um auf dem See umher-
zufahren..." Dabei „hatte er seinen Kainz so nötig. Er rief
ihn wie einen Bundesgenossen im Ringen nach Idealismus."
„Erfreuen Sie mich durch einen Gedanken, den hier niemand
beeinflußt, niemand ablenkt, niemand bemäkelt..." Und
„Kainz deklamierte in der stillen Mondnacht, so daß des Königs
Idealismus Nahrung erhielt und sich süße Befriedigung in sein
Gemüt ergoß." „Oft," erzählt der Förster Aschwanden, „saß
ich mit dem König auf der gleichen Bank und hörte zu, was er
sprach. Didier mußte stets das Neueste aus den Zeitungen vorlesen; zuweilen mußte er auch deklamieren. Den „Tell" sagte
er draußen auf dem Schwurplatz auswendig her. Er deklamierte
herrlich. Auch von mir hat sich der König zuweilen erzählen
lassen: von der Alpenwirtschaft, wie das Vieh gehalten wird,
wie das Volk fortkommt, wies es sich nährt, was zu seiner Hebung
geschieht, ob man sich in der Schweiz auch der Arbeitsunfähigen
annimmt u. dergl." —

„Zuweilen ließ der König auch in einsamer Nacht an bestimmten Stellen des Seegestades freundliche Weisen auf dem
Posthorn blasen, die das Echo hundertfältig abgestuft zum
königlichen Dampfer herübertrug. Am jenseitigen Ufer aber
lauschten Männer und Frauen überrascht den langgezogenen

Tönen, den in der Nacht ungeahnten magischen Klängen aus unentweihten Weltenfernen..."

Auch das Alphorn ließ er mehreremale auf dem Rütli in die nächtliche Ruhe hinaus ertönen. Benzigers Sohn fand, daß dies von wunderbarer Wirkung gewesen sei und das romantischste von allem, was er je erlebt habe. Das Beispiel hat Nachahmung gefunden und es vergeht seitdem kein Sommerabend, ohne daß es gehört wird.

Wenn der König abends von seinen poesiebelebten Fahrten zurückkehrte, ging er geräuschlos an dem kleinen Chalet Benzigers vorbei und schlug, statt des bequemeren Promenadenweges, den steilen unebenen Fußpfad ein, um den verehrten Hausherrn nicht zu stören."

Beyer findet es auffallend, daß der König während seines langen Aufenthaltes in Brunnen 1881 nicht ein einziges Mal den Rigi besuchte, obwohl er den Wirt von früher her kannte.

Kainz hat diesen Ausflug ohne den König gemacht auf seiner verhängnisvollen dreitägigen Extratour, bei welcher er nicht nur eine Zusammenkunft mit dem König in Melchthal, sondern auch den Sonnenaufgang auf dem Rigi — verschlief, wie wir folgender Stelle in dem Briefe an die Mutter vom 8. Juli entnehmen: „Gestern abend sind wir per Wagen von Brunnen aufgebrochen und nach Arth gefahren. Von da um 7 Uhr nach Rigi, Kulm per Bergeisenbahn. Großartiger Sonnenuntergang. Haben famos geschlafen und den Sonnenaufgang natürlich verschlafen. In 1 Stunde fahren wir mit der Bahn nach Vitznau herunter. Eben wurde um den Separatdampfer telegraphiert, mit dem wir von Vitznau wieder zurück nach Brunnen fahren und um Zwei geht's gleich wieder mit dem Marquis (d. h. dem König) nach dem Urner-Bach auf die Gotthardtstraße..." Eloesser l. c. S. 264.

In einem Brief an die Mutter, d. d. Axenstein, den 29. Juni, ist auch der Besuch der Tellskapelle durch die Reisenden erwähnt, welchen schon Beyer ausführlich behandelt hat. Der König hegte den lebhaften Wunsch, die damals in der Ausführung begriffenen Fresken zur Schweizer Geschichte zu besichtigen, wollte aber in deren Betrachtung auch nicht von dem Schöpfer derselben, dem Baseler Maler Ernst Stückelberg (1831—1903), gestört werden und sein Inkognito nicht preisgeben. Es hatte schon Aufsehen erregt, daß der Extradampfer an einer ungewohnten Stelle landete und daß ein eigener Landungssteg improvisiert werden mußte. Man fand die Kapelle geschlossen, da an den Fresken gearbeitet wurde. „Nur der Maler hat den Schlüssel,“ setzt hier der Brief Kainzens an die Mutter ein. „Nun mußte der erst geholt werden. Wie Er nun sah, daß es so großes Aufsehen machte, wollte er nicht hinein und schickte mich mit dem ganzen Gefolge allein. Die Folge davon war, daß der Maler — ich weiß nicht, wie er heißt, aber es ist ein berühmter Meister — mich per Majestät titulierte und seinen ganzen Kram von Skizzen und Cartons vor mir ausbreitete. Schließlich dankte er devotest für die große Ehre, die ich ihm erwiesen und ich ging stolz von dannen. Das sämtliche Gefolge hatte blutige Lippen und, als es der König erfuhr, wollte er vor Lachen bersten.“ Eloesser l. c. S. 261.

Während man in der Schweiz, wie es scheint, von der über zwanzig Jahre früher erschienenen Darstellung des Vorfalls in dem Buche Beyers keine Notiz nahm, brach bei dem Bekanntwerden der Briefsammlung: „Der junge Kainz“ 1912 ein kleiner Sturm in der Schweizer Presse aus. Die etwas respektwidrige Behandlung eines ihrer besten Maler verletzte besonders das Baseler Selbstgefühl und es erfolgte ein ziemlich schroffes Dementi, welches zu einigen Vorbehalten Anlaß bietet. „Der Porträtmaler und Physiognomiekenner Ernst Stückelberg,“ heißt es in einem Feuilleton der, wenn ich nicht irre „Basler Nachrichten,“ wäre nie auf eine solche Theaterfarce hereingefallen und hätte die an sich unschönen Züge des verschminkten Schauspielergesichts eines Joseph Kainz mit ausgesprochenem semitischen Typus niemals mit den edlen Zügen des unglücklichen Bayernkönigs verwechselt, den jeder Laie nach den Porträts und Münzen kannte. Joseph Kainz war damals fünfundzwanzig (dreiundzwanzig!) und der König achtunddreißig (sechsunddreißig) Jahre alt. Eine Verwechslung war also bei hellem Tage durch das beruflich geübte Malerauge ausgeschlossen.“

Dagegen darf eingewandt werden, daß Joseph Kainz damals keine unschönen Züge und einen ausgesprochenen semitischen Typus schon darum nicht hatte, weil kein semitisches Blut in seinen Adern floß. Karl v. Heigel erzählt (S. 310), das Gerücht von der jüdischen Abstammung des Künstlers sei auch zu dem König gedrungen und er habe im Kabinett darüber Nachfrage gepflogen. „Nicht als ob er das geringste Vorurteil gegen jüdische Abstammung gehabt hätte,“ fügt Heigel bei und führt eine Äußerung an, die der König, verstimmt durch den Hohn der Wiener und Berliner Börsenzeitungen über seine Geldnot gemacht haben soll: „Weiß man denn nicht, daß ich der einzige Fürst bin, der seiner Regierung sogleich beim Beginn der antisemitischen Bewegung die strengsten Maßregeln gegen dieselbe anbefahl?"[1]

„Am meisten," fährt das Baseler Dementi fort, „spricht gegen die Wahrheit der Inhalt der Anekdote selbst, wo davon die Rede ist, der Maler habe dem Kainz-König devotest für die Ehre gedankt, während Stückelberg bekanntlich jede Berührung mit der Hofluft, weil seinem Charakter widersprechend, vermieden hat..."

Die wahrscheinlich aus derselben Quelle geflossene, etwas ausführlichere Darstellung Beyers enthält sogar noch den Zug, daß der Maler sich für eine Medaille bedankt habe. die er von dem König erhalten habe — und in der Tat war Stückelberg in München 1868 die höchste künstlerische Auszeichnung: die goldene Medaille verliehen worden.

Als weiteren Gegenbeweis gegen die Erzählung Kainzens druckte das Dementi Fragmente eines Briefes Stückelbergs ab, der aber des ersten Besuches gar nicht Erwähnung tut, worüber mit der Bemerkung hinweggegangen wird: „so viel wir wissen, war Stückelberg bei Ludwigs erstem Besuche überhaupt nicht anwesend."

Beyer erzählt, um den Maler zu beruhigen, der an eine Mystifikation zu glauben schien, sei der König später allein zu ihm gefahren und habe alles wieder gut gemacht. Über diesen Besuch berichtet Stückelberg selbst einem Freunde: „Das zweite mal landete der König, nur von einem Diener begleitet, in abendlicher Stunde vor der Kapelle. Glücklicherweise war mein bewährter Famulus Franz Hermsdorff aus Trier anwesend und konnte dem Überraschenden alles zeigen. — Der Wortlaut des gestern Abend

---

[1] Auch bei dem Besuche der Synagoge in Fürth am 4. Dezember 1866 ermächtigte Ludwig II. den Rabbiner Dr. Löwy der Gemeinde in seinem Namen zu sagen, daß er in die Fußstapfen seines Vaters, des Förderers der Emancipation der Juden eintreten und vollenden wolle, was dieser begonnen hatte. Das interessante Gespräch findet sich bei Memminger S. 11 f.

empfangenen Schreibens bestätigt die enthusiastische Art, in der der König sich ausgesprochen hat und ich teile Dir denselben hiemit genau mit: „S. M. der König von Bayern haben gestern die Tellkapelle besucht und dort erfahren, daß Sie sich gerade in dem Gasthofe zur Tellsplatte kurze Ruhe gönnen, weshalb S. M. Sie nicht von dort zur Kapelle herunter bemühen wollte. Ihre meisterhaften Werke wurden von S. M. sehr bewundert und haben A. D. mich zu beauftragen geruht, Ihnen das höchste Wohlgefallen hierüber, sowie den Dank für die gewährte Besichtigung auszusprechen. Mit usw. Friedrich Zanders."

In seiner Lebensbeschreibung äußert Stückelberg: Sehr gerne hätte ich eigentlich die Bekanntschaft mit dieser mysteriösen Persönlichkeit gemacht; ich war ihm aber nicht Bauer genug." — Aus diesen Angaben glaubte das Dementi den Schluß ziehen zu dürfen: daß „falls Kainz nicht einfach in seinem Briefe flunkerte, nicht der Maler, sondern Kainz selber der Hereingefallene gewesen sei, der den Famulus und damaligen Dekorationsmalergehilfen Franz Hermsdorff aus Trier für Ernst Stückelberg hielt und sich dann in einem unkontrollierbaren Privatbriefe erlaubte, den Sachverhalt jugendlich übermütig ins Gegenteil zu verkehren."

Beyer führt noch an, Kainz habe, als er dem König den Fall unterbreitete, gesagt, „das Peinlichste sei ihm gewesen, für den König gehalten zu werden," worauf der König, offenbar etwas befremdet, erwiderte: „Ist das so fürchterlich?" —

Dem jungen Schauspieler schwebte, wie er mir später versicherte, beständig vor Augen, daß sein Glück nur von kurzer Dauer sein werde und er äußerte diese Vermutung auch dem König gegenüber, welcher es für unmöglich erklärte. Soviel Kainz konnte, nahm er sich vor unüberlegten Äußerungen und Handlungen in acht, allein er besaß mit 23 Jahren nicht Lebenserfahrung und Bildung genug, um sich im Verkehr mit dem um 13 Jahre älteren Monarchen immer auf der gleichen Höhe erhalten zu können. Das war ja überhaupt nicht leicht, und Kainz hätte es vielleicht nie gekonnt. Freundschaftliche Beziehungen Ludwigs II. konnten nur Bestand haben mit Personen, die außer der Neigung, die sie ihm einflößten, und der Zerstreuung, die ihm ihre Talente gewährten, harmlosen Wesens ohne oppositionelle

Elemente waren, oder aber mit solchen, die in einer seiner Interessensphären Bedeutung besaßen und ihm bei allem eigenen Selbstgefühl imponierten. Den ersten bescheidenen Anforderungen entsprach wohl am meisten Nachbaur, den letzteren Richard Wagner und Kaiserin Elisabeth von Österreich. Mit diesen ist es niemals zu einem Bruch gekommen, wie Ludwig II. überhaupt eine treue Natur war, und eine freundliche Erinnerung lange auch denen bewahrte, mit denen er außer Verkehr trat.

Joseph Kainz gehörte keiner dieser beiden Kategorien an. Er ließ sich offenbar verleiten, aus der nur ideellen Überschreitung des ungeheuren Abstandes, der in der Vorstellung des Königs zwischen ihm und der Majestät bestand, praktische Konsequenzen zu ziehen und überhob sich zuweilen. Schon körperlich war er der neuen Stellung nicht gewachsen, ungeübt in Bergpartien und Nachtwachen; auch den Diners mit zehn Gängen dürfte er nicht, wie der sehr mäßige König als bloßer Zuschauer beigewohnt und manchen Schluck über Dank aus den zwei Flaschen Champagner gemacht haben, die zum Schlusse der Mahlzeit serviert wurden und von denen der König nur ein bis zwei Gläser trank[1].

Die geistig bedeutende Gattin, die mit den Augen der Liebe auf den Grund seines Wesens blickte, hat die Situation wohl am richtigsten erkannt und geschildert: „Kainz sprach von dieser Schweizer Reise als einer im ethischen Sinne hoch genußreichen. Er leugnete nicht, daß sich manches Herbe einschlich, was in dem so intimen Verkehr, besonders aber in dem vertraulichen „Du,“ das zufolge des königlichen Wunsches zwischen ihnen bestand, fast unausbleiblich war. Die Vertraulichkeit ihres Verkehrs ließ die Scheidewand, die in der Stellung des Künstlers zum Monarchen lag, völlig sinken und so geschah es, daß sich im Laufe der Tage nicht mehr Künstler und König, sondern Mensch und Mensch gegenüber stand. Der Künstler mußte allmählich seine Scheu vor der Majestät verlieren, und bei der Ursprünglichkeit seines jugendlichen Herzens mochte er wohl des Öfteren zu weit über die Kluft der Stellungen hinweggesprungen sein, sich zu oft als bevorzugter Freund gefühlt haben, als berechtigt zu sprechen, wie er mochte, und zu denken, wie die Gedanken gerade kamen; es ereigneten sich gelegentlich

---

[1] „Für den Keller war auch auf der Reise reichlich gesorgt. Dort befanden sich zwei Fässer Münchener Hofbräubier, 4—5 große Körbe Wein zu je 200 Flaschen, dann Cognac, Liköre und Zigarren.“ Beyer l. c. S. 57.

kleine Szenen, die Mißstimmungen wecken mußten, und die beim König länger andauerten, als sie dem Gehalt der Sache nach anzudauern verdienten." —

Wie Kainz mir sagte, hätten bei der krankhaften Disposition des Königs oft auch harmlose Äußerungen Anstoß erregt, „insbesondere wenn er sie später, losgerissen aus ihrem Zusammenhang und der Stimmung des Augenblicks in seinen Aufzeichnungen wieder las." Auch Paul Lindau gegenüber äußerte Kainz noch im Jahre 1907, er sei damals zu jung gewesen, hätte sich deshalb oft im Umgangston vergriffen und häufig den sehr empfindlichen Monarchen unabsichtlich verletzt.

Etwas anders und wohl viel weniger zutreffend, als die feinsinnige Gattin, stellt Felix Philippi die Sache dar. Kainz, berichtet er, habe ihm erzählt, „wie schwer er die Scheu vor dem hohen Herrn überwand, wie er sich nach und nach an die königlichen Launen gewöhnte, und wie er sich gar bald, auf Schritt und Tritt eingeengt durch den Zwang, den er sich in jeder Minute auferlegen mußte, gelangweilt habe, gottsträflich gelangweilt! Denn der König, den die selbstgewollte Einsamkeit völlig weltfremd gemacht gehabt hätte, sei trotz seiner das Durchschnittsmaß weit übersteigenden Bildung kein sonderlich unterhaltender Mann gewesen und die Gabe belehrender und amüsanter Konversation sei ihm völlig versagt geblieben. (?) Er sei Kainz wohlgesinnt gewesen, habe Gefallen an dessen Geplauder gefunden. Aber von seiner Herrscherwürde ganz durchdrungen, habe er auch nicht einen Augenblick vergessen, daß er König war und sei bildlich gesprochen, stets im Hermelin und mit der Krone auf dem Kopf spazieren gegangen. Das habe Kainz, der selber die Könige so wundervoll darzustellen wußte, „gemopst"(!) — —

Philippi nennt an einer anderen Stelle Kainz mit einiger Übertreibung einen „Kronprinzen im Reiche der Genies" und stellt ihn in geistiger Beziehung über König Ludwig II.

Aus der Darstellung der Gattin und aus Kainzens eigenen Geständnissen geht unzweifelhaft hervor, daß es nicht eine despotische Laune des Königs war, sondern eine solche des Künstlers, die dem freundschaftlichen Verhältnis einen tödlichen Stoß versetzte.

Gegen das Ende des Schweizer Aufenthaltes sollte Kainz auf einem Ausflug den weiten Weg zurücklegen, den Schiller im zweiten Akt des Tell in der Rütliszene so wundervoll beschreibt. Er sollte das Haus von Walter-Fürst bei Attinghausen besichtigen, dann den Aufstieg zum Surennenpaß beginnen, sodann die Paßhöhe überschreiten und in der Pension Sonnenblick in Engelberg übernachten. Für den zweiten Tag war die Fortsetzung des Marsches über den Jochpaß nach Melchthal geplant, wo der König Kainz überraschen wollte. Schon der erste Teil dieser Tour war für die Expedition, welche der Förster Aschwanden als Führer mit drei Trägern leitete, und der sich außer Hesselschwerdt — ohne Wissen des Königs — auch der Schauspieler Häußer angeschlossen hatte, etwas zu groß angelegt. Man fuhr am Morgen des 4. Juli nach Flüelen, von dort mit einem königlichen Wagen nach Altdorf. Um 11 Uhr mittags, im Sonnenbrand, begann der Aufstieg. „Anfangs ging es lustig vorwärts, dann wurde man ruhiger; die Herren hatten ihre Kräfte überschätzt und ruhten zu oft „schmausend" aus, so daß sie erst nachts 12 Uhr in Engelberg ankamen. Man wird nicht irren, wenn man annimmt, daß die zwölf Flaschen Moselblümchen und sechs Flaschen Sekt, welche die Träger schleppten, sich nicht als besondere Beförderungsmittel erwiesen. „Gestern abend 11 Uhr," schrieb Kainz der Mutter aus Engelberg am 5. Juli, „sind wir nach zwölfstündigem Marsch über den Surennenpaß, der nicht ganz ohne Gefahr war, besonders, als wir über die steilen Eis- und Schneefelder kamen, glücklich hier angekommen. In 5 Minuten geht es per Wagen weiter nach Stanz und Buochs, von da per Schiff wieder nach Brunnen. Die Gegend ist über alle Beschreibung schön und großartig."

Vergebens hatte der treue Förster Aschwanden die Herren am 5. Juli um 5 Uhr morgens geweckt. Sie waren noch zu sehr ermüdet und erklärten, die Tour über den Jochpaß unmöglich ausführen zu können. Häußer hatte sich wund geritten, die anderen klagten über wunde Füße. Erst gegen 11 Uhr erhoben sie sich vom Lager und verlangten nach einem Fuhrwerk, um nach Stansstadt und von da zu Schiff nach Buochs zu fahren.

ˈDer König hatte sich inzwischen nach Melchthal begeben und hoffte dort um 2 Uhr mit Kainz zusammenzutreffen, den aber ein abgesandter Bote nicht mehr dort erreichte.

Ludwig besichtigte Melchthal und beschenkte ihn anstaunende Kinder mit seinem Bildnis auf Zwangzigmarkstücken. Abends fuhr er nach Buochs zurück, wo er wieder mit Kainz zusammentraf, „nicht ohne Verstimmung gegen ihn zu verspüren". „Als er jedoch die Jammerberichte von wunden Füßen und körperlicher Vernichtung vernahm, war er bald wieder versöhnt". — Er hatte offenbar erwartet, daß der Künstler, erfüllt und neu inspiriert von den großartigen Natureindrücken, die er empfangen hatte, von der Fahrt zurückkehren und ihm nun in gehobener Stimmung mit neuen Intonationen die herrlichen Worte Melchthals bei der Schwurszene auf dem Rütli, dem Orte der Handlung, vordeklamieren werde:

> „Durch der Surennen furchtbares Gebirg
> Auf weit verbreitet öden Eisesfeldern,
> Wo nur der heis're Lämmergeier krächzt,
> Gelangt ich zu der Alpentrift, wo sich
> Aus Uri und vom Engelberg die Hirten
> Anrufend grüßen und gemeinsam weiden…"

Aber Kainz war noch todmüde von dem zweitägigen Ausflug und im höchsten Maße ruhebedürftig. Als man ihm meldete, daß der König ihn mit Spannung erwarte, um noch in der gleichen Nacht auf das Rütli zu steigen, wirkte diese Aussicht „niederschmetternd" auf ihn. „Er begegnete dem König, der ihm lebhaften Auges mit gespannter Miene entgegenkam, mit wenig herzlichem Gruß und antwortete auf die begeisterte und triumphierende Frage desselben: „Nun, wie war es?" — mit einem halb mürrischen, halb trotzigen „Scheußlich!" —

Man bestieg das Schiff des Königs, auf dem sich seit dem Morgen eine Gesellschaft von 14 Alphornbläsern aus dem Muottothal eingefunden hatte, die während der Fahrt den Kuhreigen vortragen sollte, aber zu lärmend befunden und in Brunnen wieder ausgeschifft wurde.

Kainz hatte auf dem Vorderdeck neben dem König Platz genommen und war bald wieder in tiefen Schlaf versunken. Als er erwachte und erschreckt über seinen Mangel an Respekt zusammenfuhr, sah er sich sorgsam bedeckt mit Shawlen und einem großen Radmantel, welche der König „Allerhöchsteigenhändig" um die schlanke Gestalt des Freundes gebreitet hatte, während er in seinen Anblick versunken vor ihm stand. Kainz fürchtete das Schlimmste. Aber der König sagte nur: „Sie haben aber geschnarcht." So erzählte mir Kainz. Nach Beyer sagte er: „Es war die beglückendste Stunde, die ich auf dem Schiff in jener Nacht verbrachte, in welcher ich das volle Gefühl der menschlichen Teilnahme des immer huldreichen Königs empfinden durfte." „Um 1 Uhr, in einer wunderbar warmen Mondnacht, landete der Dampfer an dem schweigenden Rütli." —

Frau Sara Kainz-Hutzler begeht einen erheblichen Irrtum, indem sie die Szene des Bruches hier einsetzt und mit dem Marsch durch den Surennenpaß in Verbindung bringt, was Kainz allerdings entlasten würde. Aber diese Szene trug sich erst sechs Tage später zu. Damals beschränkte sich der König darauf, seine Lieblingsplätze zu besuchen. Er hatte nach dem ihm zuteil gewordenen Empfang den Mut verloren, Kainz um einen Vortrag zu bitten, der sich in eine Decke gehüllt ins Gras gelegt hatte und abermals fest eingeschlafen war. Der König „wollte ihn nicht stören" und beauftragte Aschwanden bis zu seinem Erwachen bei ihm zu bleiben und für seine Rückfahrt nach der Villa Gutenberg Sorge zu tragen. Diese erfolgte erst nach mehreren Stunden, längst, nachdem der königliche Dampfer das Rütli verlassen hatte. Als Kainz wieder beim König erschien, zeigte dieser die alte Freundlichkeit. Die Vorgänge des verflossenen Tages schien er vergessen zu haben".[1]

Der niemals wieder vollständig geheilte Bruch erfolgte am 11. Juli nach einer Fahrt nach Stansstad. Schon unterwegs hatte der König die Erwartung ausgesprochen, Kainz werde ihm zum Beschluß des Abends auf dem Rütli die Melchthal-Szene vortragen, und Kainz hatte erfreut und bereitwilligst zugesagt.

---

[1] Beyer, S. 161.

Der Aufenthalt an verschiedenen schönen Stellen hatte die Ankunft auf dem Rütli verzögert; der Dampfer legte dort erst
nachts 2 Uhr an.

Hier wollen wir wieder der Gattin das Wort erteilen, der gewiß nichts ferner lag, als den Geliebten zu belasten. „Es war Nacht,
als sie das Rütli bestiegen — eine wunderbare leuchtende Nacht. Von
dem Zauber der Umgebung hingerissen, wandte sich der König an den
Freund und bat ihn, ihm die Melchthal-Szene vorzusprechen. Übermüdet,
wie er war, vor Mattigkeit fast tonlos, lehnte Kainz ab. Der König ließ
nicht nach. Er gemahnte an ein ihm gegebenes Versprechen, die Szene
einst an richtiger Stelle vor ihm sprechen zu wollen. Kainz weigerte sich.
Mit der Müdigkeit verband sich noch bei ihm ein Gefühl von Unbehagen,
in die stille Nacht hinein laute Sätze reden zu sollen." (Das hatte er doch
schon sehr oft vorher getan!) Der König bat zuerst, forderte dann und
befahl zuletzt. Hier erwachte in dem Künstler der Trotz. Er blieb bei
seiner Weigerung und der König wandte ihm ohne weiteres den Rücken
und ging davon."

„Louis II.", faßt Bainville die Situation zusammen, „ne trou-
vant plus à la place de son Didier qu'un cabotin vulgaire, se
fâcha tout de bon." —

Kainz war gewiß nie „ein gewöhnlicher Komödiant", aber in
jener Stunde war er weder Künstler, noch Freund. Denn als
Künstler hätte er dem poetischen Bedürfnis des Königs mehr
Verständnis entgegenbringen und als Freund schon aus Dank-
barkeit das Versprechen einlösen sollen, ein paar Verse vor-
zutragen (40 Zeilen!) Es entschuldigt ihn nicht, daß es ihn, wie
sein Freund Philippi schreibt „mordsmäßig" langweilte, immer
wieder dieselben Verse vorzutragen und es geht nicht an, einen
Anfall übler Laune und einen Mangel an Selbstzucht des jungen
Mannes als Stolz vor „Königsthronen" zu charakterisieren, wie
Philippi es möchte. Der König wurde nicht zornig. Er blickte
Kainz befremdet an. Unschlüssig und zögernd erhob er sich.
„Nun ja," sagte er endlich mit einer Träne im Auge, „Sie sind
müde, ruhen Sie Sich aus." — Dann wandte er sich — zum Bruch
entschlossen — ab und schritt über die Wiese hinab zur Schiffs-
lände.

Das Schiff des Königs fuhr dieses Mal ohne Kainz ab. „Lassen
Sie ihn ausruhen!" sagte der König zu Aschwanden, der an ihn

erinnert hatte. — Erst morgens 4 Uhr ließ Kainz sich in einem
kleinen Boote übersetzen. In den Zimmern des Königs brannte
noch Licht, als er in der Villa Gutenberg eintraf. Er überwand
den Wunsch, sich noch bei dem König melden zu lassen und ging
auf seine Zimmer. Um 3 Uhr nachmittags stand er am folgenden
Tage auf und sah vom Fenster aus, wie der König um 5 Uhr die
Villa verließ. Bald erfuhr er auch, daß es für immer war, und es
kam ihm zum Bewußtsein, daß er die Gnade des Königs verscherzt hatte. — So war es in der Tat. Die Wahrung der Würde
gestattete nach den gemachten Erfahrungen keinen persönlichen Verkehr mehr. Aber Ludwig II. liebte schroffe Trennungen nicht und pflegte nach dem Beispiel eines seiner Vorbilder
dem Sonnenuntergang seiner Gnade ein mildes Abendrot vor-
auszusenden. Beyer schildert die Kreuz- und Querfahrten, die
Kainz, zur Energie aufgestachelt durch Erwägungen aller Art,
einschlug, um endlich noch einmal in Luzern zum König vorzudringen. Er ließ sich melden und der König ihm mitteilen,
daß er sich freuen werde, ihn wiederzusehen, wobei er ihm die
Wahl ließ, „ob er erst durch kurzen Schlaf die verlorene Nachtruhe nachholen, oder lieber mit ihm eine Spazierfahrt unternehmen wolle.‘‘ Kainz wählte das letztere, worauf ihm der König
sagen ließ, daß er ihn nicht in seinem engen Zimmer, sondern in
dem sonnigen Garten empfangen wolle.

Er erschien sogleich und war wie innerlich gewandelt, voller
Huld und Freundlichkeit. Kainz versuchte, Entschuldigungen
vorzubringen, doch der König unterbrach ihn sofort: „Es ist
schon gut,‘‘ sagte er. Er versicherte, wie er sich von ganzem Herzen freue, Kainz wiederzusehen und wie ihm seine Verstimmung
leid tue. Sodann forderte er Kainz auf, mit ihm zu dem Photographen Synnberg zu gehen, wo er auch zwei Aufnahmen von
sich und Kainz auf dem gleichen Bilde anfertigen ließ. Auf dem
Wege dorthin war er ungemein heiter und angeregt und erging
sich in humoristischen Wendungen. Auf die Wahrung des Inkognitos schien er kein Gewicht mehr zu legen. In der Kegelbahn
des freundlichen Wirtsgartens zu Ebikon ließ er den Tisch
decken und lud Kainz zu Tisch ein. Nach dem Essen verlangte

er, daß sein Gast eine Stunde dem Schlummer widme, um die
entbehrte Nachtruhe einigermaßen nachzuholen, was er gewiß
mit besonderem Vergnügen getan haben wird.

Die Reise nach München legten sie bis zur Grenze gemeinsam
zurück. Kainz las zum letztenmal vor. Es war spät nachts, als
sie sich trennten, Kainz, um in seinen Adjutantenwagen zu treten, der König, um sich zur Ruhe zu begeben. Beim Abschied
umarmte ihn der König und sah ihn lange an.

LIII.

Der Abbruch der Beziehungen war kein vollständiger. Der
König hatte nur wieder einmal erfahren, daß Ideale in der
rauhen Wirklichkeit selten standhalten, und daß er sich räumlich
von dem Freunde entfernen mußte, um sich ihn geistig wieder
näherzubringen, oder, wie Frau Kainz-Hutzler sich ausdrückt,
„er handelte in vollster Erkenntis der Tatsache, daß er sich das
schöne Bild des geliebten Freundes nur ungetrübt erhalten könne,
wenn er den ihm lieb gewordenen Verkehr auf engere Grenzen
beschränkte." —

Am 14. Juli waren sie heimgekehrt. Unterm 16. Juli schrieb
Kainz seinen Danksagungsbrief in Form einer Selbstanklage.
„Wenn mir," heißt es darin, „etwas den schönen Glanz der Erinnerung an jene glücklichen Zeiten trübt, so ist es das Gedenken jenes
unseligen Abends auf dem Rütli. Wie tief ich fühle, E. A. D. M. in der
unehrerbietigsten Weise gekränkt und beleidigt zu haben, möge das
offene Eingeständnis meiner Schuld darlegen. Je mehr ich darüber denke,
um desto schwärzer tritt mir mein damaliges Thun und Handeln entgegen. Wie unwürdig fühle ich mich nun all' der Gnaden, die E. A. D. M.
in Ihrer unbegrenzten Güte auf mich häuften; ich achte mich nicht einmal mehr würdig, vor E. A. D. M. zu spielen, so durchdrungen bin ich
von dem entsetzlichen Bewußtsein des Frevels, den ich, der Unwürdigste
von E. A. D. M. Dienern, an der Geheiligten Person des Königs begangen
habe."

Dies scheint denn auch in der Tat eine Zeitlang die Auffassung des Königs von der Sache gewesen zu sein, obschon er
ihm noch mehrere liebenswürdige Briefe schrieb, und die für

einen Untertanen seltene Auszeichnung erwies, daß er in einem königlichen Salonwagen zu seiner Großmutter nach Klosterneuburg fahren durfte. Schon am 18. Juli beantwortet er auch den Brief vom 16. „Doppelt teuer ist mir jetzt mein hiesiger Aufenthalt, da er mich durch den Namen (Kainzenhütte) an Sie erinnert, obwohl ich dieser Mahnung nicht bedürfte, da ich ohnehin sehr viel Ihrer gedenke. Wie ein Traum liegt Unser Aufenthalt in der Schweiz hinter mir; ein Traum gewoben aus freudigen und gegenteiligen Eindrücken. Wie freue ich mich darüber, daß wir am 14. noch so lange beisammen waren, denn an jenem Tage wurden die peinlichen Eindrücke jener Tage, welche gegen Ende Unseres Aufenthaltes in Brunnen und Umgegend durch Sie meist verdorben wurde, so viel als noch möglich war, für mich gemildert." „Demnächst hoffe ich Ihnen Didier's und Saverny's Photographien, sowie Champagner aus Reims senden zu können. Glühend wünsche ich, Ihr Aufenthalt in Klosterneuburg möge ein freudebringender, genußreicher für Sie werden; sehr beglückt mich das Bewußtsein, daß Sie, teuerer Freund und Bruder, wie Sie sagten und sagen ließen, Sich freudig meiner erinnern wollen. Übermorgen gedenke ich, mich nach Hohenschwangau zu begeben und in der nächsten Zeit recht viel der Lektüre mich zu widmen. Ich sende Ihnen, lieber Freund, meine herzinnigsten Grüße. Ihr freundschaftlich gesinnter Ludwig."

Kainz dankt abermals für so viel Güte unterm 21. Juli 1881: „Um wie viel schwerer mich meine so große Schuld drückt, mit der ich mein Gewissen an jenem unglückseligen 11. Juli belastet habe, um wie viel unglücklicher ich mich nun noch fühle bei dem Gedanken, jene Schuld niemals sühnen zu können, das vermag nur der zu bemessen, der, wie ich in ähnlicher Übereilung mit gleich jugendlichem Leichtsinn eine ähnliche Tat begangen hat. E. A. D. M. haben mir zwar in Ihrer hohen und edlen Gesinnung längst in Worten verziehen und auch durch Thaten bezeugt, daß E. A. D. M. den Schleier der Vergessenheit über jenes Ereignis ziehen wollen, aber könnte ich doch die Erinnerung mit der Wurzel aus der Brust E. A. D. M. reißen und aus der meinigen, denn das Bewußtsein, Unrecht getan zu haben, ist die wahre Hölle, die die schuldige Seele peinigt und quält ärger, als die Flamme, die nur den Körper verzehrt."

Ob eine so weitgehende Zerknirschung Kainz von befreundeter Seite als sein Interesse fördernd dargestellt worden war oder ob sie in seiner damaligen Stimmung lag, muß ich dahingestellt sein lassen, jedenfalls fand sie „Allerhöchsten Orts" eine günstige Aufnahme, denn auch der letzte Brief, den Kainz noch im Jahre 1881 (am 31. Juli aus dem Schweizerhaus bei Hohenschwangau) erhielt, läßt uneingeweihte Augen nichts von einer Ungnade erkennen. „Da mit heute der schöne Monat Juli zu Ende geht, in welchem Wir in der herrlichen Schweiz doch so manche

SCHLOSS LINDERHOF

genußreiche Stunden gemeinsam verlebten, so drängt es mich, im Hinblick darauf, noch einmal Ihnen zu schreiben und den Monat, Ihrer gedenkend, zu beschließen. Vor Allem danke ich Ihnen für Ihre guten Wünsche für meinen Aufenthalt in Hohenschwangau, wo ich seit meiner Kindheit mit besonderer Vorliebe weile. Es freut mich zu hören, daß das übersandte Buch Sie interessiert. 15 Flaschen Champagner waren bestellt, doch kamen nur 12. Die zurückbehaltene wurde auf Ihr Wohl geleert." „Wie freute ich mich endlich unsere Bilder zu erhalten! Gewiß haben Sie Ihre Zeit recht zum Versenken in interessante Bücher benützt. Heute habe ich die so fesselnde Lektüre von „Aspasia" beendet." „Montag las ich V. Hugo's Drama „Cromwell". Ein ungeheueres Werk; für die Bühne zu kolossal, leider nur ein Lesedrama. — Hoffentlich gedenkt Didier zuweilen freundlich seines Saverny! Seien Sie herzlich gegrüßt und gesegnet von allen Geistern des Guten! Dies wünscht von ganzem Herzen Ihr freundschaftlich gesinnter Ludwig."

Möglich ist aber auch, daß die Selbstanklagen des reuevollen Freundes die Vorstellung von der erlittenen Kränkung bestärkten und vertieften, und die ablehnende Haltung, die der König alsbald gegen ihn bekundete, scheint für diese Annahme zu sprechen.

Frau Hutzler fügt dem Brief des Königs vom 31. Juli die Bemerkung bei: „er spricht für die unverändert gebliebene Zuneigung des Königs zu seinem Didier, wenn auch seine Haltung die Reserviertheit beibehält, die sich später als Zeichen der „erklärten Ungnade" herausstellte. In einem späteren Schreiben an den Ministerialrat v. Bürkel lehnt sich aber der König gegen diese Auslegung der Sache auf und betont sein fortdauerndes wohlwollendes Interesse für den Künstler." —

Ich lernte Joseph Kainz persönlich erst nach den in den vorausgegangenen Kapiteln geschilderten Vorgängen aus Anlaß der Aufführung meines Schauspiels „Frühlingsschauer" im Residenztheater zu München (11. Februar 1882), kennen, in welchem er den Grafen Robert Kalm, der ihm gut lag, spielte. Das Stück fand Dank des vorzüglichen Zusammenspiels der Damen Dahn-Hausmann, Bland, Ramlo und der Herren Possart, Häußer, Herz, eine sehr freundliche Aufnahme und die Kritik hob unter diesen bewährten Stützen der Münchener Hofbühne auch rühmend Joseph Kainz hervor. Possart spielte darin in vorzüglicher Maske ausnahmsweise einen Weltmann und hatte so viel Erfolg damit, daß er das Stück auch zu Gastspielen verwendete.

Ich traf Kainz dann öfters in dem damals blühenden Salon Rüthling und auch der Vorlesung meiner „Herodias" am 11. April 1882 bei Frau v. Pausinger hat er beigewohnt und das Stück später dem König empfohlen. Es war ein historisches Intrigenstück. Über die Hofintrigen, welche dessen Aufführung zu Lebzeiten Ludwigs II. entgegenstanden, behalte ich mir vor, weiter unten zu berichten.

Kainz faßte Zutrauen zu mir, wir wurden näher bekannt und verbrachten manche späte Stunde in freundschaftlichem Zwiegespräch im Ratskeller zu München. Sein Charakter war nach meinen Eindrücken entschieden anständig; er hatte nichts komödiantenhaftes an sich und viel aufrichtige Begeisterung. Sein Wesen war aber ohne jene sanguinische Leichtlebigkeit, die man beim Österreicher erwartet. In seinem Herzen lebte damals das Bild eines jungen Mädchens, das irgendwo im äußersten Thule, in den Ostseeprovinzen, saß und mit dem er im Stillen verlobt gewesen zu sein schien. Indessen befand er sich in gedrückter Stimmung, weil infolge der Störungen seiner Beziehungen zum König sein Verbleib an der Münchener Hofbühne in Frage gestellt war. Als ich die Hoffnung aussprach, er möge trotz seiner Ungnade der Münchener Hofbühne erhalten bleiben, wie ja auch Rhode, Hirschberg und mehrere andere, welche nur eine Zeitlang mit dem König in persönlichem Verkehr standen, darum ihre Stellungen nicht verloren hätten, äußerte er, das sei etwas ganz anderes gewesen, denn diese seien nicht mit einem Knalleffekt weggekommen. Über diesen Knalleffekt beobachtete er Stillschweigen und man hat ihn erst aus den Veröffentlichungen seiner Frau im Jahre 1886 erfahren. Lange erging man sich darüber in Vermutungen aller Art, die zum Teil den Stempel der Erfindung und Kombination an sich trugen. Hesselschwerdt streute aus, der König habe es übel genommen, daß Kainz sein Anerbieten annahm, im Hofwagen nach Klosterneuburg zu fahren, und die Mutter des jungen Schauspielers glaubte, es habe den König gekränkt, daß ihr Sohn sich so trostlos und unglücklich über anonyme Briefe gezeigt habe, in denen der Urgrund seiner Gnade in einem ungünstigen Lichte dargestellt war.

Indessen kursierten diese und andere Gerüchte doch nur in engen Kreisen und es ist entschieden übertrieben, wenn Otto Brahm in seinem sonst so guten Bericht über die Briefsammlung der „Junge Kainz"[1] mit Bezug auf die Schweizer Reise schreibt: „Hatte schon die Freundschaft des Königs mit Richard Wagner Verwunderung erregt, so wuchs nun das Aufsehen ins grenzenlose (?) und als bei der Rückkehr aus der Schweiz eine Entfremdung zwischen dem König und seinem Hofschauspieler eintrat, ertönte es mit patriotischer Befriedigung durch ganz München: „Kainz ist in Ungnade!"

Ich habe nichts davon gehört. Dem Münchener Publikum war es nichts neues, daß Personen vom Theater und aus anderen Kreisen eine Zeitlang die besondere königliche Gnade besaßen und wieder verloren; darüber regte sich niemand auf und über die Kainzische Ungnade um so weniger, als sie äußerlich kaum in die Erscheinung trat und ihre näheren Umstände bis 1886 in Dunkel gehüllt blieben.

Es ist sehr leicht möglich, daß, wie Frau Mathilde Kainz schreibt, irgendeine mißbilligende Rede, die ihrem Gatten entschlüpfte, oder auch nicht entschlüpfte, dem König hinterbracht wurde und ihn verletzte. Es ist auch möglich, daß ihn die Annahme des vor der Rütliszene angebotenen Salonwagens zur Reise nach Klosterneuburg nach jener Szene unangenehm berührte, obschon es im alten Regime nicht üblich war, allerhöchst angebotene Gunstbezeugungen aus Bescheidenheit abzulehnen, wie eine Frau Base eine zweite Tasse Kaffee, es ist auch möglich, daß die damals erlittene Verletzung sich erst allmählich und nachträglich in der Vorstellung des Königs zu einer Ungnade auswuchs. Wir wissen es nicht. Es wurde in jenen Tagen ein Wort erzählt, das über die Denkungsweise des Königs einiges Licht wirft. Eine Theaterprobe sei durch Lärm gestört worden. Da habe der Regisseur Richter gesagt: „Das ist gewiß wieder der Kainz." Er war es in der Tat und entschuldigte sich damit, er habe eben den leisen Hoftritt noch nicht gelernt. Der

---

[1] In der Neuen Rundschau, Dezember 1912.

König, dem Hesselschwerdt auch diese kleine Geschichte hinterbrachte, äußerte: „ja, gescheit ist er, aber grob." —

Wie bei der Rütliszene berichtet Frau Kainz-Hutzler nur die zweite Hälfte des folgenden. Der Brief vom 31. Juli 1881 war der letzte Gnadenbeweis gewesen, dann zog eine dunkle schwarze Wolke herauf, aus der sich allmählich ein reinigendes Gewitter entwickelte. Kainz erzählte den Beginn im Salon Rüthling, wie folgt: Die Reise nach Wien hatte er noch im Salonwagen machen dürfen, und es waren ihm vom König Bücher und Champagner nachgesandt worden. Als er aber von Wien zurückkehrte, fühlt er an dem Benehmen der Hofleute, daß sein Stern inzwischen untergegangen war. Noch deutlicher trat dies hervor, als er auf sein Gratulationsschreiben zum Geburtsfest des Königs (25. August) eine kühle Antwort erhielt. Als Bürkel die Erneuerung seines Kontraktes beantragte, erklärte der König, daß er diesen Namen nicht mehr hören wolle, und als Bürkel insistierte und bat, nur das Signat unter das Dekret zu setzen, wies er auch das zurück. — Es vergingen wenige Wochen. „Die Ungehaltenheit des Monarchen," setzt hier die Darstellung der Frau Kainz-Hutzler ein „stieg von Tag zu Tag und zeigte sich plötzlich in rücksichtslosester Form. Eine Separatvorstellung war angesetzt. Der Hofsekretär des Königs und der Generalintendant, welche bestrebt waren, die alte Neigung des Königs zu dem beliebten Künstler zu erwecken, übergaben Kainz die Rolle des Ottbert in den „Burggrafen" von Victor Hugo. Kainz studierte sie mit doppeltem Eifer. Galt es doch zum ersten Male wieder vor seinem Könige zu spielen, vor dem Freunde, der ihm gram war, und den er vielleicht durch die Macht seiner Stimme, die er stets so geliebt, zu der alten guten Gesinnung zurückführen konnte." „Der Abend der Aufführung war da. Kurz vor der Vorstellung wurde dem König der Theaterzettel vorgelegt. Die Wirkung war eine ungünstige. Der König mißbilligte in höchstem Maße das eigenmächtige Verfahren der Intendanz und erklärte kurz, daß er die Vorstellung nicht besuchen werde. Sie wurde abgesagt." „Auf das tiefste verletzt, kehrte Kainz in seine Wohnung zurück. Empört über die Verletzung, die ihm geworden, wollte er dem König schreiben und sich über die Behandlung beschweren, die er als Schauspieler erfahren, als die Glocke gezogen wurde und ein Kabinettsdiener bei ihm erschien, der ihm ein Wandgemälde in schwerem Goldrahmen zu überbringen hatte." „Joseph Kainz starrte den Mann verwundert an. Es war eine wunderschöne Landschaft vom Vierwaldstädter See und der Rahmen ein überaus kostbarer..." „Es mußte vom König kommen." Der Stolz des jungen Künstlers war auf das empfindlichste getroffen. Der König wollte ihn nicht spielen lassen, ihm aber ein Geschenk wie einen Lohn für gehabte Mühe hinwerfen.‘‘

Das schien ihm kein Ersatz für seine gekränkte Künstlerehre. In einem Briefe vom gleichen Tage (4. November 1882) spricht er seinen Dank für diese Gabe mit würdigen Worten aus und — weist sie zurück. ,,Dieser neueste Beweis von E. A. D. M. Huld und Gnade setzt mich um so mehr in freudiges Erstaunen, als es mir doch schien, als ob E. A. D. M. seit mehr als einem Jahre mir nicht mehr ganz gnädig gesinnt wären. E. A. D. M. haben erstlich meine Mitwirkung bei E. M. Separatvorstellungen, wie auch jüngst wieder verschmäht und mein untertänigstes Gesuch um Verlängerung meines Kontraktes mit der mir so lieb gewordenen Hofbühne Münchens einfach zurück gewiesen.‘‘ ,,Wie soll ich nun aber die mir gestern erwiesene Huld und Gnade mit allem Vorhergehenden in Einklang bringen ? Es widerstrebt meiner innersten Natur zu glauben, E. A. D. M. wollten damit mich etwa für gehabte zwecklose Mühe entschädigen, denn ich habe, so viel ich mich entsinnen kann, E. A. D. M. niemals Grund und Ursache gegeben, niedrig von mir zu denken. Wofür soll ich aber diesen Gnadenbeweis hinnehmen ?‘‘ ,,E. A. D. M. mögen mir entweder gestatten, in dem Drama ,,Die Burggrafen‘‘ Euerer Majestät zu zeigen, daß ich vermöge meiner Kunst die Gnade E. A. D. M. verdiene, oder aber mir allerhuldvollst gestatten, das mir gestern überreichte Geschenk mit den untertänigsten Dankesworten in die Hände des Herrn Ministerialrats v. Bürkel zurücklegen zu dürfen.‘‘

Während seiner langen Regierung hatte Ludwig II. niemals eine Kundgebung dieser Art und dieses Tones erhalten. Bürkel war außer sich. ,,Jetzt werden wir alle geköpft,‘‘ sagte er. In der Tat konnte man je nach dem Standpunkt, auf dem man steht, oder damals stand, diese Kundgebung verschieden beurteilen und verschieden waren auch die Arten, die sich darboten, sie anzunehmen oder abzuweisen. Der König wählte diejenige, die am meisten zugleich seinen bisherigen Beziehungen zu Kainz und der Obliegenheit der Majestät entsprach, Abstand und Würde zu wahren: vornehme Milde.

,,Im Kabinett,‘‘ berichtet die Gattin, ,,war man außer sich. Der König allein nahm die Sache mit Ruhe auf.‘‘ ,,Man müsse Kainz behandeln, wie einen teuern Kranken,‘‘ äußerte er und ließ ihm die Botschaft zugehen, das Geschenk sei durchaus nicht als eine ,,Entschädigungssumme‘‘ für eine Mühe ohne Zweck aufzufassen, sondern lediglich als ein huldvolles Erinnerungszeichen Sr. M. an Seine Person.‘‘ —

Es ist nicht ganz richtig, wenn die Gattin vier Jahre später schreibt, diese freundliche Botschaft habe Kainz beruhigt. In Wahrheit grollte es fort in ihm. Die neue Liebenswürdigkeit des Königs, weit entfernt, ihn zu versöhnen, läßt nur die Wunde aufbrechen, die sein Selbstgefühl erlitt. Er nimmt die Maske ab und legt sein innerstes Empfinden bloß. Man hörte ihn äußern, daß er jetzt dem König „die dicksten" Wahrheiten sagen werde, „er solle aufpassen," er fuhr fort, Vorwürfe zu machen, Anklagen zu erheben und rechnet schließlich mit Ludwig II. in einem Tone ab, den wohl wenige aktive Monarchen ohne weiteres hingenommen hätten. Man urteile selbst! „Als E. A. D. M.," schrieb der so hart in seinem Selbstgefühl getroffene Künstler am 6. November 1882, „Allerhöchst-Sich in der letzten Stunde zu weigern geruhten, die Vorstellung der „Burggrafen" mit Allerhöchst-Ihrem Besuche zu beehren, lediglich aus dem Grunde, weil meine Mitwirkung in dem Stücke bevorstand, da war es E. M. sehr wohl bewußt, welche Beschämung, gelinde gesagt, mir vor dem gesamten Personal bis zum letzten Theaterarbeiter dadurch bereitet wurde und E. A. D. M. wußten so gut, wie ich, daß dies auf keinerlei Weise wieder gut zu machen sei. Was ich auch gegen E. A. D. M. dereinst gefehlt habe, es ist wett gemacht durch die öffentliche Beschämung, die ich am Abend des 1. Novembers erlitten habe. Dies hab ich mir alleruntertänigst zu bemerken erlaubt, um die Meinung E. A. D. M., ich hätte das Geschenk als Entschädigung aufgefaßt und mir darum erlaubt, es zurückzuweisen, zu berichtigen. — Der Wahrheit die Ehre! — und sollte es meinen Kopf kosten — ich wollte das Bild darum retournieren, weil es mir widerstrebte, aus der Hand eine Gabe fürderhin zu nehmen, die mir an jenem Novemberabend so wehe gethan. Aber nachdem E. A. D. M. auf mein freies und offenes Schreiben mir so huldvoll und gnädig zu antworten geruhten, wäre es kaum mehr im Sinne des Untertanen, wollte ich auch jetzt noch das Kgl. Geschenk verschmähen. Ich will es behalten. Und noch in späten Tagen, wenn mein Auge das Gemälde streift, soll es mich an jene entzückenden Tage erinnern, die ich an der Seite E. A. D. M. an den Ufern des sagenumwobenen Sees verlebt habe, aber auch zugleich an die schmerzlichste Stunde meines Lebens, an jenen Novemberabend, an welchem ich den edelsten König, für den ich seit meiner frühesten Kindheit geschwärmt, den ich mehr geliebt habe, als er je geahnt, unversöhnlich gefunden habe."

Die letzten Sätze dieses Briefes machten tiefen Eindruck auf den König. Er weinte die ganze Nacht und rief einmal ums andere Mal: „So habe ich ihn mir gedacht, ich habe mich nicht in ihm getäuscht; ich habe ihn auf das tiefste gekränkt; wie kann ich es wieder gut machen?..." So erzählten Freunde von Kainzens Mutter, die jedoch eine richtige Auffassung des Verhältnisses nicht besaß und sogar befürchtete, man könne ihren Sohn durch ein Pülverchen aus der Welt schaffen, weil er zu viel wisse und sich nicht willfährig genug erwies. —

Ludwig II. war es nicht leicht gewesen, über die beiden letzten Briefe Didier's hinwegzukommen und wie er schreibt: „geduldig den Wermutsbecher zu leeren." Aber er überwand sich und ließ sich bereit finden, ein Unrecht wieder gut zu machen, das er gar nicht begangen hatte, denn nicht er, sondern Perfall und Bürkel hatten Kainz eine Rolle in der Separatvorstellung übertragen. „Der König übersandte," berichtet die Gattin, „dem Künstler seine Grüße und ließ bei ihm anfragen, was er thun könne, um die Sache wieder zu ebnen? Ob es ihm in den Augen seiner Kollegen das alte Ansehen wieder gebe, wenn er ihn zu einer Separatvorstellung einlüde? Kainz bejahte mit Begeisterung. Einer Separatvorstellung beizuwohnen, das war die höchste Auszeichnung, die ihm werden konnte! — vor den Kollegen."

Kainz wohnte, im ersten Rang sitzend, zwei Separataufführungen des Tell am 8. und 13. November 1882 bei. Am Geburtstage Schillers, den 10. November 1882, — 1½ Jahre nach dem Bekanntwerden mit Kainz —, schrieb ihm der König ohne äußeren Anlaß folgenden Brief: „Lieber Herr Kainz! Da es heute gerade 1½ Jahre wurden, seit Sie durch die dritte Darstellung des unvergeßlichen „Didier" in Marion Delorme mich mit hehrer Begeisterung erfüllt und hingerissen haben, so drängt es mich, Ihnen nach langer Zeit wieder schriftlich zu nahen. Durch die Macht jener heiligen Erinnerung ward es mir möglich, so geduldig den Wermuthsbecher zu leeren, der mir am 4. und 6. l. Mts. durch Sie gereicht wurde. — Ich begreife sehr wohl, daß die Aufregung Ihren Nerven, Ihrer Kunst sehr zu statten kommt, aber fest bin ich überzeugt, daß Sie Ihren Geist durch übereifriges Studieren überanstrengen, und daß das Überreizen der Nerven nicht anders als schädlich wirken kann. Es ist gewiß in Ihrem Interesse, wenn ich Sie dringend bitte, Sich in der hiezu geeignetsten Saison eine längere Pause der Ruhe und Erholung in frischer Luft zu gönnen. In ihrem letzten, mir so theueren Briefe[1] schrieben Sie, daß: „wenn auch oft wilde Wallungen mein Herz durchbeben, mein Herz ist gut." — Gewiß ist Ihr Herz edel und gut, nie, nie habe ich daran gezweifelt. Allen Segen des Himmels

---

[1] Gemeint ist wahrscheinlich der von der Gattin erwähnte „glühende Dankbrief," den Kainz nach der ersten Separatvorstellung schrieb, der er hatte beiwohnen dürfen.

auf Ihr theueres Haupt! O, möchten Sie nie aufhören, freundlich meiner zu gedenken und mir gut zu bleiben! O, üben Sie Ihre herrliche Kunst nie auf Kosten Ihrer theueren Gesundheit aus; ich bitte Sie herzlich darum; bis jetzt aber muß ich fürchten, daß Sie zu viel auf dieselbe losgestürmt sind." „So spät es auch war, denn ich habe viel gelesen, so wollte ich den teuern Erinnerungstag, der ja auch der Geburtstag des großen Dichters war, dessen hehrstes Werk uns den Aufenthalt in der himmlischen Schweiz so unendlich verschönte und in höhere Sphären erhob, nicht vorüber gehen lassen, ohne Ihnen in Gedanken herzlich die Freundes- und Bruderhand zu schütteln und Ihnen tausend innige Grüße zu senden..."

Das Eis war gebrochen — so weit es noch möglich war — und Kainz findet den verschütteten Weg zu der königlichen Gnade — auf kurze Zeit — wieder. Die erlittene Kränkung, das Bedauern, einer so seltenen Gunst verlustig gegangen zu sein, die Aufregungen der Situation befruchten seine Phantasie und üben einen günstigen Einfluß auf seine Schreibweise aus. Seine Hyperbeln klingen weniger geschraubt, sein Ton weniger forciert, seine Gefühlsäußerungen sind weniger zitatenreich und — wie die meisten Menschen — wird er beredt, wenn er von sich selbst spricht und dem, was ihn besonders bewegt. Der König findet seine Briefe „himmlisch," „entzückend," „wundervoll," „herrlich". Das erste der so belobten Schreiben ist vom 11. November 1882 und eine Antwort auf das oben angeführte des Königs vom Tage zuvor. „Endlich! Endlich! — nach anderthalbjähriger Pause wieder einmal die mir so teuern Züge der segensvollen beglückenden königlichen Hand! Mag es mir gestattet sein, diese Hand im Geiste zu ergreifen und sie zu benetzen mit Tränen der seligsten Freude und des heißesten Dankes und zu bedecken mit flammenden Küssen der glühendsten Verehrung und der heiligsten Liebe für meinen grenzenlos huldvollen, so unendlich teueren König und Herrn!"... „Wie preise ich mich glücklich, wie jauchzt mein Herz vor jubelnder Freude, da ich höre, daß mein geliebter Monarch der Tage 30. April, 4. und 10. Mai v. Js. noch nicht vergaß!" — E. A. D. M. haben die Gnade, mir huldvollst zu rathen, meine Kunst nie auf Kosten meiner Gesundheit zu üben. Aber, wie soll ich versuchen, die heilige, Mark und Bein durchziehende Begeisterung, welche mich bei Ausübung meines Berufes entflammt, zu unterdrücken, ohne meinem Werke zu schaden? Und dann — welch ein hohes, herrliches, unsäglich wonniges Gefühl, sich ganz mit voller Seele hinzugeben dem Geiste eines bedeutenden Dichterfürsten, sich unaufhaltsam fortreißen zu lassen von der flammenden Begeisterung, die seine Worte uns einhauchen, mitzufühlen, was er fühlte, mitzuempfinden die seligste Freude, den tiefsten Schmerz, das rasende Entzücken und die tobende

Verzweiflung, die taumelnde Liebe und den lodernden Haß seines Helden und im Wirbelsturme der entfesselnden Leidenschaft alles mit sich fortzureißen, was menschlich denkt und menschlich fühlt unter der versammelten Menge! Wer schont sein Leben auf dem Felde der Ehre, wer denkt an den Tod, zaghaft im heißen Gewühle der Feldschlacht?" — —

„Heute waren es 8 Tage," erwidert der König am 18. November 1882, „daß ich als Antwort auf meinen Brief vom 10. November nachts, jenen himmlischen Brief von Ihnen erhielt, der mich zu inniger Dankbarkeit für Sie entflammt, so daß es mich drängte, Ihnen hierauf in diesen Zeilen nun auch persönlich mitzuteilen, wie groß meine Freude über den Inhalt des Schreibens ist."

Der König erwähnt sodann einen zweiten mir nicht vorliegenden Brief vom 14. November, in welchem Kainz, in so warmen, liebevollen Worten seiner Freude über seine Anwesenheit bei der Schlußaufführung der für den König gegebenen Vorstellungen ausgedrückt und besonders in so freundlicher Weise zu dessen bevorstehendem Aufenthalt in Hohenschwangau Heil und Segen gewünscht hatte, daß der Monarch „über seine Versicherungen von Liebe und Anteilnahme beseligt, ihm seinen Dank aus ganzer Seele ausspricht." Er jubelt auf über den „wahren Triumph", den „sein teuerer bewunderter Freund" jüngst als Ferdinand in Kabale und Liebe errungen, sehnt sich nach Nachrichten über sein Befinden und erkundigt sich wiederholt, ob er mit dem Benehmen der übrigen Künstler und Künstlerinnen zufrieden sei.

Kainz hatte in einem seiner Briefe — vielleicht um die Freiheiten, die er sich genommen, zu entschuldigen, an das seinerzeitige Wegwischen des Rangunterschiedes zwischen ihnen erinnert. Ludwig erklärt, daß auch er oft daran denke und schließt die Erwähnung mit dem Satze: „wir sind Brüder durch ein teureres Band, als die Natur geschmiedet."

Indessen durfte die Einschränkung: „im mündlichen Verkehr" in dem Zitate des Kainzischen Briefes vom König herrühren und sie sind wohl auch in diesem selten über das Halbschmollis, um einen Studentenausdruck zu gebrauchen, hinausgekommen, das die damalige Courtoisie für die Anrede an Majestäten von seiten derjenigen vorschrieb, die es nicht waren.

Der Brief des Königs ist in Linderhof geschrieben und endet mit den Worten: „Tausend herzliche Grüße sende ich Ihnen von den geliebten Bergen, wo wir so manche in der Erinnerung teuere Tage verlebt haben, ich sende dieselben froh, dem diesmal besonders traurigen Aufenthalte in der Stadt entkommen zu sein und bitte Sie, wenn Sie zuweilen einen freien Augenblick dafür übrig haben, freundlich zu gedenken Ihres in inniger Liebe an Ihnen hängenden Freundes Ludwig." —

Kainz äußert sich zwei Tage später (20. November 1882) „entzückt, beseligt, begeistert, hingerissen von dem Hauche hehrer, heiliger, poetischer Freundschaft, der den ganzen Brief (vom 18. November) zauberisch durchwehte und dessen betäubend süßer Duft all' seine Nerven und Fibern gewaltig erregte." Aber „kalt und starr, wie seelenlose Puppen" sieht er „seine Worte auf dem Papier stehen und nimmer will es ihm gelingen, ihnen die heiße Glut, die alles mitreißende Leidenschaft seiner Gefühle einzuhauchen." „Er kann wohl fremde Worte durch eigene Empfindungen beseelen, aber seinen heiligsten höchsten Empfindungen niemals die zündenden Worte leihen."

An Weihnachten 1882 vergaß der König seines Freundes nicht und sandte ihm eine Darstellung der Villa Gutenberg und Bücher zum Geschenk.

In der Separatvorstellung der „Burggrafen" von Victor Hugo, übersetzt von Ludwig Schneegans, am 24. April 1883, scheint Kainz nicht mitgewirkt zu haben. Hingegen war er nach meinen Aufzeichnungen auch zu der dritten Separatvorstellung des Wilhelm Tell am 26. April 1883 und zu einer solchen von „Der Traum, ein Leben" von Grillparzer am 28. April 1883 geladen.

Vor der ersteren Vorstellung erhielt er vom König ein Kästchen mit Tellbildern. Auf diese dritte, nicht wie Frau Mathilde annimmt, auf die erste Tellseparataufführung bezieht sich wohl die Stelle in dem Briefe des Königs vom 29. April 1883: „Es entzückt mich zu hören, daß die Aufführung von Wilhelm Tell Sie in so hohem Grade befriedigt hat. Es war im großen ganzen ein genußreicher Abend; das Bewußtsein, daß Sie, unvergessener, treu geliebter Freund, der Vorstellung beiwohnten, erhöhte mir die Freude."

„Seit neulich," schreibt der König in dem gleichen Brief, „muß ich immer wieder an die heißgeliebte, wundervolle Schweiz denken, nach welcher die Sehnsucht oft wieder erwacht! Nach diesem Paradies der Länder, das Gott lieb hat, wie den Apfel seines Auges. Wenn Schiller das von Frankreich behauptete, auf die Schweiz läßt es sich doch zum mindesten mit demselben Recht beziehen."

Die Separatvorstellungen, bei denen Kainz noch mitwirkte, fanden am 29. April und 11. Mai 1883 statt und bestanden in „Der Traum ein Leben" von Grillparzer und „Hernani" von V. Hugo.

Der König hatte die Rolle des Rustan kurz vorher von dem Wiener Schauspieler Krastel gesehen und manches an ihm aus- zusetzen gefunden. „So volltönend sein ansprechendes Organ auch ist, so ist es doch weit, weit von dem bannenden, sich nicht zu entziehen- den Zauber entfernt, welchen das Ihrige auf mich ausübt! O, nehmen Sie die Spielweise Herrn Krastels sich nicht in allem zum Muster! Jene herr- lichen Stellen, die Rustan zu Anfang des 2. und zu Ende des 4. Aktes zu sprechen hat, haben Sie, lieber Herr Kainz, mir mit weitaus hin- reißenderem Schwunge in die Seele gejubelt (auf dem Linderhofe bei einer Vorlesung) als Krastel, so großer Künstler er auch ist." — „Ich wollte mich nicht zur Ruhe begeben, ohne Ihnen es zuvor noch auszusprechen, wie sehr ich mich auf die bevorstehende Aufführung von „Der Traum ein Leben" freue, in welcher Sie den Rustan spielen; daß auch Sie so be- sonders sich auf diesen Abend freuen, verdoppelt meine Freude…"

„Die Zeit der Vorstellung rückt heran," bricht Kainz im Schrei- ben an den König vom 29. April 1883 ab. „Rustan und Mirza kreuzen schon meine Gedanken, hohe Begeisterung erfaßt meinen Sinn, halb bin ich bereits der heißblütige, ehrsüchtige Jüngling Rustan, halb nur mehr ich Selbst. Möge der Geist meines unsterblichen genialen Landsmanns über mich kommen! möge sein großer Genius mich um- schweben! Möge er mich mit einem flammenden Geisterkusse so weihen, für meine schöne Aufgabe, daß der heutige Abend für meinen geliebten Herrn und König ein genußreicher und froher werden möge!…"

Wie wir den interessanten Erinnerungen Possarts über die Separatvorstellungen entnehmen, hätte die Vorstellung, wie die frühere der Burggrafen, beinahe wieder abgesagt werden müssen. Häußer war erkrankt, eine Verschiebung der Vorstellung nicht möglich, da Kainz tags darauf in Berlin eintreffen mußte, und auch die Abreise des Königs festgesetzt war. Glücklicher Weise erklärte Possart sich in der letzten Stunde bereit, unter der Bedingung des späteren Beginns der Vorstellung eine elf Bogen starke Rolle in wenigen Stunden zu lernen. Er spielte somit an jenem Abend zwei Rollen: die des „schwarzen Zanga" und die des Retters und Freundes in der Not. — Der König zeigte sich hoch erfreut; „Kainz dankte mir herzlich; er war gerührt und spielte hinreißend."

Der König teilte die Ansicht Possarts; er ließ Kainz seine Zufriedenheit ausdrücken, sandte ihm einen Schmuck aus grünen Steinen und einen Becher, ähnlich einem, den er einst im Traum gesehen hatte. —

Über die Aufführung des „Hernani" ist mir näheres nicht bekannt geworden. Kainz erhielt aus diesem Anlaß einen Smaragdring, eine Schreibgarnitur und ein gemaltes Wappen. —

„Mit unverlöschbarer Flammenschrift," schreibt Kainz am Tage nach seinen Abschiedsvorstellungen (dem 12. Mai 1883) an den König, „sind die Tage des 30. April, des 4. und 10. Mai 1881 und diejenigen des 29. April und 10. und 11. Mai 1883 in meinem Gedächtnis eingegraben. Nie mehr werde ich so spielen, wie an diesen Tagen, denn nie kann die unverständige Menge, von der wir Schauspieler leider so ganz abhängen, mit ihrem tosenden, lärmenden und so oft verletzenden Beifall den Künstler so begeistern, wie das volle Bewußtsein, vor einem Manne zu spielen, der jede Feinheit des Stückes und der Darstellung mit solch außergewöhnlichem hohen geistigen Verständnis erfaßt, der sich so ganz dem Eindruck des Kunstwerkes hingibt, der das Theater wirklich als Kunsttempel betrachtet und betritt. Da wird die Kunst zum Gottesdienste erhoben, da wird der Künstler zum Priester, da wird die Bühne zur Kanzel, und da darf die Wahrheit frei und ungehindert ihr gewaltiges Medusenhaupt erheben und auf wenige Stunden wirken und herrschen." —

Bald werde er aus Münchens Mauern scheiden müssen, neue Verpflichtungen, ein großartiges Unternehmen, riefen ihn nach Berlin. Was ihn aber auch dort erwarte, er gehorche der Not, nicht dem eigenen Trieb, indem er München verlasse. Beredt dankt er für alles Empfangene. Am 30. August 1883 dankt er auch für die herzlichen Abschiedsgrüße, die der König ihm durch Bürkel übermitteln ließ. „Seine Bitte, sich persönlich verabschieden zu dürfen, wurde mit Höflichkeit abgelehnt." — Audienzen erteilte der König ja schon lange nicht mehr.

Aber warum, möchte man schließlich fragen, ging Kainz denn nun eigentlich und warum ließ eine Bühne ihn scheiden, die keinen Ersatz für ihn hatte? — Die erste Frage beantwortet wohl am besten Possart, der doch mit der Sache befaßt war, in seinen oben zitierten „Erinnerungen." „Der König hatte den Umgang mit seinem einstigen Liebling jäh abgebrochen. Die plötzlich entstandene peinliche Situation warf ihre Schatten auch auf die Berufstätigkeit des feurigen jungen Schauspielers. Endlich gelang es Kainz, sich aus dieser unerquicklichen Lage dadurch zu befreien, daß er einem Rufe an das verheißungsvoll ins Leben tretende Deutsche Theater in Berlin Folge leistete."

Das war wohl in der Zeit geschehen, in welcher der König die Erneuerung seines Münchener Kontraktes abgelehnt hatte. Es war nicht mehr abzuändern. Daß aber ein Versuch in dieser Richtung seitens der Münchener Hofbühne schon bald gemacht wurde, geht aus dem letzten der im „Jungen Kainz" veröffentlichten Briefe hervor. „Possart," berichtet der umworbene aus Nürnberg am 8. Juli 1882, „hat vom Intendanten den Auftrag gekriegt, mich für die Münchener Bühne unter allen Umständen wieder zu gewinnen. Es wird ein 10jähriger Contract vorgelegt mit der Gage, die ich fordere und mit allen klassischen Rollen. Dieser Vertrag enthält die Clausel, daß er in Kraft tritt, sobald der Berliner Vertrag sich im 1. Contractsjahr löst. (Possart rät mir, einen Skandal zu machen) und dann gehe ich sofort nach München zurück. Dies hat er mir gestern im Namen Perfalls und Bürkels gemeldet. Bis jetzt habe ich mich geweigert! Sie müssen erst selbst eine große Summe bieten und dann noch drauflegen..." (Eloesser l. c. 266 f.)

Kainz trat am 29. September 1883 zum ersten Mal am Deutschen Theater in der Rolle des Ferdinand in „Kabale und Liebe" auf. Den „sensationellen Erfolg" aber, den er der Mutter telegraphiert, hatte er erst am 10. und 11. November als Don Carlos, den er ganz neu zu gestalten verstand. Wenn man die Berichte darüber liest, muß man fast annehmen, daß ihm hiebei auch seine in unmittelbarer Nähe einer Majestät gemachten Erfahrungen zu statten kamen. Nach diesen Erfolgen war an eine Lösung des Berliner Kontraktes nicht mehr zu denken und der beabsichtigte Münchener hätte nie in Kraft treten können, selbst wenn er abgeschlossen worden wäre. —

Der König konnte Kainz den Abgang von München, den er ja selbst veranlaßte, nicht verargen und er verargte ihn ihm auch nicht, denn sonst hätte er ihn nicht noch im gleichen Herbst zu einem Gastspiel einladen lassen. Kainz mußte diese Einladung, da sie in die Zeit der Vorbereitung auf Don Carlos fiel, mit Dank und Bedauern ablehnen, aber ein Korb war es doch immerhin und es ist begreiflich nach allem vorgefallenen, daß der Brief vom 29. April 1883 der letzte war, den der König an ihn richtete.

Erst nach mehr als zwölf Jahren nach seinem Abgang von München sah ich Kainz wieder bei einem Besuch, den ich ihm in Berlin machte, um seine Aufmerksamkeit auf die Rolle des Don Pedro in meinem Trauerspiel „Ines de Castro" hinzulenken, das am 6. März 1895 mit Erfolg auf dem Hoftheater zu München gegeben worden war. Es schien mir, daß diese Rolle ihm besonders läge. Er empfing mich auf das herzlichste in seiner schönen großen Bibliothek mit den seltenen Shakespeare-Ausgaben, erklärte mir aber, daß er sehr wenig Einfluß auf die Aufführung von Stücken habe.

Zum letzten Male sah ich Joseph Kainz vierzehn Jahre später bei einem seiner Gastspiele in Bern. Ich fand ihn äußerlich bis zur Unkenntlichkeit verändert und auch sein Spiel mutete mich fremd an. Er spielte den Hamlet und sprach die Rolle mit einer gewissen nachlässigen Schnelligkeit, als wolle er sobald als möglich damit fertig werden. —

Bayern und seinem unglücklichen König hat er stets ein freundliches Andenken bewahrt und sich wohl zuweilen in die Kunststadt an der Isar zurückgewünscht. Nicht in der Zeit, in der er am Deutschen Theater und an der Wiener Hofburg[1] wirkte, wohl aber in den schweren sorgenvollen Jahren nach dem Kontraktbruch mit Barnay, in denen er. ausgeschlossen von den Theatern der Bühnengenossenschaft, ein fahrendes Künstlerdasein diesseits und jenseits des Ozeans führen mußte. Er starb

---

[1] Mit Wien hätte München freilich nicht konkurrieren können. Dort wurde Kainz noch kurz vor seinem Tode für die nächsten 10 Jahre eine Gage von jährlich 64,000 Kronen bei einer Spielzeit von nur 6 Monaten zugesichert. —

am 20. September 1910 unter unsäglichen Qualen; seine Züge waren so verzerrt, daß kein Besucher der Leiche, trotz aller Vorbereitung auf den schrecklichen Anblick, sein Entsetzen verbergen konnte. Ein gütiges Geschick bewahrte ihn aber davor, Zeuge und Leidgenosse des Untergangs des von ihm heiß geliebten Kaiserstaates und der Hungersnot der Stadt Wien zu werden.

Frug man die Freunde des Königs, ob ihnen im intimeren Verkehr mit dem Monarchen nie Spuren von Geisteskrankheit aufgefallen seien, so pflegten sie dies meistens mit Nachdruck zu verneinen. Hirschberg machte die richtige Bemerkung, daß man in Gegenwart S. M. zu viel auf sich selbst aufzupassen gehabt habe, um ein guter Beobachter des hohen Gastgebers zu sein. Ihn, wie andere, empfing der König einmal mit dem Eisbeutel auf dem Kopf und erklärte dies mit dem Umstand, daß er von seinem Vater als schlimmes Erbstück eine Verbindung des kleinen Gehirns mit dem Rückgrat überkommen habe, was ihm viel Kopfschmerzen verursache. Befremdlicher kam es dem Baron vor, auf der Rückseite eines freundlichen Handbilletts, durch das er zu längerem Verweilen aufgefordert wurde, die bange Frage lesen zu müssen, warum er ihn gestern abend so eigentümlich ansah, ob er etwas gegen ihn habe? — Solche Kundgebungen des sogenannten Beziehungswahns erfuhren mehrfach auch andere Besucher Sr. M.

Kainz verneinte mir gegenüber auf das bestimmteste, Spuren geistiger Störung an Ludwig II. bemerkt zu haben und auch in einem Interview mit einem Wiener Schriftsteller nach dem Tode Ludwigs II. erklärt er, daß er in dem König nie den Irren sah. „Er war sehr reizbar und man durfte in ihm nicht den König mit einem unzarten Wort verletzen. So sagte er mir eines Tages von Richard Wagner: „Ich kann nicht mit ihm verkehren; es ist zu schwer. Denken Sie, wenn er von seinen Feinden spricht, schlägt er mit der Faust auf den Tisch.“ „Mir selbst widerfuhr es, daß ich --- allerdings auf zarte Weise — daran erinnert wurde, daß ich das Allerhöchste Mißfallen erregt hatte. Ich war einmal nervös gewesen und habe vielleicht seinen Ansichten widersprochen, denn am nächsten Tage las ich ein Schreiben des Königs an seinen Sekretär über mich, das den Passus enthielt: „Man muß Rücksicht mit ihm haben und ihn behandeln wie einen teuren Kranken." In späteren Jahren fiel mir der Brief wieder ein und die Antwort, die ich, leider prophetisch, dem Sekretär gab: „Ich weiß nicht, wer von uns beiden der teure Kranke ist: der König oder ich?" —

Hingegen schilderte mir Kainz den König als feig, weil er bei aller Vorliebe für die Nacht das Dunkel fürchtete und sich an ihn anklammerte, wenn sie auf der Schweizer Reise durch einen Tunnel fuhren, immer an ein Attentat denkend und meinend, es könnte Dynamit unter den Schienen liegen. Dem gegenüber hob Hirschberg hervor, daß der König, nur mit einer verräterischen Laterne bewaffnet, viel in der Umgebung von Berg und ·des Linderhofs lustwandelte und diese nächtlichen Spaziergänge zuweilen von Berg bis Ambach ausdehnte.

Die Lakaien hatten, gleichfalls mit Laternen, in einer Entfernung von zehn Minuten nachzufolgen. Ringsum war alles totenstille; nur zuweilen störte ein betrunkenes Bäuerlein, das verspätet aus dem Wirtshaus nach Hause wankte, den tiefen Frieden der schlafenden Natur.

Der Umstand, daß Kainz keine Spuren von Geisteskrankheit bei dem König wahrnahm und auch die durch ihn veröffentlichten Briefe solche nicht verrieten, wurde von einem Teil der regierungsfreundlichen Presse zu den Belegen dafür herangezogen, wie Recht man gehabt habe, die Sequestrierung Ludwigs II. nicht früher einzuleiten. Dies enthielt eine Entstellung des Sachverhältnisses. Die Freunde der Monarchie haben von dem Ministerium niemals eine übereilte Sequestrierung Ludwigs II., sondern nur verlangt, daß es sich nicht durch rein passives Verhalten aus egoistischen Motiven zum Mitschuldigen seines finanziellen Ruins und einer Art des Sturzes mache, die mit der Würde der Krone und den Interessen der Dynastie im Widerspruch stand.

LIV.

Es kann keinem Zweifel unterliegen und ist niemals einem solchen unterzogen worden, daß die Zuneigung, welche der König den oben genannten Personen aus den gebildeten Ständen zuwandte, und die geschilderten freundschaftlichen Verhältnisse, die sich daraus entwickelten, rein platonischer Natur waren und es immer geblieben sind. Die Auserwählten wußten oft nicht, wie ihnen geschah; sie schrieben die Gnadenbeweise, mit denen sie überhäuft wurden, ihren Stimmorganen, ihrer Kunst, ihrer Unterhaltungsgabe, ihrer Staatskonkursnote, einer Marotte des Königs zu. Der König selbst täuschte sich durch ideale Vorstellungen über die wahre Natur seiner Gefühle und fand die nötige Ablenkung davon auf dem oben angedeuteten Wege.

Etwas anders gestaltete sich die Sache der zahlreichen Dienerschaft gegenüber, die von Anfang an unter Ludwig II. eine größere Beachtung fand, als dies sonst an Höfen zu geschehen pflegt, und immer mehr in den Vordergrund trat, je mehr der König sich von jedem Verkehr mit gesellschaftlich höher Gestellten abschloß. Ihr gegenüber glaubte der Monarch sich allmählich des letzten Zwanges begeben zu dürfen und der ausschließliche und intime Verkehr mit ihr bildete die Brücke zu den bedauerlichen Ausschreitungen des letzten Stadiums der geistigen Erkrankung, welche die Triebe, seien es nun reguläre oder konträre, steigerte, während sie die letzten Hemmungen der Sitte und Moral verminderte, ja ganz beseitigte

Wir haben oben ausgeführt, daß der herrische Ton, welchen Ludwig seiner Dienerschaft gegenüber anschlug, den ersten Anlaß zu einer Entfremdung mit Kainz gebildet hatte. Dies war in der Frühzeit Ludwigs II. ganz anders gewesen; damals hatte er sich noch rücksichtsvoll und gütig gegen alle erwiesen. Aber, ach! — auch auf dem Throne wird man manchmal kleiner, indem man sich auswächst! — Es war kaum vierzehn Tage nach seiner Thronbesteigung gewesen, daß er auf dem Korridor der

Residenz einen altersschwachen Hartschier stehen sah. „Warum setzen Sie sich denn nicht?" frug ihn der gnädige König. „Das gestattet der Dienst nicht, Majestät." Daraufhin ordnete der König an, daß für den Posten ein Kanapee aufgestellt werde, das natürlich auf eine Vorstellung der vorgesetzten Stelle hin bald wieder beseitigt werden mußte.

Auch auf der Schweizer Reise mit Kainz noch begegnen wir dem günstigen Zeugnis eines wackeren Schweizers in dieser Richtung. „Rührend herablassend und freundlich," erzählte der Gärtner Benzigers, „war der König gegen seine Dienerschaft. Dies bewies er durch Blick und Wort, wie durch reiche Geschenke, die er so gerne verabreichte und durch Aufforderungen zu Ausflügen." „Gefiel ihm eine Landschaft, so dachte er daran, auch seinen Dienern den Besuch derselben zu gönnen. Er nahm sie oft alle mit sich; so z. B. nach Andermatt und nach dem Schächenthal, wo der Weg nach Glarus abzweigt. Selbst seine Köche fehlten bei solchen Ausflügen nicht."

Die Herablassung ging freilich manchmal so weit, daß sie sogar als einer der vielen, die geistige Erkrankung konstatierenden Züge aufgeführt werden konnte. Stallmeister Hornig sagte als vereidigter Zeuge vor der Untersuchungskommission aus, anfangs habe der König noch ein größeres Bedürfnis empfunden, mit Menschen zu verkehren und mit jüngeren Stallbediensteten Waldfeste veranstaltet, bei welchen Ringstechen, „Schneider, leih mir deine Scher!" u. a. gespielt worden sei. Diesen Spielen wohnte der König jedoch nur als Zuschauer bei. Später wurde dies aufgegeben, doch kam es vor, daß Stalleute, in maurischer Tracht, auf orientalische Weise sitzend, in einem türkisch eingerichteten Zimmer auf dem Schachen mit S. M. Sorbet trinken und aus türkischen Pfeifen rauchen mußten. Einmal im Jahre wurde die gleiche, sonst nicht hoffähige Gesellschaft auch eingeladen, sich zu Füßen S. M. auf die Bärenfelle der Hundingshütte bei Linderhof niederzulassen und nach Sitte der alten· Deutschen aus großen Trinkhörnern Meth zu schlürfen, der den Gästen durchaus nicht munden wollte und ihre Verdauung in höchst störender Weise beschleunigte. Wie bei den Trinkgelagen unserer

Altvordern, muß es hiebei zuweilen etwas gar zu formlos her-
gegangen und das Faustrecht ganz an die Stelle der Hofetiquette
getreten sein. Wurde doch einmal S. M. selbst in eine Ecke des
engen Raumes geschleudert von einem der Bärenhäuter, welchem
er einen Beweis Allerhöchster Ungnade in Form einer Ohrfeige
eigenhändig hatte zukommen lassen. Hornig erzählte auch,
daß der König von besonders wohlgestalteten Soldaten Tänze
aufführen ließ, bei welchen gar kein Kostüm sogar dem maurischen vorgezogen wurde.

Dem Übermaß der Vertraulichkeit entsprach allmählich immer
mehr und mehr ein Übermaß von tyrannischer Härte in Behandlung der Dienerschaft. Rauhen Worten folgten Ohrfeigen,
den Ohrfeigen Fußtritte und als selbst diese nicht mehr aus-
reichten, dem Allerhöchsten Unwillen den nötigen Nachdruck
zu geben, ergoß sich zuweilen die Schale des Zorns in Form eines
gefüllten Waschbeckens über dem Haupte des Schuldigen. Es
war verboten, aufrecht zu stehen, sich zu räuspern, zu husten,
zu nießen, altbayerisch zu reden, und wen im Vorzimmer S. M.
in vorgerückten Stunden der süße Schlummer übermannte,
der mußte darauf gefaßt sein, sofort aus dem Dienst gejagt zu
werden.

In den letzten Jahren mußten die ihn bedienenden Lakaien
und Chevauxlegers auf den Knieen in die Gemächer kriechen und
bei dem Auftragen der Speisen den Kopf so tief halten, daß der
Anblick S. M. sich ihnen entzog. Hornig äußerte sich empört
darüber, daß der damals offenbar vollständig unzurechnungs-
fähige Monarch sich nicht scheute, den also, mit abgewandtem
Gesicht vor ihm knieenden Opfern Fußtritte zu versetzen, um
sodann, als fürchte er deren Rache, hinweg zu eilen. Hornig
hielt dies für Feigheit und führte zum weiteren Beweis derselben auch an, daß der König nie ein Zimmer betrat, in welchem
Waffen waren, und von ihm verlangte, ein Terzerol zu beseitigen,
das er besaß. Viel litten Hornig und die Lakaien auch unter den
Gehör- und Gesichtshalluzinationen des Königs. Es knüpften
sich daran zuweilen tagelange Diskussionen und der König war
weder zu überzeugen, noch zu beruhigen. Als Hornig einmal ver-

sicherte, absolut nichts gehört zu haben, erwiderte der König, es sei kein Wunder, er habe eben bei der Artillerie das Gehör verloren.

Während in der ersten Zeit die über nachlässige Diener verhängten Strafen in einer zeitweiligen Verbannung aus der Allerhöchsten Nähe, im Putzen von Pferden und Entziehung eines Teiles der Kost bestanden, erging sich die königliche Phantasie jetzt in Erfindung von Strafen und Züchtigungen aller Art, denen, wie behauptet wurde, sadistische Triebe nicht fern lagen. Nach den Kammerverhandlungen hat wenigstens einer, nach damals kursierenden Gerüchten haben mehrere ihren schweren Dienst mit dem Leben bezahlen müssen. Dreißig wurden körperlich verletzt, und nur ein einziger hat S. M. die Ohrfeigen zurückerstattet, die er ihm gegeben hatte. Außer Verurteilungen ins Burgverließ bei Wasser und Brot — die nicht ausgeführt wurden, — erfolgten Verbannungen nach Amerika, — wegen Nichteinfangens eines entflogenen Vogels und Nichtaufbringung eines Darlehens von 25 Millionen. Ein Lakai, dessen Gesicht dem König mißfiel, mußte eine schwarze Maske tragen, ein anderer, den er für dumm erklärte, ein dickes rotes Siegel sich auf die Stirne kleben, ein dritter, statt anzuklopfen, an der Türe kratzen usw.

Gegen Ende des Jahres 1884 und zu Anfang des Jahres 1885 verbreitete sich allgemein das Gerücht, der König traktiere seine Umgebung dermaßen mit Mißhandlungen, daß es kein Lakai mehr bei ihm aushalte, und daß er den Kriegsminister habe angehen müssen, Soldaten zu seiner Dienstleistung abzukommandieren.

Rittmeister a. D. Paul v. Haufingen weiß in seiner vielzitierten Broschüre (Hamburg 1886) in dieser Richtung folgenden Beitrag zu liefern: „Als der König bei seinem letzten Aufenthalte in München im April 1885 durch die Musik eines vorbeireitenden Zuges Chevauxlegers aus dem Schlafe geweckt, an das Fenster trat, gefielen ihm vier Soldaten so sehr, daß er dieselben zu sich kommen ließ und sie zu seinen Kammerdienern machte; er nahm sie dann mit ins Theater, beschenkte sie mit Juwelen und anderen Kostbarkeiten; kurz, sie durften nirgends fehlen und wur-

den mit Gnaden und Geschenken überhäuft; auch mußte je
einer der Soldaten mit dem König und dem Hoffriseur Hoppe
Tarok spielen."

Die schmucken leichten Reiter fielen aber oft ebenso schnell
wie andere in die tiefste Ungnade. So kam es, daß sie zuweilen
in mysteriöser Weise bei den Offizieren verschwanden, bei welchen sie als Ordonnanzen fungierten, um oft kurze Zeit darauf wieder in ihre früheren Stellungen zurückzukehren, wenn sie
nicht entsprochen hatten. Unter anderen hatte ein früherer
Lakai der Königin-Mutter, der damals Offiziersbursche des Rittmeisters S. in M. war, Beifall gefunden und wurde oft mitten
unter dem Servieren bei S. zu Hofe abberufen. Es soll dann sehr
komisch gewirkt haben, wenn er kurze Zeit darauf bei Rittmeister S. wieder die Stiefel wichste, während ein herrlicher
Brillantring an seinem kleinen Finger funkelte. Der König ließ
den Mann photographieren und schickte ihn einmal in eine Vorstellung des Othello, über deren Inhalt sich der kluge Bursche
vorher bei seinem Rittmeister Rats erholte, bevor er S. M. über
seine Eindrücke Rapport erstattete.

Auch die leichten Reiter waren nicht gegen Tätlichkeiten von
seit endes Königs gefeit. Die Dachteln flogen wie Rabenschwärme
durch die hohen Räume von Neuschwanstein und Linderhof,
bis man einmal einem der Exponiertesten anlernte, er solle,
wenn der König wieder aushole, rufen: „des Königs Rock soll
man nicht schlagen!" —

Dies machte so großen Eindruck auf den König, daß er sich
in das Innerste seiner Gemächer zurückzog und einen ganzen
Tag lang nicht mehr sehen ließ.

Unter den Bediensteten der unmittelbaren Umgebung scheint
dem König im Laufe der Zeit keiner so nahe gestanden zu sein,
wie Richard Hornig, geb. 1841 in Basedow, Mecklenburg. Er
war schon als Knabe mit seinem Vater, der in den Bayerischen
Marstalldienst berufen worden war, nach München gekommen
und machte am 11. Mai 1867 zum ersten Mal persönlichen Dienst,
nachdem er im Herbste 1866 bei der Rundreise durch die frän-

kischen Provinzen als Bereiter Verwendung gefunden hatte. Seit dieser Zeit war er bei allen Fahrten und Ritten der stete Begleiter Ludwigs II. Er wurde mir von allen Seiten als eine durchaus honette Persönlichkeit geschildert und ich habe ihn in den wenigen Angelegenheiten, in denen ich Gelegenheit hatte, ihn zu beobachten, stets als solche erfunden. Welch· große Stücke Ludwig II. persönlich auf ihn hielt, geht wohl aus der Äußerung hervor, Hornigs Verheiratung sei ihm ärger gewesen als das ganze Jahr 1870 und aus dem Auftrag, den er in seiner Geistes-umnachtung erteilt haben soll, dessen junge Frau bei einer Kahn-fahrt zu ertränken. Die Beziehungen Ludwigs zu Hornig hatten jedoch wohl niemals einen sentimentalen Charakter, wie schon aus der wenig rücksichtsvollen Behandlung hervorgeht, die er ihm widerfahren ließ. Bei Wind und Wetter mußte er vom Pferde steigen und entblößten Hauptes die Hermelindecke des Königs zurecht richten oder ihm eine Orange schälen. Ganze Nächte lang mußte er ihm zu Pferde folgen und unzählige Mal froren ihm die erstarrten Finger am Zügel an. Nur durch den reichlichen Genuß von Likören vermochte er sich oft im Sattel aufrecht zu erhalten. Erst gegen das Jahr 1878 wurde ihm ge-stattet, im Wagen nachzufahren, allein diese Vergünstigung bildete lange einen der vielen Steine des Anstoßes. Alljährlich wenn der König vom Linderhof nach Berg zurückkehrte, wurde auf dem sogenannten Parapluie bei Kochel das Mittagmahl bei jedem Wetter im Freien eingenommen. Auch hiebei mußte Hornig ohne Überzieher und entblößten Hauptes den in Mäntel gehüllten König bei Tisch bedienen, wobei er sich schwere Halsentzündungen zuzog. Einmal rettete er dem König das Leben, indem er einen Vorreiter zur Vernunft brachte, der bei einem Schneegestöber den Weg nicht mehr vom Abgrund unter-scheiden konnte und dieLaterne wegwerfen und blindlings davon-jagen wollte, gehe es, wie es will!"

Da er gewandt und gebildet war, betraute ihn der König auch vielfach mit Kommissionen, insbesondere auch mit solchen, die er geheim halten wollte oder welche die beiden Sekretariate ab-lehnten, wodurch er sich nicht selten in Konflikte mit diesen verwickelte. Weigerte aber auch er sich, so fiel er auf 14 Tage in Ungnade, „um wieder mürbe gemacht zu werden".

Er hatte vom König Seeleuten, ein großes Stück Land am Starnberger See mit einer Villa, zum Geschenk erhalten, in dessen Pavillon der König zuweilen den Kaffee trank, allein auf Gnadenbeweise folgten sehr häufig Verstimmungen. Die beiden folgenden Briefe des Königs an einen der wenigen Diener, die ihm bis ganz zuletzt treu blieben, werfen einiges Licht auf dieses außergewöhnliche Verhältnis.

„Lieber Z.! Eine der traurigsten Erfahrungen meines Lebens mußte ich in den letzten Tagen z. Z. meines Aufenthaltes in München machen, eine Erfahrung, die mich mit tiefem Schmerz und zugleich mit gerechtem Zorn erfüllt. Bereiter Hornig, den ich mit Gnadenbezeugungen überhäufte, wie Niemanden, dem ich volles Vertrauen und sogar meine Freundschaft schenkte, eine Auszeichnung, die außer ihm keinem meiner Untertanen in solchem Maß zu Teil geworden ist, hat sich schändlich gegen mich benommen, so daß sein gleißnerischer, heuchlerischer Charakter in seiner ganzen Häßlichkeit sich enthüllt hat. Hinter seinem sanften, scheinbar so unschuldigen Wesen verbirgt sich die schändlichste Falschheit und Lügenhaftigkeit. Nicht etwa von einem seiner Feinde erhielt ich den Beweis, sondern von einem seiner besten Freunde, von dem Quartiermeister Krähl." „Ich bin überzeugt, wie ein böser Traum wird Ihnen die Sache vorkommen und doch ist es vollste, traurigste Wirklichkeit! Angelogen! — hat mich der Elende, auf den ich bauen zu können wähnte wie auf Felsengrund. — Es ist daher mein Wille, daß Sie bis auf weiteres seine Gesellschaft meiden, stets kalt, schroff, zurückhaltend ihm gegenüber sind. Andere brauchen davon nichts zu merken; auch er nichts von dieser meiner Willensmeinung zu erfahren. — Noch will ich Gnade für Recht ergehen lassen, noch zögern, ihn für immer in Ungnade fallen zu lassen; vielleicht bereut er und bessert er sich; es sollte mich freuen um seinetwillen. Wenn nicht, dann wehe ihm, sein Leben lang! Nichts Scheußlicheres gibt es doch auf der Welt, als Lüge, Verstellung und Feigheit! — Ich zweifle nicht, mein lieber Z...., daß Sie genau nach meinen Intentionen in dieser Sache sich richten werden, denn ich kenne Ihre monarchische Gesinnung, Ihre Treue und Anhänglichkeit gegen mich; bauen Sie meinerseits stets auf mein ganz besonderes Wohlwollen und Vertrauen, das ich Ihnen nie entziehen werde. Indem ich hinzufüge, daß ich sehr erfreut bin, gehört zu haben, daß es heute mit Ihrer Gesundheit besser geht, sende ich Ihnen meine besten Grüße und verbleibe ich stets Ihr sehr geneigter König Ludwig.

Den 6. November 1871." —

Auf den gleichen Fall vorübergehender Ungnade dürfte sich auch das folgende undatierte Handbillett beziehen: Lieber Z....!

In Eile diese Zeilen! Bereiter Hornig fleht mich reuevoll um Verzeihung an, die ich ihm auch angedeihen ließ; er ist wieder der edle gute Richard, mit dem ich vor nun schon 4½ Jahren Freundschaft schloß; er fühlt wahre Reue und so will ich nicht ins Gericht mit ihm gehen, sondern wünschen, daß er sich bessere und lebe. Seien Sie daher ganz wie sonst ihm gegenüber. Ich sende Ihnen meine besten Grüße. Ludwig." —

Im Jahre 1871 wurde Hornig zum Stallmeister extra statum ernannt und seine Funktion als Privatsekretär noch mehr extra statum, nahm immer weitere Dimensionen an. Zum Unheil gereichte ihm, daß ihm auch ein Teil der Korrespondenz anvertraut wurde, die wegen der Privatbauten des Königs mit dem eigenen Baubüro und auswärtigen Stellen nötig war. Er konnte mit dem besten Willen nicht die Millionen aus der Erde stampfen, die zur Verwirklichung der Wahnideen Ludwigs II. erforderlich gewesen wären. Besonders der Ausbau des Schlosses in Herrenchiemsee stockte; die Termine konnten nicht eingehalten werden. Darüber kam es am 25. August 1883 zu einer heftigen Szene zwischen Hornig und dem König, der mit dem Regenschirm die Gipsverzierungen herabschlug, die er in Marmor ausgeführt gewünscht hatte. Hornig wurde 1885 aus dem Hofdienst entlassen und an das Gestüt von Rohrenfeld versetzt. Auf diese Weise ist er nicht Zeuge der Vorgänge des letzten Stadiums und Mitwisser der Ausschweifungen geworden, die er für seine Zeit immer in Abrede stellte. Überhaupt legte er nur ungern vor der Kommission der Abgeordnetenkammer Zeugnis ab und frug vorher bei Ziegler an, ob man sich dadurch nicht zwischen zwei Stühle setze.

Jacques Bainville spricht in seinem Buche über Ludwig II. (Paris 1900) im Anschluß an die oben wiedergegebenen Angaben von Paul v. Haufingen, von „accusations odieuses portées contre le Roi de Bavière". und fügt in einer Anmerkung bei: On ne les trouve pas seulement dans ces ignobles petits livres que s'impriment au Caire ou à Amsterdam mais aussi dans de gros ouvrages de pathologie faits par ces médecins à qui tout respect humain est étranger cf. E. Moll „Contraire Sexualempfindung (Berlin, Fischer) au chapitre Historisches". — Professor Moll entnahm seine (übrigens vorsichtig gefaßten) Andeutungen einer

Broschüre Irelands „Herrschermacht und Geisteskrankheiten"
(Stuttgart 1887).

Was lange geheim gehalten worden war, erzählte eines Tages
der mit der finanziellen Regelung der Sache betraut gewesene
Hofsekretär Klug der Jagdgesellschaft des Baron K. — Ich
fühle mich um so weniger berufen, Einzelheiten davon hier zu
wiederholen, als sie ja mehr zu der Krankengeschichte, als zu
der Lebensgeschichte des unglücklichen Monarchen gehören.
Sie gaben den guten und schlechten Witzen, die damals über
diesen Punkt in Lakaienkreisen und im Volke kursierten, einen
historischen Untergrund und erwiesen, wie berechtigt der Wunsch
des Oberststallmeisters war, die Untersuchungen über die Geisteskrankheit des Königs, auch im Interesse des ihm unterstellten
Personals, nicht auf die geschlechtlichen Beziehungen auszu-
dehnen. Gudden willfahrte diesem Wunsche um so leichter,
als ohnedem mehr als genug Belastungsmaterial vorlag.

Die finanzielle Regelung der Folgen dieser Vorgänge bot
manche Schwierigkeit dar. Ludwig II. war bis ans Ende seiner
Tage freigebig geblieben. Einer der Günstlinge hatte bis an
80000 Mark und einen Gegenstand aus der Schatzkammer erhalten, der auf dem Wege der Klage zurückgefordert werden
mußte. — Wie Kaiser Hadrian seinen Antinous in zahlreichen
Bildwerken der Nachwelt erhalten hat, so ließ auch Ludwig II.
ein paar der leichten Reiter, die ihm besonders gefielen, in
Marmor aushauen. Die auf diese Weise entstandenen Kunstwerke sind jedoch nicht wie Antinous, in Museen gewandert,
sondern der Zerstörung preisgegeben worden. —

Überhaupt wurden in dem Bestreben, peinliche Erinnerungen
aus den Augen der Nächstbeteiligten zu räumen, von der Hof-
verwaltung mit der Genehmigung des Regenten viele Gegenstände aus dem Nachlaß Ludwig II. veräußert, ja verschleudert.
So gelangten die Dekorationsmodelle der Wagnerischen Opern
aus dem Schloß Berg, wo sie von Unkundigen für Spielzeug angesehen worden waren, mit einer Reihe anderer Erinnerungen
in das Museum zu Straßburg.

LV.

Der regelmäßige persönliche Verkehr, den Ludwig II. in den ersten Tagen seiner Regierung mit den Staatsministern pflog, hörte bald auf. Schon Hohenlohe hatte zuweilen Schwierigkeiten, bis zum König vorzudringen, und nach ihm sah er seine Minister fast nur mehr bei großen Tafeln, wo er sich gern hinter buschigen Tafelaufsätzen versteckte, und bei denen eine möglichst laute Tafelmusik eine intimere Unterhaltung ausschloß. Erteilte er ihnen aber ja noch Audienz, so geschah dies nicht etwa, um Staatsangelegenheiten mit ihnen zu besprechen, sondern die Unterhaltung bewegte sich in diesen fern liegenden Gebieten. So hatte einmal eine einstündige Audienz des Freiherrn v. Pfretzschner, deren Dauer die Zeitungen als bedeutungsvoll hervorhoben, ausschließlich die Sängerin Frl. Stehle zum Gegenstand und als er im März 1882 nach zwei Jahren dessen Nachfolger im Ministerium des Äußern wieder einmal empfing, sprach er mit ihm nur über dessen Tochter, die dem Vater freilich ganz besonders am Herzen lag.

Je mehr auf diese Weise die Beziehungen zu den Staatsministern zu lediglich schriftlichen wurden, um so mehr traten in den Staatsangelegenheiten die Kabinettssekretäre und in Kunst- und persönlichen Angelegenheiten die Hofsekretäre in den Vordergrund. Bei der Bedeutung, welche diese Beamten in der Regierungsgeschichte Ludwigs II. einnehmen, erscheint es veranlaßt, sie besonders zu behandeln.

Für Staatsrat v. Pfistermeister († 1912), hatte ich bereits Gelegenheit, eine Lanze zu brechen. Er hatte den König in dessen ersten Regierungsjahren in die Geschäfte eingeführt und war am 5. Oktober 1866 dem Ansturm Wagners und von dessen Anhang gewichen. Die Zeit seines Glanzes fiel in die Regierung Max' II., unter dem er großen Einfluß besessen haben soll, dessen Dienst aber nicht weniger Schwierigkeiten darbot, als der seines Sohnes. König Max litt besonders unter einer grenzenlosen Zweifelsucht. Demgemäß unterhielt er auch zwei Kabinettssekretäre. Rechts von seinem Vorzimmer wirkte Staatsrat v. Schilcher, ein Mann der alten Schule, der sich den etwas verwickelten Stil Ludwigs I. angeeignet hatte und in die „Allerhöchsten" Handschreiben übertrug, links davon Herr v. Pfistermeister, sehr gemäßigt liberal, der zu den Berufenen hielt. Für den König hatten die absolutistischen Ideen Schilchers viel Anziehungskraft und auf dessen Anregung wurden auch zuweilen noch Gutachten des abgedankten Ministers Abel erholt, von denen einmal eines aus Versehen mit einem entgegengesetzten Antrag, in dem gleichen Kuvert an v. d. Pfordten gelangte, der außer sich zum König rannte. Der König versprach, es solle nicht mehr geschehen, hielt aber sein Wort nicht.

Oft nannte er Pfistermeister sein „alter ego," sein Bestreben ging aber dahin, ihn fühlen zu lassen, daß er nicht hoffähig war und demgemäß behandelt werden müsse. Als Max II. Napoleon III. in St. Cloud einen Besuch abstattete (1857), war auch Pfistermeister, der sich in seinem Gefolge befand, zur kaiserlichen Tafel geladen worden. Schon umschlossen schwarze Kniehosen seine etwas krummen Beine, schon prangten seine üppigen Waden in schwarzseidenen Strümpfen, schon paradierte der Hofhut unter seinem Arm, als der König ihm durch einen Lakaien bedeuten ließ, er wünsche nicht, daß er die Einladung annehme, da er nicht hoffähig sei. Allein Pfistermeister widerstand zum ersten Mal vielleicht in seinem Leben einem königlichen Gebot. Der Monarch durchbohrte ihn mit wütenden Blicken und sagte ihm nach Aufhebung der Tafel: „Sie haben mir das ganze Diner verdorben."

Widerstand gegen höhere Gewalten lag ja sonst nicht in seinem Wesen. Er hatte mehr die Biegsamkeit des Schilfrohrs, als den Starrsinn der Eiche. Aber vielleicht gerade darum überstand er leichter Stürme bei Hof und erreichte, daß die, denen er diente, ihm und seinen Auffassungen mehr Zugeständnisse machen mußten, als er ihnen.

Napoleon III. suchte während des Besuches des bayerischen Königs beständig das Gespräch auf die Politik zu bringen. Max II aber verstand geschickt, diesem heiklen Thema auszuweichen.

Noch auf dem Bahnhof, bei der Abreise sagte ihm der Kaiser: „Sire, s'il y aura un revirement en Europe, nous tâcherons de faire un peu plus grande cette chère Bavière." — Max II., der bei allem Einstehen für Bayerns Rechte fremdes Gut nicht begehrte, schwieg auch dazu, was er stets zu tun pflegte, wenn er nicht einverstanden war. Eine Lüge aber hat ihn Pfistermeister während seiner 15 jährigen Dienstleistung als Kabinettssekretär niemals sagen hören. Als Max II. im folgenden Jahre (1858) das Schloß Arenenberg besuchte, fand er in den Räumen, die Louis Napoleon dort einst bewohnte, ein Bild von ihm, das ihn als einjähriges Kind zwischen Engelflügeln darstellte. Die klaren, treuherzigen Augen des Kindes schienen ihm keinerlei Ähnlichkeit mit denen des Kaisers mehr zu haben, die ihm so verschleiert erschienen, wie er nie vorher Augen gesehen hatte. Es stand dies mit dem im persönlichen Verkehr mit dem Kaiser empfangenen Eindruck im Widerspruch, der, wie er seinen Reisegefährten erzählte, nicht nur ein bedeutender, sondern auch ein wohltuender war, wie man ihn sonst nur von Menschen zu empfangen pflegt, deren Freundlichkeit einem wirklich guten Herzen entspringt.

Gleichzeitig mit Pfistermeister war im Oktober 1866 auch Johann Lutz aus dem Kabinette ausgeschieden, den er im März 1864 als Hilfsarbeiter für die juristischen Angelegenheiten einberufen hatte. Lutz kehrte nur widerstrebend in das Kabinett zurück, in das ihn der König als Kabinettssekretär und Ministerialrat nach seiner Rückkehr von der Rundreise berief.

Das aristokratische Kabinett überlebte nur der Appellgerichtsrat August Eisenhart (geb. 3. Nov. 1826). Auch er war um seine Enthebung eingekommen, allein der König hatte ihm sagen lassen, dazu sei kein Grund vorhanden und so verblieb er als Hilfsarbeiter.

Lutzens Bleiben im Kabinett währte nicht lange. Er sah sich bald in eine Art Zwickmühle versetzt. Hohenlohe hatte, wie Völderndorff mir sagte, sein „ewiges Dreinreden in Alles", die beständigen Schwierigkeiten und die Opposition, die er ihm machte, satt und bot ihm als Weglockspeise das Justizministerium an. Diese Aussicht lockte natürlich den ehrgeizigen Mann sehr, aber als er sich am 3. April 1867 zum zweiten Mal wieder verheiratet hatte, fing doch die einflußreiche Stellung eines Kabinettssekretärs an, ihm besser zu gefallen, und es bedurfte des lebhaften Zuredens Hohenlohes und Düfflipps, um dem Ministerportefeuille in seinen Augen den Vorzug zu verschaffen.

Eine große Schwierigkeit lag aber darin, daß der König Lutz im Kabinett nicht entbehren wollte, und daß ein geeigneter Ersatzmann nicht zu Hand war. Der König gewöhnte sich zwar schließlich an jeden, der ihm zu Willen war; aber Wechsel waren ihm unbequem und die Anfangsstadien neuer Persönlichkeiten in seiner unmittelbaren Nähe boten stets Schwierigkeiten dar. Darum nahm er auch selten Veränderungen vor, obschon er sehr häufig nach allen Seiten hin den Auftrag erteilte, nach Ersatzmännern Umschau zu halten, schon um die Inhaber der Stellen nicht zu sicher werden zu lassen.

Wie man in dem gegebenen Fall auf den Polizeidirektor Lipowsky in München als Nachfolger Lutzens im Kabinett verfiel, ist mir nicht bekannt geworden. Die Wahl war keine glückliche und insbesondere Hohenlohe kam dabei vom Regen in die Traufe. Schon unterm 19. Februar 1868 trägt er in sein Journal ein:

Das Resultat der Wahlen zum Zollparlament hat die ultramontane Partei übermütig gemacht und sie glauben nun, daß auch die Regierung sofort zu ihr übergehen müsse. Das kopflose und unstete Wesen des Kabinettssekretärs Lipowsky bietet ihr dazu die Möglichkeit. Dieser Mann, der es mit allen Parteien halten will und darin die wahre Staatsweisheit erblickt, hört viel und verdaut wenig, intrigiert aber desto mehr."

Als Lipowsky den Fürsten bei Wiederbesetzung des erledigten Ministeriums des Innern umgehen wollte, drohte dieser mit einem Entlassungsgesuch, und als er erfuhr, daß Lipowsky ihn selbst zu beseitigen suchte, beauftragte er Völderndorff, sich nach einer Persönlichkeit umzusehen, die diesen Kabinettssekretär ersetzen könne.

Auch der König sprach „wegwerfend" von ihm und als er

ihm am Morgen „nach einer stürmischen Nachtunterhaltung" sagen ließ, er wünsche, daß der Appellrat Eisenhart den Vortrag halte, suchte Lipowsky um einen vierwöchigen Urlaub nach und wurde kurz darauf in das Ministerium des Innern als Ministerialrat versetzt.

Eisenhart hatte bisher nur dreimal den Vortrag bei S. M. gehabt, einmal am Hochzeitstage Lutzens. Am 5. Januar 1870 erfolgte seine Ernennung zum Ministerialrat und Kabinettssekretär mit 3000 fl. Gehalt und freier Wohnung in den weiten Räumen der Residenz.

In den Tagen, in denen ich ihn zuweilen sah, war er bereits morsch und abgebraucht und ich konnte mir schwer vorstellen, daß er je eine bedeutende Rolle gespielt haben sollte. Man hatte ihn zum Vorsitzenden des Kuratoriums des Maximilianeums ernannt, und er verwandte einen Teil seiner Muße auf das eifrige Sammeln von Exlibris und die Abfassung gutgeschriebener Beiträge für die deutsche Biographie. Er war ein harmloser, friedfertiger Mann, der der Welt nichts mehr bot und nichts mehr von ihr verlangte. Völderndorff und andere seiner Freunde schätzten ihn höher ein und in einem der Nachrufe bei seinem Rücktritt wird er sogar „ein Vorkämpfer für Deutschlands Einheit" genannt Alle kamen darin überein, daß er ein guter Jurist war und mir wurde, als ich im Jahre 1882 in das Ministerium des Äußern eintrat, wie eine Legende aus längst vergangener Zeit erzählt, daß er zuweilen die „alleruntertänigsten Anträge" in der Form „Allerhöchster Signate" mit langen juristischen Ausfertigungen versehen habe. Dies kam nach ihm so gut wie gänzlich außer Gebrauch. —

Er gab sich alle Mühe, die königliche Gunst zu erwerben und sein Büro soll zuweilen einem Trödelladen ähnlich gewesen sein, so viel Werke, Kupferstiche und Gegenstände aller Art schleppte er herbei, die auf die Liebhabereien des Königs Bezug hatten.

Die Grenzen der verschiedenen Kompetenzen des Kabinetts und des Hofsekretariats wurden schon zu Zeiten Eisenharts

nicht streng aufrecht erhalten. Seine Gattin führt in ihrem
reich illustrierten Werke: „Ludwig II. und die Kunst," bei Erwähnung eines mit Kunstgegenständen aller Art überladenen
Schreibtisches die Betreffe all der „in Gedanken und Ausdruck
originellen und immer eiligen Briefe und Billette" auf, die der
König doch auf dem beschränkten Raume Platz fand, an ihren
Gatten zu richten.

Der Diensteifer Eisenharts blieb nicht immer unbelohnt. Am
28. Februar 1871 verlieh der König ihm unter Überspringung
mehrerer Ordensgrade das Komthurkreuz des Kronenordens, —
eine so seltene Auszeichnung, daß der bescheidene Mann sie gar
nicht anzunehmen wagte und um einen niedereren Ordensgrad
bat — ein in der Geschichte der Ordensverleihungen unerhörter
Fall; am 12. November 1874 ernannte der König ihn zum
Staatsrat i. o. D. und an den Neujahrsfesten 1875 und 1876
verdankte er noch seine Glückwünsche unter Versicherungen
vollster Anerkennung.

Trotz alldem war Eisenhart, wie Düfflipp mir mitteilte, dem
König niemals sympathisch. Lagen in dessen Persönlichkeit
Züge, die ihn abstießen, war es die prinzipielle Verschiedenheit,
die nach der Darstellung seiner Gattin zwischen seinen politischen
Anschauungen und denen Ludwigs II. bestanden, die er ihm
nachtrug? — Er scheint eine besondere Abneigung gegen ihn
und zuweilen das Bedürfnis empfunden zu haben, ihn zu quälen.
Ließ er ihn doch im Winter oft Stunden lang in dem mit Schnee
und Eis bedeckten Schloßhof auf und ab gehen, ehe er ihn empfing, behandelte er ihn doch auch sonst oft recht schlecht. Und
zwar schon von Beginn seiner Dienstleistung an. Ein Erlebnis
dieser Art hat er selbst Frau Braun-Artaria erzählt, die es
in ihren liebenswürdigen „Lebenserinnerungen" wiedergibt: Es
war am 7. August 1870. Der Wagen für die gewohnte Ausfahrt des
Königs stand bereit, als die Hälfte eines langen Telegramms über die
Schlacht von Wörth von der Station gebracht wurde. Eisenhart, hoch
erregt, eilte mit dieser Druckfahne zum König und sagte: „Ein Telegramm von höchster Wichtigkeit über eine große, und wie es scheint,
siegreiche Schlacht. Der Schluß mit der Entscheidung steht noch aus.
Majestät müssen mit der Ausfahrt noch etwas warten." — — „Ein
König muß niemals etwas!" erwiderte Ludwig sehr ungnädig, gab Be-

fehl zum Vorfahren, stieg ein und blieb eine Stunde länger aus, als gewöhnlich, um seinen Eisenhart zu ärgern."

Ihren Höhepunkt erreichte diese unüberwindliche Abneigung bei der nicht erbetenen Entlassung Eisenharts. Die Gattin schildert den Vorfall wie folgt: „Auf den 11. Mai 1876 war wie gewöhnlich die Übersiedelung des Königs und seines Hoflagers nach Berg festgesetzt. Morgens um 9 Uhr begab sich mein Mann an diesem Tage in das Bureau; seine Koffer waren Abends vorher mit dem Gepäckwagen abgegangen. Er machte sich eben reisefertig, als Hofrath Düfflipp eintrat und ihm mitteilte, daß S. M. keinen Befehl bezüglich eines Wagens für den Kabinettssekretär gegeben habe und daß er, Düfflipp, sicher annehmen könne, es stehe ein Personalwechsel in der Stelle des Kabinettssekretärs unmittelbar bevor. Mein Mann, durch frühere ähnliche Fälle an oft unerwartete Entschlüsse des Königs gewöhnt, verstand sofort die Sachlage und betrachtete sich als entlassen. Die Art der Entlassung kränkte ihn, denn er hatte geglaubt, nach so langer Dienstzeit verdient zu haben, in anderer Weise von dem Könige verabschiedet zu werden."

Mitteilungen Düfflipps setzen mich in die Lage, einige weitere Blicke hinter die Kulissen zu werfen: Der König mochte Eisenhart schon lange nicht mehr leiden und beschied Düfflipp nach Berg, um ihn zu beauftragen, ein Handbillett zu entwerfen, nach welchem Eisenhart als Appellationsgerichtsrat nach Bamberg versetzt worden wäre. Düfflipp versuchte, wie in vielen vorausgegangenen Fällen, den König zu beschwichtigen, aber der König wollte nichts hören und sagte nur: „Lassen Sie mich; ich begreife nicht, wie ich das dumme Gesicht so lange um mich sehen konnte."

Als Düfflipp in sein Bureau zurückkam, traf er dort einen von Eisenhart abgesandten Lakai, der anfrug, wann der Wagen abginge. Düfflipp hatte strengen Befehl, nicht von der Sache zu sprechen, allein er tat es doch und setzte Eisenhart vom Stande der Dinge in Kenntnis. Eisenhart ertrug es scheinbar ruhig, um so weniger seine Familie, wo alles laut geschluchzt haben soll.

Es kostete noch Mühe, den König zu bewegen, Eisenhart wenigstens nicht nach Bamberg zu versetzen. Die Minister mußten erklären, daß dies nicht anginge.

Frau Braun-Artaria schreibt noch: „Sei es, daß damals schon die Geisteskrankheit starke Fortschritte gemacht hatte, sei es, daß König Ludwig doch ein drückendes Gefühl über sein Fehlen im Hauptquartier hatte, — jedenfalls wuchs seine Abneigung gegen die Hohenzollern und es brauchte der steten Einwirkung seines klugen und charaktervollen Kabinettsrats v. Eisenhart, sowie des Grafen Holnstein, um ihn zu den historischen Entschlüssen zu bestimmen, die ihm den Namen des deutschgesinnten Königs verschafft haben."

Als Frau Braun-Artaria Eisenhart während der Jahre, die er später in München lebte, einmal frug, ob er, der so viel wisse und miterlebt habe, nicht jetzt in der Muße seine Memoiren schreiben wolle, da schüttelte er trübe den Kopf und sagte: „Ich wäre dazu bei meinen jetzigen zerrütteten Nerven nicht mehr imstande. Die Wahrheit zu verschweigen hätte ich keine Ursache, sie aber zu schreiben, würde mich in die größte Aufregung stürzen. Ich muß vieles mit ins Grab nehmen."

Eisenhart hatte Friedrich v. Ziegler schon als Rechtspraktikanten bei dem Bezirksgericht Augsburg kennen gelernt und seine Fähigkeiten waren ihm in bester Erinnerung geblieben. Er erschien ihm um so mehr für den Dienst im königlichen Kabinett geeignet, als er während seiner mehrjährigen Verwendung im Justizministerium auch mit dem Begnadigungswesen vertraut geworden war, mit dem das Kabinett viel beschäftigt war. Er schlug ihn daher bei einer sich ergebenden Erledigung vor und Ziegler wurde im Winter 1872 als Hilfsarbeiter in das Kabinett einberufen.

Friedrich v. Ziegler (geb. den 10. März 1839, gest. am 9. Juni 1897) war um 13 Jahre jünger als Eisenhart und vielseitiger begabt, als sein neuer Chef. Die Phantasie behauptete in ihm auch der Rechtsgelehrsamkeit gegenüber ihre unveräußerlichen Rechte; er malte und dichtete in seinen Mußestunden und spielte als heiterer, liebenswürdiger Gesellschafter eine große Rolle in der Studentengesellschaft des „Akademischen Gesangvereins".

Zieglers Burlesken erzielten bei der Aufführung unvergessene Lacherfolge und man darf wohl annehmen, daß seine Muse zuweilen auch einen höheren Flug nahm, wenn er die Leier schlug zum Lob seines Königs oder zum Preis seiner intelligenten Gattin, deren schwäbische Lebhaftigkeit seine altbayerische Gemütlichkeit vorteilhaft ergänzte und besonnte.

Aber auch Ziegler war keine sogenannte starke Natur, auch ihm spielten die Nerven zuletzt einen Streich und er ertrug insbesondere Kundgebungen königlicher Ungnade schwer. Überhaupt hatte er nicht genug Ehrgeiz und Leichtlebigkeit, um an dem ewigen Intrigenspiel bei Hofe und in den Ministerien Gefallen und Befriedigung zu finden. „Wie glücklich hätte er werden können, wenn er nie den Weg der königlichen Gemächer betreten hätte! Für ihn war ein Verhängnis, was dem Fernstehenden als hohe Gunst Fortunas erscheinen mochte." —

Die beiden letzten Sätze sind dem Nachruf entnommen. den der Historiker Karl Theodor v. Heigel seinem Freunde Ziegler geschrieben hat. Wir besitzen aber noch eine andere umfangreichere und bedeutsamere Schrift über seine Wirksamkeit: „König und Kabinettssekretär." Walter Frhr. v. Rummel, sein Schwiegersohn, dem wir sie verdanken, hat zwar seinen Schwiegervater nicht persönlich gekannt und dessen reizvolle Tochter erst zwei Jahre nach dem Tode ihres Vaters heimgeführt, aber, wenn daher auch seine Mitteilungen zum Teil von zweiter Hand herrühren, so war er doch in der Lage, nicht nur aus reichen Familientraditionen zu schöpfen, sondern auch seine Ausführungen mit Dokumenten zu begleiten, die schon an sich seine Veröffentlichung zu der wertvollsten von denen machen, die bisher über das intime Leben Ludwigs II. erschienen sind.

Als Hilfsarbeiter hatte Ziegler vorerst wohl so gut wie keine Berührung mit Ludwig II. und es kostete nach Düfflipp einige Mühe, ihn dem König als Kabinettssekretär annehmbar erscheinen zu lassen. Der König duldete ihn anfangs nur „in Ermangelung eines besseren", um ihn bald, wenigstens einige Jahre lang, als den besten zu schätzen von allen, die während seiner Regierung das schwere Amt bekleideten.

Das Verhältnis nahm bald einen so freundschaftlichen Charakter an, daß Ludwig seinem Kabinettssekretär sogar das „Du" anbot, von welchem er aber niemals Gebrauch gemacht hat. Ludwig richtete auch Briefe an ihn, in denen geschäftliche Angelegenheiten kaum gestreift wurden und die nur von Freundschaft, Anerkennung und Zuneigung Kunde geben. Einmal schreibt ihm der König, „er werde bei der sonst so schauderhaften Tafel auf das Wohl seines Kabinettssekretärs trinken und ein anderes Mal, daß es ihm leid tue, daß Ziegler bei dem letzten Vortrag so traurig schien, und daß er bedauere, sich hie und da bei den Vorträgen ärgern zu müssen."

Sechs dieser sehr liebenswürdigen Königsbriefe aus den Jahren 1877—1879 hat Baron Rummel in seiner Schrift zum Abdruck gebracht. „Sie haben gestern," beginnt der erste aus dem Linderhof vom 6. Oktober 1877, „und vorgestern Ihrer Freude und Wohlgefallen an Allem, was Sie am Linderhofe sahen, in so warmen Worten Ausdruck verliehen, daß auch mich die Schilderung Ihrer Freude gleichfalls mit wahrer Freude erfüllt; es drängt mich, dies Ihnen hier persönlich auszusprechen."

„Von den sehr wenigen Briefen, welche der König aus Anlaß seines Geburts- und Namensfestes am 25. August 1878 am 27. d. Mts. eigenhändig beantwortet," ist der von Ziegler der erste. „Kein einziger von allen Glückwünschen, die er aus diesem Anlaß sehr zahlreich erhielt, hat ihn im entferntesten so innig gefreut und seinem Herzen so wohl getan, als die ihm von Ziegler so warm und innig ausgesprochenen." Auch das „so schöne und schwungvolle Gedicht," welches Ziegler am 25. d. Mts. an ihn gerichtet hatte, bereitete ihm sehr große Freude.

Mit einer leisen Einschränkung beginnt ein folgender Brief vom 12. September 1878: „Obwohl ich, wie Sie wissen, mir vornahm, selten zu schreiben, so ist es mir doch ganz unmöglich, dieses Mal keine Ausnahme zu machen. Ihr lieber Brief hat mich so unendlich gefreut, so wahrhaft beglückt, daß es mir ganz unmöglich ist, dem mächtigen Drange meines treu für Sie schlagenden Herzens zu widerstehen und Ihnen nicht noch heute zu schreiben..."

„Dem Drange der dankerfüllten Seele" kann der König auch am 11. Oktober 1878 nicht widerstehen. „Noch heute muß er ihm sagen, daß ihn sein ihm bei Gelegenheit des Vortrags gegebenes Versprechen schon bald nach seiner Ankunft „im wundervollen Paris" ihm seine Eindrücke schildern zu wollen, recht von Herzen erfreut hat." —

Ziegler hatte sich auf die Pariser Weltausstellung des Jahres 1878 begeben und dem König zwei Briefe zum Abschied noch von Berg aus und dann mehrere aus „dem herrlichen Paris" geschrieben. Der König spricht ihm dafür „aus tiefsten Seelengrunde" seinen „herzinnigsten Dank" aus, freut sich, daß Ziegler sich mit seinem Aufenthalt „im unvergleichlichen Frankreich und seiner wundervollen Hauptstadt" zufrieden äußert und bedauert nur recht sehr, daß er Versailles „im lärmenden Getriebe des schauderhaft mißlungenen, gemeinen, republikanischen Unfestes" erschauen mußte. In dem gleichen Briefe vom 30. Oktober 1878 findet sich die Stelle: „Daß Sie, obwohl in einer für Sie so gänzlich neuen Welt lebend, doch meiner gedachten, erfüllt mich mit innigster, freudigster Dankbarkeit. Aus allen Ihren Briefen und Gedichten sowie aus Ihren mündlich zu mir gesprochenen Worten wehte stets ein mich beglückender Hauch von Herzlichkeit, wie er nur Ihnen eigen ist. Daher ist es auch ganz unmöglich, Ihnen nicht freundschaftlich gesinnt zu sein."

Auf dieses Freundschaftsgeständnis folgt unmittelbar die Äußerung einer krankhaften Vorstellung, welche die Psychiater den Beziehungswahn nennen. „Zweimal aber, es war in den allerletzten Tagen in Berg, waren Sie mir gegenüber im Vergleich zu sonst immer, wie verwandelt, so eigenthümlich, so verschieden zu früher, daß ich mir den Grund hievon absolut nicht erklären kann. Zufall kann es nicht gewesen sein, wie Sie vielleicht in der Nacherinnerung glauben werden." „Dies hat mich so bekümmert, daß, während Sie in Paris in den hehrsten Genüssen schwelgten, mein Aufenthalt in den Bergen wie von einer drückenden Wolke umdüstert ward."

Der letzte der von Rummel veröffentlichten Briefe ist vom 1. Januar 1879. Der König dankt Ziegler am ersten Tage des neuen Jahres für „das herrliche so schwungvolle Gedicht, das er aus Anlaß des Jahreswechsels an ihn gerichtet hatte und das ihn mit größter Freude, Rührung und innigster Dankbarkeit erfüllte."

Ludwig II. richtete nicht nur liebenswürdige Briefe, sondern zuweilen auch Gedichte an seinen Kabinettssekretär. — Rummel findet, daß er fester im Sattel des Pegasus saß, als sein Großvater Ludwig I. Allein, wenn er den verschnörkelten Stil des letzteren vermeidet, so fehlt ihm dessen Gedankenreichtum, und das wenige, das bisher in dieser Richtung bekannt geworden ist, erhebt sich kaum über gereimte Prosa. In diese Kategorie gehören auch die von Rummel mitgeteilten Proben.

Das längere Gedicht darf aber wohl als ein Unikum bezeichnet werden, da kaum ein anderer Monarch je einem Beamten ein so vorteilhaftes Zeugnis in Versen ausgestellt hat. Es beginnt vielversprechend mit den Worten:

> „Von allen, allen Menschen, die ich kenne,
> Hat keiner Deinen Geist und Deinen Werth,
> Und wenn ich über Hunderte Dir nenne,
> Wie „Du" hat noch kein Einz'ger sich bewährt."

Von den folgenden 18 Verszeilen wollen wir nur noch die den guten Willen Ludwigs II. bekundenden anführen:

> „Wenn auch des Zorns Dämonen mich erfassen,
> Selbst gegen Dich der Ärger mich erfüllt,
> Beschwör ich Dich, gieb niemals Raum dem Hassen,
> Den Zorn zu dämpfen bin ich fest gewillt."
> Und: „Hast je Du über Einen Grund zu klagen:
> Wird er mein Feind — von dannen muß er ziehen."

Frhr. v. Rummel behauptet, Ludwig II. sei stets empfänglich für Freundschaft gewesen und habe zuweilen die grenzenlose Einsamkeit schwer empfunden, die er um sich aufbaute.

Über seinem Schreibtisch hing hübsch eingerahmt ein Gedicht zum Lobe der Freundschaft. Da er es eigenhändig geschrieben und unterzeichnet hatte, meinte man, daß er es auch selbst verfaßt habe, bis Bodenstedt in veröffentlichten Erklärungen und in dem zweiten Bande seiner Erinnerungen (Berlin 1890 S. 28) die Urheberschaft für sich in Anspruch nahm. Die Dichtung warnt vor jedem Mißtrauen gegen Freunde und schließt mit den Zeilen:

> „Doch würdest Du dem ärmsten Bettler gleich:
> „Bleibt Dir ein Freundesherz, so bist Du reich;
> „Und wer den höchsten Königsthron gewann
> „Und keinen Freund hat, ist ein armer Mann."

Die letzten Sätze finden auf Ludwig II. Anwendung; in Wahrheit hat er niemals einen Freund gehabt und die Einsamkeit, die ihn umgab, war keine äußerliche, sondern eine innerliche. Eine gemeinsame Schwärmerei für irgend einen Zweig der Kunst, persönliche Zuneigung können in den Jugendjahren zum Ausgangspunkte einer Freundschaft werden, aber sie sind es noch lange nicht. Freundschaft setzt vor allem eine in den Verhältnissen gelegene oder freiwillig zugestandene Gleichheit voraus. Persönlichkeiten, die beständig fürchten, sich im Umgang „etwas zu vergeben," eignen sich nicht zu wahrhaft freundschaftlichen Beziehungen. Mehr als alles aber isolieren an sich geistige Anormalitäten, denn sie brechen gleichsam die geistigen Brücken ab, die zwischen Mensch und Mensch bestehen, und entziehen dem Verkehr den gemeinsamen Boden. Bei Ludwig II. bildete das ganz besonders gesteigerte Majestätsgefühl ein unüberwindliches Hindernis. „Ihm," schreibt Rummel sehr richtig, „mußte er all seine Freundschaft erst förmlich abringen und abgewinnen." Rummel führt zum Beleg dessen einige sehr charakteristische Äußerungen des Königs Ziegler gegenüber an: „Ihnen bin ich zu innigem Danke verpflichtet. Ich überwinde den sonst sehr gerechtfertigten Stolz und gestehe dies mit Freuden zu." „Obwohl ich mich zwinge, Ihnen selten zu schreiben, da Sie Sich am Ende überheben könnten, was ich natürlich nie vertragen würde..." „Heute noch muß ich — ich kann nicht anders — meinen Vorsatz, selten zu schreiben, brechen. Auch wenn ich nicht mehr schreibe, wozu ich mich zwinge, werden meine Gesinnungen sich nicht ändern."

Was den Beziehungen Zieglers zu Ludwigs II., man möchte sagen, naturnotwendig verhängnisvoll werden mußte, war die unkonstitutionelle und überspannte Stellung, in die er sich, ohne genügenden Widerstand zu leisten, aus den verschiedensten Motiven, aus Pflichteifer, aus Überzeugungstreue, durch den König, die Minister und die Macht der Umstände hineindrängen ließ. „Je stärker und unüberwindlicher mit der Zeit die Abneigung des Königs wurde, seine Minister zu sehen und mit ihnen zu beraten, je seltener er in seine Hauptstadt kam, desto größer und umfangreicher wurde der Wirkungskreis, desto schwieriger die Aufgabe Zieglers, der in Wirklichkeit der Premierminister des Landes war" — schreibt Rummel und, wie um den verfassungswidrigen Zustand nachträglich zu legalisieren, führt

582

er seinen Schwiegervater schon im Titel seiner Schrift und konsequent im Verlaufe der Darstellung stets als „Kabinettschef"
auf, eine Bezeichnung, die nach dem allgemeinen Sprachgebrauch
nur dem Ministerpräsidenten beigelegt zu werden pflegt. Die
offizielle Benennung der Sekretäre des Königs, die im übrigen
die ihnen jeweils zukommenden Beamtentitel führten, war
„Kabinettssekretär" und das „Kabinett," das aus einem
Sekretär, einem Hilfsarbeiter und zwei Schreibern bestand,
wurde unter der folgenden Regierung, um Mißverständnissen
vorzubeugen „Geheimkanzlei" genannt. —

Ziegler wurde allmählich fast zum einzigen Sprachrohr aller
Widerstände, aller Bedenken, aller Schranken, welche der Wahnsinn des Königs auf seiner abschüssigen Bahn bis zum vollen
Ausbruch fand; und er mußte sich auf diese Weise unbeliebt
bei einem Herrn machen, dem er nicht aufhörte in seinem Sinne
bis zuletzt treu zu dienen.

Vielleicht, daß er zuweilen etwas zu viel bei dem Landesherrn
die Rolle eines Vertreters der Minister spielte, deren politische
Richtung er teilte. „König Ludwig," berichtet Rummel, „hielt
oft lange und äußerst zäh an irgendeiner vorgefaßten Meinung
fest. Sollte die Regierungsmaschine weiter laufen, so mußte der
König dann und wann zu so manchem, dem er widerstrebte, bewogen werden. Nicht selten hat in den siebziger und achtziger
Jahren der oder jener Minister seinen Rücktritt bestimmt in
Aussicht gestellt, falls der Monarch irgendeiner notwendigen
Sache nicht seine Zustimmung erteilen würde. Die Minister
sandten ihre Berichte und Aufträge ein. Sache des „Kabinetts-
chefs" war es, die Unterschrift des Königs zu erreichen. — Das
war durchaus nicht Sache des Kabinettssekretärs, sondern Pflicht
der Minister wäre es gewesen — das war auch die Ansicht Bismarcks — auf ihrem Recht des persönlichen Vortrags zu bestehen und ihren Rücktritt nicht nur zuweilen schwächlich und
nie ernst gemeint, anzudrohen, sondern auch zu betätigen, als
der Monarch sich ihnen vollständig versagte. Dies hätte vielleicht
Eindruck auf ihn gemacht; jedenfalls aber zur Klärung höchst
bedenklicher und gefährlicher Zustände beigetragen.

Die Minister fanden es freilich sehr bequem, daß ein anderer ihnen die Kastanien aus dem Feuer holte. Sie dachten ihrerseits nicht daran, Ziegler zu halten, als er zu wanken begann. Als er dem Frhr. v. Lutz in den Jahren 1882 und 1883 „seine Beobachtungen über den Geisteszustand des Monarchen" mitteilte und betonte, daß es auf die Länge so nicht mehr weitergehen könne, war der Herr Minister anderer Meinung und der Ansicht, „daß alle Absonderlichkeiten des Königs mit in den Kauf genommen und ertragen werden müßten und irgendwelches Eingreifen nicht angängig sei, wenn und so lange nicht durch irgendwelche Handlung der Majestät das Gemeinwohl gefährdet und der weitere Gang der Staatsmaschine unmöglich gemacht würde." (Rummel.)

Kein Beamter wird ohne Gruseln die Schilderung Rummels von der Geschäftslast lesen, die auf den Schultern Zieglers ruhte. Einige Prozente freilich dürfen wir davon in Abzug bringen. Es liegt auf der Hand, daß kein Sterblicher die fast täglich einlaufenden Anträge von sechs Staatsministerien über Materien der verschiedensten Art in dem Grade hätte beherrschen können, um alle dabei auftauchenden Zweifel und Fragen ex tempore zu lösen. Glücklicher Weise — muß man im Interesse seiner Umgebung fast sagen — war das Interesse des Königs an diesen Anträgen ein geringes und beschränkte sich meistens auf die Frage, ob sie nichts enthielten, was seine Landesrechte und seine hohen Vorstellungen von dem Königtum beeinträchtigen könne. Seine Beteiligung an der Regierung war eine mehr passive, als aktive; er hielt mehr auf und ab, als er förderte und begünstigte, und nur wenige Maßregeln von einiger Bedeutung aus seiner Regierungszeit können auf seine Initiative zurückgeführt werden. Da die Anträge der Ministerien nur zu eingehend erstattet zu werden pflegten, ließen sie selten Zweifel übrig und der Kabinettssekretär konnte sich nach einer kurzen mündlichen Inhaltsangabe fast stets auf das schriftliche Signat beschränken: „Ich genehmige diesen Antrag", das der König in mit den Jahren immer größer werdenden Schriftzügen unterzeichnete. Es ist ferner auch nicht ganz richtig, daß alle Briefe des Königs an fremde Potentaten dem Kabinettssekretär obgelegen hätten. Dafür bestand ein eigenes Referat im Ministerium des Äußern, das die massenhaften sogenannten Courtoisieschreiben entwarf, die, wenn sie in fremden Sprachen abgefaßt werden mußten, noch außerdem das „französische Bureau" durchliefen, das ich selbst viele Jahre lang geführt habe. Selbstverständlich wurden auch alle Schreiben politischen oder sonst bedeutenderen Inhalts im Ministerium des Äußern entworfen und das Kabinett pflegte nur nach vorliegenden Mustern Neujahrsgratulationen und andere rein formelle Kundgebungen an Souveräne zu erledigen.

Allerdings nahmen auch Ordensvorschläge den Weg durch das Kabinett, aber mehr nur, wie sie den Weg durch die Post nahmen; ausgearbeitet und vorbereitet wurden auch sie von den Ministerien, insbesondere von dem des Äußern, und S. M. geruhte nur zuweilen einen Kandidaten zu streichen, oder, um einen Günstling in Ungnade zu ärgern, einen anderen mit hoher Auszeichnung auf die Liste zu setzen.

Mit all dem soll keineswegs bestritten werden, daß die Geschäftslast, die Ziegler sich aufladen ließ, eine unermeßliche war und um so mehr über die Kraft eines Mannes hinausging, als sie nicht nur mit geistigen, sondern auch mit körperlichen Anstrengungen aller Art verbunden war. Der Kabinettssekretär mußte, wie Baron Rummel bestätigt, seine Vorträge immer stehenderstatten. Nie hätte das Majestätsbewußtsein des Königs es geduldet, daß ein dienstlich Berichtender hiebei gesessen wäre, obschon es sich oft um Referate von vielen Stunden handelte. Noch erhöht wurde die Strapaze, wenn der müde Mann in später Nachtstunde zu Vorträgen befohlen wurde, die sich bis in den grauen Morgen hinein erstreckten. Bis zum Jahre 1880, bis zu welcher Zeit er seine Wohnung in der Residenz hatte, wurde seine Nachtruhe häufig gestört. Später, als er sich ausbedungen hatte, in der Stadt zu wohnen, wurde es besser. Die Lakaien meldeten dem König, im Hause Zieglers sei ein bissiger Hund, der jedes Betreten dieses Hauses zur Nachtzeit unmöglich mache.

Ziegler durfte sich, „wollte er den König bei der Stange halten,‟ nicht scheuen, auch kleine Dienste zu verrichten. „Sogar zum bloßen Schreiber mußte er sich hergeben.‟ Der König war in diesem Punkte sehr verwöhnt. Schon Pfistermeister und Düfflipp hatten selten schöne Handschriften gehabt. Auch die großen gleichmäßigen Schriftzüge Zieglers gefielen dem König ganz besonders und er befahl ihm zuweilen, lange Berichte anderer von schwer leserlicher Schrift abzuschreiben.

Eine ganz besondere Erschwerung des Kabinettsdienstes bildete ferner der Umstand, daß Ludwig II., wie Ludwig XV., seinen Aufenthalt zwischen den Schlössern Berg, Linderhof, Hohenschwangau und zwischen den Jagd-Häusern Schachen, Elmau und Halbammer u. a. in einem gewissen Turnus wechselte und bald nur mehr drei Monate lang in München residierte. Dies hatte für Ziegler nicht nur endlose Eisenbahn-, Wagen- und Schlittenfahrten, sondern auch häufige, lange dauernde Trennungen von seiner Familie zur Folge.

Fragen wir nun in unserer Zeit, die trotz aller Not allerdings nur eine kurze Zeit lang nur mehr mit Millionen und Milliarden rechnete, welches die Entlohnung eines Beamten an der höchsten Stelle für eine so aufreibende, ungewöhnliche Dienstleistung war, so erfahren wir, daß Ziegler bis 1874 1000 Gulden Gehalt, dann 1200 fl. bezog, im Jahre 1876 auf 4500 Mk. und im Jahre 1877 auf 6600 Mk. stieg. —

Es war die Zeit der Monarchie, deren Grundzug nach Montesquieu die Ehre ist. Die Beamten lebten einfach und anspruchslos. Sie waren unbestechlich und erfüllten ihre Pflichten bis zur Selbstaufopferung. Es lag mehr Hochsinn und Idealität in ihnen, als die meisten von denen ahnen, die heute ihre welken, verstaubten Lorbeerkränze in der Form von Titeln und Orden bespötteln und das verlorene Glück des deutschen Daseins vergebens in Lohnerhöhungen, Gehaltsaufbesserungen und Teuerungszulagen suchen.

Als Ziegler Lutz im Januar 1876 die Meldung erstattete, daß ihm die Funktion des Kabinettssekretärs übertragen wurde, antwortete der Minister, der diese Stelle selbst ein Jahr lang innegehabt hatte: „Ich wünsche Ihnen die erforderlichen Nerven dazu." — Dieser Wunsch ist nicht in Erfüllung gegangen. Noch ehe drei Jahre zu Ende waren, empfand Ziegler das Bedürfnis, aus dem unmittelbaren Dienste des Monarchen zu treten; er reicht am 6. September 1879 sein Enthebungsgesuch ein, das der König sehr ungnädig aufnimmt und dem Antragsteller ohne Verbescheidung zurückgeben läßt. Nach Vorlegung eines ärztlichen Zeugnisses gelang es Ziegler schließlich, bis Mitte November 1879 Urlaub zu erwirken. Allein er hegte nicht die Absicht, in seine frühere Stellung zurückzukehren. Die Minister wußten das wohl, „erschraken" darüber und gaben ihrem Bedauern in schmeichelhaften Schreiben Ausdruck

Der König grollte und äußerte sich durchaus nicht liebenswürdig über seinen einstigen Duzfreund. Ziegler habe immer geleugnet, daß er krank sei; nun habe man die Bescherung. Außer den „Nerven" dichtete er ihm noch eine Leberkrankheit an, die er sich wohl durch „allzu vieles Trinken" zugezogen habe. Auch ein „Herzleiden" entdeckte er an ihm, das er für ganz bedenklich hielt.

Ziegler fand im Ministerium des Innern Verwendung und sein bisheriger Hilfsarbeiter Alexander Schneider übernahm den Vortrag bei S. M.

Schneider (geb. 22. Februar 1845, gest. 20. Mai 1909), war im Jahre 1876 als Akzessist des Justizministeriums in das Kabinett einberufen worden. Ich kannte ihn von Jugend auf. Wir entstammten der gleichen schwäbischen Reichsstadt und hatten die gleiche Lateinschule besucht. Lexel Schneider war immer ein Musterknabe und „der erste auf und auf", wie man damals zu sagen pflegte. Er ist auch das Muster eines Mannes geblieben, einer der seltenen, die mit einer nicht gewöhnlichen Intelligenz die größte Güte des Herzens und den selbstlosesten Charakter verbinden.

König Ludwig, der sonst so sicher treffende Menschenkenner, hatte manches an ihm auszusetzen. Schon der Titel „Landgerichtsrat," den er ihm doch erst kurz selbst verliehen hatte gefiel ihm nicht, und er hätte ihn beinahe gleich zum Oberlandesgerichtsrat vorrücken lassen. Auch seine übrigens wenig bemerkliche schwäbische Aussprache berührte das empfindsame Ohr des Königs fremd. Indessen wurde er nach nicht langer Zeit zum Ministerialrat ernannt, weil er, ich weiß nicht, welche Photographie, und zum Komthur des Michaelsordens, weil er, ich weiß nicht, welches Werk ausfindig gemacht hatte.

Aber den König verlangte nach der Rückkehr Zieglers oder wenigstens nach einem ihm voller dünkenden Ersatz für diesen. Die Nachforschungen nach einem solchen wurden eifrig fortgesetzt und der damit betraute Hofsekretär Bürkel lenkte die Aufmerksamkeit auf den damaligen Regierungsrat und späteren Kultusminister Dr. Ludwig Müller aus Dachau (geb. den 19. August 1846, gest. den 24. März 1895). Sein Chef, Frhr. v. Pfeufer, hielt große Stücke auf ihn, der König nahm ihn an und bald erzählte selbst Ziegler, daß es Müller gelungen sei, sich besser in die königliche Gunst zu setzen, als alle seine Vorgänger. Der König ließ ihn oft des Nachts rufen, um mit ihm spazieren zu fahren, und der Wert der Weihnachtsgeschenke, die er ihm machte, wurde wohl mit einiger Übertreibung auf 20,000 Mk. angegeben.

Aber das war alles nur Schein. Schon am 29. Februar 1880 schrieb mir der damalige Adjutant des Prinzen Otto, Premierleutnant Karl Reisner Frhr. v. Lichtenstern, einer meiner intimsten Freunde, der mit der Umgebung des Königs in nahen Beziehungen stand: „Der König kann die Stimme Müllers schon nicht mehr hören, findet ihn langweilig und macht Bürkel lebhafte Vorwürfe, daß er ihn ihm empfohlen hat. Die Spazierfahrten sollen nur Ziegler ärgern." Im Anschluß daran am 27. April 1880: „Der König will den Müller nicht mehr und schrieb eigenhändig an Ziegler, daß er wieder komme. Dieser aber hat Nervosität vorgeschützt. In ganz Bayern weiß man keinen Ersatz aufzutreiben. Ich sprach mit Hornig über Dich. Hornig ist bereits für Dich eingenommen und überlegt sich, wie er Dich poussieren solle. Damit er Dich näher kennen lerne, habe ich ihn und Prem (den Hofsekretär des Prinzen Otto) nächsten Samstag Abends zu Schleich „um meinen Hofabschied zu feiern" eingeladen. Es würde Hornig sehr freuen, wenn er Dich dort träfe und mit Dir das Weitere verabreden könnte."

Baron Rummel hat inzwischen das in dem obigen Briefe erwähnte Schreiben des Königs an Ziegler vom 20. April 1880 zum Abdruck gebracht. Es beginnt mit einer bedeutenden Einlenkung S. M. „Obwohl Sie mir leider Grund gaben, Ihnen sehr zu zürnen (worüber ich übrigens nicht mehr schreiben will, da ich nicht zweifle, daß Sie alles eingesehen haben werden), so drängt es mich doch Ihnen mitzutheilen, daß die Gesinnungen der Freundschaft, die mich seit langer Zeit für Sie beseelten, über den Zorn die Oberhand gewonnen haben. Denn wer Sie kennt, kann Sie unmöglich vergessen."

Der König spricht im übrigen sein Bedauern über die Erkrankung Zieglers aus, es folgen Freundschaftsversicherungen, Mitteilungen über eine bevorstehende Separatvorstellung, aber noch keine Aufforderung zur Rückkehr, so daß Ziegler nicht in der Lage war, sie anzunehmen oder abzulehnen.

Lichtenstern schrieb mir weiter am 3. Mai 1880: „Als Hornig gestern Nachts nach Hause kam, fand er einen Allerhöchsten Befehl vor, einen Kabinettssekretär in Vorschlag zu bringen. Bürkel dürfe er davon nichts sagen, weil dieser mit Müller eine so schlechte Hand bewiesen habe. Holnstein will den Polizeirat M...., der aber gar nicht paßt. Also Du, nur Du!" —

Ich war nach einer sechsjährigen Kunstpause im Jahre 1878 in den Staatsdienst zurückgetreten, hatte zwei Jahre an dem Bezirksamt München und der Kreisregierung von Oberbayern praktiziert und war zu Anfang des Jahres 1880 zum Bezirksamtsassessor in Ingolstadt ernannt worden, wo ich schon am 5. Mai d. Js. meine Einberufung in das Ministerium des Äußern erhielt. Ich war damals in die Zustände in der unmittelbaren Umgebung des Königs, die ja auch noch sechs Jahre lang hingeschleppt werden konnten, viel weniger eingeweiht, als heutzutage. Aber die Übernahme einer Funktion, an welcher der so intelligente Schneider und der von ihm wesensverschiedene, so schmiegsame Müller scheiterten, und die der darin so erfahrene Ziegler um keinen Preis mehr aufnehmen wollte, hatte wenig Verlockendes in meinen Augen.

Immerhin nahm ich die Einladung meines Freundes Lichtenstern zum „Hofabschied" an und ließ mich bestimmen, Hornig ein paar meiner literarischen Arbeiten, die für den König Interesse haben konnten, sowie die verlangte Photographie zu übermitteln. Hornig zweifelte nicht an dem Erfolg. Aber der sonst so zuverlässige Mann übertrat den Befehl des Königs insofern, als er Bürkel Mitteilung über den Fund machte, den er in meiner

Person gemacht zu haben meinte. Der Hofsekretär war aber damit keineswegs einverstanden, weil er von meinen notorisch freundschaftlichen Beziehungen zu seinem Vorgänger Düfflipp, ich weiß nicht, welche Nachteile für seine Stellung befürchtete. Es war ihm gelungen, die Scharte, die er sich in den Augen des Königs durch Vorschlag Müllers zugezogen, durch die Vorlage einer Photographie des Staatsanwaltssubstituten Anton Frhr. v. Hirschberg auszuwetzen, die dem König so sehr gefiel, daß er dessen Bekanntschaft zu machen wünschte und die Beziehungen, die sich daraus ergaben, nach den mit Ziegler gemachten Erfahrungen nicht den Klippen aussetzen wollte, die mit der Übertragung des Kabinettssekretariats unzertrennbar verbunden gewesen wären.

Bürkel mußte der Wiedereintritt seines Freundes in die alte Stellung natürlich als die beste Art der Lösung erscheinen und ich vermute, daß er bei dem König und bei Ziegler alles aufbot, sie zu bewirken.

Baron Rummel schildert in charakteristischen Zügen den weiteren Verlauf der Angelegenheit seines Schwiegervaters und der folgenden zwei Jahre und sieben Monate seiner Dienstleistung im Kabinett Ludwigs II.

Der König ließ es bei seiner brieflichen Einlenkung vom 20. April 1880 nicht bewenden und ging bald zur Anwendung sanfter Gewalt über. Ziegler wurde zu einer Separatvorstellung mit dem ausdrücklichen Hinweis geladen, daß dem derzeitigen Kabinettssekretär Müller eine solche Gunst nicht widerfahren sei, dann am 13. Mai zum Souper nach Berg befohlen und am 19. Mai aufgefordert, die Geschäfte des Sekretariats wieder zu übernehmen. Einem solchen Andrängen zu widerstehen, war nicht wohl möglich; Ziegler mußte sich wieder unter das schwere Joch beugen. Aber er tat es auch damals nicht, um die Rolle eines Bedienten zu spielen, der achselzuckend die vernunftwidrigen Befehle eines nicht mehr ganz zurechnungsfähigen Herrn befolgt; er fühlte sich nach wie vor als Staatsbeamter, der nicht nur an der Verantwortlichkeit des Ministeriums, zu dem er gehört, Teil hat, sondern dem auch eine eigene aufliegt.

Dies gab dem in dem Herzen des Königs gegen den eigenwilligen Flüchtling fortwuchernden Groll neue Nahrung. „Kein einziger Brief herzlicher Freundschaft mehr, wie sie der König in früheren Jahren so oft geschrieben, keine Verse mehr; immer kühler sind die Beziehungen geworden; mehr und mehr tritt das rein geschäftliche in den Vordergrund."

Reibungen aller Art machen sich fühlbar. Unstimmigkeiten zwischen König und Sekretär werden immer häufiger und im August 1881 erhält dieses Mal Hesselschwerdt den geheimen Auftrag, die Fahndung nach einem neuen Kabinettssekretär wieder aufzunehmen.

Das Zentrum will das Ministerium Lutz stürzen, dessen „so ziemlich einzige Stütze" nach Rummel Ziegler war, und es kann nur gehalten werden, indem man dem König diesen Sturz als einen Sieg des Parlamentarismus darstellt. „Ganz schlimm beginnt das Jahr 1883. Bereits am 8. Januar hatte der Stallmeister Hornig den Auftrag, Ziegler mitzuteilen, daß er am 7. Januar S. M. ins Wort gefallen sei und daß er, wenn er weiter so bliebe, das neue Jahr gut anfange. Der König glaube Zieglers Versprechungen nicht mehr, der Kabinettssekretär müsse daher einen Revers unterschreiben, daß er zu Kreuz kriechen wolle."

König und Sekretär geraten des öfteren scharf aneinander; der Monarch wirft dem letzteren neuerdings vor, daß er ihn in seiner Rede unterbrochen habe, und weigert sich, ihn fernerhin zum Vortrag zu empfangen. „Die stets zunehmende unwürdige Lakaienwirtschaft machte ein Verbleiben unmöglich." Ziegler sehnte sich in Hohenschwangau hinaus „aus der düsteren Höhle dieses Hofes" und war fest entschlossen, sein Amt endgültig niederzulegen.

Am 11. Januar 1883 rief ihn der Tod seines Vaters nach München. Von dort aus bittet er, gestützt auf ein ärztliches Zeugnis, vorerst wieder um einen mehrmonatlichen Urlaub. Der König genehmigte den Urlaub mit dem Bemerken, daß das ärztliche Zeugnis ja manches entschuldige, da nunmehr von fachmännischer Seite festgestellt sei, daß der Kabinettssekretär sich in einer Art von Verrücktheit und hochgradiger Nervenaufregung befinde; der Monarch befahl ferner Zieglers Arzt zu schreiben, daß er die von diesem bezeugten Übelstände natürlich auch schon seit längerer Zeit bemerkt habe.

Ich sah Ziegler während dieses Urlaubs in Rom. Er nahm widerstrebend eine Einladung auf die bayerische Gesandtschaft an und ich führte ihn von dort aus in die Villa Ludovisi, für deren Kunstschätze er ein warmes Interesse an den Tag legte. Aber eine nervöse Abspannung und Verstimmung über alles Erfahrene und Erlittene lag in seinem Wesen.

In das Kabinett kehrte er dieses Mal nicht mehr zurück. Bürkel, der „mit den allerdringendsten Referaten" für ihn eingesprungen war, schrieb ihm schon nach wenigen Tagen: „Was Du bei Deinen täglichen Vorträgen ausgestanden hast, kann ich jetzt erst beurteilen."

Bürkel beschränkte sich bald wieder auf seine Tätigkeit als Hofsekretär, während an Zieglers Stelle endgültig Alexander Schneider trat. „Nicht allzu oft wurde dieser vom König empfangen," bis er zur Zeit der Katastrophe gänzlich in Ungnade fiel und bald alle Geschäfte „immer mehr und mehr durch Vermittelung der Lakaien erledigt wurden".

LVI.

Ludwig II. machte die für ihn charakteristische Äußerung: Bürkel sei bedeutender als Ziegler und so solle es auch sein. Dem König erschien das Hofsekretariat, das mit der Hofkasse, den Theaterangelegenheiten, den Bauten und allen seinen sonstigen Liebhabereien befaßt war, wichtiger als das Kabinett, durch das ihm nur die „Staatsfadaisen" unterbreitet wurden.

Über den Hofsekretär v. Hofmann ist mir Näheres nicht bekannt geworden. Hingegen unterhielt ich mehrere Jahre lang freundschaftliche Beziehungen zu dessen Nachfolger: Lorenz v. Düfflipp (geb. 1820, gest. 9. Mai 1886) war aus bescheidenen Verhältnissen hervorgegangen. Er trat als Tambour in die

Armee ein; wurde 1852 Hofoffiziant und 1862 Kassierer bei der Kabinettskasse. Im Jahre 1864 ernannte ihn die Königin-Mutter zu ihrem Sekretär. So lernte ihn Ludwig II. schon als Kronprinz kennen, klagte ihm zuweilen seine kleinen Leiden, und nahm allerlei Dienstleistungen von ihm an; er hatte gute Manieren, war bescheiden, ohne Schüchternheit und gefällig ohne Vordringlichkeit. Ludwig II. machte ihn im Jahre 1866 zum zweiten Hofsekretär bei der Kabinettskasse und nach der Pensionierung Hofmanns rückte er an die erste Stelle vor.

Der König war sehr zufrieden mit ihm. „Ich sehe Ihre Handschrift so gern," sagte er ihm einmal, „es ist alles so schön und klar gearbeitet."

Düfflipp überhob sich nicht, vergab sich aber auch nichts und ließ die Gelegenheiten nicht unbenützt vorübergehen, S. M. seine abweichenden Ansichten zu erkennen zu geben.

So hatte er anfangs den Auftrag, den Separatvorstellungen beizuwohnen, denen er schon wegen der damit verbundenen Kosten ablehnend gegenüber stand. Es war im zweiten Jahr nach ihrer Einführung (1873), als der König ihn frug, wie ihm das am 26. März gegebene, von Fresenius übersetzte Lustspiel „Der Fächer der Pompadour", gefallen habe?

„Ich bitte E. M. mit meinem Urteil zurückhalten zu dürfen."

„Nun, hat es Ihnen nicht gefallen?"

„Nein! gewiß nicht und ich begreife nicht, wie E. M. an dergleichen Gefallen finden können."

„Ich finde das Stück ja auch schlecht," sagte der König, „aber es weht doch die Luft von Versailles darin."

Seit jener Zeit wurde Düfflipp zu Separatvorstellungen nicht mehr befohlen. Als ihm ein anderes Mal der König von der beabsichtigten Nachbildung der Galerie von Versailles vorschwärmte, äußerte Düfflipp, er könne nicht verstehen, daß ein König von Bayern an Bildern der Siege Ludwigs XIV. über die deutsche Nation Vergnügen finden könne und nicht lieber seine Schlösser mit Gemälden bayerischer Waffentaten schmücke. Eine achttägige Ungnade bildete die Strafe dieser Bemerkung, die auch der deutsche Kronprinz einmal gemacht haben soll.

Düfflipp ging auch nicht darauf ein, wenn der König die trockenen Vorträge über Finanzangelegenheiten zuweilen mit etwas Stadtklatsch zu würzen suchte. „Haben Sie es denn schon gehört," unterbrach er einmal einen Vortrag, „die Schauspielerin Y. ist mit Baron P. unter einem Regenschirm ertappt worden." „So etwas interessiert mich nicht," antwortete der alte Herr.

In die Zeit der Geschäftsführung Düfflipps fallen steigende Unterstützungen für Richard Wagner, die bedeutende Hebung des Hoftheaters, ungefähr ein Dutzend Separatvorstellungen jedes Jahr, der Bau des Schlosses Linderhof, der Beginn und ein Teil des Baues der Burg Neuschwanstein, der Erwerb der Insel Herrnchiemsee zwecks Verhinderung einer drohenden Waldvernichtung. Die Entwerfung von Plänen zu einem dortigen Prachtbau wurde ohne sein Wissen angeordnet.

Die aufgezählten Bauten und Unternehmungen konnten vom Standpunkte einer königlichen Lebenshaltung aus noch einigermaßen verstanden, ja sogar gebilligt werden. Der Plan einer Nachbildung des Schlosses von Versailles am Chiemsee entsprang aber offenbar schon bloßen Wahnvorstellungen und Düfflipp wollte auf dem Wege von dessen Ausführung seinem Herrn um so weniger folgen, als die Hofkasse bereits damals mit erheblichen Schwierigkeiten zu kämpfen hatte. Er nahm am 17. Oktober 1877 seine Entlassung, weil, wie er mir sagte, seine Umgebung ihn nicht hielt, weil auch Ziegler zum Schuldenmachen riet, weil der Baumeister Dollmann unabhängig von der Hofkasse gestellt wurde, weil er den Zusammenbruch auf diesem Wege sicher kommen sah.

Der erste Schritt in Schulden war ja auch der erste in den Abgrund. Aber nicht der Kabinettssekretär war zuständig, hier einzuschreiten und sein Widerstand allein hätte wohl auch die Strömung nicht aufhalten können.

Ludwig II. ließ Düfflipp sehr ungern aus seinem Dienste scheiden und ihm am 21. November 1877 durch Hornig sein größtes Bedauern unter Anerkennung seiner so lange zur A. H. Zufriedenheit geleisteten Dienste mit dem Beifügen zum Ausdruck bringen, daß er hoffe, seine durch Ruhe wieder gestärkte

Gesundheit möge es Düfflipp gestatten, S. M. wie sonst bei Aussuchen und Aufstellen der Weihnachtsgeschenke behilflich zu sein. Während er unterm 14. Dezember 1877 abstellte, daß der jeweilige Kabinettssekretär und Hofsekretär zu Weihnachten beschenkt werden, schenkte er Düfflipp zum letzten Weihnachten ein silbernes Tintenzeug und ein Buch (Faust) und bestimmte, er möge sich noch außerdem einige schöne Gegenstände auswählen.

Erst allmählich gelang es seinem Nachfolger, ihm die Gunst des Königs zu rauben, durch die Behauptung von Rückständen und Nachlässigkeiten im Dienste, deren er selbst sich später schuldig machte, niemals der pflichteifrige, unermüdliche Düfflipp. Diese Erfahrung verbitterte die letzten Jahre des treuen Hofbeamten, der wenige Wochen vor seinem Könige starb.

Ziegler hatte als Nachfolger Düfflipps mit Erfolg seinen Freund, den Assessor an der Polizeidirektion München, Ludwig Bürkel (geb. 8. Mai 1841) in Vorschlag gebracht, der es schon längere Zeit auf diese Stellung abgesehen zu haben schien, so genau wußte er Bescheid über alles, als Düfflipp ihn in die Geschäfte einführte.

Düfflipp hatte geäußert, daß Bürkel sich nicht länger als zwei Jahre werde finanziell halten können; er hielt sich über fünf, nach deren Ablauf dann allerdings ein Defizit von 7 ½ Millionen in der Hofkasse konstatiert wurde. Im Beginn seiner Tätigkeit kam es ihm zustatten, daß, nachdem dem Prinzen Otto das Sekundogeniturfideikommiß zugesprochen worden war, der König in die Bezüge des von seinem Vater gegründeten Fideikommisses von 4 Millionen fl. eintrat, was seine Zivilliste von 4,231,000 Mk. um 250,000 fl. jährlich erhöhte. Später wurde auch das ganze von Max II. für seine zwei Söhne gestiftete Fideikommiß aufgelöst und der Ertrag zu laufenden Ausgaben verwandt. Die Mittel, über welche die Hofkasse verfügte, waren also für die damaligen Verhältnisse beträchtliche.

Karl Theodor v. Heigel hat auch Ludwig v. Bürkel einen Nachruf gewidmet, bei dem ihm der Freund die Hand geführt hat, und bei dem der Historiker etwas zu kurz gekommen ist.

Andere Zeitgenossen haben über Bürkel und dessen Wirksamkeit ein viel weniger günstiges Urteil abgegeben. Düfflipp sagte bei der ersten Beförderung seines Nachfolgers sehr unparlamentarisch, er verdanke sie nur seiner „Miserabilität" und die zwölf Artikel des Nürnberger Anzeigers vom März 1886 über „die Räte der Krone", welche Aufsehen erregten und auch als Broschüre erschienen, nahmen diesen Rat der Kabinettskasse besonders aufs Korn. Sie klagen den „Fall Bürkel" an, daß er mit seinem Nachfolger Gresser den jetzigen nicht mehr haltbaren Zustand der Kabinettskasse geschaffen habe" und „versuchen nachzuweisen, wie und auf welche Weise der auch als Staatsbeamter beeidigte Hofsekretär Bürkel coram ministerio verfassungswidrig gehaust hat und deshalb mit dem Ministerium als verantwortlicher Teil, der Volksvertretung gegenüber, erscheint." „Die Berufung des seinerzeitigen Polizeibeamten und nunmehrigen Ministerial-Direktors Ludwig v. Bürkel, Comthur etc. (folgt eine lange Ordensliste) habe die gegenwärtige Kassamisère zur Folge gehabt. Herr v. Bürkel habe eine totale Änderung in dem seit Jahren durch die Hofräte v. Hofmann und v. Düfflipp beobachteten Finanzsystem des Hofes eintreten lassen, deren Schwerpunkt in der Nichtbilanzierung von „Soll und Haben" bestanden habe."

Indessen muß eingeräumt werden, daß wenigstens ein Teil des breiten Millionenstroms auch die Kunst und das Kunstgewerbe befruchtete, und daß Ludwig v. Bürkel als Sohn eines der liebenswürdigsten bayerischen Genre- und Landschaftsmaler, des Heinrich Bürkel (1802—1869) aus Pirmasens diesen Zweigen der Kultur Zuneigung und Verständnis entgegenbrachte. Wohlverdient war der Lorbeerkranz, den das dankbare Haus Wahnfried ihm auf die Bahre legen ließ. Heigel rühmt ihm ferner mit Recht nach, daß er den König bestimmte, als Anselm Feuerbach in Bedrängnis geraten war, dessen großartiges Medeabild für die Pinakothek zu erwerben, den Philosophen Ludwig Feuerbach, den Schweizer Dichter Heinrich Leuthold und viele andere um Kunst und Wissenschaft verdiente Männer zu unterstützen.

Nichtsdestoweniger fällt es schwer, dem Vorschlage des geistreichen Historikers beizustimmen, es möge auf Bürkels Grabstein die Inschrift gesetzt werden: „Dem treuesten Diener seines
unglücklichen Königs." Auf diesen Ehrentitel hat ein Beamter
keinen Anspruch, der, nicht ohne eigene Vorteile zu suchen,
fünf Jahre lang den Launen eines kranken Gebieters fröhnt und
sich aus dem Staub macht, wenn der großenteils von ihm verschuldete Zusammenbruch vor der Türe steht.

„Nach dem Abgang des Herrn v. Bürkel," heißt es in dem
achten der oben erwähnten zwölf Artikel des „Nürnberger Anzeigers", „der vor der Hand mit ganzem Gehalte ein Jahr Urlaub
erhielt, griff man wieder zur Polizei, um ein Finanzgenie zu entdecken. Der in der Wahl seines Schwiegervaters — des alten
Schleibinger — äußerst vorsichtig gewesene Polizeirat Pfister
wurde designiert, die trostlosen Hof-Finanz-Verhältnisse zu
„sanieren'."

Pfister war nicht ohne Gutmütigkeit und Intelligenz, aber
sein äußeres Gebaren beeinträchtigte die Einschätzung seiner
geistigen Qualitäten und auch in der Juristengesellschaft „Die
Tafelrunde" wurde ihm ziemlich einstimmig die Bezeichnung
„Der Pfau" beigelegt. Es produzierte sich in jener Zeit in Berlin
und anderen Großstädten ein Ungar, der Ochsen abgerichtet
hatte, daß sie sich auf Stühle setzen, Walzer tanzen und die possierlichsten Kunststücke ausführen konnten. Es ging das Gerücht, der König habe den Befehl gegeben, eine in den Zeitungen
erschienene Darstellung dieser Kunstproduktion an Pfisters
Bureautüre zu nageln; ein Befehl, der um so mehr einen neuen
Beweis für den Scharfblick und die Menschenkenntnis Ludwigs II.
liefert, als er Pfister, soviel ich weiß, während der fünf Monate
seiner Amtsdauer niemals in Audienz empfing.

Ich traf den neuen Hofsekretär nach seinem kurzen Aufstieg
und baldigen Sturz am 5. Juli 1884 sehr mitteilsam und in weicher Stimmung auf dem Bavariakeller zu München. Er sprach
von dem Beginn und vielen Einzelheiten seiner Mission. Bürkel
habe nicht nur skrupellos, sondern auch faul und schlampig gearbeitet und ihm die Hofkasse in der größten Unordnung hinter

lassen. Dessen Angabe, daß nur vier Millionen Schulden vorlägen, habe sich alsbald als unzutreffend erwiesen, es habe sich
dazu ein weiterer Schuldbetrag von 3½ Millionen gesellt, den
Pfister nur auf die Weise hatte feststellen können, daß er durch
lithographierte Schreiben die in Betracht kommenden Geschäftsleute aufforderte, ihre Guthaben bekannt zu geben. Seine erste
große Arbeit sei gewesen, den Dingen auf den Grund zu gehen.
Er habe dies in einem kurzen Memorandum an den König getan,
in welchem er den traurigen Stand der Dinge aufgedeckt und
auf die schlimmen Folgen hingewiesen habe. Am Schluß dieser
auf einem Briefbogen „feuilletonartig" abgefaßten Ausführungen verglich er sich bescheiden mit Colbert, dem Minister Ludwigs XIV., der schließlich auch neue Finanzquellen nicht mehr zu
entdecken vermochte, und schloß mit den Worten, die Ludwig XIV. auf seinem Sterbebette an seinen Regierungsnachfolger gerichtet haben soll: „Surtout, mon enfant, ne me suivez
pas dans le goût pour les Batiments."

Dieser gute Rat wurde als eine Impertinenz empfunden.
Nachts 12 Uhr läutete es bei Pfister; eine Botschaft ver-
meldete ihm das Allerhöchste Mißfallen S. M. über das ganze
Memorandum, auf dessen französisches Zitat und feuilletonisti-
schen Stil Pfister so stolz war. Der Lakai wartete auf die übliche schriftliche Abbitte. Pfister aber erklärte, daß er nichts
zu sagen habe, worauf er in einem Kuvert, in kleine Fetzchen
zerrissen, sein schönes Zitat aus dem Memorandum geschnitten
zurückerhielt. Er bestätigte den Empfang und leistete die verlangte Abbitte erst später, als der König ihm einmal seine Zufriedenheit zu erkennen gab.

Man setzte Hoffnungen auf ihn. Zunächst handelte es sich
darum, die fehlenden 7½ Millionen Mk. aufzutreiben. Pfister
begab sich bei Nacht und Nebel auf eine Entdeckungsreise, die
ihm in München den Beinamen des „Hofquellensuchers" eintrug.
Anträge der verschiedensten und zum Teil unverschämtesten
Art gelangten an ihn. Bleichröder, Rothschild, alle wollten
„verdienen" und verlangten bis 85 %. Wie mir Stiftsprobst
Türk erzählte, hätte Rothschild sich bereit erklärt, für zwei

598

reich mit Edelsteinen besetzte Kästchen der reichen Kapelle 2 Millionen zu bezahlen.

Auch Bismarck wurde angegangen; er möge ein Darlehen aus dem Reichsinvalidenfonds erwirken. Der Reichskanzler war nicht abgeneigt Ludwig II. finanziell unter die Arme zu greifen man bot seitens Kaiser Wilhelms 2 Millionen und verwies im Übrigen auf das bewährte Talent des Finanzministers Riedel.

Allein das bayerische Ministerium verhielt sich ablehnend gegen dergleichen Abmachungen. Der Minister des Äußern legte die Einrede der Inkompetenz ein, der Ministerpräsident Frh. v. Lutz meinte, man müsse die Sache erst zum Bruch kommen lassen, und Riedel wollte nach Pfister nur einer Vereinbarung zustimmen, „die den König zum Sklaven gemacht hätte." Erst durch einen Konkurrenzantrag der Darmstädter Bank, den Pfister herbeigeführt haben will, gelang es, die Forderungen der Bayerischen Vereinsbank, deren Vorstand der sogenannte „scheußliche Schauß" war, auf ein bescheideneres Maß herabzumindern.

Nach Pfister und anderen verhielt sich die Darstellung, welche die Frankfurter Zeitung Nr. 182 vom 30. Juni 1884 nach der Deutschen Reichszeitung über den Verlauf der Verhandlungen brachte, in Richtigkeit.

Die Agnaten hatten ungern zugestimmt, die Münchener Geschäftsleute, an die nun große Beträge bezahlt werden konnten, feierten im Ratskeller ein Festgelage, der König aber geriet in den höchsten Zorn darüber, daß der Geldbetrag mißtrauisch auf der Vereinsbank an die Gläubiger und nicht auf der Kabinettskasse zur Auszahlung gelangte.

Über die Rolle, welche der Finanzminister Frh. v. Riedel bei der Regelung des Defizits von 7½ Millionen spielte, drangen seiner Zeit nur dunkle Gerüchte an die Öffentlichkeit. Auch er hatte den Auftrag des Königs erhalten, die Bereinigung der Notlage der Kabinettskasse in die Hand zu nehmen. Infolgedessen richtete er unterm 19. April 1884 ein Schreiben an den Hofsekretär, in dem er die Verhältnisse mit der ihm eigenen lichtvollen Klarheit und Bestimmtheit schilderte und die

Lage der Kabinettskasse für eine so ernste erklärte, daß er von schweren Sorgen fast niedergedrückt werde, seit er sich mit der Sache beschäftigt habe. Wenn die vorhandenen Schuldverbindlichkeiten nicht baldigst getilgt würden, stehe zu befürchten, daß hunderte, ja vielleicht noch mehr Existenzen dem ökonomischen Ruin verfallen. Nach den bayerischen Gesetzen könne die Zivilliste vor Gericht eingeklagt und auch beschlagnahmt werden. Die Fortdauer der Schuldverhältnisse könne daher auf den Bestand des Thrones und der Dynastie schlimme Folgen üben. Eine Hilfe aus Staatsmitteln setze die Mitwirkung des Landtages voraus, dessen Anrufung peinliches Aufsehen erregen und dessen Zustimmung sehr zweifelhaft sein würde. Es verbliebe daher nur Kontrahierung einer Schuld bei Privaten. Die Aufnahme eines Kapitals von 10 Millionen zu 6 % und bei zehnjähriger Tilgung erheische aber anfangs eine jährliche Leistung von 1,600,000 Mk., also über ein Dritteil der ganzen, etwas über 4 Millionen betragenden Zivilliste.

Als die zu bietenden Sicherheiten kämen in Betracht: 1. Zession eines Teiles der jährlichen Einkünfte aus derselben, 2. Hinterlegung der zu dem Privatfideikommiß gehörigen Papiere, 3. Zustimmung der zunächst zur Sukzession berufenen Agnaten.

Das größte Hindernis, Geld zu erlangen, bestehe wohl in der Besorgnis, daß entweder die eingehenden Gelder nicht zur Schuldentilgung verwendet werden, oder alsbald wieder neue Schuldverbindlichkeiten erwachsen. S. M. müßten daher Allerhuldvollst geruhen, die strengsten und positivsten Anordnungen in dieser Richtung zu treffen und den Hofsekretär zu verpflichten, daß der Gesamtetat nicht überschritten werden dürfe.

Daß Pfister unter diesen rein sachlichen und notwendigen Maßgaben die oben erwähnte Vereinbarung verstanden hätte, „welche den König zum Sklaven gemacht hatte", ist kaum anzunehmen, wohl aber erblickte der Monarch darin eine störende Hemmung seiner krankhaften Triebe, und erteilte Hesselschwerdt schon um jene Zeit den Befehl, den Finanzminister aufzugreifen und nach Amerika zu verschieben.

Noch einen anderen Scheinerfolg erzielte der bei Übernahme

der Stellung zum Regierungsrat ernannte neue Hofsekretär:
ein „Allerhöchstes Handbillett“, inhaltlich dessen künftig nicht
nur keinerlei Anschaffungen, sondern auch keinerlei Bestellungen
ohne Wissen und Anhören des Hofsekretärs mehr hätten gemacht
werden dürfen.

Pfister wollte durch diese Maßregel, die der König gegen sich
selbst erließ, insbesondere der Verschwendung in Geschenken
entgegen wirken. Daß auch diese große Summen verschlangen,
war schon zu Lebzeiten Ludwigs II. ein öffentliches Geheimnis.
Die Weihnachtsbescherungen, für welche der Vater Ludwigs II.
alljährlich 600 fl. ansetzte, bildeten in dem Budget des Sohnes
einen Posten von 150—300,000 Mk. und noch mehr. Frau
v. Kobell liefert in ihrem Buche: „Ludwig II. und die Kunst“,
eine interessante Schilderung einer solchen Bescherung im
Schlosse zu Hohenschwangau. Das Billardzimmer des Königs
glich dann einem Basar von höchster Pracht. Das beste beruhte
auf Angaben des Königs oder wenigstens auf Entwürfen, die er
vorher geprüft hatte. „Erachtete er das eine oder andere nach
seinen Angaben gefertigte Kleinod für besonders gelungen, so
sandte er es an den Direktor des Nationalmuseums v. Hefner-
Alteneck zur Ansicht, auf dessen Urteil er großen Wert legte.“

Viel Geld kosteten auch nicht nur die zwölf alljährlichen Separataufführungen, sondern die wertvollen Geschenke, die nach
denselben den Hauptdarstellern und -Darstellerinnen in Kleinodien, Möbelstücken, Stockuhren und Wertgegenständen aller
Art gemacht zu werden pflegten. Daß die allerdings nicht zahlreichen „Freunde“ an ihren Festtagen nicht leer ausgingen,
läßt sich denken.

Bei der Sequestrierung des Königs fand man in einem Vorzimmer der Burg von Neuschwanstein noch eine Kassette mit
Kleinodien zu Gelegenheitsgeschenken.

Das von Pfister erwirkte „Allerhöchste Handschreiben“ wurde
im Ministerrat bekanntgegeben und die Hofkasse schien „sa-
niert“. Aber man hatte die Rechnung ohne den Wirt gemacht.
Dem König war es nicht darum zu tun gewesen, alte Schulden
zu bezahlen, sondern neue zu machen, um weiter seiner Leiden-

schaft für Bauten und Einrichtungen folgen zu können, welche
den Charakter krankhaft gesteigerter Triebe angenommen hatte.
Dabei waren die Preise der Dinge, die er begehrte, sehr hohe und
nach Pfisters Meinung eine Ermäßigung darum nicht zu erzielen,
weil es damals in München wenige im Rokokostil geübte Arbeiter gab und der König daher lieber Gegenstände aus Frankreich bezog. Surrogate befriedigten ihn selten. Er hatte den
feinsten Blick für die fehlerhaften Stellen eines Gegenstandes
und ordnete, wie einst sein Großvater, die erforderlichen Verbesserungen eigenhändig an.

Aus Paris bezog man einen Schreibtisch im Stil Ludwigs XV.
für 65,000 Mk. und ein Schreibzeug mit den Emailbildern der
beiden Ludwige für 28,000 Mk. 65,000 Mk. kosteten die gold-
gestickten Vorhänge eines einzigen Gemachs und die Brokat-
tapeten bestellte man in Lyon. Es mußten eigene Webstühle
dafür hergestellt werden und es wurde mit der Arbeit erst begonnen, als die Hälfte des Preises mit 50,000 Mk. vorausbezahlt
war. Drei kleine Gemächer für den König, ohne ein ganz in Porzellan gedachtes, waren auf 1½ Millionen angeschlagen und für
die Ausführung aller Pläne, die den König ruhelos beschäftigten,
wären 70 Millionen erforderlich gewesen.

Um überhaupt weiter bauen zu können, richtete man den
Blick auf das Vermögen des geisteskranken Prinzen Otto, das
aber durch den Ausbau des zu dessen Internierung bestimmten
Schlosses Fürstenried geschmälert war und nur 8 Millionen betrug. Man wollte ein Anlehen daraus erheben. Pfister wies jedoch auf das bayerische Landrecht hin, das dem Vormund —
als welcher der König galt — untersagt, Darlehen bei seinem
Mündel aufzunehmen. Ludwig unterstrich das Wort „untersagt"
dreimal mit roter Tinte, schrieb nebenan „Schandwort!" und
ließ Pfister sagen: das Landrecht sei eine alte Scharteke, die ihn
nichts kümmere. Aber in diesem Falle trat auch der Finanzminister Riedel, obschon er „nichts zuzusetzen hatte", wie er
sagte, für Pfister und dessen Rechtsanschauung ein.

Zu den vielen Plänen Ludwigs II. gehörte auch der Ausbau
der höchst pittoresk, an einem steilen Abhang gelegenen Burg

Falkenstein. Hornig und Hauptmann a. D. Gresser kauften die Ruine für 500 Mk. und der fürstlich Taxis'sche Baumeister Max Schultze hat einen sehr hübschen Entwurf für den Wiederaufbau dieser Burg gezeichnet, der in Louise v. Kobells Kunstbuch reproduziert ist und dessen Ausführung „nur" 600,000 Mk. gekostet hätte.

Dieser Plan und der Anfang von dessen Ausführung wurde hinter dem Rücken Pfisters ins Werk gesetzt, wie einst hinter dem Rücken Düfflipps der Plan zu dem Schlosse Herrenchiemsee. Darüber erfolgte Pfisters Rücktritt, bei welchem ihm der König ein Anerkennungsschreiben übermitteln ließ unter der ausdrücklichen Maßgabe, daß es nicht veröffentlicht werden dürfe. Pfister sprach um jene Zeit von „Allerhöchsten Alienationen" und der Notwendigkeit „einer psychiatrischen Behandlung".

„Auf Pfister folgte," heißt es in Nr. VIII der Artikel des Nürnberger Anzeigers, „der mit dem Charakter eines Hauptmanns pensionierte Oberleutnant Gresser, ein Sohn des verstorbenen Kultusministers v. Gresser, in der Vorstandschaft der Kabinettskasse, und dessen System ist es gewesen, das dem Faß erst den Boden ausschlug, denn abgesehen davon, daß dem fraglichen Herrn alle und jede Kenntnis höherer Finanzwissenschaft abging, manipulierte er noch außerdem nach Heften, in denen kein Buchstabe stand von Jus und Kameral." Dem Finanzminister hatte er die bündigsten Versicherungen gegeben, daß er nicht die Hand bieten werde zum Schuldenmachen über die zur Verfügung stehenden Mittel hinaus.

Ich war ihm in seinen besseren Tagen flüchtig begegnet. Er hatte einst in der Würzburger Gesellschaft manchen Erfolg bei den Damen, war nach bestandenem juristischen Examen im Jahre 1866 in die Armee übergetreten und hatte es darin bis zum Oberleutnant gebracht. Eine ungeschickte Vermittelung seinerseits in einem höchst unbedeutenden Kompetenzkonflikt über Passepoilieren eines Waffenrocks hatte zu der befremdlichen Entlassung eines Hauptmanns und eines Leutnants mit schlichtem Abschied geführt und auch ihm eine Verwarnung eingetragen, infolge deren er wahrscheinlich seinen Abschied nahm. Er geriet infolgedessen in so tiefe Not, daß er beim Magistrat München um eine Marktaufseherstelle und um Unterstützung bei dem Hofsekretariat nachsuchte, zu dessen Vorstand ihn dann Hornig vorschlug.

Das Urteil des Nürnberger Anzeigers lautet sehr ungünstig über ihn. Sei schon unter Bürkels Leitung ganz planlos gewirtschaftet worden, so habe unter Gressers Vorstandschaft eine gewisse Sorte „Hofschranzen" erst noch das Unmögliche getan. Statt mit dem bisherigen System zu brechen und mit den Grundsätzen eines geordneten Hauswesens vor den Königlichen Herrn zu treten, habe man nur an seine eigene Person gedacht und die Frage ventiliert: „wie neue Anlehen gemacht werden können, um sich recht lange zu halten."

Der „Nürnberger Anzeiger" meinte, es sei unschwer zu erkennen gewesen, daß ein weiteres Anlehen für die Kabinettskasse unter gar keinen Umständen mehr gemacht werden könne und beanstandete daher ganz besonders die Verleihung des Kronordens an zwei Hamburger Herren, welche die Aussicht eines solchen bei einer amerikanischen Gesellschaft eröffnet hatten, die dann die Hinterlegung „bayerischer Prioritäten" als Kaution verlangte. Gresser konnte unter diesen Umständen nicht Fuß fassen und Ludwig II. wollte ihn sobald wie möglich wieder loshaben.

Unterm 22. Juli 1885 erhielt ich einen Brief des Kabinettssekretärs Al. Schneider aus Berg, der die Nachricht bestätigte, daß der König einen Wechsel in der Person seines Hofsekretärs eintreten lassen wolle. Marstallfourier Hesselschwerdt sei beauftragt worden, einen Nachfolger ausfindig zu machen. In seiner Not habe er sich an ihn mit der Bitte gewandt, ihm doch irgend jemanden zu nennen, der etwa S. M. genannt werden könne. Er sei so unvorsichtig gewesen zu sagen, daß ihm unter den ihm bekannten Persönlichkeiten nur der Legationssekretär Böhm als ein Mann vorschwebe, der in Anbetracht seiner ästhetischen Bildung sich etwas für den Posten eignen könnte. Beutegierig habe sich Hesselschwerdt auf meinen Namen gestürzt und werde mich nun aufsuchen. Vorher aber wolle er (Schneider) die Angelegenheit mit mir besprechen.

Ich stand infolge meiner Beziehungen zum Theater, zu Kunst und Geschichte einzelnen Sparten des Hofsekretariats allerdings nicht ganz fremd gegenüber, aber die Übernahme einer finanziellen Aufgabe lockte mich in keiner Weise, und ich hatte keinen Grund, meine Stellung im Ministerium des Äußern mit einer so prekären anderen zu vertauschen. Da ich aber um jene Zeit Damen nach Tutzing zu geleiten hatte, folgte ich Schneiders Einladung und traf mit ihm am 25. Juli 1885 in Starnberg zusammen, wohin er in einem Boot von Berg aus kam.

Er teilte mir mit, daß die Schulden des Königs abermals um weitere 3½ Millionen angewachsen seien, und daß man nun beabsichtige, durch ein Konsortium ein Darlehen von 20 Millionen aufnehmen zu lassen, zu welchem man die Zustimmung der Agnaten erhoffe, die jedoch keineswegs sicher sei.

Was mich besonders interessierte, war die Antwort auf die Frage, warum denn Gresser eigentlich gehe, von dem doch gewiß jede Konzession erwartet werden könne. In der Tat hatte ich mich geirrt, indem ich ihm prinzipielle Bedenken zuschrieb, er wäre zu allem bereit gewesen, auch zur Aufnahme von Darlehen von wie viel Millionen auch immer; aber der König wollte ihn nicht mehr, weil er die Versprechungen, die er machte, nicht einhielt. — und aussagte, gewisse Bauten seien vollendet, die noch gar nicht in Angriff genommen waren.

Schneider riet mir keineswegs anzunehmen und ich erklärte ihm, daß ich gar nicht daran denke. Es verstoße gegen meine Überzeugungen, daß ein König von Bayern Schulden mache, und ich könne nicht meine Ehre an die Lösung einer so verzweifelten Aufgabe setzen. Ich erklärte mich aber bereit, „den Reichskanzler" — so hieß Hesselschwerdt damals im Volksmund — zu empfangen und ihm vielleicht dadurch aus der Verlegenheit zu helfen, daß ich ihm eine andere Persönlichkeit namhaft mache, die im Finanzwesen viel besser bewandert sei, als ich.

Wir besprachen dann die Zustände und Schneider stimmte mir vollkommen bei, daß die Bauleidenschaft des Königs nichts anderes sei, als eine Äußerung seiner geistigen Erkrankung. Ich sagte, daß die Minister Unrecht täten, müßig zuzusehen. Es gebe kein Weiterschreiten auf der betretenen abschüssigen Bahn, nur eine Umkehr und ein kräftiges Haltgebot. Dabei drang ich in ihn, die Sache selbst in die Hand zu nehmen und sagte ihm alles, was ich damals als guter Bayer und treuer Anhänger der Monarchie auf dem Herzen hatte.

Er hörte mir etwas zerstreut zu, sah zuweilen auf die Uhr und sagte endlich, er müsse zu seinen Akten zurückkehren; er habe keine Zeit zu Allotria, der laufende Dienst nehme ihn ganz in Anspruch, er arbeite täglich 10 Stunden, der König wolle alles von seiner Hand geschrieben sehen. Der Hofdienst hatte ihm offenbar stark zugesetzt. Er hatte so wenig wie Eisenhart, Ziegler u. a. die „hiezu erforderlichen Nerven" gehabt. Der einst so frische, starke Mann sah mager und nervös aus und man konnte ihm aufs Wort glauben, daß sein Streben nicht auf ein Ministerportefeuille, sondern auf das procul negotiis gerichtet war.

Am Montag, den 27. Juli 1885, fand sich Hesselschwerdt in meinem Bureau ein. Er stellte nicht gerade die edelste Inkarnation des bayerischen Typus vor, sprach aber sachlich und benahm sich gewandt. Ich weiß nicht, warum er mir nichtsdestoweniger ein gewisses Mißtrauen einflößte und ich damals so deutlich die große Wesensverschiedenheit der Lebensauffassungen empfand, die zwischen einem Gentleman und einem Lakaien zu bestehen pflegt.

Er wollte meine Einrede der Inkompetenz nicht gelten lassen, stellte mir die Zustände im rosigsten Lichte dar, sprach von der Leichtigkeit der Arbeit, von der Sicherheit des Erfolgs, von dem Dank des Königs. Während er redete, kam mir ein Gedanke, der schnell zum Entschluß reifte: ob ich das nicht selbst versuchen könne, was zu tun ich von Schneider verlangt hatte. Ich bat um Bedenkzeit bis zum folgenden Tag, die gern gewährt wurde.

Nach dem Weggang Hesselschwerdts ging ich zu Staatsrat v. Mayer, dessen Hilfsarbeiter ich damals war, und sprach ihm von der Sache. Dieser fand sie belangreich genug, um darüber die Entscheidung des Ministers des Äußern anzurufen und ihn zu fragen, ob er nicht mit mir darüber sprechen wolle.

Baron Crailsheim empfing mich sofort. Ich machte ihm über

den mir gewordenen Antrag mit dem Beifügen Mitteilung, daß ich geneigt wäre, ihm näherzutreten, wenn das Ministerium es wünsche und mich dabei unterstützen werde.

Der Minister eröffnete mir, Prinz Luitpold habe den Ministerpräsidenten Lutz zu sich rufen lassen, um ihn zu fragen, ob denn die Minister nicht gegen ein Gebaren des Königs Einsprache erhöben, das der Dynastie und dem Lande so sehr zum Nachteil gereiche? „Wir haben die Sache wohl in Erwägung gezogen,“ sagte Baron Crailsheim, „und zweifeln nicht, daß ein solcher Schritt von uns auf den König, der — ängstlich ist, vielleicht Eindruck machen würde; aber man würde uns auslachen, wenn wir es täten, denn wir müßten ja dann gehen.“ „Man kann allerdings auch sagen, daß wir eine gewisse moralische Verantwortung und Verpflichtung dazu haben.“

„Glauben Exzellenz,“ wandte ich ein, „daß irgend jemand die Nachfolgerschaft eines unter diesen Umständen entlassenen Ministeriums angesichts der Verachtung des ganzen Landes annehmen könnte?“

„Warum nicht?“ sagte der Minister. „Leutnant W... nimmt es schon an und über unsere Dummheit würde man lachen.“ „Die Agnaten müssen anfangen,“ fuhr er fort, „sie haben ein größeres Interesse daran, als wir. Prinz Luitpold hat sich auch bereit erklärt, es zu tun und wartet nur auf einen Wink von uns über den richtigen Zeitpunkt.“

Ich erachtete den Zeitpunkt vor Aufnahme eines neuen Anlehens von 20 Millionen als sehr gegeben. Der Minister widersprach dem nicht und erklärte sich aus eigenem Antrieb bereit, mein Anerbieten, mich dem Ministerium unter einer Bedingung zur Verfügung zu stellen, dem Ministerrat unterbreiten zu wollen, der am gleichen Tage, abends fünf Uhr stattfand.

Die Entscheidung desselben lautete dahin, daß es den Herren zwar im hohen Grade erwünscht sei, einen Charakter, wie den meinen, an der fraglichen Stelle zu sehen, daß sie sich aber enthalten müßten, irgendeinen Rat oder Wunsch auszusprechen, der sie zu einer Unterstützung und einer gewissen Intervention in den Angelegenheiten der Kabinettskasse verpflichten würde.

In der gleichen Sitzung des Ministerrates wurde auch bekannt, daß Prinz Luitpold seine Zusage betreffs einer Vorstellung
bei dem König wieder zurückgenommen habe, da er durch eine
solche nicht das bisherige Finanzgebaren zu billigen scheinen wolle.

Baron Crailsheim machte mir diese Mitteilungen noch spät
abends am gleichen Tage und ich erwiderte, daß die Erklärungen
der hohen Herren zwar für mich sehr schmeichelhaft seien, aber
kein genügendes Motiv zur Annahme der Stelle bilden könnten.

Als mich Hesselschwerdt am folgenden Tage in meiner Wohnung aufsuchte, wiederholte ich meine ablehnenden Gründe und
bat ihn, dem König zu sagen, daß es mir nicht möglich sei, eine
Stellung anzunehmen, in der ich mich sicher der Allerhöchsten
Ungnade aussetzen würde, da ich nicht den Allerhöchsten Wünschen entsprechen könne.

Hesselschwerdt erzählte mir manchen interessanten Zug des
Königs; insbesondere ist mir der in der Erinnerung geblieben,
daß der stets von neuen Plänen erfüllte König in den unfertigen
Räumen seiner Bauten länger verweile, als in den fertigen.
Louise v. Kobell bestätigt dies mit den Worten: „Der König
hatte eigentlich mehr Freude am Bauen, als am Gebauten, am
Entstehenden, als am Fertigen.‟

Von mir aus gingen wir zu meinem Freunde, dem Regierungsassessor Franz Riedl, der sich bereit erklärt hatte, sich in Vorschlag bringen zu lassen, und der als Sohn eines langjährigen
Kabinettssekretärs Ludwigs I. und als ausgezeichneter Rechner
und Finanzmann besondere Eignung für die Stelle zu haben
schien.

Woran seine Kandidatur scheiterte, ist mir nicht erinnerlich.

LVII.

Memminger ist der Ansicht, daß es im Hinblick auf eine
Schuldvermehrung von 6½ Millionen binnen eines Jahres Sache
des Finanzministers gewesen wäre, zum Rechten zu sehen und
dahinter zu gehen, wie diese Schulden denn entstanden seien

Allein die Minister stellten sich auf den rein formellen Standpunkt, daß weder das Staatsministerium, noch einer von ihnen zuständig sei, sich in die Lage der Kabinettskasse zu mischen, ja sich darüber auch nur zu äußern, da die Verwendung der der Zivilliste zu Gebote stehenden Fonds der Kontrolle des Landtags und der demselben verantwortlichen Staatsstellen entzogen sei.

Hier handelte es sich jedoch gar nicht um „die Verwendung von zu Gebote stehenden Fonds", sondern um eine beträchtliche Schuldaufnahme des Monarchen, an der schon darum ein staatliches Interesse vorlag, weil sie doch bezahlt werden mußte. Diesem Umstand trug denn auch Riedel bis zu einem gewissen Grade Rechung. Der König in seinem Wahn glaubte freilich, die Schuld durch ein Machtgebot aus der Welt schaffen zu können, wie aus dem Ton des Handschreibens hervorgeht, das er am 29. August 1885 an den Finanzminister ergehen ließ: „Mein Königlicher Wille ist es, daß die von Mir unternommenen Bauten nach Maßgabe Meiner getroffenen Anordnungen angemessene Fortsetzung und Vollendung finden. Dieses Mein Vorhaben erleidet aber eine wesentliche Hemmung infolge des ungünstigen Standes meiner Kabinettskasse. Ich beauftrage Sie, Herr Minister, die nötigen Schritte zur Regelung der Finanzen zu tun und so Meine Unternehmungen zu fördern."

Diesem Befehl gegenüber spannt auch der Finanzminister den Bogen etwas straffer und richtet, im Benehmen mit dem Gesamtministerium am 3. September 1885, dieses Mal unmittelbar an S. M. einen Bericht, der sehr harte Wahrheiten sehr bestimmt ausspricht und das Thema variiert, die Zustände der Kabinettskasse, die in allen Schichten der Bevölkerung besprochen würden, bärgen eine große Gefahr für die erhabene Person S. M. und den Thron und könnten nur geregelt werden durch Einschränkungen und Ersparungen.

In Ermangelung von Einwänden gegen das Gewicht dieser Ausführungen richtete sich der königliche Groll gegen die übrigens ganz korrekte Form von deren Vorbringung. Der Monarch ließ Riedel durch einen Subalternen einen Verweis erteilen und wollte ihn beseitigt wissen. Darauf bezügliche Schritte beantworteten die Minister mit einer Vorstellung des Inhalts, daß es ihnen nicht möglich sein würde, nach Entlassung des Finanzministers die Geschäfte weiterzuführen.

Der König erklärte es für eine Majestätsbeleidigung, daß, wenn er einen Minister entlassen wolle, auch die übrigen ihre Entlassung verlangen, und ließ jedem einzeln durch einen Generaladjutanten den Allerhöchsten Unwillen über ihren Schritt aussprechen.

Sie waren aber durchaus nicht „nachträgerisch" und verblieben trotz allem wieder, nachdem der König sich zu einem gnädigen Schreiben an Riedel hatte bereit finden lassen.

Kurz vor Weihnachten 1885 fand sich „ein Diener" des Königs bei dem Ministerpräsidenten Frh. v. Lutz ein, und überbrachte ihm den Befehl, sich darüber zu äußern, was nach seiner Ansicht bei der dermaligen Lage der Kabinettskasse zu geschehen habe.

Nach den Erfahrungen, die Riedel gemacht hatte, wagt der Ministerpräsident nicht einmal mehr unmittelbar an den König zu berichten, sondern schreibt an den Hofsekretär „eine sieben Ellen lange akademische Abhandlung". Er schmeichelt, besänftigt, begütigt und sucht längst verklungene Saiten der Gefühle wieder anzuschlagen. 21 Jahre lang habe er das Glück, das Allerhöchste Vertrauen zu genießen, seine geringen Verdienste seien so reich belohnt worden, daß ihn „naturgemäß" die stärksten Bande der Dankbarkeit an S. M. fesseln, die ihn vor allem zur Wahrheit verpflichten.

Leise, wie auf den Zehen, tritt er den Beweis an, weshalb es keine Majestätsbeleidigung ist, wenn Minister, denen man durch Lakaien Verweise übermitteln läßt, einander nicht im Stich lassen wollen, um vereint sicherer auf den liebgewordenen, wenn auch noch so wackeligen Stühlen sitzen bleiben zu können, aber die ganze Wucht seiner Gründe richtet er gegen die Anrufung der Volksvertretung, die er später hintanzuhalten gewußt hat, schon damals. „Sämtliche Minister sind der festen und unumstößlichen Überzeugung, es müsse jeder Versuch, den Landtag zur Bewilligung irgendeiner Summe über den Betrag der Zivilliste hinaus zu bewegen, mit einer Niederlage enden, durch welche

das Ansehen der Krone auf das Schwerste geschädigt würde.
„Die Minister halten die Vorlage an die Kammer behufs Erlangung irgendeiner Summe, sei es auch nur des zur Schulden-
zahlung nötigen Betrags für unmöglich und würden die Verantwortung dafür, auch wenn sie befohlen werden sollte, nicht
übernehmen können."

Die Gründe, welche für eine so energische Ablehnung vorgebracht werden, sind so wenig bedeutend und stichhaltig, daß
man sie für bloße Vorwände halten könnte. Man frägt sich, ob
die Minister vielleicht nicht sowohl „die Aussichtslosigkeit einer
solchen Vorlage," „die Vergleiche der gegenwärtigen Hofhaltung
mit der früheren," „die Beanstandung der Zurückgezogenheit
S. M. und das Unterbleiben von Hoffesten" als vielmehr fürchteten: bei dieser Gelegenheit Rechenschaft darüber ablegen zu
müssen, weshalb sie so lange gezögert und es so weit hatten
kommen lassen, um sich nun der Forderung entgegengestellt
zu sehen, einem anderen System, einer anderen Partei und auch
anderen Männern Platz zu machen. Möglich ist aber auch — und
dies wäre die für sie günstigste Annahme — daß sie nicht Opfer
des Landes zwecks der Fortregierung eines Monarchen in Anspruch nehmen wollten, dessen vollständige Regierungsunfähig-
keit sie erkannten.

Die Verhältnisse schildert Lutz fast noch schwärzer als Riedel.
„Die einen sprechen von 10, die anderen von 15 Millionen Mk.
als dem nötigen Betrag. Es handelt sich also um Beschaffung
von 20 und mehr Millionen Mark, oder, wenn nur die neu kon-
trahierten Schulden gedeckt werden sollen, um Beschaffung von
mindestens 6 Millionen Mark." Lutz hält es für ganz unmöglich,
diese Beträge mittelst eines Anlehens bei Privaten aufzubringen.
„Es gibt sehr wenig Menschen auf der Erde, die über so große
Summen verfügen können, als die Kabinettskasse bedarf; in
Bayern wird es überhaupt keinen solchen geben..."

Also? — : Gerichtliche Zwangsverhandlungen gegen die Be-
sitztümer des Staatsoberhauptes, die Gant, sogar eine kleine
Revolution in Form eines „allgemeinen Zusammenlaufs der
Gläubiger" wird aufgeboten, wie um das kranke Gemüt bis zur

Verzweiflung zu treiben und daran die höchst eitle Hoffnung geknüpft, die Weisheit (!) des Allergnädigsten Königs und Herrn werde den Jammer von uns fernhalten, wenn auch nicht anders als mit Opfern an der Verwirklichung von schönen Idealen (?) für eine Zeitlang und durch Sistierung des Ausbaues der begonnenen Schlösser und deren Einrichtung." —

Frh. v. Lutz erhielt keine Antwort auf dieses Elaborat. Es konnte nur dazu beitragen, den König noch mehr zu verwirren und zu beunruhigen.

Aus den Ausführungen Lutzens wie Riedels las sein kranker Trieb nur das „Nein!" und er wandte sich nun dem Minister des Innern zu, der ihm damals der sympathischste Minister war, weil er ihn durch ein Aufgebot von Gendarmerie vor Attentaten schützte, die ihn nie bedrohten.

Baron Feilitzsch erhielt den mündlichen Befehl, einen neuen Hofsekretär für Gresser vorzuschlagen und die Frage zu beantworten, ob die im Privateigentum S. M. befindlichen Schlösser nicht „zum Schein" in das Inventar der Zivilliste eingetragen werden könnten, um sie vor Beschlagnahme zu schützen.

Der Minister des Innern beantwortete beide zuletzt erwähnte Fragen des Königs am 19. Januar 1886 verneinend. Selbstverständlich konnten die Privatbesitzungen des Königs nicht zum Scheine in die Inventarien der Zivilliste eingetragen werden und Baron Feilitzsch konnte keine Persönlichkeit seines Ressorts benennen, die ihm für die schwierige Stelle eines Hofsekretärs ausreichend erschienen wäre. Er findet auch, daß die Ernennung eines neuen Hofsekretärs im gegenwärtigen Zeitpunkt im Publikum und in der Presse Anlaß zu unliebsamen Erörterungen geben könnte und sieht sich sogar veranlaßt, für den Sohn seines einstigen Kollegen Gresser eine Lanze zu brechen, da „er mit allen Verhältnissen vertraut ist, mit den beteiligten Geschäftsleuten Vereinbarungen gepflogen, sich im Publikum allgemeine Achtung und Vertrauen erworben hat und dabei gewissenhaft bestrebt ist, E. M. treu und redlich zu dienen."

Damit war der König gar nicht einverstanden, der seine Diener nur mehr nach ihren Erfolgen, nicht nach ihrem guten Willen beurteilte. Er richtet unterm 26. Januar 1886 ein längeres Handschreiben an Feilitzsch, das in den Kammerverhandlungen, bei Memminger u. a. abgedruckt ist, und das auch wir hier hersetzen müssen, weil es das beste Bild von dem Geisteszustand des Monarchen und auch den Beweis liefert, wie logisch er noch vier Monate vor seinem Selbstmord schrieb: „Mein lieber Minister des Innern, Freiherr v. Feilitzsch! Durch die Nachlässigkeit meiner Hofsekretäre, besonders des letzten, des Schand-Gressers, der sich sogar unterstanden hat, mir ganz falsche, schamlos lügnerische Versicherungen zu geben, wurde der Ihnen bekannte fatale Zustand der Kabinettskasse herbeigeführt. Zu desem strafbaren Unrecht, das mir gegenüber begangen wurde, gesellt sich noch zu allem Überfluß das weitere, daß in der Presse und in Gesprächen man vielfach gewagt hat, in der schändlichsten Weise sich über diese Angelegenheit auszulassen. Fest verlasse ich mich nun auf Sie, mein lieber Freiherr v. Feilitzsch, daß Sie Alles aufbieten werden, gegen diesen schändlichen Unfug mit Erfolg einzuschreiten.‟

„Das Allerärgste aber wäre es und diesem vorzubeugen lege ich Ihnen ganz besonders dringend an das Herz, wenn nicht einmal die Summe aufgetrieben würde, die nöthig ist, um das Vergreifen an meinem Eigenthum zu verhüten; denn würde dies nicht verhütet, so würde mich dies dermaßen empören, daß ich entweder mich tödten, oder jedenfalls das schändliche Land, in welchem dies Schauderhafte geschah, sofort und für immer verlassen würde. Diesem vorzubeugen, muß doch treuen Untertanen gelingen. Seit der beklagenswerthe Zustand in der Kabinettskasse herbeigeführt wurde und die Stockung bei meinen Bauten, an welchen mir so unendlich viel gelegen ist, eingetreten ist, ist mir die Hauptlebensfreude genommen, alles Andere ist gegen diese verschwindend. Ich appelliere an Ihre Anhänglichkeit an mich, an der ich Gott sei Dank bisher zu zweifeln einen Grund hatte, damit Sie, mein lieber Freiherr v. Feilitzsch dazu beitragen, mich aus dieser fatalen Situation zu befreien.‟

„Wenn die anderen Minister gar nicht bestrebt sind, mir, wie ich es erwarte, zu dienen, so muß ich es genau erfahren, um andere zu nehmen. Unter der Regierung des Königs Ludwig I. kam es vor, daß 20 Millionen aus den Überschüssen für Seine Bauten verwendet werden konnten. Wenn ich nun das Gleiche für einmal beanspruche, so muß dies, wenn mit Eifer vertreten, doch auch für mich zu ermöglichen sein, und so, daß lästige Bedingungen nicht gestellt werden, was dem König gegenüber, der einmal dies verlangt, entschieden unwürdig und verwerflich wäre.‟

„Wäre nur, gesetzt den Fall, die Summe, welche zur Deckung der Rückstände erforderlich ist, zu erlangen und nicht die, welche ich zum Weiterbauen so dringend bedarf, so würde mir hiemit nicht im Geringsten gedient und geholfen sein. Ich fordere Sie daher nochmals dringend auf, Alles aufzubieten, um zur Erfüllung meines sehnlichsten Wunsches beizutragen und widerstrebende Elemente zum Schweigen zu bringen. Sie würden mir geradezu das Leben aufs Neue geben, nie würde ich es

Ihnen vergessen, immerdar Ihnen erkenntlich dafür sein und es Ihnen durch die That beweisen."

„Mit Ihnen bekannten Gesinnungen besonderen Wohlwollens und Vertrauens, bin ich, mein lieber Freiherr v. Feilitzsch! Ihr sehr geneigter König Ludwig."

Baron Feilitzsch wußte so wenig wie die Barone Riedel und Lutz Rat zur Verwirklichung unsinniger Baupläne und mußte sich darauf beschränken, zu wiederholen und zu ergänzen, was diese schon ausgeführt hatten. Er tat dies mit einer Vorstellung vom 31. Januar 1886 in ruhiger und sachlicher Weise. Die Beschaffung von 20 Millionen zur Begleichung vorhandener Passiva und Herstellung weiterer Bauten bezeichnet er als außerhalb der Sphäre der Möglichkeit liegend. Auch er hält auf Grund „vertraulichster Informationen" die Anrufung der Landesvertretung für aussichtslos und belehrt den König darüber, daß die Verwendung staatlicher Überschüsse zu Bauten unter seinem Großvater einen Verfassungskonflikt hervorrief, der zu einer Vereinbarung vom 12. Juli 1843 geführt habe, gemäß welcher ein Verfügungsrecht der Regierung betreffs Erübrigungen ohne Mitwirkung des Landtags ausgeschlossen sei.

Zu der besonders dringlichen Begleichung des Defizits von 6 Millionen schlägt Feilitzsch den Versuch einer Vereinbarung mit den Gläubigern behufs Abminderung der übertriebenen Forderungen und Ersparungen in der Hofhaltung und bei den Hofstäben vor. Noch immer spricht er sich gegen einen Wechsel in der Person des Hofsekretärs aus, empfiehlt aber, zur Regelung der finanziellen Verhältnisse den Hofsekretär beim Hoftheater, Rat Klug, beizuziehen. Auf diesen hatte der „Hofzeremoniarius" Dr. Trost hingewiesen, der jahrelang den Vermittler zwischen dem Kabinett und den Ministerien spielte und der mich immer an den Uriah Heep in Dickens' „David Copperfield" erinnerte. In diesem Falle aber hatte er den richtigen Mann getroffen. Klug (1838—1913) erwarb sich als Nachfolger Gressers bald große Verdienste um Feststellung des verwickelten Schuldenbestandes Ludwigs II. und befriedigende Vereinbarungen mit den Gläubigern. Prinz Luitpold ernannte ihn nach Übernahme der Regentschaft zum Vorstande der Hofkasse und zum Hofrat und hatte, wie auch sein Regierungsnachfolger, stets Ursache, sich seiner ersprießlichen Dienste zu freuen.

Wir haben bereits in einem anderen Kapitel dieses Buches erwähnt, daß Ludwig II., dem seine eigenen Minister nicht helfen konnten, wollten und durften, sich in seiner Not auch an Bismarck wandte.

Es war dies am 6. April 1886 geschehen; Bismarcks Antwort ist vom 14. ds. Mts. datiert. Der Reichskanzler, der offenbar damals von dem Geisteszustand Ludwigs II. keine Kenntnis hatte, war anderer Meinung, als die bayerischen Minister; er hielt eine Hilfe nicht nur zur Bezahlung des Defizits, sondern auch zum Ausbau des Begonnenen für möglich und wies auf die Landesvertretung, als auf die Quelle des Heiles hin. Bei seinen „vertraulichen Sondierungen" fand er die Berliner Finanzkreise bereits von der Situation unterrichtet. Er wußte, daß ein Defizit von 6 Millionen vorlag, dessen Deckung nur gegen Sicherheiten und unter einem Verzicht auf weitere Bauten möglich war, der nicht „in S. M. Intentionen lag" und konnte daher weder in den Kreisen der Geldmänner, noch im Hausministerium S. M. des Kaisers die Aussicht gewinnen, die nötige Summe aufzubringen. Der Wunsch des Königs, das Begonnene zu vollenden, sei also auf keinem anderen Wege, als durch den Landtag erfüllbar. Die Stände Bayerns bedürften keiner Sicherheit und würden ein Interesse daran empfinden, daß die von S. M. zur Zierde des Landes begonnenen Bauten nicht dem Verfall, sondern der Vollendung entgegengeführt werden. Nach der Berechnung Bismarcks betrüge die Verzinsung der erforderlichen 6 Millionen zu 3½ % nur 225,000 Mk. zu den bestehenden Ausgaben der Kabinettskasse und der Landtag würde sie nach seiner Meinung nebst den zur Vollendung des angefangenen Baues erforderlichen Summen gewiß bewilligen.

Auch Kaiser Wilhelm sei nicht imstande, einen anderen Weg zu empfehlen und habe dabei an analoge Vorgänge in England erinnert. Der Reichskanzler erklärt schließlich, daß es ihn, angesichts der Gnade, die der König ihm stets erwies, und „Allerhöchstdessen Recht auf die Dankbarkeit des gesamten Vaterlands", sehr unglücklich mache, daß er dessen Wünschen auf einem direkteren Wege nicht entsprechen könne, aber er würde in gleicher Lage auch seinem eigenen Herrn bei dem besten Willen keinen anderen Rat zu geben vermögen.

Diesen Brief fand der König „vernünftig" und er gab ihm auf kurze Zeit die verlorene Lebensfreude wieder; er sandte ihn durch Hesselschwerdt an Ziegler: er möge ihn lesen und die Sache erzwingen; seine damalige Ungnade sei sehr verdient gewesen, aber alles werde vergessen sein, er solle Reichsrat und Minister werden, wenn er Lust dazu habe — wenn er es zustande bringe. Auch Hesselschwerdt solle 20,000 Mk. erhalten, wenn er die ganze Summe verschaffe. —

An die Minister aber reskribierte er d. d. Hohenschwangau, den 17. April 1886: „Es ist mein Wille, daß zur Ordnung der Verhältnisse Meiner Kabinettskasse von Meiner Regierung noch dem gegenwärtig versammelten Landtage eine Vorlage gemacht und mit tunlichster Beschleunigung die hierauf bezüglichen Vorschläge Mir unterbreitet werden."

Die Minister sahen sich in die peinlichste Lage versetzt.

Sie hatten dem König wiederholt angedeutet, daß sie aus der Forderung der Anrufung der Landesvertretung eine Kabinettsfrage machen müßten, der Irrenarzt Professor Dr. Gudden hatte ihnen am 23. März auf das bestimmteste erklärt, daß der Monarch an Paranoia leide, Prinz Luitpold hatte sich bereit finden lassen, mit ihnen die Entsetzung einzuleiten, ihre Stellung nach oben war also gesichert, nicht nur ihre Pflicht, auch ihr persönliches Interesse sprach jetzt dagegen, von der Landesvertretung Opfer zu verlangen, um die Fortdauer der Regierung eines längst nicht mehr regierungsfähigen Monarchen zu ermöglichen. — Sie hatten es wahrlich weit genug kommen lassen, jeder Schritt weiter auf diesem verhängnisvollen Weg hätte ihre Verantwortung in einem Maße belastet, daß auch sie sich nicht mehr hätten halten können. Aber statt daß sie die von ihnen widerratene Forderung des Königs nun dazu benützten, der Kammer reinen Wein einzuschenken und sie in ihre Kenntnis von der Geisteskrankheit Ludwigs einzuweihen — die ja doch auch die notwendige Basis der zu treffenden Entscheidung bildete — wählten sie einen Ausweg, dessen sie sich später sogar noch vor den Kammern rühmten, indem sie der schweren Krankheit des Königs mit keiner Silbe Erwähnung taten und die Sache, „weil sie eine Hilfe für verderblich hielten," bei der Besprechung am 30. April 1886 mit den Präsidenten und den ersten Sekretären der beiden Kammern so darstellten, „daß nichts hätte bewilligt werden können, auch wenn man gewollt hätte."

Memminger bemerkt hiezu: „Das Geständnis, daß die Minister keine Hilfe bringen wollten und diese sogar hintertrieben, während sie dem König Vorschläge machten und ihn zur Verzweiflung trieben, hätte in jedem anderen Lande genügt, die Ministeranklage zu erheben. Unser Landtag tat nichts."

Das damalige Niveau des Landtags kann freilich ein sehr hohes nicht genannt werden. Der „Nürnberger Anzeiger" spricht in den mehrerwähnten 12 Artikeln von „einer laxen Volksvertretung, die nur Kirchturminteressen im Auge habe". Die zwei Hauptparteien standen in einem unversöhnlichen Gegensatz und bekämpften sich mit Mitteln aller Art. Die ultramontane Majorität erstrebte seit Jahren vergebens, ans Ruder zu kommen und hatte manches gegen Ludwig II. auf dem Herzen, der eine Zeitlang Döllinger und die Altkatholiken zu begünstigen schien und wenig kirchlichen Sinn verriet. Die liberale Partei hatte sich mit der Ministerrepublik abgefunden, die wenigstens ihren zentralistischen Tendenzen allzu erhebliche Hindernisse nicht in den Weg legte.

Zu den Hemmungen, welchen die Thronentsetzung Ludwigs II. bei den Agnaten, den Ministern und der Volksvertretung fand, gehörte eine Reihe von Bedenken, die durchaus nicht nur Vorwände der Schwäche und des Eigennutzes waren, sondern einer falschen Auffassung von dem Wesen der Monarchie entsprangen. Man fürchtete, die Wurzel zu schädigen, indem man einen morschen Hauptast absägte und wollte nicht den Schein erwecken, als ob man der Volksvertretung die Initiative zur Ein- und Absetzung des Monarchen zuerkenne. In dem treuen Festhalten an dem monarchischen Prinzip verfielen manche aus der

Überzeugung in den Aberglauben und vergaßen, daß es nicht in dem Wahn der Unfehlbarkeit eines einzelnen besteht, daß der Monarch kein Fetisch ist, den man aus der Ferne anbetet und für den man fraglos durch dick und dünn geht, daß er von verantwortlichen Schranken umgeben ist, in deren Ermangelung die Institution ins Wanken gerät.

Gegen den ausdrücklichen Befehl Ludwigs II. wurde das Plenum der beiden Kammern mit der Angelegenheit der Schuldentilgung gar nicht befaßt, und es ist sehr möglich, daß dessen Entscheidung bei der Suggestionsgewalt, welche die Persönlichkeit Ludwigs II. trotz allem noch immer auf die weitesten Volkskreise übte, ganz anders ausgefallen wäre. Die Abgeordneten Stamminger und Walter bezeichneten es in der Kammersitzung vom 26. Juni 1886 als ihre Anschauung und die des ganzen Landes, daß, wenn die Konferenz vom 30. April 1886 statt eines negativen, ein positives Ergebnis gehabt hätte, Ludwig II. noch am Leben und noch in der Ausübung seiner Regierungsgewalt befindlich wäre.

Die am 30. April 1886 einvernommenen wenigen Kammermitglieder, „fast lauter Zentrumsbrüder“ — charakterisiert sie Memminger — verhielten sich aber durchaus ablehnend und verbrämten ihre Ablehnungen mit Klagen, Bedingungen und Beschwerden aller Art.

Von einer noch etwas milderen Seite aus wurde geltend gemacht, daß die gerichtliche Beschlagnahme des Vermögens und der Einkünfte der regierenden Majestät und noch mehr die Ganteröffnung das Ansehen der Krone, der Dynastie und des ganzen Staates so empfindlich schädigen würde, daß wenigstens der Versuch einer Abhilfe durch Vermittelung eines verzinslichen Anlehens gemacht werden müsse, wobei aber eine Reihe unliebsamer Bedingungen „mit allem Nachdruck“ zu machen wäre.

Von anderer viel härterer Seite wurde hervorgehoben, es bestehe angesichts der jüngsten Geschichte der Kabinettskasse überhaupt keine Hoffnung mehr auf dauernde Besserung. Die Meinung der überwiegenden Mehrzahl der rechten Seite des Hauses gehe dahin, daß man den Dingen ihren Lauf lassen müsse.

Die mißliche Lage der Kabinettskasse sei ja nicht das einzige, was im Volke Anstoß errege. Der Hauptgrund der im Volke herrschenden Mißstimmung liege in dem übrigen Verhalten des Königs. Seit Jahren vermisse das bayerische Volk zu seinem Schmerze jede Initiative des Königs in Regierungsangelegenheiten und es werde auf das Tiefste bedauert, daß S. M. sich mehr und mehr von jedem persönlichen Verkehr mit den Räten der Krone und anderen geeigneten Persönlichkeiten zurückziehe und überhaupt bei keiner Gelegenheit mehr dem Volke zeige. Über die Umgebung S. M. seien die schlimmsten Gerüchte im Umlaufe. Es seien im Lande Stimmen laut geworden, daß der Landtag S. M. Vorstellungen machen solle; man habe dies bisher aus Loyalität unterlassen. Bei den Verhandlungen über eine Kreditvorlage werde und könne man aber nicht schweigen.

Eine dritte „sehr kleine Gruppe" bemerkte endlich, die Frage, ob der Landtag Hilfe gewähren solle, sei dermalen gar nicht spruchreif. Es handle sich nicht mehr um eine Privatangelegenheit S. M., es sei vor allem Pflicht der Minister dem König rückhaltlos zu berichten und ihm die Bitte vorzutragen, nach München zurückzukehren, und die mündlichen Vorstellungen der Minister, ohne Vermittelung des Kabinettssekretärs, entgegenzunehmen.

Man sollte meinen, daß der Bericht über den Gang dieser Verhandlungen, im Anschluß an die vorausgegangenen Vorstellungen der drei Minister, vorläufig als genügend befunden wurde, dem König, wenn er überhaupt Erwägungen der Vernunft noch zugänglich war, die tiefe Verschiedenheit zum Bewußtsein zu bringen, die zwischen seiner Auffassung der Dinge und der seines ganzen Landes bestand. Allein das Ministerium glaubte, auch nach der Anregung der „sehr kleinen Gruppe": „über die Lage rückhaltslos zu berichten", nachkommen zu sollen, indem es noch in der letzten Stunde, dem schon des Wahnsinns schuldig gesprochenen Monarchen gegenüber manches von dem nachholte, was es so lange dem für gesund ausgegebenen gegenüber versäumt hatte.

LVIII.

Der von dem Ministerpräsidenten Frh. v. Lutz verfaßte Bericht des Ministeriums vom 5. Mai 1886 füllt neun Druckseiten. Die Minister beginnen damit, daß sie sich außerstande erklären, den (auf Bismarcks Anregung hin) erteilten Befehl vom 17. April zu vollstrecken und um dessen „Allergnädigste Rücknahme" bitten. Es wird sodann mit einiger Übertreibung die Lage der Kabinettskasse als „eine furchtbar ernste und gefährlichere als je" bezeichnet. Größte Eile tue not, „wenn nicht alles unrettbar verloren" und „niederschmetternde Ereignisse" eintreten sollen. Die Ganteröffnung stehe vor der Türe. Im gewöhnlichen Leben gelte derjenige als an seiner Ehre schwer geschädigt, welcher der Gant anheimfalle, und selbst der könne sich dieser Auffassung nur mit Mühe erwehren, den gänzlich unverschuldetes Unglück soweit gebracht habe. „Welch gewaltige Wirkung" müsse nun die Eröffnung einer solchen Maßregel gegen die Kabinettskasse haben! Der König sehe sich angesichts derselben vor die Frage gestellt, ob er die Zügel der Regierung noch in der Hand behalten könne.

Hilfe von außen und vom Lande gebe es nicht; aber der König könne sich ohne alle entwürdigenden und demütigenden Bedingungen aus eigener Kraft selbst befreien, wenn er die einfache und sparsame Hofhaltung seines Vaters einführe. Die erforderlichen Summen könnten sich zum Teil durch Reduktion der Hofstäbe und der Zahl der Hofbediensteten aufbringen lassen, aber das Sparsystem müsse sich ganz besonders auch auf die S. M. am Herzen liegenden Zwecke erstrecken. Vor allem sei ganz unvermeidlich, daß alle Bauführungen, alle Bestellungen für Ausstattung der vollendeten Räume unterlassen und die Separatvorstellungen im Hoftheater aufgegeben werden, die ohnehin eine der unpopulärsten Institutionen seien, nicht nur, weil sie einen Entgang an Eintrittsgeldern von ca. 200,000 Mk. bewirkten, sondern weil sie als der schlagendste Beweis dafür aufgefaßt würden, daß der König nicht in Kontakt mit seinem Volke kommen wolle.

Unvermeidlich sei ferner, daß der König die Freigebigkeit gegen die Mitglieder der königlichen Familie an Weihnachten, bei Geburtsfesten usw., ebenso den darstellenden Künstlern und der Dienerschaft gegenüber auf das Äußerste einschränke und den Aufenthalt auf dem Lande abkürze, weil die Diäten für das Hofdienstpersonal und die Verwendung vieler Pferde große Summen erforderten.

Von dem Aufwand zugunsten der Umgebung des Königs „der in kaum glaublichem Maße statt haben soll," „wollen die Minister gar nicht sprechen".

Der Hofsekretär allein könne diese Ersparungen nicht durchführen, es bedürfe dazu eines Mannes von großer amtlicher und persönlicher Autorität, der ihm ratend zur Seite stehen müsse. Hiefür wird der Finanzminister in Vorschlag gebracht. Neben den Ersparungsmaßregeln bedürfe es ferner eines Abkommens mit den Gläubigern, kraft dessen sie sich verpflichten, sich mit Fristzahlungen zu begnügen, die sich auf viele Jahre hinaus erstrecken müßten.

Eine Stelle des Berichts wurde bei der Verlesung in der Kammer der Abgeordneten ausgelassen. Sie bezog sich auf umlaufende Gerüchte über das nicht mehr ganz einwandfreie Verhalten des Königs in sittlicher Beziehung und klang in „die flehentlichen Bitten" aus, der Monarch möge unter Entlassung der Chevauxlegers aus dem Allerhöchsten Privatdienste behufs persönlichen Verkehrs mit der Welt und mit den jeweiligen Trägern seiner Regierung nach München zurückkehren und die Verhältnisse der Kabinettskasse in dem vorgeschlagenen Sinne ordnen.

Die Immediateingabe vom 5. Mai 1886 enthielt ohne Zweifel viel Richtiges und viel bittere Wahrheiten. Aber die Wahrheit muß, um zu wirken, zur rechten Zeit und am rechten Ort angebracht werden. Damals war es längst zu spät. Der Irrenarzt war am 23. März einvernommen worden und hatte Ludwig II. für schwer krank erklärt. Diese Erklärung enthielt seine Freisprechung in moralischer Beziehung. Kein billig Denkender

wird einem Kranken seine Krankheit zum Vorwurf machen,
am wenigsten einem Geisteskranken, der der Schonung und Rücksicht bedarf. Von diesem Gesichtspunkt aus muß das Schriftstück besonders befremden. Es liest sich, als ob der Verfasser
es darauf abgesehen hätte, den Monarchen mit so gesteigertem
Majestätsgefühl da zu treffen, wo er am empfindlichsten war,
als wolle er ihn durch Androhung der Gant, der Unehre, der Abdankung, durch hoffnungslose Abschneidung seiner einzigen
Lebensfreuden in die Verzweiflung treiben.

Daß es für Ludwig II. keine Umkehr und Einkehr mehr gab,
wußten die Minister doch so gut, wie der Irrenarzt. Wenn sie
nichtsdestoweniger jenes grausame Schreiben unterzeichneten,
durch das sie den König förmlich in Anklagestand versetzten,
bevor sie ihn entthronten, so lag dem wohl kein anderes Motiv
zu Grunde, als das persönliche, der Welt zu beweisen, daß sie
nichts unversucht gelassen hätten, um den Monarchen auf bessere Wege zurückzuführen.

Dies sagte der Abgeordnete Dr. Stamminger in der Kammersitzung vom 26. Juni 1886 dem Minister Lutz mit dürren Worten
ins Gesicht: „Es ist wahr, diese Vorstellungen gingen an den König und waren auch für ihn bestimmt; aber sie waren auch für
uns bestimmt und, wenn sie bei dem König keinen Eindruck
mehr machen können, so können sie ihn bei uns machen.‘‘
Auch zur Vorlage an den Deutschen Kaiser, dessen Zustimmung
angerufen wurde, eignete sich das Schriftstück vom 5. Mai, denn
man darf annehmen, daß es mit dem „offenen, wenn auch respektvollen Erlaß an den König‘‘ gemeint ist, von welchem der
Kaiser in einem Schreiben an Bismarck vom 31. Mai 1886 spricht.

An dem allgemeinen Kesseltreiben gegen Ludwig II. beteiligte sich, ich weiß nicht, auf wessen Anregung, auch der
Kabinettssekretär Al. Schneider durch einen langen Bericht,
der die gleichen Gesichtspunkte ausführte, wie die Vorstellung
der Minister.

Das bekam Schneider schlecht. Der König geriet darüber in
nicht geringe Wut; Schneider erhielt nach 1 ½ Tagen ein äußerst
ungnädiges Telegramm, wie er sich eine solche Frechheit heraus-

nehmen könne, er möge sich fortan nicht mehr unterstehen, sich in Hohenschwangau blicken zu lassen. Seine förmliche Enthebung von der Stelle erfolgte erst im Juni, er erhielt aber noch vorher einen Nachfolger in der Person des Geheimen Ministerialsekretärs Thelemann, den der Friseur Hoppe ausfindig gemacht haben soll, der als königlicher Bote an die Stelle Hornigs und Hesselschwerdts getreten war, die in Ungnade gefallen waren.

Thelemann, als den deklarierten Schwiegersohn des Justizministers Fäustle, ließ man den Ring von Personen passieren, die damals den König umgaben, seinen Willen auffingen und alles Verdächtige den Ministern rapportierten. Er erhielt von dem König den Auftrag, seinem Schwiegervater seine Entlassung anzukündigen und ein neues Ministerium zu bilden, was er natürlich ablehnte. Er ist später selbst Justizminister und Reichsrat geworden und erfreute sich in allen Stellungen hohen Ansehens und wohlverdienter Sympathien. Er war auch einer der sieben vereidigten Kammerzeugen bei der Entmündigung des Königs (außer ihm: Ministerialrat v. Ziegler, Oberregierungsrat Dr. v. Müller, Stallmeister Hornig, Marstallfourier Hesselschwerdt, Kammerdiener Welker und Kammerlakai Mayr).

Schneider war als Ministerialrat in das Ministerium der Finanzen versetzt worden, trat im Jahre 1897 an die Spitze des protestantischen Oberkonsistoriums und starb am 20. Mai 1909 in Garmisch tief betrauert von allen, welche ihn kannten.

Die nach Lampert, einem Biographen Ludwigs II., der auch Mitglied der Kammer der Abgeordneten war, „von vollstem Freimut zeugende und den furchtbaren Ernst der Lage in seiner ganzen Wahrheit darstellende Vorstellung" vom 5. Mai 1886 wurde von Ludwig II. dem Marstallfourier Hesselschwerdt zur Begutachtung übergeben und als dieser, der, wie der Kammerdiener Mayr, bereits als Zeuge für die Entmündigung gewonnen war, geschrieben hatte, die Minister hätten sich in die Notwendigkeit versetzt gesehen, jene Meldung zu erstatten, befahl der König, ihm das auszutreiben; es sei falsch und verkehrt, denn jenem Pack (den Ministern) wäre es gar nicht zugekommen, sich

in Sachen zu mischen, die es nicht im Geringsten angehen und
für die es gar nicht da sei.

An Hesselschwerdt selbst hatte er unter einem nicht genau
festzusetzenden Datum (3. ? 1886) geschrieben: „Ich bin empört
über die schändliche Aufführung der Kammern und Leute. Jemanden
Verlässigen zu Bismarck. Von Kammern, Ministern, Schneider ist es
eine Gemeinheit, diese frechen Bedingungen zu erwähnen. Die Kammer
also schnell und geschickt bearbeiten lassen; bleibt sie verstockt, was
fast so aussieht, da sie sich ja schlimmer, als nur auszudenken war, benahm, dann eine andere her, diese auflösen. Gehandelt muß werden und
schleunigst, denn es eilt sehr. Beherzige dies recht, recht.‘‘

Durch Hesselschwerdt und den Friseur Hoppe sollten auch
die Schritte zur Bildung eines neuen Ministeriums von Ziegler
und Thelemann eingeleitet werden.

Der König hatte Ziegler seit den Januartagen 1883 nicht mehr
gesehen und sich einmal dahin geäußert, er wolle endlich einmal
einen energischen Kabinettssekretär haben, keinen so laxen wie
Ziegler und Schneider, sondern einen, der, wenn der König es
wolle, „scharf auf die Minister herfalle, ihnen dessen Willen ein-
bläue und sich nicht von ihnen einschüchtern lasse.‘‘

In den Tagen seiner größten Not erinnerte sich Ludwig II.
nun auch wieder seines einstigen Duzfreundes Ziegler und trat
mit ihm in, wie es scheint, nur schriftlichen Verkehr. Am
11. Mai 1886 schrieb er an Hesselschwerdt: „Passe recht auf und
besorge es gut. Sprich eingehend mit Ziegler. Sage ihm, daß die jetzigen
Minister weg müssen; sie haben sich bei Mir unmöglich gemacht. Er wird
es also, wenn er Alles besorgt, wie Ich will. Die Kollegen soll er dann
Mir selbst vorschlagen. Schneider gleich fort und durch einen tüchtigen
ersetzen. Sind die Kammern verstockt, dann auflösen, andere her und
das Volk sehr bearbeiten, schnell aber. Sage ihm, außer den Rückständen
(ohne, daß die Kammern wissen, wofür; können glauben, es gehöre zu
den Rückständen) ein paar Millionen dazu; die anderen schaffe Du herbei. Sage ihm, daß die Bauten die Hauptlebensfreude sind, daß Ich,
seit Alles schändlich stockt, ganz unglücklich bin, an Abdanken, Selbst-
tödtung stets denke, daß der Zustand aufhören muß, daß die Bauten
nicht mehr stocken dürfen, daß, wenn er Alles richtet, er mir das Leben
wieder giebt. Führe ihm dies sehr und vor Allem dies zu Gemüthe. Es
geht nach sofortiger Deckung (nicht Vorschießen, das ist unwürdig mir
gegenüber) dann ist die Civilliste wieder ganz in meinem Besitz (eigenen).
Rasch vorwärts mit dem Schlafzimmer in Linderhof, Skt. Hubertus-
pavillon und mit dem Ausbau der Burg von Herrenwörth und Falkenstein. Mein Lebensglück hängt davon ab. Dieses sieht Herr von Ziegler

bestimmt ein. Er soll es erschinden, durchreißen, alle Schwierigkeiten
besiegen und Hindernisse niederreißen und baldigst, ist die Hauptsache,
Daß Du nicht wohl bist, ist zu arg; nimm doch einen Arzt. Erhole
Dich.“ —

Ziegler wollte nie Minister werden. Es fehlten ihm die „erforderlichen Nerven“ dazu. Aber selbst wenn er es damals gewollt hätte, er hätte es nicht werden können, weil er so wenig,
wie irgendein Mensch in der Welt die Hauptbedingung Ludwigs II. hätte erfüllen können, ungezählte Millionen für unab-
sehbare Bauten ohne Nutzen herbeizuschaffen.

Er war daher nicht in der Lage und nicht Willens, andere Ratschläge zu erteilen, als sein damaliger Chef der Ministerpräsident
und Kultusminister v. Lutz. Er ließ die Klagen Ludwigs II.
über sich ergehen, „daß man sich nicht benommen habe, wie
es gehorsamen, getreuen Untertanen zugekommen wäre, daß,
wenn es den Leuten so sehr am Herzen liege, ihn in ihrer Mitte
zu sehen, sie aufhören müßten, sich zu verhalten, wie bisher,
daß die ihm gestellten Bedingungen revolutionär seien, daß man
die Schlechten packen und unschädlich machen müsse“ — und
„wendet sich scharf“ gegen eine von dem König beabsichtigte
Proklamation an sein Volk, und die Kammerauflösung. Daß
Ludwig II. die Abdankung damals ernstlich in Erwägung gezogen
hätte, ist wohl nicht wahrscheinlich.

Am 19. Mai 1886 machte Ziegler den letzten Versuch, den
König zum Nachgeben zu bewegen. Ludwig II. wandte sich von
ihm ab und suchte Fühlung mit dem Frh. v. Frankenstein, einem
der Häupter der Zentrumspartei. Dieser ließ ihm sagen, daß
die Verhandlungen der Minister mit einer Anzahl von Kammer-
mitgliedern so geführt worden seien, daß nur ein negatives Resultat habe erwartet werden können und daß man auch jetzt kaum
mehr auf die Kammern rechnen könne. Frankenstein hatte schon
früher mit Rücksicht auf die labile Geistesverfassung des Königs
das Ministerium abgelehnt, und hatte um so weniger Lust zu
dessen Annahme, als er von deren Verschlimmerung jedenfalls
genügende Kenntnis besaß.

Allein diese Kenntnis war damals noch nicht allgemein verbreitet. Ludwig II. lebte in solcher Abgeschiedenheit von der

Welt, die seit längerer Zeit im Gange befindlichen Entmündigungsvorbereitungen waren so geheim gehalten worden, daß viele sich noch über die Regierungsfähigkeit des Königs und die Möglichkeit der Neubildung des Ministeriums Illusionen bzw. Befürchtungen hingeben konnten.

Von den Verhandlungen und Zuständen war immerhin genug in die Außenwelt gedrungen, um die öffentliche Meinung zu spannen und dem Klatsch ein sehr ergiebiges Feld zu Kombinationen aller Art zu geben. Daß die Minister auch einem solchen ihr Ohr liehen, beweist, wie ängstlich sie um Erhaltung ihrer Stellungen besorgt waren. Einen Beamten, von dem ohne Grund behauptet worden war, daß er bereit sei, sich in eine Aktion gegen sie einzulassen, bedrohten sie sofort mit Entlassung. Einer Gefahr in dieser Richtung waren sie aber damals gar nicht mehr ausgesetzt. Man konnte ihnen zum Vorwurf machen, daß sie die Entmündigung zu spät einleiteten, nicht, daß sie es überhaupt taten. Was ich schon im Juli 1885 geäußert hatte, war doppelt wahr geworden. Kein anständiger Mensch konnte unter den gegebenen Verhältnissen die Nachfolge des Ministeriums zu einem anderen Zweck erstreben, als dem der Entmündigung. Jeder Versuch in anderer Richtung hätte an der Millionenforderung des Königs, dem Widerspruch der Agnaten, der Kammern und der Presse von Anfang an scheitern müssen. „Helfen“ in dem kranken Sinne des Königs konnte ihm niemand mehr. —

Als man das erforderliche Beweismaterial gesammelt hatte, wollte man, bevor man einen Bundesfürsten und Mitbegründer des Reiches des Thrones entsetzte, sich des Einverständnisses des Deutschen Kaisers und der Reichsleitung sichern.

Bismarck hatte seinen Ratschlägen vom 14. April 1886 weitere nicht folgen lassen und teilte die Erwägungen, die ihn davon abhielten, am 11. Mai 1886 dem Frh. v. Mittnacht mit. Der König von Bayern, erzählte er diesem, habe seinen Rat schriftlich verlangt, und er habe ihn dahin gegeben, sich an den Landtag zu wenden. Auch Baron Frankenstein habe er, als er in des Fürsten Hause dessen Tischnachbar gewesen, diesen Weg empfohlen. Er halte Frankenstein für einen Ehrenmann, einen

Gentleman, mit dem man reden könne; er sei zuerst Bayer, dann erst Zentrumsmann. Die Sache sei dann aber ungeschickt angegriffen worden. Man hätte sich dreist und offen vor dem ganzen Lande an den Landtag wenden sollen, der wohl geholfen und vielleicht dem König noch ein kleines Spielzeug gelassen haben würde, wenn dieser Urfehde geschworen hätte. Bei den Verhandlungen mit den Vertrauensmännern innerhalb der vier Wände habe der Einfluß der Hetzkapläne überwogen, die dem König nicht wohlwollten. Der König habe nun dem Kanzler wieder geschrieben, daß der Landtag nicht helfen wolle. Er könne dem König kaum antworten, denn er würde vielleicht die Wege der bayerischen Minister kreuzen, oder den König dem Verdacht aussetzen, unter Preußens Einfluß zu handeln, vielleicht die Beziehungen zwischen Berlin und München dauernd schädigen. Ja, wenn er den König unauffällig selbst sprechen könnte! Solange nicht der Minister v. Lutz, dem es an Entschlossenheit nicht fehle, selbst sich an den Fürsten wende, werde er eher die Unhöflichkeit auf sich nehmen, dem König nicht zu antworten."

Indessen blieb er dem König, der sich vertrauensvoll an ihn gewandt hatte, sympathisch geneigt und ließ in Bayern vor dem Material warnen, das aus Holnsteins Nähe stamme, da dieser den König seit 3—4 Jahren hasse.

Der bayerische Gesandte in Berlin wurde unter dem Vorwand, seine Mutter zu besuchen, nach München berufen, wo ihm aufgetragen wurde, sich nach Friedrichsruh zu begeben, um die Angelegenheit mit Bismarck zu besprechen. Bei einem Besuche tat er in München die Äußerung: „Durch die Chevauxlegers kommt nun alles auf," während es im Volksmund hieß, die Angelegenheit der Kabinettskasse habe nun doch zum Guten (d. h. zu Gudden!) geführt.

Graf Lerchenfeld entledigte sich des erhaltenen Auftrags mit bewährtem Takt und vollkommener Gewandtheit. Da nicht bekannt war, wie lange der Reichskanzler in Friedrichsruh zu verweilen gedachte, richtete er zuerst einen Privatbrief über die Sache an den Grafen Berchem, der genug enthielt, um den Fürsten neugierig zu machen. Bei dieser Gelegenheit erfuhr der

Gesandte, daß schon ein Bericht des preußischen Gesandten in München, Grafen Werthern, auf Bismarck Eindruck gemacht und ihm die energischen Vorstellungen des Gesamtministeriums vom 5. Mai imponiert zu haben schienen. Sogleich nach Empfang dieses Berichtes habe Bismarck dem König dann auch in dem ihm von Lerchenfeld s. Z. empfohlenen Sinne geschrieben: es bliebe nur übrig, daß der König spare und auf seine Lieblingsneigungen für Bauten und kostbare Anschaffungen auf längere Zeit verzichte. Der Reichskanzler bemerkte übrigens dabei dem Grafen Berchem, er wisse im voraus, daß sein Rat ohne Wirkung bleiben werde.

Der Reichskanzler lud den bayerischen Gesandten ein, ihn in Friedrichsruh aufzusuchen und Graf Lerchenfeld kehrte am 25. Mai 1886, sehr befriedigt von seiner geheimen Reise, nach Berlin zurück. Er hatte den Eindruck empfangen, daß die bayerische Regierung keinerlei Schwierigkeiten zu gewärtigen habe. Der Reichskanzler sah die Notwendigkeit ein, daß Bayern sich von einem geisteskranken Monarchen trennen müsse. Sein Augenmerk war nur darauf gerichtet, daß die Sache sich so ruhig und korrekt als möglich vollziehe. ,,Rein bayerisch'' ohne preußische oder reichskanzlerische Einmischung, aber nach vorgängiger Verständigung einzelner Souveräne. Die Art des Vorgehens wollte er ganz dem Urteil jener überlassen wissen, welche die Verhältnisse kennen und ganz ihrer Verantwortung, den Weg zu gehen, den sie für den richtigen hielten.

Einige Ideen, die der Fürst äußerte, erschienen in Bayern nicht verwendbar. Er riet, soviel ich mich erinnere, von aller Geheimniskrämerei entschieden ab und überhaupt von einem Vorgehen von oben, das den Charakter einer Palastrevolution haben müsse und den Regenten als Partei erscheinen lasse. Man solle, meinte er, die Darlehensforderung an die Kammer bringen und aus deren Schoß die Beantragung der Einsetzung der Regentschaft bewirken. Wie recht er damit hatte, bewiesen die späteren Vorgänge und er selbst hat sich wiederholt darauf berufen. Nie hat der Regent sich ganz von dem Odium befreien können, das seine Organe damals auf ihn luden, und es ist der

Grund geblieben, aus dem er trotz seiner hohen Verdienste und seltenen Eigenschaften im Volke niemals populär geworden ist.

Bismarck erstattete über die Angelegenheit dem Kaiser Bericht, dessen Zustimmung vom 31. Mai 1886 in dem Anhang zu den „Erinnerungen" zum Abdruck gelangt ist: „Anliegend sende ich Ihnen die vorliegenden haarsträubenden Papiere zurück, mit Zurückbehaltung Ihres Begleitschreibens. Der Blick, der sich jetzt erst in so viele meiner Kenntnis bisher entgangene Details öffnet, ist jammervoll und keine Hülfe absehbar. Denn wer wird und wie dem König überzeugend die Rettung seines Untergangs darstellen wollen, wer nach dem ministeriellen offenen, wenn auch respektvollen Erlaß an den König, den er selbst verlangt hatte, noch den Muth haben, sich wiederum vergebens an den König zu wenden, um das Wort „Regentschaft" auszusprechen." „Ganz bin ich mit Ihnen einverstanden, daß ich in dieser erst völlig ins Reine zu bringenden Familien-, Haus- und Landesangelegenheit nur zutreten kann, wenn von Reichswegen irgend eine Sanktion auszusprechen sein würde. Ihr dankbarer König Wilhelm."

LIX.

Einige meiner Vorgänger haben ihre Biographien Ludwigs II. mit einem Charakterbild zu beschließen gesucht und sind dabei auf Widersprüche gestoßen. War er der ideale Jüngling mit dem berühmten Augenaufschlag, für welchen die Herzen der Frauen schlugen, der für alles Hohe und Große begeisterte Schwärmer, für den die Künstler ihn hielten, der aufmerksame Freund, der seine Günstlinge mit Gaben überhäufte, der geistreiche Plauderer, vor dem der Hofkreis verstummte, der tiefe Menschenkenner, dessen Urteile die welterfahrensten überraschte, der bewährte Patriot, der bei aller Treue für sein eigenes Land der deutschen Gemeinschaft die geforderten Opfer gerne brachte, oder war er der weltfremde Menschenfeind, der unnahbar auf kalter Höhe thronte, der seine nächsten Angehörigen haßte, der um ein Nichts unversöhnlich, nahe Beziehungen abbrach, der Egotheist, der nur sich und seinem Wahne lebte, der grausame Tyrann mit Anfällen von Cäsarenwahnsinn, der seine Diener bis aufs Blut quälte und endlich noch seinen Arzt mit in den von ihm ersehnten Tod verstrickte? —

Diese Widersprüche scheinen fast unlösbar. Aber sowie wuchernde Keime die vollendetsten Bildungen der Körpergestalt entstellen, verwüsten und zerstören, so bewirken unerforschte Änderungen in den Ganglien des Gehirns Verzerrungen und Mißgestaltungen des Charakters, Gemütes und Geistes, daß das Urbild darin untergeht. Das Charakterbild Ludwigs II. ist eine Krankengeschichte, die zu schreiben der Psychiater eines Tages berufen sein wird, der in den Besitz des lückenlosen historischen Materials gelangt ist. Dann erst wird er auch feststellen können, wann die angeborenen Keime sich zu regen und zu wuchern begannen, und was sie bis zuletzt noch an ihm verschont gelassen haben.

Gudden erklärte Ludwig II. für originär verrückt und Lutz sagte zur Entlastung der Minister am 26. Juni 1886 in der Abgeordnetenkammer: „Nach den einstimmigen Anschauungen der Psychiater hat die Geisteskrankheit S. M. bereits vor der Thronbesteigung befallen gehabt und es ist im Grunde genommen nur eine Weiterentwicklung eingetreten, während der Zeit, in der wir die Verwaltung führen." Diese Äußerung hat zu der Meinung verleitet, Ludwig II. sei von der Wiege bis zum Grabe immer im gleichen Grade geisteskrank, unzurechnungsfähig und unverantwortlich gewesen, was den Tatsachen widerspricht. Von der erblichen Belastung, von dem Krankheitskeim bis zu dessen Überwucherung ist ein weiter Weg und es liegen verschiedene Stadien dazwischen. Die Intelligenz wird von den Wahnvorstellungen zunächst nur partiell erfaßt und sie ist bei Ludwig II. bis an sein Ende zu einem großen Teil unversehrt geblieben. Aus seiner Veranlagung darf man keine falschen Schlüsse ziehen, weder den, daß Ludwig II. von Anfang an regierungsunfähig war, noch den, daß man die Entmündigung bis zu dem finanziellen Zusammenbruch aufschieben durfte. —

Die Tatsache dieser krankhaften Unterlage nimmt freilich dem Lebensbilde Ludwigs II. einen Teil des menschlichen Interesses, das es erweckt, wie einem Roman die Vorkenntnis seines Ausganges. Aber es bleibt noch genug, wenn vielleicht auch in anderer Richtung übrig. Die Krankheit zerstörte in Ludwig II. eine Fülle seltener Eigenschaften: Schönheit der Gestalt, hohe Intelligenz, eine reiche Phantasie, Stilgefühl, Sinn für Kunst und Poesie, angeborene Grazie und Liebenswürdigkeit. Es war nichts Alltägliches, Gewöhnliches in ihm und an ihm. Das Interesse der Mitwelt war stets angezogen und gefesselt und seine Zurückgezogenheit spannte es mehr, als daß sie es erschlaffte. Es ging ein höherer Zug durch sein Wesen, der den Weg zu seinem Volke besser fand, als manch wahres Verdienst ihn findet. Noch heute ist er in den weitesten Kreisen unvergessen und alle düsteren Vorkommnisse der späteren Zeit konnten die Erinnerungen an die leuchtenden Züge des Jugendbildes nicht verdrängen. Das Volksempfinden kommt mit dem Ausspruch der Wissenschaft darin überein, daß die schwere Geisteskrankheit, an der er litt, ihm nicht nur Anspruch auf mildernde Umstände gewährt, sondern ihn von jeder moralischen Schuld freispricht.

„Seltsam!" — sagte eine Dame der Münchener Hofgesellschaft nach der Katastrophe, am 20. Juni 1886, „so lange der König regierte, hielt alle Welt ihn für verrückt und nun, da er tot ist, will niemand daran glauben, daß er es war."

Die Zurückgezogenheit, in der er lebte, und die große Zurückhaltung, welche die Minister und sonst Beteiligte sich ihm gegenüber auferlegten, ermöglichte es ihm lange, den wahren Zustand seines Geistes vor der Welt geheimzuhalten. Aber Gerüchte über gewisse Mängel in dieser Beziehung gehen schon bis in eine frühe Zeit seiner Regierung zurück. Schon in allem Anfang äußerte die öffentliche Meinung ein gewisses Befremden über das Anormale seiner Lebensführung, über seinen bald hervortretenden Hang, sich abzuschließen und fernzuhalten, über seinen Mangel an Neigung für das weibliche Geschlecht, über sein besonders stark ausgeprägtes Königsgefühl, über seine Liebhabereien und die Protektion, welche er der bei ihrem ersten Auftreten so verpönten Wagnerischen Richtung angedeihen ließ. Auch gewisse Widersprüche in seiner Denkungsart und Geschmacksrichtung befremdeten frühe: seine Begeisterung für die freie Schweiz bei gleichzeitiger Hinneigung zum Absolutismus, seine deutsche Gesinnung bei seiner Bewunderung für den Zerstörer der Pfalz. Anormal war das ja kaum. Der menschliche Geist bietet nur selten das Bild logischer Einheit; er hat Platz für ein buntes Nebeneinander von Gegensätzen und selbst ein von gewissen Grundvorstellungen beherrschtes Selbstgefühl findet oft merkwürdig leicht Seitenwege an Steinen des Anstoßes vorbei! —

Dies Alles und manch Anderes konnte als Originalität, als Genialität oder doch als Marotte und Jugendlichkeit gedeutet werden und nur in den Kreisen der Psychiater wurden ernstere Zweifel laut. Erst allmählich drang eine solche Auffassung der Dinge auch ins Volk und gegen Ende des Jahres 1879, kurz nach dem ersten Rücktritt Zieglers, nahmen Gerüchte, die schon früher da und dort aufgetaucht waren, eine bestimmtere Fassung an. Als das Dekret über die provisorische Forterhebung der Steuern einige Tage lang auf sich warten ließ, hieß es, einer der Minister habe sich nach Hohenschwangau begeben müssen, um es zu erlangen, und der „Landbote" entblödete sich nicht zu drucken, der König unterschreibe nicht mehr, was ihm eine Anklage wegen Majestätsbeleidigung eintrug. Der „Münchener Beobachter" war etwas vorsichtiger, indem er die Notwendigkeit einer verfassungsmäßigen Regelung der Regentschaft besprach, doch auch er und die „Neuesten Nachrichten", die sich ganz empört über diese Frechheit stellten, trugen zur Verbreitung solcher Gerüchte bei.

Man sprach von Gehör- und Geruchhalluzinationen, an denen der König angeblich litt, und die ihn verhinderten, Audienzen zu erteilen, da er sich mitten in solchen beschimpfen hörte. Sie hätten auch die Ungnade Zieglers beschleunigt, da der König behauptete, dieser habe sich einmal vor ihm in einer übelriechenden Kocheljoppe präsentiert. Man verbreitete ferner, der König ziehe sich, wie sein Bruder Prinz Otto, nicht mehr aus, sondern lege sich in steter Furcht vor Attentaten gestiefelt zu Bette. Ein Reitpferd, das scheute, habe er sofort erschießen lassen u. a. m.

Eine Reihe zuweitgehender Wünsche S. M., behauptete man ferner, seien bisher im Kabinettssekretariat aufgehalten und abgemindert worden, seit aber Ziegler zurückgetreten und Regierungsrat Müller seine Stelle eingenommen habe, gehe alles unaufhaltsam seinen Weg. So habe der König dem Kultusminister auf Anregung Richard Wagners sagen lassen, er solle die Vivisektionen einstellen und dem Minister des Äußern, aus eigener Bewegung, er möge die Selbständigkeit Bayerns besser wahren.

In die Kategorie dieser Vorkommnisse gehörte auch die Versetzung des Präsidenten der Regierung von Oberbayern, Frh. v. Hermann von München nach Ansbach, die in Beamtenkreisen viel Staub aufwirbelte und deren Gründe in einigen fränkischen Zeitungen ganz offen ans Licht gezerrt wurden. Man erfuhr darin, daß die Verdienste, die sich der damalige Polizeidirektor von München, Frh. v. Feilitzsch, um Niederhaltung der Sozialdemokratie und die Bewachung des englischen Gartens in den Stunden der königlichen Ausfahrten erworben hatte, dem König dessen Beförderung zum Regierungspräsidenten von Oberbayern behufs Erhöhung der höchsteigenen Sicherheit erforderlich hatte erscheinen lassen. Diesem Wahn hatte in der Tat Frh. v. Hermann weichen müssen. Die Sache spielte mehrere Monate lang. Der Minister des Innern hatte gehofft, Hermann zum freiwilligen Umzug bewegen zu können, aber nichts brachte den Gekränkten mehr auf, als dieses Ansinnen, wie er denn überhaupt der Ansicht war, Feilitzsch habe ihn „weggebissen". Die beiden Barone kamen darüber vollständig hintereinander und Feilitzsch soll sogar mit dem Gedanken umgegangen sein, Hermann zu fordern, dessen Verhalten in dieser Angelegenheit ein nicht gerade besonders würdiges war, denn er klagte sein Leid aller Welt.

Ich war damals Akzessist der Regierung von Oberbayern und hatte Grund, mich über eine mir widerfahrene Zurücksetzung zu beschweren, welcher Baron Hermann nicht ganz fern gestanden war. „Was wollen Sie," sagte er mir zum Trost, „so ist es nun einmal im Staatsdienst. Sehen Sie mich an; ich muß mich nach 33 Dienstjahren wegjagen lassen, um einem anderen Platz zu machen, der nur 16 Dienstjahre hat, obschon mich der König bei der letzten Hoftafel seiner besonderen Gnade versichert und den Wunsch ausgesprochen hat, ich möge recht lange meinem derzeitigen Posten erhalten bleiben."

Außer den an anderen Stellen dieses Buches angeführten Zeugnissen über den Eindruck, den Ludwig II. im persönlichen Verkehr auf einige Personen, insbesondere Hirschberg und Kainz, in jener Zeit machte, sind wir in der Lage, ein weiteres anzuführen, das Ziegler in der Anklage gegen Wickl wegen Ministerbeleidigung am 18. Oktober 1886 abgegeben hat: „Vom Januar 1883 bis 1886 war ich nicht mehr beim König. Bis zu meinem Weggang war der Kammerdienst noch in verhältnismäßiger Ordnung; der Wechsel der Chevauxlegers usw. bestand noch nicht. Meine Zweifel über die Krankheit des Königs waren sehr leise. Ich kam zeitweise wieder ganz davon ab. Zweifel bestanden seit langem in der Presse und in weiten Kreisen und wurden immer geäußert. Aber daran ließ sich noch kein energisches Vorgehen knüpfen (?), weil die Gefahr für die Minister u. a. zu groß war."(!)

Wenn in dem Wesen Ludwigs II. schon frühe Anzeichen geistiger Anormalität hervortraten, so hatte dies seinen Grund wohl darin, daß er in hohem Grade erblich belastet war und zwar von preußischer Seite viel mehr, als von bayerischer.

Wir besitzen über die Abstammung der Könige Ludwigs II. und Ottos I. eine sehr schätzbare psychiatrisch-genealogische Untersuchung von Professor Strohmayer in Jena (Wiesbaden 1912), welche zu dem Ergebnis gelangt: „daß pedigreemäßig das züchterische Übergewicht zweifellos auf der Mutterseite liegt, wo die stärkere Inzucht herrscht," und daß „die simpelste Betrachtung der Wittelsbacher die Tatsache mit Händen greifen läßt, daß von einer Degeneration bei ihnen keine Rede sein kann, und daß sie deshalb auch nicht die Ursache sein kann für den Untergang eines kleinen Familiensegments, sondern daß das explosive Hervortreten zweier geisteskranker Brüder lediglich dem Umstande zuzuschreiben ist, daß ein schwächlicher Vertreter der Wittelsbacher Dynastie in dem vereinigten Hohen-

zollerisch-Braunschweigischen Blute seiner Frau eine höchst
unglückliche Ergänzung fand."

Professor Strohmayer hat als „Fundgrube" für den historischen Teil seiner Forschung insbesondere die Geschichte der deutschen Höfe von Vehse, Hamburg 1853, herangezogen. Diese enthält in der Tat eine noch heute brauchbare Zusammenstellung des damaligen Standes der Forschung. Aber abgesehen davon, daß ihre Tendenz doch vorzugsweise auf das Pikante und Abfällige gerichtet ist, hat die Geschichtsschreibung in den 70 Jahren seit ihrem ersten Erscheinen, gerade auf diesem Gebiete nicht nur eine erhebliche Bereicherung, sondern mannigfache Berichtigungen erfahren, deren zerstreute Massenhaftigkeit allerdings Über- und Einblick ungemein erschwert.

Professor Strohmayer hat allerdings auch viel neuere Erscheinungen benützt, allein manch Einschlägiges dürfte ihm entgangen sein. So hat er, um nur ein Beispiel anzuführen, das für Vehse ganz besonders charakteristisch ist, dessen Urteil über den Bruder des Ururgroßvaters Ludwigs II., den Herzog Karl August von Zweibrücken, (1746—1795), aufgenommen. „Neben Max I.," schreibt er, „hatte Friedrich Michael einen entarteten Sohn, den Herzog Karl von Zweibrücken, den „wilden Karl". Er war einer der letzten und größten Untertanenplacker. Von seiner manchmal geradezu bestialischen Wildheit und Grausamkeit gehen die schauerlichsten Gerüchte um. Es liegt etwas Neronisches in seinem Typ. Seine Leidenschaften waren zügellos und für seine Passionen (Weiber, Hunde und Pferde) verschleuderte er unsinnig das Geld."

Davon ist so ziemlich jedes Wort falsch und das Ganze wirkt geradezu lächerlich, wenn man die historische Wirklichkeit gegenüber hält. Das Urteil Vehses über diesen Fürsten kann nach dem Erscheinen der Lebenserinnerungen Mannlichs (Berlin 1910) und meiner in der Zeitschrift „Bayerland" veröffentlichten Aufsätze unmöglich aufrecht erhalten werden. Karl August war ein im Grunde gutmütiger kunstliebender Fürst. Züge von Geisteskrankheit treten bei ihm nicht hervor. Mit Ludwig II. teilte er nur eine gewisse Baulust, die in dem während der Revolution von den Franzosen mit seinen meisten Sammlungen zerstörten Schlosse Karlsberg sich betätigte. Wie die meisten Fürsten seiner Zeit, hatte er allerdings im Hinblick auf seine Erbaussichten auf zwei Kurfürstentümer — eine Partei im Reiche wollte ihn sogar zum Deutschen Kaiser wählen — und die französischen Subsidien erhebliche Schulden gemacht. Auch sein Vater war durchaus kein guter Haushalter, wie Trost und Leist auf eine falsche Angabe hin und nach ihnen Strohmayer schreiben.

Die Gemahlin Friedrich Michaels, von der Strohmayer „nichts zu melden weiß", beging einen Fehltritt, und wurde infolgedessen nach der damaligen Übung — unter Vermittelung der Marquise von Pompadour — zuerst in lothringischen Klöstern und später in Sulzbach interniert. Wenn ihre eheliche Treue zu wünschen übrig ließ, so scheint sie, nach den an den Sohn gerichteten Briefen zu schließen, eine sehr zärtliche Mutter gewesen zu sein.

Bei der Schilderung des Vaters Ludwigs II. entging Strohmayer der vielleicht nicht belanglose Umstand, daß Max II. unter ungewöhnlicher Zweifelsucht und sehr erheblich an Platzschwindel litt.

Die in Ludwig II. schlummernden Krankheitskeime begegneten in seinem Lebensgang viel weniger Hemmungen als Förderungen aller Art. Seine Erziehung und Ausbildung war eine unvollendete geblieben; an Stelle des für alle heilsamen Zwangs war zu frühe die Möglichkeit schrankenloser Willkür getreten, von der er immer mehr Gebrauch machte. Kein starker Wille, keine hohe Intelligenz trat ihm haltgebietend entgegen. Alle ließen ihn gewähren, obschon sie sahen, daß er auf Abwege geriet.

In seiner Seele sprudelte kaum eine der warmen Quellen, die wahres Glück und Freude verbreiten und auch sein äußerer Lebensgang bot ihm mehr Enttäuschungen, als Erfolge. Seine erste Tat: die Errettung und Befreiung Richard Wagners aus Not und Untergang begegnete Widerstand und Unverständnis; man rang ihm nach einem kurzen Jahre das Exil des kaum gewonnenen Freundes ab, der selbst dem Ideal nicht ganz entsprach, das der König sich von ihm gemacht hatte. Der Krieg von 1866 endete mit einer Niederlage, die ihm den ersten Gedanken an Abdankung aufdrängte; seine schnelle Verlobung mit einer langsamen Auflösung, die eine harmonische nicht war, wenn er sie auch als Befreiung empfunden haben mag. Der Sieg von 1870 kostete ihn Opfer an Selbständigkeit und Stellung, die lange an ihm nagten und die er nie überwand. Die Einsamkeit und Monotonie seiner Tage unterbrechen nur wenige Reisen. Die höchsten Güter des Lebens sind ihm versagt geblieben: er hat weder echte Liebe, noch wahre Freundschaft gekannt. Seine Beziehungen zu den Frauen sind kurze Episoden, seine Freundschaftsschwärmereien ohne Tiefe und Bestand. Die Mutter entfremdet ihm Wesensverschiedenheit und den geliebten Bruder die schreckliche Krankheit, die ihn selbst bedroht. Keiner seiner Minister und Sekretäre stand ganz auf der Höhe der Forderungen, die er an sie stellte. Nur selten hilft ihm das Gefühl erfüllter Pflicht über Nichterfolge und Enttäuschungen hinweg. Die fortschreitende geistige Erkrankung schließt ihn immer mehr aus der Gemeinschaft der Menschen aus und diese Ausschließung vermehrt noch sein Übel.

Ist es ein Wunder, daß unter solchen Umständen sein Gemüt sich immer mehr verdüsterte und die krankhaften Triebe immer mehr Raum zu Wucherungen fanden?

Otto Gerold, der manch bewegenden Zug aus den letzten Lebenstagen Ludwigs II. an Ort und Stelle gesammelt und uns übermittelt hat, macht die Bemerkung, daß bei dem tragischen Geschicke des Königs jedes mildernde, versöhnende Element gefehlt habe. Dem König Friedrich Wilhelm IV. (der übrigens nicht geisteskrank war), sei die edelste aufopferndste Frau, Elisabeth von Bayern, als Engel des Trostes zur Seite gestanden und den Sultan Murad V. habe seine Mutter auf dem letzten Wege begleitet. Für Ludwig II. habe es solchen Trost und solche Teilnahme nicht gegeben.

In der Tat hätte man sie in erster Linie im Kreis der Familie suchen müssen. Aber in regierenden Häusern spielen Familienbeziehungen selten die gleiche Rolle wie in bürgerlichen Kreisen. Regierende Fürsten haben meistens nur erbberechtigte Agnaten, keine zärtlichen Verwandten.

Ludwig II. hatte bei seiner egozentrischen Natur wenig Familiensinn. Er bewahrte seinem strengen, etwas pedantischen Vater keine freundlichen Erinnerungen, nannte die auf ihn folgende Linie „seine Orleans" und äußerte zuweilen, es sei ihm gleichgültig, wer nach ihm den bayerischen Thron besteige.

Am nächsten standen ihm immer noch: der Großvater, der Bruder und — trotz allem — die Mutter. Nun aber ruhte der Großvater schon seit 18 Jahren in der Gruft der von ihm erbauten Basilika. Prinz Otto weilte noch unter den Lebenden, aber mehr dem Namen, als dem Wesen nach. Ludwig II. hat ihm die brüderliche Liebe niemals entzogen, ja er wandte der immer fortschreitenden Zerstörung seiner geistigen Fähigkeiten das ganz besondere ahnungsvolle Interesse zu, das eigene Angelegenheiten zu erwecken pflegen. Er verwehrte den Ärzten, auch im äußersten Fall ein einziges der Zwangsmittel anzuwenden, welche die moderne Irrenheilkunde gestattet und empfiehlt. Nur mit mildem Zuspruch sollten und durften sie dem kranken Bruder des Königs nahen; schon die Androhung der Gewalt war ihnen von Ludwig II. strengstens verboten. Wenn Prinz Otto sich schlechterdings ihren Anordnungen nicht mehr fügen wollte, wurde in der ersten Zeit zuweilen als höchste Instanz der König angerufen. Mehr als einmal fuhr er dann in Fürstenried ein; am liebsten bei nachtschlafender Zeit. Mehr als einmal trat er dem Tobenden gegenüber und mehr als einmal soll Prinz Otto inmitten der heftigsten Wahnsinnsanfälle sich der Autorität des Königs gebeugt haben. Doch der Anblick des schrecklichen Vorbildes wurde Ludwig II. allmählich unerträglich. Jahre vor seinem Tode hat er ihn nicht mehr gesehen, aber er las alle Berichte, die über ihn erstattet wurden, und als der behandelnde Arzt des Prinzen Dr. Fr. C. Müller als Assistent Guddens in den ersten Stunden des 12. Juni 1886 in Neuschwanstein zu Ludwig II. ins Zimmer trat, fand er seinen letzten Bericht vom 15. Mai 1886 aus Fürstenried auf dem Schreibtisch des Königs liegen und Ludwig sprach mit ihm darüber.

Wir haben an einer anderen Stelle dieses Buches das Opfer erwähnt, das die Königin-Mutter dem Sohne in den letzten Tagen seines Lebens freudig darbot, daß sie Stunden lang in dem Vorzimmer des kranken Sohnes Otto wartete, bis er sie empfing. Sie, die mit dem kranken König Friedrich Wilhelm bei seinem Besuche in Tegernsee im Jahre 1858 sogar besser und beruhigender zu verkehren wußte, als die Königin Elisabeth, hätte gewiß in keinem von ihr verlangten Schritt auch nur ein Opfer erblickt. Man verlangte keinen solchen Schritt von ihr. Sie lag damals krank in Elbigenalp und Baron Malsen mußte sie auf das Bevorstehende vorbereiten.

Unter den übrigen Mitgliedern des königlichen Hauses war ein Fürst von seltener Güte und reinstem Edelsinn. Weit entfernt von Selbstsucht und niederem Ehrgeiz, nur erfüllt von bangem Pflichtgefühl und dem Wunsche, Gutes zu tun und gerecht zu handeln. Es hat Prinz Luitpold einen schweren inneren Kampf gekostet, an die Entmündigung seines Neffen heranzutreten und nur zu weit getriebene konstitutionelle und andere Bedenken haben ihn Zeit seines Lebens abgehalten, sich die ledig gewordene Krone aufs Haupt zu setzen, was so sehr in der Natur der Dinge und im Interesse seiner Dynastie und seines Landes gelegen gewesen wäre.

Aber dieser edle Prinz entbehrte zuweilen der Initiative und seine Ratgeber bedachten nicht genügend, daß dem König und Neffen gegenüber ein allmähliches Vorgehen und eine mildere Form angemessener gewesen wäre, um ihn auf das über ihn verhängte Schicksal vorzubereiten.

Man konnte dem Prinz-Regenten, von dem der König bald nur mehr als von dem Prinz-Rebellen sprach, freilich nicht wohl einen persönlichen Schritt zumuten, aber ein freundschaftliches Schreiben hätte vielleicht Wunder gewirkt, in dem der Oheim dem Neffen bekundet haben würde, wie schwer er zu bewegen war, ihm die Bürde der Regierung auf einige Zeit abzunehmen und wie sehr er immer bestrebt sein werde, dessen Wünschen, insoweit es dessen Gesundheit nur immer gestatte, entgegenzukommen.

Ein solches Schreiben hatte der Prinz-Regent auch eigenhändig abgefaßt; aber dergleichen intime und freundschaftliche Kundgebungen pflegt man nicht, wie Todesurteile, durch Staatskommissionen übergeben zu lassen, welche gleich für alle Fälle Irrenärzte mit handfesten Wärtern begleiten.

Es wäre besser gewesen, den jedenfalls liebenswürdigen Brief des Regenten der Post anzuvertrauen, dann würde der König ihn wenigstens erhalten haben und er hätte vielleicht darin eine Handhabe gefunden, gegen die Behandlung Einsprache zu erheben, die ihn schon am ersten Tage in Berg erwartete.

Die Thronentsetzung eines regierenden Herrschers wegen Geisteskrankheit hat sich selten ganz glatt abgespielt. Sie hat zwei russischen Zaren das Leben gekostet und auch König Ludwig II. von Bayern sollte dabei — keines natürlichen Todes sterben.

Die Freunde des Ministeriums verbreiteten, die Minister könnten den König, dem sie soviel verdankten, „nicht im Stich lassen"; andere behaupteten, Herr v. Lutz sei der einzige, der die Verhältnisse durch Herbeiführung einer Regentschaft zu regeln imstande sei. Der zukünftige Regent selbst schien diese Ansicht einigermaßen zu teilen, denn er nahm die entgegenkommenden Schritte, welche die Minister bei ihm machten, günstig auf und man sah den Ministerpräsidenten immer häufiger mit einem großen Portefeuille unter dem Arm im Palais Luitpold aus- und eingehen. Bald zeigte sich auch, was die Minister eigentlich unter dem „den König nicht im Stich lassen" verstanden. Sie hatten ein sehr reiches Material von Beweisstücken für seine Geisteskrankheit gesammelt. Seine Quellen waren allerdings etwas trübe und flossen zum größten Teil aus Lakaien- und Chevauxlegersmund. Insbesondere ergiebig erwiesen sich die Aussagen, welche das langjährige Werkzeug der königlichen Launen, Hesselschwerdt, machte. Viele Beschwerdepunkte waren sehr alten Datums und geradezu notorisch. Ludwig II. hatte von Beginn seiner Regierung an eine ungewöhnliche Menschenscheu verraten, er hatte schon seit 1872 Separatvorstellungen veranstaltet, zwecklose Bauten unternommen, verschwenderische Geschenke gemacht und mehr ausgegeben, als er einnahm, aber es kam doch auch viel Neues, weniger Bekanntes und bisher Verschwiegenes dazu, was den Irrenärzten

SCHLOSS HERRENCHIEMSEE

eine reiche Auswahl darbot und dem Prinzen Luitpold den
letzten Zweifel benahm. Er konnte sich der Überzeugung von
der Notwendigkeit des Einschreitens nicht mehr entziehen, aber
seinem Wesen gemäß suchte er immer noch nach einem möglichst
versöhnlichen Ausweg.

Es war angeregt worden und insbesondere auch Prinz Luitpold hatte sich dafür ausgesprochen, daß das vorliegende Beweismaterial durch eine persönliche Untersuchung des kranken
Monarchen seitens der Irrenärzte zu ergänzen sei; allein man
sah keine Möglichkeit, eine solche zu bewerkstelligen und die
Irrenärzte erklärten sie angesichts des vorhandenen erdrückenden
Materials für nicht erforderlich.

Auch über die Art und Weise, in der die Entmündigung vor
sich gehen solle, bestand in den Vorberatungen im Palais Luitpold nicht sogleich volle Übereinstimmung. Unter anderem
war auch die Ansicht aufgetaucht, es wäre am besten, den König
zur Abdankung zu bewegen, wogegen Gudden bemerkte, daß
der Erklärung eines notorisch Geisteskranken die Rechtskraft
mangeln würde, ganz abgesehen davon, daß Ludwig II. bei seinem regen Majestätsgefühl zu einer solchen Erklärung wohl nie
zu bewegen wäre.

Einigermaßen im Widerspruch mit dieser Anschauung erachtete man es aber mit Rücksicht auf die dem Monarchen schuldige Ehrfurcht für geboten, dem Kranken vor Erlaß der Proklamation der Regentschaft, von den notwendig gewordenen
Schritten eine förmliche hochoffizielle Mitteilung zu machen.
Diese Mitteilung sollte in der Weise geschehen, daß eine Staatskommission (bestehend aus dem Staatsminister des königlichen
Hauses, aus zwei neubestellten Kuratoren, zu denen man unter
Festsetzung eines hohen Bezugs den Obersthofstallmeister Grafen v. Holnstein und den Reichsrat Grafen v. Törring ernannt
hatte, und dem Geheimen Legationsrat Dr. Rumpler als Protokollführer) dem König ein Schreiben des Prinzen Luitpold
überreichte, „welches die Tatsachen zwar mit der durch den
Zweck bedingten Klarheit darstellte, aber in der Form der nach

wie vor der geheiligten Person des Monarchen gebührenden Ehrerbietung entspräche.“

Um einem solchen wohlgemeinten Schritt wenigstens einige Aussicht auf Erreichung des idealen Zweckes zu eröffnen, hätte man ihn in einigem Abstand von der Exekution tun müssen. Statt dessen war die Staatskommission auch noch von dem Irrenarzt Professor Dr. Gudden, dessen Assistenten, dem behandelnden Arzt des Prinzen Otto, Dr. Franz Karl Müller und vier Irrenpflegern begleitet. Auch der Oberstleutnant Frh. R. Th. v. Washington (1833—1897) war beigezogen worden, ein etwas nervöser Riese, der zum künftigen Kavalier bei S. M. ausersehen war, und dessen Beziehungen zum königlichen Hause wohl daher rührten, daß sein Vater in erster Ehe mit einer Schwester der Königin von Griechenland verheiratet war.

Man vergaß, daß es ein gewisser Widersinn war, einem Geisteskranken durch Staatswürdenträger in voller Uniform eine offizielle Mitteilung machen zu wollen, die nicht fassen zu können zu dem Wesen seiner Krankheit gehörte, man vergaß ferner, daß der menschenscheue König für eine solche Kommission niemals freiwillig zu sprechen sein werde, man vergaß endlich, sich der Gendarmerie zu versichern und in der offiziellen Geheimnistuerei, die eines der Merkmale innerer Unsicherheit ist, auch nur den zuständigen Bezirksamtmann von der Übernahme der Regentschaft seitens des Prinzen Luitpold zu verständigen.

LX.

Das über die Geisteskrankheit Ludwigs II. gesammelte Material war umfangreich und schlagend. Solange der König lebte, beabsichtigte man, von der Veröffentlichung von Einzelheiten überhaupt ganz abzusehen, da „das Kleine“ nicht genügen würde, die Entmündigung in den Augen des Publikums zu rechtfertigen und „das Große“ im Interesse des Kranken selbst nicht bekannt werden dürfe. Unter dem „Großen“ verstand man den Haß, den Ludwig II. zuweilen gegen seine nächsten

Angehörigen äußerte, seine Mutter, die er die preußische Gebär-
maschine nannte, seinen Vater, den er aus der Gruft der Thea-
tinerkirche zitieren wollte, um ihn zu beohrfeigen, die Aufträge,
die er erteilte, ihm mißliebige Personen beiseite zu schaffen,
den deutschen Kronprinzen in einer qualvollen Gefangenschaft
zu halten, den Glaspalast in die Luft zu sprengen, damit keine
Ausstellungen mehr dort stattfinden könnten, in die Bank ein-
zubrechen, um 25 Millionen zu stehlen u. a. m. Der Minister
des Äußern sagte mir am 8. Juni 1886, es sei für ihn sehr mißlich,
gegen seinen Landesvater vorgehen zu müssen, allein Gudden
habe gesagt, es sei besser für den König, für geisteskrank erklärt zu werden, da man ihn außerdem für einen der perversesten
Menschen halten müsse. In weiteren Kreisen erregten die Gerüchte über das „Große" vielfach Zweifel und Bedenken. Kabinettssekretär Schneider hob hervor, daß dergleichen dra-
konische Befehle niemals an die kompetente Stelle ergingen,
daß sie nie jemand ernst nahm, und daß sie nie einen Anfang
von Ausführung fanden. Ludwig II. machte auch nie Versprechungen in dieser Richtung, kam nicht auf die Sache zurück,
und ließ sie meistens kurz darauf gänzlich fallen. Es lagen also
keine Willensakte, ja nicht einmal Velleitäten vor, sondern bloße
Wutausbrüche und vorübergehende Wahnvorstellungen, die sich
in der Phantasie auslebten.

So überzeugend das Beweismaterial für die Geisteskrankheit
auch war, so bereitete es doch Schwierigkeiten, es in eine Form
zu bringen, die ohne Bedenken der Landesvertretung zu dem
Zwecke mitgeteilt werden konnte, deren Zustimmung zu der
nötig gewordenen Entmündigung des Monarchen zu erwirken.
Man bedurfte hierzu unter anderem greifbarer Zeugenaussagen;
gerade daran aber war Mangel. Der Kreis der intimen Lebenszeugen des einsamen Königs war im Laufe der Jahre ein immer
engerer geworden. Die verantwortlichen Minister hatten sich
so gut wie gänzlich von dem persönlichen Verkehr mit ihm ab-
drängen lassen und ihre Kenntnis von dem traurigen Stand
der Dinge beruhte zum größten Teil nur auf der allerdings
breiten Grundlage der Beobachtungen Dritter und der um-

laufenden Gerüchte. Die Absonderung des Monarchen von Hof, Staat und Volk war bis zu dem Grade geduldet worden, daß man sich bei dieser Gelegenheit auf die Zeugenschaft der Kabinetts- und Hofsekretäre und von Hofbediensteten untergeordneten Ranges angewiesen sah. Allein auch in diesem Kreise waren nicht alle bereit und tauglich, Zeugnis gegen einen Herrn abzulegen, der ihnen so nahe gestanden war. Rücksichten der Dankbarkeit und Pietät, Zweifel an der Geisteskrankheit und deren Maß, persönliche Erwägungen verschiedener Art hielten sie davon ab oder ließen sie hierfür nicht geeignet erscheinen. Bürkel, der letzte Hofsekretär, mit dem der König noch persönlich verkehrt hatte, verweigerte jede Aussage über seine persönlichen Wahrnehmungen im Verkehr mit seinem königlichen Herrn. Sein Freund K. Th. v. Heigel möchte ihm dies als Verdienst angerechnet sehen. Aber wäre ein Zeugnis seinerseits nicht untrennbar von dem Bekenntnis seiner Mitschuld an dem Zusammenbruch gewesen? —

Alexander Schneider war viel länger im Kabinett des Königs tätig, als Thelemann und Müller. Er hatte denn auch darauf gewartet, zur Zeugenschaft aufgerufen zu werden und zu diesem Behuf ca. 300 Befehle zusammenstellen lassen, welche der König in den letzten drei Jahren schriftlich durch Dienstpersonal an das Kabinett sandte. Keiner von ihnen trug Spuren geistiger Störung. Schneider hatte auch sonst persönlich Geisteskrankheit bei dem König nicht beobachtet, insbesondere nicht in der letzten Audienz, die er im Mai 1885 hatte, in welcher der König Aufschlüsse über den neuen Kriegsminister verlangte.

Er glaubte aus dem Umstand, daß an die kompetente Stelle niemals Befehle der beanstandeten Art ergingen, den Schluß ziehen zu dürfen, daß die in der Hitze und Aufregung an das Dienstpersonal gelangten nicht ernst gemeint waren. Seine Zweifel in dieser Richtung waren die einzigen, die mir in jenen Tagen bekannt wurden.

Da es nicht angängig erschien, mit seinen Trugschlüssen die Landesvertretung zu befassen, mußte man von seiner Einvernahme absehen.

Die früheren Kabinettssekretäre Ziegler und Müller wurden
angewiesen, dem Regenten über ihre einschlägigen Wahrnehmungen Berichte zu erstatten, die sie mit Schreiben Ludwigs II. als Belegen begleiteten, Thelemann und Hornig übergaben Darlegungen gleichen Betreffs dem Minister des Königlichen Hauses, der auch den Kammerdiener Welker protokolla-
risch einvernahm, was seitens Rumplers über die Aussagen des
Kammerlakeien Mayr geschah. Durch eine Botschaft vom
14. Juni 1886 beauftragte sodann der Regent das Gesamtstaats-
ministerium, den beiden Kammern alle erforderlichen Nachweise bekannt zu geben und zur Einsicht mitzuteilen. Die
Kammer der Reichsräte wählte am 15. Juni einen Ausschuß
von 12 Mitgliedern, die Kammer der Abgeordneten am 17. Juni
einen solchen von 28 Mitgliedern, um das Beweismaterial zu
prüfen, nämlich die Zeugenvernehmungen und die diesen beigegebenen Schriftstücke. Den Sitzungen dieser Ausschüsse
könnte jedes Mitglied der Kammer beiwohnen.

Über das Ergebnis der mehrmaligen Tagungen berichtete in
der Reichsratskammer Neumayr am 21. Juni, in der Abgeordnetenkammer Bonn am 26. d. Mts. Der Letztere betonte, die
Abgeordnetenkammer habe von dem Rechte, weitere Erhebungen
zu pflegen, Gebrauch gemacht; es ist jedoch nur die Rede von
einer Vernehmung des Assistenzarztes Dr. Müller über die Vorgänge in Berg, des Staatsministers Lutz über seine Wahrnehmungen als Kabinettssekretär 1864/65 und einiger anderer Minister, ferner der Ärzte Grashey, Gubrich und Kerschensteiner.
Der Referent Neumayr erklärte: von einer Einsichtnahme der
Tagebücher des Königs habe der Ausschuß im Einverständnis
mit dem Staatsministerium aus Rücksichten der Pietät Umgang
nehmen zu sollen geglaubt.

Die stenographischen Berichte der Kammerverhandlungen
vom 26. Juni 1886 enthalten zwar weder das erste Gutachten
Guddens noch vollständig die Aussagen der einvernommenen
sieben Zeugen, geben aber ein vollkommen genügendes Bild von
der Geisteskrankheit Ludwigs II., die ja schon vorher geradezu
notorisch war. Schon die Tatsache, daß ein Fürst, der seit Jahren

kein Hoffest mehr gab, ja nicht einmal mehr eine Audienz erteilte, sich zu seinen vielen anderen Schlössern für 20 Millionen ein neues erbauen ließ, dessen Festräume an Größe die von Versailles übertrafen und dessen Beleuchtung für eine einzige Nacht auf 10,000 Mk. zu stehen kam, lieferte einen augenfälligen Beweis hiefür.

Nichtsdestoweniger hörte man das Gudden vorgelegene Material vielfach als nicht einwandfrei bezeichnen, insofern es den Kreisen ungebildeter oder halbgebildeter Bediensteter entstammte, die in Ungnade gefallen oder „gewonnen" waren. Eine solche Ausdehnung der Zeugenvernehmungen widersprach freilich dem Volksempfinden und der Würde der Krone, um so mehr, als es sich ja nicht sowohl um bloße Beurkundung von Tatsachen, als um Abgabe eines Urteils über den Geisteszustand eines Hochgestellten handelte, das ja nach dem eigenen Niveau des Beobachters immer verschieden ausfallen wird. Wann hätte je ein Herr Gnade in den Augen seines Dieners gefunden? Der Beobachtungskreis, den er ihm läßt, ist zu beschränkt, und der Maßstab solcher Richter fast stets ein zu persönlicher. Manches in ihren Angaben erwies sich denn auch als entstellt übertrieben, unrichtig aufgefaßt. So mußte das Gerücht, das anfangs in Umlauf kam und die öffentliche Meinung besonders erschreckte und erregte: Ludwig II. habe bei dem Hause Orleans ein Darlehen gegen Zusicherung der Neutralität in einem künftigen Kriege betrieben, als durchaus falsch erklärt werden. Auch die Angabe des Ausschußreferenten, der König habe Löher den Auftrag erteilt, „ein Land zu suchen, in welchem eine absolute Regierung möglich wäre, und das sich gegen Bayern vertauschen ließe", entsprach nicht ganz der Wirklichkeit.

Desgleichen liefert J. L. Craemer ein etwas anderes Bild des Dienerfestes, das der König alljährlich am 6. Januar, dem Fest der H. Drei Könige, seinem Personal gab, als der Zeuge Hornig. Dabei ging es allerdings hoch her, und alle durften sich ungezwungen der Lustbarkeit, kulinarischen Genüssen und dem Trunk überlassen. Allein der König sah dieser Fidelität lediglich von einem Balkon aus zu und hat nicht allenfalls: „Schneider leih mir deine Scheer", oder ein anderes Spiel mitgespielt, wie man nach dem Kammerbericht annehmen könnte.

Einwände dieser Art ließen sich vielleicht noch manche erheben; allein die Nachprüfung der vor 38 Jahren für Zwecke der Öffentlichkeit gepflogenen Zeugenaussagen ist zur Zeit noch nicht wieder gestattet.

Eine andere Aussetzung, die an dem Beweismaterial gemacht wurde, war, daß es wenigstens der Ausschußreferent der Kammer nicht chronologisch, sondern nach Gegenständen geordnet hatte. Man machte demgegenüber die Bemerkung, daß sehr viele für geisteskrank erklärt werden könnten, wenn man alle Entgleisungen, alle Torheiten, die sie im Laufe eines langen Lebens begingen, in einen Knäuel zusammenfaßte.

Sehr viele wollten unter Verwechslung der Ursache mit der Wirkung die Geisteskrankheit Ludwigs II. auf Rechnung seiner Schwärmerei für die Werke Richard Wagners setzen.

Selbst ein Gelehrter vom Fach, der russische Psychiater Kowalewski, vertritt diese nicht haltbare Meinung in seinem Buche: „Wahnsinnige als Herrscher und Führer der Völker" (München 1910), in welchem er in einem Kapitel, das von Entstellungen und falschen Angaben wimmelt, neben Peter III. und Paul I. von Rußland, Nebukadnezar und Saul auch König Ludwig II. behandelt: „Es war vielleicht ein Unheil," schreibt er, „daß zu seiner glänzenden, aber krankhaften angeborenen Begabung noch die Wagnerische Musik hinzukam. Viele Kenner (?) behaupten, diese Musik wirke auf manches menschliche Gehirn narkotisch, und daß sie wie Opium, Haschisch, Morphium usw. berauschen könne. Dieses Narkotikum wirkte nun auf die Gehirnnerven des Königs. Seine glühende, schwärmerische, phantasierende Seele überließ sich gänzlich dieser Musik (?) und er unterschied nicht den Schöpfer von seiner Schöpfung, dessen Helden von seiner eigenen Person und seine Phantasiegebilde von der Wirklichkeit. Es ist dies der Rausch, der des Königs Verstand am meisten lähmte und ihn zugrunde richtete."(?)

Auch Lampert berichtet, man habe Richard Wagner den Dämon genannt, der des Königsjünglings ideal schwärmerischen

Sinn gefangen genommen und, gleich dem Klingsohr in seinem Parsival, ganz und gar in seine unheilvolle Gewalt gebracht hätte[1]. Als der Regentschaftsausschuß der Abgeordnetenkammer im Juni 1886 zusammensaß, hätte eines seiner Mitglieder an einen der zugezogenen wissenschaftlichen Experten die Frage gestellt, „inwieweit die Einwirkung des seinem Gönner im Tode vorangegangenen Dichter-Komponisten auf jenen als nachteilig angenommen werden dürfe?" Die Antwort, die der Expert erteilte, scheint mir höchst unzutreffend. Er meinte, bei einer der Exzentrizität zugänglichen Individualität hätte jede bedeutende Persönlichkeit, mit der er in nähere Berührung gekommen wäre, einen beherrschenden Einfluß ausüben können. Eine einseitig religiös gerichtete Kapazität ebensogut, wie Wagner. Das ist gewiß falsch. Es war überhaupt sehr schwer, auf das Wesen Ludwigs II. Einfluß zu üben und auch die Person Richard Wagners hat einen „beherrschenden" Einfluß auf die innerste Natur Ludwigs II. niemals geübt. Die der Anregung bedürftige reiche Phantasie des jungen Königs, die vom Knabenalter an die Welt der deutschen Helden und Minnesänger bevölkerte, fand nur in dem großzügigen Werke Richard Wagners ihre höchste Befriedigung und ihren größten Genuß. Ludwig hält Wagner „für den Schlußstein der gesamten deutschen Kultur" (28. Januar 1867) und bringt der Verwirklichung seiner Werke Opfer, die ihm persönlich nicht schwer fallen.

[1] Auf demselben Standpunkt steht die Broschüre: „Das Ministerium Lutz und seine Gegner", München 1886, die sich nicht entblödet, frei nach Puschmann zu behaupten, daß „Richard Wagner zweifelsohne selbst an Paranoia litt" und ein 6 Seiten langes Zitat des „Bayer. Vaterlands" zu Gunsten des Ministeriums, das dieses Blatt bisher so leidenschaftlich bekämpft hatte, abdruckt, in dem es in diesem Betreffe heißt: „Den Rest besorgte der selbst an mehr als gelindem Größenwahn leidende, aber im Punkte der Wahrung seiner persönlichen Interessen gar nicht so unpraktische Logenbruder Richard Wagner, den wir s. Z. den bösen Dämon des Königs genannt haben und mit voller Überlegung noch heute so nennen, dessen überlegener, im höchsten Grade selbst- und herrschsüchtiger diabolischer Geist den nur in Phantasie und Träumen wie in einer anderen Welt lebenden, von Natur idealen und gutmütigen König vollständig gefangen nahm und mit System und Methode für die aktuelle Gegenwart verdarb und zu Grunde richtete."

An die Huldigungen, welche der Meister in dem heißen Dankgefühl für seine Errettung und Emporhebung dem König darbringt, darf man den Maßstab der Courtoisiebücher nicht anlegen. Übrigens reicht die Kundgabe einer ekstatischen Stimmung der Briefe über die Anrede selten hinaus. Diese schlägt freilich sehr volle Akkorde an: „Mein liebes, hohes Wesen!" „Mein König, mein höchstes Glück!" „Mein höchster Trost!" „Schöner Stern meines Lebens!" „Hoher Engel!" „Mein schönster einzigster Ludwig!" „Wundervoller König!" „Teueres, gottgesandtes Wesen!" „Liebstes, höchstes, schönstes meines Lebens!' „Mein heiliger Parsival!" „Mein Erlöser!" „Mein Vollender!"...

Sobald Wagner in seinen Briefen an den König den Boden der Wirklichkeit betritt, ist er kein serviler Höfling, kein eigennütziger Schmeichler, sondern der treue Freund, der die Wahrheit sagt und das, was er dafür hält, wohl mehr und bestimmter als irgendein anderer von denen, die dem König näher kamen. Er nimmt die Gelegenheit wahr, ihn an seine Regentenpflichten zu erinnern und vor Anfällen der Schwäche zu warnen. Als der König ihm schrieb, daß er die Welt verachte, antwortete Wagner, auch der Tyrann, der Despot verachteten die Welt. Was aber heiße das? er trachte einzig und allein der Welt nach und sie sei nichts anderes, als er selbst und seine grenzenlose Eigensucht (18. Juli 1867). Wiederholt tritt er Ludwigs Abdankungsideen entgegen und fordert ihn auf, zu sein, wie ein König sein soll: „selbständig und entschieden." Niemand hat vielleicht auch in der deutschen Frage mehr Einfluß auf Ludwig II. geübt als Richard Wagner. „Er glühte förmlich vor Patriotismus," schreibt Fr. Pecht, der ihn im Herbst 1870 in Triebschen besuchte, „und hat wenigstens in jener Zeit ganz gewiß einen höchst wohltätigen Einfluß auf den jungen König von Bayern ausgeübt, der ihm gerade damals mehrfach geheime Besuche (?) abstattete." Wagner hatte längst die Vorstellung aufgegeben von dem „ehrgeizigen Junker, der seinen schwachsinnigen König auf das frechste belügt und ihn ein unehrliches Spiel treiben läßt" (29. April 1866). Im Juni 1866 rät er dem König dringend, zur Armee zu gehen und in einem politischen Exposé vom 25. April

1867 zur höchsten Anspannung der bayerischen Wehrkraft. „Der volkstümlichste Krieg steht bevor, wer entscheidenden Anteil an ihm nimmt, wird von dem deutschen Volke über alles hoch geehrt werden[1].“

Aber, wie gesagt, auch Wagners Wirkung ist eine beschränkte. Auch seine „Vorstellungen begegnen oft, ja fast immer dem rätselhaften Schweigen des Königs“, an dem die Reue nagt über Entschlüsse, die er gefaßt hat: „Die deutsche Welt,“ schreibt Wagner ihm am 1. März 1871, „preist Sie, beim Beginn des großen Krieges das hochherzige Beispiel gegeben zu haben; wie kummervoll, wenn ich nun aus Ihren erschütternden Andeutungen schließen müßte, schon damals hätten Sie Sich nicht frei gefühlt.“ —

Die Psychiatrie macht zuweilen auf Laien den Eindruck einer Geheimwissenschaft, die hinter einer Masse kühn gebildeter Fremdwörter verschwimmende Begriffe verbirgt und deren kasuistische Behandlungsweise sich wenig zur Anwendung auf Ausnahmefälle eignet. Man sucht vergebens in den Lehrbüchern nach Spezialbegriffen, unter die man die so ungewöhnliche Menschenscheu und die nicht minder weitgehende Bauleidenschaft Ludwigs II. subsumieren könnte und vermag sie schließlich nur unter den großen allgemeinen Deckmantel der Geisteskrankheit unterzubringen.

Auch sehr viele normale Naturen leiden ja zeitlebens an einer großen Schüchternheit und an beständigen inneren Hemmungen im Verkehr mit Menschen. Karl Alexander v. Müller meint geistreich und wenigstens halb wahr, daß die Menschenscheu bei Ludwig II. nur der unwillkürliche Ausdruck eines erschreckenden inneren Insuffizienzgefühles war, das sich stolz und ängstlich über einer Schwäche betroffen zu werden, lieber in drückender Einsamkeit versteckte.

Das Gefühl innerer Unsicherheit und das Widerstreben, das eigene Ich einzugestehen und zu betätigen, wie es eben ist, liegt

---

[1] In der französischen Presse tauchte sogar die alberne Behauptung auf, R. Wagner habe dem König i. J. 1870 zum Krieg geraten, um sich für den Mißerfolg der Pariser Aufführung des „Tannhäusers“ zu rächen.

der Schüchternheit ja immer zugrunde und, wenn sie auf krankhafter Grundlage beruht, entkeimen diesem Polyp sehr leicht die Ausläufer des Beziehungswahns und des Verfolgungswahns, unter denen Ludwig II. später so erheblich litt.

Schon in den ersten drei Jahren seiner Regierung sah man sich veranlaßt, den König darauf aufmerksam zu machen, daß sein Volk seine Zurückgezogenheit schmerzlich empfinde und legte ihm nahe, sich mehr zu zeigen. Er ließ sich infolgedessen bewegen, eine Militärrevue abzuhalten, von der er aber mit der Überzeugung zurückkam, daß sein Volk unmöglich mit ihm unzufrieden sein könne, da es ihn sonst nicht so begeistert empfangen und begrüßt haben würde.

Diese Überzeugung bestärkte sich immer mehr und mehr bei ihm. Je nachgiebiger die Minister auch in diesem Punkte waren, um so mehr zog er sich zurück. Als Ziegler ihm lebhaft zuredete, sich an dem 800 jährigen Jubiläum seines Hauses irgendwie persönlich zu beteiligen, nannte er das „Servilität nach unten", und als er sich in unerhörter Weise unter dem lauten Befremden des ganzen Landes auch bei diesem Anlaß ferngehalten hatte, sagte er einem Freunde: „Man hat mich zwingen wollen, zur Wittelsbacher Feier zu kommen; Ich bin doch nicht gegangen; was konnte auch daraus erfolgen, daß ich es nicht tat? — Revolution machen sie ja doch nicht." Er half sich über Pflichtvergessenheiten dieser Art mit Theorien über die Unumschränktheit des Königtums hinweg.

Der Aufenthalt in abgelegenen Schlössern wurde in den Jahren 1876—1883 je um einen Monat verlängert und wenn Ludwig endlich den Entschluß gefaßt hatte, in die Residenzstadt, die ihm wie ein Gefängnis erschien, zurückzukehren, ging er oft unterwegs in Seeshaupt oder Peissenberg stundenlang unschlüssig umher und wäre am liebsten wieder umgekehrt. Im Kupee noch schlug er zuweilen mit Händen und Füßen um sich, gleich als sei die Menschenscheu in ein Stadium des Paroxysmus eingetreten.

Selbst mit Persönlichkeiten, wie dem Baurat Dollmann, die mit ihm in Linderhof unter dem gleichen Dache wohnten, verkehrte er nur schriftlich und zum Empfang seiner besonderen Freunde mußte er immer eine günstige Disposition abwarten. Die Minister fanden sich leicht mit seiner persönlichen Unzugänglichkeit ab, aber die Verzögerungen bei Erteilung von Audienzen für neubeglaubigte Gesandte führten mehrfach zu kleinen internationalen Zwischenfällen.

Die Münchener Gewerbetreibenden klagten über die Ausfälle an Absatz, die ihnen infolge des kurzen Aufenthalts des Monarchen in der Residenz, durch den Wegfall der Hofbälle u. a. erwuchsen. Die Ersparungen, welche die Hofkasse dabei erzielte, wurden reichlich durch Reisekosten und Diäten und andere Veranstaltungen wettgemacht, wie die kostspieligen Separatvorstellungen, die ja im Grunde auch nur auf die Menschenscheu Ludwigs II. zurückzuführen waren.

Früh sucht er sich, wenn immer möglich, den königlichen Repräsentationspflichten zu entziehen und sie anderen aufzubürden: „Ich halte es für gut, wenn bei Hofe wieder größere Tafeln gegeben werden," verfügt er am 1. April 1868, „wegen meines Unwohlseins werde ich für die nächste Zeit kaum sobald solche abhalten können, ich gedenke daher den Prinzen Otto zu beauftragen, im alten Wintergarten in meinem Namen einigen Tafeln zu präsidieren, zu welchen Einladungen an die Hofchargen, die Minister, Staats- und Reichsräte ergehen können." — Später muß dann „das schlechte Befinden" desselben Prinzen Otto herhalten, um den von so vielen mit Schmerzen erwarteten Hofball abzusagen. „Wie Sie wissen, ist Prinz Ottos Zustand ein sehr bedenklicher; Gietl hat endlich einen hierauf bezüglichen Artikel geschrieben, der bald in die Blätter kommt. Schreiben Sie mir heute noch, ob Sie nicht meinen, daß die Abhaltung eines Hofballes unter solchen Umständen einen befremdenden Eindruck machen wird und die allenfallsige Nichtabhaltung sich fast von selbst motivieren würde" (27. Januar 1872).

Vor den unvermeidlichen Hoftafeln empfand der König ein Bangen, „als ginge es zum Schaffot". Erst nach wochenlangen Aufregungen entschloß er sich endlich dazu und trank dann vorher acht bis zehn Gläser Champagner zwecks Stimmung dazu. Er mußte durch Blumen und Tafelaufsätze dem Anblick der Gäste möglichst entzogen werden und es wurde eine tunlichst lärmende Musik befohlen, in der jedes Gespräch unverständlich wurde. S. M. ließ dabei wilde Blicke umherschießen, stieß hier und da voll Wut mit dem Säbel auf den Boden und äußerte sich vorher und nachher oft äußerst ungnädig über seine Gäste.

Für das Bestehen des Beziehungswahns haben wir an anderen Stellen dieses Werkes bereits ein paar typische Beispiele angeführt.

Der Verfolgungswahn des Königs trat zuerst in seiner wachsenden Furcht vor der Sozialdemokratie und vor Attentaten in Erscheinung. Fast möchte man in der ersteren etwas wie eine Vorahnung künftiger Ereignisse erblicken, denn so lange Ludwig II. regierte, bedrohte die Sozialdemokratie die achthundertjährige Wittelsbacher Dynastie noch nicht, ja sie stand eigentlich immer auf einem recht erträglichen Fuß zu ihr. Sie glaubte damals auch ohne Umsturz der Monarchie ihren Zielen näher kommen zu können. Ludwig II. aber dachte anders über sie. „Sein ganzes Majestätsgefühl," schreibt Rummel, „bäumte sich gegen diese „Revolutionäre" auf. Neben namenlose Entrüstung und Empörung trat hier noch ein anderes und stärkeres Gefühl: die Furcht. In seiner Angst wurde er vor allem durch den damaligen Polizeipräsidenten Freiherrn v. Feilitzsch bestärkt, während Ziegler entgegenzuwirken suchte und stets die Ansicht vertrat, daß kein einziger Sozialdemokrat dem König ein Haar krümmen würde."

Der zitierte Vorwurf gegen Feilitzsch wurde so allgemein erhoben, daß der Minister sich veranlaßt sah, in den „Neuesten Nachrichten" vom 20. Juni 1886 eine Erklärung erscheinen zu lassen, in der er hervorhebt, daß er nur die Befehle S. M. vollzogen habe. „Ich habe niemals S. M. bezüglich der persönlichen Sicherheit ängstlich gemacht, sondern im Gegenteil die vielfachen von S. M. geäußerten Befürchtungen entschieden und eingehend zu zerstreuen gesucht, wie mir dies die Kabinettssekretäre bestätigen können und wie dies auch dem Aktenmaterial genau zu entnehmen ist. Die Vorkehrungen bei Ausfahrten beruhten auf speziellen Allerhöchsten Befehlen, und letztere wurden immer stärker. Ich habe die Kabinettssekretäre dringend ersucht, auf Abstellung dieser Maßnahmen hinzuwirken, da sie Aufsehen erregen und absolut in keiner Weise veranlaßt seien. Ferner habe ich mündlich S. M. inständig ersucht, diese Vorkehrungen fallen zu lassen und auf die Frage S. M., ob Allerhöchst dieselben sicher seien, mit Entschiedenheit geantwortet: „E. M. können zu jeder Stunde des Tags und der Nacht in München und im englischen Garten allein spazieren gehen; ich hafte dafür, daß nichts passiert." — Es war aber Alles umsonst; es blieb bei den Allerhöchsten Befehlen."

Frh. v. Rummel verbreitet sich weiter über die Maßnahmen, welche Ludwig II. gegen Sozialisten und Anarchisten getroffen wissen wollte und faßt die Ansicht des Königs in die Worte zusammen: er habe gemeint, seine Räte nähmen die ganze sozialistische Gefahr und Bewegung nur auf die leichte Achsel und hätten „allzu rosig gefärbte Anschauungen".

Noch größer als die Furcht Ludwigs II. vor Sozialdemokraten und Anarchisten war die vor Attentaten; sie grenzte zuweilen sogar etwas an das Lächerliche. So, wenn der Monarch in der Weihnachtsmette 1879 oder 1880 fluchtartig die Hofkirche verließ, weil er glaubte, eine Dynamitbombe sei geplatzt, als ein Gendarm seinen Helm aus Versehen hatte fallen lassen.

Damit hingen auch die in der oben zitierten Erklärung des Ministers des Innern erwähnten Vorsichtsmaßregeln zusammen, das ganze ungewöhnliche Aufgebot von Gendarmerie, von dem der König seinen Günstlingen gegenüber sagte: es sei wegen der „Repräsentation" und um lästige Bittsteller und Fußfälle abzuhalten.

Verließ der König in Laim den Eisenbahnwagen, um mit einem Viererzug in die Residenz einzufahren, so war ein ganzer Kordon von berittener und anderer Schutzmannschaft aufgestellt. Fuhr er von der Residenz aus spazieren, so war der ganze englische Garten an allen seinen Ecken und Krümmungen mit Gendarmerie besetzt. Wandelte er eine kurze Strecke zu Fuß, so umgab ihn gleichfalls von allen Seiten ein Eclaireurdienst von bewaffneter Mannschaft. Die Fremden, die das sahen, lachten, die Gendarmen lachten und der König selbst spottete darüber, indem er einem Freunde schrieb, er habe heute wieder seine Ausfahrt mit Gendarmeriebegleitung unternommen.

Die Spötter waren noch die gutgesinnten; es wurden aber auch Stimmen der Entrüstung darüber laut, die in diesem Aufgebot bewaffneter Mannschaft eine Beleidigung des braven Bayernvolkes erblickten, das in seiner 800jährigen Geschichte sich niemals zu einem Attentat hatte hinreißen lassen. Die während seiner Regierung auswärts vorgefallenen Attentate erhöhten noch diese Furcht. Besonders empfand er den gelungenen Mordanschlag auf den Kaiser von Rußland im Jahre 1881 wie einen Eingriff in seine eigene Sphäre.

„Von dieser Zeit an," schreibt Rummel, „ist er nicht mehr zu beruhigen. Immer und überall befürchtet er Mordanschläge. Das Schreckgespenst der Sozialdemokratie wächst ins ungeheuere, will ihm nicht mehr von der Seite weichen, treibt ihn des Tages friedlos umher, grinst in die Träume der Nacht hinein. Die französische Revolution, die er gut studiert hat und kennt, ersteht ihm mit all' ihren Greueln und Untaten wieder. Ludwig XVI. und Marie Antoinette entsteigen ihren Gräbern und grüßen den fieberkranken Bruder und König. Der Kabinettssekretär weiß sich keinen Rat mehr. Um dem Monarchen seine Ruhe wiederzugeben, äußert er, die Kaiser von Deutschland und Rußland stünden doch auf politisch viel gefährdeteren Posten, als der König von Bayern." Damit kommt er aber schlecht an. Der König mustert ihn von oben bis unten und sagt: „Sie glauben wohl, bei mir verlohne es sich nicht der Mühe."

Die strengsten Absperrungsmaßregeln werden erlassen, die Stunde der Ausfahrt muß peinlichst geheim gehalten werden, auch die Einsteigestelle wird so gewählt, daß sie niemand zugänglich ist, und schließlich fährt der König nur mehr in der Nacht und im allerschärfsten Tempo aus.

Wie wir oben gesehen haben, nahm der Verfolgungswahn Ludwigs II. bei der Katastrophe schließlich den bei der Paranoia häufigsten Inhalt an: die Furcht vergiftet und aus dem Weg geräumt zu werden. Er mißtraut seinen Verwandten — dem Prinzregenten trotz allem noch am wenigsten — seinen Dienern, seinen Ärzten und, um der für den Wahn unentrinnbaren Gefahr zu entgegehen, sucht er die Rettung in dem, was er doch am meisten fürchtet: im Tode. —

Neben dem Verfolgungswahn pflegt bei Paranoia sich besonders Größenwahn einzustellen. Bei einem Monarchen tritt die Grenzlinie zwischen berechtigtem Selbstgefühl und Größenwahn schon darum weniger in die Erscheinung, weil er ja an sich eine ganz andere Art der Behandlung erfährt und beanspruchen darf, als andere Menschen. Ludwig II. besaß aber noch außerdem im hohen Grade die Kunst, die Anfänge seiner Krankheit und die Wurzeln seiner geistigen Verirrungen lange vor der Welt geheim zu halten; gleich als ob eine Stimme im Unterbewußtsein ihm zuflüsterte, daß er Unrecht habe und so den Mut benahm, sich zu zeigen und zu geben, wie er war und dachte. Er hielt sich äußerlich ja nie für mehr, oder für etwas anderes, als er war, aber er schrieb dem eine viel höhere Bedeutung zu, als die Vernunft und moderne Auffassung staatlicher Verhältnisse zuließen. Schon bei seiner Thronbesteigung berauschte er sich in Vorstellungen von der Heiligkeit der absoluten Monarchie, von der Reinheit der Lilien und der Größe Ludwigs XIV., der seinerseits, wenn er sich mit dem Staat identifizierte, ihm auch alles gab, was er hatte und in sich trug. Kein Fürst konnte aber dem Gedanken ferner stehen, daß der Monarch der erste Diener des Staates sei, als Ludwig II. Das Krankhafte in seinem Wesen, wie in dem der meisten Geisteskranken bestand darin, daß er sich von seinem Ich nicht loslösen konnte. Er war nicht selbstsüchtig, aber „egozentrisch", die ganze Außenwelt war nur seinetwegen da; er hatte nur Rechte an sie, keine Pflichten gegen sie. Er behauptete zuweilen, auch das Privatrecht habe dem Monarchen gegenüber keine Geltung und sagte einmal zu Düfflipp, sein Königliches Wort habe nur solange Geltung, als er es halten wolle.

Einen kleinen Zusammenstoß bewirkte diese Theorie, die wie ein schwarzer Faden durch seine spätere Regierungszeit geht, und die Erklärung vieler Vorkommnisse bildet, in seinen Beziehungen zu dem Großherzog von Weimar. Der Besuch der Wartburg seitens Ludwigs II. führte zu einem Austausch einer Abbildung derselben gegen eine solche von Hohenschwangau, welch letztere der Großherzog mit einem Dankschreiben beantwortete, in dem er von gleichen Burgen, gleichen Banden und Pflichten sprach. Das fiel Ludwig II. auf die Nerven; er ließ den Großherzog durch ein kühles Kabinettschreiben darüber belehren, daß er keine Pflichten anerkenne.

Den Lebensäußerungen Ludwigs II. fehlte immer mehr und mehr der altruistische Zug. „Nicht," führte der Ausschußreferent der Kammer aus, „wie seine erhabenen Vorfahren zum Wohle und Ruhme Bayerns die Künste pflegten, beschäftigte König Ludwig II. Künstler und Architekten; das, was er schaffen ließ, mußte in geheimnisvoller Weise geschehen und jedem

menschlichen Auge verborgen bleiben, der Anblick seiner Schöpfungen durch andere Sterbliche schien ihm eine Entweihung
zu sein."

Seine Baulust ist öffentlichen Zwecken wenig zustatten gekommen und die unter seiner Regierung noch so günstigen Gelegenheiten zur Bereicherung der Staatssammlungen sind versäumt worden.

Ich weiß nicht, ob die Gründung einer royalistischen Koalition
und die Instandsetzung einer Bastille mehr dem Verfolgungswahn, oder der Nachahmung von französischen monarchischen
Einrichtungen entsprangen, die eine rein äußerliche war.

Die erstere bestand aus einem Geheimbund von Leuten, die
alle Äußerungen über S. M. zu belauschen und anzuzeigen sich
verpflichten sollten und dessen Endzweck die Beseitigung der
bayerischen Staatsverfassung und die Einführung des absoluten
Königtums war.

Zu einer kleinen Bastille stellte ein Leutnant W. seine Villa
am Ammersee zur Verfügung, bis das im Bauplan von Neuschwanstein vorgesehene Burgverließ fertiggestellt war.

War es möglich, so lange Zeit nach außen den Schein einer
ordnungsgemäßen Regierung aufrecht zu erhalten, so litt unter
der Verzögerung der notwendig gewordenen Entmündigung um
so mehr die nächste Umgebung des Königs; es ist ihr wenigstens
ein Menschenleben zum Opfer gefallen, mehrere sind infolgedessen beschädigt worden und viele sehr erheblich bedroht gewesen.

LXI.

Die Staatskommission war Mittwoch den 9. Juni 1886 bei
dem Prinzen Luitpold zur Tafel geladen und reiste im Laufe des
Nachmittags mit Extrazug nach Oberdorf, wo schnelle Hofwagen sie erwarteten, die sie nach Hohenschwangau fuhren, wo
sie um 12 Uhr nachts ankam. Sie wurde in dem sogenannten
Kavaliersbau des alten Schlosses untergebracht.

Das Gepäck mit den Uniformen langte mit langsamen Post-
pferden erst Stunden lang später ein und mußte erwartet werden. Zuerst galt es eine Herzstärkung einzunehmen und sich
gegenseitig Mut zuzutrinken, der nicht bei allen Mitgliedern der
Kommission im gleichen Grade vorhanden gewesen zu sein
scheint. Dazu waren, wie eine indiskrete Statistik verrät, vierzig
Maß Bier und zehn Flaschen Champagner nötig. Auch für die
Leibesnahrung war reichlich gesorgt, denn das uns erhaltene
Menü mit der Aufschrift: „Souper de Sa Majesté le Roi" verzeichnet sieben sehr schmackhafte Gänge. Es war eine wahre
Henkersmahlzeit, nur, daß sie nicht — der Verurteilte einnahm.

Man sprach von dem Bevorstehenden und Gudden entwickelte
einen Plan, in dem man vergebens nach einer Spur von Schonung und Rücksicht für den kranken König sucht, während er
den ganzen Mangel jeden persönlichen Eindrucks über den
Stand der dem Kranken doch noch verbliebenen Geisteskräfte
verrät. Gudden stellte sich, wie sein Assistent berichtet, die
Sache folgendermaßen vor: Zuerst würden die Staats- und Hofbeamten vor den König hintreten und ihm die Erklärung von
der durch seine Erkrankung bedingten Übernahme der Regentschaft durch den Prinzen Luitpold vorlesen; dann trete Gudden
mit dem Assistenzarzt Dr. Müller und den vier Irrenpflegern
vor und teile dem Könige mit, daß die ärztliche Behandlung
nun ihren Anfang nähme; Majestät würde gebeten, in den
bereitstehenden Wagen einzusteigen und mit nach Linderhof
zu fahren, welches als vorläufiger Aufenthalt ausersehen sei."

Als die Frage aufgeworfen worden war, wer sich zuerst dem
König nahen solle, erbot sich Graf Holnstein dazu mit den
Worten: „ich geniere mich nicht, ich gehe geradewegs hinein."

Die Nennung dieses Namens unter den Mitgliedern der
Staatskommission rief bei Ludwig II. einen jener Zornausbrüche hervor, welche seine Umgebung besonders fürchteten.
Er war lange Jahre in hoher Gnade gestanden und dann in tiefe
Ungnade gefallen. Bismarck hatte vor ihm gewarnt und es
war ein befremdlicher Mißgriff, ihn dem König als Kurator aufzudrängen. Man mochte glauben, daß er am besten in der Lage

sei, das in den obschwebenden Verhandlungen so wichtige Stallpersonal unter seiner starken Faust zu halten, aber sein Einfluß erstreckte sich nicht immer auch auf die besseren Elemente
dieses Kreises und seine Brutalität vereitelte auch in dem gegebenen Fall den Erfolg der Kommission.

Als er gegen 1 Uhr nachts in seine Domäne, den Pferdestall,
trat, um dem Personal die Weisung zu erteilen, sich zur Rückkehr nach Berg vorzubereiten, da das Hoflager in Neuschwanstein aufgelöst werde, stand der Kutscher Osterholzer eben im
Begriff, die Pferde an den Wagen zu spannen, in dem der König
seine gewöhnliche Nachtfahrt zu machen pflegte. Der Obersthofstallmeister befahl ihm, sofort wieder auszuspannen, da
für den König ein anderer Wagen bereit gestellt sei und ihn ein
anderer Kutscher fahren werde. Als Osterholzer sich auf den
Befehl des Königs berief, erwiderte der Graf: „der König hat
überhaupt nichts mehr zu befehlen, sondern S. K. H. Prinz
Luitpold.‟

Diese Äußerung machte den Mann stutzig. Vielleicht sah er
auch den „anderen für den König bestellten Wagen‟. Dies war
ein einfacher Landauer, der von außen mit Riemen geschlossen
werden konnte und der unterhalb der Sitzbänke kleine Öff-
nungen hatte, um Schlingen zur Fesselung der Füße anbringen
zu können. Die Ärzte schienen den König, der gestern noch
über 6 Millionen regiert hatte, bereits für tobsüchtig zu halten.

Osterholzer lief außer sich auf Waldpfaden nach Neuschwanstein hinauf. Ein Schloßdiener meldete ihn dem König, der
sich eben von dem Lakaien Weber zur Ausfahrt bereit machen
ließ. Atemlos stürzte Osterholzer ihm zu Füßen und beschwor
ihn in unzusammenhängenden Worten zu fliehen. Auch der
Lakai Weber erbot sich, bei der Flucht zu helfen. Aber der
Monarch wies das Anerbieten stolz ab. „Wenn Gefahr vorhanden
wäre,‟ meinte er, „würde mir Hesselschwerdt schon geschrieben
haben.‟ Er hatte keine Ahnung davon, daß Hesselschwerdt es
war, der einen Hauptteil des Beweismaterials geliefert hatte,
auf Grund dessen man nun gegen ihn vorging. Indessen erteilte
er den Befehl, das Schloß gegen die Ankommenden abzusperren.

Gegen 3 Uhr morgens wurden der Kommission die Hofwagen für Neuschwanstein gemeldet. Auch der für den König bestimmte „Reisewagen" stand bereit.

„Es war eine traurige Fahrt," erzählt Dr. Fr. K. Müller, „kalter Regen schlug uns ins Gesicht, schwere Nebel hingen über dem Wald. Es begann langsam zu dämmern. Schwanstein mit seinem aus riesigen Quadern gefügten Bau macht in dieser romantischen Waldeinsamkeit einen gewaltigen Eindruck. Aber trotz seiner Schönheit läßt es nicht verkennen, daß diese Unsummen von Zinnen und Türmchen Ausgeburten eines kranken Gehirnes sind."

Als sie gegen 4 Uhr morgens an dem Hauptportal der Burg ankamen, wurden sie von mehreren Gendarmen mit vorgestreckten, schußbereiten Gewehren und dem Gebote zu halten, empfangen. Die Gendarmerie war durch rasche Heranziehung der in der Umgebung streifenden Mannschaft, sowie mit ein paar Chevauxlegers verstärkt worden und die Feuerwehren der benachbarten Orte waren angerückt, ihren König vor dem „Überfall" zu schützen.

Die schriftlichen Vollmachten der Kommissionsmitglieder wurden unter Hinweis auf den unmittelbaren königlichen Befehl keines Blickes gewürdigt und als die Herren sich den Eintritt gewaltsam erzwingen wollten, riß der Wachtmeister Heinz sein Gewehr empor und rief: „Keinen Schritt weiter; oder ich gebe Feuer!" —

Die Gendarmen drängten vor, ein Kolbenstoß traf den zunächst stehenden Irrenwärter, seiner Hand entfiel ein Fläschchen, dessen Inhalt nach Chloroform roch.

Kein Parlamentieren hatte Erfolg; es blieb nichts übrig, als den Rückzug anzutreten.

Als die Herren eben im Begriffe standen, sich ihrer Staatskleider zu entledigen, erschien der Gendarmeriewachtmeister mit der Meldung, er habe den Befehl, zwölf Persönlichkeiten, insbesondere den Staatsminister Frhr. v. Crailsheim und die Grafen v. Holnstein und v. Törring zu verhaften und nach Neuschwanstein einzuliefern. Der Minister bedeutete ihm, daß er kein Recht habe, ihn ohne Haftbefehl zu arretieren und jedenfalls verpflichtet sei, ihn sofort dem Amtsgericht vorzuführen. Doch der Wachtmeister sprach nur von seinem obersten Kriegsherrn, dem er unbedingten Gehorsam schulde, was dem Minister später zu der Bemerkung Anlaß gab, wie unrichtig es erscheine, die Gendarmerie militärisch zu organisieren.

Der Wachtmeister drängte, man möge keine weiteren Umstände machen; da jede Weigerung nichts helfe und das Schloß Hohenschwangau von Gendarmerie und Feuerwehren umzingelt sei, die nötigenfalls Gewalt anwenden würden. Die drei Herren hielten nun Kriegsrat und mit Majorität wurde beschlossen, der Aufforderung ohne weiteren Widerstand zu folgen, obwohl eine Stimme sehr energisch für das „Daraufankommenlassen" plädierte. —

„In den frühen, feuchtkalten, nun schon etwas helleren Morgen hinein," fährt Lampert, dem wir die obige Einzelheit entnehmen, fort, „bewegte sich bald darauf ein seltsam zusammengesetzter Zug nach Neuschwanstein: erst ein Trupp Feuerwehrleute, dann die drei Verhafteten, rechts und links begleitet von acht Gendarmen mit aufgepflanztem Bajonett, den Schluß bildete wieder eine Abteilung Feuerwehr."

Im Schloßhof angekommen, erfuhren sie, was über sie verhängt worden war; zunächst wurden sie durch einen Schloßdiener in die für sie bestimmten Zimmer geführt, kleine, sonst für die Dienerschaft bestimmte Räume in dem sogenannten Schloßbau. Im großen Torgange konnten sie von dort aus die auf- und abgehenden Wachmannschaften hören und auch der Lärm eines den Feuerwehrleuten durch königliche Freigebigkeit gewährten Zechgelages drang zu ihnen. Einige Zeit nachher gesellten sich zu ihnen auch die drei weiteren Kommissionsmitglieder: Obermedizinalrat v. Gudden, sein Assistenzarzt Dr. Müller und Oberstleutnant Frhr. v. Washington. Sie waren in der gleichen Weise verhaftet und nach Neuschwanstein eskortiert worden, unter einer Ansammlung von Menschen, die inzwischen auch im Schloßhofe gewachsen war. Feuerwehrleute, Bauern, Floßknechte u. a. waren herbeigeeilt, um ihrem geliebten König beizustehen.

Der Protokollführer der Kommission, Geh. Legationsrat Dr. Rumpler, hatte dem Minister schon durch seine Verfassungsbedenken bei Einsetzung der Regentschaft Schwierigkeiten gemacht und gab ihm damals den Rat, auf österreichisches Gebiet zu fliehen. Er war der Verhaftung entgangen, weil er sich zurückgezogen hatte, um im Auftrag des Ministers des Königlichen Hauses den Ministerpräsidenten Lutz anzugehen, die bisher unterlassene Veröffentlichung der Proklamation des Regenten und insbesondere auch deren Bekanntgabe an den Bezirksamtmann von Füssen zu beschleunigen, den Crailsheim außerdem, nach Otto Gerold, hart angelassen hatte. Als Rumpler dem Minister das Konzept des ihm aufgetragenen Schreibens an Lutz unterbreiten wollte, fand er das Haus leer; es ging ihm aber bald darauf ein Zettel zu, den der Minister ihm durch seinen Diener überbringen lassen konnte, der die Worte enthielt: „Höchste Eile tut Not; wir sind in höchster Lebensgefahr. Der König hat befohlen, uns zu töten, bringen Sie so schnell als möglich Hülfe!" —

Aus den inneren Gemächern S. M. waren mit Bleistift geschriebene Befehle an die Gendarmerie gelangt, deren sehr grausiger Inhalt verschieden angegeben wird. Nach einigen Gewährsmännern sollten die Kommissionsmitglieder bis aufs Blut gepeitscht und in das Burgverließ geworfen, nach anderen jedem je ein Auge ausgestochen werden usw.

Es war hinterher leicht zu sagen, sie hätten keine Gefahr gelaufen, denn von all den vielen Todes- und Strafurteilen, die der kranke König schon seit Jahren erließ, sei bisher kein einziges auch nur zum Anfang der Ausführung gelangt. Aber bei der tiefen Erregung, welche durch das Volk ging, das über die Krankheit seines Königs so lange im Dunkel gehalten worden war, bei der Entrüstung des Monarchen über den ihn überraschenden Überfall, war doch auch manches möglich, was man nicht für möglich hielt. Nach der Broschüre eines „Unterrichteten" über die Katastrophe (Annaberg 1886) wäre der König damals dermaßen „vor Wut außer sich gewesen", daß er sogar seine sonstige Scheu vor Schießwaffen überwand und mit einem Revolver in der Hand drohte, jeden niederzuschießen, der es wagen würde, sein Gemach zu betreten. Er sei entschlossen gewesen, Crailsheim und Holnstein, gegen die sein Haß sich hauptsächlich richtete, nicht lebendig aus dem Schlosse zu lassen. Daß man zu Vollstreckern der Sequestrierung Persönlichkeiten ausersah, die sich der besondern Gunst des Königs zu erfreuen gehabt hatten, befremdete allgemein, und es ist wenig wahrscheinlich, wenn dieselbe Broschüre weiter erzählt, Ludwig II. habe gegen Abend den gleichfalls bei der Kommission beteiligten früheren Kabinettssekretär Oberregierungsrat Müller empfangen und diesem sei es gelungen, ihn zu beruhigen und von jeder Gewalttat abzuhalten. Es war nicht ausgeschlossen, daß damals ebensogut einen der verhaßten „Hochverräter" das Todeslos traf, wie Gudden, als er den Selbstmord verhindern wollte. Einem Zufall verdankten sie ihre Rettung, ein Zufall hätte aber auch ihren Untergang herbeiführen können. Jedenfalls verbrachten sie einige sehr ungemütliche Stunden, während deren sie auch dem Äußersten ins Auge schauen mußten.

Die reckenhaften Gestalten der Gendarmen flößten selbst dem nicht minder reckenhaften Grafen Holnstein Respekt ein und er gestand später, es sei ihm eigentümlich zu Mute geworden, als sie ihn mit finsteren Blicken maßen. Je mehr aber die Gefahr zu wachsen schien, um so mehr wurde er wieder er selbst und bat, ihn sofort niederzuschießen, um ihn vor der Wut des Pöbels zu schützen. Auch Baron Crailsheim nahm die Lage ernst und frug den Gendarmeriewachtmeister, was er für seine Freilassung verlange.

Diese Einzelheiten sind einem Tagebuch entnommen, das der in seinem Ehrgefühl und in seinen Belohnungsaussichten gekränkte Wachtmeister hinterließ, das aber, so viel ich weiß, das Licht der Welt nicht erblickt hat.

Drei Jahre später hat mir der Minister selbst die Geschichte seiner Befreiung erzählt. Es war am 18. Mai 1889, daß ich mit ihm die Fahrstraße hinanging, welche von Hohenschwangau nach Neuschwanstein führt. Am zweiten Tage nach dem Tode der Königin-Mutter. Wir hatten den ganzen Tag über bis gegen fünf Uhr im alten Schlosse Protokolle über Obsignationen, Testamente und dergl. aufgenommen und erst nach einigem Widerstreben entschloß sich der Minister, den Versuch zu machen, das Schloß Neuschwanstein wieder zu besuchen, an das sich für ihn so peinliche Erinnerungen knüpften.

Auf dem Wege beantwortete er meine Fragen. Der Hergang der Haftentlassung sei nicht ganz aufgeklärt, es kursierten zwei Lesarten darüber. Nach der einen hätte der Bezirksamtmann von Füssen die Gendarmerie zur Raison gebracht, nach der anderen hätte der Lakai Mayr dem Sergeanten, um ihn von der Torheit seiner blinden Befolgung unberechtigter Befehle zu überzeugen, das Schriftstück behändigt, inhaltlich dessen er beauftragt war, die Kommission zu binden und bis aufs Blut zu peitschen. Erst da seien ihm die Augen aufgegangen und er habe eingesehen, daß er eine Dummheit gemacht habe.

Der Minister sei für eine strafrechtliche Einschreitung gewesen, da der Sergeant in jedem Falle seine Befugnisse überschritten habe, allein er habe nicht insistieren wollen, da die anderen Herren eine solche nicht für veranlaßt erachteten. Gudden und er seien der Meinung gewesen, man solle nach der erfolgten Freilassung den Versuch zum Könige vorzudringen erneuern, allein Holnstein sei durchaus dagegen gewesen und habe sogar die Stellung von Hofpferden hiezu verweigert. Übrigens sei er seit jener Zeit Crailsheim immer sehr wohlgesinnt geblieben und habe ihn zuweilen im Reichsrat energisch unterstützt. Der Minister habe den Eindruck empfangen, er denke: wir haben eine gemeinsame Gefahr überstanden und uns dabei mannhaft benommen.

Die Freilassung scheint ohne Wissen des Königs erfolgt zu sein; sie mußten einzeln, in Zwischenräumen möglichst unauffällig das Schloß verlassen und trafen in Hohenschwangau wieder zusammen. Von dort wurde ihnen das Handgepäck zu einem vierspännigen Jagdwagen und einer zweispännigen Kutsche getragen, die eine Strecke weit entfernt auf der Landstraße warteten, und sie nach Peissenberg fuhren, wo sie mit Dr. Rumpler zusammentrafen, der auf dem Telegraphenbüro die Freilassung der Verhafteten und die Eisenbahnstation auf anderen Wegen wie es scheint, teils zu Fuß erreicht hatte.

Auf dem Bahnhof in München, 9½ Uhr abends, erwartete

sie der Ministerpräsident, der sich sodann mit dem Minister des Äußern zu dem Prinzen Luitpold begab, wo noch bis 1 Uhr nachts konferiert wurde.

Die offiziöse Darlegung der Vorgänge in Hohenschwangau in der Beilage der Allg. Ztg. vom 13. Juni 1886 führt den Mißerfolg auf „untergeordnete Organe" zurück und erklärt das dort Vorgefallene als eine „für den Fortgang der eingeleiteten Maßnahmen gänzlich unwesentliche Episode". In Wahrheit wurden durch diese Episode nicht nur die umliegenden Landesteile, sondern ganz Bayern auf das höchste erregt, der Geisteszustand des Kranken verschlimmert und die edle Absicht des Regenten in das Gegenteil verkehrt, indem der als mildernd und versöhnend gedachte Schritt sich wie ein Akt der Bedrohung und Vergewaltigung ausnahm.

Dem Fiasko der Staatskommission sollte das der Psychiater auf dem Fuße nachfolgen. Auch sie verraten einen gewissen Mangel an Selbstlosigkeit, menschlicher Rücksicht und feinerem Verständnis für die Besonderheiten dieses Falles.

Vor allem fällt die Überstürzung auf, mit der auch sie die Sache betrieben. Sie sagten sich nicht, daß ihre Beiziehung ja nicht infolge einer plötzlichen Verschlimmerung des Geisteszustandes Ludwigs II., sondern nur im Hinblick auf einen äußeren Umstand — die drohende Gant — erfolgt war, und behandelten den Fall, als ob es sich darum handele, in fünf Tagen hereinzubringen, was in fünf Jahren versäumt worden war.

In dem Nekrolog, den sein Schwiegersohn und Nachfolger Dr. H. Grashey Gudden geschrieben hat, lesen wir: „Die Abreise des Königs von Neuschwanstein wurde auf Samstag, den 12. Juni 4 Uhr morgens festgesetzt, die erforderlichen Pferde waren von da auf den Relais-Stationen bereit." — Wozu diese Hast? Weshalb vergönnte man dem armen Kranken nicht die nötige Zeit, sich nach den Aufregungen des ihn überraschenden Überfalls durch die Staatskommission wieder einigermaßen zu beruhigen, warum wollte man den entthronten König sofort ohne jeden Übergang aus der schrankenlosen Freiheit in die Enge der Zwangsjacke überführen, der nicht nur seine herkulische

Körperkraft, sondern auch die ihm noch verbliebene Intelligenz widerstrebte? —

Darauf antwortet Dr. H. Grashey: „Gudden mußte sich sagen, daß er möglicherweise den König gar nicht mehr lebend treffen, daß derselbe sich möglicherweise gerade durch sein Erscheinen zu einem Selbstmordversuch hinreißen lasse. Er mußte sich sagen, daß er vielleicht nur mit Gewalt den König nach Schloß Berg bringen könne, und daß sich während der mindestens achtstündigen Fahrt durch eine leicht erregbare Bevölkerung mancherlei widrige und gefährliche Szenen ergeben könnten. Und endlich sagte er sich, daß in Schloß Berg die Behandlung des Königs in zwei Tagen so geregelt sein müsse, daß er nach München zurückkehren könne."

Aber mußte denn Ludwig II. freiwillig oder mit Gewalt nach Schloß Berg verbracht werden? Wäre es nicht viel einfacher, natürlicher und richtiger gewesen, ihn vorerst in Neuschwanstein zu belassen, oder ihm nach seiner eigenen Wahl Hohenschwangau oder Linderhof zum Aufenthaltsorte darzubieten, welch letzteres ja auch hiezu in Aussicht genommen und bereits hergerichtet war?

Das war die Ansicht der Leute der Umgebung; der König kannte sie und wußte, daß ihm aus ihrer Mitte nie Kränkendes widerfahren werde. Der Einwand, daß Linderhof sich wegen der erregten Stimmung der dortigen Bevölkerung nicht mehr zum Aufenthaltsort eigne, war außerordentlich fadenscheinig und haltlos. Die Zinnen von Hohenschwangau und Schwanstein boten freilich Gelegenheiten zu einem kühnen Sprung in die Tiefe, aber gab es in aller Welt einen Ort weniger geeignet zur Wohnung eines Selbstmordkandidaten, als das mitten im Verkehr der Ausflügler gelegene, auch zur Aufnahme von Wärtern und Ärzten viel zu enge Schlößchen Berg, wo man dem König ein Fruchtmesser zum Schneiden einer Orange versagte, ihm aber den wenige Schritte entfernt gelegenen See als kühles Grab darbot, in das er denn auch sofort am zweiten Tag seines Aufenthalts stieg? Die Vossische Zeitung vom 15. Juni 1886, welche meinte, man habe Ludwig II. die Wahl frei gelassen, schrieb ganz richtig folgernd, daß er Berg den Vorzug gegeben habe, um von dort aus den Selbstmord am leichtesten ausführen zu können.

Damit stimmt, zum Teil wenigstens, auch folgende Stelle der oben zitierten, zur Verteidigung des Ministeriums Lutz abgefaßten Broschüre überein: „Wohl mochte er schon neue Selbstmord- oder andere Pläne entworfen haben, als er Dr. v. Gudden mit äußerster Nachgiebigkeit, mit einschmeichelnder Liebenswürdigkeit und mit dem Wunsche überraschte, nach Berg zu übersiedeln, einem Wunsche, von dessen Erfüllung der Arzt sich das Beste für seinen Patienten erwarten mochte und dem er deshalb bereitwillig entsprach." — So verhielt sich die Sache aber nicht. Der Arzt war diesem Wunsche des Patienten — wenn anders er ihn je geäußert hat — bereits zuvorgekommen und hatte schon vor seiner ersten Unterredung mit Ludwig II. Berg zu dessen Aufenthaltsort bestimmt und Vorbereitungen zu dessen Empfang dort treffen lassen. —

Jedermann sagte, daß Berg nur deshalb gewählt wurde, weil es für Gudden am bequemsten war, dort die Aufsicht auf die Pflege des Königs zu führen. Der Ministerpräsident hat über die Wahl des Aufenthaltsortes des kranken Monarchen in der Kammer der Reichsräte eingehende Mitteilungen gemacht, aus denen hervorgeht, daß hiebei insbesondere die Bequemlichkeit und die Wünsche Guddens ausschlaggebend waren: „Für die Frage, wo S. M. sicher und mit thunlichster Fernhaltung aller Gefahren für die Allerhöchste Person verwahrt werden könnten, war natürlich die Stimme des Psychiaters vor allem maßgebend. Nachdem ein Vorschlag, den der Psychiater gemacht hatte, aus hierher nicht gehörigen Gründen sich als nicht durchführbar gezeigt hatte, wurde zunächst das Schloß Linderhof vorgeschlagen. Nur mit schwerem Herzen hat sich der Psychiater dazu verstanden, den Linderhof zu akzeptieren, schon wegen der weiten Entfernung von München und wegen der Schwierigkeit für den Psychiater, die Behandlung S.M. in der Hand zu behalten, wenn Allerhöchstdieselbe soweit von München abwesend wären." „Schließlich verstand sich Gudden dazu. Wir Minister unsererseits, in dem Bestreben, S. M. so wenig als möglich zu belästigen und wenn irgend thunlich einen Aufenthalt für ihn zu finden, der ihm genehm wäre, haben Dr. v. Gudden lange zugesprochen, ob er nicht geneigt sei, S. M. einstweilen in Schwanstein oder Hohenschwangau zu behandeln, damit Allerhöchstdieselben sich nur in gewohnten und liebgewordenen Räumen befinden, mit dem Vorbehalt, daß, wenn sich später die Nothwendigkeit einer anderen Maßregel ergeben würde, darauf zurückgegriffen werden könnte." „Hiegegen hat sich nun Dr. v. Gudden mit allen Kräften widersetzt und kategorisch erklärt, wenn man auf der Belassung S. M. in Schwanstein bestünde, so würde er die Behandlung nicht übernehmen und keine Ärzte und Wärter abstellen (!), weil es ihm nach Art des Schlosses ganz unmöglich sei, für die Sicherung der Person S. M. einzustehen. Wenn auch bisher die Drohungen mit Selbstmord nicht allzuviel Grund zu Befürchtungen gegeben hatten, so könne er doch nicht mehr dafür stehen, daß sie zu einer Bedeutung gelangten nach dem ungeheueren Sturze, von der höchsten Macht zum Krankenzimmer. Es mußte deshalb von Schwanstein oder Hohenschwangau abgestanden werden (?) und es wurde der Entschluß gefaßt, S. M. in Linderhof, einem S. M. gleichfalls höchst angenehmen Aufenthalte unterzubringen." „Die Schicksale der Kommission und die furchtbare (?) Aufregung (?) der Bevölkerung in Linderhof ließen aber die Durchführung dieser Maßregel als unmöglich (??) erscheinen. So kam man dann auf Schloß Berg. Gudden hatte hier kein Bedenken; die Nähe des Schlosses schien ihm sehr genehm bei dem doppelten Amte, das er zu pflegen hatte." —

Man sollte glauben, daß unter den gegebenen Umständen die Wahl des Aufenthaltsortes des Kranken wichtiger war, als die des Arztes, und daß, wenn es Gudden anderweitige Berufspflichten und Interessen nicht gestatteten, die Behandlung zu übernehmen, sie Dr. Müller oder ein anderer Irrenarzt hätte übernehmen und vielleicht sogar mit mehr Glück durchführen können.

Die von Gudden offenbar etwas unterschätzten Selbstmordgedanken Ludwigs II. gehen in eine frühe Epoche seines Lebens zurück; er äußerte solche schon, längst ehe er Ziegler und Müller davon sprach. Die Staatskommission weckte sie weniger aus ihrem leisen Schlummer auf, als die sich daran anschließende ärztliche Behandlung. Zu den üblichen Maßnahmen derselben gehörte die — Versetzung in eine neue Umgebung.

Meine alte Münchener Haushälterin verglich die Staatsexpedition nach Neuschwanstein mit der Abholung Christi auf dem Ölberg. Der Vergleich hinkt nach mehreren Richtungen hin, insbesondere auch in dem Punkt, daß unter den Jüngern Christi nur ein Verräter, unter den Dienern Ludwigs II. zuletzt nur mehr ein Getreuer war.

Man hatte es für nötig gehalten, ihm alle seine bisherigen wirklichen oder scheinbaren Stützen zu entziehen und ihn schließlich nur mehr mit Irrenpflegern zu umgeben. Die Chevauxlegers waren abberufen worden, die ihm ergebenen Gendarmen, auf die er in seinem Verfolgungswahn so große Stücke hielt, durch regierungsfreundliche ersetzt, die Lakaien und Diener, selbst der Hoffriseur „gewonnen".

„Die gesamte Umgebung des Königs," weiß Otto Gerold, „vielleicht mit alleiniger Ausnahme Webers, war schon seit einiger Zeit von München aus über das ihrem Herrn Bevorstehende unterrichtet. Sie alle ließen die Dinge ruhig an sich herantreten. Treue und wirkliche Anhänglichkeit hegten sie für den Gebieter nicht, dem sie ihre Existenz und eine sorgenfreie Zukunft dankten" (der sie aber auch in seiner Krankheit nicht immer menschenwürdig behandelt hatte). „Nur das Stallpersonal war in Unkenntnis des Kommenden gelassen worden, damit es nicht zu viele Mitwisser gäbe."

In der Öde, die ihn umgab, und der immer größeren Verlassenheit erinnerte sich Ludwig II. eines der wenigen Offiziere, die ihm im Laufe seines Lebens näher standen und berief ihn telegraphisch nach Neuschwanstein: es war der Flügeladjutant Graf Alfred Eckbrecht v. Dürckheim-Montmartin (1850—1912).

LXII.

Kurz vor ihrer Abfahrt traf die Staatskommission in Hohenschwangau noch mit dem Flügeladjutanten Grafen Dürckheim zusammen, der eben angekommen war, in der „Alpenrose" Uniform angelegt hatte und nun in „rasender Eile" an ihr vorüberfuhr, ohne sie zu sprechen oder sie auch nur zu grüßen.

Die Bekanntschaft Ludwigs II. mit dem Grafen Alfred Dürckheim geht in eine frühe Zeit zurück. Schon in den siebziger Jahren bezeichnet der König ihn als einen besonders königstreuen und ritterlichen Offizier. Dann fand er, daß der junge Graf schlechte Manieren habe und wandte sich von ihm ab. In der Tat hatte Dürckheim wenig vom Höfling. Sein rotes Gesicht, sein massiger Körperbau taten seiner Erscheinung Eintrag, besonders als er noch in späteren Semestern im Schweiße seines Angesichtes den Kotillon vortanzte. Mir machten ihn seine Intelligenz und die Frische und Freiheit seines Wesens sympathisch.

Eine Zeit lang war er Adjutant des Prinzen Otto, der ihn fürchtete und von 1878—1883 Hofmarschall des Prinzen Arnulf, mit dem er größere Reisen machte. Auf einer dieser Reisen lernte er seine Gattin kennen, eine sehr anmutige liebenswürdige junge Dame, Ururenkelin der Kaiserin Katharina von Rußland, die in der Münchener Hofgesellschaft schnell Fuß faßte. Indessen beobachtete sie nicht immer die nötige Vorsicht, und ihre Allüren gaben einem der zur Zeit der sogenannten „Alfredomanie" — (Graf Dürckheim hieß Alfred) gehörnten Ehemänner zu der Äußerung Anlaß: „sie wird uns alle rächen."

Insbesondere wies sie vielleicht die Huldigungen des Dienstherrn ihres Gatten nicht mit dem nötigen Nachdruck zurück, wennschon sie sich eines Fehltritts nicht schuldig machte. Prinz Arnulf war bis über die Ohren in die schöne Frau seines Adjutanten verliebt. Graf Dürckheim verstand keinen Spaß in diesem Punkt, und als es ihm eines Tages gelang, einen förmlichen Liebesbrief an seine Gattin aufzufangen, ließ er den Prinzen auf gezogene Pistolen fordern. In der ungeheuren Aufregung, in die ihn die Sache versetzte, benachrichtigte er gleichzeitig den Bruder des Prinzen Arnulf, den Prinzen Leopold von seinem Schritte, „damit ein Mitglied des königlichen Hauses Kenntnis von der Sache habe, falls das Duell einen ernsten Ausgang nähme". Prinz Leopold riet zunächst zu einer persönlichen Aussprache Dürckheims mit seinem Bruder. Bei dieser ließ Dürckheim seiner Entrüstung die Zügel schießen, überhäufte den Prinzen mit den schwersten Beleidigungen und kündigte ihm seinen Dienst als Hofmarschall. Prinz Arnulf empfing den Sekundanten Dürckheims, der von diesem Zwischenfall keine Kenntnis hatte, nahm den Zweikampf ohne weiteres an, „stürzte" jedoch die Forderung auf 5 m Barrière und einfachen Kugelwechsel auf „Kugelwechsel bis zur absoluten Kampfunfähigkeit". Der Flügeladjutant Major Graf Lerchenfeld erklärte sich zu der ihm angetragenen Übernahme der Funktion des „Unparteiischen" jedoch nur unter der Bedingung bereit, daß es bei einem einmaligen Kugelwechsel sein Bewenden haben solle, worein Prinz Arnulf schließlich ungern willigte.

Der Zweikampf sollte am folgenden Morgen stattfinden; ein Arzt war bestellt, alle Vorbereitungen waren getroffen. Da erfolgte unvermuteterweise ein Dazwischentreten des Prinzen Leopold im Benehmen mit dem Prinzen Ludwig. Beide Prinzen behaupteten, es sei noch nie vorgekommen, daß Mitglieder des königlichen Hauses sich duelliert hätten, das Familienstatut verbiete es, in jedem Falle müsse die Erlaubnis des Königs dazu eingeholt werden. Prinz Arnulf beugte sich vor der Entscheidung seiner beiden älteren Brüder, welche folgenden Ausgleich vorschlugen: „Die beiden Gegner entschuldigen sich gegenseitig, Dürckheim zuerst, da von ihm die schwereren Beleidigungen ausgegangen seien; Dürckheim läßt sich aus dem Regiment und der Garnison versetzen." Dürckheim erklärte später, daß er es vorgezogen hätte, in preußische Dienste überzutreten, als die letztere Bedingung zu erfüllen. Bevor ihm aber überhaupt die neuerlichen Vorschläge der drei Prinzen überbracht werden konnten, trat ein vollkommener Wechsel der Dinge ein. Gräfin Dürckheim hatte Kunde von dem Duell erhalten und kam darüber außer sich. Heimatlich russische Vorbilder scheinen sich ihr aufgedrängt zu haben, denn sie sprach davon, den Prinzen Arnulf zu erschießen und sich zu vergiften. Mitten in der Nacht begab sie sich in die königliche Residenz, drang bis ins Vorzimmer des Königs vor und verlangte unter lautem Rufen, daß dem König ein Brief von ihr des Inhalts übergeben werde: „Prinz Arnulf will meinen Mann töten, retten Sie ihn, Majestät!" —

Der König floh in sein Schlafzimmer, als er den Lärm im Vorgemach hörte und ließ der Gräfin sagen: die Sache wäre sehr traurig, aber dies sei keine Art, mit einem König verkehren zu wollen, sie sollte sich an den Flügeladjutanten vom Dienst (v. Le Bret) wenden. Die Gräfin fuhr sogleich zu ihm; er, zum König; General Muck wurde als Berater beigezogen. Der erste

Gedanke des Königs war, die beiden Sekundanten verhaften zu lassen, um das Duell zu verhindern. Schließlich wurde Le Bret beauftragt, am folgenden Morgen um 5 Uhr dem Prinzen Arnulf und dem Grafen Dürckheim den Befehl zu überbringen: „das Duell ist verboten. Die beiden Gegner haben sich vor dem Prinzen Leopold als Zeugen zu entschuldigen und zwar Dürckheim zuerst.“ —

Dürckheim bat, S. M. möge die Reihenfolge der Entschuldigungen nach der Zeitfolge der Beleidigungen und als Ort nicht das Wittelsbacher Palais, in dem Prinz Arnulf wohnte, sondern das Palais Leopold anordnen; er wolle aber im ersten Punkte nachgeben, wenn Prinz Arnulf gestatte, daß er, so lange der Prinz Regimentskommandeur sei, in Urlaub gehe. Prinz Arnulf hatte bereits die Versetzung Dürckheims aus dem Regiment und von der Garnison München in Antrag gebracht.

Es war ein kluger Gedanke Dürckheims, daß er dem König durch Le Bret die Bitte unterbreiten ließ, ihm unter genauer Darlegung des Sachverhalts seine Schmerzen vortragen zu dürfen. Dies wurde genehmigt und setzte Dürckheim in die Lage, alles vorzubringen, was er auf dem Herzen hatte, während Prinz Arnulf nur „von unqualifizierbaren und nicht zu wiederholenden Äußerungen Dürckheims“ berichtete.

Inzwischen fanden, wie der König angeordnet hatte, im Wittelsbacher Palais die Ausgleichsunterhandlungen statt, die keine Anstände ergaben. Am gleichen Abend ließ der König nach einer Hoftafel Dürckheim rufen und befahl ihm, alles haarklein zu erzählen. Ludwig II. widerstrebte jeder Überhebung der Mitglieder seines Hauses und klagte zuweilen, daß der oder jener von ihnen zu stark „prinzle“. Prinz Arnulf gehörte zu diesen. Er war etwas steif und hochmütig; sehr streng und formalistisch im Dienste und daher viel weniger beliebt, als andere Mitglieder seines Hauses. Ich lernte ihn noch im gleichen Jahre von seinen vorteilhaften Seiten kennen, als er zu den Einzugsfeierlichkeiten seiner Kusine, der Herzogin von Genua, nach Rom kam und es mir als Legationssekretär der bayerischen Gesandtschaft am italienischen Hofe oblag, ihm die Sehenswürdigkeiten der ewigen Stadt zu zeigen. Er hatte tiefergehendes

Kunstinteresse und war im intimen Verkehr auch liebenswürdig. Der Hof König Humberts bot ihm das Beispiel volkstümlicher Leutseligkeit und in der Sphäre italienischer Natürlichkeit wäre das „Prinzeln" besonders aufgefallen.

Die Audienz, welche König Ludwig dem Grafen Dürckheim gewährte, dauerte sehr lange. Der Graf sagte ihm, wie er später versicherte, „alles". Daß darin auch der Wortlaut der Grobheiten inbegriffen war, die er dem Prinzen Arnulf gemacht hatte, möchte ich fast bezweifeln, denn der König fand „alles sehr richtig angebracht" und meinte, es sei nur „unverstandener prinzlicher Gickel", es übel zu nehmen. Er sei im allgemeinen durchaus nicht gegen Duelle von Prinzen. Im Familienstatut stehe nichts dagegen; er habe es sich eigens zeigen lassen. Hatte doch sogar sein Großvater, König Ludwig I., den König von Württemberg gefordert, weil er seine Schwester, dessen Gemahlin, die spätere Kaiserin von Österreich, schlecht behandelte. „Nein!" sprach endlich der König, „aus dem Regiment und der Garnison kommen Sie nicht; ich werde Sie zu Hofe nehmen." In der Tat ernannte er ihn am 29. Mai 1883 zum Hauptmann und kgl. Flügeladjutanten. Dieser immerhin nicht — vorherzusehende Ausgang der Sache fand infolge der Unpopularität des Prinzen Arnulf allgemeinen Beifall und man schwärmte für die Handlungsweise des Königs, der fortfuhr, Dürckheim auf das höchste auszuzeichnen.

Ich habe die obigen Vorgänge etwas ausführlicher behandelt, nicht nur weil sie manch neuen Zug in das Bild Ludwigs II. und seiner Zeit einfügen, sondern weil sie ersehen lassen, wie sehr Dürckheim sich zur Dankbarkeit und Treue gegen seinen König verpflichtet fühlen mußte.

Ludwig nahm in der Folgezeit die Dienste Dürckheims, der auch eine gute Feder führte, vielfach in Anspruch. Auch in der Schuldenangelegenheit war er tätig. Im Winter 1885 wurde er zu Bismarck entsandt und an ihn war das Handbillett des Königs vom 28. Januar 1886 gerichtet, das in dem Kammerbericht veröffentlicht wurde, und das den Auftrag enthielt, er möge zur

Vertreibung des Gerichtsgesindels, wozu Minister und Gendarmen nicht zu gebrauchen seien, ein Kontingent aufbieten.

In der letzten Zeit korrespondierte Dürckheim besonders lebhaft mit dem König und schrieb Briefe an ihn bis tief in die Nacht hinein, wie die Dame klagte, bei der er in jenen Tagen wohnte.

In der Nacht vom 9. auf den 10. Juni erhielt er drei Telegramme, die ihn nach Neuschwanstein riefen. Noch waren, als er einfuhr, im Burghof die Gendarmerie und die Feuerwehrleute versammelt, denen er seine Anerkennung aussprach und die er sodann auf Wunsch des Königs entließ.

Den König fand er in sehr niedergedrückter Stimmung. Ludwig bat ihn in rührender Weise, ihn nicht zu verlassen und in der langen Unterredung, die er mit ihm hatte, fand Dürckheim keine Spuren von Verrücktheit. Ludwig selbst sprach zuerst den Gedanken aus, den Dürckheim hegte, den Bismarck telegraphierte und den auch die Baronin Truchseß vertrat: sich in die Hauptstadt begeben zu wollen und sich dort dem Volke zu zeigen, um die über seinen Geisteszustand kursierenden Gerüchte zu zerstreuen. Aber der kranke Monarch hatte wohl Hartnäckigkeit im Festhalten von Wahnvorstellungen und im Verfolgen krankhafter Triebe, nicht aber die nötige Willenskraft zur Ausführung vernünftiger Entschlüsse. Er ließ sich durch eine Reihe nebensächlicher Bedenken von dem Plane abbringen, nach München zu gehen. Er sei zu angegriffen, zu nervös dazu, er habe so lange nicht geschlafen, sehe schlecht aus und würde daher jedenfalls keinen guten Eindruck machen. Auch sei kein Extrazug zur Verfügung und die Fronleichnamsprozession stehe bevor, die er so lange nicht mehr mitgemacht habe.

Hingegen befahl er Dürckheim, fünf Telegramme aufzugeben: an seinen Ministerkandidaten Baron Frankenstein in Marienbad, an Bismarck, an den General Muck, an das Kemptener Jägerbataillon und an das Kabinett behufs Erlassung einer Gegenproklamation. Die für außerhalb Bayern bestimmten Telegramme wurden in Reutte (Tirol) aufgegeben, die für bayerische Stellen bestimmten gar nicht expediert, sondern der neuen Regierung unterbreitet.

674

Baron Frankenstein beantwortete das an ihn am 11. Juni ergangene Telegramm bejahend, reiste mit dem nächsten Zug von Marienbad nach München und erklärte dort dem Regenten, daß er entschlossen sei, dem Wunsche des Königs Folge zu leisten, ihn jedoch zur Abdankung bewegen wolle. Als der Regent ihm aber bedeutete, daß er gar nicht zum König gelassen werde, gab der Baron den Plan auf, die Reise nach Hohenschwangau fortzusetzen; er erkannte die Einsetzung der Regentschaft jedoch noch nicht an, sondern gedachte, am 15. Juni bei Eröffnung der Kammer ausreichende Gründe dafür zu fordern. Nach dem 13. Juni schloß er sich dem Regenten unbedingt an; hat jedoch gesundheitlich diese Tage nicht mehr verwunden († 1892).

An Bismarck sich zu wenden, zögerte der König dieses Mal, weil er, wie wir oben gesehen haben, inzwischen einen Brief von ihm erhalten hatte, der, wie alle Stimmen, zur Vernunft riet. Aber mit den Worten: „er hat mir doch manchen guten Rat gegeben," gab er schließlich seine Zustimmung dazu.

Bismarck hat dem Redakteur Memminger und später einem Kreise im Hause Lenbachs erzählt, was er antwortete. Er frug Schwenninger um Rat und telegraphierte darauf an Dürckheim: S. M. möge sofort nach München fahren, sich seinem Volke zeigen und selbst sein Interesse vor dem versammelten Landtage vertreten." „Ich rechnete so," kommentierte Bismarck sein Telegramm, „entweder ist der König gesund, dann folgt er meinem Rat. Oder er ist wirklich verrückt, dann wird er seine Scheu vor der Öffentlichkeit nicht ablegen."

Über die Gegenproklamation vom 9. Juni 1886, die in einigen Schriften abgedruckt ist, bin ich nicht näher unterrichtet. Da ich sie zuerst nur im Auszug in einer russischen Zeitung las, hielt ich den Satz: „Ich fühle Mich körperlich und geistig so gesund wie jeder andere Monarch," für eine Verhöhnung der Monarchen im allgemeinen und glaubte dem Gerücht, daß nur ein anarchistisches Machwerk vorliege. Es hieß, das Blatt sei von Sozialisten in Basel gedruckt worden und enthalte im Original grobe grammatische und orthographische Schnitzer; in Füssen habe man 10,000 Exemplare davon konfisziert.

Andere schrieben den „Aufruf" dem König selbst oder Dürckheim zu und er bildete, soviel ich weiß, in der Tat einen der Punkte der Anklage wegen Hochverrats gegen ihn. Das Schriftstück ist nicht in dem üblichen Kanzleistil abgefaßt; es fehlt sogar der pluralis Majestatis, allein vielleicht darf man gerade darin einen Beweis erblicken, daß der König sich an der Abfassung beteiligte, da er so gerne auf spanisch „YO El rey" unterzeichnete. Die Ziffer: „II" hat er aber seiner Unterschrift „Ludwig" nie beigefügt.

In der Nacht erhielt Dürckheim zwei telegraphische Befehle des Kriegsministers, unverzüglich nach München zurückzukehren. Den ersten ließ er unbeachtet, den zweiten legte er dem König vor, mit dem Bemerken, daß er sich einer Insubordination schuldig machen würde, wenn er bliebe.

„Sie wissen, wie gerne ich Sie bei mir behielte," sagte der König: „Telegraphieren Sie meinem Onkel und fragen Sie an, ob er Sie mir läßt."

Darin lag bereits ein Akt der Abdankung und Anerkennung der neuen Regierung. Die Antwort lautete nichtsdestoweniger: „Es bleibt bei dem Befehl des Kriegsministeriums." —

Das war eine neue Härte gegen den Kranken. Prinz Luitpold hätte dem König und Neffen die erste Bitte nicht abschlagen sollen, die er an ihn als Regenten stellte. Einen geeigneteren Begleiter für den König, als den Grafen Dürckheim gab es nicht; sein Einfluß hätte den Kranken vielleicht vom Selbstmord abgehalten. Dürckheim war kein Schwärmer und kein Romantiker; er verlor bei allem ritterlichen Sinn die Wirklichkeit und seine eigenen Lebensinteressen nicht aus den Augen und hätte der neuen Regierung sicher keine Schwierigkeiten gemacht, wenn sie ihn dem König wenigstens zurückgesandt hätte.

Bewies er doch schon dadurch, daß er dem Befehl des Kriegsministers Folge leistete, daß er die Vollberechtigung der Einsetzung einer Regentschaft anerkenne. Er hatte in Neuschwanstein den Eindruck empfangen, daß hier nichts mehr zu machen sei, daß der König regierungsunfähig geworden war und als der Kammerlakai Mayr ihn beim Abschied frug: „Glauben Herr

Graf, daß S. M. nach München reisen werden?", antwortete er kopfschüttelnd: „Nein, Mayr, das glaube ich nicht."

Auf dem Bahnhof zu München wurde Graf Dürckheim von dem Adjutanten des Kriegsministers in Haft genommen und ihm nicht gestattet, mit seinem Bruder zu sprechen und Familienbriefe entgegenzunehmen. Es wurde eine Untersuchung wegen Hoch- und Landesverrat gegen ihn eingeleitet. Indessen sah man ein, daß in Zeiten des Übergangs mit diesen Begriffen schwer zu operieren sei, so lange man selbst des gleichen Delikts — allerdings nur von einer verschwindenden Minorität — beschuldigt wird.

Man ließ die Einrede gelten, daß der Graf nur dem Befehl seines Kriegsherrn gehorcht und von der Proklamation des Regenten keine offizielle Kenntnis erhalten habe und schloß auf einen nur geringen „verbrecherischen Willen" aus dem Umstand, daß die Telegraphenbeamten ihn darauf aufmerksam gemacht hatten, wie wenig Aussicht dafür bestehe, daß seine Mitteilungen in Bayern an ihren Bestimmungsort gelangen. Er wurde bald der Haft entlassen; aber seine Bitte, seinen toten König noch einmal sehen zu dürfen, wurde abgeschlagen und der Regent empfing ihn nicht in Audienz bei seiner Versetzung.

Anders faßten die meisten Offiziere und die Hofgesellschaft die Sache auf. Man nahm lebhaft Partei für ihn und verlangte statt Strafen Auszeichnungen. Er mußte der Königin-Mutter in Elbigenalp über die letzten Lebenstage des Königs mündlich Bericht erstatten und sie blieb ihm immer gewogen. Er wurde nach Metz versetzt und ging, wenn auch großenteils außerhalb Münchens, einer glänzenden Militärlaufbahn entgegen. Als er im April 1912 als kommandierender General in Locarno einem Herzleiden erlag, ließ auch der Prinz-Regent einen Kranz an seiner Bahre niederlegen und sich bei den Beisetzungsfeierlichkeiten vertreten.

Fast alle meine Vorgänger haben der Schilderung der letzten Tage Ludwigs II. den tragischen Zug der Treue eingefügt, die eine periodisch geisteskranke Dame dem von einer schwereren Geisteskrankheit befallenen Monarchen bezeugte.

Baronin Truchseß war spanischer Abkunft. Im Jahre 1839 in Petersburg geboren, hatte Esperanza von Sarachaga im Jahre 1862 den Freiherrn Fried. Truchseß von Wetzhausen (1825— 1894) geheiratet, der Bayern eine Reihe von Jahren am russischen Hofe vertrat. Nach dem Rücktritt des Gatten brachte das Paar den Winter in München zu, wo es ein ziemlich großes Haus besaß. Baronin Spera war eine harmlose, herzensgute, distinguierte Dame, die gern einen größeren Kreis von Gästen um sich sah. Ihre zahlreichen Empfänge gehörten eine Zeitlang zu den beliebtesten der Hofgesellschaft und auch die Prinzen und Prinzessinnen des königlichen Hauses besuchten ihre Routs um so lieber, als sie wußten, mit welch ganz besonderer Liebe und Verehrung sie zu ihnen allen aufblickte.

Ein gewisses Übermaß dieses Gefühls hing mit dem periodischen Wahnsinn zusammen, der die Baronin zuweilen — einmal mitten in einem Hofkonzert — befiel und veranlaßte, einige Monate in stiller Zurückgezogenheit in der Kreisirrenanstalt zu Kaufbeuern zuzubringen, um sodann ihre Empfänge immer mit erneutem Zulauf wieder aufzunehmen.

Der Natur dieser Gefühle nach wandte die Baronin die höchsten Grade ihrer Verehrung dem Haupt des königlichen Hauses zu, das dafür am wenigsten empfänglich war. Obschon die Güter ihres Gatten in Unterfranken lagen, brachte sie immer auch einige Sommerwochen in Oberbayern und Schwaben zu. In der Hoffnung, des Anblicks des geliebten Monarchen teilhaftig zu werden, ließ sie sich gern gegenüber von Berg auf den Wellen des Starnberger Sees schaukeln und gegenüber von Neuschwanstein eine Villa bauen, die sie später einem Prinzen des Hauses zum Geschenke machte.

Im Sommer 1886 hatte sie Aufenthalt in Füssen und Hohenschwangau genommen und alarmierte in der kritischen Zeit wie es hieß, nicht nur die Frauen der Umgebung, sondern auch die Feuerwehr, die sie besser zur Löschung ihrer eigenen unerwiderten Flamme in Anspruch genommen hätte.

Von der Alpenrose in Hohenschwangau aus unternahm sie oft schon in frühester Morgenstunde Spaziergänge, um dem

König zu begegnen. Als man ihr die Ankunft der Staatskommission meldete, verlangte sie ihr Gebetbuch und nachdem sie einige Zeitlang im Gebet verharrt hatte, bestieg sie mit ihrer Jungfer und ihrer Wirtin einen großen Landauer, um, nur mit einem Regenschirm bewaffnet, zum Schutze des geliebten Königs auszurücken.

Am Eingang der Burg haranguierte sie die ihr bekannten Mitglieder der Staatskommission. Sie zählte sie mit den Fingern ab. — Es waren 12 „Verräter", über die sie den Fluch sprach, weil sie sich an der Person des Gesalbten vergreifen wollten. Unheimlich klang ihr Ruf, begleitet von dem zornigen Gekläff ihres kleinen Hündchens, durch die frühe Morgendämmerung. Dem Grafen Törring sagte sie, seine Kinder würden sich seiner einst schämen, den Baron Crailsheim, der sehr gut Klavier spielte, schalt sie einen „mauvais tapeur" und dem Grafen Holnstein hätte sie, wird behauptet, gedroht, ihn nie wieder einzuladen, was er wohl am wenigsten gefürchtet hätte, denn er war kein Salonmann. Was der Staatskommission mißlang, setzte die Baronin durch; sie drang, ihren Regenschirm wie eine Toledaner Klinge schwingend, durch, entwand sich den rauhen Armen der Gendarmen und Irrenpfleger und drang endlich bis in das Vorzimmer S. M. vor.

Der König, der im Begriffe stand, sich ankleiden zu lassen, erschrak nicht wenig, als ihm auf der Schwelle die Baronin Spera zu Füßen fiel und Treue bis in den Tod gelobte. Er ließ die Reden der kranken Frau mit großer Ruhe über sich ergehen, reichte ihr die Hand und sagte in gütigem Tone: „Wollen Sie nicht Ihren Gatten kommen lassen und unter seinem Schutz in Ihre Villa zurückkehren?" Die Baronin hörte nicht auf diesen Rat; sie beschwor den König, sofort nach München zu reisen und als er erwiderte: „das werde ich auch tun, wenn auch nicht gleich heute," rief sie erregt: „Aber dann begleite ich Euere Majestät." Der König machte eine ablehnende Bewegung und meinte: „Dies wird wohl nicht gut angehen." Augenzeugen dieser Szene versichern, daß es von beiden nicht der König war, der in diesem Augenblick geisteskrank erschien. „Wenn die

Situation nicht zu ernst wäre," sagte er zu Dürckheim, „könnte ich wirklich über die gute Baronin lachen." Indessen erteilte er auf ihren Bericht hin den Befehl, zwölf Kommissionsmitglieder zu verhaften.

Sie blieb stundenlang. Der König ließ sie gewähren und als ihm ihr Aufenthalt in seinem Vorzimmer doch schließlich immer peinlicher wurde und er sie entfernt wissen wollte, gab er den ausdrücklichen Befehl, weder hart, noch roh mit ihr zu verfahren. „Selbst in diesen schrecklichen Stunden," schreibt Otto Gerold, „erinnerte er sich, daß dies der armen Kranken wehe tun könnte, die ihre Anhänglichkeit für ihn so weit getrieben hätte."

Auf diese Gemütserschütterung hin wurde für die Baronin wieder ein längerer Aufenthalt in Kaufbeuern nötig. Sie kehrte vollständig hergestellt nach München zurück und nahm bald ihre Empfänge wieder auf. Auch ich sah sie oft und stand in sehr freundschaftlichen Beziehungen zu ihr. Aber niemals natürlich rührte ich in der Unterhaltung mit ihr an die Erinnerung der Tage, in denen ihr periodisch kranker Geist ihr immer gleich edles Herz in die Irre geführt hatte.

LXIII.

Edouard Schuré hat Ludwig II. den „dernier Roi légendaire" genannt. Schon für die zwei letzten Nächte, die es ihm noch vergönnt ist, auf der von ihm erbauten Burg zu verweilen, versagen zum Teil die Zeugen. Die schöpferische Phantasie des Volkes fordert ihre Rechte, halb erdichtete Züge verdrängen unbeglaubigte Tatsachen, der Ariadnefaden der Chronologie entgleitet den Händen, die Mythe tritt an die Stelle der Geschichte.

Neuschwanstein, das von allen seinen Schöpfungen am wenigsten Spuren des Wahnsinns des Bauherrn trägt, sollte Zeuge seines tragischen Abschieds von Freiheit und Königtum werden.

Nach Abfahrt der Staatskommission zwischen 6 und 7 Uhr abends war eine neue Gendarmerieabteilung im Dorfe Hohenschwangau eingetroffen; sie löste die bisherige ab und besetzte die Burg. Der König glaubte anfangs, daß sie zu seinem Schutze gekommen sei und erst, als man ihm die gewohnte Ausfahrt verweigerte, erkannte er, daß er ein Gefangener war.

Darauf fragte er den Friseur Hoppe, ob er ihm nicht Cyankali besorgen könne, was dieser verneinte. Der König faßte ihn fest ins Auge. „Hast Du mich je verrückt gesehen?" frug er ihn dann. „Einen einzigen Tag, eine einzige Stunde; besinne Dich!" — Hoppe verneinte die Frage. „Wenn Du morgen kommst, um meinen Kopf zu frisieren, mußt Du ihn in der Pöllatschlucht suchen." —

Dann verstummte er und es schien, als ob er sich in sein Schicksal ergebe. Aber er hing immer dem einen schwarzen Gedanken nach und konnte keine Ruhe finden.

Am Morgen des 11. Juni kam die Proklamation der Regentschaft nach Hohenschwangau. Auch Ludwig II. war von den Vorgängen vollkommen unterrichtet und wußte, daß Menschen, denen er Gutes erwiesen hatte, ihn verraten und seinen Gegnern seine Briefe und Papiere ausgeliefert hatten. „Es war ihm bekannt, daß in der Frühe des nächsten Morgens eine zweite Kommission auf Neuschwanstein erscheinen werde, um ihn mit Hilfe von Ärzten und Irrenwärtern hinwegzuführen" (Gerold).

Man riet ihm zur Flucht. Der Tag wäre hiezu wie keiner geeignet gewesen. Der Nebel war so dicht, daß man kaum zwanzig Schritte weit sehen konnte. Die Gendarmen hatten sich unter Dach und Fach zurückgezogen; rings um das Schloß herrschte Totenstille. —

Der König frug, ob eine Flucht ohne Blutvergießen ins Werk gesetzt werden könne, und als man dies bezweifelte, erklärte er, er wolle nicht, daß Menschenleben für ihn geopfert werden. Wohin in aller Welt hätte er denn auch fliehen können? Wer konnte ihn aufnehmen? Wer ihm die nötigen Mittel dazu gewähren? — Der Kommandant von Innsbruck sah mit stündlicher Sorge der Nachricht entgegen, daß der König von Bayern sich auf österreichischem Boden befände, und auch Kaiser Franz Joseph soll unliebsame Komplikationen davon befürchtet haben. Aber

Ludwig II. dachte nie daran, sein Land zu verlassen und fühlte wohl, daß jeder Fluchtplan ihn nur in eine peinliche, würdelose Lage bringen könne.

Immer enger umschloß ihn der eiserne Ring der Notwendigkeit. Immer drohender brach das so lange gefürchtete Los seines Bruders auch über ihn herein. Er mußte die schönen Räume verlassen, deren Herstellung und Ausgestaltung Jahre lang das Hauptinteresse seiner einsamen Tage gebildet hatte. Man sah ihn darin umhergehen und da und dort vor einem Bilde Halt machen. Er hielt ein Taschentuch in der Hand, das er zuweilen an die Augen brachte.

Einst in seiner Frühzeit pflegte er, bevor er die Residenz verließ, stets von dem Königsthron besonders Abschied zu nehmen. Der für Neuschwanstein bestellte Thron im byzantinischen Stil aus Elfenbein und Gold auf zwölf Marmorstufen war zwar noch nicht fertig geworden, aber Ludwig verweilte noch besonders lange in dem, auch unvollendet, alle anderen Räume an Pracht und Größe überstrahlenden Thronsaal mit den Bildern der sechs heilig gesprochenen Könige, in dem er seine höchsten Vorstellungen vom Königtum hatte versinnbildlichen lassen.

Von Zeit zu Zeit trat er aus dem Saale in die Loggia mit der unvergleichlichen Aussicht auf Hochgebirg und Flachland. Ich weiß nicht, ob von dort aus der hohe Schloßturm, der Lug ins Land sichtbar ist, der seine Gedanken beschäftigte, und von dem aus ein Sprung in die schauerliche Tiefe ihm Freiheit und Erlösung versprach.

Die Nacht brach an; eine finstere schauerliche Nacht; es regnete in Strömen. Der König war fast allein auf der Burg; schon vor abends hatte man alle Dienerschaft entfernt. Nur der „gewonnene" Lakai Mayr war geblieben und der letzte — einzige Getreue: Alfons Weber, ein Schriftsetzer von damals 24 Jahren, der als Chevauxleger zu dem König gekommen war und vom 28. April bis 1. November 1885 und vom 28. Mai bis 12. Juni 1886 den ersten Kammerdienst versah. Er sagte in dem Prozeß wegen Ministerbeleidigung vor dem Würzburger Schwurgericht am 18. Oktober 1886 eidlich aus, der König habe niemals

eine Spur von Geisteskrankheit gezeigt und als die Katastrophe
heranrückte, habe er zu Weber gesagt: „Man will mich für
geisteskrank erklären wie meinen Bruder Otto." Die erste
Kommission habe einen verschlossenen Wagen mit Riemen zum
Fesseln mitgeführt. Der König sei über dieses Vorgehen so betrübt gewesen, daß er sich mit Todesgedanken getragen und gesagt habe: Eine solche Behandlung ertrage ich nicht, wie sie
meinem Bruder Otto zuteil wird, dem rohe Wärter mit den
Fäusten drohen. Ein solches Leben ist ein verlorenes Leben;
lieber den Tod, als ein solches Leben."

Bei Einbruch seiner letzten Nacht in Neuschwanstein verlangte Ludwig auch nach dem Kutscher Osterholzer. Dachte
er nun doch an die Flucht? Man mußte ihm sagen, daß Osterholzer bei Vermeidung der Verhaftung befohlen worden war,
Hohenschwangau zu verlassen. Dann fragte er den Schloßdiener
Niggl, ob denn sein Volk nichts zur Befreiung seines Herrschers
tun werde? Diese Hoffnung scheint er bis zuletzt gehegt zu
haben. Er wurde sehr schweigsam, aß nicht, trank nicht, schlief
nicht, und verließ auch sein Zimmer nicht. Weber lauschte im
Vorzimmer auf Rufzeichen des Königs und hörte ihn manchmal
mit sich selbst reden und erregt auf und ab gehen. Seltener als
sonst ertönte die Rufglocke und später erlaubte er Weber, bei
ihm im Zimmer zu bleiben. Bald griff er nach einem Buch und
las kurze Zeit, dann sprang er wieder auf und rief: „Wenn nur
mein Dürckheim käme, wo nur mein Dürckheim bleibt? Sollte
auch er mich verlassen haben?" Sollte er an die Möglichkeit
von dessen Rückkehr geglaubt haben? Oder liegt hier ein
Anachronismus des Erzählers vor?

Dann blieb er wieder lange ruhig und starrte vor sich hin.
„Glaubst Du an eine Unsterblichkeit der Seele, an ein Jenseits,
an eine Vergeltung?" frug er plötzlich. „Ja, Majestät," antwortete Weber. „Ich auch," sagte der König; „ich habe zwar
verschiedene Bücher gelesen, nach denen man irre werden könnte,
aber es muß eine Vergeltung geben, das, was man an mir tut,
kann nicht ungestraft bleiben!" Dabei ging er heftig im Zimmer
auf und ab, blieb dann plötzlich wieder stehen und sprach mit

sichtlicher Erregung: „Daß man mich des Thrones beraubt, kann ich verschmerzen, daß man mich aber für irrsinnig erklärt, überlebe ich nicht. Mein Blut komme über diejenigen, die mich gerichtet und verraten haben."

Hierauf war er lange ruhig. Als er wieder aufstand, ging er an seinen Schreibtisch, entnahm ihm Goldstücke — 1200 Mark — legte sie auf den Tisch und sagte zu Weber: „Hier hast Du mein letztes, Du hast es verdient, Du warst mein Getreuester." Weber weinte und wollte das Geld nicht annehmen, der König aber nötigte ihn, indem er sagte: „Nimm es nur, ich brauche kein Geld mehr."

Auch die Agraffe von Brillanten, die er auf dem Hut zu tragen pflegte, schenkte er Weber und stellte ihm, unter Vordatierung, einen Schein auf Entschädigung von 25 000 Mark aus, falls sie von der Schatzkammer, in die sie gehörte, zurückgefordert werden sollte.

Er begab sich hierauf in das Speisezimmer. Auf dem Tische standen, schon welk, die letzten Blumen, die er erhalten hat. Er war nie ein Trinker gewesen, aber in jener Nacht trank er Wein und Kognak durcheinander, wie um sich zu betäuben.

„Um halb eins bin ich geboren, um halb eins will ich auch sterben," soll er dabei gesagt haben. Dann übergab er Weber ein kleines, viel benütztes Gebetbuch, in welchem die Sterbegebete aufgeschlagen waren mit den Worten: „bete für mich!"

Nach der Aussage des Lakaien Mayr verlangte er in jener Nacht wiederholt nach dem Schlüssel zu dem Turme, um sich, wie man annahm, von seiner schwindelnden Höhe herabzustürzen. Mayr verzögerte die Erfüllung dieses Verlangens unter dem Vorwande, man könne den Schlüssel nicht finden. „Wider seine sonstige Gewohnheit," schreibt Lampert, „bei nicht sofortigem Gehorsam in zornige Aufwallung zu geraten, beruhigte sich der König bei dieser, vielleicht von ihm durchschauten Ausrede."

Der letzte Schritt ins tiefste Dunkel fällt ja jedem lebenden Wesen schwer, vielleicht bedurfte auch Ludwig II., um ihn zu tun, noch eines Anstoßes, an dem es ihm nicht fehlen sollte.

Das Volk, auf dessen Hilfe Ludwig II. in den letzten Tagen seiner Freiheit hoffte, hatte seinen König nicht vergessen. Wohl

684

hatte er sich ihm in den langen Jahren seiner Zurückgezogenheit mehr und mehr entfremdet, aber in den Tagen seiner schwersten Not kehrten die alten Gefühle mit erneuter Kraft zu ihm zurück. Sein Hilferuf fand auch unausgesprochen einen Widerhall und bahnte dem menschlichsten der Gefühle: dem Mitleid, den Weg. Im Hintergrunde aller Erinnerungen stand die leuchtende Lichtgestalt des jungen Königs wieder auf, der so wenig um Liebe warb und sie in so reichem Maße genoß. Man gedachte seiner Förderung der Künste und aller edlen Bestrebungen, der alle besiegenden Liebenswürdigkeit seines Wesens, der stolzen Hoffnungen, die er erweckt hatte. Selbst seine Fehler erstrahlten in den Augen der Fernstehenden wie Tugenden: seine Prachtliebe, seine verschwenderische Freigebigkeit, seine Weltflucht. Das Volk wollte nicht von heut auf morgen glauben, was man so lange vor ihm geheim gehalten hatte; seine Liebe gibt so leicht nicht preis, was sie einmal mit ihrem Zauberstab berührt und vergoldet hat; sie gestattet nicht, daß man an ihre Lieblinge rührt, daß man ihnen Unrecht tut, daß man sie lieblos behandelt und zu Opfern verständnisloser Vergewaltigungen macht.

Wahrlich, wäre die Einleitung der Entmündigung nicht längst schon berechtigt gewesen, hätte der kranke König noch Kraft genug in sich gehabt, um eine Führerrolle zu spielen, die Schar seiner Parteigänger wäre eine große gewesen.

War doch selbst — ein seltener Fall in der Geschichte(!) — ein fremder Landesteil, das treuherzige Tirol — bereit, Gut und Blut für einen fremden Landesherrn einzusetzen, an den ihn kein anderes Band knüpfte, als das der Sympathie und Dankbarkeit.

An das alles dachte der Arzt wohl nicht genügend, der am 11. Juni 1886 nachts 12 Uhr in Neuschwanstein ankam, um den Maßstab der Dutzendfälle, die er behandelt hatte, auf einen Ausnahmsfall seltenster Art anzuwenden. Wirkte es schon befremdend, daß zehn Gesunde, die ausgezogen waren, um einen Geisteskranken gefangen zu nehmen, von diesem verhaftet werden konnten, so überrascht noch mehr die Überlegenheit an Menschenkenntnis des Königs, die sich aus dem Vergleich seiner Äußerungen mit denen seines Irrenarztes ergibt.

Die zweite Kommission bestand nur aus dem Direktor der Kreisirrenanstalt von Oberbayern, Universitätsprofessor Dr. B. v. Gudden, dessen Assistenzarzt Dr. Franz Karl Müller, vier Irrenpflegern und einem Oberpfleger, welche ein Gendarmerieoffizier und ein Stallmeister begleiteten. Vom Hofe war niemand dabei und der Tätigkeit der beiden nach Füssen abgeordneten Regierungsräte Kopplstätter und v. Müller geschieht kaum Erwähnung. Der Kranke war somit ganz dem Irrenarzt überantwortet.

Der mit den erforderlich gehaltenen Schließvorrichtungen des Königs versehene Wagen war erst für 4 Uhr morgens in den Vorhof von Neuschwanstein bestellt; kaum aber waren Gudden und Müller ausgestiegen, als der Lakai Mayr auf sie zustürzte und sie beschwor, in die Gemächer des Königs zu kommen, da S. M. sich in großer Aufregung befinde und sich vielleicht zum Fenster hinausstürzen werde, da man ihm den Schlüssel zu dem Turm, den er zu dem gleichen Zwecke verlangt hatte, unter dem Vorwand, er sei verlegt, nicht gegeben habe. Gudden eilte mit seinen Begleitern auf einer Wendeltreppe in einen Korridor, in den die Eingänge zu dem ominösen Turm und zu den Gemächern des Königs mündeten. Er ließ die Zugänge zum Turm von Irrenpflegern und Gendarmen besetzen und befahl dem Lakai Mayr, dem König den verlangten Schlüssel zu übergeben. „Kam dann,“ berichtet der Augen- und Ohrenzeuge der Szene Dr. Müller, „der König heraus, dann wollte ihm Gudden erklären, daß er geist eskrank sei und daß die Behandlung sofort ihren Anfang nehme.“

Der Lakai tat, wie ihm geheißen. „Plötzlich,“ fährt Dr. Müller, der den König vorher nie gesehen hatte, fort, „hörten wir feste Tritte und ein Mann von imposanter Größe stand unter der Korridortür und sprach in kurzen abgerissenen Sätzen mit einem in tiefster Verbeugung Dastehenden. Die Pfleger von oben und unten, ebenso wir gingen gegen die Türe zu und schnitten ihm den Rückweg ab. Mit großer Schnelligkeit hatten' die Pfleger den König an den Armen untergefaßt. Da trat Gudden vor und sprach: „Majestät, es ist die traurigste Aufgabe meines Lebens, die ich übernommen habe, Majestät sind von vier Irrenärzten begutachtet worden und nach deren Ausspruch hat Prinz Luitpold die Regentschaft übernommen. Ich habe den Befehl, Majestät nach Schloß Berg zu begleiten und zwar noch in dieser Nacht. Wenn Majestät befehlen, wird der Wagen um 4 Uhr vorfahren." —

Demnach hätte Gudden wenigstens nicht die haarsträubende Äußerung getan, die Otto Gerold und andere ihm in den Mund legen: „Im Namen des Prinz-Regenten sind Majestät mein Gefangener." — Aber es blieb immer noch genug des Befremdlichen übrig und der Professor zerrte das etwa noch im Dunkeln gelassene sofort vollends ans Licht, als er auch bei der Frage des Königs: „Wie können Sie mich für geisteskrank erklären; Sie haben mich ja vorher gar nicht angesehen und untersucht," welche den Nagel auf den Kopf traf, mit den Worten daneben hieb: „Majestät, das war nicht notwendig; das Aktenmaterial ist sehr reichhaltig und vollkommen beweisend, es ist geradezu erdrückend." —

War es wirklich nötig und angebracht, dem Kranken auf den Kopf zu sagen, was nicht begreifen zu können, zum Wesen seiner Krankheit gehörte? Bot die nüancenreiche deutsche Sprache nicht hundert Umschreibungen, die Situation nicht hundert Verschleierungen an die Hand? — Ein englisches Werk (von Frances Gerard) über Ludwig II., das kein eigenes Material, aber viel richtige Ansichten enthält, bemerkt dazu: „In the last fifteen years an immense advance has been made in the treatment of the insane, and no mad doctors would now act as Dr. von Gudden did. It could hardly be called judicious treatment to formally announce to an insane man that he has been pronounced mad, and to carry him, surrounded by keepers, to solitary confinement!"

Für Ludwig II. besaß diese Mitteilung keinerlei überzeugende Kraft. Er ging daraufhin nicht in sich, streckte die Arme nicht gutwillig nach der Zwangsjacke aus; er empfand sie nur als eine schwere Beleidigung.

Gudden hatte geglaubt, daß Ludwig die Thronentsetzung apathisch aufnehmen werde. Und in der Tat, was konnte ihm an den „Regierungsfadaisen" liegen, die er schon seit Jahren nur mehr als eine lästige Beigabe seines Königtums betrieb? Er konnte nicht wie sein Großvater bei seinem Rücktritt, mit Bedauern sagen: „Ich habe so gerne regiert." Aber er sagte: „Daß man mir die Krone nimmt, könnte ich verschmerzen; aber daß man mich für irrsinnig erklärt hat, überlebe ich nicht." Äußerungen dieses Inhalts werden mehrere überliefert. Auch der Friseur Hoppe bestätigte, daß es den König am meisten schmerzte, für irrsinnig erklärt zu werden.

Es war diese Urteilsverkündung nach der Wegschaffung aus den Bergen und Verbringung an den Starnberger See der zweite große Fehler, den Gudden beging. Damit, daß er Ludwig II. vor Zeugen das Verdikt der Irrenärzte auf Geisteskrankheit verkündete, sprach er dessen Todesurteil und wahrscheinlich auch sein eigenes, denn diese unangebrachte Offenheit war wohl auch der Grund des Hasses, den der König gegen ihn empfand, und den er so geschickt zu verbergen wußte, bis er ihn zu Tod würgte.

Als Gudden ihm zum ersten Mal gegenüber trat, hatte der König ein schmerzliches „Ach!" ausgestoßen und dann immer wieder gesagt: „Ja, was soll denn das?" „Was wollen Sie denn?" Indessen ließ er sich von den Pflegern in das Schlafzimmer zurückführen, aus dem er gekommen war. Sein Gang war etwas schwankend, seine Sprache zeigte kleine Unsicherheiten, man merkte, daß er zu stark dem Arak zugesetzt hatte, nach dem es noch in einem der Zimmer roch.

Aber bald gewann er seine Selbstbeherrschung wieder, konnte die formellere Vorstellung Guddens, des Assistenzarztes Dr. Müller und sogar der Irrenpfleger entgegennehmen und eines der üblichen „Cerclegespräche" führen, in denen Souveräne Fragen zu stellen pflegen, nicht weil sie neugierig auf die Antwort, sondern bestrebt sind, den Beweis zu liefern, daß sie alles schon wissen, was ja meistens auch zutrifft, da ihre Adjutanten es ihnen vorher gesagt haben.

Auch aus den weiteren Gesprächen des Königs, die sich mit Unterbrechungen bis gegen Morgen hinzogen und denen der Assistent nur zu einem kleinen Teil beiwohnen konnte, führt er uns zwei Äußerungen Guddens an, die den Eindruck von Entgleisungen machen. Auf die Frage des Königs: wie lange die

SCHLOSS NEUSCHWANSTEIN

„Kur" wohl dauern könne, antwortete Gudden nicht etwa, das
hänge insbesondere vom Verhalten des Patienten ab, sondern
er sagte unter Berufung auf die Verfassung „ein Jahr würde
„vorläufig" der kürzeste Termin sein." Und als der König darauf
äußerte: „Nun es wird wohl rascher gehen, man kann es ja
machen, wie mit dem Sultan, es ist ja leicht, einen Menschen
aus der Welt zu schaffen," setzte Gudden dem nicht etwa ein
Charakterbild des gütigen Prinz-Regenten entgegen, der ihn
beauftragt habe, seinem Neffen jede Rücksicht zu erweisen und
jeden immer möglichen Wunsch zu erfüllen, sondern er sagte:
„Majestät, darauf zu antworten, verbietet mir die Ehre."

Aus der Unfähigkeit des Königs, sich als krank zu erkennen,
sog sein Verfolgungswahn die giftige Nahrung. Da er die Geisteskrankheit als Entmündigungsgrund ablehnte, suchte er ihn in
der nicht existierenden Herrschbegier des Prinz-Regenten.

Sehr ungünstig lautet das Urteil, welches der Assistenzarzt
Guddens Dr. Fr. K. Müller über den damaligen Zustand Ludwigs II. abgibt. Er hatte sich den König ganz anders vorgestellt,
an dessen Erscheinung aber doch auch Spuren der durch den
so unvorbereiteten Überfall erlittenen Erschütterung, Nachwehen schlafloser Nächte und Folgen des ungewohnten Alkohol-
genusses hervortraten.

„Ich hatte mir gedacht," schreibt er, „daß dieser König mit
seinen Ansichten von Herrscherwürde und Herrschermacht durch die
Mitteilung, daß er nun nicht mehr Herrscher sei, entweder gebrochen zu-
sammensinken würde, oder sich in wilder Explosion Luft verschaffte.
Aber keines von beiden trat ein. Er war anfänglich erschüttert, aber bald
begann er mit denen, die er naturgemäß hassen mußte, zu verhandeln,
sie auszufragen, seine Zurückgezogenheit gewissermaßen zu entschuldigen
und immer und immer wieder kamen seine Verfolgungsideen zum Vor-
schein, die sich in so kleinem Kreise bewegten…" „Er war ja noch der
große stattliche Mann mit dem mächtigen Körper, er blickte noch mit
so großen Augen seine Umgebung an, aber aus diesen Augen war das
Selbstbewußte geschwunden und an dessen Stelle eine deutliche Unsicherheit getreten…" „Seine Züge waren verschwommen, das bleiche
Gesicht etwas aufgedunsen, die Sprache hastig, durch häufige Wieder-
holungen unterbrochen, die Bewegungen unsicher." „Mit kurzen Worten:
ich hatte mir den König noch nicht so schwer krank vorgestellt, als er es
in Wirklichkeit war…" „Wer freilich nur den für geisteskrank hält,
der entweder in tiefer Melancholie am Boden kauert oder in wilder Tob-

sucht seine Umgebung bedroht oder endlich so blödsinnig geworden ist, daß er kein verständiges Wort mehr reden kann, dem können meine Erzählungen, wie und was der kranke König sprach, am Ende gar noch Zweifel verursachen, aber dann soll er daran denken, daß es auch Geisteskranke gibt, die zwar noch denken, aber falsch denken, die noch Bestrebungen haben, aber nur solche, die auf verkehrtem Boden wachsen und zu verkehrten Zielen führen; die endlich in einer Welt voll Argwohn und Verfolgungsangst leben und — ein solcher war der König..."

Diese Äußerungen kommen gewiß der Wahrheit sehr nahe; aber sie erschöpfen sie nicht.

Gegen 4 Uhr wurde der Wagen gemeldet. Der König machte sich reisefertig und ging mit den ihm auferlegten Begleitern in den Schloßhof. Dort standen drei Wagen bereit. Der König sprach noch lange mit dem Lakaien Mayr und beauftragte ihn, wie man später erfuhr, ihm Cyankali zu besorgen. Dann wandte er sich noch einmal um. Sandte er den Bergen einen letzten Gruß zu, zogen Fluchtgedanken durch sein krankes Gehirn? — Gudden drängte und mit den Worten: „Auch gut!" bestieg er endlich den mittleren der drei Wagen, der von innen nicht geöffnet werden konnte. In Seeshaupt verlangte er Wasser. Er dankte der Posthalterin, die es ihm reichte und sagte dann: „Diese Schmach überlebe ich nicht."

LXIV.

Nach der von Kräpelin aufgestellten engeren Begriffsbestimmung gehörte die Art von Paranoia, von der Ludwig II. befallen war, zu den unheilbaren Geisteskrankheiten. Es standen ihm Verschlimmerungen aller Art bevor, auf Besserung war keine Aussicht. Je früher der Kranke von einem für ihn fürderhin wertlosen, ja qualvollen Dasein befreit wurde, um so besser für ihn. Aber es bestand ein sehr erhebliches Interesse der Dynastie daran, Ludwig II. am Leben zu erhalten, um auch den Schein zu vermeiden, als sei ihm Unrecht geschehen, als sei er durch die eingeleiteten Schritte und das dabei beobachtete Verfahren förmlich in den Tod getrieben worden.

Wer den festen Entschluß gefaßt hat, sich durch Selbstmord der Qual des Daseins zu entziehen, kann durch bloßen Zwang allein davon nicht abgebracht werden. Weder die vergitterten Mauern eines Schlosses, noch die verpolsterten eines Irrenhauses bieten dagegen absoluten Schutz. Man muß es mit inneren Mitteln versuchen. Man darf dem Kranken nicht jede Hoffnung, jede Lebensfreude nehmen, ihn nicht mit einem Schlage mit seinen bisherigen Lebensgewohnheiten in Widerspruch setzen; man darf nicht einen König, der heute über sechs Millionen Untertanen regierte und dem ein Dutzend Schlösser zur Verfügung standen, morgen, wie der Engländer sich ausdrückt, als eine „Beute der Irrenärzte" behandeln und ihm all die konventionellen Folterwerkzeuge vor Augen führen und zum Bewußtsein bringen, die im Großbetrieb der Irrenhäuser üblich und nötig sind.

In der Tat scheint denn auch Gudden eine möglichst milde und freie Behandlung des Kranken vorgeschwebt zu haben, aber er setzte sich mit einer solchen gleich anfangs in Widerspruch, indem er die herkömmlichen Anordnungen und Vorkehrungen seines Schwiegersohnes Grashey billigte.

Dieser hatte die kurze Zeit, die ihm dazu zur Verfügung gestanden war, dazu benutzt, das Schloß Berg in ein kleines Privatirrenhaus umzugestalten. In die Türen waren Gucklöcher gebohrt worden, („so, daß man sich gar nicht mehr anziehen kann," äußerte der König). Die Türdrücker waren abgeschraubt, die Fensterläden verschließbar gemacht, das frühere Speisezimmer einem Irrenarzt und andere Räume den Pflegern eingeräumt worden. Ein Bautechniker hatte den Auftrag erhalten, die Fenster des für den König bestimmten zweiten Stockes zu vergittern und weitere bauliche Umänderungen vorzunehmen. Man entzog dem König das gebräuchliche Eßbesteck und nahm ihm in der ersten Nacht seines Aufenthaltes in Berg, die auch seine letzte war, die Kleider weg. Als er, ungewohnt der neuen Lebensweise, nachts 2 Uhr erwachte, wurden sie ihm verweigert, nur die Strümpfe konnte er nach mehrfachen Bitten endlich von dem Wärter erlangen, worauf er, nur mit dem Nachtgewand bekleidet, stundenlang in seinem Schlafzimmer auf und ab ging.

All diese Überraschungen, die den König nach einer achtstündigen Fahrt erwarteten, bildeten wohl den dritten großen Fehler, den Gudden beging und der von um so schwereren Folgen begleitet war, als sein eigenes Verhalten davon abwich. Es liegt nahe anzunehmen, daß die Eindrücke, welche der König von diesen Maßregeln empfing, ihn in dem längst gefaßten Entschluß bestärkten, die Befreiung von all diesem plötzlichen und unvorbereiteten Zwang auf einem Wege zu suchen, welcher nicht der der Flucht ins Blaue war.

„Man erinnerte sich nicht," schreibt Otto Gerold, „daß man es nicht mit einem völlig umnachteten Geiste zu tun hatte, der für die Kränkungen seines stolzen Königsbewußtseins unempfindlich war. Der König empfand sie vielleicht tiefer, als irgendein anderer, da der Sturz aus seiner Höhe so unvermittelt gekommen war."

Eine gewisse Bestätigung findet diese Annahme auch in Äußerungen der letzten Unterredung, welche dem König mit einem seiner früheren Diener, dem Stabskontrolleur Zanders, bewilligt wurde, nachdem alle seine anderen früheren Diener durch Irrenpfleger ersetzt worden waren.

Schon Gerold hat uns mündliche Aussagen von Zanders überliefert, die ich in der Lage bin, zu ergänzen. Gudden hatte ihm gesagt, daß der König so lebhaft nach ihm verlange, daß er sich außer Stande sehe, es dem Kranken länger abzuschlagen, er möge jedoch sein Ehrenwort geben, daß er mit dem König nicht über Fluchtpläne sprechen, noch bei ihm Hoffnung auf Befreiung erwecken wolle.

Der König kam mit blitzenden Augen auf Zanders zu, energisch, lebhaft, wie in seinen besten Tagen, ein ganz anderer, als der, den er achtundvierzig Stunden zuvor in Neuschwanstein gesehen hatte. Er zeigte Zanders die Vorrichtungen in seinen beiden Zimmern, die verschließbaren Fensterriegel, die Löcher an den Türen, alles was ihn daran erinnern mußte, für wie schwer krank man ihn hielt und erzählte ihm die Erlebnisse der letzten Tage, die Beschränkungen, die man ihm auferlegte, die Verweigerung des Gottesdienstes und anderes. Dann frug er ihn, wie viel Gendarmen in Berg seien, ob sie geladene Gewehre hätten und gegebenen Falles auch auf ihn schießen würden? Zanders sagte, es seien nur vier Gendarmen mit ungeladenen Gewehren da, und wie der König denken könne, daß sie je auf ihn schießen würden! Dies schien ihn zu beruhigen und er frug weiter, ob denn in allen Stauden des Parkes Wächter wären, was man denn mit dem Verschluß der Fenster, dem Abschleifen der Messerspitzen beabsichtige, ob man denn glaube, er wolle sich töten. Das sei lächerlich, er wisse gar nicht, warum er sich töten solle.

Er meinte, daß seine Gefangenschaft immer dauern werde, weil die, welche ihn gefangen nahmen, seine Rache fürchten würden.

Zanders suchte ihn zu beruhigen. Er sagte, daß es vielleicht weniger Zeit als ein Jahr bedürfen werde, um S. M. von seinem Nervenleiden zu heilen, und daß dann kein Grund mehr bestehen würde, ihn in ärztlicher Behandlung zu behalten.

Ja, sagte der König, nach der Staatsverfassung könne er nach einem Jahre wieder auf den Thron kommen. Aber selbst wenn Prinz Luitpold jetzt auch den guten Willen hätte, sei es zweifelhaft, ob er ihn später haben werde; das Regieren werde ihm gefallen, l'appetit vient en mangeant ..." so werde man ihn immer gefangen halten und zuletzt töten.

Als Zanders von der Ehrenhaftigkeit des Prinzen Luitpold sprach, der gewiß immer nach Recht verfahren würde, fuhr der König auf: „Ja, das sieht man an dem, was geschehen ist und selbst wenn er es nicht tue, würden seine Nachfolger es tun." —

Zuletzt zog er Zanders in eine Fensternische, als wolle er mit ihm außerhalb des Bereiches seiner Beobachter an den Türen kommen und ihm etwas besonderes mitteilen. Zanders dachte an das Gudden gegebene Ehrenwort und bat den König, ihn zu entlassen. Ludwig wollte nochmals sprechen; doch Zanders wiederholte seine Bitte. „Da nahm das Auge des Königs plötzlich jenen finsteren Ausdruck an, den es hatte, wenn sein Mißtrauen gegen jemand erwachte. Er sagte nichts mehr und gab das Zeichen zur Entlassung." —

Der Gedanke an das Gudden gegebene Ehrenwort gab wahrscheinlich dem Benehmen Zanders eine gewisse Unsicherheit, die dem König nicht entging und sein Mißtrauen erregte. Wenn er sich im Verlaufe des Gesprächs wiederholt über die Vorsichtsmaßregeln lustig machte, die ihn am Selbstmord verhindern sollten, so leitete ihn wohl auch Zanders gegenüber die Absicht, ihn zu täuschen. Zu diesem Zwecke lobte er vielleicht auch Gudden, als „sehr liebenswürdig" und klagte nur, daß er über gar nichts Aufschluß gebe.

Das Gespräch fand am Sonntag, den 13. Juni, nachmittags statt. Kurz darauf trat der König seinen letzten Spaziergang mit Gudden an.

Dr. v. Gudden gab sich über das wahre Wesen Ludwigs II. Täuschungen hin. Selbstgefällig konstatiert er die Richtigkeit seiner Meinungen und, nachdem die Ereignisse deren Haltlosigkeit dargetan, vertritt sie noch sein Schwiegersohn Dr. Grashey. Schon bei der ersten Begegnung mit dem König in Neuschwanstein hatte er den Zustand des Kranken ganz der von ihm ohne Personaluntersuchung abgegebenen Prognose entsprechend befunden und von Berg aus am 13. Juni 1886, abends 6 Uhr an Lutz telegraphiert: „Hier geht es bis jetzt wunderbar gut, die persönliche Untersuchung hat das schriftliche Gutachten nur bestätigt."

Sowohl von seiten der Hofkreise als von den Ärzten war er auf die große Verstellungskunst des Kranken aufmerksam gemacht worden. Sowohl Holnstein als Grashey hatten ihn unter Anwendung eines der Wörter aus dem Sprachschatz Ludwigs II. gewarnt, sich nicht „einseifen" zu lassen, worauf er erwiderte, „einseifen" wolle er sich ja lassen, aber nicht „rasieren".

Er war entzückt von der Liebenswürdigkeit des Monarchen und überschätzte seinen Einfluß auf ihn, der nicht tiefer ging. Um sich dem Kranken angenehm zu machen, hatte er ihm schon für den ersten Morgen einen Spaziergang vorgeschlagen und war, von zwei Pflegern in einiger Entfernung gefolgt, mit ihm auf dem längs des Sees hinführenden Fußpfad gewandelt; er hatte ihm damit die Gelegenheit eröffnet, sich die geeignetste Stelle zum Einsturz auszuwählen.

Dieser erste Spaziergang war ohne jeden Zwischenfall verlaufen; nur frug der König, als er einen Gendarm im Gebüsch erblickte, ob etwa die Anwesenheit von Sozialisten zu befürchten sei, eine Frage, die Gudden zu der Anordnung veranlaßte, den Gendarmen künftig wegzulassen, da er den König nur ängstlich mache.

Beim Mittagessen erzählte der Obermedizinalrat weiteres von dem gelungenen Spaziergang; der König sei wie ein Kind, es sei nur schwer, ihm immer wieder auf die gleichen Fragen Antwort zu geben; er wolle am Abend wieder mit dem König ausgehen, und zwar allein. Der Assistenzarzt Dr. Müller bat ihn, davon abzustehen, da er ihm durch solche Freiheiten in der Behandlung die Stellung erschwere.

Gudden scheint auch damals noch einen Selbstmord nicht für sehr wahrscheinlich gehalten zu haben. Grashey faßt dessen Auffassung darüber dahin zusammen, daß der König in ruhiger Gemütsstimmung sehr für sein Leben besorgt gewesen sei, daß er nie eine Waffe getragen habe und Scheu vor schneidenden und stechenden Instrumenten hatte, daß er nur in der Aufregung und nach reichlichem Spirituosengenuß sich mit Selbstmordgedanken trüge und auch an Wiedergewinnung seiner Freiheit, an Abdankung (?) und einen Aufenthalt im Ausland (?) dachte. — Hiebei scheinen aber den beiden Fachmännern Anachronismen und ein sogenanntes „Hysteron-Proteron" untergelaufen zu sein. Es ist nicht richtig, daß Ludwig II. nur im Stadium der Aufregung und nach reichlichem Spirituosengenuß an Selbstmord dachte. Dieser Gedanke bildete vielmehr den Grundzug seiner Stimmung, er war das Bleibende darin und optimistischere Anwandlungen das Vorübergehende. Auch den beiden Kabinettssekretären v. Ziegler und v. Müller hatte er in aller Ruhe davon gesprochen. Der Schlummer dieses Grundgedankens war immer nur ein leiser, jedes unglückliche Wort, jede unbedachte Äußerung konnte ihn erwecken.

Wenn die beiden Ärzte den König in Neuschwanstein bei dem

sonst ganz ungewöhnlichen Genuß von Arak und starken Weinen fanden, so lag der Grund offenbar nur darin, daß er sich zur Ausführung seines Selbstmordgedankens, zu dem Sturz in die Tiefe von der Höhe des Turmes, Mut und Betäubung zutrinken wollte. Das Primäre war der Gedanke an Selbstmord, das folgende die zu dessen Ausführung gesuchte erhöhte Erregung.

Auch wer den Tod ersehnt, fürchtet das Sterben und sucht nach dem schmerzlosesten Mittel. Die Scheu vor Waffen und schneidenden und stechenden Instrumenten erstreckt sich nicht auf die kühlenden Wellen eines Sees.

Um 6½ nachmittags, nachdem er diniert hatte, ließ der König Gudden zu dem ihm zugesagten zweiten Spaziergang bescheiden. Von Gudden und dem Pfleger Mauder gefolgt, schritt der König die Treppe des Schlosses hinab und trat ins Freie. Es war regnerisches Wetter, aber noch Tag. Vier bis fünf Schritte hinter dem weiter schreitenden König begegnete der Pfleger Mauder dem Obermedizinalrat, der ihm sagte, ohne daß der König es hörte: „Es darf kein Pfleger mitgehen." —

Wie so vieles im Leben Ludwigs II. sind auch die nun folgenden Vorgänge ohne Zeugen geblieben und haben Vermutungen aller Art Raum gegeben. Ich trete durchaus den Schlußfolgerungen bei, die Grashey in seinem Nekrolog Guddens gezogen: „daß der König in selbstmörderischer Absicht nach dem Seeufer eilte, sich Guddens gewaltsam entledigte und dann freiwillig den Tod fand, ferner, daß für einen mißglückten Fluchtversuch alle Anhaltspunkte fehlen" — und möchte beifügen, daß mir ein solcher durchaus unwahrscheinlich erscheint[1].

---

[1] Beim Eintritt der Ereignisse d. J. 1886 ging die allgemeine Meinung dahin, daß der König den Tod in den Wellen gesucht habe. Alles Vorausgegangene, alle Nebenumstände sprachen und sprechen noch heute dafür. Schon der Umstand, daß er sich in den See stürzte, verrät diese Absicht; hätte er nur fliehen wollen, so hätten ihm die ihm wohl bekannten Wege in Gebüsch und Wald am Seeufer Möglichkeiten genug geboten, sich der Begleitung Guddens bis zur Erreichung der behaupteten Hülfe von außen zu entziehen. Ludwig II. hatte nicht mehr die Fähigkeit, den Kampf mit dem Leben aufzunehmen, aber er besaß noch Intelligenz und Tatkraft genug, um dem traurigen Schicksal seines Bruders auszuweichen. Er äußerte sehr oft und besonders in der letzten Zeit seines Lebens

Die weiteren Ausführungen Grashey's erregen nur die bereits angedeuteten und noch andere Zweifel. Ich finde besonders auch die Forderung unbillig, die er zwecks der Aufrechterhaltung der Unfehlbarkeit seines Schwiegervaters stellt, der Assistenzarzt hätte dem ausdrücklichen Befehl Guddens zuwider den Lustwandelnden einen Irrenwärter nachsenden sollen. Ein solcher Ungehorsam hätte wahrscheinlich auch nur ein drittes Menschenleben gefordert, denn auch ein Irrenwärter hätte kaum den zum Tod entschlossenen König von herkulischer Stärke wider seinen Willen den Fluten des Sees entreißen können, an dessen Ufer Gudden ihn unvorsichtiger Weise geführt hatte.

Selbstmordgedanken, während er die ihm in Neuschwanstein gemachten Vorschläge einer damals leicht zu bewerkstelligenden Flucht zurückwies, die ihn ja nur in eine höchst peinliche, seiner unwürdige Lage hätte versetzen können. Seine Intelligenz war noch viel zu intakt, als daß man an eine unvorbereitete Flucht ins Blaue denken dürfte. Dies fühlten die Erfinder der Fluchttheorie, die ursprünglich wohl nur von der guten Absicht geleitet waren, die religiösen Gefühle der Königin Mutter zu schonen. Sie nahmen keinen Anstand, zur Begründung ihrer ersten Vermutung gleichsam zur Auswahl, zwei weitere sich widersprechende aufzustellen, die, wie dies in solchen Fällen ja meistens zu geschehen pflegt, von Leichtgläubigen sofort als Tatsachen hingenommen und weiter getragen wurden: Herzog Ludwig habe mit seinem Wagen den König am Seeufer erwartet und die Kaiserin Elisabeth habe ihm von Feldafing aus einen Kahn entgegengesandt. Herzog Ludwig hat seine Beteiligung mir gegenüber bestimmt in Abrede gestellt.

Die angebliche Hilfeleistung der Kaiserin Elisabeth wurde neuerdings in den in erster Auflage i. J. 1914 zu London erschienenen Memoiren einer Gräfin Zanardi Landi wieder aufgegriffen, auf deren Glaubwürdigkeit schon ihre im „Neuen Wiener Journal" vom 25. Mai 1924 erzählte Vorgeschichte einen Schatten wirft. Lili Kaiser, die Tochter eines Wiener Bankiers, den man den Kaiser von China nannte, weil er sein namhaftes Vermögen in China erworben hatte, verspann sich in die Wahnvorstellung, eine eheliche Tochter des österreichischen Kaiserpaares zu sein und stellte i. J. 1912 sogar eine Anerkennungsklage gegen Kaiser Franz Joseph. Sie behauptete, er habe sich i. J. 1875 nicht, wie J. de la Faye glaubhaft berichtet, auf die Nachricht von einem tötlich erschienenen Sturze vom Pferde seiner Gemahlin hin, von Chirurgen begleitet, im strengsten Incognito nach der Normandie begeben, sondern um Zeuge des wenig freudigen Ereignisses ihrer Geburt zu sein, das Kaiserin Elisabeth dort im 38. Lebensjahre überrascht hätte. Dieses von niemand ernst genommene Märchen wurde jüngst von Alberto Lumbroso noch romantischer ausgestaltet in einem Artikel des Messaggero

Ich fühle mich nicht berufen, Stellung in diesem Streite zu nehmen. Vielleicht dürfte aber das Urteil eines Mannes einiges historisches Interesse in Anspruch nehmen, der als Vertreter des Faches der Psychiatrie an der Universität Berlin und Herausgeber des Archivs für Psychiatrie zu den damaligen ersten Autoritäten auf diesem Gebiete gehörte, meines Schwagers, des Geheimrats Prof. Dr. Fritz Jolly († 1904). „Die beiden Aufsätze von Grashey," schrieb er mir am 25. September 1892 (Nekrolog Guddens und Nachtrag zu demselben: Archiv für Psychiatrie, Bd. XVII u. XVIII) „geben zusammen mit der Bro-

---

vom 1. Juni 1924, inhaltlich dessen weder der Kaiser von China, noch — der von Österreich Anspruch auf die Vaterschaft von Frl. Lili erheben dürften, sondern — König Ludwig II. von Bayern. Elisabeth habe den Gatten an ihr Sterbebett gerufen, um nicht ohne seine Verzeihung aus dieser Welt scheiden zu müssen und Franz Joseph habe die ihm zugemutete Rolle des Königs Marke anstandslos übernommen und tadellos gespielt. Diese nach jeder Richtung hin unwahrscheinlichste Lesart entstammt Mitteilungen eines nur zu gut- und leichtgläubigen Bruders des zweiten Gatten Lili Kaisers. Der Verfasser setzt nicht den mindesten Zweifel in ihre subjektive und objektive Wahrhaftigkeit. Ich muß dieser Annahme mit Nachdruck entgegentreten, ob schon Lumbroso nicht nur des vorliegenden Werkes sehr anerkennend gedenkt, sondern auch Ludwig II. Gerechtigkeit widerfahren läßt, indem er ihn „il più bello e il più colto dei Rè d'or fa cinquant' anni" nennt und ihm „un posto eminente fra i grandi benefattori della cultura moderna" einräumt. Lili Kaiser, die sich schon in der Wahl ihrer Väter schwankend erwies, hielt es auch nicht lange bei ihrem ersten Gatten, einem Wiener Bahnbeamten, aus und heiratete in zweiter Ehe einen Piemontesen Namens Zanardi-Landi, dessen Grafentitel der nicht allzu kritisch angelegte Alberto Lumbroso „alquanto fantastico" nennt. In das Reich der Phantasie sind, wie die Angaben des Schwagers auch die der Gräfin über die Todesart ihres angeblichen dritten Vaters zu verweisen, insofern sie nicht nur Bekanntes wiederholen. Nach diesen wäre Elisabeth auf bloße „Gerüchte aus Bayern" hin nach Feldafing geeilt, um dem königlichen Vetter „zu helfen" und hätte sich, ehe sie Wien verließ, von dem Kaiser versprechen lassen, daß Ludwig II. auf österreichischem Boden sicher sein solle, wenn er sich gezwungen sähe, aus Bayern zu fliehen. In Feldafing habe die Kaiserin ein Telegramm Dürckheims erreicht, sie habe schließlich zur Flucht geraten und einen Kahn im Gesträuch des Seegestades verstecken lassen. Als Vermittler ihrer Korrespondenz mit Ludwig II. hätten Zanders und Osterholzer gedient. In den von mir eingesehenen Aufzeichnungen, die der erstere hinterließ, findet sich nicht die leiseste Bestätigung für all' diese Vorbringungen, die auf bloßer

schüre Müllers (Die letzten Tage Ludwigs II., Berlin 1888, Fischer) ein
ganz gutes Bild von der Sache und bei wiederholter Lektüre der letzteren
muß ich doch sagen, daß mir trotz einiger Entgleisungen in der Auffassung und Darstellung der Autor im Rechte zu sein scheint. Die verschiedenen Aussagen aus den Protokollen, namentlich die S. 46 gegebene
Ergänzung von Washingtons Aussage spricht jedenfalls dafür, daß
Gudden die Lage optimistisch aufgefaßt hat und der Meinung war, man
könne es riskieren, mit dem König allein zu sein. Auch ist die Art, wie
Grashey den Befehl Guddens an den Pfleger Mauder zu deuten sucht,
eine sehr gezwungene. Es konnte sehrwohl sein, daß der König, als Gudden
zu ihm ins Zimmer kam, ihn gebeten hat, diesmal ohne Pfleger zu gehen,
und daß darauf Gudden seinen verhängnisvollen Befehl erteilte. Bezeichnend ist für den Zustand des Königs, daß er in den Gesprächen mit Müller

---

Erfindung beruhen und zu den Schlingpflanzen gehören, die wie Unkraut so viele Tatsachen und Persönlichkeiten der Geschichte über-
wuchern.

„Man kann mit großer Wahrscheinlichkeit annehmen," bemerkt der
schottische Irrenarzt Ireland, „daß die absolut nötig gewordene Einsetzung einer Regentschaft den von seiner geträumten Machthöhe herab-
gestürzten König zum raschesten Entschlusse der Selbstvernichtung
trieb." — Diese Annahme stimmt mit den Tatsachen durchaus überein.
Kurz nach dem Abgang der ersten Kommission von Neuschwanstein
telegraphierte der Lakai Mayr nach München: „Hege große Befürchtung
wegen Selbstmord. Gift wird vorzüglich verlangt." Noch vor Ankunft
der zweiten Kommission begehrte Ludwig den Schlüssel zum Turme,
um sich herabzustürzen und der letzte Auftrag, den er Mayr erteilte,
bevor er die Zwangskutsche nach Berg bestieg, ging dahin, ihm Cyankali
zu verschaffen. Auch dem Wunsche, den er am ersten Tage seiner Anwesenheit in Berg äußerte, noch spät abends bei regnerischem Wetter
einen zweiten Spaziergang am Seeufer zu unternehmen, lag offenbar die
gleiche Absicht zu Grunde und er hatte sich wohl bei dem Morgen-
spaziergang des gleichen Tages die geeignetste Einbruchstelle ausgesucht.

Für die Vermutungen einer Hilfeleistung, ohne welche die Flucht ja
gar nicht ausführbar gewesen wäre, konnte niemals der geringste Beweis erbracht werden, ob schon es im Interesse der Regierung und der
Ärzte gelegen gewesen wäre, der Vorstellung des Volkes entgegenzutreten, der unglückliche Monarch sei förmlich in den Tod getrieben
worden.

Die Ansicht, daß hier die Legende dem Andenken des Königs förder-
licher wäre als die Tatsachen, vermag ich nicht zu teilen. Ich erblicke
vielmehr in dem letzten Akt des Mutes, in der stolzen Abwehr unüberwindlicher innerer und äußerer feindlicher Mächte eine gewisse Rehabili-
tation Ludwigs II., die Wiedererlangung seiner Königs- und Menschen-
würde und einen besseren und edleren Abschluß seines Lebensbildes, als
ihn eine sinnlose Flucht ins Blaue oder die willenlose Selbstauslieferung
an apodiktische Ärzte und handfeste Krankenwärter bieten könnten.

eine gewisse Schlauheit zeigte, denselben auf Umwegen auszuholen suchte, ob kein Giftmord geplant sei, und ihm dann die Versicherung gab, daß er ihm traue, aber den anderen nicht (S. 40). Dieselbe Versicherung wird er wohl auch Gudden gegeben haben, der sich dadurch zu dem Telegramm verleiten ließ: „es geht überraschend gut." Daß der König beim Verlassen des Schlosses entweder Flucht, oder Selbstmord geplant hat, halte ich für absolut sicher. Die Bemerkungen Grasheys über das plötzliche Überspringen von Flucht- zu Selbstmordgedanken sind ganz richtig; die Kranken machen aber in solchen Fällen oft schon von vornherein die Überlegung: entweder die Flucht gelingt, oder ich bringe mich um, oder auch sie entfliehen in der Absicht, ungestört den Selbstmord ausführen zu können. Ich glaube übrigens, daß der letzte Akt, der Tod nämlich, gar nicht durch eine willkürliche Handlung des Königs herbeigeführt worden ist, sondern daß ihn nach dem Kampf mit Gudden, da er sich noch in seichtem Wasser befand, ein Herzschlag getroffen hat. Er hatte unmittelbar vorher gegessen, der Magen war noch voll, wie bei der Sektion gefunden wurde, das Wasser war an dem regnerischen Tag vermutlich ziemlich kühl, dazu kam die starke Muskelanstrengung durch den Kampf. Wenn also auch nur ein Fluchtversuch vorlag, was ich nicht für ausgeschlossen halte, so wurde der König an dessen Vollendung durch den ihn im Wasser ereilenden Tod gehindert. Daß er nicht landwärts, sondern seewärts von der Leiche Guddens gefunden wurde, wie Grashey hervorhebt, scheint mir wenig zu beweisen. In der Aufregung des Moments kann er bei dem trüben Wetter leicht die Richtung verloren haben."

Ein anderer Gelehrter, der sich viel mit Psychiatrie beschäftigt hat, schrieb mir nach Einsichtnahme der vorstehenden Kapitel: „Zur echten Tragödie wird dieses Lebensbild durch den wohlüberlegten Selbstmord des Königs, der die einzig denkbare Lösung des Konfliktes nicht nur für den König, sondern auch für das Land herbeiführte. Man unterschätzt nur den Mut, der zur Ausführung dieser logisch zu rechtfertigenden Tat in der Lage des armen gehetzten Mannes nötig war und doch einen Achtung gebietenden Rest von Kraft des Willens und Vorstellens in dem krankhaft zerrütteten Geiste an den Tag legte. Dagegen muß das Gebaren nicht nur der Regierung, sondern auch der Psychiater einen mehr oder weniger kläglichen Eindruck machen." — Zur Ehre Guddens muß schließlich gesagt werden, daß er sein Leben eingesetzt und verloren hat, um das ihm anvertraute zu retten.

Man hat ihn sowohl, wie den König zuweilen feig genannt. Das war in der Sterbestunde keiner von beiden. —

Ich wurde am Pfingstmontag den 14. Juni 1886 mit der Nachricht geweckt, der König habe sich in den Starnberger See gestürzt und sei mit Gudden ertrunken. Ein neben mir wohnender befreundeter Offizier sandte mir ein offenes Billett, das er vor seinem eiligen Gang in die Kaserne auf der Straße geschrieben und italienisch abgefaßt hatte, da man die Nachricht als unbestimmt noch geheim halten wollte. Ich bewahre es noch heute; es lautet: Si dice che il Rè se sia ucciso. Le truppe sono infatti consegnate nelle caserme."

Man fürchtete einen Putsch und es hieß, „es gebe etwas Tüchtiges". Man sei in der Brutalität zu weit gegangen, oder nicht weit genug, äußerten einige. Laut wurde Gudden vorgeworfen, daß er den König nach dem exponierten Berg hatte verbringen lassen, weil ihm der Weg nach Linderhof zur Aufsicht über die Behandlung zu weit gewesen sei. Die allgemeine Erregung äußerte sich in Gerüchten aller Art: die Königin-Mutter habe der Schlag gerührt; Holnstein sei erschossen worden, Lutz habe sich selbst entleibt u. a.

Verwandte eines der beteiligten Stallbediensteten erzählten, der König sei sehr ruhig in Berg angekommen, habe die Leute sehr freundlich begrüßt und sich in den alten Räumen umgesehen, als er auf einmal dicht hinter sich zwei Irrenwärter erblickte. Dies habe ihn ganz außer sich gebracht und er habe geäußert, er lasse sich nicht wie einen Verbrecher behandeln. Schon in Neuschwanstein habe er sich zweimal vom Schloßturm herabstürzen wollen, in Berg sei dann der Entschluß gereift, sich und seine Regierung nicht zu überleben.

Ich eilte auf das Ministerium, um etwaige aus diesem Anlaß auch in meinem Referat erwachsene Arbeiten zu erledigen. Dort war die Nachricht von dem Tode des Königs morgens 3 Uhr angelangt. Die Minister berieten bis 6 Uhr morgens im Ministerium des Innern und um 12 Uhr sowie nachmittags fanden Staatsratssitzungen in der Residenz statt.

Es bestand damals in Bayern ein Reichsheroldenamt, das zur Ausführung des Adelsediktes vom Jahre 1818 im Anschluß an altmonarchische Gebräuche ins Leben gerufen worden war. Der „Reichsherold des Königreichs Bayern" war mit den Ange-

legenheiten des Adels, insbesondere mit der Führung der Adels-
matrikel betraut, mit deren Anlage Bayern allen anderen Bundesstaaten vorbildlich vorangegangen war. Die konstituierende
Verordnung bezeichnete ihn außerdem als „einen Boten höherer
Art"; aber von den „Solennitäten im Feld und bei Hof", an
welchen die Wappenkönige in alter Zeit Teil zu nehmen hatten,
„um deren Pracht zu vermehren", war zuletzt in Bayern nur
eine mehr verblieben; der Reichsherold mußte hoch zu Roß,
den silbernen Heroldstab in der Rechten, umgeben von „Perse-
vanten" auf den vier Hauptplätzen der Residenz den Regierungsantritt eines neuen Monarchen verkünden. Zum letzten Mal
war er so bei dem Regierungsantritt Ludwigs II. ausgerückt.

Einer der ersten Inhaber dieses Amtes war der bekannte
Memoirenschreiber Ritter von Lang und ich selbst habe diese
Funktion von 1889—1907 versehen. Mein unmittelbarer Vorgänger, Ministerialrat v. Leinfelder, war schon damals und wohl nie
recht sattelfest, und man hielt daher im Ministerium Umschau
nach Herren, die infolge Militärdienstes bei der Kavallerie die
nötigen Garantien auch in dieser Hinsicht boten. Man schlug
Baron Hirschberg vor, der schwerer Reiter der Landwehr war,
und als an die nahen Beziehungen erinnert wurde, in denen er
mit dem höchstseligen König gestanden war, wandte man sich
an einen Artilleristen im Ministerium, Baron R. v. d. Tann.
Das reiche Kostüm, dessen Herstellung auf 6000 fl. gekommen
sein soll, der blausamtene, reich silbergestickte Waffenrock mit
dem großen Staatswappen auf der Brust, der Federhut, das
Schwert, der Heroldstab und die Persevantenkostüme wurden
ihrer Verpackung entnommen und das Kostüm kleidete Baron
v. d. Tann vortrefflich. Es stellten sich aber bald Bedenken darüber ein, wie ein solches Schauspiel von der erregten Volksmenge
aufgenommen werde und die dichten Volksmassen, die in den
Nachmittagsstunden den Platz vor der Residenz belagerten,
mußten wieder abziehen, ohne den erwarteten Reichsherold gesehen zu haben. Bedenken bestanden ja wohl auch dagegen,
einen vollständig und unheilbar geisteskranken Fürsten, der
nicht einmal die Mitteilung seiner Standeserhebung verstand,

geschweige in der Lage war, den Verfassungseid zu leisten, als Herrscher und Landesvater und als Nachfolger eines anderen Geisteskranken auszurufen. Darin wäre doch viel mehr eine Verhöhnung, als eine Hochhaltung des monarchischen Prinzips gelegen.

Als die beiden Kuratoren Frhr. v. Malsen und Frhr. v. Pranckh am 15. Juni 1886 in Fürstenried erschienen, um dem Prinzen den Tod seines Bruders und seine Thronbesteigung zu melden, zeigte er sich vollständig teilnahmslos und gab keinen Laut von sich. Aus der Anrede der Kuratoren und der Vorlesung der Proklamation drang, wie ein ferner Wohlklang, nur das Wort „Majestät" an sein Ohr, ein Leuchten ging über seine Züge, er wiederholte es halblaut und sagte seinem Kammerdiener: „Du mußt mich jetzt „Majestät" nennen." Um diese Titulatur öfters zu hören, begehrte er dann diesen immer wieder vor sich zu sehen. —

Während alle sonstigen Berichte den friedlichen Ausdruck der Gesichtszüge des entseelten Königs hervorhoben, äußerte Baron Völderndorff, der mit der Staatskommission zur Feststellung des Todesfalles in Berg war, er habe selten den Tyrannenzug so deutlich ausgedrückt gesehen. Die Brust des Toten war angeschwollen, Gendarmen hielten die Wache, Wachskerzen brannten. Das massenhaft herbeigeströmte Volk verhielt sich ruhig, was Völderndorff mit dem Umstand in Zusammenhang brachte, daß man die Mitglieder der Kommission nicht als solche erkannte.

Die Leiche des Königs, der soviel auf Etikette gehalten hatte, wurde ziemlich formlos von Berg nach München überführt. Das königliche Haus und der Oberzeremonienmeister blieben hiebei noch unvertreten. Ein einfacher Leichenwagen war nach Berg abgeschickt worden. Vier Stallbedienstete trugen die Leiche des Königs die Treppe herunter und legten sie erst unten in den Sarg. Hinter und vor dem Leichenwagen fuhren zwei Wagen, in denen die Geistlichkeit, der Kurator Graf Törring und Baron Washington saßen.

Unter einer laut schluchzenden Menge setzte sich der traurige Zug gegen 9 Uhr abends in Bewegung, der an Fürstenried, dem

Aufenthaltsorte des Bruders des Königs, vorüber führte. In Sendling erwartete ihn eine Eskadron Chevauxlegers, die von da an das Ehrengeleite bildete.

Alle Häupter entblößten sich und lautes Schluchzen empfing den Toten auch, als er gegen 3 Uhr morgens bei hellem Mondschein seinen letzten stillen Einzug in den Kapellenhof der Residenz hielt. Die Leiche wurde in der alten Kapelle aufgebahrt, in der der Verewigte so viele Kandidaten des Georgiordens zu Rittern geschlagen hatte.

Prunkvoll und würdig gestaltete sich am 19. Juni das Leichenbegängnis des Monarchen, der nach einem so lichtvollen Aufgang einen so beklagenswerten Untergang gefunden hatte.

LXV.

Wir haben bereits in vorausgegangenen Kapiteln einiges aus dem „Totengericht" mitgeteilt, we!ches die Kammern der Reichsräte und der Abgeordneten nach dem Ableben Ludwigs II. abhielten und in dem gegen das Ministerium stark ins Zeug gegangen wurde. Der Abgeordnete Walter sprach offen aus: „daß alles in allem genommen man in den weitesten Kreisen draußen im Lande die Überzeugung hege, daß es sich für die Berater der Krone nur darum gehandelt habe, ihre Portefeuilles zu erhalten, und daß sie grundsätzlich jeden Schritt vermieden hätten, welcher diese hätte in Gefahr bringen können."

Auch in der Kammer der Reichsräte wurden Bedenken geäußert. Der Reichsrat Graf Ortenburg wies auf den Widerspruch hin, den der gesunde Sinn des Volkes darin erblicke, daß man einem Monarchen, der nach den ärztlichen Gutachten schon seit einer Reihe von Jahren geisteskrank war, wichtige Gegenstände zur Entscheidung unterbreitete, ohne energischere Versuche zu machen, sich persönlich über seinen Zustand und über Grund und Ungrund der umlaufenden Gerüchte zu vergewissern. Der Reichsrat Fürst von Löwenstein hob hervor, daß es um so mehr „Obliegenheit" des Ministeriums gewesen wäre, sich Klarheit über die Lage zu verschaffen, als es lange Jahre offenkundig gegen den entschiedenen Willen der Mehrheit des Volkes fortregiert habe, „unter Berufung auf das Vertrauen eines Monarchen, der leider Gottes regierungsunfähig und bei manchen seiner Entschließungen und Akte unzurechnungsfähig war."

Die Verteidigung des angegriffenen Ministeriums führte der Ministerpräsident Frhr. v. Lutz. Er sagte, daß seit Ludwig I. der schriftliche Verkehr zwischen König und Ministerium üb- lich geworden sei, aber er übersah dabei, daß sowohl Ludwig I. als Max II. auf besonderen Wunsch stets zugänglich waren, und daß keiner von beiden im Rufe der Geisteskrankheit stand; er sagte ferner, daß das Beweismaterial gesammelt ganz anders wirke, als in kleinen Dosen allmählich genossen, und daß die Minister alles so genau nicht gewußt hätten, aber er vergaß da- bei, daß das, was sie wußten und wie alle Welt erfuhren, doch erheblich genug war, um der Sache nachzugehen und sie auf Grund persönlicher Eindrücke festzustellen. Ein oder der andere Punkt, der besonders beschwerlich erschien und den Ministern, die doch nach ihrem eigenen Bekenntnis nicht allwissend waren, entgangen war, wurde leichthin als „pure Erfindung" erklärt. Die Ausführungen leiden an denselben Schwächen, die den Tat- sachen zugrunde lagen. Die lange Rede macht zum Teil den Ein- druck von Gerede; der Ministerpräsident entschuldigt sich mehr, als daß er sich entlastet und trug wenig dazu bei, die Vorhersage des Abgeordneten Walter zu entkräften, „das Volk werde viel- leicht nie die Überzeugung gewinnen, daß das kgl. Staats- ministerium an der Katastrophe vollständig moralisch unver- antwortlich und unschuldig gewesen sei."

Das Selbstlob, das der Ministerpräsident zum Schlusse dem Ministerium spendete, die bewegende Ursache seiner Handlungen, als es die Entlassung nicht nahm, sei königstreuer, opfermutiger Patriotismus gewesen, wurde mit Bravorufen seitens der Libe- ralen aufgenommen, die auch diesen Gegenstand vom Partei- standpunkt aus behandelten und das Aufkommen eines Mi- nisteriums der Gegenpartei befürchteten.

Die letztere verlangte, „ganz objektiv und ganz ohne Eigennutz‟ einen Wechsel in den Personen der Minister. Ein solcher drängte sich in der Tat aus allgemeinen und besonderen Gesichtspunkten auf und wäre wohl in jedem anderen Lande selbstverständlich gewesen. Wie immer man über die sie bestimmenden Motive der Minister denken mochte, sie hatten ohne das nötige Geschick und ohne das noch nötigere Glück gehandelt, das in der Politik nun einmal nicht entbehrt werden kann. Um die Wunden, die sie dem monarchischen Gefühl geschlagen hatten, zu heilen, um ihre Mißerfolge vergessen, um Bayern wieder aus einer Ministerrepublik zu einer volkstümlichen, tatkräftigen Monarchie zu machen, waren neue Männer erforderlich, von unverbrauchten Kräften, von produktiven Ideen, von selbstlosen, Zielen, Männer, die kein Vorwurf traf und kein Schatten verdunkelte.

Diese Forderung wurde innerhalb und außerhalb Bayerns erhoben und die Minister selbst mußten ihr wenigstens insoweit Rechnung tragen, als sie sich zu dem entschlossen, was man in der französischen Theatersprache „une fausse sortie‟ nennt. Als sie ganz sicher waren, daß sie nicht angenommen werde, reichten sie, unter Bezugnahme „auf die sich gegen sie mehrenden Angriffe‟ ihre Entlassung ein.

Bei diesem ersten entscheidenden Regierungsakt versagte der Prinzregent. Seine Herzensgüte wurde zur politischen Schwäche. Keiner der Herren war ihm bisher besonders sympathisch gewesen. Aber er schätzte ihren Fleiß, ihre Arbeitsamkeit und glaubte sich ihnen für die Hilfe, die sie ihm in schwerer Zeit geleistet hatten, zu besonderem Danke verpflichtet, den er ihnen ja auch in anderer Weise hätte abstatten können. Er ging sogar so weit, daß er ihnen anheim stellte, einen Entwurf der Antwort auf ihr eigenes Entlassungsgesuch vorzulegen. Das lehnten sie jedoch in der Erwägung ab, daß es, wenn es aufkäme, dem Vertrauensvotum in den Augen des Publikums jeden Wert nähme.

Wer das Handschreiben des Regenten an das Gesamtministerium vom 6. Juli 1886 entworfen hat, ist mir nicht bekannt. Es enthält außer Worten der Anerkennung und Ver-

sicherungen des Vertrauens auch eine Art von beruhigendem
Zugeständnis an die bisherige Opposition in dem Satze: ,,Ich
empfinde es mit ganz besonderer Freude, daß zu öfteren Malen
von der höchsten katholischen kirchlichen Autorität die vollkommene Befriedigung über die Lage der katholischen Kirche
in Bayern ausgesprochen worden ist.‘‘

Prinz Luitpold fühlte sich innerlich selbst viel zu frei von
allen persönlichen Motiven in dieser Angelegenheit, als daß ihm
der Gedanke hätte kommen können, daß er sich durch Belassung
des bisherigen Ministeriums mit ihm bis zu einem gewissen Grade
identifizierte und als Mitschuldiger der Fehler angesehen werden könnte, die es begangen hatte, oder die ihm zur Last gelegt
wurden. Aber tatsächlich war es so. Er half ihnen das Kreuz
tragen, an das ein Teil der öffentlichen Meinung sie schlug, und
das sie ihm hätten abnehmen sollen. Nie hat der edle Fürst infolgedessen den Grad der Popularität und Gegenliebe in dem
verdienten Grade gefunden, das alte Ministerium erwies sich als
innerer Hemmschuh freier Entschließungen, wahrscheinlich auch
in der für Dynastie und Land so wichtigen Königsfrage. In
diesem Punkte teilten übrigens die Minister die Bedenken des
Regenten nicht ganz und der Minister des Äußern erwarb sich
sogar noch nach seinem Rücktritt als Reichsrat der Krone besondere Verdienste um die vernünftige und sachgemäße Regelung dieser Angelegenheit.

Anton Memminger, der eines der Opfer der Beleidigungsklagen
wurde, welche die Minister im Jahre 1886 zu stellen sich veranlaßt sahen, glaubt sogar noch die bedauerlichen Ereignisse von
1918 mit denen von 1886 in Zusammenhang bringen zu können.
,,War auch,‘‘ schreibt er, ,,König Ludwig III. ein Regent, der
sich viel um das Volkswohl bekümmerte, so erscheint doch seine
Entthronung wie eine Auswirkung jener erschütternden Schick-
salstragödie, deren Held sein Vetter Ludwig II. war.‘‘ Die Art
und Weise, wie dessen Thron durch eine Revolution von oben
unterwühlt wurde, meint Memminger, sei der Grund gewesen,
,,daß sich im Volke keine Hand für den König erhob, als die
Revolution von unten über das Haus Wittelsbach hereinbrach.‘‘

Daß dem monarchischen Gefühl des Volkes im Jahre 1886 eine Wunde geschlagen wurde, und daß der Verbleib der Ministerrepublik im Amte wenig geeignet war, sie zu heilen, wird man zugeben müssen. Aber dieser Verbleib lag im Lauf der Welt. Zu allen Zeiten und unter allen Regimen bewiesen Minister ihren „opfermutigen Patriotismus" lieber durch Verbleiben im Amte, als dadurch, daß sie anderen Platz machten. Der Selbsterhaltungstrieb der Macht ist größer, als selbst der des Lebens. Die Statistik hat sicher verhältnismäßig mehr Selbstmorde zu verzeichnen, als unerzwungene Rücktritte von Staatsministern.

LXVI.

Die ideale Schönheit Ludwigs II. bildete im Beginn seiner Regierung einen stehenden Gesprächsstoff und in drei Tagen wurden von ihm und seinem Vater 7000 Photographien verkauft. „Zunächst gewann der neue Fürst die Menge durch seine Schönheit. Es war, als hätte dieses Ereignis sie erst gereift. Wenigstens fiel sie allgemein so recht auf, als Ludwig langsamen Schrittes barhäuptig dem Sarge seines Vaters folgte" — (Karl v. Heigel). Er war als Knabe eigentlich nicht schön gewesen und auch jetzt bestand seine Schönheit mehr in dem Gesamteindruck seines Gesichtes, als in dem Ebenmaß seiner Gestalt. Einen bedeutenden Anteil daran hatten und behielten bis zuletzt die großen schwärmerischen Augen, die sein Großvater Ludwig I. denen eines Adonis auf einem pompejanischen Wandgemälde: „Venus und Adonis" ähnlich fand und aus Anlaß seiner Verlobung in einem Sonnett besang.

Auch Richard Wagner schrieb an Frau Wille, nach seiner ersten Begegnung mit König Ludwig am 4. Mai 1864: „von dem Zauber seines Auges können Sie sich keinen Begriff machen." Ein Berichterstatter des einzigen Odeonskonzertes, dem Ludwig II. am 25. Dezember 1864 anwohnte, schilderte dieses Auge beseelt und in Ekstase: „Es ist kaum zu beschreiben, mit welchem

Interesse der König der so ernsten (reinklassischen) Musik folgte, die Bülow ihm bot; sein schönes Auge tief und sanft, erglänzte und nahm auf Augenblicke eine elektrische Lebhaftigkeit an.“

Beim Anblick dieser zuweilen etwas unsteten Augen soll der französische Psychiater Morel ausgerufen haben: „O, dieses Auge! — Es spricht von künftigem Wahnsinn.“ Auch Gudden, der Ludwig II. einst in Kissingen für einen russischen General hielt, weil er zu Ehren der dort weilenden russischen Majestäten russische Uniform angelegt hatte, soll die Äußerung getan haben: „Dieser General hat Anlage zum Wahnsinn, denn er hat seine Augen nicht in der Gewalt.“ Dr. Solbrig, der Vorgänger Guddens an der Kreisirrenanstalt von Oberbayern, meinte nur, die königlichen Augen würden seiner Anstalt manchen weiblichen Kopf zuführen. Diese Meinung teilte auch Frau Luise v. Kobell und verzeichnet als Tatsache: „Sein Blick, sein Augenaufschlag wirkten so mächtig auf das weibliche Geschlecht, daß mehr als eine, trotz seiner Kälte, in Liebe zu ihm entbrannte und ihre vergebliche Schwärmerei durch eine Gemütskrankheit büßte.“

In den allerersten Jahren seiner Regierung hatte die Erscheinung Ludwigs II. fast etwas mädchenhaftes. Die Schilderung, welche Catulle Mendès, der ihn ums Jahr 1867 sah, in seinem „Roi vierge“ von ihm entwirft, ist eine ziemlich zutreffende: „Ah le pauvre petit roi,“ läßt der Autor dieses so obstrusen Machwerkes eine Dame ausrufen, „je me souviendrai toujours de la mine qu'il avait. Un joli homme d'ailleurs. Un peu trop bien coiffé. Mais les yeux sont très doux. Svelte comme il est, on eût dit d'une longue jeune fille en habit blanc de général.“ —

Das „un peu trop bien coiffé“ hat immer seine Richtigkeit behalten. Ludwig II. verwandte eine besondere Sorgfalt auf seine von Natur aus nicht gewellten Haare und wie der „Roi Soleil“, sein Vorbild, ein eigenes Kabinett hatte, in welchem er im Laufe des Tages zu verschiedenen Malen die Perrücken wechselte, so ließ sich auch Ludwig II. täglich wenigstens einmal frisieren und — was damals eine verbreitete Mode war — die Haare brennen, insbesondere auch bevor er sich zur Tafel begab. „Es schmecke ihm sonst das Essen gar nicht,“ äußerte er einmal Hirschberg gegenüber.

Die Frage nach einem in jeder Richtung entsprechenden Friseur erschien ihm denn auch schließlich beinahe so wichtig, als die nach neuen Ministern und neuen Kabinettssekretären. Auch von den Haarkünstlern mußten zuerst Photographien in Vorlage gebracht werden.

Lange Zeit erfreute sich ein gewisser Marschmann der königlichen Gnade, die er jedoch verlor, als er sich auf die Anschuldigung hin, er sei eine ganz elende Kreatur, auf sein Münchener Bürgerrecht berief. Natürlich bewarben sich um eine so ausgesetzte Stelle nur Herren, die mehr auf gute Bezahlung, als auf gute Behandlung sahen.

Da nicht immer geeignete Fachleute zur Verfügung standen, verlangte Ludwig von seinen Kammerdienern, daß sie die Kunst des Frisierens und Haarkräuselns erlernen sollten. Aber sie scheinen wenig Talent hiefür gezeigt zu haben, was ihnen nicht nur die Ungnade, sondern Strafen S. M. zuzog. Es liegt mir folgendes Allerhöchste undatierte Dekret vor, das ich zum Beweis dessen anführen will: „Buchner hätte seit langer Zeit schon das Frisieren erlernen müssen; war oft bei Müller und kann noch nichts. Scharf soll ihm dies vorgeworfen werden. Morgen muß er zwei Pferde putzen; drei seiner freien Tage muß er bei Nahrungsentziehung zu Hause bleiben. Genau soll dies eingehalten werden. Ludwig."

Zuletzt gehörten die Friseure zu den wenigen Sterblichen, denen es vergönnt war, die Majestät von Angesicht zu Angesicht zu sehen, und so kam es, daß ein Mitglied dieser duftenden Gilde, namens Hoppe, sogar eine gewisse politische Rolle gespielt hat, indem er kurz vor der Entmündigung des Königs von diesem beauftragt wurde, einen neuen Kabinettssekretär in der Person des späteren Justizministers Thelemann zu gewinnen. —

Ludwig II. liebte es, das Haar lang zu tragen und es mißfiel ihm an anderen, wenn sie „geschoren waren, wie ein Igel". Er setzte dies an dem Schauspieler Possart aus und machte eine Aussetzung in dieser Richtung auch Baron H... gegenüber, der sich mit der Bemerkung entschuldigte, es sei im Sommer bequemer, und er würde einen Verweis seines Rittmeisters bei einer

Kontrollversammlung zu gewärtigen haben, wenn er „frisiert wie ein Büchsier" erschiene. Die hierauf von S. M. beanspruchte Definition des ihm entschlüpften Studentenausdrucks versetzte dann den Baron in einige Verlegenheit.

Eine andere einschlägige Anekdote, welche zugleich dartut, welch schwache Begriffe Ludwig II. von der damals üblichen militärischen Haltung hatte, wurde mir von Hornig erzählt. S. M. beabsichtigte eines Tages der in Possenhofen weilenden Kaiserin von Österreich von Berg aus einen Besuch abzustatten. Er war in Uniform und da es regnete, als er aus seinem Dampfer stieg, trug er in der einen Hand seinen besonders großen Regenschirm und in der anderen den Helm. Dieser Anblick war so überaus komisch, daß die Kaiserin, die gerade am Fenster stand, in ein lautes Gelächter ausbrach, in das die Begleiter S. M. unwillkürlich einstimmten. Der König war sehr erzürnt darüber und äußerte: „ich werde mir doch meine Frisur nicht verderben!"

Bei weitem nicht so tadellos, wie Augen und Haare Ludwigs II. war ein anderer Bestandteil der Schönheit: seine Zähne. Sie waren schon frühzeitig schadhaft. „Leider," schreibt er am 17. Oktober 1878 der Mutter, „habe ich vom Vater die mich so ärgernden Zähne geerbt; nicht die Deinen, die so gut sind." —

Einer der wegen des Zahnleidens konsultierten Ärzte, Dr. med. Franz Carl*, hat „auf Grund authentischer Mitteilungen und eigener Beobachtungen" eine „psychologisch-psychiatrische Studie" über den Charakter Ludwigs II. erscheinen lassen (Leipzig 1886), in welcher sich die von anderen wohl mit Recht bestrittene Behauptung findet, der König habe in der letzten Zeit seines Lebens wirklich geglaubt, daß die von ihm erteilten grausamen Befehle vollstreckt würden und hiernach der eine Verurteilte im Burgverließ schmachte, der andere gepeitscht und der dritte getötet sei. Dr. Franz Carl* fügt an diese Behauptung den Satz: „So kalt der kranke König über die Störung des Lebens- und Familienglücks anderer Menschen urteilen konnte, so unfähig war er zur Ertragung der geringsten Störung an seinem eigenen Wohlsein. Er hatte fortwährend an den Folgen schadhafter Zähne, an häufigen Schmerzen und ständigem Magenkatarrh zu leiden, aber er erduldete lieber Jahrzehnte lang alle möglichen Unannehmlichkeiten, als daß er sich hätte ent-

schließen können, die paar Zahnüberreste entfernen und ein künstliches
Gebiß anfertigen zu lassen." —

Zum Beweis des krankhaft beschleunigten Vorstellungspro-
zesses, bzw. der Ideenflucht Ludwigs II. führt der gleiche Verfasser den Verlauf der vierstündigen Audienz an, die er bei ihm
im Februar 1884 hatte. „Der König erzählte zunächst die vielen
Leiden, die ihm seine Zähne verursachten, dann folgten unvermittelt
nacheinander in stetigem Redefluß: Erkundigungen nach jedem einzelnen Mitgliede meiner Familie, über die Flucht der Kaiserin Eugenie
1870 nach England, Urteile des Königs über historische Aufsätze von
Mr. Sorel über Ludwig XIV., Talleyrand, Mirabeau, Erkundigungen nach
meinen Freunden, Aufforderungen zu einem Urteil über den gesamten
Gesundheitszustand, das Aussehen, die Lebensweise des Königs, ab-
sprechende Äußerungen über die „kalten" Engländer, Klagen über verschiedene Zahnärzte, Urteile über einige Dichter und Komponisten, Aufforderung zur gründlichen Untersuchung der Augen des Königs, die derselbe entzündet glaubte." „Der eigentliche Zweck der Audienz wurde
nur so zwischenhin und kaum ein paar Minuten lang gestreift."

Daß Ludwig II. auf die Kaiserin Eugenie zu sprechen kam,
ergab sich von selbst aus dem Umstand, daß auch sie Dr. Franz
Carl* konsultiert hatte, und daß man einen Arzt über seinen gesamten Gesundheitszustand befragt, ist doch auch nicht gerade
immer ein Zeichen geistiger Umnachtung.

Die liebenswürdige Art des Empfangs schreibt der Verfasser
der, Geisteskranken zuweilen und Ludwig II. ganz besonders
zur Verfügung stehenden Verstellungskunst zu, „der ja bekanntlich auch der welterfahrene Praktiker Gudden zum Opfer fiel."
Dr. Franz Carl* entwirft davon folgendes Bild. „Zur Zeit als ich Audienz hatte (Februar 1884), mußte die Krankheit bereits weit vorgeschritten
sein, wie ich aus einer Reihe von äußeren Symptomen vermutete. Der König,
ertrug kaum mehr den Blick irgend eines Menschen seiner Umgebung und
doch duldete er, daß ich fast vier Stunden lang aufrecht vor ihm stehen
und ihm gerade ins Auge blicken, daß ich einige Minuten lang mit den
Händen in seinem Munde manipulieren durfte, ohne daß eine Miene mir
sein allenfallsiges Mißfallen angedeutet hätte; er war ein so liebenswürdiger Patient, wie man ihn nur wünschen konnte. Dabei war der Ton
seines Gesprächs ein äußerst verbindlicher; von mir offen geäußerte Bedenken gegen einige seiner kundgegebenen Anschauungen wurden ruhig
entgegengenommen und durch neue Gründe zu entkräften gesucht, —
kurz der König bewies in diesen Stunden eine Selbstbeherrschung, die
bewundernswert war; um keinen Preis durfte ich an ihm irgend etwas
Abnormes bemerken."

Der Versuch, den Defekt seiner Zähne zu verbergen, gab, wie manche klagten, der Aussprache Ludwigs II. etwas undeutliches. Im übrigen war sein Organ ein sonores, und er hatte insbesondere die Gabe zu lachen, die seinem Vater vollständig fehlte.

Die Ohren Ludwigs II. erscheinen auf einigen Photographien sehr groß und seine Beine sehr lang. Dieser letztere Umstand mag zu der ihm eigentümlichen Gangart beigetragen haben. In dieser Hinsicht findet wortwörtlich auf ihn Anwendung, was Voltaire über Ludwig XIV. sagt: „Il avait une démarche qui ne pouvait convenir qu'à lui et à son rang, et qui aurait été ridicule en tout autre." Es sprach diese Gangart aller Natur Hohn. Weitausschreitend warf er seine langen Beine von sich, als ob er sie von sich schleudern wolle, und trat dann mit dem Vorderfuß auf, als wolle er mit jedem Tritt einen Skorpion zermalmen. Dabei streckte er den Kopf ruckweise seitwärts und senkte ihn dann automatenhaft auf die niedere Erde herab. So war er schon hinter dem Sarge seines Vaters einhergeschritten und so konnte man ihn später bei allen feierlichen Anlässen bewundern, besonders bei den Fronleichnamsprozessionen, zu deren Besichtigung bei Bock und Würsteln man während seiner Regierungszeit in besseren Münchener Familien geladen wurde.

„Der König ging," schrieb ich am 16. Juni 1865, „als ob er vorher bei dem Hofschauspieler Dahn im Gehen Stunden genommen hätte." Und zwei Jahre später, als ich aus dem nüchternen Berlin wieder in das alte München zurückgekehrt war: „Der König erregte am Fronleichnamstag durch seinen sonderbaren, alle Grenzen des Natürlichen überschreitenden Gang, allgemeine Verwunderung. Es lag darin das Getränktsein von Herrschergefühl ..."

Im persönlichen Verkehr war Ludwig II. nicht affektiert, aber er war nicht ohne Eitelkeit und suchte Posen, die er nicht immer fand.

Es lebten im Beginne seiner Regierung in München mehrere Personen, die sich etwas darauf zugute taten, ihm ähnlich zu sehen. Zu diesen gehörte der Hofschauspieler Hilmar Knorr, der die Sache auf der Bühne so weit trieb, daß der König verstimmt wurde, und sich darüber vergewissern ließ, ob diese Ähnlichkeit eine natürliche, oder eine gemachte war.

Die Schönheit Ludwigs II. verblühte bald. Schon am 27. Juli 1870 trug der preußische Kronprinz, der ihm freilich stets abgeneigt war, in sein Tagebuch ein: „König Ludwig auffallend verändert; seine Schönheit hat sehr abgenommen; er hat die Vorderzähne verloren; bleich, nervös unruhig im Sprechen, wartet er die Antwort auf Fragen nicht ab, sondern stellt schon, während man antwortet, weit andere Dinge betreffende Fragen.“

Frühe beeinträchtigte besonders eine abnorme Dickleibigkeit die Gestalt des Monarchen, und die Hofgesellschaft, die ihn nach einer längeren Pause auf dem Hofball von 1875 wiedersah, war sehr überrascht, seinen Umfang in diesem Grade erweitert zu sehen. Man erzählte, daß er um 2 Zentimeter mehr messe, als die Falstaffigur seines Oheims, des Prinzen Adalbert, liebenswürdigen Andenkens[1]. Ludwig war über diese Zunahme begreiflicher Weise nicht erbaut, und alle Künstler, die ihn später abbildeten, mußten hierin der Wahrheit einigen Abbruch tun, wenn sie sein Wohlgefallen erwerben wollten.

In einem historischen Roman, der sonst so gut wie nichts Historisches enthält (Gipfel und Abgrund von Gregor Samarow) findet sich eine ziemlich richtige Schilderung seiner äußeren Erscheinung der späteren Zeit: „Der König war nicht mehr die schlanke, ideale Jünglingsgestalt wie in den ersten Jahren. Seine Figur war außerordentlich stark und voll geworden, so daß sie um so größer und hünenhafter, aber zugleich auch schwerfälliger und weniger anmutig erschien. Die großen blauen, einst wie aus dunklen Tiefen leuchtenden Augen waren starr geworden. Um den Mund, der durch den Verlust verschiedener Zähne eingefallen war, zuckte oft ein bitteres Lächeln. Trotz allen Veränderungen lag aber dennoch in der ganzen Erscheinung des Königs immer noch eine hohe fürstliche Würde und ein Hauch von jener eigentümlichen ritterlichen Anmut, die ihm in seiner früheren Jugend alle Herzen gewonnen hatte.“ —

---

[1] „Il est grand, taillé en colosse,“ konstatiert auch der Schweizer Tissot, „Malheureusement il ne devait pas échapper à l'infirmité commune à tous les Bavarois: il prend du ventre.“ „Il fait bien tout ce qu'il faut pour lutter contre ce ventre et l'obliger à rentrer dans le devoir; il lui impose des sangles, des ceintures, mais le ventre est plus fort que le roi et se moque de tous les obstacles, il se révolte et brise ses chaînes; c'est un ventre républicain.“ (7. Ausg. 1876.)

Dasselbe Zugeständnis machen andere: so Michael Georg Conrad, gleichfalls in einem Königsroman „Majestät": „Sein Körper fing an ins Massige zu gehen infolge seiner sitzenden Lebensweise; aber stets blieb er ungewöhnlich. Seine hünenhafte Erscheinung mit der Lockenpracht und dem wundervollen Auge kennzeichnete ihn als einen großen Ausnahmemenschen, als einen genialen Unzeitgemäßen, der keiner Mode untertan sich selbst Maß und Regel ist. Wie ein Göttlicher, wie ein Ewiger wandelte er und erschien er unter den kleinen Tagesmenschen; nur seine hohe Leutseligkeit ließ den Gegensatz von Art zu Art vergessen. Er bedurfte keiner Krone, keines Zeremoniells, um sich aus der Masse als ein Mächtiger und Vornehmer zu erheben. Die reine Schönheit seiner Natur hatte ihm das Siegel der Majestät unzerstörbar aufgedrückt." —

Den Romandichtern widerspricht in dieser Hinsicht der Historiker nicht. Otto Gerold, der Ludwig II. noch im Mai 1886 sah, fand ihn äußerlich nicht verändert, wie auswärtige Blätter behaupteten. „Er war etwas von der Sonne gebräunt und sah infolgedessen eher wohler aus, als früher. „Der ideal schöne, junge Fürst, der durch sein Erscheinen allein sich die Herzen eroberte, war er ja schon längst nicht mehr. Die ehemals schlanke Gestalt war stark und schwerfällig geworden, das Gesicht gedunsen, das reiche dunkelbraune Haar begann sich auf der Scheitelhöhe zu lichten. Dennoch trug seine ganze Persönlichkeit nach wie vor den Stempel des Ungewöhnlichen; es war unbezwingbar etwas in ihm, das den Herrscher kündete. Lag es in der Haltung des Hauptes, in der Art seines Grußes, die so würdevoll und dennoch voller Grazie war? Er wäre eine auffallende Erscheinung gewesen, auch wenn er sich unter tausenden von fremden Menschen befunden." —

Ein weniger vorteilhaftes, aber gleichfalls nicht ganz unähnliches Freskogemälde entwirft von ihm auch Felix Philippi, der ihn am 24. August 1879 zwischen Garmisch und Partenkirchen beobachtete: „…plötzlich wecken mich schwere Schritte aus meiner Träumerei, ich drehe mich um und sehe den König! Ich trete hinter ein Gebüsch und kann ihn nun genau betrachten. Wer diesen Mann einmal gesehen hat, wird es nie vergessen! So absonderlich wie sein Leben, sein Tun und Lassen, war sein Äußeres; seine Erscheinung entsprach vollkommen seiner Lebensführung, seinem Wesen und seinen Handlungen. Er hätte gar nicht anders aussehen können! Alles an ihm war eigentümlich bis zur Groteske, war originell bis zur Bizarrerie, war theatralisch, war Schaugepränge, war ganz und gar ungewöhnlich. So ungewöhnlich, daß er unter einer vieltausendköpfigen Menge als ein einziges in seiner Art, als etwas — ich möchte sagen — ohne gleichen hätte auffallen müssen. Er glaubte sich doch in diesem Augenblick vollständig unbeobachtet, er gab sich doch ohne Absicht und Effekthascherei, und dennoch: welche Pose in Haltung und Gang bei jeder Bewegung und jeder Gebärde! Die Unnatur war ihm zur zweiten Natur geworden. Wenige Schritte von mir blieb er stehen, er nahm den weichen Hut, dessen weit ausgeschweifte Krämpe ein in der Sonne funkelnder Brillantstern zierte, ab und ich sah diesen merkwürdigen Kopf mit dem sehr kunstvoll gekräuselten Haar und dem absichtlich stilisierten Bart. Diese einst so idealen, für einen Mann wahrhaft unwahrscheinlich schönen Züge, welche sein naives Volk zu schwärmerischer Anbetung begeistert hatten, waren bei dem erst Vierunddreißigjährigen schon arg verwischt. Nur die hellblauen Augen, die er zu den Bergriesen emporrichtete, erzählten noch von dem Glanz und der Unschuld der Jugend. So stand er schwer atmend eine Weile da, den Kopf nach hinten geworfen. Der ruhte auf einem Körper von ungewöhnlicher Größe und für seine Jahre nicht minder ungewöhnlichem Umfang. Trotz der sommerlichen Wärme in einen dicken Wintermantel gehüllt, ging er langsam weiter. Er ging eigentlich nicht, wie andere Menschenkinder gehen, er trat auf wie ein Schauspieler, der in einem Shakespearischen Königsdrama im Krönungszuge erscheint, in scheinbar einstudiertem Takt mit jedem seiner gewuchtigen Schritte den weit nach hinten gelehnten Kopf bald nach rechts, bald nach links werfend und mit ausladender Bewegung den Hut vor sich haltend. Am Kirchhof in Partenkirchen stieg er in die dort wartende goldstrotzende Karosse; die gleich Zirkuspferden mit Federbüschen aufgeputzten und kostbar geschirrten vier Schimmel zogen an, und er entschwand meinen Blicken.''

Ludwig II. hatte die seltene Körpergröße von 191 cm und Geheimsekretär Graf, der den Leichnam auf dem Seziertisch sah, versicherte, es seien ihm nie solche Riesenschenkel vorgekommen und auch alle übrigen Teile seines Körpers seien sehr wohlausgebildet und groß gewesen. Mit diesen ungewöhnlichen Dimensionen stand nur, wie sich bei der Sektion ergab, der abnorm kleine Kopf nicht im Verhältnis, was aber im Leben nicht hervortrat, da die Kopfhaut um so dicker war.

Von den verschiedenen Verkleidungen als Lohengrin, Türke, Ludwig XIV., die Ludwig II. in seiner Jugend und bei seinen Schlittenfahrten beliebt haben soll, habe ich keine persönliche Kenntnis. Er bevorzugte im übrigen im Anzug dunkle Stoffe und war, wie damals die meisten seiner Untertanen, sowohl in Zivil wie in Uniform, nichts weniger als „gut angezogen''. Da das in München sonst aufblühende Kunstgewerbe sich der Schneiderkunst noch nicht bemächtigt hatte, ließen in jenen Jahren die Herren der Gesellschaft ihre Kleider in Wien und London anfertigen, was der König kaum wußte und nicht tun konnte. Er trug übergroße Stiefel und fast immer den bekannten überweiten, schlecht sitzenden Überzieher Münchener Schnitts und einen runden Filzhut, auf dem eine Agraffe mit einem falschen Saphir befestigt war.

Wie er sich bei der Tafel stets sehr viel von jeder Speise hinausnahm, ohne es zu essen, scheint er auch eine der königlichen Prärogativen darin erblickt zu haben, den größten Regenschirm zu besitzen.

Die guten Münchener hatten immer weniger Gelegenheit, ihren trotz allem und bis zuletzt geliebten Landesherrn zu sehen. Seine Landaufenthalte wurden immer länger und die Vorsichtsmaßregeln bei seinen Nachmittagsfahrten im englischen Garten immer strenger. Eine Zeitlang sammelten sich vor seinen Ausfahrten Gruppen von Einheimischen und Fremden im Küchen- und Apothekerhofe der Residenz, und als der Zutritt in diese Räume untersagt wurde, im Hofgarten, dem Saalbau gegenüber. Aber die Neugierigen kamen nicht auf ihre Rechnung, da der König im schärfsten Trab, zurückgelehnt in dem geschlossenen Wagen, an ihnen vorübersauste.

Eine gelungene Schilderung einer solchen Ausfahrt fand sich in dem Amberger Tagblatt vom April 1885, in einem strafrechtlich beanstandeten Artikel, der freigegeben werden mußte, weil der Tatbestand des § 95 des StGB. als nicht einschlägig erachtet wurde: „Es war um die vierte Nachmittagsstunde, als ich durch eine der holperigen Alleen des englischen Gartens fuhr und plötzlich, unfern von mir, ein ungewöhnliches Geräusch vernahm. Fast in demselben Moment sprengte ein blaulivrierter Vorreiter daher, dem zwei reitende Gendarmen, eine geschlossene mit vier Pferden bespannte Kalesche und schließlich abermals zwei reitende Gendarmen folgten. Dieser ganze Zug raste in einem wahren Jagdtempo an mir vorbei, so daß ich den einzigen Insassen der Equipage, den König von Bayern, nur höchst flüchtig sehen konnte. Ich erteilte nun meinem Rosselenker den Auftrag, der Richtung des seltsamen Zuges zu folgen." „Plötzlich lenkte der Kutscher meine Aufmerksamkeit nach der Seitenallee, wo ich drei Personen gewahrte, zuerst einen Gendarmen zu Fuß, darauf den König und als Nachhut abermals einen Gendarmen zu Fuß. Die mächtige Gestalt König Ludwigs überragte die beiden bewaffneten Begleiter beträchtlich. Der König trug einen langen dunklen Paletot mit Pelzkragen, einen Zylinder und in der Rechten einen Regenschirm. Seine Gesichtszüge haben wohl einige Ähnlichkeit mit den vorhandenen Abbildungen, aber in Wirklichkeit ist der Kopf weit ausdrucksvoller und kräftiger, nur das schwärmerische Auge entspricht den landläufigen Vorstellungen. Der König ist ein rüstiger Fußgänger, so daß die beiden Begleiter stark ausgreifen mußten, um das Tempo ihres Gebieters einzuhalten. Nach einer fast einstündigen Promenade, während welcher der König mindestens dreiviertel deutsche Meilen zurückgelegt haben mochte, gab er ein Zeichen, auf das hin sich der in der Nähe befindliche Hofwagen in Bereitschaft setzte. Raschen Schrittes eilte der König der Equipage zu und bestieg dieselbe, während die beiden Gendarmen sich wieder in die Sättel der bereit gehaltenen Pferde schwangen, worauf der Zug mit der früheren Eilfertigkeit nach der königlichen Residenz zurückfuhr. — Das war die Ausfahrt des Königs von Bayern, welche, ganz unregelmäßig — so neulich bei Mondschein um 8 Uhr abends — und jedes mal nach einer anderen Richtung zu erfolgen pflegt, und von welcher in der Regel nur ganz wenige Personen etwas gewahren.''

Ungestört konnte Ludwig II. in den einsamen Gebirgstälern seiner Vorliebe für Vermummungen und Maskeraden bei Ausfahrten[1] frönen. ,,Den ganzen Glanz eines Märchenkönigs,'' schreibt darüber Hans Steinberger, ,,entfalteten die nächtlichen Fahrten zu Wagen und zu Schlitten.'' ,,Sechs herrliche, milchweiße Rosse in prachtvollen Geschirren bildeten die Bespannung des auch als Schlitten verwendbaren prunktvollen Galawagens im reichsten Barokstil. Königliche Pracht zeigten auch die Kostüme des Vorreiters und der Stangenreiter, die mit gepuderter Perrücke und Dreimaster das Bild einer Ausfahrt der Rokokozeit vollendeten.'' Der König trug dabei einen blausammtenen Hermelinmantel. Daß er auch eine Krone auf dem Haupt und den Reichsapfel in der Hand gehabt habe, dürften Zutaten der Phantasie sein.''

,,Es war stets ein fesselnder Anblick, diesen stolzen Königszug, welchem Gendarmen oder Chevauxlegers in Galauniform voraussprengten, in toller, rasender Fahrt an sich vorüberhasten zu sehen. Weithin leuchtete die von dem voranreitenden Marstallfourier gehaltene Fackel und mit Windeseile ging die nächtliche Fahrt auf den einsamen Straßen der entlegenen Gebirgstäler dahin. Rasch wie ein Spuk entschwand das märchenhafte Bild dem Auge, der gleichmäßige Hufschlag der Pferde und das melodische Geklingel der Schellenkränze verklang in nächtlicher Ferne.'' —

---

[1] Die Ausgaben für dergleichen Schmuck waren nicht sehr erheblich. Ein Ludwig XV.-Kostüm, Kostüme für 5 Musiker, 3 Lakeien, 1 Träger, 2 Reitknechte, 9 Musketiere, 1 Stallmeister, nebst Ausschmückung der Pferde kamen nur auf 3322 fl. (Jan. 1871). Ein weiteres Ludwig XV.-Kostüm auf 490 fl. Drei Wochen vor der Entlobung bestellte der König noch ,,einen neuen Hermelin-Mantel'' für die Königin und schon früher einen ,,Königsmantel'' für sich! Auch die Zeichnung eines Krönungswagens trug er Seitz auf, jedoch mit dem Beifügen, ,,daß er ihn nicht anfertigen lassen werde.''

So tief war der Eindruck, daß auch noch lange nach dem Tode Ludwigs II. manche das alles gesehen und gehört haben wollten, und, wenn um die Mitternachtstunde ein ungewöhnliches Geräusch oder ein heller Mondstrahl in ihre niederen Stuben drang, sich bekreuzten und für die Ruhe der Seele des geliebten Königs beteten.

Ich sah den König zum erstenmal im August 1864 zu Würzburg, wo er zu gleicher Zeit mit mir angekommen war. Während meiner ersten und späteren Münchener Semester sah ich ihn dann häufig in den langen Theaterabenden. Auch sonst boten sich mir Gelegenheiten dar, ihn zu beobachten: auf Offiziersbällen, beim Oktoberfest, bei Militärparaden, beim Einzug der Truppen 1871, bei Fahrten auf seinem Dampfer Tristan, von dem aus er stets sehr leutselig grüßte und in den schweren, geschlossenen Karossen, in denen er ausfuhr, um, wie er sich ausdrückte, „die Münchener einzuseifen".

Auf der Straße zu Fuß begegnete ich ihm ein einziges Mal in langen Jahren; am 8. November 1880. Er schritt aus dem hinteren Tor der Residenz dem Marstallplatze zu. Das war der eigentümliche Gang, die bekannte Haltung des Kopfes, der Typus, den die neueren Büsten von ihm wiedergaben, es war dies alles, allein ich hatte den König so lange nicht mehr gesehen, daß ich zweifelte und zögerte, zu grüßen. So erging es auch anderen Vorübergehenden, die unentschlossen auf der Straße stehen blieben und ihm nachsahen. Der Himmel war trüb und der Tag ging zur Neige. Der König, bleich und finster, befand sich im Einklang mit dieser Stimmung und der Eindruck, den er auf mich hervorbrachte, war beinahe der des Schreckens. Es lag etwas Unheimliches in der Art, wie diese Majestät sich mit schweren Schritten dahin bewegte. Später erfuhr ich, daß Ludwig II. damals auf einem der Remisengänge begriffen war, die er alljährlich zweimal, am 6. Mai und am 6. November, zu machen pflegte, um seine vergoldeten Paradewagen und Schlitten in Augenschein zu nehmen.

Zum letztenmal sah ich den König auf dem Paradebett, als ich eben von der Unglücksstätte in Schloß Berg zurückgekehrt war. Ich fand nicht, daß er entstellt war, oder einen tyrannischen und herrischen Ausdruck hatte, wie einige von denen behaupteten, welche die Leiche vor der Einbalsamierung gesehen hatten. Auch die Totenmaske, die noch in Berg von ihm abgenommen wurde, nachdem die Kaiserin Elisabeth den Leichnam gewaschen hatte, trägt diesen Ausdruck nicht. Im Gegenteil umspielte ein mildes, fast ironisches Lächeln den Mund. Auch von Wahnsinn zeigten die erstarrten Züge keine Spur. Er lag friedlich da. Das war auch der Eindruck des deutschen Kronprinzen. „Heute," schrieb er der unglücklichen Königin-Mutter am 18. Juni 1886, „sah ich das Antlitz Deines lieben Sohnes zum letzten Mal, nachdem 15 Jahre verstrichen, seitdem ich ihn erblickte. Friede und Ruhe lagen auf seinen Zügen, denen der Tod die Schönheit nicht rauben konnte. Der Zudrang aller Schichten des Volkes war großartig und dauert ununterbrochen fort."

Man hatte das Gesicht, das anfing, blaue Flecken zu zeigen, stark gepudert, die Haare, auf die er so viel gehalten, waren anders geordnet als im Leben und erschienen gelichtet. Man hatte ihm das Kostüm des Hausritterordens vom Heil. Hubertus angelegt. Eine seiner schönen vornehmen Hände stützte sich auf das Schwert, während die andere auf der Brust ruhte. Der Sarg war fast zu eng für seine ungewöhnliche Größe.

Was mir auffiel, war eine große Ähnlichkeit mit der Königin-Mutter, aber auch den bayerischen Typus glaubte ich an ihm zu erkennen.

Außer Hartschieren hielten einige Adjutanten und zwei jugendliche Georgiritter die Totenwache. Der Maler Koppay malte an seinem Bilde. In die tiefe feierliche Stille der Totenkapelle drang das ungestüme Rufen des harrenden Volkes, das an die Tore der Residenz pochte und „als Lohn für seine Treue" seinen König im Tode zu sehen verlangte, dessen Anblick ihm im Leben so selten vergönnt war.

Eine Fülle von Kränzen lag zu Füßen des ziemlich einfachen Katafalks. Auf der Brust des Königs ruhte ein kleiner Strauß von Jasminblüten, welche die Kaiserin Elisabeth gepflückt hatte. Jasmin gehörte neben Lilien und Rosen zu Ludwigs Lieblingsblumen. Ob er wohl die eigentliche Bedeutung des persisch-arabischen Wortes kannte? Jasmin heißt — Verzweiflung!

DIE TOTENMASKE LUDWIGS II.

GEFERTIGT VON BILDHAUER RÜMANN UND GRAVEUR GUBE

Vollkommen ähnliche Bilder Ludwigs II. sind nur insoweit auf die Nachwelt gekommen, als die Photographie imstande ist, eine Persönlichkeit lebenswahr wiederzugeben[1]. Weitaus den größten Teil von solchen hat seit 1860 der Hofphotograph Joseph Albert geliefert. Eine 1906 erschienene Zusammenstellung von ihnen (mit einem Geleitwort von Dr. Fr. G. Hofmann) enthält 47 Aufnahmen aus den Jahren 1860—1884 nach dem Leben und nach Bildern. Sie zeigt uns Ludwig II. von seinem Knabenalter an bis gegen das Ende seines Lebens in Zivil, in Uniform, als Oberst des bayerischen Infanterie-Leibregiments, des 4. bayer. Chevauxleger-Regiments, des Russischen 1. Ulanen-Regiments, als bayerischen General, wiederholt als Großmeister des Ritterordens vom heil. Georg, als Bräutigam, hoch zu Roß, sitzend und stehend, allein und im Kreise der Familie. Nach Gemälden reproduziert sind ein jugendliches Reiterporträt (1863) von Feodor Dietz, Porträte in Generalsuniform mit Krönungsmantel (1864) und als Großmeister des Georgi-Ordens (1866) von Ferd. Piloty, sowie das hübsche Bild von L. Behringer: „Der König umgeben von seinem Generalstab" (1869).

Aus Anlaß des Abschieds von Kainz ließ der König sich am 13. Juni 1881 auch von dem Photographen Synnberg in Luzern aufnehmen, allein und in Begleitung mit Kainz. Obschon diese Bilder des Königs mit ihrem künstlichen Lockenschwall einen sehr wenig vornehmen Eindruck machen, erklärte Kainz sie vorzüglich getroffen, nur er selbst sehe darauf aus, wie der Leibmohr S. M., so schwarz sei sein Gesicht, so dumm der Ausdruck und so mittelafrikanisch die Haltung ausgefallen. Einige der photographischen Aufnahmen sind in guten Lithographien vervielfältigt worden.

Von den Reproduktionen in Kupferstich verdient der gute Stich von J. Lindner (1874) hervorgehoben zu werden. Die Feinheiten des Stiches großen Formats: Ludwig II. als Groß-

---

[1] Gute Reproduktionen von Bildern Ludwigs II. und von Persönlichkeiten seines Kreises finden sich in dem Werke G. J. Wolfs: „Ludwig II. und seine Welt", das einige Monate nach der ersten Auflage des vorliegenden erschien (München 1922, Franz Hanfstängl).

meister des Georgsordens mit den Kroninsignien von W. Hecht konnten in den Reproduktionen durch Holzschnitt bei Lampert nicht ganz wiedergegeben werden. Das prachtvolle Blatt ist besonders darum interessant, weil es nach glaubhaften Angaben (im Jahre 1883) im Auftrag des Königs hergestellt wurde, dem es auch gewidmet werden durfte, und der dem Künstler ein paar Sitzungen gewärte.

Ludwig II. hat im Laufe seines Lebens nur wenigen Malern zu Porträten gesessen. Ein solches, das der König für Wagner malen ließ, befindet sich in Wahnfried. Schon am 8. November 1864 hatte er dem Meister eine gemalte Photographie mit dem Beifügen übersandt, wie er glaube und höre, sei es das gelungenste Bild, das von ihm bestehe. Glasenapp hat eine Reproduktion davon dem dritten Bande seiner Lebensgeschichte Wagners beigegeben. Der Schwall unnatürlich gebrannter Haare beeinträchtigt auf diesem Bilde den Eindruck der jugendlich feinen Gesichtszüge.

Zu den Glücklichen, denen Ludwig II. „sein eigens von Professor Bernhardt gemaltes Porträt mit einem liebenswürdigen Handbillett" übersandte, gehörte der Schauspieler Ernst v. Possart. Der König erwies ihm diese Aufmerksamkeit als Gegengabe für das Geschenk eines Bildes von Camphausen, das Possart in der Pagodenszene des „Narziß" darstellt und das Ludwig dermaßen entzückte, daß er es in Schloß Linderhof neben das Porträt Choiseuls hängen und während der nächsten Separat-Vorstellung des Narziß in seiner Loge aufstellen ließ.

Begreiflicherweise versetzten diese Aufmerksamkeiten den phantasievollen Künstler in eine Ekstase, von der seine Dankesäußerungen einen vielleicht etwas übertriebenen Ausdruck geben: „So völlig überwältigt von Freude und unsäglichem Glück, so starr vor Staunen und Ergriffenheit, so beseligt von der namenlosen Gnade E. K. M. bin ich noch in diesem Augenblick, daß ich fußfällig E. K. M. anflehe, mir Allerhöchst zu verzeihen, wenn ich zitternd und völlig fassungslos nicht die Form, nicht die Worte zu finden vermag, E. K. M. die Gefühle des Dankes, die mich durchströmen, nur annähernd schildern zu können. Seit 3 Uhr nachts stehe ich zitternd und mit Tränen des Glückes vor diesem Gnadenbeweis, vor diesem hinreißenden Ehrengeschenk." (11. Mai 1885.)

Und noch am folgenden Tage:

„Immer und immer wieder schaue ich dies herrliche Medaillonporträt meines angebeteten Monarchen mit neuem Entzücken an. Kommt die Nacht, so denke ich, wie wird es beim Glanz der Lichter wohl ausschauen und bin ich erwacht, so ist mein erster Gedanke: das Bild! das Bild! — Und ich springe auf und öffne das Medaillon und die Frühlingssonne scheint auf die majestätischen, hoheitsvollen, leuchtenden Züge meines großmütigen königlichen Gebieters und Herrn und ein ganzer Frühling von Wonne und beseligender Freude geht in meinem Herzen auf.‟

Während der gütige Prinzregent behufs Sitzungen zu Porträten die oft steilen Treppen zu den hochgelegenen Ateliers niemals scheute und auch Ludwig III. sich der Kunst immer willfährig erwies, war Ludwig II. für Sitzungsgesuche fast gänzlich unzugänglich. Selbst Lenbach mußte das große Porträt für den Rathaussaal in München nach Photographien und Angaben des Hofsekretärs Düfflipp u. a. malen.

Die Mehrzahl der vielen Porträts für Staatsgebäude usw. entstand auf diese Weise. Ich erinnere mich gerne eines guten Porträts des jungen Königs von Friedrich Horschelt, das Jahrelang in meinem Bureau im Ministerium des Äußern hing, nachdem es während der Regierungszeit Ludwigs II. das Amtszimmer des Ministers geschmückt hatte. Etwas steif mutet ein Repräsentationsbild aus dem Jahre 1865 gemalt von Ferdinand Piloty an.

Die erwähnte Art der Herstellung der Porträte macht es erklärlich, daß man während seiner ersten Regierungszeit Bilder Ludwigs II. mit blauen oder braunen Augen kaufen konnte, je nachdem einen die einen oder anderen mehr landesväterliche Zuneigung einflößten.

Als ein für den Kronprinzen von Österreich bestimmtes Pastellbild von ihm nicht zu seiner Zufriedenheit ausgefallen war, frug der König an, ob der Maler es wohl besser ausführen könne, wenn er ihm dazu sitze, oder ob vielleicht ein besserer Pastellmaler existiere. Wenn in München ein solcher nicht zur Verfügung stehe, solle man sich nach Wien wenden, wo ein Porträt des österr. Kronprinzen entstanden sei, das ihm sehr gefalle. Er wolle dem einen oder anderen Maler einige Sitzungen hiezu gewähren (21. November 1877).

Zwei der wenigen Ausnahmen machte Ludwig II. auch zu Gunsten der Bildhauerin Elisabeth Ney aus Münster i. Westf. (1830—1907) und des Bildhauers Kaspar Zumbusch. Noch bevor die Ney'sche Statue fertig war, begab sich die Künstlerin an der Seite eines jungen bildschönen Gatten, des Professors der Pathologie Montgomery nach Texas. Es hieß, die Bildhauerin sei bei der Arbeit dem König derart mit dem Zirkel und den Händen im Gesicht herumgefahren, daß es ihm, wie er sagte, ganz ungemütlich wurde.

Anders erzählt die Geschichte der ihr gewährten vier Sitzungen Anton Memminger auf Grund von Mitteilungen einer Dame. Es habe vieler Mühe und einflußreicher Verwendung bedurft, um den jungen König zu diesen Sitzungen zu bewegen und er habe sie endlich nur unter der Bedingung zugestanden, daß Frl. Ney weder mit ihm sprechen, noch Messungen an ihm vornehmen dürfe. Er sei dann eines Tages in keineswegs freundlicher Stimmung im Atelier der Dame erschienen. Frl. Ney, die ihn so nicht brauchen konnte, habe nun um die Erlaubnis gebeten, etwas vorlesen zu dürfen. Diese Bitte sei gewährt worden und unter den klangvollen Versen von Goethes Iphigenie hätte sich die düstere Miene des Königs aufgehellt und dem gewohnten liebenswürdigen Ausdruck Platz gemacht. So oft er dann während der folgenden Sitzungen müde wurde, habe sie mit Erfolg zu diesem Auskunftsmittel gegriffen. Er sei ihr allmählich freundlich gesinnt geworden und habe den Sitzungen prächtige Blumensträuße vorausgesandt.

Dieses einzige, nach dem Leben entworfene Standbild stellt den König in Hubertustracht dar. Er richtet den Blick nach oben, hält mit der rechten Hand das Schwert und stemmt die Linke in die Seite. Elisabeth Ney hat die Statue nur in Ton vollendet. Das Modell sollte in der Größe von 8 bayerischen Fuß in Marmor ausgeführt und in der Aula des neuen Polytechnikums in München aufgestellt werden. Die Künstlerin betraute damit bei ihrem Abgang von München im Jahre 1871 den Berliner Bildhauer Ochs. Für das im voraus bezogene Honorar von 2000 Gulden hatte sie auf ihrem schönen Schwabinger

Heim Hypothek bestellen müssen, behufs deren Löschung sie zehn Jahre später die Hilfe des ihr befreundeten Direktors der Berliner Akademie A. v. Werner in Anspruch nahm. Es gelang Werner, das Modell verstaubt und vergessen, in einem Winkel des Ochs'schen Ateliers aufzufinden, wo es dem sicheren Verderben entgegenging. Sein Urteil darüber lautet sehr günstig; er nennt es ein geniales Werk, das, in frischer lebendiger Auffassung nach der Natur geschaffen, den Monarchen in der Blüte seines Daseins darstellte. Wir beklagten sein tragisches Geschick, er werde uns aber in seiner poesieumflossenen Erscheinung, wie Elisabeth Ney ihn gebildet und in seinem unbewußten Drang nach dem unerreichbar Schönen immer eine teure Erinnerung bleiben. Ein unschätzbarer Vorzug des Werkes sei, aus unmittelbaren Eindrücken entstanden zu sein. Nichtsdestoweniger blieben alle seine Bemühungen, es der Vergessenheit zu entreißen, mehr als zehn Jahre erfolglos. Endlich führte es aber doch Friedrich Ochs, allerdings nur in der Größe des Modells in Marmor aus und beschickte damit die Münchener Jahresausstellung von Kunstwerken aller Nationen im Glaspalast 1894. Der Katalog brachte eine Abbildung, die den Vorzügen des Werkes nicht ganz gerecht wird. Die Statue kam nach Memminger zunächst in das Maximilianeum, 1. Juli 1895 nach Linderhof, auf dessen Schloßterrasse es eine würdige Aufstellung fand. (S. die Abbildung bei G. J. Wolf, Ludwig II. und seine Welt.)

Auch im Nationalmuseum zu München befindet sich eine Marmorbüste Ludwigs II. aus dem Jahre 1869 von der Hand der Elisabeth Ney; unfern davon das hübsche Marmorrelief des Königs mit seiner Braut von Franz Walker. Die Vervielfältigungen der Brautbilder verschwanden bald gänzlich aus dem Handel.

Hatte Elisabeth Ney einflußreicher Verwendung bedurft, so wäre wohl auch Kaspar Zumbusch nicht ohne einen glücklichen Zufall und einen warmen Fürsprecher dazu gekommen, Büsten Ludwigs II. nach dem Leben herstellen zu dürfen. Oscar v. Redwitz, der liebenswürdige Neuromantiker, hatte den jungen Kö-

nig bei seinem Regierungsantritt besungen und in seiner Eigenschaft als bayerischer Kämmerer den Trauerzug zu begleiten
gehabt, der das Herz König Max' II. in die Wallfahrtskirche
von Altötting überführte. Seine feinsinnige Schilderung[1] all der
rührenden Beweise von Liebe und Treue, die der traurige Zug auf
jeder seiner Stationen fand, hatte viele tiefer bewegt und die Aufmerksamkeit wieder dem eine Zeit lang so populären und beliebten Dichter zugewandt. Ludwig II. empfing ihn in Audienz
und nachdem er sich lange mit ihm unterhalten hatte, lud er ihn
ein, sich eine Gnade auszubitten. Oscar v. Redwitz, der stets
nur an andere dachte, schlug dem König vor, seinem jungen,
talentvollen, aber armen Freunde Zumbusch, einem Westfalen,
die Gnade zu erweisen, ihm zu einer Büste zu sitzen. Darauf
ging der König gern ein; Zumbusch, ein hübscher, großer und
sehr sympathischer Mensch, gefiel dem König, der selbst schon
gewußt zu haben schien, welch' eine herrliche Erscheinung er war,
weil er sich sofort mit entblößtem Halse drapierte und meinte, so
sei er doch geradezu klassisch schön. Die Büste fiel gut aus.
Zumbusch verdankte der Gnade Ludwigs II. seine fernere Existenz; er modellierte nach Angaben des Königs auch Figuren
aus den Wagnerischen Opern für Schloß Berg und Wahnfried,
bekam größere Bestellungen und sein Ruf war gemacht, wenn
auch sein großes Denkmal Max' II. in der Maximiliansstraße zu
München, wie Pecht mit Recht hervorhebt, von dem für die
moderne Plastik so charakteristischen Mangel an Harmonie der
Dimensionen nicht frei ist. —

Anonym wie das Volkslied waren die kleinen hübschen Büsten
Ludwigs II., welche in den ersten Regierungsjahren italienische
Gipsformatoren im Hofbräuhaus und in anderen Lokalen zu
billigen Preisen ausboten. Es scheint wenig davon erhalten zu
sein. In Erz aber prangt seit 1910 die Statue auf der Cornelius-
brücke zu München, mit deren Ausführung ein im Jahre 1899
gegründeter Verein Ferdinand v. Miller, den intimsten Freund

---

[1] „Mit einem Königsherzen," eine Fahrt von München nach Altötting.
München 1864. Manz. Auch abgedruckt in Kronseder: Lesebuch der
Geschichte Bayerns, München 1906.

726

des Prinz-Regenten, betraute. Sie stellt den jungen König in reicher architektonischer Umgebung vom Throne herabsteigend dar. Zu seinen Füßen rauscht die Isar, der bayerische National-fluß. —

LXVII.

Die Verdienste, die Ludwig II. sich durch Errettung Richard Wagners aus dem ihm drohenden Untergang und die großzügige Unterstützung seines Werkes erwarb, sind in früheren Kapiteln dieses Buches hervorgehoben worden. Die weitgehende För-derung Ludwigs II. beschränkte sich aber nicht auf das Werk Wagners und die Oper, sie erstreckte sich auch auf das Schauspiel und das Theater überhaupt, das infolge der Einwirkung des Königs in München eine künstlerische Höhe erlangte, die es nie-mals vorher besaß und später wieder verlieren sollte.

Der langjährige Intendant Frh. v. Perfall betont in seiner Geschichte der königlichen Theater Münchens von 1867—1892 (München 1894) wiederholt die belebende Einwirkung und immer hilfreiche Hand, die Ludwig II. ihm bot.

Auch zu der schönen Literatur stand Ludwig II. in engeren Gemütsbeziehungen, als die meisten Staatsoberhäupter seiner Zeit. Er begeisterte sich nicht nur für Schiller, Grillparzer und die Klassiker aller Zeiten, sondern schenkte auch der Literatur des Tages seine Aufmerksamkeit. Er las viel und kaum eine bedeutende zeitgenössische Erscheinung auf diesem Gebiete dürfte ihm entgangen sein.

Unter den nicht vielen Audienzen, die er während seiner Re-gierung erteilte, befanden sich, wie wir oben gesehen haben, mehrere Schriftsteller. — Die Akten der Ministerien und des Kabinetts werden ersehen lassen, wie viele er auszeichnete, her-vorzog, unterstützte.

Freilich traf er bei seiner Thronbesteigung in München Genies ersten Ranges, die ihn besonders hätten begeistern können, nicht an. Der Kreis der Poeten bestand aus Einheimischen und aus von seinem Vater Berufenen. Von den letzteren dichteten noch in München: Bodenstedt, Heyse und Geibel. Heyse hat sich um die Literatur und insbesondere um Weckung des Interesses für sie unbestreitbare Verdienste erworben. Er hatte auch den glücklichen Gedanken, die einheimischen und berufenen Poeten in dem sogenannten „Krokodil", einer Dichtergesellschaft nach dem Vorbild des Berliner „Tunnel", einander näherzubringen. Wenn er dieses Ziel nicht immer und vollständig erreichte, so hatte dies nach F. Dahn seinen Grund darin, daß die Einheimischen den Fremden mit Mißtrauen, Ungastlichkeit und Neid, die Fremden den Einheimischen aber mit kühler Geringschätzung, ja zum Teil mit herausfordernder Anmaßung entgegentraten.

Das ja nicht besonders hohe Niveau dieses Parnasses vertrug den Maßstab Richard Wagners nicht und mußte, an ihm gemessen, besonders auf dem Gebiete des Dramas, klein und vergänglich erscheinen. Dies fühlten, ohne es sich einzugestehen, die Herren selbst und gaben daher der von Ludwig II. bevorzugten Kunstrichtung gegenüber einen Grad der Ablehnung zu erkennen, dem der bittere Beigeschmack des Neides nicht fehlte. Geibel äußerte nach einem seiner Biographen „Abscheu" davor, von Bodenstedt werden die Worte zitiert: „wenn der Landstreicher doch endlich von der Straße wegkäme", und Paul Heyse rühmte sich, nie ein Werk des Meisters gehört zu haben, da er nicht ein Faß von einem Weine trinken wolle, von dem ihm schon ein Glas voll nicht munde.

Am 8. Mai 1876 schreibt er seinem auch in dieser Frage gleichgesinnten Freunde Geibel: „Der Wagnerschwindel mache ihm noch am wenigsten Sorge. Er sei gewiß, daß er sich gleich der Tanzwut und anderen psycho-physischen Epidemien bald ausrasen werde. Dieser Wahnsinn sei nur eines der Surrogate für die uns abhanden gekommene Ekstase und von allem eigentlich Künstlerischen sehr verschieden (!). Wir bedürften einer Katharsis unserer Andachtstriebe und dies Gemisch von Sinnenbrand, Unsinn, Pedanterie und Langeweile, das die Menge vier bis fünf Stunden lang ängstige, komme sehr gelegen in einer

Zeit, in der die Kulturstätten den geistig-seelischen Bedürf-
nissen der Gebildeten nicht mehr genügten.

Auch Hermann Lingg gesteht in seiner „Lebensreise“, daß
er sich in einer Probe der „Walküre“ gründlich langweilte!
Wagner vergalt Gleiches mit Gleichem und schrieb in seiner
Abhandlung „Deutsche Kunst und deutsche Politik“, daß
der Mißerfolg der hochherzigen Bestrebungen des Königs
Max' II. am ersichtlichsten bei seiner Förderung der schön-
geistigen und poetischen Literatur hervortrat.

Natürlich mußte eine solche Stellungnahme zu dem Hauptinteresse seines Lebens die Sympathien des Königs für den Münchener Dichterkreis einigermaßen beeinträchtigen. Dazu kamen
noch politische Gegensätze, die sich schon unter Max II. zuweilen
geltend gemacht hatten, aber in jener politisch ruhigeren Zeit
weniger störend hervorgetreten waren. So beging Geibel als
Stipendiat von zwei bayerischen Königen die Taktlosigkeit, den
preußischen Aar und seine Ausflüge etwas gar zu begeistert zu
besingen, kurz nachdem er seine Klauen Ludwig II. selbst fühlbar gemacht hatte. Bei einem Besuch König Wilhelms in seiner
Vaterstadt Lübeck am 13. September 1868 richtete er ein übrigens recht mäßiges Begrüßungsgedicht an ihn, das mit der
Strophe schloß:

> „Und sei's als letzter Wunsch gesprochen,
> Daß noch dereinst dein Aug' es sieht,
> Wie über's Reich ununterbrochen
> Vom Fels zum Meer dein Adler zieht!“

Dieser Vers fiel dem König mit den bayerischen Löwen als
Schildhalter etwas auf die Nerven und als Geibel einen Monat
später nach München zurückkehrte, wurde er durch ein Kabinettsschreiben vom 14. Oktober 1868 überrascht, inhaltlich dessen
man sich veranlaßt gesehen hatte, sein Gehalt „bis auf weiteres
zu sistieren“. Er beantwortete es mit der Bitte um Enthebung
von seiner Ehrenprofessur und der Funktion als Kapitular des
Maximiliansordens und verließ München, wo er sich nie so recht
heimisch gefühlt, noch so recht Boden gefaßt hatte. Als Gesinnungsgenosse Geibels glaubte darauf auch Paul Heyse auf

den königlichen Ehrengehalt, dessen er ja nicht bedurfte, Verzicht leisten zu sollen. Der König grollte ihm darob, nahm aber literarische Vorlagen, die Heyse ihm später machte, mit Dank entgegen und interessierte sich für einzelne.

Bodenstedt war schon ein Jahr früher einem Rufe nach Meiningen als Theaterintendant gefolgt. Es war „dem schmiegsamen" Manne nach seinem Biographen Fränkel trotz wiederholter Versuche nicht gelungen, „ein Verhältnis zu dem schwer zugänglichen Wesen Ludwigs II. anzubahnen". Die Übersetzung des Dramas Chastelard von Swinburne, die er ihm im Jahre 1866 übertragen hatte, übernahm nach seinem Wegzug Oscar Horn.

Der bedeutendste unter den einheimischen Poeten war wohl Hermann Lingg aus Lindau (1820—1905). Hornstein schlug es Geibel höher an als ein Dutzend seiner Auflagen, daß er dieses Talent der Lebensnot entriß, indem er im Jahre 1854 seine ersten Gedichte bei Cotta herausgab und ihm bei König Max II. einen lebenslänglichen Ehrengehalt erwirkte. Auch Ludwig II., in dessen ersten Regierungsjahren Linggs Völkerwanderung erschien, wandte dem bescheidenen Dichter seine Teilnahme zu. Er nam die Widmung des Epos an, worauf Lingg am 7. Juni 1869 ein Huldigungsgedicht an ihn richtete (abgedr. Sammler Nr. 66). „In der ersten Audienz, die mir bei dem jungen König wurde," schreibt Lingg in seiner „Lebensreise", „wobei das Gespräch auch auf Byrons Manfred mit Schumanns Musik kam, mußte ich staunen, welch umfangreiche Kenntnisse und welche Begeisterung für die schönen Künste diesem Jüngling auf dem Throne innewohnten." —

Ludwig I. hatte Linggs Trauerspiel „Catilina" im Kolosseum zu Rom, als „dem rechten Ort für dieses Werk" gelesen und dem Dichter ein Ehrengeschenk von 300 fl. zugewendet. Ludwig II. wohnte der ersten Wiederholung der Tragödie auf der Münchener Hofbühne von Anfang bis Ende — 4½ Stunden — bei. Am 25. August 1868 verlieh er ihm den Verdienstorden vom heil. Michael, was Lingg auf den Rat Geibels mit einem Band „Vaterländischer Balladen" verdankte, und am Ende des Jahres

1874 erhielt er die höchste bayerische Auszeichnung für literarische Verdienste: den Maximiliansorden für Kunst. Als Maxi-
miliansritter war er nun hoffähig und besuchte am 4. Februar
1875 seinen ersten Hofball. Der Etikette gemäß wurde er hiebei
dem König (durch General v. d. Tann) neu vorgestellt, und
benützte die Gelegenheit, die Frage Ludwigs II., ob sein
neuestes Stück bald aufgeführt werde, mit der Schilderung der
Schwierigkeiten zu beantworten, die er — wie ach! — so viele
dabei fand, worauf ihn der König „hilfreich und gut" aufforderte, das nächstemal, was er geschrieben habe, zuerst ihm zu
übergeben. —

Wie ein Wort Geibels die Gnade Max' II. auf Lingg hinlenkte,
so entzog sie ein anderes des Dichterpapstes, wie man Geibel im
„Krokodil" nannte, dem Dichter Melchior Meyr (geb. 1811).
Geibel hatte dem König gesagt: Melchior Meyr sei kein Dichter
und ein Blick in dessen lyrische Dichtungen vermag dieses Verdikt allerdings nicht zu widerlegen. Das zeitgenössische Publikum scheint es auch über die acht Bände Dichtungen Geibels
selbst zu fällen, denn auf keinem Kunstgebiete ist das Mittel-
mäßige und Erkünstelte so wertlos und vergänglich, wie auf dem
der Lyrik. Aber der Ruhm, der erste und vielleicht der beste
Erzähler deutscher Dorfgeschichten gewesen zu sein, entreißt
Meyr noch heute gänzlicher Vergessenheit. Diese Geschichten
hatten auch dem König Max II. so gefallen, daß er dem Erzähler
am 22. August 1854 eine Unterstützung von jährlich 500 fl. auf
zwei Jahre zuwandte, was Paul Heyse in einem Scherzgedicht
mit den Worten erwähnt:

„Melchior, der kühne Meyer, halb Poet, halb Philosoph —

‚Dessen Bauernabenteuer Gnade fanden selbst bei Hof." —

Äußere Erfolge hat Melchior Meyr ja nur wenige erzielt und erst
kurz vor seinem Tode (1871) verlieh ihm Ludwig II. den Verdienstorden vom heil. Michael (1868).

Die Dichtungen Franz von Kobells (1803—1882), eines der
originellsten Dialektdichter aller Länder und Zeiten, entstanden zum größten Teil unter den vorausgegangenen Regierungen.
Karl Stieler (1842—82), dem Wesen nach mehr Rheinländer, —

wie sein Vater, der Hofmaler der Schönheitsgalerie, als Alt-
bayer, kam dem Altmeister Kobell an Echtheit und Humor
nicht ganz gleich. Seine feinsinnigen hochdeutschen Dichtungen
machten ihn aber zu seinen Lebzeiten zum Liebling der Frauen
und auch als Feuilletonist und Reiseschilderer wurde er bei
seiner Übereinstimmung mit Zeitstimmung und Zeitgeschmack
gern gelesen. —

In der unmittelbaren Umgebung Ludwigs II., in einem der
höchsten Hofämter, wirkte eine originelle und liebenswürdige
Persönlichkeit, von reicher Phantasie und unerschöpflichem
Humor, die in der Lage war, sich als Zeichner, Dichter und Komponist zu betätigen und Spuren ihrer Tätigkeit hinterlassen
hat, denen wir auch heute noch gerne nachgehen. Graf Franz
Pocci (1807—1876) war, um mit Walther von der Vogelweide zu
reden, ,,drier Künege getriuwer Kameräre‘‘. — Ludwig I. ernannte ihn 1830 zum Zeremonienmeister, und im Jahre 1847
zum Hofmusikintendanten, Max II. im Jahre 1863 zum Oberzeremonienmeister und Ludwig II. im Jahre 1864 zum Oberstkämmerer. Diese Stellungen, wenn sie auch keine Sinekuren
waren, ließen ihm Zeit genug, seinen Liebhabereien nachzugehen.
Aus der Vielseitigkeit seiner Betätigungen wurde vielfach mit
Unrecht der Schluß auf Dilettantismus gezogen und besonders
die Berufenen, die ihn nicht verstanden, wollten ihn nicht immer
ernst nehmen und haben ihn nie zum Maximiliansorden vorgeschlagen, obschon seine Bilderbücher, seine Dichtungen, seine
Satiren, seine Puppenspiele und Totentänze usw. lebendiger
geblieben sind, als viele ihrer heutzutage vergessenen Bände. —

Auch Ludwig II. brachte seinem Oberstkämmerer als Künstler
volles Verständnis wohl nicht entgegen. Beide waren Romantiker, aber die Romantik Ludwigs II. unterschied sich von der
Poccis, wie das musikalische Drama ,,Tristan und Isolde‘‘ von
dem Puppenspiel ,,Prinzessin Rosenrot und Prinz Lilienweiß‘‘.
Der Kreis der romantischen Vorstellungen Ludwigs II. war viel
ernster, weltentlegener, exklusiver, als der seines Oberstkäm-
merers. Kasperl Larifari hatte dort keinen Hofzutritt. Ludwig II.
entbehrte zwar den Sinn für harmlosen Humor und lachende

Heiterkeit nicht im gleichen Grade, wie sein Vater Max II.; aber von 1864—1876 war er teils noch zu jung, teils noch nicht alt genug, um sich des kindlichen Spieles und volkstümlicher Dichtung voll zu erfreuen

Der König verdankt mit liebenswürdigen Worten „das sinnige Gedicht", das Pocci zu seiner Thronbesteigung „aus treuem und anhänglichem Herzen" an ihn gerichtet hatte, sowie andere literarische Vorlagen, aber es wäre, wie vielleicht mit Unrecht angenommen wurde, über eine von ihnen beinahe zu einer Verstimmung, ja zu Schlimmerem gekommen. Und doch handelte es sich dabei um eine der zartesten, duftigsten Blüten des Poccischen Geistes, um eine wahre Perle seiner Dichtungen: den „Odoardo" (1869), ein feines geistreiches „capriccio" ohne jegliche Prätension, das der Verfasser als „romantisches Schattenspiel in 5 Akten" einführt. Aloys Dreyer bemerkt in seinem vorzüglichen Buche über Pocci, es klinge daraus die Klage um das Entschwinden der Romantik als Grundton, mit Tieck'scher Ironie, die im Zweifel darüber läßt, ob es dem Dichter mit seinen Gestalten Ernst oder Spaß sei. Den poetischen Stimmungsreiz zerstöre die nüchterne Prosa des „Explikators", den sich Pocci wohl als Verkörperung des allem Idealen abholden Realismus gedacht habe und dem er die Rolle des antiken Chors übertrug. — Aber die Gegenüberstellung dieser zwei Extreme bildet ja gerade den Stoff der kleinen Dichtung; sie ist neu und ungemein witzig, wie die reizende Unterhaltung der Minister im Vorsaal, während der Monarch nebenan noch spät am Morgen „für das Vaterland schläft". —

Ein Teil der literarischen Kritik schlug mit plumpen Händen nach diesem literarischen Schmetterling und der Verfasser verzeichnet über die damals gemachten Erfahrungen: „Odoardo" hat bald nach seinem Erscheinen unerwartet großes Aufsehen gemacht. Während ich in der Tat keine andere Absicht hatte, als romantische Idealität im allgemeinen darzustellen mit Einflechtung gegensätzlicher Satire auf die derzeitige reale Richtung, fiel die demokratische Presse über mich her, um das Gedicht als eine unverschämte Satire auf unseren jungen König zu brandmarken. Allerdings ließe sich einiges in der Person des Odoardo finden, was auf den König bezogen werden könnte. Allein ich dachte nicht daran. Den demokratischen Blättern oder ihren Literaten war es natürlich eine erwünschte Gelegenheit, mich als konservativen Adeligen herunterzuziehen und beim König zu verdächtigen. Dieser selbst äußerte sich über die Dichtung sehr wohlgefällig, sprach sogar davon, ob nicht irgendwie eine Aufführung zu bewerkstelligen sei usw. Allmählich, da ich auf die schmählichen Angriffe nichts erwiderte, verklang die Geschichte nach ein paar Wochen. Der König fragte mich einmal, ob ich mich nicht geärgert hätte, worauf ich mit „nein" antwortete, da mich mein Gewissen von jeder bösen Absicht freisprach." —

Die Beziehungen auf Ludwig II. in Odoardo sind so fein und schleierhaft, daß auch das gesteigertste Majestätsgefühl daraus eine Majestätsbeleidigung kaum ableiten konnte. Wenn daher Pfistermeister später erzählte, Ludwig II. habe zu Pferd von der Höhe bei Ambach aus auf Ammerland, den Wohnsitz Poccis, deutend, gesprochen: „dem muß zuerst der Kopf abgeschlagen werden," so war es vielleicht nur ein Scherz, oder es lagen andere Beschwerdepunkte vor. Ludwig II. war Pocci gegenüber besonders empfindlich, weil er nicht nur sein Oberstkämmerer, sondern als Lehensträger von Ammerland auch sein Vasall war.

In den siebziger Jahren pflegte der König auf seinen Ritten von Berg nach Hohenschwangau den Grafen Pocci in Ammerland zu begrüßen und sich über allerlei Vorkommnisse zu erkundigen. Am Eingang des Ortes pflegte er auch auf einer malerisch gelegenen Waldwiese zu frühstücken, deren Einblick von der Straße aus Bäume und Gesträuch verhinderten. Als der Forstbetrieb die Beseitigung dieser schützenden Hülle für nötig erachtet hatte, frug der König, „wie der Vasall ohne Erlaubnis diese Reinigung hatte vornehmen können" und machte von da an keinen Halt mehr in Ammerland. Dergleichen Kleinigkeiten oder Hinterbringungen mögen dem Dichtergrafen die Gunst des Königs entzogen haben. Vielleicht auch seine Ablehnung und gelegentliche harmlose Verhöhnung Wagnerischer Werke. Als Graf Pocci starb, sagte der König von ihm nur: „Er war ein exzentrischer Mann." —

Zu der königlichen Förderung des Theaters und der dramatischen Literatur gehörten, außer Preisausschreiben, die viel beanstandeten Separatvorstellungen. Frh. v. Perfall bemerkt, daß sie, trotz der durch sie verursachten Mühen und Eingriffe in den regelmäßigen Geschäftsgang, der Münchener Hofbühne großen Gewinn boten; und Possart schreibt darüber in seinen „Erinnerungen", diese Vorstellungen seien in ihrem äußerlichen Verlaufe das Weihevollste und Ungetrübteste gewesen, was er als Darsteller während einer vierzigjährigen Bühnentätigkeit miterlebt habe. —

Mehr als über manch andere Betätigungen Ludwigs II. sind wir heutigen Tages über diese Anordnung unterrichtet. Fresenius hat zuerst das Repertoire dieser Vorstellungen mit Notizen im Jahre 1893 in der A. A. Z. veröffentlicht, Frh. v. Perfall hat es vervollständigt und Karl v. Heigel, der über ein Dutzend Stücke dafür verfaßte, widmet einen Hauptteil seines Buches über Ludwig II. (Stuttgart 1893) der Widerlegung der aus der Luft gegriffenen Behauptung Lamperts, daß „die Wahl der Theaterstücke für die Separatvorstellungen charakteristisch für die ganz abnorme Grausamkeit des Königs gewesen sei."

Über Grund und Ursprung der ungewöhnlichen Einrichtung wurden verschiedene Meinungen laut.

Das Münchener Publikum und die Abonnenten hatten lange unter der Vorliebe S. M. für das Zeitalter Ludwigs XIV. zu leiden gehabt, da alle möglichen und unmöglichen Stücke aus dieser Zeit über die Bühne geführt wurden, die keinen anderen Eindruck machten, als den grenzenloser Langweile. Man meinte nun, es sei das Murren des Volkes über diese Belästigung und der eklatante Durchfall solcher Stücke, was den König bewog, seiner Liebhaberei künftig mehr privatim zu fröhnen. In Wahrheit war aber dabei weniger die Rücksicht auf das Publikum als das Widerstreben gegen dasselbe maßgebend.

„Ich kann keine Illusion im Theater haben," äußerte Ludwig II. einmal „in sichtlichem Ärger" Possart gegenüber, „so lange die Leute mich unausgesetzt anstarren und mit ihren Operngläsern jede meiner Mienen verfolgen. Ich will selbst schauen, aber kein Schauobjekt für die Menge sein." — Das ist gewiß den meisten peinlich; allein die, deren Beruf es ist, an die Öffentlichkeit zu treten, gewöhnen sich allmählich daran, wenn sie sich ihm nicht entziehen. Ludwig II. überwand die Scheu vor der Menge nie; sie wurde bei ihm mit den Jahren nur immer größer.

Der Intendant Frh. v. Perfall schildert die Anfänge der Sache, wie folgt: Es war im Jahre 1871, daß der König die Frage stellte, ob es anginge, daß er einmal einer Schauspielprobe ganz allein beiwohne. Selbstverständlich bejahte ich dies zur größten Freude des Allerhöchsten Herrn. Bald darauf war das Schauspielpersonal mit Einstudieren des Lustspiels „Eine Heirath unter Ludwig XV.", nach Dumas von Fresenius, beschäftigt. Als es so weit auf der Bühne fertig gestellt war, um die Generalprobe abhalten zu können, erschien der König auf meine Meldung hin im Residenztheater. Nach beendeter Probe, die am 19. Mai 1871, vormittags, gleich einer Vorstellung im Kostüm stattfand, gab der Allerhöchste Herr seine Freude und Zufriedenheit über die Darstellung dadurch zu erkennen, daß er von der Loge aus unausgesetzt applaudierte, bis der Vorhang sich wieder hob und das gesamte beteiligt gewesene Personal sich dankend verneigt hatte. Dem Besuch dieser Hauptprobe, welcher im Laufe des Jahres 1871 und zu Anfang des Jahres 1872 noch mehrere Proben in Gegenwart des Königs folgten, steigerte zweifellos mehr und mehr dessen Verlangen, nunmehr auch wohlvorbereitete Aufführungen bei völliger Ungestörtheit und Abgeschlossenheit zu genießen. Die hiezu ersonnenen Separatvorstellungen nahmen ihren Anfang am 6. Mai 1872 und endeten mit dem 12. Mai 1885."

Im ganzen fanden 208 Separatvorstellungen statt; die wenigsten (4) im Jahre 1872, die meisten (25) im Jahre 1883. Nachdem in den ersten Jahren fast nur französische Stücke gegeben wurden, welche die Welt Ludwigs XIV. und XV. zum Gegenstand hatten, wurden später auch Opern und Stücke des Repertoires eingefügt.

Zu den unter der Intendanz Perfalls gegebenen 317 deutschen und 82 nichtdeutschen Novitäten kamen 45 „meist sehr umfangreiche Schauspiele, welche einen Teil des Repertoires der Separatvorstellungen bildeten".

Als ständige literarische Hoflieferanten fungierten hiebei Ludwig Schneegans (geb. 1842), Hermann v. Schmid (geb. 1815) und Karl v. Heigel, der Bruder des Historikers Karl Theodor v. H. (geb. 1839), wozu als Übersetzer französischer Prosastücke und gelegentlicher Ballettdichter der beliebte, unermüdliche Theaterfreund August Fresenius kam.

Schneegans war aus Anlaß der Aufführung seines Dramas „Maria Königin in Schottland" im Jahre 1869 nach München gekommen und hatte als Dramaturg Verwendung bei der königlichen Hofbühne gefunden. Da er als Elsässer beide Sprachen vollkommen beherrschte, wußte der Intendant dem König keinen besseren Übersetzer, insbesondere für Werke höheren Stils, vorzuschlagen, als ihn

Mit dem Abgang des Hofsekretärs Düfflipp und dessen Ersetzung durch den Polizeiassessor Bürkel trat 1878 auch in der Besorgung der literarischen Arbeiten für den König eine Änderung ein. An die Stelle von Schneegans trat Karl Heigel, der Bruder des Freundes Bürkels und Zieglers. Da aber Heigel mit einem Stück Unglück gehabt hatte, kam Schneegans wieder in Aufnahme.

Bei der Beauftragung mit neuen Stücken waren die Dichter in der Hauptsache — im Stoff — an eine bestimmte Marschroute gebunden und mußten natürlich auch bei der Ausführung auf den Geschmack und die leitenden Grundsätze ihres Auftraggebers einige Rücksicht nehmen. Besonderes Gewicht legte er auf die würdige Behandlung der Majestät, auch wenn sie mit der Geschichte nicht ganz übereinstimmte. Der „König" mußte immer glänzend behandelt werden und durfte nicht auf der Szene sterben.

Hätte Ludwig II. Sinn und Verständnis für die viel umstrittene Frage des historischen Dramas gehabt, wäre er in der Lage gewesen, den Dichtern aus diesem Kreise Stoffe darzubieten, so wäre ihm die deutsche Literatur zu besonderem Danke verpflichtet worden. Aber seine literarischen Neigungen führten weit ab von diesem Ziel. Er erhob Ansprüche an die Dichtung, die zu befriedigen nur Sache der Geschichtschreibung ist, und verlangte nach Stücken, in denen historische Persönlichkeiten, für die er sich interessierte, „vorkamen" oder Vorgänge, die ihn fesselten, „wahrheitsgetreu" dargestellt waren. Er verlangte also nach lebenden Bildern, nach dramatischen Szenen, nicht nach einheitlichen Dramen mit menschlichen Stoffen, für welche alles Historische und Kulturhistorische nur Rahmen, Kostüm und Beiwerk sein darf. Darum legte er auch auf Äußerlichkeiten übergroßen Wert. Als er sich für die Aufführung meines Dramas „Herodias" entschied, hatte er nichts anderes daran auszusetzen, als daß man nicht, ich weiß nicht, von welchem Gemach in Versailles, ich weiß nicht, in welch anderes gelangen könne. —

All diese Forderungen erhob er jedoch nur an Stücke, die er besonders bestellte, oder die er für seine Separatvorstellungen umändern ließ. Andere wahrhaft dramatische Stoffe wirkten mächtig auf ihn und er ließ sich von solchen besonders hinreißen; er war also dramatisch rezeptiv, nicht aber produktiv; selbst hat er es nur zu einem unbedeutenden Jugendversuch in dieser Richtung gebracht.

Karl v. Heigel hat über den Inhalt der von ihm nach Aufträgen für die Separatvorstellungen gelieferten Stücke berichtet. Eines davon, ein aus dem Roman Gutzkows „Hohenschwangau" geschöpftes Schauspiel wurde nach dem Tode des Königs von Perfall öffentlich aufgeführt; wie der Verfasser berichtet, „ausgezischt, von den Zeitungen heruntergerissen und zuguterletzt auf Einrede des Erzbischofs verboten." — Von einem anderen, dem „Testament Karls II." empfing der Autor bei der Lektüre später selbst den Eindruck, daß es das „langweiligste Drama sei, das je geschrieben wurde, ja schlimmer, daß es überhaupt kein Drama sei." Ich wage nach den bloßen Inhaltsangaben nicht zu entscheiden, ob nicht auch eines oder das andere der übrigen 13 Dramen Anspruch auf Konkurrenzfähigkeit in der letztbezeichneten Gattung erheben könnte.

Heigel beruhigt sich mit der Überzeugung, daß sein mit dem des Intendanten „vereinigtes Wirken dem unglücklichen Fürsten manche lichte Stunde bereitet hat, und ihm seine Kunst tröstlich, niemals verderblich war."

Das traf ja wohl zu. Ludwig II. ließ Heigel durch seine Sekretäre nicht nur Direktiven über Stoffe und deren Behandlung, sondern auch sehr schmeichelhafte Anerkennungen über gelieferte Dramen und andere seiner Werke bekunden und so sehr beschäftigten ihn diese Vorlagen, daß er nach einer solchen lebhaft von dem Dichter träumte (Februar 1882). Persönliche Darbringungen verdankte er auch eigenhändig. So am 27. August 1884 „eine sinnvolle poetische Huldigung" von ihm, über die, wie der König schrieb „die ganze Weihe eines Dichtergemütes ausgegossen war" und noch am 4. Januar 1886 einen Neujahrswunsch Heigels, in dem er „den warmen Pulsschlag eines ihm tief und wahrhaft ergebenen Herzens fühlt, das ihm auch in der Ferne ein treues Gedenken widmete." — Sehr hoch schätzt auch Possart Heigel ein, „der schon als Jüngling den grausen Zaren Iwan Wassiljewitsch so gewaltig in seiner ‚Marfa' verkörperte." Er hatte einen ganz besonderen Grund, ihm dankbar zu sein, da Heigel auf seinen Wunsch auch eine „Josephine Bonaparte" verfaßte, die Possart in die Lage setzte, eine so vollendete Maske Napoleons I. „hinzustellen", daß ganz München sich der Täuschung hingab, der große Feldherr sei eigens von den Toten auferstanden, nur um ganz wahrheitsgetreu — den Possart zu spielen.

Während der ersten Zeit der Regierung Ludwigs II. genoß Hermann Schmid die Gunst desjenigen Teiles des Lesepublikums, der später in hellen Haufen Ganghofer zulief. Auch der König las gerne seine Münchener Geschichten und Bauernromane. Die Wenigsten wußten mehr, daß Hermann Schmid als sehr ergiebiger Dramatiker in die Literatur eingetreten war und in Anerkennung seines ersten Trauerspiels „Camoens" von Ludwig I. im Jahre 1849 — zum Aktuar bei der Polizeidirektion München ernannt wurde.

Aber Ludwig II. oder wenigstens dessen Umgebung erinnerte sich Schmids dramatischer Tätigkeit. Er wurde daher zur Mitarbeit herangezogen und lieferte vier Stücke, die in den Jahren 1874, 1876, 1879 und 1880 separat vor dem König aufgeführt wurden: „Unter den Lilien", „Der Todesengel", „Dur oder Moll" und „Aus dem Stegreif".

Ludwig Schneegans schrieb nur zwei eigene Stücke für die königlichen Separatvorstellungen. Er galt als ein besonderer Kenner der dramatischen Technik und wurde von Paul Heyse und anderen Kollegen in dieser Richtung viel konsultiert. Allein er war größer im Rat, als in der Tat, und hat in seinem fünfaktigen Drama „Der Weg zum Frieden" (1874) eine besonders erfreuliche Probe seines Könnens nicht abgelegt. Die Grenzen seiner Aufgabe waren offenbar zu ausgedehnt gesteckt.

Es sollten zu viel historische Personen in dem Stücke „vorkommen", zuviel Vorgänge, die in keinem innern und äußern
Zusammenhang zueinander standen.

Technisch besser gearbeitet ist das zweite Stück Schneegan-
sens. Ludwig hatte in den Memoiren der Marquise v. Créquy die
Geschichte eines Doppelgängers gefunden und den Wunsch geäußert, sie dramatisiert zu sehen. Schneegans machte daraus
eine Art von bürgerlichem Schauspiel, dem es nicht an Spannung,
schärferer Charakteristik und packenden Szenen fehlt. Er hatte
es zuerst unter dem Titel „Der Doppelgänger" drucken lassen,
den er bei der Aufführung in „Gräfin Egmont" abänderte. —

Etwas im Widerspruch mit dem modernen Stoff wirkt die
Behandlung in Jamben, die übrigens gut sind. Der König
wünschte sie gleichsam als Garantie für solidere Arbeit. Die
Honorierung der Dichter war keine glänzende. Schneegans erhielt für die Gräfin Egmont 2000 fl., Hermann Schmid für den
„Todesengel" 1000 Mk. Die Stücke wurden nur in beschränkter
Anzahl als Manuskript für den König gedruckt und die Verfasser mußten sich verpflichten, sie nicht auswärts zur Aufführung gelangen zu lassen. Wiederholt darauf gerichtete Gesuche der Autoren fanden eine sehr ungnädige Aufnahme.
Zuletzt hatten auch die Dichter unter den entstandenen Zah-
lungsschwierigkeiten zu leiden. Schneegans schrieb mir unterm
9. Juli 1886 aus Rorschach: „Daß ich, nachdem ich ein Jahr ab-
gewartet, die kgl. Zivilliste eingeklagt habe, wird wohl keiner einem
Familienvater verargen können, der ein Jahr lang Arbeit getan, an deren
Schwierigkeit und Langweile der Geduldigste hätte des Teufels werden
können. Von dem Ärger, der mir im Verlauf der Verhandlungen kredenzt
wurde, will ich gar nicht reden."

In einem merkwürdigen Widerspruch mit der Forderung der
strengen historischen Treue der für die Separatvorstellungen
bestimmten Dramen steht der Umstand, daß Ludwig II. trotz
seiner genauen Kenntnis der französischen Hofgeschichte am
meisten an einem Stücke mit diesem Hintergrund Gefallen finden konnte, das sie gänzlich auf den Kopf stellt. „Narciß Ra-
meau" wurde ab 1875 jedes Jahr am 9. Mai separat aufgeführt.
Man muß annehmen, daß Ludwig II. in diesem Punkte die An-

sicht Paul Lindaus teilte, der zwar zugibt, daß die Behandlung des historischen Materials Brachvogels „geradezu grauenhaft“ sei, aber beifügt: „Und doch hat dieser Brachvogel bei all seiner köstlichen, von jeder Befangenheit des Kenners unberührten, von allen Wissensqualen entladenen Naivität unbewußt die echte dichterische Witterung der geschichtlichen Stimmung (?). So kindlich verkehrt Persönlichkeiten und Verhältnisse im einzelnen gesehen und geschildert sind, die Gesamtstimmung, die Brachvogel hervorzurufen weiß, hat etwas überzeugend Echtes. (?) Ich kenne kaum ein Bühnenwerk, das mich so historisch wahrscheinlich anspricht, wie Narciß.“ —

Das Stück Brachvogels hat in weiten Volkskreisen historisch falsche Vorstellungen von der Marquise v. Pompadour fixiert, und die Damen vom Theater können sich die liebenswürdige Ministerin Ludwigs XV. gar nicht mehr anders vorstellen, als von Haus aus alt und immer in den letzten Zügen liegend. Als man der damaligen Primadonna des Münchener Schauspiels diese Rolle in meinem Drama „Herodias“ anbot, lehnte sie sie anfangs entrüstet mit den Worten ab: „Nein, so alt bin ich denn doch noch nicht!“ obschon die Dame damals bereits älter war, als Frau v. Pompadour bei ihrem Tode.

Wie Fresenius in seiner statistischen Aufzählung andeutet, war „Herodias“ das letzte der für die Separatvorstellungen in Aussicht genommenen Stücke. Ich hatte es nicht im Auftrag des Königs geschrieben und es bei der Abfassung lediglich auf eine öffentliche Aufführung abgesehen. Das Stück wurde, wie mir Lichtenstern am 7. Dezember 1882 nach Rom, auf Grund einer Mitteilung des Regisseurs Richter schrieb, von allen Stimmen als sehr gut befunden und zur Aufführung begutachtet. Auch Possart, damals schon Direktor des Schauspiels, schrieb mir unterm 17. Dezember 1882: „Allen Respekt! Interessant, bühnenwirksam; sicherer Erfolg.“ — Aber der Intendant, der wohl Bürkels, des Theaterreferenten A. H. Orts, Widerstreben gegen meine Person kannte, schützte vor, daß er erst im Vorjahr ein Stück von mir, übrigens mit Erfolg, aufgeführt habe. Er behauptete außerdem, daß er alle Stücke mit dem fraglichen historischen Hintergrund zuvörderst der Majestät (via Bürkel) vorlegen müsse. Possart und der Schauspieler Schneider stellten entschieden in

Abrede, daß ein solcher Usus bestehe, der bei der Menge der einlaufenden Stücke eine förmliche dramaturgische Unterabteilung des Hofsekretariats erforderlich gemacht hätte.

Ich bat Lichtenstern, einer solchen Vorlage tunlichst entgegenzuwirken, denn, schrieb ich ihm am 13. Dezember 1882, „ist das Stück einmal in die Hände Bürkels gelangt, so steht das Schlimmste zu befürchten: Bürkel wird es dem König nicht unterbreiten und gleichzeitig dessen öffentliche Aufführung verhindern." So kam es denn auch. Perfall war von der Vorlage bei Bürkel nicht abzubringen und während der Zeit von dessen Amtsführung blieb es brach liegen. Selbst ein liebenswürdiger Schritt Kainzens konnte es nicht zum Leben erwecken. Kainz sandte auf eine Anregung Lichtensterns hin, nicht nur unterm 15. Januar 1883 die „Herodias" dem König, sondern beauftragte auch Hesselschwerdt, der an ihn abgesandt worden war, um ihn zu fragen, ob er in München bleiben wolle, S. M. zu sagen, daß er sich für mein Drama interessiere, das auch eine Rolle für ihn enthielt. Der König nahm diesen Schritt gnädig auf, denn Kainz ist in der Lage, ihm schon unterm 23. Januar 1883 zu schreiben: „Sehr entzückt bin ich auch gehört zu haben, daß das Böhmische Schauspiel „Herodias", das ich an E. M. zu schicken mich erdreistete, das Allerhöchste Interesse wachzurufen im stande gewesen ist." — Der König ließ dazu von Angelo Jank prachtvolle Dekorationen malen, von denen zwei: Audienzsaal Ludwigs XV. und Boudoir der M[ise] v. Pompadour bei G. J. Wolf (l. c.) reproduziert sind.

Aber die angebahnte Versöhnung mit Kainz zerschlug sich. Die Trennung erwies sich unausbleiblich, Ludwig wandte sich bald ganz von dem Freunde ab. Man log nun dem König vor, „Herodias" sei unaufführbar. Erst als nach dem Abgang Bürkels Hornig ihm im Mai 1885 ein Gutachten des Regisseurs Richter vorlegte, das diese Behauptungen entkräftete, befahl der König die so lange verzögerte Aufführung des Dramas. Dieser Befehl fiel jedoch schon in die Zeit, in welcher die Mittel knapp zu werden anfingen. Ludwig II. sah sich genötigt, auf die ihm gemachten Vorstellungen d. d. Linderhof, den 2. November 1885 zu reskri-

742

bieren: „Die Privatvorstellungen haben für dieses Mal zu unterbleiben. Umsonst sollen dieselben aber nicht einstudiert sein, weil S. M. sie doch, wenn auch später (im Frühjahr wahrscheinlich) zu sehen gedenken." Nach einer etwas dunklen Andeutung des Intendanten scheint der König in der Tat darauf zurückgekommen zu sein: „Leider," schreibt Perfall, „traten Anfangs Mai des Jahres 1886 Umstände der peinlichsten Art ein, welche mich zwangen, einem Befehle des mir so gnädig gewesenen Königs keine Folge zu geben, denn die Ausführung dieses Befehls, der sich auf die Veranstaltung von Privatvorstellungen bezog, hätte eine unheilvolle Katastrophe über die mir unerstellte Anstalt nach sich ziehen müssen." —

Daß das Schauspiel „Herodias" nicht unaufführbar war, bewies es bei der ersten Aufführung auf dem Königlichen Hoftheater am 25. April 1887 und seinen späteren Aufführungen.

Die Münchener Kunst hat während der Regierung Ludwigs II. in den Jahren 1864—1886 einen Aufschwung genommen, der sie den besten Leistungen der Mitwelt auf diesem Gebiete nicht nur gleich, sondern in manchen Richtungen sogar höherstellt. München bildete einen der hervorragendsten Mittelpunkte des zeitgenössischen künstlerischen Schaffens und genoß europäischen Ruf.

Dies erkennt auch Friedrich Pecht, einer der geschätztesten Kunstkritiker jener Zeit, an. Er hatte im zweiten Regierungsjahr des neuen Herrschers in der Wiener Zeitschrift: „Der Botschafter" einen sehr gut geschriebenen Aufsatz über „Ludwig II. und die Kunst" erscheinen lassen, der auch in dem Unterhaltungsblatt der Münchener Neuesten Nachrichten vom 5. Februar 1865 abgedruckt worden war. Darin waren die Berufung Richard Wagners und das Semper'sche Bauprojekt als hocherfreuliche Symptome bezeichnet worden und der Aufsatz war in Gedanken ausgeklungen, mit denen der Verfasser sich später in einigen Widerspruch setzte. Die Pflege der deutschen Kultur, schrieb er damals, sei die Hauptaufgabe und das schönste Vorrecht der Mittel- und Kleinstaaten und sie. „deren Überflüssigkeit man uns gerade jetzt beständig vordemonstriert", hätten für diese

Kultur bisher weit mehr geleistet, als die beiden Großmächte zusammen

Auch die Geschichte der Münchener Kunst (1888) desselben Verfassers besitzt bleibenden Wert. Nur spielt ihm darin ein extrem zentralistischer politischer Standpunkt zuweilen einen Streich; denn er wendet ihn als Maßstab auf alles und auch da an, wo er nicht hingehört und ist als Badenser nicht frei von einem gewissen Existenzneid und Mangel an Sympathie, den sein kleineres Vaterland damals gegen das doch viel größere und schon darum auch zu größerer Selbständigkeit berechtigte Bayern hegte.

Damit hängt es wohl auch zusammen, daß er im Widerspruch mit der herrschenden Meinung und mit den augenfälligen Tatsachen, Ludwig II. von den Faktoren dieses Kunstaufschwungs so gut wie ganz ausgeschlossen und ihm gar kein Verdienst an der Kunstblüte seiner Zeit eingeräumt wissen will. Nur die „ungeheuere Aufregung des nationalen Geistes, welche die Katastrophen von 1866 und 1870 hervorriefen", soll all' das bewirkt haben, „Ludwig II. aber, „dieser kunstliebende Herrscher", habe auf die Münchener Malerei seiner Epoche so gut wie gar keinen, auf die Baukunst und Bildhauerei nur einen wenig glücklichen Einfluß ausgeübt." Es sei noch ein Glück gewesen, daß die Entwicklung wenigstens eine freie und ungestörte blieb. Aber ihr Bestes habe von Ludwig II. keine Beachtung und Förderung erfahren und selten habe ein Regentenleben so verheißend für die Kunst begonnen und sei so wirkungslos für sie verlaufen."

Pecht übersieht dabei gänzlich die suggestive Wirkung, welche schon die Persönlichkeit eines immerhin außergewöhnlichen Monarchen auf die weitesten Volkskreise auszuüben pflegte. Wie in Ländern mit militärisch angelegten Regenten der Militärstand vor allen anderen in den Vordergrund trat, so konnte es nicht ohne günstige Wirkung auf die ganze Münchener Künstlerschaft bleiben, daß das Hauptinteresse des Königs die Kunst war. Mochte er immerhin nicht so viele Bilder erwerben, wie sein Großvater und nicht so viele Ateliers besuchen und Maler zu Tisch laden, wie sein Oheim, jeder in München lebende Künstler wußte und fühlte, daß abseits von der Menge in etwas mysteriöser

Abgeschiedenheit ein Monarch thronte, der an allen bedeutenden Kunstleistungen Anteil nahm, sie fördern konnte und wollte, der Auszeichnungen, Titel und Ehrengehalte verlieh, der Bedrängte unterstützte und bei allen staatlichen Bestellungen das letzte Wort zu sprechen hatte.

Wenn in jenen Tagen die Kunstförderung in Form von Staatsankäufen noch nicht den gleichen Umfang hatte, wie später unter dem Regenten, so lag die Schuld nicht am König, sondern an der Engherzigkeit der Volksvertretung und dem Mangel an Initiative der Minister. Als Anselm Feuerbach, von dem noch vor der Inflation ein Bild für eine Million verkauft wurde, in bedrängte Lage geraten war, zögerte Ludwig II. nicht, auf Bürkels Rat das stilgroße, herrliche Bild „Medea" für die Pinakothek zu erwerben, und das Selbstvertrauen und den Kredit des Künstlers durch Verleihung eines Ordens zu heben. Ich habe nicht gehört, daß er je einen Antrag dieser Art abgelehnt hat.

Er selbst ließ Bestellungen in allen Richtungen ergehen, die man höher einschätzte, als Preßerfolge und Privatverkäufe. Nicht nur die 21 Millionen Schulden, die er machte, sondern auch die Millionen seiner Zivilliste u. a. wurden während 22 Jahren zum größten Teil für Kunst und Kunstgewerbe ausgegeben. Millionen hatten aber damals einen höheren Wert als während der Inflationsepoche. Wenn er dabei nicht immer nur Meister ersten Ranges heranzog, so kamen diese Summen um so mehr mittleren Talenten zugute, die doch auch leben wollten. Die Zahl der Künstler, die für seine drei neuen Schlösser arbeiteten, ist eine sehr große gewesen: es waren über fünfzig Kunstmaler und an zwanzig Bildhauer.

Ludwig II. war ein König der Künstler. Die Wertschätzung, in der er Kunst und Künstler hielt, stand in Übereinstimmung mit der Veranlagung und den Tendenzen seines Volkes, das zu allen Zeiten Künstler höher eingeschätzt hat als Literaten, Gelehrte und andere Stände. Darum fand das Vorbild des Königs auch Nachahmung in allen anderen Kreisen und in keiner anderen deutschen Stadt erfreute sich wohl je die Künstlerschaft eines so allgemeinen und hohen Ansehens, wie damals und unter seinen Nachfolgern in München. Die Schranken einer veralteten Hofrangordnung öffneten sich vor ihren Sommitäten, der Adel selbst erachtete sie oft für ebenbürtig, Volk und Bürger kannten sie beim Namen, besuchten ihre Ausstellungen und waren stolz auf sie. Das alles wirkte belebend auf ihre Schaffensfreudigkeit ein.

In den ersten Jahren seiner Regierung schien Ludwig II. ganz in die Fußstapfen seines Großvaters, des Wiedererweckers der deutschen Kunst, eintreten zu wollen. Wilhelm v. Kaulbach stand im Zenith seiner Tätigkeit und hatte neben Arbeiten von ungewöhnlichen Dimensionen Zeit gefunden, mit Illustrationen der Klassiker hervorzutreten, die sich an weitere Kreise der Gebildeten wandten. Eine Shakespeare-Galerie hatte den Anfang gemacht, „Goethes Frauengestalten" waren gefolgt und die ersten Blätter zu einer Schiller-Gallerie erschienen. Ludwig II. bestellte die Fortsetzung von Illustrationen dieses seines Lieblingsdichters und Kaulbach lieferte dem König „den Abschied Maria Stuarts von ihren Frauen" u. a. m.

Als der Meister an seiner „Schlacht von Salamis", welche König Max II. für das von ihm gegründete Maximilianeum bestellt hatte, malte, besuchte ihn Ludwig II. im Atelier und schrieb am gleichen Abend (21. Februar 1866): „Mein lieber Herr Direktor! Noch ganz erfüllt von dem unauslöschlichen Eindruck, den mir Ihre wundervollen Kunstschöpfungen hinterlassen haben, drängt es mich, Ihnen noch heute auszusprechen wie mich alles begeistert und entzückt hat, was ich in Ihrem Atelier gesehen habe. Der Anblick dieser herrlichen „Schlacht von Salamis" hat mir wie mit einem Zauberschlage alles Erhabene und Fesselnde, was ich je über griechische Geschichte gehört, ins Gedächtnis zurückgerufen und mich für die Größe des Heroentums entflammt." „Der Anblick des prachtvollen Kartons (Wilhelm Tell) hat Mir eine solch' tiefe und innige Freude gemacht, wie ich sie kaum noch in meinem Leben empfand. Da stand er vor mir, der tatkräftige, mutvolle Tell, wie er sich der Fesseln der Tyrannen entwindet, da durchlebt' ich es aufs neue, das erschütternde Geschick des spanischen Königssohnes, glaubte die herzzerreißenden Worte zu vernehmen, die er an den despotischen kalten Vater richtet, als er ihm die Ursache des Todes seines einzigen geliebten Freundes kündet[1]. — O, welch' göttliche Bilder!

---

[1] In der Bruckmannschen Schiller-Gallerie befand sich auch eine Komposition Kaulbachs dieses Gegenstandes.

Wie freue ich mich auf die Szenen, welche Sie aus Richard Wagners „Ring des Nibelungen" zu behandeln gedenken.   Herrlich wäre es, wenn Sie später, nach Vollendung der Schiller-Gallerie einige Bilder den Shakespearischen Werken zu entnehmen gedächten, etwa je einen Karton aus den verschiedenen Epochen des Entwicklungsganges des Geistes des unsterblichen Briten.   Nehmen Sie, mein lieber Herr Direktor, nochmals die Versicherung entgegen, daß die Erinnerung an den heutigen Tag mir immer eine besonders teuere sein wird.   Mit vielen freundlichen Grüßen bleibe ich stets Ihr sehr geneigter König Ludwig." —

Für hohe Ateliersbesuche und Dinereinladungen erwies sich Meister Kaulbach wenig dankbar.   Schon Pecht schildert, wie unliebenswürdig er sich oft bei den ersteren benahm und fügt dem — seiner eigenen Sinnesart entsprechend — bei, „er behandelte die Menschen ganz so en canaille, wie man es tun muß, wenn man ihre Bewunderung und Verehrung fesseln will."

Viel milder schildert Frau Josefa Dürk, die Tochter Kaulbachs, in ihren anziehenden Erinnerungen an ihren Vater (1918) einen einschlägigen Fall: „Der Vater bekam in seinem Atelier oft hohen Besuch und hatte sich das Vorrecht eingeräumt, sich dadurch niemals bei der Arbeit stören zu lassen.   Besonders beehrte ihn oft die Königin Marie.   Ob der Vater nun hoch oben auf der Leiter stehend oder unten an einem Bilde arbeitete, es war ihm ganz gleich, wer ihm dabei zuschaute, ja er vergaß oft ganz die Anwesenden und gab halb gedankenlos Antwort.   So war er eines mittags zu einem Diner bei König Ludwig II. eingeladen gewesen, hatte aber gar keine Lust und Laune hinzugehen und ließ sich daher wegen Krankheit entschuldigen.   Am gleichen Tage, während er intensiv an seiner Arbeit im Atelier saß, kam die Königin.   Nach der ersten Begrüßung nimmt der Künstler den Pinsel wieder zur Hand und ist weit weg in seinem Phantasielande.   Da sagte die Königin: „à propos, lieber Kaulbach, ich höre, Sie sind krank; was fehlt Ihnen denn?   Sie sehen doch so frisch und gesund aus." —
„Ich?" sagte Kaulbach zerstreut, „ich war noch nie so wohl und gesund wie heute, Majestät." — Die Königin soll nicht lange im Atelier verweilt haben und zum Diner wurde der Künstler nicht mehr eingeladen."

Aber nicht diese — Vergeßlichkeit führte eine Entfremdung herbei, sondern — nach den Mitteilungen derselben Gewährsdame — eine Empfindlichkeit des Künstlers.   Ludwig II. hatte bei W. Kaulbach unter anderem auch einen Zyklus aus Lohengrin bestellt und als das erste Bild: „die Ankunft des Schwans" abgeliefert wurde, fand der König den Schwan nicht nach seinem Geschmack.   Er hielt bekanntlich große Stücke auf diesen

Vogel und Hohenschwangau enthält Dutzende von Darstellungen desselben in allen Materien und Größen. Er ließ nun den Kaulbachschen von einem anderen kleinen Maler „verbessern" und nach seinen eigenen Angaben umzeichnen. Kaulbach, der sich in seinem „Reinecke Fuchs" als ein geistreicher Darsteller auch der Tierwelt bewährt hatte — selbst ein graziöses Schwanenpaar fehlt darin nicht — erfuhr durch „einen guten Freund" von dieser Korrektur, ärgerte sich darüber, sandte den diesbezüglichen Vertrag zurück und „rührte keinen Pinsel mehr an für diesen Zweck". Kaulbachs Karton der Szene wurde dann nach einer guten Lohengrin-Aufführung der damaligen „Elsa", Frl. Radecke, zum Geschenk gemacht.

Von Ateliersbesuchen Ludwigs II. bei anderen Künstlern hat man nichts gehört; allein er blieb mit Malern schon durch den persönlichen Anteil, den er an ihren Schöpfungen für seine Schlösser nahm, im Verkehr, sprach mit ihnen, schrieb ihnen, prüfte ihre Arbeiten kritisch und verschmähte es nicht, zuweilen sogar in ihrer Abwesenheit zu diesem Zwecke Leitern und Gerüste zu besteigen.

An Ansehen stand zur Zeit Ludwigs II. in München Wilhelm Kaulbach wohl am nächsten: Karl Piloty. Als ihm im Jahre 1869 die Direktorstelle der Berliner Akademie angeboten worden war, richtete Ludwig II., um ihn in München festzuhalten, ein schmeichelhaftes Handschreiben an ihn, ließ seine Verhältnisse günstiger gestalten und durch das Kultusministerium die Ausführung seines Gemäldes „des Einzuges des Germanicus in Rom" (mit der würdevollen Gestalt der Thusnelda) bei ihm bestellen.

Nicht nur die Malerei, auch die Bildhauerei erfuhr vielfache Förderungen seitens des kunstsinnigen Königs. Im Jahre 1868 drängte es ihn, eine der wenigen Lücken an Statuen auszufüllen, die sein Großvater auf den Plätzen und in den Straßen der Hauptstadt gelassen hatte; er beauftragte mit Herstellung eines Bildnisses Goethes den Bildhauer Widnmann, der vorher das Reiterstandbild seines Großvaters, die Statue Schillers u. m. a. ausgeführt hatte. Während Ludwig I. Schiller im Zeitkostüm, wie er „leibte und lebte" darstellen ließ, befahl Ludwig II., daß Goethe in antiker Gewandung mit der Lyra in der Rechten dargestellt werde.

Der bahnbrechenden Unterstützung, die er dem Bildhauer Kaspar Zumbusch durch Bestellung seiner Büste und der Richard Wagners gewährte, haben wir oben bereits Erwähnung getan. „Es war," schreibt Karl Albert Regnet (Münchener Künstlerbilder) „die treffliche Büste König Ludwigs II., welche Zumbusch die Gunst des Publikums, deren er sich in eben so hohem, als wohlverdientem Grade erfreut, zuwendete und welche ihm den Weg bahnte zu der ehrenvollen Stellung, die er jetzt in der Künstlerwelt einnimmt. Es konnte kein günstigeres Sujet gefunden werden, als dieses, dessen ideale Formenschönheit es dem Künstler leicht machte, sich ohne Gefahr seinem Streben nach wohlbewußtem Realismus hinzugeben. Mit diesem Werke trat Zumbusch 1864 eigentlich erst in die Reihe jener Münchener Künstler ein, welche Epoche machen, obschon er auch früher manches Werk geschaffen hat, das alle Anerkennung verdiente und erhielt." —

Ein altbayerischer Bildhauer älterer Ordnung, Johann Halbig (1814—1882) schuf in der echt altbayerischen Kunst der Holzschnitzerei ein anderes Bildnis des schönen jugendlichen Königs, knieend zu den Füßen der Patrona Bavariae, für die Georgskapelle auf der Burg Trausnitz bei Landshut. Ludwig II. ließ diese für die Geschichte einer Linie seines Hauses so beziehungsreiche Burg im Jahre 1868 restaurieren, hat sie aber nur einmal in seinem Leben besucht.

Dem gleichen Meister übertrug Ludwig II. auch die Ausführung der kolossalen Kreuzigungsgruppe aus Stein, die er zur Erinnerung an seinen Besuch des Oberammergauer Passionspiels im Jahre 1871 anfertigen und auf einem Hügel in der Nähe des Ortes aufstellen ließ. Sie trägt die Aufschrift: „Den kunstsinnigen und den Sitten der Väter treuen Oberammergauern" und ist eine bleibende Kundgebung des tiefen Eindrucks, den das Passionsspiel, das er im Jahre 1871 besuchte, auf ihn gemacht hat.

Unter den Bildhauern, die für die königlichen Schlösser arbeiteten, oder bei denen der König sonst Bestellungen machte, ist wenigstens einer, den Pecht zu den Talenten ersten Ranges rechnet: Michael Wagmüller (1829—81), der Schöpfer des

Liebig-Denkmals in München, aber Pechts apodiktische und sogar etwas gehässige Ablehnung Ludwigs II. zeigt auch hier ihren Pferdefuß in der Behauptung, die gute Wirkung „der kolossalen Aufträge" des Königs habe die Eile vernichtet, mit der sie ausgeführt werden mußten. „Von dem Hofgärtner Effner dem König Ludwig II. ob seiner leichten Gestaltungskraft als vorzüglich geeignet für dessen Aufträge empfohlen, war das ein zweifelhaftes Glück, an dem sein Talent beinahe zu Grunde gegangen wäre. Zunächst fertigte er zwei kolossale Brunnen für die königliche Villa auf dem Linderhof, deren einer den rosselenkenden Neptun mit Tritonen, der andere drei Nereiden zeigt, Arbeiten voll genialen Übermutes, bei deren durchaus dem Barockstil entlehnter Behandlung er wenigstens ein wahrhaft gewaltiges Leistungsvermögen betätigte, aber freilich auch die Neigung für diesen Stil in München herrschend machte, in welchem ihm schon Gedon vorausgegangen Es folgten nun noch vierzehn Kolossalfiguren zur Dekoration der Außenseite des Schlosses auf Herrenchiemsee — die sieben freien Künste und die Regententugenden personifizierend — die, wenn auch in unglaublich kurzer Zeit bloß dekorativ ausgeführt, dennoch alle seine wahrhaft unerschöpfliche Phantasie, aber freilich auch die Verflachung zeigen, welche die notwendige Folge solcher übereilten Arbeit ist." —

Unter den vielen anderen, denen Ludwig II. für Bildhauer ja immerhin seltene Gelegenheiten zur Betätigung bot, befinden sich mehrere, die Wagmüller, diesem Talent ersten Ranges nach Pecht, nicht nachstehen, wie Rümann, Zumbusch, Knoll, Maison u. a.; ihre Werke, die der König ins Leben rief oder erwarb, haben dauernden Wert und lassen den Stachel der Hast des Erwerbers nicht erkennen.

*　*　*

Ludwig II. spielte schon als Knabe am liebsten mit Bausteinen. „Bei der Christbescheerung 1852 bekam," erzählt Ludwig I. seinem Sohne Otto, „der jüngere Ludwig das Siegestor aus Bausteinholzen, das er errichten kann." „Zu bauen liebt er, vorzüglich, überraschend mit gutem Geschmack sah ich Gebäude von ihm ausgeführt." Eine Baulust größeren Stils stellte sich bald nach seinem Regierungsantritt ein, und nahm immer mehr den Charakter einer ausschließlichen Leidenschaft, endlich den eines krankhaften Triebes an. Hätte sie sich öffentlichen und gemeinnützigen Bauten zugewandt, so würden diese nun wohl als Markstein seiner Regierung in die Erscheinung treten.

Sein erster Bauplan trat als Begleiterscheinung seiner Begeisterung für die Wagnerische Musik auf. Der „Meister" des musikalischen Dramas war in der Lage gewesen, den König in seinem Freunde Gottfried Semper auf den größten Baumeister seiner Zeit, ja des 19. Jahrhunderts, aufmerksam zu machen. Semper lieferte zu einem Festtheater und dessen Zugang einen seiner schönsten, genialsten Entwürfe und Ludwig II. betrieb jahrelang dessen Ausführung mit der äußersten Zähigkeit, bis es endlich gelang, ihm, offenbar durch falsche Hinterbringungen, den großen Baumeister gänzlich zu verleiden. Ich habe oben die traurige Geschichte des Scheiterns jenes herrlichen Planes erzählt. Der damals herrschende Kunstgeschmack widerstrebte einem Wagnertheater und es fehlte an den nötigen Mitteln hiezu. Pecht wiederholt die landläufige Sachdarstellung: „In München hintertrieb eine von Übelwollenden geschickt in's Werk gesetzte und von der gegen Wagner aufgehetzten Menge mit blinder Wut aufgenommene Agitation die Ausführung der für die Stadt in jeder Beziehung so wohltätigen Absicht des Königs." — Hätte Ludwig II. sich im Besitze der hiezu erforderlichen 3 Millionen fl. befunden, so hätte sicher keine Agitation Übelwollender ihn abgehalten, den Plan Sempers ausführen zu lassen, wie er ja auch gegen den lauten Widerspruch der Presse und der weitesten Volkskreise Wagnerische Werke aufführen ließ.

Hiernach bedürfen auch die folgenden Sätze Pechts einer gewissen Einschränkung: „Der auf dem Widerwillen gegen eine befürchtete Günstlingsherrschaft Wagners und seiner Freunde beruhende Widerspruch war von höchst verhängnisvollen Folgen. Denn der gleich beim ersten Versuch für seine guten Absichten so übel belohnte König faßte nun einen tiefen Widerwillen gegen die Stadt, die er fortan immer mehr mied, besonders als auch noch die zwei Monumente von Goethe und Schiller, die er ihr schenkte, ebenfalls mit Hohn und Spott übergossen wurden."

Der „tiefe Widerwille" Ludwigs II. gegen die Stadt entsprang wohl mehr seiner Menschenscheu und später dem Verfolgungswahn, als den peinlichen Erinnerungen an das Verhalten eines Teiles der Münchener Bevölkerung vor Wagners Verbannung. Und wenn es richtig ist, daß er wie Pecht schreibt, „später nie mehr die Absicht gezeigt hat, den Münchenern mit irgend welchen Prachtbauten oder sonstigen künstlerischen Unternehmungen beschwerlich zu fallen", so machte ihn doch schon seine Stellung als Landesherr zum Zeugen und Richter letzter Instanz über alle bedeutenden staatlichen Bauten der Hauptstadt und des ganzen Landes.

An staatlichen Gebäuden wurde München unter der Regierungszeit Ludwigs II. durch zwei sehr edle Schöpfungen im Renaissancestyl Gottfried Neureuthers (1811—1887): das Polytechnikum und die Akademie der bildenden Künste bereichert. Der König hatte genehmigt, daß für das letztere 2 Millionen Gulden aus dem Anteil Bayerns an der französischen Kriegsentschädigung verwendet wurden. Sein Hofbaudirektor v. Dollmann erbaute auch von 1865—1886 in gutem gotischen Stil die Giesinger Kirche.

Das Hauptinteresse des Königs wandte sich bald den eigenen Bauten zu. Wie mir Düfflipp erzählte, waren die Anfänge dieser Unternehmungen, die später Millionen verschlangen, bescheidene. Es handelte sich im Jahre 1868 zunächst nur darum, an ein einstöckiges Jagdhaus des Königs Max auf dem uralten Linderhof einen Anbau zu machen, in dem Platz für ein prunkvolles Schlafzimmer war.

Doch der Plan sollte bald viel größere Dimensionen annehmen und am 28. November 1868 entwickelte der König dem Hofsekretär sein Programm: „Mein lieber Hofrath Düfflipp! Heute schreibe ich Ihnen über eine Sache, die mir sehr am Herzen liegt. Oft haben Sie mir Beweise Ihres Fleißes, Ihres rastlosen Eifers in der Durchführung meiner Pläne gegeben, stets werde ich mich freudig daran erinnern, das brauche ich Ihnen nicht erst zu versichern; suchen Sie in der folgenden Angelegenheit Alles, was nur irgend in Ihren Kräften steht, aufzubieten, um den neuen Plan auszuführen, an dessen Realisierung mir so viel gelegen sit, so haben Sie sich einen dauernden Platz in meinem Herzen gewonnen, aus welchem es keinem Menschen je gelingen wird, Sie zu verdrängen. Die Sache, welche ich nun endlich nennen werde, wird Geld kosten, ich weiß es, doch soll der Plan nicht nach so ganz hochtrabendem Maßstabe ausgeführt werden, wie die übrigen Pläne (Zimmer in München, neues Schloß usw.). Außerdem habe ich ja jetzt ½ Million jährlich mehr und will sparen, wo es nur immer geht; letzteres lege ich Ihnen dringend an's Herz, erinnern Sie mich stets daran. Das Präambulum ist vorüber; der Vorhang rollt auf, erschrecken Sie nicht, wenn Ihre Blicke auf die Scene fallen. — Also zur Sache. — Ludwig XIV. baute sich, um dem ermüdenden Leben, dem Zwange des lästigen ewigen Einerlei des Hofceremoniels zu entgehen, das in den Prachtgemächern des Königs-Tempels zu Versailles ihn einengte, das Lustschloß Trianon. Als dieses sich auch zu palastartig vergrößerte, ließ er sich das einsame bescheidene Marly bauen, um dort für kurze Zeit aufzuathmen nach den Mühen des repräsentativen Lebens. — Ich möchte nun in der Nähe der am Linderhof zu errichtenden Kapelle ebenfalls einen kleinen Pavillon mir erbauen und einen nicht zu großen Garten im Renaißance-Styl mir anlegen lassen, Alles nach bescheidenen Dimensionen. Für mich brauche ich nur drei etwas reicher und eleganter ausgestattete Zimmer, die nöthigen Dienstwohnungen sollen natürlich ganz einfach werden. Das Ganze wird ganz allerliebst sich ausnehmen; der Plan ist fertig und wie Minerva fix und fertig aus Jupiters Haupt sprang, so kann sogleich, wenn ich Ihnen alles genau angegeben haben werde, zur Zeichnung der Pläne geschritten werden. Dann soll man sogleich mit den Vorarbeiten beginnen und viele Menschen auf einmal beschäftigen. Denn gerade diesen Plan möchte ich betrieben wissen, ein Juwel, das in seiner Art einzig ist, soll daraus werden. Denken Sie einstweilen darüber nach und machen Sie sich damit vertraut; nächstens alles mündlich!" . . .

Dem Brief war eine eigenhändige Planskizze beigefügt. Der praktische Hofsekretär dachte vor allem über die Kosten dieser Pläne nach und legte schon nach drei Tagen einen Voranschlag vor, der einen Gesamtbetrag von 2.400.000 fl. ergab. Darin figurieren für Bau und Einrichtung der neuen Burg bei Hohenschwangau 1.500.000 fl., für den neuen Wintergarten neben dem Appartement S. M. in München nebst Kiosk und Felsengrotte 125.000 fl., für ein Porzellanservice 25.000 fl., für die beabsichtigten Bauten am Linderhof 550.000 fl. Dem Voranschlag ist die Bemerkung beigefügt: „Rechnet man nun per Jahr einen Betrag von c. 400000 fl. zur Verwendung, so wird die Kabinettskasse hiemit auf sechs volle Jahre belastet sein und jedes andere Projekt für diese Zeit zurückgestellt bleiben müssen."

Das schreckte den König nicht ab, obschon er finanziellen Erwägungen in jener Zeit noch keineswegs unzugänglich war. „Daß Geld Macht ist," antwortet er schon am 4. Dezember 1868, „sage auch ich und bin fest entschlossen, von der (ihm durch das

Ableben des Großvaters anheimgefallenen) halben Million (der Zivilliste) 100.000 fl. jährlich zurückzulegen. An der Ausführung dieses Planes, dem lange, lange keiner mehr folgen soll, ist mir Alles gelegen, es wird und muß etwas Herrliches werden. Bürge dafür ist mir der Plan des neuen Schlosses und die Ausschmückung meiner Zimmer in München, denn auch diese meine Projekte wurden durch Sie den Architecten, Malern etc. verdolmetscht und das Verdienst der Ausführung in meinem Sinn schreibe ich nicht Seitz, noch Holland, Jank, Steinmetz etc. etc., zu, sondern einzig und allein Ihnen; vollführen Sie mir und betreiben Sie mir noch dieses Werk und Sie sollen sehen, daß ich die Freude darüber äußern werde auf eine Art, daß Sie und Ihre Familie lange daran denken werden!"

Von keiner Seite wurde ein naheliegender und wichtiger Punkt: die Bedürfnisfrage auch nur — gestreift. Und doch war es, bei aller Berechtigung der Bevorzugung des Gebirgsaufenthaltes wahrlich nicht Wohnungsnot, die zu neuen Bauten drängte. War doch der Bau einer zweiten Burg bei Hohenschwangau bereits beschlossene Sache, standen doch in Berchtesgaden ein Schloß und eine große Villa zur Verfügung, befanden sich doch an mehreren schönen Punkten, im Gebirge, stattliche und wohnliche von Max II. erbaute Jagdhäuser. Aber die vom Großvater überkommene Bauleidenschaft hatte triebartig eingesetzt und verzweigte sich mit anderen Zwangsvorstellungen einer bald nicht mehr widerstandsfähigen Intelligenz. Je mehr Ludwig II. in der Theorie und im Geheimen absolutistischen Neigungen nachhing und sich mit französischer Geschichte beschäftigte, um so mehr empfand er den Wunsch, sich von Räumen in einer Stilgattung umgeben zu sehen, die dem Absolutismus des 17. und 18. Jahrhunderts einen künstlerischen Ausdruck und der ihr Hauptvertreter, Ludwig XIV. den Namen gab. Er hatte seine glücklichsten Jugendjahre in einer stark modernisierten Nachahmung mittelalterlicher Burgen verträumt und sah tagtäglich eine Musterkarte unübertroffener, ja kaum erreichter Originale des Rokoko- und Barockstiles in der Residenz, die er bewohnte, in den nahen Schlössern von Schleißheim und Nymphenburg mit ihren zum Teil unvergleichlichen Annexen vor seinen Augen. Und das sind nicht sklavische Nachahmungen von Versailles, sondern aus dem gleichen Zeitgeist hervorgegangene bedeutende Neuschöpfungen. Es lag daher kein Grund vor, auf Versailles zurückzugreifen, etwa um dort die Reinheit des Barockstils festzustellen, der in Frankreich die Regierungszeit Ludwigs XIV. nicht überdauerte und schon in dessen letzten Lebensjahren weniger prunkvollen anschmiegenderen Formen Platz machen mußte. Ludwig II. tat es auch nicht aus diesem Grunde, sondern aus Bewunderung für den ausgeprägtesten Typus monarchistischer Größe und Selbstvergötterung eines vergangenen Zeitalters. In seinen Briefen finden sich mehrfach Äußerungen über seine fortschreitende Hinneigung zu diesem Stile und ihre Gründe.

„Seitz soll sogleich mit allem Eifer der Herrichtung meiner neuen Wohnung sich widmen; denn ich habe mich nun zur Genüge überzeugt, daß Riedel (sein damaliger Baudirektor) gar keinen Begriff hat von dem prunkvollen, erhabenen Styl, wie er zur Zeit Ludwigs XIV. der herrschende war, und der bei der Herstellung meiner Gemächer der einzig maßgebende sein soll; Seitz soll vorläufig hauptsächlich diese Aufgabe scharf im Auge haben, denn sie ist gegenwärtig die nöthigste, da bei meiner Rückkehr in die Residenz der Salon und das kleine Zimmer, sowie das hängende Gärtchen fix und fertig sein sollen; ich zähle fest darauf." „Ferner sehe ich der Zeichnung meines neuen Bettes entgegen, sowie der Plafonds und des Schreibzeugs; ebenso des Services; auf den Tellern sollen die Könige Ludwig XIV. und XV. gemalt sein, die Damen, welche unter der Regierung dieser Monarchen so bedeutende Rollen gespielt haben, ferner die bedeutendsten Minister Ludwigs XIV. und die ersten unter den Dichtern und Künstlern, die zur Zeit dieses Königs lebten und hervorragende Werke schufen; außerdem die Schlösser Versailles, Trianon und Marly." „Ob ich den Ausflug nach Versailles unternehmen kann, weiß ich noch nicht sicher, ich thue es nur, wenn ich bestimmt den französischen Majestäten ausweichen kann." (20. Nov. 1867.)

„Sehr befriedigt bin ich über die Zeichnung meines neuen Salons bis auf einige Kleinigkeiten, auf welche es aber gerade bei diesem Style doch ankommt, und die ich Ihnen nächstens mündlich mitzuteilen gedenke. Ich habe nun den Styl Ludwigs XIV. ziemlich genau studiert, und überzeuge mich immer mehr und mehr davon, wie unbegreiflich ungeschickt und unerfahren Riedel in Allem ist, was Styl betrifft. Hofmann (der frühere Hofsekretär) hat ihn gründlich verdorben und durch sein *Hineindonnern völlig eingeschüchtert, sodaß er zu wenig mehr zu gebrauchen ist. — Ich habe mehrere Pläne, die neue Wohnung betreffend, ausgedacht*, und werde Ihnen kommenden Sonnabend die hierauf bezüglichen Aufträge ertheilen." (27. Nov. 1867.)

„Vom Linderhof aus, wohin ich einen kurzen Abstecher unternahm, richte ich diese Zeilen an Sie" ... „Nicht nur das Äußere, sondern auch

das Innere soll streng im Style Ludwigs XIV. hergestellt werden. Die
Gallerie soll 70′ lang werden. Vom Rococostyl will ich gänzlich Umgang
nehmen, denn dieser ist nicht so geeignet, den Charakter der Würde und
der Majestät wiederzugeben, den das Ganze erhalten soll. Von der einen
Seite des Schlafzimmers soll man in das Arbeitszimmer gelangen, von
der anderen in das „Oeil de boeuf", welches treu nach dem Original
wiedergegeben werden soll" etc. (9. Dezember 1868.)

„Mein hiesiger Aufenthalt geht seinem Ende zu. Mit Ungeduld sehe
ich dem Eintreffen von Echters Bild entgegen, sowie der Zeichnung von
Seitz (Bett Louis XIV.). Ebenso erwarte ich Skizzen für das Service
und den Bauplan für Linderhof. Vieles habe ich über den Bau mit Ihnen
zu besprechen; ich erhielt erst gestern den Situationsplan des Linder-
hofes, sodaß ich erst jetzt den definitiven Platz für Bau und Anlagen
zu bestimmen in der Lage bin; dann aber muß sogleich mit dem Bauen,
mit dem Pflanzen, dem Graben des Kanals begonnen werden; betreiben
Sie mir diesen meinen Lieblingsplan nach Kräften, den Bau des neuen
Schlosses, und die Zimmer in München und seien Sie gesegnet und überzeugt, daß stets dieser Segen auf Ihnen ruhen wird, und Ihnen noch
Tage, Monde, ja viele Jahre des Glückes bringen soll." (Hohenschwan-
gazu, 16. Dez. 1868.)

„Sie werden mittlerweile vernommen haben, welchen Bauplatz ich
nun definitiv und unwiderruflich erkoren habe; bieten Sie Alles auf, daß
sogleich mit dem Nivellieren, Ausstecken etc. an dieser Stelle begonnen
werde. Sie wissen, daß die Spiegelgallerie und die beiden anstoßenden
Gemächer ein genaues Abbild der in Versailles befindlichen werden
sollen; es soll gewissermaßen ein Tempel des Ruhmes werden, worin ich
das Andenken an König Ludwig XIV. feiern will; deßhalb dürfen diese
Räume nicht kleinlich ausfallen, eine bloß scheinbare Größe, erzielt
durch perspektivische Mittel, reicht nicht aus, den Charakter der Herrlichkeit jener wundervollen Epoche zu veranschaulichen; deßhalb soll
die Gallerie, in der Länge allein 84′ haben; ausdrücklich heißt es in den
Büchern, die Länge der berühmten Spiegelgallerie habe 7 Mal die Breite
betragen. Sie sehen ein, daß die Breite meiner Gallerie nicht weniger
als 12′ bekommen darf, denn sonst ist sie viel zu mesquin. Der ganze
Pavillon braucht deßhalb nicht über 140′ zu werden. Von dem Hof aus
besteigt man linker Seite die Treppe, kommt dann in das Dienstvor-
zimmer, durch dasselbe in das Oeil de boeuf, in das Schlafgemach, das
Arbeits- und das Speisezimmer, in den Salon des Krieges, die Gallerie
und in den Salon des Friedens." . . . „Sie wissen, daß ich Gewicht darauf
lege, gerade hier das Bild des Versailler Bettes, von Seitz nach der Beschreibung gezeichnet, zu erhalten; er soll Alles liegen lassen, damit ich
hier noch!! sein Bild erhalte. Lassen Sie ihn das sofort wissen, ich
rechne darauf!" — (Hohenschwangau, 17. Dez. 1868.)

„Die neugezeichneten Pläne gefallen mir sehr gut; ich werde demnächst Alles darauf bezügliche mit Ihnen besprechen. Gott gebe, daß
recht, recht bald das herrliche Unternehmen begonnen werden kann,
mir liegt sehr viel daran, ich habe hier leider den ganzen Tag nichts als
Verdrießlichkeiten zu erleben. Deßhalb will ich mich durch die Schaffung

solcher Paradiese dafür entschädigen, wo mich kein Erdenleid erreichen soll." etc. (12. Jan. 1869.)

Solche Paradiese gibt es hienieden nicht. Aber es mag sein, daß der einsame König in Anschauung der von ihm geschaffenen Werke die frohesten und freiesten Stunden seines Lebens verbrachte und daß ihr ePracht, was immer w i r von ihr denken mögen, i h n beglückte, insoweit ungeteilte Freuden beglücken können.

Der Einbau eines zweiten Wintergartens in der k. Residenz über den von Ludwig II. bewohnten Gemächern verursachte den Baumeistern besonderes Kopfzerbrechen, weil der König darauf bestand, daß darin ein blauer, mit einem Kahn befahrbarer See sein müsse. Der Bau mußte während des Krieges eingestellt werden und wurde nach dem Tode des Königs gänzlich entfernt, so daß spätere Besucher der königlichen Residenz keine Vergleiche anstellen konnten zwischen dem bis vor kurzem noch vorhandenen Erfrischungsraum im Grünen des bürgerlich einfachen Vaters mit dem kleinen indischen Palmenhain des prunkliebenden Sohnes.

Schon in den ersten Jahren seiner Regierung faßte Ludwig II. auch den Entschluß, in der Umgebung von Hohenschwangau, die ihm besonders ans Herz gewachsen war, sich eine zweite höher gelegene Burg erbauen zu lassen. Es lag dafür ein gewisses Bedürfnis vor, da das von Max II. als Kronprinz erbaute Hohenschwangau für zwei Hofhaltungen nicht geräumig genug war und sich aus dem Zusammenwohnen von Mutter und Sohn zuweilen Unzuträglichkeiten ergaben. Damals lagen Ludwig die Gedanken an Versailler Nachahmungen noch fern. Seine jugendliche Phantasie bevölkerten die Bilder der altdeutschen Dichtung und der Heldensagen, die fast alle Wände des alten Schlosses bedecken, und sein Eindringen in die Werke Richard Wagners erweckte sie zu neuem Leben.

Selbst die, welche Linderhof und Chiemsee ablehnen, spenden der Burg von Neuschwanstein Beifall. Für sie findet sogar Pecht Worte der Anerkennung: „Wirklich neues," schreibt er, „wird nur bei dem phantastisch kühnen Bau von Neuschwanstein erreicht, weil dieser im romantischen Stil aufgeführt ward, wo fürs Innere außer der ja auch ganz renovierten Wartburg kaum viel Vorbilder vorhanden waren. Jedenfalls macht das 1867—1868 begonnene, auf steiler Felsklippe inmitten der großartigsten Bergwildnis erbaute Schloß einen der umgebenden Natur entsprechenden mächtigen Eindruck." ...„Hier wird man auf Schritt und Tritt an des königlichen Bauherrn Freundschaft für Richard Wagner erinnert, da dieselbe Romantik die Komposition, wie die märchenhafte Pracht der Ausführung beherrscht." —

Aus einer landesväterlichen Erwägung, zu dem Zweck, um sie vor Ausplünderung und Abholzung durch Spekulanten zu retten, kaufte Ludwig II. im Jahre 1873 die Herrninsel zum Preise von 350,000 fl. — Düfflipp, der den Kauf vermittelte, ahnte nicht, daß er ihn auch seine Stellung kosten werde, denn er wollte die Hand nicht dazu bieten, daß auf dieser Insel des Friedens ein bayerisches Versailles erbaut werde, das in seiner Ausdehnung, in seiner Pracht und vollkommenen Zweck- und Nutzlosigkeit das größte Denkmal genannt werden darf, das ein geisteskranker Fürst sich selbst gesetzt hat.

Einer der „Fremdenführer" meint, kein Besucher werde das Schloß Herrenchiemsee unbefriedigt verlassen. Allein die meisten entrüsten sich schon über die Bilder mit den Siegen Ludwigs XIV., die doch nur ein kleiner Teil des großen Ganzen sind. Ludwig II. lag jede politische Erwägung dabei fern; er hatte nur eine — mit seinem krankhaft gesteigerten Majestätsgefühl zusammenhängende, rein historische Vorliebe für Ludwig XIV., als den Hauptrepräsentanten der absoluten Monarchie und wollte eine genaue Nachbildung des Schlosses von Versailles mit allem, was dazu gehörte, besitzen, wie andere Liebhaber Reliquien auch von Persönlichkeiten sammeln, die mit ihrem Vaterlande nicht auf gutem Fuß estanden. Er wollte diese Passion möglichst geheim gehalten wissen, sie durchaus niemandem aufdrängen und verbot daher auch den Besuch des nur für ihn erbauten Schlosses jedem anderen [1]. Man muß einräumen, daß die dem Baumeister und seinen Mitarbeitern gestellte Aufgabe, insoweit sie zum Ab-

---

[1] Es wird sogar behauptet, er habe letztwillig verfügt, daß seine Schlösser nach seinem Tode durch Dynamit zu zerstören seien, was, wenn es überhaupt nicht ganz erfunden ist, nur auf eine im Paroxysmus des Wahnsinns gemachte Äußerung zurückzuführen wäre.

schluß gedieh, zum Teil glänzend durchgeführt worden ist. Wir erteilen auch hiebei wieder dem strengsten Beurteiler Ludwigs II. das Wort: „Die Architektur ist bei den Teilen, wo sie wie beim Treppenhaus nicht aufs Kopieren fremder Muster, sondern auf freies Schaffen angewiesen war, in ihrer Art oft musterhaft." „Bei einem bloß auf Repräsentation berechneten Palast ist die sinnbethörende Pracht vor allem darauf berechnet, auf unser Gemüt zu wirken und erreicht dies auch vollständig, da hier alles, wenn nicht edel, doch im höchsten Grade feierlich, vornehm und imponierend erscheint, nichts sich bunt und gemein vordrängt. Übrigens ist die allmähliche Steigerung des Glanzes auch geschickt darauf berechnet, die Ehrfurcht zu erzwingen, die jeden erfüllen soll, der diese Räume betritt. Allerdings kann man nicht verkennen, daß Ludwig II. hier etwas geschaffen hat, was das Gepräge seines bereits verdüsterten Geistes nur zu deutlich an sich trägt, da es, wenn auch großartig an sich, doch weder mit seiner idyllisch schönen Umgebung, noch mit der Zeit und Nation, in der es entstanden, irgend harmoniert."

Was nun die persönliche Beteiligung Ludwigs II. an seinen Bauten betrifft, so war sie eine beständige und auf das einzelne eingehende.

Das wäre wohl am besten aus den einschlägigen Akten zu ersehen. Schon die an den Hofsekretär Düfflipp ergangenen Briefe und Befehle werfen darauf ein helles Licht, obschon sie sich nur bis Oktober 1876 erstrecken und daher nur die Anfänge in sich begreifen. Sie lassen erkennen, wie ernst Ludwig II. die Sache betrieb, welch' vielseitige Vorstudien er machte, wie eifrig er stets bestrebt war, die gesamte einschlägige Literatur kennen zu lernen und sie den Architekten und Künstlern mitzuteilen, die mit seinen Bauten und deren Einrichtungen befaßt waren. Seine Privatbibliothek, die Residenzbibliothek, was die Antiquare ihm senden, genügt ihm nicht, er entdeckt täglich Lücken seines Wissens und sucht sie auszufüllen, indem er Werke aller Art begehrt. Über den französischen Baustil, über die Gärten von Versailles, über den maurischen Stil, über Konstantinopel, Arabien und Bagdad, über die russisch-byzantinischen Altertümer, über die Kaiserpaläste, über Alexander den Großen, den Münchener Hof unter Karl Albert (mit dem Beisatz: „es liegt mir viel daran"), Le Nobles „Über Krönungen", das große Zeremoniarbuch, „worin der Aufsatz über den Großmogul von Delhi" usw. usw.

Nebenher geht das literarische Interesse, insbesondere für die dramatische Literatur und die Sache Wagners. Er erkundigt sich nach den Schriften von Peter Cornelius, sehnt sich nach den Fortsetzungen der Aufsätze von Porges über Tristan und Lohengrin, und will seine Wagnerbibliothek vervollständigt sehen, denn „es liegt ihm sehr viel daran, alle Schriften und Bücher über Wagner gewissenschaft zu erhalten, ohne daß ein einziges fehle." Frau v. Bülow soll gebeten werden, an der Biographie weiter zu arbeiten, die der Meister ihr in die Feder diktierte. — Die Baupläne werden in ihren Grundlinien von dem König selbst aufgestellt und auf das genaueste geprüft. Auch die Anordnung der Einrichtung und jeder Bestandteil von ihr waren Gegenstand seiner reiflichen und allseitigen Erwägung, seines angeborenen Stilgefühls und seines feinen Farbensinns. Er weiß bestimmt, was er will und besteht darauf, daß es auch so ausgeführt werde. Er spricht seinen Tadel und seine Aussetzungen offen aus, spart aber auch das Lob nicht. Wir wollen Beispiele für Kundgebungen in beiden Richtungen anführen: „Den Schreibtisch finde ich zu klein und zu arm an Verzierungen; auch die Stühle sollen reicher an Gold sein, sowie die Wände, an einigen Stellen derselben wünsche ich durchbrochene Goldverzierungen, ähnlich, wie im Salon, durch welche die Farbe der Tapete schimmert. Riedl scheint sich eingebildet zu haben, daß die Armut dieses Zimmers einen wirksamen Contrast bilden solle zu dem Reichtume, mit welchem der Salon ausgestattet ist, doch dies zu erreichen, liegt nicht in meiner Absicht." „Wenn nur der Armstuhl für das blaue Eckzimmer im rechten Stile ist; ich fürchte, er nähert sich zu sehr der Schwerfälligkeit des Empire-Styles, ebenso fürchte ich, daß die Genien, welche auf dem Plafond des rothen Prunkzimmers das Wappen halten, zu modernisiert sind." (7. Dez. 1867.) „Von München zurückgekehrt, finde ich die Uhr und Leuchter, welche für mein Arbeitszimmer bestimmt sind. Streng im Styl scheinen sie mir durchaus nicht zu sein." „Pallas Athene ist wie eine verkappte Lustdirne affektiert und gemein, entbehrt jeder Würde und Majestät, es ist ein seichtes französisches Machwerk und mißfällt mir durchaus." (29. Juni 1868.) „Ich habe die gestern erhaltene Abbildung des Waggons nun bei Tage genau betrachtet und mich davon überzeugt, daß sie sehr nachlässig ausgefallen ist; das Blau ist nicht so schön wie in Wirklichkeit, das Gold hat ebenfalls eine grundfalsche Farbe; sorgen Sie dafür, daß auf das Malen des neu in Angriff genommenen Bildes des Waggons, sowohl wie des Krönungswagens viel mehr Fleiß verwendet werde." (1868.) „Seitz scheint in der letzten Zeit sehr saumselig gewesen zu sein; ich glaube bestimmt, daß er zum Componieren der Bilder für das Service

nicht der rechte Mann ist, denn im Genre der Historienmaler müssen
dieselben streng aufgefaßt werden; eine feine Ausführung ist nothwendig,
sonst sehen die Höflinge Ludwigs XIV. wie maskierte Affen aus. Solchen
ähnlich fand ich sie auf den jüngst vorgelegten Skizzen." (12. August 1868.)
,,Den Seitz'schen Kiosk finde ich sehr unpoetisch aufgefaßt." (19. März
1869.) ,,Der Genius ist gänzlich unrichtig modelliert, so falsch, daß es gar
nicht zu begreifen ist, wie er so ausfallen konnte. Lassen Sie ihn daher
sogleich neu modellieren." (11. März 1871.)

Auch der Lobsprüche sind nicht wenige und zuweilen erhalten früher getadelte später das höchste Lob. ,,Außerordentlich
gefällt mir die neue Zeichnung von Pixis, nun soll er fleißig an ,,den
Einzug der Gäste" gehen." (7. Dez. 1867.) ,,Es ist wirklich erstaunlich, wie
trefflich Seitz Alles gelingt; ich brauche ihm nur ausführlich die Zeichnungen, die er entwerfen soll, zu schildern und vollendet und vollkommen
steht der verkörperte Gedanke vor Augen." (9. Dez. 1867.) ,,Das Bild des
Nymphenburger Hoffestes gefiel mir sehr gut in der Skizze, da war es
viel glänzender und poesievoller; jetzt ist es prunk- und phantasielos;
so mag ich es nicht haben. Mit lauter Verbesserungsversuchen hat es
der Maler nun vollends ganz verdorben. Mit den Skizzen von Spieß bin
ich so ziemlich zufrieden, er leistet, was er seinen bescheidenen Kräften
nach kann." (29. Juni 1868.)

,,Ganz zufrieden bin ich mit der neuesten Tellerzeichnung von
Seitz" ... ,,Sehr freut es mich, daß nach der neuesten Messung des
Burg-Plateaus für den Hof eine Länge von 90' und für die Kirche von
70' zu erreichen ist; das Schloß wird nun um Vieles größer werden, als
nach Riedel's Meinung." (23. Juli 1868.)

Mit besonders warmen Worten spendet der König wiederholt
seinem Hofsekretär Düfflipp das höchste Lob: ,,Stets war ich mit
Ihrem Fleiß und Ihrem Diensteifer im hohen Grade zufrieden; ich zähle
auch diesmal darauf und hoffe fest, es werde Ihren Bemühungen und
Ihren unermüdlichen Kämpfen gegen die Opponenten (Wagner, Bülow,
Schmidt) gelingen, meinen Ihnen ausgesprochenen Willen zu erfüllen."
(aus Mustervorstellungen von Lohengrin und Tannhäuser vor
den Meistersingern) (12. Juni 1867.) Zu ,,Lohengrin" fügt der König
bei: ,,Durch das Fenster im Brautgemach soll das Mondlicht fallen." ,,Vor
ich schließe, kann ich nicht umhin, Ihnen, lieber Rat Düfflipp, meine
vollste Anerkennung auszusprechen über den regen Eifer, mit welchem
Sie sich Ihren Aufgaben unterziehen; fahren Sie so fort und Sie können
auf die Fortdauer meiner Gnade rechnen; wenn es stockt, so weiß ich,
daß nicht an Ihnen die Schuld liegt, sondern an den oft fahrlässigen
Künstlern und Kaufleuten." (20. Nov. 1867.) Einen Brief vom 23. Juli
1868 schließt der König, indem er Düfflipp ,,die Versicherung
seiner vollsten Zufriedenheit und Anerkennung für seinen bei jeder Gelegenheit an den Tag gelegten unermüdlichen Eifer und die Pünktlich-

keit in Besorgung seiner Angelegenheiten ausspricht, einen Eifer, den er den Architecten und Malern im gleichen Grade wünsche.“

Düfflipp wußte stets die besten Beziehungen zu der Künstlerschaft zu unterhalten. Ihre Preise waren, nach heutigen Maßstäben, bescheiden und Ludwig II. regte zuweilen Ermäßigungen an, wenn er sie zu hoch fand. Eine Überforderung wurde ziemlich allgemein in der Summe von 40.000 Mark erblickt, die der Historienmaler August v. Heckel (1824—1883) für sein in die Linderhofer Grotte bestimmtes figurenreiches Bild: „Tannhäuser im Venusberg“ forderte, Pecht beschließt sein ungünstiges Urteil über diesen Maler mit den Worten: „Dann ward er lange für Ludwig II. beschäftigt und dadurch vollends ruiniert.“ Materiell dürfte dies bei solchen Preisen kaum zugetroffen sein.

Gleich als ahne er, daß ihm nur eine kurze Spanne Zeit zum Genuß seiner Schöpfungen vergönnt sei, drängt Ludwig II. unausgesetzt auf Beschleunigung der Arbeiten und Vollendung des Begonnenen: „Sie wissen, wie lange es immer dauert, bis etwas Schönes zu Stande kommt, daher ist es nöthig, daß so bald als irgend möglich mit den Arbeitszeichnungen, Bestellungen, Malereien begonnen werde. Besonders wünsche ich noch hier einige Zeichnungen zu erhalten; sorgen Sie dafür, es wird mir eine Weihnachtsfreude sein, auf die ich rechne.“ (Hohenschwangau, 4. Dez. 1868.) „Ich lege Ihnen Folgendes an’s Herz und erwarte, daß es gewissenhaft befolgt werde. Drohen Sie Steinmetz und Radspieler damit, daß, wenn dieser Termin nicht eingehalten wird, sie nie und nimmer mehr von mir Bestellungen erhalten.“ (4. Jan. 1869.) „Treiben Sie sogleich Schwab, damit er schleunigst die Bilder (Schlafgemach Louis XIV. und das Bild von Karl X.) aus Paris sende.“ (13. Jan. 1869.) „Ich will anfangs, oder allerhöchstens Mitte März die obere Wohnung (in der Residenz zu München) beziehen; ich verlasse mich fest auf Sie, daß Sie aufs neue Seitz, Steinmetz, Radspieler und alle Übrigen unausgesetzt treiben und auffordern, restlos und unermüdlich zu arbeiten, um in 4—5 Wochen die Zimmer fix und fertig zu bringen. Lassen Sie nicht nach, zu ermahnen, zu zanken, zu treiben.“ (7. Febr. 1869.) „Oben geht es wahrhaft gräßlich langsam vorwärts; daß die einfachen neuen Vergoldungen an den Thüren, die Änderung an der Sonne des Bettes trotz meines Befehles nicht einmal in Angriff genommen wurden, ist eine unverzeihliche Nachlässigkeit der Leute. Ich bestehe darauf, daß am 11. April die Wohnung fix und fertig werde.“ (11. März 1869.) „Sorgen Sie dafür, daß endlich die fehlenden Trophäen, sowie die Stickereien für die Stühle vollendet werden, die Kioskfenster und der Wasserfall der Grotte. Seitz soll sich recht gewissenhaft über die neue Arbeit machen und desgleichen der saumselige Bamberger.“ (18.

762

Febr. 1870.) „O, treiben Sie Vater und Sohn Seitz, Pixis und Watter, thun Sie es aber wirklich. Bieten Sie Alles auf, um die Schlittenkufen fertig zu bringen, ich muß sie haben, nehmen Sie die Sache persönlich in die Hand." (30. Juli 1870.) Von den übrigen zahlreichen königlichen Befehlen dieser Art will ich nur mehr einen anführen, der sich auf einen Gegenstand des ganz besonderen Interesses Ludwigs II. bezog: „Wie Sie wissen, lag mir außerordentlich viel daran, jene Büste der Königin Marie Antoinette, welche in den kleinen Appartements zu Versailles steht und über welche Ich Ihnen so sehr oft schreiben ließ, ganz genau in derselben Größe zu erhalten, wie das Original, seit lange habe ich Mich darauf gefreut und nun muß Ich wieder erleben, daß es eine im höchsten Grade unliebsame Confusion gab ! — „Ich ruhe nicht, bis Ich dieselbe erhalte, sorgen Sie sogleich dafür und geben Sie einem verlässigeren und gewissenhafteren Menschen, als dem bisher damit Beschäftigten den Auftrag; es wird wieder so gehen, wie mit der Stockuhr, man wird wieder sagen, es ist dieselbe Größe wie das Original. Ich lasse mir aber nichts weiß machen. Ich lege die Angelegenheit Ihnen an's Herz und hoffe, daß sich die Sache nicht wiederhole." (9. Febr. 1875.)

Aus all dem geht hervor, daß sehr vieles auf Grund eigener Anordnungen des Bauherrn entstand. Wir finden dafür ein Beispiel in den Lebenserinnerungen von Hyacinth Holland[1], der selbst bei dem Bau und der Ausschmückung von Neuschwanstein und Herrenchiemsee mitraten mußte: „Die Ausschmückung des Thronsaales des ersteren," berichtet er, „entstammt ganz der Idee des Königs. Hierüber berieth er sich nur mit seinem Baumeister. Alles diktierte er einem Diener, der die ihm unbekannten Namen in einer oft schwer zu enträtselnden Orthographie niederschrieb. Dabei ging Ludwig II. bis in die kleinsten Einzelheiten ein."

Durch die stete Anteilnahme am Größten wie am Kleinsten vermochte Ludwig II. seine Schöpfungen mit seinem Geist und seinen Intentionen gleichsam zu durchtränken und wenn es gelang, aus der Wiedererweckung abgestorbener Stilgattungen und eines überwundenen Zeitgeschmacks Werke zu gestalten, die *bei allen ihnen anhängenden Mängeln und Übertreibungen* den Charakter der Einheitlichkeit an sich tragen, so ist das ohne Zweifel zum größten Teil das Verdienst des Bauherrn gewesen.

Ähnliches brachte über die Mitarbeit Ludwigs II. an seinen

---

[1] Veranlaßt und herausgegeben von Dr. A. Dreyer, München, Parcus, 1921.

Bauten auch Pecht in Erfahrung, allein er hebt auch hiebei nur die Schattenseite hervor und übertreibt sie. „Der König griff überall, selbst bei jedem Detail so bestimmend ein, daß er gar oft den Meister (Dollmann) wie die übrigen ausführenden Künstler in die hellste Verzweiflung durch seine frühe, die beginnende geistige Störung verkündenden Forderungen brachte." —

Ich habe im Gegenteil aus dem Munde beteiligter Künstler vernommen, daß sie über die Richtigkeit des Urteils des Königs überrascht waren und auch die vorhandenen Bauwerke legen Zeugnis für den Bauherrn ab und lassen im einzelnen Störungen nicht erkennen.

„Ludwig," fährt Pecht im Widerspruch mit der allgemeinen Meinung fort, „war alles mögliche eher als ein Kenner(?). Schon weil er die Hauptstätten, wo man diese Kenntnis erlangt, die Museen und Galerien, ja nie besucht hatte, so wenig als die Werkstätten der lebenden Künstler. Weit eher war dies noch bei der Architektur der Fall, wo er wenigstens fast alles aus Büchern zu erlangende Material durchstudiert und auch vieles an Ort und Stelle gesehen hatte." —

Der Mangel eines ausgedehnteren Anschauungsunterrichtes durch Reisen und Besuche von Museen ist auch in diesem Werke schon als eine der Lücken in der Ausbildung Ludwigs II. erwähnt, gleichzeitig aber auch sein atavistischer Kunstsinn und das angeborene Stilgefühl betont worden, welche diese Lücke zum Teil ausfüllten. Nach Frankreich hat Ludwig II. übrigens drei Reisen gemacht. Er brachte im Jahre 1874 zwei Tage in Versailles zu. Auch der Wartburg, die für Neuschwanstein zum Teil als Vorbild diente, hat er einen eingehenden Besuch abgestattet.

Während der Linderhof und Neuschwanstein unter seinen Augen aufgeführt wurden, fand er sich behufs Besichtigung des Fortgangs des Baues von Herrenchiemsee seit dem Jahre 1881 alljährlich nur einmal und zwar regelmäßig in der Zeit vom 29. September bis 8. Oktober ein. In den ersten Jahren wohnte er in dem alten Schlosse, erst in den beiden letzten konnte er fertige Gemächer des neuen Schlosses beziehen.

Er war dabei nur von wenigen Dienern und dem Fourier Hesselschwerdt begleitet. Bei seinem letzten Besuche wurde die ganze Pracht der Schloßbeleuchtung entfaltet und die über

2000 Wachskerzen der Spiegelgalerie angezündet, gleich als gälte es, die hunderte von Gästen zu empfangen, für welche das Schloß Raum bot, nicht nur den einsamen König. —

* * *

Mußte sich die persönliche Beteiligung Ludwigs II. an seinen Bauwerken der Natur der Sache nach auf Prüfung und Feststellung der Baupläne beschränken, so war die Anordnung der Einrichtung und Ausschmückung der Innenräume ganz sein Werk. Um all das zu erreichen, was wir heute in seinen Schlössern und anderswo vor uns sehen, war es nötig, viel eingeschlafene oder brachliegende gewerbliche Fähigkeiten seines kunstbegabten Volkes zu neuem Leben zu erwecken. Pecht äußert die Ansicht, das Zurückgreifen auf das Rokoko und den Stil Ludwigs XIV. habe auf das Bauwesen so schädlich gewirkt wie die Marotte Max' II., einen neuen Stil einführen zu wollen. Darum schon hätten die „kolossalen Aufträge Ludwigs II." auch mehr zur Ausbildung des Münchener Kunstgewerbes beigetragen, als zum Aufschwung der Baukunst, weil das erstere hiebei Aufgaben zu lösen bekam, wie sie ihm schwerlich so bald wieder geboten werden dürften. Neues hätte freilich bei diesem beständigen Kopieren fremder Muster, wie es in dem den deutschen Rokokobauten entlehnten Linderhof und in den als direkte Kopie des Versailler Schlosses gewünschten Herrenchiemsee geschah, kaum entstehen können. Dies sei noch am ehesten bei Möbeln und Geräten, besonders aber bei den Prachtwagen und den berühmten Schlitten des Königs der Fall, an denen ihr Meister Gedon die ganze Fülle seiner Phantasie habe spielen lassen.

Es handelte sich zunächst gar nicht darum, Neues zu schaffen, das Kunstgewerbe mußte vorerst die technischen Schwierigkeiten überwinden und Stilgefühl erwerben lernen. Erst auf dem Wege der Nachahmung gelangte es allmählich zu einiger Selbständigkeit. An welcher Stilgattung es seine Kräfte übte, war ziemlich gleichgültig. Das unter Ludwig II. im Jahre 1868 eröffnete bayerische Nationalmuseum hatte ihm den Schatz der Werke der Väter zugänglich gemacht, und die nach allen Richtungen hin ergangenen königlichen Bestellungen boten ein weites Feld zu eigener Betätigung. Seine Fortschritte waren um so raschere, als das ganze Volk teilnahm an dem Verlangen des Königs nach Schönheit der nächsten Umgebung und bald stilvolle Einrichtungen in den weitesten Kreisen erstrebt wurden.

Auf der Pariser Weltaustellung des Jahres 1867 hatte das deutsche und bayerische Kunstgewerbe sich noch in einem ziemlich trostlosen Zustand befunden, auf der Pariser Weltausstellung des Jahres 1878 übertraf der Deutsche Salon an Geschmack der Anordnung alle übrigen und schon die Münchener Kunstgewerbeausstellung des Jahres 1876 war ein glänzender Erfolg gewesen, dem bald viele andere folgten.

Etappen auf dieser Bahn nach aufwärts bilden die Einrichtungen der königlichen Schlösser, die übrigens nicht mehr vollständig erhalten sind. Sie enthalten ungemein viel Schönes und Erstklassiges, wenn sie auch als Produkte wieder neueintretender Bestrebungen die Grade allseitiger Vollendung nicht immer erreichen und einen geläuterten Geschmack nicht immer befriedigen. Bei Wiederaufnahme vergangener Stile schöpft ja keiner aus dem Urquell des erloschenen Zeitgeistes und verfällt bei jedem Schritt vom Wege der genauen Kopie vorhandener Vorbilder in die Gefahr von Stilfehlern und Unstimmigkeiten. Auch die Möbel von Neuschwanstein erinnern bedenklich an die schablonenhafte Nachahmung der Gotik in den dreißiger Jahren des vergangenen Jahrhunderts und man empfängt von diesen Innenräumen den Eindruck, es hätten mehr prunkvolle Theaterdekorationen, als mittelalterliche Burgen zu Vorbildern gedient. Auch die Gemächer von Linderhof und Herrenchiemsee reichen nicht an die Räume gleichen Stils in der Münchener Residenz heran. Während die Säle der Münchener Residenz den Beweis liefern, daß dem echten Rokokostil eine edle graziöse Einfachheit nicht fehlt, drängen sich in den Nachbildungen des Rokokostils in Linderhof und Chiemsee Überladung und Übertreibung überall störend auf. Diese Rokokomöbel leiden an einer förmlichen Hypertrophie von Schnitzereien und Vergoldungen, gleich als ob sie dem Majestätsgefühl schmeicheln wollten, wie die Hofdichter durch ein Übermaß von Hyperbeln und die Minister durch möglichst servile „alleruntertänigste" Redensarten. Überall nur Prunk, nirgends Komfort. Keine einzige bequeme Sitzgelegenheit in all' den Räumen, kein Platz am Schreibtisch, um auch nur einen Brief zu schreiben. „Nur ungern," schreibt Frau v. Kobell, „senkte sich der Schlaf auf die Augen des Königs in dem mit Schmuck beladenen Bett, unsanft lag der Körper auf den zollhohen Reliefstickereien des Kanapees; setzte sich der König an den Tisch, so kamen seine Kniee in empfindliche Berührung mit der Goldornamentik, die Schreibmappe war wegen ihrer Porzellan- und Metallbelastung schwer zu benützen, der Federhalter derart mit benvenutischen Ziselierungen übersät, daß ihn die Hand nur auf kurze Zeit zu ergreifen vermochte."

Allerdings läßt sich einwenden, daß Ludwig II. schon im Linderhof, wie später in Herrenchiemsee, nicht das graziöse Rokoko, sondern das massive Barock angewandt sehen wollte, aber die Kunsthandwerker seiner Zeit vermochten diese Stile in ihrer Verschiedenheit im einzelnen nicht immer richtig zu erkennen und auseinanderzuhalten.

Dem Hauptzweck von Bauten im Stile Ludwigs XIV. — der fürstlichen Repräsentation — sollten und konnten die Schlösser Ludwigs II. niemals dienen. Sie waren schon zu entlegen, als daß man je größere Hoffeste dort hätte veranstalten können. Ludwig II. konnte dort nur, was er auch zuweilen getan haben soll, Spukgestalten längst untergegangener französischer Höfe empfangen. Auch als Herrschersitz waren sie nicht geeignet; sie hatten und haben keinen praktischen Zweck und Nutzen und wurden nicht erbaut, um bewohnt, sondern um zuweilen angesehen zu werden. Eine Sehenswürdigkeit werden sie ja wohl auch immer bleiben. Der Umstand aber, daß die Eintrittsgelder für ihre Besichtigung neuerdings sich höher belaufen, als ihre Unterhaltungskosten, kann nicht, wie versucht wurde, zum Beweis der ursprünglichen Berechtigung ihrer Erbauung angeführt werden.

Die Aufträge für seine Schlösser erschöpften die „kolossalen

Bestellungen", wie Pecht sie mit Recht nennt, noch lange nicht, die Ludwig dem Kunstgewerbe zuwandte. Es kamen dazu die reichen Geschenke in den verschiedensten Richtungen, für das Weihnachtsfest, für Verwandte, für fremde Souveräne, für die Freunde, für die bei den Separatvorstellungen mitwirkenden Künstler. Es befanden sich darunter auch Ehrengaben größeren Umfangs, wie z. B. die von Halbreiter ausgeführte für die Universität Würzburg, die bei Pecht abgebildet ist.

Frau v. Kobell hat ein reich ausgestattetes Werk über „Ludwig II. und die Kunst" (München 1900) erscheinen lassen, dessen Ansicht und Lektüre empfohlen werden darf. Der Gegenstand erfordert aber eines Tages eine eingehendere Behandlung auf Grund der Kabinettsakten und anderer Quellen. Die einschlägigen Kapitel dieses Buches hatten nur den Zweck, eine Übersicht zu geben und den Beweis zu liefern, daß der kranke König während der 22 Jahre seiner Regierung wohl mehr und vielseitigeres für die Künste geleistet hat, als dies zu irgendeiner Zeit und in irgendeinem Lande dem Präsidenten einer Republik möglich gewesen ist.

LXVIII.

„Der Dichter," — meint Dr. med. Franz Karl*, Verfasser der erwähnten Studie über den Charakter Ludwigs II. —, „wird entzückt sein über die Fülle von Stoff, den ihm das Leben Ludwigs II. darbieten wird, ein Stoff, wahrlich der Behandlung durch einen Aeschylos oder einen Shakespeare würdig, je nachdem man den Helden des Dramas als machtlos ankämpfend gegen göttlichen Ratschluß des Verderbens oder als das Opfer eigener selbstgeschaffener Schuld darstellen will ..."

Diese Meinung ist nur auf die nicht allein im Publikum, sondern auch unter den Schriftstellern grassierenden falschen Vorstellungen von dem zurückzuführen, was ein dichterischer Stoff ist. — Die Geschichte einer Geisteskrankheit kann ohne Zweifel das höchste wissenschaftliche Interesse und das tiefste menschliche Mitleid in Anspruch nehmen. Aber dieses spezifische Interesse liegt außerhalb der dichterischen Sphäre und dieses menschliche Mitleid ist von dem tragischen darum grundverschieden, weil der nur leidende von allem Anfang an vom Schicksal besiegte „Held" eigener, vernünftiger Willensakte nicht fähig ist und keiner Verantwortung unterliegt. Auch die von großen Dichtern sonst wohl mit Glück versuchte Einstellung von Geisteskrankheiten als Folgeerscheinungen in die Handlung läßt sich in dem gegebenen Falle darum weniger betätigen, weil in dem Leben Ludwigs II. nicht nur starke Liebesleidenschaften, sondern überhaupt starke persönliche Gegensätze fehlen, und die Verwicklungen, in die er sich versetzt sah, rein politischer Natur waren. Ludwig II. verfiel mit den Jahren immer mehr vollständiger Vereinsamung. Er ertrug sie nur, indem er den Gang seiner Tage einer strengen Regelmäßigkeit unterwarf und heute tat, was er im Vorjahre zu der gleichen Stunde getan hatte. „Würde ich," sagte er einmal zu Bürkel, „mein Leben nicht wie ein Uhrwerk geregelt haben, ich ertrüge die Einsamkeit nicht und sie lastet oft schwer auf mir." —

Das Leben des Einsamen ist aber ein Monolog und Monologe sind bekanntlich nicht dramatisch. Der letzte der Schriftsteller, welche Lebensbilder Ludwigs II. aus ihrer Phantasie schöpften, Oscar Döring, hat wohl auch darum dem seinen die Form eines Tagebuches gegeben, das freilich Ludwig II. nur schildert, wie Oscar Döring sich ihn dachte, nicht wie er war. —

Wenn die vor diesem Werkchen erschienenen Romane und Theaterstücke gleichfalls nur eine geringe Ausbeute darbieten und den historischen Sinn verletzen, ohne den poetischen zu befriedigen, so darf dies nach den vorausgeschickten Ausführungen wohl in erster Linie den Mängeln und der Sprödigkeit des Stoffes zugeschrieben werden.

Das meiste Aufsehen unter den Romanen, die Ludwig II. zum Gegenstand oder Hintergrund hatten, erregte „Le Roi Vierge" von Catulle Mendès. Die von der bayerischen Regierung dagegen eingeleiteten Schritte vermochten seine Verbreitung nicht zu verhindern; er hat eine Reihe von Auflagen erlebt, obschon er jedes historischen und literarischen Wertes bar ist.

Die Tatsache eines königlichen Junggesellen mußte in Frankreich um so mehr befremden, als die dortige Regentenfolge von einer noch viel längeren Reihe von Maitressen begleitet ist, und selbst Heinrich III., der König der Mignons, verheiratet war. Catulle Mendès spürt nun den Gründen dieser für einen Franzosen unerklärlichen „Jungfräulichkeit" nach und gelangt auf dem Wege des damals herrschenden Hyperrealismus voll Unnatur zu einem hyperidealistischen Ergebnis voll Unwahrscheinlichkeit. Ludwig II. wird als König von Thüringen in einem Kreis von Zuschauern des Oberammergauer Passionsspieles aufgeführt, Mendès entwirft einige leicht erkenntliche Porträts der letzteren, deren Originale er in München kennen gelernt hatte.

Der Zufall will es in dem Roman, daß der König von Thüringen beim Vorübergehen im Grase ein Bauernpaar in einer höchst realistischen Position erblickt. „Gonflé d'un immense dégoût" vor den „vils" mystères des sexes et la hideur sale de l'accouplement" verläßt er das Terrain. „Das also ist das Weib! Das die Liebe! Dies das schmutzige Ende, auf das die Träume und Zärtlichkeiten abzielen." — Friedrich von Thüringen flieht die Welt und die Erzherzogin Lisi, in die sich zu verlieben er im Begriffe gestanden war. Aber die Weiber lassen ihm keine Ruhe. Gloriane, eine Art babylonischer Hure im Stile Victor Hugos, die vor ihm sang, wirft sich ihm an den Kopf und überflutet ihn mit Liebesbeteuerungen, die zu den wenig poetischen Stellen des Buches gehören. Er erwehrt sich ihrer, indem er sie ersticht; er läßt Lisi unerhört sterben, er zündet seinen Palast an und eines Morgens findet ihn sein treuer Diener Karl blutend auf dem Teppich seines Zimmers, ein Rasiermesser in der Rechten. Er hat sich entmannt. —

Aber es kommt noch schlimmer. Friedrich von Thüringen schwingt sich aufs Pferd, übernimmt bei einer Separataufführung des Oberammergauer Passionsspieles die Rolle des Christus und läßt sich von seinem treuen Diener Karl in der Kleidung eines römischen Soldaten mit der Lanze durchbohren. „So starb am

Kreuze mit Gloriane als Magdalena zu Füßen, Friedrich II.
König von Thüringen, den man auch den jungfräulichen König
nannte." —

Das merkwürdigste an der Sache ist wohl, daß Catulle Mendès
in der Lage war, gerade dieser unwahrscheinlichsten der Szenen,
wie so oft die selige Louise Mühlbach in ihren historischen Novellen, die Fußnote „historisch" beizufügen, indem er erzählte,
Ludwig II. habe nach Angaben Richard Wagners gewünscht,
anstelle des Christusdarstellers des Oberammergauer Passionsspieles „en un élan d'amour divin et de mysticité" am Kreuze zu
sterben. Er beschied den damaligen Darsteller des Christus
Mayr mit den Hauptbeteiligten nach dem Linderhof, ließ sie
dort bewirten und unterhielt sich mit jedem einzelnen auf das
freundlichste. Da er gerne den Darsteller mit der dargestellten
Person identifizierte, frug er dabei den Judas, was er denn
empfunden habe, als er den Herrn verriet? —

Die deutschen Romanschriftsteller behandelten den Stoff:
Ludwig II. von anderen Seiten aus. Da nun einmal wenigstens
eine Liebe zu den unerläßlichen Ingredienzen eines Romanes
gehört, und die Geschichte keine beglaubigte darbot, machten
sie kurzen Prozeß und erfanden eine solche aus dem Stegreif.
Damit kamen sie offenbar dem Geschmack des Publikums entgegen. Die kleine, hübsch ausgestattete Novelle: „Alpenrosen
und Gentianen," Stuttgart, Deutsche Verlagsanstalt, brachte
es trotz ihres mageren Stoffes auf 21 Auflagen. Ein Bauernmädchen, das sich natürlich hinterher als adeliges Fräulein entpuppt, überreicht dem König einen Strauß in den Blumen des
Titels, und zieht sich bei dem Versuch, den König vor einem
drohenden Felssturz zu retten, eine tödliche Erkältung zu. Die
beigedruckten angeblichen Briefe des Königs sind apokryph. —

Die meisten der übrigen „historischen" Romane dieser Art
variieren das verlogene, aber in Altjungfernkreisen noch immer
so geschätzte Thema, des edlen, etwas einfältigen Jünglings,
der, in seiner ersten Liebe getäuscht, auf jeden weiteren Versuch,
sich zu betätigen, verzichtet und sich aus dem doch nirgends

hermetisch abgeschlossenen Kreise heiratslustiger Damen für immer zurückzieht.

Ein einziger der mir bekannt gewordenen Romane läßt wenigstens eine seiner Episoden aus der Eigenart Ludwigs II. erwachsen; es ist dies: „An der Tafel des Lebens," Stuttgart 1902, Bonz, einer der zahlreichen Leihbibliothekromane des Frh. Anton v. Perfall. Mehrere Romane anderer Verfasser enthalten außer einer Schilderung der äußeren Erscheinung Ludwigs II. kaum einen einzigen tatsächlich historischen Zug. Dies gilt zum Beispiel von Gregor Samarows (O. Meding) „Gipfel und Abgrund", Berlin, Globus. —

In einem anderen seiner Romane: „Europäische Minen und Gegenminen," 1875, der zuerst in „Über Land und Meer" erschien, schreibt der gleiche Verfasser Ludwig II. eine politische Rolle bei der Salzburger Zusammenkunft des Jahres 1867 zu. Der Verleger Hallberger hatte den Hofsekretär angegangen, ihm einige Notizen hiezu zu liefern, was Düfflipp jedoch ablehnte, da er solche ohne Allerhöchste Ermächtigung zu geben sich nicht befugt erachte, zur Zeit aber der Gelegenheit ermangele, S. M. mit Privatsachen zu behelligen. Er empfahl Hallberger, sich an den Stiftsceremoniar Dr. Trost zu wenden, der mit den Verhältnissen am bayerischen Hofe näher bekannt sei und auch in Berg öfters die Messe celebriere. Trost erteilte die erbetenen Aufschlüsse, die sich aber offenbar nur auf Äußerlichkeiten bezogen, denn das einschlägige Kapitel 37 des Romanes ist lediglich ein Phantasiegebilde, das in allen Punkten von dem historischen Sachverhalt abweicht. Geschichte läßt sich weder erfinden, noch erraten.

Auch M. G. Conrad, einst einer der Apostel Zolas auf deutschem Boden, setzt in seinem Königsroman „Majestät", die Gesetze des Realismus beiseite, und überläßt sich dem Fabulieren, nicht bloß behufs Ausfüllung des Unbekannten, sondern auch bei Darstellung des Bekannten und Beglaubigten. Wir lassen als Beispiel hiefür seine Darstellung des Abschieds Ludwigs II. von Richard Wagner im Jahre 1865 folgen: „In dem Bewußtsein einer hohen Pflicht genügt zu haben, verließen die Staatsbeamten (die für die

Verbannung Richard Wagners gestimmt hatten) den Saal. Nun war es
am König, den Moment zu einem historischen zu machen durch die Weise
einer entscheidenden Tat. „Ein rasches Opfer!" — „Der König eilte zu
seinem Freunde. (?) Zu seiner Überraschung fand er ihn mit lächelnder
Miene (?) zwischen Kisten und Koffern. „Es ist keine Flucht," sagte
der Meister. „Ich erwarte nur den Befehl meines Königs zur Abreise.
Ich habe kein Recht, mich wie ein Dieb in der Nacht aus dem Staub zu
machen." Tränen erstickten seine Stimme... Der König und sein Meister-
Freund umarmten und küßten sich stürmisch (??). In der Nacht befahl
der König seinen Extrazug (?) und begleitete den Künstler bis an die
Schweizer Grenze (?). Stundenlang saßen die beiden Männer, Hand in
Hand (?) im Dämmerlichte des Salonwagens, der durch die bergigen
Gefilde des Allgäus dem Bodensee zujagte. Wehmütig erzählte er aus
seinem Jugendleben allerlei Eindrücke. „„Siehst Du" (?) Teuerster, das
ist die Macht der Krone. Sobald eine neue, ungewohnte Schönheit sie
umstrahlen will, kreischt das Volk auf"'"; „„Nimm mich mit, Teuerster;
was gelte ich dem Volke, das Dich verstößt? Was gilt mir das Volk, dem
Deine göttliche Kunst Gefahr und Abscheu ist?"'" Schluchzend warf
er sich dem Freunde an die Brust. (?) „„Einziger, Göttlicher...""'"
„Und endlich schieden sie und tauschten im Angesicht der morgendlich
leuchtenden Gipfel der Schweizer Alpen den letzten Gruß und Kuß." (?)

Solche Szenen haben zwischen Ludwig II. und Richard Wagner wohl nicht stattgefunden. Die beiden schon an Alter so
verschiedenen Männer haben sich auch nicht geduzt und es ist
nicht richtig, daß die Briefe des Königs an Wagner die gleichen
Töne anschlagen, wie die an Kainz, die übrigens auch das Maß
einer rücksichtsvollen Freundschaft nicht überschritten.

Trotz des vielen Unhistorischen, das er enthält, bleibt aber der
historische Roman Conrads vor anderen lesenswert, wegen seiner
glücklichen Gedanken, seiner überraschenden, wenn auch nicht
immer zutreffenden Bemerkungen und wegen des darin festge-
haltenen Idealbildes Ludwigs II., das wenigstens zum Teil und
für eine Epoche seines Lebens auch ähnlich ist.

Unter den historischen Romanen dieses Gegenstandes möchte
ich schließlich ein Werk aufführen, das unter wissenschaftlicher
Flagge segelt und mit einem reichen Ballast von Belegen be-
frachtet ist, sich selbst aber mehr als ein Gebilde der Phantasie,
als ein Produkt der Forschung ankündigt: Prof. Dr. A. v. Ruvilles
„Bayern und die Wiederaufrichtung des Deutschen Reichs."
1909 (München, Hugendubel).

Der Verfasser verkündet, eine neue Methode der Geschichtsforschung erfunden zu haben, die er als die „der gebrochenen Münze" bezeichnet. Wie man aus einer Anzahl von Münzhälften diejenige herausfinden könne, die zu einem durch Bruch halbierten Geldstück passe, so könne man aus dem Quellenmaterial — auf dem Weg der Hypothese — dasjenige historische Moment schöpfen, das sich in eine gegebene Lücke unseres Wissens genau einfügt, und „wie die Münzhälften" weder überstehende Ecken aufweist, noch eine mangelhafte Rundung ergibt. — Schon das Gleichnis hinkt, denn die Geschehnisse sind nicht alle rund wie die Münzen, sondern haben Auszackungen und Ecken, die der menschliche Geist nicht erraten kann. Seine „Methode" hat den Verfasser auf Abwege und zu einer Reihe von Annahmen geführt, die man wahre Hirngespinste nennen muß. Dies haben, vielleicht etwas allzu gründlich, K. A. v. Müller in einem Nachtrag von 20 Seiten zu seinem Buch: „Bayern im Jahre 1866" und Georg Küntzel in einer eigenen Abhandlung von 114 Seiten (Bismarck und Bayern, 1910) lückenlos nachgewiesen. —

In dem Streben, seine Methode zur Anwendung zu bringen und Lücken auszufüllen, geht v. Ruville so weit, Lücken zu sehen, wo gar keine sind. Man weiß, daß Ludwig II. seine vorher eingeholte Zustimmung zu dem Schutz- und Trutzbündnis gab, daß er es nicht für unaufkündbar hielt, aber sich dadurch verpflichtet erachtete, so lange es galt, wie er denn auch schon im Jahre 1867 es zu halten bereit war, und es im Jahre 1870 vor anderen eingelöst und gehalten hat. Man wußte bisher auch, daß es nützlich ist, ein gegebenes Wort durch einen förmlichen Vertrag, einen notariellen oder Staatsvertrag zu bekräftigen, Ruville aber kehrt den Stiel um, und behauptet, Ludwig habe, er weiß nicht wie und wo, in höchst mysteriöser Weise gerade diesem Staatsvertrag noch sein Königliches Wort beigefügt. Daraus zieht er dann die weitgehendsten, unzutreffendsten Schlußfolgerungen.

Es ist bekannt, daß Ludwig II. dem Fürsten Hohenlohe das Ministerium des Äußern übertrug, weil Wagner und Frau Cosima ihn ihm seit langer Zeit empfahlen, weil er dem König persönlich angenehm war und v. d. Pfordten sich bei ihm unmöglich gemacht hatte. v. Ruville aber behauptet, Ludwig II. habe Hohenlohe nur berufen, um das Schutz- und Trutzbündnis besser halten zu können, von dem weder der König, noch viele andere damals glaubten, daß es so bald schon werde angerufen werden. Man weiß auch, daß Ludwig II. an Hohenlohe festhielt, nicht weil er preußisch gesinnt war, sondern weil der König glaubte, er habe sich bekehrt und sei es nicht mehr, ferner, weil Ludwig II. Änderungen nicht liebte, weil es seinem gesteigerten Selbstgefühl widerstrebte, „sich seine Minister von der Volksvertretung nehmen" und vorschreiben zu lassen; Ruville führt auch diese Treue auf das mysteriös gegebene Wort zurück.

In den meisten zu Lebzeiten Ludwigs II. oder kurz nach seinem Tode erschienenen Werken über ihn tritt das Bestreben hervor, den König in huldigender Anerkennung als mit der herrschenden politischen Strömung im Grunde übereinstimmend darzustellen. Wenn man auch wußte, daß er oft erst nach harten Kämpfen, im Widerspruch mit seinen eigenen Anschauungen oder aus Ruhebedürfnis nachgab, so schrieb man doch: „er fand immer das Rechte" und Frau v. Kobell behauptet, daß es ihm selbst willkommen gewesen sei, wenn man aus seiner Not eine Tugend machte. v. Ruville scheint in seiner Charakteristik Ludwigs II. nicht unbeeinflußt von dieser Tendenz. Es ist schon etwas viel gesagt, wenn er schreibt: „König Ludwig hegte immer den lebhaften Trieb, die Initiative in der deutschen Frage zu ergreifen, sich, ohne gerade persönlich hervorzutreten, als den deutschen Fürsten zu zeigen, der der Nation die ersehnte Einheit zurückgab." Übertrieben aber klingt der Satz: „er brannte darauf, sein heiligstes Recht, die Verleihung der Kaiserkrone, zur Ausübung bringen zu dürfen."

Richtig hingegen, für den Beginn der Verhandlungen wenigstens, ist der andere Satz: „Am ausgeprägtesten dualistisch waren die Ideen des Königs, der für sich eine maßgebende Stellung im Gesamtstaate erstrebte."

Viel schlechter, als König Ludwig, kommt in dem Buche Ruvilles dessen erster Minister weg, und indem der Verfasser den Grafen Bray mit dem Dolch im Gewande auftreten läßt, folgt er mehr den Spuren des Samarow und Retcliffe, als denen des Tacitus und Suetonius. —

Ruvilles Vermutungen in der letzteren Richtung sind leere Verdächtigungen. Sein Buch verschwand schnell von der Bildfläche und ich hatte Mühe, es mir zu verschaffen. Schade, daß der Verfasser 376 Seiten auf eine verlorene Sache verwandte, denn er schreibt gut und besitzt eine gewisse Objektivität, die man in anderen Werken über die Reichsgründung vergebens sucht.

Auch Ferdinand Bonn fand für seine Tragödie „Ludwig II." (Berlin, 1907) keinen besseren Stoff, als das abgegriffene Märchen von dem in seiner ersten Liebe getäuschten Helden. Er vergröbert und beschmutzt ihn aber noch auf Kosten der Prinzessin Braut, die er unter vollem Namen einführt. Dem historischen Roman mag man hingehen lassen, eine Liebe zu erfinden, die niemals bestanden hat; kein echter Dichter wird aber die Frauenehre einer historischen Persönlichkeit verleumderisch beflecken, um einen kleinen Bühneneffekt zu erzielen.

Bei Bonn steht die Prinzessin Sophie eben im Begriff, mit dem Hofphotographen Edgar H—uber nach Italien durchzubrennen, als der König erscheint, um sich ihre Hand zu erbitten. Im zweiten Akte tritt Richard Wagner auf, komponiert das Waldweben und soll sodann die Bekanntschaft der königlichen Braut machen. Aber diese hält auch in dieser Eigenschaft soeben wieder ein Stelldichein mit ihrem Photographen ab; „sie umarmen und küssen sich"; „da stürzt leichenblaß Ludwig herein," „mit furchtbarem Ausdruck wild schreiend": „Weltuntergang! Ewige Nacht!" —

Huber erklärt: „Majestät, sie gehört mir," worauf Ludwig, „nach Atem ringend mit Grauen erregendem Blick mit beiden Händen eine Steinbank packt und sie wuchtig emporschwingt." „Fort! Rebell! Ich zerschmettere Dich!" „er wirft die Bank nach ihm; sie poltert in den See, daß die Wasser hoch aufspritzen." —

Ludwig „stöhnt aus tiefster Brust": „Jetzt liegt meine Welt in Trümmern," „bricht in ein grauenvolles Gelächter aus und sagt"; „O, Gott, ich werde wahnsinnig." —

Prinzessin Sophie beschwört ihn, „es doch nicht so furchtbar schwer zu nehmen," aber Ludwig will durchaus in den

See, um dort unterzutauchen. — Kusine Elisabeth und Richard Wagner suchen ihn zu trösten. „Leid ist die Regenbogenbrücke zu Walhall," meint der letztere.

Diese Worte klingen ihm, wie schmetternde Fanfaren. „Er erhebt sich groß." „Eiskalten Marmor will er umarmen, nie mehr das Weib".... „Das Reich der Schönheit beginnt." „Auf Wagner gestützt, wendet er sich imposant aufgerichtet zum Gehen." — Damit endet der zweite Akt und man weiß nicht, ob Held und Dichtung auf diesem Wege den Schritt aufwärts zum Sublimen oder abwärts zum Lächerlichen machen werden.

Der König ist nicht als geisteskrank und möglichst vorteilhaft geschildert, aber auch zu seinen Ungunsten wird ein vor der Landesvertretung als Fabel erwiesenes Gerücht wieder hervorgezerrt von dem angeblichen Angebot eines Darlehens des Hauses Orléans gegen die Zusicherung der Neutralität Bayerns in einem künftigen Krieg. Das Haus Orléans hat öffentlich erklärt, daß es ihm nie eingefallen sei, ein so albernes Anerbieten zu machen und Ludwig II. hat von der zu Grunde gelegenen Mystifikation überhaupt keine Kenntnis erhalten. Nichtsdestoweniger schachtelt Bonn seiner Tragödie eine Szene ein, in der ein französischer Agent in dem Kostüm und mit den Allüren des Mephisto den darob stöhnenden König eine Urkunde unterzeichnen läßt, durch die er „für so viel Millionen als er will", sein Königreich verpfändet.

Die Tragödie hat einen stark satyrischen Einschlag und artet stellenweise ins Groteske aus; so in der Szene der Audienz, die eine Anzahl „sehr dicker Münchener Bürger im Frack", von Hesselschwerdt als „Bierschweine" bezeichnet, sich erbeten hat, um die Verbannung Richard Wagners zu fordern, „dieses Haderlumpen, den die Saupreußen hergeschickt haben, wie einst die Lola und den Döllinger."

Einige der auftretenden Persönlichkeiten sind nach den Vorstellungen geschildert, die über sie umliefen. Hesselschwerdt ist der bezahlte Verräter, Graf Holnstein der brutale Draufgänger und „Rossober", der nicht will, „daß man mit einem Verrückten so viel Umstände macht."

Auch bei Schilderung des Empfangs der Staatskommission in Neuschwanstein hebt der Dichter das tätige Eing eifen Holnsteins ganz besonders hervor: Holnstein: Macht doch net so viel Umständ! Ein Haufe Jäger. Holzknechte. Bauern und ihre Weiber mit Sensen und Dreschflegeln dringen zum Tor herein. Wie sie den König sehen, stürzen sie jauchzend und jubelnd auf ihn zu und bedecken seine Hände und Kleider mit Küssen. Ludwig (begeistert). Mein Volk verläßt mich nicht! (Majestätisch:) Nehmt diese Leute gefangen! (Das Volk stürzt sich auf die Minister und Gendarmen und überwältigt sie nach kurzer Gegen wehr vonseiten Holnsteins und der Gendarmen.) Holnstein: Rühr mich nicht an, Bauernlümmel! Ihr werdet alle als Landesverräter bestraft! (Schallendes Hohngelächter. Rufe:) Du bist ein Verräter! Schlagt ihn nieder! Zerhackt ihn in Stücke!"

Kurz vor der Sequestrierung des Königs verläßt Holnstein die Kommission vor den anderen mit den Worten: „Adieu! Ich bleibe morgen noch hier, a biss'l auf die Jagd gehen." Dieser Zug wäre nach Otto Gerold „historisch". „Graf Holnstein," schreibt er, „hätte die Absicht gehabt, das Nützliche mit dem Angenehmen zu verbinden. Er hatte Jagd- und Fischereigeräte mit sich geführt, um sich nach vollendeter Mission in Hohenschwangau die Zeit zu vertreiben."

Noch schlechter als Holnstein wird Gudden in Bonn's Tragödie behandelt. Bonn läßt ihn nach der Feuerspritze und Zwangsjacke verlangen und Berg als Aufenthaltsort für Ludwig wählen, „weil er wegen seiner Anstalt in der Nähe Münchens bleiben muß." Der Gelehrtendünkel des Arztes und der bittere Hohn des Königs werden nicht ohne Geschick als tragische Elemente in die Handlung verflochten und damit der Schlußszene der Tragödie die erforderliche Steigerung gegeben.

Auch das Gerücht von der Hilfeleistung der Kaiserin Elisabeth hat er sich nicht entgehen lassen, um durch die Hoffnung auf Rettung den Schluß der Tragödie versöhnender zu gestalten, als durch den Selbstmord.

Einige Szenen des Bonn'schen Werkes machen den Eindruck, als ob sie aus einem zehn Jahre früher entstandenen Drama gleichen Titels anempfunden worden wären. Ludwig Klingners „Lebensbild in fünf Aufzügen" erschien 1887 in der Reclam'schen Universal-Bibliothek und ist, wie alle Werke über Ludwig II., längst vergriffen. Es ist mit langen Monologen belastet und verrät viel weniger dramatisches Talent, als Bonn, dem es als Schauspieler wie als Dichter daran ja nicht fehlte. Die Figuren Klingners sind nicht nur unhistorisch, sondern auch unwahrscheinlich gezeichnet und der Verfasser hat sehr naive Vorstellungen von den Sitten und Möglichkeiten des Kreises, in dem sich die spärliche Handlung seines Dramas abspielt. Verhältnismäßig noch am besten kommt bei ihm noch die Herzogin-Braut weg; er wagt wenigstens nicht, ihre jungfräuliche Ehre anzutasten, läßt sie aber auch in der ersten Morgenfrühe, während sie alle Welt noch in Morpheus Armen ruhend wähnt, mutterseelenallein zu dem Photographen Hanfstängl laufen, um dem Bräutigam durch eine neue Photographie von sich eine Überraschung zu bereiten. Er schildert die junge Herzogin als einen heiteren Backfisch, der Überschwänglichkeiten widerstrebt und nicht „als Schwanenjungfrau herumwandeln möchte". Sie hört gern eine gute Oper, aber wenn der Akt aus ist, will sie plaudern, wie jede Spießbürgerin Eis essen und sich aussprechen über das, was sie gehört und gesehen hat. „Fange ich aber an: „Schatz, war das schön!" so heißt es gewiß: „o, störe nicht den Schauer dieser wundervollen Stunde." — In dieses Miniaturbild paßt nicht so ganz der größere Zug, den Klingner ihr andichtet, durch den später eine Nichte von ihr den wankenden belgischen Königsthron wieder befestigt hat: die Absicht, als Königin die Protektorin aller wohltätigen Vereine zu werden, Volksküchen zu gründen und hungrigen Arbeitern zu essen zu geben. Eine Kabinettsfrage macht sie aus der ja weit verbreiteten Ansicht: der König und die Königin gehören nach ihrer Haupt- und Residenzstadt und da Ludwig II. den Wunsch verrät, sein junges Glück „in der großen gewaltigen Natur" von Neuschwanstein zu spinnen, gibt sie ihm den Laufpaß.

Dem Satyrischen, Karikierten, Grotesken, das Bonn nur auf Nebenszenen anwendet, entgehen bei Klingner auch die Hauptfiguren nicht. Als ein Beispiel hiefür darf die Szene der Audienz angeführt werden, die Ludwig II. in einen großen Samtmantel eingehüllt, ein Barett mit Diamantagraffe und

Straußenfeder auf dem Haupte, hinter einem großen Wandschirm verborgen, dem Ministerpräsidenten Lutz erteilt. „Soll ich," spricht der Minister „mich zu dieser unwürdigen Komödie hergeben? Zu meinem Könige sprechen, ohne ihn zu sehen? Er bleibt immer mein König, selbst wenn er —? Wie wahre ich die Würde meiner Stellung? O, Herrendienst, welch hartes Loos!" Lutz verlangt die Unterschrift unter mehrere verzögerte Gesetzentwürfe, der König „ein paar lumpige Millionen" und da man sich über diesen Punkt nicht einigen kann, bittet der Minister um seine Entlassung, und dankt, „indem er sich tief nach dem Wandschirm hin verbeugt," für die allergnädigste Gewährung seines Gesuches. Allein der König, der im Leben an so vorschnelle Enthebungsgesuche nicht gewöhnt war, will das in dem Stücke Vorgebrachte sogleich zu einem Ministersturz im vollen Sinne des Wortes umgestalten, indem er Hesselschwerdt befiehlt: „Suchen Sie sich zwei handfeste Leute von meinen Chevauxlegers aus und gehen Sie Herrn v. Lutz nach bis zum Ausgang des Parkes. Dort stürzen Sie ihn die Felswand hinab." — Zum Nachfolger wird dann der Friseur Hoppe ernannt und mit Neubildung des Ministeriums betraut.

Zu solchen Szenen paßt freilich trefflich der Ausspruch, den Hesselschwerdt später in dem Stücke macht: „Aber gründlich haben's erkannt ihn, die Ärzte! Kunststück war's freilich keins. Ich hätt's ihnen längst sagen können, den Herren. Das war ein Kunststück, die Sache so lange geheim zu halten!" —

Der geisteskranke König wird von Klingner förmlich verhöhnt und zum Gegenstand von Witzen gemacht, die das natürliche Gefühl verletzten, selbst wenn sie — nicht schlecht sind. So läßt er ihn in einer Audienz, zu der er als Lohengrin gekleidet auf einem, von einem Schwan gezogenen Nachen emporsteigt, zu Kainz sagen: „Ach, wie bedauere ich, daß Sie mit Komödianten zusammenwirken müssen! Warum können Sie nicht allein das ganze Stück spielen. Sie allein spielen, ich allein zuschauen! Das wäre das Ideal einer Vorstellung."

Zu dem den Turmschlüssel verweigernden Lakaien Maier sagt er: „Er weiß, ich muß hinauf, die Aussicht ist so lohnend und der Sprung von dort so sicher, wenn man fliegen kann. Und ich kann doch fliegen, Maier? Kann ich? Maier: Gewiß, Majestät!" Zur Strafe dafür, daß Maier den Turmschlüssel verlegt hat, soll er einen

Guß kochenden Tees in den Nacken erhalten und vier Wochen lang die schwarze Samtmaske tragen.

In dem letzten Auftritt legt der Dramatiker Ludwig II. eine Frage in den Mund, die, wie wir oben gesehen haben, sein Vater auch an Prof. v. Jolly gestellt hat: „Glauben Sie wirklich, Gudden, daß im Jenseits alle Ranges- und Standesunterschiede aufhören und daß wir alle dort gleich sind? Ganz gleich? Dr. v. Gudden. Gewiß, Majestät. Ludwig. Dann muß ich doch ganz ergebenst für solchen Himmel danken! Das wäre mir ein plebejisches Vergnügen. Dr. v. Gudden. Weshalb diese trüben Gedanken, Majestät? Ludwig. Soll ich heiter sein, wenn ich daran denken muß, im Jenseits nicht mehr König zu sein? Sie lächeln! Sie meinen, ich bin es ja schon jetzt nicht mehr. Sie haben recht, Gudden, und drum wollen wir der Sache auch ein Ende machen! Ein rasches Ende! (Springt auf und läuft an Gudden vorbei den Abhang hinunter.)

Ob und wo die Dramen Bonns und Klingners Aufführungen erlebten, ist mir nicht bekannt. Hingegen erfuhr ich, daß im Herbst 1918 in den Blumensälen zu München wochenlang täglich ein bayerisches Königsdrama in 4 Aufzügen von Walter Kleinholz mit großem Beifall gegeben wurde. Inhaltlich einer Besprechung im Feuilleton der Augsburger Postzeitung vom 5. Oktober 1918 war dieses Stück nach dem Muster ländlicher Ritterschauspiele angefertigt und nur im Kostüm von ihnen verschieden. Hier Helden, dort Schurken, in der Mitte in strahlender Beleuchtung Ludwig II. verraten und in den Tod gehetzt von einer Hof- und Staatskamarilla und seinen Verwandten. „Ludwig ist nicht geistesgestört, sondern das unschuldige Opfer der Verruchtheit seiner Feinde.“ „Alles Erdenkliche, was Dummheit, Klatsch und Gemeinheit über die Königskatastrophe und über die Persönlichkeit der Beteiligten seit 1886 und namentlich seit der Revolution erfunden und verbreitet haben, ist zur schmutzigsten Folie zusammengestellt, von der sich die Lichtgestalt Ludwigs in bengalischem Glanze abhebt.“ „Stürmisch beklatscht von dem Publikum.“ Als drastische Beispiele werden angeführt, daß Legationsrat Trost als Mittelsmann des Zentrums (was er ja auch zuweilen war) und Beichtvater des Prinzen Ludwig (was er niemals war) auftritt, und daß Gudden keine anderen Beweise für den Wahnsinn Ludwigs II. anzuführen hatte, als dessen Vorliebe für die

Unterhaltung mit Bauern und seine Gewohnheit, den Tieren Kosenamen zu geben und in seinem Schlafzimmer Selbstgespräche zu halten.

Der Feuilletonist meint, angesichts solcher Darstellungen sei künftig keine objektive Geschichtschreibung mehr imstande, zu helfen: „Die Leute, welche allabendlich dem unglücklichen Ludwig II. zujubeln, lernen zwar sein Gegenüber hassen, doch Ludwig II. lernen sie lieben, nicht den Menschen Ludwig, sondern den in Schönheit strahlenden und Schönheit spendenden Sonnenkönig, den Erhabenen, den nur die Umwelt geschwärzt und in den Staub gezogen hat. Er ist und bleibt letzten Endes für sie der „heimliche" König, der nur eines Tages wiederzukommen brauche und wiederkommen wird."

Kurz vor Ausbruch des Krieges, am 22. Juni 1914, wurde auf dem Theater Malakoff zu Paris ein dreiaktiges Drama: „Louis de Bavière" von Louis Cendré mit musikalischen Einschaltungen aus Wagnerischen Werken gegeben. Um die gleiche Zeit berichtete die „Gazette de Lausanne" ausführlich über ein Drama, „La mort du Roi" (de Bavière), das, wenn ich mich recht erinnere, in Genf oder Lausanne das Licht der Lampen erblickte. Nach dem Kriege wurde auch in Miesbach das Königsdrama einer Dame gegeben und im September 1923 in München als Mittelpunkt einer patriotisch-monarschischen Veranstaltung ein anderes von Maria v. Hofmann, das sich als Quelle unter anderem auf das apokryphe Tagebuch von Döring berief.

Natürlich hat sich auch das Kino des Stoffes bemächtigt. Ich wohnte im September 1923 im Viktorialichtspieltheater zu München der Wiederaufnahme eines von Rolf Raffé bearbeiteten Films dieses Stoffes bei, der vor drei Jahren entstanden war und sich trotz der hohen Eintrittspreise auch damals noch eines starken Zuspruches erfreute. Nur Martin Wilhelm als junger König und Carla Raffé Nelson als Kaiserin Elisabeth entsprachen aber wenigstens einigermaßen den Originalen, die sie darzustellen hatten. Selbst Ferdinand Bonn, der sich als Ludwig II. der späteren Jahre zum erstenmal als Filmkünstler versuchte, vermochte durch die Maske den Mangel an Körpergröße und Schönheit nicht zu ersetzen. Indessen verleugnete er auch bei diesem Anlaß sein bedeutendes schauspielerisches Talent nicht und, wenn die Gestalt, die er bot, in der Gesamtwirkung versagte, so wußte er ihr doch im einzelnen gute Momente abzugewinnen. Der Bonn'schen Tragödie ist auch die Haupthandlung des Films entnommen. Die von ihm vertretene verleumderische Behauptung der Untreue der Prinzessin Braut wird in dem Programm des Films, das an der Kasse zu haben ist, als Tatsache hingestellt: ,,Ohne jede Achtung für ihre Stellung unterhielt die lebenslustige Herzogin ein Verhältnis mit einem Kunstmaler und als der König die beiden überraschte, war die Aufhebung der Verlobung selbstverständlich.'' Nach Programm und Film ,,muß der vortragende Minister seine Berichte hinter einem Wandschirm erstatten —'' was bekanntlich nur zuweilen von dem Kabinettssekretär verlangt wurde, während die Minister in den letzten Jahren zu Vorträgen überhaupt nicht zugelassen wurden.

In sinnreicher Anpassung an die Möglichkeiten der Kinematographie wird Ludwig II. in dramatischen Szenen im Verkehr und Kampf mit schnell verschwimmenden Gestalten des französischen Hofes, mit Phantomen und Schreckbildern dargestellt. Wie in Bonns Tragödie, ist der König auch nach diesem Film nicht geisteskrank, sondern lediglich das Opfer der auf Wagner eifersüchtigen Hofgesellschaft und ,,hämischen'' Minister. Wenn schon das Werk auf historische Treue sehr wenig Anspruch erheben kann, enthält es doch einige wahrheitsgetreue Bilder von Äußerlichkeiten und ergreifende Momente, die bei der guten Musikbegleitung von Harry Mylo ihre Wirkung auf empfängliche Gemüter nicht verfehlten. Insbesondere lebenswahr erschien mir Kampf und Untergang Ludwigs II. und Guddens im Starnberger See dargestellt.

*　　*　　*

Die Thronbesteigung Ludwigs II. begrüßte nicht, wie 39 Jahre früher die seines Großvaters eine Dichtung von so hohem Range wie die alkäische Ode Platens, die einen würdigen Prolog zu der Regierung des größten Kunstmäzenas seiner Zeit bildete.

Aber auch die elf Strophen, die Oscar v. Redwitz am 14. März

1864 „dem Todten und dem Lebenden" (König) weihte (Sammler Nr. 31) fanden den Beifall der Zeitgenossen, weil sie deren Grundstimmung, wenn auch nicht in so vollendeter Form, zum Ausdruck brachten. Man empfand das Ausscheiden Max II. in einer Zeit der Krisis als einen schweren Verlust für Bayern und ganz Deutschland und sah mit einiger Bangigkeit der Regierung seines so jugendlichen Nachfolgers entgegen. Redwitzens Todtenklage bekundet die große Popularität, die der Vorgänger genoß:

> „Wer war nicht stolz, wenn Fremden er begegnet,
> Ein Untertan zu sein in seinem Staat?
> Wo grünt, von Königshänden mehr gesegnet,
> des Rechtes und der Bürgerfreiheit Saat?"
>
> „Und die Geschichte wird von Dir einst sagen:
> Nie waren treuer Fürst und Volk vereint.
> Als einziges hat ihr doppelt Herz geschlagen —
> Nie hat ein König besser es gemeint."

Von der „so schlanken, jungen Königseiche" heißt es dann:

> „Wir hingen Alle längst mit freud'gen Blicken
> An Deinem milden sinn'gen Angesicht.
> Doch sollte manches Jahr Dich noch erquicken
> Der Jugend ungetrübtes Morgenlicht!
> Wir wünschten nicht, daß Dir die schwere Krone
> Vom herben Schicksal sei beschert schon jetzt.
> Und seh'n wir dennoch jetzt Dich auf dem Throne,
> Der Wehmut Zähre unser Auge netzt."

Zwei Tage später begrüßte auch der poesievolle Oberstkämmerer den neuen Gebieter mit einer Dichtung, die mit den Strophen beginnt:

> „Sei gesegnet, junger König,
> Deine Krone ist umwunden
> Mit dem Kranze weißer Rosen,
> Den die Engel selbst gebunden.
>
> Ringsum grüßet Dich der Frühling
> Und den Mai hast zum Genossen
> Deines Thrones Du; aus Purpur
> Läßt er Blumenschmuck Dir sprossen.
>
> Heil'ger Jugend reine Weihe
> Hat gekrönt Dich; o bewahre
> Dieses Kleinod — eine Macht ist's —
> Mehr, als der Erfahrung Jahre...

Ein späteres Gedicht des gleichen Verfassers vom 9. März 1871, das sich in dessen Nachlaß vorfand, hat als Stimmungsbild historischen Wert:

An den König.

Willst Du ein König sein „von Gottes Gnaden",
Glaubst Du, daß er die Krone Dir beschert
Als heilig Gut und auserwähltes Lehen,
So zeige Dich der Gottesgnade wert.

Dem Volke zeige der Berufung Würde,
Bekenne, daß des Herrn Vasall Du bist,
Daß mit der Macht auch Pflichten Dir verliehen.
Und gehe Du voran als treuer Christ.

Der Jugend Glanz ziert Deine gold'ne Krone;
Als Du erschienst, war Hoffnung Dein Geleit.
Dem Jüngling huldigten die treuen Bayern
Und ihre Herzen waren Dir geweiht.

Die Krone erbtest Du vom edlen Vater
Und trugst sie stolz; doch schon nach kurzer Frist
Hat Dich ihr Prangen und ihr Glanz geblendet.
Ein Kind bliebst Du, das auf dem Throne ist.

Zum Spielzeug ist der Szepter Dir geworden,
Ein Zauberstab für eitle Phantasien,
Nur Wundermärchenbilder zu gestalten
Scheint Dir die königliche Macht verlieh'n.

Du schwelgest in romant'schen Irrsals Gärten,
Träumst nur Dich selbst wie im verwunsch'nen Schloß,
Und Pflicht und Volk sind Dir allein Phantome,
Du schlummerst in der Feen und Nixen Schoß.

Den Louis XIV. gefällt es Dir zu spielen,
Du läßt Dir gold'ne Siegeswagen bauen
Und pflegest wie Narziß im Quellenspiegel
Voll Selbstsucht nur Dein eigen Bild zu schauen.

Weh Dir! Weh uns! Will sich der Spruch bewähren
Des weisen Salomo: „Weh Dir, o Land,
Ist Dir ein Kind zum Könige gegeben," —
Fürwahr: es rettet uns nur Gotteshand...

Der gedankenreichen Oktaven Richard Wagners an seinen Protektor haben wir bereits an anderer Stelle Erwähnung getan. — Der zweite Teil des Romans „Der einsame König und seine

Leute“ von K. v. R., ist ganz in Versen geschrieben, die nicht
schlecht, aber auch nicht gut genug sind, um Platz in dem über-
füllten Gedächtnis der folgenden Generationen zu finden. Auch
die Masse der Gelegenheitsgedichte verdient kaum dem breiten Strom der Tagespresse entrissen zu werden, in dem sie sich
in das tiefe Meer der Vergessenheit ergießt. Eine Ausnahme
möchten wir nur zu Gunsten des schönen Nachrufs: „Er war
ein König“ machen, den Fritz v. Ostini zu der Ludwig II.
gewidmeten Nummer 35 der Münchener Zeitschrift „Jugend“
von 1902 beigesteuert hat: Sehr wahr heißt es darin:

> „Kein Haupt, das eine Krone je gedrückt,
> Hat sie so königlich, wie seins geschmückt!
> Und als der güldne Reif zu schwer ihm wog,
> Als Dämm’rung schon in seine Seele zog
> Und ihm des Willens Herrschaft war geraubt,
> Ging noch ein Leuchten aus von diesem Haupt....“

Es wird so bald nicht erlöschen! — Dichter und Maler haben
das schöne Vorrecht, die glücklichsten Momente und edelsten
Züge in das hellste Licht zu stellen und das Idealbild einer
Persönlichkeit zu schaffen, das, wenn es der alltäglichen Wirklichkeit nicht ganz und immer entspricht, am meisten ---.
dient, in der Erinnerung der Nachwelt fortzuleben. —

Personen-Register.

Bayern, Luitpold, Prinz-Reg. von (1821—1912) 26, 37, 84, 256, 302, 305, 319, 332, 374, 407, 409, 440, 458, 469, 489, 569, 607/8, 614, 616, 628, 639, 641/42, 645, 655, 657/59, 665, 675/77, 687, 689, 693, 706/7
— Marie, Königin von (1825—89) 1, 3, 11, 42, 93, 119, 132/33, 169, 253, 260, 319, 321, 385, 393, 397/400, 412, 427/28, 430, 436/51, 453/59, 463, 478, 485/86, 488, 565, 593, 637/38, 643, 663, 677, 697, 701, 711, 720, 723, 727, 744/45, 757
— Max Joseph, König von (1756—1825) 1, 126, 175, 179, 278, 395, 413, 474, 491, 635
— Max II., König von (1811—64) 1, 2, 5, 12, 13, 14, 17, 21, 33, 35, 37, 42, 43, 45, 83, 103/4, 112, 142, 192, 323, 374, 398, 422, 439/43, 447, 450, 460, 465, 468, 473/74, 477/78, 570/72, 595, 601, 620, 636, 638, 643, 705, 708, 713, 726, 729/33, 746, 752, 754, 757, 765, 784
— Maximilian, Herzog in (1808—1888) 42, 391, 393, 399, 400, 403, 406
— Max Emanuel, Kurfürst von (1662—1726) 467
— Otto, Prinz, dann König von (1848—1916) 3, 4, 5, 7, 8, 9, 10, 11, 23, 25, 41, 287/88, 365, 391/92, 396, 412, 438, 445/54, 463/64, 484/86, 488, 512, 588, 595, 602, 632, 637/38, 642, 652, 670, 683, 703
— Rupprecht, Kronprinz von (geb. 1869) 41, 329
— Sophie, Herzogin in (1847—97) 47, 166, 176/77, 391/92, 393/94, 396/98, 407, 409, 424, 431, 461, 478/80, 776, 779.
— Therese, Prinzessin von (geb. 1850) 457/59
Beauharnais, Eugène Vte de, Vizekönig von Italien, Herzog von Leuchtenberg (1781—1824) 174/75, 179
Beauvarlet, J. F. (1731—97) 388
Beethoven (1770—1827) 51, 73, 362

Behringer, Ludw. (1824—1903) 16, 721
Benedetti, Graf (1817—1900) 106, 122/25, 129, 132/33, 244/45, 285
v. Bennigsen, Rudolph (1824—1902) 326
Benziger, Buchhändler 530, 532
Berchem, Maxim., Graf von (1841—1910) 243, 277, 627/28
Berchtold, Jos., Abg. (1834—94) 113
Berger, Alfred, Frh. v., Direktor des Hofburgtheaters (1859—1912) 516
Bernhardt, Jos. (1805—85) 54, 722
v. Berr, Georg, Finanzmin. (1830—1919) 331
Berry, K. F., Herzogin von (1798—1870) 359
v. Bethmann-Hollweg (1856—1921) 287
Betz, Franz, Sänger (1835—1900) 341
Beust, Karl, Graf (1809—86) 111, 130, 177/78, 180, 182, 193, 223, 228, 241
v. Bever, Otto, Min.-Rat (1839—1920) 509
Beyer, Conrad, Prof. (1834—1906) 523, 530/35, 540, 542
Bismarck, Fürst von (1815—98) 24, 34, 79, 102, 106/7, 111/12, 116/20, 123/24, 127/32, 134, 177/78, 180, 182/83, 193, 216, 222, 225, 228, 233, 235, 236/38, 240/41, 244, 249, 257, 259, 262, 265, 268, 272/79, 281, 284/86, 289, 314, 321, 331/33, 355, 375, 377/78, 380, 407, 450, 464, 481, 583, 599, 615, 620, 622, 624, 626/29, 658, 673/75
— Fürstin (1824—94) 313
Bland, Hermine (1852—1919) 524, 545
v. Bleichröder, Gerson (1822—93) 598
Blind, Karl (Cohen) (1826—66) 314
Bloem, Walter (geb. 1868) 301
Blum, Robert (1807—48) 77, 192
Bluntschli, J. K. (1808—81) 274
Boecklin, Arnold (1827—1901) 370
Bodenstedt, Fr. W. (1819—92) 501, 728, 730

Huber, Joh., Prof. d. Philos. (1830
—79) 10, 223
Hugo, Victor (1820—85) 513,
517/18, 545, 548, 554/55, 770
v. Hülsen, Botho (1815—86) 339
Huttler, Max, Dr., Abg. (1823—87)
252
Hutzler-Kainz, Sara Mathilde (1853
—93) 519/21, 530, 540/41, 543,
545, 547/51, 554

J.

Jacobsen, Dr. hon., Bierbrauer
(1842—1915) 328
Janauschek, Fanny (1830—1904)
94
Jank, Angelo 742, 754
Jean Paul Richter (1763—1825)
340
Jolly, Fried., Geh. Rat, Prof. (1844
—1904) 698
— Julius, Min. (1823—91) 185
v. Jolly, Philipp, Prof. (1809—84)
10, 447, 465, 781
Jörg, Dr., Jos. Edm., Abg. (1801—
1901) 220, 228, 249
Ireland, 455, 569
Isolani, Eugen (Isaacsohn) (geb.
1860) 516
Italien, Humbert. König von (1844
—1900) 673
— Isabella, Herzogin von Genua,
geb. Prinzessin von Bayern
(1863—1924) 672

K.

Kainz, Joseph (1858—1910) 357,
363, 428, 498/99, 511, 515/31,
533, 535/49, 551/62, 634, 721,
742, 780
Karolyi, Aloys, Graf v., Botschafter
(1825—89) 117
v. Kaulbach, Wilh. (1805—74) 370,
746/48
— Josefine, geb. Sutner (1809—
96) 59, 490
Kerschensteiner, Dr. 645
Keppler, Friedrich, Dr. (1841—
1908) 360
Kindermann, Aug., Hofsänger
(1817—91) 492
Kittler, Philipp, Prof. (geb. 1861)
373

Klaß, Lehrer 2
Klein, Adam (1792—1875) 370
Kleinholz, W. C. 781
Kleinmichel, Marie, Gräfin v. (geb.
1846) 414
Kleinschmidt, Arth., Prof. Dr.
(geb. 1848)
v. Klenze, Leo (1784—1864) 145
Klingner, Ludwig 778/81
v. Klug, Ludwig, Hofsekr. (1638—
1913) 374, 569, 614
Knoll, Konrad (1829—99) 370/71,
750
Knorr, Hilmar (geb. 1847) 713
v. Kobell, Luise (1828—1901) 22,
148, 242/43, 245/47, 276, 290/91,
293/99, 306, 317, 330, 384, 422,
448, 575, 601, 603, 608, 709,
731/32, 767/68, 775
v. Koch (1806—66; seit 1. Aug. 64
Kultusmin.) 163, 172, 466, 490
Koch, Max, Geh. Rat, Univ.-Prof.
(geb. 1855) 301, 303, 317, 345,
403, 490
Kolb, Georg Fr., Dr. Abg. (1808—
84) 248
Koppay, Jos., Prof. (geb. 1857) 720
Koppelstätter, Josef, Reg.-Rat 686
Kowalewsky 647
Krähl, Quartiermeister 567
Kräpelin, Emil, Prof. Dr. (geb.
1856) 690
Krastel, Friedr. (1839—1908) 555
Kreußer, Blanche Freiin u. Hof-
dame (1839—1918) 458
Kreuzer, Elise 498
Kronseder, Otto, Prof. Dr. (geb.
1862) 136, 726
v. Kühlmann, Anna, geb. Freiin v.
Redwitz (1852—1924) 22, 394
Küntzel, Georg, Prof. Dr. 136, 774

L.

Lachner, Franz (1803—90) 45, 145
Lang, Karl Heinr., Ritter v. (1764
—1835) 702
Lampert, Friedr., Abg. (1829—
1901) 136, 317, 412, 454/55, 623,
647, 661, 684, 722, 735
La Contrie, Robert d'Agon, Baron
de (1806—69) 5, 6
La Faye de (Mlle. de Sardent) 413
La Roche, Fried. du Jarry, Baron de
(1802—70) 366

N.

O.

Verzeichnis der Abbildungen.

9 783958 010062